KONSALIK

Die Ecstasy-Affäre

Die Blutmafia

BASTEI
LÜBBE

BASTEI LÜBBE TASCHENBUCH
Band 15 140

1. Auflage: Mai 2004
2. Auflage: Juli 2004

Vollständige Taschenbuchausgabe

Bastei Lübbe Taschenbücher ist ein Imprint
der Verlagsgruppe Lübbe

Titelbild: Joanne Schmaltz, Photonica
Umschlaggestaltung: Bianca Sebastian
Satz: hanseatenSatz-bremen, Bremen
Druck und Verarbeitung: AIT Trondheim A. S.
Printed in Norway
ISBN 3-404-15140-2

Sie finden uns im Internet unter
www.luebbe.de
www.bastei.de

Der Preis dieses Bandes versteht sich einschließlich
der gesetzlichen Mehrwertsteuer.

KONSALIK

Die Ecstasy-Affäre

BASTEI LÜBBE

Der Vernunft gewidmet.
Wo aber ist Vernunft?

Liebe ist das Gefäß,
in das man sein Blut schüttet.
Indische Weisheit

ERSTER TEIL

Er sah sie zum erstenmal im Prinzregenten Stadion.

Sie lag etwas abseits vom Schwimmbecken im Gras, im Halbschatten eines Busches, auf einem rot-weiß gestreiften großen Badetuch. Ein mit bunten Blüten bedruckter, sehr knapper Bikini verbarg nichts von ihrem wohlgeformten Körper. Sie schien zu schlafen, hatte die Hände hinter dem Nacken verschränkt, und ihr Gesicht war von einer Flut von ausgebreiteten dunklen Locken umschlossen. Es war ein schmales Gesicht mit hoch angesetzten Wangenknochen, schmal gezupften Augenbrauen, langen Wimpern an bläulich getönten Lidern und einem Mund mit vollen Lippen, die in einem leuchtenden Signalrot geschminkt waren.

Es gab keinen Mann, der an ihr vorüberging, ohne einen Blick auf sie zu werfen. Ein älterer Mann mit Glatze und Bauchansatz, jenseits aller Chancen, aber nach wie vor vom Reiz eines schönen Frauenkörpers begeistert, holte seine Kamera und fotografierte sie heimlich aus einiger Entfernung mit dem Teleobjektiv.

Robert Habicht beobachtete das alles mit einem Lächeln. Er saß am Rand des Schwimmbeckens, ließ die Beine in das warme Wasser baumeln und hatte gerade überlegt, ob er eine Cola trinken sollte, als sein Blick an dem schlafenden Mädchen hängenblieb. In Erstaunen versetzte ihn, daß sie bei dem Lärm und dem Kindergeschrei im Schwimmbad schlafen konnte und anscheinend so fest, als läge sie in einem stillen Zimmer.

Es faszinierte Robert von jeher, wie tief Menschen schlafen können. Er selbst brauchte nur wenig Schlaf, um Körper und Geist mit neuer Energie aufzuladen. Da war aber zum Beispiel sein Vater: Wenn der erst einmal im Bett lag, konnten Mauern einstürzen – es weckte ihn nicht auf; höchstens drehte er sich auf die andere Seite. Die Mutter lag zusammengerollt wie eine Katze unter der Steppdecke und wurde erst wach, wenn der Wecker mitleidlos rappelte. Und Roberts Kameraden bei den Pfadfindern: Während eines Zeltlagers lagen sie auf ihren Luftmatratzen oder in ihren Schlafsäcken wie Puppen, und erst der Weckruf der Morgenfanfare jagte sie hinaus. Da saß er, Robert, schon längst am Fluß oder am See, wo man die Zelte aufgebaut hatte, und hatte das Morgenrot und das jubilierende Aufsteigen der Lerchen bewundert.

Robert stemmte sich vom Beckenrand hoch, strich sich mit beiden Händen über die nassen Haare und war unschlüssig, ob er nun wirklich im nahen Restaurant eine Cola trinken oder weiter das Mädchen beobachten sollte. Mit seinen achtzehn Jahren gehörte er nicht – wie viele seiner Schulkameraden, die alle das König-Ludwig-Gymnasium besuchten – zu den Draufgängern, die mit frechen Sprüchen die Mädchen ansprachen und sogar »Abschußlisten« führten. Er saß lieber am Klavier und spielte Chopin oder Beethoven, las die Philosophien von Spinoza und Montaigne und beschäftigte sich intensiv mit dem Phänomen außerirdischer Erscheinungen und dem Leben auf fernen, unbekannten Planeten.

Ein Mädchen »aufzureißen«, wie seine Freunde das augenzwinkernd nannten, war für Robert ein unbekanntes Spiel. Er hatte es noch nie versucht, schon aus Angst, spöttisch abgewiesen zu werden. Ihm war bewußt, daß ihm die Fähigkeit zum Flirten fehlte.

Das schlafende Mädchen aber dort drüben auf der Wiese mit dem Mini-Bikini und dem schwarzen Lockenschwall veränderte auf unerklärliche Weise Roberts Absichten. Er ging nicht zum Restaurant hinüber, unterdrückte seinen Durst auf eine Cola. Statt dessen umrundete er den Sprungturm des fünfzig mal zwanzig Meter großen Beckens und näherte sich dem Mädchen. Etwa drei Meter vor ihr setzte er sich ins Gras, zog die Beine an und stützte das Kinn auf.

Die Schlafende, das stellte er mit einer leichten innerlichen Erregung fest, hatte schöne feste, runde Brüste, lange schlanke Beine und überhaupt einen Körper, der keinerlei Fettwölbungen aufwies, weder an den Hüften noch am Bauch. Es war ein vollkommener Körper, vielleicht sogar in einem Fitneß-Center durchtrainiert. Das schienen auch die braungebrannten jungen Männer zu denken, die an der Unbekannten vorbeipromenierten, Miniplayboy-Typen, denen es weniger um das Schwimmen ging als um ein Abenteuer mit einem der vielen hübschen Mädchen, die das Bad bevölkerten. Das Prinzregenten-Stadion gehörte nicht zu den üblichen öffentlichen Badeanstalten der Stadt, sondern hatte sich den Ruf einer Münchener Institution erworben: Hier aalten sich verhinderte Schönheitsköniginnen, Fotomodelle, Mannequins und hübsche junge Ehefrauen in der Sonne und ließen sich von emsigen Nichtstuern bewundern.

Robert fand es allmählich ordinär und belästigend, wie die Männer das schlafende Mädchen fixierten. Er konnte sich seine Empörung nicht erklären, sie war einfach da, und sie war plötzlich so stark, daß er hätte aufspringen und ausrufen können, man solle weitergehen und die Schlafende auch mit Blicken in Ruhe lassen. Daß er selbst sie unentwegt ansah, verdrängte er dabei, ebenso den quälenden Gedanken, wie man mit ihr ins Gespräch kommen könnte, wenn sie aufwachte. Jetzt schon suchte er nach Worten, aber alles, was ihm einfiel, fand er fad, ja geradezu blöd und dazu angetan, sich lächerlich zu machen. Dennoch blieb Robert in drei Metern Entfernung von ihr sitzen, ließ den Blick nicht von ihren Schenkeln und Brüsten und rätselte: Wie sind ihre Augen? Sind sie braun oder grau oder gar grün ...? Blau bestimmt nicht, Schwarzhaarige mit blauen Augen sind eine Seltenheit. Er einigte sich auf ein warmes Dunkelbraun.

Seine Betrachtung wurde jäh unterbrochen. Kinder, die etwas entfernt mit einem Ball spielten und ihn hin und her schossen, was eigentlich verboten war, erlösten ihn von allem Rätselraten. Ein Schuß, zu hoch, um ihn aufzufangen, ließ den Ball in einem Bogen auf die Schlafende fallen und traf sie mitten auf den Bauch. Das Mädchen zuckte zusammen und richtete sich auf. Gleichzeitig war Robert emporgeschnellt, war mit einem Sprung neben ihr und nahm ihr den Ball aus der Hand. Er warf ihn den Kindern zurück, ging dann in die Hocke und sah das Mädchen an. Es hatte tiefbraune Augen, wie erwartet. Jetzt, wo sie saß, stachen die Rundungen ihrer Brüste noch mehr hervor. Das schmale Oberteil des Bikinis verdeckte sie kaum. Das Mädchen blickte Robert erstaunt an, mit einem kaum wahrnehmbaren Lächeln in den Mundwinkeln.

»Kinder«, sagte Robert unbeholfen. »Hat der Ball Ihnen weh getan?«

Es sei nicht der Rede wert, antwortete sie. Ihre Stimme war weich und dunkel wie ihre Augen. Sie griff zur Seite nach ihrer Sonnenbrille und setzte sie auf die schmale Nase. Im übrigen sei es gut, daß sie geweckt worden sei, sie hätte schon viel zu lange in der Sonne gelegen, und morgen habe sie wieder einen Sonnenbrand. Zum Glück habe sie eine gute Creme, die sofort half, ein Präparat, das in Hawaii hergestellt würde und die Brandschmerzen auf der Stelle linderte.

Auf Roberts Frage, ob sie auf Hawaii gewesen wäre, lachte sie, ein perlendes, kehliges Lachen, wie er es noch nie gehört hatte. Nein, das könne sie sich nicht leisten. Aber Hawaii sei ein Platz auf dieser Welt, von dem sie träume. Unter Palmen im weißen Sand liegen, das würde alle Sehnsüchte erfüllen. Nein, die Creme habe eine Freundin mitgebracht, die nach Hawaii eingeladen worden sei. Von einem spendablen Freund.

Für Robert wurde es problematisch, einen weiteren Gesprächsstoff zu finden. Eigentlich hätte er jetzt aufstehen und gehen müssen. Aber die Nähe dieses Mädchens – nein, sie war kein Mädchen mehr, das sah er jetzt, sondern eine junge Frau, vielleicht sogar verheiratet und um einige Jahre älter als er, die Nähe dieser bezaubernden Frau hielt ihn fest wie ein Magnet.

»Ich heiße Robert Habicht«, stellte er sich vor.

»Und ich bin Ulrike Sperling ...« Sie lachte wieder ihr gutturales Lachen. »Ist das nicht zum Kringeln? Ein Habicht trifft auf einen Sperling.«

Robert nickte stumm. Was seine Kameraden jetzt geantwortet hätten, wußte er genau. Das Harmloseste wäre gewesen: Das ist ja die reinste Vögelei! Aber er hätte nie gewagt, so etwas auszusprechen.

»Welch ein Zufall«, sagte er endlich. Und dann mit viel Mut: »Sind Sie öfter hier im Bad?«

»Ab und zu.« Er bemerkte, wie sie ihn hinter der Sonnenbrille musterte, und kam sich sehr unsicher vor. »Und Sie?«

»Auch ab und zu.«

Sie lehnte sich im Sitzen zurück und stützte sich mit den Armen auf. Dann sagte sie, daß er sicher nicht zu den hier herumstrolchenden Playboys gehöre und daß sie raten möchte, was er sei.

»Ein Student!« sagte sie.

»Noch nicht. Ich ... ich mache gerade erst Abitur.«

»Oh! Sie sehen aber älter aus. Eine indiskrete Frage: Wie alt sind Sie?«

»Interessiert Sie das wirklich?«

»Würde ich sonst fragen?«

»Achtzehn ...«

Als er es aussprach, dachte er, daß nun die einzige Konsequenz für ihn sei, aufzustehen und zu gehen. Aber ihre Entgegnung hielt ihn zurück.

»Da haben Sie ja noch das ganze Leben vor sich. Beneidenswert.«

»Warum sagen Sie das? Sie sind doch auch noch jung.«

»Das ist relativ.«

»Sie sind verheiratet?« Das war eine mutige Frage, und Robert wunderte sich selbst, daß er sie gestellt hatte. Sie schüttelte den Kopf und ließ die schwarzen Haare fliegen.

»Nein.«

»Unbegreiflich, darf ich das sagen? Sie sind eine schöne Frau.«

»Danke für das Kompliment.«

»Sie haben keine Komplimente nötig. Sie wissen, daß Sie attraktiv sind.«

Robert war über sich selbst verblüfft. Daß er plötzlich solche Sätze aussprechen konnte. Vor einer halben Stunde hätte er das für unmöglich gehalten. Aber nun kamen die Worte so selbstverständlich über seine Lippen, als sei er es gewöhnt, mit schönen Frauen zu parlieren.

Das Gespräch drohte wieder zu versanden. Robert fehlte der Anschluß. Nun hatte er gesagt, daß sie schön war, und sie hatte gelächelt. Was konnte man noch sagen? Thema Hawaii – erledigt. Verheiratet – abgeschlossen. Worüber konnte man sich jetzt noch unterhalten? Über Spinoza – unmöglich! Über Chopin – vielleicht. Aber wie fand man jetzt den Übergang zu Chopin? Oder sollte er frech fragen, welchen Beruf sie hatte? Daraus ergaben sich vielleicht die nächsten Themen.

Sie erlöste ihn von allen Fragen, indem sie auf ihre Armbanduhr blickte. Schon achtzehn Uhr, meinte sie. Es sei Zeit, aufzubrechen. Sie erhob sich, und er stellte fest, daß sie fast so groß war wie er. Einen Meter achtundsiebzig ... eine seltene Größe für eine Frau.

»Haben Sie einen Termin?« fragte er.

»Nein. Ich habe nur lange genug in der Sonne gelegen. Ich möchte nach Hause und mich mit der Hawaii-Creme einreihen.«

»Darf ich einen Vorschlag machen?«

»Ich ahne es!« Wieder das gutturale Lachen. »Wir trinken im Restaurant einen Orangensaft.«

»Falsch geraten. Ich lade Sie ein.«

»Ich trinke auch gern ein Kännchen Kaffee.«

»Wieder daneben! Ich lade Sie zum Abendessen ein. Drüben bei Käfer.«

»Käfer?« Sie nahm die Sonnenbrille ab, und ihre dunkelbraunen Augen musterten ihn mit einer Mischung aus Erstaunen und Spott. »Können Sie sich das leisten, Herr Habicht?«

»Ich habe einen großzügigen Vater ... und ich bin sparsam.«

»Und geben das gute Geld mit mir bei Käfer aus? Ausgerechnet mit mir?«

»Ich weiß keine bessere Geldanlage. Darf ich Sie einladen?«

»Wir kennen uns gerade eine halbe Stunde.«

»Man sollte nicht nach Uhrzeiten leben, sondern den Lebensrhythmus selbst bestimmen.«

»Das klingt philosophisch.«

»Ich lese viele philosophische Werke. Eine Macke von mir. Und ich spiele auch gern Klavier.«

»Jazz?«

»Chopin.«

Da wären wir also gut bei Chopin gelandet, sagte er sich. Aber sie liebt offensichtlich Jazz. Damit konnte er nicht dienen. Jazz, überhaupt die ganze moderne Musik, lagen außerhalb seines musikalischen Verständnisses. Wenn er eine Zwölfton-Sinfonie hörte, war es für ihn, als stimme das Orchester erst seine Instrumente. Er hörte nur ein Durcheinander von Klängen und Rhythmen heraus. Robert fand einfach keinen Zugang zu den modernen Kompositionen.

Ulrike musterte ihn wieder, gestand, noch nie Chopin gehört zu haben. Doch ja, einmal im Radio etwas von Mozart, doch da hatte sie schnell umgeschaltet. Das Trilli-tralla sei nicht ihr Geschmack. Aber Michael Jackson, dessen Songs gingen in die Beine, unter die Haut, und Robert antwortete, daß man bei Käfer Zeit genug habe, um darüber zu diskutieren.

Sie verabredeten sich in einer Viertelstunde in der Eingangshalle, dann drehte sie sich um und ging davon. Er starrte ihr nach, hing mit dem Blick an ihren Hüften, ihrem wiegenden Gang und ärgerte sich über die Männer, die ihr nachblickten oder sie sogar ansprachen. Sie warf dabei nur den Kopf in den Nacken und ging wortlos weiter, was Robert bestätigte, daß sie eine Frau mit Stolz war. Aber sie hatte seine Einladung zum Abendessen angenommen! Warum wohl? Sah sie in einem achtzehnjährigen Abiturienten keinen Mann? Diese Frage machte ihn wieder unsicher, und mit sehr gemischten Gefühlen wartete er später in der Eingangshalle auf sie.

Sie trug ein unauffälliges gelbes Sommerkleid mit weißen Tupfen. Die schwarzen Locken hatte sie mit einer gelben Schleife im Nacken zusammengebunden, ihre Füße steckten in hochhackigen Pumps aus bunt gestreiftem Leder, und – so stellte Robert freudig fest – sie sah jünger aus als vorhin ohne Make-up auf der Wiese des Bades. Aber auch sie verbarg ihr Staunen nicht: Im Anzug wirkte Robert so erwachsen, daß es schwer gewesen wäre, sein Alter zu schätzen.

»Können wir?« fragte sie fröhlich.

»Wir können.«

»Ein Vorschlag: Nicht zu Käfer, sondern in ein Lokal, das halb so teuer ist.«

»Auf gar keinen Fall! Ich habe mich auf Käfer eingeschossen, und da gehen wir jetzt hin.«

»Ich werde nur eine Suppe essen.«

»Erlauben Sie, daß ich das in die Hand nehme! Frau Sperling – der Habicht ist stärker!«

In diesen Augenblicken empfand er ein Hochgefühl. Der sonst mehr in sich gekehrte Robert Habicht war witzig geworden, warf die Pointen wie Ping-Pong-Bälle um sich, löste sich von allem inneren Krampf und wäre sogar bereit gewesen, ein Stück Jazz zu hören statt einer Sonate von Beethoven.

Da das Restaurant Käfer gleich schräg gegenüber vom Prinzregenten-Stadion lag, brauchten sie nur die Straße zu überqueren, um den Gourmet-Tempel zu erreichen. Um diese frühe Abendzeit fanden sie noch einen Tisch, der nicht wie üblich vorbestellt war, denn ein Käfer-Essen ohne Reservierung ist eine Art Lotteriegewinn. Sie bekamen sogar einen Tisch im vorderen Teil, in der Nähe der Treppe, wo sonst die In-Gäste saßen, die gesehen werden wollten und die man sehen wollte.

»Womit fangen wir an?« fragte Robert, noch bevor man ihnen die Speisekarte brachte. »Sagen wir: mit einem Glas rosé Champagner ...«

Sofort überfielen ihn wieder die Zweifel. War das richtig, rosé Champagner? War das nicht übertrieben und bewies nur, wie unerfahren er war? Er hätte sie vorher fragen müssen, ob sie überhaupt einen Aperitif wünschte. Aber einfach bestimmen ...? Er sah sie aus den Augenwinkeln an, aber er konnte in ihrem Blick keinen Protest lesen. Das beruhigte ihn wieder, und er beschäftigte sich mit der Speisekarte, die ihm der Kellner reichte.

Was er für sich bestellte, war völlig unbedeutend – es genügte, daß er dieser Frau gegenübersaß, sie ansehen konnte, ihre Stimme hörte, den Blick ihrer Augen aufnahm und in sich den verrückten Wunsch spürte, die Zeit möge stehenbleiben, und ein Stück Unendlichkeit sei um sie.

Ulrike wählte vorsichtig aus, um sein Taschengeld nicht zu sehr zu belasten. Als Vorspeise eine Kalbskopfsülze in einer sagenhaften Vinaigrette, danach Lammnüßchen provençalisch mit Pommes Dauphine, zum Nachtisch ein Zimteis mit Schokoladenflocken. Dazu tranken sie – auf Ulrikes Wunsch – einen offenen Wein, einen trockenen, herben Sancerre, und als der Viertelliterkrug leer war, wünschte sie sich Mineralwasser.

Sie hatte bei den Bestellungen nachgerechnet, was dieses Abendessen kosten würde, und beschimpfte sich innerlich selbst, diese Einladung angenommen zu haben. Die Rechnung war trotz aller Bescheidenheit hoch genug. Und was sollte das alles? fragte sie sich. Er ist ein lieber Junge, und es sieht so aus, als habe er heute zum erstenmal eine solche Einladung gewagt. Und ausgerechnet bei ihr! Was konnte er sich davon versprechen? Er war ein intelligenter Junge, las Philosophen, spielte Klavier, interessierte sich für Ufos, wie er im Gespräch erwähnte, und versuchte, ihr Chopin zu erklären. Aber sie begriff es doch nicht ... Er hätte sein Geld besser anlegen können, als mit ihr zu essen.

Als er gezahlt hatte und sie sagte, daß sie wirklich nach Hause müsse, fragte Robert, ob er sie wiedersehen könne.

»Warum?« fragte sie zurück.

»Nur so ...«

»Vielleicht bringt uns der Zufall wieder zusammen«, erwiderte sie ausweichend.

»Das ist mir zu unsicher. Zufälle kann man sich nicht herbeiwünschen. Aber ich wünsche mir, Sie wiederzusehen.«

»Um wieder viel Geld auszugeben?«

»Wir können auch nur einen Orangensaft trinken. Was macht das aus? Es war schön, hier mit Ihnen zu essen.«

»Mit einer Unbekannten. Sie haben mich nicht gefragt, wer ich bin, was ich tue, welch ein Leben ich führe ...«

»Sie werden es mir erzählen. Vielleicht beim nächsten Mal ...«

»Ob es ein nächstes Mal gibt?«

»Ich bin ein Mensch, der hoffen kann.«

Sie verließen das Lokal, standen dann draußen auf der Straße, und Ulrike Sperling zeigte zum Prinzregentenplatz hinüber. Dort stehe ihr Wagen, ein kleiner Fiat, aber er sei genau das Richtige für sie. Wendig, in jede Parklücke passend, ideal für eine Frau.

Als sie sich zum Abschied die Hand gaben, fragte Robert sie, ob er sie zum Wagen begleiten dürfe. Sie zögerte und fragte zurück, ob er denn keinen Wagen habe, sondern mit der S-Bahn oder dem Bus fahren würde. Das nicht, meinte er, sein Wagen stehe in der Neherstraße, gleich neben dem Stadion, aber wenn er sie trotzdem begleiten dürfte ...

»Ich möchte eben so lange wie möglich mit Ihnen zusammensein«, sagte er mit einem traurigen Ton. »Für mich war es ein einmaliger Abend.«

»Für mich auch.« Sie entzog ihm ihre Hand. »Deshalb sollten wir jetzt schnell auseinandergehen.«

Sie drehte sich um und ging die Straße hinunter bis zum Prinzregentenplatz. Robert blickte ihr nach, bis ihre Silhouette hinter den Bäumen verschwand. In seiner Erinnerung blieb ihr schwingendes gelbes Kleid zurück, der tänzelnde Schritt ihrer langen Beine und der Abdruck ihrer Hüften in dem weichen Stoff. Robert war ehrlich genug, sich einzugestehen, daß dieser Abend ein vermeidbarer Fehlschlag gewesen war. Sein Taschengeld war bis auf einen kleinen Rest aufgebraucht, er hatte zwei Stunden mit einer erregend schönen älteren Frau zusammengesessen, ein Milchgesicht voller Hemmungen, das es gewagt hatte, einen Schritt über sich selbst hinauszugehen. Aber trotz allem blieb ein Glücksgefühl in Robert zurück, das er sich mit einem nüchternen »Ich hab's geschafft!« erklärte. Und ein großer Wunsch blieb auch zurück: Ich muß sie wiedersehen.

Er überquerte die Straße und schloß seinen Wagen auf. Er hatte seit neun Wochen einen Führerschein, und sein Vater hatte ihm ein Auto geschenkt. Eine »Ente«, wie sie im Volksmund hieß, schon acht Jahre alt, aber ganz gut gepflegt bis auf einige klappernde Teile an der Karosserie. Sein Vater meinte, mit diesem Auto könne er erst einmal Fahrpraxis erlangen, ehe man ein besseres Gefährt kaufte. Nach einem Jahr wäre man geübt genug für ein neues Modell. Robert hatte das eingesehen, wie er überhaupt alles akzeptierte, was sein Vater sagte.

Während er nach Hause fuhr, dachte er unentwegt an Ulrike Sperling. Sie war nicht verheiratet, das war geklärt. Kaum verständlich war, daß eine so schöne Frau allein lebte, denn auch das hatte sie im Lauf des Gesprächs preisgegeben. Mehr aber nicht.

Wer war diese Ulrike Sperling wirklich? Wovon lebte sie? Woher nahm sie die Zeit, in einem Schwimmbad herumzuliegen, wenn andere arbeiten mußten? Für Robert war etwas Geheimnisvolles um sie, obwohl es so einfach gewesen wäre, sie nach allem zu fragen. Beim nächsten Mal, redete er sich ein. Es gibt ein Wiedersehen. Daran glaubte er fest. Dann werde ich sie fragen: Wie ist Ihr Leben?

Zu Hause warteten schon Vater und Mutter auf ihn. Der Tisch war noch gedeckt.

»Du kommst spät vom Schwimmen«, sagte der Vater, ohne daß es tadelnd klang. Eher verwundert.

»Ich habe noch zwei Freunde getroffen, und wir haben ein Bier getrunken.«

»Ich habe dein Essen warm gestellt ...«

»Ich habe keinen Hunger, Mama.« Robert suchte nach einem Grund, schnell auf sein Zimmer zu verschwinden. »Entschuldigt ... ich muß noch einen lateinischen Text durchlesen. Gute Nacht.«

»Gute Nacht, mein Junge.«

Das Entfliehen war gelungen. In seinem Zimmer warf Robert sich auf das Bett, starrte an die Decke und sah wie auf einer großen Leinwand ein gelbes Kleid, tänzelnde Schritte und schwingende Hüften, die sich unter dem Stoff abzeichneten.

Und morgen muß ich Papa um mehr Taschengeld bitten, dachte er.

Die Familie Habicht war das Musterbeispiel für eine anständige, angesehene deutsche Familie.

Mit eisern erspartem Eigenkapital und dem Darlehen einer Beamten-Bausparkasse hatte Dr. Hubert Habicht sich im Münchner Vorort Pasing ein Haus gebaut. 165 Quadratmeter Wohnfläche, ausgebaute Kellerräume, ein als Atelier genutzter Dachgeschoßraum, in dem Hubert Habicht früher gemalt und getöpfert hatte und der jetzt zum Musikzimmer umfunktioniert war, in dem Roberts Flügel stand, ein japanischer Stutzflügel, denn einen Steinway konnte Hubert sich nicht leisten. Um das Haus erstreckte sich ein Garten von neunzig Quadratmetern. Das war zwar nicht viel, aber ein Garten mache Arbeit, hatte Habicht beim Kauf des Grundstücks gesagt. Statt umzugraben und Blätter zu fegen, lagen seine Freizeitbeschäftigungen eher im Malen und Töpfern, was ein Besucher überall im Hause bemerken konnte: Kunstvoll bemalte Tongefäße standen überall herum. Später dann, als Robert, der einzige Sohn, seine Klavierbegabung entdeckte, räumte Habicht klaglos sein Atelier und sammelte Briefmarken.

Dr. Hubert Habicht war Oberregierungsrat in der Bayerischen Landesregierung. Wenn man Frau Gerda Habicht, geborene Willkens, fragte, in welcher Abteilung ihr Mann denn dem Staat diene, erfuhr man, daß sie es nicht wußte. Wozu auch? Ein Oberregierungsrat mit dem Doktortitel der Juristik genügte ihr. Wozu soll man wissen, wo der Arbeitsplatz des Gatten ist? Eben in der Regierung!

Gerda Habicht war das Urbild einer Ehefrau und Mutter schlechthin. Sie diente der Familie, die ihr Mittelpunkt und ihre Welt war. Die aufrührerische Welle der Emanzipation floß an ihr wirkungslos vorbei. Ihr war es unverständlich, wie einer Ehefrau und Mutter etwas anderes wichtiger sein konnte als ihre Familie. Frauliche Selbstverwirklichung – was sollte das bedeuten? Gerda Habicht hatte einen Mann und einen Sohn, ein Haus und einen Hund, einen dunkel gestromten Boxer, der auf den Namen Bambus hörte. Sie hatte ihren schönen Blumengarten und jedes Jahr zur Urlaubszeit eine Familienreise nach Norderney oder sogar einmal an die türkische Riviera bei Antalya. Was wollte sie mehr? Was konnte das Leben noch Erstrebenswertes bieten? Was sollte dieser ganze Unsinn von Emanzipation? Das Glück liegt in der stillen Gemeinschaft, nicht in dem aufgärenden Egoismus einzelner, sagte sie sich.

Gerdas große Leidenschaft war ihr Sohn Robert. Seine Geburt war eine Qual gewesen – nach vierzehn Stunden Wehen erlöste sie sein erster Schrei, und der Arzt sagte sichtlich erleichtert, es sei ein strammer Junge, der sich gewehrt hätte, auf die Welt zu kommen, aber dann doch nachgegeben habe. Für Dr. Hubert Habicht war Robert eine Art Kronprinz. Wenn er zu anderen über ihn sprach, sagte er nie »Robert« oder »mein Sohn«, sondern immer nur »mein Sohn Robert«, als ziehe er etwas ganz Besonderes groß.

Oberregierungsrat Dr. Habicht war bei seinen Kollegen beliebt. Er fiel nicht auf. Er kletterte auf der Beamtenleiter ohne großen turnerischen Lärm höher, füllte seinen Posten aus und galt als parteitreu, was gerade in Bayern das solide Fundament für eine geradlinige Karriere war. So konnte also sein Sohn Robert in einem bürgerlichen Rosengarten aufwachsen, in dem alles blühte und alle widrigen Winde umgeleitet wurden. Die Entdeckung, daß Robert musikalisch begabt war, löste eine Art Enthusiasmus bei den Eltern aus, die im Kauf des japanischen Stutzflügels gipfelte. Roberts Klavierlehrerin bezeichnete den Jungen als ein großes Talent; er hätte das Zeug zum Solisten, zu einem Pianisten, dem einmal die Welt offenstand. Das hörte sich gut an, brachte aber etwas Unruhe in die Familie. Dr. Habichts Wunsch war es, aus seinem Sohn Robert einen Juristen zu machen, Mutter Gerda plädierte für eine Pianistenkarriere auf den internationalen Konzertbühnen.

Aber das waren heute noch Zukunftsträume. Zunächst stand das Abitur ins Haus, und hier konnte Dr. Habicht mit Stolz vermelden, daß sein Sohn Robert der zweitbeste Schüler der Klasse war. Er wäre der beste gewesen, wenn ihm nicht die Mathematik Schwierigkeiten bereitet hätte. Und wenn Robert fragte, warum er sich mit Sinus und Cosinus herumschlagen solle, wenn er das später nie im Leben gebrauchen könne, gab Dr. Habicht weise von sich, das gehöre zur gehobenen Allgemeinbildung. Und überhaupt stärke Mathematik das logische Denken, und das sei im Leben ungemein wichtig.

An diesem Abend nun lag Robert auf seinem Bett, erfüllt von einer ihm fremden Unruhe. Seine Gedanken beschworen das Bild dieser Ulrike Sperling herauf, und er begann, sie zu analysieren. Ihr Alter? Man könnte es auf Ende Zwanzig schätzen. Ihr Beruf? Da tappte man im dunkeln. Wo gab es einen Beruf mit viel Freizeit, vor allem am Nachmittag?

Sie konnte Lehrerin sein. Ja, das war möglich. Ein Lehrer hat normalerweise nur am Vormittag Unterricht, bekommt die längsten Ferien, im Jahr etwa achtzig Tage. Aber Ulrike konnte auch selbständig sein, irgendeine künstlerische Tätigkeit oder einen Freiberuf ausüben, bei dem sie sich die Zeit nach Gutdünken einteilen konnte. Oder sie war die Tochter eines reichen Vaters, die ihr Leben zwischen Golf, Reiten, Modenschauen, Schwimmen und Friseurbesuchen verbrachte. Aber dann würde sie keinen Kleinwagen fahren, sondern irgendein Cabrio, das zu ihrer äußeren Erscheinung paßte.

Robert hatte sie angesprochen – dank des Balls, der auf sie geschossen worden war. Er war nach langer Zeit über seinen eigenen Schatten gesprungen. Er erinnerte sich, während er an die Decke starrte, an sein erstes Erlebnis mit einem Mädchen. Er war damals fünfzehn gewesen, und seine Mitschüler prahlten schon mit »tollen Weibern« und »Super-Miezen«, die sie befummelt oder sogar gebumst hätten, und nannten ihn einen Krüppelschwanz, weil er so provokativ anständig war und einer Tussi noch nie unter den Rock gefaßt hatte.

Und dann geschah es einmal, daß Robert in den Isarauen ein Mädchen des Humboldt-Gymnasiums traf. Sie hieß Julia und sonnte sich am Flußufer. Man kannte sich, denn Julia wohnte in Pasing in der Nachbarschaft. Als Robert sich zu ihr setzte, meinte sie, jetzt sei es noch heißer in der Sonne, und streifte ihr Bikini-Oberteil ab. Sie hatte schöne apfelförmige Brüste, und als sie bat, Robert möge sie doch mit Sonnencreme einreiben, und ihm die Cremetube reichte, tat er es auch, aber es berührte ihn nicht besonders. Erst als seine flache Hand über Julias Brustwarzen glitt, er ihr Aufseufzen hörte und das Emporschnellen ihres Unterkörpers wahrnahm, zog er die Finger zurück, als habe er sich verbrannt. Er war aufgesprungen, hatte den Cremerest an seinen

Bauch geschmiert und war wortlos gegangen. Aber er hörte noch, was Julia ihm nachrief. Ein Arschloch sei er – oder ob er vielleicht schwul wäre? Das lastete lange auf ihm, und er fand nur Trost am Flügel bei Mozart und Scarlatti.

Um den Ruf der Unberührtheit abzustreifen, verwandelte Robert vor seinen Schulkameraden und Pfadfinderbrüdern diese Pleite mit Julia in ein sexuelles Vollerlebnis. Begeistert berichtete er von ihren hochstehenden Brustwarzen, ihrem erregt kreisenden Unterleib, ihren ihn umschlingenden Beinen und ihrem Mund, der stöhnend wimmernde Laute ausgestoßen hätte. Er beschrieb das so plastisch, daß auch Zweifler ihm glaubten. Von da an galt Robert als vollwertig im Kreise seiner Mitschüler. Und dadurch lernte er, daß gezielte Lügen die Anpassung fördern.

Jetzt aber vollzog sich in ihm eine Wandlung. Das Zusammentreffen mit Ulrike Sperling kam einem Deichbruch gleich: Was bisher eingedämmt war, floß nun ungehemmt in sein Lebensgefühl ein. Der Wunsch, Ulrike wiederzusehen, belastete sein Herz wie ein Gewicht. Robert hatte so etwas noch nie empfunden.

Es wurde für ihn eine unruhige und kurze Nacht. Ausgezogen im Bett liegend, empfand er den Druck der leichten Daunendecke wie das Anschmiegen von Ulrikes Haut, und als er sich auf die Seite drehte und in einen Wulst der Decke griff, zuckte er zurück, als habe er Ulrikes Brust berührt. So fest und doch weich mußte sie sein wie dieser Daunenhügel, der sich unter Roberts Händen bewegt hatte. Und zum erstenmal gab er einem unwiderstehlichen Drang nach, knüllte die Daunendecke zur Form einer Brust zusammen, küßte sie und vergrub sein Gesicht darin.

Unter diesem greifbaren Traum schlief er endlich ein.

Am nächsten Vormittag durchstreifte Robert wieder das Prinzregenten-Stadion. Aber Ulrike Sperling war nicht da.

Auch am Tag darauf suchte er sie vergebens, und er war nun fast sicher, daß sie doch einen Beruf mit festen Arbeitszeiten hatte und lediglich einen freien Tag genutzt hatte, um im Stadion zu schwimmen und die Sonne zu genießen. Das war eine bedrückende Erkenntnis, denn sie verringerte die Möglichkeit eines Wiedersehens. Vielleicht am Samstag oder Sonntag, tröstete Robert sich. Das hatte sie sicherlich gemeint, als sie von einem Zufall sprach.

Am dritten Tag jedoch sah er sie wieder. Sie lag wie neulich auf der Wiese, fast am selben Fleck, trug jetzt einen einfarbig roten, aber ebenso knappen Bikini, und sie schlief nicht, sondern lag, ein zusammengerolltes Badetuch als Stütze unter dem Nacken, und las in einem Taschenbuch. Es war von einem bekannten Bestseller-Autor, den deutsche Literaturkritiker nicht wahrnehmen wollten. Millionenauflagen erzeugen bei elitären Geistern Mißtrauen und Abwehr.

Robert schlich sich leise an Ulrike heran, beugte sich über sie und sagte: »Sie lesen diese trivialen Ergüsse?«

Sie schrak zusammen und ließ das Buch in ihren Schoß fallen. Ein fast böser Ausdruck lag auf ihrem Gesicht. »Ich mag den Autor. Haben Sie schon etwas von ihm gelesen?«

»Nein.«

»Aber Sie üben Kritik! Sie sind nicht besser als diese Berufskritiker. Sie selbst rühren solche Bücher nicht an, aber Sie verdammen sie, ohne sie gelesen zu haben. Nur so, weil Ihnen der Schriftsteller nicht paßt.« Sie schien wirklich wütend zu sein, klappte das Buch zu und legte es zur Seite.

»Ich habe Sie erwartet«, sagte Robert, um seine Ungeschicklichkeit wieder gutzumachen. »An jedem Tag war ich hier.«

»Sie sollten Ihre Zeit nützlicher verwenden. Oder wollen Sie wieder mit mir bei Käfer essen gehen?«

»Dazu reicht mein Taschengeld nicht mehr.«

»Es gäbe die Möglichkeit, daß ich Sie einlade.«

»Ich möchte keine Belastung für Sie sein ...«

»Belastung! Ich gönne mir selbst etwas und lasse Sie daran teilhaben. Ich habe heute zum Beispiel einen Mordsappetit auf Kaviar mit Schneekartoffeln.«

»Ein teures Vergnügen.«

»Ab und zu muß man mal über die Stränge schlagen, sonst ist das Leben ein Jammertal.«

Für Robert stand in diesem Augenblick fest, daß sie doch die Tochter eines reichen Vaters sein mußte. Zeit genug, Geld genug, Kaviar so nebenbei, wie man einen Keks ißt ... Es war eigentlich unbegreiflich, daß diese Frau einem achtzehnjährigen Abiturienten überhaupt zuhörte.

Er schlug vor, zunächst einen Orangensaft im Stadion-Restaurant zu trinken. Aufmerksame Blicke der verhinderten Playboys folgten ihnen, als sie nebeneinander am Schwimmbecken vorbeigingen, und etwas wie Triumph stieg in Robert auf, daß ihm die Ehre zuteil wurde, diese schöne Frau zu begleiten. »Ich möchte mehr über Sie wissen«, sagte er, als sie im Restaurant an einem Ecktisch saßen.

»Warum?« fragte Ulrike.

»Ich habe vier Tage lang über Sie nachgedacht.«

»Nicht über Ihre Philosophen und diesen Popin?«

»Chopin.« Er lächelte verzeihend. Wie paßte das nun wieder zusammen? Als Tochter aus reichem Hause mußte sie eine gute Schulbildung genossen haben, und das schloß auch ein, daß man Chopin kannte. Da tat sich eine unerklärbare Kluft auf.

»Chopin! Muß man den kennen?« erkundigte Ulrike sich lächelnd.

Welche Frage für eine gebildete Frau! Robert spürte, wie er wieder unsicher wurde. Und dann fragte er geradeheraus: »Wer sind Sie, Ulrike Sperling?«

»Ich bin eine Frau von 33 Jahren, unverheiratet, auch

nicht verwitwet, besitze eine Wohnung in Schwabing, eine Katze, die Lori heißt, und einen Fiat Punto. Zufrieden?«

»Nicht ganz ...«

»Was möchten Sie sonst noch wissen?«

»Sie haben keine Geldsorgen?«

»So kann man es nennen.«

»Ihr Vater ist reich?«

»Ich hatte nur einen Stiefvater. Er war Bauarbeiter, fast immer besoffen, hat meine Mutter verprügelt und machte sich an mich ran, als ich vierzehn war. Ich habe mich gewehrt, und da hat er mich grün und blau geschlagen. Und plötzlich war er weg. Keiner weiß bis heute, wo er geblieben ist.« Sie sah Robert mit schräg geneigtem Kopf an. »Enttäuscht?«

»Sie lügen«, erwiderte Robert. »Warum lügen Sie?«

»Warum sollte ich das? Es ist die Wahrheit.«

»Und Ihr Beruf?«

»Ich war einmal Tänzerin.« Sie hob die Hand und wischte durch die Luft, als wolle sie diesen Teil ihres Lebens abtun. »Für die Staatsoper reichte es nicht, beim Spitzentanz fiel ich immer hin ... Aber es gibt ja auch noch andere Bühnen als die Oper. Ich wurde – na, sagen wir: Ausdruckstänzerin.«

»Ich kann mir darunter nichts vorstellen.« Robert merkte selbst, wie belegt seine Stimme klang.

Ulrike fuhr sich mit beiden Händen durch die Haare. »Da gibt es kein Auf, sondern nur ein Ab. Nach drei Jahren hatte ich die Nase voll und wechselte hinter den Tresen.«

»Was heißt das?« fragte er unsicher.

»Ganz schlicht und einfach: Ich stehe hinter einer Bar. Von acht Uhr abends bis manchmal vier Uhr früh. Am Vormittag schlafe ich, am Nachmittag tanke ich Sonne und Sauerstoff.«

»Sie sind also eine Barfrau?«

»Höflicher wäre Bardame.«

»Wo?«

»In der Toscana-Bar.« Ulrike schob ihr leeres Glas zurück. »Jetzt sind Sie enttäuscht, nicht wahr?«

Robert wußte darauf keine Antwort. Enttäuscht, so konnte man das nicht nennen. Es war eher der Zusammenbruch seiner Phantasien. Was er in diese Frau hineingedichtet hatte, fiel in Trümmer.

Ulrike, half ihm aus der Verlegenheit, indem sie fragte, ob er schon einmal in einer Bar gewesen sei. Nein, noch nie, entgegnete er. Er kenne so etwas nur aus Fernsehfilmen, und da sei bestimmt vieles übertrieben und überzeichnet. Bardame, das sei doch ein ehrlicher Beruf, sicherlich sogar ein schwerer. Jede Nacht bis vier Uhr morgens ...

»Es nervt«, sagte sie. »Aber ich liebe diesen Job trotzdem. Man lernt, wie unvollkommen, schwach und verlogen der Mensch von Natur aus ist.«

»Das klingt sehr bitter ...«

»Ich habe mich immer allein durchschlagen müssen.« Sie blickte an ihm vorbei auf das Stadion. »Das ist gar nicht so einfach. – Ich möchte jetzt gehen.«

»Es ist noch früh«, protestierte Robert.

»Trotzdem!« Sie stand abrupt auf, und ihm blieb keine andere Wahl, als ihr zu folgen. Um ehrlich zu sein: Ihre Eile kam ihm gelegen. Was er in diesen Minuten alles erfahren hatte, bedurfte einer gewissen Verarbeitung. Wenn nur zehn Prozent von dem, was er im Fernsehen über Bardamen gesehen hatte, der Wahrheit entsprach, war das schon genug, um seine neue innere Zwiespältigkeit zu verstärken.

Robert begleitete Ulrike bis zum Ausgang des Bades und kehrte dann ins Stadion zurück. Sie hatten sich zum Abschied die Hände gereicht, aber es war ein anderer Händedruck gewesen als beim ersten Mal. Ulrike entzog Robert schnell ihre Finger und ging davon, ohne sich noch einmal nach ihm umzudrehen.

Er saß noch lange am Rand des Schwimmbeckens, sah den Turmspringern zu und dachte nach. Unmöglich konnte Ulrike so sein wie die Bardamen in den Filmen, die er kannte. So sah sie nicht aus. Aber was bedeutete das schon? In den Filmen waren die Bardamen immer die Hübschesten, aber auch die Verwerflichsten. Doch Ulrike war anders. Sie sprach anders, sie bewegte sich anders, ihre Augen hatten keinen verführerischen Blick. Sie ist eine Ausnahme, beschloß Robert.

Am nächsten Tag während der großen Pause erzählte er einem Klassenkameraden, der einen sensationellen Ruf als Mädchenaufreißer hatte, von seiner Bekanntschaft mit Ulrike. Der Schulfreund starrte ihn ungläubig an und schnalzte dann mit der Zunge.

»Du hast 'ne Bardame kennengelernt?« fragte er.

»Ja. Eine bildschöne Frau.«

»Junge, Junge ...«

»Was heißt das – Junge, Junge?«

»Eine Bartussi! Halt sie dir warm. Bei der kannste lernen, was richtiges Hacken ist ...«

»Du Blödmann! Sie ist eine anständige Frau!« Robert war wütend, aber die gemeinen Worte blieben in seiner Erinnerung haften. Sie setzten sich fest und peinigten ihn bis zum Herzrasen. Er suchte ein Ventil und fand es nur in seinem Klavierspiel. Mit einer bisher unbekannten Wut hieb er eine Beethoven-Sonate in die Tasten, daß es nur so dröhnte. Unten im Wohnzimmer hob Dr. Habicht den Kopf und sah zu seiner Frau hinüber.

»Hör dir das an«, sagte er stolz. »Dieser Anschlag! Der Junge macht sich ...«

»Ich habe mit Gerhard ausgemacht, daß er mir abends Nachhilfestunden in Mathematik gibt«, erklärte Robert drei Tage später, nachdem er im Schwimmbad vergeblich auf Ulrike gewartet hatte. »Es kann spät werden.«

Gerhard war der Klassenprimus in Mathe. Dr. Habicht konnte also nur zustimmend nicken.

Er glaubte, eine bemerkenswerte Aktivität seines Sohnes festzustellen, und war erfreut, daß die verhaßte Mathematik nun doch Roberts Interesse geweckt hatte. Auf Dr. Habichts Frage, ob die Nachhilfe eine ständige Einrichtung werden solle, entgegnete Robert, das wisse er noch nicht. Es hinge davon ab, ob sich ein Erfolg abzeichne. Und dann wagte er, das Wesentliche auszusprechen.

»Ich brauche mehr Taschengeld, Papa.«

»Wieviel?« fragte Dr. Habicht, durch Roberts Lerneifer in Gönnerlaune.

»Ich weiß es noch nicht. Bei aller Freundschaft ... Gerhard wird es nicht umsonst tun. Soll er auch nicht. Du weißt, daß Gerhards Vater ...«

»Wieviel brauchst du jetzt?«

»Im Moment hundert Mark.«

»Oho! Du gehst gleich in die Vollen!«

»In Erfolge muß man investieren, Papa.«

Dr. Habicht war in fröhlicher Stimmung. Er lachte über diesen Ausspruch und holte aus seiner Brieftasche einen Hundertmarkschein. »Gib ihn sinnvoll aus«, sagte er dabei. »Und wenn ihr einen trinken geht ...«

»Wir beschäftigen uns mit Mathe, nicht mit Alkohol.«

»Und wenn du in der Dunkelheit zurückkommst, fahr vorsichtig.«

Robert nickte, steckte den Geldschein in seine Jackentasche und verließ schnell das Zimmer. Immer diese Belehrungen, diese dummen Ermahnungen, als ob er noch ein Kind sei! Es regte ihn auf, ständig diese elterlichen Vorhaltungen zu hören, unerträglich waren sie! Er wurde in den Augen seiner Erzeuger anscheinend nie erwachsen und war mit achtzehn Jahren für sie immer noch der Knirps, den man an der Hand führen mußte, damit er nicht über ein

Steinchen stolperte. Verdammt noch mal, er war ein Mann! Wann akzeptierten sie das endlich?

Am Abend setzte Robert sich in seinen Citroën und fuhr nach Schwabing. Im Telefonbuch hatte er sich die Adresse der Toscana-Bar herausgesucht; es war leicht, sie zu finden. Er parkte nach langem Suchen in einer abgelegenen Seitenstraße, wo er noch eine Lücke am Straßenrand fand, und ging dann zu Fuß zum Toscana zurück. Vor dem Eingang blieb er stehen und betrachtete die Fassade.

Eine rote Neonschrift, eine dicke Tür, zwei verhängte Fenster. Robert beobachtete, wie zwei männliche Besucher auf eine Klingel drückten, sich in der Tür eine Klappe öffnete und anscheinend eine Gesichtskontrolle stattfand. Erst dann wurde der Eintritt freigegeben. Also nicht für jedermann, dachte Robert. Muß ein stinkfeiner Laden sein.

Zögernd überquerte er die Straße und legte den Finger auf die Klingel. Die Klappe öffnete sich. Ein Männergesicht tauchte im Halbdunkel auf. Ein harter Blick musterte ihn.

»Ja?« fragte eine Stimme. Sie klang abweisend.

»Ich möchte rein!« sagte Robert mit erzwungener Forschheit.

»Ich nehme an, Sie haben sich verlaufen.«

»Ist das ein öffentliches Lokal oder nicht?«

»Das bestimme ich!« Die Stimme wurde gröber. »Zisch ab, Junge ...«

»Was gefällt Ihnen nicht an mir?«

»Dir kleben noch die Eierschalen an den Ohren! Mach 'ne Fliege, aber schnell!«

»Um es mal ganz klar auszudrücken: Sie machen jetzt die Tür auf, und ich komme rein!« Robert verfiel jetzt in den Ton, den man anscheinend hier gewöhnt war. »Ich bin ein Bekannter von Ulrike Sperling, und es wird Ärger geben, wenn Sie sich weiter so dämlich benehmen!«

»Ein Bekannter von Ulla?« Der Mann hinter der Türklappe lachte kurz auf. »Woher kennste Ulla?«

»Das geht dich einen Dreck an! Mach auf!«

Zur Männlichkeit gehörte anscheinend Grobheit ... Das war eine neue Lehre für Robert. Höflichkeit ist eine Tugend, die oft mit Dummheit oder Schwäche verwechselt wird. Das mußte man sich merken. Mit gut abgestufter Arroganz kam man im Leben weiter als mit einem untertänigen Diener. Robert hatte so etwas noch nie versucht, aber jetzt, schon beim ersten Mal, überraschte ihn die Wirkung: Die Tür wurde geöffnet.

Der unhöfliche Türsteher, Typ Muskelmann, musterte Robert von oben bis unten. Sie befanden sich in einem mit einer tief dunkelroten Tapete ausgestatteten Vorraum, dessen Längswand eine Garderobe einnahm. Hinter der Theke stand ein Mädchen mit knallenger Bluse und einem Superminirock, die alle Vorzüge ihres Körpers zwar bedeckten, aber gleichzeitig deutlich preisgaben. Dazu hatte die Kleine schulterlange blonde Haare und ein Puppengesicht, das Robert an eine Barbie-Puppe erinnerte. Sie lächelte ihn an und sagte mit einem Augenzwinkern: »Dreißig Mark.«

»Ich habe keine Garderobe abzugeben«, entgegnete er.

»Eintritt, mein Herr.«

»Ach so ...«

Er griff in die Jackentasche, holte den Hundertmarkschein heraus und ließ sich siebzig Mark herausgeben, was der Türsteher mit einem abfälligen Grunzen begleitete. Erst dann öffnete sich die breite Doppeltür im Hintergrund, und Robert betrat die Bar.

Die erste Reaktion auf dieses neue Abenteuer in seinem Leben war Staunen. Er sah einen großen Raum mit runden Tischen und gepolsterten Stühlen, einige Nischen mit von bunten Seidenbahnen bespannten Decken, einen roten blumengemusterten Teppichboden und in der Mitte eine kreisrunde Tanzfläche aus weißem Marmor. In der halbdunklen schwülen Beleuchtung erkannte er Serviererinnen, so knapp bekleidet wie das Garderobenmädchen, und einige tanzende Paare. Eine Drei-Mann-Band spielte auf einem Podium in der rechten Ecke, und links, fast die ganze Wand einnehmend, befand sich die Bartheke, schimmernd in Chrom, Messing, poliertem Holz und Spiegeln. Davor standen die Barhocker, besetzt von sichtlich angeregten Paaren ... Eigentlich war alles so, wie Robert es aus den Filmen kannte, nur harmloser und weniger verworfen – im Grunde enttäuschend.

Was er nicht bei seinem Rundblick entdeckte, war die Welt hinter der Schmalwand, die durch eine Tür unterbrochen wurde. Dahinter lag ein langer Flur, von dem links und rechts eine Anzahl Türen abgingen, im ganzen zehn Zimmer, deren Einrichtung sehenswert war. Jedes dieser Appartements verfügte neben einem riesigen Rundbett und verspiegelten Wänden über einen Whirlpool, als Eckwanne gebaut, und einer Videokamera auf einem Stativ, mit der man auf Wunsch seine Aktionen aufnehmen und später auf Cassette als Andenken mitnehmen durfte. Ein spezieller Service, der sich in den interessierten Kreisen schnell herumgesprochen hatte und für eine gute Frequentierung der »Studios« sorgte.

Hinter der langen Bartheke sah Robert endlich auch Ulrike. Er konnte sie nur an ihren Haaren erkennen ... Das Gesicht war ihm fremd, durch Schminke fast entstellt, eine aufgemalte Maske, die nur durch die Augen und die grellrot bemalten Lippen lebte. Es war Robert wie ein Stich ins Herz. Das soll sie sein ... das ist sie? Wo ist die junge hübsche Frau aus dem Schwimmbad geblieben?

Als er sich der Bartheke näherte, erkannte Ulrike ihn, verließ sofort ihren Arbeitsplatz und kam auf ihn zu. Sie trug ein so tief ausgeschnittenes Kleid, daß ihre Brüste bis zur

Hälfte freilagen, und es war so eng, daß man die Wölbung ihres Schoßes deutlich erkennen konnte. Die Farbe Pink unterstrich noch die beabsichtigte Wirkung.

Ihre Frage war wie eine Ohrfeige für ihn. »Was machen Sie denn hier?«

»Ich wollte sehen, wo Sie arbeiten.«

»Bitte, gehen Sie wieder.«

Er schüttelte den Kopf und kämpfte gegen sein Entsetzen an. »Ich bin ein Gast wie jeder andere hier.«

»Wieso hat Bolo, der Idiot, Sie überhaupt hereingelassen?«

»Ich habe gesagt, daß wir gut miteinander bekannt wären ...« Robert riß seinen Blick von ihrem fremden Gesicht los und nickte zur Bar hinüber. »Ich möchte etwas trinken.«

»Ein Cocktail kostet zwanzig Mark, eine Flasche Sekt dreihundert ...«

Er versuchte ein Lächeln, das seine Mundwinkel verzerrte. »Mixen Sie mir einen Cocktail Ihrer Wahl, Ulla ... So nennt man Sie doch hier?«

Sie drehte sich um, ging zur Theke zurück, und er folgte ihr, als zöge sie ihn an einem Strick hinter sich her. Erst hinter der Theke sah sie ihn wieder an. Robert setzte sich auf einen der Barhocker und fand ihn reichlich unbequem.

»Einen Cocktail – ja. Und dann gehen Sie bitte ...«, sagte sie. »Ich mixe Ihnen einen Pawpaw.«

»Mir ist gleichgültig, was Sie da zusammenrühren oder schütteln ... Warum wollen Sie mich rausschmeißen?«

»Sie gehören nicht hierher, Robert.«

Zum erstenmal sprach sie seinen Namen aus. Robert – wie das aus ihrem Mund klang! Er glaubte, seinen Namen noch nie so gehört zu haben, so weich, so melodiös – wie der Ton eines Cellos auf der G-Saite.

»Sagen Sie das noch mal: Robert.«

Er wußte nicht, wie unreif, ja, kindlich das war, und er bemerkte auch nicht Ulrikes mitleidigen Blick. Aber sie tat ihm den Gefallen.

»Robert.« Sie schob ihm ein Glas mit einem Plastikhalm hin. »Hier, Ihr Pawpaw. Auf Kosten des Hauses ...«

»Das heißt: Sie bezahlen ihn.«

»Ich bekomme Rabatt.«

»Das nehme ich nicht an. Was ich bestelle, das bezahle ich auch.« Er saugte an dem Halm und fand die Mischung aus Martinique-Rum, Limetten-, Orangen-, Ananas- und Papayasaft sowie frischen Papayastückchen sehr erfrischend und würzig. So etwas ist zwanzig Mark wert, redete er sich ein. Man bezahlt ja damit auch die ganze Atmosphäre drumherum. Die Musik, die Mädchen und den Blick auf die halb entblößten Brüste von Ulrike. Alles im Preis inbegriffen. Robert spürte wieder diesen Druck auf seinem Kehlkopf.

»Ulrike?« fragte er und umklammerte mit beiden Händen das Glas. »Warum tun Sie das?«

»Was?«

»Hier arbeiten?«

»Die Antwort können Sie sich selbst geben: um meine Miete zu bezahlen, um auf dem Viktualienmarkt einzukaufen, um mir ab und zu etwas Schönes an den Leib zu hängen, ganz einfach – um zu leben.«

»Es gibt genügend andere Arbeit.«

»Meinen Sie? Robert, was wissen Sie vom Leben? Sie sind in einem guten Elternhaus aufgewachsen ... Was ist Ihr Vater?«

»Oberregierungsrat.«

»Sieh an! Nie Not, nie Hunger, nie Probleme, kein Stiefvater, der einem an die Wäsche will, keine Chefs, denen die Finger jucken, wenn man mit ihnen allein ist, keine Kündigungen, weil man diese Finger wegschlägt ...«

»Und hier faßt Sie keiner an?« Er schluckte. »So, wie Sie jetzt aussehen?«

»Das bestimme ich. – Robert, trinken Sie aus und gehen Sie. Bitte.«

»Ich hätte Lust auf einen zweiten Cocktail.«

»Den bekommen Sie nicht von mir.«

»Dann wende ich mich an eine Ihrer Kolleginnen.«

»Also gut.« Sie seufzte und nahm das geleerte Glas an sich. »Aber nur, wenn Sie mir versprechen, nach diesem Drink zu gehen.«

»Versprochen.«

Die Bar füllte sich, je mehr die Zeit vorrückte. Einige Paare verschwanden hinter der Tür in der Rückwand, ohne daß Robert sich darüber Gedanken machte. Er hockte auf seinem Barstuhl, sah Ulrike zu, wie sie andere Gäste bediente, und ärgerte sich, als ein sichtbar angetrunkener Mann ihr einen Fünfzigmarkschein in den Ausschnitt steckte. Man sollte ihn ohrfeigen, dachte Robert. So behandelt man keine Frau, nicht Ulrike. Und sie lacht auch noch. Aber wie soll sie sonst reagieren? Es ist ihr Job. Ein Mistjob!

Er blieb mit seinem zweiten Cocktail, den er selbst bezahlte, bis gegen elf Uhr in der Bar. Und er gehorchte sogar, als Ulrike zu ihm sagte: »Nun sollten Sie aber wirklich gehen, Robert.«

Er nickte, und sie nahm es mit einem deutlichen Aufatmen auf. »Sehe ich Sie morgen im Schwimmbad?« fragte er.

»Ich weiß es nicht.«

»Wenn nicht, bin ich morgen abend wieder hier.«

»Das ist fast Erpressung ...«

»Das ist nur ein Wunsch.« Er gab ihr die Hand und hielt sie länger fest als bei einem normalen Abschied. »Sie sind meine sphärische Trigonometrie.«

»Was bin ich?«

»Die Untersuchung der Beziehungen zwischen Seiten

und Winkeln von Kugeldreiecken ... Das hätte ich heute pauken sollen. Mathe! Aber Ihre Cocktails waren besser und für mich wertvoller. Bis morgen ...«

Er ließ ihre Hand los, lachte in ihr ratloses Gesicht und verließ die Bar. Im Vorraum traf er wieder auf den Türsteher, den Ulrike Bolo genannt hatte. Der Muskelberg sah ihn böse an.

»Nun kennen Sie mein Gesicht«, sagte Robert, während Bolo die Tür aufschloß. »Beim nächsten Mal also keine lange Diskussion ...«

»Das warten wir mal ab.« Bolo riß die Tür auf. »Mach 'ne Fliege ... Die frische Luft wird dir guttun ...«

Kaum hatte Robert die Bar verlassen, schälte sich aus dem schummerigen Hintergrund eine Gestalt und kam an die Theke. Es war ein südländischer Typ mit krausen schwarzen Haaren und einem dünnen Oberlippenbärtchen. Er lehnte sich an die Bar und wartete, bis Ulrike einen Gast bedient hatte.

»Wer war das?« fragte er mit italienischem Akzent.

»Wer?« fragte Ulrike zurück.

»Stell dich nicht so dämlich an, Ulla! Der junge Wichser, der gerade gegangen ist.«

»Ein Gast.«

»Du hast dich fast nur um ihn gekümmert.«

»Ist mir nicht aufgefallen.«

»Stehst du jetzt auf junge Spritzer?«

»Verdammt noch mal, er war zum erstenmal hier!«

»Bolo sagt, du kennst ihn.«

»Bolo ist ein Idiot!« erwiderte sie böse.

»Sei vorsichtig, Ulla. So 'n Junge lohnt sich nicht ... Der fällt dir nach der ersten Runde aus dem Bett. Aber er könnte wache Augen haben. Kein Risiko, Madonna, auch wenn's juckt.«

»Du kannst mich mal!« fauchte sie, während sie einige Gläser zusammenschob.

»Immer, wenn du willst.« Er lachte und trommelte mit den Fingern auf die Theke. »Salvatore ist stets bereit.« Er winkte ihr zu und verschwand wieder im Halbdunkel der Bar, wo er sich an die Wand lehnte und die Gäste beobachtete.

Er hieß Salvatore Brunelli und kam aus dem Dörfchen San Marco in den Bergen um den Rocca Busambra, in der Nähe der Stadt Corleone auf Sizilien. Beruf: Elektriker.

Zweifellos ein bemerkenswerter Mann.

»Es kommt nicht alle Tage vor, daß man einen solchen Wink bekommt: Es sind zwanzig Kilogramm reines Heroin unterwegs. Von Vietnam über Polen nach München.« Mehr sagte der unbekannte Informant nicht, keinen Treffpunkt, keine Zeitangabe, nur: »Da kommt was.«

Für Kriminalhauptkommissar Peter Reiber vom Rauschgiftdezernat der Münchner Kripo bedeutete diese vage Meldung Alarmstufe eins. Für ihn stand außer Zweifel, daß es eine echte Nachricht war und kein übler Scherz, was er auch schon oft genug erlebt hatte. Anonyme Anrufe sind immer mit Vorsicht zu behandeln. Im Dienstzimmer vom Chef des Dezernats fand deshalb auch eine schnell einberufene Konferenz statt.

»Die Stimme des anonymen Informanten hatte einen östlichen Akzent.« Hauptkommissar Reiber hob bedauernd die Schultern. »Leider haben wir das Gespräch nicht mitgeschnitten; wir können ja nicht jeden Anruf auf Band nehmen. Es könnte sich also durchaus um einen Polen handeln. Ich frage mich nur, warum ein Pole einen solchen Millionen-Deal verrät, wenn es sich um eine vietnamesisch-polnische Aktion handelt. Und auch das ist neu: Vietnam. Wie bekannt, läuft der Rauschgiftschmuggel über drei große Schienen: die italienische Mafia, chinesische Triaden und die Russen-Mafia. Nun kommen die Vietnamesen noch dazu, vorausgesetzt, die Information trifft zu. Dann hätten wir es mit einer neuen Gruppe zu tun, die mit aller Brutalität ins Geschäft drängt. Mit anderen Worten: München bekommt einen neuen Kriegsschauplatz. Es könnte uns also noch allerhand bevorstehen.«

»Außer dem Telefongespräch haben wir keine anderen Hinweise?« fragte der Chef des Dezernats.

»Nichts. Nur: Zwanzig Kilogramm Heroin sind unterwegs.«

»Das heißt, sie können auch längst in München sein.«

»Dann wäre der Hinweis sinnlos.«

»Er ist es grundsätzlich. Was sollen wir damit anfangen, daß ein Deal stattfindet, ohne Ort und Zeit zu kennen?«

»Wir sollten beantragen, daß ab sofort die polnische Grenze verstärkt überwacht wird.«

Reiber sagte das, obwohl er wußte, daß solch ein Vorschlag nur ein frommer Wunsch bleiben würde. Die polnisch-deutsche Grenze war löcherig wie ein Sieb; sie intensiv zu überwachen war technisch und personell gar nicht möglich. Der Chef sprach denn auch aus, was Reiber dachte:

»Dann müßten wir entlang der polnischen Grenze eine Mauer à la Berlin bauen. Spaß beiseite – was können wir tun?«

»Nichts!« Reiber sagte es so brutal, daß einige Kollegen zusammenzuckten. Das Wort »nichts« ist innerhalb der Polizei ein verhaßtes Reizwort. »Nichts« bedeutet Ohnmacht gegenüber dem Verbrechen, und oft genug hatte man ohnmächtig zusehen müssen, wie die internationale Kriminalität unaufhaltsam wuchs und Deutschland zum Idealland ihrer Aktionen auswählte. Die Samthandschuhe der deutschen Gesetze waren ein fabelhafter Nährboden für Verbrechen jeglicher Art geworden, und das von Bonner Politikern stur und uneinsichtig gehütete Abhörverbot öffnete der Kriminalität weit den deutschen Markt. Hauptkommissar Reiber hatte es im vertrauten Kreis einmal besonders drastisch und frustriert ausgedrückt:

»Solange ein Bandenverbrechen mit vier Jahren, eine Steuerhinterziehung aber mit fünf Jahren bestraft wird, solange ein Mörder mit einem guten Anwalt, der auf psychische Schäden im Kindesalter plädiert, mit zehn Jahren davonkommt, in diesen zehn Jahren brav im Gefängniskirchenchor mitsingt und in der Zelle Marienbilder malt und deshalb als resozialisiert nach sechs Jahren entlassen wird, solange ist etwas faul in unserer Justiz! Denken Sie nur an den Fall in Norddeutschland: Da kommt eine Frau nach einigen Jahren Haft aus der Haftanstalt. Vorzeitig, wegen guter Führung. Und was geschieht? Ein paar Monate später begeht diese Frau einen Raubüberfall auf eine andere Frau und verletzt sie mit mehreren Messerstichen schwer. Verhaftung, Verhör, klarer Tatbestand. Und wie reagiert die Staatsanwaltschaft? Sie läßt die Frau frei. Kein Inhaftierungsgrund, weil ein nachweisbarer fester Wohnsitz vorhanden ist! – Ja, wo leben wir denn! – Angenommen, ich schlage dir jetzt den Schädel ein – mit 'nem Bierglas, nachdem ich schon vier Bier und zwei Schnäpse geschluckt habe. Was nun? Sehr wenig. Ich kann nachweisen, daß ich vor Jahren einen Autounfall hatte, mit einem Schädel-Hirn-Trauma. Ein Psychiater bescheinigt mir, daß ich im Augenblick des Mordes aufgrund einer Alkoholisierung in einem einmaligen Affekt-Tunnelsyndrom gehandelt habe, wobei das Wort ›einmalig‹ das wichtigste ist ... Kein Gericht wird mich wegen Mordes verurteilen, höchstens wegen Totschlags bei einer vorübergehenden Unzurechnungsfähigkeit. Da kommt ein mildes Urteil raus! Dabei *wollte* ich dich umbringen! Es war eiskalter Mord! Aber ich laufe weiter frei herum, und du bist tot! – Bei uns ist eine Menge faul in der Justiz.«

Jetzt sagte Reiber: »Es bleibt uns nur eins, und das wäre großes Glück oder Zufall: Wir bekommen einen Wink von einem unserer verdeckten Ermittler in der Szene. Aber dann ist das Heroin längst im Hafen.«

»Haben wir verdeckte Ermittler in Vietnamkreisen?«

»Nein. Aber in den polnischen.«

»Und da bleibt noch eine wichtige Frage offen.« Der Chef des Dezernats beugte sich etwas vor. »Wenn die Polen mitspielen, warum gibt uns dann ein Pole diesen Tip?«

»Das habe ich mich auch gefragt.« Reiber nahm einen Schluck aus dem Wasserglas, das vor ihm stand. Seine gegenwärtige Hilflosigkeit trocknete seine Kehle aus. »Da muß einer sein eigenes Süppchen kochen.«

»Indem er seine Kumpane verrät?«

»Möglich. Vielleicht aus persönlicher Rache ...«

»Dann hätte er genaue Angaben über den Deal gemacht. Aber diese vage Andeutung ... Ich glaube eher, daß da jemand der Polizei klarmachen will, daß sie in Zukunft mit einer neuen Verbrechergruppe zu rechnen hat.«

»Niemand gibt aus dem Untergrund sein Vorhandensein bekannt.«

»Man will Unruhe stiften! Die Polizei verunsichern. Ein neues Syndikat. Na, dann tappt mal schön im dunkeln.« Der Dezernat-Chef erhob sich. »So sehe ich das. Ein Affront gegen die Polizei! Was bleibt zu tun? Abwarten. Abwarten, ob es in Kürze Hinweise gibt, daß diese vietnamesisch-polnische Gruppe wirklich tätig ist.« Und dann setzte er erschreckend hilflos hinzu: »Was bleibt uns anderes übrig?«

Reibers verdeckte Ermittler wußten nichts Neues zu berichten. In der gesamten Szene war ein Deal von zwanzig Kilo Heroin unbekannt und wurde sogar angezweifelt. Von einer vietnamesisch-polnischen Gruppe hatte man noch nie gehört; wenn es so etwas gab, sprach es sich in den interessierten Kreisen schnell herum, schon wegen der »Marktsicherheit«. Da würden die Italiener und Chinesen sehr aktiv werden, vor allem, wenn die Preise unterboten wurden.

Vier Tage nach dem mysteriösen Telefongespräch rief der Leiter der Mordkommission, Kriminaloberrat Theo Wortke, bei Reiber an.

»Ich habe da im Gerichtsmedizinischen Institut eine Leiche auf dem Tisch liegen«, sagte er in seiner saloppen Art, die im ganzen Präsidium bekannt war. Wer sich seit über sechzehn Jahren nur mit auf unnatürliche Art ums Leben Gekommenen beschäftigt, dem wächst eine Hornhaut auf der Seele. »Wir haben ihn identifizieren können. Er heißt Karyl Podniewski. Ein Pole. Und da ich gehört habe, daß bei euch ...«

»Ich komme sofort rüber!« sagte Reiber und legte auf.

Eine halbe Stunde später standen er und Wortke vor der Leiche. Sie hatte in der Kühlbox gelegen, war tiefgefroren und sah aus wie ein friedlich Schlafender. Der Gerichtsmediziner deckte sie auf und wiederholte, was Wortke schon wußte:

»Der Tod ist eingetreten durch Erwürgen mit einer dünnen Stahlschlinge. Der Mann muß von hinten überrascht worden sein, denn am Körper sind keinerlei Kampfspuren zu entdecken. Todeszeit gestern zwischen siebzehn und achtzehn Uhr. Zu Mittag hatte er ein Schweineschnitzel mit grünen Bohnen gegessen ...«

»Ist das so wichtig?« sagte Peter Reiber gequält.

»Für uns ja.« Der Gerichtsmediziner deckte den Toten wieder zu. »Außerdem war er ein Fixer. Der Körper weist nicht nur eine Vielzahl Einstiche auf, sondern enthält auch Reste von Heroin.«

»Und damit wären wir bei dir.« Wortke trat von dem Toten zurück und klopfte Reiber auf den Arm. »Er gehört zu deinen Drückerbrüdern. Was auffällig ist: Er hatte seine Papiere bei sich. Polnischer Paß, Einreisevisum nach Deutschland, gültig dreißig Tage lang. Reisezweck: Tourist. Alles einwandfrei – bis auf die fatale Tatsache, daß jemand ihn mit einem Draht erwürgt hat. Kannst du was damit anfangen?«

»Nein.«

»Erst der Anruf eines Polen bei dir, und jetzt liegt ein ermordeter Pole bei uns im Institut. Könnte da ein Zusammenhang bestehen?«

»Möglich – oder auch nicht. Es kann auch nur Zufall sein.« Reiber strebte aus dem Raum heraus, nachdem er dem Gerichtsmediziner zugenickt hatte. Er war nicht so abgebrüht wie Wortke, der einen Toten wie eine Sache und ein neu zu bearbeitendes Aktenstück betrachtete. Reiber wurde mit Leichen nur konfrontiert, wenn ein Fixer sich den Goldenen Schuß gesetzt hatte und die Rauschgiftszene zum wiederholten Male durchleuchtet werden mußte – wie so oft ohne große Ergebnisse. Aber auch da traf er immer wieder mit Wortke zusammen; Selbstmord fällt in die Zuständigkeit der Mordkommission. Wortke sagte dann jedesmal: »Schon wieder ein Engelchen! Peter, bei dir ist mehr los als bei mir. Wenn ihr nicht wäret, könnten wir gemütlich Schach spielen.« Das war natürlich übertrieben, aber Wortke liebte solche Sprüche.

»Was habt ihr bisher über diesen Mord rausbekommen?« fragte Reiber, als sie draußen im Flur standen. Wortke hob die Schultern, was genug ausdrückte.

»Wir haben den Toten im Westpark Ost gefunden. Eine Rentnerin, die ihren Hund gegen neun Uhr abends noch einmal Gassi führte, entdeckte die Leiche hinter einem Busch. Genauer: Der Hund entdeckte ihn. Jetzt liegt die Rentnerin im Krankenhaus mit einem Schock. Der Fundort ist nicht der Tatort ... Zwischen siebzehn und achtzehn Uhr, wie der Gerichtsmediziner festgestellt hat, erdrosselt man keinen im Westpark! Das fällt auf. So mutig ist kein Mörder.«

»Mit Ausnahme eines Asiaten ...«, sagte Reiber nachdenklich.

»Da kennst du dich besser aus mit deiner internationalen Klientel.«

»Sie töten blitzschnell, neben dir, in der Menge, im Bus, in der Straßenbahn, im Zug, im Kaufhaus, im Stadion beim Fußballspiel. Ich denke da an die Wochenlohnmorde von Soweto. Das liegt zwar nicht in Asien, sondern in Afrika, ist die Eingeborenenstadt bei Johannesburg, aber diese Morde sind typisch für schnelles, lautloses Töten. Es ist Wochenende. Die Arbeiter bekommen ihren Lohn. Rückfahrt nach Soweto. Busse, so überfüllt, daß man kaum atmen kann, Körper an Körper gepreßt. Da kann keiner mehr umfallen. Und da steht dann einer hinter dir, eng an dich gepreßt, und stößt dir eine spitz zugefeilte Fahrradspeiche von hinten mitten ins Herz. Du spürst nur einen Nadelstich und bist sofort tot. Erst wenn an der Endstation alle aussteigen, bleibt einer im Bus zurück und kann endlich umfallen: der Ermordete. Man hat diese Mörder noch nie gefaßt.«

»Übertragen wir das auf den Westpark.« Wortke wischte sich über die Stirn, als sähe er es vor sich. »Der Täter kommt von hinten, legt seinem Opfer blitzschnell die Schlinge um den Hals, ein fester Ruck, der Kehlkopf ist durchtrennt, das Opfer wird ins Gebüsch gestoßen ... Das geht sekundenschnell. Theoretisch gut, Peter, aber unmöglich. Ein toter Mann liegt nicht von siebzehn bis einundzwanzig Uhr im Westpark, ohne daß jemand aufmerksam wird. Hier fährt kein Bus nach Soweto. Der Pole muß erst kurz bevor der Hund der Rentnerin ihn aufstöberte ins Gebüsch gelegt worden sein. Aber in einem gebe ich dir recht: Es sieht nach einer asiatischen Tötungsart aus. Und damit wären wir bei deinen Vietnamesen.«

»Und mitten im dunklen Tunnel! Wir haben keinerlei Erkenntnisse. Noch nicht, aber wie heißt es so schön: Auch ein blindes Huhn findet einmal ein Korn.«

»Dann pickt mal fleißig weiter.« Wortke suchte in seinen Taschen nach einer Zigarettenschachtel, fand keine und steckte als Ersatz ein Streichholz zwischen seine Zähne und kaute darauf herum. Reiber konnte er nicht anschnorren, der Kollege war Nichtraucher. »Eines weiß ich jetzt schon sicher: Ich habe da eine Leiche, bei der der Paß falsch sein wird und die keiner kennt. Ein unbekannter Toter ... Die hängen mir besonders zum Hals raus! – Gehen wir ein Bier trinken?«

Das war ein guter Gedanke. Auch Reiber sehnte sich nach einem frisch gezapften Pils. Begegnungen mit Toten trockneten seinen Gaumen aus und erzeugten Durst.

Es war schon mutig von Robert, daß er am nächsten Abend wieder auf die Klingel des Toscana drückte. Nicht wegen möglicher Auseinandersetzungen, sondern wegen der fünfzig Mark, die er noch in der Tasche hatte, sein einziges Kapitel. Davon gingen jetzt dreißig Mark Eintritt ab, blieben lächerliche zwanzig Mark für einen Cocktail. Zum erstenmal kam es Robert richtig zu Bewußtsein, daß er, der einzige Sohn eines Oberregierungsrates, ein armseligeres Leben führte als die Straßenmusikanten in der Kaufingerstraße. Die waren reich gegen ihn.

Bolo öffnete die Klappe in der Tür, stieß wieder sein bärenhaftes Grunzen aus und fragte: »Was willste?«

»Dreimal darfst du raten. Wie im Märchen.«

Die Tür flog auf, das Mädchen hinter der Garderobe kassierte die dreißig Mark Eintritt, aber als Robert die Doppeltür aufstoßen wollte, hielt Bolo ihn am Ärmel fest.

»Du wirst Ärger kriegen«, warnte er.

»Mit wem?« Robert schüttelte den Griff ab. »Solange ich meine Zeche bezahle, bin ich Gast wie jeder andere.«

»Wenn das mal kein Irrtum ist.« Bolo gab den Weg frei. »Hier habe ich schon Leute waagerecht fliegen sehen ...«

Ohne sich mit neuerlichen Rundblicken aufzuhalten, ging Robert sofort auf die Bartheke zu. Schon von weitem erkannte er, daß Ulrike mit einem Gast flirtete. Weiße Haare, Maßanzug, Bauchansatz, mit Sicherheit ein gut gefülltes Portemonnaie. Ulrike lachte und ließ dabei ihre Brüste hüpfen. Robert fand es ekelhaft. Als sie ihn auf die Bar zukommen sah, zog sie unwillkürlich den Ausschnitt ihres Kleides höher. Robert setzte sich neben den Weißhaarigen auf den Barhocker und starrte Ulrike eine Weile stumm an. Erst als sie fragte: »Was darf ich dem Herrn bringen?«, sagte er: »Einen Cocktail.«

»Wieder einen Pawpaw?«

»Nein. Heute einen Blade Runner.«

»Der ist sehr stark ...«

»Würde ich ihn sonst bestellen?«

Sie zögerte, holte dann aber doch Wodka, weißen Rum und Cointreau aus dem Regal, Zitronensaft und Bitter Lemon, schüttelte alles im Mixbecher und seihte dann über Eiswürfel das Getränk in ein hohes Glas. Der Herr neben Robert hatte seinen Hocker verlassen und war zur Toilette gegangen.

»Woher kennen Sie einen Blade Runner?« fragte Ulrike und stellte das Glas ziemlich hart auf die Theke.

»Ich habe mir heute nachmittag ein Cocktailbuch gekauft.« Robert probierte das Getränk; es schmeckte vorzüglich, war aber wirklich sehr stark. »Sie waren nicht im Schwimmbad ...«

»Ich mußte Wäsche waschen.« Sie schüttelte den Kopf. »Sie hätten nicht kommen dürfen ...«

»Es ist vorläufig auch das letzte Mal.« Er legte beide Hände auf die Theke und drehte die Handflächen nach oben. »Die zwanzig Mark für diesen Blade Runner sind mein letztes Geld. Aber ich werde sehen, woher ich welches bekomme ... Ich muß Sie wiedersehen.«

»Ab und zu im Schwimmbad ...«

»Nein, jeden Tag. Immer!«

»Das ist doch Unsinn!« Ulrikes Stimme klang ärgerlich, und doch schwang ein Ton von Mitleid mit. »Sie gehören nicht in meine Welt.«

»Weil ich erst achtzehn bin und keine weißen Haare habe wie der Mann, mit dem Sie eben geflirtet haben?«

Sie hörte seinen Vorwurf heraus und warf einen Blick in das Halbdunkel des Saales. Salvatore Brunelli lehnte wieder im Schatten einer Nische und sah zu ihnen herüber.

»Es ist mein Job, die Gäste zu animieren. Umsatz machen, das ist alles. Nur darauf kommt es an. Wer mir in den Ausschnitt starrt, bestellt mehr.«

Ihre Frivolität, der Ton, wie sie ihre Worte aussprach, die Bewegung ihres Oberkörpers dabei erzeugten in Robert einen inneren Kampf. Das ist sie nicht, versuchte er sich einzureden. Das ist nicht die wirkliche Ulrike Sperling ... Das ist nur eine Fassade, eine berufsbedingte Verkleidung, unter der sie selbst leidet, die sie selbst haßt, der sie entfliehen möchte, aus der sie aber keinen Ausweg sieht. Die wahre Ulrike glaubte er zu kennen, die junge Frau im Gras des Freibades, abweisend gegen alle Männerblicke – das war sie wirklich. Die Ulrike hinter der Bar war ein Kunstgeschöpf, eine Theaterrolle, eine unfreiwillige Tragödin.

»Wie lange wollen Sie das aushalten?« fragte er.

»Aushalten?« Sie lachte kurz auf. »Sie sehen das völlig falsch, Robert. Ich fühle mich hier wohl, ich verdiene gut, und ich bin noch verhältnismäßig jung. Sieben Jahre können es noch werden, dann bin ich vierzig. Bis dahin hoffe ich, genug gespart zu haben, um eine eigene Boutique aufzumachen.« Sie lachte wieder. »Oder ich habe reich geheiratet. Im Leben ein Ziel zu haben, ist meist eine Illusion. Die Wahrheit sieht man nicht, weil man auf ihr herumtrampelt. Wenn da nicht ab und zu die Überraschungen wären ...«

»Ich möchte Ihre Überraschung werden, Ulrike.« Er sagte das ganz ernst, es war wirklich kein Scherz oder eine charmant klingende Bemerkung. Er sah jedoch nicht das Erschrockensein in ihren Augen. Die Sinnlosigkeit seiner Worte entzog sich seinem Bewußtsein. Er hatte einfach ausgesprochen, was er dachte, was er wünschte, ohne die Realität einzubeziehen.

Der Name von Ulrike Sperling traf auf eine bittere Art zu, wenn man ihn wörtlich nahm: Sie war ein Gassenvogel. Ihrer trostlosen Kindheit folgte eine Jugend, in der sie fast immer auf der Flucht war: vor ihrem Stiefvater, der ihr nachstellte, in betrunkenem Zustand in der Wohnung ohne Hose herumlief und sein erigiertes Glied zur Schau stellte. Auf der Flucht auch vor den jungen Männern im Turn- und Schwimmverein, die nach Ulrikes Brüsten griffen. Mit fünfzehn wurde sie von einem Klassenkameraden während einer dreitägigen Klassen-Pilgerfahrt nach Lourdes entjungfert. Ulrike erlebte nicht das Wunder in der Heiligen Grotte, sondern die schmerzhafte Wandlung zur Frau. Das war für sie wie ein Schock, und es gab lange Zeit hindurch keinen Kontakt mehr mit einem männlichen Wesen. Das ergab sich von allein: Als sie in die Ballettschule aufgenommen wurde, traf sie auf Kollegen, für die eine Frau eine Art Neutrum war. Später in der Ballett-Truppe waren die Lesben zahlreicher als die männlichen Verehrer, die nach einer Aufführung meist vor der Tür des Künstlereinganges des Theaters warteten und mit schicken Sportwagen und brillantenbesetzten goldenen Uhren lockten.

Zu dieser Zeit war Ulrike Sperling noch die abweisende Spröde. Ein Porsche oder Ferrari waren keine Visitenkarte für sie. Das änderte sich erst, als sie die Ballett-Truppe verließ und »Ausdruckstänzerin« in einer Tanzbar mit Bühnenshow wurde. Da hatte sie endlich begriffen, daß ihr Körper auch ein Kapital sein konnte. Ein Kapital, mit dem man nach Gutdünken spekulieren konnte und das zum Goldesel wurde wie im Märchen. Esel, streck dich – und es klimperten die Taler.

Es war die Zeit, in der Ulrike Sperling ihre Moral in einen Kasten einschloß, einen Kasten gefüllt mit Geldscheinen. Aber sie sammelte nicht wahllos, sie ließ nicht jeden in ihr Bett, sie selektierte genau und verlor sich auf keinen Fall an eine längere Bindung. Sie gab und nahm – ein nüchternes Geschäft, dessen Spuren man schnell wieder abduschen konnte. Nur einmal vergaß sie ihren Vorsatz, sich nie in einen zahlenden Kunden zu verlieben. Das war vor drei Jahren gewesen. Sie war schon dreißig, da lernte sie einen Schweizer kennen, einen seriösen Geschäftsmann aus Bern, der sie höflich und wie eine Dame behandelte, sie für ein Wochenende nach Bern mitnahm, ihr seinen Betrieb – eine Treuhandgesellschaft und Vermögensverwaltung – zeigte, eine feudale Geschäftsetage mit sieben Computern. Und an diesem Sonntag verlebten sie dann am Thuner See Stunden der Zärtlichkeit und der wirklichen Hingabe. Zum erstenmal in ihrem Leben glaubte Ulrike, glücklich zu sein. Hier hatte sie einen Mann gefunden, dem sie ihr Vertrauen schenken konnte.

Sie lebten vier Monate zusammen; Ulrike gab ihr Engagement auf, schloß mit ihrem bisherigen Leben ab und fühlte sich wohl in der Rolle der Geliebten. Beat, wie der Schweizer hieß, trug sie auf Händen. Wenn sie einen Wunsch nur dachte, erfüllte er ihn sofort. So wurde die Wirklichkeit zum Traum und der Traum zur Erfüllung; es gab für Ulrike endlich eine Zukunft, der man entgegenleben konnte.

Es war an einem Herbsttag, als Beat mit dem Vorschlag zu

Ulrike kam, ihr Vermögen zinsgünstig in Aktien anzulegen. Immerhin hatte sie sechzigtausend Mark zurückgelegt, in der Horizontale verdientes Geld, aber darüber sprach man nicht mehr, das war kein Thema mehr. Voller Enthusiasmus brachte Ulrike ihr kleines Vermögen zu Beat, dem Treuhänder. Schon die Bezeichnung Treuhänder beinhaltete ja Seriosität und Vertrauen. Und wirklich – Beat legte das Geld gut an, zeigte Ulrike die gekauften Aktien, schöne, bunt bedruckte Papiere mit garantierten zehn Prozent Zinsen – mindestens – und verschloß sie in einem Banktresor.

Zwei Wochen später war Beat verschwunden. Die Aktien im Tresor waren nicht das Papier wert, auf dem sie gedruckt waren, denn die Aktiengesellschaft gab es gar nicht. Das feudale Büro in Bern stellte sich als unbewohnt heraus, nur die sieben Computer waren echt als Blickfang für gutgläubige Kunden, und nach langen Nachforschungen erfuhr Ulrike, daß Beat in Senegal untergetaucht war. Ein sicherer Platz.

Um all ihr Geld gebracht, stand Ulrike Sperling ohne eine Mark auf der Straße. Die ganze neue, glänzende Welt war zusammengebrochen, die Zukunft verbaut. Nur Haß war in ihr gewachsen, ein tödlicher Haß auf alles und jeden, Haß auf dieses Leben, das ihr bisher nur Betrug an ihrer Seele beschert hatte. Aber mit dem Haß wuchs Ulrikes Wille, sich nicht mehr weiter betrügen zu lassen, sondern diese Gesellschaft selbst zu betrügen. Das grausame Bibelwort »Aug' um Auge, Zahn um Zahn« wurde zu ihrer Devise. Danach wollte sie fortan leben und Rache nehmen an allem, was Mensch hieß. Daß sie dabei auch Unschuldige treffen konnte, war ihr gleichgültig. Sie war eine der Unschuldigen gewesen, und man hatte sie eiskalt zerstört. Das Leben war ein immerwährender Kampf, hatte sie nun erfahren, und nur der blieb Sieger, der gnadenloser war als sein Feind.

Und so begann es nun wieder von vorn: Das Bett wurde Ulrikes Geschäftslokal. Und in ihm lernte sie Franz von Gleichem kennen. Er hätte es nicht nötig, erklärte er sofort, für vorgespielte Liebe zu bezahlen, er käme nur auf Empfehlung eines Freundes, der ihn neugierig gemacht habe. Das interessiere sie nicht, hatte Ulrike geantwortet. Was seien seine Wünsche? Und wie lange? Und grundsätzlich: keine Perversitäten. Herr von Gleichem schien zufrieden gewesen zu sein, denn er rief zwei Tage später an und bestellte Ulrike in die Bar Toscana.

Das war für Ulrike Sperling kein unbekannter Ort. Barbesuche gehörten zu ihrem Geschäftsbereich; einen Freier auf der Straße anzusprechen, betrachtete sie als eine Entwürdigung. Für sie bedeutete der Straßenstrich die letzte Stufe des moralischen Abstiegs; so weit hinunterzusinken wäre die totale Aufgabe ihrer Persönlichkeit gewesen. So aber war sie immer nur Gast in einem Lokal, ließ sich in mehr oder minder interessante Gespräche ein, zierte sich und nahm den »Geldschein« dann doch in ihre Wohnung mit. Sie ließ den Männern das Triumphgefühl, sie erobert zu haben. Das wirkte sich auch pekuniär aus: Ein Eroberer investiert mehr in seinen Sieg. Die eitle Dummheit der Männer ist eine Goldgrube für eine geschickte Frau.

Im Toscana stieß Ulrike zunächst auf Bolo, den Türsteher. Als er den Namen von Gleichem hörte, fragte er nicht mehr, sondern öffnete die Pforte. In der Bar nahm Salvatore Brunelli sie in Empfang – mit einem starken Händedruck und schmieriger Höflichkeit. Offensichtlich hatte man Ulrike erwartet. Der Sizilianer führte sie in einen großen Raum hinter der Bar, der wie das Büro eines Industriemanagers eingerichtet war. Hinter einem ausladenden Schreibtisch erhob sich bei ihrem Eintritt Herr von Gleichem und kam ihr entgegen. Brunelli verließ sofort das Zimmer.

»Es freut mich, daß Sie meiner Einladung gefolgt sind«,

sagte von Gleichem. Obwohl sie vor zwei Tagen miteinander im Bett gelegen hatten, sprach er sie wieder mit Sie an. Das schuf Distanz, sehr zu Ulrikes Verwunderung. Sie dachte an die zwei gemeinsam verbrachten Stunden und den Tausendmarkschein, den von Gleichem auf ihrem Nachttisch hinterlassen hatte, und fand es sonderbar, sich jetzt so zu benehmen, als sähe man sich zum erstenmal. »Ich hatte Sie schon gestern erwartet.«

»Ich brauchte Zeit, um zu überlegen.« Ulrike blickte sich im Zimmer um. Es gab keine Couch, nur breite Ledersessel, Bücherregale, Büroschränke und einen Schreibtisch. »Wie möchten Sie es haben: im Sessel oder auf dem Schreibtisch?«

»Lassen Sie das dumme Gerede!« Es klang ärgerlich und befehlend zugleich. »Ich habe Sie hergebeten ...«

»Gebeten?« wiederholte sie, als sei das für sie ein unbekanntes Wort.

»Ja, gebeten!« Von Gleichem kehrte hinter seinen Schreibtisch zurück und setzte sich. Da er ihr keinen Platz anbot, warf sie sich in einen der breiten Ledersessel und schlug die langen schönen Beine übereinander. Unter dem kurzen Rock trug sie nur einen winzigen Slip, aber das schien bei von Gleichem keine Wirkung zu haben. Er blickte ihr in die Augen, nicht zwischen die Schenkel. »Ich habe mir etwas überlegt.«

»Da bin ich aber gespannt.«

»Sie haben es nicht nötig, sich zu verkaufen.«

»Das kann nur jemand sagen, der genügend Geld hat.« Sie lehnte sich im Sessel zurück, winkte ab. »Wollen Sie mir einen Vortrag über Moral halten? Ausgerechnet Sie? Vor zwei Tagen ...«

»Vergessen wir diesen Abend. Ich sagte Ihnen ja, daß ich mir keine Frau zu kaufen brauche.«

»Sie pflücken sie wie Äpfel von den Bäumen ...« Ulrike

beugte sich zu ihm vor. Ihre Stimme wurde provokativ. »Was wollen Sie von mir?«

»Ich habe einiges mit Ihnen vor.«

»Erklären Sie mir das genauer.«

Von Gleichem holte aus seinem Schreibtisch eine Cognacflasche und zwei Gläser und hob die Flasche hoch.

»Sie auch einen?«

»Danke. Ich trinke nur im Dienst.«

»Dienst ist ein guter Ausdruck.« Von Gleichem lachte und goß sein Glas voll. »Ich stelle fest, Sie haben sogar Humor. Das kann nicht schaden.« Er trank einen kurzen Schluck und legte dann die Hände übereinander.

Franz von Gleichem, in gewissen Münchner Kreisen vor allem unter dem Namen »Bar-Baron« bekannt, war ein sehr gebildeter, seriös wirkender Mittvierziger und hatte sich auf das Sammeln von Nachtlokalen und Bars spezialisiert. Von seinem Vater hatte er vier Millionen Mark geerbt, die dieser ehrlich mit einer Hopfensiederei verdient hatte. Sohn Franz, studierter Ökonom, sah allerdings seine Zukunft nicht im Hopfensieden, sondern im Immobiliengeschäft. Und hierbei bevorzugte er nicht den allgemeinen Wohnungs- und Büromarkt, sondern Liegenschaften, die dem Wortsinn näher kamen: Er kaufte zunächst drei alte Häuser, baute sie um und richtete Privatclubs ein – ein seriöser Name für Edelbordelle. Edel war dann auch seine Kundschaft; sie verschaffte Franz Verbindungen zu Industriellen und Würdenträgern, zu Politikern und Bankiers, zu Amtsträgern bis in die Regierungskreise hinein. Ein böses Wort von ihm kursierte im Bekanntenkreis: »Ab und zu findet bei mir eine kleine Bundestagssitzung statt ...« Das war natürlich übertrieben, aber jeder Eingeweihte wußte, wie es gemeint war. Die Clubs hatten einen guten Namen und waren sicher vor allen Polizeirazzien. Staatsanwälte im Schaumbad werden nicht gerne verhört.

Nach den Clubs kümmerte sich von Gleichem um das offizielle Nachtleben von München. Er kaufte Bars auf oder richtete neue ein, Bars mit Hinterzimmern, in denen Spielwiesen zur sexuellen Körperertüchtigung einluden. Was dem einen sein Bodybuilding, ist dem anderen seine erotische Gymnastik. Und da exklusive Dinge immer ihren Preis haben, wurde die väterliche Hopfensiederei zu einem Nebenverdienst. Die weiteren Millionen brachten die anderen Liegenschaften. Mittlerweile herrschte von Gleichem über ein Imperium von Lust-Immobilien und war unangreifbar geworden.

»Sie hören mit ihrem ›Dienst‹ auf«, sagte er jetzt in seiner bestimmenden Art, die jeden Widerspruch erstickte. »Und zwar ab sofort.«

»Und lebe vom Trinken aus der Wasserleitung ...« Ulrike schnellte aus ihrem Sessel hoch. »Was bilden Sie sich eigentlich ein? Wollen Sie über mich verfügen? Ich schätze meine Freiheit über alles! Ich will tun und lassen können, was ich will. Und das bleibt auch so! Wenn ich schlafen will, dann schlafe ich. Wenn ich essen will, dann esse ich, und wenn ich bumsen will, dann bumse ich! Alles ist allein meine Entscheidung! Da redet mir keiner drein – schon gar nicht Sie!«

»Wir mißverstehen uns. Mag sein, daß ich mich nicht deutlich genug ausgedrückt habe.«

»Sie haben gar nichts gesagt.« Ulrike kam auf seinen Schreibtisch zu und stützte die Hände auf die Tischplatte. Ihr wütender Blick imponierte ihm und faszinierte ihn gleichzeitig. Sie war eine schöne temperamentvolle Frau, eine halb gebändigte Wildkatze, und von Gleichem hatte gar kein Interesse daran, sie vollends zu bändigen. So wie sie war, war sie richtig. »Kann ich gehen?« fragte sie zornig.

»Nur noch ein paar Worte.«

»Wozu?«

»Gefällt Ihnen das Toscana?«

»Ein Geldschlucker wie andere Bars auch.«

»Es gehört mir.«

»Das habe ich mir fast gedacht.« Franz von Gleichem nahm ihren Spott mit Gelassenheit hin. Er lächelte sogar, was wiederum Ulrike irritierte. Wie konnte er lächeln, wenn man ihm dauernd gegen das Schienbein trat?

»Ich biete Ihnen einen Job an. Hier im Toscana. Als Bardame.«

»Ich hinter der Theke – und Sie als Chef. Nein, danke.«

Das klang endgültig, aber nichts ist endgültig bei einer Frau. Ein Kenner der weiblichen Psyche überhört solche Endgültigkeiten. Es sind nur rhetorische Schutzwälle; man kann sie leicht einreißen.

»Sie bekommen fünfzehn Prozent vom Umsatz – ein Spitzensatz – und schlafen für Geld mit keinem Mann mehr.«

»Sondern nur noch mit Ihnen, sehe ich das richtig?«

»Falsch. Ich lege mich nicht ins Bett meiner Angestellten. Vielleicht bin ich da anders als andere, aber ich teste keine Neueinstellungen.«

»Und wie war das vorgestern?«

»Ich sagte schon: Vergessen wir diesen Tag! – Ihre Barbetätigung wird nur vorübergehend sein; ich habe mehr mit Ihnen vor.«

»Können Sie das genauer erklären?«

Er sah, wie sich ihre Abwehr verstärkte. Aber er schüttelte den Kopf und widmete sich wieder seinem Cognacglas.

»Noch nicht. Ich muß Sie erst beobachten.«

»Darauf verzichte ich. Guten Abend.«

Sie drehte sich um und ging zur Tür. Aber bevor sie die Klinke hinunterdrücken konnte, hielt seine Stimme sie auf.

»Ulrike ...«, sagte er so sanft, als wolle er sie mit Worten streicheln. »Sie könnten in absehbarer Zeit eine reiche Frau sein. Eine eigene Villa mit großem Garten und einem Swimmingpool, ein Oberklassewagen, Urlaub auf Barbados oder Tahiti, Modellkleider, Schmuck, ein Bankkonto in der Schweiz ... Reizt Sie das nicht?«

»So viel verdient man an einer Bartheke?« Sie drehte sich wieder zu Franz von Gleichem um.

»Natürlich nicht.«

»Und was muß ich dafür tun?«

»Später.« Von Gleichem winkte ab und trank sein Glas leer. »Das große Geld nimmt oft krumme Wege. Ich muß erst sehen, ob Sie wendig genug für die vielen Kurven sind. Ulrike, ich biete Ihnen eine einmalige Chance.«

»Und warum gerade mir?«

»Weil ich das Gefühl habe, daß Sie clever genug für diesen Job sind. Ich habe mich immer auf mein Gefühl verlassen können, es hat mich nie getrogen.«

»Sie sprechen in Rätseln, Herr von Gleichem. Ich habe nie gerne Rätsel gelöst, im Gegensatz zu meiner Mutter, die sich auf jedes Kreuzworträtsel stürzte.«

»Überlegen Sie es sich, Ulrike.« Von Gleichems Ton ließ keinen Zweifel, daß er damit das Gespräch beenden wollte. »Kommen Sie in drei Tagen wieder zu mir ins Toscana. Und wenn Sie dann nein sagen, habe ich Sie überschätzt. Dann sind Sie ein dummer Mensch. Und – verzichten Sie ab sofort auf Ihren ›Dienst‹.«

»Ich will mir Mühe geben.«

Sie verließ das Zimmer und wurde draußen von Salvatore Brunelli erwartet. Er forschte in ihrem Gesicht, aber sie setzte eine Pokermiene auf, an der seine Neugier abprallte. Auch Bolo an der Eingangstür sah sie neugierig an und bekam nur einen kalten, abweisenden Blick. Trotzdem fragte er vertraulich:

»Sehen wir uns wieder?«

»Das lies mal im Horoskop nach«, sagte Ulrike, trat auf die Straße hinaus und holte tief Atem. Hinter ihr knallte die schwere Tür zu. Jetzt erst, von Gleichems Stimme entronnen, registrierte sie ihre Verwirrung, die bei seinen letzten Sätzen über sie gekommen war. Die Zukunft, die von Gleichem ihr geschildert hatte – das war stets ihr großer Traum gewesen, von dem sie wußte, daß er immer ein Wolkengebilde bleiben würde. Nun aber bot jemand ihr diese Zukunft an, ohne zu erklären, welche Wege dahin führten. Kurvenreiche Wege, hatte von Gleichem gesagt – was sollte sie darunter verstehen?

Ulrike setzte sich in ein nahegelegenes Café, bestellte einen doppelten Espresso und verjagte einen Herrn, der an ihrem Tischchen Platz nehmen wollte. »Es sind noch genügend andere Tische frei!« zischte sie grob.

Die Begegnung mit von Gleichem zeigte Wirkung: In den drei Tagen Bedenkzeit verzichtete Ulrike auf ihre üblichen Einnahmen, wanderte durch den Münchener Zoo, pilgerte durch die Fußgängerzonen der Innenstadt und strich an den Schaufenstern der großen Couturiers auf der Maximilianstraße entlang. Sie bewunderte die Modelle und die Preise und verlor sich an den Gedanken: Das könntest du dir alles leisten, wenn du nur ein einziges Wort sagst: Ja! Aber was folgte diesem Ja? Gab sie sich damit völlig in die Hand Franz von Gleichems, verlor sie ihr eigenes Ich? War es so etwas wie ein Pakt mit dem Teufel, der irdische Wonnen versprach und dafür ihre Seele forderte? Wer war überhaupt dieser Franz von Gleichem?

An den drei folgenden Abenden war Ulrike unterwegs, von Bar zu Bar, kreuz und quer durch München, nicht, um einen »Kunden« zu suchen, sondern um Informationen zu sammeln. Und wo sie auch anfragte, überall bekam sie die fast gleichlautende Antwort:

»Franz, der ›Baron‹? Was willste denn mit dem? Kennst du ihn? Mädchen, der hat überall, was mit dem hiesigen Nachtleben zu tun hat, seine Finger drin. Eine ganz große

Nummer ist das. Wie kommst du denn an den? Das ist nicht deine Kragenweite.«

Es waren Auskünfte, die Ulrike nicht alarmierten, sondern beruhigten. Ihr Verdacht, Franz von Gleichem könne ein großsprecherischer Blender sein, schmolz bei der deutlichen Ehrfurcht, mit der man über ihn sprach. Nur eine Frage lastete schwer auf ihr: Warum sie, ausgerechnet sie? Sie war hübsch anzusehen, gewiß, aber es gab in München Tausende Mädchen, die ihrer Ansicht nach hübscher waren. Das konnte es also nicht sein, was von Gleichems Interesse geweckt hatte, und die paar Stunden mit ihr im Bett wollte er sogar vergessen, womit von Beginn an klar war, daß sie nicht seine Geliebte werden sollte, die er zur Glamourfrau hochstylen wollte. Und trotzdem versprach er ihr den materiellen Himmel auf Erden ... Wie sollte man das begreifen?

Die drei Tage des Wartens dehnten sich für Ulrike fast bis ins Unerträgliche. In der letzten Nacht wälzte sie sich im Bett herum und schlief nur ein, um in kurzen Abständen wieder aufzuschrecken. Sie saß dann auf dem Bett, starrte gegen die dunkle Wand und überlegte immer wieder: Soll ich? Soll ich nicht? Man könnte es versuchen und jederzeit aussteigen, wenn Versprechungen zerplatzen. Ich werde deutlich machen, daß ich meinen eigenen Willen habe, daß niemand meinen Willen beugen kann, auch nicht mit einer Villa, mit Schmuck, Pelzen und einem Jaguar-Cabriolet. Genau das werde ich ihm sagen.

Am Abend nach den drei Tagen klingelte Ulrike wieder an der Tür des Toscana. Das gut eingespielte Stück lief wieder ab: Bolo öffnete die Klappe, grunzte, schloß die Tür auf, ließ Ulrike eintreten, sagte: »Das hab ich erwartet, daß du wiederkommst!«, reichte sie an Salvatore weiter, der sie zu der Tür hinter der Bar führte und anklopfte.

Und dann stand sie wieder vor Franz von Gleichem und sprach aus, was sie den ganzen Tag über geübt hatte:

»Ich habe mich entschlossen, Ihren Vorschlag anzunehmen.«

»Das ist eine Glücksentscheidung, Ulrike.«

»Nein. Neugier. Ich will wissen, was Sie mit mir vorhaben.«

Von Gleichem kam wieder um den Schreibtisch herum und gab ihr die Hand. Ein fester, schneller Händedruck war es, völlig unpersönlich. Ulrike erinnerte sich plötzlich, wie zärtlich diese Hände über ihren Körper gestreichelt hatten –, das hatte sie damals verwundert, denn die meisten Männer hielten sich mit solchen Vorspielen nicht auf, sondern kamen wie ein Preßlufthammer über sie. Sie hatte dann immer die Augen geschlossen und an das Geld gedacht.

»Sie arbeiten ab morgen abend an der Bar«, sagte Franz von Gleichem.

»Und weiter?«

»Weiter nichts.«

»Wie ist es mit einem Nebenverdienst? Ich weiß, daß im Hinterhaus eine Reihe Zimmer für gut zahlende Gäste reserviert sind.«

»Verboten.«

»So fängt es an!« Ulrike schüttelte den Kopf. »Sie wissen: Ich lasse mir nichts verbieten. Verboten? Das bedeutet für mich, daß ich jetzt wieder gehe. Wir kommen nicht zusammen, Herr von Gleichem.«

»Sie werden wichtige Männer kennenlernen, aber nicht in den Hinterzimmern. Ulrike, warum immer diese Igelstellung? Warten Sie doch erst mal die Entwicklung ab. Große Kunstwerke haben meist eine lange Entstehungszeit.«

»Was habe ich mit Kunst zu tun?« fragte sie spöttisch. »Wieso Kunst?«

»Was ich plane, ist auf seinem Gebiet ein Kunstwerk, und das muß wachsen ...«

»Erklären Sie das etwas genauer.«

Von Gleichem kehrte zu seinem Schreibtisch zurück und setzte sich. »Später. Lieben Sie keine Überraschungen?«

»Nicht, wenn sie mich in eine schiefe Lage bringen.«

»Schiefe Lage ...« Von Gleichem lachte kurz auf. »Das aus Ihrem Mund! Bisher haben Sie mit Ihrer schiefen Lage gut verdient.« Er winkte ab, als Ulrike etwas sagen wollte. »Schwamm drüber! Das war einmal! Morgen abend um neun Uhr fangen Sie hier an.«

»Ich habe keinerlei Erfahrung als Bardame.«

»René mixt, Sie servieren und lächeln den Gast an ... Das ist alles. Und wenn dieser Gast, wie viele Männer an der Bar, Ihnen sein Herz ausschüttet und seine Alltagssorgen bei Ihnen ablädt, hören Sie geduldig zu und bedauern ihn, das tut ihm gut. Und sorgen Sie dafür, daß er noch einen trinkt und noch einen ... Ist das so schwer?«

Ulrike nickte. »Ich wiederhole meine Frage: Warum ausgerechnet ich?«

»Wollen Sie wirklich meine Antwort hören?«

»Ja!«

»Sie haben das Aussehen eines Engels, aber Sie sind die Tochter des Satans – darum.«

»Das hat mir noch keiner gesagt.« Ulrike stand wie erstarrt vor Franz von Gleichem. Sein Lächeln reizte sie, ihm ins Gesicht zu schlagen, und sie hatte Mühe, es nicht zu tun. Sie ballte nur die Fäuste und drückte sie an ihren Körper.

»Weil sie alle unehrlich waren oder es nicht erkannten. Ihnen wachsen Flügel, wenn die Banknoten stimmen. Für Geld kennen Sie keine Grenzen ...«

»Das ist nicht wahr!« Sie ging drei Schritte vom Schreibtisch weg. »Ich möchte nur so viel verdienen, daß ich ein normales Leben führen kann ...«

»Was nennen Sie normal? Normalität ist ein individueller Begriff. Für den einen sind eine Dreizimmerwohnung und ein abendliches Pils normal. Für den anderen muß es eine

Villa und Champagner sein. Was sagt Ihnen mehr zu: Pils oder Champagner?«

»Champagner.«

»Na also! Ich glaube, Sie werden noch viel Zeit aufwenden müssen, um sich selbst zu entdecken.« Ein energischer Wink, plötzlich eine härtere Sprache: »Sie können gehen, Ulrike.«

Ulrike zögerte. Sie hatte noch viel zu fragen und zu sagen, aber von Gleichems plötzlich verschlossenes Gesicht hinderte sie daran. Sie nickte nur stumm, drehte sich um und verließ das Zimmer. Draußen erwartete Salvatore Brunelli sie und führte sie an die lange blitzende Theke der Bar.

»Zur Begrüßung der neuen Mitarbeiterin ein Cocktail auf Kosten des Hauses«, sagte er fröhlich. »Ich freue mich, daß du jetzt zu uns gehörst. Was soll's sein?«

»Das überlasse ich dir.«

»Einen Montego Beach?«

»Von mir aus ...«

Später stand Ulrike dann draußen vor dem Toscana, starrte auf die Leuchtreklame und fragte sich, ob sie die richtige Entscheidung getroffen hatte. Wie von Gleichem sie einschätzte, hatte sie erschüttert. Ein Engel, der die Tochter des Satans ist – das war ungeheuerlich und durch nichts begründet. Sie selbst sah sich ganz anders: als einen Menschen, den das Leben bisher immer nur in den Hintern getreten hatte, der nie erfahren hatte, was Glück war, der immer nur um sich geboxt hatte, um nicht erdrückt zu werden, der nur gestrampelt hatte, um nicht zu ertrinken. Wo sollte da in ihr der Satan sein? War es satanisch, um ein klein wenig Sicherheit im Leben zu kämpfen?

Ulrike wandte sich ab, ging schnell die Straße hinunter, gönnte sich ein Taxi und ließ sich nach Hause bringen. In ihrer kleinen Wohnung riß sie zunächst das Frotteetuch vom Bett, mit dem sie das Laken vor der Unsauberkeit ihrer

»Gäste« geschützt hatte, und schleuderte es in eine Ecke. Vorbei! Vorbei! Auf ihrem Lebensweg war sie an eine Kreuzung gekommen, und Ulrike hatte sich für die rechte Abzweigung entschlossen. War es auch der rechte Weg? Man würde bald sehen, wohin er führte.

Am nächsten Abend, pünktlich um neun Uhr, stand Ulrike hinter der Bar.

Es war, als sei es nie anders gewesen ...

Die Veränderung, die Robert durchmachte, fiel zuerst seiner Mutter auf.

Gerda Habicht, im Gegensatz zu ihrem nüchternen Beamtengatten, kunstsinnig und musikbegeistert, hörte aus dem Klavierspiel ihres Sohnes Robert eine Wandlung heraus. Sie hielt das für einen Reifeprozeß und sprach eines Abends ihren Mann darauf an, als Robert im »Musikzimmer« kräftig in die Tasten griff.

»Hörst du das, Hubert?« fragte sie und lauschte angestrengt.

»Was?« Hubert Habicht hob den Kopf. Er las gerade einen Bericht über die letzte Sitzung des Bayerischen Landtags. Dabei ärgerte er sich über einen neuen Antrag der Grünen, einen Neubau zu verhindern, weil dafür drei alte Bäume gefällt werden müßten. Es handelte sich um den Erweiterungsbau eines Krankenhauses, und es erhob sich die Frage, was wichtiger war: die Gesundheit der Menschen oder der Erhalt dreier knorriger Bäume.

»Robert spielt Chopin ...«

»Das tut er doch immer.«

»Aber jetzt spielt er ihn so, als sei es der junge Beethoven ... So stürmisch, so wild, so aufbrausend ...«

Hubert Habicht nickte. Ihm entging diese Wandlung völlig, er hatte kein Gehör für solche Feinheiten. Überhaupt

Musik – da tappte der Herr Oberregierungsrat herum wie ein blinder Bär. Vor allem, wenn seine Frau ihn dazu animierte, eine Oper zu besuchen. Da saß er dann in der Münchner Staatsoper in einer der ersten Reihen und sagte etwa in der Pause bei »Siegfried«: »Da schlägt der mit seinem Schwert den Amboß kaputt ... Das ist doch materialmäßig gar nicht möglich!« Oder nach »Rheingold«: »Da ziehen die Götter auf einem Regenbogen nach Walhall. Was soll das? Ein Regenbogen ist doch bloß eine Luftspiegelung.« Nach einem solchen Abend kam Gerda Habicht sich immer sehr einsam vor.

»Robert verändert sich«, sagte sie jetzt mit Nachdruck. »In der Musik schwingt die Seele ... Robert hat irgendwelche Probleme.«

»Stimmt! In Mathematik.«

»Das ist es nicht.«

»Was sonst?«

»Es sitzt tiefer.«

»Was soll mein Sohn Robert sonst für Probleme haben? Er nimmt Nachhilfestunden in Mathe; das beweist, daß er das Problem angeht und bewältigen wird.«

Damit war für Dr. Habicht die Diskussion beendet. Der Antrag der Grünen im Landtag beschäftigte ihn mehr, obwohl er da in keiner Weise eingreifen konnte. Habicht gehörte zu den stillen Politikern, deren politisches Genie nur in den eigenen vier Wänden aufblühte, wo dann allerdings weltverändernde Reformen geboren wurden. Daß solche Genialität nie an die Öffentlichkeit dringt, gehört zur Tragik der einsamen Weltverbesserer.

An diesem Abend kochte Gerda Habicht einen Schokoladenpudding, den Robert so gern aß. Nach dem Essen fragte sie: »Bedrückt dich etwas, Robert?«

»Nein, Mama.« Er blickte an ihr vorbei. »Wieso?«

»Ach, es war nur so eine Frage. Mit der Schule oder so ...«

»Nein, Mama. Es ist alles in Ordnung.« Und dann, bewußt fröhlich: »Ich habe alles im Griff.«

Das klang so glaubhaft, daß Gerda Habicht den beethovenschen Chopin als eine einmalige Gemütsaufwallung bewertete. So blieb auch ihr die innere Zerrissenheit ihres Sohnes zunächst verborgen.

Sie hätte allerdings auch bei Kenntnis der Tatsachen nicht helfen können. Der letzte Besuch in der Toscana-Bar, die Entdeckung, daß man durch eine Hintertür auf einen Korridor kam, von dem zehn Türen zu zehn kleinen Zimmern führten, in denen halbwüchsige Mädchen die Betten quietschen ließen, meist Mädchen aus Polen, Rußland, Ungarn und Tschechien, auch eine Asiatin war dabei, und die Drohung Bolos beim Verlassen der Bar: »Komm nicht wieder, wenn du gesund bleiben willst!« Das alles bestärkte Robert in seiner Absicht, Ulrike aus diesem Milieu herauszuholen.

Herausholen – ein großes Wort! Herausholen – aber wie und wohin? Was war er denn schon? Ein achtzehnjähriger Abiturient mit leeren Taschen, dessen einziges Kapital eine überdurchschnittliche Intelligenz und gutes Klavierspiel war. Wie kann man damit einen Menschen retten? Daß Robert sich bei solchen Gedanken gar nicht fragte, ob Ulrike überhaupt »gerettet« werden wollte, ob es nicht barer Unsinn sei, sich in ihr Leben einzumischen, von dem er so gut wie nichts wußte, merkte er gar nicht. Und überhaupt: Was berechtigte ihn dazu, dermaßen missionarisch zu denken, nur aus einem Gefühl heraus, für das er selbst noch keinen Namen fand.

Liebe? Was ist Liebe? Diese Frage beschäftigte Robert sehr. Wenn er seinen Klassenkameraden zuhörte, die von Bumsereien auf einer Bank oder im Keller berichteten, dann konnte er sich nicht vorstellen, daß so etwas mit dem Himmelsgefühl echter Liebe zu tun hatte. Immer wieder dachte er an sein Erlebnis mit dem Mädchen in den Isarauen, das so wollüstig auf seine sie eincremende Hand reagiert hatte, daß er zurückgeschreckt war. Beschimpfungen hatte es ihm eingebracht. Lief wirklich alles nur darauf hinaus, einen weiblichen Körper zu malträtieren und hinterher stolz zu verkünden: »Jungs, ich hab sie umgelegt!« Ist das die höchste Wonne, wie Wagner sie in »Tristan und Isolde« geradezu selbstzerstörerisch beschreibt? Nein, es mußte etwas geben, das mehr war.

Mit Ulrike verband ihn nur ein Händedruck. Und da waren noch ein paar Blicke, die mehr waren als ein bloßes Ansehen, und die Bewunderung ihres Körpers, ihrer Augen, ihrer Stimme, ihrer Bewegungen. Und da gab es noch einen unsichtbaren Strom, der von ihr zu ihm hinüberfloß, eine plötzliche Seelengemeinschaft ... So sah Robert es zumindest. Wenn er Ulrike anblickte, spürte er sein Herz, nicht sein Geschlecht. Es war so ganz anders als bei seinen Freunden, die immer die Hand am Reißverschluß der Hose hatten.

Mit großer Überwindung gelang es Robert, vier Tage nicht in der Bar zu erscheinen. Aber am fünften Tag – Vater Hubert hatte seinem Sohn Robert erneut hundert Mark Taschengeld gegeben – war der Drang, Ulrike zu sehen, übermächtig geworden.

Bolo musterte Robert durch die Türklappe. Er ließ ihn eintreten, hielt ihn jedoch fest, als er den Vorraum durchquerte.

»Ich warne dich!« sagte er, nicht grob, sondern fast freundschaftlich.

»Wovor?« Robert blieb ruckartig stehen. »Warnst du jeden Gast?«

»Sei kein Blödmann! Warum kriechst du Ulla in den Hintern?«

»Tu' ich das? Ich will nur einen Cocktail trinken.«

»Und sitzt dann stundenlang da und glotzt sie an.«

»Der eine spielt Skat, der andere Billard, der dritte nagelt im Hinterzimmer eine Nutte ... Ich sehe Ulla an. Jedem das Seine.«

»Du bist ein Idiot!«

»Das habe ich schon mehrfach gehört ... Ich habe mich daran gewöhnt. Kann ich jetzt rein?«

»Für Ulla bist du eine Null.«

»Auch die Null ist wichtig, wenn sie hinter einer Zahl steht.«

Für Bolo war dieser Satz zu hoch. Er zuckte mit den Schultern und gab den Weg frei. »Sag später nicht, ich hätte dich nicht gewarnt. Salvatore ist ein harter Bursche.«

Die Bar war um diese Zeit schon gut besucht. Der Discjockey hinter seinem Mischpult hatte Rockmusik aufgelegt, einige Paare vollführten rhythmische Zuckungen auf der Tanzfläche. Robert ging um sie herum und setzte sich an die Theke. René, der Mixer, sah ihn zuerst und stieß mit dem Ellenbogen Ulla in die Seite. Sie kümmerte sich gerade um einen dicklichen Gast, der von seinen Erlebnissen auf Ibiza erzählte. Dort habe er in einer Nacht drei Mädchen hintereinander vernascht.

Ulla entschuldigte sich mit den Worten: »Alles Angabe, Mann. Du bist doch froh, wenn du einen hochkriegst!« und kam zu Robert.

»Du?« sagte sie. Nur: du. Aber ihre Blicke schienen ihn zu streicheln.

»Ja. Ich.«

»Ich habe dich vermißt ...«

»Wirklich?« Sein Herz krampfte sich zusammen.

»Wirklich.«

»Bolo sagt, ich wäre für dich eine Null.«

»Bolo hat das Hirn eines Gorillas.«

»Muß er wohl, denn er ist ja ein Gorilla ... So nennt man das doch wohl?«

»Wo warst du?«

»Zu Hause. Ich habe Mathe geübt, Mozart und Schumann gespielt, ein Buch über Ufos gelesen ... Und ich hatte kein Geld. Das war der wichtigste Grund.«

»Und nun hast du Geld?«

»Für zwei Cocktails reicht es.«

»Darf ich dich einladen?«

»Ich bin gern unabhängig.«

»Red keinen Unsinn!«

»Und was hast du gemacht?« erkundigte Robert sich.

»Ein Abend ist wie der andere.«

»Und am Tag?«

»Als wir zum letztenmal im Prinzregentenbad waren, hat ein Fotograf ein Foto von uns gemacht. Erinnerst du dich? Ich habe das Foto abgeholt und es mir angesehen.«

»Hast du es bei dir?«

»Nein ... Es steht bei mir auf einer Kommode ...«

»Du ... du hast es eingerahmt?«

Es fiel ihnen nicht auf, daß sie sich plötzlich duzten. Bei Roberts letztem Besuch war noch das förmliche Sie zwischen ihnen gewesen. Ulrike nickte.

»Es ist ein schönes Foto. Nur deshalb.«

»Nur deshalb ...« Robert sah René an, der ihm einen Cocktail brachte, obwohl er noch keinen bestellt hatte. Der Cocktail hatte eine giftgrüne Farbe und roch nach Crème de Menthe. »Danke. Was ist das für ein Zeug?«

René stellte das Glas vor ihn hin. »Ein Voodoo«, sagte er dabei. »Der macht Tote lebendig oder Lebende zu Toten.« Dabei blickte er zu Salvatore Brunelli hinüber, der wie immer an einer Säule lehnte und alles beobachtete. »Wohl bekomm's!«

Am anderen Ende der Bartheke winkte der Dicke mit beiden Händen Ulla zu. »Was ist?« rief er. »Du kannst doch nicht einfach weggehen! Wer kümmert sich um mich?«

»Er meint dich«, sagte Robert und nippte an seinem Cocktail.

»Ja, er meint mich.«

»Geh zu ihm.« Und mit etwas Bitterkeit fügte er hinzu: »Es ist dein Geschäft.«

Sie zögerte, verstand den Unterton, ging aber dann doch zu dem winkenden Gast und sagte so laut, daß es alle an der Theke hörten: »Erzähl weiter, Dickerchen: Du bist also nur nach Ibiza geflogen, um zu bumsen ...«

Eine Hand hielt Roberts Hand fest, als er wieder nach seinem Glas greifen wollte. Salvatore stand hinter ihm, so nahe, daß er dessen Parfüm riechen konnte. Ein süßlicher Duft war es, ein Damenparfüm.

»Eine meiner Aufgaben ist es, mich um das Wohl unserer Mitarbeiter zu kümmern. Du störst das Wohl. Habe ich das deutlich ausgesprochen?« sagte Salvatore so leise, daß es nur Robert hören konnte.

»Sehr deutlich ... Nur verstehe ich es nicht.« Robert drehte sich auf seinem Barhocker um. Brunellis dunkle Augen waren jetzt ganz nah. »Ich bin keiner Ihrer Huren den Lohn schuldig.«

»Sei vorsichtig, Junge ...« Salvatores Nasenflügel spannten sich etwas. »Es könnte böse enden.«

»Haben Ihre Mädchen Aids?«

»Du kleiner Wichser, paß jetzt genau auf.« Salvatore schob die Unterlippe vor und blies Robert seinen Atem ins Gesicht. »Du verläßt jetzt das Lokal in senkrechter Haltung ... Andernfalls schwebst du waagerecht auf die Straße. Ist das klar?«

»Nicht ganz.«

»Wo sind da noch Fragen?«

»Nur eine: Warum soll ich hier nicht meinen Cocktail trinken?«

»Weil ich es nicht will.«

»Das ist keine Begründung.«

»Für mich schon.« Brunelli zog den Kopf etwas zurück. Er ging auf Distanz. Auf Schlagdistanz. Eine alte Boxerregel: Der beste Schlag kommt nie aus dem Infight. »Laß deine Eierfinger von Ulla!«

»Wir sind befreundet.«

»Einen Dreck seid ihr! Und nun raus, du Mutterficker!«

In diesem Augenblick zerplatzte in Robert die Vernunft. Man beleidigte seine Mutter, man erniedrigte sie in gemeinster Weise, seine Mutter, die er anbetete.

Robert zögerte nicht lange. Aus einer Drehung auf seinem Barhocker heraus schlug er Brunelli mit der flachen Hand ins Gesicht. Es gab einen klatschenden Laut, begleitet von einem hellen Aufschrei Ullas. Aber einem Mann wie Brunelli gibt man keine Ohrfeige, man muß ihn vielmehr mit der Faust voll auf die Kinnspitze treffen. Nur das zeigt Wirkung, alles andere ist sinnlos.

Brunelli zögerte keine Sekunde. Seine Faust erwischte Robert voll im Gesicht, schleuderte ihn vom Barhocker auf den Boden, und als er sich halb betäubt aufrichten wollte, bekam er einen Tritt in die Hüfte, einen zweiten vor die Brust und einen dritten gegen den Kopf. Blut schoß aus Roberts Nase, er krümmte sich vor Schmerzen auf dem Boden, versuchte, von der Bar wegzukriechen, aber da war Ulrike schon bei ihm, umklammerte ihn und drückte eine große Serviette auf sein blutverschmiertes Gesicht. Brunelli war zurückgetreten und hob beide Arme wie ein Fußballspieler, der ein Foul bedauert.

»Ihr alle seid Zeugen, daß er zuerst geschlagen hat! Ihr habt es alle gesehen!« rief er und trat noch einen Schritt zurück. »Es war Notwehr. Reine Notwehr ...«

»Er hat nur seine Mutter vor dir verteidigt, du Sau!« schrie Ulrike zurück. »Faß ihn nie wieder an. Nie wieder! Ich bringe dich sonst um!«

Brunelli starrte sie an, als stünde sie wirklich mit einem Messer oder einer Schußwaffe vor ihm. Sie würde es tun, durchfuhr es ihn. Verdammt, sie ist dazu fähig! Diese Augen, dieser zuckende Mund, die angespannten Muskeln ... Sie ist wie ein Raubtier, das gleich zum Sprung ansetzt. Er trat noch zwei Schritte zurück und sah zu, wie Ulrike Robert mühsam auf die Beine half. Sie lehnte ihn an die Wand, wischte wieder mit der Serviette das Blut von seinem Gesicht und hielt ihn so lange fest, bis er wieder auf eigenen Beinen stehen konnte.

»Komm«, sagte sie dann, und eine ihr bisher völlig fremde Zärtlichkeit lag in ihrer Stimme. »Komm, ich bringe dich nach Hause.«

Robert schüttelte den Kopf. »Ich kann allein gehen.« Es klang trotzig; er nahm Ulrike die Serviette aus der Hand, wischte sich selbst über das Gesicht und betrachtete dann das blutgetränkte Tuch. »Ich kann allein gehen«, wiederholte er.

»Das kannst du nicht. Ich rufe ein Taxi.«

»Mein Wagen steht eine Straße weiter ...«

»Du kannst doch so nicht fahren!«

»Ich kann!« Er stieß sich von der Wand ab, wehrte Ulrikes stützende Hände ab und schwankte durch das Lokal zum Ausgang. Brunelli blickte ihm nach, noch immer in der Haltung eines reuigen Foulspielers, und auch jetzt war niemand zur Stelle, der Robert half, der ihn stützte und zur Tür führte. Henri, der Discjockey, legte eine flotte Platte auf, die Stimme Tina Turners hallte durch die Bar. Zwei Paare begannen sogar wieder zu tanzen, als sei nichts geschehen.

Mit Mühe erreichte Robert die Garderobe. Dort nahm Bolo ihn in Empfang und schüttelte den Kopf.

»Ich hab's dir gesagt!« sagte er vorwurfsvoll. »Ich hab dich gewarnt. Nun haste die Bescherung! Du bist doch ein Idiot!«

Er öffnete die Tür, ließ Robert auf die Straße und rief dem Wegtaumelnden nach:

»Ich hab's dir gesagt! Komm nie wieder! Vergiß Ulla ...«

In seinem Wagen blieb Robert ungefähr eine halbe Stunde sitzen, bis er sich stark genug fühlte, nach Hause zu fahren. Sich ins Haus zu schleichen, wie er gehofft hatte, war nicht möglich. Hubert Habicht saß noch im Wohnzimmer, las ein bekanntes Wochenmagazin und ärgerte sich über einen Bericht, der Bundeskanzler Kohl einen Aussitzer der Probleme nannte. Gerda Habicht lag schon im Bett, in einen Roman über ein dramatisches Dreiecksverhältnis vertieft, anscheinend ein moderner Lebensstil, für den sie keinerlei Verständnis aufbrachte. Ihr wäre es nie in den Sinn gekommen, einen jüngeren Liebhaber zu nehmen; schon die Idee, mit einem »Knäblein« im Bett zu liegen, ekelte sie an.

Robert blieb keine Wahl; er mußte an seinem Vater vorbei.

Hubert Habicht hob nur kurz den Kopf, als er seinen Sohn eintreten hörte, und wollte sich wieder dem Kohl-Artikel zuwenden, als er, gewissermaßen aus den Augenwinkeln heraus, den großen Blutfleck auf Roberts Hemd bemerkte. Habicht fuhr hoch und sah erst jetzt das zerschlagene Gesicht. Sein erster Gedanke war naheliegend.

»Ein Autounfall?« fragte er und stemmte sich aus dem Sessel hoch. »Großer Schaden? Wie ist das passiert? Bist du schuld?«

»Am Wagen ist alles in Ordnung, Papa.« Robert kam näher. Es hatte keinen Sinn, sich zu drücken.

»Aber du ... dein Gesicht ... alles voller Blut ...«

»Ich ... ich bin überfallen worden, Papa.«

»Überfallen?« Hubert Habicht starrte seinen Sohn an. Das verkrustete Blut ließ sein Gesicht wie eine Maske wirken. »Mein Gott, du bist überfallen worden? Aber wieso denn? Wo denn? Von wem denn?« Er trat an Robert heran und tastete ihn ab. »Wie fühlst du dich? Hast du innere Verletzungen? Ich rufe sofort Dr. Heimes an! Überfallen! Mein Sohn Robert überfallen! Aber so ist das bei unserer laschen Gesetzgebung. Man ist nirgendwo sicher! Es ist schon ein Abenteuer geworden, in der Dunkelheit spazieren zu gehen! Ich rufe Dr. Heimes.«

»Es war ein Ausländer. Ein Asiat. Ich kam gerade dazu, als er meinen Wagen aufbrechen wollte. Er war schneller und stärker als ich – und er konnte Kung-Fu. Ich bin einfach durch die Luft geflogen ...«

»Mein lieber armer Junge!« Habicht drückte seinen Sohn an sich und küßte ihn auf die blutverschmierte Stirn. Aber dann überkam ihn heiliger Zorn. »Immer diese Ausländer!« rief er mit vor Empörung zitternder Stimme. »Wie lange sollen wir uns das noch gefallen lassen? Italienische Mafia, russische Mafia, rumänische Banden, polnische Gangster, chinesische Triaden, Kosovo-Killer ... In welchem Land leben wir denn? Mehr als 50 Prozent aller Straftaten entfallen auf Ausländer. Und was macht die Regierung? Sie dreht Däumchen. Und die Polizei? Wir sind fast machtlos, gesteht sie. Du lieber Himmel, wohin steuern wir nur in Deutschland?!« Habicht atmete schwer, rannte dann zum Telefon und rief den Hausarzt der Familie, Dr. Julius Heimes an, der sofort zu kommen versprach. Der zweite Anruf ging an die Kriminalpolizei München, Morddezernat. Aber dort erfuhr Habicht, daß man nicht zuständig sei, der Überfallene lebe ja noch. Doch man verband ihn höflich weiter zum Dezernat für organisierte Kriminalität, das 13. Dezernat, das auch zuständig war für Rauschgift, Bandenverbrechen, Schutzgelderpressung und verdeckte Ermittler. Kriminalhauptkommissar Peter Reiber meldete sich am Telefon.

Er hörte sich geduldig an, was ihm der völlig aufgelöste Habicht berichtete, und sagte dann: »Bitte, kommen Sie mit Ihrem Sohn Robert zum Protokoll ins Kommissariat.«

»Kommen? Mein Sohn ist schwer verletzt!« schrie Habicht empört ins Telefon.

»Liegt er im Krankenhaus?« fragte Reiber ruhig.

»Nein! Er ist hier bei mir zu Hause.«

»Ist er gehfähig?«

»Die Beine hat man ihm nicht abgeschlagen!« brüllte Habicht außer sich. »Es ist Ihre Pflicht, hierher zu einem Schwerverletzten zu kommen! Hier spricht Oberregierungsrat Habicht vom Bayerischen Staatsministerium. Sie sollten wissen, daß ...«

»Wir kommen!« Reiber legte auf. Es gab genügend Konflikte – er brauchte nicht auch noch einen persönlichen. Auch wenn hinterher alles im Sande verlief, die Unannehmlichkeiten belasteten doch.

»Na also!« sagte Habicht und knallte den Hörer auf. »Die sollen von vornherein wissen, daß sie es nicht mit Otto Normalverbraucher zu tun haben!«

Eine halbe Stunde später klingelten Kriminalbeamte an Habichts Haustür in Pasing. Dr. Heimes war schon da, hatte Robert untersucht, keine inneren Verletzungen festgestellt, nur eine angebrochene Nase, blaue Flecken an Hüfte, Schulter und Brust, eine geschwollene linke Gesichtshälfte und eine Platzwunde am linken Haaransatz. Der Arzt hatte Roberts Kopf verbunden, was sehr dramatisch aussah. Als Hauptkommissar Reiber eintrat, saß Robert in einem tiefen Ledersessel, noch immer mit dem blutgetränkten Oberhemd bekleidet, was den Eindruck eines schwerverletzten Mannes verstärkte.

»Na endlich!« sagte Habicht angriffslustig. »Das hat aber lange gedauert.«

»Wir sind in einen Stau gekommen«, erklärte Reiber höflich.

»In einen Stau? Die Polizei in einem Stau!« Habichts Stimme troff vor Ironie. »Haben Sie keine Sirene?«

»Wir gebrauchen die Sirene nur im akuten Einsatz.«

»Ach! Und der Überfall auf meinen Sohn Robert ist nicht akut? Bei jedem Dreck hört man das Tatü-tata, aber wenn ein Schwerverletzter um Hilfe ruft ...«

Reiber überhörte die beleidigenden Worte. Wozu Komplikationen? Es würde immer heißen: Da hat ein übererregter Vater Luft abgelassen.

»Erzählen Sie mal, wie das war«, wandte Reiber sich an Robert. »Wo und wann?«

»So gegen 22 Uhr 30 in der Holzwiesenstraße.«

»In Neu-Perlach?«

»Ja. In der Konstantinstraße wohnt mein Freund, bei dem nehme ich Nachhilfestunden in Mathematik. In seiner Straße habe ich leider keinen Parkplatz mehr gefunden.« Robert schloß die Augen. Er stellte sich vor, wie es passiert sein könnte, und schilderte es nun auch so. »Ich komme also von meinem Freund und sehe schon von weitem, wie sich jemand an meinem Wagen zu schaffen macht. Ich renne auf ihn zu, rufe: ›Was machen Sie da?‹, will ihn packen ... Ja, und dann weiß ich nur noch, daß mich ein Schlag mitten ins Gesicht traf und ich durch die Luft flog. Als ich mich wieder aufrappeln konnte, war der Kerl längst weg. Reiner Kung-Fu ...«

»Wieso Kung-Fu?« Reiber wurde hellhörig.

»Der Mann war ein Asiat ...«

»Wissen Sie das genau?«

»Natürlich. Ich hatte ihn doch vorn an seiner Windjacke gepackt und genau sein Gesicht gesehen.«

»War es ein Chinese, ein Koreaner, ein Vietnamese?«

»Mein Sohn Robert ist kein Sinologe!« warf Habicht erregt ein. »Es ist empörend genug, daß solch ein Gesindel bei uns frei herumläuft!«

»Das gleiche mögen die Asiaten auch von uns denken.« Reibers Stimme ließ keinen Zweifel daran, was er von Habichts rassistischen Ausfällen hielt. Hubert begriff das sofort und holte tief Luft. Aber er verzichtete auf eine Entgegnung, wohl wissend, daß er hier den kürzeren ziehen würde.

»Doch weiter ...« Reiber musterte Roberts dick verbundenen Kopf. »Was taten Sie dann?«

»Ich setzte mich in meinen Wagen und wartete, bis ich fahrfähig war. Dann fuhr ich nach Hause.«

»Sie sind nicht sofort zu Ihrem Freund zurückgelaufen?«

»Nein. Warum?«

»Das ist doch das Naheliegendste. Bei solchen Verletzungen ... Erste Hilfe, direkt um die Ecke ...«

»Daran habe ich nicht gedacht. Ich war wie gelähmt. Und als ich wieder denken konnte, war da nur der Wunsch: sofort nach Hause.«

»Das ist ja wohl klar!« fiel Habicht wieder ein. »Hier ist ein Hort der Sicherheit.«

»Was für einen Wagen fahren Sie?« Reiber machte sich einige Notizen in ein kleines Notizbuch. Wie im Fernsehen bei Inspektor Columbo, dachte Robert unwillkürlich. Nur der zerknitterte Mantel fehlt.

»Einen Citroën 2 CV.«

»Eine sogenannte Ente?«

»Ich liebe diesen Wagen. Er macht richtig Spaß.«

»Und man kann ihn überall hinstellen ohne Sorge, daß er gestohlen wird.«

»Was soll das heißen?« fragte Habicht steif. Ihm als Jurist gefiel diese Bemerkung gar nicht. Sie warf Zweifel auf.

»Mit Autodieben haben wir große Erfahrungen.« Reiber klappte sein Notizbuch zu und steckte es in die Rocktasche. »Polnische und rumänische Banden haben sich darauf spezialisiert, aber bisher keinerlei asiatische Kriminelle. Die haben andere Spezialitäten. Was gestohlen wird, sind Mittelklassewagen, aber vor allem die Oberklasse. Mercedes,

BMW, Audi, Volvo, Lancia, Alfa Romeo, Porsche, Jaguar ... Das lohnt sich. Das zahlt sich jenseits der Grenze aus. Aber noch nie ist eine Ente von professionellen Autodieben entwendet worden. Und jetzt soll ein Asiat einen 2 CV stehlen wollen?«

»Wollen Sie damit sagen, daß mein Sohn Robert lügt?« brauste Habicht auf. »Eine Unerhörtheit! Ich werde über Sie Beschwerde einreichen! Da sitzt mein Sohn, zusammengeschlagen und schwerverletzt, und die Polizei zweifelt seine Aussage an! Das wird ja immer toller in diesem Deutschland!«

»Vater ...« Robert hob begütigend die Hand. »Reg dich nicht auf. Ich lebe noch, den Wagen gibt es noch ... Darüber sollten wir froh sein.« Und zu Reiber gewandt: »Wie geht es nun weiter, Herr Kommissar?«

»Sie kommen morgen ins Kommissariat, und wir protokollieren Ihre Aussage.«

»Mein Sohn Robert wird bis zur völligen Genesung das Haus nicht verlassen!« Habicht zeigte auf den Arzt. »Dr. Heimes wird das attestieren.«

»Aber warum denn, Vater?« Robert nickte Reiber zu. »Es ist doch alles halb so schlimm. Ich bin morgen bei Ihnen, Herr Kommissar.«

Reiber war froh, schnell wieder das Haus Habicht verlassen zu können. Im Wagen sagte sein Begleiter, ein Kriminalobermeister, mit geblähten Backen: »Puh, der Herr Oberregierungsrat war aber in Fahrt. Wenn der über dich eine Beschwerde losläßt ... Das gibt 'ne wüste Schreiberei.«

»Gar nichts wird er tun.« Reiber winkte ab und ließ den Motor an. »Ich kenne solche Typen. Die gibt's auch bei der Polizei. Die lassen heiße Luft ab und sind hinterher ein schlaffer Ballon. Am besten ist: alles überhören. Das Ohrenschmalz aktivieren, und die Ohren damit verstopfen.«

»Du glaubst diesem Robert Habicht nicht, Peter?«

»Seine Darstellung des Überfalls ist ungewöhnlich. Sie entspricht nicht den Erfahrungen, die wir mit Autodieben haben. Schon gar nicht mit der organisierten Kriminalität.«

»Ein Einzelgänger vielleicht.«

»Der will einen 2 CV klauen, und nebenan stehen die Nobelkarrosen? Das muß ein Schwachsinniger gewesen sein! Und dann auch noch Kung-Fu! Professionelle verschwinden lautlos im Dunkeln. Irgend etwas stimmt da nicht! Wer weiß, was der Junge vertuschen will? Aber warten wir bis morgen. Da quetsche ich ihn aus, ohne Vaters Gegenwart ...«

Doch auch am nächsten Tag blieb Robert bei seiner ersten Aussage. Er erschien ohne seinen Vater bei Hauptkommissar Reiber im 13. Dezernat, dafür begleitete ihn Dr. Heimes, der Hausarzt. Reiber war es recht; er hörte sich den medizinischen Bericht und die Aufzählung der Verletzungen an, fertigte das Protokoll an, ließ es unterschreiben und steckte es zwischen zwei Aktendeckel. Dort würde es im Laufe der Jahre verstauben.

»Eins weiß ich jetzt genau«, sagte Reiber, als Robert und Dr. Heimes gegangen waren. »Es war kein Überfall und kein Kung-Fu! Was der Arzt an Verletzungen aufzählte, kann man niemals von einem Kung-Fu-Wurf bekommen. Der Junge ist in eine massive Schlägerei geraten und hat den Überfall als Schutzbehauptung erfunden. Aus Angst vor dem Herrn Papa! Und damit ist für uns die Sache erledigt. Ich ärgere mich nur, daß wir immer wieder mit solchem Mist belästigt werden!«

Der Fall des im Westpark Ost gefundenen ermordeten Polen Karyl Podniewski wurde zu einer Aktenleiche. Es gab nicht die geringsten Hinweise, keinerlei Verdacht, keine Verbindungen. Karyl war ein harmloser Tourist gewesen. Auffällig war nur, daß er auf beste asiatische Weise ermordet worden war, mit einer dünnen Stahlschlinge.

Auch die Nachforschungen in Polen ergaben ein harmloses Bild: Zuletzt wohnhaft in Warka, einer Kleinstadt an der Pilica, südlich von Warschau, von Beruf Apotheker, ledig, nicht vorbestraft, guter Leumund, eigenes Häuschen, unauffällig. Ein biederer Bürger. Daß er heroinsüchtig gewesen war, wußte offenbar niemand.

Warum ermordet man solch einen Menschen mit einer Stahlschlinge?

Kriminaloberrat Wortke flüchtete in eine kühne Erklärung: »Der Mann war 46 Jahre alt, unverheiratet. Er könnte ein Homo gewesen sein ... dann war's ein Schwulenmord.«

»Am hellichten Tag im Westpark Ost? Mit einer Stahlschlinge?«

»Unter den Strichjungen sind viele Asiaten, das wissen wir doch.«

»Mir fällt etwas anderes auf.« Reiber blätterte noch einmal in der Akte, bevor Wortke sie wegschloß.

»Daß er vor seiner Entleibung ein Schweineschnitzel mit grünen Bohnen gegessen hat?« Es war eine typische Wortke-Bemerkung. Der ständige Umgang mit Mördern macht irgendwie zynisch.

»Dieser Karyl war Apotheker.«

»Wäre dir ein Gynäkologe lieber gewesen?«

»Apotheker haben große chemische Kenntnisse ...«

»Du meinst ...«

»Nur ein Gedanke. Drogenhandel über Apotheken, das wäre ein unauffälliger Weg.«

»Womit wir wieder da wären, wo wir neulich waren: Mein Toter ist eigentlich dein Toter. Nimm ihn dir, wenn er in deinen Raster paßt ...«

»Da ist immer noch dieser rätselhafte Anruf, daß Heroin von Polen hereinkommen soll. Und da ist eine neue Organisation, die auf den Markt drängt: die Vietnamesen. Nun kombiniere mal: Da ist ein ermordeter Pole, der auf asiatische Art umgebracht wurde. Und der Tote ist Apotheker. Ergibt das kein Bild?«

»Ein gewagtes, verschwommenes Bild, mein Lieber.«

»Aber immerhin mit Konturen.«

»Und was bringen die?«

»Zusammenhänge.«

»Und wo ist der Knoten?«

»Unbekannt.«

»Gratuliere! Du hast den Fall fast gelöst.« Wortkes Spott traf Reiber nicht. Er wußte, daß keine Gemeinheit dahinter steckte, sondern freundschaftliche Aufmunterung.

»Man sollte seine Apotheke in Warka mal unter die Lupe nehmen.«

»Bravo!«

»Wieso?«

»Daß du den Namen dieses Nests behalten hast. – Was, meinst du, kommt dabei heraus, wenn wir die polnischen Behörden einschalten?«

»Wenig.«

»Also vergiß es. Außerdem wird Heroin nicht im Keller hergestellt, schon gar nicht in Warka, sondern es kommt fertig, mehr oder weniger rein, aus dem Goldenen Dreieck oder aus Kolumbien. Aber wem erzähle ich das!«

»Kokain wäre für einen Apotheker möglich. Und vor allem LSD. Und dann ... Ecstasy.« Reiber schlug sich plötzlich vor die Stirn. »Ich Rindvieh! Daß ich daran nicht sofort gedacht habe! Ecstasy, unsere Modedroge! Der Himmel der Jugendlichen. Der ganz große Hammer der Energiepillen! Ecstasy kann jeder Apotheker herstellen, jeder halbwegs begabte Chemiedilettant! Jeder Laborant kann solch ein Teufelszeug mixen ... Theo ...« Reiber wurde immer aufgeregter und zog die Akte des Ermordeten wieder heran. »Das verschwommene Bild wird klarer: Da kommt ein Apotheker aus Polen nach München und wird umgebracht. Von Asiaten? Geht es hier um Machtkämpfe – Heroin gegen Ecstasy? Wir wissen, daß bestimmte Arten der Ecstasy-Pillen aus Polen stammen. Bisher heimlich, unauffällig, unter der Hand ... Beginnt Ecstasy jetzt, den asiatischen Drogenmarkt zu stören? Mein Gott, wenn das wahr ist ...«

»Was dann?«

»Dann haben wir hier in Kürze einen regelrechten Bandenkrieg, und bei dir stapeln sich die Toten. Da wird es gnadenlos zugehen, da ist eine Stahlschlinge noch das Harmloseste!«

»Und wie packst du die Sache an?« fragte Wortke, obwohl er die Antwort im voraus kannte.

»Wie immer – abwarten!«

»Also alles Scheiße!«

»Die Ecstasy-Szene ist völlig unübersichtlich. Und sie ist weit verzweigt. Es ist die In-Droge der Jugendlichen, zusammen mit der Techno-Musik die große Welle, die in den Discos alles überrollt. Wir haben Ecstasy-Verteiler schon auf Schulhöfen festgenommen, wo sie Probepillen an die Kinder verschenkten, schon von dreizehn Jahren an aufwärts. Und wer solch einen Drops einmal genommen hat, will einen zweiten und dritten, und schon ist er in den Fängen der Abhängigkeit. Das ist die simple Taktik dieser Verteiler: Verschenk drei – und du hast einen neuen festen Kunden!«

»Und weiter?«

»Weiter nichts. Die Aufreißer sind auch Jugendliche, manchmal sogar jünger als ihre Kunden, und damit nicht strafmündig. Sie haben einen festen Wohnsitz – eben das Elternhaus –, die Eltern sind völlig ahnungslos, verdreschen vielleicht ihren Nachwuchs, aber was hilft das? Diese Mini-Gangster schweigen wie ihre großen Kollegen von Mafia und Triaden. Keine Bezugsquellen, keine Namen, keine Adressen, und wenn mal einer auspackt, dann greifen wir auch nur wieder einen Verteiler, der sich in Schweigen hüllt. Und das Scheißspiel fängt von vorne an! An die Lieferanten von Ecstasy, an die Produktionsstätten kommen wir nicht heran. Wir wissen nur eines aus vielen Verhören: Die meisten der Pillen, ganze Wagenladungen, kommen aus Polen und Tschechien. Ein Millionengeschäft. Hundert Tabletten werden auf dem Schwarzmarkt für 7,5 Pfennig pro Stück angeboten und für 43 Pfennig weiterverkauft! Ein Bombengeschäft! Sind die Pillen auch noch mit Heroin oder Speed verschnitten, was vor allem bei polnischer Ware der Fall ist, steigt der Preis enorm. Wir haben geschätzt, daß allein in München jedes Wochenende bis zehntausend Pillen Ecstasy an die jugendliche Kundschaft verkauft werden! Das wäre ein Wochenend-Umsatz von knapp fünftausend Mark! Und bei einem Preis von 43 bis 60 Pfennig pro Stück kann sich das jeder Jugendliche leisten. Dagegen ist Heroin eine Luxusdroge. Da kostet jeder Schuß über hundert Mark! Denken wir also logisch: Der Heroin- und Kokain-Markt schrumpft, der Ecstasy-Markt aber expandiert. Das heißt: Das organisierte Verbrechen muß sich umstellen. Die großen ›Konzerne‹ Mafia und Triaden werden um den neuen Markt kämpfen. Und man wird die bisherigen Lieferanten aus Polen, Tschechien und den Niederlanden liquidieren – wie den lieben Touristen Karyl, den Apotheker aus Warka an der Pilica.«

»Das klingt überzeugend.« Wortke legte seine Faust auf die Akte Podniewski. »Der Junge gehört dir. Wenn du recht hast, müssen wir in der Gerichtsmedizin mehr Kühlboxen anschaffen.«

»Kaum.« Reiber ging auf Wortkes Zynismus ein. »Es werden lauter unbekannte Tote sein. Kein Hinterbliebener wird sich melden.«

»Und du hast wieder die alten Gegner mit neuen Methoden.«

»Das hat auch seine Vorteile.« Reiber ließ sich von Wortke eine Zigarette geben und zündete sie an. »Der jetzige Ecstasy-Markt ist total unübersichtlich. Da kommen die Pillen aus allen möglichen Gegenden herein. Übernehmen allerdings Mafia und Triaden den Markt, wird er straff, ja, geradezu militärisch perfekt organisiert. Dadurch kennen wir unsere Ganoven! Wir können gezielter vorgehen.«

»Dein Optimismus ist unübertroffen.«

»Mein lieber Theo ...« Reiber grinste. »Was wären wir ohne das kleine bißchen Hoffnung? Sie gehört zu unserem täglichen Brot.«

Für Hubert Habicht war nach dem Protokoll auf dem 13. Dezernat der Überfall auf seinen Robert noch längst nicht zu den Akten gelegt. Er nahm die Gelegenheit wahr, nach fast zwanzig Jahren stiller Amtstätigkeit und Unauffälligkeit auf seiner Dienststelle von sich reden zu machen.

Oberregierungsrat Habicht reichte bei seinem vorgesetzten Ministerialdirigenten einen Bericht ein. Titel: *»Die Gefährdung der Bevölkerung durch ausländische Kriminalität«*. Er schilderte darin nichts Unbekanntes, aber der Umstand, daß der Sohn eines hohen Ministerialbeamten von einem Asiaten überfallen und schwer verletzt worden war, reichte aus, um sich des Falles anzunehmen.

Die Münchner Kriminalpolizei wurde um einen Bericht gebeten, Hubert Habicht schilderte höheren Ortes das »Drama in seinem Haus« und erwähnte dabei – in vorsichtigen Worten natürlich – die Großzügigkeit der deutschen Ausländerpolitik. Die Polizei sei unterbesetzt, unterbezahlt und mangelhaft ausgerüstet, wogegen man für Asylanten zig

Millionen von den Steuern abzweige. Das Gleichgewicht sei grob gestört. Eine Frau, die abends allein durch eine Grünanlage gehe, sei schon fast eine halbe Selbstmörderin. Zu schärferen Äußerungen raffte Hubert Habicht sich nicht auf. Ein deutscher Beamter ist bei aller Staatskritik immer noch ein getreuer Diener dieses Staates. Dafür wird man auch mit einer Pension belohnt, die es in keinem anderen Beruf gibt.

Natürlich hatte Habichts Bericht nur den Effekt, daß man auf ihn – für eine kurze Zeit – aufmerksam wurde. Alles, was in seinem Bericht stehe, so teilte man ihm mit, entspräche leider den Tatsachen. Die kenne man genau, sogar höchsten Ortes, aber Gesetzesänderungen bedürften einer parlamentarischen Mehrheit, das wisse er doch auch, und so etwas würde immer an der Opposition scheitern, die grundsätzlich ständig dagegen sei, was die Regierung vorlegte. Das sei im Grunde unlogisch, aber immerhin demokratisch, und man sei nun einmal eine Demokratie, die ein Vorbild sein wolle.

Habicht hatte dagegen nichts einzuwenden. Die Demokratie zu bezweifeln, wäre ein Harakiri-Akt gewesen. Also verließ Habicht seinen Chef mit dem Gefühl, gründlich die Wahrheit gesagt zu haben, ohne das Staatsgefüge zu erschüttern. Sein Sohn Robert war das Opfer seiner Zeit geworden, so sah Hubert es jetzt.

Im Gegensatz zu seinem Vater war Robert froh, daß sehr schnell Gras über die ganze Affäre wuchs. Seine Notlüge hatte keinerlei Folgen, bis auf den fatalen Entschluß, den Habicht gefaßt hatte: Er fuhr ab jetzt seinen Sohn Robert zur Mathe-Nachhilfestunde in die Konstantinstraße und holte ihn nach zwei Stunden wieder ab. Der bisher ahnungslose Freund spielte mit, nachdem Robert ihm gebeichtet hatte, wo er bisher Nachhilfeunterricht genommen hatte.

»Und du hast sie bisher noch nie gebumst?« fragte Gerhard verblüfft.

»Nein. Verdammt, nein!«

»Unbegreiflich. Da angelst du dir eine Bar-Tussi und legst sie nicht um? Du bist nicht normal, Robert! Was willst du denn von ihr?«

»Ich weiß es nicht. Du würdest anders handeln ...«

»Aber so sicher, wie ein Eierkuchen aus Eiern besteht! Ran an die Wäsche und Bajonett gefällt zum Angriff.«

»Sie ist keine Hure!«

»Bist du da so sicher?« Der Freund holte eine Cola mit Schuß und hielt sie Robert hin. »Robby, mach mal 'ne Probe. Faß sie an die Titten.«

»Ihr seid Schweine! Alle seid ihr Schweine!« Robert stand auf und schob die Cola zur Seite. »Ihr kennt Ulrike nicht, sie ist anders.«

»Etwa 'ne Lesbe?«

»Es hat keinen Sinn, mit dir darüber zu sprechen. Tu mir nur einen Gefallen: Wenn mein Vater dich fragt – ich war immer bei dir.«

»Ehrensache. Aber wenn du 'ne Fünf in Mathe bekommst, bin ich in den Augen deines Vaters mitschuldig.«

»Du kannst immer sagen, ich sei ein Rindvieh in Mathematik.«

»Und bei den Weibern!«

Als Hubert an diesem Abend seinen Sohn wieder abholte, fragte er wie immer: »Na, wie läuft es, Junge?«

»Schlecht, Papa.« Robert starrte auf die nächtliche Straße. Die Fassaden der Häuser schienen ihn anzugrinsen. Jedes Fenster ein Gesicht voller Hohn. »Ich begreife Bachs Fugen, aber keine Mathematik. Ich glaube nicht, daß sich das ändert.«

»Im Willen liegt die Stärke.« Habicht hob die Hand. »Oder volkstümlich: Wo ein Wille ist, da ist auch ein Weg.«

»Das sind Sprüche, Papa.«

»Das sind uralte Weisheiten, Junge. Rüstzeug fürs Leben. Ich habe immer danach gehandelt.«

»Ich möchte nie Oberregierungsrat werden ...«

»Das ist bekannt. Deine Mutter sieht dich schon als zweiten Svatoslaw Richter auf dem Konzertpodium. Aber noch ist ja nichts entschieden.«

Robert schwieg. Irrtum, Vater, dachte er und lehnte sich im Autositz zurück. Vielleicht ist jetzt schon mehr entschieden, als wir alle glauben. Ihr habt nicht gesehen, wie Ulrike neben mir gekniet hat, wie sie mit der Serviette mein Blut zu stillen suchte, wie sie diesen Brunelli angeschrien, wie sie mich in die Arme genommen hat. Das alles habt ihr nicht gesehen.

Ich liebe sie. Das ist das Einzige, was ich von der Zukunft weiß.

Sie sahen sich zehn Tage lang nicht.

Zehn Tage, in denen sich die Blutergüsse an Roberts Körper auflösten, die Schrammen zuheilten, die Schwellungen abklangen.

Zehn Tage, in denen er von seiner Mutter gepflegt wurde, als hätte man ihn zerstückelt. Sie war immer um ihn, rieb ihn mit Heparinsalbe ein, kochte ihm literweise Kakao, den er so gern trank, und wenn er in sanfter Abwehr der mütterlichen Übervorsorge sagte, ihm täte nichts mehr weh, er sei wieder völlig in Ordnung, wehrte sie seinen Protest mit den Worten ab: »Sei still! Eine Mutter sieht, ob ihr Kind krank ist. Und ich sehe, du bist krank.« Es fehlte nur noch, daß sie ihn bei den Mahlzeiten fütterte und ihm den Mund abwischte.

Es waren auch zehn Tage, an denen Robert fleißig Mathe büffelte, weil sein Vater ihn zu seinem Schulfreund brachte, zehn Tage, in denen er bei seinen Klassenkameraden an Achtung gewann, denn mit Kung-Fu war noch keiner von ihnen in Berührung gekommen. Man kannte das nur vom Fernsehen, aus Filmen von Bruce Lee, und daß Robert einen solchen Angriff überlebt hatte, war überhaupt ein Wunder.

Es waren aber vor allem zehn Tage, in denen Robert spürte, wie sehr Ulrike ihm fehlte. Von Tag zu Tag wuchs seine Unruhe, und seine Phantasien schlugen Purzelbäume. Was geschah jetzt mit Ulrike? Was stellte dieser widerliche Brunelli mit ihr an, nachdem sie ihn angeschrien hatte, daß sie ihn umbringen wolle? Schlug er sie? Ein Gedanke, der Robert halb verrückt machte. Und dann immer wieder die Frage: Warum arbeitete Ulrike in dieser Bar? Warum suchte sie sich keinen anderen Job? Es gab doch für eine junge Frau so viele Möglichkeiten, sich in anderen Berufen zu bewähren.

Es waren Tage, in denen Robert immer stiller wurde, sich förmlich in sich selbst verkroch und sich seiner angsterfüllten Sehnsucht hingab. Für Mutter Gerda war das ein Beweis, daß ihr Sohn noch immer an den Folgen des Überfalls litt, und auch Hubert Habicht schloß sich dieser Meinung an, als man am Abend im Bett darüber sprach.

»Robert ist eben ein sensibler Junge«, sagte Habicht, und so etwas wie Bedauern schwang in seiner Stimme mit. »Er ist eben mehr eine Künstlernatur – leider.«

»Wär' dir ein Boxer lieber?« fragte Gerda spitz.

»Warum immer diese Extreme!« Habicht beschloß, solche bereits bekannten, unfruchtbaren Diskussionen mit seiner Frau auch diesmal abzubrechen. »Bei Robert dauert eben alles etwas länger. Aber dann ist es um so gründlicher.«

Er sprach damit unbewußt etwas aus, das sich in naher Zukunft bewahrheiten sollte ...

Als sein Gesicht wieder in einem normalen Zustand war und es keine Hämatome an seinem Körper mehr gab, besuchte Robert wieder das Prinzregenten-Bad. Seine große Hoffnung war, Ulrike dort wiederzutreffen. Wenn es, außer in der Bar, eine Möglichkeit gab, sie zu sehen, dann hier im Stadion.

Und sie war da!

Sie lag wie bei ihrer ersten Begegnung am Rand des Pools in der Sonne, diesmal in einem roten Tanga mit einem superknappen Oberteil, und ihr Haar leuchtete und glänzte. Sie war so schön, so unsagbar schön.

Robert blieb hinter dem Sprungturm stehen und sah sie lange an. Aber nicht Begehrlichkeit lag in seinem Blick, sondern Bewunderung, so wie man ein Kunstwerk bestaunt. Erst als Ulrike sich aufrichtete und hochsetzte, kam er um sein Versteck herum und ging langsam auf sie zu.

Sie sah ihn kommen, aber sie sprang nicht auf oder winkte ihm, sie gab überhaupt kein Zeichen, daß sie ihn bemerkt hatte. Sie blieb sitzen, bis er vor ihr stand, streckte dann beide Arme nach ihm aus und sagte nur:

»Wie schön, daß du da bist.«

»Wie schön, daß auch du da bist.« Er erkannte seine Stimme kaum wieder, sie hatte einen völlig anderen Klang. Als er sich neben Ulrike setzte, strich sie mit beiden Händen über sein Gesicht und seine Schultern.

»Wie geht es dir?« fragte sie.

»Du siehst, es sind keine Spuren zurückgeblieben.«

»Ich hatte Angst um dich.«

»Und ich um dich.«

Sie schüttelte den Kopf und ließ die Hände in ihren Schoß sinken. Der Tanga war so knapp, daß an den Stoffrändern einzelne Haare ihrer Scham hervorquollen. Robert sah es, als er der Bewegung ihrer Hände folgte.

»Mich faßt niemand an«, sagte sie, bemerkte seinen Blick

und zog den Stoff auseinander, um die Löckchen zu verdecken. »Warum bist du nicht gekommen?«

»Wohin?«

»Hierher. Ich habe jeden Tag auf dich gewartet.«

»Das wußte ich nicht. Meine Eltern haben mich wie einen Schwerverletzten behandelt. Kein Schritt ohne Stütze.«

»Du hast gute Eltern, nicht wahr?«

»Zu gut. Manchmal sind sie wie eine Fessel. Aber das ist ja wohl immer so: Man bleibt immer das Kind.«

»Ich weiß es nicht. Ich mußte schon als Kind erwachsen sein.« Sie legte sich wieder auf ihr weiß-gelb gestreiftes Badetuch und schob die Hände unter ihren Nacken. In der Sonne schimmerte ihre Haut, und das schmale Bikini-Oberteil bedeckte gerade die Spitzen ihrer Brüste. »Du hättest anrufen können.«

»Wo denn? In der Bar? Du hast mir nie deine Privatnummer gegeben.«

»Ach Gott, ja. Du kennst sie ja nicht.«

»Ich weiß auch nicht, wo du wohnst. Ich weiß nur, daß du eine Wohnung in Schwabing hast, in der eine Katze mit Namen Lori herumläuft, und daß du einen Fiat Punto fährst.«

»Das ist schon eine Menge.« Sie lachte, und dabei wippten ihre Brüste. »Fügen wir den Rest hinzu: Ich wohne in der Agnesstraße. Zwei Zimmer, Küche, Bad und WC, Blick in den Hinterhof, aber mit Balkon und Morgensonne. Das ist alles.«

»Und Telefon?«

Sie nannte ihm eine Nummer, und er wiederholte sie sechsmal, bis er sie behalten hatte. »Ich habe eben kein Zahlengedächtnis«, sagte er lachend. »Ob du es glaubst oder nicht: Ich könnte dir jetzt die Telefonnummer meiner Eltern nicht sagen. Ich merke sie mir einfach nicht. Aber deine Nummer behalte ich. Ich rufe dich nachher an.«

»Nachher?« erkundigte sie sich lächelnd.

»Während du dich umziehst für diese Mistbar.«

Sie nickte, schloß die Augen und gab sich ganz der Wärme der Sonne hin. Robert saß neben ihr, streichelte sie mit seinen Blicken, und als ihre linke Hand von ihrem Oberschenkel fiel, nahm er sie vorsichtig und legte sie auf seine Knie. Es war eine wohlgeformte schmale Hand mit langgliedrigen Fingern. Die Hand einer Pianistin, dachte Robert verträumt. Wie geschaffen, über die Tastatur zu schweben. Oder wie geschaffen, um zärtlich über einen Körper zu streicheln.

»Ich liebe dich«, sagte er plötzlich.

Sie öffnete die Augen, ohne ihre Haltung zu verändern. »Sag das nie wieder.«

»Ich werde es tausendmal sagen! Ich liebe dich!«

»Das ist der dümmste Satz deines ganzen Lebens.« Sie stützte sich auf den Ellbogen und schüttelte das Haar aus ihrem Gesicht. »So unendlich dumm.«

»Weil du fünfzehn Jahre älter bist als ich?«

»Das ist es nicht.«

»Weil du eine Bardame bist? Weil du ein Leben hinter dir hast, von dem ich gar nichts wissen will? Ich liebe doch nicht die Vergangenheit, ich liebe das Heute und unsere Zukunft.«

»*Unsere* Zukunft? Wo könnte die denn liegen? Ich denke, du bist ein logisch denkender Mensch ... Aber was du jetzt sagst, ist ohne jede Logik.«

»Du liebst mich doch auch ... Du sagst es nur nicht.«

»Ich mag dich, das ist ein großer Unterschied.« Sie setzte sich jetzt auf, griff nach dem neben ihr liegenden breitkrempigen Strohhut und drückte ihn auf ihr Haar. Es war, als wolle sie damit zwischen ihnen eine Distanz schaffen. »Gehen wir eine Cola trinken.«

»Ulrike, ich habe mir in den letzten zehn Tagen vieles überlegt ...«

»Und viel Falsches.« Sie stand auf, faltete ihr Badetuch zusammen und klemmte es unter den Arm. Robert hielt sie fest, als sie sich abwandte und gehen wollte.

»Ulrike, du lügst. Verzeih, aber du lügst ...«

»Warum wollen wir alles komplizieren, Robert? Laß es bleiben, wie es ist.«

»Das ist auf die Dauer kein Zustand.«

»Dauer! Was ist Dauer?« Sie lachte kurz auf, und es klang hart, ein völlig anderes Lachen, als Robert es bisher von ihr gehört hatte. »Dauer ist ein schreckliches Wort. Es klingt nach Fessel! Und ich hasse Fesseln ... Ich bin ein Mensch, der die Freiheit anbetet. Ein Dauerzustand ist für mich nur der Tod.« Sie wandte sich zu ihm um und schüttelte den Kopf. »Sprich nie wieder davon, Robert. Heute ist heute – das ist unsere Zeitspanne. Mehr nicht.«

Nach der Cola hatte Ulrike es eilig, nach Hause zu fahren. Robert brachte sie zu ihrem Wagen, aber als sie schon einsteigen wollte, drehte sie sich noch einmal zu ihm um. Sie gab ihm einen Kuß zwischen die Augen, warf sich dann auf den Sitz, schloß die Tür und fuhr an, obwohl Robert gegen die Scheibe trommelte.

»Ja! Du lügst!« schrie er dem Wagen nach. »Ich weiß, daß du lügst. Ich fühle es! Warum läufst du denn davon?«

An diesem Abend ging er nicht zur Mathe-Nachhilfe. Sein Freund hatte Karten für ein Rockkonzert bekommen und besuchte es mit seiner Freundin Isabelle. »Die Puppe mit dem geilen Arsch«, wie er sie nannte. Es war eine Ausdrucksweise, die Robert zum Kotzen fand.

Gerda Habicht hob wieder den Kopf, als ihr Sohn am Flügel saß und spielte. Hubert Habicht betrachtete unter der Lupe einige neu erworbene Briefmarken.

»Hör dir das an!« sagte Gerda verzückt. »Hör nur ...«

»Ich weiß, er spielt Chopin wie ein junger Beethoven ...«, sagte er gelangweilt.

»Er spielt Liszt!« verbesserte sie ihn beleidigt. »So zärtlich habe ich Liszt noch nie gehört.«

»Ist das nun gut oder schlecht?«

»Mit dir kann man über gar nichts reden!« sagte sie abfällig. »Kennst du überhaupt Liszt?«

»Er war der Schwiegervater von Richard Wagner.«

»Na, wenigstens etwas ...«

Sie lehnte sich zurück und lauschte verzückt dem Klavierspiel ihres Sohnes.

Es kam selten vor, daß Franz von Gleichem das Toscana besuchte. Wenn er in der Bar erschien, dann nur, um zu inspizieren, ob alles so ablief, wie er es für seine sämtlichen Lokale angeordnet hatte. Er kam plötzlich, unangemeldet, aber Salvatore Brunelli fürchtete Überraschungen nicht; sein Toscana war ein Musterbetrieb.

Auch an diesem Tag hatte von Gleichem nichts auszusetzen: Die Bar war gut besucht, die Hinterzimmer waren bis auf zwei belegt, aber es war ja noch früh am Abend, kurz nach zehn Uhr.

»Etwas Besonderes?« fragte von Gleichem. Brunelli schüttelte den Kopf.

»Nichts.«

Den Vorfall mit Ullas jugendlichem Liebhaber bewertete er als ein Nichts. Der Junge hatte die Warnung geschluckt, es gab keine Polizeiverhöre, also lag auch keine Anzeige vor. Auch daß eines der Mädchen von einem enttäuschten Kunden verprügelt worden war, betrachtete der Sizilianer nicht als erwähnenswert. So etwas ist nichts Besonderes, sondern Alltag.

Von Gleichem betrat dann auch schnell sein Büro hinter der Bar und ließ Ulrike zu sich rufen. Brunellis warnender Blick begleitete sie bis zur Tür.

»Sie sehen gut aus, Ulla«, sagte von Gleichem, als Ulrike vor dem Schreibtisch Platz nahm. »Sonnengebräunt, vital, jünger, als Sie sind.«

»Komplimente müssen Sie anscheinend noch lernen«, entgegnete sie, aber es klang nicht vorwurfsvoll.

»Sie sehen irgendwie glücklich aus. Sind Sie verliebt?«

»Trauen Sie mir so etwas zu, Herr von Gleichem?«

»Wer kann schon in die Seele einer Frau eindringen?« Er winkte ab und wechselte das Thema. »Es fängt an ... oder besser: Es konzentriert sich.«

»Was?« Ulrike sah ihn verständnislos an.

»Als ich Sie einstellte, sagte ich Ihnen, daß ich Großes mit Ihnen vorhabe. Daß ich an einem Kunstwerk bastle ...«

»Ich erinnere mich. Fast hätte ich es vergessen. Bisher ist ja nichts geschehen.«

»Alles, was wächst, braucht seine bestimmte Zeit. Nun ist alles so weit gereift, daß wir uns an den Blüten erfreuen können.«

»Wollen Sie einen Band mit Gedichten herausbringen?«

»Wir werden morgen abend Besuch von drei Geschäftsfreunden bekommen. Polen. Ich möchte, daß Sie sich besonders um sie kümmern ...«

»Gleich drei auf einmal? Das habe ich noch nicht gemacht ...«

»Ulrike, lassen Sie diesen Spott! Sie sollen die Herren nicht waagerecht bedienen, sondern nur besonders charmant sein. Wenn Sie das können ...«

»Ich werde wie Honig fließen ...«

»Die Herren sind sehr wichtig.« Von Gleichem lehnte sich zurück und zündete sich eine Zigarre an. An dem irischen Whiskey, den René ihm vorher gebracht hatte, nippte er nur. »Ich will Ihnen etwas anvertrauen, Ulrike.«

»Warum gerade mir?«

»Weil Sie ein Teufel in Engelsgestalt sind.«

»Das haben Sie auch schon mal gesagt.«

»Es geht um Millionen.«

»Für mich?« fragte sie keck. Noch nahm sie von Gleichem nicht ernst.

»Das ist eine Frage der Prozente.« Er blies aus seiner Zigarre Kringel in die Luft – eine Kunst, die in der Gesellschaft immer bewundert wurde. »Wir haben Krieg.«

»Krieg? Bei uns? Seit wann? In den Nachrichten ...«

»Ulrike ... ein Krieg im dunkeln. Es gibt auf unserem Arbeitsgebiet zwei große Gruppen, die bei aller Konkurrenz bisher – wenigstens nach außen hin – friedlich miteinander lebten: die italienische Mafia und die chinesischen Triaden. Gestört wird der trügerische Burgfrieden seit neuestem durch die Russen, und da gibt es schon eine Reihe von Toten. Nun kommt ein vierter Konkurrent hinzu, der den gut aufgeteilten Markt verunsichert mit einer Ware, die man etwas makaber ›volkstümlich‹ nennen kann. Der Vierte bin ich.«

Ulrike starrte von Gleichem an und verstand nichts. »Wieso Sie?«

»Zusammen mit polnischen Geschäftsfreunden werden wir das Kunstwerk schaffen, ganze Generationen an uns zu binden. Die Jugend gehört uns.«

»Ich verstehe noch immer nicht.« Ulrike hob die Schultern. »Wer gehört Ihnen?«

»Jeder Jugendliche ab fünfzehn Jahren aufwärts. Sogar noch jüngere ... Und man wird uns dankbar sein, denn wir verteilen Glücksgefühle, Liebessehnsucht, gesteigerte Denkkraft, selige Rauschzustände, schöpferische Impulse. Die Welt und das Weltbild öffnen sich.«

»Das hört sich an, als schwärmten Sie von Kokain.«

»Kokain ist out! Auch das Heroingeschäft wird leiden, und das ist der Krieg, der auf uns zukommt. Wir werden Mafia und Triaden gegen uns haben. Wissen Sie, was das bedeutet?«

»Ich ahne es«, sagte Ulrike leise. »Sie ... Sie haben eine neue Droge?«

»So neu ist sie nicht. In England nehmen sie bereits 500 000 Jugendliche, in Österreich sollen es bisher 70 000 sein, in den USA gehört sie zum Alltagsleben wie Aspirin oder Hustenbonbons. In allen zivilisierten Ländern steigt die Zahl der Verbraucher. Nur der deutsche Markt ist noch ziemlich unterversorgt.«

»Und was ist das für eine Droge?« Heiserkeit lag in Ulrikes Stimme.

»Man nennt sie Ecstasy.«

»Du meine Güte ...«

»Sie kennen sie?«

»Ich habe davon gehört ... in Illustrierten gelesen ...«

»Hier liegt das Geld sprichwörtlich auf der Straße. Und wir müssen jetzt schneller sein als die großen ›Konzerne‹, um den deutschen Markt zu kontrollieren. Noch gibt es keine straffe Organisation. Aber das werden wir ändern durch Zentraleinkauf und Verteilerfilialen. Dazu brauchen wir unsere polnischen Freunde. Aus Polen kommt das beste Ecstasy, das habe ich seit einem halben Jahr an rund sechshundert Verbrauchern getestet.«

»Und was habe ich damit zu tun?« wiederholte sie ihre Frage. Sie begriff noch immer nicht, warum man ihr das erzählte.

Von Gleichem sah sie seinerseits so verwundert an, als begreife nun er nicht, wieso sie eine solche Frage stellen konnte.

»Sie werden sich zunächst um die polnischen Herren kümmern.«

»Das sagten Sie bereits. Nur charmant sein, nicht mit ihnen ins Bett.« Sie verzog die Lippen zu einem spöttischen Lächeln. »Es wird eine Abwehrschlacht werden. Und was weiter?«

»Das Toscana soll zur Zentrale werden. Alle Lieferungen aus Polen, Tschechien, Holland und Ungarn werden hier ankommen. Und von hier aus wird eine gut durchorganisierte Truppe von Verteilern die Pillen an die Interessenten weitergeben. Für die Abrechnungen der Verkäufer brauche ich eine Person, der ich hundertprozentig vertrauen kann, die mich nicht betrügt, die fähig ist, den Außendienst fest in der Hand zu halten – Sie!«

»Das ... das ist doch nicht Ihr Ernst?« Sie spürte, wie plötzlich ihre Knie weich wurden und sie Mühe hatte, sich aufrecht zu halten. Sie war bei dem Wort »Sie« aufgesprungen, nun mußte sie sich wieder setzen. Es war ein Hineinfallen in den Sessel. Von Gleichem lächelte verständnisvoll. »Ich kann das doch gar nicht ... Und außerdem haben Sie nicht gefragt, ob ich das überhaupt will!«

»Sie wollen, Ulrike.«

»Ich will nicht!«

»Und warum nicht? Mich interessieren Ihre Gründe.«

»Ich will nie etwas mit Rauschgift zu tun haben.«

»Das haben Sie auch nicht.« Von Gleichem lehnte sich zurück und schüttelte den Kopf, als sei alles ein Mißverständnis. »Ecstasy ist kein Rauschgift.«

»Es ist eine Droge!«

»Das ist Alkohol auch! Und den verkaufen Sie in vielen Variationen jeden Abend literweise. Man könnte argumentieren: Alkohol zerstört die Leber und die Hirnzellen. Sie machen sich also mitschuldig an der Zerstörung menschlicher Körper.«

»Das ist doch Unsinn! Wortklauberei!« Ulrike sprang wieder aus dem Sessel hoch. »Wie können Sie Alkohol mit Ecstasy vergleichen?«

»Ganz einfach: Es ist eine andere Art von Rausch, weiter nichts. Alkohol vernebelt die Sinne, Ecstasy weckt sie zu Hochleistungen. Es wäre eine Streitfrage, was besser ist: Alkoholstumpfsinn oder sprudelndes Lebensgefühl? Was würden Sie vorziehen, Ulrike?«

»Ein normales Leben ohne Drogen.«

»Was ist heute normal?« Von Gleichem winkte ab, als habe Ulrike etwas Superdummes gesagt. »Der heutige Mensch braucht zum Leben die ständige Berieselung seiner Nerven. Disco, Radio, Musik, Fernsehen, Fußballschlachten, plattgehauene Boxernasen, durch die Luft fliegende Tennisspieler, Mord auf der Mattscheibe, je grausamer, um so schöner. Und dann die Kriege und Greueltaten überall auf der Welt, Bombenexplosionen, Killerkommandos, Flugzeugabstürze, Erdbeben. Welch ein Nervenkitzel, wenn man das alles vom sicheren Sessel aus sieht und miterlebt! Wie fad und traurig wäre das Leben, wenn der Mensch nicht solch eine aus den Fugen geratene Bestie wäre!«

»Wenn man Ihnen zuhört, bekommt man eine Gänsehaut. Sie verachten die Menschen!«

»Nein, ich benutze nur ihre Schwächen. Ich will ihnen nur das geben, was sie glauben, brauchen zu müssen: in unserem Fall Ecstasy.« Von Gleichem beugte sich zu Ulrike über den Schreibtisch. »Sie machen mit?«

»Wieviel Prozent?«

»Ich wußte es: Sie sind der teuflische Engel!«

»Ich will aus dem Sumpf meines Lebens heraus und endlich einmal die Sonne der Unabhängigkeit erleben. Auch der Unabhängigkeit von Ihnen.«

»Zehn Prozent vom Umsatz?« bot er.

»In der Anfangsphase. Dann fünfzehn Prozent!«

»Staffeln wir: Zehn Prozent in den ersten zwei Jahren. Bis zum fünften Jahr zwölf Prozent, ab dem sechsten Jahr fünfzehn. Das ist ein Spitzenangebot.«

»Ich soll also die Dealer heranzüchten?«

»So ist es. Ich besorge – Sie verteilen. Die einfachste Form der Zusammenarbeit.«

»Wobei das ganze Risiko bei mir liegt. Man schnappt immer nur die Dealer, selten die Hintermänner.«

Von Gleichem lehnte sich zufrieden zurück. Aus seinem Schreibtisch holte er eine Kristallkaraffe mit einem fünfzig Jahre alten Cognac, dazu zwei Napoléongläser, in die er das golden schimmernde Getränk einschenkte. Ein Glas schob er zu Ulrike hinüber, das andere nahm er selbst zwischen seine Hände, als wolle er den Cognac anwärmen.

»Nehmen wir an, Sie haben in München einen Wochenumsatz von hunderttausend Mark. Das ist keine Utopie. Mir sind andere Zahlen bekannt. So erreicht Ecstasy zum Beispiel in Chicago einen wöchentlichen Umsatz von über einer Million Mark! Aber München ist nicht Chicago. Bei hunderttausend Mark wäre Ihr Anteil zehntausend Mark, im Monat also vierzigtausend. Bauen wir eine gute Organisation auf, die ganz Bayern umfaßt und sich später auf andere Länder ausweitet, vor allem auf die ›hungrigen‹ neuen Länder Ostdeutschlands, dann braucht man kein Mathematiker zu sein, um auszurechnen, welche Erträge wir einsammeln können. Ihr Unabhängigkeitsziel ist greifbar nahe.«

»Ich klebe mit Ihnen zusammen!«

»Aber nur mit mir! Und das ist keine Abhängigkeit, denn wir sind Partner! So sollten Sie das sehen, Ulrike.«

Sie schwieg. Sie starrte auf das Glas mit Cognac und wagte nicht, die Hand nach ihm auszustrecken. Wenn ich es ergreife, das wußte sie, bedeutet das eine Zusage. Eine Verbindung mit von Gleichem, die nie mehr zu lösen ist. Eine Zusage, die mir den Himmel öffnet, indem ich die Hölle verbreite.

Ecstasy.

Ich werde Generationen verseuchen.

Mit kleinen Pillen, die Hirn, Herz und Leber zerstören.

Mit Pillen, die Glückseligkeit herbeizaubern, die einen schweben lassen, die den Kreislauf hochjubeln, die jede Müdigkeit vertreiben. Pillen, die die Schutzmaßnahmen des Körpers außer Kraft setzen.

Aber man kann damit, wenn die Organisation steht, hunderttausend Mark verdienen. Pro Woche! Das sind vierhunderttausend Mark im Monat. Man kann in drei Monaten Millionär sein! In einem Jahr ...

Ulrikes Hand zuckte vor und umfaßte das Cognacglas. Sie hob es von Gleichem entgegen und stieß mit ihm an. Und sie trank es in einem Zug leer.

Mit diesem Schluck hatte sie ihr endgültiges Schicksal bestimmt.

Ein Weg in die Sonne, über zerstörte Körper hinweg ...

Und es gab keine Umkehr mehr.

»Ich habe die Möglichkeit, vierzehn Tage durch England zu reisen«, sagte eines Abends Robert zu seinen Eltern. Sie saßen noch am Eßtisch, es hatte Gulasch mit grünen Bandnudeln gegeben, dazu ein Glas alkoholfreies Bier und Mineralwasser, streng natriumarm. Hubert Habicht liebte ein warmes Abendessen, das Mittagessen im ministerialen Restaurant nannte er fade und feldküchenverwandt. Außerdem war es für ihn ein Genuß, mit gefülltem Magen später vor dem Fernseher zu sitzen, die Nachrichten zu sehen und die Meldungen zu kommentieren, was meistens darauf hinauslief, daß er sagte: »Die Welt wird immer verrückter.«

»England?« Habicht hob den Kopf. »Wieso England?«

»Unsere Pfadfindergruppe wird dieses Jahr die Insel besuchen. Im Austausch. Die britischen Kameraden kommen zu uns, wir beziehen ihr Lager. Ich habe mich für die Reise angemeldet. Wir werden in Zeltlagern wohnen. Es ist auch ein Kulturaustausch.«

Kultur war für Habicht einer der Begriffe, bei denen er besonders aufmerksam wurde. Kultur – sie hebt den Menschen vom Tier ab. Ein Tier kann denken, sogar logisch denken, es hat Gefühle, empfindet Schmerz und Freude, entwickelt Charakter und sogar schöpferische Phantasie. Aber nur der Mensch ist fähig, Kultur zu schaffen, was auch immer unter diesem Wort verstanden werden mag.

»Eine gute Idee.« Habicht warf einen schnellen Blick auf die Uhr. Kurz vor zehn ... Gleich begannen die Abendnachrichten im Fernsehen. Es war Zeit, ins Wohnzimmer zu gehen. »Wann soll es denn losgehen?« fragte er, indem er aufstand.

»Am kommenden Sonntag.«

»Kosten?«

»Wir rechnen mit rund fünfhundert Mark.«

»Sauber, sauber! Die Väter deiner Pfadfindergruppe scheinen alles Millionäre zu sein. Ich bin nur ein kleiner Staatsbeamter ...«

Habicht ging ins Wohnzimmer, setzte sich in den Ohrensessel, der nur ihm vorbehalten war, und knipste den Fernseher an. Robert nahm neben ihm auf der Couch Platz.

»Ein Glück, daß wir so sparsam sind«, sagte Habicht. »Ich hebe morgen das Geld vom Konto ab.«

»Danke, Papa.«

Die Nachrichten begannen. Überall Terror, Kriege, Tote, Bombenanschläge, Demonstrationen, Politiker-Blaba, Gewalt, Morde, Krisen, Drohungen ... Ein Wunder, daß diese Welt nicht explodierte.

»Es heißt immer, der Mensch sei die Krone der Schöpfung«, philosophierte Habicht bitter. »Nein! Er ist eine Mißgeburt der Schöpfung.«

»Und trotzdem ist das Leben schön.«

»Ja. Das ist es ja.« Habicht sah seinen Sohn Robert an. »Wir belügen uns selbst und machen diese Lüge zum Lebenssinn. Wie könnten wir sonst überleben? Mein Junge, du weißt nicht, was dir noch alles im Leben bevorsteht. Du fährst nach Großbritannien, und im irischen Teil zerfleischen sie sich in einem Religionskrieg. Ein Religionskrieg in unserem Jahrhundert! Widersinniger geht es nicht!«

Es wurde nach den Nachrichten noch lange über den Irrsinn in der Welt debattiert; Robert hörte nur halb zu und überließ seinem Vater den großen weltpolitischen Monolog. Er dachte immer nur: Ich habe das Geld, ich kann mir zehn Tage Freiheit erobern. Das war eine gute Idee, diese Englandreise.

Am Sonntag brachte Habicht seinen Sohn Robert bis zum Hauptbahnhof, gab ihm noch einige väterliche Ratschläge mit auf die Reise und sah ihm nach, wie er in der Bahnhofshalle verschwand. Dann fuhr er nach Hause zurück, machte einen Umweg über einen Biergarten und trank ein Glas Pils. Es war ein warmer, sonniger Vormittag, an dem ein echter Bayer nicht an einem Biergarten vorbeigehen kann.

Robert wartete in der Bahnhofshalle eine halbe Stunde, um ganz sicher zu sein, daß sein Vater weggefahren war. Er trank einen Schokoladen-Milch-Shake, schulterte dann seinen Rucksack, nahm ein Taxi und fuhr nach Schwabing in die Agnesstraße.

Das Haus, in dem Ulrike wohnte, war ein Gebäude aus der Jahrhundertwende, das eine Restaurierung dringend notwendig hatte. Auf der Klingeltafel fand er den Namen Sperling. Viertes Stockwerk. Die Haustür war nur angelehnt. Robert betrat den weiträumigen Eingangsflur. Es gab keinen Lift, nur eine breite Holztreppe führte nach oben. Die alten blankgescheuerten Stufen knarrten, als er langsam hinaufstieg.

An der geschnitzten, alten schweren Eichentür im vierten Stockwerk sah er dann das ovale Messingschild mit Ulrikes Namen. Bevor er auf den Klingelknopf drückte, blickte er erst auf seine Uhr.

Sieben Minuten vor halb elf.

Durch die Tür hörte Robert das Klingelsignal. Es war ein harmonischer Dreiklang, kein schrilles Läuten. Er wartete, aber nichts in der Wohnung rührte sich. Noch dreimal drückte er auf den Knopf, ehe er ein Geräusch im Inneren der Wohnung zu hören glaubte. Beim fünften Dreiklang der Glocke hörte er endlich hinter der Tür Ulrikes Stimme.

»Wer ist da?«

»Ich«, antwortete Robert.

»Wer ist ich?«

»Robert ...«

Stille, nur zwei Sekunden lang, aber für ihn eine unendliche Stille. Dann wieder Ulrikes Stimme, ungläubig und mit einem Unterton des Erschreckens: »Du?«

»Ja. Machst du auf?«

Ein Schlüssel drehte sich im Schloß, ein Riegel glitt zur Seite, die Tür öffnete sich. Und dann sahen sie sich an und sprachen kein Wort.

Ulrike trug nur einen knappen Slip und darüber einen durchsichtigen Morgenmantel, ein Hauch von Stoff, der ihren sonst nackten Körper durchschimmern ließ. Zum erstenmal sah Robert ihre unverhüllten nackten Brüste, und eine Erinnerung stieg jäh in ihm auf an jenen Morgen, an dem er daheim ins Badezimmer gekommen war, dessen Tür nur angelehnt gewesen war, und er seine Mutter unter der Dusche hatte stehen sehen, seitlich ihm zugewandt, eine schöne Frau in wasserglänzender Nacktheit, die sich unter den warmen Strahlen drehte. Ein Anblick, von dem Robert sich mit Gewalt losreißen mußte, um leise die Tür wieder zu schließen. Damals war er über sein Gefühl so verwirrt gewesen, daß er am Frühstückstisch kaum ein Wort hervorbrachte und jeden Bissen mehrmals im Mund umdrehen mußte, ehe er ihn hinunterschlucken konnte. Seine Mutter, die ihm jetzt angekleidet gegenübersaß, verwirrte ihn plötzlich. Sie hatte einen Teil ihrer Mütterlichkeit verloren. Wenn

Robert sie anblickte, sah er immer nur die schöne nackte Frau in der Dusche.

Das wiederholte sich jetzt bei Ulrikes Anblick. Robert spürte, wie seine Kehle plötzlich austrocknete.

»Darf ... darf ich eintreten?«

»Aber ja. Komm herein.«

Ulrike trat zur Seite, gab die Tür frei und warf sie hinter ihm wieder zu. Der Sicherheitsriegel ratschte in den Bügel. Robert streifte seinen Rucksack von den Schultern und ließ ihn auf den Boden fallen. Ein Parkettboden, auf dem ein kleiner Perserteppich lag. Es war eine kleine Diele mit einer eingebauten Garderobe und einem körperhohen Spiegel. Eine Kassettentür führte offensichtlich in das Gäste-WC.

»Was ... was willst du hier?« fragte Ulrike und stieß die Tür zum Wohnzimmer auf.

Robert ging an ihr vorbei ins Zimmer und schleifte den Rucksack hinter sich her.

»Ich bin in England ...«

»Wie soll ich das verstehen?«

»Ich bin offiziell in England. Zehn Tage lang, mit einer Pfadfindergruppe. Zehn Tage, Ulrike! Wir haben zehn Tage für uns ...«

»Heißt das, du willst zehn Tage bei mir bleiben?«

»So habe ich mir das gedacht.« Er ließ den Rucksack los, setzte sich in eine Ecke der Wohnlandschaft, eine Rundkonstruktion aus blaßrosa Leder auf einem dunkelroten großen Afghanteppich. Darauf standen ein breiter Glastisch auf weißen Marmorsäulen und zwei Stehlampen, sogenannte Deckenfluter, die abends ein weiches, indirektes Licht über die Decke streuten. An der Längswand befand sich ein geschnitzter Eichenschrank mit einem Fernsehfach. Die Gardinen an den beiden Fenstern waren gerafft und aus gelber Seide. »Schön hast du es hier. Nach deiner Schilderung hatte ich es mir anders vorgestellt.«

»Primitiver?«

»Einfacher.«

»Es ist eine Eigentumswohnung. Ich habe sie mir damals als ... Tänzerin gekauft. Damals konnte man so etwas noch bezahlen.« Ulrike blieb in ihrer kaum verhüllten Nacktheit vor ihm stehen und blickte auf ihn hinunter. »Was hast du dir eigentlich dabei gedacht, hierher zu kommen?«

»Ich habe mir gedacht, zehn Tage aus meiner Welt auszubrechen. Zehn Tage bei dir ... Mehr habe ich eigentlich nicht gedacht.«

»Und wenn man erfährt, daß du nicht in England, sondern bei mir bist?«

»Wie soll man das erfahren?«

»Ich könnte ja Besuch bekommen.«

»Erwartest du Besuch?«

»Nein. Aber ...«

»Wir sollten das Wort ›aber‹ aus unserem Vokabular streichen.« Robert lehnte sich in das Lederpolster zurück und umfaßte Ulrike mit einem langen Blick. »Du siehst wundervoll aus ...«

Als habe er etwas Frivoles gesagt, raffte sie den Morgenmantel zusammen. Es nützte nichts, der schleierartige Stoff konnte nichts verbergen. Sie schüttelte den Kopf, verließ das Zimmer durch eine andere Tür, die wohl in das Schlafzimmer führte, und kam nach wenigen Minuten in Rock und Bluse zurück.

Robert hatte diese Minuten genutzt und sich in der Wohnung umgesehen. Vom Wohnzimmer führte eine zweite Tür in die Küche, eine moderne Küche mit allen elektrischen Geräten, sogar einem Mikrowellenherd, besser eingerichtet als die Küche im Haus der Habichts. Vor einem Foto in einem Mahagonirahmen blieb Robert stehen. Es zeigte einen sportlich wirkenden Mann mit angegrauten Schläfen, der in die Kamera lächelte. Er trug eine weiße Jacke, ein offenes gelbes Hemd und sah verdammt gut aus. Als Robert hörte, daß Ulrike zurückgekommen war, nahm er das Bild von der Wand.

»Wer ist das?« fragte er.

»Ich könnte sagen: mein Onkel. Aber das ist er nicht. Er ist ein Bekannter.«

»Ein Liebhaber von dir?«

»Robert, ich bin eine Frau von dreiunddreißig Jahren mit einem Vorleben.«

»Ein Vorleben, das wir streichen wollen, streichen mit allen Erinnerungen. Auch dieser Mann hier ist gestrichen.« Er zog eine Schublade des Eichenschrankes auf und warf das Bild hinein. »Ab heute ist alles anders.«

»Für zehn Tage.« Ulrikes Stimme klang spöttisch und abweisend zugleich. »Du hättest doch nach England fahren sollen!«

»Du freust dich nicht, daß ich zu dir gekommen bin?«

»Natürlich freue ich mich ... Nur solche Überraschungen liebe ich nicht.« Und ganz bewußt sagte sie dann: »Ich hätte ja nicht allein sein können ...«

Er schüttelte den Kopf und ging zur Sitzecke zurück. »Ich möchte nicht, daß du so redest. Du bist für mich Ulrike ... und nicht Ulla, die Vergangenheit.«

»Ich bin jede Nacht Ulla hinter der Bartheke.«

»Das ist ein Beruf, der aufhört, wenn du das Toscana verlassen hast. Wenn du durch diese Tür hier kommst, bist du Ulrike. So will ich das sehen.«

Es hatte keinen Sinn, mit Robert darüber zu diskutieren. Ulrike sah es ein und fügte sich. Was sollte sie in diesen Augenblicken auch sonst tun? »Hast du gefrühstückt?« fragte sie. Es klang ein wenig hilflos.

»Ja, danke. Und du?«

»Ich nicht. Du hast mich ja erst geweckt. Ich schlafe sonst bis elf. Heute war es besonders spät geworden in der Bar.

Bis vier Uhr! Wir hatten Gäste aus Polen. Die können saufen bis zum Umfallen. Immer noch einen Wodka mehr. Salvatore hat sie dann mit zwei Taxis in ihr Hotel bringen lassen. Und jetzt bist du da.«

Sie ging in die Küche, und Robert hörte, wie sie mit dem Geschirr klapperte. Dann brutzelte etwas in der Pfanne. Spiegeleier, Robert roch es ganz deutlich, und dazu Speck oder Schinken. Er nahm seinen Rucksack vom Teppich und trug ihn zum Schlafzimmer hinüber. Ein breites Doppelbett mit einem blauen Tüllhimmel beherrschte den Raum. Eine ganze Wand bestand nur aus Spiegelschränken, in denen man sich, im Bett liegend, sehen konnte, und als Robert sich auf die Bettkante setzte, das zerwühlte, noch von ihrer Körperwärme vollgesogene Daunenplumeau zur Seite schob, stellte er sich vor, wie erregend der Anblick sein mußte, zwei Menschen beim Liebesspiel in dieser Spiegelwand zu beobachten.

Aber auch ein anderer Gedanke war da: Was hatte dieser Spiegel alles zurückgeworfen an Leidenschaft und Ekstase, an Zärtlichkeit und Erfüllung in all den Jahren, die Ulrike in diesem Bett gelegen hatte. Robert starrte sich im Spiegel an, warf sich auf den Rücken, streckte beide Beine hoch in die Luft und verfolgte dieses Spiel auf der großen glänzenden Fläche.

So bemerkte er erst nach einer Weile, daß Ulrike in der Tür stand und ihm zusah. Er setzte sich wieder auf und legte beide Hände auf seine Knie.

»Ja, so ist das!« sagte sie in provozierendem Ton. »Ich liebe Spiegel. Ich sehe mir gern selbst zu. Ich liebe meinen Körper. Ich könnte ihm dauernd zusehen, jede Bewegung betrachten, vom Heben des kleinen Fingers bis zum Berühren der Zehen. Vor einem Spiegel kann ich glücklich sein.«

»Auch zu zweit ...«

»Auch das!« Sie nickte zum Wohnzimmer hin. »Das Frühstück ist fertig.«

Robert stemmte sich vom Bett hoch und ging ihr nach. Über den Glastisch hatte sie eine violette Decke gebreitet, und darauf standen Tassen, Teller, die Kaffeekanne, ein Tablett mit Spiegeleiern und Räucherspeck, zwei Gläser mit Orangensaft, eine Platte mit aufgeschnittener Wurst – Zungenwurst, Salami, geräucherte Mettwurst und einer Diätwurst aus Putenfleisch, dazu zwei geviertelte kalte Eier, sicherlich vom Vortag.

Robert setzte sich auf die Couch.

»Ich habe keinen Hunger«, sagte er gepreßt.

»Aber ich. Und was für einen! Doch eine Tasse Kaffee trinkst du doch mit?« Ulrike setzte sich ihm gegenüber, goß den Kaffee ein, gab ein Spiegelei auf ihren Teller und begann zu essen. Robert sah ihr stumm zu, und als sie das Brötchen gegessen hatte, fragte er:

»Wo kann ich meinen Rucksack auspacken?«

»Im Schlafzimmer. Hinter der Schranktür ganz rechts ist alles frei.«

»Für Gäste.« Es klang bitter.

Sie nickte und griff nach einer Scheibe Putenwurst. »Du hast es erraten. Ich glaube, es hängt noch ein Herrenbademantel darin. Schieb ihn zur Seite.«

»Ich werde ihn zerfetzen!«

»Wenn es dir Spaß macht! Ich weiß sowieso nicht, wer ihn dort vergessen hat. Der Mantel hängt schon lange da.«

Sie frühstückte weiter, als er ins Schlafzimmer zurückkehrte, seinen Rucksack aufschnürte, die Schranktür aufriß, den Bademantel zur Seite schleuderte und seine Sachen hineinhängte. Es war nicht viel, was ein Pfadfinder braucht: ein Trainingsanzug, Unterwäsche, Socken zum Wechseln, zwei Hemden, ein Paar Schuhe, eine Hose, eine Jacke, Rasierzeug, eine Haarbürste – und eine Mundharmonika. Da seine Mutter ihm beim Packen geholfen hatte, mußte Robert sie mitnehmen; sie gehörte zur Ausrüstung. Es war üblich, daß abends vor den Zelten und um das Lagerfeuer herum musiziert und gesungen wurde. Einige seiner Kameraden brachten Gitarren und Lauten mit, einer sogar eine Trommel, und es waren immer schöne Abende gewesen, mit fröhlicher Musik unter dem Nachthimmel.

Als Robert zurückkam, saß Ulrike weit zurückgelehnt im Sessel und rauchte eine Zigarette. »Jetzt ist dein Kaffee kalt«, sagte sie. »Ich hol' dir eine neue Tasse.«

»Nicht nötig.«

Sie blieb sitzen, blies den Rauch gegen die Decke und schloß für einen Moment die Augen. »Und wie soll es weitergehen?« fragte sie. Eine Antwort darauf wußte sie selbst nicht. Ich habe jetzt einen Jungen hier sitzen, dachte sie, der ein Mann sein will. Er hat mit Sicherheit noch nie eine Frau berührt, aber seine ganze Sehnsucht vibriert dem Augenblick entgegen, zum erstenmal den Himmel aufbrechen zu sehen. Welch eine verrückte Situation! Er hätte darüber mit seinem Vater sprechen sollen. Ich kenne moderne Väter, die mit ihrem Sohn in ein Bordell gehen und sagen: »Nun lern mal schön!« und lassen dafür fünfhundert Mark springen. Hat denn nie ein Mädchen aus seiner Umgebung versucht, ihm ihre Reize anzubieten? Zum Teufel, da sitzt er und starrt mich an wie ein Raubtier hinter Gittern. Daß es so etwas noch gibt – ein erwachsener Junge, der noch nie versucht hat, ein Mädchen auf den Rücken zu legen! In welcher Welt hat er denn bisher gelebt? Sohn eines Oberregierungsrates ... Auch dort bringt die Kinder doch nicht der Klapperstorch!

Ulrike versuchte, sich die Familie Habicht vorzustellen. Superbürgerlich und verklemmt, wenn man nur an den unteren Körperteil dachte. Erotik, was ist das? Sex ist absolute Schweinerei, Porno ein reines Teufelszeug. Bumsen?

Nur mit Ehering und zum Zweck der Kinderzeugung. Getreu der katholischen Maxime: Lustempfinden ist pervers, und Perversität ist eine Sünde. Sünde ist überhaupt alles, was Freude am Körper weckt. Und keiner erinnert den Pfarrer daran, daß Jesus' Freundin Maria Magdalena eine Hure war. Ist Robert so erzogen worden? Welch ein armer Junge ...

»Ich bin hier ...«, hörte sie ihn sagen. »Und ich bin glücklich. Ich liebe dich.«

»Du weißt ja gar nicht, was Liebe ist.«

»Ich weiß es.« Er griff nach der Tasse mit dem kalten Kaffee und trank einen Schluck. »Liebe ist das Wissen, daß zwei Menschen zueinander gehören, daß sie füreinander geboren wurden. Daß sie ein gemeinsames Schicksal haben.«

»Der Abiturient als Philosoph!« Sie lachte etwas gequält. »Alles, was du sagst, paßt nicht zu uns.«

»Doch. Es paßt! Du weißt es nur noch nicht ...«

Es wurde ein Tag, bei dem die Stunden zäh dahintropften. Ulrike fuhr mit Robert an den Tegernsee. In einem Waldrestaurant aßen sie und machten dann eine Schiffsrundfahrt am Malerwinkel vorbei und nach Bad Wiessee. Am Abend fuhren sie nach Schwabing zurück, und Ulrike zog sich um. Das tief ausgeschnittene enge Kleid, das Make-up, das ihr Gesicht verfremdete, die hohen Stöckelschuhe, die ihre Beine noch länger erscheinen ließen, als sie schon waren ... Robert sah ihr stumm zu.

»Deine Abende bei mir werden dir langweilig werden«, sagte sie nach ihrer Verwandlung in Ulla. »Ich kann mir keine zehn Tage freigeben lassen. Ich muß Geld verdienen. Ich bin darauf angewiesen. Ich habe keinen Papa, der mich ernährt.«

»Ich werde fernsehen und auf dich warten. Der Tag gehört uns.«

»Ein halber Tag.«

»Genug, um glücklich zu sein.«

Sie ging. In der Diele aber rief sie noch ins Wohnzimmer zurück: »Wenn du Hunger hast – im Kühlschrank ist alles, was du brauchst.« Dann fiel die Tür zu.

Roberts erster »Englandtag« war vorüber, aber er war mit ihm zufrieden. Er lebte bei Ulrike, sie hatte ihn nicht hinausgeworfen, und ihm blieb die Hoffnung, daß sich in den kommenden neun Tagen ein neues, unbekanntes Leben für ihn entwickeln konnte.

Bis gegen ein Uhr morgens blieb Robert vor dem Fernseher sitzen, zog sich dann aus und legte sich in das große Bett unter dem Tüllhimmel. Überall roch er Ulrikes Parfüm, die Kopfkissen waren wie getränkt damit, und er vergrub sein Gesicht in den Kissen, warf sich später auf den Rücken, betrachtete seinen nackten Körper in der Spiegelwand und deckte sich schnell wieder zu, weil er an Ulrike denken mußte und sein Geschlecht darauf reagierte.

Als Ulrike gegen drei Uhr nach Hause kam, schlief er fest und nahm ihr Kommen nicht wahr. Auch als sie neben ihn unter die Daunendecke schlüpfte, schlief er weiter und merkte nicht, wie sie die Decke vorsichtig von ihm schob und seinen nackten Körper betrachtete. Sie saß eine Weile neben ihm, streckte die Hand aus und fuhr über die Konturen seines Leibes. Mit einem Seufzer drehte sie sich dann von ihm weg und löschte das schwache Licht der Nachttischlampe.

Wer wußte, was sie in diesem Augenblick dachte ...

Peter Reiber hatte seine Mitarbeiter vom 13. Dezernat zur täglichen Morgenbesprechung um sich versammelt.

Dieser Morgenvortrag war ein wichtiger Teil der kriminalistischen Arbeit. Es wurde nicht nur ein Rückblick gehalten, sondern neue Erkenntnisse, Ergebnisse und kommende Ermittlungstaktiken kamen zur Sprache, Einsätze wurden diskutiert, die Berichte der verdeckten Ermittler ausgewertet und zu einem Überblick zusammengefaßt.

An diesem Morgen konnte der Kriminalhauptkommissar mit einer Neuigkeit aufwarten. Er knallte einen noch dünnen Aktenordner auf den Tisch, was für alle Anwesenden bedeutete, daß etwas Unangenehmes zur Sprache kommen würde.

Reiber begann ohne Umschweife.

»Nach den letzten Beobachtungen der Szene scheint es so, als mache sich eine neue Gruppe der organisierten Kriminalität in München breit. Ich hatte es bei der letzten Besprechung schon angedeutet: Ecstasy. Gestern nacht sind drei Mädchen im Alter von fünfzehn und siebzehn Jahren und drei Jungen im Alter von achtzehn bis neunzehn Jahren in völlig desolatem Zustand aufgegriffen und auf die Polizeiwachen gebracht worden. Sie waren total high, voller Wahnvorstellungen, die wir früher nur von LSD-Süchtigen kannten. Diese Modedrogen-Welle ist vorbei, dachten wir in den letzten Jahren, weil LSD kaum noch verbraucht wurde und die Szene sich auf Hasch, Kokain und vor allem Heroin umstellte. Auch jetzt ist es kein LSD, sondern es sind kleine Pillen, die man Ecstasy getauft hat, weil sie einen User – so nennen sich die Konsumenten – in Ekstase versetzen, einen Rauschzustand, der vom Gehirn aus nicht mehr kontrolliert werden kann, weil das Hirn durch die Droge umfunktioniert worden ist. Ich habe Ihnen bei unserer letzten Besprechung geschildert, daß diese Pillen im Vergleich zu einem Heroinschuß so billig sind, daß jeder Jugendliche sie von seinem Taschengeld problemlos bezahlen kann. Und vor allem Jugendliche sind es, die sich diese angeblich harmlosen Pillen einwerfen. Eine Razzia in vier In-Lokalen der Techno-Szene hat ergeben: Neunzig Prozent der Jugendlichen hatten Ecstasy geschluckt, beschlagnahmt wurden 1200 Pillen! Die Dealer wurden verhaftet, aber schweigen natürlich wie die Fische. Doch die Tatsache, daß plötzlich in der Techno-Szene so viel Ecstasy auftaucht, weist darauf hin, daß eine organisierte Verteilertruppe aufgebaut ist oder wird. Klar ausgedrückt: Wir haben es mit einer neuen hochkriminellen Gruppe zu tun. Alarmierend dabei ist, daß einer der festgenommenen Dealer ein Pole ist.«

»Wie der Tote im Westpark Ost.« Ein junger Kriminalbeamter hob die Hand. »Weiß man inzwischen mehr über den Mord?«

»Nichts Neues. Er war Apotheker, aber das ist ja längst bekannt. Nach den neuesten Erkenntnissen sollen die Ecstasy-Pillen aus Polen kommen, aber der Lieferant ist niemals der Verteiler. Da etabliert sich eine neue Bande.«

»Eine Ecstasy-Mafia?«

»So weit möchte ich noch nicht denken. Ich glaube vielmehr an eine Art ›Familienunternehmen‹. An eine völlig harmlos aussehende Zentrale, die ebenso harmlos aussehende Verteiler losschickt. Junge Männer und Frauen, die im Betrieb der Techno-Szene gar nicht auffallen. Ein Opa, und das ist man ja bei diesen Jungen schon mit 25 Jahren, wäre ein Fremdkörper. Und das macht die Ermittlungen so schwer. Wenn wir in einer dieser verrückten Discos erscheinen, geht sofort alles in volle Deckung. Und fünfzehnjährige Kriminalbeamte gibt es nun einmal nicht.«

»Man sollte diesen Jahrgang als Vertrauensleute einschleusen«, warf einer der Beamten ein. Peter Reiber winkte fast entsetzt ab.

»Du lieber Himmel, was reden Sie da! Wenn man schon einen Lauschangriff verbietet, weil es gegen das Grundgesetz ist, wie wollen Sie dann durchsetzen, daß man Jugendliche als verdeckte Ermittler einsetzt? Das hieße, das ganze Jugendschutzgesetz umwerfen.«

»Aber es geschieht doch zum Schutz der Jugend.«

»Erklären Sie das mal einem Politiker! Die verteidigen jeden Paragraphen wie ihren eigenen Schwanz.«

»So sollte mal einer in Bonn reden, Herr Hauptkommissar.«

»Auch das brächte nichts als eine Abmahnung. Wir hier müssen andere Wege finden, die auch in den Augen der Politiker legal sind. Und legal ist – nach interner Auffassung – alles, was nicht auffällt. Da sind auch Steuerhinterziehungen straffrei und legal, wenn man damit einen Minister schützt.« Reiber blies die Backen auf und sah sich im Kreise um. »Wer hat einen Vorschlag zur Sache?«

Natürlich hatte keiner einen Vorschlag. Jeder in diesem Raum kannte die Probleme der Polizei zu genau, um Sinnloses zu unterbreiten, sinnlos insofern, als für eine Aufrüstung der Polizei auf das Niveau der Mafia kein Geld zur Verfügung stand oder die Angst der Politiker vor Menschenrechtsdebatten alle Neuerungen abwürgte. Für die Bekämpfung der aus Rumänen, Jugoslawen, Kosovo-Albanern, Vietnamesen, Ghanaern, Polen, Russen, Libanesen, Kurden, Chinesen oder Südamerikanern bestehenden Banden blieben die Regierungskassen verschlossen. Die erschreckende Folge: Fast 73 Prozent aller in der Bundesrepublik begangenen Straftaten wurden von ausländischen Kriminellen verübt.

Peter Reiber wartete, ob sich jemand mit einem Vorschlag meldete, zuckte dann mit den Schultern und schlug die vor ihm liegende Akte auf. Jetzt kommen seine berühmten Statistiken ... Die Beamten des Dezernats wappneten sich mit Geduld. Aber was sie heute hörten, war kein totes Zahlenmaterial, sondern ein erschreckendes Kapitel deutscher Polizeigeschichte.

»Mir liegen hier die neuesten Zahlen unserer Polizeikollegen aus Berlin vor«, sagte Reiber in dozierendem Ton, »und die Zahlen sind insofern interessant, da wir sie mit unserer

Situation hier in München vergleichen können. Vorweg: So wie in Berlin sehen mehr oder minder auch die Probleme in anderen Bundesländern und Großstädten aus, wie wir gleich erkennen werden. Die Berliner Polizei hat einen Personalbestand von 19 300 Kriminalbeamten und Schutzpolizei. Hinzu kommen rund 11 000 Verwaltungsangestellte, also zusammen rund 30 000 Beschäftigte, davon 21,7 Prozent Frauen. Diese Truppe besitzt 1231 Personenwagen, der größte Teil überaltert, es sind sogar über 450 Ladas aus DDR-Beständen darunter. Hinzu kommen 1142 Minibusse, Mannschaftswagen und sonstige Fahrzeuge. 246 Motorräder sind im Einsatz, 63 Pferde und 30 Fahrräder.«

Ein Glucksen ging durch die Versammlung, aber Reiber winkte energisch ab.

»Lachen Sie nicht! Während die Gangster mit modernsten Autos, Funkanlagen, Handys und sogar Nachtsichtanlagen herumfahren, zockeln wir in Berlin mit uralten Ladas hinter ihnen her. Das ist nicht zum Lachen, das ist zum Weinen! Aber weiter: Für den gesamten Verwaltungsaufwand der größten deutschen Stadt und zukünftigen Metropole, also auch für Einsatzplanung, Ermittlung, Erkennungsdienst und Datenverarbeitung stehen der Berliner Polizei ganze 400 Computer zur Verfügung. 400 Computer – weniger, als sie heute jeder Großbetrieb in den Büros stehen hat! Ich wette, daß die Finanzämter damit besser ausgerüstet sind als die Polizei!«

»Wette im voraus gewonnen!« rief einer der Beamten. Das kurze Lachen nutzte Reiber, um in seiner Akte zu blättern.

»Das war Berlin. Wir alle wissen, daß es hier in München etwas anders aussieht, aber durchaus nicht zufriedenstellend und schon gar nicht bedarfsdeckend. Gut, wir fahren keine Ladas, sondern gute BMWs, wir haben auch mehr als 30 Fahrräder ...« Wieder Lachen und sogar Händeklatschen. »Aber gegen die organisierte Kriminalität sind wir wie ein

Hüftlahmer gegen einen Sprinter. Die Mafia – nehmen wir den Namen als Sammelbegriff für all diese Banden – ist uns immer voraus. Trotz unserer verdeckten Ermittler und V-Männer kommen wir meistens erst dann zum Zug, wenn die Tat geschehen ist. Wir sind eine Art Müllmänner, die in den Schäden herumwühlen. Von einer Tatvereitelung ist kaum die Rede ... siehe Verbot des Lauschangriffs! Und damit wären wir bei einem brennenden Problem, vor dem nicht nur die Berliner Kollegen hilflos dastehen, sondern auch wir hier in München: das alarmierende Anwachsen der Jugendkriminalität!« Reiber hielt einige Blätter aus seiner Akte hoch. »Ich habe mir Zahlenmaterial unserer anderen Dezernate geben lassen. Nachdem ich es gelesen habe, kann ich verstehen, daß man im Präsidium nur sehr zögernd solche Informationen an die Öffentlichkeit geben will.«

Reiber räusperte sich und holte tief Atem. »Im vergangenen Jahr stieg die Jugendkriminalität um über fünfzig Prozent an. Tendenz in diesem Jahr: steigend! Dabei handelt es sich nicht um Bagatellfälle wie Fahrraddiebstahl oder einfacher Diebstahl. Die Skala reicht vom Einbruch über Raubüberfall bis zur schweren Körperverletzung. Dazu werden Eisenstangen, Baseballschläger, große Schraubenschlüssel, Fahrradketten, Schlagringe, ja, sogar Betonpfähle benutzt. Über die Hälfte der Raubüberfälle auf unseren Straßen wird von Jugendbanden begangen und zwar mit einer Brutalität, die bisher unbekannt und nicht für möglich gehalten worden war. So trieb eine Bande von zwölf- bis fünfzehnjährigen Mädchen ein wahres Terrorunwesen. Allein zwölf Raubüberfälle gingen auf das Konto der Mädchen-Gang. Zielgruppe: junge Frauen und alte Leute. Sie wurden regelrecht zusammengeschlagen. Einziges Motiv: ›Wir wollen Geld!‹ Nach unseren bisherigen Erkenntnissen haben wir es in München mit rund dreißig Jugendbanden zu tun – in Berlin sind es über fünfzig – und achtzig sogenannten

›Spontangruppen‹, die nur ab und zu zuschlagen, aus reiner Lust am Terror oder eben auch, um sich genug Geld für Vergnügungen zu verschaffen. Vergnügungen, das sind: Drogen, Alkohol, Szene-Treffs, Techno-Nächte. Fast jede Beute wird sofort konsumiert. Und die Polizei? Unsere Gesetze? Jugendliche Straftäter sind mit Samthandschuhen anzufassen, und vor dem Gesetz ist ein dreizehnjähriges Mädchen, das einen Rentner krankenhausreif schlägt, nicht strafmündig! Allenfalls kommen solche Jugendlichen in Erziehungsheime, und dort lernen sie oft die Hohe Schule des Verbrechens kennen. Es ist ja bekannt, daß eine Strafvollzugsanstalt die Universität des Verbrechers ist. Das wissen wir alle, und wir wissen auch, daß das nicht zu ändern ist. Das ist ein unlösbares Problem in allen Ländern dieser Erde.«

Reiber legte die Papiere in die Akte zurück. »Und nun das Wichtigste, was uns angeht: Diese Explosion der Jugendkriminalität ist verbunden mit dem Drogenkonsum, und hier ist die Pille Ecstasy auf dem Vormarsch. Auch in München und Amsterdam, Berlin, Paris und Wien. Wenn ich lese, daß in Berlin 11 527 schwere Straftaten allein von Jugendlichen begangen wurden, dann kann ich für München nur sagen: Uns stehen verdammt schwere Zeiten bevor.«

Reiber schwieg und schlug den Aktendeckel zu. Er sah die Wirkung seiner Worte – seine Beamten schwiegen. Täglich erlebten sie die durch Verordnungen eingeengte Tätigkeit der Polizei.

»Wir müssen dem Vordringen des Ecstasy-Kults entgegenwirken«, fuhr Reiber fort, und prompt fiel aus der Mitte der Versammelten die Frage: »Wie?«

»Durch vermehrte Kontrollen und Razzien in den uns bekannten Lokalitäten. Durch das Aufspüren von noch nicht bekannten Treffs. Durch Aufsammeln von Konsumenten der Droge.«

»Dafür sind wir völlig unterbesetzt.«

»So ist es. Und das wird sich auch nicht bessern. Nehmen wir wieder das Beispiel Berlin: Trotz der lawinenartigen Ausbreitung der Kriminalität will Berlin im Rahmen einer ›Polizeireform‹ achtzig Millionen Mark an Ausrüstung einsparen und zweitausend Polizeistellen abbauen. Auch wir in München sind, im Vergleich zu der organisierten Kriminalität, ein kleines Häuflein herumschnüffelnder Hunde. Wir kämpfen um jedes zusätzliche Funkgerät, während die Mafia bereits Laserwaffen einsetzt, über Satelliten-Telefone kommuniziert und im Panzer-Mercedes schußsicher herumfährt. In dieser Situation gibt es nur einen Ausweg, um als Polizei erfolgreich zu sein: Wir müssen mehr V-Leute in die Szene einschleusen. Jugendliche im gleichen Alter wie die User. Wir kommen an die jugendlichen Täter nur durch Jugendliche heran! Wenn ich lese, daß die Aufklärungsquote in Berlin schlappe 43,8 Prozent beträgt, dann schwöre ich mir, diese Untergangszahl in München nicht zu erreichen. Ich habe, im Einvernehmen mit dem LKA, neue Einsatzpläne vorbereitet, die wir nachher gemeinsam besprechen werden. Grundgedanke: Informanten aus der Jugendkriminalität zu uns herüberzuziehen.«

»Und was können wir denen versprechen?« warf ein Beamter ein.

»Da sitzen wir ganz schön in der Scheiße!« Reiber bemühte sich gar nicht, das gewählter auszudrücken. Er war dafür bekannt, daß er die Dinge beim Namen nannte. »Jede Mark für solche Informanten muß extra beantragt werden und wird zum trägen Verwaltungsakt. Und eine verbesserte Kronzeugenregelung und ein umfassender Zeugenschutz, wie man ihn in den USA kennt, gehen wieder über den Tisch der Politiker in Bonn. Was dabei herauskommt, ahnen wir! Eigentlich sollte bei jedem Politiker einmal eingebrochen und geraubt werden, damit sie lernen, realer zu denken.«

Reiber räusperte sich wieder. »Diesen Satz vergessen Sie bitte sofort! Es ist meine Privatmeinung; sie bleibt unter uns. Fangen wir also an mit der Aufgabe unseres Kommissariats: Einschleusung von jugendlichen Informanten in die neue Ecstasy-Szene.«

Was an diesem Morgen im 13. Dezernat besprochen wurde, war allerdings bereits von der Wirklichkeit überholt worden.

Die jungen Ecstasy-Verteiler und »Kundenwerber« erhielten von Franz von Gleichem eine höhere Provision, als die Polizei an Spitzellohn versprechen konnte. Die Mafia war wieder zwei Schritte voraus. Und das Versprechen einer Strafmilderung stieß auf Mißtrauen.

Auf ein gerechtfertigtes Mißtrauen, denn eine Garantie konnte niemand geben.

Ohne daß er es bereits wußte, ging Reibers Schlag nur noch ins Wasser.

Roberts Erwachen war eine plötzliche Reaktion.

Im Halbschlaf spürte er die Wärme eines Körpers an seiner Seite. Er schrak hoch, drehte sich auf die Seite und sah Ulrike neben sich liegen. Auf ihren Gesichtszügen, von ausgebreitetem Haar umgeben, spiegelte sich ein Lächeln, und ihr bis auf den Minislip nackter Körper strahlte Ruhe und Entspannung aus. Sie atmete in gleichmäßigen tiefen Zügen, und ab und zu lief ein leichtes Zittern über ihre Haut oder vibrierten die Innenseiten ihrer Schenkel.

Vorsichtig, um sie nicht zu wecken, setzte Robert sich auf und blickte auf die Uhr. Es war kurz nach acht Uhr morgens. Durch die vorgezogene Übergardine drängte die Sonne und warf Streifen über Ulrikes Leib. In der Spiegelwand sah er ihre Füße und Beine und die Wölbungen ihrer Brüste. Sie hatte die Daunendecke zur Seite getreten, und Robert verfolgte im Spiegel die Bewegung seiner Hand, die über

Ulrikes Haut glitt, ohne sie zu berühren. Ein schwebendes Streicheln war es nur; trotzdem spürte er, wie seine Handflächen heiß wurden, als glitten sie über ein glimmendes Feuer.

So saß er einige Minuten neben ihr, nahm jede Linie ihres Körpers in sich auf, fotografierte sie in seinem Hirn und zeichnete sie in der Luft nach. Ein tiefes Durchatmen ließ ihn aufschrecken, aber Ulrike wachte nicht auf, sondern drehte den Kopf zur Seite. Dabei dehnte sie sich etwas, und ihre Brüste wölbten sich ihm entgegen, als könnten sie selbständig denken und um seine streichelnden Hände bitten.

Roberts Hände, glühend wie sein Blut und seine Wünsche, senkten sich vorsichtig auf Ulrikes Brüste. Er umfaßte die festen Rundungen, zwischen seinen Fingern spürte er die Härte ihrer Warzen, und als er jetzt wieder einen Blick in die Spiegel warf, sah er einen jungen muskulösen Männerkörper, der sich über eine nackte Frau beugte und dessen Erregung sich deutlich zwischen den Schenkeln abzeichnete.

Zum erstenmal war ihm dieser Anblick nicht peinlich, aber bevor er sich von dem Bild abwandte, umschlangen ihn zwei Arme und drückten sein Gesicht herunter. Einen Moment lang rang Robert nach Atem, sein Mund wurde fest gegen Ulrikes Busen gepreßt, doch dann löste sich der Griff, ein Bein drückte ihn vollends auf ihren Körper, und dann steckte er in der Klammer von zwei Beinen, die ihn mit einem sich hebenden Leib verbanden.

Robert war nicht fähig, ein Wort zu sagen, Ulrikes Namen zu stammeln, irgendeine Bewegung zu machen ... Er spürte nur ihre Hände, die ihn leiteten, spürte einen feuchten Schoß, der ihn aufnahm, spürte, wie eine fremde, alles Denken vertreibende Wärme von ihm Besitz nahm, wie sein Körper in einen Rhythmus verfiel, der ihm vorgegeben wurde, wie ein Brennen durch seine Lenden zog und ein

Schrei sich in seiner Kehle zusammenballte. Im Augenblick der Erlösung schien sein Herzschlag auszusetzen, er empfand die Entrückung von dieser Welt, die die Asiaten den »Kleinen Tod« nennen, und fiel mit der ganzen Schwere seines Körpers auf Ulrike nieder.

Sie rührte sich nicht mehr. Sie lag unter ihm, die Beine noch immer um seine Hüften geschlungen, aber jetzt ohne Druck, ohne Kraft, wie eine warme Last. Sie hielt die Augen geschlossen, und als Robert sich abstemmte und sie ansah, bemerkte er, daß Schweiß ihre Haut überzogen hatte und ein Rinnsal von Schweiß zwischen ihren Brüsten schimmerte.

Seine Stimme brach fast, als er ihren Namen rief, leise, zitternd, von Panik ergriffen. »Ulrike, ich ... ich ...«

Und sie antwortete, noch immer mit geschlossenen Augen, aber in einem erschreckend nüchternen Ton: »Na also ... du kannst es doch.«

»Ich wollte es nicht. Glaub mir, ich ...«

»Aber ich wollte es.« Sie schob ihn zur Seite, doch sie blieb liegen, griff nur nach einem Handtuch auf dem Nachttisch und preßte es zwischen ihre Schenkel. »Hast du alles im Spiegel gesehen?«

»Nichts habe ich gesehen. Ich war nicht mehr auf dieser Welt.«

»Das mußt du noch lernen, Bob.«

Sie rollte ihn auf den Rücken zurück, beugte sich über ihn, und während er im Spiegel sah, was sie mit ihm tat, wußte er, daß dieser Tag sein Leben für immer verändert hatte.

Und von diesem Morgen an nannte sie ihn Bob statt Robert.

Sie hatten gemeinsam geduscht und sich unter den warmen Wasserstrahlen wieder vereinigt, und nun saß Robert auf der Ledercouch, in ein großes Badetuch gewickelt, und wartete auf das Frühstück. Er fühlte sich nicht ermüdet, sondern kraftvoll entspannt. Während er dem Geklapper aus der Küche zuhörte, fielen ihm einige Erzählungen seiner Klassenkameraden ein. Sie berichteten am Montag immer, was sie am Sonntag mit ihren Mädchen erlebt hatten, sie kamen sich gewaltig männlich vor mit ihren detaillierten Schilderungen, und es hatte Robert immer beeindruckt, zu welchen Taten die Burschen fähig waren. Jetzt wußte er, daß sich vieles nur in der Phantasie abgespielt hatte. Die Wirklichkeit, wie er sie erlebt hatte, war nicht mit Worten zu schildern. Hier versagte die Sprache – es gab nur eines, was diesen Liebesrausch beschreiben konnte: die Musik.

»Tristan und Isolde«, dachte Robert. Der zweite Akt. Eine Musik, die man nur erfühlen kann. Komm hernieder, *Nacht der Liebe* ... Oder »Der fliegende Holländer«, erster Akt ... Holländer und Senta stehen sich stumm gegenüber, aber die Musik strahlt alles wider, was ihre Herzen empfinden. Oder Chopin, Liszt, Schumann, Schubert ... Nur Musik vermag unendliche Liebe auszudrücken.

Der Gedanke, eine Klaviersonate für Ulrike zu komponieren, setzte sich in Robert fest. Aus dieser Stimmung schrak er hoch, als sie mit einem großen Tablett aus der Küche kam. Es duftete nach Brötchen – auf dem Toaster aufgewärmt –, gebratenem Schinkenspeck und Eiern, anscheinend das Stammfrühstück von Ulrike. Sie ging noch nackt herum, umhüllt von einer Parfümwolke, die nach Limonen duftete. Ihr Haar hatte sie im Nacken zusammengebunden, und sie trug bunt bestickte orientalische Pantoffeln mit einer Wollsohle. Es war, als schwebe sie, so lautlos war ihr Gang.

Während sie aßen, fragte Robert plötzlich: »Liebst du mich?«

»Ich weiß es nicht.« Sie neigte den Kopf etwas zur Seite

und betrachtete ihn wie ein Bild. »Ich weiß es wirklich nicht, Bob.«

»Nach diesem Morgen?« Es klang enttäuscht.

»Ich hatte Lust auf dich – das war es. Dein schöner junger Körper, deine noch ungebrochene Kraft, das neu entdeckte wilde Tier in dir ... Zugegeben, es war schön.«

»Mehr nicht?«

»Ich weiß es noch nicht.«

»Das ›noch‹ beruhigt mich. Wir haben noch neun Tage und Nächte vor uns.«

»Aber du liebst mich?«

»Auch wenn es abgedroschen klingt: Wahnsinnig! Unendlich! Du wirst mein Leben ausfüllen. Mit dir habe ich eine greifbare Zukunft.«

»Glaubst du?«

»Ich weiß es! Nach dem Abitur werde ich mich voll auf das Klavierspielen stürzen. Du wirst es erleben: In zwei, drei Jahren gebe ich meine ersten Solistenkonzerte.«

»Und wer finanziert diese Jahre? Dein Vater wirft dich raus, wenn er von unserem Verhältnis erfährt.«

»Ich werde Geld verdienen. Als Pianist in einer Bar ...«

»Du Spinner! Das ist 19. Jahrhundert. Heute spielen sie in einer Bar Techno-Rock, und der Discjockey legt die Platten auf.«

»Das kann ich auch, CDs in einen Apparat schieben. Irgendwie werde ich Geld verdienen. Genug Geld.«

»Und dann bist du eines Tages ein bekannter Konzertpianist. Robert Habicht spielt Beethoven. Im Frack am Flügel. Und ich warte im Künstlerzimmer auf den großen Meister, im Abendkleid, umgeben von Blumensträußen, und werde gnädige Frau genannt. Glaubst du wirklich, daß ich da hineinpasse?«

»Wir alle wachsen in unsere Aufgaben hinein. Du wirst einmal der Mittelpunkt der Gesellschaft sein.«

»Die mich ankotzt!«

»Du kennst sie nicht.«

»Ich lese genug von ihr. Ein Klumpen Heuchelei, mit Schmuck behängt. Da passe ich nie hinein!«

»Und was wäre dein Lebensziel?«

»Eine Boutique. Exklusiv, leicht verrückt und so teuer, daß es sich herumspricht: Bei Ulla kauft nur der Jet-Set.«

»Genau die, die du nicht magst.«

»Richtig. Aber ich bescheiße sie mit jedem Pullover, jedem Kleid, jedem Kostüm, jeder Abendrobe, die sie bei mir kaufen. Das macht mich fröhlich.«

»Und warum diese Abneigung?«

»Ich will es dir ganz deutlich sagen!« Sie beugte sich zu ihm, und er war versucht, nach ihren schönen Brüsten zu greifen. »Weil ich aus der Gosse komme. Weil ein Sektfrühstück dieser Schickimickis ausgereicht hätte, mich und meine Mutter einen Monat lang zu ernähren. Weil sie sich querbeet durch die Gesellschaft bumsen und man das schick nennt ... Bei uns heißt es: Du bist eine Hure! Bob, du hast diese Welt nie kennengelernt. Du bist in Daunenkissen aufgewachsen. Und nach Daunenkissen sehnst du dich auch – auf dem Umweg über mich.«

Er schüttelte energisch den Kopf, griff dann doch zu und umspannte mit seinen Händen Ulrikes Brüste. »Du siehst das alles völlig falsch«, sagte er.

»Ich sehe es richtig.« Sie zerrte an seinen Händen. »Laß mich los ... Oder willst du schon wieder?«

»Nein! Nicht so!« Er gab sie frei und lehnte sich zurück. Er wußte, daß sie jetzt bewußt ordinär sprach, um ihn zu verunsichern oder gar zu prüfen. »Einigen wir uns auf einen Kompromiß: Du bekommst deine Boutique, ich gebe Konzerte.«

»Das kann der eine auch ohne den anderen tun.«

»Nein, ich werde bei jedem Konzert an dich denken – und

eigentlich nur für dich spielen. So wie Robert Schumann immer an seine Clara gedacht hat.«

»Robert Schumann? Robert? Ist das ein Patenonkel von dir?«

»Nicht ganz.« Er stand auf und streifte das Badetuch ab. »Ich ziehe mich an.«

Sie nickte und spürte, daß sie etwas Dummes gesagt hatte. Resigniert rührte sie in ihrem erkalteten Kaffee herum. »Ich bin eben eine dumme Nuß!«

»Das Glück hängt nicht davon ab, ob man Robert Schumann kennt«, sagte er, ging ins Schlafzimmer und zog sich an. Ulrike folgte ihm sofort, lehnte sich in den Türrahmen, und er sah sie wieder im Spiegel. Diese unwiderstehliche Verlockung ...

»Treffen wir ein Abkommen«, schlug sie vor, kam ans Bett und setzte sich auf die Kante. Ihre leicht gespreizten Beine im Spiegelbild rissen Robert herum. »Du bringst mir Bildung bei – und ich dir die Liebe! Abgemacht? Wer war Robert Schumann?«

»Ein berühmter deutscher Komponist. Die herrlichsten Kinderlieder sind von ihm.«

»Und ich zeige dir den ›Wind im Lotosteich‹! Los, Bob, zieh dich wieder aus ...«

Hua Dinh Son wurde in An Khe, einer kleinen Stadt in Süd-Vietnam am Fluß Ba geboren und hatte seine Jugend in Saigon verbracht, zunächst als Straßenbettler, dann als Laufjunge in einem drittklassigen Hotel und als Schlepper für amerikanische und französische Touristen zu den Bordells. Sein Lockspruch war: »Junge Blüte, kaum geöffnet!«, was bei den Weißen immer gut ankam und ihm ein anständiges Trinkgeld einbrachte. Seine Eltern kannte er nicht. Er wuchs zwischen Müllbergen und stinkendem Abfall auf und konnte sich nur schwach daran erinnern, daß man ihn eines Tages auf ein abgeerntetes Reisfeld gesetzt und allein gelassen hatte. Damals war er drei Jahre alt gewesen, und rückblickend war ihm später klargeworden, daß es seine Zieheltern waren, die ihn bis zu diesem Alter ernährt hatten und ihn dann einfach wegwarfen wie einen durchlöcherten Topf. Ein Lastwagenfahrer nahm ihn dann mit nach Saigon und lieferte ihn bei der Polizei ab.

Was soll die Polizei mit einem knapp dreijährigen Kind? In einem Kinderheim bekam er keinen Platz, alle waren überfüllt – und außerdem: Wer sollte die Kosten tragen? So kam die Polizei auf die einfachste Lösung: Sie setzte den kleinen Son in einen Park unter einen Oleanderbusch, gab ihm noch eine Schüssel Reis und einen gebratenen Fisch mit und überließ es dem Schicksal, was mit Hua Dinh Son geschehen würde.

Son war ein zähes Bürschchen. Mit asiatischer Erfindungsgabe gesegnet, spielte er ein verkrüppeltes Kind, saß in Saigon an belebten Straßenecken und bettelte sich durch, bis er bereits mit zehn Jahren entdeckte, daß das Vermitteln von Huren ein gutes Geschäft war. Nachts schlief er in Parks oder im Ufergras des Ba-Flusses, aber schon mit fünfzehn baute er sich eine Schilfhütte, las in einem Park von Saigon ein vierzehnjähriges Mädchen auf, das genauso heimatlos und armselig war wie er, nahm es zu sich und verkaufte es stundenweise an amerikanische Soldaten.

Ein gutes Geschäft. Die »halb offene Blüte« Nungjei besaß bald eine Stammkundenkartei, aus der Schilfhütte wurde ein festes Holzhaus, Son legte sich ein Motorboot zu, fuhr zum Fischen oder tuckerte mit Touristen durch den Küstendschungel, und es sah ganz so aus, als hätten Son und Nungjei den Aufstieg aus dem Müll geschafft.

Aber dann kam die Katastrophe: Die Amerikaner räumten Vietnam, auf Saigon rückte der kommunistische Vietkong vor, aus Saigon wurde Ho-Chi-Minh-Stadt, und die

Quelle des Wohlstands versiegte. Die Jagd auf die Kollaborateure begann. Tausende wurden hingerichtet, zum Teil öffentlich auf den Plätzen oder im Fußballstadion.

Wie Tausende seiner Landsleute beschloß auch Son, aus Vietnam zu flüchten. Er hatte es besser als viele andere ... Er zwängte sich nicht in alte verrottete Fischerboote, die später auf offener See, vor allem im Südchinesischen Meer von Piraten überfallen, ausgeraubt und deren Besatzung getötet wurden. Er hatte sein eigenes Motorboot, kaufte auf dem Schwarzmarkt soviel Benzin, wie er haben konnte, belud das Boot mit Konserven, Wasserballons, einem amerikanischen Schnellfeuergewehr, genügend Munition, Reissäcken, einem Propangas-Kocher, Töpfen und Pfannen und verließ seine Heimat. Für immer – das war ihm klar.

Nungjei nahm er mit, um ihr das Schicksal einer Vietkong-Hure zu ersparen. Schließlich hatte sie wesentlich dazu beigetragen, daß sie gemeinsam einen bescheidenen Wohlstand erreicht hatten. Aber nach drei Tagen auf dem Südchinesischen Meer, als Son am Horizont die Aufbauten eines großen Frachtschiffes erkennen konnte und damit die Gewißheit erlangte, daß er gerettet werden würde, sagte er zu Nungjei:

»Ich habe mir überlegt, Nungjei, daß leben auch immer opfern heißt. Man muß etwas verlassen können, um Neues zu erringen. Und das Neue ist in Sicht.«

Als er das sagte, standen sie an der Bordwand. Son streichelte Nungjeis ovales Gesicht mit den großen tiefbraunen Augen, küßte sie auf die Stirn, gab ihr dann einen kräftigen Stoß vor die Brust und ließ sie über Bord fallen.

Sie schrie auf, als sie in die Wellen klatschte, streckte die Arme nach ihm aus, aber er ging, ohne sich umzublicken, ins Ruderhaus, warf den Motorhebel herum und rauschte mit Vollgas davon.

Es wird schnell gehen, dachte er. Sie kann nicht schwimmen, und die Haie sind überall, gerade hier an der internationalen Schiffahrtslinie. Es tut mir leid, Nungjei, aber das Leben ist nun einmal hart. Wie sagte ich? Man muß opfern können ...

Sons weiterer Weg vom Auffanglager für Vietnamflüchtlinge in Singapur bis nach Wolomin, einer kleinen Stadt nördlich von Warschau, blieb im dunkeln. Auch wie es möglich war, daß Hua Dinh Son in Wolomin eines Tages ein Sägewerk betrieb, blieb rätselhaft. Auf jeden Fall war er trotz seiner asiatischen Herkunft bei den traditionsbewußten Wolominer Bürgern beliebt. Er hatte eine Polin geheiratet, sprach ein leidliches Polnisch und war sogar zum katholischen Glauben übergetreten. Das rechnete man ihm besonders an, und wenn das Ehepaar Dinh sonntags in der Kirche saß, ruhte das Auge des Priesters wohlgefällig auf Son.

Ab und zu, vielleicht zweimal im Monat, mußte Son verreisen. »Neue Kunden werben«, sagte er dann immer. »Holz verkauft sich nicht von allein wie Brötchen oder Gurken, und die Konkurrenz ist groß. Wer weiß schon, wie mühsam es ist, zehn Festmeter gesägte Bretter zu verkaufen? Da muß man die Kunden streicheln, sonst sind die Teller leer.«

Er schien Erfolg zu haben. Wenn er von seinen Reisen zurückkam, brachte er immer Bargeld mit. Meistens Dollars, von denen er die Hälfte in Zloty eintauschte und die andere Hälfte in einem Stahltresor einschloß. Das brachte zwar keine Zinsen, aber das Leben ist – wie gesagt – hart, und man weiß nie, ob man nicht über Nacht eine neue Bleibe suchen muß. Da sind einige tausend Dollar ein gutes Polster, auf dem sich prächtig schlafen läßt.

Sons letzte Reise hatte ihn nach München geführt. Ein einfacher Auftrag war es gewesen, aber immerhin fünftausend Dollar wert. Der »Kunde« hatte keine Mühe gemacht; als Son ihm die Stahlschlinge um den Hals warf und sofort zuzog, hatte der Mann nur kurz gezuckt, die Arme haltsuchend nach vorn geworfen, und war dann lautlos zusammengesackt. Son hatte ihn einfach neben einem Busch liegen lassen, war danach in ein bayerisches Bierlokal gegangen und hatte ein Glas Weißbier getrunken. Es war erfrischend und herb-würzig. So etwas gab es in Polen nicht.

Seine Auftraggeber kannte Son nicht; sie nahmen nur telefonisch Kontakt mit ihm auf. Aber sie redeten in der Sprache seiner Heimat, hielten ihr Wort, betrogen ihn nie, hinterlegten den Lohn seiner guten Arbeit meistens in einem Bahnschließfach, dessen Schlüssel sie in Sons Hotel schickten. Es waren immer kleine Hotels am Rande der Städte, die sich über jeden Gast freuten und ihre Zimmer auch stundenweise vermieteten. Hier brauchte Son sich in keinen Meldezettel einzutragen; er kam anonym, und er reiste anonym wieder ab, ein Mann, der keine Spuren hinterließ. Es gab ihn einfach nicht.

Zu Anfang hatte er sich gefragt, woher seine Landsleute seinen Namen und seine Adresse in Wolomin kannten, vor allem aber wußten, daß er für »Problembereinigungen« geeignet war. Nach seiner Flucht um die halbe Erde bis nach Polen, auf der er irgendwelche Skrupel nur als Ballast betrachtet und dem Leben – getreu seiner Philosophie – oftmals Opfer gebracht hatte, war er in diesem kleinen Nest Wolomin hängengeblieben. Der Grund war Marika, ein ältliches Mädchen mit einem linksseitigen Klumpfuß, das den Vorzug hatte, die einzige Tochter des Sägewerkbesitzers Josef Dschulanski zu sein. Ein angesehener Mann, ein gesunder Betrieb, eine rettende Insel für den heimatlosen Son.

Natürlich war Josef Dschulanski sofort gegen einen Vietnamesen und warf ihn, als er sich als Arbeiter bewarb, aus dem Haus. Doch Son erkannte seine Chance. Tochter Marika, wegen ihres Leidens ziemlich ohne Aussicht, einen Ehemann zu bekommen, verfiel dem flotten Fremden, vor allem aber berauschte sie seine asiatische Liebeskunst. Marika opferte alle Vernunft in dem Holzschuppen zwischen Sägespänen und frisch duftenden Brettern, bis sie zu ihrem Vater sagen mußte:

»Vater, ich bekomme ein Kind.«

»Von wem?« hatte Josef Dschulanski gebrüllt. »Her mit dem Kerl!«

Er befürchtete das Schlimmste; wer sich an Marika heranmachte, mußte entweder blind oder ein Idiot sein. Aber immerhin: Es gab einen Enkel.

Dschulanskis Befürchtungen wurden noch übertroffen, als Marika dann mit sichtlichem Stolz Hua Dinh Son als Vater ihres Kindes präsentierte.

»Ein asiatisches Balg!« schrie Dschulanski herum. »Von einem Vietnamesen! Ich kann mich im Sägemehl begraben! Was hast du dir dabei gedacht, du Trampel? Die Leute werden sich bepinkeln vor Lachen und Schadenfreude. Dschulanskis Tochter mit einem Gelben!«

»Ich liebe ihn!« antwortete Marika. »Er ist ein fleißiger Mann.«

»Das sieht man! Und nun?«

»Ich werde ihn heiraten.«

Und so geschah es auch. Im streng katholischen Wolomin mußte ein Kind einen legitimen Vater, einen ehelichen Erzeuger haben. Ob nun weiß, schwarz oder gelb – ein Kind ist immer ein Geschenk Gottes. Die Stimmung in Wolomin schlug völlig um, als Son den katholischen Glauben annahm. Ein christlicher Bruder ist stets willkommen.

Aber das Leben braucht Opfer – wir wissen das.

Im sechsten Monat erlitt Marika eine Fehlgeburt: Sie war im oberen Holzlager ausgeglitten und vier Meter tief auf einen Stapel Bretter gefallen. Ein rätselhafter Sturz: Marika berichtete, ihr sei plötzlich schwindelig geworden, und dann sei sie in die Tiefe geflogen. Den Fall habe sie ohne Verletzungen überstanden, nur das Kind hatte den Aufprall nicht überlebt und mußte herausgeholt werden.

Son errichtete für sein totes Kind – es wäre ein Sohn gewesen – einen Altar in Form eines Kruzifixes und eines Gnadenbildes der Schwarzen Madonna von Tschenstochau. Auch das trug dazu bei, daß ganz Wolomin den Vietnamesen ins Herz schloß.

Doch nicht genug des grausamen Schicksals: Ein halbes Jahr später geriet Josef Dschulanski in den Sog eines Vertikalgatters und wurde der Länge nach durchgesägt wie ein Baumstamm. Ein Unfall, wie er in älteren Sägewerken manchmal vorkommt. Oft sind es nur eine Hand oder ein Arm, die das Opfer verliert, hier war's der ganze Dschulanski, der den Tod fand.

Auch für ihn errichtete Son einen Altar; nur brannte jetzt eine Kerze nicht vor der Schwarzen Madonna, sondern vor einem Foto des ehrwürdigen Verblichenen. Die Polizei kam zu dem Ergebnis: Unachtsamkeit und veraltete Schutzvorrichtungen. Son nahm sich das sehr zu Herzen und modernisierte sofort alle Maschinen. Er war nun Besitzer des Sägewerkes, hütete sich, seiner Frau Marika ein zweites Kind zu machen, und gewöhnte sich an ein behäbiges, sorgloses Leben.

Tja, und dann kam eines Tages dieser Anruf, der Sons Lebenslauf in eine zweite Bahn drängte.

»Du bist übermorgen in Berlin!« sagte eine Stimme auf vietnamesisch.

Son starrte gegen die tapezierte Wand seines Wohnzimmers und schüttelte ungläubig den Kopf. »Wer ist da?« fragte er auf polnisch zurück.

Die Stimme ging auf diese dumme Frage nicht ein. Sie fuhr fort: »Du steigst im Hotel ›Gloria‹ ab. Dort wird dir der

Portier einen Brief übergeben. Führe alles aus, was in dem Brief steht. Hast du verstanden?«

Son war kein feiger Mensch, das war er nie gewesen, auch jetzt nicht. Die Schule des Lebens, die er bisher durchlaufen hatte, hatte ihm die Lehre mitgegeben: Was, wie und wo auch immer – wehre dich! Das Leben ist ein Kampf.

»Wißt ihr, was ein Arsch ist?« fragte er. »Den könnt ihr lecken.«

»Dein Arsch ist wertlos.« Die Stimme blieb gleichmütig, ohne ein Zeichen von Ärger. »Aber wichtig ist dein Kopf.«

Das war ein Satz, den Son sofort verstand. Da gab es kein Fragen mehr.

Er wiederholte: »Übermorgen in Berlin, Hotel ›Gloria‹. Und in dem Brief steht alles.« Son holte tief Atem. »Woher kennt ihr mich?«

»Wir kennen alle Landsleute, die für uns arbeiten können ...«

»Es ist also Arbeit?«

»Eine leichte.«

»Und die kann kein anderer tun?«

»Du wirst sie tun! Warum fragst du noch?«

»Ich kenne Berlin nicht.«

»Du wirst auch wenig davon sehen. Nach deiner Arbeit fährst du sofort zurück nach Polen. Es liegen tausend Dollar für dich bereit. Hua Dinh Son, wir warten auf dich.«

Das Gespräch war beendet. Son legte ebenfalls auf, und ein Gefühl überkam ihn wie damals in Saigon, als der Vietkong näherrückte und wie mit einer Sense die Menschen wegmähte. Noch einmal zu flüchten, noch einmal ins Ungewisse zu verschwinden, lehnte Son ab. Er hatte einen sicheren Lebensstandort erreicht, er besaß ein Sägewerk, ein großes Haus, die Achtung der Bürger von Wolomin. Er hatte ein Ziel erreicht und war nicht bereit, das alles aufzugeben.

Warten wir ab, was mich in Berlin erwartet, sagte er sich.

Es gibt keine Arbeit, die ich nicht ausführen könnte. Und tausend Dollar sind es wert, sich mit einem Angebot zu beschäftigen.

Nur die Bedrohung seines Kopfes gefiel ihm nicht; sie deutete auf eine ungewöhnliche Arbeit hin.

Zum erstenmal erfand Son die Erklärung, warum er dringend verreisen müsse. Marika fragte nicht lange; Aufträge für das Sägewerk hereinzuholen, sogar aus dem Ausland, fand sie selbstverständlich. Der Gedanke, daß mit Holz aus Wolomin in fremden Ländern gebaut werden sollte, erfüllte sie sogar mit Stolz. Son war ein guter Geschäftsmann; ihr Vater hätte jetzt allen Grund, auf seinen Schwiegersohn mit großem Wohlwollen zu blicken.

Zwei Tage später fand in Berlin ein Spaziergänger in einem Gebüsch am Landwehrkanal eine Leiche. Die Berliner Mordkommission, einiges gewöhnt seit der Wende, nahm den neuen Fall routinemäßig auf.

Mord mittels Durchtrennen der Kehle. Kein Raubmord, der Tote hatte Brieftasche, Geld und Ausweis bei sich. Ein Russe war es, illegal in Berlin.

»Nummer fünf«, sagte der Kriminalrat nüchtern. »Natürlich sind die Papiere falsch, der Tote ist nicht zu identifizieren. Ein typischer Mafia-Mord. Eine Aktenleiche mehr. Es ist zum Kotzen. Wenn das so weitergeht, wird Berlin bald die europäische Metropole des Verbrechens sein. Was können wir in diesem neuen Fall tun, meine Herren? Nichts. Das sind Killer-Spezialisten, die keine Spuren hinterlassen. Sie kommen, morden und verschwinden. Es wird bald ein kriminelles Dreieck geben: Moskau-Palermo-Berlin.«

Schon am dritten Tag kehrte Son nach Wolomin zurück.

Zum erstenmal verschloß er fünfhundert Dollar in seinem Panzerschrank, war sehr einsilbig bei Marikas Fragen und ließ nur soviel verlauten, daß das Holzgeschäft, international gesehen, ein verdammt hartes Geschäft sei. Mit dem Berlin-Auftrag habe es nicht geklappt, aber man habe ihm weitere gute Kontakte versprochen.

Genau besehen, war das Berlin-Geschäft leicht auszuführen gewesen. Alles Wissenswerte fand Son in dem Brief vor, den ihm der Portier des Hotels Gloria übergeben hatte.

Name, Treffpunkt, Zeit und ein Foto, alles sofort zu vernichten. Tausend Dollar in einem Schließfach, abzuholen nach vollendeter Arbeit.

So einfach kann man Geld verdienen.

Son hatte auf der Rückfahrt Zeit genug, seine neue Situation zu überdenken. Ihm war bewußt, daß diesem Auftrag ein zweiter, dritter und immer mehr folgen würden. Mit diesem Tag in Berlin war er zum Vollstrecker einer Gruppe geworden, von der er nur eine Stimme kannte. Eine heimatliche Stimme aus Vietnam. Und immer wieder quälte ihn die Frage: Woher kennen die mich? Wie konnten sie von Wolomin wissen? Warum haben sie gerade mich ausgewählt? Habe ich irgendwo auf meinem Weg nach Polen eine Spur hinterlassen? Wo habe ich etwas falsch gemacht?

Hua Dinh Son wartete ab. Wartete auf einen neuen Anruf, auf einen Hinweis, der ihn seinen Auftraggebern näher brachte.

Es war eine dumme Hoffnung.

Noch fünfmal rief die Stimme an, und es war immer das gleiche Muster: Ort, Zeit, Brief im Hotel, Dollars im Schließfach.

Son fuhr nach Köln, Amsterdam, Paris und Frankfurt. Zuletzt nach München.

So lernt man Europa kennen, sagte er einmal zu sich selbst mit makabrem Sarkasmus. Und wird dazu auch noch gut bezahlt.

Hua Dinh Son, man kann sich an alles gewöhnen – auch an die leichte Art des Tötens.

Zehn Tage reichen aus, um zehn Himmel oder zehn Höllen zu erleben.

Für Robert war es beides. Die nächtliche Hölle, wenn Ulrike ihren Dienst in der Toscana-Bar antrat und er allein in der Wohnung herumsaß, auf die Mattscheibe starrte, zwei Flaschen Bier trank und das Fell der Katze Lori streichelte. Sie hatte sich sofort an Robert gewöhnt, ließ sich kraulen, schlief zusammengeringelt auf seinem Schoß, spielte mit eingezogenen Krallen mit seinen Fingern oder rieb sich schnurrend an seinen Beinen. Dann sprach er manchmal zu ihr und sagte ihr, wie sehr er Ulrike liebe und daß es ihn zerreiße, wenn er daran denke, daß sie jetzt hinter der Bartheke stehe und jeder ihren kaum verdeckten Busen anstarren könne.

Der Himmel begann, wenn Ulrike nach Hause kam, meistens so gegen drei Uhr morgens, sich schnell duschte und dann neben Robert ins Bett schlüpfte. Dabei kuschelte sie sich an ihn wie ein Kind, das Wärme und Geborgenheit suchte, und er schob seinen Arm unter ihren Nacken, küßte ihre geschlossenen Augen und schlief, von dem Duft ihrer Haut umhüllt, wieder ein.

Am Morgen aber, meistens gegen neun Uhr, öffnete sich für ihn das Paradies. Es war die Zeit, in der Ulrike ausgeschlafen hatte, die Daunendecken wegstrampelte, ihre Hände über Roberts Körper gleiten ließ und zu ihm sagte:

»Blick in den Spiegel. Sieh dir an, was die beiden miteinander treiben ...«

Es begann dann die Stunde der Ekstase, das Herunterfallen des Himmels auf zwei zuckende Körper. Im Spiegel wirkte es wie ein satanischer Tanz, bei dem die Glieder auseinandergerissen wurden, unter heftigen Bewegungen zusammensanken oder sich verschlangen.

In den Pausen dieser »Lehrstunden« griff Ulrike nach einer Zigarette, trank Orangensaft und manchmal auch eine

Cola mit einem Schuß Wodka darin, lag auf dem Rücken, die Knie angezogen, und blies Robert den Rauch zu.

»Ich glaube, ich könnte dich lieben«, sagte sie einmal mit träger Stimme.

Er stützte sich auf die Ellbogen und küßte ihre Brust. ›»Könnte‹ ist nicht ›ist‹ ...«

»Es ist immer das gleiche: Du weißt gar nichts von mir.«

»Es gibt nichts zu wissen. Wir haben mit der Stunde null begonnen – und dafür weiß ich schon genug von dir.«

»Ich bin ein schlechter Mensch, Bob.«

»Du bist ein Zauberwesen.«

»Du kennst nur meinen Körper. Das ist ein Gegenstand, wenn man so will. Ein Mensch ist aber mehr als ein Körper.« Sie drückte die Zigarette aus, nahm einen Schluck Wodka-Cola und setzte sich. Plötzlich fand sie ihr Spiegelbild häßlich. Zerzauste, schweißverklebte Haare, ein Gesicht mit der Schlaffheit der Erschöpfung. Mein Gott, dachte sie, ich bin mit 33 Jahren schon eine alte Frau! Ich schaffe nicht mehr einen neunzehnjährigen Geliebten! »Sieh mich an!« Es klang wie ein Befehl.

»Ich tu' nichts anderes.«

»Was siehst du?«

»Eine Göttin.«

»Kann es nicht auch eine böse Göttin sein?«

»Für mich bist du immer ein Strahl der Sonne, ohne die es kein Leben gibt.«

»Das klingt verdammt kitschig.«

»Gibt es etwas Kitschigeres als einen Sonnenuntergang, wenn man ihn malt oder beschreibt? Und doch ist er Wahrheit. Kennst du das Violinkonzert von Max Bruch? Das ist Kitsch hoch zwei, werden viele sagen, aber man schließt die Augen, läßt sich wegtragen von der schwebenden, süßen Musik und weiß: Der Mann, der solche Töne niederschrieb, muß unendlich verliebt gewesen sein.«

»Ich kenne diese Musik nicht.« Ulrike glitt aus dem Bett und vermied es, sich im Spiegel anzusehen, während sie nackt im Zimmer herumlief. Sie kämmte ihr Haar, band eine Schleife darum und griff nach ihrem durchsichtigen Morgenmantel. »Willst du Geld verdienen?« fragte sie plötzlich. »Viel Geld?«

»Wer will das nicht?« Robert lachte und verschränkte die Arme hinter seinem Nacken. »Liegt es auf der Straße?«

»So kann man es nennen. Es liegt wirklich auf der Straße.«

»Sag mir die genaue Adresse«, erwiderte er belustigt. »Ich war immer ein begeisterter Pilzsammler ... Da werde ich wohl auch Geld auflesen können.«

»Ich meine es ernst, Bob.« Sie setzte sich neben ihn auf die Bettkante und zog die Daunendecke über seinen Unterleib. Es war die stumme Forderung: Schluß jetzt mit der Sexstunde. »Ich habe neben meiner Bartätigkeit noch einen anderen Job angenommen.«

»Einen anderen Job?« Er sah sie verwundert an. »Seit wann?«

»Seit zwei Wochen.«

»Und das sagst du so nebenher? Auch ein Nachtjob?«

»Im Augenblick noch. Aber ich will ihn als Hauptjob aufbauen. Dann kann ich die Bar aufgeben.«

»Das wäre fabelhaft.« Er richtete sich auf, schob die Beine aus dem Bett und setzte sich neben Ulrike. Diese Neuigkeit war eine große Freude für ihn. Weg aus der Bar, aus diesem Milieu, aus dem Zwielicht, weg von den angeheiterten Männern, die ihre Geilheit nicht verbargen, weg von den Geldscheinen, die man Ulrike in den Ausschnitt stopfte. War das der erste Schritt in eine neue Zukunft? Ließ sie ihr bisheriges Leben endlich hinter sich?

»Was ist das für ein Job?« fragte Robert.

»Ich habe eine Vertretung übernommen ...«

»Vertretung? Das mußt du mir genauer erklären.«

»Ich bin dabei, eine Verkaufsorganisation aufzubauen. Vertrieb eines Markenartikels. Erst in München, dann in ganz Bayern.« Sie stand auf, warf ihren Morgenmantel auf den Boden und ging ins Badezimmer. Robert folgte ihr, um wieder mit ihr gemeinsam zu duschen, aber sie winkte ab. Ihr war jetzt nicht danach, in der Glaskabine wieder seine Männlichkeit zu spüren. »Es ist ein Modeartikel, der sehr begehrt ist. In Amerika, in Holland, in Österreich, in Frankreich – auch schon in Berlin hat der Artikel gute Absatzzahlen. In München wird er ebenfalls verkauft, aber es fehlt eine straffe Organisation. Es sind bisher nur Streuverkäufe, doch ich will den Handel konzentrieren und den Markt beherrschen.«

Sie ging unter die Dusche, ließ aber die Tür der Kabine offen. Während sie sich unter den Wasserstrahlen drehte und dehnte, sprach sie weiter.

»Es wird anfangs viel Mühe kosten, Bob. Es ist so etwas wie ein Kampf um den Kunden. Man muß hart und clever sein, man muß boxen können, sonst überrollt einen die Konkurrenz. Ich habe mir gedacht, daß du mir dabei helfen könntest.«

»Ich habe noch nie geboxt«, sagte er fröhlich. »Das muß ja ein toller Artikel sein, den du da vertreibst. Waschmittel können es nicht sein.«

Sie kam aus der Dusche. Robert nahm das große Badetuch, hüllte sie darin ein und rubbelte sie trocken. Dabei schlossen sich seine Hände um ihre Brüste, aber Ulrike schlug ihm auf die Finger.

»Laß das!« sagte sie in hartem Ton, den Robert bisher nicht von ihr gewöhnt war. »Laß uns ernst darüber reden! Es hängt viel Geld daran – auch für dich.«

»Geld, das auf dem Boden liegt? Also doch ein Putzmittel ...«

»Bitte, stell die Blödelei ein! Es ist ein Medikament.«

»Das kann doch nicht wahr sein! Du hast eine Pharmazie-Vertretung übernommen?«

»Was ist daran so erstaunlich? Nur weil ich keinen Schumann oder Bruch kenne oder deinen Liebling Chopin, bin ich kein hirnloser Mensch! Ich vertreibe ein Präparat, das begeistert aufgenommen wird.«

»Apothekenfrei ...«

»Davon gibt es Hunderte Mittel.«

»Und wogegen hilft es?«

»Gegen Müdigkeit und Unlust. Gegen Depressionen und Liebesmüdigkeit. Gegen mangelnde Ausdauer und Konzentrationsschwäche. Es hebt das allgemeine Wohlbefinden.«

»Du hast den Beipackzettel gut auswendig gelernt. Fassen wir alles zusammen: Es ist ein Aufputschmittel!«

»Unsinn! Es ist harmlos wie eine Vitaminpille. Wie viele Millionen Vitaminpräparate werden täglich geschluckt? Wo sind nicht überall Vitamine drin? Vom Fruchtsaft bis zum Joghurt, vom Tiefkühlspinat bis zum Schellfisch. Überall steht drauf: Reich an Vitaminen. Ich verkaufe ein neues Mittel: Hirnnahrung.«

»Und was, denkst du, soll ich damit zu tun haben?« Robert war plötzlich ernst geworden, nahm das Handtuch von Ulrikes Körper und warf es in eine Ecke des Badezimmers. Ein Psychopharmakum, dachte er. Ulrike verkauft Anregungspillen. Und die Leute, die sie schlucken, glauben an ihre Wirkung. Wieviel hat man darüber schon gelesen! Gesund wird nicht der Patient, sondern der Hersteller. Selbst diese Vitaminsucht ist umstritten, da gehen die Ansichten der Wissenschaftler auseinander. Und jetzt steigt Ulrike in ein so umstrittenes Geschäft ein.

Das Geld liegt auf der Straße ...

»Du sollst mir helfen, junge Verkäufer einzustellen«, beantwortete Ulrike Roberts letzte Frage.

»Ausgerechnet ich?« Er mußte wieder lachen, aber aus diesem Lachen hörte sie schon Abwehr heraus. »Soll ich zu meinen Kameraden sagen: Hört mal, ihr könnt euer Taschengeld vermehren, wenn ihr dubiose Pillen an den Mann bringt!«

»Das ›dubios‹ könntest du weglassen. Es ist ein reelles Geschäft. Vom Schlafmittel bis zur Venensalbe wird tausenderlei frei verkauft ... Wir bieten keinen Schlaf an, im Gegenteil, wir verkaufen Energie!«

»Sogenannte Weckamine ...«

»Wie du gebildeter Mensch das nennst, ist wurscht! Aber überleg mal: Deine Klassenkameraden, deren Freunde, deine Pfadfindergruppen – sie alle klagen darüber, daß sie so wenig Taschengeld bekommen.«

»Stimmt. Unter uns gibt es nur zwei Millionärssöhne.«

»Das kann sich ändern.« Ulrike begann sich anzuziehen. Über München lag brütende Hitze, es war ein Frühsommertag, bei dem sich die Biergartenwirte die Hände rieben und die Straßen zu den umliegenden Seen verstopft waren. Ulrike entschloß sich für eine weite Bluse ohne BH, einen Minislip und einen so kurzen Rock, daß man die Hälfte ihrer schlanken Oberschenkel sah. Sie konnte sich das noch leisten, ihre glatte Haut zeigte keinerlei Ansätze von Cellulite. »Was hast du heute vor?«

»Ich dachte, wir fahren zum Chiemsee, mieten ein Segelboot, werfen in der Mitte des Sees den Anker und lieben uns in der Sonne.«

»An etwas anderes kannst du wohl nicht mehr denken?«

»Nicht, wenn du vor mir stehst.«

»Dann hast du heute Gedankenfreiheit. Ich fahre gleich weg. Allein. Ich habe eine Besprechung.«

»Ich komme mit.«

»Nein!« Sie sagte es so hart, daß Robert zusammenzuckte.

»Warum?« fragte er. Das Mißtrauen in seinen Augen amüsierte Ulrike.

»Ich treffe mich mit einigen Männern. Kein Grund zur Eifersucht, Bob. Es ist rein geschäftlich.«

»Deine Pillendreher?«

»Nein, die Großhändler. Zufrieden?«

»Nicht ganz.« Robert folgte ihr, als sie ins Wohnzimmer ging. Er blickte auf ihr bei jedem Schritt wippendes Gesäß und hielt an sich, nicht danach zu greifen. Seit der »Lehrstunde« kreisten seine Gedanken nur noch um den Besitz von Ulrikes Körper, um das Erlebnis, in diesen warmen Körper einzudringen und die Explosion aller Gefühle zu genießen. Robert war sich darüber im klaren, daß er dieser Frau verfallen war, daß sie seinen Willen gebrochen hatte, daß seine Welt zusammengeschrumpft war auf einen vibrierenden Leib. Manchmal, an den einsamen Abenden, an denen er allein, mit der Katze Lori im Schoß, vor dem Fernseher saß und auf Ulrike wartete, sagte Robert zu sich: Du bist wahnsinnig. Du bist komplett wahnsinnig ... Aber es ist ein wundervoller, seliger Wahnsinn, aus dem man nie erwachen möchte. Vielleicht ein tödlicher Wahnsinn, aber man kann ihm nicht mehr entfliehen.

»Mir gefällt diese Pillengeschichte nicht!« sagte Robert jetzt. »Ulrike, halt dich da raus.«

Sie hob als Antwort nur die Schultern, hängte sich ihre Tasche um und verließ die Wohnung. Auch als er ihr nachrief: »Überlege es dir noch mal!« reagierte sie nicht. Es war die erste Dissonanz in ihrem nun sechstägigen Zusammensein, und als Ulrike nach vier Stunden zurückkam, sprach sie kein Wort mit Robert, ging in die Küche und bereitete ein schnelles Mittagessen, mitgebrachte Hamburger und aufgewärmte Pommes frites.

Erst viel später, nachdem sie eine neue Illustrierte durchgeblättert hatte, redete sie wieder mit Robert.

»Hast du kein Vertrauen zu mir?« fragte sie.

»Ich habe kein Vertrauen zu dieser Arznei.« Er war glücklich, daß das furchtbare Schweigen gebrochen war. »Zeig mir eine von den Schachteln.«

Sie zögerte kurz und sagte dann: »Ich habe keine bei mir. Aber morgen bringe ich dir eine mit.«

»Ich möchte eine von diesen Wunderpillen probieren.« Er bemerkte nicht ihren entsetzten Blick, sondern meinte lachend: »Eine Intelligenzpille? Mal sehen, vielleicht hilft sie mir bei der Mathematik!«

Am neunten und am zehnten Abend, dem letzten, hatte Robert nach langem Bitten erreicht, daß er Ulrike zur Bar bringen und gegen drei Uhr morgens wieder abholen durfte. Er wartete gegenüber dem Toscana, beobachtete das Kommen und Gehen der Gäste und Dirnen, die nach einiger Zeit in Begleitung wieder herauskamen und mit Taxis oder Privatwagen davonfuhren.

Natürlich fiel es Bolo auf, daß der Bar gegenüber Ulrikes Auto parkte und hinter dem Steuer ein Mann wartete. Er gab seine Beobachtung an Salvatore Brunelli weiter, der nur einen kurzen Blick durch die Türklappe zu werfen brauchte, um sich Klarheit zu verschaffen.

»Haste dir nun doch den Kleinen gekrallt, Ulla?« fragte er und unterstrich seine Worte mit einem hämischen Grinsen.

»Das geht dich einen Dreck an!« antwortete Ulrike.

»Wenn das mal kein Irrtum ist. Der Junge ist mir zu sauber gewaschen. Im Bett ein strammer Max, aber sonst eine Mimose. Es wird für uns alle gefährlich, wenn er zuviel weiß ...«

»Er wird nie gefährlich werden. Er liebt mich.«

»Das sind die Superidioten! Ulla, bau bloß keinen Scheiß, nur weil er wie ein Karnickelbock rammelt.«

Am nächsten Abend ließ Franz von Gleichem Ulrike in sein Büro rufen. Noch bevor er zum Sprechen ansetzte, kam sie ihm zuvor.

»Ich weiß, was Sie sagen wollen. Salvatore hat Ihnen die

Ohren vollgegeigt. Ja, es stimmt: Ich habe einen Geliebten, der fünfzehn Jahre jünger ist als ich. Was spricht dagegen?«

»Sie lieben ihn?«

»Sagen wir: Ich mag ihn.«

Von Gleichem holte wieder seine Cognacflasche und die beiden Napoléongläser aus dem Schreibtischfach. Es war eine Angewohnheit von ihm, kritische Gespräche durch einen Cognac zu unterstützen. Er goß die Gläser halb voll, schob eines zu Ulrike hinüber und deutete auf den Stuhl. Noch stand sie.

»Ihr Privatleben geht mich nichts an«, sagte er und hob das Glas. »Nicht, solange es nicht unsere gemeinsamen Interessen tangiert. Sie können sich einen Harem zulegen – wenn er aus Blinden besteht. Verstehen wir uns?«

Ulrike setzte sich, aber sie rührte den Cognac nicht an. Trotz kam in ihr hoch, Angriffslust gegen diesen Mann, der da so selbstsicher und mit souveräner Eleganz vor ihr saß. Ein freundlicher Mann, der Eiseskälte ausströmte.

»Sie haben Angst?« fragte sie hämisch.

»Nein. Ich neige nur zur Vorsicht. Angst habe ich um Sie, Ulrike. Wenn der junge Mann etwas von unserem Geschäft erfährt und plaudert, sind Sie erledigt.«

»Das war deutlich.«

»Darum sitzen wir ja hier. Ehrlichkeit zwischen uns beiden sollte die Basis unserer Verbindung sein. Die Welt, in der wir leben, ist schwierig genug; wir sollten keine zusätzlichen Schwierigkeiten produzieren.«

»Bob ist kein Risiko.«

»Also Bob heißt er. Ich nehme an, das kommt von Robert. Und wie weiter?«

»Was heißt weiter?«

»Der Nachname.«

»Ist er so wichtig?«

»Über Wichtigkeiten entscheide ich.«

Wieder so ein Satz, den Ulrike wie einen Schlag empfand. Sie versteifte den Rücken und schob das Cognacglas von sich.

»Herr von Gleichem«, sagte sie betont. »Ich habe Ihnen bei unserem ersten Gespräch gesagt, daß ich mir nichts befehlen lasse! Daß ich mich gegen alles wehre, was meine Freiheit bedroht. Jetzt ist sie bedroht.«

»Sie sehen das falsch, Ulrike.« Immer noch dieser gemütliche Tonfall, diese in Jovialität gekleidete Überlegenheit! »Es hat sich viel geändert, grundlegend geändert. Sie haben sich auf ein heißes Geschäft eingelassen und sollten von nun an dicke Handschuhe tragen. Freiheit hat Grenzen – dort, wo sie gefährlich wird.«

»Bob ist keine Gefahr«, beharrte sie.

»Darauf können Sie keine Garantie geben.«

»Doch.« Sie holte tief Atem und schleuderte ihm den nächsten Satz ins Gesicht. »Er ist mir hörig! Total hörig! Genügt das?«

Von Gleichem trank seinen Cognac aus und verzog leicht die Lippen. Es wirkte so spöttisch, daß Ulrike sich beherrschen mußte, um nicht aufzuspringen und ihm den Inhalt ihres Glases ins Gesicht zu schütten.

»Das uralte Spiel ...«, sagte von Gleichem. »Die Herrin nimmt sich einen Jungen und macht ihn zu ihrem Sklaven. Auch wenn sie ihn mit Füßen tritt, wird es für ihn ein Wohlgefühl sein. Aber Sklaven können sich auch befreien, können gegen ihre Herrin aufstehen. Denken Sie an den Sklavenaufstand des Spartacus im alten Rom. Er erschütterte ein Weltreich ... Wenn Ihr Sklave uns erschüttert, kann das unser Untergang sein. Ulrike ...« Er beugte sich vor, und jetzt war seine Stimme wie ein schneidendes Messer. »Der volle Name! Keine Ausflüchte. Der volle Name.«

»Habicht. Robert Habicht.« Sie war vor dieser Stimme erschrocken zurückgeprallt und spürte plötzlich Angst in sich emporsteigen. Würgende Angst, als sie nun auch in Franz von Gleichems Augen starrte. Kalte Augen waren es, Wolfsaugen. Ein Raubtierblick. »Er ist der Sohn eines Oberregierungsrates.«

»Sind Sie verrückt geworden?« Von Gleichems Stimme war verhaltener, leiser und damit gefährlicher geworden. Brüllen war nicht seine Art. Bei großen Entscheidungen flüsterte er fast, und immer hatte es danach Opfer gegeben. »Sie ziehen in Ihrem Bett eine Sprengladung groß!«

»Im Gegenteil. Bob wird uns helfen ...«

»Helfen? Habe ich einen Hörfehler?«

»Er wird junge Leute anwerben, die für uns tätig sein werden. Er wird selbst zum Verkäufer werden. Er wird alles tun, was ich will. Ich ... ich habe ihm schon von den Pillen erzählt ...«

»Sie haben ...« Von Gleichems Stimme wurde noch leiser. »Mein Verstand sagt mir, ich müßte Sie jetzt verschwinden lassen.«

»Das würde schwierig sein ... Bob wartet draußen im Wagen.«

»Das ist kein Problem für Salvatore.« Von Gleichem goß sich einen neuen Cognac ein und schüttelte den Kopf, als begriffe er soviel Dummheit nicht. »Was haben Sie Bob alles erzählt?«

»Ich habe ihm erklärt, daß es ein Präparat zur Anregung der Psyche ist, zur Belebung des Allgemeinzustandes. Eine Ergänzung zu Vitaminen.«

»Sie haben wirklich Humor, Ulrike. Ergänzung zu Vitaminen – fabelhaft!« Von Gleichem lächelte breit, seine Stimme hob sich wieder. »Und er glaubt das?«

»Ja. Den Namen Ecstasy habe ich nie erwähnt. Das kommt noch, wenn Robert selbst auf Ecstasy nicht mehr verzichten kann. Ich werde ihm heute abend die erste Tablette geben. Ich bin gespannt, wie er darauf reagiert.«

»Und wenn er versagt?«

»Er muß darauf reagieren. Er ist ein labiler Mensch, ein Junge voller Sensibilität.«

»Lassen wir uns überraschen.« Von Gleichem schien beruhigt zu sein. »Sie haben das gut aufgebaut, Ulrike: erst sexuell hörig, dann ecstasysüchtig ... Ich habe es immer gesagt: Sie sind ein engelhafter Teufel. Ich habe mich nicht in Ihnen getäuscht.«

In dieser Nacht schluckte Robert eine kleine runde Pille von bläulicher Farbe. Auf einer Seite war ein grinsendes Gesicht eingeprägt. Pünktchen, Pünktchen, Komma, Strich ... In der Szene nannte man die Pille deshalb Smiley.

»Eine merkwürdige Prägung«, sagte Robert, bevor er die Pille mit einem Schluck Bier hinunterspülte.

»Weil die Pille glücklich macht – und weil sie so harmlos ist wie dieses Gesicht. Du wirst sehen, in einer Viertelstunde muß ich dich festhalten, damit du keine Bäume ausreißt.«

»Oder dich auffresse!« sagte er lachend.

»Ich werde es aushalten.« Ulrike streifte ihr Barkleid ab und ging wie jeden Morgen zur Dusche hinüber. Ihre Nacktheit war eine einzige Provokation. »Ich bin zäher, als du denkst.«

»Da haben wir es, Peter. Komm rüber, und dann fahren wir gemeinsam hin.« Theo Wortke, der Mordspezialist, winkte seinen an der Tür wartenden Beamten zu, sie sollten schon gehen. »Eine Tote im Keller eines Abbruchhauses am Abstellbahnhof Steinhausen.«

»Was habe ich damit zu tun?« Peter Reiber kämpfte mit seiner Müdigkeit. Er hatte in der vergangenen Nacht zusammen mit der Sittenpolizei eine Razzia hinter sich gebracht, 200 Gramm Kokain beschlagnahmt, drei Dealer festgenommen und war von Jugendlichen in einer Techno-

Disco bespuckt worden. Den Kerlen auf den Mund zu schlagen, war verboten. »Unverhältnismäßiger Einsatz« hätte man das genannt. In solchen Fällen hat die Polizei immer unrecht. Bespucken tut ja nicht weh. »Das ist dein Bier«, setzte Reiber abwehrend hinzu.

»Irrtum. Ecstasy ...«

»Scheiße!«

»Die Kleine hat noch zehn Pillen in der Tasche. Darum ist es dein Bier.«

Die Umgebung des Hauses nahe den Bahngleisen war weiträumig abgesperrt, als hätte man eine Bombe gefunden. Vor dem Haus saß ein zitternder, zerlumpter, nach Fusel und Urin stinkender Pennbruder auf seiner zusammengerollten Schlafdecke. Er sah mit wackelndem Kopf den Kriminalbeamten entgegen und rief sofort, die Arme hoch in die Luft werfend: »I hab mit 'n Mord nix zu tun! I hab des Mädel nur g'funden! I bin a ehrlicher Mensch ...«

Wortke und Reiber kümmerten sich nicht um den Penner, sondern folgten dem Polizisten, der ihnen den Weg zeigte. Im Keller des Hauses, an die Wand gedrückt, die Beine wie im Krampf angezogen, mit weit aufgerissenen Augen, als hätten sie als letztes etwas unsagbar Schönes oder unfaßbar Grauenhaftes gesehen, lag das Mädchen auf dem Betonboden. Es trug einen hellroten Parka, einen gelben Pullover und ausgefranste, verblichene Jeans. Die langen goldblonden Haare verdeckten teilweise ihr Gesicht, nur die weiten Augen und eine spitze Nase ragten aus den Strähnen hervor. Mit einer Handbewegung strich der Polizist die Haare weg.

»Höchstens siebzehn Jahre!« sagte Reiber gepreßt.

Wortke nickte. »So hübsch, so jung und so versaut.«

Reiber schüttelte den Kopf. Er sagte nichts, er kannte Wortkes rauhe Ausdrucksweise. Neben der Toten lagen, in einem Plastikbeutel der Polizei verwahrt, zehn bläuliche Tabletten. Auch sie hatten eine Prägung: einen Häschenkopf mit langen, aufrecht stehenden Ohren.

»Die Pille ›Playboy‹«, sagte Reiber und hob den Plastikbeutel auf. »Wird vor allem in Berlin vertrieben. Herkunft höchstwahrscheinlich Polen. Ein Sauzeug voller Verunreinigungen. Die Wirkung ist nicht mehr kontrollierbar.«

»Und jetzt ist sie in München. Gratuliere, Peter. Polenpillen, ein toter Pole im Westpark Ost, Stahldrahtmord à la Asien, eine Tote durch die Polenpille ... Wann gehst du in Frühpension?«

Mittlerweile waren der Polizeiarzt und der Fotograf eingetroffen und machten sich an ihre Routinearbeit: Fotos der Leiche von allen Seiten, Großaufnahme des Gesichts mit den aufgerissenen Augen; eine erste Untersuchung mit Feststellung des Todes und die übliche Frage von Wortke:

»Ungefähre Todeszeit, Ludwig?«

Der Polizeiarzt blickte hoch. Er kniete vor der Toten. »Schwer zu sagen. Aber sie ist mindestens zehn Stunden tot.«

»Das heißt, der Tod kann gegen Mitternacht eingetreten sein.«

»So ungefähr. Todesursache Herzversagen. Aber Genaueres wissen wir erst nach der Obduktion.«

»Das kann ich dir jetzt schon sagen: Überdosis Ecstasy.« Reiber wandte sich ab, als die Zinkwanne in den Keller getragen wurde, in der man die »Fundtoten« abtransportierte. Nur Wortke sah abgebrüht zu, wie man das Mädchen in die Wanne legte, ein Tuch darüber deckte und den Deckel zuklappte.

»Die Kleine ist nicht hier gestorben«, sagte Wortke plötzlich. »Der Fundort ist nicht der Tatort. Sie ist schon tot hierher transportiert worden.«

»Bravo. Das war mir von Anfang an klar.« Reiber wandte sich zu seinem Kollegen um. »Woran siehst du das, Theo?«

»Wir Mordknaben sind nicht so doof, wie ihr denkt. Zunächst: Keiner verkriecht sich in einen Abbruchkeller, um Ecstasy zu schlucken. Was soll er damit im Keller? Er schluckt die Pille in einer Disco oder vor einem Disco-Besuch, um in der Gemeinschaft high zu sein. Er will sein Lebensgefühl potenzieren, genau wie seinen Sexualtrieb. Er will keine Müdigkeit mehr spüren, sondern stundenlang unter dem Hämmern der Techno-Musik herumzucken. Er will, um im Jargon der Jugend zu reden, voll drauf sein. Sein Bewegungsdrang wird bis ins Extreme gesteigert ... Was will er damit in einem einsamen Keller?«

»Ich bin sprachlos ...«, gab Reiber zu.

»Endlich einmal!« Wortke grinste breit. »Nach deinem ersten Vortrag über Ecstasy im Zusammenhang mit dem Mordfall im Westpark Ost habe ich mir Drogenliteratur besorgt. Mir war klar, daß ich bald weitere Leichen auf dem Tisch liegen habe, und ich wollte nicht als Dümmling dastehen. Heutiges Resümee: Das Mädchen ist aus einer Disco oder von einer Privatparty hierher gebracht worden. Tot! Es gibt also eine Menge Mitwisser und Zeugen. Das hört sich gut für uns an.«

»Erfahrungsgemäß ja. Mitwisser oder Zeugen haben irgendwo einen Vertrauten, dem sie ihr Erlebnis erzählen. Und der Vertraute hat wieder einen Vertrauten ... Und so wandert die Geschichte weiter, bis das Geheimnis an die Oberfläche kommt. Das ist tausendmal erlebt worden: der Kommissar Geschwätzigkeit.« Reiber blickte den Trägern nach, die die Zinkwanne die enge Kellertreppe hinaufwuchteten. »Nur, mein lieber Theo, in der Szene, mit der wir es hier zu tun haben, ist alles anders. Diese User, wie sie sich nennen, sind ein bunt schimmernder Fischschwarm, der sich untereinander versteht, aber sonst stumm ist. Da kannst du einen herausangeln – er weiß von nichts. Er kennt auch kein Schuldgefühl, weil es für ihn kein Unrecht ist, diese Pille zu nehmen. Sie ziehen sich nur eine glücklichere Welt rein und verstehen uns nicht, die wir sie davor schützen wollen. Techno-Kids leben in einer eigenen Welt, die sie sich selbst erschaffen. Es trifft sie deshalb auch wenig, wenn jemand an dieser Morddroge zugrunde geht. Hat eben Pech gehabt; im täglichen Leben bleiben auch ohne Ecstasy genügend auf der Strecke, und keiner ruft dann nach der Polizei. Oder hast du schon einmal erlebt, daß jemand zu dir kommt, wenn ein Jugendlicher sich aufhängt und einen Brief hinterläßt: ›Mein Mörder ist mein Arbeitgeber Johannes Schulze. Er hat mir gekündigt.‹ Ermittelst du dann wegen Mordes?«

»Blöde Frage«, knurrte Wortke.

»Um die User zu verstehen, müssen wir umdenken, Theo. Wir sind zu realistisch, und genau das wollen die Techno-Kids nicht. Sie wollen der Realität entfliehen und sich – für Stunden – eine ausufernde Ersatzwelt schaffen. Und das gelingt ihnen jetzt mit Ecstasy, wie es ihnen in den sechziger Jahren mit LSD gelungen ist. Mit anderen Worten: Hoffen wir nicht auf Hinweise aus der Szene.«

»Ich werde diesen Fall auf klassische Art aufrollen!« sagte Wortke, und es klang wie ein Schwur. Dabei blickte er auf die Stelle, wo das Mädchen gelegen hatte. »Elternhaus, Erziehung, Bildung, Umfeld, Freunde, Hobbys, Vorlieben, auffällige Eigenschaften ... Ich garantiere dir: Irgendwo finde ich das Ende eines Fadens und rolle das Knäuel auf. Ich kann noch logisch denken, diese Techno-Kids kaum noch. Sie zerlöchern ihr Gehirn.«

Als sie wieder nach oben kamen, waren bis auf einen Mannschaftswagen der Polizei und Wortkes Auto alle anderen bereits abgefahren. Ein Kriminalbeamter aus Wortkes Dezernat reichte ihm die neben der Leiche gefundene Umhängetasche des Mädchens mit dem üblichen Inhalt: zwei Lippenstifte, eine verbeulte Puderdose, ein Taschentuch, ein Schlüsselbund, eine alte Kinokarte, ein Drehbleistift, ein

Kamm mit zwei fehlenden Zinken, eine runde Haarbürste, ein Portemonnaie mit 42,50 Mark Inhalt, eine Klarsichthülle mit dem Foto von Vater und Mutter sowie eine Dreierpackung Präservative.

»Eins wissen wir jetzt«, sagte Wortke zynisch und blätterte die in einem Sonderetui steckenden Papiere durch. »Jungfrau war die nicht mehr. Wie heißt sie? Lisa Brunnmeier. Typisch bayerischer Name, Brunnmeier. Alter: Wie du geschätzt hast, siebzehn Jahre. Wohnhaft in Menzing ... Das ist weit weg von hier und dem Keller.«

Wortke steckte alles in die Umhängetasche zurück. Er atmete tief durch. »Ich habe nun etwas zu tun, was du nie nötig hast: Ich muß die Eltern besuchen und ihnen mein Beileid aussprechen. Weißt du, was das für verdammte Minuten sind? Da stehst du vor zwei ahnungslosen Menschen, stellst dich vor: ›Ich bin Theo Wortke von der Mordkommission München‹, und dann siehst du das Entsetzen in ihre Augen springen und nickst und sagst: ›Ja, es tut mir leid ... Ihre Tochter Lisa ist tot.‹ Was kannst du dann noch mehr sagen? Glaub mir, das sind immer die schlimmsten Minuten in meinem Beruf. Und deshalb hasse ich jeden Täter. Hasse ihn abgrundtief!« Er sah Reiber an, als habe man ihn angeschossen. »Kommst du mit?«

»Wenn ich dir helfen kann, Theo.«

»Du könntest den Eltern erklären, was Ecstasy ist. Das kannst du besser als ich. Vielleicht können uns die Eltern einen Hinweis geben – auf Freunde, auf Discos, was sie beobachtet haben, ohne sich Gedanken darüber zu machen.«

»Okay. Ich komme mit.«

»Danke. Manchmal bist du wirklich ein Freund – aber nur manchmal!«

Das war wieder der Wortke, wie Reiber ihn kannte und liebte.

Der Rausch, dieser wahnwitzige Rausch hielt bis gegen zehn Uhr an. Dann fiel Robert auf dem Bett zusammen, warf die Hände vor das Gesicht und versank in einer lähmenden Dumpfheit.

Was er von drei Uhr morgens bis jetzt, zehn Uhr, durchlebt hatte, diese sieben Stunden eines von einer unbremsbaren Motorik angetriebenen Lebens, blieb in der Erinnerung zurück als eine Art glücksgetränkter Ekstase.

Zuerst war es Schwerelosigkeit gewesen, die Robert wie auf Flügeln durch Ulrikes Wohnung schweben ließ. Er hatte den Plattenspieler angestellt, eine von Ulrikes Rockscheiben aufgelegt, und dann hatte er mit ihr getanzt, mit den wildesten Verrenkungen und ohne eine Spur von Müdigkeit. Platte um Platte hatte er laufen lassen, und Ulrike hatte das Licht gelöscht bis auf drei Kerzen in einem gläsernen Leuchter, der im matten Schein hellviolett schimmerte.

Plötzlich drängten in Robert andere Gefühle hoch, eine Lust, ein Drang, ein Zwang, seinen Körper, den er im Tanz wiegte und zucken ließ, auf den anderen Körper ihm gegenüber zu werfen, und er griff nach Ulrike, riß ihr den Slip vom Leib, warf sie auf den Boden und fiel über sie her mit einer so kraftvollen Gewalt, daß sie aufschrie und mit den Fäusten auf seine Brust trommelte.

Als er von ihr abließ, sie hochzog und zwang, weiter mit ihm zu tanzen, war ihr Körper von seinen Bissen gerötet, es gab keine Stelle, die nicht gezeichnet war, aber als sie schon fürchtete, Robert könne sie umbringen, und mit Händen und Füßen nach ihm schlug, fiel er plötzlich in sich zusammen und begann zu weinen.

Doch auch diese Phase war nur kurz. Er sprang wieder auf, warf sich in einen Sessel, streckte die Beine von sich, und ein unendliches Glücksgefühl, von dem er fast meinte, es greifen zu können, erfüllte ihn, und er wünschte sich, nie mehr zurückzukehren in eine andere Welt. Radikal, grausam, mit wildem Herzklopfen und einer bleiernen Schwere in den Gliedern erfolgten dann der Zusammenbruch und das Hinübergleiten in eine entsetzliche Depression.

So lag Robert lange auf dem Bett, die Hände vor dem Gesicht, und fuhr erst hoch, als Ulrike ihm einen kalten, nassen Lappen auf die Brust legte. Er hob den Kopf, starrte sie an und sah die vielen Bißwunden auf ihrer nackten Haut.

»Verzeih mir ...«, stammelte er und streckte die Arme nach ihr aus. »Bitte, verzeih mir. Ich ... ich konnte nicht anders ...«

Sie setzte sich neben ihn, rieb seine Brust mit dem nassen Tuch ab und wischte auch über sein zuckendes Gesicht. Wie gut das tat! Das Herzflimmern verflüchtigte sich, Roberts Atem wurde ruhiger, das bleierne Gefühl verschwand. Auch sein klares Denken kehrte langsam zurück, war aber immer noch behaftet mit dem vergangenen Glücksgefühl. Er fühlte sich wieder stark und hörte alle Geräusche wie durch einen Verstärker. Das Knirschen der Matratze zum Beispiel, wenn Ulrike sich bewegte, empfand er wie spitze Schreie.

»Was hast du mit mir gemacht?« fragte Robert und umklammerte ihre Hand. »Ich habe mich noch nie so losgelöst, so glücklich, so stark gefühlt.«

»Wir haben sieben Stunden getanzt und uns geliebt, ununterbrochen.« Sie erhob sich von der Bettkante und legte das nasse Tuch auf den Nachttisch.

»Sieben Stunden? Das ist ja Wahnsinn ...«

»Ja, es war Wahnsinn.«

»Wahnsinnig schön. – Wieviel Uhr ist es?«

»Gleich halb elf ...«

»Ich muß nach Hause. Der Zug von Dover nach Paris und weiter nach München ist längst angekommen. Die ... die England-Fahrt ist zu Ende. Ich muß weg, Ulrike, aber ich will nicht! Ich will bei dir bleiben! Ich will nicht mehr nach Hause. Nie mehr!«

»Du mußt!« sagte sie nüchtern. »Du kannst nicht einfach hierbleiben.«

»Ich werde jeden Tag bei dir sein ...« Er ging unter die Dusche, zog sich dann an und packte seinen Rucksack. Eine Scheibe Toast mit Schinken schlang er hastig hinunter und spülte mit einer Tasse Kaffee nach.

»Soll ich dich irgendwo hinbringen?« fragte sie.

»Nein. Ich nehme ein Taxi.« Er kam von der Tür zu ihr zurück und umfaßte mit beiden Händen ihren Kopf. »Ich liebe dich ... Und ich weiß jetzt, daß auch du mich liebst. Diese zehn Tage waren die schönsten meines Lebens.«

»Du bist so jung ... Es werden noch viele schöne Tage kommen.«

»Mit dir. Nur mit dir.«

Sie drängte ihn zur Tür und gab ihm einen flüchtigen Kuß. Sie trug wieder ihren durchsichtigen Morgenmantel; ihr Körper bekam dadurch etwas Geheimnisvolles und Aufreizendes. »Jetzt mußt du aber wirklich gehen ...«

»Ich bin morgen früh wieder da.«

»Nein. Du bist in der Schule.«

»Ich werde mich krankmelden. Und es ist sogar die Wahrheit. Ich bin krank. Krank nach dir. Du bist wie ein Fieber in mir.« Er hängte sich seinen Rucksack um und zögerte noch immer, die Wohnung zu verlassen. Erst als Ulrike die Tür aufriß und ihn in das Treppenhaus schob, setzte er sich in Bewegung, tat drei Schritte, drehte sich wieder um und wollte zurück. Sie streckte den Arm aus, zeigte auf die Treppe und sagte energisch: »Dort hinunter!«

»Du stehst da wie der Engel Gabriel vor dem Paradies.«

»Und ich laß dich auch nicht mehr herein.«

Er nickte, stieg die Treppen hinunter und verließ das Haus.

Eine Stunde später umarmte seine Mutter ihn voller Aufregung und mit Tränen in den Augen.

»Endlich!« rief sie. »Endlich! Mein Junge, wo warst du bloß? Seit vier Stunden warten wir auf dich. Papa hat schon ein paarmal angerufen; er hat auch bei der Bahn angerufen, und die haben gesagt, der Zug aus Paris sei längst angekommen. Wo warst du denn so lange?«

»Wir haben noch Abschied gefeiert, Mama. Du weißt doch, wie das so unter Kameraden ist.«

»Und nicht eine Karte hast du aus England geschrieben. Keinen Gruß.«

»Ach, Mama.« Er ging ins Wohnzimmer und warf sich auf die Couch. »Dazu hatten wir keine Zeit. Was wir alles gesehen und erlebt haben ...«

»War es schön?«

»Wunderschön. Unvergeßliche Tage.«

»Du siehst müde aus, Robert.«

»Ist das ein Wunder?« Er versuchte ein Lachen, aber es klang sehr gepreßt. »Zehn Tage kreuz und quer durch England, das strengt an.«

»Dann ruh dich jetzt aus.« Gerda Habichts Muttergefühl strömte über. »Leg dich ins Bett, Robert. Ich bringe dir einen Becher mit Kakao. Und dann schlaf dich aus. Ich rufe Papa im Amt an und sage ihm, daß du gesund zurückgekommen bist. Er hat sich auch Sorgen gemacht. Aber eine Ansichtskarte hättest du doch schreiben können. Wir wollten doch wissen, wie es in England aussieht.«

Am Abend wiederholte sich der Dialog. Auch Hubert Habicht mahnte bei seinem Sohn Robert die fehlenden Postkarten an.

»Es war einfach nicht möglich«, wiederholte Robert. »Wir waren jeden Tag woanders. Zelte aufbauen, abbauen, aufbauen. Und dann die Besichtigungen, den ganzen Tag lang. Wir haben viel gesehen.«

»Das ist vernünftig.« Habicht blickte seinen Sohn Robert wohlgefällig an. »Eine Bildungsreise ist eine Investition für das ganze Leben. Sie war dir sicherlich von Nutzen.«

»Ja, Papa.« Robert, nun ausgeschlafen und mit einem Schnitzel und Blumenkohl verwöhnt, blickte an seinem Vater vorbei. Die Sehnsucht nach Ulrikes Hingabe glühte in ihm auf. »Ich habe viel gelernt ... sehr viel. Für mein ganzes Leben ...«

Fassungslosen Eltern zu sagen, daß ihr Kind tot ist, gehört zum Schwersten, was man tun kann.

Und fassungslos war die Familie Brunnmeier, als sich am Morgen herausstellte, daß ihre Tochter Lisa nicht in ihrem Bett lag. Elfriede, die Mutter, wollte sie wecken. Sie tat das immer mit dem Ruf: »Lisa, Liebling, aufstehen!« Und Lisa antwortete dann immer: »Ja, Mama. Gleich.« Aber dieses Mal gab es keine Antwort, das Bett war unberührt; Lisa war nicht nach Hause gekommen.

»Da steckt ein Bursche dahinter!« schrie Josef Brunnmeier sofort, als Elfriede ihm die Nachricht brachte. »Wenn ich den Kerl erwische, kennt den keiner mehr wieder. Meine Tochter! Bleibt die Nacht über weg! Aber das ist deine Erziehung! Das Mädchen muß mehr Freiheit haben. Das Mädchen ist siebzehn! Mein Gott, so 'ne Disco ist doch harmlos, da gehen sie doch alle hin ... Soll sie eine Hure werden? Bleibt einfach bei so einem Kerl! Na, laß die mal nach Hause kommen! Die kann was erleben!«

Und dann standen zwei Männer von der Kriminalpolizei in der Tür, wiesen sich aus und sagten: »Wir haben eine schlechte Nachricht für Sie: Ihre Tochter ist tot.«

Die Brunnmeiers sanken zusammen, jeder in einen Sessel, und starrten Reiber und Wortke an, als hätten diese in einer unbekannten Sprache gesprochen. Elfriede begriff es zuerst. Sie warf beide Hände vor das Gesicht und begann laut zu weinen. Josef Brunnmeier schüttelte den Kopf. Es war die einzige Bewegung, die er machen konnte, sonst saß er wie gelähmt da.

»Tot?« fragte er. Es war eine völlig tonlose Stimme. »Tot? Wieso? Wo und wie? Das ist doch nicht möglich? Mord? Das gibt es doch nicht ...«

»Es war kein Mord, Herr Brunnmeier.« Wortke stieß Reiber in die Seite. Nun mach du doch mal den Mund auf! Erklär es ihnen, hieß das. »Sie hat sich selbst umgebracht.«

»Lisa? Unmöglich.« Brunnmeier starrte Reiber und Wortke an. Wer kann begreifen, daß sich ein junges fröhliches Mädchen selbst umbringt? Am allerwenigsten der Vater. So etwas wie Hoffnung glomm in Brunnmeiers Augen auf. »Ist ... ist es auch wirklich Lisa? Liegt da kein Irrtum vor? Keine Verwechslung?«

»Ihre Tochter hatte ihre Papiere bei sich.« Reiber trat einen Schritt näher. »Das Foto auf der Kennkarte stimmt mit dem Gesicht der Toten überein. Außerdem werden wir Sie bitten müssen, sie zu identifizieren. Nicht sofort ...« Er blickte auf Elfriede Brunnmeier, die in dem Sessel zusammengesunken war. »Wenn Sie sich beruhigt haben. Sie sollten sich um Ihre Frau kümmern, Herr Brunnmeier. Wo kann ich ein Glas Wasser holen?«

»Lisa ...« Brunnmeier schüttelte wieder den Kopf. Er rührte sich noch immer nicht. Wortke ging durch das Haus, fand die Küche und kam mit einem Glas kalten Wassers zurück. Er hielt es Elfriede hin, aber sie schüttelte ebenfalls den Kopf und weinte hemmungslos weiter. »Lisa hatte doch gar keinen Grund ...«

»Es war ein Unfall, Herr Brunnmeier.«

»Unfall? Also kein Selbstmord?«

»Beides. Sie hat sich selbst getötet, indem sie den Unfall provozierte.«

»Wo?«

»Das wissen wir noch nicht.«

»Ist sie überfahren worden?« Brunnmeier sprang auf. »Sie müssen doch wissen, wo Sie meine Tochter gefunden haben!«

Es dauerte lange, bis Brunnmeier begriff, was mit Lisa geschehen war. Immer wieder sagte er: »Unmöglich. Das kann nicht sein. Das hätten wir doch merken müssen. So etwas tut Lisa doch nicht!« Aber als er endlich begriff, daß sie ein Drogenopfer geworden war, starrte er fassungslos vor sich hin und sagte:

»Mein Gott, wir haben unser eigenes Kind nicht gekannt. Wir haben uns zu wenig um sie gekümmert. Es ist auch unsere Schuld.«

Und dann begann auch er zu weinen.

Was Reiber und Wortke an diesem Vormittag an Informationen zusammentrugen, war der Werdegang eines jungen Mädchens, wie er hunderttausendfach vorkommt: ein geordnetes Elternhaus, der Vater Installateurmeister, die Mutter vor der Ehe Verkäuferin in einem Supermarkt. Die üblichen Kinderkrankheiten wie Masern und Windpocken, keine psychischen Belastungen, Volksschule, eine Lehre als Friseurin, vor einem Jahr die Gesellenprüfung, tätig im Friseursalon »Evita«. Lisa liebte Rockmusik, kleidete sich unauffällig, aber doch mit einem Hauch von Sex, hatte keinen festen Freund, besuchte gern Discos, tanzte leidenschaftlich gern, zog Cola oder Limo alkoholischen Getränken vor, aß gerne Eis und Kebab oder Big Macs, hatte einen großen Freundeskreis und kannte als Friseurin eine Menge Leute. Ein ganz normales Leben – plötzlich ausgelöscht durch Ecstasy.

Nach dem schweren Gang zur Gerichtsmedizin, wo die Brunnmeiers ihre Tochter identifizierten und Elfriede neben der Leiche ohnmächtig wurde, saßen Wortke und Reiber im 13. Dezernat zusammen und lasen noch einmal die ersten Ermittlungen durch.

»Da haben wir den berühmten Heuhaufen, in dem man die Nadel suchen soll«, sagte Wortke. »Ein breit gestreutes Umfeld. Wer hat ihr die Pillen geliefert? Peter, das wird wieder ein Puzzlespiel. Da wirst du ganz schön herumrennen müssen. Hunderte von Befragungen ...«

»Oder nur wenige, wenn wir Glück haben.« Reiber las noch einmal die Notizen durch. »Irgendwo hat sie die Pillen geschluckt. Dann starb sie an Herzversagen. Aber sie war nicht allein. Mindestens einer war bei ihr, hat sie weggeschafft und in dem Keller am Abstellbahnhof Steinhausen abgelegt. Das ist ein Hinweis: Welcher normale Bürger kennt ein Abbruchhaus neben dem Abstellbahnhof? Von diesen Ruinen haben meistens nur Mitglieder der Szene eine Ahnung. Hier hat der Untergrund seine Verstecke, hier wird mit Drogen gehandelt, hier werden auch Techno-Partys gefeiert, man ist sicher vor Polizeistreifen. Logisch also, daß Lisa Brunnmeier in diesen Kreisen verkehrte, ohne daß jemand es wußte. Sie war nach außen hin immer die brave Tochter. Aber wenn es dunkel wurde, streifte sie das bürgerliche Kleid ab. Vor allem am Sonnabend oder Sonntag. Und heute ist Montag; da durfte es eine lange Sonntagnacht werden, denn am Montag haben die Friseurgeschäfte geschlossen. Nur wurde es jetzt eine ewige Nacht.«

»Einleuchtend.« Wortke griff nach der Flasche Bier, die auf Reibers Schreibtisch stand, setzte sie an den Mund und nahm einen kräftigen Schluck. Es war wie immer: Leichen machten ihn durstig. »Also mischen wir ab morgen die Szene auf. Und wenn's eine Privatparty gewesen ist?«

»Ich werde ihren Freundeskreis durch die Mangel drehen.« Reiber hieb mit der Faust auf die Tischplatte. »Ich werde die Quelle entdecken, aus der das Ecstasy nach München kommt. Lisa ist die erste Ecstasy-Tote und sie soll die letzte sein. Ich will in München keine Amsterdamer Verhältnisse haben!«

»Ein gewaltiges Wort, Peter.« Wortke erhob sich, ging an das Fenster und blickte über die Straße. Gegenüber lag der Münchner Hauptbahnhof. »Mit viel Glück erwischst du den oder die Leichenabschlepper und vielleicht auch noch den örtlichen Dealer der Droge. Aber an die Lieferanten und Produzenten der Trendpille kommst du nicht heran. Gib dich da keinen Illusionen hin. Du hast es selbst einmal gesagt: Das Problem ist grenzüberschreitend. Verdammt, diese Hilflosigkeit macht mich ganz krank ...«

Noch in der Nacht von Montag auf Dienstag kamen Polizeistreifen in die bekannten Discos und Techno-Clubs. Sie verhörten Hunderte, meist Jugendliche, beschlagnahmten Klappmesser, Gummiknüppel mit Stahleinlagen, Baseballschläger, zwei Pistolen, zehn Gramm Kokain, sechs Gramm reines Heroin, ein Kilo Hasch, zwölf Saugpapierblättchen, vollgesogen mit LSD, und dreihundertvierzig Ecstasy-Pillen der Typen Smiley, Playboy und Zwerg Seppi. Letztere war der Renner bei den Techno-Kids, ein fast reines Präparat ohne Verschnitt. Sie war auch die teuerste auf dem Drogenmarkt: pro Stück siebzig Mark, für einen Junkie fast schon unerschwinglich. Eine Smiley kann man schon für vierzig Mark haben, eine Namenlos, die unreinste von allen Pillen, geht bereits für zehn Mark weg. In Amsterdam, dem Drogenmekka Europas, kauft man dagegen auf dem Schwarzmarkt hundert Tabletten für 72 Pfennig! Welch ein Geschäft!

So erfolgreich diese Razzien gewesen waren, für Reiber waren sie unbefriedigend. Die vierundzwanzig Verhaftungen brachten keine Erkenntnisse. Niemand hatte Lisa Brunnmeier gekannt, in den Techno-Schuppen war sie angeblich völlig unbekannt, Fotos der Toten wurden gleichgültig und mit einem Schulterzucken betrachtet. »Nie gesehen«. Vollkommenes Schweigen herrschte bei den Fragen nach der Herkunft der Drogen. Nur einer der Inhaftierten ließ sich herab, zu erzählen:

»Da ist so ein Typ, der geht von Schuppen zu Schuppen und hat so 'n Holzkoffer bei sich. Den klappt er auf wie 'n Bauchladen, und da kannste dir alles aussuchen, was du willst. Vom Schuß bis zum Blättchen, alles drin. Der läuft mit seinem Bauchladen in den Schuppen herum wie ein Blumenverkäufer.«

Reiber ließ ihn abführen, ohne ihn weiter zu befragen. »Der verarscht uns«, sagte er resignierend. »Und morgen läßt ihn der Haftrichter wieder frei. – Der Nächste.«

Wie Reiber vorausgesehen hatte: Die Aktion war ein Schlag ins Wasser, was den Fall Lisa Brunnmeier betraf. Auch nähere Freunde, die man in den nächsten Tagen verhörte und deren Namen Reiber von Lisas Eltern bekommen hatte, wußten nur, daß die Tote gern getanzt hatte, viel lachte, immer fröhlich war, ein richtiger Kumpel. Drogen? Nie! Ecstasy? Keine Ahnung. In welche Disco sie öfter ging? Das waren drei. Und da soll es Ecstasy geben? Nie gesehen. Wir sind sauber, Herr Kommissar.

Es war, als liefe Reiber gegen eine Gummiwand.

»Das habe ich nicht anders erwartet«, sagte er zu Wortke, als sie sich wieder zu einem Austausch ihrer Ergebnisse trafen. »Wir haben alle bekannten Discos und Clubs untersucht. Aber wieviel unbekannte gibt es in München? Darüber liegt der Nebel. Ich muß auf meinen alten Plan zurückkommen: Wir brauchen Informanten aus der Techno-Szene. Jugendliche V-Männer.«

»Das kriegst du nie genehmigt!« Wortke winkte ab.

»Dann mache ich es ohne Genehmigung!«

»Wie alt bist du, Peter?«

»Dreiunddreißig.«

»Eigentlich zu jung, um den Rest deines Lebens als Heimgärtner zu verbringen. Wenn das herauskommt, feuern sie dich sofort.«

»Und wenn ich Erfolg damit habe?«

»Der wird hingenommen, und dann fliegst du trotzdem. Erfolge annullieren keine Kompetenzüberschreitungen! Junge, wir sind doch Beamte.« Wortke holte aus seiner Rocktasche zwei Blatt Papier und strich sie auf Reibers Schreibtisch glatt. »Was ich hier habe, ist viel aktueller. Der Bericht der Obduktion. Ich habe ihn vorweg abgeschrieben, der amtliche Text kommt morgen. Und nun hör mal zu: Diese brave Lisa hatte vor ihrem Tod noch Geschlechtsverkehr. Obwohl sie drei Präservative im Täschchen hatte, verzichtete sie darauf. Warum wohl?«

»Weil sie da schon vollkommen high war und sich nicht mehr kontrollieren konnte.«

»So ist es. Der Tod ist durch Atemlähmung eingetreten, durch eine Überdosis von MDMA, also Methylendioxymetamphetamin, verschnitten mit dem halluzinogenen MDEA und etwas Heroin.«

»Eine Teufelsmischung!« sagte Reiber und nahm Wortke die Notizen aus der Hand. »Wer so etwas herstellt, ist ein Mörder!«

»Nach unseren Gesetzen verstößt er nur gegen das Arzneimittelgesetz.« Wortke tippte gegen das Blatt Papier, das Reiber in den Händen hielt. »Interessant ist der Geschlechtsverkehr. Der kann kaum in einer öffentlichen Disco stattgefunden haben.«

»Warum nicht? Da gibt es dunkle Ecken genug, Hinterhöfe, Flure, Türnischen.«

»Alles möglich. Die große Frage: Hat Lisa Brunnmeier die Kopulation überlebt, oder ist sie an den Folgen der großen Erregung in Zusammenhang mit Ecstasy an Herzversagen gestorben? Wenn das der Fall ist, kann der Partner sie nicht weggeschleppt haben, ohne bemerkt zu werden. Ich denke mir deshalb ...«

»Sie ist auf einer Privatparty gestorben. Vielleicht war sie sogar allein mit ihrem Partner – in einer Wohnung, auf einem Zimmer oder in einem dieser Untergrundverstecke.«

»Die keiner kennt. Es gibt viele Möglichkeiten.«

»Scheiße!«

»Das kannst du laut sagen. Wenn nur ein Mann beteiligt war, wenn es keinerlei Zeugen von Lisas Sterben gibt, stehen wir nackt da.«

»Ich glaube es einfach nicht!« Reiber warf Wortkes Notizen auf den Tisch. »Im Umfeld von Lisa Brunnmeier finden wir den oder die Mitwisser. Wir werden alle noch einmal vernehmen. Und dann ein drittes und viertes Mal – bis einer den Fehler macht, der ihn verrät. Du weißt doch, Theo: Fehler macht jeder früher oder später. Man muß nur Geduld haben und bohren, bohren, bohren. So hart ist kein Brett, daß man nicht durchkommt.«

»Übermorgen wird Lisa Brunnmeier begraben. Die Staatsanwaltschaft hat die Leiche freigegeben.«

»Ich weiß.«

»Gehst du zur Beerdigung?«

»Ja. Und du?«

»Ich werde etwas abseits stehen. Und beobachten. Ich habe schon öfter erlebt, daß Mörder Blümchen ins Grab werfen.«

»Deine Mörder sind eine andere Sorte! Hier hat jemand nur eine Tote weggeschleppt und versteckt. Er hat sie nicht umgebracht, er hatte nur Angst, Panik, Entsetzen. Die wahren Mörder sitzen woanders, und an die will ich ran!«

Reiber zerknüllte das abgeschriebene Obduktionsprotokoll und warf es in den Papierkorb. In der Heftigkeit seines Wurfes drückte sich seine ohnmächtige Wut aus.

»Wir müssen noch einmal miteinander reden«, sagte von Gleichem und hatte sein obligatorisches Cognacglas vor sich stehen. Er hatte Ulrike rufen lassen und sprach mit verhaltener Stimme. Es konnte also eine gefährliche Unterhaltung werden. »Ich habe lange über diesen Robert Habicht nachgedacht. Ich habe auch Erkundigungen eingezogen. Vater in der Bayerischen Landesregierung, guter Beamter, aber unscheinbar, ein typischer Stuhlfurzer mit Pensionsberechtigung. Eigenes Haus, keine Kredite. Sohn Robert, Ihr Liebhaber, ein braver Junge, macht Abitur, spielt vorzüglich Piano, wandert mit den Pfadfindern, hat sonst keine Ambitionen als die Musik, ist das, was man häufig als Muttersöhnchen bezeichnet. Und ausgerechnet so etwas ziehen Sie sich ins Bett, Ulrike. Das ist doch pervers!«

»Sie sehen das falsch, Herr von Gleichem.« Ulrike lächelte ihn überlegen an. Was du von Robert herausbekommen hast, sind nur Äußerlichkeiten ... Ich kenne ihn besser. Ich habe den wahren Robert Habicht erweckt. »Jeder Mensch ist entwicklungsfähig.«

»Und Sie haben die richtigen Mittel dazu ...«

»Ich glaube, Sie trauen mir das zu.«

»Ich traue Ihnen alles zu, jeden Himmel und jede Hölle. Trotzdem, der Knabe ist mir zu sensibel, zu labil.«

»Das sagten Sie schon einmal. Er hat sich gewandelt.«

»In was?«

»Er ist ein Mann geworden. Und dieser Mann hat mit dem ehemaligen Robert Habicht nur noch den Namen gemeinsam.«

»Sie hätten Änderungsschneiderin werden sollen.« Von Gleichems Zynismus traf Ulrike nicht, sie hatte sich daran gewöhnt. Seine Sprüche und Bonmots zeigten bei ihr keine Wirkung mehr. »Wie sieht der Knabe denn jetzt aus?«

»Er wird mit mir zusammen das ›Geschäft‹ aufbauen.«

»Oha! Das muß noch diskutiert werden.«

»Er hat eine Ecstasy-Pille genommen und wird von nun an nicht mehr davon loskommen.«

»Sind Sie so sicher?«

»Er wird keinen eigenen Willen mehr haben. Er wird nur noch tun, was ich ihm sage. ›Ich lebe in dir‹, hat er einmal zu mir gesagt. ›Ohne dich bin ich leer.‹«

»Liest der Junge auch noch Kitschromane?« Von Gleichem lachte kurz auf. »Ulrike, wie ich das jetzt sehe, sind Sie wirklich in ihn verliebt. Und Sie haben ihn sich hörig gemacht. Aber eines Tages wird er aus diesem Zustand erwachen. Was dann?«

»Daran denke ich nicht.«

»Aber ich! Ein Millionengeschäft hängt an diesem Erwachen! Oder einige Jahre gesiebte Luft! Ulrike, Sie waren sehr unvorsichtig! In unserer Branche denkt man mit dem Kopf, nicht mit dem Unterleib. Ich habe mich gestern den ganzen Tag über gefragt: Was machen wir mit diesem Robert Habicht?«

»Er wird für uns arbeiten.«

»Ulrike, Sie halten Ihren Kopf dafür hin!«

»Ich habe keine Angst, ihn zu verlieren.« Sie sah von Gleichem kampflustig in die Augen. Was weißt du von Robert, dachte sie. Er ist aus seiner Kindheit erwacht und hat eine Welt betreten, die ihm niemand außer mir bieten kann. Wir werden zusammen dieses Geschäft hochziehen und in ein oder zwei Jahren auf Mallorca oder auf Madeira den Reichtum genießen, den wir zusammengescharrt haben. Verdammt, ja, ich liebe ihn ... Aber er ist auch ein Werkzeug, das ich brauche, um die Straßen zu kehren, auf denen das Geld liegt. Und später ... Denken wir nicht an später. Robert wird auch jede Falte lieben, die ich eines Tages bekomme.

»Wir leben gefährlich, vergessen Sie das nicht.« Von Gleichem legte die Hände gegeneinander. Es sah aus, als bete er. »Gestern nacht gab es einen Todesfall. Eine Überdosis Ecstasy aus unserem Vertrieb. Diese verfluchten Polen liefern uns unsaubere, verschnittene Pillen. Das merke ich erst jetzt.

Wir müssen die Pillen sofort auswechseln. Es ist die Marke Playboy. Alles wieder einsammeln.«

»Bei wem? Kennen Sie die Hunderte von Käufern? Die meisten Pillen sind außerdem längst geschluckt.«

»Und wenn es noch mehr Tote gibt? Nicht alle können so unauffällig weggeschafft werden!«

»Wir sind nicht verantwortlich für die Unvernunft der Verbraucher. Man kann auch krank werden, wenn man zuviel Eis ißt, und man kann sich zu Tode saufen.«

»In unserem Fall aber können wir die Polizei an den Hals bekommen.«

»Wo sollte die Polizei ansetzen?«

»Oft sind Sie ein eiskalter Profi, manchmal aber auch von einer umwerfenden Naivität. Ein Drogentoter hat eine Menge Mitwisser, und irgendwann fällt einer mal um.« Von Gleichem hatte seit Beginn seines Einstiegs in die Drogenszene alle Schutzmaßnahmen durchgespielt, die bei Schwierigkeiten mit der Polizei einzusetzen waren. Das größte Risiko blieben immer die Zeugen eines Vorfalls. Auch wenn Schweigen, schon als Selbstschutz, die beste Abwehr war – gerade Drogensüchtige sind mit einem labilen Charakter behaftet. Die beste Methode, diese Mauer des Schweigens einzureißen, ist der Entzug. Nicht der vorsichtig-klinische, sondern der brutale. Von heute auf morgen keinen Stoff mehr. Und wenn dann die Qualen einsetzen, das Zittern und die Krämpfe, wenn das Herz rast, die Augen scheinbar aus dem Kopf quellen und die Zunge zu einem Lederlappen wird, dann steht jemand da, hält eine Pille hoch und erklärt: »Du bekommst sie, wenn du sagst, woher du sie bisher bekommen hast.« Dann schreit man den Namen heraus, den Ort, alles, alles brüllt man aus sich heraus, um das Feuer in sich zu ersticken.

So weit kann es eines Tages kommen, hatte von Gleichem gedacht. Noch darf die Polizei zwar solche Methoden nicht anwenden, denn sie verstoßen gegen die Menschenwürde, sie werden als Folterung eingestuft, sie verletzen das Recht auf die Unantastbarkeit der Persönlichkeit. Aber es könnte Interessenten geben, die keine Skrupel kennen, um mit diesen Methoden in den Markt einzudringen, die Konkurrenz zu enttarnen und sie der Staatsgewalt auszuliefern, um dann später selbst in das Millionengeschäft einzusteigen. Ein Süchtiger kann so zur tödlichen Gefahr werden ...

Von Gleichem blickte Ulrike an. Er sah in erschreckend kalte Augen, in ein Gesicht, das wie eine erstarrte Maske wirkte, das keine Regung zeigte. Was denkt sie jetzt? Was geht in diesem Kopf vor? fragte er sich. Die Augen eines Bären können nicht ausdrucksloser sein. So grenzenlos, wie sie liebt, kann sie auch zerstören. Eine Satanstochter im Körper einer Nymphe.

»Wir ziehen also die Pille Playboy zurück«, sagte er. »Wir steigen um auf Smiley, Barney und Chanel. Übermorgen kommen die Herren aus Polen wieder nach München. Ich werde die Verträge kündigen.«

»Wenn sie sich das gefallen lassen.«

Ulrikes Einwurf war berechtigt. Man kann in diesem Geschäftszweig nicht einfach sagen: Schluß! Aus! Steckt euch euer Mistzeug in den Hintern! Das erzeugt Widerstand, und Widerstand in dieser Branche endet oft in einem Sarg. Auch von Gleichem rechnete mit einem gnadenlosen Kampf.

»Ich habe Vorsorge getroffen«, sagte er und lehnte sich in seinem Sessel zurück. »Die Herren werden sehr zahm sein.«

»Das wäre etwas Neues.«

»Neu für sie werden meine Absicherungen sein. Es gibt Überraschungen, die verblüffen, sonst wären es keine Überraschungen.« Er fuhr mit der rechten Hand durch die Luft, als wolle er damit das Thema wegwischen. »Doch zurück zu diesem Robert Habicht. Setzen wir voraus, er ist Ihnen wirklich hörig, er tut alles, was Sie von ihm verlangen, er wird süchtig nach der Ecstasy-Pille, er verliert den letzten Verstand in Ihrem Bett ... Wie würde er reagieren, wenn er miterlebt, daß ein Mädchen, dem er Ecstasy verkauft hat, vor seinen Augen stirbt? Kann er das, trotz aller Hörigkeit, schlucken? Er wird sich immer vorwerfen: Ich habe ihr den Tod verkauft. Und diese Anklage wird in ihm wachsen und wachsen, bis sie explodiert. Die Auswirkungen brauche ich Ihnen nicht zu erklären.«

»Das ist eine dumme Konstruktion!« sagte Ulrike hart.

»Wieso dumm?« Von Gleichem schüttelte den Kopf. »Sie ist logisch. Bei Habichts Charakter sogar zwingend logisch.«

»Wenn es wieder Tote gibt, kommt er damit nicht in Berührung. Er gibt die Tabletten an die Dealer weiter, er ist gemeinsam mit mir eine Art Großhändler, er kommt mit den Konsumenten nie zusammen, er wird nie mit dem Tod unmittelbar konfrontiert werden.«

»Aber er hört davon und weiß, daß er die Tabletten verkauft hat.«

»Hängt sich ein Schnapsfabrikant auf, weil sich jemand an seinem Doppelkorn zu Tode gesoffen hat?«

»Wir drehen uns im Kreis, Ulrike.« Von Gleichem begriff, daß es sinnlos war, mit ihr über Robert Habicht zu diskutieren. Er mußte einen anderen Weg finden, um diese Verbindung zu zerreißen. »Der Junge mag dank Ihrer Erfahrung und Liebeskunst ein vorzüglicher Liebhaber werden, zusammen mit Ecstasy unermüdlich, ausdauernd und stark ... Er bleibt trotzdem ein Weichling, dem ich nichts zutraue. Er mag hervorragend Chopin spielen – für unser Geschäft ist er nicht geeignet. Und dabei bleibe ich, auch wenn Sie das anders sehen.«

Ulrike schlief nur wenig in dieser Nacht.

Kurz vor acht Uhr morgens klingelte es. Sie schrak hoch, blickte auf den Wecker auf dem Nachttisch und drehte sich auf die andere Seite. Um zehn vor acht hat keiner bei mir zu klingeln, dachte sie. Bis elf Uhr mindestens bin ich nicht zu sprechen. Laßt mich schlafen. Wer da auch draußen steht – hau ab!

Aber es klingelte weiter, ohne Unterbrechung. Jemand mußte wohl den Daumen ständig auf den Knopf drücken.

Ulrike setzte sich auf und ballte die Fäuste. »Ruhe!« schrie sie. Natürlich hörte der Quälgeist, der unten an der Haustür stand, dies nicht. »Ich will schlafen! Hau ab, du Wildsau!«

Als habe der Klingler es gehört, unterbrach er sein Schellen, um es dann von neuem, diesmal rhythmisch, aufzunehmen. Dreimal kurz, dreimal lang, dreimal kurz, dreimal lang, immer und immer wieder. Es war nervtötend.

Ulrike sprang aus dem Bett, rannte zur Wohnungstür, drückte auf den elektrischen Türöffner, zog ihren Morgenmantel an und legte die Sicherheitskette vor. Dann öffnete sie die Tür einen Spalt.

Die Treppe herauf hetzte eine große schlanke Gestalt und blieb schwer atmend im Treppenhaus stehen. Ulrike öffnete die Tür ganz.

»Du Idiot!« sagte sie grob. »Was willst du hier? Du weißt doch, daß ich um diese Zeit schlafe ...«

»Genau das ist es.« Robert Habicht lächelte sie an, und dieses jungenhafte Lächeln zerbrach ihren Widerstand. »Ich will bei dir sein, wenn du schläfst.«

Sie trat zur Seite. »Komm rein!« sagte sie. »Warum bist du nicht in der Schule?«

»Ich habe angerufen. Ich bin krank. Für eine Woche. Wir haben wieder eine Woche für uns. Eine Woche lang jeden Vormittag von acht bis eins.«

»Und dann soll ich schlafen?«

»Willst du das?« Er streifte den Morgenmantel von ihrer Schulter, beugte sich zu ihr und küßte ihre Brüste. Auch wenn sie sich innerlich noch wehrte, durchrann sie ein Kribbeln, das von den Zehen bis zu den Haarspitzen zog. Sie krümmte die Zehen, als Roberts Lippen sich an ihren Warzen festsaugten, und als seine Hand nach ihrem Schoß tastete, drängte sie sich ihm entgegen. Es gab einfach keine Gegenwehr. Nur noch das Verlangen war da, zwingend, ungebändigt, mit dem Blut in jeder noch so kleinen Ader pulsierend.

Auf dem Bett liegend, seine kraftvolle Nacktheit von Ulrikes Beinen umschlungen, hob Robert plötzlich den Kopf und unterbrach seine Liebkosungen.

»Gib mir eine Pille ...«, sagte er mit schwerem Atem.

»Nein!« Sie stemmte die Hände gegen seine Brust. »Nein, Bob!«

»Bitte! Ich will das wieder erleben wie zuletzt ... Dieser Himmel, der auf mich fällt. Dieses Schweben. Dieses Abheben von der Erde. Bitte ...«

»Nein, Bob! Nein!«

»Ich *muß* es wieder erleben. Sei nicht so grausam. Bitte, bitte ...«

Und sie gab ihm die Pille, Ecstasy, Marke Smiley.

Nach knapp einer Stunde setzte die Wirkung ein.

In Robert brach ein Vulkan auf, vier Stunden lang.

Es waren Stunden voller Leidenschaft und irrsinnigem Glück. Vier Stunden lang war Robert ein Mensch voll geballter Energie. Einer künstlichen Energie, die das Herz in Flimmern versetzte und das Gehirn paralysierte.

Es war ein Rausch, der einen Übermenschen schuf.

Und seine Vernichtung.

Hua Dinh Son bekam wieder einen Anruf. Es war eine andere Stimme, aber sie sprach vietnamesisch. Ein Bruder aus der Heimat. Son freute sich, auch wenn er wußte, warum dieser Anruf ihn erreichte.

»Du wirst eine schöne Reise machen«, sagte die Stimme

mit all der Freundlichkeit und Höflichkeit, die einem Asiaten angeboren sind.

»Ich bin bereit, die Welt zu sehen«, antwortete Son ebenso höflich. »In welcher Himmelsrichtung liegt das Glück?«

»Im Westen, Bruder. Wieder in München.«

»München ist eine schöne Stadt. Es hat mir dort sehr gefallen.«

»Du wirst vier Menschen begegnen, die einen unangenehmen Geruch ausströmen. Sie sollten gewaschen werden.«

»Gleich vier?« Son wiegte den Kopf. Er scheute sich nicht vor Arbeit, aber vier Aufträge waren selbst für einen so gewandten Menschen wie ihn sehr ungewöhnlich. »Gibt es keinen anderen als mich? Muß ich die Arbeit allein tun?« Eine Frage, die er laut aussprach. »Bitte bedenkt, daß ich nur zwei Hände besitze. Zwei weitere Hände könnten nützlich sein.«

»Du bist ein Spezialist«, sagte die Stimme mit mildem Tadel. »Wir haben keinen frei, der dir helfen könnte. Lies in den nächsten Tagen deutsche Zeitungen, dann weißt du, was ich meine. In Berlin, Hamburg, Frankfurt und Köln sind Aufträge zu erledigen; für München gibt es nur dich. Und denk an den goldenen Segen, der in einem Schließfach liegt. Viermal dreitausend Dollar.«

»Das sind Zwölftausend.« Son starrte an die Zimmerdecke. Ein wirklich wichtiger Auftrag, ohne Zweifel. Aber bestimmt auch sehr schwierig, wenn man die Taschen so weit öffnete. Darüber muß man Genaueres wissen, ehe man nach München fliegt. »Erzähl weiter, Bruder.«

»Es sind drei Polen und ein Deutscher.«

»Schon wieder Polen?«

»Du findest wie immer alles in einem Brief in deinem Hotel. Dieses Mal wohnst du im Hotel ›König Karl‹. Dein Zimmer wird bezahlt sein, wenn du eintriffst.«

»Ich muß auch essen und trinken, Bruder.«

»Es ist alles geregelt wie bisher ... Oder hattest du Grund, unzufrieden zu sein? Dann sag es jetzt.«

»O nein, nein, es war alles gut vorbereitet.« Son war auf der Hut. Man soll nicht unbescheiden sein, nicht gegenüber einem Auftraggeber, den niemand kennt. Wie sagt ein Sprichwort: Durchstoße nicht die Nebelwand, warte, bis sie sich verzogen hat.

»Wann soll ich reisen, Bruder?« fragte Son.

»Am nächsten Montag. Du nimmst die Morgenmaschine von Warschau nach Frankfurt und dann weiter nach München. Du kannst dich drei Tage in München aufhalten, um deine Arbeit zu tun. Die Flugkarten liegen am Warschauer Flughafen am Schalter der LOT. Du siehst, wir nehmen dir alle Mühe ab.«

»Ihr seid wirklich gute Freunde.« Son machte am Telefon eine Verbeugung. Ehrfurcht dem, dem sie gebührt. »Ich werde alles in eurem Sinn vollenden.«

Das Gespräch brach ab. Son räusperte sich, erhob sich dann aus seinem Sessel und stieg hinunter in den Keller. Dort schloß er eine Tür auf, zu der nur er einen Schlüssel besaß, und betrat den Raum.

Es war ein kahles Kellergewölbe, fensterlos, vor über hundert Jahren mit den Steinen aus dem nahen Fluß gebaut, dicke, von den Wassern blank geschliffene Steine, die niemand durchbrechen konnte. Wozu einmal, in früher Zeit, dieser Raum nützlich gewesen sein sollte, konnte Son sich nicht erklären. Er hatte ihn umfunktioniert, seine Frau Marika hatte ihn nie betreten, sie war noch nie in die Kellergewölbe hinabgestiegen. Sie hatte Angst vor Spinnen und Ratten und glaubte Son, der ihr erzählte, er habe dort unten Ratten gesehen, so groß und dick wie Biber.

In dem kahlen Raum waren drei dicke Pfähle in den Boden geschraubt, und auf jeden Pfahl war ein kunstvoll aus

Holz geschnitzter Kopf gepflockt. Keine einfachen runden Köpfe, sondern welche, die Gesichter hatten, verschiedene Halsweiten, schmale oder dicke Nacken, lange Hälse oder gedrungene. Sogar Augen blickten Son aus diesen Köpfen an. Augen aus Glas, wie man sie auch bei Prothesen verwendet. Blaue, braune und grün-graue Augen, die im Licht der von der Decke hängenden Glühbirne mit Leben erfüllt schienen.

Son ging zu einem aus Holz geschnitzten Kasten, der auf einem kleinen verrotteten Tisch stand, öffnete den Deckel und entnahm ihm drei dünne Stahldrähte von unterschiedlicher Stärke. Mit einem langen Blick auf den Hals des ersten Kopfes wählte er einen Draht aus, wirbelte ihn durch die Luft, faßte dann mit beiden Händen die Enden und straffte sie. Geduckt schlich er, lautlos und nach vorn gebeugt, auf den Kopf zu, einer Raubkatze gleich, die zum Sprung ansetzt, um ihre Fangzähne in den Nacken des Opfers zu schlagen.

Jetzt stand Son hinter dem Kopf, sein Blick bohrte sich in den Nacken, und blitzschnell, man sah kaum eine Bewegung, schnellten die Hände über den Kopf, der dünne Stahldraht schnitt in die Kehle, wurde nach hinten straff gezogen und würgte die Luft ab, wenn es ein menschlicher Kopf gewesen wäre.

Son zog den Draht zurück und war mit sich unzufrieden.

Zu langsam. Viel zu langsam. Da blieb noch Zeit für einen Schrei, für ein Aufbäumen, sogar für Gegenwehr. In der Schnelligkeit lag auch die Lautlosigkeit. Es durfte kein Zukken geben, selbst die Sekunde des Erschreckens mußte durchschnitten werden.

Son trat von dem Kopf zurück und blickte zu dem zweiten Schädel hinüber. Der dicke, gedrungene Hals er war die schwerste Aufgabe. Hier kam es darauf an, den kurzen Zwischenraum zwischen Kinn und Kehle zu treffen und den

Kehlkopfknorpel mit einem straffen Zug einzudrücken. Man muß üben, Son, dachte er und drehte die Stahlschlinge zwischen seinen Fingern. Üben, üben. Der schnelle, lautlose Tod ist eine Kunst, und ein Künstler, der nicht übt, fällt in das Mittelmaß zurück. Hua Dinh Son, du kannst dir keinen Fehlgriff leisten.

Auch bei dem zweiten Kopf war er zu langsam. Die Stahlschlinge blieb am Kinn hängen. Das wäre am lebenden Opfer eine Katastrophe gewesen. Son fluchte, schlug das Stahlseil gegen die dicke Steinmauer, griff dann nach einem ganz dünnen Draht und stürzte sich auf den dritten Kopf.

Schon besser. Aber das war auch der dünnste Hals, und solch ein Hals ist selten. Es ist ein asiatischer Hals, aber kein europäischer, kein polnischer oder deutscher Hals.

Zwei Stunden lang übte Son das Erwürgen mit der Stahlschlinge. Er übte es am zweiten Kopf mit dem gedrungenen Hals. Gelang ihm hier das sekundenschnelle, lautlose Töten, gab es später keine Schwierigkeiten mehr.

Am Montag mußte er nach München. Das hieß, er konnte noch bis Sonntag trainieren.

Noch drei Tage.

Son starrte auf den Kopf und spannte den Stahldraht in seinen Händen.

Es waren blaue Augen, die ihn ansahen. Und plötzlich haßte Son sie ... Der nächste Wurf war perfekt. Die Schlinge lag genau auf dem Kehlkopf.

Die drei Herren aus Polen erschienen nicht zur vereinbarten Zeit im Toscana. Franz von Gleichem wartete eine Stunde lang, ehe er im Hotel anrief. Dort sagte man ihm, die Herren hätten das Hotel vor etwa einer Stunde verlassen, mit einem Taxi. Nein, sie hätten keine Nachricht hinterlassen.

Von Gleichem wartete weiter. Salvatore Brunelli hatte seine Pistole in den Hosenbund gesteckt, und auch Bolo war bewaffnet; er trug eine Minimaschinenpistole unter seinem langen Portiersmantel. Es war eine der kleinen, aber ungemein wirksamen Waffen, die die Mafia-Unterhändler oft in ihren Aktenkoffern mitschleppen – oder in Geschenkkartons, in denen man eine Pralinenschachtel vermutet. Von Gleichem war also für eine erregte Auseinandersetzung gerüstet, auch wenn er nicht glaubte, daß die Polen in aller Öffentlichkeit brutal werden würden.

Aber die Herren kamen nicht in die Bar.

Dafür erschien ein kleiner, elegant gekleideter Gast im Toscana, hockte sich an die Bar, bestellte einen Cocktail Montego Beach und blickte stumm vor sich hin. Ein unauffälliger Gast mit einem asiatischen Gesicht. Ulrike, die ihn bediente, fragte sich, ob er Japaner, Chinese, Vietnamese oder Koreaner war. Für einen Europäer sehen sie alle gleich aus, nur ein Asiat erkennt die Unterschiede.

Der Gast trank noch einen Cocktail, blickte dann auf seine Armbanduhr, eine mit Brillanten verzierte Luxusuhr, Schweizer Fabrikat, winkte Ulrike zu und sagte höflich:

»Ich möchte bitte Herrn von Gleichem sprechen.« Er sagte das in tadellosem Deutsch.

Ulrike sah ihn erstaunt an. »Ich weiß nicht, ob Herr von Gleichem im Haus ist«, antwortete sie.

»Er ist im Haus.«

»Dann wissen Sie mehr als ich.«

»Ich weiß immer mehr als andere.« Der Gast lächelte verhalten. »Bitte, melden Sie mich an.«

»Das kann ich nicht.«

»Sie können es.«

»Sie wissen eben doch nicht alles.« Ulrike verbarg ihren Ärger nicht. Wer so mit ihr sprach, wenn auch sehr höflich, stieß auf Granit. »Sie müssen sich an den Geschäftsführer, Herrn Brunelli, wenden, wenn Sie mit Herrn von Gleichem sprechen wollen.«

»Ist das der Italiener, der dort an der Säule lehnt? Ein unsympathischer Mensch. Ich spreche nicht mit Menschen, die ich nicht mag. In meiner Heimat sagt man: Blick in ein Gesicht, es ist wie ein aufgeschlagenes Buch.«

»Wo ist Ihre Heimat? In China?«

»Vietnam. Ein wunderschönes Land. Man muß es lieben. Es hat so viele schöne Frauen, schön wie Sie ... aber anders. Ich heiße Lok. Meinen ganzen Namen zu nennen, wäre zu schwierig. Lok genügt. Lok ist einfach auszusprechen.« Er lächelte Ulrike wieder an und schob sich vom Barhocker. »Führen Sie mich jetzt zu Herrn von Gleichem, Ulla?«

Ulrike zuckte zusammen. Er kennt meinen Namen! Woher weiß er, wie ich heiße? Er war noch nie im Toscana. Salvatore, komm her, hier stimmt etwas nicht. Aber statt Brunelli einen Wink zu geben, fragte sie:

»Woher wissen Sie meinen Namen, Herr Lok?«

»Ich sagte es schon: Ich weiß alles.« Lok deutete zu der Tür im Hintergrund der Bar. »Ich weiß auch, daß Herr von Gleichem dort im Zimmer sitzt und auf drei Herren aus Polen wartet. Genügt das? Ist das eine Eintrittskarte zu Herrn von Gleichem?«

Ulrike zögerte. Salvatore, komm her ... Ich habe ein ganz dummes Gefühl. Was will ein Vietnamese beim Chef? Plötzlich erinnerte sie sich an Bilder, die sie im Fernsehen und in Illustrierten gesehen hatte: Leichen in einem Wohnhaus. Zwei Tote. Genickschuß. Eine regelrechte Hinrichtung, sagte die Polizei. Ein Mafia-Mord durch Vietnamesen. Zwei Banden kämpften um den Markt in Berlin. Zigarettenschmuggel, Schutzgelder. Was hat von Gleichem mit Zigaretten zu tun? Und Schutzgelder? Die zahlt er schon an die italienische Mafia. Wollen jetzt auch die Vietnamesen Kasse machen? Salvatore, zum Teufel, steh nicht so herum an deiner Säule. Komm her!

Lok wartete nicht auf Ulrikes Antwort. Ohne Hast, mit

einer beispiellosen Selbstsicherheit, ging er um die Bar herum, öffnete die Tür zu von Gleichems Büro und stieß sie hinter sich wieder zu. Das hatte nun auch Brunelli gesehen. Er hechtete durch das Lokal, riß seine Pistole aus dem Hosenbund und stürzte ins Zimmer, als Lok gerade sagte:

»Jagen Sie Ihren sizilianischen Affen weg!«

Damit war Salvatore gemeint. Lok schien wirklich alles zu wissen und sogar zu ahnen. Von Gleichem war ein paar Augenblicke lang sprachlos. Das kam selten vor; er war bekannt dafür, daß bei ihm Schrecksekunden wirklich nur eine Sekunde dauerten.

»Was wollen Sie?« schrie er dann. Und leiser, gefährlicher: »Wer sind Sie?«

»Mein Name ist Lok. Das sagt Ihnen nichts, aber es wird Ihnen etwas sagen, wenn ich mein Wissen andeute: Sie erwarten drei Herren aus Polen ...«

Von Gleichem hob die Augenbrauen, setzte sich und nickte Brunelli zu. »Du kannst gehen.«

»Ich warte vor der Tür, Chef. Er kommt hier nicht mehr raus. Es wird keiner hören. Ich habe den Schalldämpfer drauf.«

Lok wartete, bis Salvatore das Zimmer verlassen hatte, zog dann einen Stuhl vor den Schreibtisch und setzte sich.

»Ein unhöflicher Mensch«, sagte er, als ekele er sich. »Primitiv! Wie können Sie solch eine Mißgeburt in Ihrer Nähe dulden!«

»Was wollen Sie?« Von Gleichem hatte keine Lust, in Loks Plauderton zu verfallen. »Sie dringen hier ein ...«

»Aber nein, ich besuche Sie.«

»Das ist Auffassungssache. Also?«

»Wie ich schon andeutete: Sie erwarten drei Geschäftsfreunde aus Polen. Bitte, warten Sie nicht. Sie werden nicht kommen.«

»Ich wüßte nicht, woher Sie ...«

»Aber bitte!« Lok hob abwehrend die rechte Hand. »Keine Aufregung, Herr von Gleichem. Lesen Sie die Zeitungen von übermorgen, und sehen Sie sich morgen die Nachrichten im Fernsehen an. Für die Zeitungen ist es schon zu spät. Um so mehr steht übermorgen in den Gazetten. Die drei Herren aus Polen waren in einen Unfall verwickelt ...«

»Ihr Taxi ist verunglückt?« Von Gleichem sprang wieder auf. »Das ist ja schrecklich!«

»Sagen wir es so: Sie haben ein unglückliches Taxi genommen.«

»Sind sie schwer verletzt?«

Lok blickte auf seine Brillantuhr. »Ich nehme an, sie werden gerade zur Gerichtsmedizin gebracht.«

»Gerichtsmedizin?« Von Gleichem starrte Lok an; noch begriff er nicht ganz, was der Vietnamese so freundlich umschrieb. »Sind ... sind sie tot?«

»Des Menschen Straße ist kurz, aber unendlich der Himmel.«

»Mein Gott!« Von Gleichem sank in seinen Sessel zurück. »Wie ist das passiert? Und woher wissen Sie das? Waren Sie dabei? Sind Sie ein Zeuge des Unfalls?«

»Säße ich dann hier? Ich wußte, daß der Unfall geschieht.«

»Sie wußten?«

»Kein alltäglicher Unfall ... Aber Sie werden das ja alles in den Zeitungen lesen.« Lok griff in seine linke Jackentasche, holte drei zusammengefaltete Papiere heraus und breitete sie vor von Gleichem aus. »Wenn Sie das bitte durchlesen würden.«

»Was ist das?« Von Gleichem lehnte sich zurück.

»Ein Vertrag«, sagte Lok und lächelte höflich.

»Vertrag? Ich verstehe nicht ...«

»Ein Asiat würde das sofort begreifen. Warum braucht ihr Europäer immer lange Erklärungen? Überdenken Sie Ihre

Situation, Herr von Gleichem. Sie hatten drei Partner: die Herren aus Polen. Sie lieferten Ihnen Drogen. LSD, aber vor allem Ecstasy, die Wunderpille der Jugend. Wir wissen, daß es schlechte Ware war. Unrein, verschnitten, gefährlich. Nun gibt es diese drei Herren nicht mehr, und Sie brauchen neue Lieferanten. Ehrliche Partner. Geschäftsfreunde.«

»Und das sind Sie?« fragte von Gleichem. Sein Zynismus brach wieder durch. »Sie heißen Lok? Ich nehme an, Sie sind Vietnamese.«

»Da haben wir schon einen Schritt zur Verständigung.«

»Klarer ausgedrückt: Die vietnamesische Mafia will München erobern, so wie sie bereits Berlin erobert hat. Nur das Produkt wechselt. Statt Zigaretten nun Ecstasy.«

»Ich bewundere Ihre Intelligenz«, warf Lok höflich ein.

»Und ich bewundere Ihre Frechheit. Damit sind wir quitt.«

»Der Vertrag, Herr von Gleichem.«

»In den Papierkorb. Zum Hintern abwischen ist das Papier zu hart.«

»Ich bemerke, Sie haben auch Humor.« Lok beugte sich etwas vor. Er verlor nichts von seiner Höflichkeit, als er fortfuhr: »Uns interessiert nicht der Verteilermarkt, es geht nur um die Lieferung. Unsere Drogenküchen liefern die reinsten Produkte. Die Gewinnspanne für Sie ist zwar etwas geringer als bei den Polen, dafür genießen Sie aber neben einer einwandfreien Ware auch einen umfassenden Gebietsschutz. Sie sollten den Vertrag wirklich lesen, Herr von Gleichem.«

»Ich will erst Ihre Produkte prüfen, Herr Lok.«

»Zugestanden.« Lok erhob sich und vollführte eine leichte Verbeugung. »Morgen schicken wir Ihnen eine Auswahl zu. Ich weiß, Sie werden den Vertrag unterschreiben. Jetzt, wo die drei polnischen Herren Sie verlassen haben ...«

Er ging zur Tür, aber bevor er die Klinke hinunterdrückte,

hielt ihn eine Frage von Gleichems auf. »Wo ist der Unfall passiert?«

»Im Nymphenburger Park.«

»Du lieber Himmel! Was hatten sie denn dort zu suchen? Sie wollten doch hierher!«

»Man hat sie im Nymphenburger Park gefunden. Sie lagen nebeneinander.«

»Gefunden? Nebeneinander?« Von Gleichem war sichtlich irritiert. »Und das Taxi?«

»Es war kein Taxi da.«

»Aber der Wagen muß doch ...«

»Sie starben schnell und schmerzlos.« Lok öffnete die Tür. Salvatore, der draußen wartete, hörte die Worte so klar wie Franz von Gleichem. »Sie wurden erwürgt. Mit einer Stahlschlinge. Ich wünsche Ihnen noch eine erfreuliche Nacht ...«

Niemand hinderte Lok daran, das Toscana zu verlassen.

Bei der Münchner Mordkommission war Großalarm ausgelöst worden. Kriminaloberrat Wortke wurde aus dem Bett geholt, der wiederum rief Reiber an und schrie ins Telefon:

»Die Scheiße läuft über! Drei Tote im Nymphenburger Park, sauber nebeneinander gelegt, ein toter Taxifahrer in seinem Wagen am Hirschgarten. Und alle vier mit einem Stahldraht erwürgt. Das sind klassische OK-Morde!« Die Abkürzung bedeutete, daß es sich um Morde der organisierten Kriminalität handelte.

Danach ließ er sich noch einmal mit seinem Kommissariat verbinden. Dort lief alles mit größter Routine ab. Polizeiarzt, Fotografen, vier Zinkwannen waren schon unterwegs. Die Spurensicherung mußte bereits am Fundort der Leichen sein. Die Polizei sperrte das Gebiet ab.

»Vier auf einmal!« sagte Wortke, als er im Auto saß, zu

seinem Fahrer, einem Kriminalhauptwachtmeister. »Ich wußte gar nicht, wie nahe München bei Palermo liegt. Oder ist es Hongkong? Ich wette, auch diese vier werden als Akte im Regal verstauben. Was nützen Reiber und dem LKA ihre verdeckten Ermittler? Hier wütet jemand herum, der unsichtbar bleibt! An den keiner herankommt.«

»Es kann nicht nur einer sein, Herr Oberrat.« Der Hauptwachtmeister schüttelte den Kopf. »Unmöglich. Man kann doch nicht vier Menschen gleichzeitig umbringen!«

»Das werden wir uns genau ansehen, Hermann. Ich lasse mich nicht mehr überraschen, alles ist möglich, auch wenn es noch so verrückt und absurd scheint.«

»Wenn der Mörder geschossen hätte ... Aber mit einer Drahtschlinge erwürgt? Vier auf einmal? Das geht doch nicht.«

Kurz nach Wortke traf auch Reiber an der Fundstelle ein. Der Fotograf hatte die drei Toten fotografiert, der Polizeiarzt machte sich Notizen. Ein anderes Team der Mordkommission untersuchte den toten Taxifahrer im Hirschgarten und stand per Funk mit Wortke in Verbindung.

»Polen!« sagte Wortke, als Reiber zu den Leichen trat. »Was sagste nun? Da räumt einer auf, um in die möblierte Wohnung zu ziehen. Den Bandenkrieg ... nun haste ihn! Erstaunlich, daß es so lange gedauert hat.«

»Noch kann es eine Privatauseinandersetzung sein.«

»Ein herrliches Beamtenwort! Wer steht wem im Wege und wo? Polen gegen Drahtschlingenwerfer. Was haben sie gemeinsam, was den anderen stört?«

»Den Drogenmarkt. Wenn wir das Leben der drei Polen aufgerollt haben, wissen wir mehr. Der erste Tote war Apotheker. Ich bin gespannt, aus welcher Ecke diese drei kommen.«

Eine Überraschung bescherte ihnen der tote Taxifahrer.

Der oder die Mörder hatten nicht daran gedacht, daß der

Taxometer eingestellt war, die Kilometeruhr, die den Fahrpreis anzeigt. An ihr konnte man ablesen, wie viele Kilometer der Wagen gefahren war.

»Das kommt rechnerisch nicht hin«, stellte Wortke erstaunt fest. Er hatte nach dem Fahrpreis die Kilometerzahl ermittelt. »Noch wissen wir nicht, wo die Polen und der Fahrer ermordet worden sind und wieso die drei Toten im Nymphenburger Park liegen und der Taxifahrer im Hirschgarten. Das liegt zwar fast nebeneinander, aber warum hat man die Toten verteilt? Nehmen wir an, das Taxi hat die Polen vom Hotel abgeholt ...«

»Das wir auch noch nicht kennen«, warf Reiber ein.

»Die Ermittlung läuft ... Also: Sie werden abgeholt, von wo auch immer ... Was die Uhr anzeigt, ist völlig rätselhaft. Danach müssen sie kreuz und quer durch München gefahren sein, sonst kommen die Kilometer nicht zusammen.«

»Oder die Polen haben in gar keinem Hotel gewohnt, sondern sich von außerhalb Münchens abholen lassen. Aus Rottach oder sogar vom Chiemsee oder wer weiß woher. Nach den gefahrenen Kilometern können wir den Radius errechnen.«

»Mit anderen Worten: Wir sollen in halb Oberbayern suchen.« Wortke legte den Bleistift hin, mit dem er sich Notizen gemacht hatte. »Das ist gut. Das ist sehr gut.«

»Wieso?« fragte Reiber erstaunt.

»Weil ich damit den Fall abgeben kann. Das ist jetzt Sache des Landeskriminalamtes. Daran soll sich das LKA die Zähne ausbeißen. Wir sind nur für München zuständig. Das LKA wird, wie in solchen Fällen immer, eine Sonderkommission bilden und breiträumig ermitteln. Etwas Besseres kann uns gar nicht passieren.«

»Und wenn die Polen doch in einem Münchner Hotel abgestiegen waren?«

»Dann baden wir im Dreck.«

Um sechs Uhr vierzig wußten Wortke und Reiber, daß der vierfache Mord an ihnen hängenblieb: Die Nachfragen bei den Hotels hatten ergeben, daß die drei Polen im Hotel Raphael abgestiegen waren. Und – so sagte der Portier aus – sie waren von einem Taxi abgeholt worden. So gegen 22 Uhr.

»Hotel Raphael ... Es waren also keine armen Leute.« Wortke blickte wieder in seine Notizen. »Dann stimmt die Taxiuhr nicht. Vom Raphael bis zum Hirschgarten ergibt das nicht diese Summe.«

»Und wie kommen die drei Toten in den Nymphenburger Park?« fragte Reiber. »Der oder die Mörder haben sie ja nicht auf den Schultern dahin getragen. Das paßt doch alles nicht zusammen.«

»Es paßt nichts zusammen!« Wortke hieb mit der Faust auf seinen Schreibtisch. »Drei Polen und ein Taxifahrer brummen durch die Nacht. Dann werden sie, an zwei verschiedenen Stellen, durch ein Drahtseil erwürgt. Wie ist der Mörder an sie herangekommen? In einem fahrenden Taxi ist man relativ sicher.«

»Relativ – das ist es!« Reiber stand vor der großen Wandkarte von München und verfolgte mit dem Zeigefinger die Strecke vom Hotel Raphael zum Hirschgarten. »Du siehst, alles ist möglich. Man kann in einem fahrenden Taxi ermordet werden, einschließlich Fahrer.«

»Das grenzt schon an Zauberei.« Wortkes Sarkasmus war nicht mehr zurückzuhalten. »Wir sollten als Ermittler David Copperfield engagieren.«

»Der nützt uns auch nichts.« Reiber ging auf Wortkes Ton ein. »Er kann zwar durch die Luft schweben und sich in zwei Teile sägen lassen, aber an zwei verschiedenen Orten vier Menschen gleichzeitig zu ermorden, das schafft auch er mit allen Tricks nicht.«

»Ergo müssen es mehrere Täter gewesen sein.«

»Das ist die einzige vernünftige Überlegung.«

Eine Überlegung, über die Hua Dinh Son nur lachen konnte.

Er war immer wieder verblüfft, wie detailliert die Informationen waren, die er von seinen unbekannten Auftraggebern erhielt.

Auch dieses Mal enthielt der Umschlag, den ihm der Portier des Hotels aushändigte, genaueste Instruktionen. Fotos der drei Polen, Personenbeschreibung, Größe, ungefähres geschätztes Gewicht, die Zimmernummern im Hotel Raphael, die Uhrzeit, wann sie sich mit einem Herrn von Gleichem treffen wollten, wann sie also ein Taxi brauchten, um zur Bar Toscana gebracht zu werden.

Son war davon überzeugt, daß seine Auftraggeber tatsächlich alles wußten. Bei ihm erzeugte das große Hochachtung, aber gleichzeitig die Gewißheit, daß man ihn zum Vollstrecker auserwählt hatte und es in seinem ganzen ferneren Leben keine Flucht vor diesen Aufträgen mehr gab. Er war ein Werkzeug geworden, willenlos in den Händen dieser Unbekannten. Wo immer sie auch saßen und ihn dirigierten – sie hatten sein Leben fest im Griff.

Immer wieder hatte Son versucht, herauszufinden, woher die Instruktionen kamen. Auf den Kuverts gab es keine Poststempel, also waren sie abgegeben worden. Die Portiers im Hotel konnten nur vage Auskünfte geben: Ein Junge hätte den Brief gebracht, ein Ausländer mit asiatischem Aussehen, einmal sogar ein Mädchen. Ja, ebenfalls eine Asiatin. Ob sie aus Vietnam kam, wer konnte das feststellen? Für einen Deutschen sahen sie alle gleich aus. Ja, und alle sprachen deutsch und waren sehr höflich und bedankten sich für die Mühe, den Brief an den Herrn Hua Dinh Son weiterzugeben. Sie mußten sich sehr sicher fühlen, daß sie seinen richtigen Namen nannten; aber der tauchte ja auch nirgendwo auf, da Son sich nie auf einem Meldezettel eintragen mußte. Die kleinen Hotels, die man ihm zuwies, betrachteten sein Logis gern als steuerfreie Nebeneinnahme, und eine Polizeikontrolle fand ja sowieso nicht statt. Hinzu kam, daß Sons Zimmer immer schon im voraus bezahlt war, zusammen mit einem anständigen Trinkgeld für die Rezeption. Da nimmt man es nicht so genau mit den ohnehin viel zu vielen Gesetzen, die das Leben in Deutschland einschränken.

Nach einigem Nachdenken war Sons Plan einfach und komplikationslos und durchaus kein Fall für einen Zauberer.

Er rief im Hotel Raphael an und verlangte Herrn Pawel Szunowski zu sprechen.

Szunowski schöpfte keinerlei Verdacht, als er hörte:

»Sir, hier ist Ihr Taxi-Chauffeur.« Son sprach ein gutes Englisch; er hatte es im Auffanglager für Vietnamflüchtlinge in Hongkong und später im Lager von Singapur gelernt. »Ich bin beauftragt, Sie und die beiden anderen Herren im Auftrage von Herrn von Gleichem abzuholen. Wann brauchen Sie das Taxi?«

»So gegen 22 Uhr.« Szunowski sagte es völlig ahnungslos. Er war sogar hoch erfreut, daß von Gleichem einen solch freundlichen Service bot. Ihm fiel dabei nicht auf, daß der Taxifahrer englisch sprach, immerhin etwas ungewöhnlich, selbst in München.

»Ich melde mich, wenn ich vor dem Hotel warte«, sagte Son mit all seiner Höflichkeit. Und dann ganz ohne Ironie: »Noch einen schönen Abend, Sir ...«

Nach diesem Gespräch studierte Son den Stadtplan von München, den er sich bei seinem ersten Münchner Auftrag gekauft hatte. Ein Taxi in der Innenstadt zu besorgen war nicht nur riskant, sondern fast unmöglich. Es war also sinnvoller, in eine abgelegene Gegend auszuweichen und einen

Wagen dorthin zu bestellen. Dafür suchte Son sich den Hirschpark aus, fuhr mit dem Bus bis zum Steubenplatz, bummelte dann durch den Park, fand eine Fernsprechzelle und rief bei der Taxizentrale an und erbat einen Wagen.

Die Tötung des Taxifahrers war für Son kein Problem. Er setzte sich auf den Hintersitz, beugte sich nach vorn, warf die Stahlschlinge blitzschnell um den Hals des Opfers und zog sie mit einem Ruck zu, noch bevor der Fahrer reagieren konnte. Wie an seinen Holzköpfen geübt, zerbarst der Kehlkopfknorpel, der Überfallene sackte in sich zusammen, ohne einen Laut von sich zu geben. Son schob ihn auf den Beifahrersitz, setzte sich ans Steuer, fuhr an den Rand des Hirschparkes, wuchtete dort den Toten in den Kofferraum und fuhr in die Innenstadt zurück. Er hatte keine Bedenken, daß man ihn hätte beobachten können; um diese späte Abendzeit war niemand mehr im Hirschpark. Auch Hundebesitzer hatten ihre Lieblinge längst herumgeführt.

Vor dem Hotel Raphael parkte er, was nur Taxis erlaubt war, meldete sich bei dem Portier und ließ Mr. Szunowski ausrichten, daß das Taxi warte. Auch der Portier wunderte sich nicht; in München fahren so viele Ausländer Taxis, von Jugoslawen über Türken bis zu Schwarzafrikanern, daß auch ein Asiat nicht mehr auffällt.

Son war, wie gesagt, ein Virtuose des Tötens. Statt nach Schwabing zum Toscana fuhr er entgegengesetzt in Richtung Nymphenburger Park. Die Fahrstrecke hatte er vorher im Stadtplan genau studiert. Er saß schweigend hinter dem Steuer, bis einer der Polen erstaunt sagte: »Hier geht es aber nicht nach Schwabing.«

»Nein, Sir.« Son sah ihn im Rückspiegel an. »Ich habe von Herrn von Gleichem den Auftrag bekommen, Sie zu seinem Privathaus zu bringen. Es liegt etwas außerhalb von München.«

»Aber es war vereinbart ...«

»Sorry, ich kann dazu nichts sagen, Sir. Ich habe meinen Auftrag.«

Die drei Herren aus Polen begannen in ihrer Sprache zu diskutieren. Irgend etwas schien ihnen nicht zu gefallen, machte sie stutzig, paßte nicht in ihre Planung. Der Pole auf dem Nebensitz legte seine Hand auf Sons Arm.

»Halten Sie bitte an.«

»Hier, Sir?« fragte Son. »Wir sind am Nymphenburger Park.«

»Fahren Sie uns bitte in die Stadt zurück. Aber vorher halten Sie an.«

Son bremste. Die drei Polen stiegen aus, und das war ihr tödlicher Fehler. Auch Son verließ das Taxi, in dessen Kofferraum der tote Fahrer lag, und während die Polen noch immer miteinander diskutierten, holte Son einen Einkaufsbeutel, den er mitgenommen hatte, unter seinem Sitz hervor und zog einen mit nassem Sand gefüllten Strumpf hervor.

So eine mit Sand gefüllte Langsocke ist ein hervorragendes Betäubungsinstrument. Der dumpfe Schlag auf den Kopf lähmt sofort alle Nerven und führt zur Bewußtlosigkeit. Der größte Vorteil aber ist, daß er keine Verletzungen hinterläßt, nicht einmal einen Bluterguß oder eine Beule. Ein Strumpf mit nassem Sand ist kein harter Gegenstand, der äußerliche Wunden verursacht.

Son war ein schneller Mann: Drei Schläge hintereinander wie drei Paukenschläge, und die Polen sanken um. Nun war es für Son ein leichtes, seine Stahlschlinge um die Hälse zu legen und sie zuzuziehen.

Er war von jeher ein ordentlicher Mensch. Darum ließ er die drei Leichen nicht einfach liegen, sondern schleppte sie zur Seite an ein Gebüsch, legte sie, als habe er sie sortiert, nebeneinander auf den Rücken, als würden sie schlafen, schloß ihnen sogar die Augenlider, wie man es bei Toten pietätvoll tut, stieg dann in das Taxi, fuhr zum Hirschpark hinüber, holte den Taxifahrer aus dem Kofferraum, setzte ihn wieder hinter das Steuer und bummelte dann eine Stunde lang durch die Gegend, bis er in der Arnulfstraße in einen Bus stieg und sich in die Innenstadt bringen ließ.

Im Restaurant des Augustinerbräus bestellte er sich Schweinshaxe mit Sauerkraut, auf die er sich schon den ganzen Tag über gefreut hatte, trank dazu ein Weißbier und fühlte sich rundum wohl. Er hatte seine Auftraggeber nicht enttäuscht. Darauf war er stolz.

So einfach ist es, vier Menschen auf einmal umzubringen, wenn man so begabt im Töten ist wie Hua Dinh Son, der am nächsten Tag die Stadt verließ.

Jeden Morgen, wenn er eigentlich in der Schule sein sollte, klingelte Robert an Ulrikes Tür. Nach dem vierten Mal war es Ulrike zu lästig, immer aus dem Bett zu springen und zu öffnen, sie gab Robert einen Schlüssel.

Und jeden Morgen wiederholten sich die Stunden der Ekstase: Robert zog sich aus, schluckte einen Smiley, kroch zu Ulrike ins Bett, schmiegte sich an sie, und wenn er spürte, daß die Wirkung der Droge einsetzte, wenn er sich so leicht fühlte, als könne er mit ausgebreiteten Armen fliegen, wenn das Glücksgefühl alle Hemmungen verdrängte und in seinen Lenden das Blut zu pochen begann, warf er sich über sie, und damit verschwanden Zeit und Raum und alle vom Verstand gesteuerten Hemmnisse.

Am fünften Tag wagte Ulrike einen Versuch: Sie nahm Robert mit zum Toscana.

Ohne den bunten Lichterkranz, die Disco-Musik, die Mädchen und Gäste wirkte die Bar erschreckend abstoßend.

Deprimierend waren auch die hochgestellten Stühle, die alten Seiden- und Samtdekorationen und Drapierungen, die unbeleuchtete lange Bartheke, die Tischplatten, deren Flekken nicht mehr von Tischtüchern überdeckt waren, die Lampen, deren Kristallbehänge nichts mehr von dem Glanz ahnen ließen, den sie am Abend verbreiteten. Eine erloschene Glitzerwelt, in der es keine Illusionen mehr gab.

Sie waren allein. Brunelli und Bolo erschienen erst am frühen Abend, die Mädchen, der Discjockey, die Kellner ebenso. Nur zwei Putzfrauen, vergrämte ältere Türkinnen, wischten den Boden und polierten die Messingstangen an der Bar und den Barhockern. Von Ulrike und Robert nahmen sie kaum Notiz. Sie waren es gewöhnt, selbst auch nicht wahrgenommen zu werden.

Zuerst hatte Robert gezögert, das Toscana zu betreten. Aber als Ulrike versprach, daß sie dort allein sein würden, hatte er seine Bedenken aufgegeben. Nun stand er mitten im Lokal, während Ulrike hinter einer Tür verschwunden war, die in den Keller führte. Dort gab es einen Raum hinter dem Faßlager und der Bierstation, der mit einer Stahltür gesichert war und in dem zwei Tresore standen, zu denen nur von Gleichem und Ulrike einen Schlüssel hatten und deren Schloßkombinationen sie kannten. In diesen Panzerschränken lagen, Karton auf Karton gestapelt, über hunderttausend Ecstasy-Pillen mit einem Schwarzmarktwert von zwei Millionen Mark und einem Verkaufswert von über vier Millionen Mark. Es war ein Restbestand; eine neue Lieferung war für die nächste Woche vorgesehen, wenn die Verhandlungen mit den Polen sinnvoll verlaufen würden. Daß sich das alles ändern würde, ahnte Ulrike zu diesem Zeitpunkt noch nicht. Erst am Abend dieses Tages lieferte die Vietnam-Mafia den Beweis, daß nur sie als Geschäftspartner in Frage kam.

Als Ulrike mit einigen Kartons wieder im Lokal erschien, saß Robert auf einem Stuhl und hatte sich an der Bar ein Bier gezapft. »Was sollen wir hier?« fragte er ungehalten. »Du hast mir versprochen, mir etwas zu zeigen.« Es war gegen vier Uhr nachmittags. Zu seiner Mutter hatte Robert gesagt, daß er mit zwei Pfadfinderkameraden eine neue Trommel aussuchen müsse, eine sei bei der Englandreise kaputtgegangen.

»Liebst du mich?« fragte Ulrike als Antwort und stellte die Kartons auf einen Tisch.

»Aber das weißt du doch.«

»Wie liebst du mich?«

»Mein Leben ist wertlos ohne dich.«

»Vergiß das nicht.« Sie beugte sich zu ihm und küßte ihn flüchtig. »Du wirst mir helfen, die Pillen, die du so gern nimmst, zu verkaufen.«

Robert starrte sie an, als habe sie in einer fremden Sprache gesprochen. »Ich soll ...«, sagte er dann stockend. »Ich soll ...«

»Warst du nicht glücklich, wenn du diese Smiley genommen hast?«

»Wunderbar glücklich.«

»Und jetzt hilfst du mit, daß auch andere dieses Glück erleben können. Ist das etwas Schlechtes? Du bringst den anderen doch nur Freude. Du hilfst ihnen, fröhlich und stark und liebevoll zu sein. Und es sind viele, die bei uns das Glück kaufen können. Das ist doch nichts Verbotenes.«

»Aber ... aber es sind unerlaubte Pillen.«

»Die du mit Begeisterung schluckst, ohne die du nicht mehr leben kannst. Bist du nicht ein anderer stärkerer Mensch geworden?«

»Das bin ich wirklich ...«

»Um vier Uhr kommen die Verkäufer.« Ulrike schob Robert einen großen Karton zu und öffnete den Deckel. Sauber aufgereiht lagen hier zweitausend blaßviolette Pillen. In ihre Oberfläche war das fröhliche Comicgesicht von Barney geprägt, die Kultgestalt des Fernsehzeichentrickfilms »Fred Feuerstein«.

»Das hier sind die besten und teuersten. Das Stück für vierzig Mark. Du kannst an jeder Pille vier Mark verdienen.« Sie hatte den nächsten Karton geöffnet, in dem sich die Tabletten Smiley befanden. Robert blickte hinein und lehnte sich zurück. »Dann liegt hier ja ein kleines Vermögen«, sagte er betroffen.

»Es kommt darauf an, wieviel du verkaufst. Es liegt nur an dir. Die Händler, die gleich kommen, sind alte Kunden. Du kannst eine Menge verdienen, wenn du neue Kunden wirbst. Ich habe dir doch gesagt: Du kannst eines Tages, in kurzer Zeit, reich werden. Man wird dir das Geld in die Hände drücken. Du brauchst sie nur aufzuhalten.«

Er starrte sie an, als begreife er erst jetzt, was er alles gehört hatte. »Wie lange tust du das schon?« fragte er. Seine Stimme hatte einen heiseren Klang.

»Seit ein paar Wochen.« Als ahne sie, was er dachte, fügte sie schnell hinzu: »Es ist nichts Unrechtes, Bob! Wir machen die Menschen nur glücklich. Du spürst es doch am eigenen Leib. Und du liebst mich doch.«

»Was hat das damit zu tun?«

»Es verbindet uns für immer.«

Er nickte und blickte ihr nach, wie sie durch das Lokal ging und im Vorraum verschwand. Dann hörte Robert, wie sie die Haustür aufschloß und die draußen bereits Wartenden hineinließ. Es waren drei Jungen im Alter von Robert, in Jeans und T-Shirts mit bunten Aufdrucken. Sie schienen sich hier auszukennen, denn sie kamen direkt auf den Tisch zu, wo die Kartons standen.

»He!« sagte der eine, ein großer, schlaksiger Langhaartyp. »Neu hier?« Und zu Ulrike, die neben ihn trat: »Wo habt ihr den denn her? Der sauberste Unternehmerjunkie. Macht ihr jetzt auf Konzern?« Er lachte, tippte auf Roberts Karton und schnalzte mit den Fingern. »Zweihundert von den Barneys. Gibt's da Rabatt?«

»Feste Preise.« Ulrike schob seine Hand weg. »Hier ist kein Basar von Istanbul. Leg das Geld hin, achttausend Mäuse, dann zählt Bob dir die zweihundert ab.«

»Aha, du bist Bob!« Ein kleiner, etwas dicklicher Dealer mit einem Pickelgesicht grinste Robert an. »Wo kommste her, Bob?«

»Direkt aus der Schule!« sagte Robert giftig. »In Mathe 'ne Fünf, in Musik 'ne Eins. Willst du noch mehr wissen?«

»Ist ja schon gut.« Der Dicke winkte ab. »Ich nehme dieses Mal nur fünfzig Barneys. Für meine Kunden sind die zu teuer. Aber ich kann fünfhundert Playboys gebrauchen.«

»Nicht mehr im Angebot.« Ulrike zeigte auf ihren Karton. »Nur noch Smiley.«

»Scheiße!« Der Picklige zog ein enttäuschtes Gesicht. »Und wann kommt Playboy wieder?«

»Bei uns nicht mehr.«

»Und warum?«

»Geschäftspolitik.« Ulrike sah keinen Anlaß, den Tod des Mädchens zu erwähnen, schon gar nicht in Gegenwart von Robert. »Wir stellen um.«

»Wenn ich das Wort Politik höre, muß ich sofort kotzen!« Der kleine Dicke ahmte täuschend echt ein Würgen nach. »Also gut, fünfhundert Smiley. Rabatt?«

»Faß dich an den Sack!« sagte Ulrike grob.

»Wenn du's tust, schreie ich nicht.«

Ein kurzes lautes Gelächter ertönte, und dann begann das Abzählen. Sie hatten alle Plastiksäckchen mitgebracht, zählten mit, legten das Geld auf den Tisch und verließen das Toscana.

»Bis morgen«, sagte der Langmähnige zum Abschied. »Ich kriege neue Kunden. Hab noch 'ne trockene Disco entdeckt ... So was gibt's auch noch! Und morgen früh besuche ich das Holbein-Gymnasium. Die sind auch noch clean. Da hängt noch was drin. Ciao!«

Robert blickte ihm nach. Seine Miene hatte sich versteinert. »Ich kenne das Holbein-Gymnasium«, sagte er, nachdem die drei das Lokal verlassen hatten. »Nette Jungs. Wir Abiturklassen haben mal gegeneinander Fußball gespielt. Sie haben drei zu null gegen uns gewonnen. Gute Sportler. Und jetzt will er denen Smiley verkaufen?«

»Das solltest du bei deinen Freunden auch mal versuchen.« Ulrike sagte es so leichthin, als frage sie: Willst du eine Cola?

»Bei meinen Freunden? Nie!«

»Gönnst du ihnen kein Glück?«

»Das ist es nicht, aber ...«

»Aber du liebst mich doch ...«

»Das weißt du doch.«

»Dann tu es. Versuch es.« Sie gab ihm wieder einen Kuß und strich ihm liebevoll über das Haar und das Gesicht. »Mir zuliebe ...«

Robert konnte keine Antwort mehr geben, denn die nächsten Kunden kamen in die Bar. Zwei Jungen, nicht älter als sechzehn Jahre, in braven Anzügen und mit gelockten blonden Haaren. Sie gaben sich lässig und gingen durch das Lokal, als hätten sie die Bewegungen von Gary Cooper abgeguckt. Und auch sie holten aus ihren Taschen die Geldscheine; der eine tausend Mark, der andere sogar eintausendfünfhundert. Sie hatten es bei ihren Kumpels eingesammelt. An diesem Tag holten vierzehn Dealer ihre Ecstasypillen ab.

Bis sechs Uhr hielt Ulrike die Tür offen, dann schloß sie ab. Um sieben würden Salvatore Brunelli und Bolo eintreffen.

»Zufrieden?« fragte Ulrike und stülpte die Deckel auf die fast leeren Kartons. »Was hast du verkauft? Für 6700 Mark? Das sind für dich 325 Mark. An einem Tag! Was sagst du nun?«

»Nichts.«

»Du wirst in einer Woche das Dreifache vom Gehalt deines Vaters verdienen. In einem Monat das Zehnfache! Freust du dich nicht?«

Robert zögerte. »Ich muß mich erst daran gewöhnen, was ich da verkaufe. Ich darf nicht denken ...«

Er steckte das Geld, das Ulrike ihm hinschob, in seine Jackentasche und zog schnell die Hand zurück, als habe er etwas Ekliges angefaßt.

»Du mußt denken, daß du reich wirst, unabhängig ... und daß du mich liebst.«

Das war das stärkste Argument. Es überzeugte.

Ich liebe sie, alles andere ist unwichtig, dachte Robert, spielt im Leben keine Rolle mehr.

Er war ein Sklave, der sogar die Peitsche küssen würde, die ihn schlug.

Die Zeitungen des übernächsten Tages brachten riesige Schlagzeilen auf der ersten Seite.

Vier Mafia-Morde in München!

Drei polnische Geschäftsleute und ein Taxifahrer Opfer einer asiatischen Gang?

Wird München Hauptstadt der internationalen Kriminalität?

Drogenkrieg nun auch in München? Die machtlose Polizei.

Beginnt die blutige Aufteilung des Drogenmarktes?

Vier Morde in einer Nacht. Die Polizei tappt im dunkeln.

Das entsprach nicht ganz der Wahrheit. Wortke und Reiber hatten mit Genehmigung des Polizeipräsidenten und des LKA über ihre Ermittlungen völliges Redeverbot angeordnet. Bis auf die Tatsache, daß man vier mit Drahtschlingen erwürgte Leichen gefunden hatte, bekam die Presse keinerlei Informationen mehr. Das löste natürlich die wildesten Vermutungen aus, die die Schlagzeilen der nächsten Tage reißerisch verkündeten, aber Wortke und Reiber standen es durch. Ihre Nerven hielten die Schimpfkanonaden der Medien aus.

Die Münchner Taxifahrer fuhren am Tag des Begräbnisses ihres Kollegen mit schwarzen Wimpeln herum, an den Radioantennen flatterten die Trauerflore, die Presse berief sich auf die garantierte Pressefreiheit, doch das Informationsverbot wurde nicht gelockert. Nicht einmal Fotos der Toten, mit Ausnahme des Taxifahrers, konnten veröffentlicht werden. Kein Name der drei Polen, keine Hintergründe wurden genannt. Ein Skandal, schäumten die Zeitungen, und eine bekannte Illustrierte bot – das erfuhr Wortke durch einen seiner Beamten – sogar zehntausend Mark Bestechungsgeld, wenn ein Foto der Erwürgten aus dem Dezernat geschmuggelt werden würde.

Je weniger nach außen drang, um so mehr hatten die Ermittlungen Erfolg. Die Kleinarbeit, das tägliche Brot der Kriminalisten, erbrachte schließlich ein Bild, was an dem Mordabend geschehen war.

Wortke und Reiber, in bester Zusammenarbeit, hatten das Puzzle zusammengesetzt:

Die drei Polen waren am Vortag ihres Todes mit dem Flugzeug aus Warschau gekommen.

Sie waren angesehene Kaufleute gewesen. Der eine Fuhrunternehmer, der zweite ein Rechtsanwalt, der dritte ein Chemiker.

Aha! Chemiker!

Das war ein Aufhänger. Der erste Pole, der erwürgt worden war, hatte eine Apotheke besessen. Gab es da einen Zusammenhang?

Ja, denn auch er wurde mit einem Drahtseil erwürgt.

Privat galten die drei Polen als untadelig. Gute Familienväter, in ihrer Umgebung geachtet, nicht vorbestraft; nur wußte keiner, warum sie gemeinsam nach München geflogen waren. Auch die Ehefrauen konnten darüber keine Erklärungen abgeben, nur soviel: Ihre Männer waren beruflich manchmal auf Reisen. Wohin, das sagten sie selten. Beruf ist die eine Sache, Familienleben die andere ... Beides soll man trennen. Die Frauen hatten darüber nie zu klagen gehabt. Die wirtschaftlichen Verhältnisse der Familien waren solide. Nicht reich, aber wohlhabend. Der Tod ihrer Männer war allen unerklärlich, ebenso die Frage, warum sie zu dritt nach München geflogen waren.

Im Hotel Raphael war man glücklich, daß der Name des Hotels durch die Nachrichtensperre nicht in die Zeitungen kam. Aber gerade hier brachten die Ermittlungen von Wortke und Reiber wertvolle Hinweise. Der Portier war eine Informationsquelle ersten Ranges.

Die drei Herren waren nach seinen Worten mit kleinem Gepäck angekommen. Das hatte die Kriminalpolizei bereits beschlagnahmt und zum Labor des LKA geschickt. Es bewies aber, daß die Toten nur an einen kurzen Aufenthalt in München gedacht hatten.

Am Abend hatte ein Taxifahrer angerufen und nach Herrn Pawel Szunowski gefragt. In englischer Sprache. Um was das Gespräch ging? Der Portier war beleidigt; man höre doch keine Gastgespräche ab!

Aber: Um 22 Uhr hatte ein Taxi vor dem Hotel gehalten und die drei Herren abgeholt. Der Taxifahrer hatte sich an der Rezeption gemeldet. Ein Ausländer. Ein Asiat.

»Volltreffer!« sagte Wortke bei dieser Aussage genüßlich zu Reiber. »Deine lieben Jungs! Das ist eine Superspur! Wir brauchen jetzt nur nachzufragen, bei wem ein Asiat Taxi fährt. Und was kommt dabei heraus?«

»Nichts. Denn der tote Taxifahrer war ein Deutscher.« Reiber kratzte sich nachdenklich die Nase. »Aber wir haben jetzt eine Ahnung vom Tathergang. Der Mörder hat zuerst den Taxifahrer umgebracht, ist dann zum Hotel gefahren und hat die drei Polen abgeholt. Diese konnten keinen Verdacht schöpfen, denn er hatte sich ja vorher in englischer Sprache angemeldet und dabei erfahren, wann sie abgeholt werden wollten. Im Nymphenburger Park hat er dann die drei erdrosselt, mit dem toten Taxifahrer im Kofferraum.«

»Raffiniert«, stimmte Wortke zu.

»Von einer einmaligen Kaltblütigkeit.«

»Und warum hat er das Taxi nicht in Nymphenburg stehen lassen, sondern ist zum Hirschpark zurückgefahren?«

»Um uns seine Genialität zu zeigen ... Eine andere Erklärung gibt es nicht. Er wollte die deutsche Polizei lächerlich machen. Seht an, ich kann machen, was ich will. Ich bin unangreifbar. Ein Satansspiel! Dieser Mörder muß das Morden geradezu lieben!«

»Fassen wir zusammen.« Wortke überblickte die Notizen. »Ein Fuhrunternehmer, ein Rechtsanwalt und ein Chemiker fliegen gemeinsam von Warschau nach München. Diese drei Berufe könnte man zusammenfügen. Der Chemiker stellt Drogen her, der Fuhrunternehmer sorgt für den Transport, und der Anwalt kümmert sich um unverdächtige, anerkannte Zollpapiere. Mit guten Verbindungen kann man so etwas sogar als Diplomatenumzugsgut deklarieren. Eine fabelhafte Dreieinigkeit. Aber da kommen sie einer asiatischen Mafia ins Gehege, und die schlägt zu. Sofort, eiskalt, wie gewohnt. Es geht um den Markt. Frage: Mit wem wollten die Polen in München verhandeln?«

»Mit einer anderen Gruppe der Drogen-Mafia.« Reiber hob die Schultern. »Wenn wir das wüßten, könnten wir die Akten schließen und um den Tisch tanzen.« Wortke sah ihm erstaunt zu, wie er auf einem Notizblock einige Strichmännchen malte, bei einigen die Konturen verstärkte, andere wieder durchstrich und sie dann mit Nummern versah.

»Willst du ein zweiter Miró werden?« fragte Wortke.

»Ich bringe Ordnung in das Durcheinander.« Reiber tippte mit dem Bleistift auf seine Zeichnungen. »In Berlin töten

Vietnamesen-Gangs ihre Gegner durch Genickschüsse. Die chinesischen Triaden variieren elegant: erschießen, erstechen, überfahren, aufhängen, aufschlitzen, köpfen ...«

»Nur so ein Seelenkrüppel wie du kann das elegant nennen«, warf Wortke mit gespielter Erschütterung ein.

»Die Koreaner spielen keine Rolle – noch nicht. Die japanische Mafia hat Deutschland ebenfalls noch nicht entdeckt und operiert vor allem in den USA und im pazifischen Raum. Die Russen und Rumänen, Albaner und Polen beenden ihre Streitigkeiten im klassischen Sinne: Sie schießen. Von der italienischen Mafia brauchen wir gar nicht zu reden, deren Methoden sind bekannt und für die internationale Kriminalität beispielhaft.«

»Ausdrücke hast du!« sagte Wortke vorwurfsvoll.

»Aber nun taucht eine neue, bisher nur vereinzelt praktizierte Tötungsart auf: die Drahtschlinge, eine fernöstliche Spezialität. Logisch gedacht: Es bleiben als Täterkreis nur zwei Gruppen übrig, die chinesischen Triaden und die Vietnam-Mafia. Ich bin der Ansicht, daß wir die Chinesen in diesem Fall ausschließen können. Hätten sie Interesse an diesem Markt, würden sie längst zugeschlagen haben. Was ist also logisch, Herr Kriminalrat?«

»Es handelt sich um eine neue vietnamesische Gruppe. Und das ausgerechnet in München.«

»Irgendwo müssen sie ja mal anfangen.« Reiber verfiel wieder in Sarkasmus. »Nehmen wir an, meine Theorie stimmt: Wo ist dann die Gegenseite?«

»Ringelringelreihe, wir drehen uns im Kreise.« Wortke legte seine breite Hand über Reibers Strichmännchen. »Ich bleibe bei meinem außerhalb der Legalität stehenden Vorschlag: Wir brauchen Informanten aus der Jugendszene. Jugendliche Ermittler, Strafbefreiung für beteiligte Zeugen. Das erzeugt zwar bei unseren Politikern eine humanitäre Gänsehaut, aber anders dringen wir nicht in die Zirkel ein.

Verdeckte Ermittler kriechen sonst überall unter, aber bei den Usern haben sie keine Chancen. Das ist eine besondere Welt, in die sie nicht eindringen können, weil sie – wie du schon sagtest – einfach zu alt sind. Sie sind Opas für die Jungen.«

»Stop!« Reiber wedelte mit der Hand durch die Luft. »Du nimmst an, daß hier die Ecstasy-Welle hochspült.«

»Das tote Mädchen am Abstellbahnhof ...«

»Das sind zwei verschiedene Schuhe, Theo.«

»Für mich nicht.«

»Die Dreierseilschaft der Polen kann auch mit Heroin zu tun haben. Oder Kokain. Oder auch nur mit Schmuggel von gestohlenen Autos und Zigaretten.«

»Autos interessieren die Vietnamesen nicht.«

»Richtig.«

»Und Zigaretten ... Das ist eine Berliner Spezialität.«

»Nicht ausschließlich.«

»In München hat der Zigarettenschmuggel nie eine große Rolle gespielt. Das weißt du besser als ich. Die löcherigen Grenzen liegen im Osten und im Westen. Amsterdam ist ein reger Umschlagplatz. Bei uns kann es sich nur um Ecstasy handeln. Ich habe mich da hineingekniet: Allein in Österreich gibt es, nach Schätzungen der dortigen Sicherheitsbüros, über 70 000 Konsumenten der Teufelspillen. Und es werden täglich mehr. Es ist wie eine Lawine, die alles überrollt. Es liegen Expertenzahlen vor: In Wien sollen an jedem Wochenende bis zu zehntausend Ecstasy-Bonbons verkauft werden. Und an was grenzt Bayern? Na? An Österreich.«

»Ich habe die Zahlen ebenfalls.« Reiber fühlte sich von Wortke angegriffen. »Mein Gott, das wissen wir doch alles! Das habe ich sogar in einer Dokumentation zum internen Gebrauch zusammengestellt. Aber Beweise, Theo, Beweise – nur die zählen! Wir tappen doch im dunkeln, gib es zu. Wer weiß denn besser als ich, daß in München bei Razzien in den Techno-Diskotheken immer mehr Ecstasy-Tabletten beschlagnahmt werden! Und jetzt haben wir sogar die erste Tote, Lisa Brunnmeier. Aber nirgendwo ein Hinweis, daß eine Vietnam-Gang das Geschäft kontrolliert! So logisch das alles ist, wir pinkeln uns auf die eigenen Schuhe.«

In diese Gedanken hinein platzte Wortkes Stimme: »Irgendwoher müssen die Satanspillen doch kommen!«

»Vor allem aus Polen.«

»Aha!«

»Aber auch aus einheimischen Labors. Jeder halbwegs begabte Chemiestudent kann Ecstasy herstellen, Heroin und Kokain aber nicht.« Reiber griff nach seinem Schmierzettel mit den Strichmännchen, zerknüllte ihn und warf ihn in den Papierkorb. »Ich halte am Freitag einen Vortrag über Ecstasy, in Zusammenarbeit mit dem LKA und der Sonderkommission ›E‹ ... Das ist die Abkürzung der Kids für die Pille. Ein Drogen- und ein Medizinexperte werden ihre Untersuchungen vorlegen. Die Veranstaltung für einen ausgewählten Kreis findet im Sitzungssaal des Landeskriminalamtes statt. Kommst du auch?«

»Was für eine Frage!« Wortke spielte den Beleidigten. »Ein Morddezernat sammelt nicht nur Leichen ein.«

Der Überblick über die gesammelten Erkenntnisse blieb mager, zeigte aber auch viel Interessantes. Die Verhöre in Lisa Brunnmeiers Umfeld endeten zwar mit Achselzucken, verdichteten sich jedoch zu einem Bild, das gar nicht zu dem paßte, das sich die Eltern bisher von ihrer braven Tochter gemacht hatten.

Ein Doppelleben wurde Stück für Stück aufgedeckt.

Die fleißige Friseurin, das beliebte Mädchen von nebenan, die fröhliche Siebzehnjährige ohne Fehl und Tadel – und auf der anderen Seite die Userin, das ekstatische Partygirl, die Techno-Süchtige, die Ecstasy-Schluckerin, die allzeit Bereite für einen erstaunlichen Mehrfachverkehr. Allein sieben

Jungen gabelte Wortke auf, die mit Lisa geschlafen hatten – in den vergangenen drei Wochen!

Wie paßte das zusammen? Wie konnten Tag und Nacht so unterschiedlich sein?

Für die Eltern Brunnmeier war es ein gewaltiger Schock. Während Mutter Elfriede nur noch weinte, tobte Josef, der biedere Installateurmeister, herum.

»Ich habe eine Hure großgezogen!« brüllte er und attackierte vor allem seine Frau rücksichtslos und ungerecht. »Ist das meine Schuld? Nein! Nein! Es ist deine Schuld! Gib dem Kind mehr Freiheit ... Laß sie doch tanzen gehen ... Was ist denn schon dabei, wenn sie sich mit Freunden trifft ... Gönn ihr doch das harmlose Vergnügen ... Harmlos! Ha! Schluckt Drogen und macht überall die Beine breit! Meine Tochter! Diese Schande! Ich kann die Firma aufgeben, das Haus verkaufen, wir können auswandern. Wer bestellt bei mir denn noch ein Badezimmer oder Wasserleitungen? Höchstens noch verstopfte Klobecken, die darf ich reinigen. Wer eine solche Scheißtochter hat, kann auch nur noch Scheißhäuser reparieren!«

Sein Zorn ging so weit, daß er vier Jungen, die mit Lisa verkehrt hatten, auflauerte und sie so verprügelte, daß ihm Anzeigen wegen Körperverletzung ins Haus flatterten. Aber so sehr Josef Brunnmeier sich auch auf seine Art bemühte, mehr Licht in den Hintergrund von Lisas Doppelleben zu bringen – wie die Kriminalpolizei stieß auch er auf eine Gummiwand des Schweigens. Alle Fragen, alle Nachforschungen federten zurück. Keiner wußte etwas Genaues. Ecstasy? Bei uns in der Disco? Nee! Nie gehört ... Das heißt, gehört ja, aber nie in der Hand gehabt. Wie sehen denn die Dinger aus? Wie saure Drops?

Lisas Liebhaber waren, wie konnte es anders sein, besonders ahnungslos. Nun ja, Lisa war eine wilde Hummel gewesen, aber drogensüchtig? Nie bemerkt. Natürlich war sie oft high, aber nicht von Ecstasy, sondern immer dann, wenn sie einem Jungen, der ihr gefiel, den Reißverschluß an der Hose herunterzog. Sie war eben eine geile Muschi ... Ist das verboten?

Wortke hörte sich das alles geduldig an. Manchmal war er versucht, einigen der sturen oder sogar aufsässigen Kids in den Hintern zu treten, vor allem, wenn er merkte, daß ihm als Bulle keinerlei Sympathie entgegenschlug, sondern im Gegenteil nur passiver Widerstand, Schweigen und unverschämtes Grinsen. Nun frag mal schön ... Genausogut kannst du dich mit Fischen unterhalten.

Wortke trat die Kids nicht in den Hintern, ein deutscher Beamter muß sich beherrschen können. Auch wenn es, gerade bei der Kripo, oft schwer ist, die Nerven zu behalten. Man muß die Provokationen einfach hinunterschlucken, auch wenn sie einem fast die Luft abschnüren. Da kann ein Verbrecher beim Verhör fragen: »Was willst du Arsch eigentlich von mir? Fick dich doch ins Knie!« Und man muß das hinnehmen und unbeeindruckt weiter seine Fragen stellen. Es gehört schon ein starkes Nervenkostüm dazu, Kriminalbeamter zu sein.

Wortke war klar, daß alle aus dem Freundeskreis von Lisa Brunnmeier mehr wußten als nur: »Sie war 'ne tolle Nummer!« Auch war anzunehmen, daß in den Discos, in denen Lisa sich ausgetobt hatte, Ecstasy zu den »Muntermachern« gehörte und verkauft wurde. Das Säckchen voller Pillen, das man bei der Toten gefunden hatte, wies darauf hin, daß sie sich kurz vor dem Drogenunfall mit neuer Ware versorgt hatte. Nur war bisher nicht festzustellen, wo Lisa an diesem Abend getanzt und geliebt hatte und dann gestorben war. Es war kein einsames Sterben gewesen, die frischen Spermaspuren verrieten, daß zumindest ein Mann Zeuge ihres Todes gewesen war. Der Mann, der sie dann im Keller eines verfallenen Hauses abgelegt hatte.

»Ich glaube, wir haben eine heiße Spur«, zog Reiber Bilanz. »Wir sehen sie nur noch nicht. Ich rieche den Braten, aber die Pfanne fehlt mir noch. Wir haben da in einen Ameisenhaufen hineingestochen, und nun wimmelt alles durcheinander. Und einer dieser Aufgescheuchten wird einen Fehler begehen, das sagt mir meine Erfahrung. Unsicherheit ist ein Gift, das an den Nerven frißt. Warten wir es ab.«

»Für die Medien heißt das: Die Polizei ist unfähig!« erwiderte Wortke bitter.

»Kratzt dich das noch, Theo?«

»Nein.« Wortke schüttelte wild den Kopf. »Aber es bleibt die bittere Erkenntnis: In diesem Land kann dich jeder mit Dreck bewerfen ...«

Die Zeitungen, die von Gleichem in den nächsten Tagen sammelte und mit einem schmerzlichen inneren Druck las, bestätigten ihm, daß er in eine verteufelt heiße Situation geraten war.

Lok, der Besucher aus Vietnam, hatte keine leeren Worte ausgesprochen. Die drei polnischen Geschäftsfreunde erschienen nicht im Toscana; man fand sie, nebeneinander aufgereiht, ermordet im Nymphenburger Park. Mehr hatte die Pressestelle des LKA nicht bekanntgegeben. Die wilden Vermutungen in der Presse und im Fernsehen interessierten Franz von Gleichem nicht. Er wußte jetzt ganz genau, daß alle Verhandlungen mit der unbekannten Mafia-Gruppe nur ein Diktat sein würden. Er wußte auch, daß es um seinen Kopf ging. Der Markt in München und in ganz Bayern wurde aufgeteilt, ganz nach den Vorstellungen der Vietnamesen. Es gab keine Ausflüchte mehr, nur die Flucht aus München. Aber dagegen wehrte sich von Gleichem. Er war der Barkönig dieser Stadt, in der Gesellschaft beliebt, geehrt und bewundert. In seinen Clubs, die nichts anderes waren als exklusive Bordelle mit ausgesucht hübschen Mädchen, verkehrten Leute aus Wirtschaft, Politik und Kultur, die weithin bekannt waren und immer wieder in den Gesellschaftsnachrichten der Boulevardpresse auftauchten. Leute von internationaler Bedeutung. Dieses kleine Imperium aufzugeben, das von Gleichem in über zwei Jahrzehnten aufgebaut hatte, hätte das Ende eines arbeitsreichen Lebens bedeutet. Der große Einstieg in die Ecstasy-Szene war ein Fehler gewesen, das sah er jetzt ein. Und sein Kopf war ihm viel zu kostbar, um ihn für einen Kampf um Marktanteile einzusetzen.

Das ist keine Feigheit, das ist Besinnung auf das Wesentliche, sagte er sich. Feigheit hatte er von jeher gehaßt; er war immer ein Kämpfer gewesen. Aber da gibt es ein altes chinesisches Sprichwort: Wer sich zurückzieht, kann auch siegen. – Maos langer Marsch war dafür der beste Beweis. Mao hatte gesiegt.

Fünf Tage nach dem Tod der drei Polen erschien Lok wieder im Toscana.

Dieses Mal ließ Ulrike ihn sofort durch die Hintertür; von Gleichem hatte in den vergangenen Tagen auf Loks Besuch gewartet.

Er erhob sich, als Lok ins Büro kam, und preßte die Lippen zusammen, als der Vietnamese sich überaus höflich verbeugte und sich dann in einen der Ledersessel setzte. Er lächelte dabei, aber es war ein gefrorenes, maskenhaftes Lächeln.

»Haben Sie die Zeitungen gelesen?« fragte Lok in freundlichem Ton.

Von Gleichem empfand diese Höflichkeit wie ein Anspucken. »Warum halten wir uns mit dummen Vorreden auf?« erwiderte er grob. »Ihre Vorschläge!«

»Liegen auf Ihrem Tisch.«

»Waren diese Morde notwendig?«

»Es waren keine Morde.« Lok lehnte sich zurück und

schlug die Beine übereinander. »Die deutsche Sprache ist so unelegant. So grob. Wir nennen das Bereinigung. Niemand würde sich beschweren, wenn man sein Haus sauber hält. Verjage das Ungeziefer, und du schläfst ruhiger. Die alten Weisheiten sind immer noch die besten Lebensregeln.« Er lächelte wieder. »Jetzt ist unser Haus rein.«

»Sie wollen den Ecstasy-Markt?« fragte von Gleichem gepreßt. Loks Freundlichkeit zerrte an seinen Nerven.

»Wir wollen – sagen wir es so – den Ecstasy-Markt schützen.«

»Vor wem?«

»Vor den wilden Händlern, die aus Amsterdam und Österreich kommen. Vor den Polen und Russen. Und vor den kleinen Küchen, in denen die Tabletten gebraut und gepreßt werden. Das ist eine große Aufgabe, Herr von Gleichem. Das erfordert eine straffe Organisation. Das macht auch einen Kapitaleinsatz notwendig.«

»Präzise ausgedrückt: Ich zahle Schutzgeld.« Von Gleichem hob die Papiere hoch, die auf seinem Schreibtisch lagen. »Was mir hier übergeben wurde, ist ein normaler Versicherungsvertrag. Eine Hausratversicherung. Was soll der Unsinn?«

»Ist das nicht dasselbe? Wir sichern Ihr Geschäft, Ihr Haus ...«

»Aber Sie wollen doch mehr!«

»Dazu geben Sie mir Ihre Hand, das genügt. Ein Händedruck gilt bei uns als Vertrag. Vertrau deinem Nächsten wie dir selbst, und dein Leben ist wohlgetan.«

»Vertrauen!« Von Gleichem rümpfte die Nase. »Gibt es das überhaupt?«

»Bei uns.« Loks Maskenlächeln weichte nicht auf, obwohl er die verdeckte Beleidigung verstand. »Der Untreue ist wie faulendes Korn; es muß geschnitten werden.«

»Sie haben wohl für alles einen alten Spruch!«

»Nur die Tradition ist der Acker für neues Leben.«

»Da dachte Mao anders.«

»Was ist von ihm geblieben? Das neue China baut die alten Tempel wieder auf, die Mao zerstörte. Aber warum reden wir über China? Wir sollten über München reden.«

»Konkret: Was wollen Sie wirklich?«

»Eine Zweiteilung.«

»Gebietsschutz. Auch für ganz Bayern?« Von Gleichem warf den Hausratversicherungsvertrag auf den Tisch zurück. »Wir nehmen eine Landkarte, ziehen einen Strich und dann: linke Seite du, rechte Seite ich. Sehe ich das richtig?«

»Falsch. Sie sehen das völlig falsch, Herr von Gleichem.« Lok beugte sich im Sessel etwas vor. »Unsere Zusammenarbeit ist viel unproblematischer: Wir liefern die Ware, und Sie verkaufen sie. Dazu übernehmen wir auch noch den Schutz. Sie bleiben voll im Geschäft wie bisher, nur Ihre Gewinnspanne wird sich etwas reduzieren.«

Von Gleichem mußte sich setzen. Diese Wendung hatte er nicht erwartet, das war ein völlig neuer Aspekt, mit dem er nie gerechnet hatte, weil er ihm undenkbar erschienen war. Es ging den Vietnamesen nicht um den Markt, sondern um die Lieferung. Es blieb alles beim alten, nur die Polen waren aus dem Geschäft.

»Und weiter?« fragte Franz von Gleichem vorsichtig.

»Kein weiter.«

»Das wäre alles?«

»Sie haben noch nicht nach unseren Bedingungen gefragt, Herr von Gleichem.«

»Also frage ich: welche Bedingungen?«

»Sie werden Ecstasy bei uns etwas teurer einkaufen müssen. Dafür bekommen Sie die reinste Ware, die möglich ist. Vom Umsatz führen Sie dreißig Prozent an uns ab. Ein wirklicher Freundschaftsbeweis.« Lok faltete die Hände über seinem hochgezogenen Knie. »Ein Weiser sagte einmal: Der Geldeintreiber wird nie den Himmel sehen.«

»Diesen Spruch sollte man als Schild in jedes Finanzamt hängen!«

»Doch nicht Sie, Herr von Gleichem.« Lok lachte kurz auf. »Wie heißt es: Wer den Reichen schenkt, ist ein Narr. Sie waren nie ein Narr. Wir sind es auch nicht.«

»Und wann können Sie Ihr Ecstasy liefern?« Von Gleichem hatte keine Lust, mit Lok über die Steuern zu diskutieren. Der Drogenverkauf war ein Millionengeschäft am Finanzamt vorbei. Weltweit waren es Milliarden, mehr als der Staatshaushalt der USA ausmachte. Ecstasy spielte nur eine kleine Rolle, das große Geld brachten immer noch Heroin, Kokain und Hasch. Aber die Modedroge der Jugend hatte begonnen, überall einzusickern. In die Discos, die Bars, bei Jugendtreffen, sogar in die Schulen, wo Dealer in den Pausen auf dem Schulhof die Pillen verkauften und sofort wieder verschwanden. Völlig ungefährlich, hieß es immer. Dein Hirn blüht auf, du fühlst dich happy, du bist plötzlich stark, du kennst keine Müdigkeit mehr. Was dich hemmt, fällt von dir ab, du bist ganz einfach glücklich, du bist so, wie du immer sein wolltest: ein toller Typ! Und wer einmal Ecstasy geschluckt hat, wird Mühe haben, davon loszukommen. Das ist der große Eimer, der niemals leer wird. Und wie bei einem Brünnlein plätschert das Geld ...

»Wir liefern sofort.« Lok deutete auf den Vertrag. »Unterschreiben Sie bitte.«

Bitte! Welch teuflische Höflichkeit!

»Was liefern Sie?« fragte von Gleichem und griff nach seinem Kugelschreiber. Das Wort »Hausratversicherung« schien ihn höhnisch anzugrinsen. »Barney? Smiley? Oder Chanel?«

»Wir wollen Altes nicht kopieren. Wir stellen ein neues Präparat her.«

Von Gleichem ließ den Kugelschreiber wieder sinken. Ein neues Ecstasy? Vorsicht! Darin kann eine unwägbare Gefahr liegen. Man will die Jugend ja nicht vergiften, sondern anregen. Das ist der Unterschied zwischen der Glückspille und den harten Drogen.

»Warum etwas Neues?« fragte er abweisend. »Mit den bisherigen Pillen hatten wir Erfahrungen.«

»Und Tote! In England über fünfzig, in den USA einige hundert, in anderen Ländern vereinzelte, in Berlin zwei, in München ein ›Unfall‹.«

»Ich habe ›Playboy‹ sofort vom Markt genommen«, sagte von Gleichem, als müsse er sich verteidigen.

»Sind Sie ein Mensch, der ökologisch denkt?« fragte Lok.

Von Gleichem blickte ihn verständnislos an. »Was meinen Sie damit?«

»Sie haben gespendet für den Erhalt des brasilianischen Urwaldes, für die Reinhaltung der Gewässer und Seen, für die Artenerhaltung der Pandabären und der Tiger, für das Verbot der Giftverklappung in die Nordsee, für ökologischen Obst- und Gemüseanbau ... Sie sehen, wir wissen alles über Sie. Sie sind ein geachteter Mäzen des Umweltschutzes.«

Von Gleichem war verblüfft und erschrocken zugleich. Was wissen die alles? Die Aufzählung entsprach der Wahrheit. Er stiftete auch noch für Greenpeace, den WWF und die Gesellschaft zur Rettung Schiffbrüchiger. Bei Sammlungen zur Hilfe bei Katastrophen fehlte sein Name nie auf der Liste der Spender. Auch das hatte dazu beigetragen, ein überall geachteter Mann zu sein.

»Was soll das?« fragte er und hörte, daß seine Stimme einen heiseren Klang bekommen hatte.

»Es muß Sie erfreuen, daß die von uns neu entwickelte Ecstasy-Pille ökologisch einwandfrei ist.«

»Das ist doch ein Witz!«

»Lassen Sie mich das erklären.« Lok legte den Kopf in den Nacken und blickte an die Zimmerdecke. Es war, als läse er die kommenden Sätze dort ab. »Dieses Ecstasy unterscheidet sich schon in der Verpackung von allen anderen Präparaten. Es ist keine Pille und keine Tablette, sondern eine attraktive kleine Pyramide aus mit bunten Bildchen bedrucktem Papier. Ecstasy in Pulverform. Man kann es leicht in jedes Getränk mischen oder mit jedem Getränk hinunterspülen. Die Mischung besteht aus reinen Naturstoffen, von denen keines verboten ist. Dieses Ecstasy enthält Ginseng, Grünen Tee, Gingko Bilboa, Guarana, Raw Cola und Traubenzucker. Diese Mischung im richtigen Verhältnis erzeugt die gleiche Wirkung wie die anderen Ecstasy-Pillen, nur: Es sind naturreine Rohstoffe. Keine Chemie, sondern alles ökologisch. Wir haben dieses Ecstasy ›100 percent natural vegetarian‹ getauft und in den USA getestet. Mit den besten Ergebnissen. Und es ist billig: pro Pyramide nur 2,10 Mark im Einkauf.« Lok lächelte wieder und senkte den Kopf. Sein Blick wurde scharf und stechend. »Welch eine Gewinnspanne für Sie, wenn Sie sie für unter zehn Mark verkaufen! Sie werden damit den Markt beherrschen. Da gibt es keine Konkurrenten mehr! Mit unserem Ökopulver erobern wir die Welt. Und was am wichtigsten ist: Es sind alles Naturstoffe, nicht verboten, sondern völlig legal.«

Von Gleichem atmete tief durch. »Wenn das alles stimmt ... Das wäre wirklich eine Revolution.«

»Es ist wahr. Die Erfolge in den USA bestätigen es. Hier produziert keine Giftküche.«

»Auch Zyankali ist ein Naturprodukt, wenn man es aus bitteren Mandeln gewinnt. Und das Gift des brasilianischen Gelbfrosches ist auch Natur. Die Indios präparieren damit ihre Pfeilspitzen. Unter Ökologie verstehe ich etwas anderes.«

»Unser Vertrag baut auf unserem Präparat auf.« Loks

Stimme klang wie immer ruhig, aber von Gleichem hörte doch die versteckte Drohung heraus. »Wir sind die Hersteller und die Lieferanten. Bei uns gibt es nur dieses Ecstasy. Was läßt Sie so kritisch reagieren, Herr von Gleichem? Bisher haben Sie Glück verkauft, hinter dem der Tod wartet. An unserer Pyramide ist noch niemand gestorben. Erfahrungen sind wie Brücken über den Fluß ...«

»Ich lasse mich gern überzeugen.« Von Gleichem griff wieder nach seinem Kugelschreiber. Er war bereit, das Abenteuer einzugehen.

Ohne Zögern unterschrieb er den Vertrag.

Auch eine Krankheit muß einmal vorüber sein, vor allem, wenn sie vorgetäuscht wurde.

Nach acht leidenschaftlichen Vormittagen mußte Robert wieder in der Schule erscheinen. Seine Kameraden nahmen davon wenig Notiz; er war immer eine Art Außenseiter gewesen. Kein Mädchen, keine amourösen Wochenend-Abenteuer, keine Haschzigarette, keine Discos, keine lockeren Sprüche. Im Sport fast eine Niete, bis auf Schwimmen, dazu noch Pfadfinder, was die meisten lächerlich fanden, keinen Bock auf eine zünftige Party, immer nur Klavier, Chopin, Debussy, Beethoven und Schumann, sowie die Beschäftigung mit außerirdischen Phänomenen – ein Langweiler wie aus dem Bilderbuch! Nur Roberts bester Freund, der Mathematikprimus Gerhard, fragte ihn kurz: »Wieder okay?«

Und Robert antwortete ebenso kurz: »Es geht schon wieder.«

Niemand merkte, daß er ein anderer Mensch geworden war. Nur Gerda Habicht, seiner Mutter, schien eine Wandlung aufzufallen. Sie sprach darüber mit ihrem Mann, aber zu einer denkbar ungünstigen Zeit; sie störte ihn bei seiner Briefmarkensammlung.

»Robert gefällt mir in der letzten Zeit nicht«, sagte Gerda besorgt.

»Stimmt.« Habicht sah brummend von seiner Sammlung hoch. »Er sollte sich mal wieder die Haare schneiden lassen.«

»Das ist es nicht, Hubert.«

»Was sonst?« Verzückt betrachtete Habicht eine englische Briefmarke aus dem Jahre 1901.

»Er sieht müde und blaß aus. Er arbeitet zuviel.«

»Für ein gutes Abitur muß man arbeiten. Da fällt einem nichts in den Schoß. Bildung ist Mühe.«

»Robert hat so einen merkwürdigen Blick. Hast du mal seine Augen gesehen?«

»Natürlich kenne ich die Augen meines Sohnes Robert!« Habicht wurde ungeduldig. Bei seinen Briefmarken wollte er nicht gestört werden. Jeder Mann muß ein ihn ausfüllendes Hobby haben, vor allem ein Beamter in einer Landesregierung. Der Dienst am Schreibtisch ist erdrückend genug. »Sie sind blau.«

»Ich möchte mit dir vernünftig reden.« Gerda Habicht war pikiert und setzte sich ihrem Mann gegenüber auf einen Stuhl. Habicht seufzte ahnungsvoll. Wenn Gerda über ihren Sohn sprach, artete das immer in eine Diskussion aus.

»Was hast du an ihm auszusetzen?« fragte er und legte die Lupe aus der Hand, mit der er seine Briefmarken betrachtete. »Spielt er Chopin wieder im Stil von Beethoven?«

»Robert treibt Raubbau mit seinen Kräften!« sagte Gerda. »Manchmal läuft er wie geistesabwesend herum. Ich habe gesehen, wie er im Garten sitzt und vor sich hin starrt. Bewegungslos, völlig bewegungslos. Ich glaube, er hat Depressionen.«

»Er wird an Mathematik denken; da kann man bei einer drohenden Fünf im Zeugnis schon depressiv werden.«

»Deine dumme Mathematik! Ich mache mir Sorgen um Robert!«

»Völlig unnötige.«

»Er ist abgemagert.«

»Auswirkungen von England. Ich mag das englische Essen auch nicht.«

»Und diese Ringe unter den Augen. Robert ist krank!«

Habicht hatte Mühe, seine Ungeduld zu zügeln. »Gut, gut«, sagte er und griff wieder nach seiner Lupe. »Ich werde mich darum kümmern. Ich werde mit meinem Sohn Robert reden. Zufrieden?«

Gerda Habicht sah ein, daß es zwecklos war, weiter mit ihrem Mann darüber zu sprechen. Sie warf den Kopf in den Nacken, was ihre Empörung ausdrücken sollte, und verließ das Arbeitszimmer. Habicht atmete auf. Er griff nach einem Kuvert neu angekommener Briefmarken und sortierte sie mit einer Pinzette. Bloß keine Zahnung beschädigen, eine Briefmarke ist empfindlicher als Glas. Jeder Sammler weiß das.

Mit seinem Sohn Robert sprach Habicht natürlich nicht über die Sorgen seiner Mutter. Er hatte das Thema längst vergessen. Krank war man erst, wenn es nötig war, im Bett Zuflucht zu suchen. Das hatte Hubert von seinem Vater gelernt, und der war ein alter Soldat gewesen. Die heutige Jugend verweichlichte immer mehr ...

So entging Robert einem elterlichen Verhör, das er doch nur mit Lügen beantwortet hätte. Brav nahm er angeblich weiter Nachhilfeunterricht bei seinem Freund, jetzt an den langen Nachmittagen. Da saß Robert im Toscana, verkaufte Smiley, Barney und das sehr teure Chanel, das reinste Ecstasy, das in Deutschland angeboten wurde.

»Wo bist du eigentlich wirklich?« fragte ihn sein Freund einmal während der Schulpause. »Weißt du, daß du mich blamierst? Ich gebe dir Mathe-Unterricht, so denken alle, und du baust nachher im Abi eine Superfünf! Mein Ruf ist hin!«

»Du überlebst es mit deiner Eins. Ich bin und bleibe eben dämlich, wenn's über das große Einmaleins hinausgeht. Und ich ertrag' meine Dämlichkeit.«

»Dann sag mir wenigstens, wo du dich herumtreibst.«

»Ich habe ein Mädchen.«

Das klang einfach und einleuchtend. Der Freund grinste breit, aber dann wurde er sofort wieder ernst. »Sag bloß, diese Bar-Tussi!«

»Warum nicht?« Robert nickte. Gerhard war sein Freund, dem er das anvertrauen konnte. »Ich liebe sie ...«

»Du Arsch!«

»Danke.«

»Ehrlich, du bist ein Arschloch! So etwas kann man bumsen, aber nicht lieben. Wie soll das denn weitergehen?«

»Sie liebt mich auch.«

»Und das glaubst du?«

»Ich weiß es. Wir werden zusammenbleiben. Nach dem Abi werde ich Musik studieren. Ich sehe meine Zukunft als Konzertpianist. Wie Barenboim ... am Flügel und vor dem Orchester.«

»Barenboim hatte keine Tussi im Schlepp!«

»Was weißt du von Ulrike?« Robert winkte ab, als der Freund weitersprechen wollte. »Sie gibt mir Kraft, Glück und Selbstvertrauen. Sie ist eine wunderbare Frau. Ich brauche sie.«

»Im Bett.«

»Nein! Für mein Leben! Aber das verstehst du nicht.«

»Zugegeben, nein! Ich ahne nur, daß sie dich kaputtmacht.«

»Auch das ist meine Sache!« Robert sah seinen Freund mit zusammengekniffenen Lippen an. »Du mußt mir versprechen, keinen Ton davon zu sagen. Wie sich auch alles entwickeln wird: kein Wort.«

»Versprochen. Aber ich bin gespannt, ob ich dich jemals

in der Philharmonie hören werde. Robert Habicht spielt das 1. Klavierkonzert von Tschaikowsky.«

»Du bekommst eine Freikarte. Erste Reihe, Mitte.« Roberts Lachen klang siegesgewiß. »Und wehe dir, wenn du pfeifst!«

Auf einem Bankkonto, das Robert mit achtzehn Jahren eröffnen konnte, lagen jetzt bereits 7645 Mark. Täglich erhöhte sich die Summe, die Geschäfte gingen gut. Nur vor einem schreckte Robert zurück: die Pillen seinen Klassenkameraden anzubieten. Er wußte, daß zwei von ihnen Marihuana nahmen, und sie wären vermutlich auch seine ersten selbst geworbenen Kunden geworden, aber bei aller Ungefährlichkeit der Glücksdroge, wie Ulrike immer betonte, hielt ihn eine moralische Sperre zurück. Nicht meine Kameraden, dachte Robert. Sie sollen sauber bleiben.

Dagegen entschloß er sich, eine der Techno-Partys zu besuchen. Dort mußte man, wenn man den Umsatz hochrechnete, Ecstasy schlucken wie Hustenbonbons. Es mußte ein Erlebnis sein, einen ganzen Stall voll Verzückter zu beobachten.

Ulrike sagte er von seinem Vorhaben nichts, aber er steckte sich an einem der Verkaufsnachmittage zwanzig Smiley in die Tasche, nahm von zu Hause eine verwaschene Jeans und ein T-Shirt mit dem Aufdruck »Ich bin eine Insel« mit, ein Souvenir von einem Helgoland-Ausflug vor Jahren, zog sich im Auto um und betrat einen In-Schuppen, der einmal ein Stall gewesen war und den man umgebaut hatte. Die Adresse hatte er einem der jungen Dealer entlockt, ohne daß Ulrike es gemerkt hatte.

Zum erstenmal betrat Robert eine fremde Welt.

Eine völlig fremde Welt, nicht vergleichbar mit dem Toscana.

Der weite Raum lag fast im Dunkeln, aber von der Decke blitzten in einem wilden Rhythmus bunte Scheinwerferstrahlen, gingen an und aus, sich in Wirbeln drehend. Dazu hämmerte eine stampfende, auf die Nerven niederprasselnde Musik aus ungezählten Lautsprechern, die überall im Schuppen verteilt waren, überlaut, das Trommelfell sprengend und in die Körper eindringend. Eine Menge zuckender, sich krümmender und zueinander stoßender Leiber füllten die Tanzfläche, das Gewirbel von Armen und Händen schien in den Lichtstrahlen zu Riesenschlangen zu werden, die sich zu den Tönen schaukelten. Es war ein Gedröhne und Stampfen, daß Robert Mühe hatte, überhaupt einzelne Töne zu unterscheiden, aber auch sie ergaben nichts, was in seinen Ohren wie Musik klang. Es war nur Rhythmus, ein Hineinhämmern in diese zuckenden Körper und in die von Lichtblitzen erhellten Gesichter. Und jung waren die Tanzenden, so jung, daß Robert sich betroffen fragte: Wie alt bist du denn? Gehörst du noch dazu? Was willst du in dieser fremden, dröhnenden Welt?

Er zwängte sich an den Tanzenden und den an den Wänden stehenden Tischen vorbei und suchte eine Theke. Er fand sie an der Hinterwand, rustikal aus Holzbohlen gezimmert, an den Wänden Plakate von Techno-Bands, deren Namen Robert noch nie gehört hatte, und zog sich einen Stuhl heran. Am Tresen standen einige Jungen in seinem Alter, tranken Cola oder einen Fruchtcocktail, zwei von ihnen zitterten so stark, daß sie ihr Glas mit beiden Händen umklammern mußten, und das kam nicht vom Alkohol, denn nirgendwo entdeckte Robert die Regale mit den Alkoholflaschen, wie er sie im Toscana gesehen hatte.

Die Jungen beachteten ihn nicht. Robert atmete auf. Er gehörte also doch zu ihnen, er fiel nicht auf.

Bei einem mißmutig dreinblickenden Barkeeper bestellte er eine Cola. Er hatte gerade den ersten Schluck getrunken, als sich ein Mädchen an seine Seite schob. Es hatte einen Orangensaft in der Hand und war noch nicht so verschwitzt wie die Mädchen, die von der Tanzfläche zurückkamen. Aus den Augenwinkeln sah Robert sie an. Lange blonde Haare bis über die Schultern, ein runder Busen, der sich unter der Bluse abzeichnete, schmale Hüften und schlanke Beine in Sportschuhen mit flachen Absätzen. Ihr Gesicht, das ihn an amerikanische Illustriertengirls erinnerte, war ihm voll zugewandt. Sie hatte schmale Lippen und eine kindliche Nase. Sie lächelte jetzt, und in ihrem linken Mundwinkel blühte ein Grübchen auf. Hübsch, dachte Robert. Ein Puppengesicht. Und Haare wie goldene Seide.

Er zuckte zusammen, als sie ihn plötzlich fragte: »Du bist neu hier?«

»Seh' ich so aus?« fragte er zurück.

»Ich habe dich noch nie hier gesehen.«

»Bei dem Gewühl falle ich nicht auf, das wird es sein.«

Sie lachte. Ihre Stimme war hell wie ihr Haar. »Du tanzt nicht?« fragte sie weiter.

»Du tanzt doch auch nicht.«

»Ich hab's heute im Rücken. Vom Sport, weißt du. Ich spiele Hockey.«

»Das ist selten. Ich habe noch nie ein Mädchen getroffen, das Hockey spielt. Ich schwimme gern.«

»Das ist mein zweitliebster Sport.«

»Ich kann auch Turmspringen, und dabei bin ich vorgestern falsch aufs Wasser geknallt. Die linke Hüfte ist blau wie 'n Adriahimmel.«

»Adriahimmel ist gut.« Sie lachte wieder, trank einen Schluck und stellte das Glas auf die Theke. »Dann können wir heute beide nicht tanzen.«

»Das befürchte ich, leider.« Sie mußten sich anschreien, so laut war das Hämmern der Techno-Band. Roberts Interesse wuchs. Die Kleine hatte Augen wie dunkler Bernstein. Sie gaben dem Gesicht einen besonderen Reiz. Augen, die man erforschen mußte. »Ich heiße Robert«, sagte er. Er mußte es einfach sagen.

»Ich bin Christa.«

»Und was machen wir nun?« Er fühlte sich durch ihre Nähe plötzlich wohler in diesem rasenden Schuppen, der »777« hieß ... »Wir können nicht tanzen, wir sind beide Sport-Invaliden ... Das ist schon ein Problem.«

Das Turmspringen war natürlich gelogen; über das Einmeterbrett war Robert nie hinausgekommen und hatte nie Lust verspürt, sich aus großer Höhe ins Wasser zu stürzen. Wasser konnte verdammt hart sein. Dagegen glaubte er Christa das Hockeyspielen; er konnte sich gut vorstellen, wie sie über den Rasen rannte und den Schläger schwang.

»Wir könnten auf der Stelle tanzen, Robert«, sagte sie. »So hin und her, weißt du?«

»Das ist doch langweilig.«

»Weißt du was Besseres?«

»Wir könnten dem Krach hier entfliehen und draußen spazieren gehen. Es ist eine helle, warme Frühsommernacht.«

»Bist du romantisch?«

Bei dieser Frage legte sie den Kopf schief. Die Bernsteinaugen funkelten. Sie ist hübsch, dachte Robert. Wirklich, sie ist sogar verdammt hübsch.

»Romantisch?« wiederholte er. »Ab und zu.«

»Ist jetzt ab oder zu?«

»Zu! Hinaus an die frische Luft. Hier kann man ja kaum noch atmen.«

Sie verließen das »777« und lehnten sich an die getünchte Außenmauer. Ein schimmernder Halbmond erhellte ein paar streifige Wolken, die träge im Wind davontrieben. Es war noch so warm, als atme die Erde die Sonne des Tages aus.

»Bist du öfter hier?« fragte Robert, nachdem er vergebens gewartet hatte, daß Christa das erste Wort sagte.

»Auch ab und zu.« Sie lachte wieder ihr helles Lachen und warf mit einem Schwung ihre langen Haare aus dem Gesicht. »Ich bin kein richtiger Techno-Typ. Ich tu' nur so.«

»Und warum gehst du hin?«

»Um aus dem Alltagsmief herauszukommen. Du, das Leben ist irgendwie beschissen. Immer nur fernsehen, das dumme Genörgel und Gesülze zu Hause – da muß man doch flüchten. Hier ist wenigstens was los. Hier triffst du Typen, die dich verstehen. Die genau wie du das große Kotzen haben und die 'ne richtige Randale machen wollen. So was braucht man einfach mal. Den Putz abkloppen.« Sie blickte zu Robert hoch. »Wie ist das bei dir?«

Einen Augenblick war er betroffen gewesen, als er Christas Redeweise hörte. Sie paßte so gar nicht zu ihrem Äußeren, ihrer Puppenhaftigkeit.

»Randale, sagst du?« Robert legte den Arm um ihre Schulter. Sie duldete es ohne das geringste Zusammenzucken. »Bist du eine von den militanten Extremisten, die bei keiner Demo fehlen und alles kurz und klein schlagen, Autos anstecken, Geschäfte plündern, Polizisten mit Molotow-Cocktails bewerfen, Straßen aufreißen ...«

»Habe ich das gesagt? Ich habe nur gesagt, daß das Leben stinklangweilig ist. Du hängst nur noch rum.«

»Es gibt Kinos, Christa.«

»Immer der gleiche Mist.«

»Besuch mal ein Konzert.«

»Bloß das nicht! Da schlafe ich ein.«

»Lies ein Buch.«

»Bist du bekloppt? Ein Buch? Lesen? Ich bin doch kein Selbstverstümmler!« Sie reckte den Kopf zu ihm hoch. »Liest du Bücher?«

»Ja. Gern.«

»Krimis?«

»Weniger.«

»Pornos?«

»Auch nicht. Bücher über Raumfahrt und mögliche ferne Welten.«

»Aha! Du liest von den kleinen grünen Männchen.« Sie lachte wieder. »Hast du dich ins ›777‹ verirrt?« Sie zeigte zu dem Halbmond hinauf und schmiegte sich enger an Robert. »Was denkst du, wenn du den Mond ansiehst?«

»Er ist 384 403 Kilometer von uns entfernt. Sein Durchmesser beträgt 3480 Kilometer. Die Schwerkraft auf der Mondoberfläche beträgt ein Sechstel der irdischen Schwerkraft.«

»Und das ist alles?«

»Was noch?«

»Wo lebt der Mann im Mond?«

»Es gibt keinen Mann im Mond.«

»Siehst du, und ich glaube, daß es ihn gibt! Ich bin doch romantischer als du.«

Diese Antwort entwaffnete ihn. Dagegen gab es kein Argument mehr. »Du hast recht«, sagte er und fühlte sich immer wohler, je näher er Christas hübschen Körper spürte. »Glauben wir an den Mann im Mond. Aber jetzt schläft er.«

»Wieso schläft er?«

»Weil es Halbmond ist. Er schläft auf der dunklen Seite des Mondes. Ist doch klar!«

»Völlig klar.« Ihre Hand tastete nach der von Robert, umklammerte sie und hielt sie fest. »Robert ... Bis auf deine grünen Männchen bist du ein netter Kerl.«

»Und du ein nettes Mädel.«

»Werde ich dich wiedertreffen?«

»Christa, das klingt, als wolltest du weggehen.«

»Es ist jetzt 23 Uhr. Ich muß pünktlich zu Hause sein. Mein Alter steht mit der Stoppuhr am Fenster.«

»Wie kommst du heim?«

»Mit der S-Bahn.«

»Darf ich dich in meinem Auto mitnehmen?«

»Du darfst. Du hast ein Auto? Was für eins?«

»Eine Ente.«

»Klasse!« Sie hob sich auf die Zehenspitzen und hauchte ihm einen Kuß auf die Wange. »Robert, du bist 'n toller Typ ...«

»Hast du keinen Freund?« Er fragte es, weil ihm plötzlich auffiel, daß sie allein ins »777« gekommen war.

»Freunde? Genug. Schon vom Hockey her. Aber so 'n festen Freund, wie das heißt, den habe ich nicht. Alle sind 'n bißchen doof. Wennste mit denen drei Colas trinkst, wollen sie dich begrapschen. Das mag ich nicht.«

»Und hier im Techno-Schuppen packt dich keiner an?« fragte Robert zweifelnd.

»Hier wird getanzt, bis man verrückt wird. Hier knallt einem der Sound auf die Birne, da fängt dein Body an, von selbst durchzustarten, da kannste nichts dagegen tun. Das ist einfach Spitze.«

Sie gingen zum Parkplatz, und es war wie selbstverständlich, daß jeder den Arm um die Taille des anderen gelegt hatte. Erst vor dem Wagen ließen sie sich los.

»Warum findest du das Leben so zum Kotzen?« fragte Robert. »Du hast doch alles. Was willst du noch?«

»Was hab ich denn?« Ihre goldschimmernden Augen blitzten ihn wieder an. In diesem Blick funkelte Auflehnung.

»Deinen Hockeyclub ...«

»Jeden Samstag nachmittag. Öfter kann ich ja nicht.«

»Wegen der Arbeit?«

»Genau. Hast du mal acht Stunden in Kaufhausluft gestanden? Dieser Mief! Wennste als Käufer kommst, merkste das nicht, aber acht Stunden da zu stehen ... Tausende Menschen kommen und gehen. ›He, Fräulein, bedienen Sie hier?‹ ›Was soll 'n das, der paßt doch nicht, ich brauche

Körbchen C!‹ ›Fräulein, ich brauche was, das meine Brust hebt, nein, bei dem quillt was an der Seite raus.‹ ›Fräulein, ich warte nun schon eine Viertelstunde, daß mich jemand bedient!‹ ›Fräulein, ich suche die Strapse, die neulich im Fernsehen waren.‹ ›Fräulein, das kneift mich im Rücken ...‹ Hundertmal derselbe Scheiß. Das nervt, sag' ich dir. Und dann biste abends zu Hause, und alles muffelt rum. Da kriegste Lust auf 'ne große Sause.«

»Du bist also Verkäuferin.«

»Kluger Junge. Im Kaufhaus, Abteilung Damen-Trikotagen. Und immer freundlich sein, der Kunde ist König. Sagen die da oben in der Geschäftsleitung. Haben die jemals 'ne zickige Kundin bedient?«

»Verkaufen heißt Bedienen. Und Bedienen kommt von Dienen.«

»Fang bloß nicht an, dämliche Sprüche zu klopfen.« Sie riß die Tür des Autos auf und lehnte sich dagegen. »Ich mag dich, Robert, aber hör auf, den Bildungsheini zu spielen.«

»Wie alt bist du?« fragte er. Ihre Ansicht vom Leben klang, als habe sie Jahrzehnte von Enttäuschungen hinter sich.

»Sechzehn. Und du?«

»Etwas über achtzehn.«

»Aber du benimmst dich, als wärste dreißig.«

Dreißig schien für sie schon ein hohes Alter zu sein. Der Beginn zum Opa.

Sie stieg in den Wagen, zog die Tür zu und wartete, bis Robert hinter dem Steuer Platz genommen hatte.

Christas Rock war hochgerutscht und gab ihre schlanken Oberschenkel frei. Im fahlen Mondlicht schimmerte ihre Haut wie hellbraun getönte Seide. Sie lehnte sich im Sitz zurück, streckte die Beine von sich, zog den Ausschnitt ihres Kleides etwas höher und schob mit beiden Händen die seidigen Haare in den Nacken.

»Ich mag dich auch!« sagte Robert plötzlich. Er sagte es ohne jenes Gefühl, das er bei Ulrike empfunden hatte. Aber er mußte es sagen.

»Dann ist ja alles okay.« Sie lachte wieder ihr Glockenlachen. »Gib Gas, Robert.«

»Wohin?«

»Bring mich nach Gräfelfing. Ich sag' dann halt.«

Sie sagte es in der Killerstraße, Ecke Schulstraße. Robert trat auf die Bremse.

»Du lebst gefährlich«, scherzte er. »Killerstraße!«

»Ich wohne nicht hier. In der Nähe.«

»Schulstraße ist genauso tötend. Schule!«

»Auch nicht. Woanders ...«

»Und warum willst du mir das nicht sagen? Wo soll ich dich abholen, wo treffen wir uns wieder?«

»Im ›777‹. Bloß nicht bei mir. Mein Vater ... ich sag' dir doch: Der steht mit der Stoppuhr am Fenster. Der reinste Frust, Bob.«

Robert zuckte zusammen. Sein Gesicht bekam plötzlich harte Konturen. Etwas Kaltes, Erdrückendes legte sich auf sein Herz.

»Nenn mich nicht Bob«, sagte er gepreßt. »Ich bin Robert.«

»Bob gefällt mir besser. Warum nicht Bob?«

»Das ... das gefällt *mir* nicht.«

»Bei dir kennt sich keiner aus.« Christa öffnete die Wagentür und stieg aus. »Robert, das klingt so verdammt spießig. Robert, der Oberförster vom Märchenwald.«

»Es gibt aber auch eine Oper von Meyerbeer: Robert, der Teufel ...«

»Schon wieder dieser Bildungsscheiß! Verdammt, laß das sein!« Sie schlug die Tür zu, aber dann beugte sie sich vor und rief durch die Scheibe: »Ich bin am Freitag wieder im ›777‹. Tschüs ...«

Er blickte ihr nach, bis sie um die Straßenecke verschwunden war, ein tanzendes Püppchen im Mondlicht.

Christa ...

Robert startete den Motor, wischte sich über die Augen und fuhr langsam nach Hause. Er mußte langsam fahren, tausend Gedanken wirbelten ihm durch den Kopf und ließen sich nicht ordnen.

Der Sitzungssaal des Landeskriminalamtes war voll besetzt, als Kriminalhauptkommissar Reiber an das Pult trat und sein Manuskript hinlegte.

Sie waren alle gekommen, die Dezernatsleiter, die Experten, der Vizepräsident des LKA, der Polizeipräsident sogar, auch einige Politiker sah Reiber in den ersten Reihen, Stadträte und Landespolitiker. Auf sie freute er sich besonders ... Wenn sie nachher den Saal verließen, sollte es in ihren Ohren klingeln.

Reiber wartete, bis sich das Gemurmel der Geladenen gelegt hatte, und klopfte mit dem Finger an das Mikrofon. In Ordnung. Der Ton war da. Man soll der Technik nicht blindlings vertrauen. Das Klopfzeichen war aber auch ein Signal für die Zuhörer. Schweigen legte sich über den Saal.

»Meine Damen und Herren! Liebe Kolleginnen und Kollegen«, begann Reiber im üblichen Vortragston. Aber dann, schon beim ersten Satz, kündigte er an, was die Versammelten erwartete. »Dies hier ist kein Bericht, sondern ein Alarm. Sie werden Altbekanntes und erschreckend Neues hören, und Sie werden sich fragen: Was kann man dagegen tun? Das frage ich mich auch als Leiter des 13. Dezernats, der ich täglich damit beschäftigt bin, unsere Polizei aus der Ohnmacht herauszuholen, die man ihr vorwirft.«

Er blickte in die ersten Reihen. Die Politiker zogen sich hinter erwartungsvolle Mienen zurück, der Polizeipräsident blinzelte Hauptkommissar Reiber an.

»Es geht, wie Sie wissen, um die organisierte Kriminalität«, fuhr Reiber fort. »Ein besonders trauriges Kapitel unserer Kriminalgeschichte. OK beherrscht heute bereits weitgehend die Kriminalstatistik: im Drogengeschäft, im Menschenhandel, in der Prostitution, in der Schutzgelderpressung, im Schmuggel und – weiter anwachsend – im Mord. Ich möchte hier nicht die bekannten Tatsachen erzählen, daß in Deutschland an vielen Orten ein Bandenkrieg stattfindet, der an die besten Chicagoer Jahre erinnert. Ein trauriges Beispiel ist Berlin: In einem Jahr über fünfzig Mafia-Morde. Täter: Russen, Vietnamesen, Rumänen. In den letzten Monaten tobt der Kampf um den Zigarettenmarkt. Jeder Außenstehende wird sich fragen: Zigaretten? Was ist denn daran so viel zu verdienen? Das ist doch Pfennigkram. Heroin, Kokain, Marihuana, Speed, Crack, Mädchenhandel, Prostitution, das leuchtet ein – aber Zigaretten? Ich will Ihnen nur ein paar Zahlen nennen: Bei jeder Zigarette, die zollfrei eingeschmuggelt wird, verliert der Staat 14 Pfennig. Allein von Januar bis April dieses Jahres ist es den Polizeiorganen gelungen, 260 Millionen Stück Schwarzmarktzigaretten zu beschlagnahmen. Das ist ein Steuerverlust von 36,4 Millionen Mark. In vier Monaten! Das waren die beschlagnahmten Zigaretten. Aber wieviel gelangen illegal auf den Markt? Das kann man überhaupt nicht schätzen! Für die Mafia also ein Bombengeschäft und ein sicherer Markt. Um ihn zu beherrschen, muß man morden ... So einfach ist die Denkweise der organisierten Kriminalität. Aber das sollte nur als Beispiel gelten. Heute geht es um einen anderen Markt, der sich in großem Stil noch in einer Art Aufbauphase befindet. Unsere Erkenntnisse sind da weit fortgeschritten, aber Erkenntnisse sind noch keine Erfolge. Wir sehen das Aufblähen dieser neuen OK-Aktivität, aber wir sind dagegen machtlos. Das klingt erschreckend, und es ist auch erschreckend! Es handelt sich um das Vordringen der Modedroge Ecstasy in eine Konsumentengruppe, die bisher für die Nadel noch zu jung war: die Jugendlichen zwischen vierzehn und achtzehn Jahren.« Er hob beide Hände, um einen möglichen Einwurf sofort abzuwehren. »Ich weiß, es gibt genug Fixer in dieser Altersgruppe, aber sie bilden mehr oder weniger eine Gemeinschaft. Sie bleiben unter sich, häufig kennt man sich, hat seine Fixerplätze. Bei Ecstasy ist das anders. Da ist eine Breitenwirkung vorhanden wie bei einem Schnupfen.«

Reiber blätterte in seinem Manuskript. Die Zuhörer schwiegen. Von Betroffenheit war noch nichts zu spüren. Was Reiber da vortrug, war bekannt. Die wirklichen Knaller mußten noch kommen.

»Warum ist Ecstasy so gefährlich?« fragte Reiber in die erwartungsvollen Gesichter hinein. »Als die Pillen zum erstenmal auftauchten, galten sie für harmloser als Hasch. Mit sechs Cuba Libre kann man sich mehr auftanken als mit einer Ecstasy, so hieß es. Und Cuba Libre ist Rum, Limettensaft, aufgefüllt mit Cola, mit Eis verrührt. Und wenn man es ganz vornehm ausdrücken wollte, sagte man zu Ecstasy schlicht Designerdroge. Aber da kommen wir schon der Wahrheit sehr nahe: Es ist eine Droge! Um Ihnen die besten Informationen zu geben, habe ich den Drogenexperten Professor Dr. Hans Eberlein gebeten, Ihnen Ecstasy vorzustellen und zu erklären. – Bitte, Herr Professor Eberlein.«

Reiber trat zur Seite. Aus der ersten Reihe erhob sich ein älterer Herr mit deutlichem Bauchansatz, ging zum Pult, breitete einen Haufen Papiere aus und räusperte sich.

»Ich beschäftige mich seit fast zwanzig Jahren mit Ecstasy, als es in den USA auftauchte und in Europa noch unbekannt war«, begann er seinen Vortrag. »Auch in den USA hielt man die Pillen für so harmlos wie Coca Cola, zumal sie keine verbotenen Substanzen enthielten und nicht unter das Arzneimittelgesetz fielen. Doch davon später. In den USA konnten die Pillen frei verkauft werden wie alle freien Mittelchen gegen Kopfschmerzen, Schlaflosigkeit, Durchfall, Hautjucken oder Insektenstiche. Sie lagen neben den Vitaminpillen, und wer das Zeug kaufte, war selber schuld. Verbote gab es nicht. Aber schon damals warnten Pharmakologen und Mediziner vor Ecstasy, nur mit wenig Erfolg. Die Herstellerlobby war stärker und kapitalkräftiger. Man kennt das ja auch in der Politik.«

Ein böser Satz. Die Politiker unter den Gästen grinsten verlegen ... Sie nahmen die Worte als bloßes Bonmot hin.

»Das lief lustig so weiter, bis es den ersten Toten gab, ein Junge von neunzehn Jahren. Hirnblutung. Unfallfolge nach einem Baseball-Spiel? Die Obduktion verriet: kein Unfall, kein geplatztes Hirnaneurysma, sondern ein Teil der Adern im Gehirn waren zerdünnt, die Aderwände lösten sich auf. Hinzugekommen war ein Kreislaufkollaps. Die Nieren zeigten eine deutliche Insuffizienz. Der junge Mann hatte also drei Todesarten in sich, nur war das Gehirn bei diesem Wettlauf schneller gewesen. Das war für mich der Anlaß, mich mit Ecstasy zu beschäftigen. Die Gerichtsmediziner in den USA sprachen den Verdacht einer gefährlichen Droge aus.« Professor Eberlein holte tief Atem. »Seitdem hat sich viel geändert ... und nicht zum Besten. Am besten sind die Ecstasy-Pillen geworden; damit ist gemeint: gefährlicher.«

Eberlein machte eine Pause und nippte an einem Glas Mineralwasser, das auf dem Pult stand. Er hielt diese etwas langatmige Einleitung für notwendig zum Verständnis seiner folgenden Erklärungen.

»Was ist nun Ecstasy?« fragte er. »Es ist ein Amphetamin-Derivat. Das sagt Ihnen gar nichts. Chemisch gesehen ist es Methylendioxymetamphetamin, abgekürzt MDMA, und nichts anderes als ein Appetitzügler. So etwas ist nicht verboten, das hat freie Fahrt. Nur wenn man das MDMA mit anderen Substanzen vermischt, wie zum Beispiel dem

MDEA, das halluzinogen wirkt, oder Koffein hineinbraut, wird die Designerdroge zur Höllenpille. Es gibt sogar Pillen, die mit Heroin versetzt sind oder mit Speed ... Dann wirkt das Heroin verstärkt und macht unrettbar abhängig. Ecstasy kann also auch eine Einstiegspille in härtere Drogen sein, denn es gibt kein einheitliches Ecstasyrezept. Jede Pillensorte ist anders. In Europa kennen wir bisher sechs Fabrikate: Smiley, Barney, Chanel, Zwerg Seppi, Playboy und Namenlos. Von ihnen ist Namenlos ein elendes Gemisch.«

Eberlein trat vom Rednerpult zurück, ging zu einer großen Rolle, die an einem Haken an der Wand hing, löste die Verschnürung und entrollte ein Plakat. Es zeigte neben den verschiedenen Pillenformen auch einen schematisch gezeichneten menschlichen Körper mit den inneren Organen, den Hauptadern und Muskeln. Bevor Eberlein wieder an das Pult trat, nahm er noch einen großen Schluck Mineralwasser. Die kommenden Erklärungen würden lange dauern, und nichts behindert mehr beim Sprechen als ein trockener Hals.

»Sehen wir uns die Pille ›Namenlos‹ an. Sie tauchte zuerst im Raum Hamburg auf. Der Zusammensetzung nach ist es eine Pille aus dem Osten, also aus Polen, mit starken Verunreinigungen und mit Amphetaminen und Koffein vermischt. Das macht sie besonders gefährlich. Der Körper reagiert darauf mit Herzrasen und einem Kreislaufkollaps, der zum Tode führen kann. In München ist ›Namenlos‹ – der Name wurde erfunden, weil die Pille keine Prägung hat wie die anderen Ecstasy-Präparate – bisher selten aufgetaucht. Man befürchtet aber, daß sie bald auch hier auf den Markt kommt, weil sie die billigste Pille ist. Die teuerste Tablette – Chanel – hat Deutschland und Österreich bereits erobert. Ihre Wirkung ist erschreckend: Sie baut die Kontrolle über den Körper ab! Der Drogenanteil von ›Chanel‹ ist besonders hoch. Dadurch schleicht er sich über die

Blutbahn ins Gehirn und aktiviert jene Botenstoffe, die ein Glücksgefühl auslösen. Das normale Herzklopfen steigert sich zum Herzflattern, die Motorik wird maßlos übersteigert, aber dabei das Verlangen nach Flüssigkeit so weit unterdrückt, daß es im Zusammenwirken aller Organe zum Tode führen kann. Wir nennen das ›Multiples Organversagen‹. Anders ist es bei ›Barney‹, eine der viel gekauften Pillen. Sie enthält 115 Milligramm MDMA und kaum Verunreinigungen. Ihre Wirkung ist extrem: zuerst eine überschäumende Euphorie, der dann später schwere Depressionen folgen. Himmel und Hölle im Wechsel. Trotzdem gilt ›Barney‹ bei den Bayern als die klassische E-Tablette. Zuerst in Berlin auftauchend, also auch aus Polen stammend, hat sich die Pille ›Playboy‹ etabliert. In München ist sie gut auf dem Markt vertreten. ›Playboy‹ ist eine schmutzige Pille, das heißt, die Verunreinigungen sind stark. Ihre Wirkung auf den Menschen ist völlig unkontrollierbar. In Berlin sind einige Fälle aktenkundig, daß ›Playboy‹ Paranoia auslösen kann. Paranoia ist nach den heutigen Erkenntnissen eine Erkrankung mit systematisiertem Wahn, die, entgegen der Schizophrenie, auf der paranoiden Entwicklung einer Charakterstörung basiert und sich durch erlebnisreaktive Wahnentstehung manifestiert. Also genau die Wirkung von Ecstasy!«

Eberlein nahm wieder einen Schluck Wasser. »An ihren betroffenen Gesichtern sehe ich, daß Sie die ungeheure Gefahr für unsere Jugend erkennen. Aber das ist noch nicht alles! Die in München am weitesten verbreitete Pille ist die mit dem schönen Namen ›Smiley‹. Auch sie kommt aus dem Herstellerland Polen und hat vor allem in Österreich, in den Räumen Linz und Salzburg, Aufsehen erregt. ›Smiley‹ ist stark verunreinigt – wie alle Ostprodukte – und enthält neben dem üblichen MDMA das halluzinogene MDEA. Folge: Die Pille erzeugt Halluzinationen. Also Trugwahrnehmungen, Sinnestäuschungen, Sinnesreizungen, Wahnvorstellungen. Das kann bis zum Selbstmord führen.«

Professor Eberlein wandte sich um und ging zu dem großen Plakat an der Wand. Dabei warf er einen Blick auf die Zuhörer. Er sah in entsetzte Gesichter, die gleichzeitig eine große Hilflosigkeit ausdrückten.

Eberlein deutete auf das Plakat. »Sie sehen hier einen menschlichen Körper mit den Adern und Organen, mit Gehirn und den Drüsen, die der Ecstasy-Droge ausgesetzt sind. Es würde zu weit führen, wenn ich Ihnen all das aufzeige, was möglich ist. Ich muß mich auf das Wesentliche beschränken. Fangen wir mit dem Gehirn an. Durch Ecstasy werden Botenstoffe aktiviert, die ein großes Glücksgefühl hervorrufen. Folge: Wer dreimal oder viermal ›E‹ zu sich nimmt, gewöhnt sich an dieses euphorische Gefühl, so daß eine geistige Abhängigkeit entsteht. Ohne Droge keinen Lebenssinn! Das Auge, das man das Tor zur Seele nennt, reagiert mit einer Erweiterung der Pupillen auf die doppelte Größe. Daran erkennt man sofort den Drogenkonsumenten! Womit keiner der User rechnet: Bei dauerndem Ecstasyschlucken kommt es zu Schädigungen der Nervenstränge und zu einer rapiden Abnahme der Sehfähigkeit. Das Gehör – und das reizt die Ecstasy-Fans besonders – verstärkt sich so, daß der Drogensüchtige zu einem totalen Klangerlebnis kommt. Die Töne kulminieren, Musik wird zum Rausch. Die Welt löst sich in Klängen auf. Ein überwältigendes Erlebnis, aber es kann zur Taubheit führen!«

Professor Eberlein tippte mit dem Zeigefinger auf die Schautafel. Er war jetzt selbst gefangen von dem, was er vorführte. Die monatelangen Untersuchungen von Ecstasy-Opfern hatten auch ihn, den sonst kühlen Wissenschaftler, erschüttert, vor allem, weil die Betroffenen alle im Alter von sechzehn bis neunzehn Jahren gewesen waren. Am gegenwärtigsten war ihm die Begegnung mit einem vierzehnjährigen Jungen, dessen Gehirn bereits zerstört war und der jetzt, unheilbar krank, in einer Anstalt lebte. Ecstasy hatte er von jugendlichen Dealern gekauft – auf dem Schulhof. Wöchentlich zweimal waren sie in der Schule erschienen, vor dem Unterricht, in der Pause oder nach dem Unterricht. Sie lauerten wie Wölfe auf ihre Opfer.

»Hier haben wir den Mund«, sagte der Professor, »der auf seine Art reagiert. Es kommt zu einer Austrocknung der Mundschleimhaut und der Kehle. Die Lippen werden rissig und springen auf. Die Pille aber verhindert den Feuchtigkeitsausgleich, sie unterdrückt das Verlangen nach Flüssigkeit. Der Protest des Körpers ist sogar hörbar: Die Zähne und die Kiefer mahlen aufeinander; es ist das Zähneknirschen der Ekstase. Wandern wir weiter durch den Körper. Da ist die Leber. Ihnen allen ist bekannt, daß alle Gifte von der Leber verarbeitet werden müssen. Sie ist der große Reiniger. Bei Ecstasy aber muß sie früher oder später kapitulieren. Es ist wie bei chronischem Alkoholismus: Der Grundstoff von Ecstasy, das MDMA, lagert sich in der Leber ab, es kommt zu einer tödlichen Vergiftung. Da gibt es keine Hilfe mehr! Einen Alkoholiker kann man bis zu einem gewissen Stadium entgiften, einen Ecstasy-Freak nicht. Und nun das Herz. Dieses Organ, das im Menschen die größte und schwerste Arbeit zu leisten hat und am meisten vernachlässigt wird, ist auch das Schicksalsorgan der Ecstasy-Berauschten. Wer diese Designer-Droge – welch ein verbrecherisch verniedlichendes Wort! – nimmt, der verursacht damit auch ein heftiges Herzjagen. Die Frequenz schnellt nach oben, der Puls rennt davon, der Kreislauf explodiert. Welches Herz hält das auf Dauer aus? Je länger man sich in diese Ekstase versetzt, um so schneller erfolgt der Zusammenbruch. Ich habe Fälle untersucht, wo nach einem vier Tage dauernden Ecstasy-Rausch die Pillenschlucker in akute Lebensgefahr geraten sind. Nur ein sofortiges Eingreifen des Arztes verhinderte den Herztod. Wo aber ist zum Beispiel bei einer Techno-Party sofort ein Arzt greifbar?«

Ein Zwischenruf aus dem Kreis der Zuhörer unterbrach den Professor. Ein junger Kriminalbeamter hob die Hand wie in der Schule. Als er sprach, drehten sich alle Köpfe zu ihm hin.

»Ist ein Arzt, der einen solchen Fall behandelt, zur Meldung an die Kripo oder das Gesundheitsamt verpflichtet?« fragte er.

Die Antwort gab Peter Reiber. Er stand dazu auf und trat an das Pult.

»Es gibt dazu kein zwingendes Gesetz. Drogenmißbrauch muß gemeldet werden, er verstößt gegen das Betäubungsmittelgesetz. Bei Ecstasy ist dieses Gesetz umstritten, denn die Pillen bestehen aus frei zugänglichen Substanzen. Auch das Gesetz gegen den Mißbrauch von Arzneimitteln greift hier nicht. Ecstasy ist kein Arzneimittel. Ein Arzt wird also – schon um nicht in peinliche Ermittlungen zu geraten – auf seine ärztliche Schweigepflicht zurückgreifen und seinen Patienten nicht zur Anzeige bringen. Er wird ihn warnen, ihn aufklären, ihn von der Droge wegzuholen versuchen, was meist mißlingt, aber nur in seltenen Fällen wird er sich an uns wenden. Etwas anderes ist es, wenn durch Ecstasy-Mißbrauch ein Todesfall eintritt. Da bekommen wir den ganzen Dreck auf den Tisch und rennen gegen die berühmte Gummimauer: Keiner sagt etwas, alle schweigen. Das Höchste, was wir erfahren, ist der große Unbekannte, der mit den Pillen herumzieht und sie verkauft. Natürlich wäre es zweckmäßig, wenn uns jeder Ecstasy-Konsument gemeldet wird ...«

»Dann bräuchten wir ein Sonderkommissariat«, fiel der junge Kriminalbeamte ein.

»Nicht nur das.« Reiber lächelte gequält. »Allein in München müßten wir einige tausend Familien durchleuchten.

Auf ganz Deutschland bezogen wären es einige hunderttausend! Das ist praktisch gar nicht durchführbar. Und was käme dabei auch heraus? Wir kassieren einige hundert Dealer, die sofort nachwachsen, denn an die Hintermänner kommen wir nicht heran. Die Großhändler, vor allem aber die Fabrikanten der Droge sitzen im Ausland und sind bestens organisiert. Wir haben es ja eben gehört: Die Pillen kommen vornehmlich aus Polen und Holland. Doch zurück zu Ihrer Frage, Herr Kollege. Wenn ein Arzt einen jungen Patienten untersucht, der an Herzrasen oder Nierenversagen, Leberschmerzen oder Depressionen leidet, wird dieser Arzt nach allen möglichen Ursachen suchen. Die Frage nach Ecstasy wird er vielleicht zuletzt stellen und die Antwort bekommen: Nein! Was ist Ecstasy? Außerdem: Akute Ecstasy-Fälle sind selten. Das Teuflische an dieser Modedroge ist der schleichende Zerfall. Die Gehirnschädigungen gehen stufenweise vor sich, die Nervenzellen werden zerstört, der Kontakt mit dem Hirn vermindert sich unaufhörlich. Wenn dann irgendwann der Zusammenbruch erfolgt, ist es zu spät. Die abgestorbenen Zellen erneuern sich nicht mehr.« Er wandte sich an Eberlein, der noch immer an der Schautafel stand. »Ist es so, Herr Professor?«

»Sie sagen es.« Eberlein nickte mehrmals. »Da Ecstasy die Flüssigkeitszufuhr bremst, ist die größte Gefahr neben den Herzrhythmusstörungen die Austrocknung der Nieren. Hier könnte man noch helfen, wenn man rechtzeitig eingreift. Aber was heißt rechtzeitig? Jeder Körper reagiert anders auf das Gift. Es kommt nur selten zu spontanen Todesfällen. Es ist ein Tod auf Zeit. Ein Mord auf Zeit! Aber sehen wir uns weiter das Bild an.«

Er tippte auf die Zeichnung. »Wie wirkt Ecstasy auf das Geschlecht? Das ist ein Kapitel, das neben dem Glücksgefühl die stärkste Antriebskraft für den Konsumenten darstellt. Es gibt da zwei konträre Wirkungen: Die Libido, also der Sexualtrieb, läßt kontinuierlich nach, die Befriedigung sexueller Bedürfnisse verringert sich, die Fähigkeit zum Orgasmus wird immer schwächer – oder es geschieht genau das Gegenteil. Der sexuelle Drang explodiert und entzieht sich jeder Kontrolle, weil das durch Ecstasy angeregte Gehirn die dazu nötigen Botenstoffe ausschüttet. Es kommt zu unkontrollierten Ekstasen, zu Exzessen größter Triebhaftigkeit. Die wiederum belasten Herz und Kreislauf bis zum Kollaps. Die Körpertemperatur steigt dabei auf über 40 Grad! Durch den Körper rast ein künstliches Fieber. Wenn sich das laufend wiederholt, können Sie sich denken, in welch desolaten Zustand eines Tages ein solcher Pillenschlucker gerät. Von den Nieren haben wir schon gesprochen; durch die Unterdrückung des Durstgefühls wird die Durchspülung der Nieren mit Flüssigkeit so stark vermindert, daß es zu einer Vergiftung kommt.« Professor Eberlein trat von dem Schaubild an das Pult zurück. »Das war nur ein grober Überblick. Die Wirkung von Ecstasy ist viel differenzierter.« Er räusperte sich. »Haben die Herren noch Fragen?«

»Was kann man dagegen tun?« rief jemand aus der Mitte der Zuhörer.

»Die Frage gebe ich zurück: Was können Sie als Polizei dagegen tun?«

Betroffenes Schweigen. Jeder erkannte das Problem, aber niemand wußte einen Vorschlag zur Lösung. Der Einzige, der etwas zu sagen hatte, war ausgerechnet Theo Wortke von der Mordkommission.

»Schärfere Gesetze!« rief er.

»Das ist ein langer Weg.« Reiber schüttelte den Kopf. »Gesetze durchlaufen in Bonn einen Ausschuß, den Bundestag, den Bundesrat. Hinzu kommt der Parteienstreit. Sagt die eine Partei ja, ruft die andere Partei nein. Wir erleben doch gegenwärtig ein Musterbeispiel dieses Theaters: den großen

Lauschangriff! Ohne diese Möglichkeit tanzen uns die Mafia-Banden auf der Nase herum, wiehern vor Lachen über dieses deutsche Demokratieverständnis, leben hier wie im Kriminal-Schlaraffenland und pinkeln uns, wo sie nur können, an die Hose.«

»Aber bitte, Herr Reiber ...«, sagte der Polizeipräsident leicht tadelnd.

»Verzeihung.« Reiber machte eine knappe Verbeugung. »Aber seien wir doch wenigstens hier im vertrauten Kreis ehrlich: Bei uns existiert die organisierte Kriminalität, als befände sie sich in Kur. In Berlin gibt es bisher 54 Morde der vietnamesischen Zigaretten-Mafia, und fast jeden Tag entdeckt man neue Morde des Gangsterkrieges. Was kann die Polizei dagegen tun? Razzien, Verhaftungen, sinnlose Verhöre ... Die Kleinen löchert man, die Großen im Hintergrund liegen an der Riviera am Strand. Sagen wir es doch ganz klar: Wir, die Polizei, sind der Mafia rettungslos unterlegen! Und warum? Weil wir die bösen Bullen sind und sie die genialen Verbrecher, über die man sogar glorifizierende Filme dreht. Millionen von Zigaretten werden schwarz gekauft, und damit unterstützt man die Mafia, ja, macht sie im Grunde erst möglich, pumpt sie zu einer Macht hoch und wir, wir sind die Doofen, die diesen wohlfeilen Konsum unterbinden wollen. Nicht anders ist es bei Ecstasy. Die jungen User sehen in uns Idioten, die nichts von der neuen Zeit verstehen, die das Glück der Jugend unterdrücken wollen. Wir sind die großen Ärsche, die im Vorgestern leben ...«

»Herr Reiber!« ließ sich der Polizeipräsident wieder vernehmen. Aber Reiber entschuldigte sich jetzt nicht mehr.

»Was können wir tun? Aufklärung? Plakate, Postwurfsendungen, Schriften, Kontaktgespräche, Fernsehspots? Die, an die wir uns wenden, lachen uns doch aus! Und wer soll die Aktionen bezahlen? Bonn, die Länder, die Gemeinden? Die drehen ihre Taschen nach außen: leer! Die haben das Geld verpulvert mit klotzigen Rathausbauten, Sportstadien, kommunalen Glaspalästen, Plätzen mit Luxuspflasterungen. Ecstasy? Achselzucken. Bei Aids war das etwas anderes, da wurden alle munter, da ging es um eine drohende Volksseuche. Da sprangen einem von jeder Plakatwand, jeder Litfaßsäule, aus allen Zeitungen und in allen Fernsehprogrammen die Kondome förmlich ins Gesicht. Aber hat einer von Ihnen schon mal ein Plakat gesehen: Nimm Ecstasy – und gib dein Gehirn dafür ab? Diese Trägheit ist nicht nur zum Kotzen, sie zeigt erschreckend die Gleichgültigkeit unserer Gesellschaft vor der Selbstvernichtung!«

»Und wie willst du das ändern?« rief Wortke.

»Ich weiß es nicht.« Reiber hob die Schultern. »Ich bin genauso hilflos wie ihr alle. Man wirft uns vor: Immer, wenn's brennt, ruft ihr nach dem Staat! Ich meine, wenn dieser Staat Milliardenbeträge in die EU pumpt, Milliarden Entwicklungshilfe an fremde Länder zahlt und die Steuern bis zum Unerträglichen hochschraubt, um das alles zu finanzieren, dann sollte dieser Staat sich auch darum kümmern, daß in seinem Inneren, daß mit seiner Jugend alles in Ordnung ist. Nur: Da ist man kurzsichtig, da erkennt man die Probleme nicht, da verharmlost man die Tatsachen. Sie bringen ja politisch auch keine Erfolge, mit denen man sich schmücken kann. Herr Polizeipräsident, auch wenn das nicht die Sprache eines Beamten ist, aber – alles in allem gesehen: Es ist Scheiße! Ich danke Ihnen, meine Damen und Herren.«

Reiber trat vom Pult zurück. Schweigen umgab ihn, nur einer klatschte und rief »Bravo!«: Wortke.

Aber von dem war man solche Äußerungen ja gewöhnt ...

Robert hatte sich zu einem umsatzstarken Verteiler entwickelt.

Sein unter dem Namen Fred Schneider bei einer Bank in

Klein-Walsertal eingerichtetes Bankkonto schwoll an. Es war für Robert ein völlig neues, geradezu erhebendes Gefühl, plötzlich über viel Geld zu verfügen, das ihm von seinen Kunden förmlich aufgedrängt wurde. Wo er erschien, vor allem in den Discos und Jugendtreffs, wurde er wie ein Wohltäter empfangen. Er war der Lieferant der Träume, der Führer ins Paradies, der Wegbereiter ins Glück.

»Es ist schon komisch«, sagte er eines Abends zu Ulrike. Er hatte nach zwei »Chanel« wieder einen Liebesrausch erlebt, nach dem er mit weichen Knochen auf dem Bett lag und zur Beruhigung einen Joint rauchte. Ulrike hatte ihm das empfohlen. »Das bringt dich wieder runter!« hatte sie gesagt. »Glaub mir, der Kreislauf normalisiert sich. So ein Joint wirkt Wunder.« Robert hatte es probiert und tatsächlich das Gefühl gehabt, seinen rasenden Puls damit zu beherrschen. Ein Trugschluß: In Wahrheit pendelte Robert von einer Droge zur anderen. Sein Körper wurde dem Gift hörig, so wie er Ulrike hörig geworden war.

»Was ist komisch, Bob?« fragte sie.

»Ich habe in drei Wochen mehr verdient als mein Vater in zwei Jahren ...«

»Freu dich doch. Und wieso ist das komisch? Wir haben ein Geschäft.«

»Kein normales.«

»Was nennst du normal?« Ulrike drehte sich auf die Seite. »Die größten Gewinne erwirtschaften die Skrupellosen. Man nennt das ›die Hand am Puls der Zeit haben‹. Jedes Jahr vor Beginn der Reisezeit im Sommer erhöhen die Mineralölgesellschaften den Benzinpreis. Warum wohl? Weil die Autofahrer sich nicht wehren können und auf Benzin angewiesen sind, zu welchem Preis auch immer. Ändert sich das Eßverhalten der Verbraucher, und sie verlangen mehr Schweinefleisch, ruckzuck wird es teurer. Überall, wo etwas knapp wird, aber die Nachfrage steigt, wird es teurer. Automatisch teurer, auch wenn die Lager überquellen. Immer heißt es: Spart Energie. Und was kommt? Weil der Verbrauch sich vermindert, steigen die Preise für Strom und Gas. Wegen der Rentabilität, um Arbeitsplätze zu sichern. Was man auch tut, hüh oder hott, es ist immer falsch. Unsere Designerpillen sind gefragt, also verdienen wir gutes Geld. So mußt du das sehen, Bob.«

So sehr ihn immer wieder Ulrikes Leidenschaft und ihr geschmeidiger Körper faszinierten, irgendwo in Robert baute sich nach einer solchen ekstatischen Stunde eine Art widerwilliger Übersättigung auf. Er hatte keine Erklärung dafür, aber auch jetzt, nach diesen wilden Umarmungen, mußte er plötzlich an das Mädchen Christa denken, an das freche, kecke Püppchen vom »777«, an ihren Glauben an den Mann im Mond und ihre Erkenntnis, daß man mit sechzehn Jahren schon das Leben ätzend finden kann. Warum er gerade jetzt an Christa denken mußte, wo Ulrike nackt neben ihm lag, begann ihn zu beschäftigen.

Er richtete sich auf, zerdrückte den Joint in einem Aschenbecher auf dem Nachttisch und stellte die Füße auf den Teppichboden.

»Wohin?« Ulrikes Frage war wie ein Stoß in seinen Rücken.

»Unter die Dusche.«

»Du bist heute so anders, Bob.«

»Wieso bin ich anders?«

»Ich spüre das.«

»Du hast mich ausgesogen. Ich brauche eine kalte Dusche. Du kannst einen Mann kaputtmachen.«

»Nein. Das ist es nicht.« Sie setzte sich im Bett auf. Robert drehte den Kopf nach ihr und seufzte. Sie ist so schön, daß man wahnsinnig werden kann. Diese leicht gebräunte, schimmernde Haut, diese Haare, diese vollen Brüste, der Schwung der Hüften, der stark behaarte Schoß, die langen

Beine ... Verdammt, sie weiß genau, wie unwiderstehlich sie ist. Wenn sie jetzt die Arme ausbreitet, stürze ich wieder hinein. Ich mag für sie der Frühling sein – sie ist der Sommer für mich mit all seiner Fülle.

Er ging weiter, aber an der Tür zum Badezimmer blieb er noch einmal stehen.

»Was soll es sonst sein?« fragte er zurück.

»Irgend etwas. Du hast dich verändert, von einem Tag zum anderen. Frauen fühlen so etwas. Sie haben dafür einen siebenten Sinn. Etwas Fremdes ist an dir ...«

»Sieh mich an!« Er stellte sich in Positur wie ein Model vor der Kamera und lachte. »Sag mir, was du an mir noch nicht kennst. Was ist fremd? Welcher Winkel, welche Falte fehlt dir noch?«

»Du kleiner Idiot!« Sie lächelte dabei, und sie meinte es auch zärtlich. »Dein Körper ist kein Geheimnis ... Es liegt in dir. Und da kann ich nicht hineinsehen. – Hast du Schwierigkeiten mit deinen Eltern?«

»Nicht die geringsten. Sie ahnen nichts. Nur Mama meint, ich sähe jetzt immer so blaß aus.« Er lachte wieder, aber es klang nicht sehr fröhlich. »Wenn sie uns so sähe, sie würde erblinden.«

»Sie haben dich auch nicht im Dunkeln gezeugt.«

»Wer weiß das? Ich habe noch nie gesehen, daß mein Vater meine Mutter küßt; sie müssen das heimlich tun, wenn überhaupt.«

Sie lachte auf, und Robert verschwand im Badezimmer.

Am nächsten Abend – er nahm natürlich wieder angeblich Nachhilfeunterricht in Mathe – fuhr er zum »777« in der Hoffnung, Christa dort zu sehen. Und wirklich, sie war da! Sie hüpfte zu dem wilden Techno-Sound im Saal herum, verzückt und glücklich. Aber als sie Robert sah, verließ sie sofort die Tanzfläche und kam auf ihn zu.

»He!« rief sie über den Höllenlärm hinweg. »Da bist du ja!«

»Ich soll dir einen schönen Gruß bringen«, sagte er und ergriff ihre beiden Hände.

»Von wem?«

»Vom Mann im Mond.«

Sie hängte sich bei ihm ein und legte den Kopf an seine Schulter. »Wann hast du mit ihm gesprochen?«

»Dreimal. In jeder vergangenen Nacht. Er will dich sehen.«

»Ach nee! Und was hast du geantwortet?«

»Ich habe gesagt: Wenn Christa will, sehen wir uns morgen abend. Und das ist heute.«

»Du Spinner!« Sie deutete zum Ausgang. »Du willst mich nur hier weghaben.«

»Erraten.«

»Du magst die Bude nicht?«

»Es gibt Schöneres.«

»Deine Opern, die Konzerte und so 'n Scheiß. Mensch, Robert, hau ab damit.«

»Hast du schon mal beobachtet, wie die Erde atmet?«

Sie blickte zu ihm hoch, als habe er in einer fremden Sprache zu ihr gesprochen.

»Was tut die Erde?«

»Atmen. Man kann es sogar riechen.«

»Du hast vielleicht 'ne Macke! Und das riecht?«

»Ja. Nach Würze, nach Heu und Moos ... nach Sonne.«

»Die Sonne riecht doch nicht.«

»Laß dich überraschen.« Robert legte den Arm um Christas Schulter. »Gehen wir hinaus.«

»Zum Mann im Mond?«

»Auch.«

Sie schob die Unterlippe vor wie ein trotziges Mädchen, aber sie gab nach und folgte ihm vor die Tür des »777«. Stumm gingen sie durch die helle Nacht, bis sie ein Wiesenstück erreichten, abseits der Straße. Hecken und Büsche belebten das Gelände, einige zerzauste Bäume grenzten die

Straße ab, sogar ein Getreidefeld schimmerte im Mondlicht. Als Robert stehenblieb, trat Christa einen Schritt von ihm zurück.

»Du!« sagte sie sehr ernst. »Ich bin nicht so eine, die man hinterm Busch flachlegen kann! Das schmink dir mal ab!«

Robert schüttelte den Kopf. Er zog seine Jacke aus und breitete sie auf der Wiese aus. Steif, voller Abwehr sah Christa ihm zu. Ihre Bernsteinaugen verengten sich. »Versuch es nicht! Du bist 'n netter Kerl, aber ich keine Tussi! Wenn du mich jetzt anpackst, haste Funken vor den Augen, das schwöre ich dir. Mich hat einmal ein Kerl mit Gewalt umgelegt, aber das kommt nicht mehr vor.«

»Setz dich«, sagte er und ließ sich zuerst auf der Jacke nieder.

»Warum?« Auch ihre Stimme war voller Abwehr. Sie trat sogar noch einen Schritt zurück.

»Hast du Angst vor mir?«

»Vertrauen ist oft Dummheit.«

»Wo hast du das denn aufgeschnappt?«

»Hab ich mal in so 'nem Heftroman gelesen.«

»Du hast keinen Grund, mir zu mißtrauen. Komm, setz dich. Ich will dir etwas zeigen.«

»Kann man das nicht im Stehen?«

»Nein.« Er klopfte auf die Jacke. »Komm schon ...«

Sie zögerte, aber dann kam sie doch näher, setzte sich neben ihn und zog die Beine an. Mit beiden Armen umschlang sie ihre Knie – eine Barriere. »Und nun?« fragte sie und blickte Robert abwartend an. In ihrem Blick lag offene Kampfbereitschaft.

Robert zeigte nach oben in den Himmel. Eine wolkenlose Unendlichkeit war er, in der Mond und Sterne schwammen, zum Greifen nahe, als könnte man sie wie Blüten pflücken.

»Da!« Robert streckte den Arm aus. »Der Mann im Mond. Siehst du ihn?«

»Wo?« Sie warf den Kopf in den Nacken und starrte hinauf zum Mond. Er war seit ihrem letzten Treffen runder geworden. Die Krater hoben sich deutlich ab, die Ebenen und Täler aus Staub und Gestein.

»Da ist er doch, Christa, der Mann im Mond. Sieh genau hin. Dort die Augen, das faltige Gesicht, der gebogene Mund, das runde Kinn. Sieh nur, er lächelt dir zu. Er sieht dich an, er sieht dich tatsächlich an. Und wenn du ganz still bist, hörst du ihn auch. Er sagt zu dir: ›Christa, du bist ein hübsches Mädchen. Ich mag dich.‹«

Sie nickte und lehnte den Kopf wieder an Roberts Schulter. »Ich höre ihn. Und er sagt noch mehr. Er sagt: Robert kannst du vertrauen.«

»Wie gut der Mann im Mond mich kennt.«

Sie schwiegen wieder, blickten in den Sternenhimmel, und es war ein großer Frieden um sie, eine ganz eigene Welt, die nur ihnen allein zu gehören schien.

»Leg dein Gesicht ins Gras«, sagte Robert leise. »So, als wolltest du schlafen.«

Sie tat es, legte sich auf die Erde, zog die Beine an und drückte das Gesicht in das Gras. Die Erde war noch warm von der Sonne, und diese Wärme strömte über die Pflanzen wieder zurück in die reine Nachtluft.

»Spürst du den Atem der Erde?« fragte Robert.

»Ja, sie atmet wirklich.« Es war für Christa ein fremdes, überwältigendes Erlebnis. »Sie atmet. Und ... und es riecht nach Sonne.« Sie streckte sich ganz auf der Wiese aus und vergrub das Gesicht in den Gräsern. »Es ist wundervoll. Es ist toll! Ich habe das nicht gewußt.« Sie tastete nach Robert, und er ergriff ihre Hand und hielt sie fest. »Warum habe ich das nicht gewußt?«

»Nur die wenigsten Menschen wissen es und können davon erzählen.«

»Und wer hat es dir erzählt?«

»Niemand. Ich habe es selbst entdeckt. Ich liege gern und oft im Gras, unter einem Baum, an einem See, an einem Flußufer, am Waldrand. Die Natur ist der wirkliche Freund der Menschen, aber der Mensch zerstört sie systematisch. Die Menschen werden seelenlos. Warum nennt der Russe sein Land Mütterchen Rußland? Weil er weiß, daß diese Erde die Quelle aller Kraft ist. Die Ureinwohner Australiens, die Aborigines, schlafen wie seit dreißigtausend Jahren auf der Erde. Man hat ihnen Hütten gebaut, wollte sie domestizieren, wie es so schön heißt. Sie haben die Hütten als Brennholz benutzt und schlafen weiter auf der Erde. Die Erde ist ihre Urmutter. Nichts kann sie ersetzen. Der Geruch der Erde ist ihr Lebenselixier. Dieses Gefühl haben wir alle verloren. Wir Menschen verrohen immer mehr, je weiter wir uns entwickeln. Fortschritt wird bei uns zum Seelensterben.«

»Du redest wie ein Pfarrer.« Christa setzte sich wieder auf Roberts Jacke. »Aber eins bewundere ich: Du bist 'n kluger Junge. Ich bin eine dumme Nuß!«

»Du hast noch viel Zeit, etwas zu lernen.«

»Will ich das? Nee!« Sie legte sich wieder auf die Wiese und roch am Gras. »Was hab ich davon, wenn ich weiß, wieviel dieser Mozart zusammengeschrieben hat! Wenn ich im Kaufhaus BHs und Slips verkaufe, hab ich am Abend die Nase voll und will Remmidemmi um mich haben. So 'n richtiger Hammer-Sound. Was soll ich da mit so 'nem Scheiß wie ›Dies Bildnis ist bezaubernd schön ...‹«

»Zauberflöte. Woher kennst du das?«

»Hab ich im Radio gehört. Mein Alter bekommt dann wäßrige Augen.« Sie streckte sich wieder lang auf der Erde aus. »Du ... ich könnte im Gras schlafen. Es riecht wirklich gut. Hast du schon mal auf 'ner Wiese geschlafen?«

»Oft.«

»Wo denn?«

»Überall. Auf unseren Ausflügen schlafen wir Pfadfinder meist in Zelten.«

»Du bist ...« Sie hob den Kopf und umklammerte ihn, als stehe sie in einem starken Wind und müsse ihre Haare festhalten. »Das hältste ja im Kopf nicht aus. Du bist Pfadfinder? Jeden Tag eine gute Tat ... Da jubelt der Hund in der Pfanne ...«

»Du hast doch zu Hause ein richtiges Bett«, wich er aus. Jeden Tag eine gute Tat? Jetzt verkaufte er jeden Tag Ecstasy-Pillen. Auch eine gute Tat? Für die jungen Käufer bestimmt ... Er, Robert, lieferte ihnen ein Glücksgefühl, ein Schweben über dem Alltag, die Kraft, stundenlang durchzutanzen, ohne zu ermüden, den Rausch der Liebe, ein anderes, bisher verborgenes Leben. Es war eine gute Tat – Robert spürte sie ja am eigenen Leibe.

»Ein Bett?« Christa blickte hoch. »So 'n Kastenbett, das man tagsüber in 'ne Couch verwandeln kann. Was soll ich mit 'ner Couch? Tagsüber stehe ich im Kaufhaus zwischen den Regalen ...«

»Und abends, nach Feierabend?«

»Da sitz' ich bei den Alten, gucke in die Glotze oder bin im ›777‹.« Sie streckte sich wieder auf der Wiese aus. »Ich möchte mal im Gras schlafen. Mit dir ...« Sie merkte sofort den Doppelsinn ihrer Worte und wedelte mit den Händen. »Schlafen heißt nicht bumsen! Ich meine, wirklich schlafen ...«

»Wir könnten am nächsten Sonntag zum Wörthsee fahren und dort zelten. So richtig zünftig. Mit Gaskocher, Erbsensuppe im Eisentopf, kalter Cola aus der Kühltasche, Luftmatratze und Schlafsack. Bei Mondschein im See baden, das Zirpen der Grillen hören, das Quaken der Frösche, das Plätschern der Wellen ...«

»Das wäre toll, Robert.«

»Ich hole dich am Sonntag morgen ab.«

»Nein, wir treffen uns wieder Ecke Killer- und Schulstraße. Wenn mein Alter sieht, daß mich ein Junge abholt, springt der im Quadrat. Aber wenn ich sage: Ich fahre zum Hockeytraining, dann glaubt der das. Der ist noch von vorgestern.« Sie schob sich wieder auf Roberts Jacke und legte ihren Kopf auf seinen rechten Oberschenkel. Es war keine sexuelle Aufforderung, sie wollte einfach ihren Kopf höher legen. »Um wieviel Uhr?«

»Ist zehn Uhr recht?« Robert griff in ihre Haare und ließ die Strähnen durch seine Finger gleiten. »Zu früh?«

»Genau richtig. – Hast du ein schönes Zelt?«

»Laß dich überraschen.« Er schob alle zehn Finger in ihr Haar. Seide. Wirklich wie Seidenfäden, ein Hauch von goldenem Gewebe. Ulrikes Haare sind härter, dicker. Darin kann man sich festkrallen, hier muß man streicheln. Der plötzliche Gedanke an Ulrike, dieser Vergleich, beengte seinen Atem. Robert holte tief Luft, um den inneren Druck loszuwerden. »Es wird dir gefallen.«

»Bestimmt.«

»Aber wie willst du deinem Vater erklären, daß du in der Nacht nicht zu Hause bist?«

»Ich schlafe bei Moni, sage ich. Moni ist meine beste Freundin. Im Kaufhaus ist sie in der Lederwaren-Abteilung. Mein Alter kennt sie. Ich habe schon ab und zu bei Moni geschlafen, ehrlich, nicht bei 'nem Jungen, wirklich bei Moni. Mein Alter mag die Moni. Die ist zwanzig. Die möchte mein Alter am liebsten begrapschen, glaub' ich. Das kotzt mich auch an ... Immer Moralpredigten und selbst heiß wie Nachbars Lumpi. Ich sag' ja: Alle lügen! Am ehrlichsten sind die Typen im ›777‹.«

»Vergiß mich nicht.«

Sie schob den Kopf auf seinem Oberschenkel ein Stück höher und sagte ganz ernst: »Du bist was ganz Besonderes, Robert. So was wie dich habe ich noch nicht kennengelernt. Du bist wie der Mann im Mond: so fremd und doch so nah.«

»Und du bist wie eine Elfe, aus einem Blütenkelch gestiegen.«

»Quatsch!« Sie richtete sich auf und strich sich die Bluse glatt. »Ich bin Christa Helling, Tochter des Fritz Helling und BH-Spezialistin im Kaufhaus. Alles andere ist Blablabla ...«

Zum erstenmal nannte sie ihren vollen Namen. Helling. Wenn die Hellings Telefon hatten, war es jetzt leicht, ihre Adresse herauszufinden.

»Gehen wir?« fragte Robert.

»Wohin?«

»Zurück in den Schuppen.«

»Keine Lust. Hier ist es so schön. Du, ich glaube, ich könnte mich auch außerhalb des ›777‹ wohlfühlen. Aber nur mit dir ...«

»Das hoffe ich. Und keine Angst mehr?«

»Nein. Du bist ein anständiger Junge.« Sie legte den Kopf wieder auf seinen Oberschenkel und starrte in den glitzernden Sternenhimmel. »Wieviel Sterne gibt es?« fragte sie plötzlich.

»Milliarden. Ich weiß es nicht.«

»Ach, es gibt was, was du nicht weißt?« Sie stieß ihm die Faust in den Magen, aber nicht wie ein Boxhieb, sondern mehr wie ein liebevoller Stups. Robert hielt ihre kleine Faust fest, zog sie an seine Lippen und küßte sie.

»Ich weiß so vieles nicht. Was willst du von den Sternen?«

»Ich möchte, daß du mir einen schenkst.«

»Wunsch erfüllt.« Er vergrub seine Finger wieder in dem seidigen Gold ihres Haares. »Welchen willst du haben?«

»Den dort.« Sie zeigte in den Himmel. »Der letzte da, der am Ende des Bogens.«

»Warum ausgerechnet der?«

»Er gefällt mir.«

»Du bringst die ganze Astronomie durcheinander. Ich kann ihn dir nicht schenken. Es ist der letzte Stern vom Großen Wagen.«

»Hach! Du kennst ihn also doch!« Sie räkelte sich auf seinem Schenkel und schob ihren Kopf auf seinen Schoß. »Dann such mir einen aus!«

Er blickte eine Weile in den Sternenhimmel und suchte einen glitzernden Punkt, weit, weit weg von den anderen. In der Unendlichkeit entdeckte er dann ein Glimmen, ein schwaches Glitzern, dessen Schein an und aus ging wie bei einer Signallampe.

»Der dort! Das ist er. Siehst du ihn?« Robert streckte den Arm aus und drehte mit der anderen Hand Christas Gesicht in die Richtung, die er meinte. »Da ist ein dicker Stern ... und dann kommt Dunkelheit. Und dann, links davon, flimmert dein Stern. Hast du ihn?«

»Ja.« Christa sprach es voller Enttäuschung aus. »Der geht an und aus ...«

»Das sieht nur so aus. Er blinzelt dir zu, und er ruft dir zu: Ich bin der Stern Christa ...«

»Und wie weit ist er weg?«

»Millionen Lichtjahre. Aber wenn du ihn ansiehst, ist er immer bei dir.« Robert winkte mit dem freien Arm zum Firmament hinauf. »Hallo, Stern Christa ...«

»Und du hast keinen Stern?« fragte sie. Er lächelte voll unbewußter Zärtlichkeit.

»Ich habe sogar zwei ...«, sagte er leise.

»Wo?«

»Deine Augen ...«

»Jetzt wirst du wieder doof!« Sie schnellte aus seinem Schoß hoch und setzte sich steif neben ihn. Ihre Reaktion verwirrte Robert; er hatte erwartet, daß sie sich zumindest freute, daß sie ein bißchen glücklich war, so etwas zu hören.

Statt dessen fuhr sie wieder ihre Krallen aus. Auch eine Katze, die man streichelt, kann kratzen, und man weiß nicht, warum. »Gehen wir?« fragte Christa.

»Zurück zur Techno-Party?«

»Nein. Nach Hause.«

»So plötzlich?«

»Ich bin müde.« Sie stand auf und klopfte das Gras von ihrem Kleid. »Bring mich zur Ecke, du weißt schon, was ich meine.«

Der plötzliche Umschwung in ihrer Stimmung irritierte ihn. Er wußte keine Erklärung dafür. Wo war hier ein falsches Wort gefallen? Ich habe gesagt, daß ihre Augen meine Sterne sind ... Was regt sie daran so auf? Du bist ein rätselhaftes Mädchen, Christa. Du siehst den Mann im Mond, ich soll dir einen Stern schenken – aber ein einziges Wort zerstört allen Zauber.

Sie fuhren wortlos bis zur Killerstraße, Ecke Schulstraße. Dort legte Christa ihre Hand auf Roberts Arm, nickte und stieg aus.

»Bleibt es dabei?« fragte er, als sie immer noch kein Wort sprach. »Sonntag morgen um zehn Uhr?«

»Okay und tschüs!«

Er zögerte, trat dann aufs Gaspedal und fuhr los.

Christa blieb stehen und blickte ihm nach, bis sie nur noch zwei kleine rote Rücklichter sah. Erst dann hob sie die Arme, ballte die Fäuste und schrie in die stille, dunkle Straße: »Ich liebe dich! Verdammt, ich liebe dich!«

Sie spreizte die Finger, fuhr sich damit durch die Haare und zerzauste sie mit einigen wilden Bewegungen.

»Ich liebe dich wirklich ...«, sagte sie dabei leise. »Es ist verrückt – verrückt, aber ich liebe dich, du kluger Idiot!«

Wenn Oberregierungsrat Dr. Hubert Habicht beim Durchblättern seiner Briefmarkenalben gestört wurde, konnte er sehr ungnädig werden. Trotzdem störte ihn seine Frau Gerda in seiner konzentrierten Ruhe, huschte in das sogenannte Herrenzimmer und blieb an der Tür stehen.

»Verzeih, Hubert«, sagte sie. »Aber es ist wichtig.«

Habicht blickte hoch. Er hatte sich gerade am Anblick einer Marke von 1914 aus Deutsch-Südwest-Afrika ergötzt. Sie stammte aus der letzten Serie vor Ausbruch des Ersten Weltkrieges, wo Südwest-Afrika noch deutsche Kolonie gewesen war. Welch eine große Zeit, dachte Habicht beim Betrachten dieser Briefmarke.

»Was ist so wichtig, Gerda?« fragte er unwillig.

»Ein Anruf für dich.«

»Ich erwarte keine wichtigen Anrufe. Wer ist es denn?«

»Ein Herr Dr. Pupp ...«

»Emil?« Habicht runzelte die Stirn. »Stell durch, Gerda.«

Er wartete, bis seine Frau von der Diele aus das Telefon zum Herrenzimmer durchgestellt hatte, und hob nach dem Klingelzeichen ab.

»Habicht ...«

»Hier Pupp, Emil ... Grüß dich, altes Haus.«

Habicht blähte die Nasenflügel. Dr. Emil Pupp, Oberstudienrat, kannte er vom Studium her. Sie waren in der gleichen Studentenverbindung, der Urania, gewesen, hatten zusammen gottserbärmlich gesoffen, hatten sogar zusammen gepaukt, waren an Feiertagen in vollem Wichs herummarschiert, hatten aber jetzt als »Alte Herren« nur noch wenig Kontakt miteinander, bis auf den Umstand, daß Dr. Pupp an dem Gymnasium unterrichtete, das Huberts Sohn Robert besuchte. So war es zu einem lockeren Umgang gekommen, der aber nicht berechtigte, ihn jetzt als ›altes Haus‹ zu betiteln. Auch der Ministerialdirigent war ein Uranier, aber Habicht hätte sich nie erlaubt, ihn mit ›Grüß Gott, du Flasche!‹ anzureden.

»Emil, wie geht es dir?« erkundigte Habicht sich mit

deutlich reservierter Stimme. »Gerda sagt, es sei wichtig. Ich bin sehr beschäftigt.«

»Ihr Ministerialbeamten seid das immer. Leider sieht man keine Wüchse, nur Auswüchse. Haha! Es dauert nicht lange, ich fasse mich kurz, im Gegensatz zu euren Elaboraten.« Dr. Pupp schien fröhlichster Laune zu sein; das ärgerte Habicht. »Es geht um deinen Sohn.«

»Mein Sohn Robert?«

»Hast du noch mehr, du fauler Hund? Also Robert ...« Dr. Pupp räusperte sich. »Du weißt, ich bin sein Mathematiklehrer. Und ich bin seit über 25 Jahren Mathematiker, aber so etwas wie deinen Sohn Robert habe ich noch nicht gehabt! Ich habe immer geleugnet, daß es wirkliche Genies gibt, aber jetzt glaube ich daran! Dein Sohn ist das absolute Genie einer Mathe-Niete! Sein mathematisches Niveau ist beim Addieren stehengeblieben. Wurzeln sieht er als Gemüse an. Trigonometrie hält er für Chinesisch. Ich habe das noch nie erlebt! Verzeih, daß ich so offen spreche, aber da muß etwas geschehen.«

»Mein Sohn Robert nimmt seit Wochen Nachhilfestunden in Mathe.«

»Davon merke ich aber nichts.«

»Er gibt sich alle Mühe. Er paukt bis in die Nachtstunden hinein. Mehr kann man nicht tun. Ich habe damals in Chemie auch nichts begriffen und habe trotzdem mein Abitur mit einer Zwei hingekriegt. Er ist eben mehr ein Künstler als ein trockener Realdenker.«

»Zugegeben, Robert ist ein begabter Pianist. Um auf die Tasten zu hämmern, braucht man keinen Sinus und Cosinus. Man braucht auch nicht die Einsteinsche Relativitätstheorie, um Beethoven zu spielen. Aber auch in anderen Fächern hängt dein Sohn nach, sagten mir die Kollegen. Manchmal schläft er sogar im Unterricht ein! Latein, da war er immer gut ... jetzt taucht er unter.«

»Das ist das erste, was ich höre.« Habicht klappte sein Briefmarkenalbum zu. Diese Nachricht war wirklich beunruhigend. »Auch Latein?«

»Unter anderem.«

»Wo sonst noch?«

»Überall.« Dr. Pupp putzte sich die Nase; Habicht hörte es deutlich im Telefon und ärgerte sich wieder. »Ein rätselhafter, radikaler Abfall der Leistungen. Plötzlich, seit einigen Wochen. Der Junge stiert vor sich hin, und wenn man ihn anspricht, scheint er gar nicht anwesend zu sein. Erst beim zweiten Mal reagiert er und sieht einen an, als habe er mit offenen Augen geträumt. Habt ihr das noch nie an ihm bemerkt?«

»Nie!« Habicht fühlte sich etwas verwirrt. »Bei uns ist er völlig normal. Das heißt: Mein Sohn Robert ist immer normal. Was da in der Schule vorkommt, dafür habe ich keine Erklärung. Mathematik war immer seine Schwäche, aber da kniet er sich jetzt rein. Intensiv! Das weiß ich. Er ist jeden Tag zur Nachhilfe, bis spät am Abend.«

»Wirklich unerklärlich.«

Habicht zuckte zusammen. Ein jäher Gedanke, der ihm durch den Kopf schoß, schien das Rätsel zu erklären. »Da ist doch etwas«, sagte er stockend.

»Werde deutlicher, Hubert.«

»Vor Wochen ist mein Sohn Robert überfallen worden. Ein Asiat wollte seinen Wagen aufbrechen. Als Robert ihn dabei überraschte, wurde er brutal niedergeschlagen. Das muß es sein. Ein Spätschaden! Du lieber Himmel, wenn das wahr ist! Ich werde morgen sofort Dr. Heimes, unseren Hausarzt, kommen lassen. O Gott, das ist ja furchtbar.«

»Das kann man wohl sagen, Hubert.« Dr. Pupps fröhliche Stimme wurde nüchterner. »Ich erinnere mich, Robert hat einige Tage gefehlt und kam dann mit einem Kopfverband in die Schule. So eine Sauerei! Immer diese Ausländer!«

»Du sagst es. Ich glaube, wir haben den Grund von Roberts Nachlassen gefunden. Er ist krank! Das solltet ihr Lehrer berücksichtigen bei eurer Beurteilung.« Habicht atmete tief durch. »Ich danke dir für deine offenen Worte, Emil.«

»Aber bitte, bitte, sie mußten sein.« Dr. Pupp wurde wieder fröhlich. »Kopf hoch, alter Sünder! Du schaffst das schon. Und wenn das Abitur in die Hosen geht ... Klavierspielen kann er ja immer.«

Dr. Pupp legte auf, und Habicht verzog den Mund, als habe er Essig getrunken. Er war versucht, laut »Arschloch!« zu sagen, aber da kam Gerda ins Zimmer, und er schluckte das befreiende Wort hinunter.

»Was wollte Dr. Pupp?« fragte sie. Habicht winkte ab.

»Unser Sohn Robert läßt in der Schule nach. In Mathe ist er ein Minus-Genie. Ich werde heute abend mit ihm ein ernstes Wort reden.« Er sah seine Frau fragend an. »Glaubst du, daß er krank sein könnte?«

»Er wird immer blasser und verliert an Gewicht ...«

»Das hast du schon mal gesagt. Hast du mit ihm darüber gesprochen?«

»Ja. Er hat gelacht. ›Mama‹, hat er gesagt, ›das ist die Blässe des Geistes, hat mal ein Dichter gesagt. Aber du wirst immer schöner.‹ Des Geistes Blässe – war das Goethe?«

»Möglich. Und du hast dich damit zufriedengegeben?«

»Was soll man da noch sagen, Hubert?«

»Mir tanzt er nicht auf der Nase herum!« Habicht stand aus seinem Sessel auf und trug das dicke Briefmarkenalbum zu einem Eichenschrank, wo er es einschloß. »Wir werden ein klärendes Wort unter Männern sprechen.«

Von einer Klärung war am späten Abend allerdings nichts zu merken.

Mutter Gerda ließ Mann und Sohn im Herrenzimmer allein, ließ aber die Tür einen Spalt offen, um in der Diele das Gespräch mitzuhören.

»Dr. Pupp hat angerufen«, begann Habicht.

»Ach, der Puppi!« Robert lachte, doch in seinen Augen glomm Vorsicht auf.

»Puppi!« wiederholte Habicht. »Habt ihr keinen Respekt mehr?«

»Gegenfrage: Habt ihr früher nie Spitznamen für eure Lehrer gehabt?«

»Natürlich, ja.« Habicht winkte ab. Einen, der hieß Wassermann, nannten wir Wasserkopp, dachte er. Und ein anderer mit dem unglücklichen Namen Bordel wurde zum Puff. Darin ändert sich die Jugend nicht. Das gehört zur Schule. »Puppi ... ich meine Dr. Pupp beschwert sich über dich. Er hat angerufen. Du sollst in der Schule schlafen.«

»Bei Puppi muß man schlafen.«

»Auch in Latein?«

»Ich halte Tacitus für äußerst langweilig. Und Caesar hat die Germanen durch die falsche Brille gesehen.«

»Das ist kein Grund, den Unterricht zu verpennen.« Habicht beugte sich etwas zu seinem Sohn Robert vor. »Hast du ab und zu Kopfschmerzen?«

»Nein, Papa.«

»Ab und zu ein Schwindelgefühl? Eine plötzlich ausbrechende Müdigkeit? Das Gefühl einer Blutleere im Gehirn, Ohrensausen oder sogar Sehstörungen?«

»Nein, Papa. Ich fühle mich wohl.«

Habicht griff jetzt auf die Beobachtungen seiner Frau zurück. »Mama sagt, du siehst so blaß aus und du wärst dünner geworden.«

Robert lachte wieder, aber es klang unnatürlich fröhlich, nach aufgesetzter guter Laune. »Du kennst doch Mama«, sagte er und warf einen schnellen Blick an seinem Vater vorbei auf den Türspalt. Sie hört mit, stellte er fest. Soll sie's horen! »Wenn ich huste, habe ich sofort die Schwindsucht. Und wenn ich mal nicht essen mag, muß das eine Magenschleimhautentzündung sein. Papa, findest du, daß ich bleich wie eine Leiche bin?«

»Das nicht gerade ...«

»Und dünn wie ein tapeziertes Skelett?«

»Ausdrücke hast du!« Habicht mußte trotz allen Ernstes lächeln. Ihm kam Robert vor wie immer; nur warum seine schulischen Leistungen in den letzten Wochen so abfielen, war noch zu klären. »Was meint dein Freund über deine Nachhilfestunden in Mathe?«

»Er meint, ich sei ein Loch in einem Vakuum. Man kann hineinschütten, was man will, es verschwindet spurlos.«

»Ein kluger Ausspruch.« Habicht räusperte sich. »Morgen wird Dr. Heimes dich untersuchen.«

»Warum das denn?« Roberts Rücken versteifte sich. Er erkannte die Gefahr, die da auf ihn zukam. »Dr. Heimes ist Arzt und kein Vakuumstopfer.«

»Er will dich auf mögliche Spätschäden von deinem Überfall untersuchen.«

»Das ist doch Quatsch, Papa! Ich fühle mich blendend. Wer ist denn auf diese Idee gekommen?«

»Ich. Dr. Pupp meinte ...«

»Puppi soll rechnen, aber nicht meinen. Bestell Dr. Heimes ab, Papa.«

»Nur zur Sicherheit ...«, beharrte Dr. Habicht.

»Ich werde Dr. Heimes anfurzen, wenn er mich untersucht!«

»Was sind denn das für Reden?« Habicht sprang empört auf. Es war das erste Mal, daß er von seinem Sohn eine solche ungeheure Antwort bekam. »Ist das die Kultur unserer Jugend?! Ich verbitte mir, in meiner Gegenwart ...«

»Du hast bisher nie über einen aufsässigen Sohn klagen müssen. Ich habe mich immer nach deiner Lebensauffassung benommen, ich war immer der brave Junge. Aber darüber scheinst du vergessen zu haben, daß ich demnächst neunzehn werde und meine eigene Meinung habe. Ich bin wahlberechtigt, und wenn ich wählen darf, welche Pfeifen uns in Bonn regieren sollen, dann habe ich auch das Recht, mein eigenes Denken auszudrücken. Dein Vater war mit neunzehn schon Leutnant in der Großdeutschen Wehrmacht und durfte – wenn auch auf Befehl – Menschen erschießen ...«

»Wie sprichst du über deinen Großvater!« Es war wie ein Aufschrei Habichts. »Du grüner Rotzjunge!«

»Ich weiß, auf deinen Vater bist du stolz. Er ist in den Pripjet-Sümpfen in Rußland gefallen. Was glaubst du, was er gesagt hätte, wenn man ihn einen grünen Rotzjungen genannt hätte? Vater, begreif doch endlich, daß ich ein erwachsener Mensch bin und nicht mehr das Robertle im Spielhöschen. Ich suche nach meinem eigenen Leben!«

»Noch streckst du die Beine unter unserem Tisch aus, und wir ernähren dich! Und solange ich – jetzt rede ich in deiner Sprache – dich am Kacken halte, wird getan, was ich will!«

»Gut! So gefällst du mir schon besser, lieber Papa!« Scharfer Spott lag in Roberts Stimme. »Bleiben wir beim Kacken! Du wirst bald nicht mehr diesen Genuß haben.«

»Was heißt das?« schrie Habicht. »Willst du ausziehen?«

»Ein guter Gedanke.«

»Und wohin? Unter eine Isarbrücke? Als Penner?«

»Auch das wäre zu überlegen.« Robert löste sich von dem Schrank, an dem er bisher gelehnt hatte. »Fangen wir damit an: Ich komme heute nacht nicht nach Hause.«

»Du bleibst hier!« brüllte Habicht. Er griff sich an die Brust, aber das übersah Robert. Es ist nur Theater! Er ist nicht herzkrank. Ein Oberregierungsrat reibt sich im Amt nicht auf.

»Ich nehme keine Befehle an.« Robert machte zwei Schritte zur Tür, aber Habicht folgte ihm und hielt ihn am Ärmel fest.

»Ich sage dir ...«

»Papa!« Robert blieb stehen. »Ich sage *dir*: Nimm die Finger von mir! Ich möchte sie nicht wegschlagen ...«

»Du wärst in der Lage, deinen Vater zu schlagen?« stotterte Habicht. Sein Atem ging stoßweise, und wirklich, er zitterte. »Du könntest deinen Vater ...«

»Laß mich los!«

»Robert, du bist wirklich krank!«

»Dann mach mich nicht noch kränker als ich bin. Laß los!«

Mit einem Ruck schüttelte Robert die Hand seines Vaters ab, ging zur Tür, riß sie auf und prallte auf seine Mutter, die mit gefalteten Händen in der Diele stand. Sie weinte lautlos.

»Robert ...«, sagte sie. »Mein Junge ...« Dann versagte ihr die Stimme.

»Kümmere dich um Vater, Mama!« Er rannte zur Haustür und riß sie auf. Warme Sommerluft strömte ins Haus. »Er begreift nichts. Mach dir keine Sorgen, mir geht's gut. Und ich komme wieder, das verspreche ich dir. Eines Tages ... bald ...«

Er stürzte hinaus in die Nacht, lief zu seinem Wagen, warf sich hinter das Steuer und fuhr mit aufheulendem Motor davon. Habicht, der jetzt in der Haustür stand, blickte ihm mit starren Augen nach.

»Er ist krank«, sagte er hilflos. »Gerda, er ist wirklich krank. Er kann doch nicht einfach weglaufen ... Da müssen wir doch was tun ...«

Sie umarmten sich, drückten sich aneinander, zum erstenmal seit vielen Jahren, und sie weinten gemeinsam ... Aber was sie tun sollten, wußten sie nicht.

Eine Stunde später erschien Robert in Ulrikes Wohnung.

Sie saß am Tisch und zählte die Tageseinnahmen zusammen.

»Nanu?« sagte sie. »Du hier? Das ist eine Überraschung.«

Sie tippte auf die vor ihr liegenden Geldscheine. »Wir haben 4750 Mark kassiert. Ein guter Tag.«

»Ich habe noch eine Überraschung.« Robert beugte sich über Ulrike und küßte ihren Nacken. Er wußte, daß dann jedesmal ein Schauer durch ihren Körper lief. »Ich bleibe hier.«

»Bis morgen früh?«

»Länger. Für immer ...«

Sie warf den Kopf zurück und starrte Robert an. »Bob! Was ist passiert?«

»Ich habe endlich meinem Vater die Zähne gezeigt. Ich bin weg von zu Hause.«

»Ob das klug war?« Sie schob die Geldscheine zusammen und steckte sie in eine braune Kunststofftasche. »Du willst jetzt hier wohnen?«

»Ja. Wir gehören doch zusammen.«

»Und wenn dein Vater dich sucht?«

»Er rennt doch nicht durch München, von Straße zu Straße.«

»Durch die Polizei ...«, sagte sie nervös.

»Nie! Nie! Da kennst du meinen Vater nicht. Der Sohn eines Oberregierungsrates haut nicht von zu Hause ab!« Er küßte wieder ihren Nacken und spürte das Zittern in ihr. »Hast du Angst?«

»Ich habe ein ungutes Gefühl.«

»Ich genau das Gegenteil. Ich bin jetzt frei! Frei! Ich brauche niemanden mehr zu fragen! Frei!«

In dieser Nacht nahm Robert zwei Ecstasy und liebte Ulrike bis zur Erschöpfung. Er war wie rasend und nahm keine Rücksicht auf sie.

Nach dem Rausch weinte er und bettelte um Ulrikes Verzeihung.

Und zum ersten Mal dachte er: Jetzt könnte ich mich umbringen ...

»Ich bin zufrieden mit Ihnen, Ulla. Das heißt, nicht sehr zufrieden, aber ich möchte mit Ihnen sehr zufrieden sein.«

Franz von Gleichem hatte die Wocheneinnahmen quittiert, schloß sie jetzt in seinem Schreibtisch ein, griff nach der Quittung, zerriß sie in kleine Fetzen und zündete sie in einem großen Aschenbecher aus Onyx an. Die Quittierung war nur ein symbolischer Akt; sie dokumentierte lediglich das Vertrauen. Ohne Vertrauen sind solche Geschäfte sinnlos.

Ulrike klickte die Kunststofftasche zu, mit der sie das Geld gebracht hatte. Von Gleichems Lob war gleichzeitig ein Tadel, und sie war nicht gewillt, ihn hinzunehmen.

»Wir sind neu in der Szene«, sagte sie. »Wir bauen ja erst auf!«

»Und das ist Ihre Aufgabe.«

»Ich habe bis jetzt 47 Verkäufer. Das ist für diese kurze Zeit eine Menge. Außerdem müssen wir gegen eine Konkurrenz ankämpfen, die schon länger im Geschäft ist. Ich habe drei Leute von ihr abgeworben. Die haben ausgepackt. Hinter ihnen steht eine polnische Organisation, die offiziell als Landwirtschaftliche Im- und Export-Gesellschaft eingetragen ist. Sie liefert verderbliche Waren in plombierten Kühlwagen. So kommen sie ohne große Schwierigkeiten über die Grenze. Die tiefgefrorenen Gänse zum Beispiel sind vollgestopft mit Ecstasy-Pillen. Welcher Zollbeamte schlitzt zur Kontrolle jede Gans auf?«

»Ich weiß. Wir sind dabei, diese Transporte zu unterbinden.« Von Gleichem griff in eine andere Schublade und baute vor sich eine Reihe bunt bedruckter Papierpyramiden auf. Ein großer schwarz-gelber Schmetterling war darauf abgebildet. »Die polnischen Pillen sind Schnee von vorgestern. Die neue Ecstasy-Generation steht hier vor Ihnen.«

»Papiertütchen?« Ulrike nahm eine der kleinen Pyramiden in die Hand und drehte sie zwischen den Fingern. »Das ist doch Spielerei.«

»Im Gegenteil. Das ist die Lücke, die uns straffrei macht. Öko-Ecstasy ...«

»Ein Witz!«

»Dieses Ecstasy besteht aus reinen Naturprodukten. Ginseng, Gingko Bilboa, Grüner Tee, Guarana, Raw Cola und etwas Koffein. Überall erhältlich – aber auf die Mischung kommt es an. Und das Wichtigste: Dieses Pulver verstößt nicht gegen das Betäubungsmittelgesetz, nicht gegen das Arzneimittelgesetz, nicht gegen das Lebensmittelgesetz. In den USA ist es frei verkäuflich. Die Behörden sind machtlos. Die ›100 percent natural vegetarian‹ entziehen sich allen Gesetzen! Und nun der Clou: Zehn Stück kosten im Einkauf 21 Mark, also pro Stück 2,10 Mark. Wir werfen sie auf den Markt mit zunächst 25 Mark.« Von Gleichem lehnte sich zurück und schob die Pyramiden hin und her. »Das wird ein Millionengeschäft, Ulrike. Und – wir haben keine Konkurrenz! Übermorgen erfolgt die erste Lieferung. Die bisherigen Pillen ziehen wir zurück.« Er blinzelte Ulrike zu. »Sie jubeln ja gar nicht. Sie blicken drein wie ein Salzsäuretrinker. Meine Liebe, wir haben keine Polizei mehr zu fürchten. Alles ist legal! Sonst müßte man auch Pfefferminzbonbons verbieten. Und sollte man wirklich Öko-Ecstasy auf die Verbotsliste setzen, dauert das Jahre. Wer will denn Ginseng und Grünen Tee aus dem Verkehr ziehen?«

»Die Polen werden das nicht einfach hinnehmen, Herr von Gleichem.«

»Die Polen!« Er winkte verächtlich ab. »Die neuen Lieferanten haben Möglichkeiten, den Markt allein zu beherrschen.«

»Und wer sind die neuen Lieferanten?« fragte sie.

Von Gleichem schüttelte den Kopf. »Wissen ist Macht, sagt ein Sprichwort. Zuviel Wissen ist hier fatal. Ulrike, nehmen Sie einfach die Tatsache hin, daß wir in ein neues Ecstasy-Zeitalter kommen. Die Glücksdroge des 21. Jahrhunderts. Sie können sich Ihren schönen Körper mit Gold aufwiegen lassen. Das geht aber nur, wenn Sie – beziehungsweise wir – den Münchner und den Bayerischen Markt allein beherrschen. Mit Ihren 47 Verteilern lacht man uns aus. Wir müssen Bayern mit einem Netz von Leuten überziehen.«

»Ich bin nur vorsichtig. Ich nehme nicht jeden, der sich anbietet. Es könnten Kontaktleute der Polizei dabei sein.«

»Unwahrscheinlich. Die Polizei beschäftigt keine jugendlichen Spitzel. Das darf sie gar nicht. Da sind die deutschen Gesetze auf unserer Seite.« Von Gleichem lachte kurz auf. Er fand es amüsant, sich hinter dem deutschen Gesetzesdschungel zu verstecken. »Nehmen wir uns ein Beispiel an der Zigarettenmafia in Berlin. Da gehen Millionen durch die Hände, und wenn man bei Razzien, die eigentlich mehr Show sind, ein paar Zigarettenverkäufer schnappt, meist Vietnamesen, was geschieht dann? Nichts! Wer einen festen Wohnsitz vorweisen kann, und das können alle, weil sie Asylanten sind, muß freigelassen werden. So lautet das Gesetz. Und im übrigen schweigen sie. Gelingt es wirklich, einen Händler zum Reden zu bringen, ist das sein Todesurteil. Genickschuß. Ende der Ermittlungen. Soweit können wir auch in München kommen. Wer mit uns arbeitet, verdient gutes Geld, aber er schleppt immer die Angst im Nakken mit sich herum.«

»Sie ... Sie würden töten lassen?« Ulrikes Stimme hatte jeden Klang verloren. »Sie könnten wirklich ...«

»Ich nicht.« Von Gleichem schob die Papierpyramiden zusammen und baute damit spielerisch einen Kreis. »Das übernimmt die Organisation. Unsere Hände bleiben rein.«

»Wir arbeiten mit Gangstern zusammen?«

»Mit cleveren Geschäftsleuten, höre ich lieber.« Von Gleichem musterte sie mit einem langen forschenden Blick. Ulrikes Feststellungen gefielen ihm nicht. Mit seinem ausgeprägten Gespür für Gefahr ahnte er eine innere Wandlung bei ihr. Darum schoß er eine Frage ab, von der er wußte, daß sie wie ein Treffer war. »Wie verhält sich Ihr Schützling Robert? Oder soll ich sagen, Ihr Liebhaber?«

»Er ist ein guter Mitarbeiter.«

»Das glaube ich.« Von Gleichems Spott war beißend. »Ich dachte weniger an das Bett als an seine Verkaufspraktiken.«

»Er arbeitet sich ein ...«

»Bei Ihnen als Lehrmeisterin muß er zum Meisterschüler werden.« Wieder dieser triefende Hohn. Ulrike preßte die Lippen aufeinander. Sie unterdrückte das Verlangen, jetzt aufzuspringen und zu gehen. »Was machen seine Skrupel?«

»Er hat nie welche gehabt, weil er glaubt, er verkaufe harmlose Pillen.«

»So ungeheuer dämlich kann doch niemand sein!«

»Er glaubt, was ich ihm sage.«

»Das Denken mit dem Unterleib!« Von Gleichem nickte. »Aber wenn er mal sein Hirn aktiviert ...«

»Robert wohnt seit gestern bei mir. Er hat sein Elternhaus verlassen.«

»Was hat er?« Von Gleichem war nahe daran, entsetzt aufzuspringen. Diese Mitteilung ließ alle seine Vorurteile hervorbrechen. »Er ist bei Ihnen eingezogen?«

»Ja.«

»Und das sagen Sie so daher, als wechselten Sie Ihr Hemd? Begreifen Sie nicht die Gefahr, die Sie sich da ins Haus geholt haben?«

»Wieso ist Robert eine Gefahr, wenn er jetzt bei mir wohnt?«

»Ihr Jüngelchen ist aus einer heilen Welt ausgebrochen, aber mit dem Herzen hängt er noch an Papa und Mama. Er will frei sein, flüchtet in das Bett einer erfahrenen Frau, sucht dort eine neue Welt, die Bestätigung seiner Phantasie, aber im Inneren weint er Mamas Schweinebraten nach. Ulla, Sie können ihm kein vollwertiger Ersatz für sein Elternhaus sein. Sie doch nicht!«

»Wir lieben uns!« sagte sie trotzig. »Das ist stärker.«

»Du lieber Himmel, solch einen Unsinn sagt eine Edelnutte!«

Das war der Augenblick, wo Ulrike aufsprang. Mit einer Handbewegung fegte sie die kleinen Papierpyramiden vom Tisch.

»Ich war nie eine Nutte!« schrie sie. »Ich wollte nur nicht verhungern.«

»Sie sehen verdammt aufreizend aus, wenn Sie wütend sind, Ulla.« Von Gleichem lehnte sich in seinem Sessel gemütlich zurück. »Also gut, gut ... Sie lieben den Kleinen. Jetzt wohnen Sie auch noch zusammen, und die Zukunft sieht für euch rosig aus. Und was ist mit den fünfzehn Jahren?«

»Welche fünfzehn Jahre?«

»Die Sie älter sind als er! In zehn Jahren ist er achtundzwanzig, Sie aber dreiundvierzig. Dann haben Sie Cellulite, der Busen hängt etwas, an den Augen bilden sich Fältchen, auch die Mundpartie ist nicht mehr so glatt ...«

»Die Kosmetik meines Körpers sollten Sie mir überlassen!«

»Ich weiß, daß Sie sich mit allen Salben, Cremes und Ampullen beschmieren werden, um die Jahre zu überlisten. Aber Ihr süßer Junge Robert, durch Ihre Kunst zum Sexualmeister gereift, wird feststellen, daß ein knackiger zwanzigjähriger Hintern sich anders anfühlt als ein etwas schwammig gewordener Matronenarsch.«

»Sie können mich mal!« Ulrike wandte sich zur Tür. Hinter ihr lachte von Gleichem laut auf.

»Das habe ich schon! – Ulla, Sie bleiben!«

»Nein. Gute Nacht!«

Sie griff zur Klinke, aber von Gleichems Stimme hielt sie dennoch fest.

»Ich will Ihnen helfen, begreifen Sie das nicht? Hören Sie doch einmal auf einen Mann, der das Leben von den Höhen bis zu den Tiefen kennt. Haben Sie nie daran gedacht, daß Ihr Liebling einmal abspringen könnte?«

»Nein!« Sie blieb an der Tür stehen, mit dem Rücken zu ihm.

»Weil er Ihr Sklave ist? Auch Sklaven ...«

»Ich weiß. Auch das haben Sie mir schon gesagt. Spartacus ...«

»Ganz brutal: Reize schleifen sich ab! Auch Ihre, Ulla. Spielen Sie den Gedanken einmal durch: Was würden Sie tun, wenn Ihr Robert ein junges Mädchen auftut und Jugend sich zu Jugend findet? Habe ich das diskret genug ausgedrückt?«

»Das wird nie stattfinden.«

»Und wenn doch? Es gibt Blitze ohne Wolken, aus dem blauen Himmel heraus.«

»Was ich dann tun würde?« Sie drehte sich langsam wieder zu von Gleichem um. »Ich weiß es nicht. Ich weiß nur, daß ich es nicht ertragen könnte. Es wäre zu schrecklich.«

»Aber wenn es passiert ...«, bohrte von Gleichem weiter. »Was dann?«

»Vielleicht könnte ich ihn umbringen ... Ich weiß es nicht.«

»Sie würden es tun! Ja, Sie würden ihn umbringen, so gut kenne ich Sie! Sie würden nicht zögern. Es ist nicht Ihre Art, aufzugeben ... Eher würden Sie alles vernichten.«

»Möglich.« Sie starrte von Gleichem ins Gesicht. Ihre Augen hatten einen höllischen Glanz. «Ich würde Robert nie einer anderen Frau überlassen. Nie!«

»Sie sind besessen!«

»Nein. Ich bin glücklich. Und dieses Glück nimmt mir keiner weg ...«

»Womit ich jetzt weiß, wie alles enden wird.« Von Gleichem erhob sich und machte eine leichte Verbeugung. »Sie können gehen, Teufelsengel ...«

An jedem Freitag hatte Gerda Habicht ihren Bridgenachmittag.

Eine ihrer Freundinnen holte sie dann ab. Gerda selbst fuhr nicht Auto, hatte keinen Führerschein erworben und besaß deshalb auch keinen eigenen Wagen. Außerdem war Hubert Habicht dagegen. »Zwei Autos haben wir schon in der Familie«, hatte er gesagt. »Ein dritter Wagen wäre einfach zuviel. Es wäre auch den anderen Kollegen gegenüber nicht angebracht. Man muß Grenzen kennen.« So war Gerda Habicht die einzige im Freundinnenkreis, die keinen eigenen Wagen besaß.

Meist fand die Bridgerunde in der Villa des Chirurgen Professor Dr. Himmel statt, ein fataler Name für einen Arzt, der menschliche Körper aufschneidet. Es war eine exklusive Damengesellschaft, die da zusammenkam, Karten spielte, Teegebäck knabberte, Tee trank und ab und zu einen Sherry.

An diesem Freitag wartete Robert in einer Nebenstraße, bis seine Mutter abgeholt worden war, dann betrat er sein Elternhaus und suchte seine Zeltausrüstung zusammen. Auf den Sonntag mit Christa freute er sich wie über ein schönes Geschenk; sie würden das Zelt aufbauen, im See schwimmen, in der Sonne liegen, die Gräser und Blumen riechen, eine Dose Erbsensuppe mit Speck aufwärmen und aus der Kühltasche Cola oder Orangensaft trinken. Er würde den CD-Spieler anstellen und eine CD von Michael Jackson oder von Prince oder auch von einer dieser ganz wilden

Bands auflegen, deren Namen er nicht kannte, aber in der Musikhandlung würde man ihm schon das Richtige empfehlen. Und dann würde er eine CD mit Klaviermusik auflegen, ein Nocturne von Chopin etwa, und würde Christa erklären, wie sie diese Musik hören und erfühlen müsse. Und er glaubte zu wissen, daß sie ihn verstehen würde, auch wenn sie zuerst »So 'n Scheiß!« sagte.

Bei Ulrike sah Robert keine Probleme. Ihr wollte er sagen, daß er mit seinen Eltern einen Geburtstagsbesuch bei einem wichtigen Mann der Staatsregierung hinter sich bringen müsse, eine glaubwürdige Lüge, wenn der Vater Oberregierungsrat war.

An diesem Abend nach dem Essen – Ulrike hatte auf dem kleinen Balkon zum Hinterhof hinaus Würstchen und zwei Schnitzel gegrillt – stellte sie die kleine Papierpyramide auf den Tisch. Robert sah sie verblüfft an.

»Seit wann nimmst du Brausepulver?« fragte er.

»Brausepulver ist gut!« Sie lachte ihr girrendes Lachen und schnippte mit den Fingern die Pyramide zu Robert hinüber. »Brausepulver ist sogar sehr gut ... So können wir es den Kids mühelos verkaufen.«

»Verkaufen?« Robert nahm die Pyramide in die Hand und drehte sie zwischen den Fingern. »Du machst Witze ...«

»Das ist Ecstasy, Bob. Öko-Ecstasy. Das Allerneueste. Konkurrenzlos.«

»Auch das ist doch ein Witz. Öko-Ecstasy! Das ist doch verrückt.«

»Verrückt ist, daß wir den Alleinvertrieb für München und ganz Bayern haben.«

»Und was mach' ich mit den rund siebentausend Pillen, die ich noch habe?«

»Die verkaufen wir noch aus. Eine Barney, gekoppelt mit einer Öko-E. So schaffen wir einen nahtlosen Übergang und behalten unsere Kunden. Und da es Öko ist, die große Masche, werden wir neue Abnehmer aufreißen, die bisher von ›E‹ nichts wissen wollten. Öko-E ist keine Modepille, sondern das Glück der Zukunft! Naturrein!«

»Und die Wirkung?«

»Wie Großvater Barney, Smiley oder Zwerg Seppi.«

Robert ließ die kleine Papierpyramide auf seiner Handfläche tanzen. Was Ulrike sagte, hörte sich gut an. Naturrein – das ist ein Zauberwort in unserer Zeit. Das überzeugt. Naturrein kann nie schlecht sein. Naturrein ist wie ein Gütesiegel.

»Wie viele von diesen Dingern hast du?« fragte er.

»Nur dieses eine. Als Probe ...«

»Ich werde es nachher einnehmen.« Er stellte die Pyramide auf den Tisch zurück und trank das Glas Bier leer, das Ulrike zu den Grillwürstchen serviert hatte. »Übrigens, am Sonntag bin ich nicht hier. Ich muß zu einer wichtigen Geburtstagsfeier mit meinen Eltern.«

»Ich denke, du hast ...«

»Nur eine Formsache! Eine gesellschaftliche Verpflichtung. Händeschütteln, höfliche Konversation, kaltes Büfett, dumme Komplimente, politische Biergespräche ... das Übliche.«

»Und danach schläfst du wieder zu Hause?«

»Nur diese eine Nacht bei meinen Eltern. Mein Zuhause ist jetzt bei dir.«

»Das hast du lieb gesagt, Bob.« Sie beugte sich vor und küßte ihn. »Aber es wird Streit geben.«

»Auch das überlebe ich. Am Montag mittag bin ich wieder bei dir und erhole mich in deinen Armen.«

Damit war das Thema beendet. Robert gratulierte sich selbst, es hatte keine langen Fragen gegeben. Ulrike glaubte ihm. Sonntag nacht im Zelt. Neben sich Christa. Und der Mann im Mond schaute zu ...

Bevor sie ins Bett gingen, nachdem sie gemeinsam geduscht und sich unter den Wasserstrahlen mit Zärtlichkeiten überschüttet hatten, riß Robert die kleine Papierpyramide auf, schüttete das Ecstasy-Pulver in ein halbes Glas Mineralwasser und schluckte es hinunter. Ulrike, in glänzender Nacktheit auf dem Bett sitzend, sah ihm zu, wie er den Kopf in den Nacken warf und die Droge einnahm. Sie hatte ihren Körper mit Parfüm besprüht; sie roch nach frischen Gräsern und Jasmin.

Die Wirkung der neuen Öko-Ecstasy setzte etwas später ein als bei Barney oder Smiley. Auch war sie nicht so stark. Wohl überströmte das herrliche Glücksgefühl wie immer den ganzen Körper, jegliche Müdigkeit verflog, das Gehirn schickte die Signale für Kraft und lustvolle Sehnsucht aus, aber es entwickelte sich nicht die höllische Ekstase, in der Robert Ulrikes Leib hätte zerreißen können. Sie liebten sich zwar drei Stunden lang ohne Unterbrechung bis zur Atemlosigkeit, doch dann lagen sie wie leere Hüllen auf den Laken. Ulrike schlief schnell ein, bei Robert jedoch stellte sich ein wildes Herzrasen ein, das dann absank in eine Schwäche, bei der er tief Atem holen mußte, um das Gefühl zu verjagen, er würde ersticken.

In dieser Nacht fand er keinen Schlaf. Er wälzte sich hin und her, stand auf, lief voller innerer Unruhe im Zimmer herum, duschte sich sogar eiskalt, aber erst gegen Morgen schlief er ein, während er noch auf dem Bett saß. Er fiel einfach um, als habe ihn ein Schlag getroffen.

Die »Probe« überzeugte Robert nicht völlig, er war schärfere Sachen gewöhnt. Das ist eben eine Öko-Pille, gebremstes Weggleiten in eine andere ersehnte Welt. Kein Hammerschlag, sondern ein fortwährendes Klopfen. Aber vielleicht war das gut so ... Die Ökologie des Rausches schonte das Gehirn.

Welch ein Irrtum!

Gerda Habicht verfügte nicht über die Sturheit ihres Mannes. Sie war weder ein Dickkopf noch ein Beamter. Während nach Roberts Auszug aus dem elterlichen Heim kein Wort mehr über ihn fiel, sah man Gerda das Leid an, das Leid einer Mutter, der der einzige Sohn davongelaufen war. Sie huschte durch das Haus mit einer gespenstischen Lautlosigkeit, bis Dr. Habicht endlich fragte: »Hast du das Sprechen eingestellt?«

Sie ließ sich in einen Sessel sinken, blickte auf die aufgeschlagenen Briefmarkenalben und haßte sie plötzlich.

»Daß du so ruhig sein kannst!« sagte sie.

Habicht hielt mit der Pinzette eine Briefmarke gegen das Licht und bewunderte die Darstellung eines klassischen Diskuswerfers. Eine Olympia-Marke.

»Worüber soll ich mich aufregen?«

»Machst du dir keine Sorgen, wo Robert jetzt ist?«

»Er hat gesagt, er sei ein Mann. Und ein Mann muß wissen, was er tut.«

»Das sind doch dumme Sprüche, Hubert.« Sie wunderte sich selbst über den Mut, daß sie so mit ihrem Mann redete. »Er hat nichts mitgenommen ... Hast du schon mal darüber nachgedacht? Keine Unterwäsche, keine Hemden, nichts zum Wechseln, kein Rasierzeug, nicht mal einen Kamm und eine Zahnbürste ...«

»Und kein Geld.« Habichts Stimme klang zufrieden.

»Auch das nicht.«

»Und das beruhigt mich. Ohne Geld wird die schöne Freiheit zur häßlichen Fratze. Mein Sohn Robert wird wiederkommen, schneller, als er glaubt. Er kennt das nicht, eine leere Tasche zu haben.«

»Und sonst hast du nichts dazu zu sagen?«

»Nein!« Habicht ließ die Briefmarke sinken und steckte sie wieder in das Album. »Er war jedenfalls in der Schule. Ich habe mich erkundigt. Wenigstens seine Pflicht erfüllt er.«

»Die Pflicht! Das ist für dich der Mittelpunkt des Lebens!«

»Ein Mensch ohne Pflichtbewußtsein ist ein Parasit! Wenigstens das hat mein Sohn Robert behalten.« Er blickte zur Seite auf seine Frau. Sie hockte mit gefalteten Händen im Sessel, schmal, blaß, um Jahre gealtert. »Ist noch etwas?«

»Ja!« Sie stand auf. »Zum erstenmal merke ich, wie fremd du mir geworden bist, so fremd ... du ungezahnte Briefmarke!«

Ehe Habicht, erschüttert über diese Titulierung, antworten konnte, hatte Gerda das Zimmer verlassen und und die Tür hinter sich mit aller Kraft zugeknallt.

»Na so was«, sagte er nur hilflos. »Man muß doch die Nerven behalten ...«

Sie wartete schon seit zehn Minuten an der Kreuzung Killer-/Schulstraße, als sie den Citroën 2 CV um die Ecke biegen sah. Mit beiden Armen winkte sie Robert zu und lief ihm sogar ein paar Meter entgegen. Dabei zog sie die Hockeyschlägertasche hinter sich her. An der linken Hand baumelte ein hellblauer Segeltuchbeutel. Robert bremste mit lautem Quietschen neben ihr.

»Endlich!« rief Christa. Ihre Bernsteinaugen strahlten. »Du bist fünf Minuten zu spät.«

»Und du bist das erste Mädchen, das pünktlich ist!« Er half ihr, Hockeyschläger und Beutel im Wagen zu verstauen, und wartete, bis sie neben ihm saß. Sie trug ein buntes T-Shirt mit dem Bild eines grinsenden Bären, knallenge, kurze Shorts, weiße Söckchen und leichte Leinenschuhe. Um das Weizenhaar hatte sie ein blaues Band gebunden. Es gab keine andere Bezeichnung: Sie sah süß aus.

»Mit den Hockeyschlägern kannst du am Wörthsee nichts anfangen«, sagte Robert.

»Die mußte ich doch mitnehmen. Mein Alter hätte sich gewundert, wenn ich ohne Schläger zum Training gehe.«

»Und ... und mit der Nacht ist alles klar?«

»Geritzt! Meine Freundin hält dicht.«

»Dann los in den schönsten Tag meines Lebens ...«

Robert fuhr an, Christa legte den Arm auf seine Schulter, er hatte die Scheiben geöffnet, und der Fahrtwind wehte ihr Haar über sein Gesicht. Ein seidiges Streicheln war es, das ein Kribbeln bis in die Zehenspitzen erzeugte.

»Warst du schon mal am Wörthsee?« fragte Robert, als sie von der Autobahn abbogen.

»Nein. Aber am Chiemsee. Segeln. Das war toll!«

»Du kannst auch segeln?«

»Nein. Unser Abteilungsleiter hat ein Boot in Prien. Der hat uns einmal eingeladen, uns alle von der Trikotagenabteilung. Aber nur einmal; wir haben uns bestimmt zu dämlich benommen.« Sie lachte laut und schlug mit der flachen Hand auf Roberts Oberschenkel. Ihre Fröhlichkeit war ansteckend ... Er lachte mit, stellte das Radio an und hatte Glück. Der Sender brachte »Tanz in den Sommer«, kein progressives Gehämmer. Christa beugte sich zum Radio vor.

»Haste nichts anderes? Danach haben ja schon Oma und Opa getanzt.«

»Am Sonntag morgen hörst du nur so etwas im Radio. Aber ich hab ein paar CD's mit.«

»Klasse!«

»Michael Jackson ...«

»Auch 'n Opa!«

»Die Rolling Stones ...«

»Ist was für Grufties. Robert, beim nächstenmal zeig' ich dir, was Musik ist.«

Er nickte und spürte einen seligen Druck auf seinem Herzen. Sie dachte schon an das nächste Mal. Sie machte Pläne, sie hatte Vertrauen zu ihm. Robert drehte das Radio lauter und pfiff die Melodie mit, die er zufällig kannte. Nicht nur

Mozart ist schön, da hat sie recht, dachte er. Auch ein Schlager kann zu Herzen gehen.

Und dann stand das Zelt.

Christa musterte es, die Hände auf dem Rücken, und schien enttäuscht zu sein.

»Groß ist es nicht«, sagte sie.

»Immerhin ein Zweimannzelt. Es ist innen größer, als du denkst. Zu einem Hauszelt habe ich es noch nicht gebracht.«

Sie gab keine Antwort, sondern ging in die Knie und kroch in das Zelt. Es dauerte nicht lange, und sie kam wieder heraus. »Es passen tatsächlich zwei rein!« erklärte sie.

»Sag' ich doch.«

»Wie die Heringe. Und das soll schön sein?« Sie setzte sich vor dem Zelt ins Gras und zog die Beine an. »Ich mag das nicht, so eng zusammen schlafen. Ich hab das noch nie getan. Nicht mit 'nem Jungen.«

»Zwischen uns sind die Schlafsäcke. Mein Gott, wir haben noch nicht mal Mittag, und du machst dir schon Gedanken über das Schlafen.«

Es wurde ein schöner Tag. Ein Tag, der verzaubert schien.

Sie schwammen im See, kochten auf dem Gaskocher ihre Erbsensuppe, sie tranken Cola, lagen in der Sonne im warmen, duftenden Gras, und Christas zierlicher sechzehnjähriger Körper in dem knappen Bikini glänzte in der Sonne. Robert lag auf dem Bauch, sah sie unentwegt an, und sie spielte die Schlafende, dehnte und reckte sich und war wie ein Wesen, das Gott soeben erschaffen hatte, um allen zu zeigen, wie schön Jugend ist.

Immer und immer wieder schwammen sie hinaus in den See, frottierten sich dann gegenseitig ab, und immer, wenn Robert dabei unwillkürlich Christas Brust berührte oder ihre Schenkel und den Rücken abtrocknete, durchlief es ihn heiß.

Über was sie an diesem Tag alles sprachen – sie wußten es

vom einen Augenblick zum anderen schon nicht mehr. Sie hörten sich nur zu und vergaßen Zeit und Raum.

So kam der Abend, schneller als erwartet. Robert wärmte in einer Pfanne gebratene Hamburger auf, öffnete eine Plastikdose mit fertigem Kartoffelsalat und holte sogar eine Flasche Bier aus der Kühlbox. Er hatte das alles am Samstag abend gekauft, in den Lädchen im Hauptbahnhof, nachdem er seine Verkaufstour durch die Discos beendet hatte.

Christa war aus dem Bikini in einen leichten Trainingsanzug geschlüpft, lag auf der Wiese und hatte das Gesicht ins Gras gedrückt. »Es fängt an«, sagte sie, während Robert die Hamburger briet.

»Was fängt an?«

»Das Atmen der Erde. Es riecht nach Heu.«

»Es war heute ein heißer Sonnentag. Das Gras ist ausgetrocknet. Paß mal auf.«

Er nahm eine Mineralwasserflasche, ging zu ihr und schüttete etwas Wasser auf die Wiese vor ihrem Gesicht. Sie schnupperte laut wie ein kleiner Hund.

»Wie ist es jetzt?« fragte Robert.

»Jetzt ist ein Duft da ... ein ganz toller Duft ... Ich möchte hier draußen schlafen.«

»Millionen Mücken werden über dich herfallen.« Er schob die Hamburger aus der Pfanne auf einen Plastikteller neben den Kartoffelsalat und brachte sie zu Christa hinüber. »Guten Appetit. Senf habe ich leider vergessen.«

»Bei Senf läuft mir immer die Nase.« Sie setzte sich, griff nach einem heißen Hamburger und biß hinein. Plötzlich, nach dem dritten Bissen, veränderte sich ihr Gesicht. Ein fragender Blick traf Robert.

»Mit wie vielen Mädchen hast du schon hier gesessen?«

»Mit keinem.« Er brauchte nicht zu lügen. Es war die Wahrheit.

»Und woanders? Zusammen im Zelt?«

»Du bist die Erste.«

»Glaub' ich nicht. So wie du bist ... Die Mädchen fliegen doch auf dich.«

»Ich hatte nie Zeit und Lust, mich darum zu kümmern.«

»Und jetzt auf einmal hast du Zeit und Lust?«

»Ja. Seit wir uns kennengelernt haben. Ist es bei dir anders?«

»Es war nur so 'ne Frage.« Sie wich einer Antwort aus und aß weiter ihren Hamburger.

Die Propangaslampe, die Robert mitgenommen hatte, brauchten sie nicht. Es war eine helle Nacht. Der nun fast runde Mond überflutete mit seinem Licht Wälder und See. Es war eine glanzvolle Stille um sie; nur irgendwo in den Bäumen klang der Gesang eines Vogels zu ihnen herüber.

»Ist das eine Nachtigall?« fragte Christa.

»Ich weiß es nicht. Ich glaube nicht, daß es am Wörthsee Nachtigallen gibt. Aber ich kann mich irren.«

»Ich will, daß es eine Nachtigall ist.«

»Kein Widerspruch; es ist eine Nachtigall.«

Sie warf den Kopf in den Nacken und zeigte hinauf in den Himmel. »Wo ist mein Stern?«

»Er ist heute nicht zu sehen.«

»Das ist gemein! Ich will, daß er immer zu sehen ist. Mein Stern soll immer leuchten!«

»Ich werde es dem Mann im Mond sagen.«

Sie lächelte und war wie ein Kind, dem man sein liebstes Spielzeug in die Hand drückt. Mit kleiner flinker Zunge leckte sie ihre fettigen Finger ab und griff nach einem zweiten Hamburger. »Du hast gesagt, du hättest CD's bei dir ...«

»Opa Jackson.«

»Besser als gar nichts.«

Robert holte den CD-Spieler aus dem Auto und schob eine CD ein. Jacksons Stimme kreischte durch den stillen Abend.

»Ist das Musik?« fragte Robert, als die Scheibe zu Ende war. Christa, die, sich auf den Armen abstützend, nach hinten gelehnt zugehört hatte, nickte zustimmend.

»Immer noch besser als ›Schwarzbraun ist die Haselnuß‹.«

»Das ist Geschmackssache. Ich habe noch eine andere CD da.«

»Techno?«

»Etwas völlig anderes. Nocturne ...«

»Ist das 'ne neue Pop-Gruppe?«

»Nocturnes sind Nachtstücke, Kompositionen für Klavier, voll sinnlicher Romantik, eine Darstellung nächtlicher Sehnsucht, Gesänge der Nacht, die nur die Seele hört ...«

»Sag mal, spinnst du?« Sie starrte ihn fast entsetzt an. »Das soll ich mir anhören?«

»Wer eine Nachtigall singen hört, begreift auch ein Nocturne. Und du hast vorhin eine Nachtigall gehört.« Robert schob die CD in den Spieler. »Svatoslav Richter spielt Chopin ... Schließ die Augen, sei ganz still und hör nur zu ...«

Sie tat ihm den Gefallen, schloß die Augen, zog einen Schmollmund und wartete auf die Qual dieser Scheißmusik.

Und dann spielte Svatoslav Richter. Die Nacht bekam plötzlich Gestalt, die Sehnsucht wurde zum Leben, die Erinnerung an Glück senkte sich wie ein Schleier hernieder, die Melodie eines fernen Tanzes verklang im Ohr. Und dann das Weggleiten ins Nichts, in die Unendlichkeit ...

Als das Nocturne verklungen war, lag Schweigen über ihnen. Nur der unbekannte Vogel im Geäst sang wieder seine ganz eigene Weise. Christas Nachtigall. Sie hatte noch immer die Augen geschlossen, als lausche sie dem letzten Ton hinterher. Robert wagte nicht, die Stille zu zerstören. Er sah sie nur an, ihr dem Mondschein entgegengehobenes Gesicht, die weizenblonden Haare, und er dachte: Wie wunderbar ist sie. Welch ein Strahlen geht von ihr aus. Es war ein ganz anderes Gefühl als bei Ulrike. Irgendwie reiner, beglückender, sauberer. Er wäre jetzt nie auf den Gedanken gekommen, näher an Christa heranzurücken und sie anzufassen, die Jacke ihres Trainingsanzuges hochzuschieben und ihre Brüste zu küssen. Er sah sie an wie ein Gemälde, das gleich durch einen göttlichen Hauch zum Leben erwachen mußte.

Plötzlich öffnete Christa die Augen, ihr Kopf drehte sich zu Robert. »Schön ...«, sagte sie leise. »Aber trotzdem Mist. Ich will nicht sentimental werden, sondern lachen und tanzen. An diesem Chop...«

»Chopin.«

»... hast du Gefallen?«

»Ich spiele ihn selbst auf dem Flügel. Und ich glaube, ganz gut.«

»Willst du mal Pianist werden, so wie der, der eben gespielt hat?«

»Vielleicht. Aber Richter werde ich nie erreichen.«

»Ist er berühmt?«

»Der beste Pianist der Welt.«

»Verdient er viel Geld?«

»Bestimmt.«

»Dann isses gut. Alles, was Geld bringt, ist gut.« Sie lachte und schüttelte damit ihre Sentimentalität ab. »Du, ich muß dich etwas fragen. Das wollte ich schon im ›777‹. Was hältste von Ecstasy?«

»Christa!« Robert starrte sie betroffen an. »Woher kennst du die Pillen?«

»Ich kenne genug Typen, die werfen sich jeden Abend so 'nen Drops ein. Und dann drehen sie auf wie 'ne Turbine.«

»Hast du auch schon Ecstasy genommen?«

»Nee. Aber ich möcht's mal probieren.«

»Warum?«

»Warum? Warum? Ich will nur mal wissen, wie das ist! Was da alles erzählt wird. Da soll man stundenlang tanzen können, ohne müde zu werden. Stimmt das?«

»Unter anderem ...«

»Und da soll man das Gefühl haben: Alles ist scheißegal ...«

»Es ist eine Art Glücksgefühl.«

»Ah! Du weißt Bescheid! Hast du auch schon Ecstasy genommen? Ehrlich, Robert?«

»Ja. Schon öfter.«

»Mensch! Erzähl mal!« Sie rückte nahe an ihn heran. In ihren Augen erkannte er Neugier und Verlangen. »Wie ist das? Alle sagen: Du hebst einfach ab. Die meisten Techno-Kids schwören darauf. Wie ist das bei dir?«

»Ganz verschieden.« Er dachte an die wilden Stunden mit Ulrike, an das Davonschweben ohne irdische Schwere, an die Unermüdlichkeit seines Körpers. »Man steigert sich ungemein«, sagte er vorsichtig.

»Hast du heute schon eine Ecstasy genommen?«

»Nein, Christa.«

»Aber du hast welche bei dir?« Ihr weibliches Gespür sagte ihr, daß ihre Annahme richtig war. »Natürlich hast du sie!« Sie streckte die Hand aus. »Zeig mir eine.«

»Die Nacht ist so schön. Schöner kann Ecstasy sie auch nicht machen, Christa. Sie kann sie nur verderben.«

»Ich möchte aber eine sehen.« Ihr Schmollmund war wieder da, ihr Gesicht zeigte kindlichen Trotz. »Nur sehen ... weiter nichts. Die Typen haben immer davon gequatscht, aber gezeigt hat mir das Zeug noch keiner. Was ist denn so Geheimnisvolles dran?«

»Die Pillen sind offiziell verboten. Sie fallen unter das Drogengesetz.«

»Aber viele haben sie. Ist das wie Koks?«

»Aber nein. Ecstasy ist ungefährlicher, als alle meinen. Ich habe mir das genau erklären lassen. An und für sich ist die Pille nur eine Abwandlung eines Appetitzüglers, eines überall erhältlichen Schlankheitsmittels. Nur die Zusammensetzung ist etwas verschoben, und darauf reagiert das Gehirn. Die Pillen bleiben – im Sinn von Drogen ungefährlich. Es ist ein Amphetamin-Derivat und ...«

»Mensch, langweil mich nicht mit solchem Wissenschaftsscheiß! Zeig mir die Pille.«

»Nur ansehen, Christa ...«

»Was sonst?«

»Man nennt Ecstasy auch die Pille der Verliebten.«

»Ach nee!« Sie blickte ihn mit ihren Bernsteinaugen an. »Wieso?«

»Das Gefühl der Verliebtheit wird gesteigert. Das Herz beginnt zu rasen, im Körper breitet sich ein Flimmern aus, die Hemmungen verlieren sich ...«

»Hast du das auch schon erlebt?«

»Ja.«

»Mit anderen Mädchen?« Sie blitzte ihn an und ballte die Fäuste. »Ich hasse diese verdammten Weiber! Nun zeig mir schon die Pille.«

Robert zögerte, zog dann aber doch einen Brotbeutel heran und holte ein kleines Plastiksäckchen heraus. Es war mit runden blaßvioletten Tabletten gefüllt. Er holte eine Pille heraus und legte sie auf die Handfläche, die Christa ihm entgegenstreckte.

»Verrückt!« sagte sie und beugte sich über ihre Hand. »Da ist ein Bild drauf. Das kenne ich.«

»Barney ...«

»Barney Geröllheimer aus der ›Familie Feuerstein‹. Du, da hab ich mir jede Folge angesehen. Und jetzt gibt es ein Barney-Ecstasy! Wird man dabei so lustig wie er?«

»Auch. Man hat plötzlich keine Probleme mehr. Alles kommt von allein.«

»Und man wird willenlos?« Lauern lag in Christas Stimme.

»Manchmal.«

»Auch in der Liebe?«

»Gerade da.«

»Versuchen wir es ...«

Ihre Hand zuckte zum Mund und warf die Pille hinein. Es geschah so plötzlich, daß Robert es nicht mehr verhindern konnte. Aber dann packte er Christa an den Schultern, schüttelte sie, preßte beide Hände zwischen ihre zusammengebissenen Zähne und versuchte, sie auseinanderzureißen.

»Spuck es aus!« schrie er dabei. »Christa, spuck es aus! Schluck es nicht runter! Christa, sei vernünftig. Spuck es aus!«

Sie drückte ihn von sich weg, warf sich in das Gras und rollte zur Seite.

»Zu spät! Zu spät!« Sie lachte, ihre helle Stimme jubelte. »Ich will das alles erleben! Mit dir erleben! Wann wirkt die Pille?«

»In ungefähr zwanzig Minuten. Bei jedem ist das verschieden. Christa, du hattest mir versprochen ...«

»Ich hab dir versprochen, sie anzusehen. Den lieben kleinen Barney. Aber wie er mich anlachte ... da konnte ich nicht anders.« Sie richtete sich auf und duckte sich dann wie eine Wildkatze, die zum Sprung auf ihr Opfer ansetzt. »Hast du Angst? Warum hast du Angst? Ich will so sein wie all die Mädchen, die du gehabt hast! Da gibt es nur einen Unterschied: Ich liebe dich – trotz des dusseligen Chopin!«

»Christa!« Er krallte sich in ihrer Trainingsjacke fest, zog sie über die Wiese an sich und drückte sie an seine Brust. Ihr Geständnis war ihm nicht neu, er hatte es längst in ihren Augen gelesen. Aber jetzt sprach sie es aus, als habe der Anblick der Barney-Pille sie schon verzaubert.

»Wie fängt es an?« fragte Christa und kuschelte sich an Roberts Brust.

»Du wirst eine Sehnsucht spüren, die dich überwältigt.«

»Sie ist schon da ...« Trotzdem löste sie sich ein Stückchen von ihm. »Nicht hier. Im Zelt. Komm, Robert ...«

Sie krochen in das Zelt, und Christa hob beide Arme, damit er die Jacke über ihren Kopf streifen konnte. Sie trug nichts darunter. Seine Hände berührten die schimmernde Haut ihrer kleinen runden Brüste. Auch Robert zog sein Hemd aus, und Christa beugte sich vor, fuhr mit den Lippen über seine Schultern und seinen Hals, ertastete die Wölbung seines Magens und den Ansatz seiner Hüften. Es war ein Küssen und Streicheln, das ein Zittern bis in die Zehenspitzen jagte, das das Atmen schwermachte und gleichzeitig das Herz sprengte.

»Ich habe das noch nie getan«, flüsterte Christa und vergrub ihr Gesicht in Roberts Halsbeuge. »Noch nie. Glaub mir das ...«

»Ich glaube es dir«, flüsterte er zurück.

»Ich liebe dich unbeschreiblich ...«

»Ich dich auch.«

Sie streifte die Trainingshose herunter und lag nun nackt vor ihm auf dem Gummiboden des Zeltes. »Küß mich«, sagte sie, und es klang so kindlich. »Küß mich überall ... und komm jetzt ... komm, bitte, bitte ...«

Noch während sie sich liebten, setzte die Wirkung der Ecstasy ein. Robert merkte es daran, daß Christas zärtliche, fast scheue Hingabe langsam in eine heftige Leidenschaft überging, ihr Rhythmus wurde wilder, unkontrollierter, ihre Beine schlangen sich um seine Hüften, und sie öffnete sich ihm weit. Ihr Atem verwandelte sich in ein stoßweises Seufzen, ab und zu stieß sie kleine spitze Schreie aus, und dann krallten sich ihre Fingernägel in seinen Rücken, ihr Kopf flog hin und her, und sie schrie: »Ich sterbe ... halt mich fest! Oh, ich sterbe ... sterbe ...« Und sie biß ihn in die Schulter, saugte sich an seiner Brust fest, und ihre Finger zerrten an seinen Haaren.

Als sie voneinander abließen und zur Seite fielen, bestand Christas Körper nur noch aus Zittern und Keuchen. »Es ist so schön«, sagte sie. »Ich bin so glücklich ... so glücklich. Jetzt möchte ich tanzen und singen und dich lieben, immer lieben. Robert ...«

»Christa ...«

»Wo bin ich? Ich schwebe ...«

»Wir sind in unserer eigenen Welt. Sie gehört nur uns.«

»Dann halt mich fest, halt mich ganz fest ... Ich möchte hier bleiben ...«

Er küßte sie, küßte ihren ganzen Körper, und er fühlte sich in seiner Zierlichkeit völlig anders an als Ulrikes Körper, fester, glatter, es war die Makellosigkeit der Jugend.

Irgendwann schlief Robert ein, müde und erschöpft, ohne die Drogenwirkung von Ecstasy. Aber für Christa blieb die Welt verwandelt. Es war ein Schweben, ein drängendes Glücksgefühl; die vom Gift angeregte Motorik trieb sie an. In Händen und Füßen spürte sie ein Kribbeln, ein unbezähmbarer Bewegungsdrang hetzte sie empor. Sie kroch aus dem Zelt, breitete weit die Arme aus, schrie hinauf in den Nachthimmel: »Mann im Mond, sieh mich an!« Und dann begann sie zu tanzen, wirbelte um das Zelt und über die Wiese, badete ihre Nacktheit im hellen Mondlicht, eine hüpfende Elfe, die zu singen begann, im Tanz fast losgelöst von aller Erdenschwere, trunken von einem Glück, das mit keinem anderen Gefühl vergleichbar war.

Plötzlich hielt sie im Tanz inne, so, als jage ein Gedanke durch ihren Kopf. Auf Zehenspitzen, als könne jemand sie hören, schlich sie zu Roberts Gepäck, suchte im Brotbeutel das Säckchen mit den blaßvioletten Pillen und öffnete es.

»Du bist ein toller Kerl, Barney«, sagte Christa zu der

Ecstasy-Tablette. »Ein ganz toller Kerl! Ich bin ein anderer Mensch geworden. Was kannst du noch mehr?«

Sie griff in den Plastiksack, holte drei Barneys heraus, ließ sie auf ihrer Handfläche tanzen und warf sie sich dann mit einem Schwung in den Mund. Noch einmal tanzte Christa über die Wiese und um das Zelt, und es war ihr völlig gleichgültig, ob von der Straße her jemand sie sehen konnte. Ab und zu hörte sie ein Auto hupen, eine Anerkennung ihrer nackten Schönheit, und sie freute sich darüber, winkte zur Straße hinunter und tanzte weiter mit ausgebreiteten, schwingenden Armen.

Nach einiger Zeit spürte Christa, wie ihr Herz hämmerte und ab und zu aussetzte, wie sie Luftnot bekam und wie es heiß in ihr wurde, als träfe sie ein Fieberstoß. Dieses rasende Herz, dieses plötzliche Schwindelgefühl, diese Hitze in ihren Adern ... Sie brach mitten im Tanz zusammen, fiel auf die Knie, und eine lähmende Angst überfiel sie. Da begann sie, auf allen vieren zum Zelt zurückzukriechen, immer um Luft ringend und innerlich glühend, als wachse in ihr ein Brand.

Robert schrak hoch. Christa war über ihn gefallen, ihr heißer Atem wehte über sein Gesicht, ihre Hände hatten sich in ihre Brüste gekrallt und zogen sie auseinander, als könne ihr das mehr Luft verschaffen. Ihr Mund stand weit offen, aber sie war unfähig, noch ein Wort zu sagen. Nur lallen konnte sie noch.

»Christa! Mein Gott, was ist denn?« rief er. Er wälzte sie von sich, legte sie auf den Rücken und spürte ihren fiebrigen, zitternden Körper. »Christa!«

Er zog sie an den Beinen aus dem Zelt, schleifte sie über die Wiese, schüttelte sie und versuchte, ihre Hände von ihren Brüsten zu lösen. Erst da begriff er vollständig, wie heiß sie war, wie sie nach Atem rang und mit den Beinen auf den Boden trampelte, wenn die Luft wegblieb.

Als Robert zu seiner Kühltasche stürzte, um die letzte Flasche Mineralwasser zu holen, sah er, daß neben seinem Brotbeutel das geöffnete Plastiksäckchen mit den Ecstasy-Pillen lag. Einen Augenblick lang kniete er wie gelähmt davor, begriff, was geschehen war, rannte zurück zu Christa und schüttete das kalte Wasser über ihren Körper. Ein Liter Wasser gegen einen von innen brennenden Körper ... Das kochende Blut nahm diese Kühlung überhaupt nicht wahr.

Was kann ich tun, dachte Robert. Was kann ich hier noch tun? Panik kam in ihm hoch, das Gefühl einer erdrückenden Hilflosigkeit. Er blickte hinunter auf die Straße, ob ein Auto kam, das er anhalten konnte. Aber um diese Nachtzeit war es still um den Wörthsee, und jede Minute untätigen Wartens verschlimmerte Christas Zustand.

Aber was tun? Lieber, lieber Gott, was tun? Wieviel Ecstasy hat sie genommen? Noch eine oder zwei oder drei? Und wenn – es kann ja nur ein vorübergehender Krampf sein, ein Aufbäumen der Nerven gegen das Aufputschen ... Die Pillen sind ja ungefährlich, hat Ulrike gesagt. Glücksdrops, weiter nichts. Und wieviele habe ich schon verkauft, und keiner ist zu mir gekommen und hat gesagt: Du, die Dinger sind Mist. Erst schwebst du, und dann hauen sie dich um! Keiner hat das bisher gesagt. Alle waren nur glücklich und haben sich laufend die Drops reingeschmissen. Ich hab's doch gesehen. In den Discos und Technos verkaufe ich über siebzig Prozent, und da ist noch keiner umgefallen. Christa, Christa ... nun atme doch mal tief durch. Christa ...

Robert beugte sich wieder über sie. Sie hatte die Augen geschlossen, aber ihr Mund war weit aufgerissen, verzerrt, als wolle sie einen Schrei ausstoßen, der nur ein flaches Stöhnen wurde. Sie trampelte wieder mit den Füßen auf die Wiese, schlug jetzt sogar mit den Armen um sich, umschlang dann Roberts Nacken und drückte ihn auf ihre Brüste ... Und dann plötzlich, ganz lautlos, erschlaffte sie, die Arme fielen zurück, die Beine streckten sich, der Kopf sank nach hinten, der verzerrte Mund entspannte sich, wurde weich. Sie atmete nicht mehr.

»Christa!« schrie Robert. Er schüttelte sie, aber es war nur noch ein erschlaffter Körper, den er hielt. »Christa ...«

Verzweifelt versuchte Robert eine Mund-zu-Mund-Beatmung und drückte rhythmisch ihren Brustkorb auf und nieder, wie er es beim Erste-Hilfe-Kurs bei den Pfadfindern gelernt hatte. Immer und immer wieder tat er das, blies seine Atemluft in ihren Mund, aber sie bewegte sich nicht mehr. Eine fahle Blässe überzog ihr Gesicht, als sauge es den Mondschein auf.

»Christa ...« Robert richtete sich auf. Er stellte die Wiederbelebungsversuche ein; er sah ein, daß Christa unter seinen Händen gestorben war. Wie zur Totenwache setzte er sich neben sie, nahm ihre schlaffe Hand in seine Hand und starrte in den Himmel. Der Stern Christa war jetzt zu sehen, das schwache unterbrochene Glitzern über Millionen Lichtjahre hinweg. Christas Stern. Es gibt Milliarden Sterne ... Ist es möglich, daß ein Mensch nach seinem Erdenleben ein Stern werden kann? Noch niemand hat daran gedacht, was Gott möglich ist.

Merkwürdig: Wie Robert so neben der Toten saß und ihre erkaltende Hand hielt, empfand er keine Trauer. Nur Einsamkeit war um ihn, die Stille eines Vakuums, vollkommene Leere. Aber sie füllte sich allmählich auf, je länger er abwechselnd zum Stern Christa und auf den bleichen, nackten Körper der Toten blickte. Es war Wut, die in ihm wuchs, ein Drang nach Rache, ein Wille zur Vernichtung, denn diese Zerstörung hier hatte nur einen Namen: Ulrike.

Robert saß so fast eine Stunde neben der Leiche, dann begann er, das Zelt abzubrechen. Er ging mit großer Überlegung vor, mit geradezu akribischer Ordnung.

Zuerst trug er Christa zu einer Buschgruppe am Rande der Wiese und legte sie unter die Zweige. Er legte sie so nackt hin, wie sie gestorben war, band ihre Kleider und die Wäsche zu einem Bündel zusammen, räumte den Platz auf, verstaute alles in seinen Wagen und suchte dann die Wiese ab, ob er Spuren übersehen hatte. Zum Schluß ging er noch einmal zu Christa hinüber, beugte sich über sie und küßte sie mit einer Innigkeit, die ihm die Tränen in die Augen trieb. Ihr Körper fühlte sich jetzt kühl an. Die Todeskälte zog in ihr hoch.

Robert sprach kein Wort des Abschieds. Er streichelte über Christas Gesicht, das jetzt, losgelöst von allem Irdischen, wie ein blonder Puppenkopf aussah. In den Mundwinkeln lag sogar ein Lächeln, als habe sie das tödliche Glücksgefühl hinübergenommen in die Ewigkeit. Noch einmal legte Robert seine Stirn zwischen ihre Brüste, riß sich dann los und rannte den Wiesenhang hinunter zu seinem Wagen. Ohne noch einmal zurückzublicken, fuhr er davon.

Als er auf die Autobahn einbog, war er ganz ruhig geworden. Seine Gedanken waren klar und nüchtern.

Rache! Vergeltung! Vernichtung!

Er war ein Werkzeug geworden – aber er würde es nicht länger sein.

Der Sklave zerbrach seine Fesseln.

Ulrikes Widerstreben war groß, als es an ihrer Tür läutete.

Sie hatte im tiefen Schlaf gelegen, als das Klingeln sie weckte. Zuerst blickte sie auf die Uhr auf dem Nachttisch. Viertel nach zwei ... Um diese Nachtzeit hatte niemand bei ihr zu klingeln. Sie blieb liegen, aber als die Glocke weiterschrillte, stand Ulrike auf, warf sich den Morgenmantel um und ging zur Tür. Dabei entsicherte sie eine Pistole, die sie aus einer Schublade im Wohnzimmer hervorholte.

»Wer ist da?« fragte Ulrike laut. »Hauen Sie ab!«

»Ich bin es.«

»Robert?« Sie steckte die Pistole in die Manteltasche und schob den Sicherheitsriegel zurück. Sie schloß die Tür auf und wurde zurückgeschleudert. Robert stürzte in die Wohnung und warf sich im Wohnzimmer in einen Sessel.

»Warum riegelst du ab?« rief er.

»Ich schiebe immer den Riegel vor, wenn ich allein bin. Ich wußte ja nicht, daß du noch kommst. Du wolltest bei deinen Eltern schlafen.«

»Du siehst, ich bin hier.« Er entdeckte den Knauf der Pistole in ihrer Manteltasche und preßte die Lippen aufeinander. »Du hast eine Waffe?«

»Schon immer.« Sie griff nach der Pistole und legte sie auf einen Tisch. »Eine Frau allein in der Großstadt ist heute Freiwild. Ich weiß mich zu wehren.«

»Hast du einen Waffenschein?«

»Natürlich nicht.« Sie lachte, setzte sich neben Robert auf die Couch und schlug die Beine übereinander. Wie immer hatte sie auch heute nackt geschlafen ... Er sah ihre Oberschenkel und das dunkle Dreieck ihres Geschlechtes. Und plötzlich ekelte er sich.

»War nichts los auf der Geburtstagsparty?« fragte Ulrike.

»Nichts Besonderes ... Es hat nur einen Toten gegeben ...«

»Oha! War das eine Mafia-Party?« Es sollte ein Scherz sein, aber Robert fuhr zu ihr herum.

»Ja. Es war ein Mafia-Toter! Eine Mafia-Tote! Ein sechzehnjähriges hübsches, lebensfrohes, verliebtes Mädchen ...«

»Mein Gott, wie traurig!« Ulrike lehnte sich zurück. »Erzähl ... wie ist es passiert? Ein Unfall?«

»Ich nenne es Mord!«

»Mord in deinen Kreisen? Das wird eine Sensation.« Sie blickte Robert mit einer Art Mitleid an. »Mord? Warst du dabei?«

»Ja, ich war dabei!«

»Wie ist sie umgebracht worden?«

»Mit Ecstasy ...«

»Robert, mach nicht solch makabre Witze. Wer hat sie ermordet? Kennt man den Mörder?«

»Sogar seinen Namen und seine Wohnung. Er heißt Ulrike Sperling ...«

»Bob!« Ulrike richtete sich steif auf. Ihre Augen verengten sich. »Ein Mord ist keine Angelegenheit, über die man Witze macht. Außerdem dumme Witze!«

»Das Mädchen hieß Christa Helling. Eine Verkäuferin im Kaufhaus. Ein Wesen wie ein Rauschgold-Engel. Sie hat Ecstasy genommen, das ich von dir habe und für dich verkaufe. Die harmlose Glückspille, so ungefährlich wie Frucht-Drops. Nimm eine ›E‹, und die ganze Welt liebt dich, und du liebst die ganze Welt. Ist das nicht euer Spruch? Macht ihr damit nicht die Jugend besoffen? Bohrt ihr euch damit nicht in die Hirne und Seelen von halben Kindern?«

»Stop, Bob!« Ulrike sprang von der Couch auf. Dabei öffnete sich ihr Morgenmantel und gab ihre Nacktheit preis. In Robert verstärkte sich der Ekel. »Und mit welchen Argumenten verkaufst du Ecstasy?«

»Mit deinen Argumenten. Weil ich an sie glaubte. Weil ich ein so unbeschreiblicher Idiot war, daß ich nicht wissen wollte, wie gefährlich diese Pillen sind.«

»Du hast sie doch auch genommen und warst der glücklichste Mensch auf der Welt. Das hast du immer gesagt. Du wolltest die ganze Menschheit umarmen und hast mich umarmt, weil ich deine Welt bin.«

»Das war ein Irrtum!« schrie er. »Jetzt weiß ich: Ich habe mit einer Mörderin geschlafen! Mit einem Satan, der den Tod auf Zeit verkauft! Du hast Christa auf dem Gewissen!«

»Christa ...« Ulrike wich zurück bis zur Tischplatte, auf

der ihre Pistole lag. Ihr Gesicht war eine steinerne Maske. »Wer ist diese Christa? Wo hat sie Ecstasy genommen? Auf der Geburtstagsparty? Wie kommt sie dahin? Ein Kaufhaus-Mädchen in einer Millionärsvilla? War sie nebenbei noch ein Freizeit-Girl?«

»Sie war das süßeste Mädchen ... Verdammt, sprich nicht in solchem Ton von ihr!«

»Du kanntest sie schon vorher?«

»Ja, und ich war auch auf keiner Geburtstagsparty ... Ich war am Wörthsee. Mit meinem Zelt!«

»Und mit ihr«, ergänzte Ulrike.

»Ja, und mit ihr.« Es war für ihn ein Triumph, das zu sagen.

»Du hast sie gebumst!«

»Ja, ich habe sie gebumst!«

»Du hast mich mit einem kleinen Pipimädchen betrogen? Mich betrogen?«

Sie griff hinter sich und umklammerte den Griff der Pistole. Robert blieb im Sessel sitzen und lächelte verzerrt.

»Willst du mich erschießen? Bitte, tu es. Schieß! Ein Mord mehr – was ist das schon?«

»Wenn du sie mit Ecstasy geil machen wolltest, was kann ich dafür? Sie hat es eben nicht verkraftet, dein Püppchen Christa. Pech, ein Unfall! Jeder Mensch reagiert anders. Wir haben Tausende von Pillen verkauft, und es ist nichts passiert. Und war es überhaupt Ecstasy? Vielleicht hast du sie zu Tode gevögelt.«

»Ich hasse dich!« sagte er, jedes Wort betonend. »Himmel, wie hasse ich dich!«

»Ihren Tod kannst du mir nicht in die Schuhe schieben ... Aber daß du sie gebumst hast, das werden wir noch unter uns ausmachen.« Sie ließ die Pistole los, raffte den Morgenmantel zusammen und ging zur Schlafzimmertür. »Wo hast du sie gelassen, diese Christa?«

»Ich habe sie unter einen blühenden Busch gelegt.«

»Wie romantisch!« Ulrike lächelte, und es war ein breites und zugleich grausames Lächeln. Sie kam Robert so fremd vor, so unendlich fremd. »Weißt du, daß du eine ganz arme Sau bist? Ein Wink bei der Kripo ...«

»Und auch du bist erledigt! Genau das habe ich vor. Ich packe aus ...«

»Du hast ja einen Stich, Bob! Dann fliegt alles auf.«

»Das bin ich Christa schuldig.«

»Darüber sollten wir noch sprechen.« Sie blieb in der Schlafzimmertür stehen. »Leg dich auf die Couch. Wag bloß nicht, zu mir ins Bett zu kommen. Ich mag keine Männer, die wahllos herumvögeln.«

»Und das sagt eine Hure!« stieß er hervor.

Sie starrte ihn an, ihre Mundwinkel zogen sich nach unten. »Das hättest du nicht sagen dürfen, gerade jetzt nicht, wo du mich betrogen hast. Denk einmal nach: Ich habe dich wirklich geliebt ...«

Sie warf die Tür hinter sich zu, und er hörte, wie sich der Schlüssel im Schloß drehte.

Der Besitzer der Wiese am Wörthsee, ein Schreiner, der nebenbei auch noch eine kleine Landwirtschaft versorgte, fand die nackte Leiche am nächsten Morgen. Das heißt, sein Jagdhund fand sie, als er über die Wiese tollte.

Entsetzt, ja, fassungslos starrte der Bauer auf die Tote, zog dann seine Jacke aus und deckte sie über den zierlichen Körper. Vom nächsten Haus aus, das keine fünfzig Meter entfernt lag und einem Zahnarzt gehörte, rief er die Polizei in Steinebach an.

»Eine Tote bei Ihnen auf der Wiese?« Der Zahnarzt nickte mehrmals empört. »Wenn man sieht, wie die Leute hier über die Straße fegen, vor allem die Motorradfahrer. War's ein Unfall?«

»Wohl kaum. Das Mädchen ist nackt ...«

»Nackt?« Der Zahnarzt erstarrte. »Sie meinen, ein Mord? Sexualmord? Praktisch neben meinem Haus ... Das ist mir aber sehr unangenehm ...«

In München besuchte eine Viertelstunde später Theo Wortke seinen Kollegen Peter Reiber. Es war gegen neun Uhr; der morgendliche Lagebericht im 13. Dezernat war gerade beendet. Reiber saß hinter seinem Schreibtisch, trank eine Tasse Kaffee und aß ein Croissant dazu.

»Nanu?« sagte er. »Mord-Theo bei der Organisierten Kriminalität? Eine Tasse Kaffee gefällig?«

»Hast du Lust auf den Wörthsee?« fragte Wortke, griff nach Reibers Tasse und trank sie aus.

»Habt ihr so wenig zu tun, daß du jetzt schon schwimmen gehen kannst? Und wenn du schon meinen Kaffee trinkst ...«

»Ich wollte dir nur helfen, mit dem Frühstück schneller fertig zu werden. Wir haben's eilig.«

»Wir?«

»Am Wörthsee liegt ein nacktes junges Mädchen. Eben kam der Anruf der Steinebacher Polizei. Sieht nicht nach Mord aus, eher wie ein Drogenunfall. Und das ist deine Sache. Die Mannschaft ist schon unterwegs. Nun los, iß dein Croissant und komm mit ...«

Während der Fahrt zum Wörthsee nahm Wortke per Funktelefon Verbindung mit seinen Beamten auf. Sie waren bereits auf der Wiese, hatten sie abgesperrt. Die Spurensicherung hatte ihre Tätigkeit aufgenommen.

»Es ist zum Kotzen«, sagte ein altgedienter Kriminalhauptwachtmeister am Telefon. »So ein junges schönes Mädchen, bestimmt nicht älter als siebzehn Jahre. Einfach nackt unter einen Busch gelegt. Ich hab selbst zwei Töchter, und wenn ...«

»Max! Denk nicht daran!« Wortke atmete tief durch. »Wir

sind in zehn Minuten bei euch. Ist der Doktor schon gekommen?«

»Gerade eingetroffen.«

Wortke schaltete das Funkgerät ab. »Recht hat er«, sagte Reiber.

»Du hast doch gar nicht gehört, was Max gesagt hat.«

»Aber ich kann es mir denken. Ich weiß, daß er zwei Töchter hat. Das war's doch, nicht wahr?«

Wortke brummte etwas und nickte. Er hatte es in seinen 23 Dienstjahren oft erlebt: der Schrei der Väter und Mütter nach Gerechtigkeit. Das fassungslose Entsetzen, wenn ein Mörder fünfzehn Jahre Haft erhielt, weil ihn ein »Kindheitstrauma« belastete. Und dann ging der Verurteilte grinsend in seine Zelle zurück und warf einen dankbaren Blick zu dem Psychiater hinüber.

Als sie bei der Wiese eintrafen, hatte die Spurensicherung schon einige wertvolle Hinweise aufgenommen. Max Hailerer, der Hauptwachtmeister, trug vor.

»Spuren genug«, sagte er, »um die Lage zu rekonstruieren. Auf der Wiese war ein Zelt aufgebaut worden ... Die Löcher der Heringe für die Straffseile sind der Beweis. Ferner wurde hier gegessen. Wir haben Krümel von Hamburgern oder Frikadellen im Gras gefunden. Das Mädchen und der oder die Mörder haben auf der Wiese gezeltet. Was dann passiert ist, können wir nur zu rekonstruieren versuchen.«

»Phantasie ist Quatsch.« Wortke nahm Max die Notizen aus der Hand. »Wir brauchen einen handfesten Tathergang. Aber was wir bis jetzt haben, kann uns weiterbringen. Ein Zelt, Camping mit allem Pipapo ... Das muß man von der Straße aus gesehen haben! Da gibt es Augenzeugen. Wenigstens ein Lichtblick!«

Sie gingen zu der Leiche hinüber. Die Polizei hatte sie mit einer Plastikplane abgedeckt. Schreiner Pichelmaier, etwas abseits stehend, hatte seine Jacke wieder an sich genommen, aber nicht wieder angezogen. Es war ihm unmöglich, sie wieder zu tragen, nachdem er damit eine Tote zugedeckt hatte. Er trug sie jetzt über dem linken Unterarm und wollte sie heute noch bei der Kleidersammlung des Roten Kreuzes abgeben.

Max lüftete die Plane. Wortke und Reiber blickten auf das lächelnde bleiche junge Puppengesicht. Im Tod hatte sich wieder ihr Schmollmund gebildet.

»Es gibt mir immer einen Stich, wenn ich so was sehe«, sagte Wortke. »So abgebrüht wird man nie, um zu sagen: Toter Nummer 46.«

Reiber kniete sich neben die Leiche und beugte sich über sie. Der Polizeiarzt zog gerade seine Gummihandschuhe aus. Wortke sah ihn fragend an.

»Keine äußeren Gewaltanwendungen.« Der Arzt klappte seinen Koffer zusammen. »Genaueres wird die Obduktion zeigen. Todeszeit zwischen 22 und 1 Uhr nachts. Die Tote hatte vor ihrem Ableben Geschlechtsverkehr. Keine inneren Spermaspuren, aber Spermareste in den Schamhaaren. Sieht nach einem Coitus interruptus aus. Vorsichtiger Bursche. Keine Anzeichen einer Vergewaltigung. Die Flecken auf der Haut sind Knutsch- und Saugflecken. Da muß es hoch hergegangen sein ...«

»Dieser ärztliche Sarkasmus schlägt mir immer auf den Magen.« Wortke wandte sich Reiber zu. »Machst du Gesichtsdiagnosen?«

»So ähnlich.« Reiber sah zu Wortke hoch. Er kniete noch immer vor der Toten. »Sie lächelt im Tod. Eine Ermordete lächelt nicht.«

»Bumm! Das schlägt ein! Also Drogentod?«

»Es sieht ganz so aus. Sie mag unter Qualen gestorben sein, aber als der Tod zu ihr kam, überfiel sie wieder ein heftiges Glücksgefühl. Mit dem letzten Atemzug kam das tänzerische Schweben zurück.«

»Diese Glückspille. Ecstasy ...«

»Ich bin mir fast sicher. Die Obduktion wird es beweisen.«

»Das habe ich geahnt.« Wortke trat zwei Schritte zurück. Im Hintergrund warteten bereits die Träger der Zinkwanne, um die Tote in die Gerichtsmedizin zu bringen. »Bleibt jetzt nur noch festzustellen, wer sie ist. Warten wir ab, ob Vermißtenmeldungen eingehen. Und ihr Bild müssen wir auch veröffentlichen.«

Unten auf der Straße bremste ein Wagen. »Aha! Der Herr Staatsanwalt Dr. Johannes Krähmann. Wenn ich so hieße, hätte ich nie Staatsanwalt werden mögen. Es plädiert Dr. Krähmann – da lacht jeder Angeklagte.« Wortke nickte zu der Toten hinüber. »Glaubst du an einen Zusammenhang mit der toten Lisa Brunnmeier? Die hat man in ein Abbruchhaus gebracht, nachdem sie den Ecstasy-Tod gestorben ist. Hier hat man das Opfer unter einen Busch gelegt. Und auch noch nackt.«

»Der Begleiter des Mädchens muß in Panik geraten sein. Anders als bei Lisa Brunnmeier. Nein, ich sehe da keinen Zusammenhang außer: Beide wurden durch Ecstasy getötet.«

»Hier war keine Panik im Spiel. Der Kerl wollte alle Spuren verwischen, hat die Kleidung mitgenommen, hat ganz systematisch gehandelt. Ein eiskalter Bursche!«

»Ich habe da Zweifel, Theo. Ich kenne die Szene. Ich kenne die Mentalität der User oder – wie es in deren Kreisen heißt – der User. Das sind keine Kriminellen, das sind nur Typen, die in Ecstasy eine Ersatzwelt suchen, weil diese Welt, in der sie leben, sie ankotzt. Sie suchen ein Glück, das ihnen sonst keiner geben kann, nur diese Pille. Und wenn dann einer von ihnen verreckt, werden sie kopflos, werden wie die kleinen Kinder, deren Puppe oder Spielzeugauto zerbrochen ist. Die wirklichen Täter des schleichenden Todes sind die Dealer, die Verteiler, die Großhändler, die Fabrikanten von Ecstasy. Was da in den Discos und auf Techno-Partys herumzuckt, sind die Opfer, sind die Flüchtenden in eine Glückswelt.«

»Ein Plädoyer für die verseuchte Jugend!« Wortke zeigte auf die zugedeckte Tote. »Der arme verirrte Junge, der diesem Mädchen die Pille in den Mund gesteckt hat ...«

»Weißt du, ob es so gewesen ist? Vielleicht waren beide erfahrene User?«

»Das bekommen wir heraus. Wenn wir den Namen des Mädchens wissen ...«

»... stehen wir vor einer Mauer des Schweigens wie bei Lisa Brunnmeier.«

»Oder wir stoßen eine Tür auf.«

Die Tote wurde in dem Zinksarg weggetragen, nachdem auch Staatsanwalt Dr. Krähmann sie besichtigt hatte. Er ließ sich von Wortke und Reiber berichten und stimmte ihnen zu. »Das ist ein typischer Ecstasy-Fall!« sagte er. »Der 58. Fall in Deutschland. Da kommt noch etwas auf uns zu, was uns die Hosen auszieht. Eine Massenkriminalität!«

Er blickte dem Zinksarg nach. »Es muß eine umfassende Aufklärung der Jugend ins Leben gerufen werden. Bloße Plakate ›Keine Macht den Drogen‹ werden von den Konsumenten belächelt. Sie wissen es besser. Ein Rausch ist allemal reizvoller als eine laue Mahnung. Wir müssen in einen Dialog mit der Jugend kommen.«

»Eine schöne Theorie, Herr Staatsanwalt.« Reiber sprach aus seiner täglichen Erfahrung. »Die es angeht, die wollen nicht diskutieren. Nicht mit uns. Wir sind Vertreter einer Gegenwart, die der Jugend keine Heimat mehr bietet. Warum ist Ecstasy zur Modedroge geworden? Weil sich die Jugend verraten und verlassen vorkommt.«

»Aber das ist sie doch gar nicht!« Dr. Krähmann sah Reiber empört an. »Was wird in unserem Staat nicht alles für die Jugend getan! Ich verstehe diese Undankbarkeit nicht. Gerade der Sozialstandard der deutschen Jugend ist der höchste in Europa. Das zentrale Problem ist, so sehe jedenfalls ich es: Der Jugend geht es zu gut! Sie ist übersättigt. Sie hat nie morgens um fünf Uhr für zweihundert Gramm Brot Schlange stehen müssen. Sie hat nie pro Woche mit hundertfünfzig Gramm Wurst auskommen müssen. Sie mußte sich nie von Wassersuppen und Kohlrübenschnitzel ernähren. Hier liegt der Hase im Pfeffer: Ihre Umwelt kann ihnen nichts mehr bieten, sie sind kotzsatt ... Also dann los: Flucht in eine andere, imaginäre Welt. Her mit den Drogen! Das betäubt das Rülpsgefühl.«

»Und wissen Sie ein Mittel dagegen, Herr Staatsanwalt?« fragte Reiber.

»Wozu haben wir unsere Experten? Die Drogenbeauftragten? Die Jugendpsychologen? Diesen ganzen Haufen superkluger Männer mit ihren Untersuchungen, Expertisen und Therapie-Theorien? Hunderttausend Worte, aber kein konstruktiver Gedanke.«

»Da gebe ich Ihnen recht. Ich werde täglich damit konfrontiert. Wenn einer die Drogenszene kennt, dann ist es unser Dezernat. Auch das LKA steht an vorderster Front ... aber wir können nur abwehren, beobachten, ermitteln, verhaften, doch das ist, als schlage man mit der flachen Hand aufs Wasser. Es spritzt ein bißchen, ein paar Wellen entstehen, aber das Wasser bleibt. Wir haben im vergangenen Jahr 239 051 Ecstasy-Tabletten beschlagnahmt, in diesem Jahr sind es bis zum Mai bereits 170 834 Pillen, also schon über das Doppelte vom Vorjahr, und die Flut wächst weiter. Wir wissen, daß es in den Niederlanden, vor allem in Limburg und Nordbrabant zahlreiche Labors gibt, die Millionen von Pillen herstellen. Die holländische Polizei hat in diesem Jahr vierzehn Labors und elf Depots entdeckt und ausgehoben. Aber was von Polen herüberkommt, aus anderen Oststaaten, aus uns unbekannten Ländern, das hat noch niemand aufgeschlüsselt. Europa ist eingekreist von Ecstasy, aber niemand nimmt das wirklich wahr. Es fehlt die Masseninformation. Und wenn wirklich alle Welt das Problem kennt – welche Wirkung hat dieses Wissen? Jeder weiß, was Heroin ist, alle kennen Kokain, Hasch ist ein geflügeltes Wort geworden, aber der Drogenstrom fließt trotzdem unvermindert. Im Gegenteil: Er schwillt von Jahr zu Jahr an. Selbst die Zigaretten sind kriminalisiert worden. Der Krieg der Vietnamesen-Mafia in Berlin hat bisher über 55 Genickschußtote gefordert, aber man kauft und kauft diese blutgetränkten Zigaretten fröhlich weiter. Das ist die wirkliche Reaktion des Volkes auf alle Aufklärung.«

»Aber wir können doch nicht vor der organisierten Kriminalität kapitulieren!« rief Dr. Krähmann in heller Aufregung.

»Solange wir solche Gesetze haben wie jetzt, ist es eine Kapitulation. Schon jetzt ist die Ausländerkriminalität ein Tabu-Thema geworden. Niemand, am wenigsten unsere Politiker, wagt es, dieses Wort überhaupt in den Mund zu nehmen. Dabei ist nachgewiesen, daß heute 65 Prozent aller Verbrechen auf das Konto von Ausländern gehen. Und die Quote steigt. Aber dieses Thema wird unter den Teppich gekehrt. Bloß keinen Ausländerhaß aufkommen lassen! Das Menschenrecht ist Grundgesetz. Kriminelle hat es immer gegeben ... Jetzt ist die Schichtung eben anders. Jugoslawen, Rumänen, Polen, Vietnamesen, Chinesen, Kosovo-Albaner ... Völkerwanderungen vermischen eben das Gefüge. Ich weiß nur nicht, wie wir mit diesem Denken der internationalen Kriminalität Einhalt gebieten sollen.«

»Mit anderen Worten ...« Jetzt mischte sich auch Wortke in die Diskussion ein. »Unsere Gesetze sind abfallreif. Aber hier haben wir uns nicht um Gesetze zu kümmern, sondern um ein nacktes junges Mädchen. Die Spurensicherung ist abgeschlossen. Sehen wir mal in der Nachbarschaft nach.«

Die Aussage des Schreiners Pichelmaier war kurz. Er war gegen acht Uhr morgens zur Wiese gegangen, um seinen Jagdhund Franz-Josef zum morgendlichen Herumflitzen zu führen, und dabei hatte Franz-Josef die Tote entdeckt. Er, Pichelmaier, habe dann sofort die Polizei angerufen und bei der Leiche gewartet. Das war alles.

»Noch eine Frage: Wieso heißt der Hund Franz Josef?«

»Jo mei.« Pichelmaier grinste breit. »Der Franz-Josef woar a guater Jager. I hob ihn imma g'wählt ...«

»Haben auf Ihrer Wiese öfter Leute gezeltet?«

»Ab und zu. Meist junge Madl und Buabn ...«

»Sie haben nie nach ihren Namen gefragt?«

»Naa. Warum denn?«

»Haben Sie die Tote schon mal gesehen?«

»Naa. So an hübsches Madl, des hätt' i mir g'merkt.«

Auch die Aussage des unmittelbaren Nachbarn, des Zahnarztes, war mager.

»Ich habe nichts gesehen und nichts gehört«, sagte er. »Zur Wiese hin habe ich nur ein Fenster von der Ordination. Und da bin ich ja nachts nicht.«

»Aber am Tage.«

»Gestern war Sonntag. Da behandele ich nur Notfälle. Es kam aber kein Notfall an diesem Sonntag.«

»Haben Sie Musik gehört? Die jungen Leute haben fast immer ein Radio bei sich.«

»Nichts.« Der Zahnarzt schüttelte zum wiederholten Male den Kopf. »Außerdem habe ich an diesem Tag meinen Rasen gemäht. Das Motorknattern ...«

»Das bringt also nichts«, sagte Wortke zu Reiber, als sie zur Wiese zurückgingen. »Gehen wir an die Öffentlichkeit. Morgen ist das Bild der Toten in allen Zeitungen und flimmert über die Bildschirme. Das Mädchen muß doch Eltern, Verwandte, Bekannte, Freundinnen haben. Morgen mittag haben wir einen vollständigen Überblick über ihr Leben. Ich spüre es, Peter, dieser Kerl entwischt uns nicht. Auch wenn er an ihrem Tod nicht schuld ist – es ist eine Sauerei, ein nacktes Mädchen einfach hinter irgendeinen Busch zu werfen.«

Eine schlaflose Nacht gebiert viele Gedanken.

Die wachen Stunden sind ein fruchtbares Feld für Erinnerungen und Pläne. Aber auch für die Ballung von Gefühlen und Erkenntnissen.

Bis zum Morgengrauen lief Robert in der Wohnung herum, blieb ab und zu an der Schlafzimmertür stehen und hielt den Atem an. Schlief Ulrike? Konnte sie wirklich schlafen? Ihr mußte doch klar sein, daß Christas Tod auch der Tod ihrer Beziehung war, daß es kein Aufeinanderzugehen mehr gab, keinen Rest von Liebe, aus dem nach einem Stillstand wieder eine neue Liebe erwachsen konnte. Die Trennung war beschlossen, und es gab keine Brücke, die über die Kluft führte.

Seinen weiteren Weg sah Robert ohne Illusionen vor sich. Zunächst Rückkehr in das Elternhaus, dann das Abitur. Für diesen Abschluß wollte er büffeln bis zum Umfallen. Weiter Klavierunterricht, Prüfung an der Musikhochschule – auch wenn der Vater enttäuscht war, daß aus seinem einzigen Sohn kein Jurist wurde. Und dann ... Es würde sich zeigen, ob der Name Robert Habicht einmal auf einem Programmzettel stehen würde. Dafür wollte Robert leben, darin sah er einen Sinn, daß er überhaupt geboren worden war. Und eine Sonate würde er komponieren: Christas Stern. Eine Musik, bei der man das Firmament vor sich sehen konnte und eine Liebe erahnte, die in der Ewigkeit fortlebte.

Es war erst sieben Uhr, als sich der Schlüssel im Schloß der Schlafzimmertür drehte. Ulrike kam heraus, nackt wie gewohnt, um ins Badezimmer zu gehen. Man sah ihr die schlaflose Nacht nicht an. Sie schien sogar fröhlich zu sein und tänzelte auf ihren langen Beinen an Robert vorbei. Früher hätte er sofort die Arme vorgestreckt, Ulrike gepackt und an sich gezogen. Jetzt widerte ihn ihr Anblick an. Er drehte ihr den Rücken zu und setzte sich auf die Couch.

»Hast du dir überlegt, was nun wird?« fragte Ulrike. Ihre Stimme hatte einen heiseren Klang.

»Ja, genau. Bis in alle Einzelheiten«, antwortete er.

»Und die wären?«

»Ich ziehe morgen wieder zu meinen Eltern.«

»Der verlorene Sohn kehrt heim. Wie rührend! Mama wird vor Glück weinen.«

»Ich verbiete dir, so von meiner Mutter zu reden!« sagte er scharf.

»Mir hat noch nie jemand etwas verboten. Und du erst recht nicht! Spiel bloß nicht den zu Tode Betroffenen! Du hast herumgehurt! Und wie stehe ich jetzt da?«

»Nackt wie immer.«

»Du hast dich wirklich hervorragend entwickelt.« Sie kreuzte die Arme vor der Brust. »Was hast du dir eigentlich dabei gedacht, so ein kleines Pipimädchen zu vögeln?«

»Ich habe an dich gedacht.«

»An mich?« Sie starrte ihn an, als habe er eine fremde Sprache gesprochen. Er drehte sich zu ihr. Seine haßerfüllten Augen erschreckten sie.

»Ich habe an dich gedacht, als sie in meinen Armen starb. Und in diesen Minuten hätte ich dich umbringen können. Dein verfluchtes Ecstasy! Du hast gewußt, was du da verkaufst. Du hast den schleichenden Tod losgelassen – aus reiner Geldgier. Es ist dir egal, wieviel Jungen und Mädchen daran krepieren, ob ihre Herzen, Gehirne, Lebern oder Nieren zerstört werden ... Dir geht es nur um Geld! Einmal eine Villa auf Mallorca haben ...«

»Irrtum. Auf den Bahamas.«

»Reich sein, nur reich sein ... ohne eine Frage nach den Opfern, die du hinterläßt.«

»Bist du fertig?«

»Nein. Ich könnte dir tausend Sätze ins Gesicht schleudern.«

»So verschwendet man unnütz Energie.« Sie lehnte sich an den Türrahmen. Ihre verführerische Nacktheit, dieser voll erblühte Körper hatten für Robert keinerlei Reiz mehr. »Lies einmal die Biografien der Superreichen ... Das sind Krimis der Extraklasse. Aber nimmt man ihnen übel, wie sie ihre Millionen oder Milliarden gemacht haben? Sie haben sie, und damit basta! Bei dem großen Geld fragt man nicht, woher es kommt. In Amerika waren die Mafia-Paten die treuesten Kirchgänger. Sie stifteten sogar Gotteshäuser. Hat da ein Bischof gefragt: Mein Sohn, wieviel Blut klebt an den Dollars? Robert, in welcher Zeit lebst du denn? Wer Geld hat, dem blasen sie sogar Zucker in den Hintern.«

»Du hast recht.« Er wandte sich wieder von ihr ab. »Deine Welt ist nicht meine Welt. Es war ein Irrtum. Darum verlasse ich sie.«

»Ich würde mir das genau überlegen, Bob.«

»Dazu hatte ich Zeit genug.«

Sie hob die Schultern, ging ins Badezimmer, und dann hörte er das Rauschen der Dusche. Ohne auf Ulrikes Rückkehr zu warten, verließ er die Wohnung, fuhr weit hinaus aus der Stadt nach Holzkirchen, suchte dort einen Container und warf das Bündel mit Christas Kleidung hinein. Den Hockeyschläger warf er auf einem Rastplatz der Autobahn in ein Waldstück. Er glaubte, damit alle Spuren beseitigt zu haben. Mittags saß er in einem Rasthaus am Chiemsee, aß

Geselchtes mit Sauerkraut und fuhr dann mit dem Schiff zur Insel Herrenchiemsee hinüber.

Vergessen. Sich loslösen vom Vergangenen. Zurückkehren zur Vernunft.

In einer entlegenen Bucht der Insel schüttete Robert die Ecstasy-Pillen ins Wasser. Es war der letzte Bruch mit seiner Verirrung.

Erst spät am Abend kam er in Ulrikes Wohnung zurück. Sie war nicht da, und Robert atmete auf. Sie wird in der Bar sein, dachte er. Vielleicht wäre ich jetzt mit den Fäusten auf sie losgegangen. Er hatte die Abendzeitung und die TZ gekauft, und überall sah er das Foto von Christa. Das Bild einer wunderschönen Toten mit einem Lächeln in den Mundwinkeln.

Wo ist sie jetzt? In der Gerichtsmedizin? Hat man sie aufgeschnitten? Diesen zarten, kleinen, seidigen Körper aufgeschlitzt?

Robert wurde übel, er rannte ins Badezimmer und übergab sich.

Und dann weinte er, die Finger in Christas Zeitungsbild verkrallt.

Es war, als hätte Franz von Gleichem Ulrikes Besuch erwartet. Er hatte zwei Cognacgläser auf dem Schreibtisch stehen und die entkorkte Flasche. Von Gleichem wies auf einen der Ledersessel und lehnte sich zurück.

»Sie sehen irgendwie erregt aus, Ulrike«, sagte er. »Ihre Augen haben einen anderen Ausdruck. Was bedrückt Sie?«

»Haben Sie die Zeitungen gelesen?« Sie setzte sich – und tatsächlich, ihre Hände zitterten leicht.

»Das tote Mädchen vom Wörthsee? Natürlich habe ich das gelesen. Sagen Sie bloß, Sie kennen sie.«

»Nein – aber Robert.«

»Ihr Goldjunge?« Von Gleichem wurde sehr ernst. »Ulrike, so sehr er Ihnen ans Herz gewachsen ist, ich mag ihn immer weniger. Kommt das Mädchen aus seinen Kreisen?«

»Nein. Er ... er hat sie irgendwo kennengelernt.« Ihre Finger verkrampften sich ineinander. »Und dann sind sie zum Wörthsee gefahren, dort hat er sie gebumst ...«

»Wundert Sie das?«

»Er hat mich betrogen!« schrie sie.

»Denken Sie an meine Worte. Der Sklave Spartacus hat seine Fesseln gesprengt. Das mußte so kommen. Aber Sie haben mich ausgelacht.«

»Und dann ist dieses Mädchen in seinen Armen gestorben. An Ecstasy ...«

Von Gleichem schwieg. Er goß den Cognac in die Gläser, schob ein Glas Ulrike zu und nahm einen Schluck. Er war sehr nachdenklich dabei.

»Das ist peinlich«, sagte er dann leise. Seine gesenkte Stimme bewies, wie gefährlich es jetzt wurde. »Peinlich für das Mädchen, aber auch peinlich für Robert Habicht. Natürlich hat er einen Schock erlitten.«

»Er will mich verlassen und alles hinschmeißen.«

»Das heißt, er will aus dem Geschäft aussteigen?«

»Ja.«

»Ich sage ja: Ihr Jüngling befindet sich in einer peinlichen Lage. Aus unserem Geschäft steigt man nicht einfach aus. Es ist auf Vertrauensbasis aufgebaut, und wenn das Vertrauen fehlt, gibt es keinen Konsens mehr. Ich habe Ihnen immer gesagt, Ulrike: Robert ist ein Risiko. Unsere Geschäfte aber müssen risikolos sein. Das bin ich schon unseren Partnern schuldig. Es sind Geschäftsleute, die gradlinig denken. Hier ist ein Weg, den gehen wir, und was im Weg liegt, muß zur Seite geschoben werden. Eine klare Richtung. Nun liegt plötzlich Ihr Robert auf dem Weg ... Was machen wir da? Das ist eine heikle Frage.«

»Deshalb bin ich zu Ihnen gekommen.«

»Lieben Sie ihn noch?«

»Ja. Aber er hat mich betrogen, hat mich verraten. So ein junges Ding ... Was konnte sie ihm schon bieten?«

»Ihre Jugend. Dagegen kommen Sie nicht an, Ulrike. Kämpfen Sie nicht gegen Windmühlen wie Don Quichote. Sie werden immer wieder verlieren.« Von Gleichem trank seinen Cognac aus. Ulrike hatte ihren noch nicht berührt. »Sie sagten einmal: Wenn Robert mich betrügt, bringe ich ihn um.«

»Ja, das habe ich gesagt.«

»Und nun? Er hat Sie betrogen.«

»Ich hätte ihn gestern töten können. Ich hatte die Pistole schon in der Hand. Aber dann konnte ich es doch nicht. Ich konnte es einfach nicht.«

»Ich wüßte eine Möglichkeit, Ihnen die Entscheidung abzunehmen.«

»Sie ... Sie wollen ...« Ulrike kroch in sich zusammen. Panische Angst überfiel sie. Erst jetzt erkannte sie, daß von Gleichem von Beginn des Gespräches an nichts anderes gedacht hatte. »Das ... das geht doch nicht ...«

»Analysieren Sie unsere Situation.« Von Gleichem sprach, als halte er einen Vortrag. »Da ist ein totes Mädchen. Durch Ecstasy. Schon jetzt hat die Polizei ihren Namen und rollt ihr Umfeld auf. Dabei kann man auf Ihren Robert stoßen. Welch eine Gefahr für uns. Kommt Robert bei den Ermittlungen nicht in den Polizeicomputer, sorgt er selbst dafür: Er will aussteigen, hat er gedroht. Aussteigen heißt aber auch: Er läßt uns hochgehen! Das meint er, der Toten schuldig zu sein. O ja, ich kenne genau die Gedankengänge dieses Jungen. Er will Rache. An wem? An Ihnen und unserem Geschäft. Für ihn sind Sie jetzt eine Mörderin ...«

»Ja, genau das hat er gesagt.«

»Und Sie begreifen die Gefahr nicht, in die er uns alle

bringt? Ulrike, hier muß schnell gehandelt werden. Es geht um unsere ganze Organisation! Und wenn Sie ihn schützen wollen, sind auch Sie in größter Gefahr. Legen Sie sich nicht auch noch in den Weg. Unsere Partner ...«

»Sie würden auch mich töten?«

»Die Sicherheit kostet Opfer. Aber Sie wollen doch leben, Ulrike. Wollen Sie durch Ihren Goldjungen vernichtet werden? Sie haben eine glänzende Zukunft vor sich, wenn Sie jetzt Augen und Herz verschließen.«

»Ich soll ...« Sie warf die Hände vor das Gesicht und den Kopf weit in den Nacken. »Wie soll das alles gehen?«

»Vor allem schnell. Wir müssen der Kripo zuvorkommen. Wir werden gleich einen Plan entwickeln. Morgen früh ...«

»Schon morgen?« schrie sie auf. Sie schwankte in ihrem Sessel.

»Morgen früh«, fuhr von Gleichem ungerührt fort, »fahren wir, das heißt Robert, Sie und Salvatore, über Land ...«

»Salvatore soll ...« Ihr Entsetzen war so groß, daß sie kaum Luft bekam.

»Salvatore hat beste Mafia-Erfahrung. Also, Sie fahren aufs Land, und dort wird das Problem gelöst.«

»Ich bin keine Mörderin!« schrie Ulrike. Sie sprang aus dem Sessel auf und rannte zur Tür, aber sie verließ den Raum nicht. Sie preßte nur ihr Gesicht gegen die Tür und ballte die Fäuste.

»Nein. Sie sind keine Mörderin. Wer verlangt das denn von Ihnen? Ist ein Bauer, der am Schlachthof ein Kalb abliefert, ein Mörder? Er hat es nur hingeführt. Mehr sollen Sie auch nicht tun. Dann können Sie spazieren gehen.«

»Begreifen Sie, was Sie da von mir verlangen?« schrie Ulrike gegen die Tür.

»Sie retten Ihr Leben. Und Sie sind hart genug, das zu ertragen. Ich weiß es, ich habe mich noch nie in Menschen getäuscht. Doch, einmal. Es war ein guter Freund. Sogar ein Schulfreund. Leider ist er im Starnberger See ertrunken. So etwas kommt vor, auch bei guten Schwimmern.«

Ulrike drehte sich wieder zu von Gleichem um. Ihre Augen waren gerötet, das Gesicht wirkte wie bei einer Siebzigjährigen. Es war eingefallen.

»Und wie soll ich Robert in diese Falle locken?«

»Mit der Liebe.«

»Ich verstehe nicht?«

»Beim Bild des toten Mädchens kam mir dieser Gedanke. Wenn Sie ihn hören, werden Sie mir recht geben, daß er genial ist. Hören Sie zu ...«

Von Gleichem entwickelte seinen Plan, als erkläre er den Grundriß eines Hauses. Es war eine ganz einfache Falle, in die Robert hineinlaufen würde, weil sie seinem seelischen Zustand entgegenkam. Dabei zeigte sich, wie genau Franz von Gleichem Roberts Psyche kannte.

Als er zu Ende gesprochen hatte, starrte Ulrike ihn voller Angst und Grauen an.

»Ich habe Sie für einen Menschen gehalten«, sagte sie stockend. »Das war ein Irrtum. Sie sind ein Teufel!«

Und von Gleichem antwortete mit einem breiten Lächeln: »Und Sie sind, wie ich schon immer sagte, ein Satansengel. Darum passen wir auch so gut zusammen.«

Auch diese Nacht ging vorüber.

Fast schweigend saßen sie sich gegenüber wie Fremde, die zufällig an einem gemeinsamen Tisch essen mußten, nur ab und zu ein paar belanglose Worte sprechend beim späten Abendessen wie »Gib mir mal die Butter rüber« oder »Wo ist das Salz?«

Erst als Ulrike abgeräumt hatte, brach Robert das belastende Schweigen.

»Ich ziehe morgen mittag aus.«

»Hast du dir das genau überlegt?« Sie lehnte an der Wand neben dem Fernseher und hatte die Augenbrauen zusammengezogen. Wenn Robert jetzt sagen würde, sie sollten es doch noch einmal miteinander versuchen, war sie bereit, gegen von Gleichem um ihn zu kämpfen. Sie glaubte sogar, Christa vergessen zu können und Robert von seinem Schock zu befreien. Es konnte alles wieder so werden wie vorher, und in der Zukunft lag ihr gemeinsames Glück. Noch zwei, drei Jahre, dann würden sie im weißen Sand einer Bahama-Insel liegen, ein schönes Strandhaus bewohnen, unter Palmen träumen und die Vergangenheit dem Vergessen überlassen. Eine neue Welt ...

Warum greifst du nicht zu, Bob? Kein Leben verläuft geradlinig, die Umwege sind zahlreich, und ab und zu liegt vielleicht auch ein Toter auf der Straße zum Ziel. Man darf sich nicht aufhalten lassen, man muß mit einem großen Schritt darüber hinwegsteigen. Du mußt nur denken: Ich will dahin, in die Sonne des Lebens, und nichts hält mich auf! Bob, wir können es gemeinsam schaffen, auch jetzt noch. Sag, daß wir darüber reden können.

Aber Robert sagte in einem Ton, der Endgültigkeit signalisierte:

»Es gibt nichts mehr zu überlegen. Ich kehre um ...«

»Davon wird Christa auch nicht mehr lebendig.«

»Sie hätte gar nicht zu sterben brauchen!«

»Hab ich ihr Ecstasy in den Mund gesteckt?«

»Wer hat mich mit Ecstasy bekannt gemacht? Wer hat mich über die Wirkung belogen? Wer hat mich mit dieser Droge zum Narren gemacht?«

»Waren wir nicht glücklich?«

»Ein höllisches Glück. Ein chemischer Rausch. Aber jetzt bin ich aufgewacht.«

»Bist du das? Dann solltest du auch klar sehen, in welcher Situation du dich befindest.«

»Ich sehe sie ganz klar: Ich bin frei!« Er breitete die Arme aus, als stünde er nach langer Hitze endlich in einem kühlenden Regen. »Frei von dir!«

Ulrike schloß einen Moment die Augen. Dieser Satz war ein Urteil, und Robert verurteilte sich damit selbst. Es gab kein Überlegen mehr, kein Ausweichen, auch keine Flucht ... Selbst Mitleid oder Reue empfand sie nicht mehr.

»Ich habe nur noch einen Wunsch ...«, sagte Ulrike und führte damit den Plan aus, den von Gleichem entwickelt hatte. »Und dann ist – wie du willst – Schluß.«

»Was ist das für ein Wunsch?«

»Fahr mich zu der Stelle, wo Christa gestorben ist.«

Er fuhr herum, als hätte sie ihn geschlagen, und ballte dabei beide Fäuste.

»Du bist verrückt!« rief er. »Total verrückt! Was soll dieses Theater?«

»Ich möchte an dieser Stelle Abschied von dir nehmen. Für immer ...«

»Das ist doch völliger Wahnsinn! Wie kannst du so was von mir verlangen? Das ist geradezu pervers!«

»Ich habe dich durch dieses Mädchen verloren, und ich will sehen, wo es geschehen ist. Mein letzter Wunsch an dich ... Dann will ich dich nie wiedersehen. Betrachte es als Abschiedsgeschenk ...«

»Vergiß es!«

»Hast du Angst?«

»Angst wovor?«

»Daß jetzt, nach zwei Tagen, alles anders aussieht als in jener Nacht? Nüchterner, dich nicht mehr auf den falschen Weg treibend. Ohne diesen plötzlichen Schock. Du bist doch kein Feigling, Bob. Begreif doch ... Ich jage dich nicht fort, weil du diese Göre gebumst hast, ich kann darüber hinwegkommen ...«

Es war ihr letzter Wunsch, dem Schicksal eine andere

Wendung zu geben. Ein Anker, den sie auch für sich selbst auswarf.

Aber Robert schüttelte den Kopf. »Ich werde diese Nacht nie vergessen können. Du hast nicht gesehen, wie sie gestorben ist. Du hast nicht diese Augen gesehen, diesen aufgerissenen Mund, die Atemnot, das innere Glühen, das Zerbrechen ihres Herzens ... Wie kann man das jemals verdrängen?« Er stellte den Fernseher an, eine dumme Quizsendung lief gerade, in der der Moderator fragte: »Wo liegt die Seufzerbrücke?«

»Bitte, laß mich in Ruhe!« Robert stellte den Ton bewußt laut und rief mit noch lauterer Stimme: »Nur noch ein paar Stunden, dann bin ich weg. Sei wenigstens für diese Stunden still!«

Sie ging ins Schlafzimmer, schloß sich ein und setzte sich auf das Bett. Die Spiegelwand warf ihr Bild zurück: ein versteinertes Gesicht, verengte Augen, heruntergezogene Lippen, Falten in den Mundwinkeln. Die Erbärmlichkeit eines weggestoßenen Menschens.

Von diesem Blick in den Spiegel an haßte sie Robert, vernichtete ihn mit einem Haß, zu dem nur eine in der Seele zerstörte Frau fähig war.

Der Morgen des Abschieds sah aus, als wäre es der Morgen eines sonnigen Ferientages für zwei glückliche Menschen. Es war wie eine Opfergabe für einen Toten, wenn man wußte, wie dieser Morgen ausgehen sollte.

Ulrike hatte den Kaffeetisch gedeckt, Spiegeleier mit Speck gebraten, vorgebackene Brötchen im Ofen knusprig gebacken, einen starken Kaffee gekocht, verschiedene Sorten Wurst hübsch auf einem Teller garniert, gekühlten Orangensaft in hohe Gläser gefüllt, sogar die Servietten waren zu Schiffchen gefaltet ... Eine gute Überfahrt in das Niemandsland.

Das alles hatte Ulrike arrangiert, während Robert unter der Dusche stand. Sein Erstaunen war deshalb groß, als er den festlich gedeckten Tisch sah, aber zugleich zeigte er Ulrike auch seine Abwehr.

»Was soll das?« fragte er.

»Ich habe gedacht, das sei so üblich«, antwortete sie leichthin. »Die Henkersmahlzeit.«

»Hier wird niemand gehenkt ... Wir gehen nur auseinander.«

»Für mich ist es das gleiche.«

Er gab darauf keine Antwort, um keine neue Diskussion zu entfachen, zog sich an und setzte sich an den Frühstückstisch. Aus der Küche kam Ulrike mit den nach Speck duftenden Spiegeleiern. Sie hatte Make-up aufgelegt, die Haare über Nacht zu Löckchen gedreht, die Lippen glänzten purpurrot ... Sie sah einfach hinreißend aus. Das Minikleidchen umspielte ihre Formen, die langen Beine, gebräunt von den Sonnenbädern im Prinzregenten-Stadion, steckten in hochhackigen weiß-rot-gold geblümten Pumps. Es war die Ulrike Sperling, wie Robert sie kennengelernt hatte, die erfahrene Frau, die ihre Mädchenhaftigkeit ausspielen konnte, wenn das gebraucht wurde. Noch vor zehn Tagen hätte Robert ihr das Minikleidchen wieder abgestreift und sie ins Schlafzimmer getragen oder auf die Couch geworfen. Jetzt dachte er nur: Es hat keinen Sinn mehr, Ulrike.

»Wann willst du fahren?« fragte sie.

»Sofort nach dem Frühstück.«

»Zum Wörthsee?«

»Wenn das so wichtig ist – meinetwegen! Ich habe es mir in der Nacht überlegt. Wenn du dort stehst, wo Christa gestorben ist, werde ich dich verfluchen! Das ist der beste Abschied.«

Sie antwortete nicht, sondern ging in die Küche und griff

dort nach dem Telefon. In der Toscana-Bar war Salvatore Brunelli sofort am Apparat.

»In einer halben Stunde fahren wir zum Wörthsee. Es hat geklappt.«

Sie legte schnell wieder auf, brachte die Kaffeekanne mit und setzte sich wieder Robert gegenüber. Lange sah sie ihn stumm an, während er ein Brötchen mit gekochtem Schinken aß.

»Warum starrst du mich so an?« fragte er zwischen zwei Bissen.

»Ich will das Bild eines Mannes in mir einbrennen, den ich nie wiedersehen werde.«

»Ich würde es an deiner Stelle aus deinem Gedächtnis streichen ... so wie ich es tue.«

Haß. Haß. Haß.

Salvatore, dachte Ulrike, ich werde nicht spazieren gehen. Ich will dabei sein, ich will es sehen! Wie nennt von Gleichem mich? Satansengel. Ich werde diesen Namen wie einen Orden tragen.

Nach fast genau einer halben Stunde stand Robert abfahrbereit vor seinem Wagen. Er blickte sich um. Ulrikes Auto war nicht zu sehen.

»Ich denke, du willst hinter mir herfahren?« fragte er.

»Habe ich das gesagt? Ich steige bei dir ein.«

»Und wie kommst du zurück? Ich fahre weiter zu meinen Eltern.«

»Mit der S-Bahn.« Sie riß die Tür des Citroën auf. »Ich möchte noch einmal an deiner Seite durch das Land fahren. Kannst du das noch aushalten?«

»Ich halte alles aus, um endlich frei zu sein! Steig ein.«

Haß. Haß. Haß.

Während sie über den Mittleren Ring zur Autobahn Lindau fuhren, sagte Robert plötzlich: »Die letzten Ecstasy habe ich gestern in den Chiemsee geschüttet.«

»Das war Dummheit. Wieviel?«

»Ich weiß es nicht. Ich konnte sie einfach nicht mehr bei mir tragen.«

»Aber jetzt fehlen sie bei der Abrechnung.«

»Du kannst das Geld von meinem Konto abbuchen. Es ist genug drauf.«

»Und du Idiot willst das alles aufgeben! Wegen eines dummen Unfalls?«

Die letzte Chance, die allerletzte. Noch können wir umkehren und in die andere Richtung fahren. Zum Tegernsee. Mittagessen bei Bachmaier.

Aber Robert antwortete: »Ich will Frieden mit mir selbst machen. Ich will meine Schuld abtragen. In meiner Welt, nicht in deiner Welt. Ich werde mein gesamtes Geld anonym an Christas Eltern überweisen.«

»Tote kann man nicht kaufen. Kein Geld kann sie wieder lebendig machen.«

»Du sagst es. Aber auch dieses mit Gift zusammengeraffte Geld kann ich nicht mehr ertragen. Du wirst einmal reich sein durch Ecstasy, weil du kein Gewissen hast. Ich habe es behalten. Gott sei Dank!«

Die letzten zwei Kilometer bis zum Wörthsee. Und dann die leicht kurvige Straße, das sanft ansteigende Wiesenstück, der Platz, wo das Zelt gestanden hatte, wo sie Erbsensuppe gekocht und Hamburger gebraten hatten, die Buschgruppe, unter der Robert die Leiche abgelegt hatte, das Gras, in das Christa ihre kleine Nase gesteckt und gesagt hatte: »Ich rieche die Erde, ich rieche die Sonne ... Und dort oben ist mein Stern ...«

Sie kamen an einem Mercedes vorbei, der in einer Ausbuchtung der Straße parkte. Ulrike zog den Kopf zwischen die Schultern und starrte geradeaus.

Salvatore ist da. Die Uhr tickt die letzten Minuten. Bob, halt nicht an. Fahr weiter, fahr weiter! Ich will die Stelle doch gar nicht sehen. Es war von Gleichems Idee. Fahr ... fahr ...

Panik kroch in ihr hoch. Sie krallte ihre Finger in Roberts Arm, der plötzliche Schmerz ließ ihn den Kopf zu ihr wenden. Er sah in ein Gesicht, das er kaum wiedererkannte. Mit einem Ruck versuchte Robert, sich von Ulrikes Griff zu befreien, aber ihre Nägel drangen nur noch tiefer in sein Fleisch.

»Was ist denn mit dir los?« rief er. »Was soll das? Hast du plötzlich ein Gewissen? Du wolltest doch die Stelle sehen. Hier ist sie.«

Er bremste, stieg aus und zeigte auf den Hang.

»Laß ... laß uns weiterfahren, Bob«, stammelte sie. »Ich habe genug gesehen. Es ist nur eine Wiese ... eine Wiese wie tausend andere auch. Sie hat für mich keine Bedeutung.«

»Aber für mich. Jetzt will ich noch einmal die Stelle sehen, wo ich Christa verlassen habe.«

Ulrike wollte ihn wieder festhalten, aber er schüttelte sie ab und ging durch das Gras, in das Christa ihr Gesicht gepreßt hatte. Ulrike lehnte sich gegen den Wagen. Mein Herz! Mein Herz zerspringt. Bob! Bob! Sie haben mich gezwungen, es zu tun. Ich habe das nicht gewollt. Ich habe um dich gekämpft ... aber dein Leben oder sein Leben – oder euer beider Leben, haben sie gesagt. Und ich will doch leben ... Ja, ja, ich hasse dich jetzt, du hast mich betrogen, mit dieser verdammten Jugend betrogen ... aber ich liebe dich doch ... und Haß, Haß ist doch auch eine Art von Liebe. Man kann nur hassen, was man liebt ... Und aus Haß kann doch wieder Liebe werden. Bob! Bob!

Sie fuhr herum, als habe sie einen heißen Hauch im Nakken verspürt. Salvatore kam auf sie zu. Er ging die Straße hinunter wie ein fröhlicher Wanderer. Ulrike hörte ihn nicht, aber es war ihr, als pfeife er leise vor sich hin.

Da stürzte sie in den Wagen, krümmte sich auf dem Sitz

zusammen, drückte die Hände gegen ihre Ohren und biß in das Polster.

Robert war zu dem Busch gegangen, unter dem er Christa niedergelegt hatte. Die Polizei hatte die Lage der Leiche mit Kreide nachgezeichnet, und als Robert nun davor stand und auf die Konturen starrte, schienen sie sich aufzufüllen, wurden zu einem greifbaren Körper, lag Christa wieder vor ihm wie in jener Mondnacht. Und wie in diesen schrecklichen, unbegreiflichen Minuten fiel Robert wieder auf die Knie, beugte sich über die Zeichnung, und er sah Christas Gesicht wieder, ihr Weizenhaar, ihren im Tod entspannten, lächelnden Mund und den Mondglanz auf ihrer nackten Haut.

Er beugte sich tief hinunter, um sie noch einmal zu küssen, und sein Nacken lag bloß.

Die ideale Haltung. Besser konnte sie nicht sein.

Salvatore war lautlos wie ein Raubtier über die Wiese gekommen. Er blickte sich schnell um. Die Straße war leer bis auf Roberts Auto, kein Mensch weit und breit ... Der Sizilianer hob die Pistole mit dem aufgeschraubten Schalldämpfer, hielt sie zehn Zentimeter von Roberts Nacken entfernt, und dann war nur noch ein dumpfes Plop zu hören, das Robert nicht mehr wahrnahm. Er fiel nach vorn über die Zeichnung, sein Mund lag genau auf der Stelle, wo Christas Lippen gewesen waren, und das Blut aus seinem Nacken rann über die Umrisse ihres Kopfes.

Salvatore steckte die Pistole ein, ging zurück zu Roberts Wagen und riß die Tür auf. »Komm!« sagte er. »Steig um. Wo wollen wir zu Mittag essen? Ich kenne ein gutes Lokal am Starnberger See.«

Ein Schüttelfrost erfaßte Ulrikes Körper, aber sie stieg aus und folgte Salvatore zu dem wartenden Mercedes, ohne sich noch einmal umzublicken.

Zwei Stunden später läutete bei Wortke das Telefon. Die Polizei von Steinebach.

»Wir haben noch 'n Toten«, sagte der Revierleiter. »An derselben Stelle. Ganz frisch. Genickschuß ...«

»Jetzt sitzen wir mitten in der Scheiße!« antwortete Wortke in seiner bekannt drastischen Art. »Ecstasy und Mafia-Mord ... Was wollen wir noch mehr?«

Nun kommt etwas Licht in die Sache«, stellte Wortke fest. »Und trotzdem wird sie komplizierter.« Zusammen mit Reiber hatte er Tatort und Leiche besichtigt, die Spurensicherung hatte leichte Arbeit gehabt, der Polizeiarzt war eigentlich bei einem so offensichtlichen Genickschuß gar nicht nötig, die Tatzeit war fast genau zu berechnen. Aber da waren trotzdem viele Dinge, die bei Morden ungewöhnlich waren.

»Das war eine einwandfreie Hinrichtung«, fuhr Wortke fort. »In bester Mafia-Art. Aber anstatt Spuren zu verwischen, hat er uns das Opfer wie auf einem Tablett serviert. Der Tote heißt Robert Habicht, hat alle Papiere bei sich, unten steht sein Auto, und darin liegen Luftmatratzen und das zusammengepackte Zelt, Gaskocher, Topf, Pfanne. Wir wissen jetzt also, daß dieser Habicht mit Christa Helling hier gezeltet hat, daß er Zeuge ihres Todes war und sie unter den Busch gelegt hat. Er muß ihr Ecstasy gegeben haben, offensichtlich zuviel, und ihr plötzlicher Tod hat ihn in Panik versetzt. Der Hergang dürfte nun klar sein. Warum aber ist Habicht hierher zurückgekehrt, und wer hat ihn hingerichtet – genau an der Stelle, wo das tote Mädchen gelegen hat? Hast du dafür eine Erklärung?«

Reiber hatte sich bei Besichtigung des Tatorts eigene Gedanken gemacht. Sie waren so abwegig, daß er sie Wortke bisher noch nicht mitgeteilt hatte.

»Es gibt drei Möglichkeiten«, meinte er jetzt. »Die erste: Habicht war irgendwie mit der Mafia verbunden, wollte nach dem Unfall mit Christa aussteigen, und das bedeutet immer das Todesurteil. Zum zweiten: Es kann ein Eifersuchtsdrama gewesen sein. Zum dritten: Einer der Verwandten von Christa hat die wahren Zusammenhänge herausbekommen, vielleicht durch Tagebuchaufzeichnungen, die wir übersehen haben, und hat Selbstjustiz angewandt.«

»Drei gute Theorien, Peter ... nur mit einem Haken: Wie bekommt man einen von den Ereignissen verstörten Jungen freiwillig wieder an den Tatort? Sogar mit dem eigenen Wagen, voll mit Beweisen? Stell dir vor: Da fährt jemand mit seinem Mörder im eigenen Auto zu einem Ort, den er nie wiedersehen wollte! Das widerspricht aller Vernunft.«

Reiber schwieg. Er dachte an die Stunden dieses Dienstags, als das Foto von Christa in allen Zeitungen und auf allen Bildschirmen erschien und sich ein Fritz Helling bei der Mordkommission meldete und schrie: »Das ist meine Tochter! Das ist meine Christa! Was hat man mit ihr gemacht? Mein Kind ...« Und später, als man ihm vorsichtig den Sachverhalt erklärt hatte, war er aufgesprungen und hatte gebrüllt: »Faßt den Kerl! Faßt ihn ... und dann laßt mich mit ihm eine Minute allein. Da braucht ihr kein Gericht mehr! Nur eine Minute, das reicht!« Darauf war er zusammengebrochen und in eine Klinik eingeliefert worden.

Die Ermittlungen in Christas Umgebung brachten nur einen Hinweis: Die Freundin, bei der Christa angeblich übernachten wollte, sagte aus, daß sie sich bereit erklärt hatte, als Alibi zu dienen. Mit einem Jungen wollte Christa zelten, das wußte die Freundin. Mehr nicht. Auch den Namen des Mannes hatte Christa nicht verraten.

Der war nun kein Geheimnis mehr. Er hieß Robert Habicht und lag mit einem Genickschuß an der Stelle, wo man Christa Helling gefunden hatte.

Wenn das keine verwirrende Situation war ...

»Machen wir uns also auf zu den Habichts.« Wortke nahm von einem Polizisten, der von der Straße kam, einen Zettel entgegen. Die erste Information über die Familie Habicht. Wortke gab den Zettel an Reiber weiter.

»Oje«, seufzte der. »Auch das noch!«

»Oberregierungsrat Dr. Hubert Habicht. Bayerische Staatsregierung. Junge aus gutem Hause. Das ist das richtige Fressen für die Presse! Davon leben jetzt die Schlagzeilen der nächsten Woche.« Wortke steckte den Zettel in die Tasche. »Da haben wir die Sensation frei Haus: Hoher Beamtensohn – ein Mitglied der Mafia? Ich halte es für das Beste, daß wir Dr. Habicht im Amt besuchen und erst später zur Wohnung fahren.«

Zu Regierungsräten vorzudringen, ist im allgemeinen schwierig. Für Wortke und Reiber stand Dr. Habicht allerdings sofort zur Verfügung, als die Sekretärin mit gedämpfter Stimme meldete: »Zwei Herren möchten Sie sprechen. Kriminalpolizei. Mordkommission.«

Dr. Habicht glaubte, nicht richtig gehört zu haben.

»Wer?« fragte er verblüfft.

»Mordkommission ...«

»Ich lasse bitten.«

Er erhob sich hinter seinem Schreibtisch, kam um ihn herum und wartete auf den merkwürdigen Besuch. Wortke und Reiber stellten sich vor und ließen die witzige Begrüßung über sich ergehen: »Hat ein enttäuschter Wähler jemanden umgebracht?«

Solche Bemerkungen ärgerten Wortke. Wer täglich mit Toten konfrontiert wird, verabscheut Witze über Tote. Er fragte deshalb auch direkt, ohne Umschweife: »Sie haben einen Sohn?«

»Ja.« Habicht fühlte einen Stich in der Brust, ein Zittern in den Beinen, sein Gesicht verlor alle Straffheit. »Ich habe einen Sohn Robert.«

»Er wurde heute morgen am Wörthsee gefunden. Auf einer Wiese ...«, sagte Reiber verhalten. Aber Wortke ergänzte den Satz:

»Ermordet!«

»Das kann nicht sein!« Habicht sank auf den am nächsten stehenden Stuhl und starrte die beiden Kriminalbeamten fassungslos an. Er begriff im Moment noch gar nicht, was er gehört hatte. »Das ist unmöglich. Das muß ein Irrtum sein ...«

»Wir sprechen Ihnen unser tiefstes Beileid aus ... aber Sie werden den Toten nachher in der Gerichtsmedizin identifizieren müssen. Es gibt keine Zweifel. Er hatte seine Papiere bei sich.«

»Ermordet? Robert ermordet? Das gibt es doch nicht!« Habichts Kopf sank auf seine Brust. Er fiel regelrecht in sich zusammen. Ein kraftloses Bündel Mensch lag auf dem Stuhl, das jeden Augenblick auf den Boden zu rutschen drohte. Reiber stellte sich hinter den Stuhl und hielt Dr. Habicht fest. Wortke, der diese Minuten der Wahrheit haßte, preßte die Lippen zusammen. Wie oft hatte er diese Minuten schon erlebt, das Aufschreien, die Zusammenbrüche, das fassungslose, stumme Leiden, das haltlose Weinen, das Toben gegen das Schicksal ... Und man konnte nur ohnmächtig zusehen und wußte, daß alle Worte, die man sagte, sinnlos waren. Es gibt für diese Minuten keine Worte mehr. Keines vermag in solch einen Schmerz einzudringen.

Habicht hob den Kopf. Seine Augen waren leer, sein Mund zitterte. »Wer ... wer hat das getan?«

»Um das zu ermitteln, sind wir da. Noch wissen wir nichts.«

»Waren ... waren Sie schon bei mir zu Hause?«

»Nein, wir dachten, es sei besser, zuerst mit Ihnen zu sprechen.«

»Ich danke Ihnen. Meine Frau hätte das nicht überlebt. Nur ich allein kann es ihr sagen.« Habicht atmete tief durch. Robert tot, ermordet. Unbegreiflich. »Bitte, sagen Sie mir alles. Ich bin stark genug, das zu ertragen.«

»Es ist ein für uns bisher noch rätselhafter Tod.« Wortke blickte zu Reiber, der hinter Habicht stand und noch immer die Hand auf seine Schulter gelegt hatte. Er machte ein Zeichen: Theo, bring es ihm so sanft wie möglich bei. So stark ist er nicht, wie er meint. Er fällt mir vom Stuhl. »Es ist alles sehr eindeutig und doch sehr verworren.«

»Reden Sie nicht darum herum, Herr Kommissar. Was genau ist passiert?«

»Ihr Sohn wurde hinterrücks erschossen.«

»Erschossen ...«

»Auf einer Wiese am Wörthsee, auf der wir vor drei Tagen die Leiche eines Mädchens gefunden haben, das durch Ecstasy, diese Modedroge, gestorben ist. Das hat die Obduktion ergeben. Sie hat dort mit einem Mann in einem Zelt übernachtet, und dieser Mann muß ihr die tödliche Droge gegeben haben. Wir wissen nun, und das ist sicher, daß dieser Mann Ihr Sohn war ...«

»Mein Sohn Robert hat niemals mit Drogen zu tun gehabt!« Dr. Habicht hob abwehrend beide Hände. »Unmöglich! Das wäre das Letzte, was man ihm nachsagen könnte.«

»Wann haben Sie Ihren Sohn zuletzt gesehen?«

»Vor etwa drei Wochen.«

Wortke und Reiber warfen sich einen schnellen Blick zu. Da dringen wir jetzt in eine Familie ein, die immer als mustergültig galt. Das gute Bürgertum. Aber wie morsch war es oft hinter den Fassaden! Vor allem Reiber hatte darin Erfahrungen gesammelt; bei Rauschgiftrazzien stieß er immer wieder auf Töchter und Söhne aus bestem Haus, wo Reichtum oftmals Einsamkeit und Übersättigung erzeugte.

»Vor drei Wochen?« wiederholte Wortke. »Wie soll ich das verstehen?«

»Mein Sohn Robert und ich hatten eine familiäre Auseinandersetzung. Er hat daraufhin unser Haus verlassen.«

»Und wo hat er dann gewohnt?«

»Das weiß ich nicht.« Habicht senkte wieder den Kopf. »Er hat gesagt, er will frei sein. Er wird in diesem Jahr neunzehn. Ich hatte keine Angst um ihn, er war immer ein guter Junge. Warten wir es ab, habe ich gedacht. Soll er bei einem Freund wohnen, er kommt bald wieder. Mein Sohn Robert tut nichts Böses.«

»Er muß in Kreise gekommen sein, die ihn mit Drogen vollpumpten.« Reiber kam um Habicht herum. Er brauchte ihn nicht mehr festzuhalten. »Er muß in Mafia-Kreise hineingerutscht sein.«

»Mafia?« Habichts Kopf schnellte empor. »Das ist doch absurd!«

»Er wurde auf Mafia-Art getötet. Hinrichtung per Genickschuß.«

»Mafia! Mafia! Mafia! Überall höre ich Mafia. Im Fernsehen, in allen Zeitungen ... in Frankfurt, Hamburg, Berlin, München ... überall Mafia!« Habicht sprang von seinem Stuhl auf. Sein ganzer Schmerz entlud sich jetzt in einem sich überschlagenden Schreien. »Russische, italienische, polnische Mafia ... alles Fremde, alles Ausländer. Deutschland, der Himmel der Mafia! Und was tun Sie dagegen? Ja, auch Sie! Was tun Sie? Sie stehen herum und geben dämliche Erklärungen ab. Sie geben zu, daß die Polizei machtlos ist, daß die Mafia besser ausgerüstet ist, daß die internationalen Kontakte vorzüglich klappen, daß man mit einer Steigerung der kriminellen Tätigkeit rechnet – aber was tut man dagegen? Die Politiker stecken den Kopf in den Sand, neue härtere Gesetze scheitern am Parteienstreit. Die Ausländerpolitik ist wie ein Abführmittel – wer sie anfaßt, macht sich in die Hose! Mein Sohn Robert ist von der Mafia erschossen worden! Ich klage euch alle der passiven Mithilfe an. Euch, die Polizei – und alle Politiker!«

Habicht faßte sich ans Herz, sank wieder auf den Stuhl und fiel in sich zusammen. Und plötzlich weinte er und preßte beide Hände vor die Augen.

Wortke nickte Reiber zu. »Da hat er recht«, sagte er. »Nur die Polizei soll er weglassen. Wir werden doch immer als erste von allen Seiten in den Hintern getreten.«

Er wartete, bis Habicht sich ein wenig beruhigt und seinen Atem wieder unter Kontrolle hatte. »Können wir weiter?« fragte er.

»Ich kann nichts mehr sagen.« Habicht schüttelte den Kopf. »Was wollen Sie denn noch wissen?«

»Hat Ihr Sohn irgendwann einmal von einem Mädchen gesprochen?«

»Mein Sohn Robert hatte zu Mädchen wenig Kontakt. Wenn er verliebt war, dann in seine Musik.«

»Er hat sich nie mit Mädchen getroffen?«

»Ich habe nie danach gefragt. Er ging selten aus, und wenn, dann zu seinen Pfadfindern.«

»Deshalb auch die komplette Zeltausrüstung.«

»Ja. Ich habe sie ihm zu Weihnachten geschenkt. Vor drei Jahren ...«

»Halten Sie es für möglich, daß er heimlich Drogen genommen hat?«

»Nein! Das hätten wir doch merken müssen.«

»Die Eltern sind meistens die Letzten, die darauf aufmerksam werden. Wichtig für uns ist jetzt vordringlich: Wo hat Ihr Sohn die letzten drei Wochen gewohnt? Trauen Sie ihm zu, daß er drei Wochen lang irgendwo in seinem Zelt übernachtet hat?«

»Ich kann nichts mehr sagen.« Habicht hob hilflos die Schultern. »Alles, was Sie fragen, paßt nicht zu meinem Sohn Robert. Sie fragen nach einem mir fremden Menschen. Das ist er einfach nicht ...«

»Ich weiß, Sie stehen vor einem fürchterlichen Rätsel. Wir auch. Aber ich habe die große Hoffnung, daß wir Licht in dieses Dunkel bringen.«

»Wenn mein Sohn Robert von der Mafia hingerichtet wurde, können Sie die Akten schließen. Sie werden nie den Mörder finden. Wo wollen Sie ihn denn suchen?«

»In der Drogenszene«, sagte Reiber. »Da kennen wir uns gut aus.«

»Sagen Sie das noch mal!« Habicht holte wieder tief Atem. Dieser Schmerz, dieser irrsinnige Schmerz! Robert ist tot. Robert ist ermordet worden! Warum atmest du noch? »Da kennen Sie sich gut aus?« Und dann schrie er wieder, um den inneren Druck loszuwerden, der ihn fast erstickte: »Sie kennen sich aus ... aber für Hunderte Millionen Mark wird weiter Rauschgift verkauft! Ist die Polizei eine Schlafgemeinschaft?«

»Immer wir armen Bullen!« Wortke ging zum Telefon und hob den Hörer ab. »Ich lade Sie ein, vierundzwanzig Stunden in meinem Kommissariat zu verleben. Dann denken Sie anders.« Er tippte auf das Telefon. »Darf ich?«

»Bitte.«

Wortke wählte eine Nummer, nannte seinen Namen und sagte dann nur: »Wir sind in einer halben Stunde da.« Er legte auf und trat vom Schreibtisch zurück. »Das war die Gerichtsmedizin. Können wir fahren, Herr Dr. Habicht?«

Und Habicht, sich mühsam straffend, nickte nur.

Die Identifizierung des Toten dauerte keine fünf Minuten.

Die Kälte des gekachelten Raumes, die Reihe der Kühlboxen, in denen die Leichen lagen, die Rollbahre, auf der Robert herausgezogen wurde, das alles ging an Habichts Bewußtsein vorbei. Er war an die Bahre getreten, der Arzt hatte kurz das Tuch gelüftet, ein kurzer Blick auf das bleiche Gesicht ... Habicht nickte.

»Es ist mein Sohn Robert.«

Seine jetzige Haltung war bewundernswürdig. Die Schlaffheit war einer völligen Starrheit gewichen. Er verließ den Kühlraum mit steifen, wie aufgezogenen Schritten und sprach erst wieder ein Wort, als sie in Wortkes Wagen stiegen.

»Was jetzt?« fragte er mit fast tonloser Stimme.

»Sie müssen den schwersten Gang antreten, Herr Oberregierungsrat«, antwortete Reiber.

»Zu meiner Frau ...«

»Haben Sie einen Hausarzt?«

»Ja. Dr. Heimes.«

»Sie sollten ihn anrufen, damit er zugegen ist, um Ihre Frau zu betreuen.«

»Ja. Rufen wir ihn an. Soll er schon unterrichtet werden?«

»Ich halte das für notwendig. Kannte er Ihren Sohn gut?«

»Er ist seit zwölf Jahren unser Hausarzt. Er hat Roberts Entwicklung miterlebt.«

»Und auch er hat nichts von Drogen bemerkt?«

»Nein. Dann wüßte ich es auch. Dann hätten wir alle Maßnahmen ergriffen, die möglich sind. Meine Herren, ich glaube nicht an Ihre Drogen-Theorie. Der Mord muß ein Irrtum gewesen sein.«

»Die Beweise sind eindeutig.« Wortke setzte sich hinten neben Habicht. Reiber fuhr den Wagen. »Wie wollen Sie es Ihrer Frau sagen?«

Dr. Habicht rief Dr. Heimes nicht an ... auf dem Weg zu seinem Haus fuhren sie bei dem Arzt vorbei. Er war in der Praxis, im Wartezimmer saßen drei Patienten. Entsetzt hörte er das Unglaubliche, schloß sofort die Ordination, schickte die Patienten nach Hause. »Ein Notfall, ich bitte um Verständnis. Bitte, kommen Sie morgen früh wieder. Es tut mir leid.« Dann umarmte er Habicht und drückte ihn an sich.

»Das ist unfaßbar. Mein Gott, wie bringen wir das nur Gerda bei?« Der Arzt sah Wortke und Reiber ratsuchend an. »Sie ist eine sehr sensible Frau. Sie kann einen Herzinfarkt bekommen.«

»Darum nehmen wir Sie ja mit, Doktor«, sagte Wortke nüchtern.

»So eine Belastung kann tödlich sein. Was hilft da unser ärztliches Wissen?«

»Es gibt doch Beruhigungsspritzen, Kreislaufstabilisatoren ...«

»Ob Sie es als hartgesottener Kriminalbeamter glauben oder nicht: Ein Mutterherz reagiert in solchen Situationen anders als ein normales Herz.«

Wortke schwieg. Das ist mir neu, dachte er. Ich wußte nicht, daß sich auch Ärzte an Heftromanen orientieren. Das blutende Mutterherz. Mutterherz, sei stark. – Wie viele zusammenbrechende Mütter habe ich schon gesehen, aber nach dem ersten Schock waren sie härter als die Männer, die Gott und die Welt anklagten.

»Ich werde es ihr sagen«, mischte Habicht sich ein. »Im Beisein von Dr. Heimes. Wenn ich eine Bitte aussprechen darf, meine Herren von der Kripo: Bleiben Sie zunächst im Hintergrund. Betreten Sie mein Haus erst, wenn ich Sie rufe.«

»Es wird sich nicht vermeiden lassen, mit Ihrer Frau einige Worte zu wechseln«, kündigte Wortke vorsichtig an.

»Wenn das möglich, ja, überhaupt notwendig ist.« Dr. Heimes ärgerte sich über Wortkes Ton. »Das werde ich als Arzt bestimmen. Ich befürchte, wir werden sie sofort in ein Krankenhaus bringen müssen. Sie wird nicht vernehmungsfähig sein.«

»Spekulieren wir nicht mit dem Schlimmsten.« Wortke

drängte zum Aufbruch. Lange theoretische Diskussionen waren nicht seine Sache. Eine heiße Spur wird nicht heißer, indem man sie zerredet. »Können wir jetzt fahren?«

Habicht nickte. Dr. Heimes holte seinen Wagen aus der Garage und fuhr hinter ihnen her. Erst vor Habichts Haus überholte er sie und hielt als erster. Es war Zufall, daß Gerda Habicht gerade in diesem Moment aus dem Wohnzimmerfenster blickte und die Wagen vorfahren sah. Dr. Heimes und ein zweiter Wagen ohne Anmeldung, das war merkwürdig.

Gerda lief in die Diele, ordnete im Spiegel schnell ihre Haare und öffnete dann die Haustür. Erst jetzt sah sie ihren Mann, der aus dem zweiten Wagen stieg. Ihr Herz begann wild zu schlagen. Hubert kommt ohne das eigene Auto nach Hause? Ein Unfall? Und Dr. Heimes dabei? War Hubert verletzt? Mein Gott, er muß Glück gehabt haben, denn er kann ja noch gehen. Und wer sind die beiden anderen Herren in dem fremden Wagen?

Habicht straffte sich mit der letzten Kraft, die er noch in sich zusammenraffen konnte, warf einen Blick zu Dr. Heimes hinüber und kam Gerda entgegen, die auf ihn zulief.

»Hubert! Was ist passiert? Was ist mit deinem Wagen? Bist du verletzt?« Sie ergriff beide Hände, die Habicht ihr entgegenhielt, und klammerte sich daran fest. »Wie siehst du denn aus? Du weinst ja ... Hubert, du weinst ... Was ist denn los? So sag doch ein Wort ...«

Dr. Heimes zog sie sanft von Habicht weg und legte den Arm um ihre Schulter.

»Gehen wir erst hinein, Frau Habicht«, sagte er in einem Ton, mit dem ein Vater sein Kind tröstet. »Ihrem Mann ist nichts passiert ... Ich erkläre es Ihnen gleich.«

Sie ließ sich ins Haus führen. Ihr Schritt war unsicher und tastend. Erst als die Haustür hinter ihnen zufiel, löste Gerda sich aus Dr. Heimes' Arm.

»Wer sind die beiden anderen Herren?« fragte sie.

»Später. Komm ins Wohnzimmer und setz dich, Gerda.« Dr. Habicht nahm sie bei der Hand; es kostete ihn alle Selbstbeherrschung, nicht laut aufzuweinen. Er führte seine Frau zu einem der tiefen Ledersessel, die sie nie hatte leiden mögen, weil man sie beim Putzen kaum verrücken konnte, aber er liebte diese Sessel, weil sie im englischen Stil gepolstert waren und Gediegenheit ausdrückten.

Als Gerda sich gehorsam gesetzt hatte, ohne Widerspruch, wie sie es gewöhnt war in ihrer Ehe, sagte sie, und ihre Augen weiteten sich unnatürlich: »Du bist nicht verletzt ...«

»Nein, Gerda.«

»Du ... du hattest keinen Unfall ...«

»Nein.«

Ihre Stimme sank zu einem Flüstern hinab. »Dann ... dann ist etwas mit Robert?«

»Wir ... wir müssen jetzt ganz stark sein, Gerda.« Es war einer jener dummen Sprüche, aber Dr. Habicht fiel nichts anderes ein. Worte! Was sind jetzt noch Worte? Es gibt nur eine nicht wegzuredende Wahrheit ...

Gerda straffte sich im Sessel, als drücke man eine Eisenplatte gegen ihren Rücken.

»Was ist mit Robert? Hatte er einen Unfall?«

»Nennen wir es so.« Habicht ballte die Fäuste und preßte sie unter sein Kinn. »Robert ist ...«

»... tot!« vervollständigte sie den Satz.

»Ja.«

Sie sah Habicht an, als habe sie von ihm den ersten Schlag ihres Lebens bekommen. Einen Schlag aufs Herz, der durch den ganzen Körper drang und das Herz zertrümmerte, der Gerda Habicht zerriß und auslöschte. Sie schrie nicht auf, sie begann nicht zu weinen ... Sie seufzte nur einmal tief, ihr Kopf sank auf die Brust, und dann rutschte sie aus dem Sessel, fiel auf den Teppich und rührte sich nicht mehr.

»Julius!« brüllte Habicht. »Julius!« Er kniete neben Gerda, drückte ihr Gesicht an seine Brust, küßte sie, rief ihren Namen, und als Dr. Heimes ins Zimmer stürzte, stammelte er:

»Sie stirbt ... Sie atmet nicht mehr ... Gerda ... Gerda! Hör mich ... Wir müssen doch jetzt zusammenhalten ... Gerda, geh nicht weg ... Hörst du mich? Hörst du mich?«

Er schüttelte sie, aber Dr. Heimes riß ihn zurück, legte Gerda auf den Teppich, riß ihre Bluse auf und horchte mit dem Stethoskop ihre Herztöne ab.

»Laß die Finger von ihr!« schrie er Habicht an, der wieder nach ihr greifen wollte. »Du schüttelst ja das letzte bißchen Leben aus ihr heraus. Ruf einen Krankenwagen! Den Notarzt! Wir kriegen den Kollaps unter Kontrolle ...«

Habicht taumelte zum Telefon, aber ehe er die Notrufnummer gewählt hatte, vergingen einige Sekunden.

Unterdessen hatte Dr. Heimes eine Spritze mit einem Kreislaufmittel aufgezogen und Gerda Habicht die Injektion gegeben. Draußen vor dem Haus waren Wortke und Reiber aus dem Wagen gestiegen und warteten.

»Sie ist wirklich eine schöne Frau«, stellte Reiber fest. »Das wundert mich immer: Die farblosesten Männer haben oft die hübschesten Frauen.«

»Da bist du eine Ausnahme«, sagte Wortke trocken.

»Erlaube mal ... Elli war eine besonders hübsche Frau ...«

»Deshalb hat sie sich auch von dir scheiden lassen. Ich habe nie verstehen können, wie sie es mit dir so lange ausgehalten hat.«

»Du bist wirklich ein selten guter Freund.« Reiber blickte auf seine Armbanduhr. »Jetzt dürfte er es ihr aber gesagt haben. Wir stehen hier schon über eine Viertelstunde.«

Die Antwort gab ihm ein schnell näher kommendes Sirenengeheul. Um die Ecke bog ein Notarztwagen des Roten

Kreuzes und hielt quietschend vor dem Haus. In der Haustür erschien Dr. Heimes. Zwei Sanitäter und ein Arzt sprangen aus dem Fahrzeug.

»Hätt' ich mir ja denken können, sie hat schlapp gemacht«, sagte Wortke aufgebracht. »Komm!«

Sie folgten dem Rettungsteam ins Haus und wurden dort von Dr. Habicht aufgehalten. Er trat ihnen in den Weg.

»Sie können nicht weiter!« rief er mit sich überschlagender Stimme. »Meine Frau ist besinnungslos. Ich habe es Ihnen gesagt: Das überlebt sie nicht! Wenn sie stirbt, hat die Mafia zwei Opfer auf dem Gewissen ... und die unfähige Polizei!«

Wortke wandte sich ab und stieß Reiber in die Seite. »Ich habe jetzt genug von Arschtritten. Für heute reicht's!« Und zu Habicht: »Wir melden uns wieder.«

Sie warteten vor dem Haus, bis Frau Habicht mit dem Notarztwagen weggebracht worden war, und fuhren dann zurück zum Kommissariat.

»Das hätten wir hinter uns«, sagte Reiber erleichtert. »Ich kann mich nicht daran gewöhnen – mir steht dann immer die Galle bis zum Hals.«

»Dagegen helfen eine Maß Bier und eine Schweinshaxe mit Knödeln.« Wortke leckte sich über die Lippen. »Ich hab vielleicht einen Hunger, Peter ...«

»Wie kannst du jetzt ans Essen denken!«

»Ein Knödel regt die Ganglien an.«

»Du mußt in der Brust statt eines Herzens zwei Pfund Geselchtes haben!«

»Ein guter Vergleich!« Wortke reckte sich im Sitzen. »Wenn ich bei jedem Toten geweint hätte, wäre ich schon längst weggeflossen! Fahren wir zum Franziskaner. Da gibt's einen Tisch in einer Nische, da sind wir völlig ungestört.«

Man brachte Gerda Habicht sofort auf die Intensivstation und schloß sie an Infusionen und Schläuche an, an Monitore und Herzrhythmusverstärker. Der leitende Oberarzt handelte schnell und sicher. Er strahlte Kompetenz aus.

»Wie geht es meiner Frau?« fragte Habicht, als der Arzt von Gerdas Bett zurücktrat.

»Wir tun, was medizinisch möglich ist.« Es war eine ausweichende Antwort. Habicht verstand sie.

»Reicht das?«

»Darauf kann ich Ihnen keine Antwort geben. Jeder Mensch reagiert anders. Herz ist nicht gleich Herz. Jeder Organismus ist ein individuelles Wunderwerk der Natur. Manchmal stehen wir vor einem Patienten und können nur sagen: Hier kann nur Gott helfen.«

»Und was sagen Sie zu meiner Frau?«

»Hier *muß* Gott helfen.« Der Oberarzt ging mit Habicht auf den Flur und holte sich aus einem Wandautomaten ein Glas Mineralwasser. »Wie ist es eigentlich zu diesem völligen Zusammenbruch gekommen?«

»Wir haben heute vormittag unseren Sohn Robert verloren.«

»Ein Unfall? Ich spreche Ihnen ...«

Habicht winkte ab. »Er ist ermordet worden.«

»Mein Gott!« Der Oberarzt starrte Habicht an. »Das ist furchtbar. Ermordet?«

»Von der Mafia. Genickschuß!« Habicht lehnte sich gegen die Wand. »Kann das eine Mutter ertragen?«

Eine Frage, die auch nur Gott beantworten konnte.

Im Franziskaner schrieb Wortke auf eine Serviette, was die Ermittlungen bisher ergeben hatten. Es waren klare Tatbestände, aber ohne Hintergründe. Man konnte ein Gebäude zusammenzimmern, aber viele Balken fehlten noch.

»Mit Sicherheit wissen wir eins«, stellte Wortke fest und

malte Strichmännchen auf die Serviette. »Robert Habicht und Christa Helling kannten sich so gut, daß sie zusammen in einem Zelt am Wörthsee übernachteten. Dort kam es zu Intimitäten, wie die gerichtsmedizinische Untersuchung ergab. In dieser Nacht muß Habicht der Helling Ecstasy gegeben haben, und zwar mehr, als sie vertragen konnte. Sie starb in seinen Armen, er legte sie unter einen Busch und verschwand. Habicht war also mit Ecstasy vertraut, die Pillen gehörten zu seinen Lebensgewohnheiten. Der brave Junge des Herrn Oberregierungsrates hat also ein Doppelleben geführt, in das er in den letzten drei Wochen voll hineingerutscht ist. Er hat sein Elternhaus verlassen, um – das liegt auf der Hand – in seinem Zelt irgendwo zu wohnen. Das freie Leben, wie er es nannte. Aber das kann nicht alles sein. Hinter dem ›neuen Leben‹ steckt eine größere Triebkraft als nur ein Freiheitsdrang. Er muß in gewisse Kreise hineingeraten sein, die ihn, weil er zuviel wußte, sofort liquidierten, als Christas Tod ihm die Augen öffnete, wohin er da geraten war.«

»Eine Drogenmafia«, sagte Reiber und schob seine Maß Bier weg.

»Kein Zweifel. Und jetzt bist du dran.«

»Die Ecstasy-Organisation, speziell was München betrifft, ist nach unseren Erkenntnissen nicht in den Händen der uns bekannten organisierten Kriminalität. Die bisherigen Morde – und dabei ging es offensichtlich um Gebietsmonopole – wurden immer an Polen verübt, und zwar auf asiatische Art mit einer Stahlschlinge. Habicht aber wurde erschossen.«

»Wir müssen anscheinend umdenken. Die Vietnam-Morde in Berlin waren immer Genickschuß-Hinrichtungen. Erwürgen mit einer Stahlschlinge passierte bisher nur in München. Wer sich aber auf diese Tötungsart spezialisiert, greift nicht zur Schußwaffe. Er bleibt dabei. Das kennen wir doch: Jeder Mörder hat ein Muster. Der Würger schießt nicht. Der

Messerstecher vergiftet nicht. Der Bombenleger hängt nicht auf. Im Fall Habicht muß ein Außenseiter am Werk gewesen sein, der nach alter Mafia-Manier hinrichtet.«

»Das widerspricht einer Verbindung zur Münchner Ecstasy-Szene.« Reiber schüttelte den Kopf. Das Puzzle lag schief; es paßte vieles zusammen, und trotzdem ergab sich kein Bild. »Gehen wir also wieder an unsere geliebte Öffentlichkeit. Wo ist Habichts Wagen überall gesehen worden, vor allem bei Eintritt der Dunkelheit? Wer hat Habicht in Discos oder In-Lokalen gesehen? Wer hat am Sonntag den 2 CV am Wörthsee gesehen und etwas Außergewöhnliches bemerkt? Irgendwelche Zeugen muß es geben. Der Junge hat sich doch nicht versteckt.«

»Hoffen wir also wieder auf den Kommissar Zufall.« Wortke rieb sich die Hände. Seine Schweinshaxe, in Braunbier gebacken, und zwei Semmelknödel wurden serviert. »Die aufmerksame Bevölkerung wird viel zu wenig gelobt. Ohne sie sähen die Aufklärungsstatistiken grauenhaft aus.«

Die nächsten Tage vergingen mit dem Sammeln von Informationen, Anzeigen und Augenzeugenberichten.

Roberts Leiche war freigegeben worden, nachdem der Obduktionsbericht bei der Staatsanwaltschaft vorlag. Im engsten Kreise wurde er begraben. Habicht wollte niemanden um sich sehen, nicht die Klassenkameraden, nicht die Pfadfinder, nicht seine Kollegen von der Staatsregierung, keine Nachbarn oder weitläufige Verwandte. Nur der Pfarrer, Dr. Heimes und er gingen hinter dem hellen Eichensarg her, warfen Blumen und drei Schaufeln Erde in das Grab und setzten sich dann in Habichts Bibliothek zu einer Flasche Bordeaux zusammen. Eine stille Gedenkfeier war es, bei der kaum ein Wort gesprochen wurde. Gerda lag noch auf der Intensivstation im Koma. Die Nachricht, daß Robert Habicht begraben worden war, erschien als kleine Anzeige erst drei Tage später in den Münchner Zeitungen. Der große Auftrieb für die sensationslüsterne Presse blieb aus, sehr zum Ärger der Journalisten. Einer verlieh sogar seiner Enttäuschung mit der typischen Pressefrage Ausdruck: »Was soll hier vergraben werden? Die Mordkommission hüllt sich in Schweigen.«

»Hyänen!« Habicht warf die Zeitungen in seinen Papierkorb. Er war in diesen Tagen ein anderer Mensch geworden, eine Verwandlung, die zuerst Dr. Heimes, der Freund und Arzt, bemerkte. Bisher hatte man in Dr. Habicht nur einen superkorrekten, etwas verknöcherten, unnahbaren Regierungsbeamten gesehen. Nun, nach diesem Schicksalsschlag, der einen Menschen für immer zerbrechen kann, wirkte er offener, zugänglicher, direkter und keineswegs mehr angestaubt. Wie eine Schlange schien er sich gehäutet zu haben und alles von sich abzuwerfen, woran er früher mit eisernen Prinzipien gehangen hatte. Dr. Heimes sah ihn deshalb auch erstaunt an, als Habicht eines Abends sagte:

»Die Polizei benimmt sich wie ein Blinder ohne Blindenhund. Ich werde selbst in die Ermittlungen eingreifen.«

»Wie willst du das denn anstellen? Was weißt du über Robert?«

»Ich weiß jetzt, daß er uns alle getäuscht hat. Er hat ein Doppelleben geführt. Und dem will ich nachforschen! Er ist ein Opfer dieser Verirrung – nennen wir es einmal so – geworden, und ich bin es meinem Sohn Robert schuldig, Licht in dieses Dunkel zu bringen.«

»Und wie? Hast du andere, bessere Möglichkeiten als die Polizei?«

»Für sie ist es Routinearbeit ... Für mich wird es zum Lebensinhalt. Ich lasse auf Robert nicht den Verdacht sitzen, daß er ein Verbrecher ist! Ein Mafioso! Welch ein Unsinn! Der Name Habicht soll und wird rein bleiben!«

»Du verrennst dich da in eine Illusion, Hubert.« Dr. Heimes stellte erschrocken fest, daß Habicht einem Phantom nachjagte, dem er die Schuld zuschreiben wollte. »Es ist erwiesen: Robert hat Ecstasy genommen.«

»Und jemand muß ihn zu dieser Droge geführt haben. Robert hätte nie von allein zu einer Droge gegriffen! Es muß eine dritte Person geben! Die Schlüsselfigur. Ich spüre, daß es sie gibt.«

»Es gelten nur Fakten, Hubert. Mit Gefühlen kann man gar nichts anfangen.«

»In diesem Fall doch! Ich kenne meinen Sohn Robert zu gut. Er ist verführt worden.«

»Dann gibt es nur eine Erklärung: eine Frau.«

Habicht nickte. »Es muß eine Frau sein. Aber Robert hat nie über eine Beziehung gesprochen. Niemand hat ihn mit einem Mädchen gesehen. Mir ist nie aufgefallen, daß er sich verändert hat: anderer Haarschnitt, flottere Hemden, gelockertes Benehmen ...«

»Dir ist nie etwas aufgefallen, außer daß eine Briefmarke eine Zacke zu wenig hat!« sagte Dr. Heimes bitter.

»Ich weiß, ich weiß! Der Absturz der Kinder ist die Schuld der Eltern! Eine billige Schuldzuschreibung. Bei Robert kommt in mir kein Schuldgefühl hoch. Er war ein Musterknabe.«

»Und das muß ihn auf die Dauer angekotzt haben!« sagte Dr. Heimes grob.

»Er hatte alles, was er sich wünschen konnte!« rief Habicht voller Empörung. Ihm fehlte völlig die Einsicht, daß man in einem goldenen Käfig verhungern kann. Befohlene Vollkommenheit kann einen Menschen mehr peinigen als eine Gefängniszelle. »Ihm fehlte es an nichts!«

»Und deshalb suchte er, ob es noch etwas anderes gibt!« Dr. Heimes nahm keine Rücksicht mehr auf den Schmerz, den Roberts Tod bei Habicht hervorgerufen hatte. Er kannte das Leben in diesem Hause zu gut, um jetzt noch über die bürgerliche Despotie hinwegzusehen. Oberregierungsrat Habicht war die Achse gewesen, um die sich seine kleine Welt gedreht hatte. Er nannte es schlicht Ordnung. Ohne Ordnung entsteht Chaos. Chaos ist Untergang. Eine einfache Formel, nach der er seine Familie regiert hatte. Es gab in seinen Augen nur eine gerade Straße, keine Nebenwege. Aber gerade an den Nebenwegen lagen oft die sonnigen Plätze.

»Er hat eine Frau gewollt!« sagte Dr. Heimes, als Habicht verbissen schwieg. »Und mir scheint, er hat sie auch gefunden.«

»Die falsche!« rief Habicht. »Die verderbliche!«

»Es scheint so. Da gebe ich dir recht.«

»Warum hat er nie mit mir darüber gesprochen?«

»Mit dir sprechen?« Dr. Heimes lachte bitter auf. »Wie wäre das möglich gewesen? Wer hätte das gewagt? Du hattest Frau und Kind und warst damit zufrieden. Aber in Wirklichkeit waren es für dich unbekannte Wesen. Sie waren existent, weiter nichts. Hast du dich jemals um ihre Seelennöte gekümmert?«

»Ich habe sie geliebt wie nichts auf dieser Welt.«

»Beleidige deine Briefmarken nicht.«

»Ich möchte dich jetzt hinauswerfen, Julius!«

»Das befreit dich auch nicht.« Man muß jetzt brutal sein, dachte Dr. Heimes. Gemein brutal, sonst begreift er es noch immer nicht. Er hat sich in seinen Prinzipien eingemauert, und plötzlich merkt er, daß die Luft dünn und dünner wird, aber er ist nicht gewillt, diese Mauer aufzubrechen. Also helfen wir ihm dabei. »Hast du jemals erkannt, daß Gerda eine Heilige im Erdulden ist?«

»Gerda? Was ist mit Gerda? Was willst du damit sagen?«

»Sie war in den letzten Jahren öfter bei mir und hat sich ausgeweint.«

»Geweint? Ja, wieso denn? Warum hat sie geweint?«

Habichts Augen verrieten völlige Ratlosigkeit. Gerda hat

bei Julius geweint? Sie hatte doch nie Grund, traurig zu sein. Sie war doch eine glückliche Frau. Ein Haus, ein schöner Garten, keine wirtschaftlichen Sorgen, ein geregeltes Leben, einen prächtigen Sohn, ein Ehemann, dem sie vertrauen konnte und der sie auf Händen trug. Dazu Urlaubsreisen, schöne Kleider, Bridge-Abende, Kaffeekränzchen, Opernbesuche, Konzerte – du lieber Gott, was verlangte man vom Leben noch mehr? Bitterkeit kam in Habicht hoch. »Gerda hatte keinen Grund zum Weinen«, sagte er laut. »Sie war eine glückliche Frau!«

»Ja. Sie hatte alles. Alles Materielle. Aber sie fror innerlich. Sie war allein.«

»Um ein Uhr kam Robert aus der Schule, um halb sechs bin ich vom Amt gekommen. Sie war nie allein.«

»Sie war einsam unter euch. Sie kam sich vor wie ein gut poliertes, gepflegtes Möbelstück. Ein Teil deines Haushaltes, deiner Einrichtung. Und wenn ihr wirklich mal miteinander geschlafen habt, war sie eine Matratzenauflage.«

Habichts Gesicht verzerrte sich und wurde blaß. »Sie ... sie hat mit dir über unser Intimleben gesprochen?«

»Ich bin euer Arzt. Ein Arzt ist auch immer ein Beichtvater und der beste Vertraute. Ich hatte mir in diesen Jahren öfter vorgenommen, einmal mit dir über Gerdas Seelenzustand und Roberts Pubertätsprobleme zu sprechen ... Ich habe es leider nicht getan.«

»Dann bist du, wenn es eine Schuld gibt, mitschuldig. Ich habe das alles nicht gewußt und gesehen, aber du hast es gewußt! Dein Arzt – dein Vertrauter! Du hast versagt, Julius!« Habicht sprang auf und lief im Zimmer hin und her. Was Dr. Heimes ihm jetzt eröffnete, war das völlig verzerrte Bild einer Ehe, die er, Hubert, für vorbildlich gehalten hatte. Die Musterfamilie wurde zum seelischen Horrortrip. Es kostete ihn große Mühe, zu fragen: »Und deshalb ist Robert ausgebrochen?«

»Ich vermute es. Nur das kann der Grund gewesen sein. Hat er nicht zu dir gesagt, er wolle frei sein?«

»Ich habe es für eine dumme Redensart gehalten. Für eine provozierende Floskel. Ich fand es sogar lächerlich. Mein Sohn Robert war nie ein Provokateur.«

»Du hast ihn – ungewollt – dazu gemacht.«

»Und daran ist er gescheitert?«

»So kann man es nennen.«

»Und durch eine Frau!«

»Ich bin mir fast sicher. Sie hatte die Funktion einer Zeitbombe.«

Habicht blieb stehen, und Dr. Heimes atmete auf. Endlich scheint er es begriffen zu haben. Er erkennt jetzt die ganze Tragödie, den Zerfall einer Familie, aus der Aeschylos ein griechisches Drama gestaltet hätte.

»Eine Frau!« Habicht starrte in den Garten hinaus. Die Rosen blühten, Blumenrabatten leuchteten, die Wipfel von vier Scheinzypressen wiegten sich im schwachen Wind, ein Rasensprenger drehte sich zischend auf der Wiese. »Wenn es diese Frau gibt, dann suche und finde ich sie, Julius. Ich schwöre dir jetzt in dieser Minute: Ich finde sie! Das wird ab jetzt meine alleinige Aufgabe sein. Ich werde sie finden und meinen Sohn Robert rächen.«

»Gott möge dir dabei helfen.« Dr. Heimes erhob sich, ging zu Habicht und legte ihm den Arm um die Schulter. »Nur weiß keiner, wo du suchen sollst ...«

Am neunten Tag nach Roberts Tod hörte Gerda Habicht auf zu atmen.

Sie erwachte nicht mehr aus dem Koma. Es halfen die besten medizinischen Geräte nichts. Es war, als habe ihre Seele gesagt: Nein! Schluß! Dieses Leben ist nichts mehr wert. Gib es an Gott zurück.

»Wir haben alles versucht«, sagte der Chefarzt, als er mit

Habicht vor dem Bett stand. Alle Infusionen und Schläuche waren entfernt worden. Schmal, friedlich und von der majestätischen Schönheit des Todes verklärt, lag Gerda unter dem Laken, die Hände gefaltet. »Aber auch wir Ärzte sind nur Menschen. Und Gott hat nicht geholfen.«

»Irrtum, Professor. Er hat geholfen.« Habicht wandte sich vom Bett ab. »Aber das zu erklären, wäre zu weitschweifig. Sehen wir es so: Dieser Gott, den wir alle anrufen, hat gewußt, wann ein Leben wertlos wird. Wir Menschen aber erkennen es nicht immer. Hier hat er eine gute Tat getan ...«

Der Chefarzt sah Habicht betroffen an. »Ihre Frau war ansonsten gesund. Wenn dieser Schock nicht gewesen wäre ...«

»Ihr Leben wäre eine Qual geworden. So muß man es sehen, so muß ich mich trösten, sonst gäbe es keinen Trost für mich.« Habicht gab dem Chefarzt die Hand. Der Händedruck war auffällig kräftig, nicht der eines vom Leid Geschwächten. »Ich danke Ihnen für Ihre Mühe, Herr Professor.«

»Ein merkwürdiger Mann!« sagte der Chefarzt zu seinem Oberarzt, als Habicht das Krankenhaus verlassen hatte. »Zwei Tote innerhalb von zwei Wochen. Sohn und Ehefrau – und er benimmt sich, als sei es das Natürlichste von der Welt. Der muß als Herz einen Granitstein in der Brust haben. Der Mensch ist wirklich ein Rätsel.«

Die Ermittlungen der Kriminalpolizei wurden zu einem Bild, das Robert Habichts Leben deutlich illustrierte.

Es war das Leben eines behüteten, braven Sohnes integrer Eltern, der es einfach satt gehabt hatte, noch Strampelhöschen zu tragen. Das Schicksal eines Jungen mit großen Idealen und einer anerzogenen Gegenwartsfremdheit. Ein fast tragischer Fall, nannte es Reiber. Eine Fehlleistung einer beinahe pathologischen Elternliebe.

Die Ergebnisse der polizeilichen Kleinarbeit besagten:

Robert Habicht hatte eine Freundin besessen, laut Aussage des Schulfreundes, bei dem er angeblich Mathe-Nachhilfe genommen hatte, dies aber nur als Ausrede benutzte, um sich mit dieser Frau zu treffen.

Aussage des Freundes: »Es muß eine Frau gewesen sein, die viel älter als Robert ist. Von Beruf angeblich Bardame. Den Nachnamen kenne ich nicht, den Vornamen habe ich vergessen.«

Folgerung: Durch diese Bardame ist Robert Habicht in Drogenkreise oder sogar in kriminelle Zirkel geraten. Er ist mit der Modedroge Ecstasy bekannt gemacht worden, vielleicht auch noch mit anderen Rauschgiften, und hat selbst Ecstasy genommen. Diese Droge hat ihn abhängig werden lassen. Er wurde hörig.

Auswirkung: Robert ließ rapide in der Schule nach, schlief während des Unterrichts, machte eine Charakterveränderung durch. Er wurde aufsässig; es folgten eskalierende Streitigkeiten mit dem Vater, Auszug aus dem elterlichen Haus. Seitdem Wohnort unbekannt, möglicherweise das Zelt oder die Wohnung der Bardame.

Durch Ecstasy Bekanntschaft mit Christa Helling. Liebesaffäre, Verabreichung von Ecstasy an Christa. Tod des Mädchens durch Kreislaufzusammenbruch.

Folge: Robert Habicht will sich aus den kriminellen Kreisen lösen, wird eine Gefahr für die für Ecstasy zuständige Organisation. Liquidation durch Genickschuß.

»Alles sonnenklar!« sagte Wortke zufrieden bei der Übersicht der Ermittlungen. »Genauso muß es gewesen sein. Die Entwicklungskette ist lückenlos. Was uns noch fehlt, ist die Frau, die Robert um den Finger gewickelt hat. Und natürlich der Mörder ... Aber den haben wir, wenn wir diese Barfrau hier vor uns auf dem Stuhl sitzen haben.«

Nach den Zeitungsaufrufen hatten sich viele Zeugen gemeldet. Einige hatten ausgesagt, daß man Habichts 2 CV oft in Schwabing gesehen hatte. Geparkt über Nacht, an verschiedenen Stellen. »Das ist wieder Mist!« stellte Wortke fest. Aber eine wichtige Aussage kam von einem jungen Ehepaar, das in jener Sonntagsnacht, in der Christa Helling starb, am Wörthsee entlanggefahren war.

»Plötzlich sahen wir«, erzählte der junge Mann, »wie auf einer Wiese im Mondschein ein Mädchen herumtanzte. Völlig nackt. Wäre ich allein gewesen, hätte ich angehalten. Aber meine Frau neben mir ...« Er grinste. »Ich mußte ja weiterfahren. Ich hab' nur gesagt: Die hat 'n Knall, oder die hat gefixt! Aber Mord? Wer denkt denn an so was?«

»Zu dieser Zeit hätte man das Mädchen noch retten können«, sagte Reiber ernst.

»Wer kann das denn wissen? Außerdem war sie nicht allein. Auf der Wiese stand ein Zelt, und auf der Straße parkte ein Citroën.«

»Alles klar. Wir danken Ihnen für die Aussage.«

»Cherchez la femme! Das geht nun los.« Wortke rieb sich die Hände. »Jetzt werden wir alle Bars in München und Umgebung durchkämmen. Reiber, du Drogenstrolch, da kennst du dich ja bestens aus.«

»Und wie! Ein Lauf gegen Gummimauern!« Reiber wiegte zweifelnd den Kopf. »Wonach sollen wir fragen? Wir können mit keinem Foto herumlaufen. Wir haben keins.«

»Aber eine muß doch mit einem jungen Burschen gesehen worden sein. Und von Robert Habicht haben wir ein Foto.«

»Keine Bardame wird eine andere verraten. Es gibt da einen Ehrenkodex. Und keine will mit zerschnittenem Gesicht weiterleben. Roberts Foto nützt uns wenig. Wenn wir ein Foto der Frau bei ihm gefunden hätten ... aber Fehlanzeige. Wir haben alles durchsucht. Nicht ein Hinweis auf eine Frau.«

Wortke winkte mit beiden Armen. Er war bester Laune bei dem Gedanken, zwei Todesfälle fast im Griff zu haben. »Hallo!« rief er. »Kollege Kommissar Zufall, kommen Sie mal her! Wir brauchen Sie mal wieder.« Und zu Reiber sagte er: »Peter, ich hab's im Urin ... wir sind nahe dran, ganz nahe ...«

»Vergiß den Fall Lisa Brunnmeier nicht.« Reiber war mit seinen Prognosen vorsichtiger. Die Tote in dem Abbruchhaus war noch immer ein Rätsel, was ihr Leben außerhalb des Elternhauses betraf. Bis heute gab es nicht einen einzigen Zeugen.

»Auch da werden wir fündig werden. Das hängt alles miteinander zusammen.«

Ein Irrtum, den Wortke noch nicht erkannte.

Auch Gerda Habicht wurde im engsten Familienkreis zu Grabe getragen. Wieder folgten nur der Pfarrer, Dr. Habicht und Dr. Heimes dem Sarg, und diesmal regnete es sogar. Man kürzte die Zeremonie am Grab ab und kehrte unter den Regenschirmen zu den Wagen zurück. Aber einen Satz ließ Habicht seinem Rosenstrauß noch folgen, als er ihn auf den Sarg geworfen hatte.

»Gerda ... verzeih mir«, sagte er leise. »Verzeih mir alles. Und eines schwöre ich dir: Ich werde Robert rächen ...«

Von diesem Tag an rührte er seine Briefmarkensammlung nicht mehr an. Er verkaufte sie an ein Auktionshaus. Der Auktionator blätterte verwundert und begeistert in den Alben. Eine selten schöne Sammlung, eine Fundgrube.

»Und von so etwas trennen Sie sich, Herr Oberregierungsrat?« fragte er. »Das brächte ich nicht übers Herz.«

»Ich habe keinen Erben mehr.« Habicht sagte es ohne innere Bewegung. »Für wen soll ich die Sammlung behalten? Der Kirche vermachen? Die hat genug Geld. Dem Staat überlassen? Der saugt uns mit Steuern genug aus. Dann lieber zu Lebzeiten verkaufen und das Geld sinnvoll anlegen ...«

»Anlegen?« Der Auktionator grinste verhalten. »Sie haben doch keine Erben.«

»Anlegen bei mir. Investieren in eine große Aufgabe, die ich noch zu erfüllen habe. Ich muß jemanden suchen, und das kostet vielleicht eine Menge Geld. Doch das ist für Sie ohne Interesse.«

In seinem Haus begann Habicht noch einmal, Roberts Zimmer zu durchsuchen. Obwohl die Kripo nichts gefunden hatte, was Robert hätte entlasten können, ging Habicht systematisch vor, geleitet von einer inneren Stimme, die ihm sagte: Du entdeckst etwas. Du findest einen Hinweis auf diese Frau, die Robert in ihr Leben und damit in den Tod gerissen hat. Du wirst etwas finden. Sei ganz sicher.

Im Zimmer, in den Kleidern und der Wäsche, in den Büchern und Notizen, in den Schulheften und Noten, in einem Haufen Papiere fand Habicht nichts. Ein paar Telefonnummern hatte Robert sich auf einem Block notiert ... Habicht rief jede von ihnen an und entschuldigte sich dann. Es waren eine Buchhandlung, zwei Klassenkameraden, die Klavierlehrerin, das Büro der Pfadfinder, eine Notendruckerei, eine Musikalienhandlung, das Prinzregenten-Bad, ein Klavierstimmer, eine Studentenband, ein Sportartikelgeschäft ... Telefonnummern eines braven Jungen.

Habicht gab nicht auf.

Er ging in das Musikzimmer, den zweiten wichtigen Raum in Roberts Umfeld. Auch hier hatte die Kriminalpolizei alles gründlich untersucht. Sie hatte alle Notenalben durchgeblättert, die von Robert aufgenommenen eigenen Tonbänder mitgenommen und abgespielt, sogar der Stutzflügel war untersucht worden, ob im Inneren etwas versteckt worden war, Briefe vielleicht, denn wer im Hause Habicht würde schon den Flügel aufklappen ... Aber auch hier gab es keinerlei Erkenntnisse, wie es so schön im Amtsdeutsch heißt.

Habicht sah sich suchend um. Drei Bilder hingen an den Wänden, Fotografien, die Robert hatte vergrößern und einrahmen lassen: Karajan, mit geschlossenen Augen dirigierend, ein Bühnenbild, 2. Akt »Fidelio«, eine düstere Verließszene, und eine Aufnahme des gesamten Berliner Philharmonischen Orchesters, stehend, den Applaus entgegennehmend. Davor, klein, schmal, weißlockig, mit einem Lächeln, wieder Karajan.

Beim Anblick dieses Fotos erinnerte Habicht sich an einen Abend. Da hatte Robert ein Klavierkonzert unter der Leitung von Karajan im Radio gehört. Solist Rada Lupu. Und Robert hatte, wie einen Traum beschreibend, gesagt: »Einmal mit den Berlinern und Karajan zu spielen ... Tschaikowsky, das wäre der Himmel in meinem Leben.« Nun waren beide nicht mehr auf dieser Erde, der eine sogar ermordet.

Habicht blickte sich weiter um. Links und rechts neben dem Fenster standen zwei Gipsbüsten auf einem hölzernen Podest. Wagner und Beethoven. Als irgend jemand – wer, das hatte Habicht vergessen – diese Büsten Robert zum Geburtstag geschenkt hatte, hatte Habicht am Abend gesagt:

»Geschmacklosigkeit läßt sich eben nicht ausrotten! Du willst doch wohl diesen Kitsch nicht aufstellen, Robert?«

Aber Robert plazierte die Büsten doch im Musikzimmer, für Hubert Habicht eine scheußliche Beleidigung seiner Wohnungseinrichtung.

Er wollte sich schon von den Gipsköpfen abwenden, als ihn eine Idee durchzuckte. Ein läppischer Kriminalfilm fiel ihm ein, der vor einiger Zeit im Fernsehen lief. Es ging um Rauschgift – was täten Autoren, wenn es kein Rauschgift gäbe? Sie wären verzweifelt! Raffiniert, wie nun einmal Drogendealer sind, hatte einer der Hauptdarsteller einen Porzellangroßhandel gegründet, importierte kunstvolle Figuren aus allen Ländern, aber jede dritte Figur war innen hohl und mit Heroin vollgestopft. Im Film brauchte die Kripo zwei Stunden, um das zu entdecken. Nach dem Drehbuch war es ein halbes Jahr, in dem neun Tote auf der Strekke blieben.

Eine hohle Figur!

Waren die Gipsköpfe von Wagner und Beethoven auch hohl?

Mit bebenden Händen hob Habicht Beethoven vom Ständer. Die Büste war verhältnismäßig schwer, also massiv. Darin konnte man nichts verstecken. Auch Wagner bestand vollständig aus Gips. Trotzdem hob Habicht die Büste ein Stück vom Sockel.

Und dann stutzte er.

Unter der Wagnerbüste war mit Tesafilm ein Foto angeklebt worden, die Bildseite nach innen. Habichts Blut klopfte in den Schläfen. Noch bevor er das Foto ablöste, wußte er, daß er den Schlüssel zu Roberts heimlichem Leben gefunden hatte. Die Kriminalpolizei hatte die Gipsköpfe nicht in die Hand genommen. Auch versierte Ermittler machen einmal Fehler. Wagners Kopf war ihnen harmlos erschienen.

Habicht zog das Foto ab. Er drehte es um und blickte in das Gesicht einer schönen Frau. Schwarze Haare, dunkle Augen, ein sinnlicher Mund, ein lockendes Lächeln ... Das ist sie! So, nur so konnte sie aussehen, die Frau, die Macht über Robert bekommen hatte.

Er fand seinen Eindruck bestätigt, als er die wenigen Worte las, die auf der Rückseite des Fotos standen. Mit einer schnörkeligen Schrift.

Wir gehören zusammen.

Ein klares Bekenntnis, aber kein Name.

Habicht ließ sich auf einen Stuhl sinken. Er drehte das Foto zwischen den Fingern, blickte dieser Frau immer und immer wieder in die Augen. In Augen, die zu ihm zu sprechen schienen: Ja, ich habe euch Robert weggenommen. Ich habe ihn für mich erobert. Ich habe ihn zum Mann gemacht. Er ist mein Eigentum geworden. Wir gehören zusammen ... Willst du noch mehr wissen? Die stärkste Macht der Welt regiert zwischen den Schenkeln einer Frau. Sie hat schon Königreiche und ganze Völker vernichtet. Es ist die Urkraft, die alles beherrscht.

Habicht steckte das Foto in seine Brieftasche.

Das Bild der Kriminalpolizei zu übergeben, kam ihm gar nicht in den Sinn. Mit diesem Foto würde er die Frau finden, die seinen Sohn Robert zerstört hatte, und zur Rechenschaft ziehen. Es war eine reine Privatsache, in die ein Wortke oder Reiber nicht hineinreden sollten. Ein Jäger treibt sein Wild nicht in ein fremdes Revier, damit es dort abgeschossen wird. Und Rache ist immer individuell, außerhalb der Norm, oft jenseits des Gesetzes. Das Gesetz, diese lauwarmen Strafandrohungen, diese Streicheleinheiten für Kriminelle! Menschenrecht und Menschenwürde für Menschenverächter und Menschenzerstörer. Für Habicht gab es von diesem Augenblick an keine Gesetze mehr als nur das eine private Gesetz: Rache!

Mein Sohn Robert, du kannst dich auf deinen Vater verlassen.

Die Wandlung des Oberregierungsrates Dr. Habicht war erschreckend, aber folgerichtig. Ein Mann, von allem Lieben beraubt, das er besessen hatte, schlägt um sich.

Acht Tage lang verhielt sich Franz von Gleichem ruhig und wartete geduldig auf Ulrikes Verkaufsabrechnungen. Er brachte Verständnis dafür auf, daß eine Frau nach einem solchen Erlebnis einige Zeit brauchte, um sich seelisch wieder zu festigen.

Salvatore hatte ihm berichtet, wie problemlos das »Problem Robert Habicht« bereinigt worden war.

»Ulla hat fabelhaft gearbeitet«, lobte er. »Wie ein Profi. Auf die kann man sich verlassen. Natürlich hat sie auf der Rückfahrt durchgedreht. Kann man ja verstehen ... Jetzt ist ihr Bett leer.«

»Was heißt durchgedreht?« fragte von Gleichem. Der Begriff gefiel ihm nicht.

»Weinen, zittern, klagen, der ganze Weiberquatsch ...«

»Klagen?«

»›Ich bin keine Mörderin!‹ hat sie geheult. Immer dasselbe: ›Ich bin keine Mörderin!‹ Als mir das zuviel wurde, habe ich ihr eine geknallt. Da war sie still. Bei hysterischen Weibern helfen keine Worte ... klatsch – bumm, das überzeugt.«

Nun waren acht Tage herum. Die Aufregung in der Bevölkerung, von der Presse geschürt und durch knallige Schlagzeilen unterstützt, hatte sich gelegt, sehr zur Zufriedenheit von Reiber und Wortke, der sagte: »Wenn ich einen Journalisten sehe, verstehe ich einen Mörder!«

Von Gleichem verfolgte jeden Tag den Stand der Ermittlungen. Von Robert Habicht und Christa Helling wußte die Kripo eine Menge, aber dann endeten die Spuren. Die Ecstasy-Szene lieferte zwar genügend Gesprächsstoff, aber dort traf die Kripo auf eisernes Schweigen.

Um so gespannter war von Gleichem darauf, was Ulrike berichten würde. Wie reagierten die Kunden, was dachten die Techno-User? Was er bisher aus seinen Barbetrieben gehört hatte, waren verhaltene Vorsicht und die allgemeine Ansicht: Der Junge hat sich reichlich dusselig benommen. Pumpt die Kleine voll und weiß nicht, wohin mit der Toten. Nur der Genickschuß gab Rätsel auf.

Von Gleichems Geduld hatte an diesem achten Tag ihre Grenze erreicht. Er fand, daß man Trauer nicht übertreiben sollte. Das Leben ging weiter. Um Millionen zu verdienen, muß man sich regen. Er ließ Salvatore kommen und bot ihm eine Zigarre an. Der Mann für alles nahm sie mit Dank an, obwohl er keine Zigarren rauchte. Für eine gute Zigarre braucht man Zeit. Wer sie nur so dahinpafft, ist ein Ignorant des Genusses.

»Ulla fängt an, mir Sorgen zu machen«, sagte von Gleichem. »Die ganze Sache muß sie mehr erschüttert haben, als wir dachten.«

»Soll ich sie mal besuchen?« fragte Salvatore.

»Genau daran habe ich gedacht. Wir waren da zu kurzsichtig. Wir haben Ulla vernachlässigt, sträflich vernachlässigt! Sie hätte unsere Hilfe gebraucht; statt dessen lassen wir sie einfach allein. Bei allem Haß, den sie gegen diesen Robert am Schluß empfand – sie ist eine Frau, und Frauen reagieren in solchen Situationen oft konträrer, als sie vorher gemeint hatten. Fahr zu ihr und bring sie her. Aber nicht mit Gewalt, Salvatore!«

»Und wenn sie nicht will?«

»Sie wird eine Begründung dafür haben. Ich spreche dann selbst mit ihr.«

Salvatore machte sich auf den Weg. Aber nach einer halben Stunde kam er schon wieder zurück, sichtlich verstört und sogar ein wenig ängstlich. Er rannte in von Gleichems Büro und lehnte sich dort schwer atmend an die Wand.

»Sie ist nicht da!« Dabei wedelte er mit beiden Händen durch die Luft. »Sie ist weg! Einfach weg! Die Wohnung ist leer ...«

»Was ist sie?« Von Gleichem sprang aus seinem Sessel hoch. Die Mitteilung war wie ein elektrischer Schlag. »Leer?«

»Ausgeräumt. Die Nachbarn sagen, vor drei Tagen hat der Wagen einer Gebrauchtmöbel-Firma alles abgeholt. Die ganze Einrichtung ist verkauft.«

»Es war doch eine Eigentumswohnung ...«

»Ein Makler hat sie übernommen.«

»Wie heißt der Makler?« schrie von Gleichem. Er verlor die Beherrschung.

»Keine Ahnung.« Salvatore wischte sich den Schweiß von der Stirn. Er schwitzte nicht vom schnellen Laufen, es war Angstschweiß. »Und Ulla ist verschwunden.«

»Ich habe ihr viel zugetraut, aber das nicht.«

»Es war ein Fehler, Chef, sie nicht gleich mit umzulegen.« Salvatore wagte es, von Gleichem zu kritisieren. Er sah, daß sein Chef angeschlagen war. »Ich habe sie nie gemocht. Sie war die falsche Besetzung.«

»Sie war eine Hure!«

»Aber aus 'm bürgerlichen Lager. Die suchen immer 'nen Blümchengarten.«

»Sie war eiskalt! Und sie hatte eine blendende Zukunft!« Von Gleichem hieb mit der Faust auf den Tisch. »Salvatore, wir müssen das Weibsstück finden.«

»Wo? Sie kann in Berlin sein, in Hamburg, Köln, Stuttgart, Essen, Dresden, Leipzig und Chemnitz. Überall kann sie sein. Zu verschwinden ist doch so einfach.«

Von Gleichem nickte. »Du kannst gehen, Salvatore«, sagte er, etwas ruhiger geworden. »Wir müssen jetzt nur verdammt vorsichtig sein.«

»Sie meinen, Ulla läßt uns hochgehen?«

»Jetzt traue ich ihr einen Verrat zu. Aber das hätte auch eine für sie fatale Folge: Wir wüßten dann, wo sie ist. Warten wir ab.«

Salvatore verließ das Büro. Er war wütend. Seine Mafia-Erfahrung hatte ihm schon am Wörthsee geraten, Ulla in einem Waldstück zu »bestrafen«. Weiber, die zuviel wissen, haben auch zu lange gelebt, das ist eine alte Cosa-Nostra-Weisheit. Frauen sind für Haus und Kinder da. Diese Lebenseinstellung war die Basis aller Tätigkeit gewesen. Das Geschäft den Männern, den Frauen der dicke Bauch, so war es immer gewesen und hatte bis heute funktioniert. Bei aller Ehrfurcht vor dem Chef: Von Gleichem war kein Profi. Er stank nach Vornehmheit, das vernebelt die Fähigkeit, gefürchtet zu sein. Selbst der elegante Al Capone, Ur- und Vorbild allen Mafia-Nachwuchses, hielt sich nicht zurück, im Frack seine Zigarre auf der Haut eines Mißliebigen auszudrücken. Das erst läßt jemanden zum Chef werden.

Von Gleichem war mit anderen Gedanken beschäftigt. Sie waren bedrohlicher als Salvatores historische Mafia-Überlegungen.

Es ging um Geld, um Ecstasy, um einen neuen Aufbau der Dealer-Organisation und – am gefährlichsten – um den Vietnamesen Lok. Von Gleichem wußte schon jetzt, daß Lok nicht das geringste Verständnis aufbringen würde für die Affäre Ulrike-Robert und deren Endlösung. Die Lieferung der neuen kleinen Ecstasy-Pyramiden, des Öko-E, hatte begonnen. Jede Störung wuchs sich zu einem Hindernis aus, das Hunderttausende kosten konnte. Für Lok und seine Organisation waren nur die Absatzzahlen wichtig – jede Behinderung hatte von Gleichem zu verantworten. Auch die Polen hatten sich nach den Drahtschlingen-Morden bisher bedeckt gehalten, was nicht bedeutete, daß sie den Ecstasy-Markt kampflos den Asiaten überließen. Eine Großaktion schien sich vorzubereiten. Es war wie bei der Erwartung eines Taifuns: Erst wird es windstill wie in einem Vakuum, und dann bricht die Urgewalt vernichtend herein. Wer um Millionen kämpft, zählt keine Opfer. Das hat die Unterwelt mit den Kriegs-Politikern gemeinsam, nur setzt man ersteren später keine Denkmäler und nennt sie die »Großen«.

Von Gleichem sah sich zunächst gezwungen, einen großen Verlust aus seiner Tasche zu bezahlen: Mit Ulrike war auch das gesamte »Warenlager« verschwunden. Es fehlten 43 000 Stück der Sorten Barney, Chanel, Playboy, Pond, Love und Anker, Tabletten, die mit der letzten polnischen Lieferung gekommen waren. Die Hauptsendung von

870 000 Ecstasy hatte von Gleichem auf Loks Befehl abbestellt. Hinzu kamen die noch nicht abgerechneten Verkäufe, die von Gleichem auf über 100 000 Mark schätzte.

Ein guter Einstand für Ulrike an ihrem neuen Wohnsitz.

Von Gleichem hatte keine Schwierigkeiten, diese Finanzlücke aus eigenen Mitteln aufzufüllen. Was ihn schmerzte, war die Verletzung seines Stolzes. Er hatte Ulrike sein Vertrauen geschenkt, und das war, wenn man von Gleichem kannte, eine Schenkung aus Überzeugung. Eine Ehrensache. Ulrike hatte diese Ehre weggeworfen; für von Gleichem war eine solche Kränkung unverzeihlich. Nur der Tod konnte sie tilgen.

Von dieser Stunde an wartete er auf das Erscheinen von Lok.

Und – das gab er vor sich selbst zu – er hatte höllische Angst davor.

Der erste Weg nach der Entdeckung des Fotos führte Hubert Habicht an das frische Grab seiner Frau.

Auf dem Hügel, in das nur ein schlichtes Holzkreuz gesteckt war, bis das Grabmal aus poliertem rosa Marmor, das Habicht bestellt hatte, aufgestellt werden konnte, lagen noch die zwei einsamen Kränze von Dr. Heimes und Habicht selbst. In der verspäteten Todesanzeige hatte er darum gebeten, von Blumenspenden abzusehen. Er hatte die Kontonummer der Pfadfinder angegeben und um Zuwendungen an diese Organisation gebeten. Eigentlich eine unüberlegte Bitte, denn diese Gruppe war kein gemeinnütziger Verein, und so kassierte jetzt das Finanzamt kräftig mit.

Habicht blieb vor dem Grab stehen, blickte eine Weile stumm auf den Hügel und holte dann das Foto aus der Tasche. Er hielt es der Stelle entgegen, wo Gerdas Kopf liegen mußte, und beugte sich dabei etwas vor.

»Das ist sie«, sagte er ohne ein Schwanken in der Stimme. »Gerda, sieh sie dir an. Diese Frau hat uns unseren Sohn weggenommen, hat ihn getötet, hat auch dich auf dem Gewissen. Nein, sie hat kein Gewissen. Sie hat auch dich ermordet! Wir wissen jetzt, wie sie aussieht. Hübsch, nicht wahr? So schön kann sich ein Satan maskieren. Aber ich finde sie, Gerda. Ich habe es dir versprochen. Ich habe jetzt keine andere Aufgabe mehr, als diese Frau zu finden.«

Er blieb nur wenige Minuten am Grab. Beim Abschied sagte er: »Versteh mich recht, Gerda, wenn ich sage: Ich bin froh, daß du jetzt glücklich bist. Bei mir warst du es nicht ... aber glaub mir, ich habe dich geliebt.«

Zum Beten war er nicht bereit. Er sah keinen Gott mehr in seinem Dasein, und er konnte ihn auch nicht gebrauchen. Wer für die Rache lebt, entzieht sich der Gnade. Gnade ist Vergeben, und das war jetzt das Letzte, an das Habicht dachte.

Sein zweiter Weg führte ihn zu seinem Amt. Zur Bayerischen Staatsregierung.

Er ließ sich bei seinem Vorgesetzten, einem Leitenden Regierungsdirektor, melden und wurde sofort vorgelassen. Dr. Volker Hassler, so hieß er, kam ihm mit ausgestreckten Händen und einem mitleidigen Gesicht entgegen.

»Ich habe es gestern in der Zeitung gelesen. Was soll ich sagen ...«

»Nichts, Herr Regierungsdirektor«, antwortete Habicht kalt.

»Sie haben uns nicht unterrichtet ...«

»Ich hielt es für besser so.«

»Wir haben Ihre Gattin sehr geschätzt. Mein Gott, so plötzlich! Die Tragödie mit Ihrem Sohn ...«

»Mein Sohn Robert hat seine Mutter mitgenommen.«

Dr. Hassler starrte Habicht an. Er wußte darauf keine Entgegnung. »Mitgenommen?« fragte er nur gedehnt.

»Meine Frau ist an dem Schock gestorben, den der unbegreifliche Tod unseres Sohnes bei ihr ausgelöst hat.«

»Schrecklich! Da sind alle tröstenden Worte sinnlos. Und Sie sehen krank aus, Herr Habicht. Ich schlage Ihnen vor: Sie fahren jetzt erst einmal in Urlaub. Sonderurlaub. Der wird nicht angerechnet, dafür sorge ich. Erholen Sie sich erst einmal. Bringen Sie Ruhe in Ihr Inneres.«

»Deswegen bin ich gekommen, Herr Direktor.«

»Sofort genehmigt.«

»Keinen Urlaub. Ich bitte um eine Beurlaubung auf unbestimmte Zeit und ohne Gehalt. Und zwar ab sofort.«

Dr. Hassler schwieg einen Augenblick völlig überrascht. Solche Anträge eines Beamten waren äußerst selten, vor allem ohne Gehalt. Meistens wies man eine Krankheit durch ein fundiertes Attest nach, das auch für eine Frühpension nützlich war. Einmal nur hatte ein Beamter um Beurlaubung auf unbestimmte Zeit ohne Gehalt nachgesucht. Er hatte im Lotto sechs Richtige angekreuzt und war Millionär geworden. Eine Beurlaubung hielt den Pensionsanspruch aufrecht, und darauf wollte der neue Millionär auf keinen Fall verzichten. Was man sich ersessen hat, soll auch eines Tages ausgezahlt werden. Ein raffinierter Schachzug, den die Kollegen neidvoll diskutierten.

Auf diesen Vorfall spielte Dr. Hassler an, als er fragte: »Haben Sie im Lotto gewonnen, Herr Habicht?«

»Ich habe nie gespielt. Ich möchte einfach beurlaubt werden, das ist alles. Da ich in dieser Zeit auf mein Gehalt verzichte, dürfte es keine Schwierigkeiten geben.«

»Das sagen Sie so forsch daher.« Dr. Hasslers Trauermiene wich einem dienstlichen Ausdruck. »Ich brauche für den Regierungspräsidenten eine Begründung.«

»Ich habe mir eine besondere Aufgabe vorgenommen.«

»Und welche?«

»Das ist absolute Privatsache, Herr Direktor.«

»Bei einem solchen Antrag ist Offenheit von Nutzen. Der Regierungspräsident muß doch eine Notwendigkeit für die Beurlaubung erkennen.«

»Dann einigen wir uns darauf: Ich will nicht mehr. Ich will einfach nicht mehr.«

»Herr Habicht, diese ganze Tragödie muß innerlich überwunden werden. Ich verstehe.« Die Trauermiene zog wieder über Hasslers Gesicht. »Aber Urlaub auf unbestimmte Zeit ...«

»Ich habe es gegenwärtig gründlich satt!«

»Also doch Frühpension?«

»Nein. Verstehen Sie mich nicht, Herr Direktor? Spreche ich chinesisch?« Habichts Stimme wurde unbotmäßig laut. »Ich will nach Erledigung meiner Aufgabe wiederkommen. Ich werde ins Amt zurückkehren. Nur weiß ich nicht, wann das sein wird.«

»Ob ich das durchbekomme, Herr Habicht?« Dr. Hassler wiegte den Kopf. Präzedenzfälle zu schaffen ist immer eine mühsame Arbeit, die einem keine Freunde beschert. »Ich schlage vor ...«

»Ich überlasse es Ihnen, wie Sie entscheiden.« Habicht machte vor Dr. Hassler die Andeutung einer Verbeugung. »Ab heute stehe ich nicht mehr zur Verfügung. Ich betrachte mich als beurlaubt.«

Er verließ das Büro, ohne eine Antwort abzuwarten. Dr. Hassler blieb in der Mitte des Zimmers stehen und starrte auf die geschlossene Tür.

»Na so was!« sagte er entgeistert. »In solch einem Ton! Der stille Dr. Habicht. Wer hätte das gedacht!«

Wie erwartet: Lok saß mit regungsloser Miene vor von Gleichem und hatte sich seinen Bericht wortlos angehört. Diese Schweigsamkeit war für von Gleichem alarmierend. Er hatte keine Übung im Umgang mit Asiaten, aber soviel wußte er: daß der Verschluß des Mundes die Gedanken schärfte.

»So ist die Lage, Herr Lok«, sagte er. »Sie haben allerdings keinen Schaden davon, wie Sie aus den Abrechnungen sehen.«

»Der Schaden liegt im Psychischen.« Loks Maskengesicht verzog sich bei diesen Worten um keinen Millimeter. »Die Geschäfte laufen weiter, das weiß ich. Die Ecstasy-Welle schwillt von Tag zu Tag an. Je mehr warnend darüber geredet wird, um so mehr Kunden bekommen wir. Die Neugier! Kann man mit Ecstasy wirklich Glück kaufen – auch wenn es verboten ist? Das reizt, das macht neugierig. Und wenn jetzt unsere Öko-Pille auf den Markt kommt, ist sowieso jede Warnung in den Wind gesprochen. Öko macht nicht krank, das ist ein Slogan, den man sich auf das T-Shirt malen kann. Wie heißt es bei uns: Der Wind weht das Korn über das Land, und überall wachsen neue Felder. Nein, darum geht es nicht, Herr von Gleichem.«

»Wo sehen Sie dann die Gefahr?«

»In dieser Frau. In der Psyche dieser Frau. Sie haben ihr den Liebhaber genommen.«

»Sie hat dabei geholfen, Herr Lok!«

»Eine betrogene Frau ist wie eine angeschossene Tigerin. Sie reißt alles. Aber dann leckt sie ihre Wunden. Die schließen sich, und mit der Heilung der Wunden heilt auch ihre zerstörerische Wut. Dann beginnt sie wieder klar zu denken. Und was denkt eine solche Frau? Man hat mir meine Liebe genommen ...«

»Ulrike ist ein anderes Kaliber. Sie kennen sie nicht, Herr Lok.«

»Und warum ist sie dann verschwunden?«

»Um unter alles einen Strich zu ziehen. Hätte sie uns verraten wollen, sie hatte dazu Zeit genug.«

Lok sah von Gleichem fast mitleidig an. Es war ein Blick,

den dieser nicht ertragen konnte. Es kam ihm vor, als sähe ihn ein Raubtier an, bevor es gefüttert wird.

»Sie mögen ein großer Frauenkenner sein«, sagte Lok. »Aber die alten Weisheiten sind bessere Ratgeber. Wir sagen: Aus dem Versteck trifft man am besten den Gegner ... Und sie hat sich versteckt!« Und dann lauter, fast befehlend: »Wir müssen sie finden!«

»Die Jagd ist schon angeblasen. Salvatore und eine Menge Freunde sind ausgeschwärmt.«

»In München!« Lok winkte abfällig ab. »Und wenn sie in Berlin ist? Geben Sie mir ein Bild von ihr. Sie haben doch ein Bild?«

»Nur ein Foto als Bardame hinter der Theke. Da ist sie stark geschminkt. Tagsüber sieht sie anders aus. Aber wenn sie eines Tages wieder in einer Bar arbeitet, könnte man sie erkennen.«

»Auch wieder ein Fehler von Ihnen, Herr von Gleichem. Von jedem Mitarbeiter sollte man ein natürliches Foto haben. Ein Bild kann die Wirklichkeit ersetzen, sagt man. Auch von Ihnen haben wir gute Fotos ...«

»Von mir?« Von Gleichem verspürte eine leichte Übelkeit im Magen. »Ich habe nicht gesehen, daß mich jemand ...«

»Unsichtbarkeit ist unsere Stärke.« Lok lächelte verhalten. »Wir wissen sehr viel.«

»Nur bei Ulrike Sperling und Robert Habicht habt auch ihr versagt!«

»Das gebe ich zu. Um so wichtiger ist es, diese Frau zu finden. Wir wollen unser Gesicht nicht verlieren.« Lok streckte die rechte Hand aus. »Das Foto, bitte.«

Von Gleichem suchte in den Schubladen seines Schreibtisches. Endlich, unter einem Stapel Barabrechnungen, fand er Ulrikes Bild. Er reichte es Lok über den Tisch.

»Sehr attraktiv.« Der Vietnamese steckte das Foto ein.

»Wir werden es vervielfältigen und in alle Städte schicken. Auch an die Bars auf dem Lande. Unsere Freunde sind überall.«

»Ich weiß. Wo ein Asiat auftaucht, kommen die anderen hinterher wie die Ameisen.«

»Die Welt gehört den Fleißigen, und wir sind fleißig.« Lok erhob sich und wandte sich zum Gehen. Aber er streckte nicht die Hand zum Abschied aus. Von Gleichem empfand das als Flegelei. »Ich hätte noch eine Bitte.«

»Wenn ich sie erfüllen kann ...«, sagte er beleidigt.

»Sie können! Wenn Ihr Jagdkommando diese Frau gefunden hat, geben Sie mir Nachricht. Wir möchten sie gerne übernehmen.«

»Übernehmen«, wiederholte von Gleichem stumpf. Er ahnte, was Lok damit ausdrücken wollte.

»Wir möchten Sie nicht belasten.«

»Ich verstehe.«

»Es ist immer von Nutzen, wenn Partner sich verstehen. Das macht das Leben leichter und fröhlicher. Wie sagt man bei uns: Ein Mann kann fünfzig Eimer Wasser tragen. Zwei Mann aber hundert – und die Felder blühen.«

Von Gleichem wartete, bis sich die Tür hinter Lok geschlossen hatte. Erst dann sagte er aus tiefster Seele: »Du mit deinen verdammten Sprüchen! Auch wir haben einen Spruch: Lob nicht die Ernte, bevor der Regen kommt! Ich werde dir Ulrike nicht ausliefern. Sie soll in keiner Stahlschlinge hängen ...«

Bei Wortke und Reiber hatte sich Hochstimmung eingestellt.

Ein neuer Zeuge war aufgetaucht. Ein brisanter Zeuge, der das große Rätsel lösen könnte.

Es war ein kräftiger Mann in einem weißen Leinenanzug, der vor Wortke und Reiber saß und sich in dieser Umgebung, der Mordkommission, sichtbar unwohl fühlte. Wortke versuchte, ihn ein wenig aufzulockern.

»Sie sind also Bademeister im Prinzregenten-Bad?« fragte er. »Ein schöner Beruf. Immer frische Luft, schöne Mädchen Tag für Tag ...«

»Nicht immer, Herr Kommissar.«

»Sie heißen Toni Pulver, und so sehen Sie auch aus. Muskeln wie ein Stier. Wo Sie hinschlagen, verdorrt alles.«

»Ich schlage nicht, Herr Kommissar ... ich rette, wenn notwendig. Und den Toten, diesen Robert Habicht, kenne ich. Als ich das Foto in der Zeitung sah, hab ich zu meiner Frau gesagt: Du, das ist er. Der war Stammgast bei uns.«

»Und er war immer allein?« fragte Reiber.

»Lange Zeit hindurch immer solo.«

»Und nach der langen Zeit?«

»Da hat er 'ne tolle Frau aufgerissen. Die war auch schon öfter da, und irgendwann hat's dann geschnackelt. Jei, waren die verliebt! Und dabei war sie bestimmt älter als er, aber mit 'ner Figur ... Da kannste unruhig werden.«

Wortke und Reiber warfen sich einen Blick zu. Hurra! Hurra! Wir haben sie! Das ist sie, Habichts »Lehrerin«.

»Können Sie diese Frau beschreiben, Herr Pulver?« fragte Wortke.

»Ich glaub' schon. Hab sie ja oft genug gesehen. Wenn die da auf der Wiese im Bikini lag ... wie eine Berg- und Talbahn ...«

»Uns interessiert weniger der Busen als das Gesicht. Auch mit dem Hintern können wir nichts anfangen.«

»Aber der war sehenswert. So 'n richtiger strammer, geiler ...«

»Stopp!« Reiber hob die Hand. »Wir sind hier nicht beim Stammtisch, Herr Pulver! Wie sah das Gesicht aus?«

»Da lief einem das Wasser im Mund zusammen, Herr Kommissar.«

»Spucken Sie es aus!« Wortkes Jovialität hatte Grenzen. »Blaue Augen? Braune, grüne, graue? Spitze Nase, breite Nase, Stupsnase, schmale Nase ...«

»Das ... das kann ich so genau nicht sagen.« Bademeister Pulver wurde verlegen. »Ehrlich gesagt: Das hat mich nicht interessiert. Ich hab woanders hingeguckt.«

»Titten und Arsch!«

»Genau.« Pulver fühlte sich unwohl. Ein Rindvieh, wer sich freiwillig als Zeuge bei der Polizei meldet! Die sprechen mit dir, als hättest du 'nen blutigen Dolch in der Tasche. Fünftausend Mark Belohnung sind für Hinweise ausgesetzt, aber wenn man dann auspackt, wird man zusammengeschissen wie beim Kommiß. Er gab sich einen Ruck und sprach weiter: »Ja, und da waren die Haare. Schwarze Haare, aber wenn die Sonne draufschien, leuchteten sie rötlich. Wie Kastanien. Genau, das ist es: Kastanien. Das fiel neben all dem anderen besonders auf. Wenn sie da am Becken entlangging ...«

»... auf langen schlanken Beinen«, ergänzte Reiber.

»Sie sagen es, Herr Kommissar.« Pulvers Augen bekamen Glanz bei dieser Erinnerung. »Beine, lang wie bei den Models. Diese Frau haute einen einfach um!«

Wortke winkte ab. Er sah die Geheimnisvolle plastisch vor sich und verstand, daß ein junger Mann wie Robert Habicht, unerfahren und nun sexuell erweckt, ihr hörig werden konnte. Hörig bis zur Kriminalität.

»Könnten Sie das Gesicht zeichnen?« fragte er.

»Nein.« Pulver schüttelte den Kopf. »Ich kann schwimmen, tauchen, turmspringen, Erste Hilfe leisten, Tennis, Golf spielen ... aber zeichnen? Nie gemacht.«

»Wir haben einen Computer, der das Bild herstellt. Er braucht nur präzise Angaben von Ihnen.«

Wortke wurde wieder leutseliger. Wenn es gelang, das Gesicht der Frau im Bild zu rekonstruieren, hatte man für die Fahndung den besten Trumpf in der Hand.

»Hilft es Ihrer Erinnerung, wenn wir ein Bier trinken?« fragte er.

»Ein Bier von der Kripo?« Pulver grinste verhalten. »So was gibt's? Bei der Mordkommission?«

»Wir transportieren nicht nur Leichen.« Wortke ging ins Nebenzimmer, schickte eine Sekretärin zur Kantine und ließ drei Flaschen Bier kommen. Reiber und Pulver waren unterdessen in den Computerraum gegangen und saßen vor dem Wunderwerk, das ein menschliches Gesicht zeichnen konnte. Ein junger Beamter, speziell für dieses Gerät ausgebildet, hatte auf dem Bildschirm bereits die Umrisse eines weiblichen Kopfes, das Grundschema, eingestellt. Jetzt kam es darauf an, nach Pulvers Angaben diesen Kopf zu formen und mit Einzelheiten auszustaffieren.

Zunächst trank Pulver ein halbes Glas Bier, blickte dann auf das Computerbild und sagte: »Die Nase schmaler.«

Ein Zucken lief über den Bildschirm, und eine andere Nase saß im Gesicht.

»Toll!« sagte Pulver fasziniert. »Einfach toll! Das ganze Gesicht etwas schmaler und länglicher, nicht so rund ...«

Tack-tack-tack ... Das Gesicht veränderte sich. Pulver war begeistert. »Wie kriegen Sie das bloß hin?« fragte er.

Der junge Beamte an der Tastatur lächelte. »Wir haben im Computer einige tausend Möglichkeiten gespeichert. Ob Europäer, Kongoneger oder Chinese, wir stellen jeden Kopf zusammen.« Er nickte. »Weiter, Herr Pulver.«

»Das Kinn etwas spitzer. Ja, so! Und die Augen ... Ich meine, sie waren etwas schräger.«

»Doch keine Asiatin?« fragte Reiber sauer.

»Nein! Nein! Nur ein bißchen schräg. Sonst große Augen. Gezupfte Augenbrauen. Der Mund ... vollere Lippen. So 'n Kußmund. Und dann die Haare. Lockig, nein, nicht so kurz, ziemlich lang ... höhere Wangenknochen ... Verdammt, das ist sie!« Das Klicken des Computers hörte auf. Pulver lehnte sich auf seinem Stuhl zurück, griff nach seinem Bier, das Glas zitterte in seiner Hand. »Das ist unheimlich«, stotterte er. »Direkt unheimlich! Das ist die Frau! Das ist sie ...«

»Gratuliere!« Wortke klopfte Pulver auf die Schulter. »Sie haben ein gutes Erinnerungsvermögen. Die Frau sieht aus wie eine Magazinschönheit ...«

»Das ist sie auch.« Pulver starrte begeistert auf das Computerbild. »Die haut jeden Mann um.«

»Sie irren sich nicht?« fragte Reiber. Ihm kam das Bild zu idealisiert vor. Zu vollkommen. So eine Frau tänzelt bei Versace oder Lagerfeld über den Laufsteg, aber nicht am Beckenrand des Prinzregenten-Bades.

»Nein. Das ist sie!«

»Geben wir also das Bild frei!« Wortke klopfte Pulver noch einmal auf die Schulter. Solche Leutseligkeit war bei ihm selten. Sie bewies, wie sehr er sich über Pulvers Aussage freute. »Sie haben uns sehr geholfen.«

»Wirklich?« Pulver trank sein Bier aus. »Und wie ist das mit den fünftausend Mark?«

»Die bekommen Sie, wenn Ihr Hinweis zur Festnahme der Frau und des Mörders führt. Ich drücke Ihnen die Daumen.«

Das Phantombild wurde ausgedruckt und an alle Zeitungen, Magazine, Fernsehsender und Polizeistationen verschickt. Unterschrift: *Wer kennt diese Frau? Wo ist sie gesehen worden? Zweckdienliche Angaben an ...*

»Und jetzt können die Telefone rappeln!« sagte Wortke fröhlich. »Eine solche Frau fällt überall auf.«

Die Sache hatte nur einen kleinen, aber entscheidenden Fehler.

So wie auf dem Phantombild sah Ulrike Sperling nicht aus.

»Weißt du, daß dein Gehirn geschädigt ist? Du gehörst in ein Sanatorium mit Türen ohne Klinken!«

Dr. Heimes sah keinen Grund mehr, mit seinem Freund Habicht noch schonend umzugehen. Sie saßen im Herrenzimmer, wie Habicht sein Arbeitszimmer nannte, Heimes hatte das Foto von Roberts Geliebter lange angesehen und konnte verstehen, daß ein Junge wie er ihr verfallen war. Nicht verstehen konnte er, daß Habicht sich weigerte, das Bild der Polizei zur Verfügung zu stellen. Auf alle Vorhaltungen Heimes' gab er nur immer die eine Antwort: »Nein! Nein! Das regele ich selbst!« Kein Argument konnte ihn vom Gegenteil überzeugen.

»Ich habe Robert und Gerda am Grab versprochen, diese Frau zu suchen. Und ich halte Versprechungen!« Habicht nahm Dr. Heimes das Foto aus der Hand und legte es zwischen ihnen auf den Tisch. Dr. Heimes blieb bei seiner groben Art.

»Am Grab verspricht man vieles ...«

»Ich nicht!«

»Du schädigst dich doch selbst, Hubert! Die Polizei hat ganz andere Möglichkeiten als du. Presse, Fernsehen, flächendeckende Fahndung ... Die können Millionen ansprechen! Diese Frau ist nicht unbekannt! Es wird eine Menge Hinweise geben. Nur die Polizei kann ein weites Fahndungsnetz spannen.«

»Nicht die Polizei soll sie abführen in einen sicheren Gewahrsam ... Ich will sie in die Hände bekommen.«

Dr. Heimes hielt den Atem an. Dann fragte er entsetzt: »Willst du sie töten? Hubert, was denkst du da? Willst du als Mörder von der Bildfläche verschwinden?«

»Es wäre kein Mord, höchstens Totschlag im Affekt. Da gibt es mildernde Umstände.«

»Zehn Jahre Knast sind immer drin.« Dr. Heimes hieb mit der Faust auf den Tisch. »Oder eben das Haus ohne Klinken! Willst du da landen?«

»Was hinterher kommt, ist mir egal!«

»Aber mir nicht! Als Freund ...«

»Als Freund solltest du mir helfen.«

»Das werde ich ... indem ich dich festhalte!«

»Ich habe eine andere Idee. Ich lasse das Bild kopieren, du bekommst ein Foto und klapperst die Nachtlokale ab wie ich. Wir teilen uns die Stadt und die Umgebung.«

Dr. Heimes war über den Vorschlag so verblüfft, daß er zunächst keine Worte fand. Aber dann sagte er, mit dem Zeigefinger an die Stirn tippend: »Ich mache mich doch nicht zum Mittäter an einem Mord!«

»Du hilfst der Gerechtigkeit, wirklich gerecht zu sein! Das ist in diesem Land selten geworden. Humanität für den Täter, dem Opfer ist sowieso nicht mehr zu helfen.«

»Ich bin entsetzt, wie du dich verändert hast!«

»Ich betrachte mich auch als einen anderen Menschen. Was bin ich bisher gewesen? Ein Aktenwurm. Das wirkliche Leben ist an mir vorbeigeflossen. Obwohl ich Gerda geliebt habe, war sie unglücklich. Das hast du mir selbst erzählt! Ich habe mein Leben gelebt, und es war für mich selbstverständlich, daß alle anderen mir dabei folgten. Ich muß ein Ekel gewesen sein!«

»Du warst ein in sich selbst ruhender Mensch. Auf dich konnte man Hochhäuser bauen. Du warst ein Fundament. Jetzt bist du chaotisch, entwurzelt, von aller Vernunft verlassen! Hubert, bring der Polizei das Foto!«

»Zum letztenmal: Nein! Und jetzt will ich kein Wort mehr darüber hören.« Das klang endgültig. Dr. Heimes zuckte mit den Schultern. Sinnlos, hier noch weiter zu argumentieren. Die Beurlaubung vom Dienst auf unbestimmte Zeit ohne Gehalt, der Verkauf der wertvollen Briefmarkensammlung sowie zweier Perserteppiche und einem Speiseservice aus Meißner Porzellan als finanzielle Rücklage, wenn die Ersparnisse aufgebraucht sein sollten – nein, es gab kein Zurück mehr.

Oder doch? Ein heimlicher Wink an die Polizei? Eine anonyme Zuschrift: *Dr. Habicht besitzt das Foto der gesuchten Frau.* Oder noch besser: Die Kopie, die Habicht anfertigen lassen wollte, der Polizei zuschicken?

Dr. Heimes rang mit sich und kapitulierte. Man kann einen Freund nicht verraten. Man kann sein Vertrauen nicht mißbrauchen. Die schäbigste Kreatur ist ein Verräter. Ich will weiterhin jeden Morgen in den Spiegel blicken können, ohne mich anzuspucken. Nur bleibt da die Frage: Bin ich im Sinne des Gesetzes dadurch kriminell geworden?

»Du glaubst, daß diese Frau sich noch in München befindet?« fragte Heimes.

»Ja.« Habicht steckte das Foto in seine Tasche. »Sie fühlt sich sicher. Sie ahnt ja nicht, daß wir ein Foto von ihr besitzen. Robert muß ihr versprochen haben, es so gut zu verstecken, daß keiner es findet. Und das hat er ja auch ... unter Wagners Büste. Sie ist in München.«

»Trotz deiner Intelligenz bist du erstaunlich naiv. Ich an ihrer Stelle hätte schon am nächsten Tag die Stadt verlassen, fluchtartig.«

»Das wäre zu auffällig gewesen.«

»Wem sollte das auffallen?«

»Den Nachbarn sicherlich.«

»Wer könnte eine solch attraktive Frau mit einem Verbrechen in Verbindung bringen ... zumal in keinem Bericht die Rede von einer Frau war. Selbst die Kripo scheint nicht daran zu denken. Nur wir zwei wissen es bisher! Hubert, diese Frau kann längst in Berlin sein.«

»Warum Berlin?«

»Oder anderswo. Berlin fiel mir nur so ein. Es kann auch jede andere Stadt sein. Du suchst sie vergeblich, Hubert.«

»Sprechen wir darüber noch einmal in zwei oder drei Monaten.«

»Dann ist die Spur kalt ...«

»Oder meine Aufgabe hat sich erledigt.«

»Dann sehen wir uns hinter einer dicken Glasscheibe im Besuchszimmer von Stadelheim wieder. Totschläger Dr. Habicht ...«

»Du wirst mich nicht geknickt vorfinden, sondern fröhlich!«

Dr. Heimes verabschiedete sich bald darauf. Mit Habicht war nicht mehr zu sprechen. Er war zum einsamen, hungrigen Wolf geworden.

Das Phantombild, das Ulrike darstellen sollte, erschien in allen Zeitungen, flimmerte über alle Bildschirme. Auch Zimmermanns Sendung »XY-ungelöst« schaltete sich ein. Das ganze deutsche Volk begann, diese Frau zu suchen.

Franz von Gleichem saß in seinem Büro und lachte schallend. Auch Salvatore platzte fast vor Lachen, und Lok rief an und fragte:

»Wie kann die deutsche Polizei so ein Bild veröffentlichen? Da stimmt doch gar nichts.«

»Jubeln wir! Ich weiß nicht, wie die Polizei zu diesem Phantombild kommt, wer Ulrike da so geschildert hat, daß sie keiner wiedererkennt, aber mit diesem Bild kann die Polizei hundert Jahre lang suchen. Wie ist es bei Ihnen, Herr Lok?«

»Unser Foto ist bereits in allen Händen, die uns nützlich sein können. Man soll die Kirschen ernten, ehe die Vögel sie fressen.«

»Gibt es überhaupt eine Lebenssituation, für die Sie keinen Spruch haben?«

»Ich glaube nicht.« Lok lachte kurz auf. »Die östliche Weisheit beschreibt Himmel und Erde, Tag und Nacht, Sonne und Finsternis, Blumen und Tiere. Und mit allem ist der Mensch verwachsen.«

»Ich wünsche Ihnen viel Erfolg, Herr Lok.«

»Danke. Wir werden ihn haben.«

Auch Dr. Habicht rief Dr. Heimes sofort an, als er die Zeitung am Morgen aufgeschlagen hatte. Seine Stimme überschlug sich fast.

»Hast du den Blödsinn gesehen?« rief er.

»Natürlich. Ich wollte dich auch schon anrufen.« Dr. Heimes schien Habichts Fröhlichkeit nicht zu teilen. »Das ist eine Tragödie ...«

»Ein Witz!«

»Du willst die Polizei auf dieser falschen Fährte lassen?«

»Etwas Besseres kann ich mir gar nicht ausdenken! Soll sie diesem Phantombild nachjagen. Es ist wirklich ein Phantom!«

»Aber es beweist auch noch etwas anderes, Robert: Ein Zeuge hat diese Frau gekannt, nur falsch beschrieben! Er muß Robert mit ihr gesehen haben. Ein Augenzeuge. Mit schiefem Blick.«

»Du solltest seinen Namen herausbekommen. Er weiß bestimmt mehr als das, was die Kripo herausgegeben hat.«

»Er kann nicht mehr wissen als wir alle. Die Polizei würde diese Frau nicht suchen, wenn sie ihren Namen und die Adresse wüßte. Also nützt mir der Augenzeuge gar nichts.«

»Aber wenn die Polizei das richtige Foto ...«

»Schluß!« Habicht legte auf. Das war kein Thema mehr.

An diesem Abend trank er ein Pils und rauchte nach langer Zeit wieder eine Zigarre. Er genoß seinen Triumph, als einziger das richtige Foto zu haben.

Ein halbes Jahr ist ein Zeitraum, der rasend schnell vergehen kann. Wo Blumen üppig blühten, liegt Schnee, und der ehemals sonnenheiße Asphalt glitzert vom Eis. Das Jahr geht zu Ende, und man meint, es habe gerade erst begonnen. Die Zeit verrinnt, das war schon immer so, nur hatte es Dr. Habicht bisher nicht so bewußt wahrgenommen.

Nun ging es Weihnachten entgegen, und das Haus war

still und leer. Kein Geruch nach Plätzchen, nach Zimt und Anis, Koriander und Rum erfüllte es mehr, Zutaten, aus denen Gerda sonst das Weihnachtsgebäck gebacken hatte, es in große bemalte Blechdosen gefüllt und an jedem Advent-Sonntag den Tisch mit Printen, Spekulatius, Vanillekipferln und Zimtringen gedeckt hatte. Kein Aussuchen des Weihnachtsbaumes mehr, natürlich immer eine Fichte, weil Habicht eine Edeltanne oder gar eine Blautanne zu teuer waren, kein Auspacken der bunten Glaskugeln und des mehrfach verwendeten Lamettas, kein Schmücken des Baumes, wobei Habicht im Sessel saß und kommandierte: »Links noch eine Kugel, rechts ist noch eine Lücke. Die Kerzen nicht so weit nach vorn, da biegen sich die Zweige durch! Warum zwei rote Kugeln nebeneinander? Da kann doch eine goldene hin! Man muß Gefühl für Farbkompositionen haben ...«

Nichts. Nichts. Stille, Einsamkeit, Leere, Verlassenheit. Ein Berg voller Erinnerungen, die jetzt zu Anklagen wurden. Kann man das Lied auch so sehen:

»Stille Nacht ...«?

Die Stille, die wie ein Würgegriff ist ...

Die vergangenen Monate hatten Habicht auf keine Spur geführt. Er war nach einer Liste, die sämtliche Bars, Discos und andere Vergnügungsstätten enthielt, von Lokal zu Lokal gezogen. Überall, wo er das Foto zeigte – ein Kopfschütteln als Antwort. Unbekannt. Nie gesehen. War nie bei uns. Wer soll das sein?

»Eine Mörderin«, erwiderte Habicht. »Sie hat meinen Sohn Robert und meine Frau Gerda umgebracht.«

»Schrecklich! Die Frau sieht so toll aus! Gar nicht wie eine Mörderin.«

Und überall gab man Habicht aus Mitleid einen Drink aus. Viermal ließ er sich danach mit einem Taxi nach Hause bringen, betrunken und abgeschlafft. Wann war er jemals dem Alkohol unterlegen? Zuletzt als Student. Da wurde bis zum Umfallen gesoffen, aber schon als Referendar zog er sich aus der Kneipe zurück und orientierte sich am biederen Bürgertum. Selbst in die Münchner Biergärten konnte ihn nur Dr. Heimes entführen, und das selten genug. »Was soll ich unter schwitzenden, grölenden Männern?« hatte Habicht immer abgewehrt. »Dazu ist mir meine Zeit zu wertvoll.« Wie gerne hätte Gerda Habicht mal in einem Biergarten ein paar Weißwürste oder ein Eisbein mit Sauerkraut gegessen. Habicht hatte nie danach gefragt. Jetzt aber nahm er jeden Drink an, zumal er ihm geschenkt wurde.

Zwangsläufig besuchte er auch das Toscana. Es stand ziemlich unten auf seiner alphabetischen Liste. Natürlich geriet er zunächst an Bolo, den Stier mit dem Gehirn eines Hahns. Bolos geübter Blick ordnete ihn sofort ein: Mittelalter, gepflegt, Ehemann auf Lusttour, Mäuse genug in der Tasche.

Tür auf.

Das barbusige Garderobenmädchen nahm Habicht den Mantel ab. Draußen war es feuchtkalt, richtiges Novemberwetter. Ohne Aufforderung legte Habicht dreißig Mark als Eintrittsgeld auf die Theke. Darin hatte er jetzt Erfahrung gesammelt.

»Braun, rot oder blond?« fragte Bolo beflissen. »Deutsch, russisch oder thailändisch?«

»Den Geschäftsführer, bitte.«

Bolo zog den Kopf ein und eilte davon. Sein Instinkt sagte ihm, daß von dem neuen Gast kein großer Umsatz zu erwarten war. Habicht lehnte sich gegen die Wand und wartete. Er hatte in dieser Nacht schon vier Besuche hinter sich, das bedeutete vier Drinks. Er war in eine aufgeheizte Stimmung geraten. Auch im Toscana erwartete er keine Information; schon das entblößte Mädchen in der Garderobe schien zu beweisen, daß Robert in solchen Kreisen nicht verkehrt hatte. Habicht wollte schon wieder gehen und hatte seinen Mantel verlangt, als Salvatore durch die Schwingtür in den Vorraum kam.

»Sie wollten mich sprechen, Signore?« fragte er höflich. »Ich bin der Geschäftsführer.«

»Es hat sich, glaube ich, erledigt.« Bolo half Habicht in seinen Mantel. »Ich habe mich geirrt.«

»Im Toscana irrt sich niemand, Signore. Wir haben für jeden Geschmack die richtige Speise. Wir kennen keinen unzufriedenen Gast.«

»Es war ein Irrtum.«

Salvatore blieb höflich und geschmeidig. Er hatte täglich Begegnungen mit komischen Käuzen, deren Wünsche manchmal ins Absurde abglitten. Er erinnerte sich an einen Gast, der ihm mit einem Tausendmarkschein vor der Nase herumgewedelt und gefragt hatte:

»Hast du eine Zweizentner-Wumme mit grünen Haaren hier?«

Natürlich hatte Salvatore so etwas nicht in seiner Kollektion, aber er hatte geantwortet: »Wir werden Ihren Wunsch erfüllen, Signore ... nur ein wenig Geduld.« Und dann hatte er herumtelefoniert und präsentierte eine Dame mit 211 Pfund Gewicht, allerdings mit lila Haaren, Der Gast war trotzdem sehr zufrieden. Er war übrigens ein in München sehr bekannter Industrieller.

»Sie suchen ein Lokal mit unzufriedenen Gästen?« sagte Salvatore jetzt. Verrückte muß man schonend behandeln. »Das wird ein Problem werden, Signore.«

»Ich suche eine Frau.«

»Eine unzufriedene Frau?«

»Reden Sie nicht solch einen Blödsinn!« Habicht holte das Foto aus der Tasche. »Ich suche diese Frau. Aber da bin ich hier am falschen Platz.«

Salvatore starrte auf Ulrikes Gesicht. Vorsicht! Vorsicht!

Wer ist der Kerl? Ein Bulle tritt anders auf. Außerdem sucht die Polizei mit einem lächerlichen Phantombild. Hier aber ist ein Foto der wirklichen Ulla. Ein sehr gutes sogar.

Salvatore spürte die Gefahr. Das muß der Chef entscheiden, dachte er. Ich gehe in Deckung und schraube schon mal den Schalldämpfer auf die Pistole.

»Kennen Sie diese Frau?« fragte Habicht, wie so oft in den vergangenen Wochen.

»Nie gesehen.«

»Ich habe auch keine andere Antwort erwartet.« Hubert streckte die Hand aus, aber Salvatore gab das Foto nicht her.

»Sie sollten das Foto mal dem Chef zeigen«, sagte er.

»Sie sind nicht der Chef?«

»Ich leite das Toscana, aber der Besitzer ist Signore von Gleichem.«

»Ist er im Haus?«

»Zufällig ja.«

»Dann bringen Sie mich zu ihm.«

»Ich werde sehen, ob das möglich ist.«

Salvatore verschwand wieder hinter der Pendeltür. Aus dem Lokal wehte Musik heraus. Kein Jazz, keine progressive Hämmerei, sondern eher romantische Klänge. Wer in einer Nische mit einem hübschen willigen Mädchen sitzt, mag es zärtlich.

Habicht brauchte nicht lange zu warten, Salvatore war schnell wieder da. Die Pistole steckte bereits hinten in seinem Hosenbund. Ein Toter mehr belastete nicht, im Gegenteil, er reinigte die Luft.

»Kommen Sie mit, Signore«, sagte er, ging voran, führte Habicht durch die Bar mit den barbusigen Kellnerinnen, klopfte an die Tür des Büros und stieß sie auf. Hinter seinem Schreibtisch erhob sich von Gleichem. Der erste musternde Blick verriet ihm sofort, wer der Besucher war. Er wies auffordernd auf einen der Sessel.

»Von Gleichem«, stellte er sich vor. »Bitte, nehmen Sie Platz, Herr ...«

»Habicht.«

Also doch. Richtig geraten. Roberts Vater. Von Gleichem empfand die Situation als sehr außergewöhnlich und pikant. Der Vater eines Ermordeten sitzt dem Mordauftraggeber gegenüber und hat keine Ahnung. Und der Mörder steht hinter der Tür und wartet auf ein Signal.

»Sie suchen eine Frau?« begann von Gleichem das Gespräch. »Sie haben ein Foto von ihr, sagt mein Mitarbeiter Brunelli. Kann ich es einmal sehen?«

»Bitte.« Habicht holte das Foto aus der Tasche und reichte es von Gleichem über den Tisch.

»Eine wunderschöne Frau«, sagte dieser. »Ein sehr gutes Foto. Warum suchen Sie diese Madonna?«

»Sie hat zwei Menschen auf dem Gewissen.«

»Aber nein!«

»Meinen Sohn Robert und meine Frau Gerda.«

»Unglaublich!« Von Gleichem drehte das Foto zwischen seinen Fingern. Zum erstenmal hörte er, daß Ulrike eine Frau getötet haben sollte. Er hielt das für unmöglich. Ulrike war vieles zuzutrauen, aber nie ein Mord. »Diese Frau hat Ihre Gattin erschossen?«

»Ich habe nicht gesagt, erschossen, sondern getötet. Meine Frau starb an dem Schock, den der Tod unseres Sohnes Robert auslöste. Es war ein indirekter Mord.«

Von Gleichem atmete auf. »Ich habe von der Tragödie Ihres Sohnes in der Zeitung gelesen«, sagte er und gab seiner Stimme einen bedauernden Klang. »Mein Beileid. Es muß für Sie fürchterlich gewesen sein.«

»Ich habe das Gestern abgestreift ...«

»Darf ich Ihnen einen Cognac anbieten, Herr Habicht?« Von Gleichem holte die Flasche aus seinem Schreibtisch. »Ein dreißig Jahre alter Prince de Polignac.«

»Ich sage nicht nein.« Habicht zeigte auf das Foto, das auf dem Tisch lag. »Sie haben diese Frau noch nie gesehen?«

»Da muß ich passen.« Von Gleichem goß den Cognac ein. Er nahm das Foto wieder in die Hand und blickte Ulrike an. Ja, das ist sie. Ein sehr gutes Bild, viel besser als die Aufnahme, die Lok in ganz Deutschland verteilt hatte. »Dieser Frau traut man alles zu, nur keinen Mord. Vor allem nicht nach einer solchen Widmung: Wir gehören zusammen. Das ist eine Liebeserklärung für die Ewigkeit.«

»Eine bewußte Täuschung. Eine Lüge. Sie hat meinen Sohn Robert mit Ecstasy vollgepumpt, zum willenlosen Hampelmann gemacht, dann muß es Streit gegeben haben, weil eine neue Freundin Ecstasy genommen hat und daran gestorben ist. Mein Sohn Robert wird dieser Frau hier mit Enthüllungen gedroht haben, und da sah sie als einzigen Ausweg den Mord! So hat es die Kriminalpolizei rekonstruiert, und auch ich glaube an diese Version.«

»Und nun suchen Sie diese Frau? Warum?«

»Können Sie sich diese Frage nicht selbst beantworten?« Habicht stürzte den Cognac in einem Zug hinunter.

»Sie sehen nicht aus wie ein blutiger Rächer, Herr Habicht.«

»Mein Äußeres mag geblieben sein, aber innerlich bin ich ein neuer Mensch.«

Von Gleichem legte das Foto wieder auf den Tisch. Es ist das einzige wirklich deutliche Bild von Ulrike. Nur wer dieses Foto besitzt, hat eine Chance, sie zu finden. Ein Foto, das unbedingt in die Hand von Lok gehörte.

»Ich könnte Ihnen vielleicht helfen«, sagte Franz von Gleichem.

»Aber Sie sagten eben ...«

»Nein, ich kenne sie nicht ... Aber außer dem Toscana besitze ich in München und Umgebung vierzehn Nachtlokale. Da könnte ich das Foto herumwandern lassen. Vielleicht kennt eines der Mädchen oder die Bedienung diese Frau. Lassen Sie mir das Foto hier.«

»Nein.« Habicht griff schnell nach der Fotografie und steckte sie ein. »Ich gebe es nicht aus der Hand. Geben Sie mir die Adressen Ihrer Lokale, ich frage selbst nach. Seit fünf Monaten tue ich nichts anderes. Niemand kennt sie! Und das glaube ich nicht. Eine solche Frau fällt auf ... Vor allem in der Ecstasy-Szene muß sie bekannt sein.«

Wie wahr! Die Gefahr war greifbar. Von Gleichem erkannte seine Lage mit aller Klarheit: Wenn dieser Habicht mit dem Foto wirklich eine Spur von Ulrike fand, war es sicher, daß sie alles aufdecken, daß sie um ihr Leben reden würde.

Das Foto durfte nicht mehr im Besitz von Habicht bleiben.

Und es gab nur zwei Möglichkeiten, es an Lok zu übergeben: Entweder tötete Salvatore Habicht lautlos hier im Büro – oder man überließ es Lok, an das Foto zu kommen. Das kam im Endeffekt auf das gleiche heraus, aber man behielt die Finger sauber. Von Gleichem entschloß sich sofort, Habicht an Lok auszuliefern. Die Stahlschlingen-Methode schien ihm am elegantesten zu sein.

»Ich gebe Ihnen die Adressen meiner Betriebe«, sagte von Gleichem zuvorkommend. Für ihn war Habicht bereits nicht mehr existent. »Und ich wünsche Ihnen den Erfolg, den Sie brauchen. Nur ... ich zweifle daran.«

Habicht erhob sich aus dem Sessel. »Ich habe Zeit. Ich bin mit 48 Jahren noch kein alter Mann. Ich kann warten, weil ich weiß, daß ich einmal, wann auch immer, dieser Frau gegenüberstehen werde. Ich bedanke mich für den Cognac.«

Salvatore begleitete Habicht bis vor die Tür und wartete, bis er abgefahren war. Die Pistole drückte in seinem Hosenbund, weil der Schalldämpfer zu lang war. Bolo verschloß wieder die eisenbeschlagene Tür.

»Wer war denn das?« fragte er.

»Ein Toter.«

Bolo verzichtete auf weitere Erklärungen. Man soll Salvatore Brunelli nicht zuviel fragen ...

In seinem Büro dachte von Gleichem noch einmal kurz nach und griff dann zum Telefon.

»Bitte Herrn Lok!« sagte er, als sich eine helle Mädchenstimme meldete. »Es ist wichtig.«

Wider alle Erwartung verharrte Lok in Schweigen.

Er ließ nicht Hua Dinh Son aus dem polnischen Wolomin nach München kommen, um seine Stahlschlingenkunst auszuüben ... Er brauchte ihn an anderer Stelle. Über die holländische Grenze bei Limburg kamen aus den heimlichen Labors in Nordbrabant Hunderttausende von Ecstasy-Pillen nach Deutschland, Belgien und Frankreich und überschwemmten den Markt. Wie gefährlich diese Konkurrenz war, illustrierte ein einziger Fall: Fahndern gelang es auf einen Tip hin, ein geheimes High-Tech-Labor auszuheben, bei dem allein an Grundstoffen für die Herstellung von Ecstasy Mittel im Wert von 23 Millionen Mark beschlagnahmt wurden. Die hergestellten Pillen waren von einer hervorragenden Qualität, bei weitem nicht so unsauber wie die polnische Ware. Auch die Namen hatten einen gewissen Reiz, vor allem bei den Jugendlichen: Adam, Eva, Spatz, Popey, Häuptling, Dino und Herzpfeil. Die Dealerkolonnen waren bestens organisiert, der Absatz ein Millionengeschäft. Lok erkannte es mit aller Klarheit: Wenn diese Ware bis nach Bayern vordrang, würde sie die Öko-Pyramide verdrängen. Die Gefahr wuchs mit jedem Tag.

Die vietnamesische »Geschäftsleitung«, in der Lok nur einer der Direktoren war und deren Sitz in Monaco lag, beschloß daher, Hua Dinh Son an die deutsch-holländische Grenze zu schicken. Man nennt solche Aktionen »Marktbereinigungen« oder »Konzentrationen«, und sie gehören zum üblichen Management.

In Wolomin hatte Son seine Übungen im Keller wieder aufgenommen. Ein neuer Holzkopf war hinzugekommen, schmaler als die anderen, mit dünnerem Hals und einer langhaarigen Perücke auf dem Schädel. Ein Frauenkopf. Der unbekannte Anrufer hatte ihm den Tip gegeben, daß es möglich sein könnte, auch eine Frau dem ewigen Wind zuzuführen.

Son stellte keine Fragen, aber es widerstrebte ihm, Frauen mit eigener Hand zum Glück der Wiedergeburt zu verhelfen. Damals mit Nungjei war das anders gewesen. Son hatte sie nur ins Meer gestoßen. Daß sie nicht schwimmen konnte, war ihr Fehler gewesen. Er hatte sie, nach seiner Auffassung, nicht getötet, sondern ihr nur einen anderen Weg gewiesen.

Trotz einer inneren Abwehr begann Son mit den Übungen. Die langen Haare einer Frau stellten ein Hindernis dar. Sie waren wie ein Polster, das ein schnelles Zuziehen behindern konnte. Das aber war die Kunst des Blitztodes: kein Laut, kein Umsichschlagen, wie es bei Nichtskönnern vorkam, kein Aufbäumen, es mußte wirklich wie ein Blitzschlag sein. Ein Sekundentod. Bei Männern hatte Son noch nie Probleme gehabt, bei Frauen fehlte ihm jede Erfahrung.

Also üben, üben, üben! Ein schlanker, gebogener, längerer Hals braucht eine Spezialschlinge, dünner und kürzer, beweglicher und leichter. Damit umzugehen, mußte man lernen. Von hinten über den Kopf werfen, dann ein kräftiger Ruck mit gleichzeitigem Zuziehen. Das hört sich einfach an, aber Son begann zu fluchen.

Die langen Haare, diese verdammten langen Haare! Sie bremsten wirklich.

Tagelang warf Son seine Schlingen um den schmalen Holzkopf. Oft setzte er sich resignierend auf einen Stuhl zwischen seine Köpfe und fragte sich, ob es nicht besser und sicherer sei, von hinten mit einem fein geschliffenen Messer die Kehle durchzuschneiden. Dabei würde allerdings viel Blut fließen, und Blut hatte Son von jeher verabscheut. Er hatte in Vietnam zuviel davon gesehen und an seinen Händen kleben gehabt.

Nur kurz, wirklich nur ganz kurz dachte er daran, seine Geschicklichkeit an seiner Frau Marika auszuprobieren, aber dann verwarf er diesen Gedanken. Bei einem gespaltenen Kehlkopfknorpel konnte man schlecht behaupten, Marika sei an einem Herzinfarkt gestorben. Man konnte sie hinterher nur noch aufhängen und erklären, sie sei immer unglücklich gewesen und hätte vom Tod gesprochen. Vor allem ihr linker Klumpfuß hätte sie über Jahre hinweg depressiv gemacht. Eine wahre Tragödie.

Für Son war das alles zu kompliziert. Man soll vor einer Gefahr weglaufen, aber sie nicht ins Haus holen. Darum weiter üben, immer üben; ein Frauenhals ist ein Kunstwerk der Natur.

Hua Dinh Son war deshalb sehr erfreut, als ihm die fremde Stimme eines Tages befahl, an die holländische Grenze zu fahren. Im Hotel Kerkenhof würden die üblichen Informationen liegen. Honorar: 7000 Dollar.

Die Summe löste bei Son große Freude aus. Er kochte ein Huhn auf vietnamesische Art, wärmte eine Flasche Pflaumenwein, zündete acht Räucherkerzen an, weil acht eine Glückszahl war, das hatte er von den Chinesen erfahren, und berichtete seiner Marika jubelnd: »Wir werden ein großes Geschäft machen. Holz aus dem Norden! Ich werde morgen für zehn Tage verreisen.«

Marika fragte nicht nach Einzelheiten, sie hatte das nie getan. Sons Reisen hatten immer Geld gebracht, und das war wichtig. Und ab und zu brachte er auch ein Schmuckstück mit, einmal sogar einen Rosenkranz aus rosa Quarz.

Marika war eine gläubige Katholikin und fehlte an keinem Sonntag in der Kirche.

Das alles war Franz von Gleichem unbekannt. Er wunderte sich nur, daß Lok die Tatsache, daß Dr. Habicht mit einem Foto nach Ulrike suchte, so gelassen hinnahm.

Über den »Fall Robert Habicht« hatte sich Schweigen gelegt. Längst gab es wichtigere Sensationen für Presse und Fernsehen. Prominente Steuersünder wurden unter die Journalistenlupe genommen, das Volk empörte sich über die geschröpften Lohntüten mit dem Weihnachtsgeld, Scheidungen von Berühmtheiten sorgten für Häme, die Pleitewelle animierte viele zu Protestmärschen, in Brüssel stritt man sich um so elementare Dinge wie den Krümmungsgrad der Bananen oder genmanipulierte Kartoffeln. Ein bekannter Filmschauspieler wurde in der Karibik nackt fotografiert und verklagte den Fotografen, was die Zeitungen zu dem Kommentar reizte: *Soviel Lärm um ein Würstchen.* Die Affäre Habicht war vergessen.

Große Verwunderung herrschte auch in den Dezernaten von Wortke und Reiber. Die Verbreitung des Phantombildes war ein blamabler Schlag ins Wasser gewesen.

Natürlich hatten sich eine Menge »Zeugen« gemeldet, aus ganz Deutschland, nachdem das Fernsehen dazu aufgerufen hatte. Die Kriminalpolizei zählte 176 Hinweise, die allesamt unbrauchbar waren. Die geheimnisvolle Frau wollte man in Berlin, Hamburg, Hannover, Saarbrücken, Emden, Lübeck, Würzburg, Stuttgart und Leipzig gesehen haben. Sogar aus der Lüneburger Heide kam eine Meldung: »Diese Frau hat gestern im Supermarkt Brot, WC-Reiniger und vier Brühwürstchen gekauft.«

»Es ist zum Kotzen!« rief Wortke enttäuscht und deshalb wütend. »Es muß doch unter fast achtzig Millionen Deutschen einen geben, dem das Gesicht dieser Frau aufgefallen ist. Und Bekannte muß sie auch haben; sie hat ja nicht in einer Höhle gelebt. Sie hat eine Wohnung, hat eingekauft, war beim Friseur, muß Freundinnen haben ...«

»Die werden die letzten sein, die sich melden. Wer will in einen Mordfall verwickelt werden«, gab Reiber zu bedenken.

»Von Mord steht nichts unter dem Bild! Das kann also keiner wissen.«

»Aber wer öffentlich gesucht wird, dazu noch von der Polizei, ist eine Person, von der man die Finger läßt.« Reiber konnte Wortke verstehen; auch er war voller Hoffnung gewesen, als Bademeister Pulver eine so genaue Beschreibung der unbekannten Frau geliefert hatte. Wortke hatte den Bademeister sogar noch einmal ins Amt bestellt und gefragt:

»Sieht sie wirklich so aus, wie wir sie im Computer rekonstruiert haben?«

»Genau so!« Pulver war fast beleidigt. »So eine Frau behält man doch im Gedächtnis!«

Dagegen wußte auch Wortke kein Argument. Aber der Fehlschlag zerrte an seinen Nerven. »Ich bin 43 Jahre alt«, sagte er voller Selbstanklage. »Da ist man doch noch nicht verkalkt! Ich frage mich immer wieder: Was habe ich falsch gemacht? Was habe ich übersehen?«

»Nichts, Theo.« Reiber wußte auch nicht, wie man Wortke trösten könnte. »Es lief alles routiniert ab, wie immer.«

»Routiniert ... das war eben zu wenig! Wir sind ins Leere gelaufen! Wir haben den Schlüssel in der Hand, aber er dreht sich nicht im Schloß! Diese Frau ...«

»Ist das dein einziger schwebender Fall? Doch wohl nicht.«

»Die Aufklärungsquote der Münchner Mordkommission liegt bei 83 Prozent. Aber die fehlenden 17 Prozent hängen an mir wie Blei. Kaum ein Fall ist klarer als diese Ecstasy-Affäre, alles paßt zueinander ... Nur diese verfluchte Frau fehlt uns. Dann haben wir auch den Mörder! Mir will einfach nicht in den Kopf, daß niemand diese Frau kennt. Das gibt es einfach nicht!«

»Vielleicht sieht sie doch anders aus?« Reiber hatte schon lange diesen Verdacht gehegt, aber nach Pulvers zweiter Aussage wieder fallenlassen. Wortke fuhr herum wie angestochen.

»Das wäre eine Katastrophe! Denk nicht an so etwas!« Aber plötzlich wurde er ganz still und sank auf seinen Stuhl zurück. »Das ist es«, sagt er, überwältigt von seiner Erkenntnis. »Genau das ist es!«

»Was?«

»Wir waren zu gutgläubig. Peter, wir haben versagt! Wir haben uns nur auf diesen Toni Pulver gestützt, den Mann, der Habichts Geliebte kannte. Aber wenn er sie im Bad gesehen hat und wenn sie eine so auffallende Erscheinung war, haben auch andere sie gesehen. Und die haben wir zu verhören vergessen. Die Bedienungen im Restaurant, die Leute an der Kasse, die anderen Bademeister, die Eisverkäufer ... Was sind wir doch für Idioten! Stümper sind wir! Versager nach zwanzig Dienstjahren! Wir sind unser Gehalt nicht wert!«

»Die Verhöre können wir sofort nachholen.«

»Kluges Jüngelchen.« Wortke lachte bitter auf. »Jetzt ist Winter. Das Bad ist geschlossen. Der Eisverkäufer verkauft jetzt irgendwo gebrannte Mandeln oder heiße Kastanien.«

»Dafür ist die Eisbahn offen, das Restaurant läuft weiter, und an der Kasse sitzen dieselben Leute.«

»Und die Spur ist inzwischen kalt.« Wortke erhob sich und holte seinen Mantel aus dem Schrank. »Versuchen wir es trotzdem.«

In der ersten Dezemberwoche hatte Habicht alle Betriebe besucht, die von Gleichem ihm aufgeschrieben hatte. Er hatte die Liste per Post geschickt, was Habicht als sehr kooperativ empfand. Telefonisch bedankte er sich für die Hilfe.

»Aber das ist doch selbstverständlich«, hatte von Gleichem abwehrend geantwortet. »Wo ich Ihnen helfen kann, setze ich mich ein. Ich habe die einzelnen Geschäftsführer schon informiert und Ihren Besuch angekündigt. Viel Glück.«

Natürlich lief Habicht offene Türen ein. Überall Kopfschütteln, Achselzucken, Bedauern. Zu lügen brauchte niemand ... Man kannte diese Frau wirklich nicht. Erstaunt war nur von Gleichem, daß Lok sich so still verhielt und keine Anstrengungen unternahm, in den Besitz des Fotos zu kommen.

Um so aktiver zeigte sich die vietnamesische »Geschäftsgruppe« an der deutsch-holländischen Grenze. Das Landeskriminalamt Nordrhein-Westfalen mußte eine Sonderkommission ASIA bilden. Im Bereich der Städte Mönchengladbach, Viersen, Krefeld, Geldern, Nettetal, Emmerich und Goch, also entlang der Niederländischen Grenze, wurden Deutsche und Holländer in Gebüschen, an Bahndämmen oder unter einer Rheinbrücke gefunden, erwürgt mit einer Stahldrahtschlinge. Ein Hinweis des BKA auf ähnliche Morde in München löste Alarm beim LKA aus. Asiatische Mafia im Rheinland – und keinerlei Hinweise auf ein Motiv. Die Getöteten waren harmlose Bürger, sogar ein Architekt und ein Facharzt für Homöopathie waren darunter. Ein Holländer war sogar ein angesehener Fabrikant und Chemiker: Er besaß in Tilburg eine chemische Fabrik, wie die Kollegen der Kripo von Tilburg mitteilten, und stellte Düngemittel her. Ein reicher Mann mit vielen Verbindungen bis hinauf in die Ministerien in Den Haag. Ein Wohltäter, der Kinderheime und Sportstadien bauen ließ und sogar ein Sinfonie-Orchester finanzierte. Es mußte hauptsächlich Bruckner spielen. Warum dieser Mann ermordet wurde – ein absolutes Rätsel! Er lebte nur unter Freunden. Natürlich gab es Neider, wie jeder Erfolgreiche von den weniger Tüchtigen bespuckt wird, aber zu einem Mord reichte dieser Neid nicht aus. Vor allem aber war eine Frage unlösbar: Warum wurde er auf asiatische Art umgebracht? Oder war es ein Nachahmungstäter, den die Münchner Morde angeregt hatten, auf diese seltene Art zu töten?

Aber sieben Opfer auf einmal? Ein Massenmord mit Ablenkungscharakter? Und warum gerade diese sieben Männer, die einander völlig unbekannt waren, sich nie gesehen oder gesprochen hatten? Auch als vom bayerischen LKA Informationen eingingen, man vermute, die Münchner Morde könnten im Zusammenhang mit Ecstasy stehen, konnten die rheinischen Kollegen nur Zweifel anmelden. Was haben ein Architekt, ein Arzt und ein Düngemittelfabrikant mit Ecstasy zu tun? Auch die vier anderen Toten übten unverdächtige bürgerliche Berufe aus – einer war Bäckermeister –, und gaben keinen Anlaß, bei ihnen kriminelle Hintergründe zu vermuten.

Hua Dinh Son hatte hervorragende Arbeit geleistet. Nicht nur die 7000 Dollar, die wie immer in einem Kuvert in seinem Hotel abgegeben worden waren, erfreuten ihn, nein, er war stolz auf sich selbst und auf die Perfektion seines Tötens. Das machte ihm keiner nach, darin war er wie ein Weltmeister. Nur wurde er bisher nicht wie ein Weltmeister bezahlt. Das wollte er in Zukunft ändern, die neuen Aufträge sollten das Doppelte bringen. Für ihn gab es keinen Ersatz.

Der Erfolg der ASIA-Morde, wie die Sonderkommission sie getauft hatte, zeigte sich schnell, ohne daß die Kriminalpolizei es merkte: Der Zustrom von Ecstasy-Pillen aus Nordbrabant und Limburg wurde deutlich geringer. Nach dem siebenten Mord ließ er völlig nach. Kein Abnehmer wagte sich mehr zu den heimlichen Übergabestellen. Sons Stahlschlinge erwürgte auch den Export. Dafür erhielt ein Dr. van der Lorre, der in Breda einen Blumen- und Gemüsegroßhandel besaß und mit zweiundzwanzig Lastwagen Frischware nach Deutschland karrte, einen sehr höflichen Anruf.

Eine wegen des Akzents etwas fremdländisch klingende Stimme sagte in einwandfreiem Deutsch:

»Herr Dr. van der Lorre, wir schlagen Ihnen ein Geschäft vor.«

Van der Lorre trommelte mit den Fingern auf seine Schreibtischplatte. Diese höfliche Stimme empfand er als sehr unangenehm. »Wer sind Sie?« fragte er abweisend.

»Jemand, der die Möglichkeit hätte, Ihre zweiundzwanzig Trucks mit Panzerabwehrraketen in die Luft zu jagen.«

Van der Lorre schwieg. Er wußte plötzlich, daß er sich mitten in einem Krieg befand, einem Krieg, wie er erbarmungsloser nicht sein konnte.

»Sie ... Sie haben die sieben Morde veranlaßt ...«, sagte er und bemühte sich, seinen schweren Atem zu unterdrücken.

»Und es könnte noch einen achten geben. Einer Stahlschlinge widersteht auch Ihr Hals nicht.«

»Sie können mir keine Angst einjagen! Keiner kann das. Ich habe ständig vier Bodygards um mich. Mein Wagen ist gepanzert.«

»Wir wissen das alles, Herr Dr. van der Lorre.« Die höfliche Stimme wurde für Lorre jetzt widerlich. »Warum sollen wir es auf einen Versuch ankommen lassen? Man kann sich doch einigen. In aller Freundschaft ...«

»Sie wollen bei mir in den Fruchthandel einsteigen? Oder wollen Sie asiatische Naturalien über meine Firma in Europa vertreiben? Ich nehme an, Sie sind Asiat ...«

»Mir war bisher nicht bekannt, daß Holländer einen außergewöhnlichen Humor besitzen, vor allem in Ihrer Lage. Sprechen wir doch in aller Klarheit: Wir sollten über Ecstasy reden.«

»Über was?« Van der Lorre gab seiner Stimme den Klang maßlosen Erstaunens. Gleichzeitig aber wurde ihm bewußt, daß der Anrufer bis ins Detail über die Geschäfte seiner Firma, der Flora-Exportes, informiert war.

Die freundliche Stimme wurde etwas härter, die ölige Sanftheit verschwand.

»Jeden Morgen fahren Ihre zweiundzwanzig Lastzüge, davon siebzehn Kühlwagen mit verderblicher Ware, unkontrolliert über die Grenze. Früher hatten Sie eine Ausnahmegenehmigung des Zolls und damit freie Fahrt, heute ist Holland Mitglied der EU und der Staaten des Schengener Abkommens. Das heißt: offene Grenzen. Und mit jedem Ihrer Trucks kommen außer Frischgemüse und Blumen auch Millionen Ecstasy-Tabletten nach Deutschland, Belgien und Frankreich und von dort nach ganz Europa. Ihre Zulieferer sind illegale Labors in Ihrem Land, auch eine Düngemittelfabrik bei Tilburg, deren Besitzer, Herrn Schouwendijk, wir leider in den vorzeitigen Ruhestand schicken mußten, als Warnung für Sie und Ihre Freunde. Ich nehme an, daß Sie Ihre Partner nach unserem Gespräch sofort verständigen werden. Das ist ganz in unserem Sinne; deshalb haben wir uns auch der Mühe unterzogen, sieben deutliche Zeichen zu setzen. Verstehen wir uns, Herr van der Lorre?«

»Ich verstehe Ihre Worte, aber nicht den Zweck.« Lorre zündete sich nervös, mit bebenden Fingern eine schmale lange Zigarre an, aus deren Mundstück er vorher einen Strohhalm zog. Eine Virginia. »Wollen Sie mich erpressen?«

»Erpressen? Wir sind – wie Sie – Geschäftsleute. Ein internationales Unternehmen mit vielen Filialen, auch in Amsterdam, Rotterdam und Utrecht. Wir operieren weltumspannend. Deshalb sind wir sicher, daß es für Sie eine Freude sein muß, mit uns zu kooperieren ...«

»Ich sehe dazu keinen Anlaß!« sagte van der Lorre mutig. »Und was Sie da von Ecstasy phantasieren – geradezu lächerlich!«

»Morgen früh werden an der Grenze von Venlo zwei Ihrer Kühlwagen explodieren. Sie werden jetzt, nach unserer Ankündigung, kein Ecstasy geladen haben, und das brauchen Sie auch nicht. Uns kommt es nur darauf an, Ihnen zu beweisen, daß wir jederzeit und überall Ihre Trucks zerstören können. Auch wenn Sie andere Routen fahren werden, es sind sinnlose Umwege. Jeder Ihrer Lastzüge wird von uns unsichtbar begleitet.«

Van der Lorre sog an seiner Virginia und blies den Rauch senkrecht gegen die Decke. Es gab kein langes Nachdenken mehr, diesen Krieg hatten die Asiaten schon gewonnen. Entweder Vernichtung oder weiße Fahne ... Lorre entschloß sich, erst einmal in Verhandlungen zu treten, um überhaupt den Umfang der »Geschäftsbeziehung« zu erfahren.

»Was wollen Sie? Was schlagen Sie vor?«

»Wir sehen, daß die Vernunft noch immer die beste Basis für ein gutes Gespräch ist. Wir dachten an eine ganz einfache Teilung.«

»Ich kann mir darunter nichts vorstellen.«

»Weil Sie noch zu kompliziert denken. Wir werden Partner zu gleichen Teilen.«

»Ich erkenne keine Notwendigkeit dazu.«

»Die Notwendigkeit läßt sich an einer Umformung des Marktes erkennen. Sie liefern Ecstasy in verschiedener Pillenform und Zusammensetzung, je nach Labor. Wir stellen her, Öko-E! Nicht als Tablette gepreßt, sondern als Pulver, geruch- und geschmacklos. Dieses Öko-E besteht aus Substanzen, die nicht verboten sind, die man zum Beispiel in den USA in jedem Shop kaufen kann, auch in europäischen Drogerien. Reine Naturprodukte, die niemals verboten werden können, denn dann müßte man den Reform-Markt völlig einstellen.«

»So etwas gibt es nicht!« Van der Lorre schüttelte den Kopf. Dieser Anrufer war ein Spinner, anders war es nicht zu erklären. Er hängte sich an die sieben Morde an, um die Angst auszunutzen. Ein typischer Trittbrettfahrer. Man konnte darüber nur lächeln. »Sie stellen Ecstasy aus getrockneten Pflaumen her?« Spott troff förmlich aus seiner Stimme. »Stehlen Sie mir nicht meine Zeit!«

»Es kommt auf die Mischung an. Wir füllen das Pulver in kleine, bunt bedruckte Papierpyramiden.«

»Und nennen Sie Aida oder Ramses.« Van der Lorre unterdrückte ein Lachen. Papierpyramiden! Ein Verrückter! »Können wir das Gespräch beenden?«

»Wir haben erst die Mitte erreicht.« Die höfliche Stimme wurde wieder ölig. »Wir denken uns die Partnerschaft im einfachsten Sinne: Sie übernehmen fünfzig Prozent vom Vertrieb unserer Pyramide, wir übernehmen fünfzig Prozent Ihrer bald veralteten Ware. Den Gewinn teilen wir uns.«

»So einfach ist das?« sagte van der Lorre spöttisch. »Ich habe aber nicht ein halbes, sondern ein ganzes Gehirn, und das behalte ich. Es war amüsant, Ihre Phantasien anzuhören.«

Damit legte er auf. Aber er ergriff sofort Schutzmaßnahmen. Irre können gefährlich werden. Und asiatische Irre muß man als eine akute Gefahr ansehen. Ob Chinesen – oder wer sonst sich hinter diesem Pyramidenunsinn versteckte, sie besaßen die unheimliche Macht, aus dem Dunkeln zu zerstören.

Van der Lorre verstärkte seine Bodygard-Truppe und rüstete sie mit den besten und modernsten Maschinenpistolen aus. Es war für ihn keine Schwierigkeit, sie zu beschaffen. Aber es blieb still in Breda. War alles nur ein Bluff gewesen?

Drei Wochen vor Weihnachten gaben die Anrufer ihre Visitenkarten ab: Drei Lastwagen der Firma Flora-Exportes explodierten jenseits der deutschen Grenze noch auf holländischem Gebiet. In Venlo, Roermond und Tegelen. Die Fahrer starben in einer Feuerwand.

Van der Lorre, von ohnmächtiger Wut gequält, wartete auf einen neuen Anruf.

Er war bereit zu verhandeln.

Dagegen suchte in München Franz von Gleichem nach einer Erklärung, warum Lok noch immer diesen Dr. Habicht mit Ulrikes Foto herumlaufen ließ.

»Haben Sie kein Interesse mehr an Ulla?« fragte Franz bei einem der nächsten Telefonate. »Das Foto in Habichts Händen ist eine immerwährende Gefahr. Es ist das einzige brauchbare Foto von Ulla!«

»Die holländische Aktion ist wichtiger. Ulrike ist zweitrangig.«

»Das sehe ich anders. Wenn Sie ...«

»Das ist Ihr Denkfehler, weil Sie Angst haben. Aber die ist unnötig. Wenn Ulrike Sie, Herr von Gleichem, vernichten wollte, hätte sie das in den vergangenen fünf Monaten längst getan. Sie hätte keine Woche nach ihrem Untertauchen gezögert. Aber sie hat geschwiegen. Und sie wird weiter schweigen. Ich sehe in ihr keine Gefahr. Soll Habicht sie ruhig überall suchen. Wir haben ihn im Auge, er wird von uns überwacht, und sollte er Ulrike wirklich finden, werden wir schneller sein als er. Vergessen Sie Ulrike, Herr von Gleichem. Sie spielt bei uns keine Rolle mehr.«

»Trotzdem habe ich ein ungutes Gefühl«, sagte von Gleichem.

»Stimmen Sie es um!« Lok lachte. Er war zufrieden mit den vergangenen Wochen. Der Aufbau des europäischen Netzes zeigte Erfolge. »Wir brauchen keine Gefühle, wir brauchen analytisches Denken.«

Eine Woche vor Weihnachten, an einem Montag, brachte die Post einen dünnen Brief zu Dr. Habicht. Ein billiges, hellblaues Kuvert ohne Absender, die Adresse mit der Schreibmaschine geschrieben, noch nicht einmal frankiert. Habicht mußte das Nachporto bezahlen. Aufgabestempel München, Postamt 1. Früher hätte er solche Post zurückgehen lassen mit dem Vermerk: Annahme verweigert. Aber jetzt reizte ihn die Frage: Wer schreibt mir ohne Absender?

Er riß das Kuvert auf. Es enthielt einen kleinen Zettel, ein Stück von einem linierten Schulheft, auf dem nur wenige Sätze standen, ebenfalls mit einer Maschine geschrieben:

Sie waren vor einiger Zeit bei uns und haben ein Foto gezeigt. Wir haben Sie belogen. Wir kennen diese Frau. Sie heißt Ulrike Sperling. Sie ist nicht mehr in München, sie ist heute in Hamburg. Wir haben Mitleid mit Ihnen.

Keine Unterschrift ... aber Habicht wußte sofort, daß man ihm hier die Wahrheit geschrieben hatte. Ulrike Sperling, jetzt in Hamburg. Dr. Heimes' Vermutung, sie sei längst nicht mehr in München, war damit bestätigt.

Hamburg also. Untergetaucht im Dschungel des Kiez. Aber auch durch einen Dschungel kann man sich durchschlagen. In der Natur nimmt man dazu eine Machete ... Habichts Machete war das Foto. Er steckte den Zettel in seine Brusttasche, rief Dr. Heimes an und fuhr zu ihm in die Praxis. Dort wartete er geduldig, bis der letzte Patient behandelt worden war, und betrat dann die Ordination. Dr. Heimes saß hinter seinem Schreibtisch und füllte eine Patientenkarte aus. Bei Habichts Eintritt blickte er kurz auf und trug weiter die Therapie ein.

»Sie brauchen sich nicht frei zu machen«, sagte er dabei. »Ihr Wurm sitzt im Gehirn.«

Habicht setzte sich auf einen Stuhl und schwieg. Dr. Heimes legte die Karteikarte zur Seite und lehnte sich auf seinem Stuhl zurück. »Beginnt die linke Hirnhälfte zu jukken?« fragte er. »Mein Rat: Güsse mit kaltem Wasser.«

»Julius, ich bin gekommen, um dir zu sagen, daß ich verreise.«

»Eine deiner besten Ideen der letzten Monate.«

»Für längere Zeit vielleicht.«

»Und bitte möglichst weit weg von München.«

»Das ist relativ. Ich fahre nach Hamburg.«

»Hamburg?« Dr. Heimes beugte sich vor. »Was heißt das?«

»Ich weiß jetzt, wer die Frau ist, die Robert und Gerda auf dem Gewissen hat. Sie lebt jetzt in Hamburg.«

»Und dort willst du wie hier von Lokal zu Lokal ziehen und das Foto präsentieren?«

»Ja. Und ich finde sie ...«

»Weißt du, wie lange du in St. Pauli und St. Georgen, und wie all diese Vergnügungsviertel heißen, unterwegs sein wirst? Das ist eine Welt für sich. Dagegen ist München tiefste Provinz. Du wirst es mit Zuhältern und verschiedenen Rotlichtorganisationen zu tun haben, die dich nicht als armen Witwer behandeln, sondern als eine Laus, die in ihren Pelz kriecht. Wie heißt übrigens diese Frau?«

»Das sage ich dir nicht.«

»Bist du ein guter Freund!«

»Ich habe dich im Verdacht, daß du den Namen sofort an die Kripo weitergibst.«

»Ich stelle fest, du hast logisches Denken doch noch nicht verlernt.«

»Wir kennen uns so gut, Julius.« Habicht winkte ab. »Ich wollte dich nur bitten, ab und zu nach meinem Haus zu sehen. Deine Haushaltshilfe kann ja mal lüften, staubwischen, nach der Heizung sehen, dir die Post bringen ...«

»Die ich dir dann ins Hotel nachschicke ...«

»Ich werde in keinem Hotel wohnen. Zu teuer. Ich nehme ein möbliertes Zimmer in St. Pauli.«

Dr. Heimes hob beide Hände und streckte sie nach Habicht aus. »Bleib sitzen, Hubert!« sagte er in beschwörendem Ton. »Bleib ganz ruhig sitzen. Leg die flachen Hände auf deine Knie ... Du bekommst wieder einen paranoiden Anfall ...«

»Ersticke in deinem Sarkasmus!« Habicht sprang auf und ging zur Tür. »Das war alles. Ich dachte, ich hätte einen Freund. Aber du bist eine Giftkröte!«

»Damit liegst du leider falsch!« Dr. Heimes winkte Habicht zu. »Es gibt nämlich keine Giftkröten, es gibt nur Giftfrösche ...«

Türenknallend verließ Habicht die Praxis. Dr. Heimes zögerte. Sollte er die Polizei anrufen? Ihr einen Tip geben? Dr. Habicht kennt den Namen der unbekannten Frau. Sie soll in Hamburg sein ...

Nach langem Überlegen griff er doch nicht zum Hörer. Er kam sich bei diesem Entschluß sehr elend vor. Um sich von diesem inneren Druck zu befreien, flüchtete er in eine Schutzbehauptung: Habicht war als Patient zu ihm gekommen und hatte ihn ins Vertrauen gezogen. Einem Arzt aber ist Schweigepflicht auferlegt wie einem Priester und einem Rechtsanwalt. Jemand kann gestehen: Ich bin ein Fixer, ich hänge an der Heroinspritze, ich bin ein Krimineller ... Es ist ein Geständnis, das mit Schweigen behandelt wird. Ein Arzt ist immer auch der Beichtvater des Patienten.

Mit dieser Erklärung beruhigte Dr. Heimes sein Gewissen und schwieg.

Am nächsten Tag stand Dr. Habichts Villa leer. Er hatte den ersten Flug von München nach Hamburg genommen.

Er war zum Dschungelkämpfer geworden.

Ein kurzer Anruf von Lok schreckte Franz von Gleichem auf.

»Dr. Habicht ist gestern nach Hamburg geflogen«, sagte er, und von Gleichem sah im Geiste wieder das lächelnde Gesicht des Vietnamesen. »Er muß eine Spur aufgenommen haben.«

»Sie glauben, Ulrike hat sich nach Hamburg abgesetzt?«

»Habichts Reise nach Hamburg deutet darauf hin. Er muß eine heiße Information bekommen haben! Von wem, fragen wir uns. Das völlig falsche Phantombild der Polizei war Ulrikes bester Schutz. Von dort kann kein Hinweis gekommen sein. Er muß aus Ihrer Bar gekommen sein, Herr von Gleichem!«

»Unmöglich! Meine Mädchen sind stumm wie Fische.«

»Das wäre schlecht.« Loks Stimme blieb gleichmäßig höflich. »Nach neuen Forschungen können Fische sich verständigen, durch für uns nicht hörbare Laute, durch Flossen- und Schwanzschläge ... Sie sehen, die Welt ist voller Wunder und unentdeckter Tatsachen. Ich rate Ihnen, Ihren Mädchen zu mißtrauen.«

»Ich werde sie gleich in die Zange nehmen!« rief von Gleichem. Der Verdacht, unter seinen Mädchen eine Verräterin zu haben, belastete ihn und machte ihn wütend, aber zugleich unsicher. Hinzu kam die Frage: Warum hat man Habicht den Namen genannt und nicht die Polizei informiert? Eigentlich war es undenkbar, daß aus dem Toscana Intimes an die Öffentlichkeit gelangte.

»Habicht kann doch auch aus ganz harmlosen Gründen nach Hamburg gefahren sein, um dort die Feiertage zu verleben«, gab von Gleichem zu bedenken.

»Ausgerechnet in Hamburg?«

»Warum nicht? Die einen fliegen nach Mallorca oder Teneriffa, andere ziehen die Großstadt vor.«

»Dann hätte er in München bleiben können.«

»In seinem leeren Haus? Mit all den Erinnerungen? Ich wäre an seiner Stelle auch geflüchtet. Eine Flucht vor der Einsamkeit. Man muß sich in die Seele dieses Mannes hineinversetzen.«

Lok schien für Seelenanalysen nicht aufgeschlossen zu sein. »Wir werden ihn Tag und Nacht nicht allein lassen«, sagte er. »Wir werden jeden Schritt mit ihm tun. Wir werden sein Schatten sein. Und findet er Ulrike wirklich, werden wir schneller sein als er. Beruhigt Sie das, Herr von Gleichem?«

»Ich war nie unruhig, Herr Lok. Warum auch?« Von Gleichem freute sich, den nachfolgenden Satz zu sagen. »Im Gegensatz zu Ihnen habe ich keine Angst mehr, wie ich schon sagte, daß Ulrike uns verraten könnte. Sie wird es nie tun!«

»Eine Frau ist wie eine Blume: Von der Knospe bis zum Welken vergeht die Zeit. Sie verstehen?«

»Nein.«

»Der Entschluß einer Frau braucht mehr Zeit als bei einem Mann. Sie speichert mehr und schüttet dann den vollen Trog aus.« Loks Bilder waren plastisch, von Gleichem mußte es zugeben. Sie überzeugten. »Ich möchte nicht abwarten, bis sie den Trog ausschüttet.«

In der letzten Woche vor Weihnachten hielt Hauptkommissar Peter Reiber noch einmal einen Vortrag über die »aktuelle Lage«.

Reiber war mittlerweile als der Beamte bekannt geworden, der mit Akribie alle Fakten sammelte, die eine Behinderung der Polizei darstellten. Bei den Polizeipräsidien, den

Landeskriminalämtern und dem Bundeskriminalamt häuften sich die Vorfälle, die den Vorwurf entkräfteten, die deutsche Polizei sei ein Haufen halbblinder Invaliden, ein brutaler Schlägertrupp oder einfach ein Gesangverein, der ständig falsche Töne von sich gab. Die Kritik an der deutschen Polizei nahm geradezu groteske Formen an, vor allem in der Presse und den Medien, die ja bekanntlich einen maßgebenden Einfluß auf die Stimmung und das Urteilsvermögen des Volkes ausüben. Das Zerrbild, das dadurch entstand, verminderte das Ansehen der Polizei derart, daß der Ausdruck »Bulle« schon fast ins Lächerliche abglitt.

Das alles sammelte Reiber, um einmal eine fundierte Dokumentation herauszugeben, die beweisen sollte, daß die deutsche Justiz im allgemeinen sich in einer gefährlichen Krise befand und das Rechtsdenken im besonderen. Eine gefährliche Aufgabe, die sich Reiber da gestellt hatte; nicht nur die Presse würde sich auf ihn stürzen, sondern auch Politiker, vornehmlich in Bonn, würden sauer reagieren und sich den Namen Reiber merken. Denn nichts ist in einer Demokratie verhaßter, als einem vom Volk gewählten Vertreter zu beweisen, daß seine Arbeit dem Willen des Volkes widerspricht. Und für diese Arbeit gibt es eine Menge Beispiele von hirnrissigen Entscheidungen oder Anträgen.

Man war im Präsidium deshalb immer gespannt, wenn Reiber zu einem seiner Vorträge einlud. Vieles, was er sagte, war bekannt, aber wie er es vortrug und mit welchen Folgerungen, das war immer ein Erlebnis und schürte Aufsässigkeit und Empörung. Man hatte dann Diskussionsstoff genug, um aus tiefster Seele über diesen Staat zu schimpfen!

Mit Recht?

Eine Frage, die jeder beantworten konnte, der Reibers Vortrag gehört hatte.

Wortke hatte die »Akte Habicht« beiseite gelegt zu den schwebenden Fällen. Auch die zu spät erfolgten Verhöre bei den Angestellten des Prinzregenten-Bades hatten keine neuen Erkenntnisse ergeben. Man konnte sich zwar an diese Frau erinnern, aber keiner war mehr in der Lage, genaue Auskünfte zu geben. Und – was Wortke fast zum Platzen brachte – alle bestätigten das Phantombild, das man nach Bademeister Pulvers Angaben angefertigt hatte.

»Ja, so hat sie ausgesehen. Genau so!«

Wortke machte seiner Enttäuschung Reiber gegenüber Luft, indem er sagte: »Ich hätte nie gedacht, daß ein Idiot wie ich einmal Kriminaloberrat wird!«

Und dann hatte er die Akte in den Schrank gefeuert.

Der große Sitzungssaal im Präsidium war überfüllt, als Reiber das Rednerpult betrat. Er sah die Spitzenkräfte der einzelnen Behörden vor sich, den Präsidenten des LKA, den Polizeipräsidenten, einige Ministerialdirektoren, den Oberbürgermeister der Stadt München und Landtagsabgeordnete, was Reiber besonders freute, denn die würde er attackieren. Außerdem noch Manager der Wirtschaft, Gewerkschaftssekretäre, Parteivertreter, eben der ganze Block von Verantwortlichen, von denen einige nicht wußten, was Verantwortung überhaupt ist.

Reiber warf noch einen langen Blick über die Versammlung, ehe er mit seinem Vortrag begann. Ihr werdet staunen, dachte er. Es wird auf euch niederprasseln wie eierdicker Hagel. Zieht die Köpfe ein.

»Meine Damen und Herren!« begann er mit ruhiger Stimme, nachdem er seine Unterlagen auf das Rednerpult gelegt hatte. »Ich möchte heute zu Ihnen von der aktuellen Lage der Kriminalarbeit sprechen. Um es vorwegzunehmen: Die Lage ist miserabel! Erschrecken Sie deshalb nicht, wenn Sie mit Tatsachen konfrontiert werden, die Sie nicht für möglich halten. Beginnen wir mit dem Gebiet, das uns in den letzten Jahren am meisten Sorgen macht und das in die Zuständigkeit meines Dezernates fällt: Die verschiedenen Formen der

Mafia und ihr Wirken in Deutschland. Wir haben erst in jüngster Zeit erlebt – und erleben es noch –, wie die vietnamesische Zigarettenmafia Berlin bedroht und mit brutalstem Mord, nämlich Hinrichtungen per Genickschuß, um Marktanteile anderen Mafiabanden gegenüber kämpft. Berlin ist dadurch in die Schlagzeilen geraten, aber so wie in Berlin sieht es fast in allen Großstädten aus. Man spricht bloß nicht darüber. Und warum diese vornehme Zurückhaltung? Es geht um ein Tabuthema, das bei den Politikern eine Art Nesselfieber erzeugt: die Ausländerkriminalität oder in freundlichem Amtsdeutsch: die Kriminalität der Nichtdeutschen.«

Er blickte dabei die vor ihm sitzenden Politiker an. Ihre Mienen verrieten Abwehr, sie taten, als fühlten sie sich nicht angesprochen. Reiber griff nach seinen Dokumenten.

»Lassen Sie mich das Mafia-Problem mit konkreten Zahlen belegen. Die Mafia, gleich welcher Couleur, dringt immer mehr in das allgemeine Wirtschaftsleben ein. Nach einem Geheimbericht des Bundesnachrichtendienstes werden große Teile der Weltwirtschaft bereits jetzt schon von der Mafia beherrscht. Allein in Rußland kontrolliert die Mafia über viertausend Banken und Industriebetriebe. In diesen Bankfilialen werden die Milliardengewinne der ›Organisationen‹ aus aller Welt gewaschen. Dazu braucht man keine Schweiz und kein Luxemburg mehr. Es ist auch bekannt, daß die Russen-Mafia einige Milliarden Mark in Objekte an der Costa del Sol investiert hat. Ferienanlagen, Night-Clubs, Supermärkte, Appartements, Hotels und Campingplätze sind über Scheinfirmen fest in Russenhand. Wer sich also von der Sonne der Costa del Sol bräunen läßt, zahlt in Russenkassen. Die italienische Mafia hat den Osten entdeckt: In Polen besitzt sie Hotels, Beteiligungen an Industriebetrieben und Spielcasinos, mischt beim Menschenhandel mit, bei Prostitution und der Herstellung von Drogen, besonders in neuerer Zeit von Ecstasy! Damit schlagen ich und mein Dezernat uns zur Zeit herum. Übrigens mit geringem Erfolg, und das erkläre ich Ihnen später. Auch in Ex-Jugoslawien und Rumänien haben die Mafiosi Fuß gefaßt, während Rumänien seine Banden eifrig nach Deutschland exportiert. Bekannt ist die Bande der Tankstellen-Räuber, die auch vor Mord nicht zurückschreckt. Die höchste Gefahr aber ergibt sich aus Erkenntnissen der allerjüngsten Zeit: Es ist das Zusammenrücken von Mafia und Terrorismus! Es steht fest: Mafiosi aus Estland versorgen die britische IRA mit Waffen und Terrormaterial. Kolumbien, die Hochburg des Drogenmarktes, wird von mehreren Mafiagruppen geleitet. Auch in Peru laufen der Transport und die Produktion von Drogen über die Terrororganisation ›Leuchtender Pfad‹. Ich zitiere aus dem Bericht des BND: ›Die organisierte Kriminalität hat sich zu einer ernstzunehmenden Bedrohung für Gesellschafts- und Wirtschaftssysteme auf der ganzen Welt entwickelt.‹ Ende des Zitates. Sie werden nun denken: Peru, Kolumbien, was geht das uns an? Da sollen die Amis aufräumen, das liegt vor ihrer Tür. Ein fatales Abwimmeln, meine Damen und Herren!«

Reiber griff nach weiteren Statistiken, genehmigte sich einen Schluck Mineralwasser und warf einen Blick zu Wortke hinüber. Er saß in der ersten Reihe ganz links außen und ballte kurz die Fäuste. Gib's ihnen, Junge! Hau rein! Sie sollen den Schock bis in den Hintern spüren, auf dem sie ihren Pensionsanspruch absitzen. Vor allem der Feiglingsriege der Politiker hau die Zahlen um die Ohren! Es fragt sich bloß, ob sie dann hellhöriger oder noch tauber werden.

»Mir liegen deutsche Mafia-Zahlen vor«, setzte Reiber seinen Vortrag fort. »Sie sind durch einen Bericht des BKA belegt. Seit 1991 haben Mafia-Banden durch kriminelle Taten in Deutschland einen Schaden von 10,5 Milliarden angerichtet und einen Gewinn von 4,1 Milliarden eingesteckt! Das BKA spricht von einem ernstzunehmenden Kriminalitätsphänomen. Welch treffende Bezeichnung: Es ist wirklich ein Phänomen, dem wir fast machtlos gegenüberstehen. Sehen wir uns die Statistik weiter an: Bis heute, also kurz vor Jahresende, ist gegen die Mafia in 787 Fällen ermittelt worden. Allein schon das ist lächerlich. 7922 Tatverdächtigen aus 87 Ländern – bitte, begreifen Sie die Zahl: 87 Länder! – wurden 52 181 kriminelle Taten nachgewiesen. Die Beteiligten gliederten sich auf in 36,4 Prozent Deutsche, 14,6 Prozent Türken, 7,5 Prozent Ex-Jugoslawen, 5,7 Prozent Italiener, 5,7 Prozent Polen. Dabei ist nicht berücksichtigt, wie viele Straftaten auf das Konto russischer und asiatischer Mafia-Banden gehen wie etwa die chinesischen Triaden oder die Vietnamesen, da wir hier völlig im dunkeln tappen. Informationen sind fast nie zu bekommen; die Angst lähmt alle Zungen. Was ein Verräter zu erwarten hat, braucht nicht geschildert zu werden. Trotzdem gab es in diesem Jahr 128 Kronzeugen, die von der Polizei eine neue Identität und Personenschutz erhielten. Nur durch sie konnten wir einige wenige Türen aufstoßen. V-Männer oder verdeckte Ermittler in asiatische Kreise einzuschleusen, ist fast unmöglich. Außerdem hat die internationale Mafia sich eine undurchschaubare Maske zugelegt: Immer häufiger werden Straftaten über normale Firmen abgewickelt. Über Restaurants, Handelsfirmen, Computervertriebe, Immobilienhändler, Billigjuweliere, Friseure, ja, sogar Bäckereien und Gemüsehändler. Da blickt keiner mehr durch. Das BKA sagt dazu: ›Legale Geschäftsstrukturen bieten grundsätzlich eine ideale Basis für illegale Geschäfte.‹ Ich lese in Ihren Augen, meine Damen und Herren, die Frage: Ja, was nun? Ich frage mich schon seit Jahren: Ja, was nun? Warum dämmert die Polizei angeblich, wenn man den Medien glauben kann, im Halbschlaf dahin? Es gibt darauf nur eine Antwort: Weil man der Polizei immer und immer wieder in den Rücken fällt, weil wir Polizisten zu den Parias des Staates geworden sind. Uns engen Gesetze und Verordnungen ein, die ein zielbewußtes Durchgreifen verhindern. Es ist allein die Angst der Politiker, man könne in der Welt wieder sagen: Deutschland, der Polizeistaat! Und so wird Deutschland zum Eldorado, zum Goldenen Land der organisierten Kriminalität. Wir sind für die Gangster zu lächerlichen Figuren geworden.« Reiber holte tief Atem. »Ich werde Ihnen nachher einige Beispiele vorführen, die dazu anregen, an einer effektiven Justiz in Deutschland zu zweifeln. Ein großer Teil der Bürger tut das bereits!«

Im Saal breitete sich verhaltene Unruhe aus. Gemurmelter Protest der Landtagsabgeordneten, zustimmendes Zischen der Kriminalbeamten. Der Polizeipräsident nickte seinem mutigen Hauptkommissar zu. Der Chef des LKA lehnte sich zufrieden zurück. Auch wenn er sich jetzt um Kopf und Kragen redet ... bravo, Junge! Nenn das Kind beim Namen. Wenn morgen die Presse über diesen Vortrag berichtet, sollen den Herren in Bonn die Kragen eng werden.

Der Oberbürgermeister von München hatte die Hände über seinen Knien gefaltet. Er kannte die Stimmung des Volkes am besten von allen Anwesenden und mußte Reiber recht geben, wenn auch manches, was noch zur Sprache kommen würde, den Spitzen seiner Partei zur Last gelegt werden konnte. Dazu gehörte der Große Lauschangriff, gegen den sich die Partei vehement wehrte, weil man eben Opposition zeigen wollte.

»Ein Problem, das vor der Öffentlichkeit verborgen gehalten werden soll, hat das BKA in einem internen Papier aufgeschlüsselt«, fuhr Reiber fort. »Es ist das traurige Kapitel der deutschen Beamten-Kriminalität. Immer mehr Straftaten werden von deutschen Beamten verübt. Das BKA listet in diesem Jahr insgesamt 8500 kriminelle Tätigkeiten unserer Staatsdiener auf. Das sind 1300 mehr als im vergangenen Jahr. Ein erschreckender Zuwachs. Die Delikte gliedern sich wie folgt auf: Bestechungen, Rechtsbeugung, Körperverletzung, Verfolgung von Unschuldigen, Raubüberfall mit der Waffe – erst kürzlich wurde ein Tankstellenräuber als Polizist erkannt – und vor allem Fahndungsvereitelung bei Mafia-Verbrechen. Hinzu kommen die ›sonstigen Delikte‹, die mit 5600 angegeben werden, um die Hälfte mehr als im Vorjahr. Darunter fallen vor allem Erpressung von Aussagen, Falschbeurkundungen, Korruption, Ermittlungsweitergaben und Strafvereitelungen. Sie werden nun sagen: Da steht einer, der das eigene Nest beschmutzt. Nein, auch das muß gesagt werden, um die Situation der Polizei zu erklären. Denn diese Kriminalität in den eigenen Reihen führt unsere Arbeit manchmal ins Absurde. Gehen wir wieder zurück nach Berlin. Bitte kein triumphierendes Lächeln – auf München komme ich noch zu sprechen. Also Berlin: Die Ermittlungsgruppe ›Rumänien‹ observiert wochenlang das als Hochburg der Rumänen-Gang festgestellte ›Objekt Otawistraße‹ in Berlin-Wedding. Am 11. Mai, einem Samstag, um 16.30 Uhr, stürmt eine Sondertruppe der Kripo das Gebäude. Die SEK-Männer, gut geschützt mit schußsicheren Westen, Helmen und MPs, erreichen den ersten Stock und werfen Blendgranaten. Die überraschten Verbrecher können nicht mehr zu ihren Waffen greifen, aber sie leisten erbitterten Widerstand. Karate, Kung-Fu, Boxen, Tritte, alle Register werden gezogen. Ein Bulle von Kerl, ein Karatekämpfer, konnte nur unter Einsatz von Gewalt festgenommen werden. Das Ganze dauerte zwanzig Minuten. Es wurden sechzehn Bandenmitglieder verhaftet, Angehörige der Gangster-Gemeinschaft ›Garde‹. Der diensthabende Haftrichter bei Gericht wird verständigt. Bis es zu dem Abtransport der Mafia-Mitglieder kommt, vergehen wiederum etwa zwanzig Minuten, weil der Karatekämpfer immer wieder um sich schlägt. Endlich erreichen die Männer vom SEK das Gericht, um die Haftbefehle ausstellen zu lassen. Aber: Kein Richter ist mehr da, der die Haftbefehle verhängen kann. Es ist ja Samstag abend, und der Haftrichter wollte nicht länger warten. Der pünktliche Feierabend war ihm wichtiger. Folge: Kein Haftbefehl, keine Festnahme. Die rumänischen Verbrecher mußten wieder freigelassen werden! Kommentar eines der SEK-Männer: ›Mitunter denke ich, die Justiz will uns nicht helfen, sondern behindern.‹ Welch ein bitterer Satz! Aber, meine Damen und Herren, sehen Sie das nicht als einen Einzelfall an! Vor dem Landgericht Dresden steht ein Kerl, der mit einem Baseballschläger zwei harmlose Passanten halb totgeschlagen hat. Nur so, aus Freude am Schlagen. Der Staatsanwalt fordert drei Jahre Gefängnis. Schon da wird es ein wenig lächerlich. Aber nach dem Plädoyer ist Mittagszeit. Der Richter hat Hunger und verkündet: ›Mittagspause!‹ Er geht hinaus und fordert zwei Polizisten an, um den Angeklagten in Verwahrung zu nehmen. Aber es sind im Gericht keine zwei Polizisten vorhanden. Während der Richter gemütlich sein Mittagessen verzehrt, paßt niemand auf den Angeklagten auf. Der nimmt die Gelegenheit wahr, sich von voraussichtlich drei Jahren Knast zu befreien, spaziert seelenruhig aus dem Haus und verschwindet. Urteil in Abwesenheit: Dreieinhalb Jahre Gefängnis. Jetzt ist die Dresdener Polizei auf der Suche nach dem Sitzunwilligen. Wäre das nicht reif für eine Witzsammlung?«

Reiber blickte wieder zu Wortke hinüber. Der lachte tatsächlich, und zwar so laut, daß viele ihn schockiert anstarrten. Der Polizeipräsident schüttelte den Kopf. Es sah so aus, als wolle er damit ausdrücken: Bei uns unmöglich! In Reibers Gesicht erschien ein leichtes Lächeln. Warte es ab, lieber PP ... noch bin ich nicht am Ende.

»Und noch mal Berlin«, sagte Reiber. »Ein Fall, der eigentlich vor den Staatsanwalt gehört. Landgericht Berlin-Moabit, 11 Uhr, Saal 731. Vor dem Richter steht zitternd eine junge Vietnamesin, angeklagt wegen Diebstahl. Immer und immer wieder fragt der Richter nach den Hintermännern, denn man weiß, daß das Mädchen nur im Auftrag gestohlen hat. Aber die Vietnamesin schweigt und bebt vor Angst. Schließlich stottert sie: ›Zwingen Sie mich bitte nicht, auszusagen. Draußen wartet ein Killer auf mich.‹ Der Richter läßt sofort das ganze Gebäude sperren, die Polizei greift einen Vietnamesen auf, der sich in einer Nische verborgen hielt. In seinem Hosenbund steckt eine Pistole. Pausenlose Verhöre, der Vietnamese gibt auf unter der Zusicherung, daß man ihn beschützt. Nach seinen Aussagen stürmen Spezialfahnder der Ermittlergruppe ›Vietnam‹ eine Wohnung. Auch zwei weitere Verstecke werden ausgehoben. Die SEK-Beamten nehmen neun Vietnamesen fest, sie finden Waffen, Pistolen und zwei russische Kalaschnikows, die begehrten Killer-Maschinenpistolen. Und man stellt fest: Aus diesen MPs stammen die Schüsse, mit denen in einem Berliner Hochhaus sechs Vietnamesen hingerichtet wurden. Fahnder und Staatsanwalt sind sich sicher: Wir haben jetzt die Killerbande! Nach stundenlangem Verhör fährt man dann die mutmaßlichen Mörder zum Termin vor den Haftrichter. Die Polizei trifft auf einen jungen Mann, der noch Richter auf Probe ist, und dieser junge Mann zweifelt an der Täterschaft der Verhafteten. Ihm reichen die Beweise nicht aus! Der Staatsanwalt, der Chefermittler, der Chef des SEK reden auf ihn ein, flehen ihn geradezu an, wiederholen immer wieder: ›Alle haben mit dem Massaker am 10. Mai zu tun!‹ Sie reden in die Luft! Der Richter auf Probe verweigert die Haftbefehle für sechs der Mafiosi wegen mangelnder Begründung. Nur drei bleiben in Haft – wegen illegalen Waffenbesitzes. Die Polizei muß die sechs Gangster freilassen!

Auf Protest des Chefermittlers und einer Beschwerde der Staatsanwaltschaft erließ drei Tage später ein neuer Richter doch die Haftbefehle. Nur: Die Gangster sind längst untergetaucht. Und das bedeutet: Die Berliner Fahnder beginnen wieder von vorn. Ich frage mich bei einer solchen Justiz: Sollen wir die Mühe der Fahndung überhaupt noch auf uns nehmen? Machen wir uns nicht lächerlich, wenn wir Mörder von Amts wegen freilassen müssen? Sind wir Polizisten nicht die Hampelmänner bei einer solchen Rechtsauffassung? Wie geschildert: Das war im Mai. Jetzt haben wir Ende Dezember. Ich habe noch nicht gehört, daß der Richter, der auf seinem pünktlichen Feierabend bestand, und der Richter auf Probe zur Rechenschaft gezogen wurden. Die blinde Justitia ist wirklich blind! Oder – wie der Volksmund es ausdrückt – eine Krähe hackt der anderen kein Auge aus!«

Reiber unterbrach den Vortrag durch eine Pause. Um vorzeitigen Diskussionen zu entgehen, verschwand er in einen Nebenraum und trank ein Glas Orangensaft. Daß kurz darauf Wortke zu ihm kam, war fast selbstverständlich.

»Mut hast du, Junge!« sagte er anerkennend. »Die Fakten kennen viele von uns, aber wie du sie servierst, sind es für gewisse Leute Tritte in den Hintern. Mir ist nur nicht klar, worauf du hinauswillst. Bis jetzt gibst du der Journaille recht, daß sie uns Laschheit vorwirft.«

»Warte es ab, Theo.« Reiber stellte sein Glas zurück. »Eine normale Oper besteht aus einer Ouvertüre und drei Akten. Ich habe die Ouvertüre hinter mir.«

»Wenn du wüßtest, was draußen im Saal los ist! Die vom Landtag sind schon jetzt dabei, politische Verantwortung zurückzuweisen. Da reden sich bereits einige die Köpfe heiß. Deinen Namen wird man in Bonn auf die schwarze Liste setzen.«

»Das ist mir egal.« Reiber blickte auf seine Armbanduhr.

Noch zehn Minuten bis zur Fortsetzung des Vortrags. »Ich habe nichts zu verlieren. Ich bin Beamter auf Lebenszeit.«

»Frühpensionierung!«

»Mit dreiunddreißig Jahren?«

»Da gibt es noch ganz andere Staatsspaziergänger. Staatssekretäre, die nach einem halben Jahr zu Blumenzüchtern werden, weil ihre Nase dem Minister nicht gefällt. Und wenn man dir auch noch ein Dienststrafverfahren anhängt ...«

»Mit welchem Tatbestand?«

»Preisgabe geheimer Dienstsachen.« Wortke wiegte den Kopf. »Immerhin sind einige Fakten, die du da von dir gibst, interne Informationen des BND und des BKA. Das könnte ins Auge gehen.«

»Ich lasse es darauf ankommen.« Reiber stand auf. »Ende der Zigaretten- und Pinkelpause. Theo, jetzt kommt München dran.«

»Komme ich auch darin vor?«

»Zwangsläufig, Theo.«

»Als Oberdepp der Mordkommission?«

»Als tragisches Opfer der von den Politikern vernachlässigten Polizei.« Reiber lachte und klopfte Wortke auf die Schulter. »Theo, in einer halben Stunde trägst du den Heiligenschein eines Märtyrers!«

Die Versammelten setzten sich, als Reiber wieder an das Rednerpult trat. Er hielt sich nicht damit auf, an den Gesichtern die Stimmung abzulesen, er wußte, daß es ohnehin zwei Gruppen gab: Die Kollegen von der Polizei und die anderen ...

»Kommen wir jetzt zu einem sehr heiklen Thema«, begann Reiber den zweiten Teil seiner Philippika. »Ein Kapitel der Polizeiarbeit, das immer mehr die Kriminalität bestimmt: Das bei den Politikern geltende Tabu der Ausländerkriminalität und die alarmierende Zunahme der Jugendkriminalität. Mit beiden Themen hat sich vor allem auch mein Dezernat zu beschäftigen, ich kann also aus Erfahrung sprechen. Jeder von uns weiß, daß das Vordringen der verschiedenen Mafia-Banden in Deutschland ein bisher nicht zu bewältigendes Problem ist. Ich betone: Die jetzigen Möglichkeiten der Polizei, das Bandenunwesen effektiv zu bekämpfen, sind minimal! Rumänische, italienische, polnische, albanische, türkische, russische, vietnamesische und chinesische Mafia-Organisationen arbeiten in Deutschland fast ungehindert wie legale Industriekonzerne. Ab und zu gelingt der Polizei durch verdeckte Ermittler, anonyme Anzeigen, Observationen oder durch den Kommissar Zufall, einige Tatverdächtige zu ermitteln und festzunehmen, aber das ist, als vernichte man einen Pilz, und tausend andere wachsen unentdeckt weiter. Unterirdisch, wie es Pilze so an sich haben. Schon aus der unvollständigen Aufzählung der Mafia-Banden – ich habe nur die wichtigsten genannt – ist ersichtlich, daß es sich ausnahmslos um Banden von Ausländern – pardon, es muß ja heißen – Nichtdeutschen handelt. Das Wort Ausländer ist ja ein Reizwort der Politiker geworden. Dennoch: 60 Prozent aller Straftaten gehen auf das Konto der organisierten Kriminalität. Und die besteht nun mal aus Ausländern! Werfen wir noch einmal einen Blick zurück nach Berlin. Dort herrscht die vietnamesische Mafia mit zwei sich untereinander bis aufs Blut bekämpfenden Gruppen: die Quang-Binh-Bande und die Ngoc-Thien-Bande. Ihr Arbeitsgebiet: Zigarettenschmuggel. Die Banden sind unterteilt in Bezirksleiter, genannt Kapos, die direkt aus Vietnam von den großen Bossen geleitet werden. Nach unseren Erkenntnissen gibt es hundert Kapos, die sich Berlin verteilt haben. Diese Kapos beschäftigen wiederum Kolonnen von Straßenverkäufern, also Kleinhändlern, deren Zahl man allein in Berlin auf zehntausend schätzt! Jeder Kapo ist verantwortlich für etwa dreihundert Händler, die eine ›Standgebühr‹ für ihren Bereich zahlen müssen, nicht unter tausend Mark pro Monat. Wer aussteigen will, auf eigene Rechnung etwas abzweigt oder Angebote der Konkurrenz annimmt, wird liquidiert. Bisher zählen wir in Berlin 59 Hinrichtungen von Vietnamesen. Die Killer kommen direkt aus Vietnam – als Touristen mit dem Flugzeug. Erste Konsequenz: Die Ermittlungsgruppe ›Vietnam‹ wurde verstärkt. Erster Erfolg: Mitte Mai stürmten die Beamten ein Lager der Schmuggler und stellten fest, daß allein diese Bande von 1993 bis heute 470 Millionen Zigaretten nach Deutschland geschmuggelt hat. Das ist ein Steuerverlust von 110 Millionen Mark! – Nicht nur in Bonn, sondern in allen Bundesländern ertönt laut die Klage, daß das Geld nicht reicht, daß das Steueraufkommen nachläßt, daß zu radikalen Sparmaßnahmen aufgerufen werden muß, daß Steuererhöhungen sein müssen ... Und auf der anderen Seite werden wir durch ausländische Mafia-Banden um dreistellige Millionenbeträge geschädigt. Und warum? Weil die Schlagkraft der Polizei durch Politikergezänk immer wieder behindert wird!«

»Ich protestiere!« Ein Landtagsabgeordneter war aufgesprungen. Sein Gesicht war hochrot vor Zorn. Er hob die Hand und fuchtelte damit in der Luft herum. »Die Polizei kann sich über politische Unterstützung nicht beklagen!«

»Die Polizei ist der Mafia allein schon in der Ausrüstung hoffnungslos unterlegen. Und Sie sprechen eine politische Unterstützung an?« Reibers Stimme wurde lauter und aggressiver. »Darf ich an einen Vorfall erinnern, wo Politiker voll in Deckung gingen, anstatt die Polizei zu unterstützen! Eine Kurden-Demonstration im März dieses Jahres auf der Autobahn A3. 1500 fanatische Anhänger der verbotenen terroristischen Kurdischen Arbeiterpartei, kurz PKK genannt, schlagen mit Eisenstangen, Holzknüppeln, Schlagringen, Kanthölzern auf die Polizei ein. 22 Beamte werden zum Teil schwer verletzt, darunter ein Polizeikommissar, der noch heute nur in einem Laufgestell gehen kann. Nur durch das Eingreifen einer Abteilung des Bundesgrenzschutzes, das viel zu spät erfolgte, wurde verhindert, daß einige Polizeibeamte totgeschlagen wurden. Die Führung der Polizei sprach von einer blanken Tötungsabsicht der kurdischen Angreifer, darunter über hundert ›Soldaten‹ des Kurdenführers Abdullah Öcalan. Und was geschieht nun? Der zuständige Oberstaatsanwalt aus Kleve ermittelt gegen die mordbereiten Kurden nur wegen Verdachtes des schweren Landfriedensbruchs und der schweren Körperverletzung! Streicheleinheiten für die Kurden ... Es sind ja die Tabukinder der Politiker, nämlich Ausländer! Erst auf einen Protest hin gibt der Oberstaatsanwalt eine butterweiche Erklärung ab: ›Es liegt nahe, die Ermittlungen auf versuchten Totschlag auszudehnen.‹ Geschehen ist aber bis heute nichts! Im Gegenteil: Die deutschen Fernsehanstalten holten den PKK-Chef Öcalan vor die Kamera und ermunterten ihn zu einem Interview über die Vorgänge vom 16. März. Und was sagt Öcalan mit einem süffisanten Lächeln: ›Man muß doch gerecht sein: Zwei Polizisten wurden die Nasen blutig geschlagen.‹ Und die deutsche Justiz schluckt das! Aber der niedergeknüppelte Polizeikommissar wird Zeit seines Lebens nie wieder richtig laufen können! Die Politiker übersehen so etwas! Doch das ist noch nicht alles, was von diesem 16. März 1996 zu sagen ist. Zwei Tage nach diesem Schlägertag in Elten hat ein Polizist, der am Einsatz beteiligt war, den Mut, vor der Jahreshauptversammlung des GdP-Kreisverbandes in Viersen Tatsachen zu schildern, die einem Skandal sehr nahe kommen. Der Kollege nannte schonungslos die Pannen beim Einsatz an der A3: ›Stundenlang standen Verstärkungskräfte führungslos herum. Der Funkverkehr untereinander wurde durch kurdische Störsender massiv beeinträchtigt.‹ Ferner wurde bekannt, daß Einheiten des Bundesgrenzschutzes und eines Sondereinsatzkommandos in sicherem Abstand zu den Kurden herumstanden, ohne den Befehl zur Entlastung der hoffnungslos unterlegenen Polizisten zu bekommen. Im Gegenteil, sie wurden wieder abgezogen, um – so die offizielle Begründung – die Kurden nicht zu provozieren! Aber 22 Polizisten wurden niedergeknüppelt! Man nahm das hin, um die lieben Kurden, die gestreichelten Ausländer, nicht zu ärgern! Es ist wirklich unglaublich, was da mit der Polizei passiert ist. Und warum? Auch das ist mittlerweile bekannt geworden: Es war zu erheblichen Kommunikationsschwierigkeiten zwischen dem Innenministerium in Bonn und dem Innenministerium in Düsseldorf gekommen. Die Politiker waren sich wieder einmal nicht einig! Die Polizei wurde allein gelassen ... wie immer. Geliebte Ausländer, schlagt sie zu Krüppeln; politischer Weitblick braucht nun einmal Opfer.«

»Ich protestiere!« schrie der Landtagsabgeordnete erneut und sprang wieder auf. »Was wir hier von Herrn Reiber hören, ist blanke Demagogie! Wir unternehmen alles, was in unserer Kraft steht, das Ausländerproblem in den Griff zu bekommen! Wir werden eine zügigere Abschiebepraxis durchsetzen, Gewinne aus kriminellen Geschäften werden radikaler beschlagnahmt, ein Gesetz zur Verschärfung des Ausländerrechts wird vorbereitet, der Große Lauschangriff steht zur Debatte ... Was wollen Sie denn noch mehr? Ihr Vortrag ist eine Provokation, Herr Reiber!«

»Sie erwähnten eben die Abschiebepraxis.« Reiber ließ sich nicht aus der Ruhe bringen, er hatte mit solchen Attacken schon gerechnet. »Das ist nun ein ganz heikles Gebiet, über das sich die Parteien in Bonn die Haare raufen. Wieder ein Beispiel aus neuester Zeit: Die Abschiebung von kriminellen Vietnamesen. Zwischen den Regierungen in Vietnam und Bonn wurde ein – wie immer elegant ausgedrücktes – Rückführungsabkommen geschlossen, und zwar schon 1995. Danach sollten in Deutschland straffällig gewordene Vietnamesen in die Heimat abgeschoben werden. Hanoi verpflichtete sich, jährlich drei- bis viertausend Kriminelle zurückzunehmen. Zufriedenheit bei den deutschen Politikern. Ein Schritt weiter zur Sicherheit in deutschen Landen. Nur – Hanoi denkt gar nicht daran, Tausende von Verbrechern wieder an die Mutterbrust zu drücken. Das Abkommen wird einfach blockiert, ignoriert, verschoben. Lächerliche 65 Mafia-Mitglieder wurden nach Vietnam zurückgeschickt, dann hob Hanoi die Abschiebung auf. Eine glatte Brüskierung der deutschen Regierung! Und was macht Bonn? Köpfchen in den Sand! Der diplomatische Samthandschuh: Nur keine Provokation. Der Vorschlag, den der Innensenator von Berlin von sich gab: ›Wenn Hanoi unsere Bemühungen weiterhin unterläuft, muß die Entwicklungshilfe eingestellt werden.‹ Das verbreitete Entsetzen in Bonn! Vietnam ist doch ein zukünftiger wichtiger Markt wie China. Wie kann man Hanoi drohen wegen ein paar Krimineller? Und während man in Bonn noch überlegt, wie man Hanoi um die Einhaltung von Verträgen bitten kann, werden 1996 geschätzte dreitausend Vietnamesen von der Mafia nach Deutschland eingeschleust. Aus gutem Grund: Die Milliardenbeträge der Mafia-Gewinne fließen nach Vietnam! Die organisierte Kriminalität ist international stärker als jede Regierung. Sie ist eine Wirtschaftsmacht geworden!« Reiber beugte sich etwas über sein Pult und wandte sich gezielt an einige Anwesende. »Haben die Politiker dazu noch etwas zu sagen?«

Schweigen. Nur Wortke klatschte wieder Beifall, auch ein strafender Blick des Polizeipräsidenten konnte ihn nicht daran hindern. Was sollte man darüber auch sagen? Internationale Beziehungen sind ein subtiles Geschäft, bei dem man über kleinliche Unstimmigkeiten hinwegsehen muß.

Darum auch ist das Ausländerproblem der ständig bittere Kaffee, den die Politiker schlucken müssen. Deutschland als das große Asylantenparadies muß vorsichtig taktieren, um nicht böse Erinnerungen wachzurufen an eine Vergangenheit, die den Deutschen noch immer anhängt. Also tretet auf mit leisen Sohlen.«

Reiber wühlte wieder in seinen Unterlagen und straffte sich dann. »Verlassen wir das Tabu-Thema Ausländer und sehen wir uns an, wie es mit der Jugend ist. Dazu gibt es nur eine Feststellung: Die Jugendkriminalität nimmt beängstigend zu! Diebstähle, Einbrüche, Überfälle, Körperverletzungen, Drogenhandel, Bandenverbrechen aller Art werden immer mehr von Jugendlichen ausgeübt. Hier kann ich jetzt auf eine Statistik des Landeskriminalamtes zurückgreifen, die sich ›Altersgruppenvergleich bei der Gewaltkriminalität in München‹ nennt. Und auch hier, liebe Politiker, kann nicht verschwiegen werden, daß 71,5 Prozent der Täter minderjährige Ausländer – Verzeihung – Nichtdeutsche sind. Bei schwerer Körperverletzung, also oft mit irreparablen Spätfolgen, sind es 65,9 Prozent! Im Bereich der Gewaltkriminalität im Raum Bayern wohnen 76,3 Prozent der deutschen und 82,1 Prozent der nichtdeutschen Tatverdächtigen in München! Aber da sind wir keine Ausnahme; so sieht es in allen deutschen Großstädten aus. Nur die Aufgliederung des LKA nach Altersgruppen ist interessant! Bei Tätern unter vierzehn Jahren – bitte beachten Sie – unter 14 Jahren sind 52,6 Prozent Nichtdeutsche. Und das geht dramatisch in die Höhe: Von 14-18 Jahren sind es bereits 56 Prozent Ausländer, bei den 18- bis 20jährigen ebenfalls 56 Prozent, bei den 21- bis 25jährigen sogar 57,5 Prozent, um dann ab dem 26. Lebensjahr kontinuierlich abzusinken. Verblüffend ist die Prozentzahl bei den über Sechzigjährigen. Da stellten die Deutschen 86,3 Prozent der Straftäter! Sind wir ein Land der Kriminal-Opas?«

Verhaltenes Gelächter im Saal. Die Zahl war wirklich unglaublich. Gibt es eine Rentner-Kriminalität? Der Oberbürgermeister schüttelte zweifelnd den Kopf, und Reiber sprach weiter:

»Im Alter also sind die Nichtdeutschen friedliche Bürger. Ihr krimineller Prozentsatz: Nur 13,7! Diese Statistik des LKA zeigt deutlich, daß die meisten Straftaten in den Altersgruppen von 14 bis 25 Jahren vorkommen. Gibt es dafür eine Erklärung? Rechnen wir einen großen Teil der über 20jährigen zu den Mafia-Banden, so kann man die Kinderkriminalität nur weiträumig analysieren. Unser sehr verehrter, unter uns anwesender Polizeipräsident hat dafür eine Erklärung, die ich für sehr aufschlußreich halte. Ich zitiere: ›Der Anteil von jugendlichen und heranwachsenden ausländischen Tatverdächtigen ist deutlich überhöht. Ihre Zahl nahm im Zeitraum von 1984 bis 1993 um rund 28 Prozent zu. Sie haben ihren Wohnsitz überwiegend in München und sind Kinder der seit langer Zeit in Deutschland lebenden Gastarbeiter. Allein deshalb ist das Bild – die in München wohnhaften Ausländer sind ›brave Ausländer‹, die Straftäter unter ihnen kommen von außen – leider nicht richtig. Mehr als die Hälfte jugendlicher oder heranwachsender Täter bei der Gesamtkriminalität sind Nichtdeutsche.‹ Ende des Zitats. Erst kürzlich gelang es unseren Kollegen in Fürth, sieben Türken im Alter von 16 bis 19 Jahren festzunehmen. Sie hatten eine Schülerbande gegründet, auf deren Konto 66 Straftaten gehen, davon allein 30 Einbrüche. Die Beute verjubelten sie in der Spielhalle. Wir in München beobachten mit Sorge noch ein anderes Phänomen: Den Drogenkonsum der Jugendlichen. Nicht mehr Hasch oder Speed – Koks oder Heroin sind ohnehin nicht bezahlbar –, sondern die Mode- oder Designerdroge Ecstasy. Damit beschäftigt sich mein Dezernat, und ich muß Ihnen gestehen: Wir stehen fast hilflos vor dieser Entwicklung und können sie nicht aufhalten! So dringend es notwendig ist, bei der Bekämpfung der organisierten Kriminalität der Polizei endlich mehr Mittel und staatliche Unterstützung zukommen zu lassen – der Ecstasy-Markt, der langsam, aber sicher die Jugend verseucht, muß geschlossen werden. Was in den Discos und auf Techno-Partys geschieht, wo man sich die Pillen wie Pfefferminzdrops einwirft, kann sich ein Außenstehender gar nicht vorstellen. Eine Jugend, die mit der Pille Glück, Liebe, Vergessen, Kraft und Streßüberwindung sucht und von ihr innerlich zerfressen wird, wird zum Problem auch des neuen Jahrtausends werden! Und wir schaffen es nicht, diese Entwicklung aufzuhalten, ohne die Hilfe der Politiker, ohne neue, schärfere Gesetze, ohne neue Vollmachten für die Polizei und erweiterte Kompetenzen bei Fahndung und Verhaftung. Allein schon der Paragraph über die Strafmündigkeit eines jugendlichen Verbrechers muß modernisiert werden. Ein 13jähriger Junge, der einen Rentner totschlägt, um ihm 59,45 DM aus der Tasche zu rauben, weiß ganz genau, was er tut! Da finde ich es lächerlich, einem Kinderpsychologen zuzuhören, der von einem ungeordneten Elternhaus spricht, von Umwelteinflüssen und einer geistigen Minderentwicklung. Ein solcher Junge ist schuldfähig, weil er die Tat bewußt begangen hat! Ich weiß, ich greife damit heiße Eisen an, aber die bedrohliche Entwicklung in der Jugendszene fordert eine Gesetzesänderung. Wer aber kann nur die Gesetze ändern? Die Politiker! Und hier ist das Ende der Fahnenstange. Man wird sich in Bonn nie einig werden. Das große Wort, unsere Gesetze reichen aus, ist eine Lüge! Ich danke Ihnen für Ihre Geduld, meine Damen und Herren.«

Applaus begleitete Reiber ins Nebenzimmer. Er wischte sich den Schweiß von der Stirn und sehnte sich nach einem Bier. Er blieb sitzen, als der Oberbürgermeister, der Polizeipräsident und Wortke den Raum betraten.

»Das haben Sie alles gut gesagt«, lobte der Polizeipräsident. »Das war – wie man so sagt – die Stimme des Volkes. Glauben Sie, daß sich etwas ändert?«

»Nein, Herr Präsident. Ich habe es schon einmal gesagt: Der Krümmungsgrad der Banane ist wichtiger. Erlauben Sie mir ein ehrliches Wort?«

»Bitte ...«

»Es ist zum Kotzen!« stellte Reiber fest.

Bertha Hellenkamp war eine rüstige Witwe von 63 Jahren, in St. Pauli geboren, in St. Pauli aufgewachsen, in St. Pauli verheiratet. Sie hatte drei Kinder geboren und in St. Pauli ihren Mann Eduard zu Grabe getragen. Es gab nichts, was sie erschüttern konnte. Wer St. Pauli so kannte wie sie, dessen Haut war zur Hornhaut geworden.

Bertha bewohnte eine Vierzimmerwohnung in der Roosenstraße, also am Ende der vielbesungenen Großen Freiheit, ganz in der Nähe der Puff- und Vergnügungswelt. Zeit ihres Lebens hatte sie Huren gesehen, in den umliegenden Wohnungen hausten in möblierten Zimmern Heerscharen von ihnen und Strichjungen. Nach dem Tod von Eduard hatte Bertha ein Zimmer zuviel und vermietete es, aber nie an Zugehörige des horizontalen Gewerbes. Sie hielt ihre Wohnung rein, wie sie es nannte, und auch ihr letzter Mieter war ein Student gewesen, der nun ein neues Semester in Freiburg belegt hatte. Er hatte im Rahmen der Biologie Insektenkunde studiert und ihr erzählt, daß es etwa 750 000 verschiedene Insekten gäbe, die man kenne, aber Hunderttausende, die man noch erforschen müsse. Bertha Hellenkamp hatte nie begriffen, daß ein Mensch sich für so etwas interessieren und es auch noch studieren konnte.

Nun war er ausgezogen, das Zimmer war frei, und Bertha hoffte auf einen neuen anständigen Mieter, der nicht gleich am nächsten Tag eine Bettgefährtin mitbrachte.

Sie war etwas erstaunt, als ein Mann im mittleren Alter an ihrer Tür klingelte, sich höflich verbeugte und fragte:

»Stimmt es, daß Sie ein Zimmer zu vermieten haben?«

Es war drei Tage vor Weihnachten. In Berthas Wohnung roch es nach frisch gebackenem Zimtgebäck. Auch nach Eduards Tod backte sie Weihnachten ihre Plätzchen und brachte sie dann in ein Waisenhaus.

»Es stimmt!« Bertha musterte den Frager und konnte sich nicht denken, daß ein so eleganter Herr ein möbliertes Zimmer auf St. Pauli sucht. »Woher wissen Sie das?«

»Ich habe zwei Tage im Hotel gewohnt. Ein Hausdiener gab mir den Tip, als ich ihn danach fragte. Kann ich das Zimmer mal sehen?«

»*Sie* wollen das Zimmer mieten?«

»Ja. Ist das so ungewöhnlich?«

»Ich hätte gedacht, daß Sie ein Vater sind, der für seinen Sohn ein Zimmer sucht. Einen Studenten vielleicht ...«

»Das ist lange her, daß ich ein Student war ...«

»Sie haben studiert?« Für Bertha war das schon wie eine Visitenkarte.

»Ja.«

»Aber keine Insektenkunde ...«

»Nein. Jura.«

»Oh! Rechtsanwalt?«

»So ähnlich.«

»Und Sie wollen bei mir ein möbliertes Zimmer mieten? Als Rechtsanwalt?«

Bertha sah ihn mit schief geneigtem Kopf an. Achtung! Da stimmt etwas nicht. Wie kann ein vornehmer Herr, der so etwas wie ein Rechtsanwalt ist, in St. Pauli ein Zimmer mieten? Umgeben von Nutten und Homos! Da steckt doch etwas anderes dahinter. Der wird etwas ausgefressen haben und muß sich jetzt verstecken! Und morgen hat man die Polizei am Hals! Nichts da, mein Herr ... Bertha Hellenkamp hatte noch nie etwas mit der Davidswache zu tun gehabt.

»Ich komme aus München.«

»Das mag sein.« Berthas Stimme wurde energisch. »Das Zimmer ist nichts für Sie.«

»Sie sind mißtrauisch, nicht wahr? Mit Recht. Darf ich mich Ihnen vorstellen. Ich bin Dr. Hubert Habicht aus München.«

»Sogar ein Doktor!« Bertha wurde der Besuch fast unheimlich. »Sie wollen als Doktor in meine Bude ziehen? Das ist doch ... ungewöhnlich.«

»Ich will es Ihnen erklären. Ich habe in Hamburg einen Auftrag zu erledigen, von dem ich nicht weiß, wie lange er mich in dieser Stadt festhält. Es kann Wochen, aber auch Monate dauern. Im Hotel zu wohnen ist mir zu teuer. Deshalb suche ich ein möbliertes Zimmer. Ihres wird mir gefallen.«

»Sie kennen es doch noch gar nicht.«

»Aber ich habe Sie kennengelernt und habe das Gefühl, daß ich bei Ihnen bestens aufgehoben bin.«

Bertha Hellenkamp zögerte. Dieser Doktor wurde ihr sympathischer, und was er erklärte, klang glaubwürdig. Aber immer noch wollte es nicht in ihren Kopf, daß ein solcher Herr ihr Zimmer mieten wollte.

»Sehen Sie sich das Zimmer erst mal an«, sagte sie freundlicher. »Um es vorwegzunehmen: Wir sind hier von Huren eingekreist.«

»Das stört mich nicht.« Habicht lachte kurz auf. »Ich werde mich nicht verführen lassen.«

»Sie sind in München verheiratet?«

»Ich bin Witwer.«

Dr. Habicht wurde Bertha noch sympathischer. Ein Witwer. Das gemeinsame Leid schlug eine Brücke. »Kommen Sie«, sagte sie und ging voraus. »Das Zimmer hat ein Fenster zum Hinterhof. Gegenüber wohnen sechs Huren.

Manchmal zieht eine nicht die Gardine vor, und Sie können alles sehen.«

Das Zimmer war lang und schmal. Ein Bett stand darin, ein alter Kleiderschrank, ein Tisch mit zwei Stühlen, ein Bücherbord hing an der Wand, auf einer Kommode befand sich ein alter Schwarzweißfernseher, auf einem anderen Bord waren Tassen, Untertassen, Teller, Gläser und Bestecke untergebracht. Ein alter Wollteppich bedeckte die Dielen. Ein Rolladen vor dem Fenster verwehrte die Einsicht. Ein spartanisches Zimmer.

»Das Badezimmer und die Toilette sind gleich nebenan. Sie können immer baden ... Ich bade mich nur sonntagmorgens.« Bertha schielte zu Habicht hinauf, er war einen Kopf größer als sie. »Gefällt Ihnen das Zimmer?«

»Sehr ...«

»Wirklich?«

»Ich werde mich hier wohl fühlen.«

»250 Mark im Monat mit Frühstück. Für das andere Essen müssen Sie selbst sorgen. Meine Studenten aßen immer in der Mensa.«

»Keine Sorge.« Habicht lächelte wie ein großer Junge. »Ich werde nicht verhungern. Und wenn – ich weiß, daß Sie das nicht zulassen werden.«

Bertha lächelte zurück. Ihr Mißtrauen war dahingeschmolzen. Welches Geschäft der Doktor auch in Hamburg zu erledigen hatte – er war ein Mieter, mit dem man auskommen konnte. Ein seriöser, gepflegter, gebildeter Mann im besten Alter. Ein Witwer. »Ich könnte ab und zu für Sie kochen«, sagte sie. »Wenn Ihnen das fünf Mark wert ist ... Ich will ja nichts daran verdienen. Ich koche gern. Hausmannskost natürlich.«

»Die liebe ich besonders, Frau Hellenkamp. So eine richtige Erbsensuppe mit durchwachsenem Speck ... dafür lasse ich jedes Steak stehen.«

»Und Labskaus?«

»Ich esse alles, was auf den Tisch kommt.«

Bertha strahlte, auch wenn es noch immer rätselhaft blieb, daß ein Doktor sich gerade in St. Pauli in der Roosenstraße, inmitten von Puffs und Stundenhotels niederlassen wollte. Da gab es noch Fragen ... Aber die zu stellen, hatte man ja Zeit genug.

»Wann ziehen Sie ein, Herr Doktor?« fragte Bertha Hellenkamp.

»In zwei Stunden. Ich hole nur noch mein Gepäck aus dem Hotel.«

»Haben Sie ein Auto?«

»In München. Ich bin nach Hamburg geflogen. Hier nehme ich ein Taxi.«

»Ich möchte auch mal fliegen. Ich bin noch nie geflogen.«

»Vielleicht machen wir zusammen mal einen Rundflug über Hamburg.«

Habicht verabschiedete sich und fuhr zu seinem Hotel.

Der nächste Schritt war getan. Ein Zimmer im Herzen von St. Pauli, mitten unter den »Damen«, die das Foto identifizieren konnten. Die sagen konnten: Ja, das ist sie. Wir kennen sie. Du kannst sie in dem oder dem Lokal treffen. Und dann würde er ihr gegenüberstehen und sagen:

»Du hast meinen Sohn Robert umgebracht und meine Frau Gerda ... Nun rechnen wir miteinander ab!«

Ein Gedanke, bei dem sich Habichts Herz verkrampfte. Er sehnte diesen Augenblick herbei, wie ein verdorrtes Land sich nach Regen sehnt, aber er wußte nicht, zu welcher Handlungsweise er dann fähig sein würde.

Konnte er wirklich einen Menschen töten? Mit eigener Hand töten? Wie denn? Erschlagen? Erwürgen? Aufhängen?

Man müßte eine Waffe haben, dann wäre es leichter. Eine Pistole, das wäre am besten. Ein Fingerkrümmen, ein Schuß

– es war die eleganteste Lösung. Ohne Anstrengung, ohne körperlichen Einsatz. Nur Abdrücken ... einmal, zweimal, vielleicht aus Sicherheit dreimal ... Nicht einmal zu zielen brauchte man auf diese geringe Distanz, man traf immer.

So einfach hörte sich das an, ein Menschenleben auszulöschen. Und doch würde das Fingerkrümmen eine fast unmenschliche Überwindung kosten und noch mehr das Zusehen, wie die Kugeln in den Körper schlugen und vielleicht sogar Blut aus den Einschußlöchern quoll. Würde sich dieses Bild nicht unauslöschbar in das Gehirn brennen und die Nächte zur Qual werden lassen? Gab es danach überhaupt noch ein normales Leben? Konnte man noch einem Menschen gegenübertreten, ohne zu denken: Ja, sieh mich nur an. Du blickst jemandem ins Auge, der einen anderen Menschen getötet hat. Nicht aus Habgier, nicht aus Mordlust, nicht aus niedrigen Motiven, nein. Ich habe es einfach tun müssen, ich habe nur ein Versprechen eingelöst, eine Verpflichtung, die einen Abschnitt meines Lebens beendet. Was dann folgt, ist die Lethargie, das Warten auf deinen eigenen Tod.

Reue? Kann, darf es Reue geben? Sie haben Robert mit einem Genickschuß hingerichtet, regelrecht hingerichtet, und sie haben Gerda das Herz gebrochen, ihren Lebenswillen getötet. Und Schuld muß gesühnt werden. Das hat man uns schon in der Schule gelehrt. Wie kann eine Hand zittern, wenn sie Gerechtigkeit ausübt?

Habicht holte sein Gepäck aus dem Hotel. Der Hausdiener, der ihm den Tip mit dem Zimmer bei Bertha Hellenkamp gegeben hatte, lud die vier Koffer auf einen Kofferwagen.

»Hat es mit dem Zimmer geklappt, Herr Doktor?« fragte er.

»Es war eine gute Empfehlung. Wie heißen Sie?«

»Fritz Poller, Herr Doktor.«

Habicht griff in die Tasche, holte einen Hundertmarkschein heraus und hielt ihn Poller hin. »Ich brauch' noch einen Tip, Fritz.«

»Wenn ich helfen kann, sehr gern, Herr Doktor.« Poller griff schnell zu und steckte den Geldschein ein.

»Ich brauche eine Pistole ...«

»Was brauchen Sie, Herr Doktor?« Pollers Miene verschloß sich.

»Eine Pistole.«

»Mit so etwas habe ich nichts zu tun, Herr Doktor.«

»Ich weiß, daß man illegal Waffen aller Art kaufen kann. Vom Klappmesser bis zum Raketenwerfer. Ich brauche nur eine Pistole.«

»Da kann ich Ihnen nicht helfen, Herr Doktor.« Poller igelte sich ein. »Ich weiß wirklich nicht ...«

»Ich brauche nur eine Adresse. Ich weiß, daß Sie eine kennen.« Habicht holte einen zweiten Hundertmarkschein hervor. »Erinnern Sie sich, Fritz.«

Poller nahm auch den zweiten Schein an und überlegte, ob es strafbar war, einen Namen zu nennen, der nur in eingeweihten Kreisen einen Doppelklang besaß. Auf dem Kiez war Waffenhandel fast normal, nur sprach man nicht darüber.

»Interessieren Sie sich für russische Kunst?« fragte der Hausdiener.

Habicht sah ihn erstaunt an. Was soll das? Russische Kunst? Aber nach kurzem Zögern verstand er Pollers Gedankengang. Eine Kalaschnikow zum Beispiel ist eine russische Maschinenpistole.

»Ich mag russische Kunst«, sagte Habicht gespannt. »Es kommt aber immer auf das Objekt an. Eine gute alte Ikone würde mich reizen.«

»Da hätte ich etwas für Sie, Herr Doktor. Ich kenne einen Importeur für russisches Kunsthandwerk. Außerdem ist er

Besitzer der Bar Taiga. Der Mann heißt Rutkin. Die Bar Taiga kennt jeder. Tolle Mädchen, alles Russinnen.«

»Und dieser Rutkin verkauft Ikonen?«

»So sagt man ...«

»Ich danke Ihnen, Fritz.« Habicht atmete auf. »Hoffentlich ist dieser Tip so gut wie der mit dem Zimmer.«

»Bestimmt, Herr Doktor. Aber nennen Sie bitte nicht meinen Namen. Auf dem Kiez ist Schweigen wie eine Lebensversicherung.«

Habicht war so erfreut, daß er noch einen dritten Hunderter in Pollers Hand drückte. Er nahm sich vor, Rutkin noch an diesem Abend einen Besuch zu machen. Er ließ von Poller seine Koffer zu einem Taxi bringen und fuhr in die Roosenstraße.

Bertha Hellenkamp erwartete ihn schon mit Ungeduld. Sie hatte einen echten friesischen Tee aufgebrüht und vier Stücke Nußkuchen gekauft. Der Herr Doktor sollte sich vom ersten Tag an bei ihr richtig wohl fühlen. Warum sich ein so vornehmer Herr mit einem solch bescheidenen Zimmer zufrieden gab, diese Frage verdrängte Bertha jetzt völlig. Er würde seine Gründe haben.

Bertha verspürte ein wahres Glücksgefühl, als Habicht an ihrem weiß gedeckten Tisch lobte: »Der Tee ist vorzüglich. Ich habe selten einen so guten Tee getrunken. Und der Nußkuchen ... einfach Spitze!«

Am Abend zog Habicht sich um und fragte auf der Straße einen Taxifahrer nach der Bar Taiga. Er brauchte nicht weit zu laufen, das Lokal lag mitten in dem Vergnügungsviertel. Varietés, Kabaretts, Sexfilmtheater, Bars, Showbühnen, Imbißstuben, Tanzcafés – es war eine ganz besondere Welt, die Habicht in dieser Zusammenballung noch nie gesehen hatte. Dagegen war das Nachtleben von München, das er nun monatelang durchstreift hatte, von provinzieller Bescheidenheit, geradezu unauffällig. Bisher kannte Habicht St.

Pauli nur aus Fernsehfilmen und Illustriertenberichten, die ihn nie besonders interessiert hatten. Jetzt lebte er mittendrin und schlüpfte in ein Kostüm, das zu dieser turbulenten Szene paßte. Der Mann im mittleren Alter, der Verpaßtes nachholen wollte, der im Leben zu kurz gekommen war und nun kräftig auf die Pauke haute. Oder – wie man machomäßig sagte – endlich die Sau rausließ.

Vor dem Taiga stand ein livrierter Portier, der gleichzeitig der Aufreißer war. Als Habicht vor dem Fotokasten neben dem Eingang stehen blieb und die aufreizenden Bilder betrachtete, junge, halbnackte Mädchen in erotisch wirken sollenden Verrenkungen, kam der Mann sofort auf ihn zu.

»Na, junger Mann! Wollen Sie das Glück mit beiden Händen greifen? Kommen Sie herein, die russische Seele – und nicht nur die – wartet auf Sie! Zögern Sie nicht! Wir garantieren Ihnen einen unvergeßlichen Abend mit Tatjana und Ludmilla.«

»Ich möchte einen Herrn Rutkin sprechen«, sagte Habicht und schüttelte die Hand ab, mit der ihn der Portier am Ärmel gepackt hatte. Der Aufreißer ließ ihn sofort los.

»Was wollen Sie von ihm?« Seine Stimme klang jetzt fast drohend.

»Das geht dich einen Dreck an, mein Junge!« sagte Habicht grob. Diesen Ton hatte er in München geprobt, er stellte in solchen Kreisen schneller einen Kontakt her. Der Portier ging auch sofort auf den Ton ein. »Du kennst Rutkin?«

»In zehn Minuten spätestens bestimmt.«

»Sag doch gleich, daß du 'n maskierter Bulle bist!«

»Seh' ich so aus?«

»Bei uns ist alles sauber. Alle Mädels haben ordentliche Papiere, keine Schwarzmarktware.«

»Das interessiert mich nicht. Ich will Rutkin sprechen, mehr nicht. Von mir aus könnt ihr eure Mädels in Frischfleisch-Containern nach Deutschland schaffen.«

»Komm rein.«

Der Portier ging voraus in einen großen, halbdunklen Raum mit einer riesigen Bartheke an der Stirnwand. Die Wände waren mit rotem Samt bespannt. Habicht sah ein Gewirr von Tischen und Stühlen, am anderen Ende des Raumes eine Bühne und einige Türen in den Längswänden, die zu »Betreuungszimmern« führen mußten. Auf der Bühne zeigte ein nacktes Paar gerade, wie man auch in einer Schaukel kopulieren kann. Die Darstellerin quietschte dabei wie eine rostige Türangel. Der Portier stieß Habicht grinsend in die Rippen.

»Das ist Marfa! Eine tolle Nummer! Die tritt nachher noch mal auf und läßt sich von drei Kerlen bumsen. Gleich drei auf einmal. Ein echter Star!«

»Ich will zu Rutkin.« Habicht gab seiner Stimme einen drohenden Klang. »Marfa kannste dir an den Sack hängen!«

Der Portier führte Habicht an der Bar vorbei zu einer Tür, die unter der roten Samtbespannung kaum zu erkennen war. »Warte hier«, sagte er knurrend. »Ich melde dich an. Wie heißt du?«

»Nishni Nowgorod ...«

»Scheiße!« Der Portier verschwand hinter der Tür.

Habicht lehnte sich an das Ende der Theke und sah sich weiter um. Die Bar war gut besetzt bis auf einen Hocker. Meist waren es Männer in Habichts Alter, die Bier, Cocktails oder ein Glas Sekt tranken und sich nicht um die Schaukelnummer auf der Bühne kümmerten. Die Kellnerinnen trugen russische Kostüme, hochgeschlossen und züchtig. Nur wer sie von hinten sah, bekam einen Vorgeschmack von dem, was die Mädchen auch noch servieren konnten: Die Kosakenhosen waren kreisrund ausgeschnitten und zeigten die blanken runden, einladenden Hintern. Ab dreihundert Mark plus Getränke konnte man sich in den Nebenräumen näher damit beschäftigen.

Hinter der Bar bedienten sieben Mädchen die Gäste. Sie zeigten keine Blößen, ihr Kostüm war korrekt. Das hieß: Hände weg! Hier gibt es nur Getränke oder Gespräche, denn nirgendwo wird mehr vom Leben erzählt als an einer Bar. Da sprudelt aus einem Mann alles heraus, was er in letzter Zeit an Frust geschluckt hat. Einer Bardame wird oft mehr gebeichtet als einem Priester, und ihre Absolution ist ein verstehendes Lächeln.

Habichts Blick blieb an einer Bardame hängen, die gerade einen giftgrünen Cocktail servierte und mit dem Gast, einem Mann mit weißen Locken, ein sichtlich witziges Gespräch führte. Sie hatte hellblonde kurzgeschnittene Haare, eine Ponyfrisur, die ihrem Gesicht etwas Koboldhaftes gab. Die Kosakenuniform paßte zu ihr. So müssen früher die Mädchen am Don ausgesehen haben, dachte Habicht. Oder besser: So stellt man sich eine Russin aus der Steppe vor, eben genauso verkehrt, wie ein Amerikaner, der noch nie in Deutschland gewesen ist, von einem Deutschen denkt, er trüge nur Lederhosen und Gamsbarthut und äße Sauerkraut mit Eisbein. Habicht hatte vor Jahren, zusammen mit Gerda, den Film »Dr. Schiwago« im Kino gesehen, weil so viel von dem Buch gesprochen wurde. An diese Russinnen erinnerte er sich jetzt, als er das Kosakenmädchen hinter der Bar sah. Woher konnte sie kommen? Aus der Ukraine? Aus Weißrußland? Aus den ehemaligen Nordstaaten der Sowjetunion?

Der Portier unterbrach seine Gedanken. Er stand hinter ihm, lautlos herangekommen, und tippte ihm auf die Schulter. Es war, als stäche ihn jemand mit eisernen Fingern.

»Rutkin läßt bitten. Arme hoch!«

»Warum denn das?«

»Darum.« Der Portier tastete schnell und geübt Habichts Körper ab und nickte dann. Habicht mußte grinsen.

»Glaubst du, ich komme mit 'ner Waffe zu Rutkin?«

»Ich habe schon Pferde kotzen sehen! – Da hinein.«

Habicht ging durch die Tür, kam in einen Vorraum, in dem ein alter Billardtisch stand und der sonst leer war. Im hinteren Winkel zwischen Wand und Decke starrte ihn das Auge einer Videokamera an – wie in einem Gangsterfilm. Habicht lachte und winkte in das Objektiv hinein. Das schien zu überzeugen. Vor ihm schnarrte es, und eine automatische Tür rollte in die Wand.

Grigorij Semjonowitsch Rutkin war ein noch junger Mann von 31 Jahren. Wie alle reich gewordenen Russen kleidete er sich in bestes Tuch, vom besten Schneider verarbeitet, trug nur weiße Hemden und diskrete Krawatten und bewies, daß man im Auftreten ein Gentleman sein konnte. Er konnte leise, aber betont sprechen, doch man traute ihm auch zu, zu brüllen wie Rasputin. Er trug die schwarzen Haare mit Pomade eng an den Kopf geklebt, hatte braune Augen und einen forschenden Blick. Seine Gestalt war mittelgroß, schlank, aber kräftig. An der rechten Hand glitzerten zwei Brillantringe.

Rutkin war vor vier Jahren in Hamburg aufgetaucht. Woher er kam, wußte niemand genau. In seinem Paß stand Njenjalinsk. Wo liegt Njenjalinsk? Irgendwo im weiten Rußland, vielleicht in Sibirien, wer weiß das? Als Beruf gab er Kunsthändler an, eröffnete ein winziges Ladengeschäft, in dessen Schaufenster er zwei unechte Ikonen und die berühmte Matruschka, die Puppe in der Puppe, stellte, und begann, sich auf dem Kiez umzusehen.

Es geschahen dann merkwürdige Dinge.

Zuerst beklagte man in der Zuhältergemeinschaft zwei Tote, die mit sauberen Stirnschüssen in Hausfluren lagen. Da niemand einen Schuß gehört hatte – und es waren belebte Straßen mit einem ertragreichen Straßenstrich –, wußte man, daß hier jemand mit einem Schalldämpfer arbeitete. Also ein Profi.

Das zweite Ereignis versetzte die Szene in helle Aufregung: Boxer-Ede, ein Berliner »Bienenzüchter«, der neun Bienchen durch St. Pauli schwirren ließ, wurde in seiner Wohnung tot und mit abgeschnittenem Gehänge aufgefunden. Die Mutmaßungen überschlugen sich, die Polizei lief ins Leere, Motive gab es genug, aber keinen Verdächtigen. Immerhin ging die Tat als »Schwanzmord« in die Geschichte des Kiez ein.

Kurz nach dieser unappetitlichen Affäre erhängte sich der Besitzer der Erotik-Bar Sirene. Er hing eines Morgens von der Decke über einem dicken Schaumgummiboden, in einem Raum, den man die Spielwiese nannte und auf der sich Pärchen im Rudelbumsen üben konnten. Swinger-Joe, so hieß er, hatte keinen Grund gehabt, sich das Leben zu nehmen, sein Laden lief wie geschmiert, er hatte nie ein krummes Ding gedreht, er war auf dem Kiez überall beliebt, was sehr selten ist, und die Polizisten der Davidswache hatten seinetwegen nie ausrücken müssen. Warum hängt sich ein so erfolgreicher, integrer Mann auf? Aus Schwermut? Wohl kaum, denn Swinger-Joe testete vorher jedes Mädchen auf seine Tauglichkeit, bevor er es einstellte.

Joes Witwe, die Hamburg so schnell wie möglich verlassen wollte, war deshalb hoch erfreut, als sich ein zahlungskräftiger Käufer für die Sirene-Bar bei ihr vorstellte.

Es war Grigorij Semjonowitsch Rutkin.

Man wurde sich schnell einig, der Kaufvertrag wurde unterschrieben, Rutkin baute das Lokal etwas um und eröffnete es neu unter dem Namen Taiga.

Der Kiez nahm es hin. Ein Russe mehr, na ja! Wenn er sich gut eingliedert, soll er seine Geschäfte machen. Was keinem auffiel: Die neun Bienchen von Boxer-Ede schwirrten jetzt als Bedienerinnen im Taiga herum, und die neuen Bardamen waren sehenswerte Importe aus Rußland.

Das Taiga bekam einen guten Namen in St. Pauli. Es wurde akzeptiert.

Rutkin empfing Habicht auf russisch. Wer sich Nishni Nowgorod nennt, muß die Sprache der Heimat sprechen. Von seinem Schreibtisch aus musterte er den Besucher mit zusammengekniffenen Augen.

Habicht winkte ab. »Spielen wir kein Theater, Rutkin«, sagte er. »Ich bin kein Russe.«

»Das habe ich sofort gewußt.« Rutkin sprach ein akzentfreies Deutsch. »Welcher Russe heißt Nishni Nowgorod? Was wollen Sie? Wer sind Sie?«

»Ich bin Dr. Habicht aus München. Und was ich will? Sie handeln doch auch mit russischen Kulturgütern, hat man mir gesagt.«

»Das stimmt. Was suchen Sie?«

»Eine schöne, gepflegte Ikone ... 7,65 oder 9 Millimeter ...«

Rutkin schwieg und lehnte sich in seinem Sessel zurück. »So klein soll sie sein, so klein?« sagte er gedehnt. »Eine Miniatur? Schwer zu suchen und schwer zu finden.«

»Eine Kalaschnikow ist mir zu unhandlich. Reden wir im Klartext, Rutkin. Ich brauche eine Pistole oder einen Revolver. Sofort.«

»Was wollen Sie damit?«

»Jemanden töten.«

»Das sagen Sie so öffentlich?«

»Hier ist keine Öffentlichkeit; wir sind allein. Und wenn Sie ein Tonband laufen lassen – Sie werden es nicht verwerten.«

»Wen wollen Sie töten und warum, Herr Doktor?«

Habicht griff in die Tasche, holte das Foto heraus und warf es Rutkin auf den Tisch. »Ich suche eine Frau. Diese Frau. Sie hat meinen Sohn Robert und meine Frau Gerda auf dem Gewissen. Rutkin, Sie werden einsehen, daß ich sie töten muß. Mir fehlt nur die Pistole, die ich von Ihnen bekomme.«

Rutkin drehte das Foto zwischen seinen Fingern und betrachtete es mit fachmännischem Wohlwollen.

»Eine schöne Frau«, sagte er anerkennend. »Eine sehr schöne Frau. Und so etwas mordet? Dr. Habicht, Sie können tausend Frauen kennen, und jede ist anders. Wer traut einer solchen Frau solche Taten zu?« Er gab das Foto zurück. Habicht steckte es wieder ein. »Sie wissen, daß sie in Hamburg ist?«

»Aus sicherer Quelle. Sie ist von München nach Hamburg geflüchtet.«

»Und ausgerechnet in unser Milieu?«

»Es ist ihre Welt. Ich weiß von Freunden meines Sohnes Robert, daß er ein Verhältnis mit einer Bardame gehabt hat. Mit ihr! In Hamburg wird sie wieder in ihren alten Beruf eingestiegen sein. Was sollte eine Bardame sonst tun?«

Rutkin hob zweifelnd die Schultern. »Sie suchen ein Weizenkorn in einem Wagen voller Roggenkörner. Und wenn Sie das Weizenkorn gefunden haben, wollen Sie es zerquetschen. Und ich soll Ihnen dabei helfen ...«

»Ich möchte nichts weiter von Ihnen als eine Pistole, Rutkin.«

»Sie bekommen sie, zum Selbstschutz. Unter einer Bedingung: Sie gehen auf einen Handel mit mir ein.«

»Ich höre.«

»Diese Frau interessiert mich. Ein Madonnengesicht, hinter dem sich der Tod verbirgt. Ich habe Frauen gesammelt wie andere Leute Bierdeckel. Eine Mörderin war noch nicht darunter, das reizt mich. Mein Vorschlag: Ich helfe Ihnen bei der Suche. Wenn diese Frau wirklich in einer Bar in St. Pauli arbeitet, finden wir sie. Und dann, wenn wir sie gefunden haben, kaufe ich sie Ihnen ab.«

»Ich lehne ab, Rutkin!« sagte Habicht hart.

»Wieviel ist sie Ihnen wert? Nennen Sie eine Zahl.«

»Sie können mir nicht meinen Schwur abkaufen. Mit Millionen nicht!«

»Was können Sie ohne Pistole tun, Dr. Habicht?«

»Es gibt in Hamburg genügend illegale Waffenhändler. Sie sind nicht der einzige.«

»Das stimmt.« Rutkin lenkte ein. Sein Plan stand bereits fest. Bevor Habicht sie entdeckte, lag diese Frau längst in seinem, Rutkins, Bett. Ich werde den gesamten Kiez nach ihr suchen lassen, dachte er. Ist sie hier, gibt es kein Entkommen mehr. Nur das Foto brauche ich. »Holen Sie morgen Ihre ›Ikone‹ ab. Eine 9 Millimeter Smith & Wesson. Gut eingeschossen. Und es bleibt dabei: Ich helfe Ihnen. Ohne Kaufabsicht. Einverstanden?«

»Einverstanden. Wo kann ich die Waffe abholen?«

»Hier bei mir. Morgen gegen 22 Uhr.«

»Preis?«

»Ein Sonderpreis für Sie. Tausendfünfhundert Mark, einschließlich fünfzig Schuß Munition.«

»Ich brauche höchstens drei – um sicherzugehen. Ich weiß nicht, ob ich in diesem Moment noch eine ruhige Hand habe.«

Nachdem er Rutkin mit Handschlag verlassen hatte, stellte Habicht sich noch ein paar Minuten an die Bar. Er hatte Durst, außerdem spürte er in sich ein Zittern. Er bekam eine Pistole, zum erstenmal in seinem Leben würde er eine Waffe in der Hand halten, und er wußte gar nicht, wie man damit umgehen sollte. Er mußte also üben, in Frau Hellenkamps Zimmer. Und es sollte schnell gehen, schneller als aufkommende Skrupel, wenn er der Frau gegenüberstand. Ziehen, entsichern, abdrücken – das mußte eine Sekundenreaktion sein. Mit jeder Sekunde würde sein Arm mehr zittern, das wußte er.

Jetzt ein Bier, das würde ihn beruhigen.

Die Russin mit dem blonden Pony und der Kosakenuniform kam zu ihm und warf ihm ihr eingeübtes Lächeln zu. »Was kann ich für Sie tun?« fragte sie.

»Ein Pils. Haben Sie ein Pils vom Faß?«

»Wir haben vieles anzubieten, auch ein Pils vom Faß.«

Sie hatte eine angenehme Stimme mit einem leicht singenden Tonfall, der einen besonderen Reiz ausmachte. Die Barhocker waren jetzt kaum besetzt, alles saß an den Tischen und starrte auf die Bühne. Dort war eine Arztpraxis aufgebaut, ein Arzt, nackt unter seinem weißen Kittel, behandelte eine ebenfalls nackte Patientin auf dem gynäkologischen Stuhl und zog gerade ein Plastikhuhn aus der Vagina. Das Publikum johlte und applaudierte. Die Nummer gehörte zum Standardprogramm des Taiga.

Habicht riß sich von diesem ekelerregenden Anblick los. In München wäre so etwas unmöglich – in St. Pauli gehörte es zu den gemäßigten Darstellungen.

»Sie mögen so was nicht?« hörte er eine Stimme in seinem Nacken. Die blonde Bardame schob ihm das schäumende Pils zu.

»Nein. Woran merken Sie das?«

»Sie haben nicht geklatscht.«

»Es gibt ästhetische Sexszenen und widerliche Sexszenen. Die hier ist absolut widerlich.«

»Warum sind Sie dann zu uns gekommen?«

»Aus Neugier. Man muß alles einmal sehen.«

»Sie sind selten in St. Pauli?«

»Zum erstenmal.«

»Und wie finden Sie uns?«

»Ich kann mir noch kein Urteil bilden.«

»Woher kommen Sie?«

»Aus dem Rheinland«, log Habicht.

»Ein Rheinländer! Kölner?«

»Bonner.«

»Rheinländer mag ich. Die sind immer so lustig und kontaktfreudig. Und wenn sie Witze erzählen, platzt mir die Uniform.«

»Ich bin leider gar kein guter Witzeerzähler ... Ich vergesse sie immer und verderbe dann die Pointe. Aber Sie muß ich etwas fragen.«

»Bitte?«

Habicht beugte sich etwas über die Theke. »Ich werde vielleicht jetzt öfter ins Taiga kommen. Wie heißen Sie?«

»Sissi Huber.«

»Oha!« Habicht mußte lachen. »Ich denke, hier arbeiten nur Russinnen?«

»Ich bin Halbrussin. Mein Vater war Österreicher, Alois Huber aus Wien. Aber meine Mutter war Russin ... aus Charkow. Deshalb hat der Chef mich eingestellt. Sonst sind hier wirklich alle Mädchen Russinnen.« Sie schwieg, während Habicht das Pils in sich hineingoß wie ein Verdurstender. »Sie waren beim Chef ...«

»Haben Sie das gesehen?«

»Hinter der Bar sieht man alles. Ich denke, Sie sind zum erstenmal hier?«

»Ich kenne Herrn Rutkin als Kunsthändler.«

»Ja, das ist er auch.«

»Und ich will von ihm eine Ikone kaufen. 18. Jahrhundert, Nowgoroder Schule, einfach wunderschön. Aber wir feilschen noch um den Preis.«

»Da müssen Sie einen langen Atem haben. Der Chef ist knallhart.« Sissi Huber zog das leere Glas an sich heran. »Noch ein Pils?«

»Weil Sie so lieb lächeln ... ja! Sie haben schönes blondes Haar. Es wird viele Männer geben, die Ihnen Angebote machen.«

»Daran gewöhnt man sich.«

»Und wie wehren Sie sie ab?«

»Da spreche ich russisch: Njet! Oder Nitschewo! Meistens hilft das. Warum wollen Sie das wissen?«

»Ach, es war nur eine rhetorische Frage.«

»Sind Sie ein Studierter?«

»Woran erkennt man das?«

»Die sprechen immer so. Remotorisch ...«

»Rhetorisch.« Habicht lachte und blickte ihr nach, wie sie das zweite Pils zapfte. Auf der Bühne lief die Sexshow weiter, Habicht blickte nicht mehr hin. Im Grunde waren es doch immer nur Variationen des gleichen Themas. So etwas dauernd anzusehen wurde langweilig. Sissi Huber kam mit dem Pils zurück.

»Soll ich Ihnen ein Mädchen rufen?« fragte sie.

»Ich wüßte nichts mit ihm anzufangen.«

»Aber sie mit Ihnen. Russinnen sind berühmt für ihre Liebe.«

»Liebe! Ist das Liebe, was man hier anbietet? Sissi – darf ich Sie so nennen – was verstehen Sie unter Liebe? Für dreihundert Mark die Beine spreizen? Zahl, Junge, und mach schnell, und dann raus mit dir! Das nennt ihr Liebe?«

»Sie haben recht.« Sissi strich sich über die Ponyhaare. »Hier ist es ein Geschäft. Sie kaufen eine lebende Ware.«

»Das klingt fast traurig.« Habicht widmete sich wieder seinem Pils, aber beim Trinken blickte er über den Glasrand zu ihr hin. »Ich habe einmal eine Frau sehr geliebt. Sie gehörte zu meinem Leben.«

»Sie sprechen in der Vergangenheit.«

»Ich bin Witwer. Meine Frau starb vor einem halben Jahr.«

»Das tut mir leid.« Sie blickte über Habicht hinweg ins Leere. »Ich kann es Ihnen nachempfinden. Ich habe auch einen lieben Menschen verloren.« Sie zuckte zurück und schüttelte den Kopf. »Aber warum erzähle ich Ihnen das? Es ist lange her. Damals war ich noch in Wien.« Sie zog das

Glas wieder an sich und fragte wie einstudiert: »Noch ein Pils?«

»Nein, danke. Jetzt habe ich Hunger. Wo kann man hier gut essen?«

»Bei Maxe ... nein, noch besser beim Chinesen-Otto gleich um die Ecke. Mögen Sie chinesisches Essen?«

»Ab und zu. Ich hatte wenig Gelegenheit, Restaurants zu testen. Meine Frau kochte zu gut. Aber ich werde Ihren Rat befolgen: Ich vertraue mich Chinesen-Otto an.«

»Sagen Sie mir, wie es Ihnen geschmeckt hat?«

»Soll das heißen, ich soll wiederkommen? Sie haben Glück, Sissi, ich bin morgen bei Herrn Rutkin, um mir die Ikone abzuholen.«

Es war ein Wortgeplänkel, ein Hin und Her wie bei einem Pingpongspiel, und Habicht gefiel es. Er konnte es nicht genau begründen, aber er mochte Sissis ehrliche, offene Art zu sprechen. Seine Erfahrungen mit den »Damen« in München hatten ihn in den vergangenen Monaten abgehärtet. Er war in eine Welt eingedrungen, deren Existenz er bisher zwar wahrgenommen, aber nie zum normalen Leben gerechnet hatte. Männer, die in Bordelle gingen, um sich dort für teures Geld die Illusion von Liebe zu kaufen oder sich nur einfach zu entleeren, die sich stundenlang auf Barhocker klemmten, um einen Ausgleich zu ihrem tristen Alltag zu suchen, hatte er, der Urtyp des braven Bürgers, immer für Menschen gehalten, die eine gewisse Primitivität verdecken wollten. Jetzt, eingetaucht in diese Welt, in ein Leben zwischen Ekstase und Depression, zuckenden Farbscheinwerfern und schwüler Dämmerung, hatte sich sein Menschenbild grundlegend geändert. Eine Frau wie diese Sissi Huber war für ihn kein Schattengewächs mehr, sondern ein hart arbeitender Mensch, der um sein Dasein auf dieser Erde kämpfte.

»Wenn Sie morgen kommen, mixe ich Ihnen einen Spezial-Cocktail«, sagte Sissi und kassierte den Preis für das Bier. »Mögen Sie es scharf oder mild?«

»Sagen wir: eine milde Schärfe.«

»Einen Spice Island?«

»Keine Ahnung, was das ist.« Habicht lachte. »Von Cocktails verstehe ich nur soviel, daß sie schmecken müssen. Und jetzt gehe ich zum Chinesen-Otto.«

Das chinesische Restaurant von Otto Fuhrmann, den man Chinesen-Otto nannte, weil er von Geburt an schrägstehende Augen hatte, war ein kleines Lokal von drei ineinander übergehenden verwinkelten Räumen und einer so kleinen Küche, daß man es als Kunstwerke betrachten mußte, was der chinesische Koch und seine Küchenhilfe auf die Teller zauberten. Man saß auf geschnitzten chinesischen Holzstühlen und unter einer bunt bemalten Glasdecke, auf der sich einige Drachen anfauchten. Alles war so, wie sich ein Europäer ein chinesisches Restaurant vorstellt. Am Eingang stand ein großes Aquarium mit exotischen Fischen, für Kenner der Szene ein Beweis, daß auch Chinesen-Otto Schutzgelder an die Triaden zahlte.

Das Lokal war halb leer, Habicht fand einen Tisch im dritten Raum, von dem aus er alles überblicken konnte, suchte sich aus der umfangreichen Speisenkarte ein Gericht aus Schweinefleisch, Bambussprossen und chinesischen Pilzen aus, bestellte dazu ein Viertel leichten Rotwein und sah Otto Fuhrmann entgegen, der auf ihn zukam. Chinesen-Otto hatte die Angewohnheit, jeden Gast persönlich zu begrüßen, nach dem Motto: Dem Gast schmeckt es besser, wenn gute Worte ihn begleiten.

»Ich fühle mich geehrt«, sagte Otto, »daß Sie gerade mein unwürdiges Lokal ausgewählt haben, um besonders köstlich zu speisen. Mein elender Koch wird Sie verwöhnen.«

Es war die alt-chinesische Höflichkeit, so wie man sie sich

in Europa vorstellt, wenn man China nur vom Film oder durch Bücher kennt. Aber es war die richtige Masche; Chinesen-Otto hatte mit solchen Reden immer Eindruck hinterlassen. Die Gäste waren geschmeichelt und kamen sich wie Mandarine vor.

Habicht lächelte zurück. »Ich lasse mich überraschen«, antwortete er. »Sie sind mir von Sissi empfohlen worden.«

»Vom Taiga? Eine ganz besondere Lotosblüte. Eine von den Göttern geküßte Blüte. Man könnte dauernd ihren Duft einatmen, aber sie läßt keinen an sich heran.«

Die Karaffe mit dem Rotwein wurde gebracht, Otto goß selbst ein. »Eine gute Wahl, wirklich«, sagte er dabei. »Ein Tropfen vom Blut des Drachen.«

Habicht nahm einen Schluck, sah Otto lächelnd an und stellte das Glas auf den Tisch.

»Ein Kalterer See – und dann aus irgendeiner versteckten Ecke ...«

»Sie sind Fachmann? Weinkenner?« Chinesen-Otto wurde etwas verlegen. »Die kommen selten zu mir. Zu den normalen Gästen sage ich immer, der Wein ist von den sonnigen Hügeln von Jinan.«

»Gibt es dort überhaupt Wein?« keifte Dr. Habicht.

»Keine Ahnung. Ich hab mal auf eine Chinakarte geguckt, und da fiel mir der Ort Jinan ins Auge. Warum soll es in Jinan keinen Wein geben? Wer will das nachprüfen? Meine Gäste werden nie nach Jinan kommen. Die Hauptsache: Sie glauben es.« Otto blinzelte Habicht zu. »Ich habe aber auch einen guten Burgunder im Keller.«

»Und der kommt aus einem spanischen Dorf ...«

»Ehrlich, es ist ein Burgunder.« Chinesen-Otto schien Gefallen an Habicht gefunden zu haben. So etwas gibt es: Man sieht einen Menschen und mag ihn sofort. Es muß die Ausstrahlung sein. Auch Habicht fand Chinesen-Otto sympathisch. Ein ausgekochtes Schlitzohr, dachte er. Aber wie er das an den Mann bringt, läßt sogar Fröhlichkeit aufkommen.

Das Essen war nicht überragend, aber gut und der Burgunder wirklich ein Burgunder. Otto saß Habicht am Tisch gegenüber und erzählte Anekdoten aus St. Pauli, unter anderem von einem Mann, der nach einem Rudelbumsen nach Hause kommt und sich auszieht. Benebelt vom Alkohol hat er aber die Unterhose eines anderen Gastes angezogen. Seine Frau sieht ihn an und sagt dann: »Wie kommst du in die Unterhose von Willibald?« Willibald war der Nachbar.

»Wie lange sind Sie schon in St. Pauli?« fragte Habicht. Otto hatte zum Nachtisch ein Porzellanschälchen mit warmem Pflaumenwein spendiert.

»Ich bin hier geboren.«

»Dann kennen Sie ja eine Menge Leute.«

»Und alle kennen mich.« Das klang stolz.

»Kennen Sie auch die Mädchen hinter den Bars?«

»Unmöglich! Wissen Sie, wie viele wir davon haben?«

»Ich kann es mir denken. Aber alle kennen Sie.«

»Chinesen-Otto gehört zu St. Pauli wie die Davidswache«, erklärte der Wirt stolz.

»Dann könnten Sie mir vielleicht helfen.« Habicht holte das Foto aus der Tasche und legte es vor Otto auf den Tisch. Otto betrachtete es, ohne es zu berühren.

»Schön, schön. Tolle Frau. Ihre Frau?«

»Nein, ich suche sie. Sie heißt Ulrike Sperling und ist Bardame.«

»Hier in Hamburg?«

»Sie ist von München nach Hamburg gezogen. Vor etwa einem halben Jahr.«

Über Ottos Chinesengesicht zog ein breites Grinsen. »Ist sie Ihnen ausgerissen?« fragte er sachverständig. »Und jetzt laufen Sie ihr nach wie ein Kater? Ist das so? Mein lieber Mann ...«

»Ich heiße Hubert ...«

»Mein lieber Hubert, keine Frau ist es wert, daß man ihr nachläuft.«

»Diese Frau ist es wert, Otto.«

»Was die hat, haben Millionen andere auch.«

»Es geht hier nicht um Sex.«

»Um was sonst? Bei so einer Frau ... Und Sie wissen genau, daß sie in Hamburg ist?«

»Ganz sicher.«

»Kein Sex?« Ottos Gedankenbreite war begrenzt. »Warum suchen Sie diese Ulrike dann?«

»Sie hat meinen Sohn Robert und meine Frau umgebracht.«

»Die? Das Marienköpfchen?«

»So reagieren alle, die das Foto sehen. Aber sie hat es getan, und deshalb muß ich sie finden. Helfen Sie mir dabei, Otto? Bei Ihren Beziehungen in St. Pauli. Seit einem halben Jahr ist sie in Hamburg, sie muß also Bekannte haben. Und wenn sie wieder in einer Bar arbeitet, müßte man sie finden. Otto, helfen Sie mir, bitte. Diese Frau ist eine Mörderin!«

Chinesen-Otto nahm nun doch das Foto in die Hand und zog es näher. Er las die Widmung und blickte zu Habicht hinüber. »Wir gehören zusammen ... Wen meint sie damit?«

»Meinen Sohn Robert.«

»Und killt ihn dann?«

»Sie hat ihn in die Ecstasy-Szene hineingezogen. Und da muß irgend etwas, was wir nicht genau wissen, passiert sein. Es gibt da nur Vermutungen. Aber das ist alles unwichtig. Wichtig ist nur, daß sie meinen Sohn Robert und Gerda ...«

Chinesen-Otto gab das Foto an Habicht zurück. »Ich werde mich darum kümmern«, sagte er. »Ulrike Sperling ... Sie tun mir leid, Hubert, und deshalb helfe ich Ihnen. Aber versprechen kann ich nichts. Doch ich habe Hoffnung. Man erzählt mir vieles, was sonst verschwiegen wird. Ich muß mich erst daran gewöhnen, es ist meine erste Menschenjagd. Trinken wir noch einen Burgunder? Mein lieber Hubert, Sie sind ein armer Hund ...«

»Dr. Habicht ist in Hamburg.« Loks Stimme klang am Telefon so ruhig und höflich wie immer, obwohl diese Mitteilung von größter Wichtigkeit war. Franz von Gleichem reagierte darauf auch erregter als sein Gesprächspartner.

»Hamburg!« rief er. »Dann ist Ulrike in Hamburg?«

»Wir vermuten es.«

»Er kann ja aus irgendeinem anderen Anlaß nach Hamburg geflogen sein.«

»Dann mietet man sich kein möbliertes Zimmer in St. Pauli!«

»Woher wissen Sie das?«

»Ich sagte Ihnen schon öfter: Wir wissen alles. Dr. Habicht wohnt bei einer Frau Bertha Hellenkamp in der Roosenstraße und hat als erstes die Bar Taiga besucht. Wir haben sofort feststellen lassen, daß es im Taiga keine Ulrike Sperling gibt. Er hat also die Suche aufgenommen, nachdem er einen Tip bekommen haben muß. Wer konnte ihm in München einen Tip geben, daß Ulla in Hamburg untergetaucht ist?«

»Keine Ahnung.« Von Gleichem tat es gut, hinzuzufügen: »Ich denke, Sie wissen alles?« Lok schluckte diese Ironie ohne Entgegnung.

Die letzten Wochen waren für die »Organisation« sehr zufriedenstellend gewesen. Aus dem süddeutschen Markt hatte sich nach den drei erwürgten Polen die polnische Drogenmafia zurückgezogen; in Holland hatte Herr van der Lorre nach der Exekution seiner wichtigsten Abnehmer die Erkenntnis gewonnen, daß es sinnvoller war, sich mit den Asiaten zu verbünden, als sie zum Gegner zu haben und selbst in einer Stahlschlinge zu hängen. Die noch unbekannten Partner hatten nach den Morden und den Explosionen der beiden Kühllastwagen noch einmal ihre Visitenkarte abgegeben: Ein ganzer Vorratsturm mit Düngemitteln war plötzlich über Nacht mit Zyankali verseucht worden. Herr van der Lorre kapitulierte. Sowohl in Süddeutschland wie in West- und Norddeutschland wurden die Ecstasy-Pillen von den Öko-Pyramiden abgelöst. Das Millionengeschäft war perfekt und nur noch in einer Hand.

Verunsichert war dagegen die Polizei. Auf dem Schreibtisch von Peter Reiber standen die kleinen Papierpyramiden in Reih und Glied wie aufgebaute Zinnsoldaten. Bei einer Razzia in einem Techno-Lokal hatten seine Beamten die neuen Glücksbringer entdeckt und 624 Stück beschlagnahmt. Die Verhöre mit den jugendlichen Konsumenten verliefen wie immer. Keine Namen, keine Quellen, nur verbissenes Schweigen und Freilassung nach Registrierung des Wohnsitzes.

Aber bei den Verhören stieß die Polizei jetzt auch auf Spott. So sagte einer der User: »Jetzt habt ihr nur noch heiße Luft, ihr Bullen! Das sind Öko-Schätzchen! Da ist nichts drin, was nicht erlaubt ist! Das ist legal! Oder wollt ihr Öko vielleicht auch noch verbieten?«

Die ersten Laborberichte aus dem LKA waren erschreckend: Es waren tatsächlich frei verkäufliche Präparate, nur auf die Mischung kam es an. Und diese Mischung verursachte die gleiche Wirkung wie bei den bisherigen Ecstasy-Pillen.

»Die neue Generation«, sagte Reiber bitter, als er Wortke die Pyramiden vorführte. »Das Jahr 2000 kündigt sich an: Wahnsinnige durch Öko-Trips! Ehe man diese Pyramiden auf die Liste der verbotenen Drogen setzt, vergehen Monate. Da müssen erst große Forschungsgruppen beschäftigt werden. Wir werden diese Pyramiden natürlich wie die normalen Ecstasy-Pillen bekämpfen, aber wehe, wenn jemand auf die Idee kommt, gegen eine Beschlagnahme Klage zu erheben. Ein geschickter Anwalt kann da einen Musterprozeß inszenieren und uns die Hände damit binden. Das heißt: Wir müssen hilflos zusehen, wie die Jugendlichen sich mit den Pyramiden zugrunde richten. Das sind apokalyptische Aussichten.«

»Die kriminelle Intelligenz hat die höchsten Wachstumsraten.« Wortke nahm eine der kleinen Papiertütchen hoch und roch daran. »Hast du schon eine Pyramide geknackt, Peter?«

»Noch nicht, aber es reizt mich.«

Wortke grinste breit. »Die Glückspille! Nimm sie, nimm sie ... Dann sehen wir endlich mal einen glücklichen Kriminalbeamten!«

»Mir ist alles andere als zum Lachen.« Reiber schnippte mit den Fingern die Pyramidenreihe um. »Wir haben es jetzt mit einer neuen Verbrecherorganisation zu tun, über die wir nicht die geringsten Informationen haben.«

»Außer ein paar Morden«, ergänzte Wortke. »Das genügt mir.«

»Wir müssen in diesen Mafia-Ring hinein!«

»Bei Asiaten? Unmöglich. Das weißt du. Die lassen sich eher kastrieren, als ein einziges Wort zu sagen. Und wenn alles über eine legale Firma läuft, etwa Im- und Export von Elektroartikeln, pinkeln wir gegen eine Wand.«

Wortkes plastische Rede traf genau den Kern aller Probleme: Gegen eine gut und straff organisierte Mafia hatte die Polizei ohne einen Zeugen keinerlei Chancen. Doch in diesem Bereich einen Zeugen zu finden ist seltener, als einen zwanzigkarätigen Diamanten zu schürfen.

Am Morgen des Heiligen Abends holte Dr. Habicht seine »Ikone« bei Rutkin ab. Am Abend vorher – wie vereinbart – war sie noch nicht lieferbar gewesen, und Rutkin hatte ihn auf den nächsten Morgen vertröstet. Habicht hatte danach noch zwei Stunden an der Bar gesessen und sich mit Sissi Huber unterhalten.

»Was werden Sie am Heiligabend machen?« fragte sie.

»Nichts.« Habicht hob die Schultern. »Was soll ein einsamer Witwer schon machen? Ich werde in meinem Zimmer hocken und fernsehen. Früher – ach Gott – früher war das immer einer der schönsten Abende des Jahres. Geschmückter Tannenbaum, Gänsebraten, Kartoffelknödel, Rotkohl, Bescherung. Mein Sohn Robert spielte Weihnachtslieder auf dem Klavier und dann Beethoven und Schubert; wir tranken einen guten Rotwein, meist einen Bordeaux, und ich rauchte eine Zigarre, eine Davidoff, die ich mir nur an Feiertagen gönnte ... Es war ein richtig schöner Familienabend. Heute? Ich werde in Erinnerungen baden und vielleicht traurig sein ...«

»Und sich betrinken ...«

»Nein. So ein Typ bin ich nicht. Alkohol ist keine Lösung von Problemen, nur ein kurzzeitiges Betäuben.«

»Und an den Weihnachtsfeiertagen?«

»Wird es das gleiche sein, Fräulein Sissi ...«

»Sie können das Fräulein weglassen, Herr Doktor ...«

»Und Sie das Doktor. Woher wissen Sie denn, daß ich ein Doktor bin?«

»Ich habe es gestern beim Abschied vom Chef aufgeschnappt. Wie soll ich Sie denn anreden?«

»Wenn ich Sissi sagen darf, nennen Sie mich Hubert.«

»Also, Hubert, an den Feiertagen haben Sie auch nichts geplant?«

»Gar nichts. Ich nehme an, Frau Hellenkamp hat einen Braten gemacht und lädt mich dazu ein.«

»Und am Abend?«

»Die Glotze ...«

»Wollen Sie nicht zu uns kommen?«

»Sie haben Weihnachten geöffnet?«

»Ab 21 Uhr ... für so arme Einsame wie Sie. Nur Barbetrieb, keine Mädchen, keine Show. Der Chef sagt, am ersten Weihnachtstag könnte man mal aufs Bumsen verzichten.«

Sissi hatte ihr Versprechen gehalten und Habicht einen Spezial-Cocktail serviert, einen Blue Ridge, der je nach Mischung entweder anregend oder vom Hocker fegend wirkte. Dieses Mal hatte sie einen sanften Cocktail gemixt. Habicht nippte daran und nickte zustimmend.

»Sehr gut.« Er stellte das Glas zurück und blickte in Sissis Augen. Sie sah ihn erwartungsvoll an. »Möchten Sie, daß ich Weihnachten komme?«

»Das überlasse ich Ihnen. Es war nur ein Vorschlag.«

»Ich überlege es mir.«

In seinem Zimmer hatte Habicht später wirklich überlegt, ob er Weihnachten im Taiga verbringen sollte. Er entschloß sich, sich von seinen drückenden Erinnerungen ablenken zu lassen und zu Sissi zu gehen; er fand sie irgendwie sympathisch. Sie war anders als die vielen Bardamen, die er bisher kennengelernt hatte, ohne eine Erklärung zu haben, was sie von ihren Kolleginnen eigentlich unterschied. Es war eine Ausstrahlung, ein Anflug eigener Persönlichkeit, die zu mehr berufen war, als nur Männer zu animieren und vor einer Bühne zu arbeiten, auf der sexuelle Praktiken in allen Variationen dargestellt wurden. Verleben wir also Weihnachten in einer Bar, dachte Hubert Habicht. Das ist eine neue Erfahrung in meinem Leben.

Heute nun, am Morgen davor, empfing Rutkin ihn im neben dem Taiga liegenden Antiquitätengeschäft, einem kleinen Laden mit russischer Kunst, meist Kopien alter Meisterwerke, modernen Ikonen, Holzschnitzereien, Teppichen und Keramik. Grigorij Semjonowitsch hatte damit eine gute Tarnung gewählt; seinen wirklichen Umsatz machte er mit

Waffen und Mädchenhandel. Bei ihm konnte man alles bestellen – von einer Boden-Luft-Rakete bis zu einer grusinischen Bauchtänzerin. Nur mit Drogen handelte er nicht mehr, nachdem seine junge Geliebte, Tatjana Iwanowna, ein neunzehnjähriges Model von der Schönheit einer Elfe, sich den Goldenen Schuß gegeben hatte. An ihrer Leiche hatte Rutkin geschworen, daß in seiner Bar nicht ein Hundertstel Gramm Rauschgift mehr auftauchen würde.

»Ich habe für Sie, Herr Doktor, eine sehr gute Pistole besorgen können«, sagte Rutkin und legte die Waffe auf eine gestickte ukrainische Decke. »Ein Fabrikat aus Israel, 9 Millimeter, ladehemmungssicher, eingeschossen, mit fünfzig Schuß Munition. Zusätzlich ein Schalldämpfer, der aber hundert Mark extra kostet. Damit sind Sie bestens ausgerüstet. Zufrieden?«

»Sehr.« Dr. Habicht nahm die Pistole und zielte gegen die Wand. Zum erstenmal hielt er eine Waffe in der Hand, und es war ein eigentümliches Gefühl, die Finger um einen Gegenstand zu schließen, der einen Menschen töten konnte. Hochheben, abdrücken – das ist alles. So einfach ist ein Leben ausgelöscht. Mit einem innerlichen Schauer legte er die Pistole auf die ukrainische Decke zurück. Rutkin starrte ihn verunsichert an.

»Stimmt etwas nicht?« fragte er.

»Doch, doch. Es ist alles in bester Ordnung.«

»Haben Sie schon einen Hinweis, wo sich die schöne Mörderin versteckt?«

»Noch nicht. Aber wenn Sie – wie versprochen – mir helfen ...«

»Ich werde alle meine Beziehungen ausnutzen.« Rutkin sah zu, wie Habicht die Pistole, den Schalldämpfer und die Munitionsschachtel in die Manteltasche steckte und den Kaufpreis auf den Tisch zählte. »Sie wollen sie wirklich erschießen?«

»Ich weiß es nicht. Es kommt darauf an, in welcher Verfassung ich bin, wenn ich ihr gegenüberstehen werde.«

»Sie verpfuschen damit Ihr ganzes Leben.«

»Es ist schon verpfuscht.«

Grigorij Semjonowitsch lehnte sich gegen die Wand und verschränkte die Arme vor der Brust. Dieser Dr. Habicht gefiel ihm; zu einem künftigen Mörder kann man offener sprechen als zu einem normalen Kunden. »Sehen Sie mich an, Herr Doktor«, sagte Rutkin. »Ich bin erst 31 Jahre alt, aber ich habe viele Leben hinter mir. Und immer habe ich zu mir gesagt: Brüderchen, scheiß auf die Vergangenheit, fang noch mal von vorn an. Und ich lebe weiter und habe alles Vergangene abgeworfen. Das sollten Sie auch tun! Denken Sie daran, was ich Ihnen vorgeschlagen habe: Wir suchen diese Frau, und dann übergeben Sie sie mir. Das wird eine größere Strafe sein als der Tod. Tod – das heißt: Es ist vorbei. Leben – wie sie es ertragen wird – heißt: die Qual der Stunden zu ertragen.«

»Woher kommt Ihr Interesse an dieser Frau? Weil sie schön ist?«

»Ihre Schönheit wird sie ernähren, weiter nichts. Nein ... sie hatte mit Drogen zu tun, nicht wahr?«

»Mit Ecstasy.«

»Ich hasse alles und alle, was mit Drogen zu tun hat. Ich hasse es bis in die Tiefe meines Herzens! Herr Doktor, überlassen Sie mir diese Frau!«

»Ich überlege es mir.« Habichts Haltung wurde abweisend. »Überlassen wir alles dem Augenblick.«

In seinem kleinen möblierten Zimmer bei Frau Hellenkamp übte er am Nachmittag mit leerem Magazin das Ziehen, Entsichern und Abdrücken der Pistole. Nach fünfmaligem Üben steckte er die Waffe weg, er kam sich zu blöd vor. Ich bin kein John Wayne, dachte er. Ich brauche nicht der Schnellste zu sein. Es kann ganz langsam gehen, ich will die

Angst in ihren Augen genießen, diese flatternde Todesangst, so wie Robert sie gehabt haben muß, als man ihm den Lauf ins Genick preßte. Ich will sie um ihr Leben betteln hören, ich will, daß sie vor mir auf die Knie fällt. Und dann werde ich die Pistole an ihre Stirn halten und abdrücken.

Er ließ sich auf das Bett fallen und verkrampfte die Finger in der Bettdecke. Mein Gott, was ist aus mir geworden? Woran denke ich? Hat es in Wahrheit drei Tote gegeben? Ist auch der Oberregierungsrat Dr. Habicht gestorben, seelisch gestorben? Gibt es uns alle nicht mehr? Mit welchen Gedanken lebst du jetzt?

Er stellte sich nebenan unter die Dusche, zog sich dann um, einen dunklen Anzug, ein weißes Hemd, eine silbergraue Krawatte, so wie er es immer zum Heiligabend getan hatte, setzte sich vor den Fernseher und stellte ihn an. Das Vorabendprogramm lief. Ein Kinderchor sang in einer barocken Kirche.

Dr. Habicht lehnte sich auf dem Stuhl weit zurück. Jetzt, Einsamkeit, komm. Fall über mich her. Überschütte mich mit Erinnerungen. Ersäufe mich in Traurigkeit. Halt nicht die Tränen zurück ...

Robert und Gerda neben dem Weihnachtsbaum. Die Kerzen flackern. Ihr Schein bricht sich in den Glaskugeln. Das Lametta flimmert. Auf der Spitze des Baumes breitet ein goldener Rauschgoldengel seine Arme aus. Gelobt sei Gott in der Höhe ... Stille Nacht, heilige Nacht ... Denn euch ist heute der Heiland geboren ...

Ein Klopfen ertönte an der Tür. Habicht schrak auf und erhob sich von seinem Stuhl.

»Ja?« rief er. »Bitte ...«

Die Tür öffnete sich zaghaft, das Gesicht von Frau Hellenkamp erschien in der Türspalte. Sie war beim Friseur gewesen, ihr weißes Haar umrahmte in Löckchen ihren Kopf.

»Sie sind hier?« fragte sie.

»Wo soll ich sonst sein? An diesem Abend ...«

»Verzeihung, Herr Doktor. Es war eine dumme Frage von mir. Sie gehen nicht aus?«

»Nein. Wohin?«

»Darf ... darf ich Sie einladen?« Die Frage klang so, als habe ein schüchternes Mädchen sie ausgesprochen.

»Wenn ich nicht lästig falle ...«

»Auch ich bin allein. Wir Verwitweten sollten zusammenrucken. Ich habe ein Hähnchen gebraten. Mögen Sie Hähnchen, Herr Doktor?«

»Eines meiner Leibgerichte. Gerda kochte dazu immer einen Wildreis und machte einen frischen Salat.«

»Ich habe Bratkartoffeln und Apfelmus ...«

»Fabelhaft. Frau Hellenkamp ...« Dr. Habicht machte eine Verbeugung. »Ich nehme die Einladung mit großer Freude an.«

Es wurde ein stiller, besinnlicher Heiligabend. Berthas Kochkünste waren lobenswert, nur der Wein, den sie dazu ausgesucht hatte, war nicht besonders. Habicht trank ihn tapfer; wie konnte man auch von Frau Hellenkamp verlangen, daß sie Weinkennerin war. Habicht beschloß, ihr einige gute Flaschen nach den Feiertagen zu schenken.

Es war gegen Mitternacht, als Habicht zu Bett ging, das Licht ausknipste und gegen die dunkle Decke starrte. Er streckte sich aus, faltete die Hände über der Bettdecke und sagte leise:

»Gute Nacht, Gerda ... gute Nacht, mein Sohn Robert ... Das erste Weihnachten ohne euch – aber ich habe es überstanden. Verdammt, ich habe es überstanden. Ich habe nicht gedacht, daß ich das schaffe ...«

Weihnachten ...

Vor dem Taiga stand kein Portier mehr und lockte die Kunden in das Lokal. Die sonst hell beleuchteten Schaukästen mit den nackten Darstellern der Sexshow waren dunkel, über dem Eingang brannte nur eine Art Notbeleuchtung. Keine Musik dröhnte auf die Straße, nur an der Ecke und in drei Hauseingängen warteten einige Nutten auf Kundschaft, auch hier nur eine Notbesetzung für die ganz Einsamen oder Abgebrühten, die in der heiligsten Nacht der Christenheit zur Fleischeslust flüchten wollten. Ein mageres Geschäft, das sich kaum lohnte, aber Dienst ist Dienst. Die straffe Zucht der Zuhälter kannte keine Feiertage.

Im Inneren des Taiga brannte auch nur schwache Beleuchtung. Es gab keine barbusigen Mädchen, die Bühne mit dem grellroten Vorhang war verschlossen. Ein trostloser Anblick. Nur die Bar im Hintergrund war erleuchtet, auch sie ohne einen Gast auf dem Hocker. Nur Sissi Huber stand hinter der Theke und trank eine Cola. Langsam ging Habicht durch den Raum.

»Bin ich allein?« fragte er.

»Bis jetzt ja.« Sissi reichte ihm die Hand über den Tresen. »Schön, daß Sie gekommen sind, Hubert.«

»Zu früh?«

»Wir haben schon 21 Uhr.«

»Und Sie sind allein hier?«

»Ich habe mit einer Kollegin getauscht, die jetzt eigentlich Dienst hätte.«

»Sie machen sich nichts aus Weihnachten, Sissi?«

»Sonst schon ... Aber weil Sie kommen wollten ...«

»Sie haben meinetwegen getauscht?«

»Dafür habe ich morgen frei ... und da ist Betrieb«, wich sie aus. »Bier, Cocktail, Cognac oder Wein?«

»Heute trinken wir einen Wein. Einen Bordeaux. Habt ihr den? Aber eine verschlossene Flasche ...«

»Sie kennen sich aus.« Sie lächelte ihn an. Ihr weißblondes Haar schimmerte, als hätte sie Goldstaub hineingekämmt.

»Seit einem halben Jahr bin ich Barfachmann. Ich kenne die offenen Flaschen mit dem Bordeaux-Etikett, aber drin ist billiger Landwein.«

»Wir haben auch echten. Die Flasche 270 Mark!«

»Ihr Halsabschneider!«

»Unsere Kalkulation. Die Gäste zahlen das ja freiwillig. Wer gut leben will, muß auch gut bezahlen.«

Habicht setzte sich auf den Barhocker und sah zu, wie Sissi aus dem temperierten Weinschrank eine Flasche holte. Einen Château Limoge. Nicht übel. Hubert wartete, bis die Flasche entkorkt war, probierte, nickte und hob dann das Glas gegen das Licht.

»Eine gute Farbe. Und ein guter nussiger Aprikosenhauch. Prost, Sissi!«

»Auf Ihr Wohl, Hubert.«

Sie stießen an, blickten sich dabei in die Augen und senkten dann schnell den Blick, als habe er schon zuviel verraten.

»Ich habe lange über Sie nachgedacht«, sagte sie, als sie die Gläser abgestellt hatten.

»Betrachten Sie mich als ein Rätsel, Sissi?«

»So in etwa. Ich habe mich gefragt: Warum ist er Weihnachten in St. Pauli? Auch wenn er keine Frau mehr hat – er muß doch Verwandte haben, zu denen er gehen kann. Er kann doch nicht völlig allein sein? Kein Mensch ist völlig allein; das gibt es nicht.«

»Ich bin ganz allein. Sie sehen, daß es so was gibt.«

»Keine Freunde?«

»Alle verheiratet, mit Familie. Die wollen keinen Fremden, auch wenn er ein Freund ist, Weihnachten mit herumschleppen. Da stört er bloß. Das Leben ist nun einmal so. Sie sind ja auch allein, Sissi.«

»Freiwillig heute. Ich könnte hundert Freunde haben ...«

»Wer würde daran zweifeln!«

Sie beugte sich etwas über die Theke. Ihr ausgeschnittenes Kleid ließ dabei einen straffen Brustansatz erkennen. »Ich frage mich auch: Was macht er gerade über Weihnachten in Hamburg? Urlaub? In einem Hotel in Hamburg? Da ist doch jedes Zuhause gemütlicher. Geschäfte? Nicht über Weihnachten. Warum also ist er hier?«

»So viel und so lange haben Sie über mich nachgedacht? Ich könnte Ihnen vieles erzählen ...«

»Tun Sie es, Hubert.«

»Ich langweile Sie nur.«

»Ich höre gerne zu.«

»Das ist eine unendlich lange und doch kurze Geschichte. Ich habe nicht nur meine Frau, sondern auch meinen Sohn verloren. Innerhalb einer Woche ...«

»Oh!« Sie senkte den Kopf. »Das konnte ich nicht ahnen.« Ihre Stimme schwankte. »Verzeihung ...«

»Sie wurden beide ermordet ...«

»Wie schrecklich! Mein Gott, und ich frage so dumm.«

»Ermordet von einer Frau ...«

»Sprechen Sie nicht weiter, Hubert. Das konnte ja keiner ahnen ...«

»Und ich bin hier, um diese Mörderin zu suchen und zu finden!«

»Hier in Hamburg. In St. Pauli?«

»Ja, sie ist hier! Es ist nur eine Frage der Zeit, bis ich sie finde.« Habicht griff in seine Rocktasche und holte das Foto heraus. Er legte es vor Sissi auf die Theke und schob es ihr hin. »Das ist sie. Ulrike Sperling ...«

Sissi betrachtete das Foto, ohne es anzufassen. Ihre Augen starrten auf das Bild, als wäre sie von dieser Frau fasziniert. Eine ganze Weile schwieg sie, dann fragte sie mit etwas brüchiger Stimme:

»Diese schöne Frau soll eine Mörderin sein?«

»Alle sehen nur ihre Schönheit, auch Sie, Sissi. Aber sie ist eine Mörderin!«

»Sind Sie sicher, Hubert?«

»Sie hat meinen Sohn Robert umgebracht, mit einem Genickschuß, und meine Frau ist an dem Schock gestorben! Ein Doppelmord! Diese Ulrike Sperling hat die Familie Habicht vernichtet.«

»Du heißt also Dr. Hubert Habicht?«

»Ja. Aber Hubert genügt.«

»Und woher hast du das Foto?«

»Mein Sohn Robert hatte es im Musikzimmer unter einer Büste von Richard Wagner versteckt. Ich habe es durch Zufall entdeckt. Diese Ulrike war die Geliebte meines Sohnes – oder präziser: Er war ihr hörig! Hörig durch die Droge Ecstasy, mit der sie ihn vollgepumpt hat! Kennst du Ecstasy?«

»Ich habe davon gehört. Hier bei uns im Taiga ist sie verboten. Mein Gott, und du glaubst wirklich, daß diese ... diese Ulrike deinen Sohn erschossen hat?«

»Wenn nicht sie, dann hat sie ihn töten lassen! Das ist in meinen Augen dasselbe.«

»Und wenn sie wirklich in St. Pauli ist und du sie findest ... Was geschieht dann mit ihr?«

»Ich weiß es nicht.«

»Du bringst sie zur Polizei ...«

»Bestimmt nicht!«

»Du wirst sie töten?«

»Vielleicht. Erst muß ich sie vor mir stehen haben. Muß ihr in die Augen schauen. Muß von ihr wissen: Warum hast du das getan? Und da es für ihre Tat keine Entschuldigung gibt ...«

Habicht schwieg, trank seinen Wein aus und wischte sich über die Augen. Sissi goß ihm ein neues Glas ein, ihre Hände zitterten dabei. »Willst du auch ein Mörder werden, Hubert?« fragte sie. Sie duzte ihn plötzlich ... sie war ihm jetzt so nahe, daß sie es einfach mußte. Es war wie selbstverständlich.

»Mörder? Ich vervollständige nur ein lückenhaftes Gesetz. Außerdem – mich kümmert wenig, was hinterher kommt.«

»Aber mich!« Sie sagte es so klar, daß Habicht den Kopf hob.

»Dich? Du hast nur eine Geschichte gehört, wie du wolltest. Eine böse Geschichte, kein Weihnachtsmärchen. Vergiß sie.«

»Das kann ich nicht mehr.« Sie griff nach seinen Händen und hielt sie fest umklammert. »Ich will dir helfen. Ich will dir helfen, diese Ulrike zu finden, und dir helfen, keine Dummheit zu machen.«

»Jetzt habe ich drei Verbündete.« Habicht zwang sich zu einer verzweifelten Fröhlichkeit. »Da muß der Fisch ja ins Netz schwimmen ...«

»Wer sucht sie denn noch?«

»Dein Chef Rutkin und Chinesen-Otto.«

»Dann muß es gelingen. Vor allem Chinesen-Otto kennt jeden in St. Pauli und St. Georg. Und der Chef hat viele gute Verbindungen.« Sissi trank einen großen Schluck Rotwein, als sei ihre Kehle verdorrt. »Das wird ja eine Menschenjagd ...«

»Es wird die Suche nach Gerechtigkeit.«

»Und wenn sie keine Mörderin ist?«

»Laß dich nicht von ihrem Äußeren täuschen. Es gab Maler, die haben Teufelsfratzen mit Engelsköpfen übermalt ...«

Erst gegen ein Uhr nachts bestellte Habicht ein Taxi und ließ sich nach Hause bringen. Er war nicht mehr fähig, die kurze Strecke zu gehen, und kriechen wollte er nicht. Sissi konnte ihn nicht wegbringen; es waren noch drei späte Gäste gekommen.

In seinem Zimmer fiel Habicht auf das Bett und breitete die Arme aus.

»Frohe Weihnachten!« schrie er gegen die Decke. »Und Friede auf Erden und den Menschen ein Wohlgefallen ... Kotz dich aus, Junge ...«

Die beiden ersten Wochen des neuen Jahres gingen ohne einen Hinweis dahin. Habicht entmutigte das nicht, er kannte das von München her. Erst nach fünf Monaten war die anonyme Nachricht gekommen, an deren Richtigkeit er nicht zweifelte. Der Hamburger Kiez wurde durch Angst zusammengehalten. Verrat brachte körperliche Schmerzen, wenn nicht gerade den Tod, so doch wochenlanges Krankenlager. Da schienen auch die besten Verbindungen von Rutkin und Chinesen-Otto nichts zu nützen, eine Ulrike Sperling war nicht bekannt. Auch ihr Foto wurde mit Kopfschütteln kommentiert.

»Es gibt nur zwei Möglichkeiten«, sagte Chinesen-Otto bei einem Abendessen. »Entweder ist sie gar nicht in Hamburg, oder sie hat ihr Aussehen verändert. Gründlich verändert. Für Geld können mich die Chirurgen schön machen wie Robert Redford. Oder häßlich wie Quasimodo.«

»So, wie du bist, reicht's!« Rutkin lachte kurz auf. »Daran habe ich auch schon gedacht. Eine Gesichtsoperation.«

»Sie wird sich niemals ihr schönes Gesicht verunstalten lassen.« Sissi schüttelte energisch den Kopf. »Ihr versteht das nicht ... aber ich als Frau! Ich ließe mich doch nie, nie häßlicher machen! Auch nicht für zehn Jahre Knast!«

»Hier geht es ums Leben, Süße!« Rutkin säbelte an seiner Ente herum. »Schon eine schiefe Nase verändert dich gründlich. Dazu hängende Lider, ein schmaler Mund ...«

»Gräßlich! Außerdem wird kein Schönheitschirurg einen Menschen häßlicher machen. Nie! Das geht gegen seine Ehre!«

»Auch Ehre kann man kaufen«, sagte Rutkin sachverständig.

»Soviel Geld hat sie nicht.« Habicht putzte sich den Mund mit einer Serviette ab. »Woher auch?«

»Wenn sie im Drogenhandel hing, hat sie genug Geld.« Chinesen-Otto schlürfte sein Bier und rülpste genußvoll. »Dann hat sie genug, um sich einen goldenen Arsch tätowieren zu lassen.«

»Wir suchen keinen Arsch, sondern Ulrike Sperling.« Habicht warf die Serviette auf den Tisch. »Ich habe gedacht, daß wenigstens ihr das Schweigen aufbrechen könnt. Warum schützen eure Kollegen eine Mörderin?«

»Sie wird im Bett 'ne Wucht sein!«

»Schweine!« rief Sissi dazwischen. »Hier sitzt eine Dame!«

»Um das festzustellen, brauche ich ein Fernrohr!« Rutkin schlug mit der flachen Hand auf den Tisch. »Schluß mit den dummen Reden! Der Herr Doktor hat das Problem genau erkannt: Wer sie unter der Bettdecke hat, verrät sie nicht. Und ihre Kolleginnen? Wer möchte mit einem zerschnittenen Gesicht herumlaufen?« Er blickte zu Habicht hinüber, der mit düsterer Miene vor sich hin starrte. »Warum geben wir denn nicht der Polizei einen anonymen Wink?«

»Nein!« Habichts Stimme klang hart.

»Und warum nicht, frage ich noch mal?«

»Wenn die Polizei sie findet, ist sie mir entzogen.«

»Aber man hat sie! Und sie wird bestraft.«

»Sagten Sie bestraft, Grigorij Semjonowitsch?« Habicht schnippte nervös und wütend mit den Fingern. »Gibt es für ihre Tat eine Strafe?«

»Sie sind Jurist, Herr Doktor, nicht ich.«

»Und deshalb überblicke ich die Lage genau. Der Mord an meinem Sohn Robert wird durch einen geschickten Anwalt als Totschlag abgetan. Der Schocktod meiner Frau hat juristisch mit einem Mord überhaupt nichts zu tun. Es ist ein normaler Tod ohne Fremdeinwirkung. Eine Folgeerscheinung. Dagegen kann keine Anklage erhoben werden. Bleibt Roberts Tod. Nach einem guten Plädoyer können dabei höchstens zehn Jahre Strafverbüßung herauskommen. Resümee: Wir haben zwei Tote, der Schuldige daran bekommt zehn Jahre. Nach fünf Jahren wegen guter Führung Begnadigung. Fräulein Ulrike Sperling läuft also nach fünf Jahren wieder vergnügt durch die Welt, aber mein Sohn Robert und meine Frau Gerda sind tot. *Die* können nicht wiederkommen! Es gibt im Strafgesetz nicht den seelischen Tod, nicht den Tod aus Kummer, nicht den Tod durch Zerstörung des Lebenswillens. Ein solches Gesetz ist auch gar nicht durchführbar. Und deshalb erfinde ich für mich dieses Gesetz! Der Tod meines Sohnes Robert war direkter Mord, der Tod meiner Frau Gerda indirekter Mord. Also ist der Täter ein Mörder. Und als solchen will ich ihn in meiner Hand haben, nicht vor mir im Gerichtssaal.«

»Das ist Wildwest, Hubert«, sagte Sissi fast entsetzt. »Du kannst dir doch keine eigenen Gesetze machen!«

»Ich kann! Ich bin ja bereit, später auch dafür zu büßen.«

»Auch als Mörder!«

»Nein, bei mir wird es glatter Totschlag sein. Totschlag im Affekt. Totschlag aus tiefster Verzweiflung.«

»Und es ist in Wahrheit doch nur billige Rache. So wie in dem Film ›Ein Mann sieht rot‹.«

Habicht sprang auf. Sein Gesicht war gerötet und etwas verzerrt. »Wem wollt ihr eigentlich helfen?« rief er laut. »Mir – oder dieser Mörderin?«

»Wir wollen dich nur vor einer großen Dummheit bewahren, Hubert.« Sissis Stimme klang begütigend und sanft. »Dich frißt dein Haß auf.«

»Mich frißt der Mangel an Gerechtigkeit auf! Rutkin, wenn man deine Frau und dein Kind getötet hätte ...«

»Ich weiß es nicht ...«

»Aha! Und du, Otto?«

»Ich hätte da einige, die mir die Arbeit abnehmen würden.«

»Und du, Sissi?«

»Man sollte erst richten, wenn die Wahrheit offenbar ist«, sagte sie zögernd. »Und dann sollte man dem Gesetz vertrauen und selbst im Sinne Jesu verzeihen können.«

»Jetzt wird es mir zu blöd.« Habicht stieß den Stuhl zurück, so heftig, daß er umfiel. »Soll ich auch noch für das Seelenheil der Mörderin beten?«

»Auch sie hat eine Seele, Hubert.«

»Aber ich bin nicht Christus. Ich bin, wenn schon eine biblische Gestalt, der rächende Gott des Alten Testamentes. Mein Gott, ist das alles dämlich, was wir hier reden! Laßt uns weiter nach dieser Ulrike Sperling suchen ...« Damit stürmte er nach draußen.

In diesen Januarwochen rief Habicht einmal in München an – seinen Arzt und Freund Dr. Heimes. Was er zu hören bekam, waren die altbekannten Töne.

»Ist dort die Vereinigung freiwilliger Idioten?« fragte Dr. Heimes, als Habicht sich meldete. »Spreche ich mit dem Oberidioten?«

»Nein! Hier ist die Verwaltung des Privatfriedhofes von Dr. Heimes. Wie viele tote Patienten liefern Sie heute?« antwortete Habicht.

»Hamburg scheint dir gut zu bekommen. Da in den Zeitungen nichts von einem Frauenmord steht, nehme ich an, daß du diese Sperling noch nicht gefunden hast.«

»Du warst schon immer ein kluger Junge. Aber ich finde sie.«

»Phantast!«

»Was tut sich Neues in München?«

»Wenig. Die Polizei hat die Akte Habicht noch nicht geschlossen. Dieser Hauptkommissar Reiber wollte dich sprechen und landete dann bei mir. Man ist bei der Kripo der festen Ansicht, daß Robert ein Opfer der Mafia geworden ist. Alle Umstände deuten darauf hin. Drogen, Genickschuß, der Tod von Christa Helling – Robert muß tief im Sumpf gesteckt haben. Und ihr habt nichts bemerkt!«

»Ich nicht. Aber Gerda ...«

»Gerda? Wieso denn? Das sagst du erst jetzt?«

»Jeder hätte mich ausgelacht, du auch. Gerda hat ein paarmal gesagt, wenn Robert Klavier spielte: ›Hör dir das an! Er spielt Chopin wie Beethoven.‹ Damals habe ich gedacht: Na gut, der Junge spielt falsch. Er wird's noch lernen. Heute weiß ich, daß er seine innere Zerrissenheit durch diese Musik verarbeitete, daß er sich entlud, daß er sich befreien wollte – nur wir haben es nicht verstanden. Julius, war ich ein guter Vater oder ein schlechter?«

»Ein unbeteiligter Vater.«

»Das ist ja noch schlimmer!«

»Dein Familienleben lief wie eine gut geölte Maschine, immer im gleichen Rhythmus. Sie verarbeitete Alltägliches und produzierte Alltägliches. Hier die brave Hausfrau und Mutter, der wohlgeratene Sohn, dort die Bayerische Staatskanzlei und die Briefmarken. Dazwischen Gähnen. Warum wohl hat Gerda bei mir heimlich geweint?«

»Ich werfe dir vor, daß du mir nie einen Tip gegeben hast.«

»Konnte ich das? Dir einen Tip geben? Du warst doch vollkommen mit deiner widerlichen Selbstgefälligkeit behangen. Durch diesen Panzer drang niemand durch. Du hast dich immer als vollkommen angesehen und warst doch nur ein armer Kümmerling.«

»Danke. Aber das hat sich grundlegend geändert.«

»Stimmt! Jetzt bist du ins andere Extrem verfallen!«

Dr. Heimes wechselte das Thema. Es war sinnlos, mit Habicht über seinen Charakter zu diskutieren. »Wo wohnst du in Hamburg? Ich weiß nicht, wie ich dich erreichen kann.«

»Ich möchte nicht erreicht werden.«

»Wenn irgend etwas Wichtiges ist ...«

»Es gibt in meinem Leben nichts Wichtiges mehr.«

»Ich könnte zum Beispiel sterben.«

»Ist das so wichtig?«

»Hubert, mit Verlaub, du bist ein Arschloch!«

»Das hat schon Joschka Fischer im Bundestag gesagt. Rede nicht in Plagiaten.« Habicht lachte amüsiert auf. »Aber zu deiner Beruhigung: Ich habe ein möbliertes Zimmer bei einer sehr netten Witwe. Das Zimmer liegt in St. Pauli, hat ein Fenster zum Hinterhof, und gegenüber wohnen acht Huren, die ab und zu die Gardine nicht zuziehen und ein interessantes Schauspiel darbieten.«

»Du bist also mittendrin!« Dr. Heimes räusperte sich. »Und wie lange willst du diesen Irrsinn noch praktizieren?«

»So lange, bis aus Irrsinn Vernunft wird. Greifbare Wahrheit.«

»Das heißt: Wir sehen uns nicht wieder!« Dr. Heimes hatte Mühe, seiner Stimme einen gleichgültigen Klang zu geben. »Ruf mich ab und zu mal wieder an, damit ich höre, wie sehr sich deine grauen Hirnzellen vermindert haben, du Geisterfahrer!«

Dr. Heimes legte auf. Und wieder, wie in den vergangenen Wochen, beschäftigte er sich mit dem Gedanken, der Polizei einen Wink zu geben, daß Dr. Habicht im Besitz des einzigen authentischen Fotos der bisher unbekannten Frau sei und jetzt in Hamburg wohne – nach einer Information, daß diese Frau sich in Hamburg aufhalte. Man sollte diesem Spuk wirklich ein Ende machen, dachte der Arzt, und doch schwieg er weiter, an Habichts Worte denkend: »Ich erzähle es dir als Arzt. Unter dem Siegel der Verschwiegenheit. Und wenn's dir noch so weh tut: Du mußt den Mund halten!«

Dr. Heimes seufzte, griff nach einem Röntgenbild und hielt es gegen das Licht. Ein kleines Magen-Karzinom. Eine Frau von 36 Jahren, Mutter von drei Kindern.

Es gab wirklich Wichtigeres als Dr. Habicht ...

In diesen Januarwochen aber geschah noch etwas, das Habicht früher als völlig absurd bezeichnet hätte: Er suchte Sissis Gegenwart. Er saß jeden Abend auf dem Hocker an der Bar. Er brauchte Sissis Nähe, ihre Stimme, den Blick ihrer Augen, das Leuchten ihrer blonden Haare, ihr Lachen, die geschmeidigen Bewegungen ihres Körpers in dem engen Abendkleid, das Spiel ihrer schmalen Hände, und wenn sie miteinander sprachen und sie sagte: »Hubert, hör mal zu«, dann klang sein Name völlig anders, als er ihn 48 Jahre lang gehört hatte.

Ein paarmal waren sie sogar am Nachmittag, nachdem Sissi ausgeschlafen hatte, in Hamburg spazieren gegangen. An der Binnenalster, über die Mönckebergstraße, über den Neuen Wall, sie in einem dunkelbraunen Nerzmantel, er in einem gefütterten Paletot und einer tief in die Stirn gezogenen Sportmütze, die er früher als proletarische Kopfbedeckung nie angefaßt hätte. Sie tranken Kaffee im Alster-Café, durchstreiften die feudalen Einkaufspassagen, aßen Pizza beim Italiener auf der Großen Bleichen und fütterten die Möwen, die sie in Schwärmen am Ballindamm umkreisten.

Rutkin, dem diese Annäherung natürlich nicht verborgen blieb, fragte Sissi einmal: »Wart ihr schon zusammen im Bett?«

»An etwas anderes kannst du wohl nicht denken«, antwortete sie aufgebracht.

»Also noch nicht. Dann wird's aber Zeit, Süße. Wenn jemand ihn von dem verrückten Gedanken, diese Ulla hier zu finden, ablenken kann, bist du es. Nur du kannst ihm klarmachen, daß es keine Ulrike Sperling in Hamburg gibt. Mehr als wir kann auch die Kripo nicht tun. Und wenn Chinesen-Otto keinen Erfolg hat, wer soll ihn dann haben? Sissi, leg den Doktor auf die Matratze, damit er den ganzen Unsinn vergißt.« Rutkin hatte sie forschend angesehen. »Ehrlich, Süße, du hast dich in den Doktor verknallt. Gib's zu.«

»Ich ... ich mag ihn. Er ist ein armer, entwurzelter Mann geworden. Er irrt umher, sucht einen Menschen und findet keinen, der ihn versteht.«

»Und du verstehst ihn?«

»Nein. Er sucht eine Mörderin, die gar keine ist. Er ist blind vor Kummer und Haß und redet sich eine Person ein, die er vernichten muß. Eine, die es gar nicht gibt.«

»Dann überzeuge ihn davon.«

»Wie? Worte sind da sinnlos.«

»Worte! Mädchen, du hast deinen Körper! Das ist immer noch das stärkste Argument seit Beginn der Menschheit. Dein Körper! Du mußt den Doktor dazu bringen, daß er wieder normal wird. Bis er nur noch an deine Titten denkt, an das Dreieck ...«

»Halt's Maul!« sagte sie grob. »Soll ich ihn ausziehen? Er muß von allein kommen. Er muß von sich aus einsehen, daß er einen anderen Weg gehen muß.«

»Aber du mußt ihm die Richtung zeigen, sonst verirrt er sich wieder. Du mußt wie ein Blindenhund sein. Führ ihn dahin, wo er hin soll: in dein Bett. Und dann deck ihn zu und sage: Hier gehörst du hin! Das wird er verstehen.«

Ende Januar schien Habicht zu begreifen, daß die Suche nach Ulrike Sperling auch in Hamburg ein Fehlschlag war. Rutkin hatte sich schon von dieser Jagd zurückgezogen, und als nun auch Chinesen-Otto bekannte, daß er alle Möglichkeiten ausgeschöpft hatte, war es, als falle von Habicht ein schwerer innerer Druck ab.

»Ich werde, so wie es aussieht, mein Versprechen nicht einhalten können«, sagte er zu Sissi.

»Welches Versprechen?« fragte sie.

»Ich habe am Grab von Robert und Gerda geschworen, nicht eher zu ruhen, bis ich ihre Mörderin gefunden habe. Aber ihr habt alle recht: Sie ist irgendwo auf dieser Welt verschwunden. Wo soll ich sie suchen?«

»Nirgendwo. Leb jetzt dein Leben, Hubert.« Sissi griff nach seiner Hand, und es tat ihm gut, ihre Berührung zu spüren. Ihre Wärme, ihren Trost, ihr Verständnis. Hubert Habicht war froh, daß Sissi jetzt neben ihm saß und seine innere Einsamkeit ausfüllte. Sie war ein Mensch, der mit ihm fühlte und mit ihm einen Weg aus der Vergangenheit suchte.

»Soll ich nach München zurückgehen?« fragte er.

»Das mußt du ganz allein entscheiden.«

»Würdest du mitkommen?«

»Nein!« Es war ein klares, deutliches Nein.

»Was hält dich in Hamburg?«

»Darauf gibt es viele Antworten. Was soll ich in München?«

»Ja, was sollst du in München?« Habicht suchte nach Worten. Alle Erklärungen würden verwunderlich klingen, ja, absurd, und Sissi würde darüber lachen, den Kopf schütteln und nicht den Ernst verstehen, der dahinter stand. »Es ist ganz einfach: Ich fühle mich wohl in deiner Gegenwart.«

»Und wieso München?« Sie schien verwirrt zu sein. »Du kommst doch aus dem Rheinland, hast du gesagt. Aus Bonn.«

»Habe ich das gesagt? In Bonn habe ich mal zwei Semester Jura studiert. Das ist lange her. Nein, ich wohne in München.«

»Ich mag München nicht.« Kalte Abwehr lag in ihrer Stimme.

»Kennst du es denn?«

»Ich möchte es nie kennenlernen.«

»Und woher kommt dann diese Abneigung?«

»Das ist eine lange Geschichte. Bitte, frag mich nicht.« Sie faßte wieder nach Huberts Händen. »Wann willst du fahren?«

»Ich weiß es noch nicht.« Er senkte den Kopf. »Ich habe noch immer das Gefühl, daß diese Ulrike Sperling in Hamburg ist. Daß sie mir eines Tages über den Weg läuft, vielleicht ganz zufällig. Es ist wirklich nur ein Gefühl, es ist so, als spüre ich ihre Gegenwart, aber ich sehe sie nicht. Die Vernunft sagt mir: Gib auf. Aber mein Gefühl befiehlt mir: Laß nicht nach! Auf wen soll ich hören?«

»Darüber sollten wir gemeinsam nachdenken. Nicht hier, sondern in meiner Wohnung. Das ist kein Caféhaus-Thema.«

»Du nimmst mich mit in deine Wohnung?«

»Es sind nur zwei Zimmer, aber gemütlich. Die Wohnung ist meine Insel. Niemand kann sie erreichen, wenn ich es nicht will.«

»Aber ich darf sie betreten?«

»Du bist etwas Besonderes für mich. Aber das wirst du nie verstehen und sollst es auch nicht.«

Nach Schließung des Taiga fuhr Sissi mit Habicht in ihre Wohnung in der Haubachstraße. Der Sudgeruch der nahegelegenen Holsten-Brauerei wehte über die Dächer; es war eine feucht-kalte Nacht, in der man sich nach Wärme, Behaglichkeit und menschlicher Nähe sehnte.

Die Wohnung bestand aus zwei mittelgroßen Zimmern, einer kleinen Einbauküche und einem Bad, in dem gerade

Platz für eine Duschkabine war. Die Möbel waren Billigware, aber geschmackvoll in der Zusammenstellung. Was Habicht auffiel, waren die vielen Topfblumen, die Sissi mit Hingabe zu pflegen schien und die der kleinen Wohnung eine fröhliche Note verliehen.

»Nimm Platz«, sagte Sissi und zeigte auf die mit einem geblümten Stoff überzogene Couch. »Sieh dich um. Gefällt es dir?«

»Es ist herrlich warm und weiblich gemütlich bei dir.«

Sie lachte. »Gibt es auch eine männliche Gemütlichkeit?«

»Und wie! Mit Zigarettenqualm und Bierdunst!« Habicht fiel in ihr Lachen ein und setzte sich auf die Couch. Sissi hängte ihre beiden Mäntel an einen Kleiderständer und wirkte in ihrem schillernden Abendkleid in dieser Umgebung wie ein verirrter exotischer Vogel. Sie schien das selbst zu merken und deutete auf die Tür zum Schlafzimmer.

»Ich zieh' mich schnell um. Hast du Durst? Im Kühlschrank stehen Bier, Fruchtsaft, Whisky und Wodka. Bedien dich.«

»Bist du ein heimlicher Säufer?« rief Habicht ihr nach, als sie im Schlafzimmer verschwand, aber die Tür offen ließ.

»Das ist nur für Gäste«, rief sie zurück. Eine Schranktür klappte.

»Gäste? Ich denke, das hier ist eine einsame Insel?«

»Ab und zu verpflege ich Schiffbrüchige ...«

Ihre fröhliche Antwort versetzte Habicht innerlich einen Stich. Es war völlig unsinnig, dieses plötzliche Gefühl, aber es war gegenwärtig und drückte ihm aufs Herz. Er wehrte sich dagegen, doch er konnte nicht verhindern, daß er etwas spitz fragte: »Wie fühlt man sich als Lebensretterin?«

Sissis Lachen erzeugte Schmerz in ihm. Sie kam aus dem Schlafzimmer zurück und setzte sich neben Habicht auf die

Couch. Ihr seidener Morgenmantel war fast durchsichtig und ließ ahnen, daß sie darunter nur einen BH und einen knappen Slip trug. An den Füßen leuchteten goldene hochhackige Pantoffeln, mit weißem Fell besetzt.

»Was trinken wir?« fragte Sissi. Habicht starrte geradeaus. Sissis Schönheit anzusehen und ihre Nähe zu spüren, erzeugte bei ihm auf einmal Widerstand. Wie viele Männer mochten schon auf dieser Couch gesessen haben? Wie viele lüsterne Blicke hatten diesen schönen Körper abgetastet? Wie viele Hände ihn berührt?

Steh auf, Habicht, sagte Hubert sich, und verkriech dich in deinem Zimmer bei der Witwe Bertha Hellenkamp. Sieh in dieser Frau hier nicht mehr als eine Animierdame aus der Bar. Steh auf.

Aber er blieb sitzen und sagte sogar: »Wenn du mir einen Wodka mit Orangensaft mixen kannst ...« Dann verfolgte er Sissi mit seinen Blicken, wie sie in die kleine Küche ging, Gläser aus einem Wandschrank holte, dazu Wodka und Fruchtsaft aus dem Kühlschrank, und wie sie zurückkam, leichtfüßig, fast tänzelnd, die Gläser in den Händen balancierend, das Gesicht umrahmt von ihrer hellblonden Ponyfrisur.

»Bitte!« Sissi hielt ihm sein Glas hin. Hubert nahm es, aber er trank noch nicht. Auch als sie ihm zuprostete, reagierte er nicht. »Was ist?« fragte sie verwundert.

»Ich muß dir etwas sagen.«

»Dann sag es.«

»Es ist vielleicht eine Riesendummheit.«

»Dummheiten können ein ganzes Leben verändern.«

»Du sagst es.« Habicht suchte wieder nach Worten. »Ich ... ich weiß nicht, wie es gekommen ist, aber es ist nun einmal so: Ich habe mich an dich gewöhnt. Ich empfinde ein besonderes Glücksgefühl, wenn du bei mir bist. Ich merke, wie ich die Vergangenheit hinter mir lasse und in die Gegenwart zurückkomme. Verstehst du, was ich meine?«

»Ich ... ich glaube schon.«

»Ich möchte, daß du bei mir bleibst. Ich bin Witwer, ich habe niemanden zu fragen, sondern bin völlig frei in meinen Entscheidungen.« Er holte tief Atem und schrie es dann fast heraus: »Verdammt, begreif es doch! Ich liebe dich!«

»Weißt du, was du da sagst?« antwortete sie ganz leise.

»Und du?«

»Ich liebe dich auch ...«

»Dann komm mit mir nach München.«

»Überall hin, nur nicht nach München! Ich ziehe mit dir ans Ende der Welt, nach Feuerland oder zum Nordpol, aber nie, nie nach München! Und bitte, frag mich nicht, warum! Bitte, frag nicht!«

Habicht blieb die Nacht über bei Sissi. Es war eine Nacht, die für ihn zum letzten Anstoß wurde, ein neues Leben zu beginnen. Eine Nacht, der keine Reue folgte, sondern nur ein Glück, das sich in den ganzen Menschen einbrannte, eine Seligkeit, von der Habicht nicht geglaubt hätte, daß es sie überhaupt gab. Er lieferte sich ganz einer Liebe aus, die ihm völlig neue Welten öffnete.

Ein paar Tage später sprach er mit Dr. Heimes darüber.

»Noch immer auf Phantomjagd?« fragte der Freund, als er Habichts Stimme am Telefon erkannte.

»Nein. Ich habe kapituliert.«

»Bitte? Wiederhole das!«

»Ich gebe auf«, erwiderte Dr. Habicht einfach.

»Du hast noch nie drei vernünftigere Worte gesagt! Wann kommst du wieder nach München?«

»Nie mehr ... Oder nur noch zu Besuch.«

»Du bist also immer noch auf der Suche nach deinem Verstand?«

»Ich habe mir das alles reiflich überlegt, Julius. Ich habe hier eine Frau kennengelernt, eine phantastische Frau. Sissi Huber heißt sie ...«

»Das klingt wie ein Wiener Wäschermädel aus der Operette ...«

»Sie ist Wienerin. Wir lieben uns, und wir wollen zusammenbleiben. Aber hier in Hamburg.«

»Je älter du wirst, um so anfälliger wirst du für Dummheiten.« Dr. Heimes tippte sich mit dem Zeigefinger gegen die Stirn, aber das konnte Habicht ja nicht sehen. »Hast du vergessen, daß du Oberregierungsrat in der Bayerischen Staatskanzlei bist? Was willst du in Hamburg?«

»Ich werde aus dem Amt ausscheiden und hier in Hamburg in eine Anwaltskanzlei eintreten. Ich kann von mir sagen, daß ich ein guter Jurist in Verwaltungsfragen bin. Natürlich werde ich ab und zu nach München kommen und die Gräber von Robert und Gerda besuchen, aber mein zweites Leben will ich mir in Hamburg aufbauen. Kannst du das verstehen?«

»Nein.« Dr. Heimes schüttelte den Kopf. Diese Sissi Huber! Zum erstenmal in seinem bisher biederen Leben bricht Hubert aus und stolpert in die Arme einer Frau, die er gerade ein paar Wochen lang kennt. Sie muß ihm im Bett Dinge gezeigt haben, von denen Gerda nie geträumt hätte. Und das hat dem lieben Hubert den Verstand geraubt. »Woher kennst du diese Sissi?«

»Aus einer Bar.«

»Und so von Hocker zu Hocker seid ihr euch näher gekommen?« fragte Dr. Heimes ironisch.

»Nein, sie stand dahinter und hat mir ein Pils gezapft.«

Aus München antwortete Schweigen. Dr. Heimes hatte Mühe, diese Mitteilung zu verdauen. Hubert ist wirklich verrückt geworden, das war sein erster Gedanke. Gerda ist an dem Schock gestorben, ihm hat er das Gehirn geschädigt.

Hubert ist behandlungsbedürftig. Er muß in eine Klinik. Man kann ihn jetzt nicht mehr allein lassen.

»Ich komme nach Hamburg!« sagte Dr. Heimes bestimmt.

»Hast du meine Adresse?« fragte Habicht hämisch.

»Du wirst sie mir sagen.«

»Einen Teufel werde ich tun!«

»Ich werde dich von der Polizei als gemeingefährlichen Idioten suchen lassen.«

»Dafür hast du keine Beweismittel.« Habicht lachte. Dr. Heimes' Aufregung traf ihn nicht mehr. Er hatte auch nicht darauf gehofft, für seinen Schritt in die Zukunft Verständnis zu finden. »Aber du kannst mir helfen. Verkauf mein Haus.«

»Ich habe das überhört. Hubert ...«

»Ich werde in Hamburg ein neues Haus kaufen. Alle Vollmachten für den Verkauf schicke ich dir zu, und wenn du einen Käufer hast, komme ich zur Vertragsunterzeichnung nach München. Darüber sollten wir nicht diskutieren. Das ist ein klarer Weg. Du hörst in Kürze wieder von mir.«

Habicht legte auf. Uff, das war geschafft. Es gab jetzt nur noch eine Schwierigkeit: die Begründung, warum er aus dem Staatsdienst ausscheiden wollte. Vielleicht war es einfacher, als er dachte, nachdem er einfach nicht mehr zum Dienst erschienen war und die Entscheidung von Regierungsdirektor Dr. Hassler nicht abgewartet hatte. Es konnte sogar sein, daß ein Dienststrafverfahren eingeleitet worden war; das beschleunigte seine, Habichts, Kündigung. Es gab da nur eine beamtenrechtliche Hürde: Er war Beamter auf Lebenszeit, und ein Fernbleiben vom Amt ist keine so schwere Verfehlung, daß man den Beamtenstatus verliert. Die Versetzung in den vorzeitigen Ruhestand, das würde die Konsequenz sein. Mit einer verminderten Pension, aber man brauchte trotzdem kein trockenes Brot zu essen.

Die Witwe Bertha Hellenkamp war erschüttert, als Habicht ihr Mitte Februar mitteilte, daß er ausziehen wolle. Sie hatte in den vergangenen Wochen mit Sorge gesehen, daß der Herr Doktor nächtelang nicht in seinem Bett geschlafen hatte, daß sie ihn nur noch selten mit Kaffee und Kuchen verwöhnen konnte, und zum Abendessen kam er überhaupt nicht mehr in die Wohnung.

»Gefällt es Ihnen nicht mehr bei mir, Herr Doktor?« fragte Bertha und war dem Weinen nahe. »Ich kann mir das denken ... die Huren gegenüber. So ein feiner Herr wie Sie – und immer diese Bumserei vor Augen. Aber ich kann es ja nicht ändern, Herr Doktor. Sie waren ein so guter Mieter, so einen kriege ich nie wieder. Wo werden Sie denn wohnen?«

»Es war sehr schön bei Ihnen, Bertha. Ich habe mich richtig wohl gefühlt, aber ich habe eine Frau kennengelernt. Wir wollen zusammenziehen.«

»Gratuliere, Herr Doktor. Hoffentlich werden Sie nicht enttäuscht.«

»Bestimmt nicht.«

»Ich wünsche Ihnen viel Glück.« Bertha wischte sich ein paar Tränen aus den Augenwinkeln. Es ließ sich nicht vermeiden, daß sie weinte. »Wann ziehen Sie aus?«

»Übermorgen.«

»Schon?«

»Natürlich zahle ich Ihnen die Miete für diesen Monat und für die nächsten drei Monate auch. Sie können sich in aller Ruhe einen neuen Mieter suchen.«

»So was wie Sie gibt es nicht wieder. Sind Sie heute abend wieder fort?«

»Möglich.«

»Bleiben Sie diesen letzten Abend bei mir, Herr Doktor.«

Bertha Hellenkamp begann zu schluchzen. »Ich möchte Ihnen zum Abschied einen Schweinebraten machen, mit Klößen ... den aßen Sie doch so gern.«

Auch in München wußte man über die Pläne von Dr. Habicht Bescheid.

Lok rief Franz von Gleichem an. »Unser Habicht hat ein Nest gefunden«, sagte er fröhlich.

Von Gleichem zog die Brauen zusammen. »Wie soll ich das verstehen?«

»Der Doktor hat eine schöne Frau kennengelernt und zieht in ihre Wohnung.«

»Das ist ja beinahe unfaßbar! Kein Irrtum?«

»Ich habe Ihnen schon oft gesagt ...«

»Sie wissen alles.« Von Gleichem verdrehte die Augen. Diese Allwissenheit, die gleichzeitig wie eine Drohung klang! »Er hat also endlich seine Jagd auf Ulrike eingestellt?«

»Sie ist nicht mehr nötig.«

Von Gleichem zuckte zusammen. Das war ein alarmierender Satz. Was wußte Lok, um so etwas zu sagen?

»Lok? Deuten Sie nicht an, reden Sie! Sie haben eine Spur von Ulrike?«

»Wir müssen nur noch die letzten Zweifel beseitigen.«

»Und Habicht kennt diese Spur auch?«

»Wir werden ihn davon unterrichten.«

»Dann wird er Ulrike töten!«

»Wir werden schneller sein.«

»Und obwohl er so nahe am Ziel ist, verliebt er sich in eine Frau und zieht zu ihr?«

»Kein Angler weiß vorher, was er fängt. Das ist der Reiz des Angelns.«

Lok legte auf und ließ von Gleichem voller Aufregung zurück.

Er hat sie entdeckt! Lok weiß, wo sich Ulrike versteckt hält. Zumindest vermutet er, daß es Ulrike ist. Hat er einen Wink bekommen? Wird sie jetzt Tag und Nacht beobachtet, bis es keinen Zweifel mehr gibt? Warum zögert Lok noch? Welch ein Spiel wird da in Hamburg aufgeführt? Für einen kurzen Augenblick hatte von Gleichem sogar den Gedanken, nach Hamburg zu fliegen, um irgendwie dabei zu sein. Es war aber wirklich nur ein ganz kurzer Gedanke.

In Wolomin klingelte das Telefon. Als Hua Dinh Son sich meldete und die bekannte Stimme hörte, machte er unwillkürlich eine demütige und ehrende Verbeugung.

»Ich höre«, sagte er mit verhaltener Stimme. »Ich höre, großer Bruder.«

Und die Stimme sagte: »Du fliegst in drei Tagen nach Hamburg, wohnst im Hotel Fischer-Klaus und wartest dort auf weitere Befehle.«

»Wie immer. Und wieviel Dollar liegen im Kuvert?«

»Dreitausend.«

»Weniger als sonst?«

»Es ist auch eine leichtere Arbeit. Son, handele nicht mit uns! Gehorche! Du bist ein Soldat!«

»Ich werde allem folgen, was du sagst, großer Bruder. Es ist eine Ehre, dein Soldat zu sein.«

Ein Knacken in der Leitung unterbrach das Gespräch. Mit einer nochmaligen Verbeugung legte Son auf. Dann stieg er in den Kellerraum, griff nach seinen Stahlschlingen und übte weiter mit den hölzernen Köpfen.

Auch ein Meister bleibt nur durch Üben ein Meister. Das wußte Hua Dinh Son genau.

»Wollt ihr wirklich heiraten?« fragte Rutkin.

Es war Mitte März, ein Hauch von Frühling wehte durch

Hamburg, aber auf den Straßen blitzte noch das Eis. Über den Fleets kreischten die Möwen oder hockten unter den Brücken auf kleinen Eisschollen. Wenn Dr. Habicht und Sissi jetzt spazieren gingen, hatten sie immer Tüten mit Futter bei sich und warfen es den Vögeln zu. Hand in Hand standen sie dann an den Wasserläufen, ein selig verliebtes Paar in seiner eigenen, neuentdeckten Welt.

Bei einem neuerlichen Anruf in München hatte Habicht von Dr. Heimes erfahren, daß es verschiedene Interessenten für das Haus gab und die Bayerische Regierung tatsächlich ein Disziplinarverfahren gegen ihn eingeleitet hatte.

»Mußte es soweit kommen?« fragte Dr. Heimes vorwurfsvoll. »Mußtest du es so auf die Spitze treiben?«

»Es macht alles leichter, Julius. Wenn wir uns wiedersehen, wirst du mich kaum noch erkennen. Von dem alten Habicht ist nur noch der Name übrig geblieben.«

»Das ist eine Tragödie!« rief Dr. Heimes schmerzvoll. »Soll ich wirklich verkaufen?«

»Ja. Aber vorher komme ich nach München. Ich gebe dir Nachricht.«

Völlig außer Fassung war Hua Dinh Son geraten. Seit drei Wochen saß er in seinem Hotel »Fischer-Klaus« herum und hörte nichts mehr von dem großen Bruder. Das Zimmer war bezahlt, in einem Umschlag fand er Geld genug, um nicht zu verhungern, aber sonst herrschte Schweigen. Zweimal mußte Son in Wolomin anrufen und seiner Frau Marika erklären, er sei auf zähe Verhandlungspartner gestoßen, aber das Geschäft werde er trotzdem abschließen, da sei er ziemlich zuversichtlich. Marika wünschte ihm viel Glück. Ob Son in Wolomin oder irgendwo anders war, änderte ihr Leben nicht. Auch wenn er neben ihr im Bett lag, hatte sie nichts von ihm. Daran hatte Marika sich gewöhnt, und sie vermißte auch nichts. Statt mit Sex fütterte sie ihren Körper mit Schokolade, Kuchen und Torten und wurde so rund wie ein Speckknödel.

Was Son in diesen drei Wochen am meisten störte, war, daß er nicht mehr üben konnte. Den Gedanken, irgendeinen Menschen an einem stillen Ort mit der Stahlschlinge zu erwürgen, nur um in der Perfektion des Tötens nicht nachzulassen, schob er immer wieder von sich. Es konnte ja sein, daß der große Bruder dadurch in Zorn geriet. Aber seltsam war es doch, dieses Schweigen!

Dr. Habicht hatte sich wenige Tage, nachdem er zu Sissi gezogen war, bei verschiedenen Anwaltskanzleien vorgestellt und die Aussichten sondiert, als Sozius oder Mitanwalt einzutreten. Man zeigte überall großes Interesse, aber jedesmal mußte er die Frage beantworten, warum er den sicheren Staatsdienst aufgeben wolle.

»Es sind rein familiäre Gründe«, erklärte Habicht. »Ich bin Witwer, habe eine neue Frau kennengelernt, wir werden heiraten, aber meine zukünftige Frau möchte in Hamburg bleiben. Ich will ihr diesen Wunsch erfüllen.«

Das war eine plausible Begründung. Was Liebe doch alles bewirken kann! Die Anwaltskollegen fanden Habicht sehr sympathisch, und vor allem die Kanzlei Dr. Hübner, Wachenfels & Partner war bereit, in weiteren Gesprächen die Möglichkeiten eines Eintritts in die Kanzlei zu diskutieren.

Rutkins Frage, ob eine baldige Hochzeit geplant sei, konnten weder Sissi noch Habicht beantworten.

»Wir lieben uns«, sagte Habicht, »aber bis zu einer Heirat ist noch vieles zu regeln. Der Verkauf des Hauses in München, die Kündigung bei der Regierung, ein neues Haus in Hamburg, der Vertrag mit der Kanzlei ... Tausenderlei Dinge kommen auf uns zu. Es wird noch etwas dauern. Aber wenn das alles hinter uns liegt, dann – das verspreche ich – wird es eine Hochzeit geben, die so schnell keiner vergißt!«

Und Chinesen-Otto sagte: »Ehrensache, daß sie bei mir stattfindet!«

»Und ich bekomme einen eigenen Anwalt!« Rutkin lachte. »So etwas kann ich immer gebrauchen.«

Nur Sissi schwieg. Sie blickte wie geistesabwesend vor sich hin, als habe sie alles gar nicht gehört.

An einem späten Vormittag im März fragte sie Habicht: »Ich will mir einen Rollkragenpullover kaufen. Kommst du mit?«

»Muß das sein?« Habicht hatte es sich auf der Couch bequem gemacht und las in der morgendlichen Zeitung.

»Ich möchte, daß er dir gefällt, Schatz.«

»Du hast einen hervorragenden Geschmack. Du wirst schon das Richtige aussuchen. Und außerdem: Mir wird immer alles gefallen, was du kaufst.«

Sie kam zu ihm, beugte sich über ihn und küßte ihn. »Ich liebe dich wahnsinnig«, sagte sie.

»Und du weißt, wie sehr ich dich liebe.«

»Ich habe Angst ...«

Er ließ die Zeitung auf seinen Schoß sinken. »Angst? Wovor?« fragte er erstaunt.

»Daß es einmal nicht mehr so ist. Daß alles zusammenbricht.«

»Uns kann nichts, gar nichts trennen.« Er griff nach ihrer Hand, küßte sie und hielt sie fest. »Nichts!«

»Wenn wir uns trennen, ist das mein Tod ...«

»Red nicht solch einen Unsinn! Nur der Tod kann uns trennen.«

»Genau das meine ich.«

»Du bist gesund, ich bin gesund – es müßte da schon ein Unglück passieren.«

»Daran denke ich immer.«

»Die Chancen sind gering, daß mich ein Auto überfährt!« Es sollte ein Scherz sein, aber Sissi legte ihm sofort ihre Hand über den Mund.

»Mir könnte etwas passieren!« sagte sie.

»In unserem täglichen Leben ist jeder gefährdet. Da kann ein Ziegel vom Dach fallen, ein Bullterrier kann dich beißen, ein Lustmörder schlitzt dich auf ...«

»Du machst Witze, du nimmst mich nicht ernst.«

»Wie könnte ich das?« Habicht lachte und küßte sie auf den Arm. »Wieso bist du plötzlich so depressiv? Eine glückliche Braut hat immer fröhlich zu sein! Und nun saus los und kaufe deinen Pullover. Vergiß eines nicht: Ich mag kein Grün und kein Grau. Sonst ist mir jede Farbe recht.«

Als Sissi die Wohnung verlassen hatte, begann Habicht aufzuräumen. Das Kaffeegeschirr stand noch auf dem Tisch, die Butterdose, der Brötchenkorb, der Teller mit Wurst, die Glasschalen, aus denen sie Joghurt gegessen hatten, Sahnekännchen und Zuckerdose, hölzerne Frühstücksbrettchen und die Bestecke. Habicht trug alles in die kleine Küche, stellte die verderblichen Sachen in den Kühlschrank und das Geschirr in die Spülmaschine, das Glanzstück der Küche.

»Ohne Spülmaschine sähe es hier aus wie bei den Pennern!« hatte Sissi einmal gesagt. »Ich bin eine faule Hausfrau.«

Habicht kehrte zu seiner Couch und seiner Zeitung zurück und überlegte, ob er wieder Dr. Heimes anrufen sollte. Der Eintritt in die Hamburger Anwaltskanzlei würde ihn bestimmt zu giftigen Kommentaren veranlassen, und gerade darauf freute sich Habicht. Er zog eine Zigarette aus der Schachtel, suchte nach einem Feuerzeug oder Streichhölzern und fand keine.

Es war durchaus nicht Habichts Art, herumzuschnüffeln, aber als er auch in der Küche keine Streichhölzer entdeckte, ging er auf die Suche. In den Schubladen, die er herauszog, lag alles mögliche, nur keine Streichhölzer. Auch in dem schmalen Sekretär im Wohnzimmer fand er nichts, mit dem er seine Zigarette anzünden konnte. Resignierend wollte er schon aufgeben, als er neben einer kleinen Tür des Sekretärs einen unscheinbaren Hebel entdeckte. Neugierig tippte Habicht dagegen und zuckte überrascht zusammen, als die Rückwand des Faches nach vorn klappte.

Eine Doppelwand. Ein Geheimfach. Ein schmales Versteck, das niemand vermutete.

Habicht zögerte. War es ein Vertrauensbruch, wenn er die Rückwand ganz aufklappte? Andererseits: Was hatte Sissi zu verstecken? Hatte sie das Geheimfach überhaupt benutzt? Habicht überwand seine moralische Zurückhaltung, zog das Türchen auf und blickte in den Hohlraum dahinter.

Es war leer bis auf ein Foto. Eine kleine Amateuraufnahme: ein Schwimmbecken, eine Liegewiese, eine Menge Sonnenanbeter – und auf einem rot-weiß gestreiften Badetuch liegend ...

Habicht zog das Foto an sich, ging langsam wie eine aufgezogene mechanische Puppe zur Couch, ließ sich auf die Polster fallen und legte das Foto auf die gläserne Tischplatte.

So saß er noch da, unbeweglich, wie aus Stein gemeißelt, als Sissi von ihrem Einkauf zurückkehrte. Er hörte, wie sie im Flur etwas auspackte. Papier knisterte, und dann kam sie ins Zimmer, hielt einen neuen Pullover vor sich und strahlte Habicht an. Ein Pullover in Fliederfarbe, seiner Lieblingsfarbe.

»Wie gefällt er dir, Schatz?« rief sie fröhlich.

Habicht antwortete nicht. Mit unbewegtem Gesicht nahm er das Foto vom Tisch und hielt es ihr entgegen. Wie zurückgestoßen prallte Sissi gegen den Türrahmen, der Pullover entglitt ihren Händen und fiel zu Boden.

»Wer ist das?« fragte Habicht unnötigerweise. Seine Stimme klang wie verrostet.

»Hubert ...« Es war nur ein Hauch. Das Entsetzen kam über Sissi wie eine Lähmung.

»Mein Sohn Robert ...« Habicht hielt das Foto höher, und seine Hand begann stark zu zittern. »Auf einer Wiese. In einem Schwimmbad.« Und plötzlich schrie er: »Wie kommst du an das Foto? Wie kommst du an das Foto?«

»Ich ... ich kann es dir erklären ...«

»Wer bist du? Nein! Sprich es nicht aus! Sprich es nicht aus! Du hast dir die Haare blond färben und kurz schneiden lassen. Du trägst blau getönte Haftschalen, damit man deine braunen Augen nicht sieht. Du hast einen gefälschten Paß auf den Namen Sissi Huber. Du ... du bist Ulrike Sperling!«

Sie hielt sich am Türrahmen fest, um nicht umzusinken. »Ich will dir alles erzählen, Hubert. Es ist ja alles ganz anders ... bitte, hör mir zu ...«

Ihre Stimme versagte wieder. Habichts Kopfschütteln schnitt ihr das Wort ab.

»Du hast Robert und Gerda ermordet ...«

»Ich habe nichts getan.«

»Du hast mir hier Liebe vorgespielt, nur um mich von meiner Suche nach dir abzubringen!«

»Nein. Ich liebe dich wirklich!«

»Du liebst den Vater eines Mannes, den du umgebracht hast? Bist du überhaupt ein Mensch, der lieben kann? Bist du überhaupt ein Mensch?« Er sprang auf, stürzte auf sie zu und umklammerte ihren Hals. Sie hing förmlich in seinen Händen und starrte ihn flehend an. »Für das, was du bist, gibt es kein Wort!«

»Warum willst du nicht die Wahrheit hören?« keuchte sie.

Der Druck seiner Hände nahm ihr die Luft. Habicht schüttelte wild den Kopf.

»Die Wahrheit ist: Robert und Gerda sind tot!« brüllte er. »Gibt es da noch Erklärungen? Was und wie es auch gewesen ist – es ist immer deine Schuld! Du hast sie auf dem Gewissen ... Aber du hast ja kein Gewissen! Du bist ein eiskaltes Monstrum.«

Er stieß sie gegen die Wand, rannte in das Schlafzimmer, riß die Nachttischschublade auf und zog die Pistole heraus. Als er ins Zimmer zurückstürzte, stand Sissi noch immer an der Wand, mit hängenden Armen und tränennassem Gesicht. Sie nickte, als sie die Pistole sah.

»Erschieße mich«, sagte sie, »aber hör mich erst an. Ich werde dich nicht belügen, jetzt, wo alles vorbei ist. Und wenn du alles weißt, dann ziele genau auf mein Herz und drücke ab. Es ist das Herz, das dir gehört.«

»Red nicht so einen romantischen, kitschigen Scheiß!« schrie Habicht und hob die Pistole. »Mit solchen verlogenen Worten und mit Ecstasy hast du auch meinen Sohn Robert hörig gemacht! Hast du Robert Ecstasy gegeben?«

»Ja.«

»Schon das genügt. Als nicht in diese Zeit passender, gesetzesuntreuer, das geltende Recht leugnender Jurist verurteile ich dich zum Tode!«

»Jedem Urteil muß ein Beweis oder ein Geständnis vorausgehen.«

»Dann rede.« Habicht ließ die Pistole sinken. »Das erste Geständnis hast du bereits abgelegt. Du hast Robert mit Ecstasy willenlos gemacht.«

»Es ging um ein Millionengeschäft, an dem Robert beteiligt war. Er wurde süchtig, ohne daß ich es wollte.«

»Lüge! Und dann hat er dieses junge Mädchen, diese Christa kennengelernt, sich in sie verliebt und ihr auch Ecstasy gegeben. Als sie daran starb, wollte er euren ganzen Drogenhandel verraten. So war es doch?!«

»So ähnlich.«

»Und deshalb mußte er sterben. Und nicht nur wegen der Drogen! Er hatte dich verlassen, er hatte sich ein junges Mädchen genommen, das konntest du nicht ertragen. Du kamst dir als die große Betrogene vor, die Verratene, Weggeworfene. Das war der zweite Grund, ihn zu töten.«

»Ich habe ihn nicht getötet! Traust du mir einen Genickschuß zu?«

»Ich traue dir jetzt alles zu.« Habicht hob wieder die Pistole und zielte Sissi zwischen die Augen. Es war kalt in ihm, er empfand nicht die geringste Erregung mehr, nichts, was ihm Einhalt gebieten konnte, jetzt abzudrücken. Es war ganz einfach, den Finger zu krümmen, ohne eine innere Empfindung. Sissi starrte mit weit aufgerissenen Augen in das kleine schwarze Loch des Laufes, aus dem der Tod kommen würde.

»Sie haben mich gezwungen, Robert in eine Falle zu lokken«, stammelte sie. Todesangst verzerrte ihren Mund.

»Wer hat dich gezwungen?«

»Franz von Gleichem. Der Besitzer vom Toscana. Du kennst ihn. Und geschossen hat Salvatore Brunelli. Er ist ein Killer der Mafia gewesen ...«

»Und du standest daneben!«

»Nein, ich habe mich im Auto verkrochen. Ich habe geweint. Ich bin fast wahnsinnig geworden. Und ich wußte, daß sie mich auch umbringen werden. Da bin ich nach Hamburg geflüchtet. Ich wollte ein anderer Mensch werden, es sollte nie, nie mehr eine Ulrike Sperling geben. Es wäre mir gelungen – und dann kamst du.« Sie straffte sich, stellte sich gerade an die Wand und breitete die Arme aus. »So, und jetzt erschieß mich. Du hast lange darauf warten müssen.«

Habicht kniff die Augen zusammen und zielte, wie er es in seinem Zimmer bei Bertha Hellenkamp geübt hatte. Da war der Zwischenraum zwischen den Augen, und fünf Zentimeter höher über der Nasenwurzel lag der Punkt, an dem die Kugel direkt ins Gehirn schlagen mußte.

Die Augen ... diese Augen mit den blau getönten Haftschalen – der Blick starr, hoffnungslos und doch bettelnd ... Die Augen, von denen er einmal gesagt hatte: »Wenn man eine Seele sehen kann, dann liegt sie in deinen Augen ...« Und gleich würde Blut über diese Augen fließen und die Seele ertränken.

Habicht ließ die Pistole sinken. Seine von ihm selbst gefesselte Vernunft wurde frei. Er kam sich unsagbar elend vor, wie ein aufgerissener Leib, aus dem alle Kraft wegfloß.

»Wir ... wir gehen zur Polizei«, sagte er dumpf. Er glaubte es jedenfalls zu sagen, denn er hörte sich selbst nicht mehr. »Dort wirst du alles erzählen. Ich ... ich kann dich nicht töten! Aber für mich bleibst du eine Mörderin!«

Lautlos fiel Sissi in sich zusammen. Habicht hob sie vom Boden hoch, trug sie auf die Couch und legte die Pistole neben sie auf den Tisch.

Eine Weile saß er neben der Ohnmächtigen, sah sie mit einem Gefühl aus Liebe und Zerstörungswillen an, stand dann auf, kleidete sich an und verließ die Wohnung.

Bis zum nächsten Morgen zog er durch St. Pauli, von Bar zu Bar, von Spelunke zu Spelunke und betrank sich bis zur Besinnungslosigkeit. Er merkte noch, daß Chinesen-Otto ihn in sein Lokal zog, und wachte am anderen Morgen in Sissis Wohnung auf. Er schrak hoch und starrte um sich. Als er ihren Namen rief, kam keine Antwort.

Er war allein.

Sissi war verschwunden ...

Gegen Morgen, genau um 4 Uhr 27 laut Polizeibericht, fand ein Angetrunkener im Möller Park, in der Nähe des Jüdischen Friedhofes, eine Frauenleiche. Als er sich über sie beugte, mußte er sich erbrechen und rannte sofort zur nächsten Polizeistation.

Die schnell herbeigekommene Mordkommission unter Kriminalrat Lohse stellte fest: Mord durch Erdrosseln mit einer Stahlschlinge. Name: Sissi Huber, 34 Jahre alt. Eintritt des Todes: gegen ein Uhr nachts.

»Unser erster Stahlschlingen-Mord!« sagte Kriminalrat Lohse. »Das kann heiter werden. Bisher haben die Chinesen sich auf alle möglichen Arten umgebracht, das ist eine neue Variante. Oder eine neue Organisation. Da steht uns noch allerhand bevor.«

Man legte Sissi Huber in einen Zinksarg und transportierte sie in die Gerichtsmedizin.

Gegen halb acht Uhr morgens klingelte es an der Tür. Habicht, noch vom Alkohol ganz benommen, schwankte in den kleinen Flur und öffnete. Zwei Beamte – Habicht erkannte sofort, daß es Beamte waren – zeigten ihre Marken. Kriminalpolizei. Habicht starrte die Männer verständnislos an.

»Ja?« fragte er. »Kommen Sie rein, meine Herren! Kriminalpolizei? War Frau Huber schon bei Ihnen?«

»Wer sind Sie?« war die Antwort.

»Dr. Hubert Habicht. Oberregierungsrat in der Bayerischen Landesregierung in München.«

Die Herren von der Kripo zeigten Wirkung. Ein Oberregierungsrat im Kaschemmenviertel von St. Pauli, dazu noch angetrunken, ist selten.

»Was machen Sie hier? Hier in dieser Wohnung?«

»Sie gehört Frau Huber. Wir sind verlobt.«

»Verlobt?« Eine gedehnte Frage. Habicht wurde ungehalten.

»Ist es für die Polizei so ungewöhnlich, daß Verlobte eine gemeinsame Wohnung beziehen?«

Die nächste zwangsläufige Frage: »Wo waren Sie heute nacht?«

»Hier. Betrunken! Sie können es noch riechen.« Habicht wurde grantig. »Was berechtigt Sie zu dieser Frage? Wenn Frau Huber, beziehungsweise Frau Sperling, bei Ihnen war, dann sollten Sie über alles informiert sein. Ist meine Verlobte noch auf dem Präsidium? Ich werde sofort einen Anwalt für sie beauftragen.«

»Nicht nötig, Herr Oberregierungsrat.« Der ältere der Kripobeamten druckste herum. »Wann haben Sie Frau Huber zum letztenmal gesehen?«

»Ich lebe nicht mit einer Uhr, aber es muß so gegen 15 Uhr gewesen sein. Dann bin ich weggegangen. Und dann habe ich getrunken bis heute morgen. Wir ... wir hatten eine Auseinandersetzung. So, wie man sich eben mal streitet ...«

Der ältere Beamte räusperte sich wieder. Jeder Kriminalbeamte scheut sich davor, das Endgültige auszusprechen.

»Wir müssen Ihnen, Herr Oberregierungsrat, eine betrübliche Mitteilung machen«, sagte er zögernd. »Frau Huber ist tot ...«

Durch Habicht fuhr ein eiskalter Strahl. Er erstarrte und spürte, daß sein Herz aussetzte.

»Was sagen Sie da?« stotterte er. »Was sagen Sie da?«

»Frau Huber wurde heute nacht ermordet. Mit einer Stahlschlinge erdrosselt. Es ... es tut uns leid ...«

Es war der Augenblick, in dem für Dr. Habicht zum zweitenmal eine Welt zerbrach. Er ließ sich auf die Couch fallen, starrte gegen die Decke und sagte mit ungeheurer Beherrschung:

»Ich danke Ihnen, meine Herren. Und jetzt – bitte – lassen Sie mich allein. Ich stehe Ihnen später jederzeit zur Verfügung.«

Und als er allein war, weinte er, so wie er beim Tod seines Sohnes Robert und seiner Frau Gerda nicht geweint hatte.

Dr. Habicht kehrte nach München zurück.

Er meldete sich wieder bei der Bayerischen Regierung, das Disziplinarverfahren wurde eingestellt, er bekam eine neue Abteilung und wurde Leiter des Jugendschutz-Referates. Dann fuhr er in Urlaub, nach Mallorca ... Dr. Heimes bescheinigte ihm einen Nervenzusammenbruch. Dr. Habicht flog an einem Montag ab, kam aber erst an einem Mittwoch an. Niemandem fiel das auf, denn keiner fragte danach.

An dem Mittwoch aber, als Dr. Habicht in Palma de Mallorca landete und sich zu seinem Hotel bringen ließ, kaufte er im Flughafen die neueste deutsche Zeitung. Die Schlagzeile auf der Titelseite sprang ihm sofort in die Augen:

Doppelmord in München

Gestern wurden in München-Schwabing die Leichen zweier Männer gefunden. Es handelt sich um den bekannten Nachtclubbesitzer Franz von Gleichem und dessen Geschäftsführer Salvatore Brunelli. Alles deutet darauf hin, daß es sich um einen Rachemord der Mafia handelt. Die Polizei ist überzeugt, daß die Toten Opfer eines Bandenkrieges geworden sind ...

Dr. Habicht faltete die Zeitung zusammen und steckte sie in seine Jackentasche.

Es war warm in Palma, trotz des Windes, der vom Meer herüberwehte. Aber die Palmen, die blühenden Büsche, das fröhliche südliche Leben und die Freude, dem naßkalten Wetter in Deutschland entronnen zu sein und drei Wochen ausspannen zu können, ließen Dr. Habicht beschwingt durch die Sonne gehen.

Wieviel lag noch vor ihm? Welche Pläne konnte man noch verwirklichen? Erinnerungen würden verblassen, das

Neue, die Zukunft bestimmend werden. Du mußt jetzt nach vorne sehen, hatte Dr. Heimes zu ihm gesagt. Und das wollte Hubert Habicht. Nach vorn! Alles, was hinter einem liegt, auch das, worüber man nicht einmal zu sich selbst sprechen will, ist Vergangenheit, die das Gegenwärtige nicht belasten soll. Man muß nur die Kraft – oder die Unmoral – besitzen, alles Gewesene zu verdrängen.

Dr. Habicht fühlte sich rundum wohl. Er wußte, für ihn war das Leben noch nicht zu Ende.

KONSALIK

Die Blutmafia

BASTEI LÜBBE

der Fernsehscheinwerfer auszuweichen. Die Menschen dort unten konnte er erkennen, nichts nahm er wahr als schatten-

ERSTES BUCH

Er nahm das Kinn hoch, um dem gleißenden Licht der Fernsehscheinwerfer auszuweichen. Die Menschen dort unten konnte er erkennen, nichts nahm er wahr als schattenhafte Reihen, eine hinter der anderen gestaffelt, bis zum Ende der riesigen Halle. Er kniff die Augen zusammen und drückte mit den Fingerspitzen gegen die Schläfen, als könne er so das pochende Räderwerk in seinem Schädel dämpfen. Doch es half nichts. Es waren die beschissenen Scheinwerfer. Es war die Fahrt. Es war der ganze Wahnsinn hier.

»AUF-HÖREN! AUF-HÖREN! – ABPFIFF!«

Wie in Wellen kam es aus der Halle hoch, drang von den hinteren Reihen nach vorne, füllte bald den ganzen riesigen Raum.

Aber Wegner, dieser Idiot, machte einfach weiter. Sein »Wäre gut, wenn Sie mich ausreden ließen« brachte die Menge noch mehr in Rage. Wegner ratterte Fakten herunter, lieferte seine Zahlen – trocken wie der Erbsenzähler von Buchhalter, der er nun mal war: Internationale Rezession, Auftragseinbrüche in allen Bereichen, Neustrukturierung der Stahlwirtschaft unter europäischen Gesichtspunkten. Die Spanier, die Italiener, die Portugiesen, die die Brüsseler Subventionen abschöpfen – ja, und dann die Pleite mit der Stornierung des Libyenauftrags, und überhaupt die Lage im Nahen Osten, dazu noch die Konkurrenz der asiatischen Billigproduzenten – leiert und leiert und könnte es doch besser bringen, hat aber keine Lust, und das merken sie natürlich und fangen schon wieder an zu brüllen.

»HALT DIE KLAPPE!«

Dieter Reissner nickte insgeheim zustimmend.

»LÜG-NER! BE-TRÜ-GER!«

Den Tisch hatten sie auf die Hebebühne gestellt. Vier Bohlenbretter auf ein paar Böcken, darüber ein grünes Tuch. Rechts und links, wo zwei Eisentreppen zum Hallenboden führten, standen die Leute vom Werkschutz. Und irgendein Witzbold hatte tatsächlich ein Zitronenbäumchen aufgetrieben. Als sei dies eine Hochzeit und keine Beerdigung.

»AUF-HÖREN! AUF-HÖREN! AB-PFIFF!« – Es kam von den hinteren Reihen nach vorne, rhythmisch, flog ihnen um die Ohren, füllte bald die ganze Halle.

»Hören Sie! So geht das ja nun wirklich nicht«, nahm Wegner einen neuen hilflosen Anlauf. »Ich will Ihnen doch nur ...«

»VERBRECHER – WESSI-SCHWEINE – PLATTMACHER!«

Ja, es rollte heran wie die Brandung, klang nach Gewalt, hämmerte, pulsierte, ließ die vier Stockwerk hohe Eisenkonstruktion bis hinauf zu den Dachstreben vibrieren, schmerzte in seinen Ohren: »PLATTMACHER! ... SPEKULANTEN! ... LÜGNER! ... BETRÜGER! ...«

Dieter Reissner legte jetzt den Kopf in den Nacken, um dem gleißenden Licht zu entgehen. Er blickte an den Konvertern hoch, hinauf zu den gewaltigen Gebläserohren, den eisernen Laufkatzen, und sie schienen zu zittern, zu schwanken.

Cool bleiben? Was nützt es jetzt? Er dachte an Linder, sein Lapidares: »Ich weiß, daß es schwierig werden wird. Aber das schaffen Sie, Dieter! So was haben Sie immer geschafft. Keiner hat bei derartigen Aufträgen so gute Nerven bewiesen wie Sie ...«

Nerven? Was nützen dir Nerven? Und wo sind sie jetzt?

Nein, nichts hilft gegen den Schweiß, den er auf einmal am Rücken spürt, auf dem Haarboden, unter den Augen; nichts gegen die Scheißkameras, gegen diese Dreckstypen von Journalisten, Aasgeier, Hyänen, jawohl ... Wo's stinkt, da triffst du sie an.

Und hier stinkt's.

»Halt doch endlich die Klappe, Fettsack!«

Es war immer derselbe, der den Anführer spielte. Ein Zweizentnerbrocken. Reissner konnte ihn jetzt deutlich erkennen. Wenn er brüllte, nahm er die Hände vors Gesicht, als ob man ihn nicht auch so hören könnte.

Und wieder hörte er Linders Stimme:

»Kommen Sie Dieter, Sie müssen da hin. Diese Betriebsschließung ist notwendig wie ein chirurgischer Schnitt. Und Sie wissen es! Ich baue auf Sie – wie immer ...«

Dieser Dreckskerl wärmt sich jetzt den Arsch in seinem Vorstandssessel. Wieso hockt er nicht hier oben? Aber nein, er wartet in seinem feinen Büro, bis er den Bericht kriegt, daß alles »in die Reihe gebracht« worden ist. Aber hier gibt's nichts mehr in die Reihe zu bringen.

Das lange Stativ des Tongalgens wurde jetzt wieder nach links zum Arbeitgebertisch geschwenkt.

Wegner schaltete das Mikro ab. Er schien zu kapitulieren. Die Menge dort unten übernahm.

»SACHSEN-STAHL WIRD LEBEN!« kam es aus der Halle. Sprechchöre wie Schläge. Revolution haben sie nur einmal geübt, dachte er. Jetzt proben sie den Aufstand gegen dich. Und du? Kannst du was dafür? Geht dich das alles was an? Ja, wenn du wenigstens in Form wärst ...

... WIRD LEBEN! ...

Der Kameramann kam näher. Das Gerät hatte er wie eine Waffe an die Schulter gepreßt. Nun machte er einen Schwenk in die Halle, dann aber drehte sich das Glasrund des Objektivs Reissner zu, starrte ihn schwarzfunkelnd an.

Gottes Auge! dachte er plötzlich und hatte alle Mühe, Ruhe zu bewahren, dasselbe starre Gesicht wie zuvor zu zeigen, nicht einfach die Hände hochzureißen.

Der ratlose, ohnmächtige Zorn in ihm steigerte sich nun derart, daß er kaum mehr wahrnehmen konnte, was um ihn vorging.

Gottes Auge ... Wieso denn Gottes Auge? ... Warum nahm der Drecksack nicht endlich die Kamera weg?

»Herr Doktor!«

Er drehte den Kopf.

»Sollten wir vielleicht nicht besser abbrechen?«

Er gab keine Antwort.

Rainer Soltau, der Assistent, hatte braune Augen, und seit Reissner ihn kannte, wohnte darin lässige Coolneß. Aber jetzt? Angst, braune, flackernde Kinderangst stand darin. Noch eine Flasche!

Wegner preßte die Hände zusammen, als würde er beten. Und dieser Idiot von Ossi-Geschäftsführer – was macht Bornbacher? Er zieht den Kopf zwischen die Schultern. Kein Mucks, kein Wort, das er absondert. Doch, jetzt, jetzt steht er auf!

Aber da waren sie auf der rechten Seite bereits auf der Bühne, rempelten sich an den Sicherheitsleuten vorbei, blieben jetzt zwar stehen, aber bildeten eine Terrorriege, zehn, fünfzehn Typen vielleicht, alle im »blauen Anton«, alle die Arme über der Brust verschränkt, alle denselben starren, haßerfüllten Blick.

Dieter Reissner zog das Mikrophon an sich.

»Moment mal, Herrschaften! Also, wie ich die Situation hier sehe, stehen wir vor der Frage, ob wir in einer Diskussion Tatsachen klären wollen oder ...«

Gejohle. Getrampel.

»Also, Freunde, nun seid doch mal für ein paar Minuten vernünftig ...«

»Freunde?! Freunde sagt der Arsch!«

»Beleidigungen ändern doch nichts. Und Geschrei hat noch nie ein Resultat gebracht.«

Er hatte jetzt das Mikrophon ganz nah vor sich, versuchte seiner Stimme einen suggestiven, warmen, fast väterlichen Klang zu verleihen: »Ich versteh' doch, daß Sie Ihrem Ärger Luft machen müssen. Und ich weiß auch, daß das, was hier geschieht, für viele unter Ihnen traurige, tragische Konsequenzen hat. Meinen Sie vielleicht, es macht uns Spaß, ein Werk wie ›Sachsen-Stahl‹ zu schließen? Aber gegen die Bedingungen, die in letzter Konsequenz eine Jahrhundertrezession geschaffen hat, helfen weder Zorn noch Trauer, da hilft nur ...«

Den nächsten Satz brachte er nicht mehr hervor.

Der Schmerz meldete sich im Rücken, etwa in der Höhe der Lendenwirbel, ein Schmerz, so scharf wie ein Schwerthieb – keilförmig steigt er auf, nimmt die Luft, treibt den Schweiß am ganzen Körper aus den Poren, ergreift die Eingeweide. Es ist, als würden sie von Stahlfäusten zusammengepreßt. Und über den Schmerz hinweg noch spürt er eine Woge von Wärme, die ihm den letzten Rest von Kontrolle zu rauben droht.

Die Tabletten! dachte er. Herrgott, die Tabletten ... Ich hab' sie doch genommen! Mehr davon, als ich sollte. Warum helfen sie nicht?

Er stöhnte und schloß die Augen.

Und selbst durch die aufeinandergepreßten Lider drang in winzigen roten Wirbeln das Licht der Scheinwerfer. Raus! Mehr konnte er nicht denken. Raus – sofort!

»Herr Doktor ... Mein Gott, Herr Doktor, ist etwas?«

Soltau. Er schluckte, wollte etwas sagen, konnte nicht.

Mit einem Schlag war es ganz still in der Halle. Ein paar lachten. Aber auch das hörte bald auf.

»Brauchen Sie vielleicht einen Arzt, Herr Doktor?«

Er schüttelte den Kopf. Er stand auf, versuchte es wenigstens. Doch die Beine waren so schwach, und er spürte wieder die Lähmung, und nun kam die Angst, eine grauenhafte Angst ... Gottes Auge ... Gottes Strafgericht ... Wieso du, wieso ausgerechnet jetzt?

Soltau war neben ihm und stützte ihn. »Ist es vielleicht das Herz, Herr Doktor?«

Nun war auch Bornbacher da. Sie nahmen ihn in die Mitte, führten ihn über die Plattform, über diese endlos lange, graue, nietenbestückte Fläche. Nach Öl roch es, nach Ruß, Kohle und vergammeltem Schmierfett. Und er – er roch seinen Schweiß ...

Dann die Treppe. Er wußte nicht, wie er das schaffen sollte. Schweratmend blieb er stehen, die Hand auf den Bauch gepreßt. Verdammt, wo ist hier eine Toilette? So was muß es doch irgendwo geben?

Und weiter. Endlich eine grau gestrichene Tür. Irgend jemand hielt sie für ihn auf. Da waren weißschimmernde Kacheln, Waschbecken, Schüsseln und eine ganze Reihe von Kabinen. Er betrat die erste, schlug die Tür hinter sich zu, riß Knöpfe auf, ließ sich sinken, und die Tränen schossen aus seinen Augen. Warum ... Warum ...

Von irgendwoher hörte er: »Sachsen-Stahl wird leben!«

Er schüttelte den Kopf und konnte nichts tun gegen das Schluchzen, das aus seiner Kehle quoll, nichts gegen das Wasser in den Augen – und nichts gegen dieses Gefühl, ins Bodenlose zu fallen, fortgerissen von einem Strudel aus Scham, Demütigung und Schwäche ...

Er hatte sich in den letzten Sitz der schmalen Flugzeugkabine gedrückt. Es war ein Einzelsitz. Den Piloten, der an der Bar des kleinen Warteraums herumhing, hatte er gebeten, ihn zur Firmenmaschine zu begleiten. Der Mann hatte nur genickt und ihn aufmerksam von der Seite gemustert.

Auch er schien bereits Bescheid zu wissen. Aber Reissner hatte abgewehrt, als der Mann ihm den Arm reichen und ihn beim Einstieg in den Firmenjet stützen wollte. Nicht reden müssen, das war alles. Nicht reden – und nicht denken!

Zwanzig Minuten später waren die anderen Mitglieder der Konzerngruppe aufgetaucht. Der dicke Wegner mit wehendem Mantel voran, dahinter Soltau, dann Bachmann, schließlich Leipschütz, der Tarifrundenspezialist und Personalkoordinator. Am Schluß aber, auf Stöckelabsätzen, die Müller-Neubert, blond und unnahbar wie immer. Selbst die kalten Böen, die über den kleinen Flugplatz sausten, schienen ihrer Frisur nichts anzuhaben.

Sie winkten ihm zu, als sie einer nach dem anderen die Leiter hochkletterten, die Köpfe einzogen und ihre Sitze in der Kabine suchten. Und sie machten alle dieselben verklemmten und zugleich bemüht-gelassenen Gesichter. Ja, es war ein Begräbnis erster Klasse. Und sie zeigten genau die Gesichter, die zu einer solchen Situation gehören.

Als sie grüßten, hob Reissner nicht einmal die Hand. Er starrte zum Fenster hinaus. Wann lag das alles endlich hinter ihm?

Doch nun gab es nur noch ihn selbst. Er hatte wieder Tabletten genommen und deshalb das Gefühl, als sei sein Magen einen Stock tiefer gesunken, ja, als existiere nichts mehr unterhalb der Gürtellinie.

NUR NOCH DU SELBST.

Jakob Linder würde auf ihn verzichten müssen. Die anderen konnten ihm ja berichten. Und das würden sie mit Begeisterung tun! Auf ihn würden sie deuten, um die eigene Haut zu retten.

Doch auch das war nicht wichtig.

Jeder ist sich selbst der Nächste, nicht wahr, Herr Linder?

Die Maschine rollte endlich an, pfiff über den Platz, dann

zogen die Düsen den Lear-Jet durch die schmuddelige graue Wolkendecke.

Dieter Reissner sah hinaus: Der Ausläufer des Thüringer Walds, weiter links mußte irgendwo Zwickau liegen, das Kaff schob sich mit Kirche und seinen Straßen einem Hang zu. Ein letzter Blick aufs Werk. Von oben sah es grau und kläglich und spielerisch aus. Nun schoben sich weißliche Wolken davor.

Vorbei und abgehakt.

Sie flogen fünfzig Minuten. Dann tauchten unter der Tragfläche die Baumwipfel des Erdinger Forstes auf.

Soltau schob sich aus seinem Sitz und drehte ihm den Kopf zu: »Wie ist das nun, Herr Doktor, fahr' ich mit Ihnen zur Firma?«

Reissner schüttelte den Kopf. »Steigen Sie bei Wegner ein. Ich hab' noch in der Stadt zu tun.«

Es war siebzehn Uhr vierzig, als die Maschine aufsetzte ...

Jakob Linder drückte den Knopf der Sprechanlage. »Frau Frahm, hat sich Dr. Reissner gemeldet? Wissen Sie endlich Bescheid?«

»Nein, Herr Linder.«

»Was ist mit seinem Assistenten? Wie hieß er noch?«

»Soltau. Herr Soltau war gerade bei mir. Er sagte, Herr Dr. Reissner habe am Flugplatz seinen eigenen Wagen genommen. Und er habe davon gesprochen, daß er noch etwas in der Stadt erledigen müsse.«

»Ist der Mann denn völlig übergeschnappt?«

»Jedenfalls kann sich Herr Dr. Reissner unmöglich im Haus befinden, Herr Linder. Herr Soltau hat auch den Parkplatz abgesucht – sein Wagen ist nirgends zu finden.«

»Und Wegner?«

»Der ist genauso ratlos. Er kann sich das alles nicht erklären.«

»So? Kann er nicht? Ich auch nicht. Rufen Sie mal den Wegner, verdammt noch mal! Nein, sagen Sie ihm, er soll sofort zu mir kommen. Und den ganzen Verein, der mit in Sachsen war, soll er gleich mitbringen.«

Jakob Linder warf sich gegen die schwarze Lehne des Chefsessels. Dann schob er sich hoch und marschierte durch das riesige Büro hinüber zum Fenster. Die Zentrale des ACS-Konzerns befand sich im achten Stock. Der Blick ging über das Autobahnkreuz Frankfurter Ring bis hinüber zum Waldstreifen entlang der Isar.

Jakob Linder trommelte gegen die Scheibe und überlegte: Reissner? Was, zum Teufel, war in den Mann gefahren? Schon bei der letzten Besprechung, als es um die elende Sachsen-Geschichte ging, hatte er irgendwie ... nun ja, zerstreut konnte man nicht sagen, aber teilnahmslos, in sich gekehrt, abwesend. Und jetzt? Jetzt fährt er die Karre derartig in den Sand. Dabei hast du ihn aufgebaut. Keine Frage: Reissner ist dein Mann! Du hast seine Ernennung zum Leiter der Stabsabteilung »Rationalisierung« durchgesetzt und ihm damit sogar den Weg zu einer Vorstandskarriere geöffnet. Immer hast du dich für Reissner stark gemacht. Und warum? Warum denn nicht, gottverdammt noch mal?! Tüchtig wie er war. Tüchtig und stur. Und er hat immer zu dir gehalten. Jetzt aber, jetzt werden sie dir im Aufsichtsrat genau das ankreiden. Und du kannst noch nicht mal was dagegen machen ...

Jakob Linder betrachtete die Verkehrsströme unten auf der Straße, er sah Reihenhäuser, Bäume und in der Ferne einen Zwiebelturm. Und er sah einen grau verhangenen Himmel – und sah alles doch nicht.

Reissner – ausgerechnet Reissner!

Hinter ihm war das leise Geräusch einer sich öffnenden Tür.

Er drehte sich um. Linder war untersetzt, muskulös, hatte einen runden Kopf. Er war ein Kraftpaket in Nadelstreifen, das seine Energie nur mühsam zu dosieren wußte: Wenn der Chef hochgeht, geht's rund.

Der Blick der eisgrauen Augen war wie eine Sperre. Sie blieben in der Mitte des großen Raumes stehen.

»Wie schön! Da seid ihr ja!« Seine Stimme troff vor Hohn: »Wie schön, Sie hier zu sehen.«

Sie sahen sich an. Und schwiegen.

»Damit gleich alles klar ist: Das Thema heißt im Moment nicht ›Pleite in Stollberg‹, es heißt Reissner. Wieso ist er nicht hier? Wo, zum Teufel, steckt er? Was ist in ihn gefahren? Wie kommt er dazu, eine derart erbärmliche Vorstellung abzuliefern?«

Wegner zog die buschigen Augenbrauen hoch. »Ja nun ...«, sagte er. Und dann nichts mehr.

»Ja nun?« höhnte Linder. »Ist das alles, Herr Wegner? Nach dem, was ich bisher in Erfahrung bringen konnte, war Stollberg so ziemlich der übelste und kläglichste Auftritt, den sich Manager dieses Konzerns jemals geleistet haben. Und das auch noch in dieser Situation! Und dann Reissner. Einfach abzuhauen, sich wie ein Schuljunge zu verstecken, kein Wort der Erklärung abzuliefern ... Wie kam es dazu? Wie erklären Sie sich das, Herr ... Herr Soltau? Schließlich sind Sie sein Assistent.«

Der junge Soltau machte eine ruckartige Bewegung mit der rechten Schulter. Sein Mund war starr.

»Ich hab' Sie was gefragt.«

»Verzeihung, Herr Linder, aber ich verstehe die Frage nicht.«

»Nein? Sie verstehen nicht? Wahrscheinlich haben Sie hier noch nie was verstanden. Aber vielleicht können selbst Sie nachvollziehen, daß ich nicht daran denke, diese Blamage auf mir sitzenzulassen. Also nochmals: Was wurde zuvor abgesprochen? Welche Schritte hat Ihnen Reissner vorgegeben? Wie war die Planung?«

»Wir sollten zunächst die Betriebsführung, dann die Belegschaft ...«

»Die Planung? Irgendwelche Abmachungen müßt ihr doch getroffen haben! Wie benahm sich denn Reissner?«

Ilse Müller-Neubert gestattete sich ein kleines Lächeln, dünn zwar, aber doch aufschlußreich genug, um zu demonstrieren, daß sie mit dieser ganzen Geschichte nichts zu tun hatte. Ihre Sache war das Protokoll. Und natürlich ein erster Vorausbericht an Linder. Den hatte sie abgegeben. Und auch sonst war ihr nicht anzusehen, was hinter ihr lag. Sie hatte sich eine frische Bluse angezogen, die Locke in perfekte Fassung gebracht – und ihr Lächeln, ja nun, ihr Lächeln war so unterkühlt wie immer.

»Wenn Sie so fragen, Herr Linder, ja, da muß ich schon sagen, daß es Herrn Dr. Reissner von Anfang an nicht besonders gut zu gehen schien.«

»Von Anfang an?«

»Ja, schon während des Fluges. Er war sehr schweigsam. Außerdem ...«

»Ja?«

»Vielleicht hat das nichts zu bedeuten, ich hab' mir auch nicht viele Gedanken darüber gemacht, aber vielleicht gab's da irgendwelche körperlichen Schwierigkeiten. Jedenfalls bat er schon beim Hinflug den Copiloten um ein Glas Wasser. Er brauchte es für seine Tabletten. Er schien sie sehr nötig zu haben.«

»Aber Reissner verträgt doch das Fliegen!«

»Deshalb fiel's mir ja auch auf! Er hatte ständig die Hand am Magen, irgendwie so, als fühle er sich schlecht oder als habe er Schmerzen. Und geredet? Nein, geredet hat er, mit Ausnahme von ein paar Sätzen zu Herrn Soltau, kein Wort. Nicht wahr, Herr Soltau?«

Der junge Soltau nickte nur.

»Was Frau Müller sagt, ist vollkommen richtig«, mischte

sich jetzt Wegner ein. »Ich versuchte Herrn Reissner ein paarmal anzusprechen, doch es blieb bei nichtssagenden Auskünften. Man werde schon vor Ort sehen, was los ist. Und wir könnten uns ja noch im Hotel unterhalten.«

»Und dann, im Hotel?«

»Da wurde nichts draus«, erwiderte Wegner. »Wir sind direkt ins Werk gefahren. Dort hat er sich mit dem Geschäftsführer und seinen Leuten zu einer Konferenz zusammengesetzt. Ich war nicht dabei, Herr Linder. Ich bereitete meine Rede vor. Jedenfalls, wenn ich mir das alles überlege ... Dr. Reissner war verändert. Da war nichts von dem zuversichtlichen Reissner festzustellen, den er sonst so draufhatte.«

»Herr Linder!« Die Sekretärin meldete sich aus dem Vorzimmer. »Herr Puttkammer ist jetzt da. Soll ich ihn reinschicken?«

»Hat er die Aufnahme?«

»Die Überspielung ist beendet. Er bringt die Kassette gleich mit.«

»Dann soll er kommen.«

Andreas Puttkammer war der Medienreferent des Konzerns. Was er den meisten der sich ihrer Bedeutung durchaus bewußten »Entscheidungsträgern« in der Führungsetage voraushatte, war nicht nur sein bayerischer Dialekt, sondern auch die Tatsache, daß er einer alteingesessenen Münchner Familie angehörte. Und das genoß Puttkammer. Er stellte es auch zur Schau, indem er, wo immer er konnte, auf Krawatten verzichtete und statt dessen in Loden und Pullis herumlief und damit die korrekt gekleideten Nadelstreifenherren bis zur Weißglut ärgerte.

An diesem Tag hatte Puttkammer seinen Gutsherrnauftritt: Graue Schnürsamthosen, hochgeschlossener schwarzer Janker, darunter ein jagdgrüner Seidenjersey.

Zum ersten Mal seit Beginn der Besprechung zeigte Linders Gesicht den Anflug eines Lächelns.

»Hat's geklappt, Andreas?«

Neben Reissner war Puttkammer der einzige aus der Führungsetage, den Linder mit Vornamen anredete. Beruflich war der Typ völlig uninteressant. Solche wie ihn gab's im Dutzend und billiger. Gesellschaftlich aber konnte er gefährlich werden. Linder hatte da seine Erfahrungen.

»Grüß Gott mit'nand!« Andreas Puttkammer winkte lässig in die Runde und steuerte mit der Selbstverständlichkeit eines Menschen, der sich bei Freunden zu Hause fühlt, die Fernsehanlage des Büros an. Weder von dem massiven Unbehagen, das im Raum lastete, noch von der Gruppe, die in der Mitte des Teppichs aufgepflanzt wartete, schien er Kenntnis zu nehmen.

Er nahm die Fernsehkassette, die er mitgebracht hatte, und schob sie ein. »Ist ja lustig. Also wirklich, genau das Gerät, das ich auch zu Hause habe. Na, dann gibt's ja keine Schwierigkeiten.« Er drehte den Kopf: »Klappte übrigens viel besser, als ich dachte, Herr Linder. Ich hab' da 'nen alten Spezi, der war mal Kameramann beim Bayerischen Rundfunk, und den hab' ich dem MDR vermittelt.«

»Aha«, knurrte Linder ungeduldig.

»Ist doch gut, wenn man überall seine Leute hat, finden S' nicht?«

Puttkammer drückte auf einen Knopf. Schneegeflimmer. Dann das erste Bild. Es war gestochen klar. Es zeigte die Einfahrt eines Mercedes auf das Werksgelände. Die Münchner Delegation. Sie steigt aus der schwarzfunkelnden Limousine. Begrüßung durch Bornbacher, den Geschäftsführer. Nun ein Schwenk auf die großen Transparente, die sich hinter dem Werkstor von einem Elektromast zum anderen spannen: SACHSEN-STAHL WIRD LEBEN! – Im Hintergrund Arbeiter. Dutzende, nein, es mögen wohl hundert sein! Sie haben die Schutzhelme auf dem Kopf und zeigen verbissene Gesichter. Einer unter ihnen, vermutlich ein Mann vom Betriebsrat, nimmt das Megaphon vor den Mund.

»Das interessiert doch nicht, Andreas.«

»Moment, Herr Linder. Ich weiß, was Sie interessiert.«

Den leisen, singenden Laut, den der Vorlauf des Gerätes von sich gab, empfand Linder wie einen Zahnarztbohrer. Er betrachtete seine Fingernägel, dann nahm er den runden Kopf kurz hoch: »Was stehen Sie eigentlich hier rum? Setzen Sie sich doch endlich.« Dann starrte er wieder auf die Schreibtischplatte.

Und da füllte Reissners Stimme den Raum.

Linder riß den Kopf zurück. Reissner, tatsächlich! Hatte den linken Arm gehoben, den Mund geöffnet, rief: »Ich weiß auch, daß das, was hier geschieht, für viele von Ihnen traurige, ja tragische Konsequenzen hat ...«

Schweißperlen glänzten auf seiner Stirn. Von den Nasenflügeln zogen sich tiefe Furchen zu den Wangen.

»Machen Sie doch den Ton schärfer.«

Und wieder Reissners Stimme. Es war die Stimme eines Ertrinkenden, der verzweifelt gegen den Ansturm der Brandung ankämpft: »... helfen weder Zorn noch Trauer, da hilft nur ...«

Soltau flüsterte irgend etwas.

Dann sahen sie es alle: Sahen, wie Soltau sich zu Reissner beugt, einem Reissner, der sich über den Tisch krümmt, wie nun auch Wegner herankommt, wie beide Reissners schlaffen Körper in die Mitte nehmen. Soltau hält Reissners Hand fest, die über dessen Schulter hängt. Der Mann scheint kaum gehen zu können, der Kopf liegt auf der Brust – und dann verschwinden alle drei hinter einer Metallstrebe ...

»Schalten Sie bloß ab!«

Das Bild erlosch.

Linder sah in die Runde. Er preßte den Nagel seines Daumens gegen das Kinn. »Der Mann ist ja krank ...«

Soltau nickte eifrig. »Es muß irgendwas mit der Verdauung sein, Herr Linder. Er war vollkommen fertig. Er hat kein Wort mehr zu uns gesprochen. Er konnte einfach nicht. Jedenfalls war das unser aller Eindruck. Und auch auf dem Flug nach München blieb er völlig – wie soll ich sagen – in sich gekehrt.«

Krank? dachte Linder. Was ist mit Reissner, verdammt? Irgendwann war da doch eine Geschichte mit einem Unfall. Aber das war vor vielen Jahren. Wieso hat er nie etwas gesagt? Warum, Himmelherrgott noch mal, ließ er sich nicht, wenn er sich mies fühlte, untersuchen? Wieso übernahm er eine derartige Aufgabe? Das war doch alles absurd!

»Na gut, Herr Soltau, und auch Sie, Herr Wegner – sehen Sie zu, daß Sie feststellen, wo er sich aufhält. Und bitte, informieren Sie mich sofort, wenn Sie etwas rausgebracht haben. Sie können mich auch zu Hause anrufen. Vor allem aber: Halten Sie mit Dr. Reissners Frau Kontakt. Bei ihr muß er schließlich irgendwann mal auftauchen ...«

Auf der Flughafen-Autobahn Erding-München herrschte starker Verkehr.

Reissner hielt sich auf der mittleren Fahrbahn. Elektronische Leuchtanzeigen, die sich quer über die Autobahn zogen, regulierten die Kolonnen-Geschwindigkeit: 50 km – 40 km – 30 km.

Der Stau war zu Ende, es ging wieder flott.

Der große weiße Firmen-BMW der Fünfhunderter-Klasse summte fast lautlos dahin. Aus den Lautsprechern klang Musik. Eigentlich wußte Dieter Reissner gar nicht so recht, wieso er das Radio eingeschaltet hatte. Oder doch? Er hatte gehofft, daß der Bayern-Funk irgend etwas über die Vorgänge in Stollberg, über die Krise bei der Stahlverarbeitung und die Werksschließung bringen würde. Doch wen interessierte das schon in München?

Nun hüllten ihn die vier Lautsprecher mit klassischer Musik ein; irgend etwas Schwermütiges, Slawisches, sehr Pathetisches – Tschaikowsky vielleicht? Jedenfalls etwas, das er jetzt nicht brauchen konnte, weil es zu sehr seiner Stimmung entsprach. Er kannte die Falle des Selbstmitleids. Es war stets der alte Film, der zu nichts führte als zu Angst und Verwirrung. Was er jetzt brauchte, war Klarheit, nichts als Klarheit.

Als er den Arm ausstreckte, um die Musik auszuschalten, scherte vor ihm auf der linken Seite ein roter Volvo aus, drängte sich rücksichtslos in seine Kolonne, und Reissner spürte, wie sein Herz nach einem kurzen Entsetzen wie wild zu rasen begann, ihm den Schweiß auf die Stirn und die Schwäche in den Körper trieb.

Das hast du schon mal erlebt. Vor sechs Jahren. Der Wagen vor dir, dann der Krach ... Nein, nicht einmal den bekamst du mit. Das erste, was du wieder aufnehmen konntest, war das Licht der Operationslampen ...

Damals aber hat das ganze Elend begonnen.

Er lehnte sich zurück und zwang sich, ruhig zu atmen.

Dann erspähte er eine Lücke, setzte sich auf die ruhige Fahrspur ab und ließ all die Verrückten an sich vorüberrasen.

Er lehnte den Kopf gegen das Polster. Die Vorstellung war zu Ende. Reissner, der »Trouble-Shooter«, hatte sich selbst ins Bein geschossen. Ins Bein? In beide Beine. Und schlimmer noch: Er hatte keine Lust mehr, sie zu gebrauchen. Natürlich müßte er Linder jetzt anrufen. Und sicher würde er toben, er kannte ihn doch. Na und?

Und Hanne?

Auch das hatte Zeit. Zuerst kam etwas Wichtigeres.

Er griff zum Autotelefon und tippte Jans Nummer ein. Er hatte den Termin offen gelassen. Er wußte ja nicht, um welche Stunde sie in München landen würden. Nun war es bereits kurz vor sechs. Es meldete sich auch nicht die Sprechstundenhilfe; Jan selbst war am Apparat.

»Herzog.«

»Ich bin's, Alter. Dieter. Wie ist das, es ist zwar schon ziemlich spät, aber kann ich trotzdem noch bei dir vorbeikommen?«

»Natürlich kannst du das.«

»Hast du die Ergebnisse schon?«

»Ja. Sie sind heute morgen gekommen.«

»Und?«

»Darüber können wir nachher reden. Es ist ...« Eine gerade auf dem Flugplatz gestartete Maschine donnerte über die Autobahn hinweg. Sie machte Geräusche wie ein Güterzug. Der widerwärtige Pfeifton riß Herzogs Stimme ab. Dann aber war sie wieder da: »Jedenfalls wäre es ganz gut, wenn du noch bei mir hereinschautest. Wo bist du denn?«

»Auf der Autobahn.«

»Okay, dann komm.«

Reissner nickte und legte auf. Die Angst wollte sich wieder melden, aber wie man sie verdrängt, hatte er gelernt. Hatte es lernen müssen.

Er blickte in den Rückspiegel, zog das Steuer nach links und gab Gas.

Und dann dachte er: Immer weiter fahren, immer der Straße nach, einfach so nach Süden, den Alpen entgegen, über die Alpen hinweg ... Rom, irgendwann dann Palermo, aber auch in Sizilien nicht hängenbleiben. Dort warten Fähren ... Afrika ...

Tränen stiegen in seine Augen.

Er schüttelte den Kopf, als könne er sie herausschleudern. Wieder dachte er an Hanne. Aber das half ja nichts. An Hanne und an Elfi zu denken machte alles noch schlimmer.

Am blödesten aber war das, was er jetzt tat: Die Hand in die Hosentasche zu schieben und durch den dünnen Stoff die Leiste abzufühlen, um dort den schmerzhaften, harten Punkt zu suchen, der ihn erwartete, obwohl er sich so danach sehnte, daß er einfach wie durch ein Wunder verschwunden wäre.

Nein. Er war da!

Nach Süden ...

Und weiter als Italien – Afrika ...

Hanne hatte vor ein paar Wochen einen ganzen Stapel glänzender farbiger Prospekt aus dem Reisebüro mit nach Hause gebracht. Inseln sah man darauf. Karibik-Inseln ... Strohgedeckte Bungalows, Sandstrände, Palmen und ein Wasser, so leuchtend, so klar, daß man nur träumen konnte.

Er und Hanne am Strand. Mit der kleinen Elfi Sandburgen bauen ... Ja, und ein Bungalow unter Palmen. Wieso denn nicht? Personal war ja billig. Eine Köchin vielleicht ... Oder es gab ein Hotel in der Nähe, und irgendein netter kaffeebrauner Kellner würde ihnen das Essen bringen. Und Vollmondnächte mit Hanne ... Draußen auf der Terrasse im Mondlicht baden. Oder in diesem unglaublichen Meer in einem weißen Motorboot herumkurven. Und angeln. Und, und, und – weiß der Teufel was.

Er hatte es vor sich gesehen, in allen Details. Schon oft hatte er das, viel zu oft.

Und was war dann geschehen? Der Plan wurde als »unrealistisch« abgehakt.

»Später vielleicht, Hanne.«

Er hatte sie einfach auf das nächste Frühjahr, den nächsten Sommer vertröstet.

LÜG-NER, BE-TRÜ-GER ...

Richtig. Aber auch an dir selbst.

Was, verdammt noch mal, hast du bloß aus deinem Leben gemacht?

Und – was wird jetzt kommen?

Vor drei Jahren, als sie die Villa bezogen, hatte Hanne Reissner es hübsch gefunden, auf dem Rasen neben dem Pool zwei Rotbuchen zu haben, und sie hatte Dieter so lange in den Ohren gelegen, bis er nachgab. Eines Tages war dann ein riesiger Lastwagen mit den Bäumen angerollt und mit Gärtnern, die Löcher gruben. Dieter wiederum fluchte herum und behauptete, die Rotbuchen würden nie anwachsen. Aber sie taten es. Und wie! Und nun warfen sie ihr Laub über den Rasen, und Litzka, der den Garten besorgte, hatte jedes Jahr seine liebe Not damit.

Hanne Reissner zog ihre Lederjacke an. Sie wollte das verdammte Laub weghaben. Aber wollte sie das wirklich? Wußte sie überhaupt, was sie wollte?

Was sie mit Sicherheit wußte, war, daß sie es drinnen im Haus nicht mehr aushielt, daß sie verrückt werden würde, wenn jetzt wieder das Telefon läuten und irgendein Firmenidiot nach Dieter fragen würde.

So ein elender Mist! Was war nur in ihn gefahren? Wieso konnte er sie auf diese Weise sitzenlassen? Die Maschine war längst gelandet. Warum kam er dann nicht nach Hause? Warum lud er ihr statt dessen all diesen Ärger auf den Hals?

Hanne Reissner zog so erbittert den Rechen durch den Rasen, daß ihr richtig heiß wurde. Mit den naßglänzenden Blättern wurde sie trotzdem nicht fertig. Sie überlegte sich, ob sie den Besen holen sollte, das Zeug klebte schließlich auch an der Schwimmbadumrandung ...

»Mami! – Mami!«

Sie warf den Rechen weg. Elfi hatte es tatsächlich geschafft, ihr Dreirad auf das braungekachelte Zementrechteck zu zerren, das das Becken einrahmte. Und nun war sie auch noch im Begriff, auf den Sattel zu klettern und loszustrampeln.

»Bist du wahnsinnig geworden? Hor mal, was machst du denn da?«

Elfi gab keine Antwort. Sie fuhr.

»Elfi! Laß das! Laß das, hab' ich gesagt!«

Aber wie immer dachte die Kleine nicht daran.

Hanne rannte los. Sie hatten das Wasser in diesem Jahr noch nicht eingelassen. Im Bassin gab es nach einem Zweimetersturz nichts als harten Beton.

»Hast du mich gehört, Elfi?«

»Nein!«

Elfi strampelte, als Hanne sie hochhob und an sich drückte. Sie spürte ihre Wärme, und unter all der zornigen Empörung, die sich da in ihren Armen schüttelte, spürte sie Hilflosigkeit.

»Ist ja gut.« Sie strich über das blonde Haar ihrer dreijährigen Tochter und küßte es. »Ist doch gut, Kleines. Man kann halt nie richtig spielen, was? Nun laß uns ins Haus gehen. Was suchen wir überhaupt hier?«

»Mein Dreirad!«

»Holen wir nachher.«

Das Kind zu tragen machte Hanne nichts aus. Sie war eine schlanke, hochgewachsene Frau mit einem schönen, klargeschnittenen Gesicht, von dem ihr Mann behauptete, es habe eine gewisse Ähnlichkeit mit Faye Dunaway. »... Tu mir den Gefallen und schmink dich so wie das letzte Mal. Ist doch richtig aufregend. Weißt du, dann habe ich das Gefühl, ich würde mit 'nem Filmstar ins Bett gehen.«

Ins Bett gehen? – Auch das war lange her. Seit Jahren hatten sich ähnliche Wünsche und Spielchen eingestellt. Seit wieviel Jahren eigentlich? Seit dem Unfall und der Operation ...

Was anschließend kam, na, man nennt so was wohl Eheroutine. Küßchen am Morgen, wenn er losfährt, Küßchen am Abend, wenn er zurückkommt, ein bißchen Streicheln, viel, viel Verständnis – und viele Erklärungen, die zu nichts führen. Aber irgendwie hatte alles mit dem Unfall zu tun.

Seitdem hatte er sich geändert, keine Frage. Gut, die Ärzte hatten den gesprungenen Beckenknochen wieder mit Draht zusammengeflickt, und auch die Gelenksache bekamen sie in die Reihe, so perfekt sogar, daß nur dem, der Dieter von früher kannte, auffiel, daß sich sein Gang seither leicht verändert hatte. Und selbst das versuchte er zu tarnen. Was zeigt ein Dieter Reissner schon nach außen? Das ist nicht sein Stil. War es nie ...

Aber kaum war er damals aus dem Krankenhaus entlassen worden, hatte er sich noch besessener als zuvor in seine Arbeit gestürzt. »Workaholic« – schön, aber auch dieses Wort erklärte nichts. Nein, es war mehr als eine Droge, das war schon ein Fanatismus, dessen Quelle sie nicht kannte. »Wenn man den Tiger reitet, Hanne, muß man oben bleiben ...« Doch was nützte ihr ein Mann, der einen Tiger reiten wollte? Und die anderen so furchtbar »dynamischen« Konzern-Leuchten. Was wollte Dieter ihnen eigentlich beweisen?

Aber von diesem Zeitpunkt an schien er noch rastloser, raste wie ein Verrückter kreuz und quer durch Europa für die Firma, für wen sonst – und hatte für all ihre Bitten nichts als ein Schulterzucken oder ein: »Später, Hanne ...«

Sie hatte das Haus erreicht.

Es war aus weißverfugten Backsteinen erbaut und hufeisenförmig angelegt. Dieter hatte es geschafft, den Besitzer dazu zu bringen, noch einen Tennisplatz an die Nordfront zu bauen. Er war zwei- oder dreimal bespielt worden. Seitdem lag darauf nur Laub.

Trotzdem: Ein wunderschönes Haus! Und es lag dazu in einer der besten Gegenden der Stadt, in Harlaching.

Am wichtigsten war Dieter gewesen, daß nur vier Straßen weiter, in einem ähnlich großen Grundstück versteckt, auch Jakob Linder seine Villa hatte. Allein für diese Tatsache war er bereit, Monat um Monat ein Vermögen hinzublättern.

Jetzt aber, jetzt schien sich Dieter einen Dreck darum zu kümmern, was Linder von ihm hielt ...

Sie zog die breite gläserne Tür auf, die zum Garten führte.

Elfi strampelte nicht länger. Beide Ärmchen hatte sie um den Hals der Mutter geschlungen und drückte den Kopf an ihre Wange.

»Frau Reissner, wie ist das, soll ich den Schmorbraten in den Ofen geben?«

Schmorbraten mit Bohnen war Dieters Lieblingsspeise. Jedesmal, wenn er von einem schwierigen Auftrag zurückkam, fand er ihn zu Hause auf dem Tisch. Eine Art unausgesprochener Vertrag war es. Früher hatte sich für Hanne damit auch noch die romantische Vorstellung von dem Ritter verbunden, der ausreitet, um in den heißen Schlachten des Lebens seine Beute zu erobern.

Auch das war längst vorbei.

»Lassen Sie mal, Iris. Wieso auch? Weiß der Teufel, wo er sich rumtreibt.«

Iris nickte nur. Manchmal ging Hanne so viel fettgepolsterte Gemütsruhe auf den Nerv. Aber heute war sie dankbar.

»Übrigens, da war wieder derselbe Herr am Apparat.«

»Was für ein Herr?«

»Sie wissen doch, der, der vorhin schon angerufen hat. Soltau oder so. Ich sagte, Sie seien draußen im Garten, und er meinte, er würde gleich wieder anrufen.«

Da läutete es schon.

»Ich könnte das verdammte Ding an die Wand schmeißen!« schrie Hanne. »Und den Soltau mit dazu!«

Sie ging an den Apparat und hob ab.

»Soltau. – Frau Reissner!«

»Ja. Er ist noch nicht da.«

»Das habe ich mir schon gedacht, gnädige Frau. Aber falls

er kommt ... wir hätten da noch ein Problem. Das heißt, Herr Linder hätte gerne etwas gewußt.«

»So? Und was?«

»Ja nun, es ist so ... Ihr Mann schien sich schon auf dem Flug nach Stollberg nicht besonders wohl zu fühlen. Und auch dort ging es ihm gesundheitlich nicht besonders gut. Deshalb würde es Herrn Linder sehr interessieren, zu erfahren, ob Ihr Mann in letzter Zeit vielleicht in ärztlicher Behandlung gewesen ist.«

»Nicht, daß ich wüßte, Herr Soltau. Und wie sollte ich es auch wissen? Mir hat er jedenfalls nichts gesagt. Außerdem – wann bekomme ich ihn schon zu Gesicht in der letzten Zeit?«

»Natürlich, natürlich«, murmelte Soltau.

Mit der Schulter schob er die Tür auf.

Es war eine alte, schwere, massive Holztür, die von einem vernarbten Lederpolster daran gehindert wurde, ganz ins Schloß zu fallen. Es war eine Tür, wie man sie nur noch in dieser Gegend finden konnte, am Rosenheimer Platz, wo es noch immer Altbauwohnungen zu einigermaßen erträglichen Preisen zu mieten gab. Sein Freund Jan, Dr. Jan Herzog, brauchte beides: Viel Platz für die Praxis und den möglichst billig.

»Ich will Menschen um mich sehen, Dieter. Ich hab' nun mal was gegen deine neurotischen Schickimickis ... Wenn's dir mal wirklich dreckig geht, kannst du ja trotzdem zu mir kommen. Bloß ... Wenn sie dir dein Bankkonto auf den Hintern tätowieren oder den goldenen Firmenstempel, dann such dir gefälligst einen Professor, der das wieder wegmacht.«

Es ging ihm wirklich dreckig. Und er hatte aufgehört, den Professoren zu glauben. Er pfiff auf sie.

Die Treppe war breit, dunkel und roch nach Bohnerwachs. Er ging ganz langsam hoch. Er kam sich vor wie ein alter Mann und hatte dabei das Gefühl, er sollte noch langsamer gehen.

Da war das Messingschild: ALLE KASSEN.

Na sicher! Was sonst?

Er drückte die Klingel.

Es war Jan, der ihm aufmachte, und er tat es so unmittelbar und rasch, als habe er hinter der Tür gelauert.

»Na, Alter?«

Jan Herzog war groß und lang, und er hatte so ein bestimmtes Begrüßungsgrinsen. Reissner erwartete es heute vergeblich.

»Komm, gehen wir in mein Zimmer.«

Der Arzt ging voran. Wie viele große und hagere Leute, ging er mit eingekrümmten Schultern. Unter den breiten Sohlen seiner Schuhe knarrte das Parkett.

Normalerweise herrschte in den großen weißgestrichenen Räumen ständig Betrieb. Nun war es still, still wie auf dem Friedhof. Merkwürdig: Kein Husten aus dem Wartezimmer, kein Kinderplärren, nichts. Nur diese knarrenden Sohlen ...

Reissners Unbehagen verstärkte sich.

Am liebsten wäre er jetzt einfach umgedreht und zur Tür gerannt. Raus. Fort. Aber er nahm sich zusammen. Er hatte es sich vorgenommen: Ruhig bleiben, ganz cool. Vor allem einen klaren Kopf – was immer passiert.

Jan verstaute ihn in seinem Besuchersessel, lehnte sich zurück, und nun lächelte er. Aber dies war nicht sein Lächeln. Oder wenigstens nicht das, welches Dieter Reissner vertraut war. Denn er kannte dieses Gesicht wie kaum ein zweites: Dunkle, buschige Brauen und dunkle, tiefliegende Augen, dazu ein breiter Mund, der manchmal ziemlich empfindsam wirken konnte.

Ja, er kannte es seit zwanzig Jahren, seit ihrer gemeinsamen Studienzeit in Heidelberg. Beide hatten sie gejobbt, Jan, der angehende Mediziner, auf dem Bau, er, der Betriebswirt, war ein bißchen cleverer: Er spielte Getränkeausfahrer ... Und an jedem freien, schönen Tag, den Gott schenkte, waren sie dann in die Berge gezogen. Jan hatte ihm das Klettern beigebracht, obwohl er kaum etwas mehr haßte als Steilwände, Kamine und sonstigen Unsinn. Er hatte sich trotzdem hochgequält; es blieb ihm ja nichts anderes übrig. Jan war damals der einzige Freund, den er besaß.

Und wenn man es genau betrachtete, war es heute noch so.

Jan – der einzige Freund! Mehr noch: der einzige, dem er vertraute ...

Er begann zu sprechen. Er erzählte die ganze Katastrophe seines Auftritts in Stollberg ziemlich knapp und wunderte sich, daß Jan ihn nicht mit Zwischenfragen unterbrach. Er sah ihn nur an. Als Reissner fertig war, beschwerte er sich über seine Tabletten.

»Für mich sind es die Scheißdinger, die mich derartig in Schwulitäten gebracht haben. Ich habe mehr genommen, als du mir gesagt hast. Fast das Doppelte, Jan ... Und bis Nachmittag hielt die Wirkung ja auch an. Aber ausgerechnet dann, als ich sie brauchte, kam die Katastrophe.«

Jan nickte erneut. Dann widmete er ihm wieder diesen langen, aufmerksamen Blick.

Reissner spürte die Warme, die im Nacken hochkroch.

»Antibiotika nützen hier nicht«, sagte Dr. Herzog schließlich. »Oder nicht länger. Auch wenn wir sie noch so stark dosieren, Dieter, du brauchst was anderes.«

»Was denn?«

Wieder zögerte der Arzt. Und wieder schien ihm das Sprechen Mühe zu machen. Und wieder mußte Reissner diesen Blick ertragen.

»Immunstärkende Mittel. Gammaglobuline, zum Beispiel ... Und vor allem Ruhe. Junge. Wie oft soll ich dir das noch sagen? Viel, viel Ruhe. Der Schwachsinn, in den du dich treiben läßt, der bringt dich noch um.«

»Gammaglobuline« – das Wort hatte sich in ihm festgehakt, schlimmer noch, es war ihm bekannt, deshalb bekannt, weil es genau in dem Zusammenhang diskutiert wurde, vor dem er sich am meisten fürchtete.

Hanne ..., dachte er. Er dachte den Namen völlig sinnlos.

Und dann dachte er: O nein! Das doch nicht! Gott im Himmel, bitte ...

Er benötigte all seine Kraft für die Frage: »Jan! Hast du die Untersuchungsergebnisse bekommen?«

Jan Herzog nickte. Fiel ihm heute nichts anderes ein als zu nicken, verdammt noch mal?

»Und?«

Jan sagte nichts, aber seine Augen waren plötzlich nah. Er hatte seinen langen Oberkörper weit über den Tisch gebeugt.

Seine Hand suchte Dieters Hand und hielt sie fest. Dieter spürte den Druck – und wußte alles.

»Nein!«

Er spürte wieder, wie sich sein Magen zusammenkrampfte, wie es weiter unten zu wühlen begann und wie die Haut feucht wurde. NEIN – NEIN! dachte er, schrie es in ihm.

Er hörte Jan sprechen. Es klang wie von ganz weit her.

»Ich hab' die ganze verfluchte Praxis deinetwegen leergeschaufelt. Ich hab' sie alle rausgeschmissen. ›Dringender Notfall‹, hab' ich behauptet – und dann auf dich gewartet. Und jetzt hockst du hier ... Ich wußte so viele gute Sprüche. Aber mir fällt keiner mehr ein.«

»Positiv?«

Jan nickte.

Sie schwiegen beide.

Jan hatte in der Praxis doppelverglaste Fenster anbringen lassen, sie waren sein ganzer Stolz, er hatte sie Dieter gezeigt. Aber trotz der »perfekten Schalldämmung« hörte er nun jemand unten auf der Straße lachen. Und dann ein Kind. Es schrie irgend etwas. Und ein Auto schaltete. Er hörte es ganz genau.

»Du mußt mit Hanne sprechen«, sagte Jan eindringlich. »Und das tust du am besten heute noch. Ich mach' dir einen Vorschlag: Wir setzen uns alle drei zusammen und sprechen die Situation durch.«

»Die Situation« ... Natürlich, was sonst? Es war eine klare, recht leicht objektiv zu betrachtende und nicht einmal sehr seltene Situation. Er war einer unter vielen anderen ...

Aber warum? Wieso trifft es dich? Warum nicht einen anderen? Ausgerechnet du? Der Boden öffnete sich; er fiel, fiel ...

Gottes Auge ...

Plötzlich sah er wieder das Rund des Fernsehobjektivs vor sich, blitzend und kalt, tiefschwarz und böse.

»Es wäre wirklich das Beste ... Und vor allem: Du mußt dich jetzt schonen. Und dann bringen wir dich schon wieder auf die Beine. Keine Frage. Aber wir müssen das gemeinsam tun ...«

Hanne! Nichts war in ihm als der Name.

Sonderbar, von nun an war es einfach zu sprechen. Er sprach wie nach einem Dialogentwurf. Schließlich – hatte er ein solches Gespräch nicht schon ein dutzendmal vor sich gesehen? Na also! Dich nicht überraschen lassen, von nichts! Und dazu gehörte, die schlimmste Situation vorwegzunehmen und die eigene Reaktion, die dann notwendigen Entschlüsse vorauszuplanen. Klar bleiben. Klar und pragmatisch.

Eines seiner Karriereprinzipien. Weit hatte er es gebracht!

»Hanne?« fragte er stockend. »Wie groß ist die Wahrscheinlichkeit, daß auch sie ...«

Jan legte den Kopf schief. Dann faltete er die Hände, bettete sein Kinn darauf und sah ihn aus seinen dunklen Augen an. »Es gibt verschiedene Statistiken. Die Meinungen der Fachleute gehen da auseinander. Und frag mich nicht, wer wen bescheißt. Aber im Durchschnitt, behaupten sie, die Übertragungswahrscheinlichkeit bestehe zwischen zwanzig und fünfundzwanzig Prozent.«

Und wären es nur fünf Prozent gewesen, dachte er, es wäre zuviel ...

»Und das Kind?«

»Auch dies ist schwer zu sagen.«

»In Prozenten«, forderte er.

»In Prozenten? Verdammt noch mal, damit solltest du dich in diesem Augenblick nicht beschäftigen. Wirklich nicht! Bei möglichen Übertragungen spielen so viele Faktoren eine Rolle. Jeder Fall liegt völlig anders. Dieter, es gibt Wichtigeres zu tun.«

»Ja«, sagte er, und die beiden »K's« kamen wieder ins Spiel: Kalt und klar entscheiden!

Er stand auf.

»Was ist denn? Wo willst du hin?«

Er sah auf Jan herab, auf die schwarzen Härchen, die auf seinem Handrücken wuchsen, auf seine beginnende Glatze.

»Du wirst Hanne nicht anrufen. Versprichst du mir das?«

»Natürlich versprech' ich das, wenn du darauf bestehst. Aber warum?«

»Kein Warum, Jan. Du wirst es nicht tun. Zumindest heute nicht.« Dann drehte er sich um.

»Wo willst du hin? He, Dieter!«

Er wußte später nicht, wie er aus Jans Praxis gekommen war, wieso seine Beine ihn noch trugen. Immerhin, er hatte seinen Willen. Den gab es. Und auf ihn kam es an ...

»Darf ich Ihnen vielleicht noch etwas zu trinken geben? Ich meine, haben Sie sonst noch irgendwelche Wünsche?«

Sie trug einen leuchtendgrünen, weitfallenden Baumwollpulli zu ihren Leggings. Sie hatte die blonden Haare hochgesteckt, besaß ein hübsches Gesicht, einen hübschen Hals und sehr freundliche braune Augen. Sie musterte ihn schüchtern.

Vor Reissner stand ein Glas Tee. Er hatte es leergetrunken. Aber wie war es auf seinen Tisch gekommen? Es war das erste Mal, daß er die Bedienung überhaupt wahrnahm.

»Na gut, bringen Sie mir was.«

»Was denn?«

»Irgendwas ... Tee.«

Er drehte den Blick wieder der Glasscheibe zu. Es gab zwei Verkaufsstände da draußen, direkt neben dem Einstieg zur S-Bahn. An den Ständen wurde alles feilgeboten: Obst, Gemüse, Berge von Äpfeln, Bananen. Die meisten Passanten gingen vorbei, andere blieben tatsächlich stehen und kauften etwas. Der Verkehr war jetzt so dicht, daß bereits Stoßstange an Stoßstange gefahren wurde. Dort hinten aber, gar nicht so weit weg, dort drüben war das alte Haus, wo im ersten Stock sein Freund Herzog wahrscheinlich darüber brütete, was im Fall Reissner wohl zu tun sei ...

Nichts, Jan!

Doch. Es gab noch eine Aufgabe. Wichtig oder nicht, er wollte sie vom Hals bekommen.

Das Mädchen mit dem grünen Pulli brachte seinen Tee.

»Haben Sie ein Telefon hier?«

»Ja. Dort drüben in der Zelle.«

Sie hatten auch eine Zelle. Um so besser!

Er zog die Tür hinter sich zu, aber in der Enge wurde ihm so übel, daß er fürchtete, ersticken zu müssen. So öffnete er sie wieder. Sollte doch ruhig jeder mithören, was es zu sagen gab. Jeder. Falls es noch irgend jemanden interessierte.

Er bekam Linder ohne die üblichen Schwierigkeiten an den Apparat. Lotte Frahm, Linders Vorzimmerlöwin, verschluckte sich fast vor Überraschung, als er seinen Namen nannte.

»Sie, Herr Reissner? Lieber Himmel, wenn Sie wüßten ...«

»Ich weiß«, sagte er. »Und jetzt geben Sie ihn mir bitte.«

Es knackte kurz, dann seine Stimme.

»Linder. Ach nein? Es gibt Sie also doch noch, Reissner? Dann kann ich Ihnen ja gleich sagen, daß ich in meinem Job schon allerhand erleben mußte. Aber Ihr Verhalten schlägt alle Rekorde.«

»So«, sagte er nur.

Das »so« schien dem großen Boß nicht zu gefallen. Pause.

»Jetzt hören Sie mir mal zu, Dieter ...«, fing er dann an.

»Nein, Jakob, jetzt hören Sie zu.« Dieses ganze Dieter-Getue – warum sollte er ihn nicht »Jakob« nennen? »Sie können auch auflegen, falls Ihnen das Spaß macht. Aber vielleicht ist es ganz interessant, was ich Ihnen zu sagen habe.«

»Wie reden Sie eigentlich? Was ist in Sie gefahren?«

»Oh, nichts Besonderes. Das trage ich schon lange mit mir herum. Kam mir nur einfach heute mal wieder hoch. Ich wollte Sie fragen ...«

»Sie stellen Fragen? An mich? Ja, sind Sie übergeschnappt?«

»Wieso? Heißt Fragen stellen für Sie übergeschnappt zu sein? Übrigens: Überrascht mich nicht ...«

Da war nur ein Schnaufen am anderen Ende der Leitung.

»Jakob, haben Sie eigentlich schon mal überlegt, was Sie da so tun? Haben Sie, zum Beispiel, die Sachsen-Stahl-Schließung ganz konsequent durchdacht? Nur ein bißchen wenigstens, statt einfach ja zu sagen und zu tun, was die Herren im Aufsichtsrat so beschließen? – Richtig, eine dumme Frage. Sie haben natürlich nicht. Wie kämen Sie auch dazu? Haben Sie ja nicht nötig, denn ein Scheißkerl wie Sie, der ist sich seiner Sache immer sicher, wenn es der Aufsichtsrat auch ist. Stimmt's? Ich meine, wer da draufgeht, sind ja immer nur die anderen.«

»Sagen Sie mal, wie können Sie es wagen ...«

»Es sind immer die anderen – sowieso sind die es!« Jetzt schrie er förmlich, merkte es und dämpfte sofort wieder seine Stimme: »Also sind Sie selber schuld, nicht wahr? Jakob, Jakob, es wird Zeit für Sie, mal von Ihrem hohen Roß herunterzusteigen. Sie wissen doch schon längst nicht mehr, was vorgeht. Sie sehen den Boden ja gar nicht! Sie haben längst die Haftung verloren, Sie arrogantes Arschloch! Und deshalb wird's der Gaul nicht mehr lange tun, das garantier' ich Ihnen. Mal abzusteigen ... Ja, wie denn? Man ist doch nicht mehr gelenkig. Und man hat seine Prinzipien, stimmt's?«

»Reissner, ich habe Ihnen Ihren ganzen beruflichen Werdegang ermöglicht. Ich habe immer zu Ihnen gehalten. Jetzt weiß ich, daß es ein Fehler war.«

»Kann ich mir denken.«

»Ja, und jetzt weiß ich auch, daß Sie krank sind, Mann.«

»Richtig getippt, Jakob. Stimmt. Ich bin krank ... Vielen Dank übrigens, daß Sie nicht sofort aufgelegt haben. Das gibt mir nämlich die Gelegenheit – schließlich haben Sie recht, wir waren lange genug zusammen –, das gibt mir dann doch die Gelegenheit, Ihnen einen guten Rat zu geben. Und ich meine jetzt nicht den ganzen Scheiß, den Sie in der Firma anrichten. Da gibt's ja noch immer genug Blöde, denen Sie erzählen können, es ginge nur so und nicht anders. Und die dann auch brav Ihrer Meinung sind, solange sie das können, bis sie dann endlich rausgeschmissen werden. Aber darum geht's nicht, Jakob, jetzt geht's mir wirklich um Sie. Das können Sie zum Heulen oder zum Lachen finden, mir ist das egal ...«

»Reissner!«

»Jetzt rede ich. Und es wäre gut, wenn Sie mich ausreden ließen. Gut für Sie, Jakob. Für Ihren verdammten dämlichen Schädel. Hören Sie immer noch?«

Atmen. Nichts als schweres Atmen.

Reissner nahm die Sprechmuschel ganz nah an den Mund: »Jakob, im Ernst: Versuchen Sie mal herauszufinden, warum Sie so sind. Und denken Sie mal darüber nach, was Ihr Leben bisher gewesen ist. Und was jetzt noch davon bleibt. Und ob es sich am Ende gelohnt hat. Lohnt es sich denn wirklich, sich derartig aufzuführen, wie Sie das tun? Denn eines sag' ich Ihnen: Wer am Schluß bezahlt, das sind immer wir selbst ...«

Ganz sachte legte er dann den Hörer auf den Apparat zurück. Und dachte: Aber für dich ist es zu spät. So vieles vorgehabt, so vieles geplant, so vieles erträumt, so vieles, vieles nicht gesehen, nie erlebt ... So vieles angefangen und nicht zu Ende geführt ...

So vieles! Und nichts verstanden!

Das Wichtigste nicht verstanden.

Als er das Lokal verließ, waren an den Autos die Scheinwerfer eingeschaltet. Die Dämmerung schluckte die Stadt. Auf dem Weg zu seinem Wagen passierte er kleine, enge Straßen. In den Gärten standen noch schöne alte Bäume. Es gab Handwerkerbetriebe, und durch die Scheiben sah man Menschen an der Arbeit. Kinder kamen ihm entgegen, drei junge Mädchen, die sich kichernd an der Hand hielten ...

Er schloß den BMW auf, wendete und nahm die Straße nach Grünwald. Harlaching zog an ihm vorbei. Er warf keinen Blick in die dunkle, von wenigen Lichtern erhellte Villengegend, wo irgendwo sein Haus stand. Die Welt um ihn wurde dunkler und dunkler, die Straße rollte sich unter ihm ab, er schwamm mitten im Verkehr, verlor mehr und mehr Orientierung und Zeitgefühl.

Nur eines wußte er: Die Zeit würde nicht mehr lange vergehen. Nicht für ihn ...

Die nächsten Stunden versanken für Dieter Reissner wie

hinter einem braunen, undurchdringlichen Nebel. Wenig gab es, das in seinem Gedächtnis haften blieb. Daß er am Stehausschank einer Tankstelle in der Gegend von Bad Tölz ein Bier und zwei Wodka trank, dann etwas zu essen bestellte und sich beinahe erbrach, als man ihm den Wurstsalat hinschob. Draußen an seinem Wagen hatte ein frierender junger Mann gestanden, die Fäuste tief in die Taschen seines Parkas geschoben. Auch an sein Gesicht erinnerte er sich: Schmal, jung, irgendwie hungrig. Ob er ihn nicht mitnehmen könne? Er wolle nach München. Das könne er, hatte er gesagt. Und: »Aber ich rate Ihnen dringend ab, mit mir zu fahren ...«

Der Junge hatte ihn angesehen – und war dann unwillkürlich einen Schritt zurückgetreten.

Vielleicht hat er den Mörder erkannt, dachte Reissner, als er den BMW zurück nach München lenkte. Vielleicht sieht man es dir an?

Im Wagen glitt sein Blick immer wieder zur Uhr. Hanne würde noch lange wachbleiben. Sicher bis Mitternacht. Aber dann nahm sie ihre Tabletten und ging schlafen.

So lange stehst du das noch durch.

Es war kurz nach ein Uhr, als im Scheinwerferlicht das Schild auftauchte: LANDESHAUPTSTADT MÜNCHEN. Reissner steuerte den BMW durch die stillen Straßen Harlachings. Weiße Mauern. Bäume. Bronzetore. Lichter hinter Zweigen. Dann die herabgelassenen Metalljalousien der Konditorei, die naß und matt schimmerten.

Die Tauberstraße.

Er fuhr den Wagen nicht in die Garage, sondern ließ ihn einfach stehen. Er schloß auch nicht ab. Wozu? Aber dann fragte er sich, ob es vielleicht nicht besser wäre, einige von Hannes Beruhigungstabletten zu schlucken, die stets im Handschuhfach lagen. Doch wozu? Er hatte nicht länger

Angst. Sein Gehirn hatte die letzten Zweifel besiegt. Und die Analyse war schließlich einfach genug gewesen ...

Er blickte an den beiden alten Kastanien hoch, die zu Beginn der Tauberstraße aus einem Rondell hochwuchsen: Nichts hat Dauer, Fortbestand gibt es nicht ... Was uns diese Erkenntnis schwermacht, ist allein die Ungewißheit des Endes. Es ist nicht kalkulierbar, es verbirgt sich. Es kann schlimm, es kann furchtbar sein. Hanne würde das Warten nie durchstehen, er kannte sie gut genug. Und Elfi? – Elfi würde nicht einmal verstehen, was geschah.

Die Schlußfolge? Es ist notwendig. Es ist Liebe – ja, es ist die einzige Form von Liebe, die zu geben ich noch imstande bin.

Das wußte er jetzt.

Das Haus lag im Dunkel. Er schloß die Gartenpforte auf und ging über die breite, plattenbelegte Auffahrt. Rechts glänzte im fahlen Dunst der hohe Zaun des Tennisplatzes. Auch den würde er nicht mehr brauchen, hatte ihn ja nie gebraucht. Er hörte seine Absätze auf dem Stein. Hier hätten es die Einbrecher leicht gehabt. Trotzdem: Ein Glück, daß du die Alarmanlage nicht hast einbauen lassen, weil Fahrenhold, dieser elende Geizhals von Hausbesitzer, die Kostenbeteiligung ablehnte. Wollte dir den ganzen Betrag auf die Miete draufpfeffern. Und die ist ja ohnehin absurd.

Bankiers!

Fahrenhold kann sich einen anderen Dummen suchen.

Er war jetzt an der Haustür, aber überlegte sich auch das, ging um den Westflügel herum und nahm den kleineren der BKS-Schlüssel, um die Terrassentür zu öffnen. Das Wohnzimmer. Die Kanten der Möbel. Und der Mond, der sich jetzt endgültig hinter der Wolke hervorschob, die ihn bisher verdeckt hatte, und Möbel und Garten aufleuchten ließ. Selbst seinen eigenen Schatten konnte er erkennen. Fast wie im Film: Der Mörder kommt ...

Seine Hand ging zum Schalter. Doch wozu? Er brauchte kein Licht. Auch die Schwere in den Gliedern war gewichen, dieses Gefühl, daß jede Bewegung eine unüberwindliche Kraftanstrengung koste ... Im Gegenteil: Er fühlte sich jetzt leicht – leicht und frei.

Die Kommode stand am Ende des Korridors, der von dem Hauptraum zu den Bädern und zur Treppe in den ersten Stock führte. Es war eine wunderschöne Kommode. Kirschbaumfurniert. Ende achtzehntes Jahrhundert. Hannes Tante hatte sie ihr zur Hochzeit geschenkt. Und als sie damals die oberste Schublade aufschlossen, lag ein Brief darin. Reissner hatte den Text nie vergessen: *»Mögest du noch lange einer glücklichen, von Erfolg und Gesundheit begleiteten Familie dienen.«*

Sehr vornehm. Vornehm wie die Tante. Und die Kommode diente noch. Die Messingleuchter darauf schimmerten gedämpft.

Über der Kommode gab es ein kleines kleeblattförmiges Fenster. Es führte in den Garten. Im Mondlicht sah er draußen das dunkle Rechteck des Pools. Und auf der Umrandung, winzig klein, Elfis Dreirad. Und dann sah er gar nichts mehr, denn Tränen schossen aus seinen Augen und spülten für Sekunden alles fort.

Was Reissner nun tat, war nicht geplant und überdies unsinnig. Er tat es trotzdem. Er ging zur Tür zurück und hinaus in den Garten und wäre beinahe über den Rechen gestolpert, der im Gras lag. Hanne hatte wohl noch gearbeitet.

Hanne ...

Er nahm Dreirad und Rechen, hob beides hoch und betrachtete die Gegenstände, als habe er noch nie etwas Ähnliches gesehen, trug sie zur Hausmauer und stellte sie dort ab.

Dann ging er ins Haus zurück, füllte in der Küche ein Glas mit Wasser und schluckte drei der Beruhigungstabletten. Auch das war unsinnig, zumindest in den nächsten Minuten würde die Wirkung nicht einsetzen, und er konnte doch, durfte nicht länger warten!

Er ging zurück zur Kommode. Er hatte die oberste Schublade schon vor Jahren mit einem Spezialschloß versehen lassen. Der Schlüssel dazu hing stets an seinem Schlüsselbund. Er schloß die Schublade auf, öffnete die Schachtel und nahm die Walter-PKK heraus. Dann griff er wieder in die Schublade, um das Magazin zu holen, schob es ein und hörte das metallische Klacken, als es einrastete. Er machte die Waffe schußbereit, indem er den Verschluß zurückzog und spannte, und ging nun, die Pistole lose in der rechten Hand haltend, die Treppe hoch.

Dumpfes Trommeln. War es sein Herz? Was immer es war, es war lauter als das leise Knacken unter seinen Füßen. Er ging langsam wie nie zuvor. Er überdachte noch einmal alles so kühl wie zuvor. Aber sein Herz hatte seine eigene Sprache. Sein Herz schrie ...

Dann war auch das vorbei.

Der Korridor.

Die dritte Tür rechts. Hannes Zimmer. Sie hatte es sich im vergangenen Jahr eingerichtet, als sie beschlossen, von nun an getrennt zu schlafen, da er sie mit seinem unregelmäßigen Nachhausekommen immer wieder aufgeschreckt hatte.

Er legte die Hand auf die Klinke.

Hanne, seit ich dich kenne, hab' ich nie eine andere Frau geliebt ... Ich schwöre es!

Hanne, nie in meinem Leben habe ich einen Menschen so geliebt wie dich.

Hanne, glaub mir, es muß sein ...

Er drückte die Klinke nieder und trat ein. Doch gleich darauf blieb er stehen und sog den Duft ihres Parfüms ein. Da waren die Umrisse des Bettes, der Sessel, über dem dunkel ein paar Kleider hingen. Im matten Licht, das der Mond durch die Fenster warf, konnte er erkennen, daß Hanne auf der Seite lag. Er war sehr froh darum. Nie war er über etwas so froh gewesen wie darüber. Sie hielt ein Kissen umarmt. Ihr Haar floß über das weiße Leinen.

Er kniete sich auf die Matratze.

Sie rührte sich nicht. Noch immer nicht.

Ganz einfach ist es.

Dann tu's!

Er berührte mit den Fingerspitzen das Haar, doch da war keine Empfindung, die Fingerspitzen waren abgestorben. Nun ...

Er hielt die PKK, ohne zu zittern, ihre Mündung schob eine Flechte ihres Haares hoch, er konzentrierte sich darauf, daß die Waffe die Kopfhaut nicht berührte. Er schloß die Augen – und zog durch.

So einfach ...

Die grauenhaft grelle, laute Explosion war wie ein Faustschlag. Sie riß seinen Kopf hoch, sie sang in seinen Ohren. Es gab nichts mehr als den Knall.

Nicht hinsehen, hatte er sich vorgenommen. Aufstehen, weggehen ...

Er stand auf. Wie er zur Tür kam, wußte er nicht, aber er warf keinen Blick zurück.

Elfis Kinderzimmer, das war die nächste Etappe. Aber der Schuß war laut gewesen – Elfi mußte ihn gehört haben.

Wieder stand er auf dem Flur. Er preßte sein Ohr gegen das Holz der Tür zum Kinderzimmer.

Nichts. Kein Schluchzen, kein »Mami«. Nichts.

Und seine Trommelfelle schmerzten noch immer.

Er legte die Hand auf die Klinke, drückte sie nieder und betrat das Zimmer seiner kleinen Tochter ...

Iris sah auf ihre Uhr: halb neun vorbei ... Na ja, der Doktor nahm zum Frühstück sowieso nur Kaffee, ehe er ins Büro abbrauste. Und mit der Frau Reissner kam man immer zurecht.

Sie stoppte den »Uno« vor der Bäckerei am Anfang der Tauberstraße, rannte los, holte Brötchen und Mohnwecken, die Elfi so mochte, quälte den kleinen Wagen mit heulendem Motor über die letzten hundert Meter, schnappte sich an der Toreinfahrt die »Süddeutsche« und die »Abendzeitung« und lief die Auffahrt entlang.

Dann blieb sie plötzlich stehen. Vogelgezwitscher, Tauperlen, vornehm-satte Stille. Das Haus lag da wie jeden Tag. Nur daß die Jalousien im Erdgeschoß noch nicht hochgezogen waren. Gut, auch das hatte sie schon erlebt.

Trotzdem: Irgend etwas schien verändert!

Iris schloß die Haustür auf, trat in die Halle, ging von dort in den großen Wohnraum – und blieb erneut stehen. Ihr Herz klopfte. Es war, als spüre sie den Druck einer Hand an ihrem Hals.

Nicht irgend etwas – alles hatte sich verändert!

Und dazu diese Stille ...

Ein kalter Hauch strich über ihren Rücken.

»Frau Reissner?« rief sie.

Niemand antwortete. Die einzigen Laute – ihre Stimme, ihre Schritte.

»Frau Reissner!« Dasselbe ... Wären sie weggefahren, wüßtest du das doch ... Sie hätten dir Bescheid gegeben. Aber kein Zettel, kein Brief, nichts.

Vielleicht war Hanne Reissner oben im Kinderzimmer. Vielleicht lief dort das Radio, und sie hörte nichts.

Iris betrat den Korridor. Sie hielt den Kopf gesenkt und betrachtete das weiß-schwarze Muster der Kachelfliesen, nannte sich eine hysterische Ziege, machte noch einen Schritt ... Ihre Hand flog zum Mund. Sie konnte den Schrei nicht zurückhalten, einen schrecklichen Schrei, so laut, so gellend, daß sie selbst vor ihm erschrak.

Dort!

Ein Mensch. Ein Mann. Ein Toter ...

Er lag halb auf der Treppe, den Kopf nach unten, das rechte Bein angewinkelt, das linke ausgestreckt, so daß es bis zur dritten Stufe reichte. Die rechte Schulter ruhte auf den Fliesen. Hier waren sie nicht schwarz-weiß, sie waren rot, tiefrot, bedeckt von einer Lache, einem See von Blut!

Der Mann ... das war doch der Doktor?!

Er war es nicht mehr. Dieses dunkle, von einer schrecklichen Wunde zerklüftete Gesicht gehörte keinem Menschen.

Iris wandte sich um. Rennen wollte sie, konnte jedoch nur taumeln, stützte sich mit der linken Hand auf die Kommode, wankte weiter, hatte endlich die Haustür erreicht, den Garten, die Vögel, die Blumen.

Es war wie immer. Nein, nein, lieber Gott! – Nein!

Sie schluchzte. Dann zwang sie sich, ruhig zu denken. Die Beine funktionierten. Sie ging langsam. Sie überlegte. In das Haus gehst du nicht mehr rein. Ein Todeshaus. Ein Mörderhaus. Elfi, die arme Frau Reissner ... was jetzt?

Sie riß die Gartentür auf. Dort stand ihr Wagen. Polizei, dachte sie ... Telefon ...

»... hören Sie, Iris ... Jetzt hören Sie doch! Was ist denn?«

Jemand hatte ihren Arm gepackt und schüttelte ihn. Und da waren dunkle Augen, da war ein besorgtes Altmännergesicht.

»Polizei ...«, flüsterte sie. »Bitte ...«

»Aber wieso denn? Was ist denn mit Ihnen? Sie kippen ja gleich um.«

»Polizei ...«

Das ist der Besitzer der Nachbarvilla, wußte sie jetzt. Dieser ... ja, dieser Professor Marein. Und warum tut er nichts? Warum starrt er mich nur an? Warum tut denn hier keiner etwas?

Das Telefon klingelte, die Anrufe häuften sich von Stunde zu Stunde. Die Irren krochen aus ihren Löchern, und die Normalen wurden verrückt: Das Wochenende hatte begonnen ...

»Was sagen Sie da?« Walter Rebmann, Kriminalrat und kommissarischer Leiter des Morddezernats, lehnte sich nach vorne, als könne er sich so vergewissern: »Familienmord? – Ja, was, um Himmels willen, soll denn das schon wieder sein? Wenn Sie schon in der Zentrale die Gespräche aufnehmen, werden Sie ja wohl auch noch normal sprechen können, oder? – Wie? In der Tauberstraße ... Das ist doch Harlaching? Und der Mann ist Manager beim ACS-Konzern? Frau und Kind auch noch ... Wer ist denn draußen? Der Böhme? Ja, ja, ist schon in Ordnung. Danke.«

Er legte den Hörer auf. Harlaching? Und auch noch ACS-Manager? Dazu noch – wie hatte der Idiot das gerade genannt – Familienmord ... Was immer es war, wenn es sich in Harlaching abspielte, war es brisant. Hochbrisant.

Dieses verdammte Bonzenviertel brütet den Stoff aus, aus dem Skandale sind. Harlaching, das heißt, du kriegst die Medien an den Hals, und zwar den ganzen Verein, und daß der Chef wieder seine Schüttelkrämpfe bekommt. Entsetzlich! Aber – er hat ja seinen Tennissamstag ... Aber Böhme? Am besten, du fährst selbst raus. Nein, geht nicht, da ist doch die Sitzung. Und jetzt?

Der Kriminalrat nahm wieder den Hörer und drückte Knöpfe. »Novotny«, sagte er dann, »erzählen Sie mir jetzt nicht, was sich alles auf Ihrem Schreibtisch stapelt und was sonst noch so anliegt. Sie fahren jetzt nach Harlaching.«

Rücksichtslos spaltete der blaue BMW die Staukolonnen auf dem Mittleren Ring. Hauptkommissar Paul Novotny hatte seinen Fahrer auf den Beifahrersitz beordert, nutzte jede Chance aus, sah jede Lücke, gab rücksichtslos Gas. Der junge Polizeimeister neben ihm schloß ergeben die Augen.

Gegen »No« ist kein Kraut gewachsen. Was kannst du schon machen? Aber fahren kann er wenigstens ... Sie brauchten keine zwanzig Minuten hinaus bis nach Harlaching.

»Dort!« sagte der Fahrer und deutete nach vorne.

Ja, dort. Tauberstraße 18.

Der Kastenwagen der Spurensicherung parkte vor einer vornehmen Klinkervilla. Das Gartentor stand offen und wurde von zwei Streifenbeamten bewacht.

Novotny fuhr den BMW in einen parkähnlichen Garten, brachte ihn mit quietschenden Reifen zum Stehen, sprang heraus, nickte einem weiteren Beamten zu, der die Haustür bewachte, und traf den Assistenten Böhmes, des Wochenenddienstleiters, vor der offenstehenden Tür eines großen Wohnraums an.

»Also?«

Der Mann hob nur den Arm und deutete den Korridor entlang nach links. Der Korridor stieß dort auf eine Treppe. Auf den unteren Stufen lag eine männliche Leiche. Der Polizeifotograf war gerade dabei, sein Stativ abzubauen. Zwei Männer vom Spurendienst kauerten auf der Treppe und untersuchten etwas, das Novotny von seinem Platz aus nicht erkennen konnte.

»Eine Frau – die Ehefrau – und ein dreijähriges Kind«, sagte der Assistent. »Und er dort drüben. Die Frau wurde durch einen Nahschuß umgebracht. Am Hinterkopf aufgesetzt. Schmauchspuren, Hitzekrater, alles da. Das halbe Gesicht flog ihr weg.«

»Und weiter?«

»Weiter – das Kind. Da gab er sich mehr Mühe. Glatter Herzdurchschuß. Das Kind hat wohl nicht viel gemerkt. Und dann er. Sehen Sie sich das selbst an ... Ein Schuß in die Schläfe war ihm wohl zu unsicher, so hat er es tatsächlich geschafft, die Mündung am Hinterkopf anzusetzen ...«

Novotny nickte, drückte sich an der Leiche und den beiden Männern vom Spurendienst vorbei, stieg in den ersten Stock. Hier sprach er kurz mit Böhme, besah sich die beiden anderen Toten und ging in die Halle zurück.

Er ließ sich in einen der großen ledernen Sessel fallen, die dort standen. Beinahe versank er darin. Nervös faßte er dann in die Tasche seiner Sportjacke. In dem Durcheinander des Aufbruchs waren seine Zigaretten auf seinem Schreibtisch liegengeblieben.

Der Assistent reichte ihm seine Packung. Novotny nickte dankbar. Durch die Rauchschlieren besah er sich den Raum: Bilder, Möbel, schön solide das alles. Und teuer, sehr teuer. Manager des ACS-Konzerns? – Nun, da gab es viele, aber der hier mußte ziemlich weit hoch auf der Leiter geklettert sein. Reissner? Dieter Reissner ... Er hatte den Namen nie gehört.

»Was macht der Doktor?« fragte er.

»Der ist schon weg. Will aber wiederkommen. Er wollte sich nicht festlegen, aber er schätzt, daß die Tat so etwa um Mitternacht ausgeführt worden ist.«

Die Tat. Mord an Frau und Kind. Dann die Kugel für ihn selbst.

»Habt ihr die PKK schon auf Fingerabdrücke untersucht?«

»Die Kollegen sind gerade dabei. Draußen im Wagen ... Aber hier kam keiner rein und hat Leute umgelegt. Das hat er alles selbst besorgt.« Wieder die Bewegung Richtung Treppe.

»Die Tür war nicht abgeschlossen, hat man mir am Telefon gesagt.«

»Na und, Herr Novotny? Der Schlüsselbund hing an seiner Hose.«

Wolters, einer der Spurenermittler, kam aus dem Vorraum, der ins Freie führte. »Sieh da, sieh da«, grinste er Novotny an, »da werden ja schon die großen Kaliber bemüht.«

»Reden Sie doch keinen Mist, Wolters. Haben Sie die Waffe schon untersucht? Was gefunden?«

»Ja. Wunderschöne Abdrücke.«

»Und?«

Wolters blickte zur Treppe. »Sie stimmen haargenau mit seinen überein ...«

Teamarbeit und ›neue Firmenkultur‹ – nichts dagegen, dachte Jakob Linder, sollen die anderen doch ihre Verluste damit einfahren. Dies ist nicht die Zeit für Firlefanz. Dies ist auch keine Rezession, dies ist Krise und damit Krieg-erbitterter, hundsgemeiner Krieg. Und wenn man in solchen Zeiten etwas braucht, dann ist es eine Truppe, die spurt, sind es Offiziere, die mit Schneid und Loyalität führen. Doch was ist dir passiert? Du hast dir einen Mann herangezüchtet, der glaubt, dir an den Karren fahren zu können, der dich am Telefon beleidigt und es selbst heute noch nicht mal für nötig hält, den Kopf durch die Tür zu strecken. Und hier, vor dir, hast du einen Haufen Idioten, die es dir auch noch übelnehmen, daß du sie am Samstag in den Laden holst ...

»Also bitte, meine Herren!« Er räusperte sich und blickte kurz in die Runde, die sich an seinem Konferenztisch versammelt hatte. »Sich weiter über die Versäumnisse – vor allem über die Versäumnisse des Herrn Dr. Reissner – zu unterhalten führt zu nichts. Reissner ist erwachsen genug, um sich selbst über die Konsequenzen klar zu sein. Deshalb zu Punkt zwei: Die Quotenregelung bei diesen Sozialplänen.«

»Herr Linder!« Das war die Sekretärin.

Ungeduldig drehte er den Kopf zur Tür. »Was ist denn jetzt schon wieder?«

»Da ist ein Herr, Herr Linder. Es handelt sich um Dr. Reissner.«

»Frau Frahm, ich habe den Herren gerade erklärt, der Fall

Reissner sei abgehakt. Endgültig abgehakt. Und das gilt auch für Sie.«

»Jawohl, Herr Linder. Aber der Herr ist von der Polizei.«

Nun drehten sie alle die Gesichter zur Tür.

Linder legte beide Hände auf die Tischplatte. »Was soll das heißen?«

»Er möchte Sie selber sprechen, Herr Linder. Es ist ... es ist ... Herr Reissner ist tot.«

»Was?«

Sie sahen sich an, schauten dann zu Frau Frahm hinüber, die im Türrahmen stand, mit abgezirkelten roten Flecken im Gesicht. Sie sahen Jakob Linder an, der aufgesprungen war und dann »Einen Augenblick, meine Herrschaften« hervorstieß.

»Herr Linder? – Mein Name ist Novotny. Ich komme von der Mordkommission. Frau Frahm hat Ihnen vielleicht schon ...«

»Ja. Hat sie. Unglaublich! Unfaßbar ist das. Aber bitte, Herr ... Herr Novotny. Kommissar, nicht wahr, so sagt man doch? Kommen Sie bitte in mein Büro.«

Linder ging voraus, das Kreuz durchgedrückt, die Schultern gespannt, riß eine ledergepolsterte Tür auf, führte Novotny in einen großen, lichtübergossenen Raum.

»Bitte, nehmen Sie Platz.«

Er warf sich in seinen Sessel, griff nach dem silbernen Drehbleistift, um die Hand dann doch wieder zurückzuziehen. »Also, was ist passiert? Bitte, ich weiß gar nichts, rein gar nichts. Was war das? Ein Unfall?«

»Kein Unfall, Herr Linder. Mord. Und Selbstmord.«

»Wie bitte?«

»Herr Reissner hat seine Frau erschossen. Dann sein Kind. Und schließlich sich selbst.«

Linder schloß die Augen, lange, sehr lange, faltete die

Hände und betrachtete sie. Schließlich hob er den Kopf: »Ich wußte es doch! Der Mann war krank – ich meine ... in letzter Zeit.«

»Wie kommen Sie darauf?«

»Nicht körperlich ... Das vielleicht auch. Vor allem war er geistig gestört.«

»Haben Sie irgendwelche Anhaltspunkte für diese Behauptung?«

»Anhaltspunkte? Und ob! – Er hat mich gestern abend noch angerufen, zu Hause angerufen, was er eigentlich nie tut ...«

»Wann war das?«

»Lassen Sie mich überlegen. Vor dem Abendessen ... Gegen sieben.«

»Und was sagte er?«

»Das Gespräch ist mir nicht sehr gut im Gedächtnis geblieben. War irgendwie so emotional aufgeladen. Aber eines ging ganz klar hervor: Er rief mich an, um mich zu beleidigen.«

»Handelte es sich dabei vielleicht um irgendwelche firmeninterne Vorgänge?«

»O nein!«

»Um was dann, Herr Linder?« Novotny lächelte. Sein schmales Gesicht war mager, knochig, die Nase fast völlig fleischlos, doch die Haut war gespannt, gesund, so daß dieser magere Vogelkopf irgend etwas Zeitloses hatte. Die dunklen Augen waren wach und lebendig, wirkten aber gleichzeitig auf eine sonderbare Art fast unbeteiligt.

Linder mißfiel das Gesicht. Nein, dieser Kommissar war nicht sein Fall.

»Was soll ich Ihnen da schon erklären? Wir hatten den ganzen Abend nach Herrn Dr. Reissner gefahndet. Er ist«, er räusperte sich, »war – muß man ja jetzt leider sagen – eines unserer wichtigsten operativen Elemente. Außerdem kam er von einem für die Firma ziemlich wichtigen Auftrag zurück. Nun, die Sache ging in die Hose. Er hat geradezu unbegreiflich versagt. Doch schließlich – einen Bericht hätte man dennoch erwarten können. Er aber hatte sich dieser Aufgabe entzogen, war einfach verschwunden. Schon das ist, nach unseren Maßstäben wenigstens, ein beinahe skandalöses Verhalten. Und dann noch dieser total bescheuerte Anruf ... Also wirklich, mir reichte es.«

Linder musterte den Kommissar über den schmalen Goldrand der Lesebrille, als habe er den ›total bescheuerten Anruf‹ zu verantworten.

»Um was ging es?«

»Um was ging es ... um was ging es? Wohl vor allem um Emotionen. Er versuchte, irgendwelche moralische Argumente anzusteuern. Die hatten wohl mit seiner Arbeit zu tun. Er kam aus Sachsen zurück, wo wir eine Betriebsschließung vornehmen mußten. Und so was ist ja nun wirklich kein Vergnügen. Vielleicht war er mit den Nerven runter. Ja, vielleicht liegt hier die Erklärung. Jedenfalls – er drückte sich äußerst unklar aus, was ich gar nicht schätze und was eigentlich auch sonst bei ihm nicht der Fall war.«

»Könnte man sagen, daß er in den letzten Wochen oder in der letzten Zeit an Depressionen litt?«

»Nein, das kann man nicht. Bei Gott nicht ... Reissner war ein unglaublich harter Arbeiter. Und er beklagte sich nie. Jedenfalls nach außen zeigte er nie irgendwelche Anzeichen von Belastung. Er zeigte sie nicht – und hatte sie wohl doch ... Seinen gestrigen Auftrag, zum Beispiel, mußte er wegen eines Schwächeanfalls abbrechen. Diese Unpäßlichkeit fing schon während des Fluges an. Seine Mitarbeiter stellten fest, daß er an irgendeiner Verdauungsstörung litt. Magen, Darm, was weiß ich. Wir haben uns auch unsere Gedanken darüber gemacht, selbstredend. Ich ließ auch bei seiner Frau deshalb anrufen. Aber alles umsonst. Außerdem ...«

Linder sprach nicht weiter. Er sah an Kommissar Novotny vorbei zum Fenster. »Seine Frau – tot? ... Wissen Sie, das ist alles schon sehr erschütternd.«

Novotny nickte. Viel Erschütterung traute er diesem harten Knochen dort in seinem Chefsessel zwar nicht zu, doch jetzt schien er tatsächlich angeschlagen.

»Ich kannte sie doch! Ich kannte auch das Kind, die kleine Elfi ... Ein reizendes Geschöpf. Schließlich waren wir beinahe Nachbarn. Man sah sich. Man darf gar nicht darüber nachdenken!«

Und dann, beinahe übergangslos: »Was ich noch sagen wollte: Reissners Schwächeanfall ... wir haben ihn sozusagen dokumentarisch festgehalten. Falls es Sie interessiert, kann Frau Frahm Ihnen eine Videokassette von der Betriebsversammlung vorspielen. Das Fernsehen hat nämlich Reissners Auftritt gefilmt. Sie kennen das ja: Werksschließung, Arbeitsplatzverluste. Das heizt an. Vielleicht verlor Reissner deshalb die Nerven.«

Er erhob sich und breitete die Arme aus: »Was wissen wir schon?«

Er will dich loswerden, dachte Novotny und fragte: »Und Herrn Reissners finanzielle Verhältnisse, Herr Linder? Könnte es sein, daß es da Schwierigkeiten gab?«

»Was weiß ich? Eigentlich kann ich mir das nicht denken. Er hat weder gespielt, noch hielt er sich irgendwelche Geliebten – soviel ich weiß.«

»Soviel Sie wissen? Natürlich.«

»Soviel ich ziemlich genau weiß.« Linder lächelte, und da er dabei aufstand, blieb Novotny nichts anderes übrig, als sich gleichfalls zu erheben. »Wissen Sie, bei Leuten in solchen Führungspositionen, wie Reissner sie innehatte, achten auch wir auf bestimmte Schwächen. Die Zuverlässigkeit eines Mitarbeiters ist die Funktion seines Persönlichkeitsprofils. Labilität kann, wie sicher auch in Ihrem Job, gefährlich werden. Hm – nun, hier ein kleiner Blick ins Nähkästchen, Herr Kommissar: Wir haben ein unabhängiges Institut beauftragt, darauf ein Augenmerk zu haben. Und ich kann Ihnen eines sagen: Reissner war seiner Frau absolut treu. Er hatte weder die Lust noch die Zeit, sich mit anderem zu beschäftigen als mit seiner Arbeit. Es paßte auch nicht zu ihm.«

Ein ›unabhängiges Institut‹? dachte Novotny, als er die Tür hinter sich schloß. Na, danke ...

Es waren die alten tabakbraunen Wände, die alten verschossenen Vorhänge und die alte Kühlvitrine mit der vergammelten Schwarzwälder Kirschtorte, dem Apfelkuchen und den Sahneschnittchen ... Ja, und die eisernen Tischchen mit den Kunstmarmorplatten und den Gammeltypen daran gab's auch noch. Sie spielten Karten oder lasen Zeitungen, und sie würden nie den Kopf hochnehmen, selbst wenn jemand mit Claudia Schiffer am Arm hier reinkäme.

Wie gehabt!

Selbst Uschi existierte noch.

Na, die wenigstens hatte ihn gesehen! Kaum hatte Rio Martin die Tür des »Le Café« aufgestoßen, setzte sie schon das Tablett mit ausgetrunkenen Kaffeetassen und Geschirr ab – so schnell, daß es klirrte – und kam auf ihn zugerannt.

»Mensch, Rio! Daß es dich noch gibt, weiß man ja. Schlägst einem ja immer deine Artikel im ›KURIER‹ um die Ohren. Aber daß du hier einfach durch die Tür kommst ... Wie find' ich das bloß?«

»Hoffentlich klasse.«

»Und ob!«

Sie reichte ihm eine runde, weiche Wange, und er küßte sie. Und weil er schon dabei war, küßte er auch gleich noch die andere, und sie lachten sich an. »Und Vera?« fragte sie.

»Vera? Vera ist weg.«

Sie riß erschrocken die blauen Augen auf. Sie war über Vierzig – mußte sie ja sein – aber sie würde ewig gucken wie eine unbedarfte Siebzehnjährige. »Rio! Ja, seid ihr etwa ...«

»Seid ihr – was?«

»Ge-ge...« Sie brachte das Wort nicht über die Lippen. »Ich meine, heutzutage, wo doch jeder vom anderen wegläuft ...«

»Spinnst du, Uschi? Wie kommst du bloß auf die Idee? – Da brauch' ich gleich 'nen Cognac. Ne, ne, ne, wart mal, für Cognac ist es noch zu früh. Cappuccino und 'nen Schuß rein ... Nein, mit Vera klappt's wie am ersten Tag. Na, da guckst du!«

»Also weißt du ... so, wie du dich früher aufgeführt hast ...«

»Richtig: hast ... Das ist vorbei. Vera ist heute morgen nach Hamburg zu 'ner alten Freundin abgeflogen, das ist alles. Wir bleiben das Paar des Jahrzehnts.«

Er trank den Cappuccino, der sanft nach Cognac schmeckte, seine Erfindung und ihm zu Ehren sogar auf der Getränkekarte als »Cappuccino Rio« ausgewiesen, und sah sich um: Jugendstilplakate; viele, reichlich untalentierte Bilder; der Geruch der siebziger Jahre ...

Er fühlte sich besser, so, wie er sich auch in den alten Tagen jedesmal besser gefühlt hatte, wenn er hierhergekommen war: Der letzte Artikel war abgesegnet, das Blatt endlich zu, und sie kippten, zerschlagen und ausgepumpt, ein Pils nach dem anderen, diskutierten wie die Idioten, bekamen die Arbeit nicht aus den Köpfen. – Vorbei. Das hatte er hinter sich. Seit im Impressum des »NEWS KURIER« hinter seinem Namen das Wort »Chefreporter« stand, blieben ihm wenigstens diese Auswirkungen der Knochenmühle erspart. Wann immer es ging, schrieb er seine Artikel zu Hause, nahm das Diktiergerät und legte sich in einen Liegestuhl im Garten. In der Redaktion schwitzten die anderen, über ihm sangen die Vögel. Wie sich das gehört. Tageskram beschäftigte ihn nicht mehr. Er war Spezialist für die großen Artikel auf Seite drei – na also!

Doch nun, als er die Tasse abstellte, um Uschi nachzusehen, die mit hüpfendem Popo und dem ewig gleichen Lächeln im Gesicht zwischen den Tischen herumhuschte, wurde ihm klar, daß ihm auch manches fehlte.

Sie stand jetzt am Telefon, hob ab, drehte den Kopf und winkte ihm zu: »Rio, komm mal!«

Komm mal? »Wieso?«

»Die Redaktion.«

Es war nicht nur ›die Redaktion‹, es war Stockmann, der Chef vom Dienst.

»Da hab' ich dich ja, Alter!«

»Ja, da hast du mich«, knurrte Rio Martin erbittert. »Und ich frage mich, wie du auf die Idee gekommen bist, daß ich hier ...«

»Ich doch nicht! Hast du doch selbst gesagt!«

»Ich?«

»Na logo! Jedenfalls dein Anrufbeantworter. Soll ich's dir vorspielen? – Jetzt könnt ihr mir alle in die Tasche steigen. Jetzt geh' ich ins ›Le Café‹ ...«

»Da muß ich ganz schön bemackt gewesen sein. Das hab' ich wirklich gesagt?«

»Vielleicht dein Geist? Aber das ist mir im Moment auch wurscht. Rio, hör zu: Olsen hat angerufen. Und auch noch Mahler. Und alle wegen derselben Kiste: Harlaching ... Schon im Radio gehört? Reinhards ist gerade losgefahren.«

»Ich hör' doch nicht Radio!«

»Okay, okay. Es handelt sich um ein ziemlich dickes Ding. Da hat einer seine Familie umgebracht.«

»Und? Was geht das mich an?« Er dachte: Olsen und Mahler? Olsen war Chefredakteur, Mahler einer der Herausgeber, Reinhards wiederum Polizeireporter.

»Der Mann ist leitender Manager der ACS. Und Harlaching ist auch nicht gerade Sozialmilieu ... Das Ding kann abgehen wie eine Rakete. So was sagt mir meine Nase.«

»Und die Olsen-Nase und die Mahler-Nase sagen wohl das gleiche, Egon? Aber es bleibt eben immer noch ein Fall fürs Lokale.«

»Genau das glaube ich nicht. Mahler kennt den Chef von diesem Mann, der da Frau und Kind erschossen hat.«

»Wie heißt der?«

»Der Chef?«

»Der Mann.«

»Reissner. Dieter Reissner. – Er war vorgestern in Sachsen, um die ACS-Stahlwerke dort zu schließen. Und da gab's ziemlichen Rabatz.«

»Und der Chef ist wohl Linder, oder?«

»Stimmt.«

»Den kenn' ich ... Und wer bearbeitet bei der Polizei den Fall?«

»Novotny.«

»Aha! Deshalb seid ihr auf mich gekommen!« Mit Paul Novotny im Kreuz hatte Rio seine größten Erfolge im »NEWS KURIER« durchgezogen: Die Spielbank-Affäre, die Rotlicht-Serie, bei der es um die Hintermänner des Prostituierten-Imports aus den Oststaaten ging; auch bei den großen Korruptionsfällen hatte Novotny mitgespielt, damals war er noch nicht bei der Mordkommission gewesen ...

Rio fischte sich aus der Brusttasche seines Hemdes einen Zahnstocher und schob ihn zwischen die Zähne. Hatte er sich nicht in seinem neuen Vertrag ausdrücklich eine Klausel aufnehmen lassen, die ihm ein Einspruchsrecht gegen Themen sicherte? War das hier sein Thema? Kaum ...

Der verdammte Zahnstocher half nicht. Nervös war er und wußte nicht einmal so recht, warum. Was sagte Stockmann da gerade? »Das Ding ist heute morgen bereits über den Fernseher gelaufen. Der Mitteldeutsche Rundfunk brachte es in den Nachrichten. Nach diesem ganzen Aufstand wegen der Betriebsschließung in Stollberg kannst du dir ja denken, daß sie in den neuen Bundesländern ziemlich scharf auf das Thema sind. Ich selbst hab' mir die Sendung nicht angesehen, aber Linda erzählte mir in der Morgenkonferenz, daß dieser Reissner, als er in der Betriebsversammlung reden wollte, einen Schwächeanfall erlitten hat. Was ich damit sagen will, und was dir sowieso längst klar ist, Rio: Der Fall ist ein dicker Hammer! Das ist kein lokales Thema. Also? Was meinst du?«

Was sollte er meinen? Er sah ein sehr langes, sehr graues Wochenende vor sich. Ein Wochenende ohne Vera. Er würde golfen, dann versuchen zu arbeiten – und das würde nicht klappen. Er würde ein paar Fertiggerichte kaufen, sie aufwärmen, davon kosten und den Dreck dann in den Müll kippen und zum nächsten Türken, Griechen oder Italiener rennen ...

»Na schön«, seufzte er. »Wenn ihr meint. Wir können's ja versuchen ...«

Halb zwölf. Halb zwölf und Fehlanzeige!

Rio Martin quälte den Porsche über den Mittleren Ring zurück zur Stadt. Er kam aus Harlaching. Sie hatten tatsächlich einen Übertragungswagen des Bayerischen Fernsehens aufgefahren, die Reporter der Tageszeitungen und Agenturen lehnten an ihren Autos, Reinhards, der »NEWS KURIER«-Mann, hatte sich irgendwohin verpißt, das Haus war abgesperrt, und von den Beamten, die dort arbeiteten, war nichts zu erfahren. Kein einziges bekanntes Gesicht. Keine Chance. Das einzige, was er herausbrachte, war: »Herr Novotny ist bereits wieder weg ...« Auch der Anruf bei Novotnys Sekretärin im Präsidium half nicht weiter: »Tut mir leid, er ist nicht da.«

Rio spuckte die Reste seines Zahnstochers aus. Vier hatte er inzwischen durchgebissen. Wieder griff er zum Autotelefon. Diesmal tippte er Bruno Arends Nummer ein.

»Kinderbewahranstalt Germering«, kam es aus dem Hörer.

»Wie witzig! Bruno, die haben mir da ein ziemlich dickes Ding reingewürgt. Und wie ich es sehe, werde ich dich heute oder morgen noch brauchen.«

»Worum geht's?«

Rio erklärte.

»Seit wann beschäftigst du dich denn mit so was?«

»Der Verlag will's so. Und es könnte ja auch wirklich was draus werden.«

»Dann nimm doch einen der Redaktionsfotografen. Die hängen ja doch bloß rum.«

»Ich will aber dich, Bruno.«

»Und ich will raus auf meine Datscha.«

Arend besaß ein kleines Wochenendhaus am Wörthsee, dort pflegte er seinen Zwillingssöhnen das Fischen beizubringen, in den Abendhimmel zu starren, Unmengen von Bier zu vertilgen und von den guten alten Zeiten zu erzählen, in denen es noch »wirkliche Reporter« gab. Er war einer jener alten Illustriertenhasen, die in den letzten dreißig Jahren das Saufen und das Schwadronieren auf den Kriegsschauplätzen rund um den Erdball gelernt hatten. Aber er war auch Profi. Und er war's nicht nur gewesen – er war es noch heute.

»Weißt du, was du mich kannst, Rio?«

»Ja«, sagte Rio Martin. »Aber bleib zu Hause, hörst du, bis ich dich wieder anrufe. Okay?«

Damit hängte er auf.

Er nahm die Abfahrt zur Prinzregentenstraße. Als er über die Brücke fuhr, sah er, daß die Dunstdecke aufriß, der Regen aufhörte. Ein blauer Himmel begann sich über die Stadt zu wölben. Auch das noch! Statt jetzt schön gemütlich über den Golfplatz zu marschieren, hatte er diesen Scheiß am Hals!

Er parkte den Porsche vor »Feinkost Käfer« in der zweiten Reihe und stieg aus. Unter all seinen wechselnden Eigenschaften besaß Paul Novotny eine, auf die Verlaß war: pünktlich um ein Uhr machte er in seinem Büro Pause. In der Polizeikantine allerdings war er nie anzutreffen. Er verschlang an belegten Broten, was ihm die Sekretärin besorgte, um dann seine Dartscheibe mit Pfeilen zu bespicken.

Rio ließ sich eine Auswahl von Salaten zusammenstellen und noch zwei Dutzend Austern verpacken, kaufte dazu eine Flasche Chablis und trug das Paket zum Wagen.

Als er das Präsidium betrat, sah er Novotnys Wagen durch die Parkplatzsperre fahren. Zum ersten Mal an diesem Tag fühlte er sich besser. Er wartete nicht, stieg zu Novotnys Büro hoch und setzte sein Käfer-Paket auf einen der Schreibtische im Vorzimmer.

»Oh, Herr Martin? – Tut mir leid, aber er ist noch nicht da.«

»Er kommt«, sagte Rio und blickte auf die sich öffnende Tür ...

»Also ich weiß nicht, Rio, früher hast du gequalmt wie ein Schlot, aber deine Zigaretten waren mir lieber als dieses dämliche Hölzermümmeln.«

Die Sekretärin räumte das Geschirr mit den Resten der Mahlzeit auf ein Tablett. Die Flasche Chablis war unangetastet geblieben.

»Die Austern, das war eine klasse Idee! Aber Chablis ... Heute? Die Flasche köpfen wir ein anderes Mal.«

»Heute? Wieso?« fragte Rio, als sich die Tür geschlossen hatte. »Was ist im Busch, Paul? Was ist mit deiner Harlaching-Story? Nun komm schon ... Schweigen ist gut, reden schöner.«

Novotny hing in seinem Sessel, grinste, und Rio Martin studierte ihn genau. Er schien es sich wirklich zu überlegen. Er würde reden. Er kannte ihn. Vielleicht, weil es so viele Ähnlichkeiten zwischen ihnen gab ... Sie waren beide drahtig, hatten fast dieselbe Größe, die gleichen mageren, ewig angespannt wirkenden Gesichter. Doch während Rio die dunklen, lebhaften Augen seines italienischen Großvaters besaß, zeigte Novotny den ewig distanzierten, meist kummervoll wirkenden Kriminalistenblick. Novotnys Haar war kurz und graugesprenkelt, Rio hielt darauf, daß sein Friseur jede beginnende graue Strähne aus den vollen, gepflegten Locken wegzauberte. Irgendwann hatte Rio herausgefunden, daß beide unter demselben Sternzeichen geboren worden waren: Fisch. Und so hatten sie sich darauf geeinigt, daß sie eigentlich Täter unter Zwang seien, Typen in Aktion, auf der Flucht vor der ewigen sensiblen Fische-Faulheit.

»Paul, gut, wir haben lange nicht mehr zusammengearbeitet. Aber was ändert das schon?« begann Rio seine Seelenmassage. »Eine gute Recherche bleibt nun mal eine gute Recherche. Und Teamrecherchen sind die besten. Das gilt auch für die Mordkommission.«

»So?« Novotny lächelte. »Meinst du? Schnell wie immer. Du schießt mir zu oft aus der Hüfte, Rio.«

»Hab' ich bei dir nie getan.«

Novotny bog Büroklammern auseinander.

»Komm, wir bleiben bei der alten Methode, Paul: Kein Komma ohne deinen Segen. Aber zusammen erreichen wir mehr als der ganze Apparat, das haben wir schließlich oft genug bewiesen.«

»Wieder eine von deinen vorschnellen Behauptungen! Aber gut, in Ordnung. Diesmal kann ich wahrscheinlich einen Presseprofi brauchen. Wenn ich an den Auftrieb von Eierköpfen da draußen in Harlaching denke ...«

»Na also!« Rio entspannte sich. »Und jetzt reden wir mal über den Fall. Wie kam dieser Reissner dazu, so etwas zu tun? Was war er überhaupt für ein Typ?«

Er machte sich keine Notizen, während Novotny sprach. Er verzichtete sogar darauf, die Auslösetaste des Minitonbandgeräts in seiner Jackentasche zu drücken. Was Paul ihm an facts zu bieten hatte, war überdies wirklich nicht überwältigend.

»Was hältst du von diesem Linder?« fragte er.

»Der totale Kotzbrocken. Typischer Steinzeitmanager. Betonkopf mit Kasernenhofton. Unglaublich, wie so ein Laden organisiert ist. Da gibt's Stabsabteilungen, Unterstabsabteilungen, Referate – wie im Ministerium. Sogar einen ›psychologischen Dienst‹ hat er mit der Beurteilung seiner Leute beauftragt: ›Ich muß schließlich Bescheid über meine Leute wissen ...‹ Kennst diese Typen doch. Vielleicht weiß er auch tatsächlich was. Bei ihm läuft es immer auf das eine hinaus: Der Mann ist durchgedreht, aber zuvor hat er sich tadellos aufgeführt. Und tadellos heißt natürlich, daß er nichts im Kopf hatte als den Konzern, seine Karriere und die Kohle.«

»Ein bißchen wenig Fleisch – findest du nicht?«

»Wenig?« Novotny verzog den Mund. »Gar nichts. Du wirst lachen, Rio, ich hab' mich ja nicht allein mit dem Obergott dort beschäftigt, ich hab' auch andere Leute gefragt, Kollegen, einen Mann namens Wegner, auch irgend so ein Kommandeur. Mit dem hatte Reissner ziemlich häufig zu tun. Und auch da lief es auf dasselbe hinaus: tadelloser Arbeiter, irgendwie unnahbar ... Linders Mann fürs Schwierige. Hundertfach bewährt. Karriere-Hengst, das schon, aber auch tadelloser, aufopfernder Familienvater ... Und du wirst lachen, selbst die Nachbarn dort draußen sagen dasselbe.«

Rio Martin holte sich einen neuen Zahnstocher. »Es muß

doch Leute geben, die wirklich Zugang zu dem Mann hatten?«

»Mensch, jetzt ist es zwei Uhr! Um zehn wurde ich angerufen, um den Fall zu übernehmen. Das sind jetzt vier Stunden. Bin ich der liebe Gott? Was erwartest du denn von mir?«

»Ist doch ein ziemlich großer Kasten, die Villa in Harlaching. Die müssen doch Personal gehabt haben?«

»Ja, einen verkalkten, alten, halbtauben Mann, der den Gärtner spielte, eine Putzfrau, Tschechin, und das Kindermädchen. Die hat die Leichen übrigens gefunden. Wie ist das ...« Er deutete auf einen braunen Umschlag, der auf der Schreibtischplatte lag: »Willst du sie dir mal ansehen? Die Fotos wurden gerade gebracht.«

»Danke.«

Novotny nickte wissend, nahm trotzdem das Kuvert und öffnete. Fotos fielen heraus. Novotny blätterte sie durch. Aus den Augenwinkeln erkannte Rio eine Männerleiche auf einer Treppe. Novotny schob ihm eines der Bilder zu: »Da, bei dem Foto wird sich dir nicht gleich der Magen umdrehen. Es ist das Kind.«

Es war das Bild eines Mädchens. Leichtes, lockiges Haar über einer runden Kinderstirn. Der Kopf ruhte auf einem kleinen nackten Arm, als schlafe es ... Die Augen waren halb geöffnet, die Lider teilten die Pupille. Es war ein friedlicher Anblick. Doch über dem Gesicht lag der endgültige Hauch des Todes.

Rio Martin zog das Notizbuch aus der Tasche. »Gib mir die Adresse dieses Kindermädchens, ja?«

»Gut. Aber ich fürchte, da wirst du Schlange stehen. Bei der sind doch längst deine Herren Kollegen ...«

Er mußte nicht Schlange stehen.

Der Name »Kornhaus« stand auf einer blaugestrichenen Tür am Eingang eines zweistöckigen kleinen Rückgebäudes in der Sommerstraße. Stille. Grüngestrichene Abfalltonnen. Ein halbverdörrter Apfelbaum und ein leerer Fahrradständer. Auf beiden Seiten der Betonplatten, die zu der blauen Tür führten, kümmerten Blumenrabatten vor sich hin.

Rio Martin klingelte. Nichts. Er klingelte wieder. Über ihm öffnete sich ein Fenster. Für eine halbe Sekunde erschien das Gesicht einer alten Frau, dann knallte das Fenster zu.

Sieh dir das an! dachte Rio. Und du hast dir eingebildet, dieses elende Vertretergefühl nie mehr erleben zu müssen ...

Und er klingelte wieder.

Nun waren Schritte zu hören. Die Tür öffnete sich, wurde jedoch sofort von einer Sperrkette festgehalten. »Hören Sie mal«, sagte die Stimme der alten Frau. »Sie sind jetzt der siebte oder der achte, was weiß ich. Aber wenn Sie nicht sofort wieder gehen, rufe ich die Polizei.«

»Von der komme ich.« Da es eigentlich ziemlich gleichgültig war, welche Lügen er auftischte, änderte er die Richtung: »Aber ich wollte mich dort nur erkundigen. Mein Name ist Martin. Ich bin ein alter Freund von Frau Reissner. Es tut mir aufrichtig leid, Sie zu stören ... Aber ich wollte Frau Reissner heute morgen besuchen, und dann ... nun, Sie wissen doch ...«

Die Sperrkette fiel, die Tür ging auf.

Rio betrat einen Vorraum und stand vor einer etwa siebzigjährigen Frau. Sie hatte das graue Haar hochgesteckt, trug ein braunes langes Hauskleid und sah ihn durch ihre Hornbrille ruhig und forschend an.

»Sie wollen Iris sprechen, nicht wahr?«

Er nickte.

»Ich fürchte, das geht nicht. Es ist einfach zu schrecklich. So schrecklich ist es, daß man es gar nicht denken kann ... Und Iris ist in einem Zustand ...« Sie unterbrach sich. »Ich hoffe, Sie schwindeln mich nicht an. Sie müssen schon entschuldigen, aber wenn Sie wüßten, was heute morgen hier los war ... Man kann sich das gar nicht vorstellen. Ich kenne diese Reporter ja nur aus dem Fernsehen, aber jetzt, jetzt hab' ich sie erlebt.«

Er versuchte sein Lächeln beizubehalten. Er sah die Kinderbilder, die an den Wänden hingen, er sah auch eine kleine Vitrine, voll mit bunt angemalten Tonfiguren – und dann wieder diese dunklen, verbitterten Augen.

»... die wollen nur ihre Arbeit tun, sagen sie. Kann man ja vielleicht einsehen. Ich habe selbst zwei Zeitungen abonniert. Aber wie die sich dabei aufführen – wie die Schweine. Sogar Geld haben sie mir geboten, nur um mit Iris sprechen zu können. Da sind drei Menschen gestorben, darunter ein Kind, ein unschuldiges Kind, die kleine Elfi, und die ist oft hier gewesen, wir haben miteinander gespielt – und da stürmen diese Aasgeier herein mit ihren Ausweisen, ihren Brieftaschen, ihrer Frechheit.«

Er nickte und fühlte sich mies. Solche Situationen hatte er oft genug hinter sich gebracht, stets mit Erfolg. Und jetzt? Du taugst nicht mehr fürs Geschäft, dachte er. Nicht nur, daß du aus dem Job herausgewachsen bist – viel schlimmer: Du beherrschst ihn nicht mehr. Das ist es!

»Es tut mir sehr leid«, sagte sie. »Vor allem, wenn Sie Frau Reissner gekannt haben. Aber ich kann Sie nicht hereinbitten. Es würde auch gar nichts bringen. Der Arzt hat Iris ein Beruhigungsmittel gegeben. Der Schock. Sie können sich das doch vorstellen, oder? Sie ist so sensibel wie ihre Mutter. Wissen Sie, ich bin eine Freundin von Iris' Mutter. Wir haben früher zusammen an derselben Schule unterrichtet. Deshalb habe ich sie auch aufgenommen, obwohl ich es vorzog, allein zu leben. Aber jetzt, jetzt muß ich ihr ja wohl helfen. Nicht wahr, das verstehen Sie doch?«

»Natürlich verstehe ich das. Vielleicht kann ich später nochmals vorbeikommen?«

»Vielleicht ... Ich gebe Ihnen meine Telefonnummer. Sie können ja vorher anrufen.«

Mist! Er verfluchte seine Bereitschaft zur Kapitulation. Aber wenn sie Beruhigungsmittel genommen hatte, war wohl auch nichts zu machen. Er zögerte noch immer. Als er sich umdrehen wollte, öffnete sich die Tür auf der linken Seite des Raums. Ein Mädchen kam heraus. Ein Mädchen im Trainingsanzug. Das runde Gesicht war sehr blaß unter den dunklen Haaren.

»Er ist ein Bekannter von Frau Reissner«, sagte die alte Frau.

Das Mädchen nickte mechanisch wie eine Puppe.

»Darf ich Sie einen Moment sprechen?« fragte Rio mit weicher Stimme.

Sie nickte wieder.

»Könnten wir vielleicht in Ihrem Zimmer ...?«

»Also, Iris, ich weiß nun wirklich nicht, ob das richtig ist. Und schon gar nicht weiß ich, ob es zu verantworten wäre, wenn ...«

Aber sie ließ ihn eintreten und schloß einfach die Tür.

Das Zimmer war abgedunkelt. In der Ecke lief ein Tischfernseher ohne Ton. Tennis. Einer der Spieler war Edberg, und er zeigte sein Pokergesicht. Er wartete auf den Aufschlag des Gegners. In dem bißchen Licht, das das Gerät ausstrahlte und das durch die geschlossenen Vorhänge hereinfiel, war Iris nicht viel mehr als ein Schatten.

Er räusperte sich. Der Satz, den er nun sagte, überraschte ihn selbst: »Ich bin von der Presse«, sagte Rio. »Was ich Frau Kornhaus gerade sagte, stimmt nicht.«

Sie setzte sich aufs Bett. Nun konnte er ihr Gesicht erkennen. Es war vollkommen ausdruckslos. Sie sah ihn ruhig an, als habe er eine ganz selbstverständliche Eröffnung gemacht.

»Fräulein Widmer, ich kann mir gut vorstellen, wie Ihnen

zumute ist – und was Sie über mich denken. Ich möchte Ihnen sagen, daß ich Ihnen dankbar bin, da Sie mich nicht wegschicken.«

Sie rührte sich noch immer nicht. Die Hände lagen in ihrem Schoß. Rio fragte sich, ob sie überhaupt zuhörte. Sollte er sich vielleicht in den kleinen Sessel am Bett setzen, ihre Hände nehmen? Zu früh ... Und vor allem: Kein Wort über das Kind!

»Fräulein Widmer, es ist furchtbar, was geschehen ist. Wir wissen es beide. Aber wir beide wissen auch, daß herausgefunden werden muß, wie es geschehen ist.«

»Herausfinden?« Ihre Stimme war überraschend klar und fest. »Was gibt's denn da noch herauszufinden?«

»Eigentlich nur eines.« Er setzte sich nun doch. »Was konnte Herrn Reissner veranlassen, so etwas zu tun?«

»Wie soll ich das wissen?«

»Aber Sie haben doch sicher darüber nachgedacht!«

Sie schüttelte den Kopf.

»Was war er für ein Mensch?«

Nun sah sie hoch und fuhr sich mit einer hektisch-unkontrollierten Bewegung über das Gesicht. »Ein Mensch? – Er war überhaupt kein Mensch.«

»Wie soll ich das verstehen?«

»Eine Maschine war der. – Nichts als eine Maschine ...«

»Aber mir wurde gesagt, daß er seine Familie sehr geliebt hätte.«

»Vielleicht ... Was er so unter Liebe verstand ...«

Rios Augen hatten sich an die Dunkelheit gewöhnt. Er zwang sich, nicht hinüber zu der kleinen Fotografie zu blikken, die in einem Silberrahmen auf dem kleinen Tischchen neben dem Bett stand. Es war das Farbfoto eines Kindergesichtes. Es war das Gesicht, das ihm schon Novotny gezeigt hatte. Auf dem Foto lachte die kleine Elfi und war lebendig ...

»Aber er hat doch ...«

»Er hat gar nichts. Wann denn? Er hatte ja gar keine Zeit für seine Familie! Ja, er hat so getan, aber er war eigentlich immer weg. Er kannte doch nur sich und die Firma. Er kannte nur seinen Job. Für mich ... für mich war der Mann krank ...«

»Iris«, sagte Rio so weich und so suggestiv, wie es ihm möglich war, »tun Sie ihm da nicht ein wenig Unrecht? Der Mann war sicher überarbeitet. Vielleicht war er krank ...«

»Das sag' ich doch!«

»Aber war er wirklich krank? Wissen Sie etwas davon? Kam ein Arzt ins Haus? Hat er manchmal einen Arzt besucht?«

Wieder schüttelte sie den Kopf. Dann aber, ganz plötzlich, blickte sie hoch: »Ja, vielleicht besuchte er tatsächlich einen Arzt! So genau weiß ich das nicht. Aber der kam nie ins Haus ...«

»Und woher wissen Sie ...«

»Woher? Weil er mich einmal zu ihm gebracht hat. Ich hatte eine Magenkolik. Und Hanne – ich meine Frau Reissner – meinte, ich müßte sofort behandelt werden. Da fuhr er mich in eine Praxis am Rosenheimer Platz. Das war nicht weit von uns. Der Arzt war sehr nett und anscheinend ein alter Freund von Herrn Reissner.«

Rio hatte sich aufgerichtet. »Und – wie heißt der Mann?«

»Herzog«, antwortete sie sofort. »Dr. Herzog. Die Praxis ist ganz leicht zu finden. So ein rosafarbenes Haus am Rosenheimer Platz. Der zweite oder der dritte Stock war das, glaube ich ...«

Der Kanarienvogel flatterte in seinem kleinen Käfig am Fenster hin und her. Jetzt stieß er kurze, aufgeregte Pfiffe aus.

»Hansi! Mach net so ein Theater. Dös gehört sich fei net. Machst den Doktor ja nervös. Und wenn der nervös is und mi dann spritzen will, tut's weh.«

Der alte Mann lag bäuchlings auf einem prächtigen Sofa aus blauem Samt. Dr. Jan Herzog hatte ihm geholfen, das Hemd auszuziehen und ihm auch die Hose gelockert, so daß er die Wirbelsäule untersuchen konnte. Die kritische Zone waren die unteren Lendenwirbel. Vor allem der dritte und vierte. Abnutzungserscheinungen zum altersbedingten Abbau. Kein Wunder: Max Riedl hatte fünfzig Jahre lang im Stehen in seiner Tapeziererei herumgehämmert.

Dr. Herzog ging zu seinem Arztkoffer. »Passen Sie auf, Herr Riedl, ich setze Ihnen jetzt eine Spritze. Aber das Medikament kann das Gewebe nur betäuben und damit entspannen. Sie müssen schon zum Orthopäden, wie oft soll ich Ihnen das noch sagen? Ich habe Ihnen doch einen Überweisungsschein geschrieben.«

»Hab' i verlor'n ... Und Sie san mir lieber, Herr Doktor, als der Orthopäde.«

»Und was ändert das, wenn ich Ihnen nicht helfen kann?«

»Dann geben'S mir halt die Spritz'n, Herr Doktor. Und schalten'S bitte das Radio an ... Dös is nämlich so, ob Sie's glauben oder net: sobald der Hansi Musik hört, beruhigt er sich.«

»Kenn' ich von mir«, lächelte Jan Herzog, drückte den Einschaltknopf und nahm die Spritze aus dem Koffer. Die Radiostimme einer Frau flehte die Hörer an, auf keinen Fall auf das einzigartige Angebot zu verzichten, in vier Wochen Englisch zu lernen ... Er zog die Spritze mit dem Carbostesin auf, reinigte die Einstichstelle mit Alkohol und wollte gerade die Injektionsnadel ansetzen, als er die Stimme des Nachrichtensprechers vernahm.

»Au!« sagte Max Riedl. »Was is, Herr Doktor?«

Jan Herzog hatte die Nadel angesetzt. Doch er stach nicht ein. Seine Hand zitterte.

»Was is, Herr Doktor?«

Die Stimme des Nachrichtensprechers sprach weiter, eine

ruhige, gelassene Stimme, die Dinge sagte, die so ungeheuerlich waren, daß Jans Verstand sich weigerte, sie aufzunehmen. Worte, Worte – und jedes einzelne wie ein Schlag.

»Über das Familiendrama in der Tauberstraße in Harlaching, über das wir Ihnen bereits in den Mittagsnachrichten berichteten, sind weitere Einzelheiten bekannt geworden. Fest steht inzwischen, daß der Familienvater, Dr. Dieter Reissner, der beim ACS-Konzern in leitender Stellung tätig war, die furchtbare Bluttat selbst ausgeführt und seine Frau und sein Kind, ein dreijähriges Mädchen, durch Pistolenschüsse getötet hat, ehe er seinem Leben selbst ein Ende setzte. Die Leichen wurden ins gerichtsmedizinische Institut überführt und werden von der Staatsanwaltschaft wohl erst nach Abschluß der Untersuchungen freigegeben werden ...«

»Was is denn, Herr Doktor?«

DIE FURCHTBARE BLUTTAT ...

»Nichts. Entschuldigen Sie.«

... SELBST EIN ENDE SETZTE.

»Ganz ruhig. Sie werden den Einstich kaum merken.«

Max Riedl stöhnte auf, als Dr. Jan Herzog einstach.

FOUR ROSES, BALLANTINE, RED LABEL ... Es gab Whiskysorten in Hülle und Fülle in der kleinen Kneipe, doch Jan Herzog haßte alle, haßte diese Namen, haßte die Flaschen. Er haßte sie, weil dazwischen immer wieder »sein« Gesicht auftauchte. Was konnte er für dieses Gesicht, was konnte er für die Augen ... »Noch einen!« forderte er.

Der junge Mann hinter der Bar legte den Kopf schief: »Wirklich?« Dann zuckte er mit den Schultern, goß ein und schob ihm das Glas zu.

Jan trank Alkohol, der große Fluchthelfer? Von wegen! Es gab keine Flucht. Davor nicht. Wie denn auch?

Er konnte sich nicht einmal gegen den eigenen Blick wehren, der ihn aus dem Spiegel anstarrte. Und schon gar nicht gegen die Erkenntnis: DEINE SCHULD! NICHTS ALS DEINE SCHULD ... Einen Freund in den Irrsinn zu entlassen ... Deine Schuld ... Zu bequem, zu feige, zu schwach, zu dämlich, ihn festzuhalten ... »Mensch, Dieter! So läufst du mir nicht aus der Praxis. Bleib!« Er hatte es nicht gesagt ... »Laß uns das alles durchreden. Das schaffen wir schon.« – Auch nicht.

Und Freund?

Die ganzen Jahre zuvor – konntest du noch wirklich mit ihm reden? Der unaufhaltsame Aufstieg des Dieter Reissner, was hattest du damit zu tun? Hast du dich um ihn gekümmert, ihn einmal freiwillig angerufen? Er aber, ja, er kam. Kam immer. War plötzlich da.

»Noch einen.«

Der junge Mann zog eine resignierte Grimasse. Sollte er ...

Dieter tauchte unerwartet bei dir auf, zog seine Schau ab, gab Ratschläge, wollte dir irgendwelche Promi-Kunden aufschwatzen – und blieb trotzdem immer irgendwie schüchtern, als erwarte er etwas von dir. Und dann der letzte Besuch. Seine Angst ...

Wieder beschlich Jan Herzog das Gefühl, der Freund stehe hinter ihm, so nah, daß er seinen Atem spüren müßte ... Aber da war kein Atem. Da war auch kein zweites Gesicht im Spiegel. Da war nur er ...

Er sieht dich an! Er ist da! Er kann nicht anders! Wo soll er denn hin? Wem könnte er schon etwas erklären? Dir, ja ... Aber hast du irgendwann einmal den Versuch gemacht, ihn richtig zum Sprechen zu bringen – oder auch nur ihm zuzuhören, ehrlich zuzuhören?

Du hattest ja soviel um die Ohren! Und Freunde? Gibt's das heute noch? – Damals war's anders ... Sie steigen die Rotwand hoch, haben sie geschafft, erreichen endlich das schmale Felsband, von dem aus es in den Kamin geht. Sie kauern sich nieder ... Da ist Dieters dünnes Lächeln, sein blasses Gesicht, die von der Anstrengung bläulichen Lippen: »Ich muß doch verrückt sein! Wieso tu ich so 'nen Scheiß?«

»Ach, Dieter, nimm 'nen Schluck Tee. Dann geht's weiter.«

»Klar. Aber warum?«

»Weil's dir Spaß macht.«

»Jan! Entweder hast du den Arsch offen, oder du bist blind. Ein gescheiter Doktor wirst du nie. Spaß soll's mir machen? Du, ich hasse diese sinnlose Krampferei. Ich hasse den Fels! Ich hasse es, eine idiotische Wand hochzuklettern, wenn man die Sache bequem mit der Seilbahn erledigen kann.«

»Aber ...«

»Kein Aber. Willst du noch was wissen: Ich hasse das nicht nur, ich habe auch noch eine Heidenangst. Ich mach' mir fast die Hosen voll, jawohl. Ich kann doch noch nicht mal da runtersehen, ohne daß es mir schwindelig wird.«

»Und wieso hast du das nie gesagt?«

»Wieso, wieso ... Weil ich mich nicht blamieren wollte. Und schon gar nicht vor dir, meinem besten Freund.«

»Wir können wieder absteigen«, hatte er vorgeschlagen.

Und Dieter? Den Kopf hatte er geschüttelt: »Jetzt erst recht nicht. Jetzt machen wir weiter ...«

Rio Martin hatte den richtigen Riecher gehabt: Der Fall war nichts für ihn. Er hätte den Hörer im »Le Café« gar nicht in die Hand nehmen dürfen oder Stockmann sofort zum Teufel schicken müssen, aber dazu war's zu spät.

Sein Hintern schmerzte. Der Nacken auch. Die Luft im Wartezimmer – absolut unerträglich! Da hockte er nun und blätterte dieselbe verdammte Frauenzeitschrift zum dritten Mal durch. Dieses Mal von hinten. Um ihn drängelte und quengelte es, Stuhl an Stuhl. Drei Patienten hatten sich sogar auf die Fensterbank gesetzt. Bis auf ein Do-it-Yourself-Magazin war jede Zeitschrift beschlagnahmt.

Rio sah auf seine Uhr: Dreißig Minuten schon! – Keine einzige mehr, dachte er und stand auf. Zum Golfen war's zu spät. Er würde nach Hause fahren, die Redaktion anrufen, den Auftrag zurückgeben, fernsehen, lesen – oder, wenn's schon nicht anders ging, sich das Material für die Skinhead-Serie vorknöpfen. Auch nicht gerade umwerfend, das Thema, aber es entsprach immerhin den Erwartungen, die seine Leser an ihn stellten. Und es war ein bundesweites Thema. Aber ein bescheuerter ACS-Manager, dem nichts Besseres einfiel, als Frau und Kind zu erschießen, wen interessierte das schon außerhalb Münchens?

Außerhalb Münchens? – Außerhalb Harlachings ...

Wieder kamen Leute durch die Tür. Die Praxis lief. Aber aufgerufen wurde niemand.

Dieser Herzog hatte vielleicht ein System! Sollten sich seine Patienten bis um neun Uhr abends hier auf den Zehen stehen?

Er ging hinaus und stellte sich an die kleine weiße Resopalabtrennung, hinter der die Sprechstundenhilfe saß.

»Hören Sie, Dr. Herzog scheint ja nun wirklich ziemlich lange aufgehalten worden zu sein.«

»Ja, stimmt.« Sie verzog das müde Gesicht zu einem blassen Lächeln. »Ich kann es auch nicht verstehen. Sonst meldet er sich in solchen Fällen immer.«

»Ich schaue später nochmals vorbei.« Es war eine als Höflichkeitsfloskel getarnte Lüge. »Vielleicht können Sie mir dann einen Termin geben.«

»Sie können auch anrufen. Hier, bitte. Morgen fängt doch das Wochenende an ...«

Sie schob ihm eine Karte zu. Auch Herzogs Privatnummer war aufgedruckt. Er erkannte, daß sich seine Wohnung im selben Haus befand wie die Praxis.

»Vielen Dank.«

Er ging die knarrenden Stufen hinab, betrachtete eine Sekunde andächtig die hübschen Jugendstilornamente an der Tür, zog sie auf – und gab die Klinke nicht aus der Hand ...

Was sollte das denn?!

Von der Hausschwelle, auf der er stand, bis zur Fahrbahn jenseits der grauen Betonplatten des Bürgersteigs waren es nicht mehr als vier Meter. Und genau dort, wo er hinsah, schleuderte gerade mit qualmenden Reifen ein Wagen. Es war ein kleiner roter Opel Corsa. Auch der Wagen hinter ihm und ein grauer Transit, der auf der zweiten Fahrspur herankam, ließen die Reifen quietschen.

Genau in seiner Blickrichtung aber, in der Mitte der Furt, die die blockierenden Autoräder geschaffen hatten, saß ein Mann auf dem Asphalt und starrte ihn an. An dem verschwommenen Blick erkannte Rio sofort, daß er betrunken war. Er hatte ein mageres Gesicht, graue Haare, tiefliegende, dunkle Augen – ein gutgeschnittenes Gesicht, zweifellos, doch darüber lag wie ein maskenhafter Firnis die Starre des Alkohols. Der Mann war besoffen ... Sitzt besoffen um fünf Uhr mitten im Stoßverkehr und krabbelt auf dem Asphalt herum!

Rio rannte los.

Nun sah er auch den Aktenkoffer. Der Mann war in die Hocke gegangen, bückte sich danach, verlor sofort das Gleichgewicht und drohte, zur Seite zu rollen.

»Ja, wo sammer denn?«

Der Fahrer des Transit streckte einen hochroten Kopf aus dem Führerhaus heraus. »B'soffen am Nachmittag! Ja, dös hat mer gern ... Schaffen S' den Mann da weg, eh i durchdreh! Schaffen S' ihn weg!«

Er ließ den schweren Motor aufdröhnen.

Es war kein Akten-, dies war ein Arztkoffer! Und Rio Martin wußte nun, wem er gehörte und wer es nicht einmal fertigbrachte, von der Fahrbahn wegzukommen. Am Griff hing ein kleiner Anhänger: »Dr. Jan Herzog«.

»Kommen Sie, ich helf' Ihnen.« Er schob seinen Arm unter Herzogs Achsel und zog ihn hoch.

»Mein Koffer ...«

»Hab' ich doch schon. Jetzt kommen Sie!«

Herzog taumelte, verzog das Gesicht zu dem fragenden, staunenden Lächeln aller Betrunkenen dieser Welt. Der Kopf pendelte, aber er ließ sich schleppen. Und er war schwer.

Keuchend postierte Martin den Rücken des großen, hageren Mannes an eine graue Zementsäule.

»Vie... vielen Dank ... Ich bin Ihnen wirklich sehr verbunden. Das war sehr freundlich von Ihnen ...«

»Ja«, sagte Rio »aber es ist noch nicht zu Ende.«

»O doch ... Ich wohne hier.«

»Das weiß ich, Herr Doktor. Sie wohnen hier. Aber wie wollen Sie in die Wohnung kommen?«

»Oh ... das ist kein Problem. Wissen Sie, ich ... ich muß mich entschuldigen ... bin etwas durcheinander ... Ich habe einen schweren Verlust erlitten ... Wenn Sie verstehen, was ich meine ...«

Herzog setzte sich in Bewegung – jedenfalls wollte er sich in Bewegung setzen –, hielt die Arzttasche hoch, doch der Arm konnte das Gewicht nicht halten und begann zu pendeln.

Rio nahm ihm die Tasche ab und hakte sich bei ihm ein. »Nun kommen Sie schon. Es ist wirklich nicht weit. Und es ist auch nicht schwer. Sie müssen sich nur ein bißchen auf mich stützen, ja?«

Rio hörte die Spülung rauschen. Er lehnte sich zurück und sah sich in dem großen Raum um: sehr viele Bücher, wenig Möbel, hübsche, moderne, eigentlich sehr fröhliche Bilder an der Wand. Die Stereoanlage, das TV-Gerät – die Wohnung eines Junggesellen. Nichts, das auf die Existenz einer Frau oder gar einer Familie hingewiesen hätte. Doch! Über dem kleinen Naturholzsekretär hingen Kinderfotos. Geschieden – ist die Diagnose für den Doktor, geschieden, gestreßt, einsam ... Und was den Alkohol oder andere Katastrophen anging, schien er auch nicht besonders belastungsfähig.

Jetzt kam Klappern aus der Küche. Und da war er auch schon: das Gesicht fahl, die Haare struppig und naß. Ein Handtuch hatte er sich um den Hals gelegt, und in den Händen hielt er eine große Flasche Mineralwasser und zwei Gläser. Gehen konnte er auch wieder ...

»Auch ein Wasser? Tut mir leid, außer Alkohol ist nichts im Haus. Und den kann ich nicht mehr sehen.«

Er stellte die Flasche und die Gläser auf den Sekretär und griff zum Telefon, das dort stand. Er legte die Hand über die Muschel, als schäme er sich für das, was es zu sagen gab. »Ja, schicken Sie die Leute nach Hause. Erzählen Sie ihnen, was Ihnen einfällt ... Aber es geht nicht, glauben Sie mir, Myrte ...«

Er legte auf und ließ sich auf das kleine zweisitzige Sofa fallen, das an der Wand stand.

»Sie sind ein netter Mensch, Herr ... Herr ...«

»Martin.«

»Ein sehr, sehr netter Mensch – alles, was recht ist. Klauben wildfremde Ärzte von der Fahrbahn und bringen sie nach Hause. War ein ganz schönes Stück Arbeit, hier rauf in den dritten Stock ...«

»Wissen Sie, was das Schlimmste war, Doktor: Ihre Angst, einer Ihrer Patienten könnte Ihnen über den Weg laufen.«

»Ist doch verständlich, oder? Die vertrauen mir doch. Die denken doch nicht daran, daß ich mich am hellen Tag vollaufen lasse. Aber es war nicht allein der Whisky, ich hatte einen leeren Magen.«

Er sprach jetzt klar, obwohl er bei manchen Worten mit der Zunge anstieß. »Aber ich brauchte das. Ich hatte einen ziemlichen Schock zu verdauen ... Es war einfach ...«

Er unterbrach sich. Er wartet, daß du gehst, dachte Rio, doch genau das wirst du nicht tun ... Einen ziemlichen Schock zu verdauen? Der Schock – Reissner?

Seine Hand griff nach dem Zahnstocher im Hemd, aber er ließ sie wieder sinken. Schweigen.

Dann kam Herzogs Stimme, ganz leise: »Haben ... haben Sie jemals das Gefühl gehabt, daß jemand – ich meine, jemand, den Sie nicht sehen – Ihnen zusieht?«

»Den ich nicht sehe oder den ich nicht sehen kann?«

»Den Sie nicht sehen können.«

Er hatte den Oberkörper nach vorne gebeugt und beide Hände zwischen die Knie geschoben, als müsse er sie wärmen.

»Tut mir leid«, Rio stand auf, »mit Wasser kann ich nichts anfangen, Herr Doktor. Aber was hielten Sie davon, wenn ich uns beiden in der Küche einen Kaffee mache?«

Eine Antwort wartete er gar nicht ab.

Die Küche war groß, hell und penibel aufgeräumt. Die typische Junggesellen-Küche. Rio ließ die Kaffeemaschine laufen, nahm zwei Tassen, füllte sie, verzichtete auf Zucker und brachte sie zurück.

Herzog sah ihm entgegen – und sah ihn doch nicht. Sein Kopf lehnte gegen die Sofalehne.

»Hier ...« Rio schob ihm den Kaffee zu. Herzog lächelte dankbar und nippte.

»Herr Dr. Herzog, jemand, den Sie nicht sehen können, der Ihnen aber zusieht – das ist ein Gespenst.«

»Mag sein«, flüsterte der Arzt. »Ein Gespenst ... Ich bin kein Spiritist. Und von diesem ganzen esoterischen Kram halte ich wenig. Aber vielleicht ist da doch was dran? Sie wissen doch ...« Er hatte Schwierigkeiten, sich auszudrücken, der Mund öffnete und schloß sich wieder, dann legte er den Kopf schief. »Sie haben doch sicher schon von diesen Theorien gehört, daß die Seele eines Menschen sich nach dem Tod nicht sofort von dem Ort löst, an dem er lebte. Und je dramatischer sein Ende ist, desto schwieriger wird dieser Vorgang ... Vielleicht ist das gar nicht so abwegig.« Er lächelte blaß. »Natürlich müßte man sich zuvor darüber verständigen, ob es so etwas wie die ›Seele‹ überhaupt gibt. Aber heute, heute habe ich das ganz starke Gefühl ... ach, es gibt so viele Fragen, die wir nicht beantworten können, nicht wahr?«

Rio betrachtete das dunkle, dichte Haar und die grauen Fäden darin. Reissner? ... Er kann nur Reissner meinen. Reissners Seele, Reissners Gespenst. – Iris hatte schließlich erzählt, daß er mit ihm gut befreundet war ...

Es blieb trotzdem ein Schuß ins Blaue, als er fragte: »Denken Sie an Herrn Reissner?«

Jan Herzog nickte, nickte, wie Betrunkene nicken: langsam, bedächtig und ohne aufzuhören.

»Ich denke an Dieter. Die ganze Zeit denke ich an ihn. – Aber Sie, wie kommen Sie darauf?«

»Daran ist nichts Übersinnliches.« Rio hielt seine Tasse in der Hand und rührte im Kaffee. »Seinetwegen bin ich hier.«

»Sie?«

»Ja. Ich wollte wissen, was geschehen ist. Ich wollte wissen, was ihn dazu getrieben hat.«

»Wieso wollen Sie das wissen?«

»Beruflich, Herr Doktor.«

»Beruflich? – Polizei?«

»Presse.«

Der Kopf sackte nach vorne. Eine lange Pause entstand. Rio hörte, wie Herzogs Atem schwerer und schneller wurde. Seine Hand preßte sich auf den Magen. Ganz plötzlich stand er auf, stürmte hinaus, und dann kam, worauf Rio schon gewartet hatte: Würgegeräusche ... Herzog erbrach sich. Die Wasserspülung lief im Bad.

Es dauerte lange, bis er zurückkam. Er hatte sich einen blauen Bademantel umgeworfen, die fahle Farbe war aus seinem Gesicht gewichen, und er sah gesünder aus. Die Augen waren klarer.

»Entschuldigung ... Aber das Zeug mußte schließlich raus.«

Er setzte sich in den zweiten Sessel, Rio gegenüber. »So, Presse? Leute wie Sie müssen ja wohl sein, nicht? Und Sie wollen wissen, was ihn dazu getrieben hat? Ich weiß, was ihn dazu getrieben hat. Ich kann – ich könnte es Ihnen sagen ...«

»Sie müssen. Nicht mir, aber der Polizei. Und ich kann Ihnen auch den Namen des Mannes nennen, der den Fall untersucht.«

»Den Fall«, wiederholte Herzog bitter. »Der Fall Reissner ... Reissner war nichts als ein verzweifelter Mensch, der die Orientierung verloren hat ...«

Er betupfte sich mit dem weiten Ärmel seines Bademantels die Stirn. Dann sprach er weiter, und seine Stimme war jetzt ganz klar: »Dieter Reissner und ich waren Freunde. Freunde aus der Studienzeit. Er machte Karriere, und wir sahen uns sehr lange nicht. Aber dann, vor etwa sechs oder sieben Jahren, trafen wir uns zufällig in der Stadt. Seither hielten wir einen losen Kontakt. Irgendwie waren wir zu verschieden, um noch eng befreundet zu sein. Und irgendwie haben wir auch zu verschiedene Lebensrichtungen eingeschlagen, verstehen Sie?«

»Ja.«

»In den letzten zwei, drei Jahren kam er häufiger zu mir. Na, sagen wir jeden Monat einmal. Er hatte einen schweren Autounfall erlitten. Beckenbruch und alles mögliche andere. Sie haben ihn wieder einigermaßen zusammengeflickt, aber irgendwie spielte dieser Unfall eine ziemliche Rolle. Er war – nun, eine Art Zäsur in seinem Leben, verstehen Sie? Er kam mit immer neuen Beschwerden an. Oberflächlich gesehen hatten sie mit seinen gebrochenen Knochen überhaupt nichts zu tun. Schnupfen, Kreislaufstörungen, gelegentliche Schwächeanfälle ... Dann ziemlich schwere Grippen, eine Pulmonie. Nun ja, man konnte dagegensteuern, es war nicht so schwierig. Was ihn am meisten beschäftigte, war dieser allgemeine Tonus-Abfall, die Kreislaufstörungen ... Es beschäftigte ihn nicht nur deshalb, weil er ein sehr sportlicher Mensch war, nein, es ging ihm um den Job. Eigentlich ging es ihm immer um den Job. Er gehörte zu den Leuten, die sich durch ihre Arbeit definieren.«

»Ja«, bestätigte Rio, »das habe ich schon gehört.«

»Er wollte, er mußte einfach immer powern. Wahrscheinlich wollte er sich ständig irgend etwas beweisen. Wieso, das habe ich nie genau herausgefunden. Aber nun ging das nicht mehr so recht. Er verlor Gewicht, eine Darmsache kam hinzu. Mir blieb einfach unklar, welchem Krankheitsbild ich sie zuordnen sollte. War das ein einfacher Infekt, war es eine virale Geschichte ...«

Er machte wieder eine Pause, als bereite ihm das Sprechen Mühe. Sein Blick streifte Rio – aber er war weit weg. »Gut, ich schlug eine umfassende Untersuchung vor. Doch Dieter hatte ja nie Zeit. Irgendwie erschien mir die Sache dann immer sonderbarer. Nein, eigentlich stimmt das nicht. Ich hatte einen präzisen Verdacht. Aber der erschien mir vollkommen unmöglich. Trotzdem wollte ich ihn ausräumen. Und zunächst wollte ich das wohl eher für mich.«

»Welchen Verdacht hatten Sie?«

»Gleich ... Ich schickte also neue Blutproben ans Labor. Wie gesagt: Ich wußte, daß mein Verdacht ziemlich absurd war. Allerdings, aus heutiger Sicht, was heißt da schon absurd? Aber damals, sehen Sie, damals gab's für mich einen ganz entscheidenden Punkt: Dieter hing an seiner Familie. Vor allem hing er an seiner Frau. Vielleicht, daß ihm Sex nicht sehr viel bedeutete und daß es ihm deshalb besonders leicht fiel, treu zu bleiben. Zu diesen Spesenkrüppeln von Managern, die in jedem Club die Puppen tanzen lassen müssen, nur um zu zeigen, was für tolle Typen sie doch sind, gehörte er jedenfalls nicht. Treu zu sein war für ihn – nun ja, so was wie Selbstverständnis und moralische Forderung zugleich. Verstehen Sie, was ich meine?«

Rio hielt die Hände verschränkt. Ein Wort drängte sich ihm auf. Das Wort hieß: AIDS.

Er sprach es nicht aus. Er dachte es nur. Das also ist es, dachte er und wartete auf die Bestätigung. Das ist es: Reissner hatte Aids! Und als er es erfuhr, lief er Amok ...

Dr. Jan Herzog starrte ihn aus dunklen, rotgeäderten Augen an: »Ich hatte sein Blut zum HIV-Test gesandt. Das war vergangene Woche. Dann fuhr er nach Sachsen. Zuvor aber rief er mich an. Er brauchte neue Mittel, um seine Verdauung zu regulieren. Ich schickte ihm ein Ärztemuster durch ein Taxi ... Wir telefonierten noch mal. Ich sagte ihm dabei, daß ich einen neuen Test machen lasse – das heißt, ich umschrieb es, redete eine Menge um den heißen Brei herum, aber er hatte begriffen und lachte mich aus: Du spinnst ja!«

»Und dann?«

»Dann, dann kam er von seiner Sachsen-Reise zurück. Gleich nach der Landung, noch von der Autobahn aus, rief er mich an.«

»Sie hatten das Test-Resultat inzwischen bekommen?«

»Ja. Ich hatte es bekommen. Positiv ... Er kam zu mir in die Praxis, und ich sagte es ihm. Vor allem aber sagte ich ihm, daß dies noch lange nichts zu bedeuten habe. Es gibt so viele HIV-Positive, die jahrelang, ja schon weit über ein Jahrzehnt mit der Krankheit leben. Es gibt welche, bei denen sie gar nicht zum Ausbruch kommt ... Das alles wollte ich ihm erklären. Er ließ mir keine Chance dazu. Er rannte einfach weg.«

»Und Sie konnten ihn nicht ...«

Rio beobachtete, wie Dr. Herzogs Hände zu zittern begannen, jetzt flogen sie richtiggehend, so daß er sie in einer gewaltsamen Bewegung auf die Knie preßte.

»Das ist es doch! Und ich frage es mich ja auch. Die ganze Zeit frage ich es mich ... Natürlich habe ich versucht, ihn zurückzuhalten. Aber eben nur versucht! Ich hätte Gewalt anwenden müssen. Doch wie? Mir ist nichts eingefallen. Ich dachte, er kommt schon zur Vernunft. Aber er kam nicht ... O nein, er kam nicht zur Vernunft ...«

Wieder dieses Schweigen. Und wieder ein paar Worte, die Rio nicht verstand. Sie waren leise, langgedehnt. Herzogs Kopf sank nach vorne.

»Meine Schuld, meine verfluchte Schuld ... Ich hätte ihn retten können ... Er war doch mein Freund. Ich hätte ihn retten müssen ...«

Rio schwieg. Was gab es auch zu sagen? Nur eine Frage gab es noch: Wo, wenn er verdammt noch mal so wenig von Sex gehalten hatte, wo hatte sich Reissner angesteckt? Wo hatte er sich das todbringende Virus geholt?

ZWEITES BUCH

Der Tatendrang des jungen Ministers war von niemandem zu stoppen.

Zunächst wurde er in Bonn nur bespöttelt, dann nannte man ihn »naiv«, schließlich »ein Phänomen« – zu Recht, denn alle seine Vorgänger waren an der massiven Abwehrfront gescheitert, die die Mediziner- und Pharma-Lobby gegen jede Veränderung errichtet hatte. Unter dem atemberaubenden Tempo aber, mit dem der Minister seine Gesundheitsreform vorantrieb, zerbröckelte die Mauer, und es gelang ihm, die sinnlos um sich selbst rotierende, zutiefst korrupte Ausgabenmaschinerie des deutschen Gesundheitswesens anzuhalten.

Nachdem ihm dies gelungen war, hatte er Versicherungen und Staat zehn Milliarden gespart, Ärzte wie Arzneikonzerne in ihre Schranken verwiesen, sich eine Unmenge Feinde und den Ruf eines »Drachentöters« eingehandelt.

An diesem Herbstmorgen des Jahres 1993 war nichts von seinem üblichen gelassenen Selbstbewußtsein zu spüren. Er hatte die Presse in sein Ministerium gerufen. Doch wo blieben die Scherze, wo das übliche jungenhafte Lächeln? Er wirkte angeschlagen. Die Worte kamen nur zögernd über seine Lippen, er war blaß, und unter den Augen zeigten sich dunkle Schatten.

»Meine Damen und Herren, ich habe Sie hierher gebeten, um Ihnen einige Eröffnungen zu machen. Und ich kann Ihnen gleich versichern, daß dies zu den unangenehmsten Aufgaben gehört, die mein Amt mir bisher gebracht hat.«

Dann wurden die Sätze zu Hammerschlägen.

Die Korrespondenten schalteten ihre Tonbandgeräte ein. Da war kaum einer, der den Bleistift berührte. Sie lauschten nur. Niemand stellte zunächst eine Frage.

Was der Minister in kurzen, dürren Worten mitteilte, schien zu unglaublich: Das BGA, das Deutsche Bundesgesundheitsamt in Berlin, eine Mammutbehörde, die in ihrer Verwaltung und in den verschiedensten Instituten über dreitausend Mitarbeiter beschäftigte und überdies zu den angesehensten medizinischen Aufsichtsbehörden der Welt zählte, sollte neu organisiert und dem Minister persönlich unterstellt werden. Der Präsident und weitere leitende Beamte waren entlassen. Ihnen drohte ein Disziplinarverfahren. Der Grund: »Mangelnde Funktionsfähigkeit in einem hochsensiblen Bereich«.

Der »hochsensible Bereich«? Menschenblut ...

Das BGA war der Gesundheitswächter der Nation und als solcher nicht nur dem Gesundheits-, Umwelt- und Verbraucherschutz verpflichtet, es hatte auch dort für strikteste Kontrolle zu sorgen, wo Blut gewonnen und verteilt wurde; wo Organisationen und Privatfirmen auftraten, um aus dem Lebenssaft die Präparate herzustellen, ohne die es für Bluterpatienten, Frischoperierte oder Unfallopfer keine Chance gibt.

Gerade dieser »hochsensible Bereich« aber schien zum Milliarden-Roulette verkommen zu sein. Unmengen an Korruptionsgeldern waren geflossen, Überwachungen versäumt, Warnungen in den Wind geschlagen, wirksame Tests fehlerhaft oder überhaupt nicht angewandt, Kontrollen verwässert worden.

Dazu war nun der schlimmste aller denkbaren Fälle eingetreten: In den Blutbanken der Krankenhäuser, des DRK und der anderen Verteilerorganisationen tauchte Aids-verseuchtes Blut, tauchten Aids-verseuchte Blutprodukte auf, wurden von Produzenten plötzlich »Rückrufaktionen« angeordnet.

In ohnmächtiger Resignation hatten seit einem Jahrzehnt die unter der Bluterkrankheit leidenden Menschen feststellen müssen, mit welch leichtsinniger, ja verlogener Beschwichtigungspolitik das Berliner Gesundheitsamt und die ihm angeschlossenen Fachgremien allen Bitten und Forderungen der Bluterverbände begegnete. Bereits im Jahr 1985 war die Hälfte der Hämophilen an Aids erkrankt. Und das BGA ...? Die notwendigen Test- und Dekontaminierungstechniken seien noch nicht ausgereift gewesen! Jetzt aber habe man alles unter Kontrolle, denn schließlich: Ein unvermeidbares Restrisiko sei bei keiner pharmazeutischen Produktion zu vermeiden, es betrage aber höchstens eins zu einer Million.

Lügen, Selbsttäuschung? Nur langsam wurden die Konturen des größten Medizinskandals des Jahrhunderts sichtbar: eines Komplotts zwischen der Industrie, die in Europa wie in den USA ihren Wirtschafts- und Renditeinteressen das Leben Tausender von Menschen opferte – und einer mit ihr verfilzten Pfründe-Hierarchie, die den Tod derjenigen in Kauf zu nehmen schien, zu deren Schutz sie verpflichtet und vereidigt worden war ... Es zeigte sich, daß Thomas Drees, der Vorstandsvorsitzende eines großen amerikanischen Pharma-Unternehmens, recht hatte, als er sagte, die Milliardeninteressen der Industrie hätten mit Duldung der zuständigen Behörden dafür gesorgt, daß wirksame Maßnahmen zum Schutz Tausender von Patienten unterblieben.

Im bösen Schatten der Kartelle und Komplotte vollzog sich der Untergang der Opfer ... Viele blieben stumm, schwiegen aus Scham, an der »Schwulen-Pest« zu leiden, andere verzichteten gegen erbärmliche Summen auf »jeden Anspruch gegenüber Dritten«, während bereits wieder neue

Opfer über Industriepräparate angesteckt wurden ... Die Bluterkrankheit beruht auf einem angeborenen Mangel an dem Gerinnungseiweißfaktor VIII. Die Folge: Das Blut verdickt sich nicht, kommt nicht zum Stillstand. Die Herstellung der F-VIII-Präparate wurde zum großen Geschäft ...

Über viele verhängnisvolle Jahre hinweg wehrten sich jedoch nicht nur die Faktor-VIII-Hersteller, sondern auch die Plasma- und Blutbanken mit allen Mitteln gegen die Kontrollauflage, das aus unkontrollierten Quellen stammende Blut müsse geprüft werden. Das Ergebnis war: Der Aids-Tod hielt seinen Einzug in die Operationssäle ...

Den Verantwortlichen der Industrie wie der Aufsichtsbehörden mußte spätestens seit dem Frühjahr 1983 klar sein, daß die Aids-Seuche für die Produktion von Blutpräparaten katastrophale Folgen haben konnte und daß es deshalb allein darum gehen konnte, unschuldige Opfer vor dieser Springflut des Todes zu schützen. Es gab die Waffen: Die Möglichkeit, Blutprodukte zu sterilisieren, bestand seit Jahren und war schon wegen der Gefahren der Hepatitisinfektion von Bedeutung geworden.

Aber ob Gelbsucht oder Aids, die Industrie lief gegen alle Auflagen Sturm, die ihre »wirtschaftliche Freiheit« beeinträchtigte. Unter ihrem Druck sprach schließlich selbst das Bundesgesundheitsamt von einem »vernachlässigbaren Restrisiko von eins zu einer Million«.

Endlich, nachdem immer mehr Menschen sich infiziert hatten, wurde 1985 die allgemeine Dekontaminierung angeordnet. Aber selbst dann, und weit bis in das Jahr 1986 hinein, verzichtete man auf eine Kontrolle der Durchführung.

Schließlich wurde sie eingeführt, und schon zeigte sich an neuen Todesfällen, wie lückenhaft die Auflagen befolgt wurden.

So entstand die größte Arzneimittelkatastrophe der Geschichte, gleichzeitig aber auch ein menschliches Drama, das ungezählten Unschuldigen, ob Patienten oder infizierten Angehörigen, Glück und Leben raubte und wie kein anderes die Abgründe menschlicher Profitgier und Gleichgültigkeit auszuleuchten vermochte.

Zehn Jahre hatte es bei uns gedauert, bis endlich ein Minister den Mut fand, den Augiasstall auszumisten ... Der Todesschatten »HIV-Virus« schien über alle Bürger zu fallen. Der große Aids-Skandal war geboren ...

Der Satz: »Der große Aids-Skandal ist geboren« stammt von dir, dachte Rio Martin. Du hast doch damals deinen Kommentar im »NEWS KURIER« so betitelt ...

Es war Sonntagmorgen. Und schon spät.

Rio lag in der Badewanne und versuchte nachzudenken. Ein Skandal wie dieser, dachte er, geht zwar ab wie eine Rakete, die Leute regen sich auf, die Auflagen steigen, das Fernsehen überschlägt sich, ein Minister steigt auf die Barrikaden, Köpfe rollen, ein paar Millionen werden an die Opfer verteilt, um ihren Tod in Raten ein bißchen zu erleichtern – und dann ist Schluß. Der nächste Skandal wartet schon an der Ecke. Oder die nächste Korruptionsaffäre, die nächste Wahl, Massenentlassungen, Skins und Asylanten, Rezession, Ärger mit den Mieterhöhungen, Wohnungsnot – oder es kommen einfach nur die neuen TUI- und NUR-Prospekte, die Ferien stehen ja schließlich vor der Tür, denn ein bißchen Entspannung braucht der Mensch, nicht wahr?

Und alles ist vergessen!

So läuft das doch! Wer mit dem Elend leben muß, sollte sich hüten, darüber nachzudenken. Vergessen ist angesagt – nein, Verdrängen. Darin sind wir sowieso Weltmeister. Nur dir ist das nicht erlaubt. Du bist Reporter, und deine Aufgabe bleibt, dir jede Aussage, jedes Detail einzuprägen. So lange wenigstens, bis das Blatt auf dem Markt ist ...

Und dann, dann hat sich auch das.

Rio Martin schloß die Augen. Er fühlte sich schlapp. Durch den Entlüftungsschacht draußen vernahm er das Plätschern des Kanals. Das kleine Haus lag hinter einer großen, efeubewachsenen Mauer. Gleich nebenan war der Englische Garten. Rio liebte das alles und segnete fast täglich seine Tante, die Schwester seiner Mutter. Sie hatte ihm das Haus vermacht, einschließlich dieses Monsters von Badewanne, das ihm in schwierigen Lagen mehr und mehr zur Fluchtburg geworden war. Den Bach hörte man kaum, aber die Enten. Die Enten machten Krach, denn drüben an der Brücke begann jetzt die morgendliche Prozession der Spaziergänger. Von oben wurden die Enten mit Brotbrocken bombardiert.

Klar denken, befahl sich Rio. Du hättest, bei Gott, besser eine kalte Dusche genommen nach dieser Nacht ...

Kurz nach eins hatte Vera endlich aus Hamburg angerufen, eine äußerst aufgekratzte Vera. Sie hatte gerade eine dieser Hamburger Partys hinter sich gebracht: »Gar nicht steif und langweilig, Rio, sensationell! Das war lustig, sag' ich dir.« Und die Ateliers dort würden auch nicht Ateliers genannt, sondern »Lofts«. Und außerdem solle er sich doch mal ehrlich überlegen, was München ihm denn bringe, wo Hamburg doch so viel besser sei. Und was die Presse angehe ... »Mensch, ich hab' da jede Menge Zeitungs-Heinis getroffen. Auch jede Menge Kollegen aus meinen Fernsehtagen. Wieso suchst du dir nicht hier ein Blatt, in Hamburg?«

»Aber klar doch!«

»Die zahlen ja auch besser, Rio ...«

»Da such' ich mir lieber 'nen neuen Job.«

»Zum Beispiel?«

»Script-Boy oder so was ... Gibt's doch auch in männlich, nicht?«

Vera war Script-Girl gewesen und litt noch heute darunter, daß sie es nicht bis zur Regisseurin gebracht hatte.

»Rio? Was hieltest du davon, wenn ich hier noch 'ne Woche dranhänge?«

Das war dann zuviel gewesen. Er hatte den Hörer aufgelegt, um in einen unruhigen Schlaf, dann in einen Alptraum zu verfallen, von dem ihm nur eines haften geblieben war: eine Stimme. Eine hallende Stimme, so als rede von einer hohen Kanzel in einem gewaltigen Dom der Priester. Nein, so als spreche Gott.

Aber es war nicht Gottes Stimme, es war die Stimme dieses sonderbaren Dr. Jan Herzog. Sie sprach von Schuld, von Reue und Schuld: meine, deine, unsere Schuld ...

Klar denken! befahl er sich und gab seiner Handbürste einen Schubs, so daß sie in Richtung Knie davonschaukelte.

Das Thema heißt: Reissner. Wo hat er sich angesteckt? Was haben wir denn bis jetzt?

Also nochmals: Erstens, Reissner war HIV-positiv ...

Zweitens, Reissner war seiner Frau treu, bumste nicht durch die Gegend, war also wenigstens in diesem einen Punkt ein Muster an Sauberkeit.

Drittens, Reissner drehte durch, erschoß sich und seine gleichfalls moralische Ehefrau und anschließend seine Tochter. Er ging also ganz schön weit. So weit, wie Hysteriker in ihrem Sauberkeitsfanatismus nun mal gehen ...

War es das allein? Gab es nicht auch reale Gründe? Und was die Infektionsquelle angeht – wie hoch war die Wahrscheinlichkeit ... Himmelarsch, er hatte sich doch schon mal mit dem Thema beschäftigt! Es gab doch Zahlen! Eine davon hatte er noch ganz klar im Kopf. Sie lautete: »Bei Schwangeren wird die Wahrscheinlichkeit einer Übertragung des HIV-Virus der Mutter auf das ungeborene Kind auf fünfzehn bis zwanzig Prozent eingeschätzt.«

Woher hast du das? Richtig: Letztes Jahr, Juni ... Olsen wollte eine Serie über Aids-Kinder bringen, bekam aber zum Glück dann doch kalte Füße und ließ die Finger davon.

Rio allerdings hatte mit den Recherchen schon begonnen und dieses Kind besucht ... Wie hieß es noch? Angela ... Auch noch Angela! Fünf Jahre alt. Ein Gesicht, das nur noch aus mit Haut bespannten Knochen bestand. Das Gesicht eines winzigen Greises. Aber die Augen! Diese großen Augen ...

»Höchstens noch zwei Wochen«, hatte die Frau gesagt, die es streichelte. »Dann hat sie alles hinter sich ...«

Es war schrecklich gewesen! Die Stille. Die zugezogenen Vorhänge. Der Geruch der Medikamente. Und die Frau, die sich über das Kind beugte und mit beiden Händen den Kopf umschloß. Angela – er hatte gedacht, »Engel« heißt das. So sehen Engel aus ...

»Das Schlimmste«, sagte die Mutter, »war nicht die Krankheit, das waren die Menschen. Im Kindergarten haben die anderen Kinder sie getreten, stellen Sie sich das vor ... ›Aids-Bankert‹ haben sie geschrien. Und die Heimleiterin meinte, Kinder seien nun mal so. Da sei nichts zu machen. Sie war froh, daß ich Angela wieder nach Hause nahm. Und dann die Anrufe, die Briefe: ›Euch fackeln wir noch alle ab.‹ – ›Ihr gehört vergast.‹ – und so weiter ...«

Sie sprach ganz ruhig. Ihr Name war Bühler – ja, Ursula Bühler. Von Beruf war sie Schmuck-Designerin. Sie hatte keinen Mann, doch sie hatte Angela adoptiert, als die Kleine sieben Monate alt war. Jetzt sagte sie: »Ich dachte, irgendwie schaffen wir beide das. Irgendwie kommen wir durch. Und jetzt ... jetzt bin ich froh, daß es bald vorüber ist ...«

Rio Martin erinnerte sich nicht, einen Menschen je so bewundert zu haben wie diese ruhige, stille Frau in dem abgedunkelten Zimmer.

»Trotz allem, Sie können mich für verrückt halten oder nicht: Die Jahre mit ihr waren die schönste und die wichtigste Zeit meines Lebens. Ich habe so viel gelernt ...«

Er trocknete sich ab, rasierte sich, massierte das Gesicht, stieg in irgendwelche Freizeitklamotten, setzte den zweiten Kaffee des Morgens auf und fühlte sich dennoch nicht besser.

Die Unterlagen von damals mußten irgendwo im Archiv liegen. Nur – wo? Es ging nicht um Angela, nicht um ein Kind, es ging um die Zahlen. Wenn die Reissner-Story in diesen Rahmen paßte, würde sie tatsächlich interessant werden. Wo nur, Himmelherrgott noch mal, hatte sich der Mann angesteckt?

Rio Martin zog Schubladen auf, stöberte in Hängetaschen, wühlte sich durch Aktenhefter – vergeblich. Er nahm nochmals eine Tasse Kaffee, begann von neuem – und wurde fündig: Hier! Das Aids-Material! Tonbandabschriften, Presseverlautbarungen, Zeitungsausschnitte. Alles in einem alten, stabilen Karton verstaut, der einst Büchsenmilch enthalten hatte und ihm nun als Endstation für Unterlagen diente, die er noch nicht ganz für abfallreif befunden hatte.

Er stellte den Karton auf den Tisch.

Und gerade als er ihn ausräumen wollte, läutete die Türklingel. Die Optik des Türspions verzerrte das kantige Gesicht Bruno Arends zu einer Art Frankensteinfratze.

Rio öffnete wortlos.

»Na endlich«, knurrte Bruno und ging an ihm vorbei.

Rio folgte ihm ins Wohnzimmer. Bruno Arend war gut einen Kopf größer als er, Ringerschultern, ein mit Liebe gepflegter Bierbauch; doch mit seinen fast sechzig Jahren machte er einen ganz passablen, ja sportlichen Eindruck.

Er betrachtete Rio kritisch: »So ein scheußliches Spinatgrün! Ja, wie siehst denn du aus, Junge? Vielleicht suchst du dir mal andere Klamotten, oder du gehst zum Arzt.«

»Wieso denn das?«

»Wieso das? Noch nicht in den Spiegel geguckt? – Doch, rasiert bist du ja. Weißt du, wie du auf mich wirkst? Wie der selige Kinski in seinen letzten Jahren.«

»Red doch keinen Scheiß!«

»Den redest doch du! Wer hat mich angerufen? Wie war denn das gestern?«

»Ich weiß. Tut mir leid, ich hab's völlig verschwitzt. Aber es lief plötzlich alles durcheinander. Ich hatte mir noch vorgenommen, dich anzurufen, aber ...«

»Ah, hattest du dir das vorgenommen? – Ich bin trotzdem an den See gefahren. Kenn' dich doch ... Heute morgen mußte ich wieder rein, um dem Kleinen die Schulaufgaben zu holen, die er vergessen hat. Und da dachte ich, ich schau' mal bei dir vorbei und kontrolliere, ob du noch bei Trost bist. Scheint nicht der Fall zu sein.«

»Bin ich auch nicht, Bruno.«

Bruno Arend ließ seinen Fotografenblick über die Biedermeiermöbel wandern. »Und Vera?«

»In Hamburg. Gestern nacht hat sie mich angerufen und mir vorgeschlagen, Zeitung und Stadt zu wechseln. Ich sagte, ich wechsle besser den Job.«

»Ärger? Was ist mit deiner Geschichte?«

Rio versuchte zu erklären, Bruno hörte gelangweilt zu, verpestete die Luft mit einer seiner ewigen Zigarren. Rio zweifelte, ob sein Fotografenhirn begriff, um was es ging. »Paß auf, Bruno ...«

Das Summen des Telefons unterbrach ihn, und er dachte – Vera! Aber es war die Stimme aus dem Alptraum: Herzogs Stimme. Sie klang nicht wie Gott, sondern zögernd, leise, und doch entschlossen.

»Ich hoffe, ich störe Sie nicht«, sagte der Arzt.

»Wieso denn? Ich wollte Sie sowieso anrufen, Herr Doktor. Ich wußte nur nicht, ob es noch zu früh ist.«

»Es ist Mittag«, erwiderte Herzog sachlich. »Hören Sie, Herr Martin, ich habe mir vergangene Nacht alles durch den Kopf gehen lassen. Ich konnte überhaupt nicht schlafen.«

»Mir ging's ähnlich.«

»Na gut. Aber Sie wissen nicht meinen Grund. Es hat mit Dieters Tod zu tun. Da gibt es noch etwas ...«

»Und?«

»Hören Sie«, sagte Herzog, »Reissner hat zwar seine Frau, sein Kind und sich selbst ermordet. Aber im Grunde war er schon tot, ehe er sich die Kugel durch den Kopf jagte. Er wurde zweimal ermordet. Aber das erste Mal waren es andere ...«

»Das klingt nach ganz starkem Tobak, Herr Dr. Herzog.«

»Ist es auch.«

»Könnte es sein, daß er bei dieser Operation damals mit HIV infiziert worden ist? Ich habe mich die ganze Zeit mit dieser Frage beschäftigt, deshalb stelle ich sie Ihnen jetzt.«

»Es ist die richtige Frage«, kam es zurück.

»Ach ja? – Doktor, die Geschichte ist ein bißchen zu kompliziert, um sie am Telefon zu diskutieren. Könnten wir uns nicht treffen? Hätten Sie nicht Lust, mit mir in der Florians-Mühle einen kleinen Frühschoppen zu nehmen?«

»Auf einen Frühschoppen habe ich wahrhaftig keine Lust. Aber vielleicht wäre es gar nicht so schlecht, sich zu treffen.«

»Sagen wir – in einer halben Stunde. Schaffen Sie das?«

»Ich glaube schon.« Es klickte. Er hatte aufgehangt.

Rio sah Bruno Arend an: »Hast du deine Kamera dabei, Bruno?«

»Immer. Im Kofferraum.«

Er erläuterte Bruno, wer der Anrufer gewesen war, und sagte: »Wir sollten dort besser nicht gemeinsam aufkreuzen. Ich nehme an, das würde ihn stören. Er ist ziemlich fertig. Reissner war sein Freund. Umgekehrt, man weiß nie ... Es wäre ganz gut, wenn du sein Foto im Kasten hättest.«

»Fürs Archiv, was?«

»Immer fürs Archiv«, grinste Rio. Er spürte, wie sein

Kopf sich klärte. Die alte Maschine kam in Schwung, der Blutdruck stieg. »Paß auf, wir fahren am besten mit zwei Wagen dorthin. Du schießt ihn ab und verdrückst dich. Wir telefonieren uns dann wieder zusammen, okay?«

»Herrlicher Auftrag!« Bruno erhob sich. »Ich frag' mich immer, wieso ich mich mit einem Typ wie dir überhaupt beschäftige. Das frage ich mich übrigens seit Jahren. Und bin noch immer nicht dahintergekommen ...«

»Vielleicht ist es mein Charisma«, antwortete Rio ironisch und ging ins Schlafzimmer, um sich anzuziehen ...

Die Florians-Mühle lag am äußersten nördlichen Ende des Englischen Gartens; ein Biergarten, der in letzter Zeit in Mode gekommen war. Meist standen auf dem Parkplatz die Nobelkarossen, doch heute war es ziemlich leer. Ein frischer Wind war aufgekommen, und es sah aus, als würde es bald wieder regnen.

Die beiden Männer stiegen aus. Von den vielen Tischen im Garten waren nur drei besetzt. An zwei saßen Pärchen.

Abseits, unter einer der großen Kastanien, ein einzelner Mann: Herzog.

Rio steuerte auf ihn zu, der Arzt merkte es noch nicht einmal.

»Guten Morgen, Doktor!«

Nun sah er hoch. Vor ihm stand ein Glas Milch.

Rio deutete darauf und grinste: »Schlimm.«

»Ach«, meinte Dr. Jan Herzog und lächelte freudlos, »ein bißchen Aspirin regelt alles. Es gibt Schlimmeres ...«

Rio zog den Stuhl näher an den Tisch und setzte sich. »Dann reden wir doch gleich vom Schlimmsten.«

Jan Herzog nickte. »Ja. Und es ist wahrscheinlich eine unglaubliche Sauerei.«

»Und wer hat die zu verantworten?«

»Wenn ich das wüßte ...«

»Aber wie stellen Sie sich den Ablauf vor? Sie sind der Fachmann. Ich bin in solchen Dingen nicht besonders firm.«

»Ja, der Ablauf ...« Herzog seufzte. Sein Gesicht war aschgrau. Er schloß die Augen und legte die Hände auf den Tisch. Rio kaute an seinem Zahnstocher. »Es wird so gelaufen sein wie in vielen anderen Fällen auch. Sie haben es ja gelesen oder im Fernsehen gesehen ...«

»Ich habe sogar darüber geschrieben.«

»Na also! Dann wissen Sie auch, welche ungeheuren Schlampereien bei der Spenderblutverarbeitung geduldet worden sind, mit welcher unglaublichen Frechheit und Geldgier irgendwelche Schweine, Raffkes, Spekulanten, denen es nur um eines ging – um Geld –, es möglich machten, daß Unschuldige sich infizierten.«

»Und bei Reissner meinen Sie, daß dies auch der Fall sein könnte.«

»Ich meine nicht nur, ich weiß das jetzt. Sagen wir, ich weiß es zu neunundneunzig Prozent. Alles deutet darauf hin.«

»Die Operation?«

»Was sonst? Ich bin zwar Allgemein-Praktiker, kein Chirurg, ich kenne auch den Operationsverlauf nicht. Aber ich weiß eines: Eine Operation im Becken- und Hüftgelenkbereich, dazu eine so lange, kann, nein, muß sehr blutig verlaufen. Unfallverletzungen tendieren ohnehin dazu. Für mich gibt es also nur eine einzige Erklärung: Dieter hat sich das Virus aus einer Blutkonserve geholt ... Herrgott noch mal, ich könnte mich verfluchen, daß ich nicht sofort darauf gekommen bin! Aber Dieter hat ja über den Unfall kaum gesprochen. Er bog jedes Gespräch, das auf dieses Thema zusteuerte, sofort ab. Und so habe ich nicht gefragt, ich Idiot. Ich hatte es sogar fast schon vergessen. Unverzeihlich ... Aber gestern nacht ist es mir eingefallen, verstehen Sie?«

Ob er verstand? – Klar! Was gab es da zu verstehen? Rio

spuckte den Zahnstocher aus. Drüben, hinter einem der Fliederbüsche, hockte Bruno. Er hatte eine Maß Bier vor sich. Die Kamera lag neben ihm auf einem der grüngestrichenen Klappstühle. Wahrscheinlich waren die Aufnahmen schon gemacht.

Bruno hat es hinter sich, dachte Rio und verwünschte den Kollegen. Doch entschlossen wandte er sich wieder Herzog zu. »Sie kennen die Klinik, in der Reissner operiert wurde?«

»Kennen? – Ich war nie dort. Aber ich glaube, mich daran zu erinnern, daß es das Max-Ludwig-Krankenhaus war. Einmal hat er den Namen erwähnt. Eine Privatklinik. Der Chef ist ein gewisser Dr. Labek. Der Laden hat einen ziemlich guten Ruf, Labek übrigens auch. Er soll ein blendender orthopädischer Chirurg sein, heißt es.«

»Heißt es ...« Rio sah zu Bruno hinüber, der aufgestanden war und sich den Kopf kratzte.

»Herr Dr. Herzog, warum fahren wir nicht hin? Sie als Arzt könnten doch Ihre Interessen geltend machen. Schließlich war Reissner Ihr Patient – und Ihr Freund dazu! Operationsprotokolle werden doch aufbewahrt, nicht wahr?«

»Zwanzig Jahre. Aber was wollen Sie dort? Außerdem ist heute Sonntag. Heute gibt's überhaupt keine Möglichkeit, irgend etwas zu unternehmen. Eine Privatklinik hat sonntags nur ihre Notbesatzung. Montag geht's dann meist voll rund. Und ob ein Klinikchef mir als praktischem Arzt seine Unterlagen aushändigt, ist auch äußerst fraglich. Nein, es ist beinahe ausgeschlossen. Vor allem, wenn es um so etwas Brisantes geht ...«

»Na ja.« Rio zuckte mit den Schultern. »Macht auch nichts, Herr Dr. Herzog. Es gibt auch andere Wege.«

»Ihr Freund von der Mordkommission, nicht wahr?«

»Ja«, bestätigte Rio, »mein Freund von der Mordkommission. Und am Montag in der Frühe werden wir dort aufkreuzen – das heißt, er wird aufkreuzen.«

»Aber Sie geben mir Bescheid, nicht wahr? Sie können sich doch denken, wie sehr mich das alles beschäftigt.«

»Ich kann es mir nicht nur denken, Herr Dr. Herzog, ich weiß es. Dieter Reissner war Ihr Freund ...«

»Vielleicht bist du wirklich so schwer von Begriff ...« Jürgen Cenitza sagte das im Ton lässiger, nachsichtiger Geduld. »Das gibt's ja, daß sich einer selbst auf der Leitung steht. Okay, ich sag's dir also nochmals. Und ganz langsam: Raus! Eine Fliege will ich sehen, eine ganz schnelle Fliege, sonst ...«

»Was?«

Cenitza schob das Kinn vor.

»Na, was denn?« fragte der Typ provozierend.

Cenitza legte die Fischkonservendose, die er in der Hand gehalten hatte, als der Typ aufgetaucht war, in die Mitte des Tisches.

Der Typ war klein, schmal, gerade einen Meter siebzig. Zu seinen Tennislatschen trug er ein paar lächerliche, mit roten Rosen bedruckte Strumpfhosen und darüber einen dunklen Pulli. Und als ob das alles noch nicht reichte, hatte er die fettigen Haare zu einem Zöpfchen gebunden.

Da stand er also, im Gang, an der dritten Reihe der Blutspenderliegen, und grinste.

»Na, was denn?«

Ruhe, sagte sich Jürgen Cenitza. Nur nichts verderben. Kein Krawall ... Es war ein ruhiger, stiller Abend. Und Cenitza hatte eine Menge vor. Auch im großen Bürohaus war es still, zu still für seinen Geschmack. Die Arbeit hatte er sich gemütlich vorgestellt: Zuerst ein paar Happen essen, ein Bier dazu, und dann nochmals rüber an den Aktenschrank. Die wichtigsten der Blutspenderakten lagen bereits vorsortiert auf dem Tisch. Da waren sie alle drin, Name um Name, die Fixer von St. Georg, die Stricher und Junkies.

Jahr um Jahr ließen sie sich von »Bio-Plasma« abpumpen. Fünfzig Mark pro Sitzung. Und die Herren in Bernhagen machten dann das große Geschäft. Nun, Cenitza hatte die Sicherheitsschlüssel. Und im Aktenschrank steckte noch mehr, da war er sich ganz sicher. Aber was er bereits hier hatte, war Explosivmaterial. Sprengwert: ein paar Tonnen Dynamit.

Er hörte die Stimme immer noch: »Wir machen die Hamburger Außenstelle leider dicht, Herr Cenitza. Angesichts der Umstände ist es leider ausgeschlossen, daß wir Ihren Vertrag verlängern.«

Eilig hatten sie's, morgens schon kam der »Bio-Plasma«-Laster aus Bernhagen, und nicht nur die Liegen würden verschwinden und die Zapfausrüstung – die Akten auch. Sollten sie das Zeug doch holen! Er brauchte nur noch die Kamera draufzuhalten, und der ganze Bernhagener Verein mit seinen fettgefressenen Bonzen würde in die Luft fliegen. So einfach war das ...

Nur mit diesem Clown hier hatte Cenitza nicht gerechnet. Konnte er gar nicht. Ja, wie denn? – Doch Freak oder Junkie, seine Chance ließ er sich von dem Kerl nicht vermasseln!

Jürgen Cenitza stand auf. Die Neonröhren über den Liegen waren abgeschaltet. Für die Arbeit reichte die Beleuchtung an der Datentheke.

Ganz exakt konnte er das Gesicht des anderen nicht ausmachen, sein Grinsen aber schon, und nach dem, wie er sich aufführte und wie er angezogen war, konnte er durchaus zu den Stammkunden vom St.-Georg-Platz gehören. Nun, das hatte sich geändert. Neue Zeiten waren angesagt. Und den Pennern und Strichern wurde der Hahn zugedreht.

Dem hier war das wohl noch nicht einmal klar. Dabei stand's draußen an der Haustür.

»Wie bist du überhaupt hereingekommen?«

Cenitza spürte die Wut in den Schläfen pochen. Aber er

stand jetzt, stand in seiner ganzen Länge, und es war ihm gleich wohler. »Na, los schon ...«

Keine Antwort.

Er machte zwei Schritte, winkelte den rechten Arm ab. »Ich hab' dich was gefragt.«

Der Typ ließ ein leises Kichern vernehmen. »Yes, Massa. Großer weißer Massa fragt kleinen Kanaken-Boy. Großer weißer Massa will wissen, wie kleiner Kanaken-Boy ins Haus kommt ... Kleiner Kanaken-Boy hat viel, viel Angst ...«

Das alles wurde von einer von Kichern unterbrochenen, hohen, unnatürlichen Stimme herausgepreßt.

Der hat sich doch tatsächlich noch eine Spritze gesetzt, dachte Cenitza. So, wie der herumgeeiert ... Total verrückt ist das! Aber so was hast du auch schon erlebt. Nichts gibt's, was du in dem Laden nicht mitgemacht hast. Typen im Vollrausch, Typen auf dem Trip, Nutten, Türken, Polen, Stricherhuren, Hausfrauen, Penner ...

Er kam langsam in Fahrt und genoß es. Dem Clown würde er das Maul stopfen. Knallhart. Und keiner würde danach fragen. Mit dem Laden hier, dieser Drecksbude, war er sowieso fertig. Allgemeingefährlich war das, jawohl! Sah man ja! Schluß mußte sein. Und er, Jürgen Cenitza, würde dafür sorgen!

Wutentbrannt setzte er sich erneut in Bewegung.

»He, he! – Großer Bwana!« kicherte es ihm entgegen. »Was willste von kleinem Kanaken?«

»Kleiner Kanake? Bekifftes Arschloch ... Von dir will ich jetzt nur eines: Ich will wissen, wie bist du reingekommen? Die Tür war zu. Na, los schon!«

Er wollte zuschlagen, schlug – doch mit einer leichten, fast tänzerischen Bewegung wich der andere aus. Nun sah Cenitza ihn genau: Mageres Gesicht, an die dreißig. Ganz miese Type, das sah man. Aber bekifft war der nicht.

»Die Bude ist zu, du Scheißer. Hier ist nichts mehr zu

holen für schwule Pisser wie dich. Ist das klar? Na los, red schon!«

Aber es gab nichts zu reden. Nicht für Cenitza, nicht für den anderen. Es ging alles so blitzartig, so schattenhaft schnell, lief vor Cenitza ab wie ein verschwommener, aus einem übertourenden Projektor ausgestrahlten Film: Der Typ, dieses Zopfgespenst in seinen Blumen-Leggins, war mit einem jähen, gewaltigen Sprung an Cenitzas ausgestreckten Fäusten vorbei auf eine der gepolsterten Spenderliegen aufgesprungen, tanzte dort oben herum wie ein verrückt gewordener Derwisch.

»Red schon! – Ha, ha, Massa ...«

Cenitza drehte sich nach links – schnell, doch nicht schnell genug. Der Mann sprang, überflog den breiten Gang zwischen den Reihen der Spenderliegen, war jetzt links von ihm. Dann ...

Nein, Cenitza begriff nicht, wie es geschah und wieso das, was geschah, geschehen konnte. Er spürte nur, daß sich etwas um seinen Brustkorb schlang. Der war breit, von Muskeln bepackt, zwei Stunden Bodybuilding jeden dritten Tag. Was änderte, was nützte das? Sein Körper wurde zurück gegen eine der Liegen geschleudert, als hätte er keinen Willen mehr.

Er fluchte, versuchte sich zu befreien. Er schob den Daumen zwischen Brustmuskel und das breite, dünne Kunststoffband, das ihn einschnürte.

Es half nichts. Im Gegenteil: Ein Arm preßte sich gegen seine Kehle. Der Druck war hart wie der Druck eines Schaufelstiels. »Schwuler Drogenarsch ... War's das nicht?« höhnte die Stimme dicht an seinem Ohr. »Bring das doch noch mal!«

Cenitza schlug wild um sich. Er spürte, wie der Knorpel des Kehlkopfs in seinem Hals gegen das Rückgrat gequetscht wurde. Er wollte schreien – und bekam doch nicht einmal Luft. In einem letzten Aufbäumen schwang er den rechten Arm zurück, und dann war es, als spalte eine weiße Flamme seinen Körper. Sie hinterließ nichts als eine einzige ungeheure Welle von Schmerz, die seine Schulter hochbrandete. Er reißt dir den Arm aus dem Gelenk! Er kann doch nicht! Er wird ... O Gott ... Ein Knacken wie von morschem Holz, ein Knacken, das jedes seiner Nervenenden aufnahm. Es ist nicht wahr! Er hat ... er hat dir den Arm gebrochen! ... Eine Kette von Explosionen, ein Katarakt unerträglicher Qualen, so groß, daß sie den Schrei in seinem Hals erstickten.

Cenitza würgte. Dann fing er an zu weinen. »Mein Arm ... mein Arm ...«

»Der ist hin«, klang es an seinem Ohr.

Das ist nicht wahr ... kann nicht sein! Oh, tut das weh! Ich werde aufwachen, ich träum' das bloß ... ich wache auf, dann wird es sein wie ...

»Scheißer«, hörte er, »gefällt mir nicht. Das klingt so unhöflich. Wenn schon, sag wenigstens Herr Scheißer.«

Cenitza spürte, wie es warm an seinen Schenkeln hinabrann. Sehen konnte er nicht mehr, die Tränen überspülten jede Wahrnehmung.

»Komm, komm! Viel Zeit haben wir nicht. Sag schon, sag: Herr Scheißer. Versuch's mal.«

Wieder wurde der Arm von einer Welle von Schmerzen erfaßt.

»Herr Scheißer ...«, flüsterte Cenitza.

»Lauter! Ich will es hören!«

»Herr Scheißer! ... Herr Scheißer«, weinte er.

Das Kichern. Der Druck, der sich lockerte. Cenitza fiel auf das Kunststoffpolster der Liege zurück. Die Schmerzen rasten, aus seinem Magen quoll Säure hoch. Mein Gott, lieber Gott ... Warum werde ich nicht ohnmächtig? Laß mich ohnmächtig werden, bitte ...

»Bitte!« schrie er. »Bitte, bitte!«

»Natürlich. Ein bißchen Erziehung kann nie schaden.«

Die Stimme war nicht mehr hoch und piepsend wie zuvor, sie kam klar, hart, schnell. Sie höhnte: »Da war doch noch was. Drogenarsch? ... Das geht nicht. Mußt du verstehen.«

Er sah ihn jetzt, spürte seine knochige Faust. Er kauerte neben ihm. Er war zum Dämon geworden – ein Gespenst, die Augen glühend, die Backenknochen breit, der Mund zu einem schiefen, grauenhaften Mördergrinsen verzogen. Mörder ... dachte Cenitza. Der bringt dich um! – Anni, dachte er, Anni wollte doch kommen. Um neun, hatte sie gesagt ...

Und wieder schrie er.

»Ruhe, Ruhe ... Ich sag' doch, da war noch was. Das Drogenarschloch ... Ohne ›Herr‹ geht das nicht. Na, los schon, sag: Herr Drogenarschloch. – Oh, verdammt noch mal, guck dir das an, du pißt ja! Also ein Pisser bist du selber, und ich bin der ›Herr Drogenarschloch‹ – aber sagen mußt du's.«

»Herr ... Herr Drogenarschloch ...«

»Großartig! Und jetzt ... Was machen wir jetzt?«

Er richtete sich auf. Nun war es kein Grinsen mehr, nun war es ein breites, fast sanftes Lächeln, das über sein Gesicht glitt: »Ich muß dir einfach was beibringen, Pisser. Ist sozusagen meine Aufgabe. Soll ich dir mal zeigen, wie deine Augen von hinten aussehen? Das müßte dich doch interessieren ... Nun komm schon, red, willst du das wissen?«

Es gab nichts mehr zu wissen. Und er konnte nicht reden. Aus dem blauverfärbten, röchelnden Mund Cenitzas drang nur noch feuchtes, unverständliches Blubbern.

»Na gut, du willst es. Dann zeig' ich's dir ...«

Es waren keine Fingerkuppen, die heranflogen, stahlharte Dolchspitzen waren das. Sie spalteten Cenitzas Augäpfel. Die Welt versank in Rot. Sein Schmerz entlud sich ein einziges, letztes Mal in einem grauenhaften, nicht enden wollenden Schrei, der erst dann abbrach, als der gleichzeitige Druck auf Schlag- und Drosselader die Lebenszufuhr seines Gehirns blockierte ...

Der Mann mit den Rosen-Leggins glitt von der Liege und besah kopfschüttelnd seine beiden blutbeschmierten Mittelfinger. Dann ging er zum Waschbecken neben dem Schreibtisch und wusch sich die Hände. »Drecksau«, murmelte er, als er sie mit dem Handtuch abtrocknete, und sah sich um.

Die Flasche Bier. Der Teller. Die ungeöffnete Konservendose ... »Hering in Paprikasauce«, kicherte er, um dann wieder den Kopf zu schütteln.

Nun entdeckte er die Kameratasche auf einem der beiden Hocker neben dem Tisch. Er nickte zufrieden und hängte den Tragegurt über die Schulter. Auf dem Tisch, neben dem Teller, lag eine grüne Aktenmappe. Er schlug sie auf, blätterte kurz die Papiere durch, schlug die Mappe wieder zu, drehte den Kopf und horchte.

Nichts. Nur das Rauschen der Wagen auf der Neu-Deich-Straße. Er nahm die Aktenmappe, schaltete das Licht aus, schlich auf Zehenspitzen durch den großen Waschraum, der den Blutspendern gedient hatte, und schloß die Tür. Dies alles, ohne einen einzigen Blick auf den Toten zu werfen ...

Eine der Glasscheiben des kleinen Waschraumfensters war säuberlich mit einem Diamantschneider herausgetrennt worden. Sie lehnte am Boden. Der Flügel stand offen.

Der Mann schwang sich hinaus, setzte die Füße auf den Hof und ging langsam, ohne sich umzudrehen, auf die Einfahrt zu. Dort stand ein großer, rotmetallic gespritzter Mercedes der S-Klasse. Die Tür öffnete sich.

»Hat aber lange gedauert, verdammt noch mal«, sagte eine ungeduldige Stimme.

»Ja nun«, meinte der Mann in den Leggins, »ein bißchen Spaß soll ja auch dabei sein, oder? – Hier.«

»Was ist das?«

»Akten. Er wollte sie gerade fotografieren.«

An diesem Montagmorgen ließ Rio den Porsche in der Garage. Noch immer war Vera nicht aus Hamburg zurück, aber falls sie in der Zwischenzeit ankam, konnte sie den Wagen vielleicht gebrauchen.

Herrgott, wieso hatte sie es nicht für notwendig befunden, anzurufen? Er hatte jetzt weder Lust noch Zeit, sich darüber zu ärgern.

Die U 6 brachte ihn zum Rathausplatz. Als Rio mit der Rolltreppe hochfuhr, fühlte er einen feinen, schabenden Schmerz in den Schläfen. Selbst die Sonne, die über dem weiten Rathausplatz lag, stach ihm in die Augen.

Kurz nach zwei. Er zog eine Runde um den Platz. Er fühlte sich besser und ging hinüber zum Haupteingang von »Sport Münzinger«. Er war noch immer zu früh, doch er konnte bereits hinter einer Gruppe japanischer Touristen Novotnys unvermeidliche Lodenjacke und seinen roten Schal erkennen. Es hatte sich zwischen ihnen eingespielt, ja, war zu einer Art Ritual geworden, Treffen wie dieses nie im Präsidium abzuhalten.

»Na?« sagte Rio und deutete auf die Einkaufstasche, die Novotny in der Hand hielt: »Ein Tennisschläger? Willst du wieder aktiv werden?«

»Wollen schon – bloß können ... Tommi hat Geburtstag. Er wollte so 'n Ding.«

Tommi war einer der Zwillinge seiner Schwester. Die wiederum war alleinerziehend, der Mann war ausgezogen, und seitdem bildeten die drei für den Junggesellen Novotny so eine Art Familienersatz.

»Vielleicht sollten wir auch mal wieder, was?«

»Vor allem du«, meinte der Kommissar knapp und warf einen forschenden Blick auf Rios blasses Gesicht. »Aber das ist jetzt nicht das Thema, oder?«

Rio nickte. »Warst du draußen in der Max-Ludwig-Klinik?«

»Ja. Den ganzen Morgen.«

»Und?«

Die große Glastür entließ den neuen Pulk von sportbegeisterten Käufern. Alle trugen sie die entsprechenden Klamotten: karierte Hemden, Freizeitanzüge. Und alle waren sie geradezu aufdringlich aufgekratzt.

»Hast du Lust auf ein Bier, Paul?«

»Wenn schon, dann Kaffee.«

»Na also. Ich auch.«

In dem großräumigen Lokal setzten sie sich ans Fenster. Um sie alte Damen, die gewaltige Tortenstücke vor sich stehen hatten und sich im Flüsterton unterhielten.

Novotny zündete sich eine Zigarette an, Rio kaute an seinem Zahnstocher. »Also? In der Klinik warst du ... Und?«

»Und ... Als ob das so einfach zu erklären wäre! Der Klinikchef, dieser Labek, war gar nicht da. Hat sich zu irgend so einem Chirurgenkongreß abgesetzt. Irgendwas ziemlich Exotisches. Hab' den Namen vergessen ... Arzt müßte man sein. Da fährst du von Seebad zu Seebad, von Strand zu Strand, und im Winter geht's dann nach Davos oder so.«

»Und?« wiederholte Rio ungeduldig.

»Und, und, und ... Der hat einen Stellvertreter, einen Dr. Weißmann. Zuerst versuchte der zu mauern: Archiv im Keller und OP-Berichte von vor sechs Jahren – äußerst schwierig, äußerst schwierig, Sie verstehen ... Ich mußte ihm mit dem Staatsanwalt kommen, bis er endlich spurte. Und dann kam's: Nix mit Archiv im Keller. Die hatten ihre Berichte ganz ordentlich auf Mikrofilm gespeichert. Er brauchte nur ein bißchen am Computer zu tippen.«

Der Kaffee kam. Novotny verlangte ein Glas Wasser. Dann schüttete er seinen Zuckerbeutel im Zeitlupentempo aus, strich ihn flach und nahm mit wohligem Grunzen den ersten Schluck. Rio hatte Mühe, seine Ungeduld zu dämpfen. »Und weiter?«

»Na ja, im Grunde lief's genau auf das hinaus, was dir dein Freund schon gesagt hatte. Wie hieß der noch?«

»Herzog. Dr. Jan Herzog.«

»Gib mir mal die Adresse.«

Novotny fischte ein Notizbuch aus der Tasche und schrieb Herzogs Anschrift auf. Dann tauchte seine Hand in den Plastikbeutel mit der Aufschrift »Sport Münzinger«, holte ein zusammengefaltetes Blatt Papier heraus und schob es Rio über den Tisch. »Die Höflinger hat das Protokoll schon abgeschrieben. Tüchtig, was? Da hast du eine Fotokopie. Ich muß verrückt sein, daß ich das tue, aber was hilft's? Der Mensch soll zu seinen Schwächen stehen. Versprich mir bloß: Schließ das Ding sofort weg. Am besten verbrenn es.«

»Mach dir keine Sorgen. Ist doch klar ...« Rio schob das Protokoll in seine Brusttasche. »Und was steht drin?«

»Die Nummer 12 426, das ist unser Ei«, sagte Novotny und sog an seiner Zigarette. »Ausgerechnet der erste Behälter. Insgesamt waren das zwölf, also bis 12 437.«

»Ich versteh' kein Wort.«

»Die Zahlen waren auf Plastikbeutel aufgedruckt. Dieselben Dinger, die du damals im Fernsehen sehen konntest, in jeder Nachrichten- oder Dokumentarsendung. Auch in der Presse ... Kennst du doch.«

»Du meinst Plasmabeutel?«

»Plasma oder Vollblut – die Beutel sehen alle gleich aus. Ich hab' mir das alles angesehen. Jedenfalls ... bei den zwölf Nummern, von 12 426 aufwärts, handelt es sich um Plasma. Sie wurden der Klinik von einer Firma aus Hessen geliefert.

›Bio-Plasma‹ heißt der Laden. ›Bio-Plasma‹ in Bernhagen ... Die Firma beliefert die Klinik noch heute mit ihren wundersamen Erzeugnissen. Als Anbieter ist sie billiger als die anderen. Aber aus irgendwelchen Gründen – dieser Weißmann konnte sie mir nicht nennen – läuft die Zusammenarbeit jetzt aus. Die Max-Ludwig-Klinik hat sich einen neuen Lieferanten ausgeguckt, und ich glaube, daß sie verdammt gut daran tat.«

»Ist ja alles recht und schön, und ich ahne, worauf du hinauswillst. Aber könntest du dich gefälligst etwas schlüssiger ausdrücken?«

»Okay, ganz schlüssig: Reissner wurde mit Plasma aus einem dieser Beutel behandelt. Und zwar handelt es sich um die Nummer 12 426. Das steht im OP-Bericht. Ich habe mir diesen Weißmann dann natürlich vorgeknöpft. Kannst dir vorstellen, was der für ein Gesicht machte, als ich ihm den Fall präsentierte. Wir haben dann nicht nur das LKA angerufen und die Kollegen in Hessen alarmiert, sondern auch gleich das Landes- und das Bundesgesundheitsamt. Wie ich dabei erfahren habe, ist die Firma mit Ausnahme von ein paar kleinen, nicht besonders schwerwiegenden Geschichten bisher unauffällig geblieben. Sie galt als fein und seriös.«

»Das wird sich ändern«, orakelte Rio.

»Vermute ich auch.« Novotny trank seinen Kaffee aus.

»Dafür sorge ich, Paul«, sagte Rio und erhob sich.

»Warum hast du's denn so eilig? Was willst du jetzt überhaupt tun?«

»Na, mir diesen ›Bio-Plasma‹-Laden vorknöpfen, was sonst?«

»Dort sind jetzt schon die Kollegen und stellen denen die Bude auf den Kopf.«

»Na und?« Rio zuckte nur die Schultern.

Das Wohnzimmerfenster stand weit offen, der Briefkasten war geleert. Rio wollte losrennen, überlegte es sich und entschied sich für den gemächlich-gelassenen Gang.

Aber sein Herz klopfte.

Tatsächlich, auch die Haustür war nicht abgeschlossen, und vom letzten Absatz der Eingangstreppe leuchtete Veras rotes Kosmetik-Bag.

»He, Wirtschaft?!«

Er stieß die Tür auf.

»Wirtschaft ist gut. Und was für 'ne Wirtschaft hier herrscht!« hörte er sie schreien.

Sie stand im Flur, zwischen Küche und Wohnzimmertür, und hielt den Topf mit ihren geliebten Hortensien im Arm. Die Haare hatte sie hochgebunden. Unter der runden Stirn und dem Vera-typischen Brauenschwung funkelten ihm die grünen Augen kampfeslustig entgegen: »Einmal am Tag 'nen Spritzer Wasser, hab' ich gesagt. Und jetzt ... sieh sie dir an! Total vertrocknet. Ist das denn so viel Arbeit, 'ner Pflanze ein bißchen Wasser zu geben?«

»Ist das alles, was du an Begrüßung zu bieten hast?«

Sie seufzte, stellte den Blumentopf auf die Konsole und sagte: »Na ja ...« und hing ihm am Hals, und das so heftig, daß der Hortensientopf ins Wackeln geriet und um ein Haar auf den Boden geknallt wäre. »Und die Küche, die sieht vielleicht aus! – Und du?« Sie schnappte seine Hand, zerrte ihn ins Wohnzimmer, legte den Kopf schief und beäugte ihn kritisch. »Und du? Laß sehen, du bist sowieso der Hammer. Siehst aus wie 'n Ascheneimer. Kaum ist die Frau aus dem Haus, feiert der Kerl Orgien. Oder wie soll ich das sehen?«

»Ausgerechnet du!« versuchte er sich zu wehren. »Mit deinen Hamburg-Partys ... Mir geht's eben nicht so gut, wenn ich alleingelassen werde, kapiert? Ich seh' es als Zumutung. Zu was heiratet der Mensch? Außerdem hatte ich jede Menge Arbeit, abgesackten Blutdruck, Weltschmerz,

Streß, einen dämlichen Verleger, einen noch dämlicheren Chefredakteur im Nacken und die beschissenste Story am Hals, die sich denken läßt.«

»Und wegen der mußt du gleich wieder los?«

»Stimmt genau.«

Sie sah ihn nur an und ging in die Küche. »Wie ist das? Willst du 'nen Tee oder was zu essen? Hast du überhaupt schon was gegessen?«

»Ist doch nichts im Haus.«

»Meinst du, ich bin blöde? Ich hab' mir vom Flughafen Aufschnitt mitgebracht und frische Brötchen. Setz dich hin!«

Während sie kauten, schüttete sie ihre übliche Vera-Wundertüte aus: Dieses unmögliche Stück von Gitti ... Und was die für Leute kennt! Und wie lustig es war ... »Das Schlimmste kommt noch, Rio: Ich hab' mich nicht mal nach dir gesehnt. Ich kam einfach gar nicht dazu ...«

»Na, großartig!«

Der Tee half ihm. Oder war es ihr Gesicht? Nein, die ganze Vera half. Er fühlte sich um Klassen besser. »Wieso bist du nicht mit der Frühmaschine gekommen?«

»Noch eine komische Geschichte ...« Als sie damit fertig war, sagte sie: »So. Und jetzt das Sofortprogramm. Bude saubermachen. Dann gehen wir beide ins Bad. Du vergißt deine Story. Dafür gehen wir in die Heia.«

»Von wegen!« Er streichelte ihr Knie.

Sie schob die Unterlippe vor: »Seit wann hast du auch noch dagegen was?«

»Du, ich muß wirklich in die Redaktion.«

Er stand auf, zog sie hoch und küßte sie. Irgendwie war er nicht bei der Sache, selbst jetzt, selbst in dieser Situation flirrte der Name Reissner durch sein Bewußtsein.

»He!« Sie schob ihn von sich. »Hier bin ich. Ich heiße Vera.«

Er nickte schuldbewußt: »Ach Scheiße! Wieso mußte ich diesen blöden Auftrag auch annehmen ...«

»Um was geht's denn?«

So gut es ging, versuchte er zu erklären.

»Aids-Blut?« seufzte sie. »Du meine Güte! Und wo mußt du hin?«

»Erst in die Redaktion, dann in irgend so ein Kaff im Hessischen.«

»Hau doch ab!« Sie schlug ihm die Faust gegen die Rippen. Das Funkeln in den Augen war Zornesfunkeln. »Zieh Leine. Mach, daß du rauskommst. Bist du denn noch nicht weg? Soll ich dir noch 'n Brötchen einpacken?!«

»Komm doch ...« Er küßte sie dorthin, wo er wußte, daß es half: an den Halsansatz. »Nicht eines, zwei Brötchen! Meinst du, ich fahr' allein nach Hessen? Du kommst mit.«

»Ja, spinnst du?«

»Wieso denn? Der Taunus ist eine hübsche Gegend. Und Frankfurt liegt nah. Vielleicht mach' ich mit dir dort einen Boutique-Bummel ...«

»Vielleicht? Meinst du, mit so 'nem Angebot könntest du mich bestechen?«

»Es gibt da tolle Hotels, Vera.«

Sie lächelte, wie nur sie lächeln konnte: »Wir zwei und ein Hotel? Der alte Trick für abgewetzte Ehen – ist es das?«

»Warum nicht?« Rio grinste ...

Widenmayerstraße. Ein graues, großes fünfstöckiges Gebäude. Irgendwo hoch oben in roten Lettern der Name: NEWS KURIER. Im Hof, den Rio gerade durchquerte, warteten die riesigen Zeitungspapierrollen auf die Rotationspresse.

Er ging am Pförtner vorbei und fuhr in den vierten Stock.

»Herr Olsen ist gerade bei Herrn Mahler«, meldete ihm die Sekretärin. »Er meinte, falls Sie auftauchen, sollten Sie doch gleich raufkommen ...«

Mahler, das war sechster Stock. Eckzimmer – das Verlegerbüro, die Machtzentrale.

Als Rio den großen holzgetäfelten Raum betrat, stand Walter Mahler am Fenster. Er hielt einen Bleistift in der Hand und dozierte. Das schien er nie im Sessel zu schaffen, dazu mußte er stehen. Olsen wiederum hatte den korpulenten Leib bequem in einen schwarzen Ledersessel versenkt und nickte ergeben vor sich hin.

»Ah, da sind Sie ja, Rio!« Der Verleger nickte leutselig. Mahler pflegte sich seine ewig braune Gesichtsfarbe auf den Golfplätzen oder, falls dies das Wetter nicht zuließ, beim Besuch einer seiner beiden Mittelmeervillen, notfalls auch im Bräunungsstudio zu holen. Sie wirkte nun einmal so beeindruckend zu dem Silberhaar und dem schneeweißen kleinen Dreieck seines Oberlippenbärtchens. Rio hatte sich schon oft gefragt, wieso er eigentlich rumlief wie ein Hollywood-Beau aus einem Fünfziger-Jahre-Film. Aber vielleicht bestand seine Frau darauf? Und worauf sie bestand, das war nicht nur in der Grünwalder Villa des Verlegers, sondern oft genug auch im Verlag Befehl.

»Also, Rio, Rio ...«, machte er väterlich, »da haben Sie ja wieder ein dickes Ding aufgerissen.«

»Ich habe es nicht aufgerissen, Sie haben es mir an den Kopf geschmissen.«

»Hm. Wie auch immer, es ist eine ganz schreckliche Geschichte.«

Ja, dachte Rio sarkastisch, eine der ganz schrecklichen Geschichten, mit denen du deine Millionen machst.

»Und in irgendeiner Weise fühle ich mich, nun, sagen wir, davon sehr stark berührt. Diesen unglückseligen Menschen, diesen Reissner, kannte ich zwar nicht, aber sein Chef, Dr. Linder, ist – nun, man kann schon sagen – ein guter Bekannter von mir. Wir gehen oft miteinander golfen. Ein etwas komplizierter Herr, das schon, der typische Wirtschaftsautodidakt ... Na ja, das gehört ja nicht hierher. Was ich nur sagen wollte, und wir sind uns sicher beide darüber im klaren: Diese Geschichte verspricht zwar ein Riesenecho, aber wir bewegen uns dabei auf vermintem Gelände. Es ist also eine gewisse Sensibilität notwendig. Sie wissen schon, was ich meine ...«

Rio wußte, was er meinte. Den Spruch mit dem »verminten Gelände« bekam er fast jedesmal zu hören, wenn Mahler sich herabließ, ihn zu empfangen.

»Herr Olsen meinte, angesichts der Brisanz des Themas wäre vielleicht eine Serie drin, aber da bin ich nicht so ganz seiner Meinung. Wir sollten das Thema durchrecherchieren, gründlich, ganz gründlich, Rio, aber dann doch je nach Erkenntnisstand berichten.«

Das Telefon klingelte. Mahler ging zum Schreibtisch, hob ab und wedelte huldvoll mit der linken Hand.

Sie waren entlassen.

»Dieses verdammte Arschloch«, knurrte der dicke Olsen, als sie im Lift zur Redaktion hinabfuhren. »Weißt du, was der mir gesagt hat? Ich solle auch mit Golf anfangen. Das sei nicht nur für den Kreislauf gut, Golf sei auch ein meditativer Sport. Beim Golfen bekäme man ganz automatisch den notwendigen Abstand zur Aktualität. Und ohne diesen Abstand könne man kein gutes Blatt machen ... Das muß ich mir von so einer Flasche anhören!«

»Dann vergiß es!« riet Rio.

Sie durchquerten das Vorzimmer. Olsen setzte sich nicht, er riß ein Blatt Papier aus seinem Eingangskorb und wedelte Rio damit vor der Nase herum. »Ein Fax. Lüders hat das vor einer Stunde durchgegeben.«

Rio überflog den Text. Ein Mann namens Jürgen Cenitza war ermordet worden. Interessant dabei seien vor allem zwei Dinge, schrieb Lüders. Einmal die unglaubliche Grausamkeit bei der Ausführung, die die Kriminalpolizei auf die

Vermutung gebracht hatte, Cenitza oder die Täter könnten im Milieu des organisierten Verbrechens, vielleicht sogar in einer russischen oder chinesischen Mafiabande zu suchen sein. Dem Opfer seien, bevor man es strangulierte, die Augen ausgestochen worden. Zum zweiten aber, das Tatopfer sei Angestellter einer hessischen Pharmafirma gewesen, die sich auf die Herstellung von Blutplasma und Blutpräparaten spezialisiert habe: der Firma »Bio-Plasma« in Bernhagen ...

»Das sind sie doch, die Brüder?« Olsen zog die dicken Augenbrauen hoch. »War doch Bio-Plasma, Bernhagen?«

Rio nickte.

»Da fährst du hin. Möglichst heute abend noch. Ich glaube ja nicht, daß da irgendwelche Zusammenhänge bestehen können, aber fragen kannst du ja mal, welche Funktionen dieser Cenitza hatte.«

Rio schwieg.

»Was dagegen?«

»Natürlich nicht ...« Er hustete, er konnte den Reiz nicht unterdrücken, der Anfall war so stark, daß es ihn in den Sessel warf.

»Na, vom Rauchen kommt das nicht«, meinte Olsen erbarmungslos. »Zahnstocher gehen nicht an die Bronchien ...«

»Aber die Scheißluft in deinem Büro«, schnappte Rio.

»Hast du dein Diktiergerät dabei?«

Rios Augen wurden zu mißtrauischen Strichen: »Du wirst doch nicht etwa jetzt von mir verlangen ...?«

»Doch, Alter! Ich werde. Wir machen keinen Titel daraus, wir bringen's auf Seite zwei. Aber siebzig Zeilen brauch' ich. Sagen wir bis ...«, er blickte auf seine Uhr, »bis vier. Und dann geht's für dich ab – Richtung Taunus.«

Rio hatte den Porsche bis kurz vor Frankfurt geprügelt. Dann konnte er nicht mehr und gab auf. An einer Raststätte tranken sie zwei Tassen Kaffee. Nun setzte sich Vera hinters

Steuer. Er schaltete das Bordradio ein. Der Südwestfunk brachte Oldies. Und als das Programm gerade bei Frank Sinatra angekommen war, schlief er ein.

»He, Rio! Komm zu dir.«

Jetzt wußte er, warum ihm plötzlich die Luft ausging: Veras Rippenschläge. Sie beugte sich über ihn und zog ihn zu allem Überfluß auch noch an der Nase.

»Kannst natürlich auch im Wagen bleiben, wenn du das für schöner hältst. Aber wie war das? ... Wer hat da die großen Töne gespuckt von wegen Liebe im Hotel und wie toll das wäre? Du pennst ja schon bei der Anfahrt ein!«

Er schob sich im Sitz hoch und blickte hinaus. Eine verschnörkelte blaue Neonschrift verkündete: »Parkhotel Bernhagen«.

»Das erste Haus am Platz!« lachte sie.

»Bist ein Schatz, Vera.«

»Kannst du wohl sagen. Wenn ich mir vorstelle, daß ich gestern in Hamburg noch bis zum Morgen durchgemacht habe ... Dann ab in den Flieger. Und alles, um zu so einem Haufen Bruchholz zurückzukommen, wie du einer bist. – Was macht's? Vera liebt dich. Vera wird's schon richten.«

»So ist's doch, oder?«

Da küßte sie ihn tatsächlich. Diesmal auf die Stirn. Er war wieder einmal sehr dankbar, daß eine Frau wie sie überhaupt erfunden worden war.

Die Vorhänge wehender Tüll. Draußen vor dem Fenster Bäume. Ulmen, eine Tanne, zwei Birken. Gegenüber an der Wand hing ein Sonnenblumen-Bild. Und er selbst lag in einem mächtigen geschwungenen Bett aus weißem Schleiflack und hatte einige Mühe, sich darüber klarzuwerden, was er in dieser ganzen Pracht zu suchen hatte.

Er schob sich hoch und massierte erst einmal gründlich beide Augen: Bernhagen? ... Natürlich, »Parkhotel Bernhagen«. Und zehn Uhr war es auch bereits. Im Badezimmer hörte er Plätschern: Vera ...

Zehn Uhr, verdammt noch mal! Wie hieß der Laden doch noch, dem er diese Zumutung verdankte? »Bio-Plasma«, richtig ... Er konnte es natürlich mit einem Überraschungs-Überfall versuchen, aber bei diesem Job war das wohl nicht so gut. Er überlegte, ob er Olsen anrufen sollte, damit der ihm die Anmeldung besorgte: »Hier spricht der Chefredakteur des ›NEWS KURIERS‹. Herr Martin, unser Chefreporter, wird Sie heute morgen ...« Nein, das war's wohl auch nicht.

Rio verlangte den Service, knurrte: »Was heißt hier großes oder kleines Frühstück? Schicken Sie alles, was Sie haben.« Dann verlangte er den Empfang: »Kennen Sie hier eine Firma ›Bio-Plasma‹?«

»Bio-Plasma? Natürlich«, kam es wie aus der Pistole geschossen. »Die Firma ›Bio-Plasma‹ ist ein guter Kunde unseres Hauses. Vierundzwanzig-zwo-fünfzehn, das ist die Telefonnummer der Zentrale. Wen möchten Sie denn sprechen? Ich habe auch die wichtigsten Nebenanschlüsse hier verzeichnet.«

»Phänomenal. Das nenn' ich Service, Herr ... Herr ...«

»Weigert. Mein Name ist Weigert, Herr Martin.«

»Gut, Herr Weigert. Ich hätte gerne die Geschäftsführung.«

»Nun, der Chef bei ›Bio-Plasma‹ ist eigentlich Herr Engel. Soweit ich weiß, ist er aber abwesend. Wissen Sie, Herr Engel reist sehr viel. Der Mann, der ihn vertritt und der eigentlich für alles während Engels Abwesenheit zuständig ist, ist Herr Dr. Hochstett.«

»Dann verbinden Sie mich doch bitte mit Herrn Dr. Hochstett.«

»Einen Augenblick bitte, Herr Martin ...«

Es dauerte wirklich nur einen Augenblick.

»Sekretariat Dr. Hochstett«, meldete sich eine barsche

Frauenstimme. »Wie bitte? NEWS KURIER? Ist das nicht die Zeitung, in der heute dieser Artikel über uns steht?«

Daß sein Bericht bereits im Büro von »Bio-Plasma« vorlag, damit hatte Rio nicht gerechnet.

»Ja«, sagte er. »Und ich habe ihn geschrieben.« Pause. Dann: »Da weiß ich aber nicht, ob Herr Dr. Hochstett Zeit für Sie hat.« Die Stimme hatte Weltraumkälte erreicht.

»Das glaube ich schon.« Rio wurde langsam munter. »Vor allem glaube ich es deshalb, weil es mit Sicherheit im Interesse Ihrer Firma ist, wenn sich Herr Dr. Hochstett die Zeit nimmt.«

»Einen Augenblick bitte ...«

Der Augenblick dauerte sehr lange, so lange, daß Rio bereits versucht war, den Hörer aufzulegen. Aber da war die Stimme wieder: »Haben Sie heute vormittag Zeit, Herr Martin? Es ist nämlich so, daß Herr Dr. Hochstett am Nachmittag weg muß.«

»Natürlich habe ich Zeit!«

»Wo wohnen Sie denn?«

»Im Parkhotel.«

»Gut, das ist ja nicht weit von hier. Sagen wir in einer halben Stunde?«

»Okay. Ich werde mir Mühe geben.«

Er hatte kaum aufgelegt, als es klopfte. Mit dem Servierwagen des Etagenkellners schob sich ein imposantes Angebot an Kaffee, Tee, Toast, Käse, Wurst, Obst und Fruchtsäften in den Raum.

Rio huschte aus dem Bett, warf sich den Bademantel über und fühlte sich so, als habe er ein fernes Trompetensignal erhalten: wohl und obenauf.

Und wie zur Krönung dieses Gefühls erschien auch noch Vera: nackt bis auf das kleine grünleuchtende Dreieck des Tangas zwischen ihren Beinen. Vom Garten her warf die Sonne einen zärtlichen Schimmer über feuchtglänzende

Schultern und feuchtglänzende Schenkel. Das dunkelblonde Haar hatte sie hochgesteckt, die Augen lachten. »So«, sagte sie nach einem kurzen kritischen Blick, »eine Frühstücksorgie mit nachfolgendem Rest. Vielleicht wird's doch noch was mit uns beiden.«

Er nahm sie in die Arme und streichelte ihren Nacken. Seine Fingerkuppen wanderten über die schmale Kehle des Rückgrats.

Sie erschauerte. »Das würde dir so passen ... Zuerst wird gegessen. Dann sehen wir weiter.«

»Hör mal, so wie du hier rumläufst ...«

»Schließlich muß ich deinen Appetit wachhalten, oder?«

Er küßte ihre Brustwarzen, doch sie entzog sich mit einer Drehung, warf sich in den Sessel und goß Kaffee ein. Sie aßen schweigend und lächelnd.

»Wieso siehst du eigentlich immer auf deine Uhr?«

Rio überfiel das schlechte Gewissen. »Hab' ich das?«

»Schon dreimal.«

»Ach, Vera ... Ich ... ich ... ich habe ...« Er erklärte den Grund.

»Kann ja wohl nicht wahr sein!« Sie starrte ihn empört an.

»Nachher wird's doch noch viel schöner. Wirst schon sehen.«

»Nachher? Da hab' ich mich gesalbt, geölt, gepudert – und du redest von nachher? Es gibt kein Nachher, du Idiot. Wann merkst du dir das endlich? In solchen Sachen gibt es nur das Jetzt ...«

Das Taunusstädtchen Bernhagen lag fünfzig Kilometer von Frankfurt entfernt. Früher mochte es ein Dorf gewesen sein, davon war allerdings nicht mehr viel zu erkennen. Es gab eine Kirche mit einem spitzen Turm. Es gab ein Kriegerdenkmal aus Sandstein und gleichfalls einen Sandsteinbrunnen. Er plätscherte auf dem Marktplatz leise vor sich hin. Die alten Häuser, die sich an den Seiten des Platzes gruppierten, hatten in ihren Untergeschossen fast ausnahmslos Geschäfte, Boutiquen, Cafés und Kneipen aufgenommen. Sehr elegante Boutiquen. Sehr gepflegte Kneipen.

Im Hintergrund sah man grüne Hänge. Und die wiederum waren bepflastert mit weißen Villen und Bungalows.

Rio ließ den Porsche durch die Kur-Allee rollen – eine schmale, von Platanen gesäumte Straße. Wo es eine Kur-Allee gab, konnte das Kurhaus nicht weit sein. Es interessierte ihn aber nicht.

»Von der Alleemitte geht es rechts ab«, hatte Otto Weigert, der alleswissende Empfangschef des »Parkhotels«, erklärt. »Dann kommt eine Eisenbahnunterführung, die fahren Sie durch, und bei der nächsten Abzweigung halten Sie sich links, den Hang hoch.«

So hielt er sich links und fuhr den Hang hoch. Er brauchte nicht lange zu fahren, bis an der Seite der Straße auf einem Sandsteinsockel ein ziemlich aufwendiges, in Grün und Weiß gehaltenes Schild auftauchte. Das Firmenzeichen zeigte die ineinander verschlungenen Initialen »B« und »P«. Darunter stand BIO-PLASMA BERNHAGEN.

Hundert Meter weiter schoben sich hinter einer mit Blumen bepflanzten Böschung weiße Gebäude hoch.

Rio hatte sich bisher nicht viele Gedanken darüber gemacht, wie ein solcher Betrieb wohl aussehen mochte. »Blut-Klitschen«, »dubiose Spekulationsbetriebe«, »abenteuerliche Pharma-Buden« – so oder so ähnlich hatte die Konkurrenz, hatten sogar die großen Magazine geschrieben. Aber unseriös, fand er, sah's hier nicht aus. Im Gegenteil. Der Betrieb schien ziemlich groß zu sein. Die Gebäude waren in L-Form angelegt. Ein langgestreckter einstöckiger, fast fensterloser Bau, wohl der Fabrikationsbereich, stieß an ein drei Stockwerke hohes Bürogebäude, das wohl die Verwaltung beherbergte. Dies alles wirkte brandneu, gepflegt und war von einer weißen Mauer umschlossen. In den Fenstern spiegelte sich der Himmel, und auf dem Rasen wuchsen Stiefmütterchen. Selbst der Parkplatz war noch mit bunten Streifen von Blumenrabatten aufgelockert.

Gut vierzig Fahrzeuge, schätzte Rio. Nun ja, überwältigend viele Angestellte arbeiteten hier nicht, aber nach allem, was man sah, schien es »Bio-Plasma« ganz gut zu gehen.

Die erste Überraschung, die ihn erwartete: Es gab nicht nur eine Umfassungsmauer, es gab davor sogar ein Pförtnerhaus. Und einen Schlagbaum, der ihn aufhielt.

Hinter der Scheibe konnte er einen Mann in schwarzer Uniform entdecken. Nun kam er heraus. Kein ältlicher, freundlicher Herr, sondern ein junger, kräftiger Bursche. Er musterte Rio mißtrauisch. »Sie wünschen?«

»Ich habe einen Termin mit Herrn Dr. Hochstett.«

»Kann ich Ihren Namen erfahren?«

»Martin. Rio Martin.«

»Einen Moment bitte ...«

Er verschwand, um zu telefonieren. Einen ziemlichen Sicherheitsaufwand betrieben sie hier. Wieso eigentlich? Wieder mal verwünschte Rio seinen Boß. Ohne sich mit ihm abzusprechen, hatte der Dicke Bruno Arend auf ein anderes Thema angesetzt. Nun, man würde sehen ... vielleicht würde er bald wieder vor dieser großartigen Werksschranke stehen. Dann aber mit Bruno! – Na, jetzt schob sich das Ding wenigstens hoch!

Rio machte sich nicht die Mühe, einen Parkplatz zu suchen. Er steuerte den Wagen direkt vor den pompösen, sandsteinumrahmten Eingang und stieg aus.

Weit kam er nicht. In der geräumigen Halle, auch sie aufwendig mit Marmorfliesen und einem Bronzerelief aufgemotzt, stieß er auf eine neue schwarze Uniform. »Sie sind der Besucher für Herrn Dr. Hochstett, nicht wahr?«

Rio nickte.

»Wenn Sie bitte dort drüben Platz nehmen wollen ...«

»Und wer kommt dann? Der Chef des FBI oder des Bundesnachrichtendienstes?«

Der Werkschutzmann lächelte ausdruckslos. »Herr Dr. Hochstett wird Sie sofort empfangen. Es dauert nur einige Sekunden ...«

Rio warf sich auf die üppige braune Lederbank neben den Aufzügen. Es dauerte nur einige Sekunden, bis er das Summen und den leisen Glockenton vernahm, der die Landung des Lifts in der Halle ankündigte.

Dies also war Dr. Hochstett: Er trug Jeans, dazu eine Clubjacke, in deren Außentaschen er beide Hände versenkt hatte, als er die Kabine verließ. Groß, sportlich, schlank, nicht unsympathisch, vor allem überraschend jung. Dies war der erste Eindruck. Doch dann, als Rio sich erhob und ihm gegenüberstand, war einiges zu korrigieren: In das blonde, kurzgeschnittene, gekräuselte Haar mischte sich eine Menge Grau. Wie Staub lag es auf dem Blond. Die Wangen waren eingefallen, die fahlbraunen Augen nervös und unstet, Falten standen auf der Stirn und an den Mundwinkeln.

»Herr Martin, nicht wahr?« Dr. Hochstett gab Rio nicht die Hand, er machte noch nicht einmal den Versuch. »Wenn Sie mir bitte folgen wollen ...«

Er durchquerte vor ihm die Halle. Und ging hektisch und verkrampft. Er bringt dich in ein Besucherzimmer, dachte Rio, und du hast nicht mal übertrieben: Im Hoover-Gebäude in Washington, dem Sitz der FBI-Zentrale, ging es tatsächlich ähnlich zu. Auch dort wurde möglichst vermieden, daß Fremde in den geheimnisschwangeren Dunst der Diensträume eindringen konnten.

Aber es war nicht einmal ein Raum, in den Rio geführt wurde, es war eher eine Zelle. Das Mobiliar bestand aus einer kunststoffgepolsterten Liege, wie Ärzte sie benutzen, einem grauen Stahlschrank, einem gleichfalls grauen Schreibtisch und zwei Stühlen.

Dr. Hochstett deutete auf einen der beiden Stühle: »Bitte.« Er nahm hinter dem Schreibtisch Platz.

Längst hatte sich Rio abgewöhnt, zu staunen. Der Job ließ das nicht zu. Doch er hatte für jede Situation ein Grinsen. Auch für diese hier.

»Herr Martin ...« Hochstett schenkte ihm einen langen ausdruckslosen Blick aus seinen Sandaugen: »Warum sind Sie eigentlich nicht zuvor zu mir gekommen?«

»Zuvor?«

Dr. Hochstett griff in die Tasche der blauen, mit Goldknöpfen bestückten Jacke, holte ein zusammengefaltetes Blatt Papier heraus, legte es auf den Tisch und strich es glatt. Es war ein Fax. »Unsere Postverbindungen hier sind nicht allzu schnell. Bis wir den ›NEWS KURIER‹ bekommen, ist es meist mittag. Aber wir haben ein Ausschnittsbüro. Es berichtet über alles, was für uns von Belang ist. Und Sie können sich denken, daß ich Ihren Artikel – nun ja –, daß ich ihn als eine Zumutung empfunden habe.« Er runzelte die Stirn: »Darf ich fragen, von wem Sie die Informationen bezogen haben?«

»Ganz einfach: Von denen, die sie von Amts wegen sammeln.«

»Von der Polizei also?«

Rio nickte.

»Die Polizei war auch schon hier«, bestätigte Hochstett mit saurer Miene. »Gestern. Sie haben uns den ganzen Laden auf den Kopf gestellt.«

»Kann ich mir denken.« Rio nickte zustimmend. »Und jetzt das. Was ärgert Sie denn am meisten daran?«

»Das fragen Sie mich im Ernst?« Hochstett rückte fahrig das Blatt zurecht, beugte den Kopf darüber und hob die Stimme, als er Rios Sätze zitierte:

»ES GEHT HIER NICHT UM DEN FALL REISSNER, UM DIE TRAGÖDIE EINES MANNES, DER IN BLINDER PANIK, VIELLEICHT IN BLINDER LIEBE, KEINEN ANDEREN AUSWEG MEHR FAND, ALS AUSZULÖSCHEN, WAS ER AM MEISTEN LIEBTE – SEINE FAMILIE, DAS EIGENE LEBEN. AUCH DIESE ENTSETZLICHE TRAGÖDIE KANN NICHTS ANDERES SEIN ALS ANLASS, ERNEUT DIE FRAGE ZU STELLEN: WIE LANGE NOCH? WIE LANGE NOCH SIND WIR DAZU VERDAMMT, HILFLOS ZUSEHEN ZU MÜSSEN, WIE UNSCHULDIGE MENSCHEN DER GELDGIER EINIGER BLUTHÄNDLER GEOPFERT WERDEN, DIE IN IHREN KLITSCHEN ...«

Hochstett ließ das Blatt fallen, zog die Nase kraus und wiederholte schneidend: »Klitsche?! – Herr Martin, hier sitzen Sie in so einer Klitsche, nicht wahr? Also, das ist ja nun wirklich sehr stark! Wo war ich nur ... ah, hier:

IN IHREN KLITSCHEN DERART LASCH MIT KONTROLLEN UND TEST-SYSTEMEN UMGEHEN, DASS OPERATIONEN UND UNFALLERSTVERSORGUNGEN ZUM LEBENSRISIKO WERDEN.«

Angewidert schüttelt er den Kopf. »Jeder hat seinen Beruf, Herr Martin. Ich nehme meinen ernst. Sie anscheinend nicht.«

»Und warum?«

»Warum? Das fragen Sie, nachdem dieser Artikel erschienen ist? Dieses Pamphlet aus Ihrer Feder ... Sehen Sie sich doch um. Schon ein oberflächlicher Blick kann Ihnen sagen, daß es sich bei ›Bio-Plasma‹ kaum um eine Klitsche handelt. Nicht nur unsere Produktion, auch die Test-Anlagen, die die Sicherheit unserer Produkte garantieren, beruhen auf den neuesten wissenschaftlichen Erkenntnissen und sind technologisch bis ins Letzte ausgereift. Und was die Kontrolle angeht ... Ich kann nicht über unsere Mitanbieter reden, aber bei ›Bio-Plasma‹ verlangt der Eigentümer, Herr Engel, peinliche Genauigkeit. Meinen Sie, mir ist nicht genauso klar wie Ihnen, daß ein Skandal für einen Betrieb wie den unseren nicht nur schädlich, sondern tödlich sein kann? Und da kommen Sie, schreiben diesen Artikel, schicken uns die Polizei ins Haus ...«

»Nicht ich«, lächelte Rio geduldig. »Das besorgte die Polizei schon selbst. Aber da wir schon dabei sind: Wo ist denn Herr Engel in dieser so schweren Stunde Ihrer Firma?«

»Ironie können Sie sich sparen ...« Hochstett schniefte vor Empörung. »Herr Engel wird schon rechtzeitig eintreffen. Und seien Sie froh, daß er nicht hier ist.«

»Da bin ich mir nicht so sicher.«

»Über was?«

»Daß ich darüber froh bin. Ich hätte ihn wirklich sehr gerne gesprochen.«

Hochstett sprang auf, schnellte hinter dem grauen Stahltisch hoch, als habe er eine Sprungfeder im Leib.

Rio blieb seelenruhig sitzen.

»Haben Sie sonst noch irgendwelche Fragen?«

»Viele.« Rio schlug die Beine übereinander. »Sehen Sie, Herr Dr. Hochstett ... Übrigens, darf ich Sie fragen: Bezieht sich der Titel auf ein Medizinstudium?«

»Eine Unverschämtheit. – Was denn sonst? Ich habe Transfusions-Medizin studiert.«

»Entschuldigen Sie schon, es handelte sich ja nur um eine kleine Auskunft, nicht wahr? Was ich sagen wollte: In ähnlichen Fällen – ich meine, wenn es darum geht, daß eine Firma ihre Seriosität unter Beweis stellen will – bin ich es als Reporter eigentlich gewöhnt, daß man mir den Betrieb zeigt. Das ist ja eigentlich auch logisch, finden Sie nicht?«

»Was?« Hochstetts Schläfen färbten sich rot. »Sie glauben im Ernst, daß ich Sie nach allem hier herumführe?«

»Was heißt denn glauben? Ich hielte es, wie gesagt, für logisch.«

Dr. Hochstett starrte ihn an. Und Rio lächelte unentwegt weiter.

»Na gut«, kam es nach einer Pause. »Vielleicht würde Herr Engel so entscheiden.«

»Müßte er eigentlich, Herr Dr. Hochstett. Vor allem, nachdem zu dieser wirklich schrecklichen Reissner-Geschichte praktisch am selben Wochenende auch noch der Mord an Ihrem Hamburger Mitarbeiter hinzugekommen ist.«

»Was soll denn das, Himmelherrgott? Nach dieser Äußerung muß ich wirklich an Ihrem Verstand zweifeln. Was hat denn dieser unglückselige Vorfall ...«

»... mit Bio-Plasma zu tun?«

Rios sadistische Ader war wachgekitzelt: Laß ihn zappeln. Wenn er es schon mit Arroganz versucht, dann soll er auch schwitzen. »Vielleicht kann, nein, muß man hier von einer Verkettung unglückseliger Umstände reden. Unglückselig für das Image Ihrer Firma ... Aber sehen Sie, und das ist nun mal Ihr Pech, ob Sie nun Polizeibeamte oder Reporter vor sich haben: Sie wollen ihren Fall. Sie suchen nach Strukturen, die sie verknüpfen können. Das liegt in der Natur der Sache. Polizisten und Reporter haben eines gemeinsam: Sie glauben so ungern an Zufälle! Zufälle verderben ihnen das Geschäft, wenn Sie verstehen, was ich meine.«

»Ich verstehe kein Wort.« Die Stimme war trocken wie Papier. Und sehr, sehr leise. Die Stimme war wie ein Rascheln.

»Habe ich mir gedacht«, grinste Rio. »Soll ich es Ihnen erklären?«

»Sie meinen, daß der Tod dieses Mitarbeiters, eines Teilzeit-Mitarbeiters übrigens, in irgendeine Verbindung mit den Vorgängen zu setzen wäre, die ... die ...«

Es schien ihm wirklich Mühe zu machen, weiterzusprechen. Und es machte ihm ganz offensichtlich Mühe, seine Gesichtsmuskeln zu beherrschen.

»... die das Auftauchen der Polizei und meinen Besuch Ihrer Firma veranlaßt haben. So wollten Sie doch sagen?«

»Dieser Herr Cenitza hatte in Hamburg Routinearbeiten zu erledigen. Und wie ich schon sagte: Das tat er nur stundenweise.«

»Blut abzapfen. Eine Art Zapfstellen-Betreuer.«

»Ich finde Ihren Ton nicht sehr passend, Herr Martin.«

»Mir ist auch nicht nach passenden Tönen zumute«, konterte Rio und fixierte sein Gegenüber. Hochstett brachte es nicht fertig, seinen Blick zu erwidern. »Wirklich nicht. Aber bitte, wenn Sie mir jetzt die Firma zeigen wollten ... Ich habe keine Ahnung von solchen Betrieben. Ich weiß nicht, wie man aus Blut Medikamente gewinnen kann. Ihre Firma scheint, wenigstens von außen betrachtet, sehr modern zu sein.«

»Sie meinen unsere ›Klitsche‹?«

»Ach«, grinste Rio, »nehmen Sie das doch nicht so ernst! Man sollte nicht jedes Wort auf die Goldwaage legen ...«

»Es war wirklich keine Klitsche ...«

Langsam und mit viel Konzentration zog Rio das Fischmesser durch das weiße, duftende Fleisch seiner Seezunge à la Meunière. Er trennte die beiden Filetstücke, schob sie an den Tellerrand und betrachtete zufrieden den Salat: Spargel, Avocadoscheiben, sogar Nüsse waren darübergestreut.

»Das Wort schon brachte ihn auf die Palme. Und irgendwie kann man das ja auch verstehen. Wenn man da durchgeht – diese Zentrifugen, mit denen sie das Blutplasma von den anderen Blutbestandteilen trennen, die Steuerelektronik, so was läuft ja alles automatisch, weißt du –, wenn du das siehst, Vera, überall Kacheln, Glas, Chrom, Geräte, dann bist du schon ein bißchen beeindruckt. Trotzdem ...«

»Ja? Was denn?«

Vera zupfte ein Blatt Salat zurecht. Aber sie ließ die Gabel liegen. Er wollte etwas loswerden, und da störte es ihn, wenn man dabei kaute.

»Trotzdem, trotz dieses ganzen High-Tech-Hokuspokus wurde mir gleich klar, daß da was nicht in Ordnung ist.«

»Und wie wurde dir das klar?«

Er tippte mit dem Zeigefinger gegen seine Nase. »Hier!«

Schweigend starrte er sie an, lange.

»Nun iß schon weiter, Rio. Deine Seezunge wird kalt.«

Er schien es gar nicht zu hören. »Das alles war irgendwie recht sonderbar. Dieser Hochstett, der um mich herumzappelte und auf mich einredete, all diese weißen Figuren in ihren Overalls. Und die ganze allgemeine Nervosität. An den Kühlschränken, in denen sie ihre Blutreserven aufbewahrten, klebten überall die Amtssiegel. Die Bullen müssen ihnen ganz schön zugesetzt haben. Außerdem ...«

Er brach ab, spießte ein Stück Fisch auf, ließ es liegen und schwieg wieder.

Sie saßen auf der Terrasse des Parkhotels. Zwei Kellner eilten zwischen den Tischen hin und her. Es war angenehm, hier zu sitzen. Von den Hängen strich ein kühler Wind, auf dem grünen Rasen dort drüben, zwischen den Sonnenschirmen, plätscherte ein Springbrunnen. Von irgendwo kam das trockene Plop-plop-plop von Tennisbällen. Und die wenigen Gäste, meist Frauen – gewiß die Ehefrauen irgendwelcher gutbezahlter Manager, die in den Direktionsvillen der kleinen, aber feinen Betriebe der Umgebung zu tun hatten – waren vollauf mit sich selbst beschäftigt.

Rio lächelte Vera an. Doch er war sich noch nicht einmal bewußt, daß er lächelte. Er stand wieder in der langgestreckten, fensterlosen, von Neonlicht durchfluteten Halle, stand dort in einem von einer halbhohen weißen Mauer abgetrennten Abteil. Unzählige farbige Lämpchen gab es hier: Elektronische Anzeigen. Sie flammten auf und erloschen wieder. Sie blinzelten ihn an wie winzige Augen. Um ihn war ein feines elektrisches Summen.

Auf dem Tisch warteten in langen Plastikrahmen Reihen

von Reagenzröhrchen. Sie alle waren mit einer dunklen Flüssigkeit gefüllt: Blut. Menschenblut. Blut aus allen Richtungen des Himmels: Blut von Männern, von Frauen, von Alten, von Jungen, von Gesunden und Kranken. Blut, das den Freiwilligen abgenommen worden war, die glaubten, mit ihrer Spende einen guten Zweck zu erfüllen; Blut aber auch aus den ausgemergelten Körpern derjenigen, die keinen anderen Weg fanden, das Elend ihres Lebens zu lindern, als ihren wertvollsten Besitz zu verhökern.

»Im Schnitt verarbeiten wir hier monatlich vierzehntausend Liter Blut.«

Obwohl Hochstett leise gesprochen hatte – leise, verdrossen, beinahe mechanisch –, so, als habe er sich entschlossen, den Mann Rio Martin einfach nicht mehr wahrzunehmen und statt dessen sein Besucherprogramm abzuspulen –, schwang Stolz in seiner Stimme: »Vollblut interessiert uns nicht. Das ist Sache des DRK. Wir veredeln das Blut, verarbeiten es zu Produkten, ohne die ein Fortschritt in der Medizin überhaupt nicht mehr denkbar wäre ...«

Vierzehntausend Liter? Hundertachtundsechzigtausend Liter sind das im Jahr! Ein See von Blut, abgezapft, gekühlt, konserviert, durch die riesigen Batterien von Zentrifugen gejagt, die dort drüben hinter den Glasscheiben funkelten.

»Selbstredend wird jeder unserer Spender genau erfaßt – sowohl seine Herkunft und sozialen Umstände als auch der körperliche Zustand werden nach den Richtlinien der Bundesärztekammer kontrolliert.«

Tak-tak-tak ... machte ein Automat und ließ seine Lichter tanzen. Zentimeterweise rückten die Reagenzgläser mit dem asphaltdunklen Blut den behandschuhten Händen der weißvermummten Laborantin entgegen, die ihn bediente.

»Wir sind sehr flexibel, vor allem, was unsere Produktpalette angeht. Sie wird ständig den Markterfordernissen angeglichen. Nun, Plasma ist ein äußerst vielseitiges Ausgangsmaterial ...«

Tak-tak-tak ...

»Plasma ist in hohem Maße eiweißhaltig. Es bleibt zurück, wenn die zellulären Bestandteile, also die roten und die weißen Blutkörperchen, und auch die Blutblättchen abgetrennt werden. Grundsätzlich besteht es zu einundneunzig Prozent aus Wasser. Aber darin sind äußerst aktive biologische Substanzen enthalten: Eiweißkörper, Nährstoffe, Stoffwechselprodukte, Enzyme, Hormone und Vitamine ...«

Rio starrte auf das fettglänzende Fischgerippe und hatte wieder Dr. Hochstetts Stimme im Ohr.

»Wie Sie sehen, tragen alle unsere Mitarbeiter Schutzanzüge. Und dazu Gesichtsmasken. Im Umgang mit diesem Stoff muß auch die kleinste Schlamperei ausgeschaltet werden. Der Automat, vor dem wir jetzt stehen, ist ein Test-Automat. Wir kontrollieren alles. Nicht nur Aids, auch andere Krankheiten können übertragen werden. Hepatitis, Malaria, alles mögliche ...«

Tak-tak-tak machte der Test-Apparat.

»Das Wissen um die Verwendungsmöglichkeiten des Plasmas ist noch relativ neu«, dozierte Hochstett weiter. »Der Durchbruch kam eigentlich erst in den vierziger Jahren. Es waren die Amerikaner, eine Forschergruppe der Harvard University. Dazu kamen neue Erkenntnisse ... Wie auch immer, ohne Blutprodukte wäre die moderne Medizin überhaupt nicht denkbar.«

»Und was sind das für Produkte?«

»Oh, da haben wir zum Beispiel die Immunglobuline. Sie helfen bei den schwersten Infektionskrankheiten. Denken Sie an eine Bauchfellentzündung oder eine allgemeine Sepsis. Immunglobuline räumen mit Viren, mit Bakterien und mit Toxinen auf. Dann natürlich die Gerinnungsfaktoren. Sie kennen ja diese unglückseligen Vorfälle, die die Bluterpatienten trafen und die eigentlich den ganzen Skandal erst ausgelöst haben.«

»Unglückselige Vorfälle« hat er das Furchtbare genannt. Das Wort mußt du dir merken.

»Fehlt einer dieser Gerinnungsfaktoren bei einem Hämophilen, kann es zu lebensgefährlichen Blutungen kommen. Aber auch andere Gerinnungspräparate wie das PPSB-Konzentrat und Fibrinogen werden bei Operationen eingesetzt, wenn es zum Beispiel bei der Geburtshilfe zu Komplikationen kommt. Das PPSB kann auch bei Infarktfällen entscheidend sein, dann nämlich, wenn die gerinnungshemmenden Mittel abgesetzt werden müssen, weil plötzlich eine Operation erforderlich ist. Dann kann es die Gerinnungsfähigkeit des Bluts unverzüglich wieder herstellen. Es wäre noch vieles zu nennen. Da wäre Albumin ... Wenn Sie wünschen, kann ich Ihnen ja Literatur dazu zur Verfügung stellen ...«

Rio kam nicht dazu, etwas zu wünschen. Und es war eine Laborantin, die es verhinderte. Sie war gerade aufgestanden und drehte sich ihm zu.

Tak-tak-tak ...

Ihr Gesicht konnte er nicht erkennen. Es war durch die Maske verborgen. Er sah nichts als die dunklen Augen. »Unsere besondere Spezialität ist die Fraktionierung der Plasma-Bestandteile nach einer ganz neuen Methode«, sagte Hochstett hinter ihm ...

Die Augen der Laborantin sahen Rio an. Und vielleicht war es der weiße Stoff der Maske, der nur diese Augen freigab, der ihren Blick so dramatisch machte.

Was starrt die so? – Was ist mit ihr?

Eine Erinnerung war Rio angeflogen: Vor drei Jahren ... Nach einer Revolte in einer Jugendstrafanstalt hatte er mit Bruno Arend im Gefängnishof gestanden. Die Vollzugsbeamten hatten sie zu einer Gruppe Mädchen geführt. Dort wartete auch die Direktorin. Die Mädchen trugen blaue Sträflingskleider und drängten sich zusammen wie eine Herde verängstigter Tiere, während die Frau mit der Hornbrille ganz leise und ganz sanft versicherte, daß alle Vorwürfe gegen die Anstaltsleitung völlig unhaltbar, ja geradezu lächerlich seien. Rio versuchte die Mädchen auszufragen. Er erhielt keine Antwort. Sie hatten Angst. Aber da war eine Dunkelhaarige, die ihn die ganze Zeit ansah. Und es war eine derartige Intensität in ihrem Blick, der Ausdruck war so stark, so verzweifelt, daß er immer wieder daran denken mußte. Es war ein Blick, der keine Worte brauchte.

So wie dieser. Nein, in dem Gesicht dieser Frau, von dem nichts zu sehen war als die Augen, wirkte die Bitte noch heftiger als damals.

Und Hochstett war noch immer dabei, ihm die einzigartigen Forschungsentwicklungen der Firma »Bio-Plasma« zu erklären.

Die Laborantin hatte eine halbe Drehung zur Seite gemacht, so als wolle sie eines ihrer Instrumente kontrollieren. Ihre Hand streifte ihn.

Und er hatte sofort begriffen, und seine Hand geöffnet und den kleinen Kartonstreifen an sich genommen, den sie ihm gab ...

Rio faßte mit spitzen Fingern in die Brusttasche seines Jeanshemdes und zog den Kartonstreifen heraus. *»Tel. 16 28 72«* stand drauf. Und darunter: *»Dagmar Reichenbach«*. Sonst nichts.

»Du, Vera, ich muß mal telefonieren.«

»Telefonieren?« Sie zog die Nase kraus. »Du hast ja noch nicht mal deine Seezunge aufgegessen.«

»Kann ich auch nachher noch.«

»Ist es so dringend?«

»Ziemlich ...« Er berührte zärtlich ihre Nase, stand auf, überquerte die Terrasse und betrat die Hotelhalle.

Die Telefonzelle war frei.

16 28 72 ... Er tippte die Nummer ein, preßte den Hörer ans rechte Ohr und vernahm beim Warten nichts als das Freizeichen und das Klopfen seines Herzens. Der Ton des Freizeichens brach ab.

Er versuchte es noch einmal. Wiederum vergeblich.

Nervös steckte er sich ein Streichholz zwischen die Zähne und wählte die Nummer der Redaktion.

Endlich: »Hier Martin! Franziska, sind Sie das? – Ja? Dann geben Sie mir bitte Herrn Olsen.«

»Wenn er frei ist, Herr Martin. Sie wissen ja ...«

Er wußte. Und wieder dauerte es endlos. Die rosagestrichenen Wände der engen Zelle schienen auf ihn zuzurükken. Er überlegte bereits, ob er auflegen sollte, und stieß das kleine Fenster auf, das hinaus auf den Hotelvorplatz führte, als endlich ein Brummen den dicken Olsen ankündigte.

»Ja?« Da war ein Schnaufen und das Rascheln von Papier. Der Dicke war beim Korrigieren und entsprechend mieser Laune.

»Hier ist Martin. Ewald, leg mal den Bleistift weg.«

»Du? Na, wie steht's denn so in ... Wie heißt das Nest noch?«

»Bernhagen.«

Rio referierte, wie es stand. Dazu erzählte er die Geschichte von der Laborantin, die ihm eine Telefonnummer zugesteckt hatte.

»Und? Hast du sie inzwischen erwischt?«

»Ich hab's versucht, doch sie ist nicht da. Es ist sicher ihre Privatnummer, und die Frau ist noch in der Fabrik. Ich habe den Anschluß vom Empfangschef des Hotels checken lassen. Eine Gärtnerei. Vielleicht ist sie die Tochter des Gärtners oder die Frau oder, weiß der Henker, was.«

»Hm. Und was ist mit ihrem Chef los, diesem Engel?«

»Weg. Noch immer. Auf Mallorca, behauptet sein Stellvertreter. Dort hat er eine Villa oder 'ne Wohnung oder so was.«

»Mallorca? – Und der weiß jetzt seit vierundzwanzig Stunden Bescheid, daß es bei ihm geknallt hat.«

»Das sag' ich mir eben auch.«

»Mallorca?« wiederholte Olsen nachdenklich.

»Ich sag' doch, Ewald, das stinkt.«

»Glaub' ich dir ja. Aber mit ›Das stinkt‹ kann ich keinen Aufmacher fahren, Rio, beim besten Willen nicht.«

»Ewald, mir geht's um was anderes: Ich brauch' Bruno Arend hier!«

»Bruno? Den hab' ich ...«

»Ich weiß, den hast du auf irgendeine blöde Fuzzi-Geschichte angesetzt. Lös ihn ab. Besorg das am besten gleich. Dann könnte er nämlich den Abendflieger nach Frankfurt nehmen und sich dort einen Leihwagen mieten ...«

»Und zweitens?«

»Zweitens: Ruf bitte Eddi Förster an.«

»Auch das noch!«

Eddi Förster war ein alter Hase. Früher hatte er beim »Spiegel« gearbeitet, nun besaß er in Düsseldorf ein privates Pressearchiv. Ein Journalistenleben lang hatte sich Förster darüber gewundert, wie es einzelnen, häufig recht dubiosen Figuren in Politik und Wirtschaft gelang, Dinge zu bewegen, indem sie neben Kontakten vor allem ihre Skrupellosigkeit einsetzten. Es war natürlich aussichtslos, mit den riesigen, mit gewaltigen Mitteln alimentierten Archiven der großen Magazine und Zeitungen zu konkurrieren. So hatte er in den achtziger Jahren den »Förster-Dienst« gestartet, eine Art Personenarchiv, das bald ein so beängstigendes Format annahm, daß sich die Geheimdienste wie der Bundesverfassungsschutz dafür interessierten.

Was im »Förster-Dienst« an offiziellem Material über Polit- und Wirtschaftsprominenz zu finden war, hielt sich in

Grenzen. Um so reichhaltiger waren dubiose Kontaktleute, Lobbyisten, Financiers und Pleitiers, Diplomaten mit sonderbaren Aufträgen, unternehmungslustige Bankiers, Wirtschafts- und wirklich solide Kriminelle vertreten.

»Förster hat doch bestimmt auch Kontakte zur Medizin- und Pharmaszene. Vielleicht läßt sich herauskriegen, was die Herren Engel und Hochstett vorher so trieben?«

»Okay, Junge. Ich werde versuchen, Eddi Pfeffer in den Arsch zu blasen. Was er mir dazu zufaxen kann, geb' ich Arend mit ... Ich hab' zu tun, Rio. Ich küsse dich. Und jetzt geh mir aus der Leitung.«

»Moment mal, da wäre noch etwas ...«

Aber da war nichts mehr. Nichts als ein Knacken.

Schon während der Abschiedssätze des dicken Olsen hatte Rio von der Hotelauffahrt das Knirschen schwerer Wagenreifen vernommen. Nun warf er einen Blick durch das Fenster: Ein Mercedes war vor dem Portal vorgefahren, die Farbe ein protziges Bordeaux-Rotmetallic, der Wagen brandneu, eine superschwere Prominentenkutsche aus der S-Reihe. Und als ob das nicht reichte, auch noch in Spezialausführung.

Die Tür öffnete sich, ein Mann stieg aus. Er trug eine blaue Clubjacke.

Rio spuckte nervös seinen Zahnstocher aus. Mannomann – Hochstett! Ob es doch so was gab wie Telepathie?

Ein Page schoß aus dem Hotel.

Dr. Hans Hochstett warf ihm lässig den Schlüssel zu und schritt dann langsam, die Hände in den Außentaschen der Jacke vergraben, die Stufen hoch.

Rio trat aus der Zelle. Drüben am Empfang sprach Dr. Hochstett mit dem netten Herrn Weigert. Die Goldknöpfe der Jacke fingen das Licht der Arbeitslampe ein und blitzten herüber. Nun hob der nette Herr Weigert den Arm und deutete auf ihn, und da setzte sich Hochstett auch schon in Trab und zauberte, Rio konnte es kaum glauben, ein Lächeln, ein geradezu verbindliches, fast herzliches Lächeln auf sein schmales Gesicht.

»Herr Martin! Da sind Sie ja!«

»Ja, da bin ich.«

»Von meiner Sekretärin erfuhr ich, daß Sie im ›Park‹ wohnen. Und da dachte ich mir ... ich meine, vielleicht war unsere Zusammenkunft heute morgen etwas unglücklich. Jedenfalls dachte ich mir, ob wir nicht vielleicht doch noch in Ruhe ein paar Takte miteinander reden sollten. Falls ich Sie nicht störe, natürlich nur.«

»Was heißt stören? Schließlich bin ich Ihretwegen hierhergekommen. Haben Sie inzwischen von Herrn Engel gehört? Ist er eingetroffen?«

Hochstett schüttelte den Kopf. Mit seinem Lächeln war es auch nicht so weit her: Ein Tapeten-Lächeln. Eines seiner Augen spielte dabei nicht mit. Es war das rechte, das Lid. Unaufhörlich schloß und öffnete es sich über Hochstetts fahlbrauner Iris.

»Wollen wir uns nicht setzen, Herr Dr. Hochstett?«

Rio sah sich um. In Veras Nähe, auf der Terrasse draußen, Platz zu nehmen, dazu hatte er keine Lust. Einmal wußte er aus Erfahrung, daß Veras Präsenz in derartigen Situationen ihn irritierte, zum anderen mußte vermieden werden, daß Hochstett noch nervöser wurde, als er sowieso schon war.

»Gehen wir doch da rüber in die Ecke. Da sind wir ungestört.« Bequeme Ledersessel gab es hier, einen Tisch, einen Lederdiwan und einen prächtigen Blick über das Städtchen Bernhagen.

Hochstett ließ sich aufseufzend in einen der Sessel fallen, schlug die Beine übereinander und zog an seinen Jeans, als hätte er Bügelfalten glattzuziehen.

»Hübsches Hotel, nicht? Bin oft hier.«

Rio nickte. Verträge und Geschäftsabschlüsse, aber auch

die miesesten Schweinereien werden in Hotelecken ausgekungelt. Rings um den Globus. Nicht nur in Bernhagen.

»Darf ich Ihnen was zu trinken bestellen, Herr Doktor?«

»Gerne. Ein Mineral.«

»Mineralwasser. Und einen Kaffee für mich«, befahl Rio dem Kellner. Den Kaffee brauchte er jetzt.

»Schön, Herr Doktor, machen wir's nicht kompliziert. Ich nehme an, daß ich Ihren Besuch der Tatsache zu verdanken habe, daß Sie mir noch etwas mitteilen möchten. Ich bin neugierig.«

»Mitteilen möchten? ... Ich weiß nicht, das klingt irgendwie zu definitiv.«

»Wie hätten Sie's denn gerne?«

»Nun, was wir versuchen können, wäre, ein wenig Licht in diese sonderbare Geschichte zu bringen. Meine Motivlage dürfte Ihnen ja klar sein. Jeder Betrieb hängt von seinem Prestige ab. Dabei hat es die Wirtschaft manchmal nicht so leicht im Umgang mit der Presse.«

»Die Wirtschaft? Ich denke, Sie kämpfen in vorderster Front um den Fortschritt der Medizin, Herr Doktor. Bei unserem Gespräch heute morgen hatte ich wenigstens den Eindruck. – Aber Verzeihung, ich wollte Sie nicht unterbrechen.«

Rio wußte jetzt, wie er Hochstett nehmen mußte. Welche Rolle er auch immer in dieser trüben Geschichte spielte – Hochstett hatte die falsche gewählt. Er fühlte sich nicht wohl darin. Vielleicht schon lange nicht mehr. Darin mußte man ihn bestärken. Je mehr man diesen Zustand anheizte, desto größer die Chance, daß er mit einer unbedachten Äußerung eine geeignete Information lieferte.

»Herr Martin, wir sind ein gewinnorientierter pharmazeutischer Betrieb. Nicht mehr und nicht weniger. Anders habe ich Ihnen unsere Firma auch nicht dargestellt.«

»Sind Sie in irgendeiner Form an diesem Gewinn beteiligt?«

Diesmal zuckte das Lid nicht. Der Blick der fahlbraunen Augen wurde ruhig und fest. »Falls Sie's beruhigt – nein. Ich habe nichts als meinen Vertrag mit Herrn Engel.«

Rio gab Sahne und Zucker in die Kaffeetasse. Er tat es mit viel Bedacht. »Ein bißchen wenig, finden Sie nicht? Wie die Dinge nun mal stehen, werden schließlich Sie nicht nur als Geschäftsführer, sondern auch als wissenschaftliche Kontrollinstanz verantwortlich gemacht werden.«

»Wie die Dinge nun mal stehen, sind wir in einer ziemlich üblen Lage. Da haben Sie vollkommen recht, Herr Martin ... Und für diese Lage gibt es für mich nur eine einzige Erklärung.«

»Und die wäre?«

»Ich muß dazu ein wenig ausholen. Die Firma ›Bio-Plasma‹ hatte ziemlich seit Anbeginn – ich stieß ja erst viel später dazu ...«

»Wann war das denn?« unterbrach ihn Rio.

»Neunundachtzig.« Er wirkte nun ganz entspannt. Die Hotelecke schien ihm gutzutun. Wie oft mochte er hier schon gesessen haben, der Wissenschaftler und Transfusions-Mediziner? Man zieht einen Dr. Hochstett zu Geschäftsabschlüssen hinzu, schon aus Prestigegründen.

»Wie gesagt, die Firma hat schon vor vielen Jahren eine Tochtergesellschaft, die ›Bio-Med‹, gegründet. Nur war ›Bio-Med‹ nicht lange selbständig, Herr Engel wandelte sie bald in eine Art Außenstelle für die Abwicklung der Blut-Importe und den Weiterverkauf von Überschüssen um, während wir hier in Bernhagen wiederum mit der Eigenproduktion beschäftigt waren.«

»Importe? Woher?«

»Das waren vor allem amerikanische Sendungen. Sie wissen ja, wie das damals war ...«

»Ja. Ich weiß auch, was dieses amerikanische Blut für die Bluterpatienten bedeutet hat.«

»Herr Martin! Das wissen Sie heute! Heute sind wir alle klüger ... Aber damals, damals schien man doch alles schön im Griff zu haben. Auch die Kontrollen. Schließlich importierte selbst das DRK aus Amerika.«

»Das stimmt nicht.«

»Aber natürlich stimmt's. Man kannte das Virus nicht; es gab noch keine Test-Methoden. Ich habe dafür Beweise. Wer wußte denn Anfang der achtziger Jahre schon über die Aids-Gefahr richtig Bescheid? Selbst wissenschaftlich war noch vieles umstritten damals.«

Rio sah den abgemagerten Greisenkopf der kleinen Angela vor sich. Auch Angelas Mutter war eine durch ein Gerinnungsmedikament infizierte Bluterin gewesen.

»Außerdem gab es Leute, die Alarm schlugen. Herr Engel, zum Beispiel, gehörte zu den ersten, die auf die heraufziehende Risikolage hinwiesen, die von unbekannten oder unkontrollierten Spendern ausging. Er schrieb deshalb sogar an das Landesgesundheitsamt. Er veröffentlichte sogar einen Artikel in unserem Verbandsblatt.«

»Ach ja? – Und was ist mit dieser Firma ›Bio-Med‹?«

»Wie gesagt, sie war ein Ableger von ›Bio-Plasma‹. Im Laufe der Entwicklung, vor allem in den letzten drei Jahren, wurden ihre Aktivitäten erheblich zurückgefahren. Die Geschäftslage hatte sich geändert. Was glauben Sie, wie brutal die Konkurrenz ist. Dies ist ein Verdrängungsmarkt auf der ganzen Linie. Die Großen bestimmen das Geschäft. Für uns fiel der Import ganz flach. ›Bio-Med‹ beschäftigte sich nur noch damit, gewisse Überstände an solche Stellen zu verkaufen, die dafür Interesse hatten.«

»Und was waren das für Überstände?«

Hochstett wiegte den Kopf. Das Lidflattern setzte wieder ein. »Nun, man könnte sie vielleicht als ›Produkte zweiter Wahl‹ bezeichnen.«

»Wie im Kaufhaus. Und das bei Blut?«

»Verstehen Sie mich recht, Herr Martin, bei uns werden alle Ausgangsmaterialien für Medikamente, ob Vollblut oder Plasma, exakt kontrolliert und etwa darin befindliche Viren oder Keime deaktiviert. Und das seit langem. Und, wie ich Ihnen versichern kann, nach den denkbar wirksamsten Methoden ... Trotzdem, jeder Produktionsprozeß hat natürlich gewisse, hm, Schwachstellen. Es handelt sich ja um biologisches Material. Doch auch sie werden bei uns beobachtet, und entsprechend rigoros sind unsere hygienischen Maßnahmen. Hier läuft alles steril ab.«

»Und die verbrannten Brötchen sortieren Sie aus und schicken sie an Ihre Bio-Med. Ist es das?«

»Wenn Sie so wollen, ja.«

»Und wer kriegt dann die Ware zweiter Wahl?«

»Dieses Material geht nicht an Patienten. Es wird für wissenschaftliche, also für Forschungszwecke verwandt. Sie wissen doch auch, die wissenschaftlichen Institute sind heutzutage nicht gerade mit Geld gesegnet. Geldknappheit herrscht überall. Trotzdem, die Präparate sind wertvoll, ob es sich nun um Gerinnungsfaktoren, Plasma oder Immunglobuline oder das Albumin handelt, das den Flüssigkeitsaustausch zwischen Gewebe und Gefäßen steuert. Über dreißig Medikamente lassen sich aus Plasma herstellen. Die Institute können damit arbeiten. Bei Tierversuchen zum Beispiel, um gewisse Entwicklungen oder Reaktionen festzustellen.«

»Und dieses Geschäft besorgt die Bio-Med?«

»Richtig. Und dort lag auch unsere Schwachstelle.«

Die Sache wurde spannend. Kaffee genügte nicht. Rio winkte in Richtung Empfang, und einer der Pagen kam heran. Der Journalist bestellte Whisky und sah mit fragendem Blick zu Hochstett. Der aber schien den Pagen nicht einmal zu sehen. Er lächelte, doch an den verschränkten Händen spannten sich die Muskeln.

»Hier könnte tatsächlich ein Zusammenhang bestehen«, fuhr er fort. »Herrn Reissner wurde im Max-Ludwig-Krankenhaus eine Plasmaflasche unseres Hauses verabreicht, Herr Martin.«

»Richtig. Die Nummer 12 436.«

Hochstett sah überrascht hoch, sagte aber nichts. Er verzog nur die Oberlippe und steckte die rechte Hand in die Brusttasche seiner teuren Jacke, holte die Brieftasche hervor, öffnete sie und entnahm ihr ein rechteckiges, zusammengefaltetes Stück Papier. Er legte es auf den Tisch und strich es glatt. Es war ein Firmenaufkleber. Oben links das Zeichen PB, das Rio schon kannte. Darunter eine Reihe von Zahlen, die wohl Code-Angaben für den Verbraucher enthielten.

»Sehen Sie, diese Begleitinformation wird auf jeden Plasmabeutel aufgeklebt. Hier die Blutgruppe. Die Zahl rechts ist die Lieferungsnummer. Bei Reissner die 12 436.« Er starrte Rio an. Rio ließ die Kunstpause verstreichen und starrte zurück.

»Und?« meinte er schließlich.

»Und? Ich kann Ihnen nur dasselbe mitteilen, was wir schon der Kripo gesagt haben: Die Charge, zu der auch der Beutel 12 436 gehörte, war von uns nicht an die Max-Ludwig-Klinik in München, sondern an ›Bio-Med‹ geliefert worden. Das kann ich anhand unserer Dokumentation beweisen. Die Lieferung war getestet. Sie schien in Ordnung ...«

»Wieso haben Sie sie dann ›Bio-Med‹ geschickt?«

»Das entzieht sich meiner Kenntnis. Da gibt es keinen Eintrag. Außerdem: Das alles liegt ja schon so unendlich lange zurück! Was mich erstaunte, war, daß die Max Ludwig-Klinik diese Plasmagabe an Herrn Reissner genau beziffern konnte. In den Operationsberichten wird selten derartig exakt vorgegangen. Aber vielleicht hängt es damit zusammen, daß die chirurgische Abteilung dort selbst wissenschaftliche Untersuchungen auf diesem Sektor anstellt. Vor allem Dr. Labek gilt als Spezialist auf dem Gebiet der therapeutischen Wirkungen von Plasma.«

»Na gut. Okay. Sie behaupten also, ›Bio-Med‹ hätte geliefert?«

»Ich behaupte nicht, ich stelle fest, daß wir das betreffende Plasma nicht versandt haben.«

»Dann hätte Boder ja auch kassiert?«

»Ja. Und zwar das Zehnfache. Aber darum ging es ihm vielleicht gar nicht. Sehen Sie, zwischen dem Chef und Herrn Boder gab es Spannungen. Herr Engel, großzügig, wie er nun mal ist, konnte sich über die ganzen Jahre hinweg nicht entschließen, sich von ihm zu trennen. Er ließ Boder gewähren. Sicher war auch ein Grund, daß Boder es verstanden hatte, sich einen eigenen Kundenkreis aufzubauen, was natürlich wiederum uns zugute kam.«

»Kundenkreis? Meinen Sie Ärzte?«

»Ja, Ärzte, die nebenher auch in der Forschung arbeiteten. Einer davon war, wie gesagt, Herr Dr. Labek.«

»Ja, hören Sie mal«, Rio richtete sich auf, »wäre dann nicht eine Verwechslung möglich?«

»Verwechslungen sind vollkommen ausgeschlossen. Die ›Bio-Med‹-Beutel sind entsprechend gekennzeichnet. Außerdem sind es verschiedene Namen. Und bei der Genauigkeit, mit der gerade in dieser Klinik gearbeitet wurde – Sie sehen ja, selbst die Nummern wurden registriert –, ist schon die Vermutung absurd.«

Hochstett nickte bekräftigend und lächelte. Plötzlich geschah etwas Seltsames. Dieser merkwürdige Dr. Hochstett, der Rio vor ein paar Stunden noch behandelt hatte, als würde er ihm die Krätze in seine keimfreie Blut-Fabrik tragen, beugte sich vor und griff nach seiner Hand wie ein alter Freund. Auch sein Lächeln war entsprechend. Um Vertrauen werbend, ja bittend.

»Ich erzähle Ihnen das, weil ich doch wohl eines voraussetzen kann: Daß Sie dieses Wissen nicht sofort verwenden. Ich habe auch mit der Polizei noch nicht darüber gesprochen. Ich wollte das nicht, ohne mich mit Herrn Engel zuvor in Verbindung zu setzen. Seit Ihrem Besuch aber geht mir die Geschichte im Kopf herum. Nun wollte ich sie loswerden. Können Sie das verstehen?«

Rio nickte.

»Und es bleibt unter uns?«

»Versprochen. Zunächst bleibt es unter uns. Falls ich es publiziere, werde ich Sie zuerst verständigen.«

Hochstett seufzte erleichtert.

Als Rio die Terrasse wieder betrat, war Vera verschwunden. In der Ecke, in der sie gesessen hatten, spielten die Hängezweige einer Trauerweide mit Licht und Schatten. Der Tisch darunter war abgeräumt.

Rio hielt einen der Kellner am Ärmel fest. »Meine Frau – Sie erinnern sich doch ...«

»Aber natürlich, mein Herr! Natürlich erinnere ich mich! Die gnädige Frau ist schon vor zwanzig Minuten gegangen.«

Wohin? – Fast wäre ihm die Frage entschlüpft. Na gut, eine Vera, die ergeben Däumchen dreht, bis der große Zampano zurückkommt, war ohnehin eine absurde Vorstellung.

Trotz seiner schlechten Laune schaffte es Rio, den Weg zum Lift mit den Resten seines verbliebenen Schwungs hinter sich zu bringen.

Dritter Stock. Das letzte Zimmer rechts. Die Hoffnung ließ ihn schneller gehen, tatsächlich, der Schlüssel steckte, steckte sogar außen ...

Er zog ihn heraus und betrat auf Zehenspitzen das Zimmer. Die Vorhänge waren zugezogen. Nichts mehr war von dem Bett zu sehen als eine graufließende Fläche mit einer leichten Erhöhung in der Mitte. Die Erhöhung einer Hüfte. Veras Hüfte.

Irgendwie ein rührender Anblick, fand er. Irgendwie wurde ihm auch so richtig schön warm ums Herz. Aber dann kam einer seiner idiotischen Huster dazwischen, und sie fuhr hoch.

»He, ich mag das nicht! Ich mag keine Typen, die sich ins Zimmer schleichen.«

»Wieso läßt du dann den Schlüssel stecken?«

»Das gibt dir noch lange nicht das Recht ...«

Er ging zu ihr ans Bett, legte sich über sie, um sie zu küssen.

So gut war es, sie zu lieben. Ein kleines Paradies am Rande der Zeit, zärtlich und verträumt. Und selbstverständlich war es, anschließend in einen wunderschönen, traumlosen Schlaf zu verfallen ...

Es wurde kein traumloser Schlaf.

»Zur Zeit werden die betroffenen Patienten auf Aids getestet ...« Hochstetts Stimme geisterte durch sein Bewußtsein. »Aber eine Rückrufaktion ist gar nicht erforderlich. Das Plasma aus der Charge, die mit 12 426 begann und an die Max-Ludwig-Klinik in München geliefert wurde, ist nach so vielen Jahren natürlich längst verbraucht. Das wurde bereits festgestellt ...«

Rio zog die Bettdecke hoch. Gegen das Summen des Telefons, das kurze Zeit später den Raum vergiftete, half sie nicht. Er hob ab – es war Bruno. Brunos Baß. Ein sehr ungnädiger Baß.

»Na, wie finde ich das? Ich quäl' mich da in dieser Affenschaukel von München in dieses beschissene Frankfurt, krieg' dort eine unmögliche Leihmühle angedreht, hab' noch 'ne Stunde bis in dein blödes Parkhotel – und du pennst?!«

»Jeder muß mal pennen.«

»Ja«, bestätigte Bruno bitter. »Nur ich nicht.«

Rio krümmte die Hand über die Sprechmuschel: »Hat dir der dicke Olsen das Material ...«

»Ist das alles, was du mir an Begrüßung bieten kannst?«

»Nein«, sagte Rio, »noch lange nicht ...«

Er sah auf die Uhr. Es war kurz nach acht. Er schob sich so vorsichtig, wie er konnte, aus dem Bett, riß ein Blatt aus dem Notizbuch, schrieb darauf: *»Ich liebe Dich. Aber das ist ja hinlänglich bekannt. Was nicht bekannt ist: Ich muß leider nochmals weg. Weißt schon, warum ...«*

Darunter malte er einen Totenschädel und ein Herz und verband das Wort »warum« mit dem Totenschädel durch einen Pfeil.

Er holte sich einen Pulli aus dem Koffer. Die Nacht konnte kalt werden. Dann ging er auf Zehenspitzen aus dem Zimmer und schloß die Tür so leise wie nur möglich hinter sich.

Schwärzlich, ungeschlacht und irgendwie viel zu groß stand Bruno Arend neben den beiden zierlichen Sesselchen am Empfang. Seine schwarzgerahmte Polizistenbrille funkelte Rio entgegen.

»Schon gegessen, Bruno?«

»Currywurst. Grauenhaft! 'ne bessere Frage hast du nicht?«

»Ist doch 'ne gute Frage, Bruno. Dann können wir nämlich gleich losfahren.«

»Und wohin?«

»Erklär' ich dir später.«

»Mit deiner Nutten-Rakete?«

»Klar.«

Er nickte ergeben. »Okay. Dann hol' ich noch die Kamera ...«

»Genau wie bei Frittenbuden, Bahnhofstoiletten, McDonald's-Stationen, Erdnußröstereien, Badeanstalten und was weiß ich noch«, regte Rio sich auf, »die haben alle dieselbe

Aufsicht. Du kriegst es einfach nicht in die Birne. Und wenn du's drin hast, geht dir der Hut hoch. Nimm Seren oder Impfstoffe, da sind sie genau. Das ist alles den Gesundheitsämtern unterstellt. Und die schauen ihnen auf die Finger. Aber Blut? Fehlanzeige ... Für das ganze Blut, das sie in irgendwelchen südamerikanischen Armuts- oder Puff-Gegenden sammelten oder bei uns in den Junkie- und Fixer-Quartieren, um es dann zu ihren herrlichen Produkten zu verarbeiten, da reicht das Gewerbeamt. Kannst du dir so was vorstellen? Ist doch einfach Wahnsinn!«

»Reg dich ab, Rio! Wir sind nun mal in der BRD.«

»Du meinst, als Erklärung reicht das für alles?« Er gab noch mehr Gas. Der Porsche heulte auf. »Wie soll denn so ein Gewerbeamt-Hansel dahinterkommen, wie eine moderne Pharma-Fabrik abläuft? Was versteht denn der von Aids-Tests?«

»Nun, das ist ja, glaube ich, geändert worden.«

»Wurde aber jahrelang in diesem Stil praktiziert. Und das Aids-vergiftete Zeug von damals schwirrt wahrscheinlich noch immer durch die Gegend, liegt in irgendwelchen Kühlschränken, wartet in irgendwelchen Krankenhäusern darauf, Leute umzubringen. Tiefgefroren hält das Zeug ja ewig. Und überhaupt ...«

Rio unterbrach sich. »Nächste Abfahrt Bad Soden«, stand dort draußen. Hier mußte er sich rechts halten, soweit er sich erinnerte. Von hier ging es nach Eppstein. Und von Eppstein dann weiter – wohin?

»Schau mal auf der Karte nach. Siehst du Eppstein?«

»Ja. Dort biegen wir ab Richtung Hofheim.« Bruno dirigierte ihn die nächsten zwanzig Kilometer. Es herrschte wenig Verkehr. Rio ließ den Porsche laufen.

Es war jetzt neun Uhr. Hier in dieser Gegend schienen alle Ortsnamen mit »heim« zu enden. Auch Darenheim, der Sitz von »Bio-Med«, konnte nicht mehr weit sein. Ob Vera noch schlief? Er hoffte es, er hoffte es inbrünstig. Er hoffte, daß Vera die ganze Nacht durchschlief, statt irgendwann aufzustehen und seinen Zettel zu finden. Aber sie wird aufstehen, weil sie Hunger verspürte – denselben gottverdammten Hunger wie er. Bruno hatte wenigstens seine Currywurst gehabt ...

»Bruno, schau doch mal im Handschuhfach nach. Liegt da nicht noch 'ne Tafel Schokolade?«

Bruno sah nach und sagte zufrieden: »Nichts, mein Mäuschen. Alles leergefressen. Aber da kommt jetzt Darenheim.«

Viel war von dem Ort nicht zu erkennen. Ein Sportplatz. Peitschenlampen über leeren Straßen. Eine Gebrauchtwagen-Ausstellung ... Nun der Ortskern. Moderne, aufwendige, ziemlich protzige Bauten für ein so kleines Nest. Aber dies war der Taunus, und »Mainhattan« lag nahe. Der Reichtum Frankfurts, der Hauptstadt der D-Mark, wehte bis hierher.

Sie kamen an einem Café vorbei, in dem noch Leben herrschte. Dann war die Straße wieder ausgestorben. Vor einer Bushaltestelle wartete ein Mädchen. Es trug Stiefel zu den Jeans und eine an den Schultern unglaublich breit gepolsterte Lederjacke. Rio ließ den Porsche an den Bordstein rollen. Sie zuckte zurück, und einen Augenblick sah es aus, als wolle sie davonlaufen.

»Frag sie nach der Eichenhain-Straße Nummer vierzehn, Bruno.«

Der Fotograf ließ das Fenster herunter und rief: »Moment, Moment! Wir beißen nicht. Wir sind ganz harmlose Menschen.«

Sie lächelte, kam wieder heran, schob sogar den Kopf ans Fenster und beäugte sie neugierig aus hellen Augen. Ihre Zahnspange funkelte, um die Lider hatte sie dicke schwarze Striche gezogen. Und selbst die Lippen schienen gelackt. Ein richtiges Lolita-Make-up.

»Hör mal, kennst du den Eichenhain hier?«

Sie nickte: »Klar«, und erklärte Bruno den Weg.

Rio fuhr weiter. »Die war doch mindestens achtzehn. Die hätte ich schon gesiezt.«

»Du schon«, sagte Bruno nur.

Ein dunkles Schild mit weißen Buchstaben: EICHENHAIN.

Rio fuhr nun langsam. Die Lichter von Darenheim funkelten herauf. Rechts zog sich die Bergflanke hin, links waren nur einzelne Dächer zu erkennen; die Häuser konnte man wohl von der unteren Straße aus erreichen. Rechts - Villen. Nicht die protzigen Taunusanwesen, die er schon gesehen hatte, nein, bescheidener, soweit er das im Scheinwerferlicht erkennen konnte, dennoch ziemlich aufwendig mit Terrassen und Säulenpergolas dekoriert.

Sie glitten jetzt im Schrittempo durch die enge Straße. Einzelne Fenster waren erleuchtet. Zu sehen war niemand. Kein Lebewesen, kein Schwanz – doch, dort drüben auf der Mauer saß eine Katze. 8 ... 10 ... 12 ... nun ein Streifen Garten und schließlich ein Haus.

Das Haus war das einzig ärmliche Anwesen des ganzen Eichenhains. Und es war auch das letzte. Zweistöckig, weiß verputzt, mit steilem Giebel – die typische Behausung eines kleinen Angestellten, der fünfundzwanzig Jahre in seinen Bausparvertrag eingezahlt hatte. Überraschend allerdings war der langgezogene Garagenbau, der sich an das Haus anschloß. Vielleicht, daß er einmal als Werkstatt gebraucht worden war. Aber dort drinnen hatten mindestens drei Autos Platz.

»Das ist es«, sagte Bruno. »Ein komischer Pharmabetrieb, was?«

Rio nickte.

Das Haus lag im Dunkel. Die Fensterläden waren zugeklappt und wohl verschlossen.

»Fahr weiter«, flüsterte Bruno.

Die Straße wurde noch enger, führte durch Obstterrassen, aber etwa zweihundert Meter hangaufwärts gab es einen Platz zum Wenden.

Rio stoppte, drehte den Porsche in die Gegenrichtung und schaltete das Licht ab.

»Hast du irgendein Schild gesehen, auf dem ›Bio-Med‹ oder ähnliches stand?«

Bruno schüttelte den Kopf.

»Aber vielleicht war das Schild klein? Vielleicht haben wir beide es übersehen? – Wie ist das, Bruno, hast du 'ne Zigarette dabei?«

»Jetzt fängst du aber wirklich an zu spinnen. Du spinnst schon, wenn du glaubst, daß ich eine hätte. Und ganz besonders spinnst du, wenn du annimmst, daß ich sie dir in diesem Fall auch noch anbieten würde ... Nimm dich mal zusammen, verdammt noch mal. So schlimm ist das hier ja auch nicht, oder?«

Sagte es, zog eine seiner grauenhaften Zigarren heraus und paffte in Sekundenschnelle derart den Innenraum des Porsche voll, daß Rio das Fenster öffnen mußte. Er lehnte den Kopf gegen das Polster und schloß die Augen. Jetzt hatte er Hunger, richtigen Hunger.

»Nun komm schon raus damit, Junge: Was willst du hier?«

»Mir diesen ›Bio-Med‹-Laden ansehen.«

»Jetzt hast du ihn ja gesehen. Nichts. Und kein Schwein ist da.«

»Von außen hab' ich ihn gesehen, Bruno! Daß wir hier niemanden finden würden, war mir von vornherein klar. Das hat mir schon Hochstett gesagt.«

»Was hat er gesagt?«

»Nun, daß dieser Lars Boder, der Mann, der hier wohnt und für ›Bio-Med‹ verantwortlich sein soll, verreist ist. Verreist oder abgehauen.«

»Scheint bei denen wie die Grippe zu sein. Der Oberchef ist weg. Der hier auch ...«

»Ja, der hier auch. Ich habe trotzdem gleich nach meinem Gespräch mit Hochstett hier angerufen. Nicht einmal ein Anrufbeantworter.«

»Und dieser Boder soll die berühmten Plastikbeutel mit falschen Nummern getürkt haben?«

»Das behauptet Hochstett.«

»Und warum?«

»Nun, Hochstett hat mir seine Theorie angeboten. Boder habe das Schrottmaterial, das sie ihm zum Vertrieb anlieferten ...«

»Schrottmaterial – was soll denn der Ausdruck? Ich denke, es handelt sich um Plasma?«

»Ja, es handelt sich um Plasma. Aber nicht ausreichend gereinigtes Plasma. Statt an irgendwelche wissenschaftlichen Institute, die es für Tierversuche verwenden, habe Boder es an ordentliche Kunden wie Kliniken und Krankenhäuser weitergeliefert. Und mit diesem genialen Einfall wollte er angeblich Engels Firma in den Ruin treiben. So in etwa lautete die Erklärung.«

»Und das glaubst du?«

»Ich? So weit, daß ich in dieser Geschichte etwas glaube, bin ich noch nicht. Aber los jetzt, Bruno. Fangen wir an!«

Einmal, nur ein einziges Mal hatte Honolka sie im Fernglas gehabt. Da hatte er sie ganz deutlich sehen können – doch nur für zwei miese Sekunden. Und das war nun auch schon wieder einige Stunden her ...

Dabei hatte er gehofft, sie würde den Liegestuhl auseinanderklappen und sich auf den Hotelbalkon legen. War doch ein prächtiger Nachmittag gewesen, Baby. Oder etwa nicht? Die Sonne schien. Wieso hast du dir nicht den Bikini geholt oder die Klamotten ganz ausgezogen? Wäre doch nett gewesen. Das Glas hier hat 'ne Sechzehner-Verstärkung. Damit hol' ich mir noch dein kleinstes Härchen in den Bus ... Aber nein: Tür zu, Vorhänge runter! Haben's wohl getrieben, die zwei. Gut, okay. Ich komm' auch noch dran, verlaß dich drauf ...

Honolka sah auf seine Uhr: Kurz nach neun.

Er hatte das Wohnmobil am Rande einer Baugrube geparkt. War ganz praktisch so, zwischen dem Kieshaufen und der Baugrube fiel der »Westfalia« noch weniger auf.

In der Baugrube hing alles rum wie Kraut und Rüben, morsche Paletten, Gerüste, braun von Rost. Na, da geht einer Pleite, vermutete Honolka, oder das vornehme Parkhotel dort drüben hat einen Einspruch dazwischengeknüppelt. Noch eine prima Chance gab ihm der Platz: Die ganze Süd- und sogar die Rückseite des Hotels, all die feinen Balkönchen mit ihren gefalteten Sonnenschirmen, weißen Korbmöbeln und zusammengeklappten Liegen – alles war einzusehen.

Doch nun war es dunkel, und es brannten die Lichter.

Honolka hatte einen Stuhl in die Mitte des Wohnwagens gestellt und die Dachluke aufgeschoben, um eine bessere Übersicht zu bekommen. Doch es gab nichts mehr zu sehen. Er dachte an das Dreiecksgesicht, an das dunkle, vielleicht kastanienbraune Haar ...

Er schloß die Klappe, ließ den Stuhl stehen, goß sich aus der Thermoskanne eine Tasse Tee ein, trank und rauchte eine Zigarette. Dreiecksgesicht – dachte er wieder. Hübsch ... Als sie sich dort auf dem Balkon umdrehte, um zurück in ihr Zimmer zu gehen, hatte er sie von hinten bestaunen können. Einen ganz knackigen Jeans-Arsch hatte sie. Und eine Taille – Mannomann, was für eine Taille!

Ihr Porsche-Typ aber war weg. Und der andere, dieser Krüppel-Opa mit dem Hinkebein, auch. Wahrscheinlich würden die länger wegbleiben. Und kämen sie vorzeitig zurück, wären sie auch kein Problem.

Was machst du mit der Kleinen?

Nicht fertigmachen, nur einen Schock verpassen, lautete sein Auftrag. Nun, den Schock sollte sie haben ...

Honolka fühlte sich jetzt rundherum besser. Der Strom hatte sich eingeschaltet, das war es. Starkstrom, jawohl ... Er schoß ihm bis in die letzte der Nervenzellen, ließ sein Gehirn glühen, brachte alles in Schwung, 'ne heiße Sache wird das, ja, 'ne ganz heiße Sache ...

Er holte die Handschuhe und das Würgeband heraus und legte sich beides zurecht. Dann begann er damit, sich die leichteren Turnschuhe anzuziehen, die mit den dünnen Sohlen.

ALLES, WAS DU MIT WIRKLICHER FREUDE TUST, IST ZEN. Wenn du etwas mit Lust unternimmst, ohne dich von widrigen Gedanken ablenken zu lassen, übst du Religion aus ... Buddha war dieser Ansicht. ZEN besteht in der höchsten Konzentration auf die einfachste Handlung.

Honolka kicherte. Wattscheid hatte das gesagt, dieser beknackte Sozialarbeiter im Knast. Wattscheids Sprüche waren die besten. Und so gesehen hatte auch er es schon immer mit Buddha gehabt, oder? Der Macker von Mutti zum Beispiel – sechzehn warst du damals. Und du hast ihn mit solcher Lust und solcher Konzentration auseinandergenommen, daß er für ein Jahr ins Krankenhaus mußte. Auch die Weißkittel konnten ihm nicht helfen. Der ist noch heute Rollstuhlfahrer ... Und dann, ja dann kamen all die andern ...

Wattscheid, dieser Vogel mit seinem Indianerband und der Goldbrille: TU ALLES MIT FREUDE, DAS IST RELIGION. KONZENTRIERE DICH.

Er würde sich konzentrieren! An der Südseite kam man leicht hoch. Die Balkone waren durch eine eiserne Trägerkonstruktion verbunden. Ein Spaziergang. Und jetzt lag dort alles im Dunkeln.

Er betrachtete das Würgeband. Es lag ganz friedlich auf

der Küchenanrichte. Er steckte es ein und holte die Gesichtsmaske und die Handschuhe. Dann schloß er die Wohnwagentür ab und schlenderte an dem Grünstreifen entlang, der in einem sanften Bogen zur Hoteleinfahrt führte. Statt zu klettern, könnte er auch einfach rein durch die Haupttür. Mit der Garage war nichts anzufangen, die hatte eine elektrische Türsteuerung. Aber wenn er wie irgendein Gast in die Halle ging? Dort konnte er sich schnell verdrücken. Allerdings ... irgendein Arsch würde ihn immer sehen ...

Und genau das hatte er nicht so gerne. Nein, das empfahl sich nicht, empfahl sich ganz und gar nicht.

Moment mal ...

Honolka blieb stehen. Die Entfernung zur Hotelauffahrt betrug keine zwanzig Meter. Er stand, vor Blicken verborgen von einer mannshohen, riesigen Tonvase, aus der irgend etwas Kakteenartiges wuchs. Der Architekt fand das wohl besonders exotisch. Honolka war ihm dankbar dafür.

Er sah sie aus dem Eingang kommen. Er sah ein Mädchen in Jeans und einem Pullover. Einem dunklen Pullover. Ein Mädchen mit einem herzförmigen Gesicht ...

Ein Page wollte eines der drei Taxis heranwinken, die in Lauerstellung warteten. Doch sie schüttelte nur den Kopf.

Gut gemacht, Baby, dachte Honolka und spürte den Strom durch seine Adern fließen. Jetzt werden wir dem Wattscheid mal zeigen, was ZEN ist ...

Der Hund bellte noch immer. Hunde müssen das wohl. Vor allem bei Nacht. Entscheidend war: Das Bellen kam von sehr weit her. Es klang vom unteren Teil des Hanges zu ihnen hoch. Der Hund ärgerte sich vermutlich über eine Katze, mit Sicherheit nicht über die beiden Männer.

Rio kauerte auf den Fersen hinter einem Busch. Vor ihm, etwas tiefer, lag die Rückwand der Garage. Zwischen Hang und Garagenbau zog sich eine Art betonierter Graben, ein Umlauf wohl, in dem sich auch die Drainage befand.

An der Rückwand konnte man im Mondlicht zwei kleine Fenster entdecken. Sie waren beide mit Drahtglas gesichert. Bruno hatte es festgestellt. Und jetzt war Bruno dabei, sich das rechte der beiden Fenster vorzuknöpfen.

Es war still. Nur ab und zu hörte man ein metallisches Knarren, dann wieder ein Geräusch, das sich wie ein Schaben oder das Splittern von Holz anhörte. Dazu gab es eine stetige Begleitung: Brunos schwerer, gepreßter Atem und seine heiseren unterdrückten Flüche.

»Gott verdamm mich ... dieser Scheiß ...«

Genau wie früher, dachte Rio ... Vor wie vielen Jahren? Er überlegte. Zwölf, nein, fünfzehn Jahre mußte das schon her sein ... Damals war Rio noch Polizeireporter gewesen, sie arbeiteten beide für eine Illustrierte und fluchten unisono, als man ihnen in der Redaktion die Story erklärte: Versicherungsbetrug. Das war der Verdacht. Und es ging dabei um den reinsten Krimi: Eine Cessna war in Italien abgestürzt, eine deutsche Cessna. Die trauernde Witwe wollte kassieren, die Leiche wartete nach der Überführung in einer Friedhofskapelle auf die Bestattung – nur, leider, leider, Salvatore Darani, der Mailänder Korrespondent, hatte nach einigen Hinweisen von Seiten der Carabinieri einen ganz schlimmen Verdacht. Und so fuhren Rio und Bruno um zwei Uhr früh nach Oberbayern zu einer Friedhofskapelle. Bruno öffnete die Kapellentür mit so eleganter Fingerfertigkeit, als habe ihm die Gemeindeverwaltung den Schlüssel überreicht. Auch der Sarg – kein Problem ... Oder vielleicht doch? – Salvatore hatte Unrecht gehabt. Statt der Steine oder der Zementsäcke, die sie erwarteten, lag doch eine Leiche darin. Keine schöne, keine heile, nach dem ganzen Hin und Her wirklich keine frische. Außerdem roch sie fürchterlich.

Die Story ihres Sargeinbruchs lief durch alle Redaktionen.

Nur, Rio hatte nie ein gutes Gefühl dabei gehabt. Und jedesmal spürte er einen gewissen Druck gegen den Magen, wenn er daran erinnert wurde.

Denselben wie jetzt. Selbst der Mond wirkte so richtig krimimäßig. Bruno aber fluchte begeistert weiter. Dort reinzukommen, wo man ihn nicht drinhaben wollte – für Bruno war es nichts als eine Herausforderung. Er hatte seinen Beruf verfehlt, er hätte Einbrecher werden sollen.

»Tss-tss-tss«, machte er jetzt. Das war ein gutes Zeichen. Rios Porsche-Bordwerkzeug taugte was. Wieder ein Knirschen. Diesmal so laut, daß Rio unwillkürlich hochfuhr.

Er ließ den Punkt seiner Bleistiftstablampe tanzen. »Bruno?«

»Komm«, kam es flüsternd zurück.

Rio ließ sich die Mauer hinabgleiten und suchte das Fenster. Doch das Fenster gab's nicht mehr. Nicht einmal mehr der Rahmen war vorhanden. Beides, Rahmen und Glas, lehnte am Boden.

»Schwein gehabt. Da war der Pilz im Holz, verstehste ... Deshalb ließ es sich einfach mit dem Montiereisen raushebeln.«

»Und jetzt?«

»Jetzt? Na, du gehst durchs Fenster. Und dann öffnest du die kleine Tür, nicht die nach vorne zur Straße, sondern die an der Seite. Die hat nur 'nen Riegel. Klar?«

»Klar.« Bruno hob ihn hoch, Rio schaffte es besser, als er es sich selbst zugetraut hätte. Zuerst öffnete er die Tür. Sie war aus Metall, aber nur durch einen einfachen Riegel gesichert, wie Bruno festgestellt hatte.

Bruno trat ein, legte den Kopf zurück und schnüffelte. »Riecht nach Gammel ... Mach doch 'n Licht an.«

»Spinnst du?«

An den Wänden des ersten Raums zogen sich Regale entlang. Sie waren leer – wenn man von einem Satz Autoreifen und einem Schuhkarton absah. Rio trug jetzt Handschuhe, wie Bruno ihm das befohlen hatte: Feine, dünne Gummihandschuhe.

Er öffnete den Deckel des Kartons. Muscheln lagen darin. Muscheln, an irgendeinem Strand oder irgendwelchen Stränden gesammelt; dort, wo es blaues Wasser und viel, viel Sonne gab. Weit weg jedenfalls.

Der Raum, der sich anschloß, hatte in etwa dieselbe Größe wie der Regalraum: Vier mal fünf Meter. Durch ein ziemlich großes Fenster fiel von draußen, von der Straße, fahles Licht ein. Der Raum wirkte kleiner, als er war, denn die Stirnwand entlang zog sich eine Art stählerne Schrankwand. Sie war grauschwarz. Die Griffe der Türen schimmerten. Rechts, etwa in Kopfhöhe, leuchtete eine rote Anzeige: ein Kühlschrank, nein, eine Kühlwand. Von den Plastikbeuteln, die Rio kannte, gingen da eine Menge rein.

»Ist da Blut drin?« flüsterte Bruno.

Rio schüttelte den Kopf. »Plasma. Wenn überhaupt ... Oder vielleicht 'ne Leiche ...«

»Witzbold.«

»Mensch, Bruno, hat das Fenster keinen Vorhang? Sieh mal, da drüben, die Schreibtischlampe würde völlig reichen.«

»Es gibt keinen Vorhang. Aber 'n Rollo.«

»Na, um so besser ...«

Bruno ließ ihn herab und versuchte einen möglichen Lichtausfall noch dadurch zu unterbinden, daß er die Sitzkissen der drei Stühle, die es hier gab, gegen die Plastiklamellen lehnte.

Rio schlug ihm auf die Schulter – das Jagdfieber hatte ihn jetzt gepackt.

Langsam ging er auf den Schrank zu und öffnete die erste Tür ...

Der Stuhl stand in der Mitte des Wohnmobils, direkt neben dem Tisch mit der Lampe. Ihre Handgelenke und Fußknöchel hatte er mit einer Leine an die Stuhlbeine gefesselt, den Mund und den unteren Teil ihres Kopfes mit einem Schal eingebunden. Er konnte sie schließlich nicht losbrüllen lassen.

Jedesmal, wenn sie einatmete, bildete der Stoff eine leichte Einstülpung, die wie ein kleiner Krater wirkte. Sah komisch aus ... Wieso holte sie sich ihre Luft nicht durch die Nase? Er mit seiner Strumpfmaske, sie mit dem Schal vor dem Gesicht, sie waren schon ein tolles Paar!

Er tänzelte um sie herum: »Man müßte uns fotografieren, meinste nicht?«

Sie zerrte die Handgelenke nach oben ...

»Bringt nix, Baby. Und überhaupt, was hast du bloß dagegen? Soll ich dir mal was sagen: Ich hab' mal 'n Mädchen gekannt, das stand drauf. Das wollte immer festgebunden werden dabei. Mit ganz dicken Stricken. Beine, Arme, alles ...«

Ihre Augen waren weit aufgerissen – ein durchsichtiges Grün wie ein Teich. Und wenn Honolka die Lampe so ausrichtete wie jetzt, konnte man sehen, daß in dem Grün kleine braune Fleckchen schwammen.

Nun preßte sie die Augen zu, so heftig, als könne sie so nicht nur seinen Anblick, sondern auch seine Stimme ausschließen. Auf der Stirn entstanden tiefe Falten. Die Brauen waren ganz flach.

»Gefällt dir die Geschichte nicht? Nein? Weißt du, war 'ne Maso, die Alte. Wie ist das denn so mit dir?«

Ganz steif war sie jetzt, steif wie ein Brett. Aber sie konnte ihn nicht täuschen. Das war nur Schau. Alle Weiber mochten's gern ... Im Grunde ihres Herzens sind sie doch alle Huren ... Selbst Mutti war eine, obwohl er sich das nie so recht eingestehen wollte ...

Sein Gesicht wurde heiß, die Spirale tief in ihm begann wieder zu glühen, Zorn heizte sie auf, Zorn, der ihm durch die Adern bis in die Fingerspitzen kroch. Das Herz klopfte. Das Herz war der Generator, und der drehte und drehte, man konnte, man mußte ihn unter Kontrolle halten. Selbst jetzt. Schließlich: Auftrag ist Auftrag.

»Willst du ein bißchen Musik dazu? Den ollen Lindenberg vielleicht?«

Die Musikanlage war in dem Schrank neben der Tür.

Er ging hinüber und blickte durchs Fenster hinaus: Kein Schwanz. Nein, niemand ließ sich hier blicken. Eine pleitegegangene Baustelle mit 'nem haushohen Kiesberg davor – wer interessierte sich schon dafür?

Er zog den Vorhang vor dem Fenster zu und kontrollierte nochmals den Riegel. In Ordnung. Dann schob er eine Kassette ein. Und da war Udos Stimme – heiser, nuschelnd, gepreßt wie immer.

»Und als wir uns am Bahnhof trafen, sagte ich dir, das geht nicht so ...«, sang Udo.

Er ging zum Eisschrank, griff zum Bier, überlegte es sich dann aber anders. Bier war nicht das Richtige, Korn schon eher. Davon aber nicht viel ... Er setzte die Flasche an den Mund, hustete, Tropfen fielen auf sein T-Shirt.

»Life is short«, stand auf dem T-Shirt. *»Let's pray!«*

Laßt uns beten, let's pray – das war's! Nun bring sie mal dazu ... *»Wir können miteinander schlafen«*, sang Lindenberg, *»ich bin ein anderer, als du denkst ...«*

Honolka stand jetzt dicht bei ihr. Seine flache Hand fühlte in der Tasche die Form des Messers. Messer mochte sie nicht so gerne. Vorhin, als er sie sich an der Hotelauffahrt griff, dort, bei den Büschen, war sie ihm noch keß gekommen: »Was wollen Sie? – Hauen Sie bloß ab, Sie Witzbold!«

Dann hatte er sie ein wenig mit dem Messer gekitzelt, und schon lief alles wie geschmiert: kein Mucks, kein Schrei.

Brav war sie neben ihm hergetrabt – wie die Nutte, die sie nun mal war.

»Und deshalb sag' ich dir ...«

Der Krach, den dieser Geier von Udo machte, ging ihm auf den Geist.

Er schaltete das Gerät aus, die Musik brach ab. Er zog das Messer aus der Tasche, machte die zwei Schritte, die sie trennten, kniete sich vor dem Stuhl nieder und streckte den rechten Arm aus. Es war ein italienisches Klappmesser, das er in der Hand hielt. Er hatte es vor drei Jahren auf dem Markt in Santa Eulalia gekauft, und schon damals hatte ihn nicht nur die flache Lanzettenform der Klinge beeindruckt, sondern auch ihre Rasiermesserschärfe.

Sie streckte die Beine. Der Stuhl kippte zurück.

»Hilft doch nichts, Spätzchen ... So fällst du nur hin. Lies mal, was auf meinem T-Shirt steht. Gut, was? Sag's ... Natürlich kannst du antworten. Brauchst ja nur zu nicken.«

Doch sie nickte nicht.

Die Augen aber waren wieder groß, Augen wie zwei Scheinwerfer, und daraus brachen, gleich grünen Laserstrahlen, ganze Bündel von Angst.

Zu ihren knallengen Jeans trug sie ein einfaches rotes Sweatshirt – nein, eigentlich kein Rot, so eine Art Himbeerfarbe. Der Kragen der Bluse wiederum, der sich aus dem Ausschnitt herausschob, war weiß. Wie Himbeereis mit Sahne, dachte er verträumt und sagte: »›Pray‹ heißt beten. Englisch verstehst du ja sowieso. Du bist sogar 'ne feine Tante von 'nem feinen Pinkel ... Was glaubst du, wie mir die Porschefahrer liegen! Und dazu noch die, die in 'nem schwarzen Porsche rumgurken ...«

Er setzte die gewölbte Schneide an. Er führte sie ganz sacht oberhalb ihres Knies über den Jeansstoff. Von links nach rechts.

Sie stöhnte unterdrückt auf.

»Nicht zucken. Wenn du glaubst, du müßtest hier rumhampeln, dann schneidest du dich nur selbst. Dann ist das deine Schuld. Ich will dir ja nur was zeigen.« Er kicherte, »'ne kleine Demonstration vom Messer-Jakob, meine Damen und Herren! Falls Sie mir ein Messer mit derselben Schärfe bringen können, kriegen Sie drei gratis. Und 'nen Fünfziger dazu.«

Hinter dem braunen Schal drangen erstickte Laute hervor ... Er aber ließ das Messerchen laufen, ließ es einen Streifen ziehen ... Der Jeansstoff klaffte, darunter Haut, weiße Haut – und auf der weißen Haut winzige rote Perlen.

Nicht hingucken, befahl Honolka sich. Das ist nicht gut ...

Seine Joggingschuhe berührten Zellophan, es knisterte. Eine Kartoffelchipspackung. Das störte. Er mußte es hinter sich bringen ...

Weit beugte er sich über den Stuhl.

»Mach mal 'nen Vorschlag. Was wir brauchen, ist ein richtiges Programm. Das, zum Beispiel ...«

Er zog ihr himbeerfarbenes Sweatshirt hoch. Wieder bäumte sich Vera auf. Es war eine hilflose, ohnmächtige Bewegung. Er zerrte weiter, zerrte lange, versuchte ihr den Stoff über den Kopf zu ziehen, aber das ging nicht. Er schob die flache Hand in die Knopfleiste ihrer Bluse, riß sie so heftig auf, daß die Knöpfe absprangen. Und da war nun viel weiße Haut, weiße weiche Haut ... Da waren die runden Hügel der Brust. Weiß und weich ...

Und die Hitze – sie strömte den Rücken hoch, sammelte sich zwischen seinen Beinen, und es schien ihm, als rasten Bilder und Gedanken auf zwei Gleisen nebeneinander her. Die wirren Bilder von einst, all diese Erinnerungen ... Und die Stimme des Alten: »Ich will ordentliche Arbeit, Honolka. Reiß dich zusammen.«

Okay. Cool bleiben, ganz cool. Er drehte sich ab, ging zum

Eisschrank, holte die Flasche mit dem Korn, nahm einen neuen Schluck und betrachtete sein Messer.

Er sah sie nicht an, als er zum Stuhl zurückging und sagte: »Dein Typ soll schließlich auch was davon haben. Dem wollen wir 'ne kleine Freude machen, was? Wir zwei, oder? Hast du schon mal was von ZEN gehört? Im Leben ist alles 'ne Frage der Philosophie, meinst du nicht auch?«

Er hob den Kopf, um die Stelle zwischen ihren Brüsten zu mustern, die Stelle, an der er das Messer ansetzen würde.

Abrupt ließ er das Messer fallen. Verdammter Scheiß! Was war jetzt mit ihr los? Die würde doch nicht ...

Mit zwei schnellen Schritten war Honolka hinter dem Stuhl und tastete nach der Halsschlagader. »Nun komm schon ... Du kannst doch hier nicht einfach das Handtuch schmeißen ...«

Ja. Hier. Ganz schwach war der Puls. Honolka ging zurück zur Einbauküche. Kaltes Wasser wollte er holen, einen Kübel über den Kopf, und die war wieder da. Er ließ den Kübel vollaufen und stellte ihn dann doch ab. Wieso, wenn sie nichts mitkriegte? Was er gerade abgezogen hatte, reichte eigentlich.

»Einen Schock versetzen«, hatte der Alte ihm befohlen: »Mach ihr Angst. Aber nicht mehr.«

Der hatte gut reden. Der saß auf seiner Insel oder schwamm auf seiner Yacht in der Gegend rum und produzierte die großen Ideen. Aber – Angst hatte sie jetzt. Angst reichlich. Sah man doch! Die war fertig!

Er löste die Knoten, die Veras Körper mit dem Stuhl verbanden, und faßte sie unter die Schultern. Am liebsten hätte er sie einfach zur Türe geschleift und aus dem Wagen geschmissen, doch dann würde sie womöglich zu sich kommen, die verdammte Hure, und ihr Geschrei anstimmen. Das war nun wirklich das Allerletzte, was er brauchte.

So hob er sie widerstrebend hoch, entriegelte die Tür,

stieg, den schlaffen Körper der Bewußtlosen auf den Armen, aus dem Wagen ins Freie, lief noch zehn Meter und legte Vera unter einen Busch.

Er sah sich um. Niemand. Drüben, an der hellerleuchteten Hoteleinfahrt, herrschte Betrieb. Wagen kamen, Wagen fuhren weg. Die Schickimickis der Gegend machten sich 'nen schönen Abend. Na, viel Spaß!

Er ging zum Wohnmobil zurück, klemmte sich hinters Steuer und ließ den Motor an. Elf Uhr. Da war noch was zu erledigen – in dieser Nacht. Keine dämliche Komödie, nein, eine einfache, glatte, saubere Arbeit.

Rio wußte nicht, was ihn erwartete, als er den ersten der drei Schränke öffnete. Leer. Die verchromten Gitterstäbe der vier Fächer schienen ihn höhnisch anzugrinsen. Bruno hinter ihm stieß pfeifend die Luft aus. Rio öffnete jetzt den Preßverschluß der zweiten Tür. Der gleiche Anblick – leer.

»Aber das Ding ist doch eingeschaltet, verdammt noch mal.« Zornig riß Rio die Tür auf. Wenn da auch nichts drin war, warum ließ dieser Vollidiot dann die Kühlmaschine ...

Aber es war etwas drin! Diesmal hatten sie Erfolg. Was sie sahen, war wohl die Unterseite eines stabilen Kartons. Ursprünglich hatte er für den Versand von Büchsenmilch gedient. Der Karton war nicht höher als zehn Zentimeter. Und darin war nicht Büchsenmilch, sondern darin standen, einer hinter den anderen gereiht – Plastikbeutel. Es mochten zwei Dutzend, vielleicht sogar noch mehr sein. Ihr gefrorener, grautrüber Inhalt beulte die rechteckige Form der Behälter aus. »Blut verdirbt leicht.« Rio erinnerte sich wieder an Hochstetts Erzählungen. »Zellen sind lebendige Materie, verstehen Sie. Man kann sie nicht länger als zwei bis vier Wochen am Leben erhalten. Plasma jedoch, tiefgefroren und getrocknet, ist fast unbegrenzt haltbar.«

»Gib mir mal die Lampe, Bruno.«

Rios Fingerspitzen wurden gefühllos, als er den ersten der Beutel anfaßte und hinüber zu dem kleinen primitiven Tisch in der Ecke trug, auf dem die Bürolampe brannte und der wohl als Schreibtisch gedient hatte.

»Mensch, ist das vielleicht 'n altes Zeug!« Brunos Flüstern klang beinahe ehrfürchtig. »Die stammen ja aus dem Jahre neunzehnhundertneunundachtzig.«

Ja. Neunzehnhundertneunundachtzig. Das Jahr, in dem Reissner sich infiziert hatte. Wo war die Nummer? Auf dem Beutel war sie nicht zu entdecken, aber hier, auf dem verfleckten Etikett direkt neben der Aufschrift »Bio-Med: 13 986.«

Pech! So ein verdammtes Pech! Eine Tausenderreihe später als die Plasmabehälter, die Novotny im Max-Ludwig-Krankenhaus beschlagnahmt hatte. Trotzdem: Sie würden einige Beutel mitnehmen, und die mußten untersucht werden. Ein einziges überlebendes Virus, ein Ding von unvorstellbarer Winzigkeit reichte völlig aus. Es würde sich vermehren und jede Infusion in eine tödliche Zeitbombe verwandeln.

»Gut«, brummte Bruno, »und jetzt bist du ganz schlau, oder?«

»Nee. Vielleicht werd' ich's noch.«

Er schloß die Tür. »Schauen wir uns noch ein bißchen um, Bruno. Das Zeug nehmen wir nachher mit.«

»Den ganzen Karton?«

»Vier oder fünf Beutel.«

»Aber die sind doch tiefgefroren.«

»Bis wir zurück sind, hält das schon. Im Hotel müssen wir uns halt was einfallen lassen.«

Er ging zu dem Tisch in der Ecke und zog die Schublade auf – so leer wie die ersten beiden Schränke. Nicht einmal eine Büroklammer befand sich darin. Die Schublade war ausgeräumt worden, das stand fest. Dieser Bio-Med-

Mensch Lars Boder mußte Gründe dafür gehabt haben. Und die galten sicher für das ganze Haus.

»Komm, schauen wir mal in der Garage nach. Vielleicht gibt's dort 'ne Tür rüber in seine Bude.«

Bruno nickte.

Viel Mühe hatten sie sich nicht gemacht, als sie einen primitiven Gartenanbau in die Einmannfirma »Bio-Med« verwandelten. Und viel Geld war wahrhaftig auch nicht verschwendet worden. Die beiden Räume – der eine, der als Hauptattraktion die Kühlwand aufwies, und der andere, in dem die leeren Regale standen – waren wenigstens von innen geweißelt worden. Auf der anderen Seite der Mauer sah man nur das triste Grau der Hohlblocksteine, die den geschäftlichen Teil der Garage abtrennten. Und sonst? Schwarze Ölflecken auf dem Zement. Hier paßte gerade noch ein Wagen rein. Und nicht mal ein großer. Ja, dort in der Ecke, die farbenprächtige Stange ... Beim näheren Hinsehen entpuppte sie sich als ein zusammengerolltes Segel. Es gehörte zu einem Surfbrett. Von dem Surfbrett jedoch war nichts zu entdecken. Rio dachte an den Karton mit den Muscheln, der dort drüben einsam auf einem der Regale stand, und sah diesen Lars Boder im Geist über irgendwelche Wellen preschen.

»Meinst du, wir kommen da rein?«

Sie standen vor einer schmalen Nut- und Federkonstruktion von Türe. Das Schloß daran war so einfach, daß es Bruno noch nicht einmal für nötig hielt, zu nicken. Er klimperte nur mit dem Schlüsselbund, an dem er seine Geheimwerkzeuge angehängt hatte. Die Tür ging auf.

Die Luft war abgestanden. Die beiden Männer gingen auf Zehenspitzen hinein. In der Küche auf der Spüle standen Teller mit angeklebten, undefinierbaren Soßenresten. Daneben eine Tasse. Der Kaffee darin war längst eingetrocknet. Im ersten Stock ein für die ärmliche Möblierung geradezu protziges Rattanbett. Auch hier hatte sich niemand die Mühe gemacht, Tücher zu glätten oder Betten abzuziehen. Der helle Fleck aus Rios Lampe streifte das Bild, das auf dem Bettbord stand: Es zeigte einen dunkelhaarigen, dicklichen Typen mit einem Schnauzbart, der mit dem linken Arm strahlend ein Mädchen umfangen hielt. Der Hintergrund: Playa. Aber keine spanische ... Und dort in der Ecke – ein weißes Surfbrett.

Brunos Blitz flammte auf. Na, eines wenigstens hatten sie erreicht: Lars Boder begann sich in einen Menschen aus Fleisch und Blut zu verwandeln.

Im Wohnzimmer ließ Rio die in weißes, feines Gummi gehüllten Fingerspitzen seiner linken Hand über den Fernseher streichen und betrachtete das Resultat: dicker Staub. Hier drinnen schien sich seit Wochen keiner mehr um Sauberkeit gekümmert zu haben.

»Komm, mach zu«, drängte Bruno.

Rio nickte, ging nochmals in die Küche und fand im Putzmittelabteil unter der Spüle Rollen mit Plastikbeuteln für den Mülleimer. Er riß einen ab. Dann gingen sie zurück in das Plasmadepot.

Rio nahm vier der Beutel, steckte sie in den Plastiksack und knurrte: »Jetzt nichts wie weg ...«

Draußen war's still. Ein leichter Wind wehte vom Tal herauf. Rio fröstelte, doch Grund war nicht die Kühle, die der Wind mitbrachte.

Bruno warf den Beutel auf den Rücksitz. »Und was willst du damit anfangen? Vor 'ner Stunde sind wir nicht zurück im Hotel. Und dann ist es Mitternacht. Willst du dann noch mit dem Koch reden, damit er dir die Dinger in die Kühltruhe steckt, oder was?«

»Genau«, sagte Rio. »Das wirst du übernehmen, denke ich.«

Er warf einen Blick auf die Uhr und ließ den Porsche den Abhang hinabrollen, an Boders Haus vorbei. Das Nachbargrundstück war von einer weißen Mauer umgeben. Dahinter sah man schattengleich die horizontale Linie eines Bungalows. Eines der Zimmer an der Frontseite war noch beleuchtet. Die Helligkeit lag wie ein goldener Abglanz auf dem Stamm einer Birke.

Rio schaltete das Standlicht an und stieg aus. »Bleib hier, Bruno.«

Der Fotograf zuckte nur mit den Schultern. Im Zement des rechten Türpfeilers war eine Messingkombination aus Briefkastenschlitz, Klingel und Sprechanlage eingelassen. Rio drückte dreimal – schüchtern erst, dann entschlossen und länger. Die Anlage knackte. »Ja.«

»Mein Name ist Martin. Rio Martin. Entschuldigen Sie bitte die späte Störung ...« Er verlieh seiner Stimme den vertrauenbildenden seriösen Unterton, der der Situation wohl angemessen war. Es war die Stimme eines wohlerzogenen, wenn auch ratlosen Bittstellers: »Wissen Sie, ich komme aus München, war in Frankfurt, und der Umweg hierher ist doch ziemlich groß. Ich suche nämlich Herrn Boder ...«

»Was hab' ich mit dem zu tun?«

»Natürlich nichts. Ich wollte eigentlich nur wissen ... nun, es ist nämlich so ... Herr Boder ist Surfer wie ich, verstehen Sie. Windbrett-Sportler.« Hieß das Ding überhaupt Windbrett, verdammt noch mal? – Egal. Der Mann schien begriffen zu haben. »Nun, wir waren vor einem Jahr zusammen in Varna, in Rumänien. Wir haben uns dort rein zufällig getroffen. Aber leider hatte ich dann einen Getriebeschaden an meinem Wagen, und so was ist in Rumänien verdammt unangenehm. Also hat sich Herr Boder erboten, meine Ausrüstung, mein Surfbrett und die Segel mit nach Hause zu nehmen.«

»Ja und?«

»Nun, das ist so ...« Rios Halsmuskel tat schon weh, so

tief mußte er sich zu dieser blöden Sprechöffnung hinunterbücken. »Ich wollte meinen Krempel wieder abholen. So eine Ausrüstung ist nämlich sehr teuer. Ich hab' Herrn Boder schon einige Male angerufen, aber ohne Erfolg, und deshalb dachte ich, wenn ich hier in der Gegend vorbeifahre ...«

»Moment mal ...«

Lange dauerte es nicht, keine zwanzig Sekunden, und die Tür dort oben öffnete sich. Rio kniff die Augen zusammen, denn zur selben Sekunde waren an den Seiten des flachen Baus Sicherheitsscheinwerfer aufgeflammt, deren Licht ihn blendete. Als ob das nicht ausreichte, hielt der Mann, der über den Plattenweg auf ihn zukam, auch noch eine Taschenlampe in der rechten Hand. Es war ein großer, breitschultriger und ziemlich dicker Mann. Rio konnte nur seine massive Silhouette ausmachen. Haare hatte er keine. In all diesem Licht schimmerte eine Kugelglatze. Nun blieb er stehen, und zumindest die Taschenlampe erlosch.

»So, der Herr Boder hat Ihnen dieses Dingsda geklaut. Und was soll ich dabei ...«

»Entschuldigen Sie! Ich kann nicht sagen, daß Herr Boder mein Surfbrett geklaut hat. Ich bin überzeugt davon, daß ich es mitnehmen könnte, wenn er nur hier wäre. Und deshalb dachte ich mir, ich frag' mal bei Ihnen als Nachbar an, ob Sie wissen, wann er zurückkommt.«

»Da sind Sie an der falschen Adresse.« Er hatte eine tiefe, beinahe weiche Stimme. Nun wurde sie hart. »Boder ist weg. Schon lange. Der Stromableser war auch schon bei mir – seinetwegen. Und soll ich Ihnen noch was sagen: Ihr Surfbrett hat der sicher schon längst verscherbelt. Ich hab' ihm mal meinen Rasenmäher geliehen. Dreimal mußte ich rübergehen, bis er ihn wieder rausrückte. So einer ist das.«

»Ah so!« Rio gab sich Mühe, seine Stimme bekümmert klingen zu lassen. »Sie sagten, er sei schon lange weg. Wie lange denn?«

»Genau kann ich Ihnen das auch nicht sagen. Ich bin erst darauf aufmerksam geworden, als sich bei ihm überhaupt nichts mehr rührte. Da hab' ich den Briefträger gefragt. Der wußte auch von nichts. Keine Nachsendeadresse. Keine sonstige Anschrift. Und so was will 'ne Firma sein.«

»Ich hab' gar kein Firmenschild bemerkt!«

»Das hat er schon vorher weggeschraubt. Das war etwa ... einen Monat bevor er sich völlig verdünnisierte.«

»Hm«, machte Rio, »na, dann bitte ich Sie nochmals um Entschuldigung für die Störung. Gute Nacht.«

Der Dicke zögerte mit der Antwort. Vielleicht hatte er noch mehr auf Lager. Rio jedoch fehlte die Lust, sich noch weiteren Tratsch anzuhören. Er ging zum Porsche.

Bruno schob ihm die Tür auf. Verdünnisiert, dachte Rio. Aber wie? Und wohin?

»Meine Frau ist – was?«

Weit schob sich Rio über den Empfangstresen des Parkhotels. Ungläubig starrte er in das glattrasierte Gesicht des jungen Mannes, der dahinter stand. Es war nicht der nette Herr Weigert. Ein junger Blonder mit einem glatten Kindergesicht hatte die Nachtschicht übernommen.

Im gedämpften Licht der großen weiten Halle gingen Menschen hin und her. Alle waren sie mächtig aufgedreßt: »Jahresbankett des Reitervereins Bernhagen« hatte Rio auf einem Hinweisschild gleich am Eingang gelesen: »Großer Festsaal.«

All die Menschen in ihren Smokings und Abendkleidern wirkten auf Rio unwirklich wie Abziehbilder. »Reden Sie doch, Mensch ...«

»Ihre Frau – ich meine die gnädige Frau ist bedauerlicherweise überfallen worden.«

»Bedauerlicherweise überfallen worden?« Der Vogel hier war verrückt ... Mußte es sein.

Bruno schob sich heran und stellte die Ellbogen auf die Holzplatte: »Wo ist Frau Martin jetzt?«

»Hier im Hotel. Auf ihrem Zimmer.«

»Ist sie verletzt?«

»Glücklicherweise nein. Ich habe meinen Dienst ja erst um einundzwanzig Uhr angetreten. Aber soweit ich das verstanden habe, ist Frau Martin von einem Mann mit einem Messer bedroht worden. Man hat sie völlig verstört unten an der Auffahrt gefunden.«

Rio rannte los. In der Halle stieß er prompt mit einem der Paare zusammen, die gerade dem Festsaal zustrebten. Der Aufprall war so heftig, daß die Frau im blauen Abendkleid den Halt verlor und gestürzt wäre, wenn ihr Begleiter nicht sofort zugegriffen hätte.

»Eine unglaubliche Rüpelei«, brüllte er hinter Rio her, aber da war der bereits im Lift. Seine Fingerspitzen trommelten erregt gegen die goldfarbene Metallverkleidung der Kabine.

Endlich ... Aus einer Tür am Ende des Korridors trat ein beleibter Mann und kam langsam auf ihn zu.

Rio blockierte ihm den Weg. »Wer sind Sie?«

Der Mann hatte ein glattes, gut durchblutetes Gesicht. Er musterte Rio durch seine Hornbrille. »Und Sie ...«

»Ich heiße Martin. Und Sie kommen gerade aus meinem Zimmer. Verdammt noch mal, was ist hier los?«

»Ach, Herr Martin, gut, daß Sie jetzt da sind ... Ich bin Arzt. Es besteht kein Grund zur Aufregung, Herr Martin, Ihrer Frau geht es wieder gut. Ich habe ihr gerade ein Beruhigungsmittel gegeben.«

Rio rannte weiter, stieß die Tür auf, durchquerte den Vorraum, der zum Bad führte, und öffnete die zweite Tür. Das Doppelbett stand auf der rechten Seite. Links am Fenster gab es eine Sitzgruppe und gegenüber dem Bett einen Sekretär. Zwischen Sekretär und Bettende standen zwei Männer. Beide waren um die Vierzig, beide trugen sie Lederjacken und den leicht bekümmerten Polizistenausdruck im Gesicht. Ein dritter Mann saß in einem Sessel in der Ecke. Er war grauhaarig. Graugestreift war auch sein tadellos sitzender Anzug mit der zweireihigen Jacke. Er erhob sich bei Rios Eintreten.

Vera lag auf dem Bett.

Sie lag ganz still. Ihre Augen waren geöffnet. Ein Bettuch bedeckte sie. Darauf lagen ihre Hände. Sie waren gekreuzt, als habe man sie aufgebahrt.

»Vera!«

Sie gab keine Antwort. Rio sah, daß einer der beiden Männer dort ein paar Jeans in den Händen hielt. Nun legte er sie sorgsam auf den Sekretär und drehte sich Rio zu, doch der Mann im Zweireiher war der erste, der sprach.

»Verzeihung. Sie sind Herr Martin, nicht wahr?«

Rio kauerte sich neben Veras Bett und griff nach ihrer Hand. Ihre Finger waren kühl. »Vera, was ist denn?«

Sie drehte das Gesicht zu ihm. Bläuliche Schatten lagen unter ihren Augen. Der Mundwinkel verzog sich. Ja, sie lächelte.

»O Rio! Wo warst du?«

»Liebling ...«

»Ich bin so müde«, murmelte sie, und die Lider fielen über ihre Augen. Sie flüsterte noch etwas, doch er verstand es nicht mehr. Aber er spürte das Zittern, das sie bis zu den Fingerspitzen durchlief. Er erhob sich.

»Herr Martin, mein Name ist König. Ralf König. Ich bin der Direktor des Hotels. Ich kann Ihnen versichern, daß wir diesen Vorfall außerordentlich bedauern. Wir haben alles unternommen, um Ihrer Frau, so gut es ging, behilflich zu sein. Die beiden Herren hier sind von der Polizei.«

Die beiden Herren nickten. Der jüngere von ihnen war braungebrannt, als hätte er gerade einen Karibikurlaub hinter sich. Der andere wirkte blaß und übernächtigt. »Wendland«, stellte er sich vor.

»Herr Wendland, könnten Sie mir jetzt endlich erklären ...«

»Aber gerne. Ihre Frau wurde in einem total geschockten Zustand von einem Hotelangestellten etwa zweihundert Meter vor dem Hoteleingang entdeckt. Dort lag sie an einem Bordstein. Es gelang unserem Arzt, sie so weit zu beruhigen, daß sie eine Aussage machen konnte.«

»Und? Herrgott noch mal, reden Sie doch weiter!«

Dieser Polizist Wendland – Inspektor, Kommissar oder was auch immer – lächelte nachsichtig. »Nach allem, was wir erfahren konnten, hat Ihre Frau einen Spaziergang gemacht, um ein wenig Luft zu schöpfen. Nicht weit von hier, an der Kreuzung – die Straße ist ja ziemlich wenig befahren – trat ein Mann auf sie zu, bedrohte sie mit einem Messer und zwang sie damit, mitzukommen.«

»Mitzukommen? Wohin?«

»In ein Wohnmobil. Es war an einer Baustelle geparkt. Hinter einem Kieshaufen.«

Rio blickte wieder hinüber zum Bett. Die ganze Zeit tat er es. Vera schien zu schlafen. Er versuchte sich vorzustellen, was dies alles bedeutete. Bedrohte sie mit einem Messer? ... Zwang sie mitzukommen? ... Der Hals wurde ihm eng. »Bitte, nun reden Sie doch.«

»Aber gerne, Herr Martin. Irgendwie ist die Sache mysteriös. Der Mann scheint offensichtlich ein Sadist zu sein. Er hat Ihre Frau auf einem Stuhl festgebunden und sie geknebelt. Hier, die Jeans ... Er hat sie anscheinend mit einem sehr scharfen Messer über den Knien durchtrennt. Er muß es getan haben, als sie die Jeans anhatte, denn der Arzt stellte zwei leichte Spuren ...«

»Schnitte?«

»... fast unmerkliche Kratzer oberhalb des Knies fest.«

»O nein!«

»Herr Martin! Ich kann mir vorstellen, wie nahe Ihnen das geht. Aber – Gott sei Dank – läßt sich ja feststellen: Es ist ihr nichts passiert.«

»Nichts ... Und die Angst, die sie durchgemacht hat?«

»Gut. Nichts außer dem seelischen Schock.«

»Hat sie das Schwein beschrieben?«

»Das ist es – sie konnte ihn nicht beschreiben. Er trug eine Strumpfmaske. Ein Meter fünfundsiebzig, nicht allzu groß also, schlank ...«

Sie hatte jetzt den Kopf zur Seite gebettet. Er sah, wie sich ihre Brust hob und senkte. Sie schien zu schlafen. Tief zu schlafen.

Die Tür öffnete sich. Bruno trat ein.

Rio deutete auf ihn: »Dies ist mein Mitarbeiter – Herr Arend. Die Herren sind von der Polizei. Irgendein Schwein hat Vera aufgelauert und sie überfallen.«

Bruno nickte nur.

»Wie kam sie aus dem Wohnwagen?«

»Das ist es ja ... Das wissen wir nicht. Sie weiß es selbst nicht. Sie weiß nur, daß sie ohnmächtig geworden ist. Der Mann hat sie einfach dort auf den Boden gelegt und ist abgehauen. Vielleicht wurde er gestört? Oder es wurde ihm sonst irgendwie ungemütlich. Ihre Frau hat großes Glück gehabt, Herr Martin. Wir haben unsere Erfahrungen mit diesen Typen. Wenn die mal anfangen, mit dem Messer herumzuspielen, sind sie selten zu stoppen.«

Rios Phantasie entwarf Bilder. Irgendwie waren sie zu unglaublich, zu ungeheuerlich, als daß sein Verstand sie fassen konnte. So ist das nun: Du schreibst über solche Dinge, du liest davon in Zeitungen, in Büchern, sie werden dir erzählt, aber wenn's dich einmal selber trifft, begreifst du gar nichts.

»Und weil die Sache irgendwie nicht in das bekannte Täterprofil paßt, wollte ich Sie noch etwas fragen, Herr Martin.«

»Ja?«

»Sie kommen aus München, nicht wahr? Haben Sie geschäftlich hier zu tun?«

»Ich schreibe einen Artikel. Ich bin Reporter des NEWS-KURIER.«

»So? Interessant. Und wie ist das ... Wäre es möglich, daß Sie hier in Bernhagen irgendwelche Gegner haben?«

Es war genau die Frage, die sich Rio von dem Augenblick an stellte, als ihm aufging, was mit Vera geschehen war. Die Antwort aber war zu abenteuerlich.

»Nein«, sagte er, »ich habe hier keine Gegner.«

»Und Ihre Frau?«

»Die schon gar nicht. Wie denn?« Doch dann, nach einer kurzen Pause der Überlegung, fügte er hinzu: »Wissen Sie, ich habe hier keine persönlichen Gegner. Aber sonst ... na ja, Presseleute haben immer Feinde. Das liegt in der Natur der Arbeit ...«

Er unterbrach sich und blickte wieder hinüber zum Bett, auf dem Vera lag. Ihr Gesicht wirkte nun vollkommen entspannt, die Augen waren geschlossen. Doch er erkannte den bläulichen Fleck, der sich unterhalb ihres linken Jochbeins zum Hals hinab zog. Seine Hände verkrampften sich, und er wußte, daß er, solange er auch lebte, diese Nacht nicht vergessen würde. Und noch etwas wußte er jetzt: Für ihn war sie noch nicht zu Ende ...

»Ihr Whisky.«

Der Barkeeper schob Rio das Glas zu und verzog sich wieder zu seiner Zeitung und zu seinem Plattenspieler. In der diskret beleuchteten Hotelbar saßen drei Pärchen und er. Er aber war kein guter Gast. Den Whisky allerdings brauchte er. Er mußte mit seiner Nervosität fertig werden, irgendwie, auch mit der Erschöpfung. Hunger fühlte er schon längst keinen mehr. Und sein Magen wollte alles andere als Whisky. Aber was sollte es? Die Beutel ihrer »Bio-Med«-Beute lagen in irgendeinem Hoteleisfach. Oben, in Zimmer 412, hatte es sich Bruno bequem gemacht, indem er einfach die Diwankissen auf den Teppich gelegt und sich fluchend darauf ausgestreckt hatte. Falls Vera irgendwann in dieser Nacht erwachte, hatte sie wenigstens Bruno. Er aber ... Wie kann ein Mensch normal bleiben, wenn die Irren los sind? Was sollte er im Bett? Er würde sowieso nicht schlafen können. Er mußte nachdenken. Er mußte handeln. Und zuvor trank er das Glas leer.

Es wurde ihm besser.

Rio kannte die Nummer auswendig. Er hatte sie sich schon auf der Rückfahrt immer wieder vorgebetet – und dann doch nirgends gehalten, um anzurufen.

Und jetzt, jetzt war es Mitternacht. Erheblich nach Mitternacht. Zwölf Uhr fünfundvierzig ... Verdammt spät, um jemanden anzurufen.

»Kann ich mal das Telefon haben? Und wenn Sie so nett wären, die Musik ein bißchen leiser zu stellen ... Dauert nicht lange.«

»Oben in der Halle gibt's eine Kabine, mein Herr«

Vielleicht gab's oben in der Halle eine Kabine. Nur, er hatte keine Lust, vom Hocker zu rutschen und hinaufzusteigen.

»Bringen Sie mir lieber einen zweiten Whisky.«

Der Barmann stellte den Apparat tatsächlich leiser und brachte auch den zweiten Whisky. Rio wählte. Nichts. Freizeichen, wie am Nachmittag ... Freizeichen ohne Ende. Er legte auf. Er versuchte es wieder. Das Resultat blieb das gleiche.

Den zweiten Whisky trank er nur bis zur Hälfte. Er unterschrieb die Rechnung, und während er in der Außentasche seiner Lederjacke nach dem Trinkgeld kramte, ertasteten seine Fingerspitzen einen zweiten Zettel. Richtig, der gehörte auch dazu. Dies war Dagmars Adresse. Der nette Herr Weigert hatte sie für ihn herausgefunden. Er legte sie neben die Nummer. »Oprechtstraße 27«, stand da drauf.

Er stieg die Treppen hoch. Der junge Blonde am Empfang hob die Hand, es war eine der teilnahmsvollen Bewegungen, die man bei Beerdigungen beobachten kann. »Gute Nacht, Herr Martin.«

Von wegen! Soweit war er noch nicht!

»Sagen Sie mal, kennen Sie die Oprechtstraße?«

»Ja, Herr Martin. Das ist gar nicht weit entfernt von hier. Wenn Sie sich nach der Ausfahrt links halten – hier ...«

Er faltete eine Stadtkarte auseinander und deutete mit dem Bleistift auf einen Punkt: »Hier sind wir. Und das ist die Oprechtstraße. Fünf Kilometer, würde ich sagen.«

Es mußten weniger gewesen sein. Rio brauchte keine fünf Minuten und war dabei noch im Schrittempo an einer Baustelle mit einem großen Kieshaufen vorbeigefahren: Der Ort, an den dieses Schwein Vera verschleppt hatte, um sie zu quälen ...

Hier stand es: »Oprechtstraße.« Rechts erstreckte sich freies Feld. In der Ferne huschten Lichter auf der Autobahn vorbei. Links – Häuser. An der Einfahrt, die zum letzten dieser Häuser führte, las Rio: REICHENBACH. Die breite Maschentür der Hofeinfahrt stand einen Spalt offen.

Er stieg aus und drückte sie auf.

Das Haus lag völlig im Dunkel. Im Mondlicht wirkte es schwarz. Etwas gefiel ihm hier nicht, aber da war auch etwas, das ihn weitertrieb, ein sonderbarer, erbitterter, gläserner Zorn. Zum zweiten Mal in dieser Nacht holte er seine kleine Stablampe heraus – um sich zum zweiten Mal wie ein Einbrecher zu fühlen.

Er brauchte sie gar nicht. Es war so hell, daß sich alle Umrisse abzeichneten. Der Umriß eines aufgebockten Lieferwagens. Und dort, Berge von leeren Blumentöpfen. Ein leises Klappern ... Er fuhr zusammen. Der Wind spielte mit einem losen Blech.

Nun ging er auf Zehenspitzen, langsam und darauf gefaßt, daß etwas passieren würde. Es gab so viele Schatten. Jeder schien bedrohlich. Er hielt den Atem an: Was ist das?!

Er hielt den Kegel seiner Lampe tief. Das Licht war nicht größer als ein Fünfmarkstück. Und dieses bißchen Licht ließ drüben im Schatten des Gewächshauses etwas aufglitzern: Etwas wie roter Lack? Doch dies war kein roter Lack. Es war keine Farbe. Es war Blut.

Rio Martin war kein ängstlicher Mensch, besser, er hatte sich die Angst abtrainiert. Er konnte ganz ruhig atmen. Auch jetzt ... Er löschte die Lampe und trat einen Schritt zurück, verbarg sich hinter einem Kaminvorsprung und versuchte nachzudenken. Abhauen? Weg? Heute nacht war schließlich genug passiert. Und was immer sich hier abspielte – was ging es ihn an?

Eine Menge. Das war es. Und das wußte er auch. Also würde er auch diese Kiste noch durchziehen.

Nichts rührte sich.

Auch das Blech klapperte nicht länger. Nichts war zu vernehmen bis auf das Rauschen des Windes.

Er löste sich aus seiner Deckung und ging die vier Meter bis zu der Blutlache hinüber. Seine Lampe tastete ihre Größe ab. Da war eine Kette. Sie endete an dem, was einmal der Hals eines Hundes gewesen sein mußte, eines ziemlich großen schwarzen Hundes sogar. Aber das war kein Hals mehr. Die Schnittwunde wirkte wie ein riesiges dunkles offenes Maul, die Schattenform des Körpers war zusammengerümmt.

Nun hatte er Mühe mit dem Atmen. Und auch mit seinem Magen. Er drehte sich ab und spürte eine jähe Sehnsucht nach Bruno ... Verflucht noch mal: Warum mußte er sich allein auf diese Tour einlassen? Was war das überhaupt für ein Horrorort hier? Bernhagen – Metropole des Bluts und der Sadisten! Bernhagen schien sich mächtig Mühe zu geben, diesem Ruf gerecht zu werden.

Auf der Straße gab's wenigstens eine Laterne. Dazu funkelte der Lack seines Porsches ihm vertrauenerweckend entgegen. Was ihn am meisten beruhigte: Er brauchte nur die Tür aufzumachen und hatte schon ein Telefon in der Hand. Aber er tat genau das Gegenteil. Auch er war nicht normal in dieser Nacht. Vielleicht hatte er endgültig die Nase voll: Jetzt wollte er es wissen ...

Er drehte sich um, stolperte, und am Schluß rannte er dem Haus entgegen, war an der Tür. Hier gab es nur eine Klingel, nur einen Namen: Reichenbach.

Er läutete Sturm. Die Klingel tobte drinnen im Haus, doch nichts regte sich. Kein Licht, das aufflammte. Keine Schritte, die sich näherten. Sein Herz schlug jetzt wie ein Schmiedehammer, die Hände begannen zu zittern, und dann legte er diese zitternden Hände auf die Türklinke, eine ziemlich altmodische Klinke, und drückte. Die Tür ging auf. Diesmal hatte er Mühe, die Lampe zu halten. Er ging hinein und wunderte sich selbst, woher er den Mumm nahm. Aber es war kein Mumm, irgendwie hatte dies alles eher mit Verzweiflung zu tun.

Und so schaltete er, ohne weiter zu überlegen, das Licht an. Es war, als habe er eine unsichtbare Grenze überschritten. Soll passieren, was will. Vielleicht schoß hinter dem Schrank eine Hand mit einem Messer hervor, vielleicht knallte es gleich aus der offenen Tür in der Mitte des Vorraums ...

Er trat durch diese offene Tür. Wieder fand er sofort den Schalter und ließ das Deckenlicht aufleuchten ...

Die Übelkeit fuhr so brutal, so heftig in seinen Magen, daß er glaubte, sich übergeben zu müssen.

Er hatte sich zu viel vorgenommen. Jetzt wußte er es. Er dachte daran, aus dem Haus zu laufen. Aber irgendein Rest von Professionalität war es wohl, der ihn daran hinderte. Vielleicht war es auch nur die Schwäche in seinen Knien.

So kniete sich Rio Martin auf dem Teppich nieder. Und kauerte dort, keine fünfzig Zentimeter von dem reglosen Frauenkörper entfernt, den die Schirmlampe bestrahlte. Mit angezogenen Beinen, auf der Seite liegend und nur mit einem kurzen gelben Frotteemantel bedeckt, wirkte er hilflos und sehr tot. Helles halblanges Haar fiel der Frau ins Gesicht. Die eine Hand war noch zur Faust geballt, die andere lag schlaff neben einem nackten weißen Schenkel.

Rios Hand tastete nach der Schläfe, dann hinab zur Halsschlagader. Die Haut war noch warm. Aber da war nicht das entfernteste Echo eines Herzschlags zu spüren.

Wie lange er so dasaß – er wußte es nicht. Dann kamen die Gedanken zurück, und mit ihnen ein wenig Kraft. Er stand auf und blickte sich um. Er entdeckte kein Telefon. Er würde hier auch nicht telefonieren.

Er schloß ganz sacht die Tür. Und dann die zweite, die am Eingang.

Als er in die Nacht hinaustrat, fühlte er nicht einmal mehr Angst. In ihm war nichts als eine große, kalte Leere, die sich langsam mit tödlichem Zorn auflud.

Er ging zum Porsche und sah noch einmal zurück. Das Haus lag dunkel und verlassen wie zuvor. Zwei Morde. Ein Schäferhund und eine Frau. Eine Frau, die er nicht kannte und die doch verzweifelt versucht hatte, mit ihm Kontakt aufzunehmen. Er wußte nicht einmal, auf welche Weise der Mörder die Tat ausgeführt hatte. Der Mörder? Derselbe Mörder, der Vera gequält hatte?

Seine Hände zitterten, als er die Tür des Porsche aufzog. Auf der Fahrt zurück nach Bernhagen hatten sie an einer Tankstelle angehalten. Bruno war ausgestiegen und mit einer Schinkensemmel und einer Flasche Cognac zurückgekommen. Die Schinkensemmel für Rio, den Cognac für sich.

Aber die Hälfte des Cognacs war noch da. Rio holte die Flasche aus der Türablage und setzte sie an den Mund. Der Alkohol löschte das Zittern.

Er nahm das Funktelefon und drückte die Notrufnummer. Eine Frauenstimme meldete sich und leitete das Gespräch an die Kriminalpolizei weiter.

»Mainrad – Bereitschaft.«

»Herr Mainrad, ist Kommissar Wendland zu sprechen?«

»Der ist schon nach Hause.«

»Der andere Herr, ziemlich braungebrannt, blonder Schnauz?«

»Moment.«

»Mühlen!« Da war er, der junge braungebrannte Typ mit dem aufgetrimmten Schnauz auf der Oberlippe.

»Herr Mühlen, hier spricht Martin. Wir haben uns vor einer Stunde im Parkhotel kennengelernt.«

»Martin? Ach ja, natürlich! Ist Ihre Frau noch mal aufgewacht, Herr Martin? Haben Sie neue Erkenntnisse?«

»Meine Frau schläft. Das heißt, ich hoffe, daß sie schläft. Ich hab' aber trotzdem neue Erkenntnisse.«

»Wirklich? Um was geht es?«

»Ich rufe vom Wagen aus an. Ich stehe in der Oprechtstraße. Vor dem Haus Nummer 27.«

»Ja?«

»In diesem Haus ist ein Mord geschehen ... Und sicher nicht vor allzu langer Zeit.«

»Was? Was sagen Sie da?«

»Ein Mord, Herr Mühlen ... Falls Sie Tierfreund sind, können Sie sogar von einem Doppelmord reden. Der Schäferhund, der das Haus bewachen sollte, ist nämlich auch umgebracht worden. Mit einem Schnitt durch die Kehle.«

»Der Schäferhund?« murmelte der junge Beamte. »Und das Opfer?«

»Eine junge Frau. Sie liegt auf dem Teppich im Wohnzimmer. Wie sie zu Tode kam, weiß ich nicht. Ihr Name ist Dagmar Reichenbach.«

»Moment mal ... Dagmar Reichenbach ...« Er wiederholte es langsam, wie ein Schuljunge, während er Namen und Adresse aufschrieb. »Darf ich fragen, wieso ...«

»Wieso ich dorthin kam, nach allem, was heute nacht schon geschehen ist ... Es hat mit meinem journalistischen Auftrag zu hin, Herr Mühlen. Ich erzähle Ihnen das alles morgen. Für heute reicht's mir. Ich will jetzt nur eines: zurück ins Hotel, zurück zu meiner Frau.«

»Aber ...«

»Nichts aber. Kommen Sie morgen früh ins Parkhotel. Ich steh' Ihnen zur Verfügung. Sagen wir ab neun, ja.«

Er wartete eine Antwort nicht ab. Er legte auf. Er hatte nicht gelogen: Er wollte tatsächlich nur eines: zurück zu Vera. Und noch etwas anderes wollte er auch: sich in Ruhe überlegen, wieviel er der Polizei von dem Verdacht, nein, von der Theorie erzählen sollte, die sich ihm bereits in dem Augenblick aufgedrängt hatte, als das Licht seiner Stablampe eine blutverschmierte Hundekette aus der Dunkelheit holte ...

»Herr Martin, verzeihen Sie bitte – einen Augenblick noch ...« Der nette Herr Weigert. Von seinen Postfächern winkte er Rio zu. »Da ist gerade etwas gekommen für Sie. Ein Eilbrief.«

»Ein Eilbrief?« Das fand Rio nun doch sonderbar. Er nahm Weigert das kleine, feste braune Kuvert ab, das er ihm entgegenhielt: »HR. RIO MARTIN«. Und als Adresse nur: »Parkhotel Bernhagen«. Kein Absender.

Durch das Papier fühlten seine Fingerspitzen die Plastikstruktur einer Tonbandkassette. Es war das Format, das meist für Musikaufnahmen verwendet wurde. Die Kassetten in seinem Gerät waren um mehr als die Hälfte kleiner. »Vielen Dank, Herr Weigert.«

Er steckte das Kuvert in die Tasche seiner Jacke. Irgendwo in der Tiefe seines Gehirns formte sich eine Ahnung, doch der Gedanke war wohl zu abwegig ...

Es war jetzt elf Uhr zwanzig.

Vierzig Minuten lang hatte er Polizistenfragen durchgestanden. Nicht nur der forsche, braungebrannte Inspektor Mühlen, auch Hauptkommissar Wendland war wieder mit von der Partie. Eines immerhin hatte Rio geschafft: Sie hielten sich an seine Bitte, Vera ungeschoren zu lassen und schon gar nichts von dem Mord an Dagmar Reichenbach zu erwähnen. Sie bekamen Vera auch nicht zu Gesicht, denn er hatte darauf bestanden, auf dem Zimmer zu frühstücken – und gleich dabei wieder eine seiner nie endenwollenden Vera-Überraschungen erlebt: eine ausgeschlafene, gelassene, ja, heitere Vera.

»Was willst du eigentlich, Rio?« hatte sie verkündigt, als sie ihr Frühstücksei köpfte. »Wie willst du mich denn haben? Hysterisch? Zähneklappernd und mit Schweißausbrüchen? Was soll's denn sein? Ich hab's mir überlegt: Mich von 'nem ordinären Pipi-Sadisten fertigmachen zu lassen kommt überhaupt nicht in Frage. Da knips' ich lieber vorher das Licht aus – so wie gestern abend. Im übrigen ist auch die Bewältigung eines Sadistenerlebnisses nur eine Frage des positiven Denkens.«

»... positiven Denkens?« hatte er gestaunt.

»Nun guck nicht so! Wär' doch 'n prima Stoff für 'n Drehbuch, meinste nicht? Das läuft dann so: Eine Frau, eine Superfrau sogar, ist mit 'nem Idioten von Journalisten zusammen, der sie überhaupt nicht verdient. Der Typ merkt gar nicht, was er an ihr hat. Da kann sie machen, was sie will, sich sexy herrichten, baden, nackt durchs Zimmer rennen – er sieht das nicht mal! Und warum? Weil er nichts im Kopf hat als seine dämliche Story ...«

»Und? Was macht sie dann?«

»Na, was schon? Sie bestellt sich einen Sadisten. Einen, der im Wohnwagen hockt und mit Messern spielt. Der greift sie, schmeißt sie nach fünf Minuten aus dem Wohnwagen raus, die Hotelangestellten finden sie im Schock, und ihr Typ ... He? An was denkst du?« Sie hatte mit der Hand vor seinen Augen herumgefuchtelt: »He! Hörst du überhaupt zu? Ja, bist du noch zu retten?«

Das war langsam wirklich die Frage!

Elf Uhr zwanzig also. Um zwölf Uhr fünfundfünfzig gab es einen LH-Flug Frankfurt-München. Verdammt spät, im Grunde aber eminent praktisch. Vera konnte in einer Stunde zu Hause sein, die Rückfahrt auf der Autobahn würde ihr erspart, und er hatte die Chance, gleich nach seiner Ankunft mit Novotny und Olsen zu konferieren und in der Redaktion seinen Bericht zu schreiben.

Bruno winkte mit seinem Leihwagenschlüssel: »Also, ich fahr' mal los!« Auch Bruno war dazu vergattert, Vera gegenüber keinen Ton über den Mord in der Oprechtstraße zu äußern. Er sah übernächtigt aus. Letzte Nacht war er wenigstens doch noch zum Schuß gekommen: Die Mordkommissions-Beamten hatten Tatortaufnahmen zwar nicht zugelassen, aber den Abtransport der Leiche konnte er fotografieren.

»Moment mal, Bruno. Einen Augenblick ...«

Rio blätterte in seinem Taschentelefonverzeichnis und ließ sich den Hörer geben. Walter Leeb, einer der Chefs des LH-Booking-Dienstes am Flughafen Frankfurt, war tatsächlich sofort am Apparat.

»Hier spricht Rio Martin!«

»Ich ahne, was auf mich zukommt«, erwiderte eine übellaunige Stimme.

»Klar ahnst du! Und du hast recht. Für den Zwölf-Uhrfünfundfünfzig-Flug brauche ich dringend einen Platz. Wäre das zu machen?«

»Moment ...« Dann ein knappes: »Okay. Melde dich beim Reservierungsschalter.«

»Nicht ich. Meine Frau, Walter.«

»Okay, okay ...«

Für die Strecke von Bernhagen zum Rhein-Main-Flughafen brauchten sie fünfzig Minuten. Fünf Minuten später beobachteten Rio und Bruno eine Vera, die mit schwingenden Hüften im Menschengewühl verschwand.

Bruno schüttelte den Kopf: »Das ist schon beachtlich, wie sie das alles weggesteckt hat, mein lieber Mann ...«

»Beachtlich? Weltspitze ist das!«

Bruno gab den Leihwagen zurück, dann suchten sie die Ausfahrt zur Autobahn Mannheim, und nicht viel später bereits ließ Rio den Blick wieder wandern, um eine Parkplatzausfahrt zu entdecken. Dort!

Er schwenkte ein und brachte den Wagen zum Stehen.

»Und jetzt?« fragte Bruno.

»Jetzt, Bruno ...« Er griff in die Innentasche der Jacke, zog das Kuvert hervor, entnahm ihm die Kassette und steckte sie in den Player des Bordradios. »Jetzt bin ich gespannt.«

Bruno sah ihn schweigend an. Er sagte nichts. Wenn Rio eines an ihm schätzte, dann die Tatsache, daß er im richtigen Moment den Mund halten konnte.

Knacken. Ein Rauschen ... Und nun eine Stimme: Die Stimme einer jungen Frau, vielleicht eines Mädchens ...

»Guten Tag, Herr Martin. Ich bin Dagmar Reichenbach.«

Rio schloß die Augen und fühlte einen eiskalten Schauer über seinen Rücken rinnen.

»Herr Martin, ich kenne Sie nicht persönlich, ich weiß nur eines von Ihnen: daß Sie Reporter sind und den Artikel über unsere Firma verfaßt haben, der im ›NEWS KURIER‹ *erschienen ist. Woher ich das weiß? Nun, ich habe so meine Beziehungen zum Chefsekretariat ...«*

Eine kleine Pause entstand. Bruno Arend nutzte sie, um

seine Stumpenpackung hervorzuziehen, und er raschelte derart laut damit, daß die nächsten Worte nicht zu verstehen waren.

Rio schaltete ab und fuhr ihn an: »Hör auf damit, verdammt noch mal!« Er suchte die Stelle und fand sie.

»... Beziehungen zum Chefsekretariat. Anscheinend waren Sie verhindert, mit mir telefonischen Kontakt aufzunehmen. Ich habe mich schon früher beurlauben lassen und bin nach Hause gegangen, weil ich annahm, daß Sie anrufen würden.«

Bruno produzierte eine gewaltige Rauchwolke. Eine weiße, übelriechende Wolke von Mißfallen war es, die zu sagen schien: Verdammter Idiot! Was hast du da gemacht?

»Ich schicke Ihnen dieses Tonband, weil ich hier über keine Schreibmaschine verfüge – und weil ich eine so unmögliche Handschrift besitze, daß sie kaum zu entziffern ist, wenn ich nervös bin. Und ...« Ein gepreßtes Lachen. *»Ich muß schon sagen, ich bin sehr, sehr nervös heute ... Die Gründe kann ich Ihnen nicht alle nennen, Sie würden sie doch nicht verstehen, denn die ganze Geschichte, die ich Ihnen zu erzählen habe, ist reichlich kompliziert.«*

Eine kleine Pause entstand, dann fuhr sie fort: *»Ich habe für Sie auch einige Dokumente vorbereitet. Es sind Fotokopien ... Und nun die Frage, warum ich das alles tue. Es hängt mit dem zusammen, was Sie in Ihrem Artikel ›gewissenlose Geldgier‹ nannten. Ich, in meinem Bereich, Herr Martin, komme mit dieser gewissenlosen Geldgier oft genug zusammen. Ich sollte sie sogar decken. Und dazu fühle ich mich nicht mehr in der Lage, wirklich nicht.«*

Wieder entstand ein kurzes Schweigen. Auf der Autobahn rauschten die Autos vorüber. Und da war wieder die Stimme: *»Wie Sie wissen, arbeite ich an der Testanlage. Die Tests, die wir hier vornehmen, sind der allerletzte Schrei und daher ziemlich teuer. Doch was heißt teuer? Es handelt sich, wenn man es auf eine Einzelabgabe herunterrechnet, um den lächerlichen Betrag von zehn oder zwölf Mark ... Trotzdem wurde von der Ge-*

schäftsleitung gesagt: Wir müssen rationalisieren. Nur Stichproben. Und später kam sogar die Anordnung: ›Poolen.‹ Der Befehl ›Poolen‹ kam auch letzte Woche wieder. Sie wissen ja, was das ist: Es werden verschiedene Chargen zusammengeschüttet, und dann wird, gewissermaßen aus dem großen Bottich, eine Probe entnommen. Aber das Zeug ist inzwischen so dünn, daß eine genaue Kontrolle unmöglich wird. Doch diese Ware, heißt es dann, geht ja zu Versuchszwecken in die Institute oder in den Export ... Ich habe mich dagegen gewehrt – und mußte sofort merkwürdige Erfahrungen machen. Nach außen scheint alles in Ordnung. Aber als ich unseren Hamburger Mitarbeiter Jürgen Cenitza einweihte und Jürgen wohl einige unvorsichtige Bemerkungen machte, bekam auch ich Anrufe mit Drohungen ... Und nun der Hamburger Mord ...«

Die Stimme brach ab. Nur der Atem war zu hören, gepreßt und leise. Schließlich: »*Sie können sich vorstellen, wie mir nach dem Mord an Jürgen zumute ist. Ich habe Angst, Herr Martin, große, große Angst ... Schade, daß Sie nicht gekommen sind. Auch schade für Sie, denn ich hätte Ihnen mein Material übergeben können. Sie könnten daraus ersehen, daß in der Firma mit allen Mitteln gearbeitet wird, nicht nur mit Lügen, Verdrehungen und Schlamperei, auch mit Bestechung und Erpressung.*«

Dann: »*Bitte rufen Sie mich sofort nach Erhalt des Tonbands an ...*«

Rio beugte sich vor, stellte den Apparat ab, lehnte sich zurück, schloß wieder die Augen und sagte gar nichts.

»*Bitte rufen Sie mich sofort nach Erhalt des Tonbands an ...*«

Er wurde die Worte nicht los. Sie waren wie ein sich unendlich wiederholendes Echo.

Bruno ließ das Fenster des Porsche sinken und warf seinen Stumpen hinaus. Er war ausgegangen.

»Verdammter Scheiß«, flüsterte er. Und dann: »Oh, Mannomann ...«

Ja, oh, Mannomann ... Rio wollte den Gedanken nicht heranlassen, sein Verstand, alles in ihm wehrte sich dagegen. Dieser Gedanke, so düster und dabei so gewaltig, daß er ihn zermalmen konnte, dieses erdrückende, schreckliche: DU BIST SCHULD ... DU HAST SIE AUF DEM GEWISSEN ...

Er sah wieder das ärmliche Wohnzimmer der Gärtnerei. Er sah den Teppich, den gelben Bademantel, das weiße Knie, das helle Haar, die verkrampften Finger ...

»Sie ist mit Hilfe eine Würgebands ermordet worden.« Kommissar Wendland hatte es ihm nach dem Frühstück erklärt. »Eines steht fest: Der Mann, der die Tat ausführte, war Fachmann. Der Arzt hat einen glatten Genickbruch festgestellt. Das ist in solchen Fällen ziemlich selten. Meistens werden die Opfer stranguliert ...«

Genickbruch. Stranguliert.

Diese Brüder, diese hirnrissigen, wahnsinnigen Verbrecher! Du bist schuld, ja ... Aber wie konntest du wissen, daß du es mit derartigen Verrückten zu tun hast?

Der gelbliche Hauch, den das Licht der Messinglampe auf die kurzen grauen Haare Paul Novotnys warf, erweckte den Eindruck einer ausgebleichten Haartinktur. Novotnys dunkle Augen sahen Rio an. Und der Jager-Hiasl, der auf der Kupferstichreproduktion über dem Kopf des Kommissars die Flinte schwang, starrte gleichfalls. Vor ihnen standen Bier, Brezen und ein Topf voll Sauerkraut mit Regensburgern. Den »konspirativen Treff« hatten sie in eines der Bierlokale der Innenstadt verlegt.

Rio schob seinen Sauerkrautteller von sich. Er konnte einfach nichts mehr essen.

»Weißt du, Rio«, sagte der Kommissar, »mich in andere Gehirne hineinversetzen, das muß ich schließlich jeden Tag. Aber bei dir schaff ich's einfach nicht. Warum, Himmelarsch noch mal, warum hast du den hessischen Kollegen nichts davon erzählt, daß diese Frau, diese – wie hieß sie noch?«

»Reichenbach. Dagmar Reichenbach.«

»... daß diese Reichenbach dir an ihrem Arbeitsplatz ihre Telefonnummer gegeben hat? Und daß sie offensichtlich scharf darauf war, auszupacken?«

Rio zuckte mit den Schultern. Er war müde. Er war überhaupt nur noch müde ... Statt zu reden, schob er Novotny die Tonbandabschrift zu. Er hatte sie am Nachmittag in der Redaktion selbst abgetippt. Es war eine Qual gewesen, sich Dagmar Reichenbachs von Pausen zerstückelte Stimme wieder anzuhören.

Novotny las schweigend. Auf seiner Stirn sprang ein ganzer Fächer von Falten auf. Er sagte noch immer nichts. Er schüttelte nur den Kopf und schob Rio das Blatt zurück.

»Als ich das Tonband zum erstenmal abspielte, ging mir der Seifensieder erst richtig auf, Paul. Das war auf einem Autobahnparkplatz in der Nähe von Frankfurt. Ich konnte es deinem Kollegen Wendland in Bernhagen also nicht vorspielen. Und ich hätte es auch nicht.«

»Und warum?«

»Warum, warum? Ehe ich diese Bernhagener Provinzbullen von der Kette lasse, wollte ich doch den ganzen Fall mit dir durchsprechen. Vor allem wollte ich mit dir über meine Theorie reden ...«

»Daß es sich immer um denselben Täter handelt? Ob Cenitza, Vera oder diese unglückselige Dagmar Reichenbach – der gleiche Sadist mit Messer und Würgeband?«

»Ja, Paul.«

»Ein Lohnkiller? Und dahinter der große Unbekannte, der ihn bezahlt und auch sonst an den Schnüren zieht? Und der stammt natürlich aus dem Hause ›Bio-Plasma‹, ja?«

»So in etwa, Paul.«

»Aber wieso dann Vera? Die paßt doch überhaupt nicht ins Bild!«

»Wieso denn nicht?« fragte Rio und stocherte mit den Gabelspitzen in den bräunlichen Kohlfasern seines Sauerkrauts herum. Irgend jemand schob sich am Tisch vorbei und ließ die drei Worte »Grüß-dich-Novotny« in die plötzliche Stille zwischen ihnen fallen. Novotny sah noch nicht einmal auf. Er nickte nur. Die Kellnerin kam mit frischem Bier. Er ließ es stehen.

»Und warum paßt sie nicht ins Bild, Paul? Da bin ich völlig anderer Ansicht.«

»Ja?« Novotny verzog ironisch den Mund. »Und wie sieht sie aus, deine Ansicht?«

»Komm, Paul, das ist doch auch dir klar. Als ich dort auftauchte – meinen Artikel hatten sie ja schon auf dem Tisch –, gerieten sie in Panik. Zunächst wurde Hochstett vorgeschickt. Der kam zu mir ins Hotel, um die ›Bio-Med‹-Spur zu legen. Weil ich aber ziemlich stur blieb, die Kerle aber auf jeden Fall erreichen wollten, daß ich möglichst rasch wieder von der Bildfläche verschwinde, knöpften sie sich Vera vor.«

»Die? Plural?«

»Ja – die!«

»Und wer soll das sein?«

Rio zuckte nur die Schultern. Genau da lag der Haken. Alles, was er an Menschenkenntnis besaß, widersprach der Annahme, daß dieser nervöse, bis zur Hysterie unsichere Hochstett der Drahtzieher sein könnte. Wer aber dann? Engel natürlich ... Oder gab es noch einen Dritten? Einen Finanzier von ›Bio-Plasma‹, zum Beispiel ...

»Nun hör mal zu, Rio ...« Novotny wischte sich Bierschaum vom Mund, ohne daß er seinen dunklen, bohrenden Kriminalistenblick auch nur eine einzige Sekunde von Rios Gesicht ließ. »Selbst wenn ich die ganze Sache aus dieser Perspektive betrachte, bleibt doch völlig abwegig, daß irgendein ›Bio-Plasma‹-Manager oder gar Engel selbst sich eines derartig bescheuerten Typen für derartige knifflige

Operationen bedient. Und bescheuert war er ... Um das zu erkennen, reicht es ja schon, das Protokoll der Vernehmung zu lesen, die Wendland mit Vera durchführte. Und all das andere, was du mir noch dazu erzählt hast ... Schön, der Mann mag ein Killer sein, aber für Psychopathen ist im Auftragsgeschäft kein Platz. Die werden nicht geheuert. Das garantier' ich dir.«

»Kannst du aber nicht. Gut, ich begreife ja, was du meinst ...« Rio beugte sich vor: »Paul, wenn der Auftraggeber nun mal Spaß an Psychopathen hat?«

»Was soll denn das wieder heißen?«

»Daß er selbst einer ist. Nichts weiter.«

Novotnys Daumen und Zeigefinger massierten die Nasenwurzel. Er schwieg.

Von der Theke klang eine Lautsprecherstimme und überdeckte das Geklapper von Tellern und das leise Stimmengemurmel im Raum: »Herr Novotny! Herr Novotny, bitte ans Telefon!«

Es dauerte keine zwei Minuten, dann war der Kommissar wieder zurück. Er setzte sich, zeigte sein übliches gleichmütiges Gesicht und griff nach seinem Glas. Er trank und fragte: »Und Boder? Was ist mit Lars Boder?«

»Was soll schon mit ihm sein? Das gleiche wie mit den anderen. Das gleiche wie mit Cenitza und Dagmar Reichenbach ... Er wußte zuviel und wurde umgelegt.«

Novotny blieb stumm wie ein Stein.

»Da wir schon von Boder sprechen, Paul – was ist denn mit den Plasmaproben, die ich euch gegeben habe?«

»Die werden gerade getestet. Aber was anderes, Rio: In Bernhagen haben sie das Wohnmobil von Veras Messerhelden gefunden. Wendland hat es gerade durchtelefoniert. Ein Westfalia-Modell. Geklaut.«

»Der Erkennungsdienst hat es doch untersucht?«

»Da gab's nicht viel zu untersuchen. Der Messertyp hat es in einer Waldlichtung abgefackelt. Und Fingerabdrücke halten sich nun mal nicht auf Asche und verbranntem Schrott ...«

»Er scheint also tatsächlich ziemlich profimäßig vorzugehen.«

»Das sagt Wendland auch.«

»Wendland, Wendland! Verdammt noch mal, und du?«

»Ich? Vera hat den Kerl gesehen. Sie war mit ihm zusammen. Wenn sie uns nur ein einziges vernünftiges Detail nennen könnte ... Einsfünfundsiebzig, zierlich und doch kräftig, Tänzerbewegungen, wahrscheinlich graue Augen ... Schon das ›wahrscheinlich‹ kann einen verrückt machen. Schlanke Hände und bescheuert. Damit hat es sich.«

»Nein: Kieks-Stimme«, sagte Rio.

»Ach, die hat er doch verstellt!«

»Live is short, let's pray«, zitierte Rio die Aufschrift auf dem T-Shirt des Sadisten. »Stimmt. Das Leben ist kurz. Aber zu beten kann er schon mal anfangen. Ich schnapp' ihn mir, ehe er woanders abkratzt ...«

Sie zahlten. Der Kommissar holte sich seinen Regenmantel aus der Garderobe. Als sie die »Greifen-Stuben« betreten hatten, hatte es leicht geregnet, jetzt schüttete es.

»Bockmist! Hast du keinen Schirm?«

Rio grinste: »Noch nicht mal einen Mantel.« Sie traten zurück unter das Vordach, das den Eingang schützte. Die Autos, die vorbeifuhren, platschten durch die Wasserlachen.

»Komm, leisten wir uns noch 'nen Kaffee.«

»Ich muß weg. Ich wär' auch schon zu meinem Wagen gesprintet, wär' mir nicht noch was eingefallen: Weißt du, was du da vorhin gesagt hast, das war gar nicht so schlecht, Rio ... Wenn wir mal probeweise davon ausgehen, dieser Messerdepp wäre tatsächlich in allen drei Fällen der Täter, dann bekommt der Mann, der ihn losschickt, auch ein interessantes Persönlichkeitsprofil.«

»Du meinst, daß die beiden irgend etwas verbindet?«

Novotny nickte – um plötzlich, wie von der Tarantel gebissen, hochzufahren und die Faust zu schütteln.

»Ja, gibt's das denn?! Hast du den gesehen? Schau dir das an.« Ein am Bordstein vorbeidröhnender, mit einem Rennauspuff bestückter Corsa hatte ihn mit einer Wassersalve erwischt.

»Keine zwanzig Jahre, der Arsch!« schimpfte Novotny erbittert.

»Komm, Paul, jetzt bleib schon beim Thema: Was kann die beiden verbinden?«

Der Kommissar wischte sich Tropfen aus dem Gesicht. »Na, was schon? Entweder eine Abhängigkeit oder eine Macke. Das ist zumindest nach meiner Erfahrung das Geläufigste.«

»Ein Mann im Hintergrund mit Messer-Macke – oder was?«

»Vielleicht.«

»Und wie heißt er?«

»Engel. Vielleicht Engel ... Aber nur vielleicht. Du hast mir doch gesagt, daß er der Alleininhaber des Ladens ist.«

»Das weißt du doch auch, Paul.«

»Das weiß ich nicht. So ist er nur eingetragen. Aber weißt du, wo die Firma gegründet wurde? Dreimal kannst du raten ...«

»Liechtenstein?«

»Tatsächlich. Vaduz. Die ›Bio-Plasma‹ in Bernhagen ist nichts als die deutsche Tochter. Aber nochmals: Der Eigentümername Engel schließt ja nicht aus, daß es noch irgendwelche anderen Figuren gibt. Ganz stille Schwarzgeldteilhaber, Leute, die die Finger drin haben, ohne auffällig zu werden. Aber gehen wir mal davon aus, Engel wäre der

Regisseur. Du hast mir doch von diesem Förster-Dienst erzählt. Was wissen die? Alles, was wir erfahren haben, ist relativ harmlos. Zwei oder drei Immobilienvergleichsverfahren, eine ziemlich schiefe Geschichte mit einer Erschließungsgesellschaft in Paderborn, und damit hat es sich dann auch schon ... Und was brachte dein komischer Förster-Dienst?«

»Einiges mehr. Einiges, das ein bißchen exotischer wirkt. Hast du was über Hochstett rausgekriegt?«

Novotny zuckte mit den Schultern: »Hat sich bei der Bundeswehr ausbilden lassen, schmiß denen ganz schnell den Krempel vor die Füße, was ja auch lohnend ist. Ging nach seiner Entlassung an die Uni Tübingen als Assistent, anschließend in einen Pharmaladen in der Schweiz. Von dort hat ihn Engel wohl auch geholt.«

»Engel«, murmelte Rio, »Thomas Engel ... Wo steckt der Hund bloß? Jedenfalls – ich fahr' jetzt in die Redaktion. Und dann schick' ich dir gleich eine Fotokopie unseres Förster-Materials. In Ordnung?«

Novotny nickte, legte zwei Finger an die Schläfe und rannte in den Regen hinaus ...

Wie immer kam Cleo zu spät. Vera sah schon wieder auf die Uhr: Zwanzig nach vier. Sie warf noch ein letztes Kissen in die Sofaecke, ging in die Küche, um das Teewasser abzuschalten, doch gerade als sie den Arm ausstreckte, sah sie, wie draußen vor dem Fenster Cleo mit aufgespanntem Schirm um die Hausecke bog.

Wieso bekam sie plötzlich Herzklopfen? Wie nennt man so etwas? Freudige Erwartung etwa? Vielleicht ...

Schon immer hatte Vera sich zu der Sorte Frauen gezählt, die von sich sagen, sie würden sich besser mit Männern als mit Frauen verstehen. Dies galt für ihr Germanistikstudium wie für ihre kurze, sehr unglückliche Episode als Lehrerin; vor allem aber für die drei Jahre beim Fernsehen: Meist waren es Männer gewesen, für die sie Freund- und Partnerschaft empfand. Und nun die Ausnahme: Cleo. Eine Ausnahme von solcher Eindringlichkeit, daß sie sich selbst fragte, wie sie bisher ohne Freundinnen ausgekommen war.

Nun, Cleo war ein Sonderfall, und das sicher seit der Geburt. Ihre Selbstsicherheit wirkte schon beinahe kindlich. Sie pfiff darauf, ob die Leute lachten, grinsten oder über sie redeten. Sie hielt sich mit nonchalanter Souveränität alle möglichen Liebhaber. Dabei war sie bei Gott nicht hübsch. Groß und rundlich war Cleo, trug wie ein Indioweib das Haar glatt zu einem Zopf zurückgekämmt, behängte den fülligen Leib mit bedruckten afrikanischen Stoffen. Mal Schwarz-gelb, dann wieder in Lila-grün und Weiß, segelte sie durch die Intellektuellen-Partys – und in Veras Leben. »Ach, Häschen! Das Leben besteht aus Augenblicken. Du mußt dir nur die Richtigen einfangen.«

Selbst Rio bekam bei Cleos Anblick andächtige Augen: »Ein unglaubliches Weib ...«

Vera nahm das Teegeschirr, trug es ins Wohnzimmer und ging zur Tür, um zu öffnen.

Da stand sie also und schwenkte ein Konditorpäckchen vor ihrer Nase. »Weiß schon, weiß schon, du willst nichts Süßes. Aber Föhlinger Petit Fours sind nun mal die besten im Kaff. Von seiner Erdbeertorte ganz zu schweigen.«

Sie stürmte herein, ließ sich in einen der Sessel am Teetisch fallen und machte sich sofort mit aufgeregten Händen über die Schnur ihres Päckchens her.

»Da.« Ein wahrer Erdrutsch kleiner Törtchen ergoß sich auf Veras Teller. »Schalt deine Vorurteile ab und probier einfach mal. Schließlich: Man kann auch von Brot dick werden. Dann lieber von dem Zeug hier.« Sie ließ zwei Marzipanwunderwerke in ihrem breiten, klatschmohnrot bemalten Mund verschwinden, lehnte sich zurück, griff nach ihren Zigaretten und beachtete Vera ebenso liebevoll wie prüfend.

»Zucker ist gut für die Nerven. Wie steht's denn mit deinen?«

»Wieso?«

Sie wußte, warum Cleo die Frage stellte, und setzte schnell hinzu: »Mir geht's bestens.«

»Bist ein Phänomen, du Sadistenopfer: Aber weißt du«, sie nahm einen tiefen Zug, »ehe ich hierher kam, hab' ich extra noch mal Max Hohler angerufen. Man kann über Max sagen, was man will – ich frag' mich ja immer, ob er wirklich schwul ist oder ob das die Leute nur von ihm behaupten –, aber er bleibt einer der besten Therapeuten am Markt. Und nicht nur das. Er ist Spezialist für solche Fälle.«

»Zu was brauch' ich denn 'nen Spezialisten, um Himmels willen?«

»Das merkt man meistens zu spät, daß man den braucht, Schätzchen. Und dann kann's schwierig werden. Erinnerst du dich an diese Landshut-Geschichte?«

»Welche Landshut ...«

»Landshut hieß der Flieger. Ein Lufthansa-Jet. Irgendwelche PLO-Verrückten haben den damals nach Mogadischu entführt und die Leute als Geiseln genommen. Nun, von diesen Geiseln hat Mäxchen ein halbes Dutzend behandelt. Und hat sie kuriert. Die Leute erlebten ihre Alpträume jeden Tag, jede Nacht. Grauenhaft, nicht?«

»Ich habe keine Alpträume. Und ich werd' mir keinen seelischen Knacks holen, Cleo. Wenn du noch was wissen willst: Ich wundere mich selbst darüber.«

»Du meinst, du hast diesen Messertypen vergessen oder verdrängt?«

»Weder noch, Cleo. Vielleicht liegt es daran, daß meine Eltern beide Schauspieler sind. Ich bin unter Schauspielern groß geworden. In der Szene nimmst du die Dinge anders wahr. Vor allem aber nimmst du nichts mehr so richtig ernst. Es herrscht immer eine Atmosphäre der Unwirklichkeit. So wie in diesem Wohnmobil ... Bei meinen Eltern wußte ich zum Beispiel nie recht zu unterscheiden, ob sie nun in ihrer Rolle waren, sich gegenseitig – oder auch mich – auf den Arm nahmen, ob sie hysterisch waren, ob sie das wirklich meinten, was sie sich an den Kopf schmissen. Irgendwie muß ich das mitbekommen haben ...«

»Das ist interessant. Das muß ich Mäxchen ...«

»Cleo! Dieser Wagen ... dieser Mann, diese komische Stimme, die er hatte. Dazu die Maske, das war ja, das war so was von irreal. Wie Theater. Du kannst dir das nicht vorstellen. Und ich kann's im Grunde auch nicht. Vielleicht ist es gerade das, was hilft ... Es ist wie ein Traum. Es bleibt ein Traum. Kein Alptraum, eher schon irgendein läppischer Traum.«

Cleo blickte sie zweifelnd aus ihren dunkel umrandeten Augen an. »Also ich weiß nicht ... Und was sagt Rio?«

»Rio? Ach, Rio ...«

»Klingt ja nicht gerade begeistert.«

»Rio schaut mich dauernd genauso an wie du gerade. Und dann nimmt er mich in den Arm und will wissen, ob es mir nun auch wirklich gutgeht. Und ist heilfroh, wenn ich sage: Klar! Dann kann er nämlich wieder abzischen. Er ist wieder mal hinter einer Geschichte her. Deshalb sind wir ja auch in den Taunus gefahren. Solange er aber seine Story im Kopf hat, existiert nichts anderes für ihn. Nicht einmal ich.«

Vera überlegte, ob sie Cleo von ihren mißglückten Liebesvorsätzen im »Parkhotel« erzählen sollte. Bettgeschichten waren nun einmal Cleos Lieblingsthema. Stundenlang konnte sie sich darüber auslassen. Und gerade deshalb ließ Vera es sein.

»Er wird seine blödsinnige Geschichte schreiben«, sagte sie, »und dann taucht er wieder auf ...«

Es regnete noch immer. Es regnete so stark, daß sich trotz der gewaltigen Glasfenster die Redaktion verdüsterte. Wie alle anderen schaltete auch Rio Martin in seinem Büro die Schreibtischlampe ein. Vor ihm lag ein braunes DIN-C5-Kuvert. Er schrieb Novotnys Adresse darauf, doch ehe er die Fotokopie des Förster-Berichtes endgültig hineinsteckte, warf er noch einen letzten Blick darauf:

> Thomas Engel. Geboren am 24.11.1941 in Paderborn. Vater: Postbeamter im mittleren Dienst.
> Nach einem abgebrochenen Jurastudium (vier Semester) arbeitete Engel zunächst auf dem Bau. Ab 1965 gelang es ihm trotz seiner Jugend überraschend schnell, in der Immobilienbranche Fuß zu fassen. Dabei tat er sich besonders bei der Vermittlung von Industriegelände hervor. Erste Erfolge waren wohl dem richtigen Parteibuch und seinen Beziehungen zur Stadtverwaltung Paderborn zuzuschreiben. Seine Firma, die »CityBau«, mußte jedoch bald wegen offensichtlicher Finanzschwierigkeiten (die angegebenen Einlagen bei der Eintragung ins Handelsregister wurden nie erbracht) auf gerichtliche Anordnung geschlossen werden.
> Trotz dieser Rückschläge gelang es Engel, einen der bedeutendsten Pharmahersteller der Region, Dr. Max Hollmann, auf sich aufmerksam zu machen. Das führte dazu, daß er, nachdem Hollmann ins Pharma-Verbandspräsidium aufgestiegen war, als Arzneimittelhersteller-Lobbyist nach Bonn geschickt wurde. Dort gelang es ihm Anfang der siebziger Jahre schnell, enge Kontakte vor allem zu jüngeren Bundestagsabgeordneten zu knüpfen. Seine Tätigkeit für die Pharmabranche hinderte Engel nicht, sich geschäftlich überall dort zu betätigen, wo eine schnelle Rendite zu erwarten war. Ob es um Immobilien, Rüstungs- und Waffendeals, Forschungsgelder oder Lizenzen ging, Engel ver-

suchte überall mitzumischen. In diese Zeit fiel auch seine Heirat mit der Tochter eines Legationsrats. Die Ehe wurde jedoch bereits sechs Monate darauf geschieden.
Engel, der einen reichlich aufwendigen Lebensstil pflegte, wurde bald Stammgast in den einschlägigen Lokalen der Kölner und Düsseldorfer Szene. Um Pharma-Genehmigungsverfahren zu beschleunigen und durchzusetzen, hatte es Engel verstanden, zuständige Beamte beim Bundesgesundheitsamt auf sich einzustimmen. Seine Methode ging dabei über die üblichen »kleinen Aufmerksamkeiten« weit hinaus. Unter den Geschenken, die er verteilte, befanden sich Originalwerke namhafter moderner Künstler wie Ungerer, Jensen und Monetti. Derartige Geschenke erhielten auch einige wichtige Mitglieder der zuständigen Bundestagsausschüsse. Für ihn wichtige Leute wurden auf seine Finca nach Ibiza eingeladen und reichlich bewirtet. Dort hatte Engel, diesmal mit spanischen Partnern, eine neue Immobiliengesellschaft zu touristischen Zwecken gegründet.
Seit August 1984 ist Engel nicht mehr als Pharmavertreter in Bonn aufgetreten. Er wandte sich einem einträglicheren Geschäftszweig zu: dem Handel mit Blut. Hier stieg er zunächst durch Importe vor allem aus amerikanischen und südamerikanischen Ländern ein, sattelte aber bald mit der Gründung der »Bio-Plasma«, Bernhagen, auf die Produktion von Plasma und Blutpräparaten um. In Bonn wurde sein Ausscheiden mit einem gewissen Bedauern registriert. Der »schnelle Thomas« galt als eine der schillerndsten und interessantesten Figuren der Lobbyisten-Szene ...

Der »schnelle Thomas« ... Waffengeschäfte, Forschungsgelder, Blut-Importe, Plasma ... Der Mann war nicht nur schnell, er war vielseitig. Und was war er noch? Wer sich einen Typ wie diesen Messerkünstler leistete, der mußte selbst nicht ganz dicht sein. Aber auch diese Erkenntnis half nicht weiter. Blut-Importeur, Playboy, Kunstsammler. Bonn, Ibiza, Bernhagen – ja, was denn noch? Unter all den Sprücheklopfern, die sich in diesem Land ihre Karrieren zusammenzimmerten, schien er es tatsächlich besonders eilig gehabt zu haben.

Die Tür ging auf. Hanni Eisner, die kampferprobte Reportersekretärin, steckte den Kurzhaarkopf durch den Spalt.

»Hör mal, Rio! Ich hätt's beinahe vergessen: Da kamen zwei Anrufe für dich. Ein Herr aus der Schweiz und ...«

»Laß mich in Frieden, Hanni. Ich hab' wirklich zu tun.«

»Aus der Schweiz, Rio ...«

»Laß mich in Frieden – bitte!«

»Na gut. Ich hab's dir gesagt.« Sie warf ihm einen Notizzettel mit einer Nummer auf den Tisch und verzog sich beleidigt.

Rios Hand suchte unter der Zeitung ... Ah, hier war das Päckchen! Er hatte sich vorgenommen, sich seine Zigaretten einzuteilen. Alle vier Stunden eine. Die Zeit war gekommen. Er zündete sich die Zigarette an, nahm einen tiefen Lungenzug, spürte, wie der Rauch sich wie ein fremder Eindringling in den Bronchen ausbreitete, und drückte das verdammte Ding wieder aus.

Da war doch etwas, das dir aufgefallen war? Ungerer, Jansen, Monetti ... Kunst als Schmiergeld. Eigentlich ganz originell. Und mit den Malern bewies er sogar eine gewisse Klasse. Hatte er nicht selbst immer von einem Jansen geträumt? Tommi Ungerer, der war unerreichbar. Unerreichbar teuer. Und Monetti? Den kennst du doch auch ...

Doch es waren nicht nur die astronomischen Summen, die Galeristen für Bilder oder auch nur für Graphiken dieser Künstler verlangen konnten, da gab es noch etwas anderes ... Was zum Beispiel Jansen und Ungerer verband – so verschieden sie in ihren Auffassungen und ihrem Strich auch sein mochten –, waren ihre erotischen Themen. Nicht nur die Art, wie sie sie darstellten, auch die Auswahl. Wie sollte man die nennen? »Bizarr« vielleicht, was immer man darunter verstehen wollte.

Monetti jedoch – Rio hatte eine Ausstellung von ihm gesehen –, weibliche Körper, mit Stricken gefesselt, die Hände in Handschellen, die Gesichter, nein, die Köpfe von Ledermasken bedeckt, aus deren Schlitzen Augen starrten. Nackte Leiber, an Stühlen festgebunden, andere wie an Pfählen gekreuzigt oder von Deckenbalken hängend ... Giacomo Monetti. Milano. Und der Titel der Ausstellung lautete: »La legge oscura« – »Das dunkle Gesetz« ...

Ganz schön dunkel, bei Gott!

Aber ein Maler wie er konnte seine Phantasie und seine verbogene Sexualität auf Zeichenpapier und Leinwand abreagieren – und bekam dafür noch einen Haufen Geld. Vielleicht ging Thomas Engel einen Schritt weiter? Vielleicht wollte er das alles in der Realität erleben? Vielleicht? Verdammt noch mal, viel zu viele »Vielleichts« sind das! Paß bloß auf, daß du dich nicht vollends vergaloppierst ...

Rio klebte das Kuvert zu, ging ins Sekretariatszimmer und bat Hanni, einen Kurier ins Polizeipräsidium zu schicken. Dann setzte er sich wieder an seinen Schreibtisch und nahm den Zettel zur Hand, den sie ihm zuvor gebracht hatte.

00-41? – Das war die Schweiz. Auch die Vorwahl war ihm bekannt: 93 – das stand für den Tessin. Nur den Namen hatte Hanni falsch aufgenommen. Der Anrufer hieß nicht »Dr. Danilo Bianchi«, sondern »Bianchetti«. Und er war wie eine Stimme aus der Vergangenheit ...

Danilo! dachte Rio. Der alte, gute Danilo ... Du hättest dich längst bei ihm melden müssen. Bei so vielen hättest du dich längst melden müssen, verflucht noch mal ... Aber was will er heute von dir?

Er tippte die Nummer ein und fischte dabei seinen geköpften Glimmstengel wieder aus dem Aschenbecher. Doch er zündete ihn nicht an, er rollte ihn nur zwischen den Fingern hin und her.

Und dann meldete sich eine Telefonistinnenstimme: »Ospedale Cantonale. Dottore Bianchetti wollen Sie sprechen? Einen Moment, prego ...« – Eine Labsal, die Sprache. Rios Herz klopfte freudig.

»Bianchetti.«

»Na, Alter! Weißt du, was ich jetzt möchte? Ein Flugzeug chartern und zu dir fliegen. In den Süden.«

»Dann tu's doch.« Die Heiterkeit in Danilos Stimme klang etwas gezwungen. »Tu's sofort. Dann können wir wieder mal einen zusammen trinken.«

»Weißt du überhaupt, daß ich verheiratet bin?«

»Klar, weiß ich. Ich bekam doch deine Einladung. Und dann hab' ich dir ein Telegramm geschickt und fünfzig Rosen. Aber die ließen mich hier nicht los.«

»So ein wichtiger Mann bist du geworden, Danilo?«

»Du doch auch ... Du weißt ja, wie's ist ... Du doch am besten.«

Und nun die übliche Pause, die sich nach Trennungen einstellt, wenn die erste Euphorie des Wiederfindens verflogen ist. Die Pause dauerte lange, sehr lange.

»Also hör mal, Danilo, was ist denn? Was verschafft mir die Ehre?«

»Rio, du schreibst jetzt für ein international bekanntes Blatt. Stell dir vor: Den ›NEWS KURIER‹ kannst du sogar bei uns auf der Piazza kaufen. Nun, was sagst du dazu?«

Rio sagte nichts.

»Ab und zu kauf ich ihn mir«, fuhr Danilo deshalb fort. »Gestern auch. Das Blatt kommt natürlich mit einiger Verspätung. Aber da stand groß dein Artikel über den Plasmaskandal drin. Diese Firma ... Wie war das noch? Bio-Plasma ...«

»Ja.« Warum stotterte Danilo? Weshalb die Pausen?

»Als ich den Namen las, Rio, weißt du, da ging mir plötzlich eine ganze Menge durch den Kopf.«

»Und deshalb rufst du an?«

»Ja. Oder, wie soll ich sagen: Der Anruf ist so eine Art kleiner Hinweis. Mehr nicht. Wirklich nicht ...«

»Sag mal, Danilo, was ist denn mit dir los? Könntest du dich nicht etwas klarer ausdrücken?«

»Ein Hinweis«, beharrte die Stimme im fernen Tessin. »Ein Hinweis aus einer gewissen Sorge heraus. Vielleicht aus einer übertriebenen Sorge. Aber wir sind ja Freunde ...«

»Nun schieß doch endlich los!«

»Erinnerst du dich an den Knochenbruch, den wir damals im Dachauer Krankenhaus eingerichtet haben?«

Knochenbruch? Und ob er sich erinnerte! Die BertramParty! Es war eine sehr feuchte Party gewesen, weil Willi Bertram glaubte, das seinem Beruf als Musikagent schuldig zu sein. Das war schon einige Jahre her, fiel noch in die Vor-Vera-Zeit. Vera hatte es zwar schon gegeben, doch der Gedanke an eine feste Bindung erschien ihm damals unrealistisch, beinahe ungeheuerlich. Und so war es ihm später als eine Art gerechte Strafe erschienen, was ihm in diesem Privatpark am Starnberger See zustieß: Irgendein Mädchen, an dessen Namen er sich nicht einmal erinnerte, hatte ihm beim Grillen etwas an den Kopf geschmissen eine Semmel, richtig! Er war ihr nachgerannt, gestolpert und auf einer kleinen Mauer und in einem Meer von Schmerzen gelandet. Gesicht und Hände in der Rosenhecke. Das Schlimmste aber war das Schienbein. Blöde, blutend und besoffen, wie er war, hatte er auch noch mitzugrinsen versucht, als die anderen ihn auslachten.

Für derartige Situationen gab es damals den Helfer in der Not: Dr. Danilo Bianchetti im Dachauer Krankenhaus, einen Danilo für alle Lebenslagen. Und so war es auch diesesmal wieder gewesen: Danilo schickte den Sanitätswagen, der Rest war Routine: Anästhesie – ein bißchen schwierig bei so viel Alkohol im Blut – der Knochen wurde eingerichtet. Danilo brachte den Patienten selbst nach Hause, und bald konnte Rio wieder in der Dachauer Klinik aufkreuzen, um sich die Metallplatte entfernen zu lassen. Der Knochen war wunderbar abgeheilt. Null Problem. Keine Schwierigkeiten. Ein Klacks. Und fast vergessen ...

»Danilo, hör mal, das war doch ganz harmlos!«

»Sicher war es ein harmloser Bruch. Nur ...«

»Was – nur?«

»Porco cane«, fluchte der Teilnehmer im Tessin. »Das Plasma, das wir dir damals gegeben haben ...«

»Plasma?« – Schon das Wort löste eine Wolke von Hitze aus, die seinen Rücken bis hoch zum Hinterkopf einhüllte. Und aus ihr stach es wie mit tausend eiskalten Nadeln. »Plasma, Danilo? Ich kapier' nicht ...«

Aber er hatte begriffen!

»Wieso denn Plasma?« Diesmal schrie er es. »Es gab doch gar keine Blutungen. Hast du selbst gesagt.«

»Gab's auch kaum. Wie du weißt, war es Schönberg, der dich damals operierte. Schönberg ist in der Orthopädie absolut ein As. Das Problem liegt woanders: Schönberg gab in solchen Fällen immer Plasma. Er hielt es für die eleganteste Methode, eine schnelle Knochenregeneration zu erzielen. Und damit hatte er ja auch recht. FFP-Präparate ...«

»Was ist das schon wieder?«

»Fresh frozen Plasma. Hat eine stark keimtötende und regenerative Wirkung. Deshalb verkürzt es die Abheilungszeit, verstehst du?«

Es war völlig gleichgültig, ob und was er verstand. Sein Magen hatte sich zusammengezogen. Es war, als umklammere ihn eine Faust. Rio hörte sein Herz. Nein! war alles, was er denken konnte, während gleichzeitig eine zweite, leise Stimme in ihm sagte, daß Plasma schließlich überall verwendet wurde. Hektoliter von Plasma, an Tausenden und Zehntausenden von Kliniken rund um die Welt ... Also werd nicht hysterisch, Junge! Reg dich ab, Herrgott noch mal.

»... so schickten wir noch in der Nacht einen Kurier hinüber zum Bereitschaftsdienst der Max-Ludwig-Klinik. Die lag ja ganz in der Nähe, wie du weißt.«

»Einen Kurier zur Max-Ludwig-Klinik? Warum denn?«

»Ich sag' doch, Rio: Schönberg wollte Plasma. Die von der Max-Ludwig-Klinik halfen aus. Der Mann kam auch sofort zurück.«

»Und?«

Der Apparat war wie tot.

»Und?!« schrie er. »Los, red weiter, Danilo!«

»Ich nahm den Beutel selbst in Empfang. Deshalb erinnere ich mich ja noch so genau an den Firmennamen.«

»Der Name, Danilo? War es ...«

»Ja, Rio.« Nun war die Stimme so schwach, daß er sie kaum verstand. »Ja, es war ein Beutel von ›Bio-Plasma‹. Deshalb rufe ich ja an.«

»Ihr seid ja wahnsinnig!«

»Rio, ich kann mir vorstellen, in welche Aufregung dich das versetzt. Ich habe mir lange überlegt, ob ich es dir überhaupt sagen soll. Eines steht fest: ›Bio-Plasma‹ hat sicher Zehntausende von Präparaten geliefert, die absolut einwandfrei waren ...«

»Die Nummer«, flüsterte Rio. »Danilo – die Nummer? War es eine Nummer, die mit zwölftausend begann?«

»Wie im Fall Reissner?« – Danilo hatte den Artikel also tatsächlich genau gelesen. »Ich weiß es nicht. Wie soll ich das auch wissen? Es ist doch so viel Zeit inzwischen verstrichen. Vier Jahre, Rio, bedenk doch ...«

Er atmete mühsam, versuchte seine Gedanken, den Atemrhythmus wieder unter Kontrolle zu bekommen. Danilo hatte ja recht: Gewaltige Mengen waren geliefert worden. Die feinen, chromblitzenden Turbinen dort in der sterilen Welt der Bernhagener Fabrik hatten Hunderttausende von Plasmabeuteln gefüllt ... Nicht nur das Glück, auch der Tod hat seine Lotterie! Wieso sollte ausgerechnet er die schwarze Zahl gezogen haben?

»Weißt du, Rio, mein Rat ist, die Sache mit ruhigem Kopf anzugehen. Ganz rational. Es besteht wirklich kein Grund zur Besorgnis. Trotzdem wäre es natürlich gut – das denke ich mir wenigstens –, wenn du dich einer Kontrolle unterziehen könntest. Versprichst du mir das?«

Rio holte so tief Luft, daß er das Gefühl hatte, seine Lungen müßten zerspringen.

»Ja, Danilo«, sagte er leise. Und: »Danke ...«

Er sagte es, weil ihm sonst nichts mehr einfiel.

Dann legte er den Hörer auf den Apparat zurück und betrachtete das Plastikgehäuse, als hätte er noch nie ein Telefon gesehen.

Nach einer Weile stand er auf und ging zu seinem Schrank, um den Mantel herauszuholen. Aber da war kein Mantel. Er hatte ihn zu Hause gelassen. Er verließ die Redaktion, ohne irgend jemandem Bescheid zu sagen.

Es gab noch einen Artikel zu schreiben. Über eine Firma, die sich »Bio-Plasma« nannte – und über einen Herrn, der Thomas Engel hieß. Auch das war nicht wichtig. Überhaupt nichts war wichtig ...

Die Stadt. Die Straßen. Ludwigstraße, Sendlinger Tor, Altstadt-Ring, hinunter zum Bahnhof, zurück in den Norden ...

Ruhig bleiben, Rio ... Es besteht kein Grund zur Besorgnis. Endlich hinter der TH eine Telefonzelle! Er fuhr den Wagen den Bürgersteig hoch und scherte sich einen Teufel darum, daß fünfzig Meter weiter unten eine Polizistin die Nummern anderer Falschparker in ihr Buch schrieb. Er rannte zur Zelle, riß die Tür auf, hatte Mühe, die verdammten Münzen in den Zähler einzuwerfen. Und da war er!

»Novotny.«

»Paul?« Rios Stimme war spröde wie verkohltes Papier. »Paul, wie hieß der Arzt, mit dem du gesprochen hast, dieser Arzt in der Max-Ludwig-Klinik?«

»Wie kommst du jetzt auf den?«

»Wie hieß er, Paul?«

»Weißmann.«

»Paul, bitte, tu mir einen Gefallen. Einen persönlichen Gefallen: Ruf ihn an. Sofort. Bitte!«

»Und?«

»Frag ihn nach diesen verdammten Beuteln. Diese Beutel aus der Zwölftausender-Reihe. Du weißt schon ... Frag ihn, ob damals, vor vier Jahren, Anfang September, auch einer an die Dachauer Klinik geliefert worden ist.«

»Hör mal, was ist denn los mit dir? Wieso? Ist ein neuer Fall aufgetaucht?«

Ein neuer Fall? dachte Rio und fühlte, wie sich sein Herz zusammenzog. »Tu es, Paul, bitte. Und tu's sofort. Ich ruf dich wieder an ...«

Er ließ den Wagen stehen, wo er war. Sollten sie ihn aufschreiben, sollten sie ihn abschleppen, er mußte laufen. Und er lief. Die Autos rauschten an ihm vorbei. Der Wind trieb ihm Papierschnitzel entgegen, Staub brannte auf seiner Haut.

Irgendwo las er »Café« und trat ein. Ein ziemlich langer, schlauchartiger Raum. Gleich vorne, rechts der Tür, standen drei Flipperkästen, über die sich drei junge Männer krümmten. Die Apparate klingelten und summten. Dann ein paar Tische, die fast ausschließlich von Mädchen besetzt waren. Sie hatten Bücher und Kolleghefte dabei und unterhielten sich halblaut. Wahrscheinlich TR-Studentinnen.

Er ging zur Bar, setzte sich und bestellte eine Fanta. Er nahm einen Schluck, schob die Limo zur Seite und verlangte von dem Dicken in dem offenstehenden Hemd hinter der Theke einen Red Label.

Der schüttelte nur den Kopf.

»Dann geben Sie mir einen anderen Whisky. Einen doppelten.«

Der Whisky kam, und Rio hatte Schwierigkeiten, das Glas an den Mund zu bekommen. Zu sehr zitterten seine Hände. Nein, das war kein Zittern mehr, das war etwas, das tief aus seinem Inneren kam, seinen Körper, seine Seele, sein Selbst durchschüttelte, so daß er den Whisky kaum an den Mund bekam. Er setzte das Glas hastig wieder ab, als er bemerkte, daß der Dicke ihn beim Gläserpolieren aus den Augenwinkeln heraus beobachtete.

Er zog sich die Zeitung heran. Aber die Buchstaben tanzten. Er zwang sich, einen Artikel zu lesen, doch sein Gehirn spielte nicht mit. Es nahm nicht auf, was die Augen meldeten. Langsam, ganz langsam klang die Adrenalin-Attacke ab, seine Hand wurde ruhiger, ruhig genug, daß er den Whisky trinken konnte. Er leerte das halbe Glas, den Rest nahm er in kleinen Schlückchen.

Am Ende der Theke stand ein Telefon. Immer wieder blickte er hinüber. Schließlich fragte er den Wirt: »Haben Sie auch eine Kabine?«

»Ja, hinten. Neben der Toilette.«

Rio kletterte vom Hocker, ging unsicher die ersten Schritte und spürte dabei, wie die Blicke der Mädchen ihm folgten. Als er die Tür der Zelle geschlossen hatte, waren seine Knie so schwach, daß er auf den Hocker niedersank, der dort stand.

Lieber Gott! Aber daß mit dem lieben Gott nicht viel anzufangen war, wußte er schon lange. Endlich war es so weit, daß er Novotnys Nummer eintippen konnte.

»Ja?« Der Kommissar meldete sich so prompt, als habe er auf den Anruf gewartet: »Rio, bist du's?«

»Paul! Hast du mit Weißmann gesprochen?«

»Gerade. Ich hab' ihn auch gleich erwischt. Der war ziemlich überrascht, als ich ihm mit diesen Fragen kam. Weißt du ... es ist nämlich so ... also weißt du, grundsätzlich ...«

Warum redete er nicht weiter? Was sollte dieses »Weißt du«? Es brauchte nicht gefragt zu werden. Rio wußte, wußte es plötzlich und glasklar ... Und da war wieder die Hitze im Rücken. Da waren wieder die tausend kalten Spitzen. Und ob er wußte? O nein, dachte er ...

»Weißmann sagte, es braucht überhaupt nichts zu bedeuten. Aber er hätte dich gerne gesehen. Er ist noch bis achtzehn Uhr in der Klinik und bereit, dich zu empfangen.«

Und dann sagte Paul Novotny: »Scheiße, Rio! Das gibt's doch nicht. Ist doch gar nicht möglich, so was.«

Aber es war möglich. Und irgendwo gab es wohl jemanden, der sich Gott oder sonstwas nannte und aus schierer Langeweile die übelsten Witze ausheckte ...

»Weißmann sagt, daß die Testergebnisse der anderen Patienten zwar noch nicht vorliegen, aber daß er annimmt, daß sie alle gesund seien, weil sich ja sonst wohl einer gemeldet hätte.«

Weißmann sagt ... Was sollte er denn sonst sagen? Armer Paul! Er gab sich solche Mühe!

»Es ist also dieselbe Reihe, Paul? Die Zwölftausender-Reihe?«

Kurze Pause. Sein Atem. Dann das Verdikt: »Ja, Rio.«

»Ich danke dir, Paul«, sagte er und legte den Hörer auf.

Der kleine elfjährige Junge war so blaß, daß die Sommersprossen in dem runden Gesicht wirkten, als seien sie mit dem Pinsel aufgetragen. Die blauen Augen starrten den Arzt angstvoll an.

»Tut doch nicht weh, Benni.« Jan Herzog öffnete mit dem Spatel den Mund, um noch einmal den Rachen auszuleuchten: gerötet, die Mandeln eingeschlossen – ein Bild, das sich bei chronischer Bronchitis häufig einstellt. Die Infektion breitet sich auch im Rachen- und Mundraum aus.

»Wie lange hustet denn Benni schon?«

»Seit sechs Wochen – nein, sieben«, sagte Bennis Mutter. Sie stand neben dem Jungen und hielt seine rechte Hand.

»Und wie war's denn vergangenes Jahr, Frau Holzrieder?«

»Da hat er's auch gehabt. Den Husten, mein' ich. Nur, damals fing's im Herbst an. Und es dauerte etwa zehn Wochen ...«

Dr. Jan Herzog nickte und wollte dem kleinen Benni den Kopf tätscheln. Doch dazu kam es nicht. Die Tür hatte sich geöffnet – ohne daß jemand angeklopft hätte. Den Mann, der dort stand und ihn zögernd und aus weit aufgerissenen Augen anstarrte, kannte Herzog. Er hatte sich verändert. Es war das Gesicht eines Menschen im Schock ...

Und hinter ihm die Schwester. Sie sprach zuerst: »Herr Doktor, tut mir leid, ich konnte es nicht verhindern. Der Herr kam einfach hier rein und ... und ...«

»Ist schon gut«, lächelte Jan Herzog. »Herr Martin wird schon seine Gründe haben. Ich nehme an, es ist ziemlich dringend – stimmt's?«

Rio nickte. Dann schüttelte er kurz den Kopf, wie es Menschen zu tun pflegen, die aus einem Schlaf erwachen, oder Boxer, die gerade einen Niederschlag wegstecken müssen.

»Ich bin sofort bei Ihnen, Herr Martin«, sagte Herzog.

Sie saßen sich gegenüber. Dr. Herzog lächelte nicht länger. Die Augen unter den buschigen Brauen beobachteten sein Gegenüber wachsam. Rio benötigte seine letzte Kraft, um dem Blick standzuhalten und das Zittern aus seiner Stimme zu verbannen. Sachlich bleiben, sagte er sich, berichten. Aber wenn er einen einzigen falschen Ton sagt, spring' ich aus dem Fenster. Er spürte den Schweiß in den Achselhöhlen.

»Sie erinnern sich doch an das Bio-Plasma-Präparat, dem Ihr Freund Reissner seine Infizierung zu verdanken hatte?«

»Und ob! So gut, daß ich noch beinahe die Nummer weiß. Irgend etwas mit zwölftausendvierhundertdreißig ... Meinen Sie, ich könnte das vergessen?«

»Ihr Zahlengedächtnis ist in Ordnung. Dieter Reissner bekam Beutel 12 426. Und ich ...« So verdammt schwer war es, jetzt weiterzusprechen, so schwer vor diesen Augen, so schwer überhaupt. »Nun, ich ... ich will versuchen, es Ihnen zu erklären. Auch ich bekam nämlich einen Beutel aus dieser Charge ...«

»Sie?! – Wieso denn Sie?« Weit hatte sich Herzog zurückgelehnt, die Hände waren ungläubig erhoben.

»Nun, ich hatte in dieser Zeit einen kleinen Unfall. Ich sah ihn eher als ein Malheur an. Ich hatte das Schienbein gebrochen, und die Sache wuchs sofort zu. So schnell, so schmerzlos ... Was ich damit sagen will: Ich hatte es fast vergessen. Es gibt Dinge, wissen Sie, die spielen sich am Rande des Lebens ab. Man hat wirklich Mühe, daß sie einem wieder einfallen.«

Herzog sagte nichts. Auf seiner Stirn standen tiefe Falten.

»Ich wurde im Dachauer Krankenhaus behandelt. Dazu noch von einem Freund. Die Leute vom Krankenhaus schickten in der Nacht, als der Unfall geschah, einen Boten hinüber zur Max-Ludwig-Klinik, um Plasma zu besorgen ...« Er konnte jetzt leichter sprechen, wenn nur sein Mund nicht so trocken gewesen wäre. »Gut, bei Reissner war es der Beutel 12 426. Ich bekam die 12 434.«

Die Metallschale auf dem Schreibtisch klirrte. Jan Herzog hatte sie angestoßen.

»Das, das ... das ist doch ...«

»Tatsache, Doktor. Man will es nicht glauben, man faßt es nicht – aber es ist so!«

»Und woher wissen Sie ...«

»Ein anderer Freund, Herr Doktor. Diesmal nicht Arzt, sondern Kriminalkommissar. Sie sehen, ich habe viele Freunde ...« Rio verzog sein Gesicht zu einem Grinsen. Es lag auf seinem Gesicht wie eine Maske aus Papier. »Paul Novotny. Er fuhr auf meine Bitte in die Max-Ludwig-Klinik, um die Leute dort auszufragen. Der Chef ist weg, und Novotny bekam die Auskunft von einem Dr. Weißmann. Die haben dort alles registriert. Auch die Lieferung an das Dachauer Krankenhaus in der betreffenden Nacht vom 27. auf den 28. Juni.«

Herzog saß nur da, stumm, schwer wie ein Stein ... Warum half er nicht? Wieso mußte er, Rio, weitersprechen, wo er doch kaum mehr konnte?

»Dieser Dr. Weißmann hat mir angeboten, mich zu untersuchen. Vor allem, mit mir zu sprechen. Ich kenne ihn nicht. Ich will ihn auch gar nicht kennenlernen.«

»Lieber Herr Martin, ich kann mir vorstellen, was Sie jetzt durchmachen ...«

»Das kann wohl niemand.«

»Nein, da haben Sie recht. Aber darum geht es mir jetzt nicht. Es geht um etwas anderes ... Daß man Ihnen im Dachauer Krankenhaus dieses Plasma verabreicht hat, beweist doch noch gar nichts.«

»Nur, daß ich eventuell ein paar hübsche kleine, leider ziemlich bissige Aids-Viren in mir herumtrage.«

»Nein. Es ist sicher noch gar nicht heraus, daß auch die anderen Beutel verseucht gewesen sind. Vielleicht bleibt Dieter – vielleicht bleibt mein armer, unglückseliger Freund Reissner der einzige, den es erwischte.«

»Das sagte auch Dr. Weißmann. Es ist so wie in der Lotterie. Nein, wie beim Russischen Roulett.«

»Gut. Aber auch beim Russischen Roulett gibt's oft genug einen glücklichen Ausgang. Das wissen Sie genauso gut wie ich. Aber was ist mit den anderen Patienten?«

»Die werden jetzt natürlich getestet.«

»Nun, für Ergebnisse ist es ja noch zu früh ...«

»Wie lange dauert das denn?«

»Nun, zehn bis zwölf Tage. Sind Sie deshalb zu mir gekommen?«

»Ja, Doktor. Ich wollte Sie bitten, für mich einen Test zu veranlassen ...«

Die Tomaten hatte Vera in Scheibchen geschnitten. Nun die Petersilie zum Garnieren ... Sie begann zu schneiden und warf dabei einen befriedigten Blick auf die beiden Platten: Aufschnitt. Käse. Vielleicht ein bißchen frugal, aber schließlich – auf die »compania« kam es an. Natürlich, Cleo brachte Harry mit, die Attraktion von Therapeuten, von dem sie nicht wußte, ob er schwul war, dazu kam Heinz Fischer von der Nachrichtenredaktion des Bayerischen Fernsehens und schließlich als Überraschungsgast Richard. Auf den freute Vera sich besonders. Richard war Engländer, ein Mann, der Kinderbücher schrieb und die Honorare dazu benutzte, um auf irgendeinem kleinen Segelboot die Weltmeere zu befahren. »Ritschie« war genau das, was Rio jetzt brauchte ...

Sie bedeckte die beiden Platten mit Folien und stellte die Gläser auf ein Tablett. Als sie es ins Eßzimmer trug, läutete das Telefon. Sie hob ab. Stimmengewirr, das nach den Hintergrundgeräuschen eines Lokals klang. Dann eine Stimme, seine Stimme. So schwach, so weit weg.

»Rio? Ich hab' dich nicht verstanden. Wo steckst du überhaupt? Was soll denn das? ... In zwanzig Minuten sind die Gäste doch da.«

»Ich weiß.«

»Das ist doch keine Antwort! Sag bloß ...«

Sie spürte Ärger in sich hochsteigen und dachte: Wenn er dich jetzt wieder im Stich läßt, dann, dann ...

»Ich kann nicht.«

»Rio!«

»Wirklich. Glaub mir, Liebling ...«

»Was heißt denn, du kannst nicht? ... Rio, sag mal, bist du verrückt geworden? Du kannst doch nicht selbst Leute einladen und dann einfach ...«

Seine Stimme war weg. Nichts. Nur ein Freizeichen.

Sie legte auf. Sie starrte den Apparat an. Dann setzte sie sich auf einen der Stühle am Tisch, nahm ein Glas in die Hand, drehte es zwischen Daumen und Zeigefinger. Ihr Zorn war verflogen. Lange blieb sie so sitzen, dachte über die letzten Tage nach, über diese verwirrenden, schlimmen Tage.

»Liebling, ich kann nicht ...«

Ich auch nicht, dachte sie. Was erwartete er denn? Und überhaupt: »Liebling«? Zwei- oder dreimal vielleicht hatte er sie so genannt. »Vera« war sie, aber doch nicht »Liebling« ... Was, zum Teufel, war mit ihm los? Und wenn er sich einbildete, daß sie hier mit einem Haufen im Stich gelassener Leute in der Bude herumhockte, schnitt er sich sowieso in die Finger.

Der Zorn brachte sie wieder in Fahrt. Und so erlebten Cleo und die anderen, als sie zehn Minuten später an der Tür des kleinen Hauses am Englischen Garten läuteten, eine zwar aufgekratzte, wenn auch etwas verbissen lächelnde Vera, die ihnen schon beim Türöffnen verkündete: »Freunde, ich hab' eine prima Wurstplatte. Ich habe Käse. Ich habe Wein. Das alles rühren wir nicht an. Wir werden uns woanders amüsieren. Und dort erzähle ich euch, warum ...«

Schon auf der langen Geraden am Olympiagelände vorbei ließ Rio den Porsche laufen, überholte, wann immer er eine

Lücke erspähte, zwängte sich rücksichtslos bei Gelb über die Kreuzungen, mißachtete empörte Lichtsignale, steigerte noch immer die Geschwindigkeit.

Nymphenburg. Die Autobahn – und Vollgas! Der Motor heulte auf, Rio spürte den Andruck der Geschwindigkeit wie ein Gewicht, das ihn in den Sitz preßte. Er nahm das Vibrieren des Motors in sich auf, das sich steigernde, wilde, aggressive, fast haßerfüllte Geheul, als der Motor das Letzte hergab und der Zeiger des Drehzahlmessers sich nun tief in die rote Warnzone hineinschob. Laß ihn! Laß ihn dir doch um die Ohren fliegen. Wenn schon ...

Die Fahrzeuge vor ihm drückten sich vor dem heranschießenden geduckten schwarzen Monster zur Seite, funkelten hinter ihm her in ohnmächtigem Protest.

Rio nahm es nicht einmal wahr. Trotz des Heulens des Motors, trotz des Heulens des Windes – in ihm war nichts als Stille, eine nicht auslotbare, dunkle Stille, in deren Tiefen Stimmen laut wurden: »... Rio ... Ich darf Sie doch Rio nennen? ... Es gibt keinen Grund, den Kopf hängenzulassen, bloß weil wir nicht wissen, was der Test bringt. Für mich ist absolut wahrscheinlich, daß er negativ ausfallen wird. Warten wir doch ab, Rio ... Bitte ...«

Jan Herzog. Dr. Jan Herzog, der Freund eines Mannes, der Dieter Reissner hieß – und der es auch für absolut unwahrscheinlich gehalten hatte, daß ihm »so etwas« zustoßen könnte.

UND SELBST WENN, RIO, ES GIBT SO VIELE FÄLLE, DIE BEWEISEN, DASS SICH DAS VIRUS NICHT BEI ALLEN INFIZIERTEN DURCHSETZEN KANN. ICH HABE ARTIKEL GESAMMELT. ES STEHT IN DER LITERATUR. AUCH BEI DER ABWEHR EINER SOLCHEN KRANKHEIT KOMMT ES FÜR MICH ENTSCHEIDEND AUF DIE INNERE EINSTELLUNG AN. DIE KRANKHEIT BRAUCHT NICHT TÖDLICH ZU VERLAUFEN ...

»Selbst wenn ...«

»Es kommt auf die innere Einstellung an ...«

Ja, Stille war um Rio Martin, Stille und ferne Stimmen.

Vor ihm leuchtete ein Bremslicht auf. Ein Lkw, der nach links wollte, nein, der tatsächlich ausscherte ... Er rammte die Sohle auf die Bremse. Drücken. Drück doch! Wieso eigentlich?

Er fühlte, wie das Heck ausbrach, balancierte den schlingernden Wagen aus, schaffte es. Es wäre auch zu früh gewesen. Die riesige Wand, die gerade noch die Straße gesperrt hatte, rückte zur Seite.

Und wieder gab Rio Gas.

Draußen flog Burgau vorbei. Wann nur war er dort gewesen? Vor einem Jahr ... Sie hatten in einem Biergarten gesessen, die Blütenkerzen der Kastanien leuchteten, und Veras grüne Augen lachten in der Sonne.

»Es gibt da Fälle aus der Literatur ...« Und Dr. Jan Herzog hatte sie gesammelt, um seinem Freund Dieter zu beweisen, daß auch Aids-Infizierte eine Chance haben. Nur: Er hatte seinen Freund Dieter nicht mehr erreichen können. Der hatte sich bei Herzog abgemeldet, war zu Rio in den Wagen gestiegen, saß auf dem Beifahrersitz, lächelte wissend. Ja, Rio überkam ein ganz präzises Gefühl von Nähe. Und es war ihm nicht unheimlich dabei. Es war ja die Nähe eines Menschen, der es erlebt, erlitten und hinter sich gebracht hatte. Auch Dieter Reissner war sicher über die Straßen gerast, besessen von einem einzigen Gedanken: Ramm die Karre doch an den nächsten Baum, setz sie dort an den Brückenpfeiler. Doch für Reissner gab es noch eine Frau und ein Kind.

»Warum, Dieter? Warum hast du das getan? Soll ich dir was sagen? Für mich war das der falsche Entschluß. Fehler können nicht nur schrecklich, sie können auch schrecklich dumm sein.«

»Und was hättest du getan?«

»Ich weiß es nicht, Dieter. Ich weiß es wirklich nicht.«

»Was weißt du dann?«

»Nichts.«

»Doch. Daß du Angst hast.«

»Nicht mal das.«

»Aber du hast sie ja! Und sie kommt wieder. Und sie fährt dir an die Gurgel ... Sie zerquetscht dich. Und dann bist du nichts mehr. Nur eines weißt du dann noch: daß diese Welt ein Wahnsinn ist.«

»Aber warum deine Frau?«

»Wieso redest du nicht von meinem Kind? Warum redest du von ihr?«

»Weil ich kein Kind habe.«

»Also schön. Du hast kein Kind. Sei froh ... Aber gerade weil du keines hast, wirst du mich auch nie begreifen können. Vielleicht hast du recht: Es war kein guter Abgang. Aber ich wollte mein Kind nicht allein lassen. Und nicht meine Frau. Ich wollte sie nicht in diesem Wahnsinn allein lassen. Und weißt du, was es mich gekostet hat ...«

Es gab keine Antwort darauf.

Aber die Stimme wiederholte es: »Weißt du, was es mich gekostet hat? Weißt du das ... Und was willst du unternehmen gegen den Gedanken: Du hast sie angesteckt. Du hast sie alle angesteckt ... Sag mir doch, was willst du dagegen tun?«

Die Autobahn. Und über dem Betonband wie eine durchsichtige Spiegelung Veras Gesicht. Vera, Vera!

Kurven und Böschungen. Und wieder ein Wagen, der vor ihm auftauchte. Und wieder gehorchte der Porsche im letzten Moment.

Rio raste weiter, nahm keine Sekunde den Fuß vom Gas. Der Motor sang. Und es war ein Lied von Haß, von tödlichem, mörderischem Haß ...

Olsen zog gerade seine alte Kamelhaarjacke an, als Rio das Chefredakteursbüro betrat. Er hatte Mühe damit. Rio half ihm und betrachtete wieder einmal den abgeschabten Kragen, die gleichfalls abgewetzten Ärmel. An die Ellbogen hatte sich der Dicke ovale Lederflecken aufnähen lassen. Er war zweimal geschieden, hatte vier Verlage hinter sich – er konnte sich von allem trennen, außer von seinen Klamotten. Die Jacke wie die breitsohligen, derben Schuhe kannte Rio so lange, wie er Olsen kannte.

Der Chefredakteur drehte sich um und funkelte Rio aus blauen, in Fett gebetteten Augen an: »Hör mal, Rio, haben dir meine Mädchen nicht gesagt, daß ich weg muß? Rüber zum Süddeutschen Verlag. Und dort bin ich sowieso schon überfällig. Es geht um unsere VOX-Beteiligung. Der Laden geht ja unaufhaltsam den Bach runter – und damit unsere Millionen. Dieser alte Verrückte im sechsten Stock ist nicht mehr in die Reihe zu kriegen. Und da kommst du ...«

»Ja, da komm' ich ...«

»Na gut. Und wenn du schon kommst: Wo ist dein Manu?«

»Das ist es ja – es gibt kein Manuskript mehr von mir.«

»Was?!«

»Es ist so, wie ich gesagt habe, Ewald.«

Olsen stützte sich auf seinen Schreibtisch. Aus den beiden Schießscharten in seinem Gesicht wurden plötzlich kreisrunde Löcher, aus denen die helle Verzweiflung sprudelte. »Jetzt auch noch du? Anscheinend gibt's nur noch Verrückte in diesem Haus. Was heißt Haus – ein Saftladen ist das! Und was bezweckst du mit dem Quatsch? Soll ich es vielleicht noch selbst schreiben?«

»Möller könnte das tun. Schließlich macht Möller sowieso die Medizin. In der Problematik kennt er sich aus. Und so schlecht schreibt er auch nicht.«

Ewald Olsen holte tief Luft. Was er sagen wollte, schluckte er zunächst weg. Dann machte er wieder den Mund auf: »Sag mal, was ist mit dir los?«

»Ich brauche Urlaub. Zehn, vierzehn Tage vielleicht. Und dann muß ich eine Entscheidung treffen ...«

»So? Nach deinem Urlaub wirst du eine Entscheidung treffen? Ist ja phantastisch! Ist ja wunderbar! Du hast diese ganze Scheiße angerührt, und jetzt willst du mich und das Blatt drin hocken lassen. Oder wie soll ich das sehen?«

»Wie du willst ...«

»Wie du willst?«

Anscheinend hatte Olsen nun Schwierigkeiten mit den Beinen, denn er zog sich seinen Chefsessel heran und ließ sich hineinsinken. Der dicke Bauch hob und senkte sich, und er verschränkte nun beide Hände darüber, als müsse er ihn festhalten.

»Was ist los, Rio?«

Rio mochte Olsen. Er hatte ihn immer gemocht, von der ersten Sekunde an, als er damals dieses Zimmer betrat. Sie hatten gut zusammengearbeitet, verdammt gut sogar. Aber das war es ja nicht, es war etwas anderes – vielleicht, daß er gerne einen Vater wie Olsen gehabt hätte, einen Mann, den er bewundern konnte. Nicht nur als Journalist, sondern als den Mann, den man alles fragen konnte und der stets aus irgendeiner verborgenen Schublade seines unglaublichen Vorrats an Bildung und Wissen die passende Antwort holte. Es war noch etwas anderes: die Sensibilität, die sich hinter all dem Fett und all dem polternden Zynismus verbarg.

Jetzt schien sie zu versagen.

»Nochmals, Rio: Was ist mit dir? So verrückt kannst nicht mal du sein, daß du derartige Erklärungen absonderst.«

Und Rio sagte, was mit ihm war.

Olsen lehnte sich weit zurück. Irgendwo an seinem rechten Mundwinkel machte sich ein kleiner Muskel selbständig und veränderte das runde Gesicht zu einer Grimasse von

Staunen und Fassungslosigkeit: »Das ist ... das ist ungeheuerlich, Rio! Das gibt es doch nicht!«

»Das hab' ich auch gesagt ... Das hab' ich mir die ganze Zeit vorgebetet. Ich bete es immer noch.«

»Mein Gott, Rio ...« Er hob den Arm, als wolle er nach seiner Hand greifen, aber die Entfernung zwischen ihnen war zu groß. »Ja, und jetzt?« Rio hatte Olsens Stimme noch nie so leise gehört: »Was willst du machen?«

»Das sage ich dir in spätestens acht Tagen, Ewald. Dann, wenn ich das Testergebnis habe.«

»Oh, Scheiße, Rio!«

»Ja«, nickte er, »Scheiße ...«

Dann ging er zur Tür und zog sie hinter sich zu, ohne sich noch einmal umzudrehen.

Es gab Kinder, unendlich viele Kinder, und Rio fragte sich, wo sie alle herkamen. Schließlich war es nicht einmal zwölf Uhr, da sollten sie doch eigentlich noch in der Schule sitzen. Aber sie schrien, rannten oder spielten Fußball und waren schrecklich mit sich selbst beschäftigt. Rentner kamen vorüber. Sie gingen, wie Rentner gehen, die Fußspitzen schienen ständig nach unsichtbaren Steinen und Stöckchen zu suchen. Es gab Hausfrauen, die sich eine Abkürzung durch den Englischen Garten suchten, die Einkaufstasche fest in der Hand und die Blicke auf den heimischen Küchenherd gerichtet. Es gab die Erfolgstypen mit den Aktenköfferchen, die es nie eilig genug haben können, und die anderen, die Arbeitslosen, die über alle Zeit der Welt verfügten und gar nicht wußten, was sie hier unter den Bäumen eigentlich sollten. Studenten gab's. Penner auch. Und ihn.

Er saß auf einer Bank und ließ sie an sich vorüberziehen. Er hatte seit langem nicht mehr auf einer Bank im Englischen Garten gesessen. Der Himmel war heiter, blau und hoch, und darin segelten weiße dicke bayrische Wolken.

Sein Blick suchte Gesichter, taxierte Rücken, krumme, gebeugte und gerade, folgte den Beinen eines Mädchens – und dann hörte er Olsen sagen: »Oh, Scheiße, Rio! Was willst du jetzt machen?«

Alle, die da vorüberkamen, hatten ihre eigenen Probleme. Doch das war es nicht. Alle hatten das Gefühl, daß es nur die eine einzige Welt gibt: die eigene. Und daß deshalb diese Welt mit ihnen zu leiden, sich mit ihren Problemen zu beschäftigen und am Ende mit ihnen zugrunde zu gehen habe. Was das letztere anging, hatten sie sogar auch noch recht. Mit jedem geht die Welt zu Ende ... Subjektiv gesehen.

»Was meinst du, Dieter?« fragte Rio seinen Schatten.

»Interessiert mich nicht.«

»Als Jan Herzog dir sagte: ›positiv, Dieter‹, hast du dich doch auch so hundsgemein, so grauenhaft allein gefühlt, nicht?«

»Ja. Doch dir hat er es nicht gesagt. Noch nicht.«

»Aber du hast die anderen angeguckt, all diese anderen, und dich gefragt: Wen kümmert es, wer du bist und was du in deinem Blut mit dir rumschleppst?«

»Nein. Ich hätte es tun müssen.«

»Und jetzt? Wie ist es dort, wo du bist?«

Es kam keine Antwort.

So ging er weiter. Er war müde. War er nicht schon seit Monaten, seit Ewigkeiten so sonderbar müde? Dann die Hustenanfälle ... Nein, laß das. Hör deinen Schritten zu, einem nach dem anderen, und zwischen jedem stirbt ein bißchen Zeit ... Drüben rauschte der Bach. Er betrachtete die Fliederbüsche, um sich abzulenken, den Schwung der Brükke und dort, hinter den Birken, die kaisergelb gestrichene Mauer seines Gartens: Ein Bild, abgelöst von allem anderen, an den Rändern verschwommen, ein Bild wie aus einem Fotoalbum, unwirklich und fremd, weil es nicht mehr zu ihm zu gehören schien.

Doch er wollte den Garten sehen. Er ging an der Haustür vorbei zu der kleinen Pforte, die in der Umfassungsmauer eingelassen war. Kaum hatte er die Klinke gedrückt, kam Geschrei: »Bleib bloß draußen! Ich bin doch am Streichen!«

Vera! – Vera strich die Gartentür.

Also ging er doch ins Haus, um den Garten durch die Terrassentür zu betreten. Da stand sie: Pfirsichfarbene schlanke Glieder. Barfuß, Bikini-BH, dazu noch die ausgewaschenen Jeans-Shorts, so eng, daß die ausgefransten Ränder in die Pfirsichschenkel schnitten. In der rechten Hand hielt sie einen Pinsel. Grüne Farbe klebte daran. Grün war die eine Seite der Gartentür, die andere Hälfte wartete noch auf die Farbe. Grün war auch der alte eiserne Gartentisch, die vier Wirtshausstühle, denen sie im vergangenen Jahr ein unmögliches Schwarz verpaßt hatte. Grün waren die Farbspritzer auf ihrem Bauch, an ihrem rechten Knie und an ihrem linken Arm – und grün und voll Erwartung ihr Blick. Sie ließ den Pinsel sinken.

»Rio? – Du, was ist denn mit dir?«

Was sollte er schon sagen? Was gab es zu sagen?

»O Gott, Rio! Was hast du denn?«

Sie ließ den Pinsel einfach fallen, wo sie stand, und rannte auf ihn zu.

»Du weinst ja ... Was, um Himmels willen, ist los?«

Da sagte er es auch ihr ...

»Du und Aids?«

Sie hatte ihn angesehen – mit diesem wilden Staunen im Blick, das neu war. Doch da war noch etwas anderes im Hintergrund ihrer Augen: eine unglaubliche Ruhe. Dann hatte sie einem ihrer frischgestrichenen Stühle einen Tritt gegeben, daß er in die Ecke flog, einen Tritt mit nackten Sohlen! Und dann hing sie an seinem Hals.

»Hör mir auf mit deinen Plasmabeuteln. Du hast ein anderes Beutelchen gekriegt – damals im Dachauer Krankenhaus ... Und du wirst den Teufel tun und hier durchdrehen.«

Und sie hatte ihn gestreichelt, seinen Hals, sein Haar: »Ach, Rio! Gib's doch zu, du hast diese ganze Geschichte erfunden, um irgendeinen Seitensprung mit irgendeiner dicktittigen kubanischen Tänzerin zu kaschieren ...«

Ja, es war vollkommen unglaublich, wie sie reagierte. Sie nahm ihn einfach nicht ernst. Vielleicht, weil sie ihm helfen wollte, vielleicht, weil es ihr zu abwegig, zu ungeheuerlich erschien, als daß sich ihr Wirklichkeitssinn damit vertraut machen konnte: Ein weinender Rio erschien ihr unheimlicher als jeder Aids-Verdacht.

Rio aber wußte nicht, wie es geschah, nein, wie es geschehen konnte – doch fünf Minuten später fand er sich mit ihr im Schlafzimmer wieder.

»Hör doch zu, Herrgott noch mal! Was soll denn das, Vera?«

»Was das soll?« Sie lachte plötzlich auf. »Sieh mal ...«

Ihre Shorts flogen in die Ecke. Vom Nabel bis zum Hüftknochen zog sich ein grüner Ölfarbenstreifen über ihre Haut. Die Arme hatte sie erhoben, und die Spitzen ihrer Brüste hüpften, als sie auf ihn zulief.

»Vera – das geht doch nicht. Ich habe doch gesagt ...«

Gesagt ... Es gab nichts zu sagen. Wie sollte er sich verteidigen, gegen diese Küsse, gegen ihre Umarmungen?

»Vera ... ich hab's doch schwer genug ... Und du weißt ...«

Sie ließ ihn ganz plötzlich los, rannte zur Kommode, zog die Schublade auf, griff hinein und hielt nun eine winzige rosafarbene Schachtel in der Hand.

»Wenn es das ist?«

»Na gut ... Wieso nicht ... Ich finde zwar, solche Hütchen stehen Männern nicht, aber wenn du unbedingt willst – schön, ich pack' ihn dir ein ...«

Nun lag ihr Kopf auf seiner Brust, und die Spitze ihres

Zeigefingers zog Linien und Kurven über seinen Bauch. Und manchmal wanderte ihr Mund diesen Linien nach und wurde erst wieder still, wenn er zu der Stelle direkt über seinem Herzen zurückgekehrt war. Es war unglaublich. Sie war unglaublich. Die Welt war es.

Sie lagen im Bett. Sie hatten sich geliebt. Und sie hatten sich geliebt, wie sie sich noch nie geliebt hatten. Über das Rechteck der Zimmerdecke wehten zarte Schatten hin und her, her und hin. Durch das Fenster drang das Wassergeplätscher des Kanals. Was sollte er noch denken? Was ließ sich in Worten ausdrücken? Diese unwirkliche Liebe war der gute Teil des Traums gewesen. Er überdeckte den anderen ...

ES IST NICHT WAHR, RIO ... KANN GAR NICHT WAHR SEIN!

Natürlich nicht, dachte er, du bist bloß in den verkehrten Traum geraten. Wie soll das, was da abläuft, dir zustoßen? Kannst du das erklären? Gleich wirst du erwachen – hier ist sie ja, deine Wirklichkeit: Vera, ihr Kopf, der auf dein Herz drückt. Vera ... Und Aids? Aids – und du? Irrsinn ...

»Es ist noch nicht raus, Vera«, sagte er leise. »Aber es ist dieselbe Sendung, an der Reissner zugrunde gegangen ist. Er hat sich erschossen. Aber wahrscheinlich sah er sich schon tot ...«

»Hör auf.« Ihr Zeigefinger legte sich auf seine Lippen.

Die nächsten Tage flossen an Rio vorüber, ohne Form und Gestalt anzunehmen. Nichts, das ihm in Erinnerung blieb.

Vera wiederum lebte nach einer Art Drehbuch, und ihm folgte sie strikt. Der Inhalt ließ sich auf einen einzigen Satz reduzieren: Weitermachen, als sei nichts geschehen. Noch gab es keine Gewißheit. Und wenn das Schlimmste kam – ließ es sich ändern?

»Hör mir endlich mal zu, Rio: Mein Großvater war vielleicht nichts als ein armseliger kleiner Pauker in einer schäbigen kleinen Schule in Niedersachsen. Aber er war ein großer Philosoph. Weißt du, was er sagte? ›Im Leben ist nur eines wichtig: Daß man es lebt ‹...«

Sie erhielt keine Antwort.

An diesem Morgen ließ er den Porsche in der Garage stehen und machte seine alte BMW wieder flott. Er stieg in den Sattel und ließ die Räder des Motorrades dorthin rollen, wo es der BMW gefiel. Nicht zur Autobahn, der Kurs ging über Parkwege, Landstraßen und schmale, vergessene Pfade an der Isar. »Daß man das Leben lebt«. Wie denn, verdammt noch mal?

Jeden Tag fuhr er nun los. Auch am Morgen des Donnerstags. Vera hörte, wie er das Garagentor hochzog, dann das Klicken, das ihr sagte, daß Rio die Raststütze des Motorrads einschlug und die Maschine startklar machte. Nun das Blubbern des Motors, das sich langsam entfernte ...

Sie trat vom Fenster zurück.

Auf dem Fernsehschirm verbreitete sich ein Mann mit Stirnglatze und randloser Brille endlos über den Aufbau Ost. Vera schaltete ab. Sie überlegte, ob sie Dr. Herzog anrufen und sich anmelden sollte, ließ es sein, schloß das Haus ab, setzte sich in ihren alten Golf und fuhr zum Rosenheimer Platz.

Sie fand das Haus, in dem sich die Praxis befand, sofort, stieg die Treppe hoch, stand vor einer ziemlich mitgenommenen Tür, auf der das Praxisschild angebracht war, und läutete.

Niemand öffnete.

Sie läutete wieder. Der Türöffner summte. Sie trat ein. Eine grauhaarige Frau saß an einem Schreibtisch und tippte auf ihrem Computer herum. Nun ließ sie die Hände in den Schoß sinken und drehte ihr den Kopf zu.

»Ich hätte gern Herrn Dr. Herzog gesprochen.«

»Herrn Doktor Herzog? Tut mir leid. Draußen auf dem

Schild steht's doch: Die Sprechstunde beginnt erst in einer halben Stunde.«

»Ist der Doktor denn da?«

Die Frau verzog den Mund. Sie hatte nicht unfreundlich gesprochen, doch nun schien es ihr zuviel: »Ich sagte gerade ja schon ...«

»Hören Sie, ich bin eine Bekannte von Herrn Dr. Herzog.« Vera lächelte. Nie war ihr eine Lüge so einfach gefallen wie diese.

»Ach so? Darf ich vielleicht Ihren Namen erfahren?«

»Martin«, sagte Vera.

»Martin?« Vielleicht täuschte sie sich, aber irgend etwas in der Haltung der Sprechstundenhilfe hatte sich geändert. »Oh, dann ...«

Vera spürte, wie Panik in ihr hochstieg. Wieso »oh, dann«? Ihre Glieder waren mit einem Mal sehr schwer. Sie rührte sich auch nicht, als die Frau ins Telefon sprach und dann am Ende des Korridors eine Tür aufflog und ein Mann auf sie zukam. Ein sehr großer, etwas vornübergebeugt gehender Mann in einem weißen Arztkittel. Er lächelte schon von weitem. Aber es war die Sorte von Lächeln, die jede Erklärung vorwegnahm. Er ging auf sie zu, sagte: »Frau Martin! Ich bin Jan Herzog. Kommen Sie doch bitte ...«

Sie gehorchte. Der Gang schien ihr unendlich weit. Und auch die Stimme, sie war so weit, so entfernt, diese Stimme, die sagte: »Setzen Sie sich doch bitte. Eigentlich habe ich Ihren Mann erwartet ... Das heißt, er wollte ja morgen kommen.«

Sie nickte. »Ich bin heute hier.«

Er sah sie an – und nun wußte sie, warum Rio zu ihm gegangen war. Dies war ein Mann, dem man vertrauen konnte. »Herr Doktor! Ich wollte, ich konnte einfach nicht warten. Ich dachte, vielleicht haben Sie bereits ein Ergebnis.«

Er nickte.

»Und?«

Er hatte beide Hände auf der Tischplatte liegen, und für einen Moment sah es so aus, als würde er aufstehen, um zu ihr zu gehen. Doch er blieb sitzen. Da waren nun die Augen, dieser unendlich traurige, mitfühlende Blick.

»Frau Martin, es ist leider so, wie Ihr Mann es befürchtet hatte ...«

Es war ein kleines Café mit geflochtenen, harten Stühlen. Durch die Scheibe konnte Vera das Haus betrachten, in dem sie gerade gewesen war, doch es war nicht allein die rosafarbene schmutzige Hausfassade, die sie sah, sie sah das Gesicht dieses Dr. Jan Herzog wieder, sah die schlanken, knochigen Finger, die unablässig eine Stelle über der rechten Augenbraue rieben; hörte die Stimme, diese melancholische, leise und doch so freundliche Stimme, die Dinge erklären wollte, die zu ungeheuerlich waren, als daß man sie erklären konnte.

Und trotzdem – jedes Wort, jedes einzelne dieser Worte war wieder da: »Im Grunde, Frau Martin, ist ja eigentlich nur der direkte Blutkontakt gefährlich. Er kann über kleine Verletzungen entstehen. Aber das ist bei heterosexuellen Paaren ziemlich selten. Deshalb liegt statistisch gesehen die Ansteckungsrate bei Eheleuten nur um die zwanzig Prozent. Die Erfahrung hat inzwischen gezeigt, daß Speichel oder Körpersekrete das Infizierungspotential des Virus weitgehend neutralisieren.«

Sie hörte es, während er die Nadel in ihre Vene schob, während sie zusah, wie der Kolben der Spritze ihr Blut hochsog. Er hatte darauf bestanden –, sie dürfe um Gottes willen keine Angst haben, aber es sei doch wirklich besser, wenn er auch ihr Blut kontrollieren lasse. Das würde die Situation ein für allemal klären.

Er meine es gut, klar doch. Was sonst? Sie spürte keine Angst. Auf irgendeine, vielleicht vollkommen unlogische Weise war sie sicher, daß ihr nichts passieren konnte. Nur, sie hatte Schwierigkeiten mit seinem komplizierten Medizin-Chinesisch. Aber den Grund der Botschaft hatte sie begriffen.

Speichel und Körpersekrete ... Nur zwanzig Prozent ... Infizierungspotential ... Welche Worte für die Liebe! Er meinte es gut. Klar doch, was sonst? Und sie, sie hatte Schwierigkeiten mit seinem komplizierten Medizin-Chinesisch. Aber den Grund der Botschaft hatte sie begriffen: »Aids, Frau Martin – da befinde ich mich in Einklang mit vielen Fachleuten –, braucht noch lange kein Todesurteil zu bedeuten. Ich versuchte es Dieter Reissner einzuhämmern. Ich habe es auch Ihrem Mann gesagt, denn heutzutage werden Infizierte richtiggehend zu Tode geredet. Nicht nur von Ärzten, vor allem auch von den Medien. ›Tödliche Krankheit‹ heißt es, ›ausweglos, keine Prognose‹ ... ›Grauenhaft ist das doch.‹ Das sind alles Totschlagworte, denn wenn sich einer selbst aufgibt, ist es tatsächlich vorbei.«

Dr. Jan Herzog hatte sich in Fahrt geredet, ohne Pause, ohne Komma hatte er geredet – und sie, wie sollte sie das alles verstehen? Was wußte sie von Antigenen, von Antikörpern? Er hatte sie sogar aufgezeichnet, winzig kleine Ketten, die in sich wieder Stellen enthalten, die den Gegner erkennen können. Was wußte sie von Makrophagen, Leukozyten und Lymphozyten, die unter dem Einfluß der T-4-Helferzellen Viren bekämpfen und unschädlich machen können. – »Es sei denn, Frau Martin, sie werden, wie es nun mal bei Aids geschieht, selbst getäuscht ... Und trotzdem, viele Patienten überleben. Von diesen Menschen aber, Frau Martin, wird kaum gesprochen. Und sehen Sie, auf sie kommt's an. Wenn Rio auch positiv ist – das, was Sie bei den meisten Aids-Kranken beobachten können, der drastische Abbau der T-4-Zellen, ist nicht eingetreten – die T-4-Zellen geben uns einen exakten Hinweis auf den Zustand eines Patienten und auf die Abwehrkraft seines Immunsystems. Jeder gesunde Mensch trägt tausend und mehr dieser Zellen in einem Mikroliter Blut mit sich herum. Bei HIV-Patienten sind es nur noch wenige Dutzende. Bei Ihrem Mann aber ...«

Vera hatte Rotwein bestellt. Rotwein beruhigt. Sie hatte ihr Glas schon halb ausgetrunken. Nun nahm sie den Rest. Ihre Stirn brannte weiter, das Herzklopfen hörte nicht auf, die Fingerspitzen waren kühl.

»Das Entscheidende also, Frau Martin, sagen Sie es ihm: Der Befund ist zwar positiv, aber er hat viele, sehr viele dieser T-4-Helferzellen in seinem Blut. Vielleicht nicht ganz so viele, wie er haben sollte, etwas unter tausend, aber das kann auch mit seinem Allgemeinzustand zusammenhängen, verstehen Sie? Immunsystem und der psychische Zustand sind untrennbar verbunden. Das ist längst erforscht.«

Sie hatte verstanden. »Positiv« – dieses grauenhafte Wort. Ein auf den Kopf gestellter Begriff. Aber es gab die Helferzellen. Sie waren nicht vernichtet wie bei den anderen. Sie kämpften. Und noch etwas hatte sie verstanden, und es war einfacher und wichtiger:

»Es gibt keine HIV-Todesregel, Frau Martin. Es gibt viele, unbekannt viele Patienten, die mit dem HIV leben, deren Körper es unter Kontrolle hält, ja, der vielleicht sogar damit fertiggeworden ist. In den Veröffentlichungen werden solche Menschen ›Langzeit-Überlebende‹ genannt. Ein unglaublicher Zynismus. Langzeit-Überlebende sind wir alle. Wir alle tragen den Tod in uns. Sie, ich ... Und noch etwas, Frau Martin: Ich bin froh, daß Sie zuerst hier waren. Sie können besser auf ihn eingehen. Sie versteht er vielleicht eher als mich als Arzt. Also nochmals, Frau Martin: Wir alle sind verurteilt zu sterben. Und so gesehen sind wir alle Langzeit-Überlebende – wie Rio.«

Der Tod in uns ...

Draußen vor dem Fenster spuckte einer der Busse der städtischen Verkehrsbetriebe schwarze Dieselwolken aus. Menschen stiegen ein, Menschen schluckten den Qualm. Krebserregend. Jeden erwischt es. Wir alle sind Langzeit-Überlebende ...

Das Leben leben? ... Na gut, dachte sie und griff nach ihrer Handtasche, um ein Papiertaschentuch herauszuholen und sich die Augen abzutrocknen. Tränen und Wimperntusche hinterließen einen dunklen Fleck. Das Leben leben ... Nur daß für Rio der Tod Gestalt angenommen hatte, ein unvorstellbar kleiner Winzling von Tod, ein Virus, so klein, daß dreißigtausend davon in einer einzigen Haarpore Platz haben, hatte Herzog gesagt. Dreißigtausend in einer Pore! Und ein einziges reicht aus ... Winzig und mächtig zugleich.

Wieso kommt es zu uns, zu Rio, wieso zu dir? Liebe kann tödlich sein ... Was für ein Gedanke! – Warum heißt es nicht »DER VIRUS«, wenn es schon so gefährlich ist, sondern »DAS«? Wer hat es geschickt?

»Der« oder »das« Virus? Ein Nanometer-Nichts, ein unvorstellbar winziger Partikel aus ein paar hunderttausend Atomen, schon wegen seiner Kleinheit nie so richtig einzuordnen; »das Virus«, eine Sache zwischen Materie und Leben? Schließlich: Sind Viren nicht sogar in der Lage, ein Kristall zu bilden?

Sie sind es, ja. Doch kommt ihre Stunde, starten die Menschenfeinde unter ihnen einen Angriff auf eine Zelle, dann produzieren sie Millionen identischer Kopien nach ihrem Vorbild, diktieren dem Wirt das eigene Gesetz, versklaven ihn somit zu einer Art Vervielfältigungsmaschine, die sich selbst zerstört.

Ein teuflisches Verfahren – doch die Natur läßt sich nun

mal nicht verteufeln. Sie hat in ihrer Entwicklungsgeschichte das Virus Milliarden Jahre vor den Menschen gestellt, vielleicht, um seine Abwehrmechanismen zu verfeinern, vielleicht auch, um ein Instrument zu schaffen, das diesen gefährlichsten der Säuger wie jede andere Spezies auszulöschen vermag – falls er nicht in den großen Bauplan paßt.

Eines jedenfalls steht fest: Viren sind nicht Materie, Viren sind lebendig, so lebendig, daß sie sich selbst als Teil des Wirtsorganismus einordnen, so überaus lebendig, daß sie seinen Tod wie sein Leben in den Händen halten ...

Im weitläufigen, modernen Gebäude der CDC, des National Center for Desease-Control der Vereinigten Staaten in Atlanta, versammelten sich im Frühjahr 1981 die Abteilungsleiter zu einer Konferenz.

Bei der Kontrolle des Medikamentenverbrauchs hatten die Computer einen dramatischen Anstieg von Pentamidin gemeldet, einem Antibiotikum, das bisher ausschließlich gegen einen einzigen Mikroorganismus eingesetzt wurde: die Pneumozystis Carinii. Nun ist dieser Keim zwar weltweit verbreitet, aber nur bei Tieren. Für Menschen galt er – wenn man von vereinzelten Krebserkrankungen im Endstadium absieht, wo er heftige Lungenentzündungen hervorruft – als ungefährlich. Das hat sich geändert, finden die Seuchenforscher heraus. Der Pneumozystis Carinii attackiert Menschen. Junge Menschen. Männer. Und die sind ausschließlich homosexuell.

Es vergehen nur wenige Wochen, dann wird in Atlanta erneut Alarm geschlagen. Von der Ostküste wird eine unerklärliche Zunahme von Kaposi-Sarkom-Fällen gemeldet. Das Kaposi-Sarkom, ein Hautkrebs, war bisher als »Mittelmeer-Krankheit« eingestuft worden. Die von ihm befallenen Kranken stammten meist entweder aus den südlichen Mittelmeerregionen oder hatten jüdische Vorfahren.

Nun muß dieselbe rätselhafte Feststellung gemacht werden: Die Opfer der neuen Krankheitswelle sind Homosexuelle. In der »Szene«, in Discos und Schwulen-Clubs von San Francisco bis New York, verbreitet sich panische Unruhe. Sie schlägt in helle Empörung um, als einzelne Forscher die neuen Krankheitsfälle, die ohne Ausnahme auf einem unerklärbaren Zusammenbruch des Immunsystems beruhen, mit dem fatalen Begriff »GRID« – »gay related immunity deficency« belegen.

Die Empörung der Homosexuellen gegen die Wissenschaftler, die behaupten, der merkwürdige Abbau des Immunsystems müsse »irgendwie« mit homosexuellen Praktiken in Zusammenhang stehen, ist berechtigt. Denn als nun, in den achtziger Jahren, die »Schwulen-Pest« ihren Siegeszug um die Welt antritt, in den Metropolen Amerikas, Asiens, Afrikas und in den großen Städten Europas zuschlägt, werden endlich auch die Hauptmerkmale des Erregers und der neuen, gefährlichen Seuche erkannt: die dramatische Schwächung des körpereigenen Abwehrsystems. Sie geschieht deshalb, weil das Virus sich nicht in irgendeine Zelle einnistet, sondern mit fast zynischem Geschick sich die wichtigsten Helfer bei der Krankheitsabwehr aussucht: die T- und die T-4-Lymphozyten. Sie greift es an, zwingt sie zur Vervielfältigung des eigenen Erbmaterials, verändert sie krebsartig und zerstört sie. Und dies nicht nur bei Homosexuellen, o nein, die Abstammungsspur des Mörders führt nach Afrika, und dort sind die Hälfte der Virusopfer Frauen! Und bald zeigt sich auch in den vom Virus betroffenen Regionen das gleiche Bild: Ob Mann oder Frau – niemand ist vor diesem Killer sicher, selbst nicht das Kind im Mutterleib.

Auch die Annahme, das HIV-Virus würde in erster Linie durch Geschlechtsverkehr übertragen, ist nicht länger aufrechtzuerhalten. Das Virus kennt nur ein einziges Gesetz: leben und sich vermehren. Es schert sich einen Dreck darum, welcher Organismus ihm dies ermöglicht. Es tötet Drogenabhängige, die sich mit Injektionsnadeln infizieren ebenso wie ungeborene Kinder im Mutterleib, es schleicht sich über verseuchte Konserven in die Operationssäle oder in die Blutbahn von Hämophilen, Menschen, die ohne Fremdblut nicht existieren können. Ein Ozean von Leid, ein unentwirrbares Dickicht von Schuld, Verzweiflung und Tod ist die Folge.

Mehr als hunderttausend Menschen sind es, die allein in Deutschland infiziert sind. Die wahren Zahlen aber bleiben noch immer im Dunkeln, verschwommen und verschleiert von der Unfähigkeit einer Behörde, die den Selbstbetrug zur Norm machte, indem sie auf jede genaue Erfassung verzichtete ...

AIDS – NICHTS ALS EIN TOTSCHLAGWORT!

Vera klammerte sich an alles, was Jan Herzog ihr gesagt hatte. Jeder Satz bleibt wie eingestanzt in ihrem Bewußtsein: »Aids ist nichts als ein Totschlagwort. Wer spricht denn von denen, die weiterleben? Und das sind in San Francisco dreißig Prozent – und das zum Teil seit vierzehn Jahren ... Rios Immunsystem funktioniert doch!«

Doch »Weitermachen« war nicht mehr so einfach. Hinsehen, wie er stundenlang vor dem Fernseher hing, den Kopfhörer auf den Ohren, weil sie das ewige Geplärre und Gequatsche nicht mehr aushielt. Das Zimmer eine einzige Tabakwolke. Daraus sein abweisender, todtrauriger Blick. Nichts sagen, Aschenbecher leeren, Fenster aufreißen, Nerven behalten ...

Sie versuchte es.

»Da muß er durch, Schätzchen«, sagte Cleo am Telefon. »Irgendwie ist das auch vollkommen normal, findest du nicht?«

»Nein, das finde ich nicht. Das ist so etwas wie Selbstaufgabe.«

»Hab doch Geduld, Vera! Er weiß es jetzt vierzehn Tage. Was ist das schon?«

»Ich weiß es jetzt auch seit vierzehn Tagen!«

»Ja, aber dir hat dieser Dr. Herzog sagen können, daß du aidsfrei bist, daß das verdammte Virus dich verschont hat.«

Sie war nahe daran, loszuheulen. Veras Stimme zitterte, und sie ärgerte sich darüber. »Von den vierzehn Tagen ist jeder einzelne zuviel. Er sackt mehr und mehr ab.«

»Aber das ist doch begreiflich, Schätzchen! Er leistet jetzt eine Art Trauerarbeit. Das meint auch Max. Er trauert um sich selbst, um die Person, die er einmal war. Erst wenn er ganz unten ist, erst wenn er Grund spürt, geht's wieder aufwärts.«

»Ach, Scheiße!« hatte Vera gesagt und den Hörer auf den Apparat zurückgeworfen. Aber sie hatte nicht geweint. Nein, sie würde nicht weinen. Sie würde das durchstehen, Himmelherrgott noch mal, sie mußte sich ja nur etwas einfallen lassen ...

Sie ging ins Wohnzimmer. »Rio!« – Keine Antwort. Auf dem Schirm lief eine »Tatort«-Wiederholung.

Ganz sacht klinkte sie die Tür ein, stieg in den ersten Stock, nahm den Holzstab aus dem Schrank, mit dessen Hilfe sich die Schiebetreppe zum Dachboden öffnen ließ. Wann war sie das letzte Mal dort oben gewesen? Im Herbst. Ja, im Herbst vor zwei Jahren ...

Sie brachte den Eisenhaken in die Position, zog am Ring, und die Treppe glitt ihr entgegen. Vera kletterte hoch. Schummerlicht und Dachbodengeruch. Die Erinnerung an die Dachbodenstunden ihrer Jugend, als sie sich vor der Schwester versteckte, der Kritik ihrer Mutter entzog, Tagebuch schrieb, verbotene Bücher las und die Märchen träumte, an die sie glaubte.

Trauerarbeit? – Sicher hatte Cleo recht ... Da standen ihre beiden Alukoffer, mit denen man sie ins Internat geschickt hatte. Im kleineren hatte sie immer ihre Wäsche und die Schulhefte mitgenommen. Sie setzte sich auf den großen und schüttelte den Kopf: Nicht unterkriegen lassen! Das kann uns doch gar nicht zustoßen! Du wirst sehen, das ist nichts als ein blödsinniger Traum.

Die Augen wollten wieder feucht werden. Vera versuchte sie mit dem Handrücken trockenzureiben. Viel nützte es nicht. Aber sie fand die rote Kartonschachtel mit den kleinen blauen aufgedruckten Pferdchen. Als sie das Plexiglasregal im Wohnzimmer aufstellten, hatte Rio darauf bestanden, eine Lebkuchenschachtel habe auf Plexiglas nichts zu suchen, und so kam sie auf den Dachboden. Mitsamt den Fotos, die sie enthielt ...

Wie lange sie so saß – sie wußte es nicht. Sie hatte den Schalter für eine nackte, von einem Balken baumelnde Glühlampe gefunden und angeknipst. Da waren sie nun! Zum Teil steckten die Fotos zusammen mit den Negativen in ihren knallbunten Versandkuverts, andere lagen wild durcheinander, manche hatte sie auf der Rückseite mit dem Datum und anderen Hinweisen beschriftet. Sie brauchte keine Kommentare. Sie wußte doch ...

Rio, als er von seiner Beirut-Reportage zurückkehrte, verschwitzt und verdreckt, Haare, die bis auf die Schultern fielen; und als ob das nicht reichte, auch noch ein Vollbart wie ein Country-Sänger. Hier: ein Foto des Porsche. Nicht schwarz, nein weißgepudert mit Staub. Und ein Huhn, das an der Stoßstange herumpickte. Dies war ihre Reise nach Andalusien gewesen ... In Ubeda gab es einen einzigartigen »Parador«, eine umgebaute maurische Festung. Nur, daß sie die umgebaute maurische Festung nie fanden und sich in irgendeiner Mondlandschaft zwischen kahlen Bergen verirrten und sich in der Nacht Flohstiche im durchgelegenen Himmelbett eines Dorfwirtshauses holten ...

Ein ganzer Stapel Fotos, von einem roten Gummiband

zusammengehalten. Das erste Bild zeigte Zwiefalten: hohe Tannen, Häuser mit hohen Dächern. Das nächste verwackelt, der linke Rand nur ein heller Streifen, aber sie trug es im Gedächtnis: Ein Fahrrad, ihr Fahrrad. Und Rio hatte sich gegen ihre Proteste auf den Gepäckständer geschwungen, abwärts ging's, der Weg war steil. Ben hatte das Foto geknipst, der gute alte Ben, mit dem sie nach Zwiefalten gekommen war ... Mit Rio war sie hundert Meter weiter unten im Straßengraben gelandet – und Ben war drei Tage später stinkbeleidigt abgefahren. Im Straßengraben hatte es begonnen ... »Was willst du eigentlich, Vera? Dich hab' ich doch im Straßengraben aufgelesen«, hatte er oft genug verkündet.

Sie rannte die Treppe hinab, ging in Rios Büro, holte sich eine Faxrolle Papier und Klebstoff, dazu noch die Schere. Doch als sie alles gefunden hatte, klingelte das Telefon. Sie hob ab.

»Olsen. Rio?«

»Das bin ich, Vera.«

»Na, wunderbar! Wie geht's denn, Vera?«

Die Stimme Olsens war von baritonalem, etwas gekünsteltem Leichtmut: Der freundliche Nachbar um die Ecke, nein, der Chef, dem es mal einfiel, sich nach dem Befinden seines Lieblingsangestellten zu erkundigen.

»Na, wie schon ...«

»Hör mal, Vera, ich könnte jetzt eine Menge sagen, aber ich schenk' es mir. Vielleicht haben wir ein andermal Gelegenheit dazu.« Pause. Dann: »Eines ist uns ja beiden klar: Er muß raus aus seinem Loch.«

»Ja«, sagte sie und betrachtete die Schere in ihrer Hand. »Nur – wie?«

»Wer ist eigentlich sein Arzt?«

»Ein Mann namens Herzog.«

»Ach der? Dr. Jan Herzog?«

»Ja. Er war auch Reissners Arzt.«

Wieder die Pause. Und Olsens Schnaufen: »Kann der nicht ein vernünftiges Wort mit ihm reden?«

»Er hat schon viele vernünftige Worte mit ihm geredet. Und ich auch, Ewald. Das kannst du dir doch denken.«

»Natürlich kann ich das! Himmelherrgott noch mal, sag ihm, daß ich ihn brauche, Vera! Und das ist kein gottgefälliges Märchen. Es ist die verdammte Realität. Sag ihm, er soll in die Redaktion kommen. Sag ihm, daß Möller die Story nie in den Griff kriegt ... Sag ihm, Himmelherrgott noch mal, er soll dran denken, um was es geht. Wir müssen dieses Schwein von Engel zur Strecke bringen. Rio hat schließlich damit angefangen. Er weiß es also am besten, und er schreibt am besten. Er ist der einzige, der die Sache weitertreiben kann. Sag ihm das! Hörst du?«

»Ich will's versuchen.«

Sie klappte die Schere zu und legte den Hörer auf ...

Lange Zeit saß sie ganz still. Vor dem Fenster bogen sich die Birkenzweige im Wind. Ein Vogel versuchte zu landen, ließ es dann aber sein und flog weiter.

Rio!

Rio ... Rio. ... Wir kommen da durch. Wir müssen einfach. Glaub mir doch. Und vielleicht ist es gar nicht so schwierig. Du mußt nur wieder gehen lernen, ganz aufrecht, Rio! Und ich werde dir helfen. Ich weiß ja auch, wie es zu machen ist. – Rio, wir brauchen ein Kind ...

Zehn Uhr morgens. Um diese Zeit gab's im »Café Lola« kaum Gäste. Die goldenen Messingstangen, die die Tische und die Bänke voneinander trennten, funkelten im Halbdunkel. An der halbrunden Bar strich sich die Kellnerin gelangweilt ihren Minirock zurecht.

Rio legte die »Süddeutsche« zurück auf den Tisch. Das Blutbad in Nürnberg wurde der Russen-Mafia zugeschrieben, und die Bundesregierung wollte mit neuem Schwung und neuem Einfallsreichtum der Massenarbeitslosigkeit zu Leibe rücken ... Interessierte ihn nicht. Gab es noch etwas, das ihn interessierte? Kaum. Er hob die Hand, um die Bedienung heranzurufen, doch gleich darauf ließ er sie wieder sinken. Ein junger Mann stand vor ihm. Er hatte langes, fettiges Haar, dessen Strähnen sich auf breiten T-Shirt-Schultern kringelten. Das T-Shirt war auch nicht allzu sauber. Er trug Jeans und Turnschuhe, hatte einen kleinen Goldknopf im Ohr und ein halbes Lächeln auf dem Gesicht. Nein, er sah wirklich nicht vertrauenerweckend aus.

»Sie sind Herr Martin, nicht wahr?«

»Warum? Kennen wir uns?«

»Jetzt schon. Mein Name ist Bauer. Ich gehöre zu Herrn Novotnys Abteilung. Der Chef wartet draußen.«

»Und wo?«

Der Junge deutete mit dem Kinn zur Scheibe. Dieses Mal war es kein grauer BMW sondern ein grüner Audi.

»Warum kommt er dann nicht rein?«

Rio bekam keine Antwort. Der sonderbare Junge, offensichtlich einer von Novotnys »verdeckten« Fahndern, ging bereits dem Ausgang zu und verschwand draußen zwischen den Passanten.

Rio legte fünf Mark für seinen Tee auf den Tisch, ohne auf das Wechselgeld zu warten, und durchquerte das Lokal. Draußen am Bordstein hielt Novotny die Wagentür auf.

»Hallo, Rio!«

Rio setzte sich neben ihn. Novotny war zweimal bei ihm zu Hause aufgekreuzt, das letzte Mal war auch schon wieder drei Wochen her.

»Was soll das? Seit wann hast du was gegen ein Bier am Morgen?«

»Erstens mußte ich um fünf Blocks fahren, um einen Parkplatz zu finden, und zweitens habe ich sowieso keine

Zeit. Aber ich möchte mit dir sprechen. Und das können wir ja auch im Auto, nicht?«

Er fuhr los, und dabei legte er die rechte Hand auf Rios Unterarm. »Rio! Ich möchte dir eine ganze Menge erklären.«

»Tu's nicht.«

»Eben«, sagte Novotny lakonisch.

»Wie hast du mich überhaupt gefunden?«

»Ich war bei dir zu Hause. Vera hat mir gesagt, daß du wahrscheinlich im ›Lola‹ die Zeitung liest.«

»Und warum warst du bei mir?«

»Das ist einmal eine ganz blöde Frage. Schließlich hat man manchmal Lust, einen alten Freund zu sehen. Und zweitens wollte ich mit dir sprechen. Dienstlich. Zufrieden?«

»Wie man's nimmt.«

Der Audi schlängelte sich durch den Verkehr. Sie erreichten die Königinstraße. Novotny ließ den Wagen ganz langsam rollen. Rio betrachtete die Studenten, die vor dem tierärztlichen Institut auf den Mauern saßen.

»Und wenn ich an deinem dienstlichen Gespräch kein Interesse hätte?«

Novotny warf ihm einen halben Blick zu: »Auch nicht, wenn ich dir erzähle, daß wir Engel verhört haben?«

»Auch dann nicht. Aber erzähl trotzdem ...« Sein Herz machte sonderbare Dinge: Es setzte aus, hämmerte los, änderte den Rhythmus erneut zu einem langsamen, quälenden Schlag. Er drehte wieder den Kopf und blickte fast krampfhaft durchs Fenster auf die vorüberziehenden großen Gebäude.

»Was ist er für ein Typ?«

»Weiß nicht. Schwer zu sagen. In jedem Fall nicht der, den wir uns beide vorgestellt haben. Ellenlang. Sieht bedeutend jünger aus, als er ist. Sportlich ... was weiß ich. Natürlich eine Super-Ibiza-Bräune im Gesicht. Vielleicht macht es das aus. Rennt in Jeans und Jeanshemd rum; sogar Jesus-Latschen hatte der an den Füßen, während sein Anwalt schniekefein im Anzug mit Weste ankam. Die Vernehmung fand im Büro des Staatsanwalts statt. Der Mann heißt Schröder, Waldemar Schröder, ist noch keine fünfunddreißig, aber tüchtig und scharf wie ein Terrier. Wendland und ich gaben uns auch jede Mühe, doch es nützte alles nichts.«

»Und?«

Novotny schüttelte den Kopf: »Bei dem Kerl kommst du einfach nicht weiter ... Aalglatt ist der. Weiß von nichts, sieht nichts, hört nichts, interessiert ihn auch nicht. Seine eigentlichen wirtschaftlichen Interessen liegen seit Jahren in Spanien. Für das Bio-Plasma-Management und die Details hat man schließlich seine Angestellten, nicht wahr? Die werden teuer genug bezahlt. Außerdem, Herr Staatsanwalt: Was wollen Sie eigentlich? Ich bin doch seit Jahren kaum noch in Bernhagen! Und Herr Dr. Hochstett ist als Wissenschaftler schließlich über alle Zweifel erhaben. Unsere Unterlagen beweisen zudem einwandfrei, daß die fraglichen Produkte gar nicht nach München geliefert wurden.«

»Dieses Schwein ...« Rio murmelte es zwischen zusammengebissenen Zähnen.

Novotny nickte. »Ja. Dieses Schwein. Er schiebt alles auf Boder. Boder habe die betreffende Charge verkauft, sagt er. Skrupellos, ohne jedes Gewissen und nur mit dem einen Ziel, ihn, Engel, zu schädigen und die Firma in Verruf zu bringen.«

»Hab' ich doch alles schon mal gehört ...«

»Es interessiert dich also nicht?« Paul Novotny hatte einen Parkplatz erspäht und bog ab. Weiter unten, vor dem amerikanischen Konsulat, hatte sich eine Gruppe Demonstranten versammelt. Sie schwenkten irgendwelche Transparente. Sie schrien auch, mußten schreien, denn sie hatten die Münder weit offen, doch nichts war zu hören. Die Scheiben des Audi waren geschlossen. Nur die Klimaanlage summte leise. »Wir kriegten ihn noch nicht mal zum Schwitzen. Was soll ich dir sagen – der Kerl hat eine Selbstsicherheit ...«

»Du sollst mir gar nichts mehr sagen, Paul.« Rio saß da, die Hände im Schoß, und blickte geradeaus. Wieder erwachte in seinem Bewußtsein das Bild des Feindes. Doch er trug weder Gesicht noch Namen. Er hieß nicht Engel, o nein, und er hatte auch nichts, nicht das Geringste mit all den miesen Gedanken, Methoden und Tricks zu tun, die Menschen erfanden, um sich zu betrügen oder umzubringen. Dieser Feind war Millionen Jahre älter als der Mensch. Und er kannte nur ein Ziel: sich zu vermehren. Er verlor es nie aus dem Auge, bediente sich der unglaublichsten Tarnungen und hatte alle Zeit der Welt, um dieses Ziel zu erreichen. Fünf, zehn oder fünfzehn Jahre, was machte es schon aus ...

Retro-Viren arbeiten so langsam, daß man sie zunächst gar nicht bemerkt; sie verstecken sich, warten, täuschen die Abwehr, schlüpfen in die Körperzelle, verändern ihren Code, und statt Zellerneuerung produzieren sie Tod am laufenden Band. Er hatte sich den Vorgang vor Augen geführt, sich Bücher besorgt, sich stundenlang der Faszination überlassen, die vom Bild des Gegners ausstrahlte: eine stachlige, winzige Proteinhülle. Zäpfchen zum Andocken an die Helfer-Zellen, so geschickt angeordnet, daß die Zelle nicht merkt, wer da kommt, das Bläschen, das sich ausstülpt, das Enzym, das die Zellwand aufspaltet ...

»Hörst du mir zu oder nicht?«

Rio schüttelte den Kopf. »Ich hör' dir nicht zu. Tut mir leid, Paul ... Aber zu was bist du Polizist? Wie heißt es so schön: Walten Sie Ihres Amtes, Herr Kommissar! Aber laß mich mit diesem ganzen Schiet in Frieden.«

»Das sagst du im Ernst ...«

»Das kann ich auch sagen, Paul.«

»Ich hab' dich anders eingeschätzt.«

»Ich bedauere tief, wenn ich dich enttäusche. Wie hast du mich denn eingeschätzt?«

Darauf gab Novotny keine Antwort. Da war nur dieser merkwürdige Blick. »Ich hab' mit dem Doktor gesprochen, deinem Doktor ...«

»Du machst dir eine Menge Mühe meinetwegen.«

»Herzog ist der Ansicht ...«

»Ja, ja, die Herzog-Theorie ... Keine Sorge. Es gibt noch so viel Überlebende ... Nein, nicht mal das Wort ›Überlebende‹ will er akzeptieren. Es kommt nur auf dich an, und so weiter und so weiter. Kenn' ich ...«

»Und es ist was dran, hörst du?!«

»Quatsch ist das!«

Paul Novotny fuhr in seinem Sitz herum, packte Rio, ehe der sich wehren konnte, an beiden Schultern, schüttelte ihn, zwang ihn, ihn anzusehen, flüsterte, nein, stieß zwischen zusammengepreßten Zähnen hervor: »Jetzt ist Schluß, Junge! Endgültig! Jetzt wachst du wieder auf, hörst du? Du bist nämlich völlig intakt. Dein Immunsystem arbeitet einwandfrei. Und du wirst verdammt noch mal dafür sorgen, daß es das auch weiter tut. Und dazu gehört, daß du endlich den Kopf wieder hochnimmst. Daß du irgendwas tust – hörst du, irgendwas! Daß du zuschlägst, zum Beispiel ... Schlagen, nicht einstecken, darum geht's. Diese Scheißdinger werden dich nicht ...«

»Schluß, Paul.« Rio streifte Novotnys Hände ab. »Laß mich los.«

»Den Teufel werd' ich! Irgendwann eines Tages gibt's ein Heilmittel. Aber bis dahin laß ich dich nicht in deinem Selbstmitleid versacken. Du wirst jetzt, verdammt noch mal, aus deinem Loch heraussteigen.«

»Sonst noch was?«

Rio griff nach seinem Taschentuch und tupfte sich den feinen Speichelregen ab, den ihm der Kommissar in seiner Erregung ins Gesicht geschleudert hatte. Novotny schwieg und atmete heftig.

»Ja«, sagte Novotny dann leise, »da wäre noch etwas ...«

Die Demonstranten waren inzwischen auf die Fahrbahn gerückt. Zwei grüne Streifenwagen fuhren heran. Beamte stiegen aus und gestikulierten mit ihnen. Aus der Ferne erklang der Ruf eines Martinshorns. Das war laut genug, daß man es im Audi-Inneren hören konnte.

»Ich kenne einen Mann, dem es ähnlich geht wie dir«, sagte Novotny.

»Da gibt es viele ...«

»Gut. Aber der auf dieselbe Weise infiziert wurde.«

»Von Bio-Plasma?«

»Er glaubt es jedenfalls. Aber er hat es nie mit Sicherheit beweisen können. Und das bringt ihn um.«

»Was bringt ihn um? HIV?«

»Daß er nicht weiß, auf welche Weise die Ansteckung erfolgte. Es bringt ihn schon deshalb um, weil es sein Geschäft ist, so etwas herauszubringen. Ludwig Kiefer war einer der erfolgreichsten Fahnder der Bundesrepublik. Er war mein Lehrer. Er hat Tausende von Leuten ausgebildet, und am Schluß saß er auch noch im BKA in Wiesbaden. Ein Topmann. Wenn es einen wirklichen Kriminalisten in Deutschland gibt, dann ist er es.«

»Und warum erzählst du mir das alles?«

»Weil er dich sprechen will«, sagte Paul Novotny.

Aus der Tiefe des Parkes wehten Tierschreie, aber sie standen wie in einem Kreis aus Stille. Tannen warfen ihre Schatten über den flachen Teich, und die Flamingos bildeten eine weiß-rosafarbene Insel in dem bräunlich-trüben Wasser. Einzelne Vögel stelzten dieser Insel auf hohen, roten, knotigen Beinen entgegen, andere standen nur da, die Köpfe in den Federn vergraben.

»Hier?« fragte Rio.

»Ja, hier«, antwortete Paul Novotny.

Rio setzte sich auf eine Bank. Er fischte in seinen Taschen nach Zigaretten, zündete sich eine an und sog begierig den Rauch in die Lungen. Dieses Bild, die Flamingos und die Sonne über dem Teich – er hatte es schon einmal gesehen. Mit Vera, vor vielen Jahren, damals, als es noch gar nicht so sicher war, ob das etwas werden würde mit ihnen ... Doch an Vera dachte er besser nicht. Nicht jetzt.

»Zu einem konspirativen Treff gehören doch zwei, Paul. Wo ist der andere?«

»Irgendwo in der Nähe, vermute ich. Der kommt schon.«

Was war dies nun wieder für ein Spielchen? Pauls alter Chef ... Ludwig Kiefer, das kriminalistische Superhirn. Was wollte er von ihm? Was ging der Mann ihn überhaupt an?

»Guten Morgen! Da seid ihr ja ... Grüß dich, Paul.«

Eine tiefe, etwas kratzende Altmännerstimme. Rio richtete sich hoch und schlug die Augen auf. Der Mann, der vor ihm stand, mochte sechzig, siebzig oder achtzig Jahre alt sein, irgendwie blieb das unwichtig. Trotz der Warme trug er einen olivfarbenen langen Trenchcoat. Knöpfe und Gürtel waren geschlossen, so als friere er. Den langen Schädel bedeckte eine Baskenmütze, die tief in die Stirn geschoben war. Er sah ihn an. Er lächelte sogar, doch Rio erschrak. Nie hatte er ein kränkeres Gesicht gesehen. Das einzige, was daran gesund wirkte, war das schimmernde, makellose Weiß der Zahnprothese. Ein Totenkopf mit hochstehenden Wangenknochen. Die Tönung der Haut war fahlgelb bis grau, an den Schläfen war sie aufgrund eines Ekzems geschrumpft wie die eines Reptils, das Gewebe um die Augen von Flüssigkeit aufgequollen, so daß die Haut sich dort weiß und glänzend spannte. Die Augen selbst – unter den grauen, stacheligen Brauen wirkten sie tiefschwarz. Augen, die glänzten wie im Fieber ...

Rio schluckte.

»Sie also sind Herr Martin? Freut mich ... Freut mich sogar sehr. Ich habe Ihre Artikel gelesen, Herr Martin.«

Rio nickte. Die Hand, die er nun hingehalten bekam, war von einem dünnen Baumwollhandschuh bedeckt. Er war dankbar für diesen Handschuh.

»Ich setz' mich mal neben Sie, Herr Martin. Kann ich?«

Es passierte selten, daß Rio verlegen wurde. Er war in den unmöglichsten Situationen den unmöglichsten Menschen begegnet, Kranken, Leidenden, Ausgestoßenen, auch Sterbenden – nie aber hatte er eine derartige Befangenheit verspürt. Vielleicht lag es an der Selbverständlichkeit, die der Mann trotz seines Aussehens ausstrahlte, vielleicht auch an der gelassenen Kraft seiner Stimme ...

Paul Novotny stand vor ihnen. Er sah sie an mit dem wachsamen Gesicht eines Arztes, der seine Lieblingspatienten betrachtet.

Rios Hals wurde noch enger. Was sollte das?

»Wissen Sie, Herr Martin, ich wohne in Steinebach. Früher fuhr ich jeden dritten Tag nach München, holte mir Bücher in der Bibliothek oder besuchte alte Freunde wie Paul. Heute reicht's nur noch bis zum Tierpark.«

Rio beobachtete das Auf und Ab seines Adamsapfels. Gleich einem Stengel ragte der Hals aus einem viel zu weiten Kragen. Und auch er war schuppig, von einer Art Ausschlag bedeckt.

»So ein Zoo hat etwas ungemein Entspannendes an sich. Vor allem jetzt, um diese Zeit. Die Schulklassen sind weg, die Liebespaare haben noch keine Zeit, und die geschiedenen Väter, die hier immer rumtraben, dürfen ihre Kinder auch noch nicht abholen ... Wie ist das eigentlich, Herr Martin, haben Sie welche?«

»Kinder?«

»Ja, Kinder. Das hab' ich nämlich vergessen, Paul zu fragen.«

»Ist das denn wichtig für Sie?«

Rio erhielt keine Antwort, nur dieses halbe Lächeln, das kein Lächeln war, sondern nichts anderes als ein gespenstisches Bemühen um Sympathie.

»Ich habe keine Kinder.«

Kiefer nickte. »Sehen Sie, so ein Tierpark hat noch andere Vorteile. Die Menschen lassen sich da leichter aus der Distanz beobachten.«

»Wie praktisch!«

»In diesem Fall, lieber Herr Martin, schon. Und jetzt wollen Sie doch sicher wissen, wieso ich den guten Paul gebeten habe, dieses Zusammentreffen herbeizuführen.«

Und Paul schwieg weiter.

»Ich nehme an, es geht um das Thema Bio-Plasma ...«

»Das ist mir zu vage, Herr Martin, das Thema Bio-Plasma ... Es geht um uns. Damit meine ich nicht allein uns beide, obwohl wir ja eigentlich schon Grund genug wären.«

»Sie sind also auch ...«

»Ja, Herr Martin, Paul hat's Ihnen ja gesagt. Ich bin auch durch eine Charge von Bio-Plasma angesteckt worden. Nach einer Bypaß-Operation. Wir sitzen im selben Boot ... Wir haben die gleichen Henker ... Für Sie müßte eigentlich ein einziger Blick auf mich genügen, um zu wissen, was das letztendlich bedeutet.«

Er brach ab. Die Stimme war bei den letzten Worten leise geworden, fast erloschen, nun ertrank sie in einem wilden Hustenanfall. Es war ein kurzer, gräßlicher, heftiger Anfall, der den ganzen Körper schüttelte.

Paul Novotny war neben den alten Mann getreten und hielt ihn an der Schulter fest, als könne er damit irgend etwas ändern. Rio wartete, bis es vorüber war, bis das hechelnde, bellende Geräusch aufhörte, die bläuliche Gesichtsfarbe verschwand und der Kriminalrat sich den Mund mit einem Papiertaschentuch abgetupft hatte. Kiefer lehnte sich nun zurück und wischte mit dem behandschuhten Zeigefinger eine Träne aus den Augenwinkeln.

Und wieder war die Stimme kräftiger, als es nach allem zu erwarten war: »Pneumokokken«, sagte er ganz ruhig. »Meine lieben Freunde, die Kokkis ... Haben wir aber inzwischen ganz schön in den Griff bekommen ... Die kommen und gehen. So wie all die anderen, ob Pilze oder Bakterien ... Wenn Sie mal soweit sind, können Sie sich's nämlich aussuchen.«

Rios Hände krampften sich zusammen.

»Am Anfang, als die Husterei begann – das ist der Witz, Herr Martin –, am Anfang, da dachten sie alle: Na ja, den Kiefer hat's erwischt. Ein sauberer Morbus Hodgkin's. Wer tippte denn bei einem alten Polizisten auf Aids, nicht wahr? Aber lassen wir mich aus dem Spiel. Was bin ich schon? Nichts ... Was war ich damals? Ein angeschlagener, rostiger alter Dampfer. Vergessen wir auch Sie, obwohl Sie ja aus meiner Sicht bewundernswert gesund wirken. Vergessen wir also uns beide und denken an all die anderen. Auch an die, die womöglich noch diesen Schweinen zum Opfer fallen werden ... Warum? Weil wir uns fragen sollten: Was ist denn schließlich schon geschehen? Dienstaufsichtsverfahren, das ja, halbherzig angeleierte Prozesse – aber keiner, den's erwischt, keiner, den sie dorthin gebracht hätten, wo er hingehört. Die einen laufen frei rum, die anderen verrecken. Ist es nicht so?«

Rio nickte. Es war wohl so. Und er hatte plötzlich wieder einmal das Gefühl, daß Reissner zuhörte ... »Hat er nicht recht, Dieter? Was sagst du? ...«

Aber wieder blieb Reissner stumm.

»Sie haben also Material über Bio-Plasma? Auch über Engel?« Seine Stimme klang ungewohnt rauh.

»Natürlich ... Und nicht nur über ihn.«

»Und, entschuldigen Sie die Frage, haben Sie es Paul übergeben?«

»Das Wichtigste.«

»Und der Rest?«

Kiefer legte die Hände auf die Knie: »Sehen Sie, ich war Kriminalbeamter. Ich bin es nicht mehr. Paul, hilf mir mal ...«

Er streckte den rechten Arm aus, Paul ergriff ihn, ganz behutsam, und Ludwig Kiefer stand auf. Er legte Novotny die Hand auf die Schulter.

»Paul war einer meiner Besten, Herr Martin. Das ist er wohl noch heute. Und außerdem ... nun, wir mochten uns. Stimmt's, Paul?«

Novotny lächelte, er lächelte wie ein Schuljunge über ein unerwartetes Lob. Das mochte rührend sein, doch es klärte nicht die Situation.

Auch Rio erhob sich.

»Was ich damit sagen wollte ...« Nun klang Kiefers Stimme gepreßt, denn der Atem ging rasch und unregelmäßig: »... das ist ... das ist ... daß man im Alter und vielleicht in einer solchen Situation ... ganz gerne ein paar Dinge für sich behält. Nicht, um sich wichtig zu fühlen, das gehört vielleicht auch noch dazu, aber es gibt nun mal Erkenntnisse und Informationen, von denen man weiß, daß es nutzlos ist, sie in die offiziellen Regelkreise einzuschleusen. Und der arme Paul ist nun mal so ein ›offizieller Regelkreis‹, tut mir leid.«

»Na schön.« Es war das erste Mal während des ganzen Gespräches, daß Paul Novotny den Mund aufmachte. »Wenn du das so siehst, Ludwig, und es für richtig hältst, auf deinen Ostereiern sitzen zu bleiben, werd glücklich damit.«

»Ich halte es so für richtig. Gehen wir ein Stück. Ich habe meinen Wagen vorne am Eingang stehen.«

Er schien tatsächlich über den sechsten Sinn der Kriminalisten zu verfügen, oder es war seine Intuition, doch er hatte den schnellen, erstaunten Blick Rios richtig gedeutet: »Ja, Herr Martin, ich fahre selbst. Und das geht noch ganz gut, das können Sie mir glauben. Und falls es mal nicht mehr klappen sollte – keine Sorge, ich steig' schon rechtzeitig aus. Das habe ich immer getan. Ich bin immer rechtzeitig ausgestiegen.«

Sie gingen nebeneinander her. Besucher kamen ihnen entgegen. Kiefer hatte recht: Es waren sehr wenige, die sich in der grüngoldenen Stille des Tierparks aufhielten. Ihre Schritte knirschten auf den sandbestreuten Wegen. Rio sah Zebras, dunkle und helle Augen, die ihnen mit dem sonderbar unbeteiligten Ernst der Zootiere folgten. Hyänen, Füchse, ein unruhiger Wolf ... Und in der Luft hing der stechende Geruch des Raubtiergeheges.

»Wann besuchen Sie mich denn mal?« Kiefers Schritte wurden immer kürzer. Jetzt blieb er wieder stehen. Vielleicht war die Frage nichts als ein Vorwand, um Luft zu schöpfen. »Hätten Sie Lust dazu? Ich verlange jetzt nicht, daß Sie höflich zu mir sind, aber vielleicht wäre es auch für Sie ganz interessant.«

»Ich komme gerne.«

»Sehen Sie, meine Schwester ist eine ganz gute Köchin. Ihre Tragödie besteht darin, daß sie niemanden mehr hat, der das so richtig schätzen kann. Früher kam Paul manchmal. Aber der hat ja auch keine Zeit mehr – nicht wahr, Paul?«

»Leider.«

»Also, was meinen Sie, essen Sie mit uns zusammen? Ich verspreche Ihnen, zum Aperitif gibt's ein paar Informationen, die ganz interessant für Sie sein dürften.«

Rio nickte.

»Bringen Sie Appetit mit. Menschen, die Appetit haben,

sind mir ausgesprochen sympathisch. Wissen Sie, die essen gewissermaßen stellvertretend für mich ...«

Sie standen am Parkplatz. Ludwig Kiefer fuhr über seine Baskenmütze, als müsse er sie zurechtrücken. Der feine Zwirn der Handschuhe machte ein schabendes Geräusch. Unter den dichten Brauen wirkten die Augen nun distanziert, fast kalt. Und da war wieder das Lächeln, das Rio zuvor schon erschreckt hatte: Es war ein Lächeln, das sich ein Totenschädel abrang ...

»Ich wohne in Steinebach, wie gesagt. Sehen Sie, das ist meine Adresse und meine Telefonnummer. Die der Klinik schreibe ich Ihnen auch gleich dazu. Denn die haben mich nächste Woche wieder am Wickel. Man soll sich nicht beklagen ... Und die Kollegen dort, die anderen Patienten ... na, die meisten sind ja verdammt viel jünger als ich, aber nette Kerle sind es allemal ...«

Er schloß die Tür seines alten Peugeot auf. Der Wagen sah aus, als habe er zehnmal die Sahara durchquert.

»Ich kann nicht sagen, Herr Martin: Ihr Schaden wird's nicht sein, wenn Sie kommen. Leider nicht ... Bei Leuten in unserer Situation sind solche Sätze wohl nicht angebracht. Aber es könnte ja sein, daß unser Gespräch etwas bewirkt.«

»Wenn Sie meinen ...«

»Vielleicht können wir noch dankbar sein, daß sich das Schicksal eines Menschen namens Paul Novotny bediente, um uns zusammenzubringen. Dieser Schicksalsmensch Novotny wird Ihnen auch genau erklären, wo ich zu finden bin.«

Diesmal gab er ihm keine Hand. Er hob sie an die Schläfe, kurz und abrupt – ein perfekter militärischer Gruß.

Sie standen beide nebeneinander, hörten, wie er den Gang einlegte, sahen zu, wie der alte Wagen grauen Rauch aus dem Auspuff spuckte und dann langsam davonrollte.

Als er verschwunden war, seufzte Novotny kurz auf,

schüttelte den Kopf und wandte sich an Rio: »Ich geb' dir gleich die Adresse. Und eine Lageskizze zeichne ich dir auch auf. Es ist leicht zu finden.«

Er setzte sich in den BMW, nahm ein Notizbuch, schrieb Kiefers Adresse darauf und entwarf mit raschen, geschickten Strichen eine Skizze.

Dann schien er es plötzlich sehr eilig zu haben. Er nahm das Blaulicht, setzte die Haftplatte auf das Wagendach und ließ den Motor an. Kaum hatten sie die Straße erreicht, ließ er das Blaulicht auffunkeln und gab Gas.

Rio lehnte sich zurück.

WIR HABEN DIE GLEICHEN HENKER ...

LEUTE IN UNSERER SITUATION ...

DIE EINEN LAUFEN FREI RUM, DIE ANDEREN VERRECKEN ...

Sätze wie Hämmer ...

»Keine Hämmer, Rio«, meldete sich Reissner, »Tatbestände.« Er mischte sich in seine Gedanken, immer mit derselben leisen, traurigen Stimme: »Ist doch so? Gib es zu ...«

»Laß mich zufrieden.«

Und Reissner ließ ihn zufrieden. Der Wagen raste dahin. Die anderen Fahrzeuge drängten sich vor dem heranpreschenden Blaulicht zur Seite, Paul hing über dem Steuer, als ginge es darum, irgendeinen Geiselnehmer an der Ausführung seines Plans zu hindern. Aber wahrscheinlich wollte er nichts anderes, als die Spannung loswerden, die die kurze Begegnung mit Kiefer in ihm hinterlassen hatte.

Rio war heilfroh, als sie am Präsidium ankamen. Er wollte aussteigen, aber der Kommissar hielt ihn am Ärmel fest: »Hör mal, Rio, hör mir einen Moment zu. Da wär' noch etwas ...« Novotny zog die Unterlippe zwischen die Zähne. Er schien einige Mühe zu haben, es loszuwerden. »Rio, der Alte ist wirklich mein Freund. Das hast du ja gesehen.«

»Und weiter?«

»Wenn ich Ludwig ansehe, zerreißt's mir das Herz. Das ist die eine Seite der Medaille.«

»Nun red mal von der anderen.«

»Gut. Wenn du da rausfährst, nach Steinebach, dann mußt du dir etwas merken: Er mag noch so hinfällig wirken, aber er ist stets mit Vorsicht zu genießen. Ludwigs Hirn tickt noch immer schneller als die meisten Computer. Falls er dir irgendeinen Vorschlag macht, falls er irgend etwas von dir will – überleg's dir genau. Überschlaf's ... Sei auf der Hut. Du weißt, was ich meine ...«

»Ich versuch's.« Rio tätschelte seine Hand. »Bis bald, Paul. Und danke. Ich ruf' dich an ...«

Die Fliederbüsche. Und die Blüten daran waren alle verwelkt. Ein kleiner Junge kam Rio auf einem Dreirad entgegengestrampelt und hob die rechte Faust. Rio wich aus, und der kleine Junge lachte.

Er läutete. Nichts. Dabei stand Veras Golf vor der Garage. Rio schüttelte den Kopf und kramte den Hausschlüssel aus der Hosentasche. Als er die Tür öffnete, fühlte er Widerstand, vernahm ein schabendes Geräusch, das ihn an einen Ziegelstein denken ließ.

Er stieß auf – und es war ein Ziegel!

Im Licht der Korridorbeleuchtung wurde ihm sofort klar, was der Ziegel sollte und weshalb Vera ihn direkt hinter die Haustür plaziert hatte. Paß auf! sagte das braunrote Rechteck am Boden, es gibt hier was zum Staunen!

Was es gab, war ein weißes Papierband, das wohl von einer Faxrolle abgewickelt worden war. Dieses leuchtendweiße Band erstreckte sich vom Eingang bis zur Schlafzimmertür und war mit Fotos beklebt. Den Anfang bildete der mit großen roten Filzstiftlettern hingeworfene Satz: ALLE STRASSEN FÜHREN NACH ROM. HIER IST UNSERE STRASSE.

Darunter waren zwei rote Herzen gemalt.

Rio ließ sich auf die Knie nieder. Es wurde ihm sonderbar, fast andächtig zumute, dabei war das erste Bild ziemlich verwackelt. Es zeigte ihn auf dem Gepäckständer eines Damenfahrrades, ein ironisch-überhebliches Grinsen im Gesicht. Wann war denn das gewesen? Zwiefalten natürlich. Damals, als sie im Straßengraben gelandet waren ...

Und weiter? Die nebelverhangenen Palmengärten von Gomera, durch die sie im November gewandert waren ... Hier wiederum er selbst: wild im Wasser herumplanschend. Wo noch? Stimmt, Langenargen, Bodensee. Und Vera hatte ihn über die Mauer gekippt, einfach so ...

Und da war auch sie! Schräg über das weiße Papierband geklebt. Es war ein großes Farbfoto, das Pestel, der Berliner Korrespondent des »NEWS KURIER«, geschossen hatte. Das Foto war nachts aufgenommen, den Hintergrund bildete der Pastellschein von Feuerwerken. Vorne aber ritt Vera auf den Schultern eines Mannes. Wer immer der Kerl gewesen sein mochte – man sah nur den struppigen Kopf. Darüber aber schwebte Veras verzücktes, lachendes Gesicht. Eine Sektflasche hielt sie in der Hand, hielt sie genau dem Beschauer entgegen. Berlin ... Neunundachtzig. November ... Die Nacht, als die Mauer fiel ...

Sein Herz klopfte laut und hart. Und der Finger, der sich auf das Foto legte, zitterte.

Er stand auf. Vera, dachte er, Vera ...

Und dann rief er es: »Vera!« – und scherte sich einen Dreck um die anderen Bilder, die Moskau-Fotos, die Fotos, die Rio, den NEWS-KURIER-Star-Reporter, in Südafrika zeigten. Zum Teufel damit!

Er schob die Tür auf.

Das weiße Band lief mit seinen Bildern im Schlafzimmer weiter. Es endete direkt am Bett. Und darauf saß sie nun, saß im Lotussitz, saß auf den braun-weißen Mäanderstreifen der Indiodecke, die er ihr von seiner Perureise mitgebracht hatte, und sah ihn aus weitgeöffneten Augen entgegen.

»Menschenskind, Vera ... Ach – Vera ...«

Ihre Haut leuchtete. Sie trug eines seiner Jeanshemden, aber sie hatte es nicht zugeknöpft. Die Schenkel und der zarte Streifen des Oberkörpers, den die Hemdkanten freigaben, leuchteten weiß wie Schnee, und als sie die Arme hochhob und lächelte, öffnete sich das Hemd und gab die festen und doch so zarten Wölbungen ihrer Brüste frei.

»Sieh mal, wer da kommt!« lachte sie.

»Vera – Vera. Ich bin den ganzen Weg nach Rom gepilgert. Meine Füße – hilf ...«

Seine Arme streckten sich ihr entgegen, die Fingerspitzen hatten ihre Kniekehle erreicht, fühlten darüber, sacht, ganz sacht, fühlten die Wärme, all diese zarte Glätte, wanderten weiter ...

»Laß das ...«

»Wieso?«

Ja – wieso? Das Hemd stand nun ganz offen, und es war ohnehin das einzige Kleidungsstück, das sie am Leib trug. O Vera! ... Veras Körper, Veras Bauch, die Beine, alles so glatt, so vertraut und aufregend.

»Jetzt hast du's plötzlich eilig ... Und vorhin? Was war da? Kerzen hab' ich angehabt. Und ein Räucherstäbchen wollte ich auch noch anzünden, aber du ...«

»Ich? Ja, ich ...« Das Wort »ich« in ihm war wie ein pulsierendes Echo.

»Wo kommst du überhaupt her? – Nimm die Finger weg. Ich hab' dich was gefragt. Laß das ... Und ich finde ...«

Seine Lippen erstickten allen Protest. Er spürte, wie die Erinnerung wieder in ihm aufsteigen wollte, hörte Stimmen, die Stimme des alten Mannes, und schob sie zur Seite. Vera! Der Hals, die Schultern, das war Vera, ja, dies war das Leben ...

Er umklammerte ihre Schultern wie ein Ertrinkender und verlor sich in all dieser Hingabe, dieser Weichheit, diesem Sich-Öffnen – er verlor sich und fühlte sich geborgen ...

Die Kerzen brannten. Ruhige, stille, kleine Lanzenspitzen in der ruhigen Stille des Zimmers. Sie atmeten, und ihr Atem war derselbe.

Vera schlief ... In Rio versuchte steinschwere Benommenheit den von Furcht getriebenen Aufruhr der Gedanken gnädig zu dämpfen.

Er zog den Arm unter ihrem Nacken hervor, richtete sich auf und betrachtete die Schatten, die die Kerzen an die Wand warfen. Und es war ihm, als würden die Schatten lebendig, als würden sie sich bewegen, sich ausbreiten wie auslaufende Tinte, als würde aus dem Dunkel der Zimmerecke etwas wie Nebel hochkriechen, etwas, das nicht benennbar war – noch nicht. Bis es sich dann zu Gesichtern formte, zu einem anderen Gesicht, das er stets auf dieselbe Weise erlebte, starr ihn anblickend wie eine unfertige Zeichnung, ein Mund, den immer dieselbe schüchterne, manchmal zynische Traurigkeit umspielte: Dieter Reissners Mund, Reissners Gesicht ...

Und da, wie ein Pfeil aus dem Dunkel herangeflogen, kam Reissners Frage: »Und? War es schön?«

Es war kein Spott darin. Es klang wie eine Drohung.

»Bist du dir eigentlich im klaren, Rio, was du da getan hast?«

Für eine Sekunde, für eine Gnadensekunde noch blieb ihm die Bedeutung des Satzes unklar. Dann begriff er. Dann sprang ihn die Panik mit der gewalttätigen Brutalität eines Wegelagerers an, riß jeden Schutz nieder, lähmte jeden Widerstand ...

Er zog den Arm unter Veras Kopf hervor, richtete sich auf, und es wurde ihm prompt übel.

»Bist du dir darüber klar, was du getan hast ...«

Die Kerzen flackerten. Ihr Schein spielte mit Veras Haut, ließ sie warm und lebendig von innen glühen – und er stand neben dem Bett, beide Fäuste gegen die hämmernden Schläfen gepreßt und sah ... sah den Hals des Alten, sah den Schorf daran, die Reptilienmuster.

»Bist du dir darüber klar ...?« War ich es – war sie's? Hatte sie es nicht abgelehnt, die Schublade des Nachttisches aufzuziehen und nach diesen wurstpelleartigen Dingern zu greifen, die sie immer »deine albernen Hütchen« nannte? HIV-positiv? Na und?

»Eine Übertragung ist beim heterosexuellen Verkehr äußerst selten, Herr Martin. Nur unter extrem ungünstigen Umständen passiert da nämlich was ... Feine Haarrisse, zum Beispiel, könnten ...«

Feine Haarrisse? ... Jawohl, Herr Doktor!

»Bei uns gab es vielleicht auch feine Haarrisse«, hörte er Reissner, den Mörder, und nun war ein Lächeln in seiner Stimme. »Wer kann es wissen? Jedenfalls, werd fertig mit dem Gedanken: Du hast sie angesteckt! Leb einfach weiter. Vergiß es – wenn du das kannst ...«

Rio warf sich den Bademantel über, ging hinüber in sein Studio und nahm die Whiskyflasche aus dem Fach. Reg dich nicht auf, verdammt noch mal! Was ist schließlich schon passiert? Also reiß dich zusammen ...

Aber es wurde nicht besser, soviel er auch trank. Der Gedanke wand sich durch den Aufruhr in ihm wie eine winzige, dunkle Schlange, die immer wieder den Kopf hochschob und ihn anstarrte. Alle seine Argumente zerfielen zu Trümmern vor dem einzigen Gedanken: Du hast sie angesteckt!

Und die Schlange wurde noch dunkler, wurde noch giftiger: Wenn das so ist – was dann? Dann gibt es doch nur noch eines: Reissners Weg zu gehen ... Mein Gott ...

Und da war es da, zum ersten Mal, ein Wort, von solcher Heftigkeit, daß es alles andere auslöschte: SELBSTMORD.

»Siehst du«, sagte Reissner, »ich hab's dir vorgemacht. Und da sind wir jetzt also endlich zusammen. Das war kein guter Abgang, hast du getönt. Aber was hätte ich denn tun sollen? Schließlich – es hätte nicht nur meine Frau, es hätte ja auch mein Kind erwischen können.«

»Ich habe kein Kind.«

»Das sagst du. Weißt du's? – Soll ich dir erzählen, daß wir nie ein Kind haben wollten und daß ausgerechnet an dem Tag ...«

»Sei endlich still, Hergott noch mal!« brüllte Rio.

»Gut. – Aber begreifst du jetzt? Vielleicht, daß ich durchgedreht bin. Aber du? – Wie ist das denn mit dir?«

Rio fuhr nicht länger als eine halbe Stunde und war in einer anderen Welt: Streß, Hektik, Gerenne – vorbei, erloschen wie der Talmi-Charme von München, der »Hauptstadt mit Herz« ...

Das Land war flach und von kleinen Hügel durchzogen. Tannen gab es, Rapsfelder, schwarz-weiß gefleckte Kühe, eine lange Straße mit dem für die Stadtnähe typischen Gemisch von Bungalows und Bauernhöfen. Ja, und es gab auch die Anhöhe mit der Jugendstilvilla, von der Paul Novotny gesprochen hatte. Aus den Löchern der Aspaltdecke der kleinen Straße, die zum Haus führte, wuchs Gras, an den Mauern rankte sich Efeu. Als er ausstieg, umfing ihn eine kühle Stille.

Er sah sich suchend um. Doch da öffnete sich schon die Tür, und eine Frau in einem dunkelblauen Schürzenkleid erschien. Das eisengraue Haar lag glatt an ihrem Kopf. Sie trug eine Hornbrille, die sie jetzt abnahm.

»Sie sind Herr Martin, nicht wahr?«

»Ja.«

»Wie schön. Ich kann Ihnen die Hand nicht geben, da ist Kuchenteig dran. Mögen Sie Kuchen?«

»O ja! Und Sie sind Herrn Kiefers Schwester, nicht wahr? Paul Novotny hat mir viel von Ihren Kochkünsten erzählt.«

»Ach, der Paul ... Wenn er sich nur öfters hier sehen ließe! Mein Bruder sitzt auf der Terrasse, gleich auf der anderen Seite des Hauses. Er wartet schon auf Sie. Also dann, bis nachher.«

Stille herrschte auf der anderen Seite des Hauses. Die große, steingemauerte und von einer Steinbalustrade umfaßte Terrasse führte bis zu einer Gruppe hoher Tannen.

Diesmal hatte Ludwig Kiefer den langen, zerbrechlichen Körper in einen dunkelbraunen Trainingsanzug gesteckt. Die Baskenmütze trug er, wie bei ihrer ersten Zusammenkunft, auf dem Kopf. Über seinen Knien lag eine karierte Decke. Er saß zurückgelehnt in einem Liegestuhl, und zwar so, daß er den Weg um die Hausecke im Auge hatte. Vor ihm stand ein Gartentisch mit zwei Reihen von Tontöpfen, aus denen Pflanzen wuchsen. Und neben seinem Stuhl hatte er einen großen Henkelkorb auf die Terrasse gestellt.

»Hallo, Herr Martin!«

Sein Gesicht verzog sich zu einem Lächeln – oder zu dem, was auf einem anderen Gesicht ein Lächeln geworden sein könnte. »Schön, daß Sie zu mir hergefunden haben.«

»Das war nicht schwierig.«

Kiefer trug heute keine Handschuhe. Seine Hand war kühl, feucht und schlaff. Es machte Rio nichts mehr aus, sie zu berühren.

»Setzen Sie sich doch. Wissen Sie, was das sind?«

»Die Pflanzen hier?«

»Die Pflanzen. Sie kennen doch diese Filme, wo sich alte, todkranke Herren von ihren Hobbys verabschieden. Ich versuch' das noch ein bißchen hinauszuzögern. Ich bin verrückt nach diesen Gewächsen. Schauen Sie sich die Formen an! Diese hier ist eine Portulaca. Sehen Sie die Blüte?«

Rio nickte. Es waren fleischige, grüne Gebilde von wirklich bizarrem Aussehen. Manche ähnelten gepunkteten Schlangen, andere irgendwelchem grünen Seegetier. Es gab geometrische Formen, alle erdenkbaren Gelb- und Rot-Varianten. Und dieser Mensch hier, dieser Ludwig Kiefer, der todkranke Ludwig Kiefer, Kriminalrat, im Endstadium einer Krankheit, die ihm nun wirklich keiner zutrauen konnte, schien damit beschäftigt, Pflanzenableger in neue Töpfe zu versenken. Wozu sollten sonst die Schere und der kleine Kübel mit Gartenerde gut sein?

»Sukkulenten«, sagte er. »Ich habe eine ganze Sammlung davon in meinem Gewächshaus. Die meisten kommen aus Afrika oder Südamerika. Zu Beginn des vorigen Jahrhunderts wurden sie dann im Mittelmeerraum eingeführt. Heute gelten sie als Mittelmeerpflanzen. Dort brauchen die Dinger kaum Regen. Die speichern ihren Wintervorrat, halten monatelang in der sengenden Sonne durch. Sie sind wahre Kämpfer ...«

Rio nickte. Was sollte dieser Vortrag über Sukkulenten? Was sollte sein Besuch hier überhaupt?

»Haben Sie meine Schwester schon gesehen?«

»Ja, wir haben uns begrüßt.«

Eine Pause entstand. Irgendwo sangen Vögel. Die Pause dehnte sich lange. Kiefer schob seine Skeletthand an den Schädel, um die Baskenmütze zurechtzurücken. »Sie können ruhig rauchen, falls Ihnen danach ist, Herr Martin. Mir schadet's wohl nicht mehr ... Obwohl, ich hab' heute mal wieder meinen hustenfreien Tag.«

Rio ließ die Zigaretten stecken.

»Ich bin ganz froh, wenn ich wieder in meine Klinik komme. Das Antibiotikum möchte ich mal wissen, das sie mir dort noch nicht verpaßt haben. Flächendeckend. Die verdammten Sekundärinfektionen ... Immerhin, ich kann wieder besser atmen.«

Ein kurzer, schneller Habichtsblick. Jetzt wußte Rio, an

was Kiefer ihn erinnerte: an einen alten, verhungerten Vogel.

»Wissen Sie, auf so einer Station ist das schon sonderbar ... Lauter junge Burschen. Und du, der Rentner, der Opa. Obwohl ...« Ein Kichern, leise und trocken wie das Rascheln des Laubes. »Obwohl, es gibt eine Phase, da gleichen wir uns alle an. Die Jungen wie die Alten. Nur an den Augen sehen Sie vielleicht noch, was Jugend ist. Am Protest, der in den Augen ist. Das ist schon erschütternd. Die Jungen wollen nicht aufgeben. Aber wer will das schon?«

Und wieder nickte Rio. Kiefer hielt den Kopf jetzt schief und musterte ihn, als taxiere ein Fotograf sein Modell.

»Sie wiederum, Sie sehen blendend aus, Herr Martin ... Haben Sie was dagegen, wenn wir darüber sprechen?«

Darüber? Über die Krankheit? Über den Tod ... Und anschließend das Essen aus der erstklassigen Küche der Schwester ...

»Natürlich nicht.«

»Ich werde Sie jetzt duzen, Rio. Schließlich gehören wir zum selben Verein. In der Klinik gibt es niemand, der auf die Idee käme, ›Sie‹ zu sagen. Auch nicht gegenüber einem so alten Krauter, wie ich einer bin ... Dort wird das ›du‹ selbstverständlich. Und das ist es wohl auch, wenn du verstehst, was ich damit sagen will ... Na gut, Rio – ich finde, wir sollten über uns selber sprechen, ehe wir zum Thema kommen.«

»Und das Thema? Wie lautet das?«

»Was zu unternehmen ist. Aber zunächst: Wie lange hast du's schon?«

»Vier Jahre. Ich kann den Tag auf die Stunde genau bestimmen.«

»Ich auch.«

»Eine Operation?«

»Ja. Ein Bypaß. Eine äußerst notwendige Bypaß-Operation ... Ich war kurz vorm Abkratzen ... So gesehen kann ich mich noch nicht einmal beklagen. Das ist das Verrückte: Hätte mich mein Freund Ernst Sänger nicht auf den Tisch gelegt, wäre ich vielleicht längst tot. Das Plasma, das dabei verwendet wurde, dieses Sauzeug ... in gewissem Sinne hat es mir tatsächlich auch noch das Leben gerettet. Allerdings, auf das, was drin war, darauf war ich nicht vorbereitet.«

»Und wo hat die Operation stattgefunden?«

»In Wiesbaden. Ich war ja lange Zeit dort beim BKA. Sie haben eine Spezialklinik, mit der sie zusammenarbeiten. Professor Sänger war so etwas wie unser medizinischer Obergott, dem wir blind vertrauten. Konnten wir ja eigentlich auch. Nur daß Sänger damals – wie andere Chirurgen auch – einer Art Mythos aufgesessen ist – einem, wie ich inzwischen herausgefunden habe, äußerst geschickt aufgebauten und manipulierten Mythos, einem wissenschaftlichen PR-Trick gewissermaßen: die Heilkraft von Plasma. Der kurative Nebeneffekt ... Gib Frischplasma, und alles wächst rasch zusammen, alles regeneriert sich schneller.«

»Bei mir war das auch so.«

»Na, siehst du!«

»Was taten Sie dann?«

»Wir sind beim Du, Rio.«

»Sie dürfen das nicht übelnehmen, vielleicht liegt es an meiner Erziehung, aber ich habe einfach zuviel Respekt vor Ihnen, Herr Kiefer ... Sagen Sie ruhig du, aber ich möchte Sie weiter siezen.«

»Na schön. Dann wird mein Du halt väterlich ... Das ist jetzt auch nicht wichtig. Eine Frage, Rio: Die Krankheit ist bei dir noch nicht ausgebrochen? Keine Infektionen? Keine Lungen-, keine Darmprobleme? Du siehst hervorragend aus. Ich sag' das nicht aus Neid, ich sage es voll Freude, glaub mir ... Aber was sagt dein Arzt?«

»Daß mein Immunsystem noch ziemlich intakt ist.«
»Wieviel hast du?«
»T-4-Helferzellen?«
»Ja.«
»Neunhundertzwanzig«, antwortete Rio und konnte einen gewissen Stolz nicht unterdrücken. Er hörte ihn aus seiner Stimme heraus und schämte sich dafür wie ein Musiker über einen mißglückten Saitenton. Wahrscheinlich würde es überall so sein, wo ähnliche Gespräche geführt wurden: Dieselbe Straße, der gleiche Weg; den einen erwischt's früher, den anderen ...
»Unglaublich! Ehrlich, du, ich freu' mich nicht nur darüber. Es ist wichtig, wichtig ...«

Ludwig Kiefer erklärte nicht, was er damit meinte. Stattdessen nahm er seine Baskenmütze ab. Der Kopf war von gelblichem, dünnem Schorf bedeckt. Das schlimmste aber waren die schwarzen, unregelmäßig geformten Hauterhebungen, die wie fremdartige, verwitterte, flache Steine seine Schläfen verunstalteten.
Sein rechter Zeigefinger deutete darauf: »Hast du schon einmal ein Kaposi-Sarkom gesehen?«
Rio antwortete nicht. Er starrte nur auf die schwarzen Flecken.
»So sieht das aus. Ich wollte es dir zeigen. Und von dem anderen will ich gar nicht reden. Nicht davon, wie das war, als ich mir wochenlang die Seele aus dem Leib geschissen habe, ganze Nächte auf der Toilette verbracht, nicht von der Magenschleimhautwucherung, auch nicht davon, daß meine rechte Lunge praktisch aufgehört hat zu funktionieren ...«
Rio regte sich nicht, aber er zwang sich dazu, den Blick nicht abzuwenden. Er mußte etwas sagen. Aber – was sagt man in solchen Sekunden?

Kiefer war es, der es aussprach: »Ich wollte dir zeigen, mein Junge, wie es aussieht, wenn du einmal die Phase erreicht hast, in der ich jetzt bin. Ich muß es dir zeigen, damit du verstehst, was ich dir sagen will. Es ist die Einleitung.«

»Einleitung?« hörte Rio sich sagen. »Einleitung zu was?«

»Davon reden wir später ...«

»Nach dem Essen?« Vielleicht war die Frage nichts als ohnmächtiger Protest. Rio wußte nur eines: Die Situation begann zuviel für ihn zu werden.

Der blasse Totenschädel vor ihm verzog sich zu einem vagen Lächeln: »Nein. Tu mir den Gefallen und räum mal die Blumentöpfe weg. So, und nun gib den Korb her ...«

Rio hob ihn auf den Tisch. Er war schwer und vollgepackt mit Akten, Papieren, Dokumenten.

»Das ist das, was ich über ihn herausbringen konnte«, begann der Kriminalrat Ludwig Kiefer.

»Über wen?«

»Über deinen Mörder, Rio. Und über meinen, wenn man's mal pathetisch ausdrücken will ... Pathetisch und ungenau. Denn schließlich waren noch eine ganze Reihe anderer daran beteiligt. Und außerdem ...«

Er konnte nicht weitersprechen. Ein Hustenanfall schüttelte ihn. Sein Körper krümmte sich nach vorne ein, daß die Baskenmütze, die verdammte Baskenmütze, rutschte. Und Rio fragte sich verzweifelt, was jetzt zu tun sei. Er konnte ihm nicht helfen. Wie denn?

Dann beruhigte sich das rasselnde, grauenhafte Geräusch. Kiefer legte den Kopf zurück, seine Hand suchte unter der Decke, kam mit einem Taschentuch zum Vorschein. Langsam und mühsam atmend tupfte er sich die Tränen aus den Augen.

»Hat's mich doch erwischt ... Na gut. Sieh dir die Fotos an ...«

Fotos, jawohl, ein ganzer Packen Fotos. Die meisten im 6x9-Format, ein halbes Dutzend davon waren Großkopien. Und allesamt waren sie farbig.

Ludwig Kiefer gab keine Erklärungen. Und Rio stellte keine Fragen, saß nur da, schob Bilder hin und her.

Aus dem Stapel von Papier war die Fotokopie eines Fernschreibens gerutscht. Es wirkte sehr offiziell mit seinem pompösen, wappengeschmückten Briefkopf: »*Querido amigo, contestando a tu pragunta referiendo a Señor Thomas Engel ...*«

Die paar Brocken Spanisch, die Rio kannte, halfen nicht weiter. Aber der Brief roch nach Polizeidienststelle ...

Eines stand fest: Der alte Mann mit der Baskenmütze hatte ganze Arbeit geleistet. Was Rio am meisten interessierte, war Engel selbst, waren Fotos des Mannes, der ihn in seinen Alpträumen verfolgte.

Der See glitzerte durch die dunklen Tannen. Von der Straße dort unten drang das Heulen eines Lkw-Motors, der sich in den ersten Gang quälte. Rio betrachtete weiße Schiffe, weiße Häuser im arabischen oder ibizenkischen Stil.

Die Schiffe lagen eines am anderen vertäut um eine schmale Hafenbucht gruppiert, die sich wie eine blaue Messerklinge in das braune Land bohrte. Es waren große Schiffe, teure Schiffe ...

Auch die Häuser, die die Bucht umstanden und sich den Hang hochschoben, mußten eine Menge Geld gekostet haben. Weiße Villen mit maurischen Arkaden. Blühende Gärten. Tennisplätze ... Dann, direkt am Hafen, Terrassen mit Sonnenschirmen. Terrassen, die von Boutiquen, Kneipen und Luxusgeschäften gesäumt waren. Und überall Volk, entspannt oder staunend – Touristen.

»Cala d'Or«, sprach die mühsame Stimme Ludwig Kiefers in die merkwürdige Leere hinein, die Rio bei diesem Anblick erfaßt hatte. »Engels Aktionsfeld. Nicht besonders erstaunlich, denn Cala d'Or ist seit langem ein Tummelplatz für Millionäre. Er fand das wohl ziemlich passend.«

»Und wo liegt das? Sieht nach Ibiza aus ...«

»Auf Ibiza war er früher, nachdem er den Bio-Plasma-Laden angeworfen hatte ... Als er sichergehen konnte, daß die Geldmaschine lief, setzte er sich nach Mallorca ab. Nicht nur zum Wasserskilaufen, auch nicht allein wegen der Frauen, obwohl er auf diesem Gebiet äußerst aktiv ist – bei ihm hat immer eines Vorrang: die Geschäfte. Auf Ibiza, in Santa Eulalia, gründete er damals zusammen mit einem Geschäftsmann aus Madrid eine Bauträgergesellschaft. Der Mann heißt Pepe Armado. Die beiden verschandelten die Landschaft mit irgendwelchen zusammengeschlampten Zementblockchalets, die sie dann teuer verkauften ...« – Er pausierte, holte Luft. Das Sprechen schien ihn anzustrengen.

»... aber Ende der achtziger Jahre begannen sich auf den Balearen die Dinge zu ändern. Mallorca, das ja viel größer ist und auch eine Menge mehr zu bieten hat als Ibiza, mauserte sich von der ›Putzfrauen-Insel‹ zum Zweitwohnsitz für Zahnärzte, Spekulanten, Vorstandsvorsitzende. Und Engel hatte wieder mal die goldene Nase. Wo Kapital hinwill, findet man auch ihn. Im Oktober '88 machte er den Sprung. In Santa Eulalia auf Ibiza hat er zwar noch ein Büro, aber das Geschäft läuft jetzt hier ...«

Der knochige Zeigefinger deutete auf ein Foto: »Sein Haus ... in der Nähe von Cala d'Or ... Was heißt Haus – ›Can Rosada‹ ist ein zum Privatpalast umfunktioniertes altes Gutshaus. Und das – hier – das ist übrigens die ›Pirata II‹, seine Yacht.«

Er meinte damit eines der Schiffe, die am Kai lagen. Rio verstand nichts von Schiffen. Er sah nur, daß es eine Motoryacht war, eine ziemlich große dazu.

Ludwig Kiefer lehnte sich in seinem Liegestuhl zurück.

Und so, mit den geschlossenen Augen, unter den Schatten des Nachmittags, erinnerte er Rio an einen ägyptischen Pharao, dessen Mumie ein Grabräuber oder irgendein respektloser Archäologe aus dem Pyramidengrab gezerrt hatte.

Rios Kopfschmerzen begannen erneut. Kleine, pulsierende Kreise an beiden Schläfen, winzige Hitzepunkte, die wie Signale Pfeile von sich schleuderten. Er wußte, woher sie kamen: Die Nacht zuvor, seine Alpträume, Ludwig Kiefer, der Pharao im Lehnstuhl, die Fotos ... Er zwang sich, sie weiter anzusehen ...

»Can Rosada«, Engels Haus, stand auf einer Anhöhe und war aus gewaltigen goldbraunen Bruchsteinmauern erbaut. Im ersten Stock gab es eine Säulenloggia, doch es war nicht zu erkennen, ob es sich bei den bunten Flecken um Blumen oder Menschen handelte. Rechts stieß die Loggia an einen quadratischen, mit Zinnen versehenen Turm. Pinien und Olivenbäume bildeten eine Art Park. Links zog sich ein Spalier von Zypressen. Sie erhoben sich dunkel, fast schwarz über einem blau leuchtenden, mit zwei Statuen geschmückten Pool. Es war ein Bild wie aus einem Maklerkatalog für diejenigen unter den Millionären, die das Besondere lieben.

Rio schob das Bild zur Seite und nahm ein neues zur Hand. Sein Puls ging schneller. Es war der Schnappschuß eines Mannes, und die Kamera hatte den Mann in einer aufschlußreichen Situation eingefangen: Er flankte über ein Hindernis, hing regelrecht in der Luft. Das Hindernis war eine rot-weiß gestrichene Abschrankung. Sie mußte sich irgendwo in diesem Hafen von Cala d'Or befinden, denn im Hintergrund sah man Schiffssteven, Poller, Schiffsseile. Und man sah zwei Frauen. Sie waren beide ziemlich jung und tadellos gewachsen. Bei den wenigen bunten Stoffetzen, die sie auf der Haut trugen, war das ohne weiteres feststellbar.

Wem der Typ entgegenflankte, blieb unklar. War das Thomas Engel?

Ja, denn hier haben wir ihn wieder! Ohne Frauen, ohne Yacht, im Freien, an einem Tisch, die Hände unter dem Kinn.

Rio fiel ein, wie der dicke Olsen herumgetobt hatte, als es weder den Bilder-Diensten noch dem »NEWS KURIER«-Bildarchiv gelungen war, für die Artikel über den »Bio-Plasma«-Skandal ein vernünftiges Bild von Engel aufzutreiben, so daß sie schließlich zu einem verschwommenen, verjährten Schwarzweißfoto Zuflucht nehmen mußten.

Über dieses Foto hier hätte der Dicke gejubelt. Es zeigte einen braungebrannten, schmalgesichtigen, schmallippigen Mann mit Stirnglatze. An den Schädelseiten klebten kurzgeschnittene, graublonde Locken. Die Brauen waren beinahe waagerecht. Die Stirn zerschnitten vier wie mit der Gabel gezogene Falten. Das auffälligste war der Ausdruck der Augen. Ihre Farbe war von einem rauchigen Blau, in den Pupillen schien sich eine Art lauernder, verzweifelter Zorn zu sammeln. Es war das Foto eines Mannes, der sich anschickte, irgend jemandem, den er nicht kannte und den man nicht sah, an die Gurgel zu gehen.

Rio drehte das Bild um.

Es gab keinen Vermerk darauf. Nur ein Datum: 24. März. Das war nicht allzu lange her. Fest stand auch: Das Foto war mit einem Zoom geschossen. Nur das Porträt des Mannes war scharf, was ihn umgab, blieb eine Szenerie verwischter Schatten. Offensichtlich ein Café. Cala d'Or? Was sonst? ...

Rio schob die Fotos hin und her, sie klebten an den Fingerspitzen, die matte Abdrücke auf der Hochglanzoberfläche hinterließen. Die Visionen der Nacht wuchsen wieder hoch, und mit ihnen seine Angst. Er dachte an Vera, an Reissner – und sein Mund wurde trocken, und sein Herz raste.

Wieder Engel ... In Jeans und Polohemd, durchtrainiert, souverän, gelassen, genau so, wie man sich die Millionärsrentner vorstellt. Uninteressant.

»Hast du das kleine Mädchen gesehen?« fragte der Alte.

Es gab einige »kleine Mädchen« auf diesen Bildern, doch Rio wußte sofort, was der Kriminalrat meinte: Eine 6x9-Aufnahme, wahrscheinlich mit einem extremen Weitwinkel aufgenommen, denn die Hand, die sich der Kamera entgegenstreckte, hatte sich zu einer absurden Größe verzerrt.

Das Mädchen, dem die Hand gehörte, war braungebrannt, schlank und trug nichts als einen schwarzen Monokini. Nach der Form der kindlichen Brüste zu schließen, konnte sie nicht älter als vierzehn oder fünfzehn sein.

Als er das Foto in der Hand hielt, fiel ihm alles ein, was er sich über Engels Beziehungen zu Frauen zusammengereimt hatte. War er auch auf Minderjährige scharf? Doch nun erwartete ihn eine Überraschung.

»Es ist seine Tochter«, sagte Ludwig Kiefer. »Sie heißt Irena. Sie wurde bisher in einem Internat erzogen, in der Odenwald-Schule, aber irgendwie hat er es fertiggebracht, sie zu überzeugen, dort abzuhauen und zu ihm zu kommen. Natürlich hat er kein Fürsorgerecht. Und natürlich geht jetzt die Mutter gerichtlich gegen ihn vor. Doch ein Engel schert sich um so was ja nicht.«

»Und sie wohnt bei ihm?«

»Ja.«

»Woher wissen Sie das alles? Wo haben Sie die Fotos, das ganze Material her?«

»Wollen wir uns damit aufhalten?«

»Aber das ist doch ein ganzes Dossier?«

»Wenn ich mich mit etwas beschäftige, lieber Rio, kommt leicht ein Dossier zustande.«

Er hüstelte erneut. Rio machte sich Sorge, daß wieder einer seiner schrecklichen Hustenanfälle ihn überkommen könne. Er hatte sich getäuscht. »Dies ist mit Sicherheit das wichtigste Dossier, das ich in meinem Leben zusammengestellt habe. Und auch das letzte ...«

So hinfällig er sein mochte, die Stimme klang fest und klar. Auch die Augen hatten ihre eigenartige Lebendigkeit zurückgewonnen: »Du kannst dir das alles durchlesen, Akte um Akte. Mitgeben werde ich dir's nicht. Leider ist eine Menge des Materials auf Spanisch verfaßt. Meine Kontakte aus alten BKA-Zeiten funktionieren noch. Und in diesem Fall, das kannst du mir glauben, hab' ich sie alle eingesetzt. Vor allem meine Freundschaft zu Pablo Vidal, einem Oberst der Guardia Civil. Als Drogenspezialist ist er jetzt im Gobierno Civil in Palma eine Art Sonderbeauftragter. Und das heißt, daß er Zugang zu allen spanischen Polizeikörperschaften hat. Er ist mein Mann auf Mallorca.«

Wieder fiel Rios Blick auf Engels Gesicht. Und wieder spürte er dieselbe Mischung von Ekel und Haß. Kiefer hatte also einen »Mann auf Mallorca«. Und der beobachtete Engel, oder er ließ ihn beobachten. Mallorca? Vor diesem ganzen Hintergrund klang das Wort beinahe obszön.

»Rio ...«

Der Tisch schwankte. Ludwig Kiefer hatte beide Hände auf die Lehnen seines Liegestuhls gelegt und schob sich hoch. Die Decke fiel. Auf dem Tisch war noch ein Blumentopf stehengeblieben. Rio hielt ihn rasch fest, ehe er vollends umkippte.

Kiefer schien es nicht zu bemerken. »Rio, ich will jetzt mit dir über das Projekt reden.«

Er setzte sich in Bewegung, ging auf der Terrasse auf und ab, aufrecht, das Kinn hoch, die Hände in den Taschen seiner unmöglichen sackartigen braunen Trainingshose versenkt.

»Projekt klingt vielleicht etwas zu großartig; noch ist es nichts als ein Plan.«

Er war an der Balustrade stehengeblieben und blickte zu Rio herüber. Trotz der Entfernung war seine Stimme klar und deutlich: »Die Voraussetzung zu jedem Plan ist, daß man die Situation auf den Punkt bringt. Ich habe das getan. Für mich bleibt nur eines: Schluß zu machen. Die Fahrkarte habe ich schon. Es ist nicht besonders schwierig – du beißt auf eine kleine Kapsel und schluckst. Und teuer war das Ticket auch nicht ...« Er verzog den Mund zu einem gespenstischen Grinsen: »Ich meine, wenn man die Länge der Reise dabei in Betracht zieht.«

Die Länge der Reise ... Rio spürte die Kälte, die über seinen Nacken kroch. Sein Rücken verspannte sich. Er saß stocksteif da, die Hände auf den Knien. Die Nacht ... Der Gedanke daran, was er Vera angetan haben konnte ... angetan durch ihre, durch seine Liebe ... Die kleine Schlange, die schwarze kleine Schlange ... Da war sie wieder ...

»Doch das alles ist nicht das Problem. Das Problem liegt woanders ...«

Kiefer kam wieder an den Tisch, hatte nun die geschuppten, fleckigen Klauenhände zu Fäusten geballt. Beide waren mit spitzen Knöcheln gegen die Eisenplatte gepreßt. »Das Problem ist, daß ich nicht daran denke, allein zu gehen. Ich kann, ich darf das nicht. Da müssen andere mit.«

»Engel?« Rios Stimme war leise und atemlos.

»Engel, ja. Natürlich. Aber nicht nur er ... Und darin liegt meine Schwierigkeit. Denn da ist noch einer, der drankommen muß ...«

Rio starrte ihn aus weit aufgerissenen Augen an. Er versuchte zu begreifen ...

Nun griff Ludwig Kiefer selbst zu, sortierte Papiere und Akten, nahm einen Umschlag und zog eine Fotografie heraus.

»Hier – der!«

Es war eine jener sorgsam ausgeleuchteten Porträtaufnahmen, die eigentlich in einen Silberrahmen gehören. Sie zeigte das quadratische, ziemlich verfettete Gesicht eines Mannes, der wohl die Fünfzig längst überschritten hatte. Die modische Fassung seiner Metallbrille verlieh ihm einen Hauch von Bedeutung und Intellektualität, doch der Mund wirkte schmal und verkniffen, und die Augen sahen wichtigtuerisch den Betrachter an. Es war ... ja, es war ein Beamtengesicht, so typisch, daß es wie aus einer Maschine gestanzt wirkte.

»Er heißt Bernhard Hampel«, sagte Ludwig Kiefer. »Er ist Regierungsdirektor. Genauer – das war er. In den ganzen kritischen Jahren, als die große Schweinerei passierte, in diesen Jahren, als sich keiner so richtig für zuständig erklären wollte, da war Hampel der Verantwortliche für die Bearbeitung der Aids-Problematik im Bundesgesundheitsamt in Berlin. Er war also der Chef der Zentrale. Er war es, der die Proteste der Hämophilen unter den Teppich schob, so laut sie auch wurden; er war es, der Beschwichtigungspolitik nach allen Seiten betrieb, die schlimmsten Dinge kleinredete, der seine Minister nicht korrekt informierte, und wo immer etwas hochkochen wollte, seine schützende Hand über die Freunde in der Industrie hielt. Schön, jetzt haben sie ihn geschaßt. ›Vorzeitig in den Ruhestand versetzt‹ heißt so was. Jetzt kann er endlich seine Konten genießen, die ihm Leute wie Engel aufgefüllt haben. Und außerdem lauft sein Gehalt weiter. Eines Tages wird er ohne Sorgen wohlhabender Pensionär sein – wenn wir schon die Radieschen von unten betrachten.«

Rio brachte keine Antwort zustande, in ihm waren nur Fragen. Aus einem offenen Fenster des Hauses wehte Klaviermusik heran. Irma deckt den Tisch ... dachte er.

»Sie sagten, ›er ist dran‹?«

Ludwig Kiefer setzte sich wieder. Er schob den Kopf vor. »Rio, das heißt genau das, was du denkst. Rio, du bist der erste und der einzige Mensch, mit dem ich darüber spreche.

Ich habe mich entschlossen, ihn umzubringen. Ihn und Engel ...«

Rio versuchte zu schlucken, doch sein Mund war zu trokken. Er konnte nicht glauben, was er gehört hatte.

»Sie?«

»Ja – ich.« Kiefer schob das Bild in den Umschlag zurück. »Schau mich nicht so an. Natürlich traust du mir das nicht zu. Kannst du auch gar nicht, so wie ich beieinander bin. Aber das wird sich ändern. In der Klinik bringen die mich schon wieder in die Gänge. Darauf kannst du dich verlassen. Sicher, es wird nur ein Strohfeuer sein, so wie die ganze Zeit, aber das reicht. Ich muß schließlich nicht länger als fünf Tage durchhalten. Und das werde ich, darauf kannst du dich verlassen ...«

Schweigen. In Rios Ohren war ein feines Summen. Doch die Kopfschmerzen waren verschwunden, waren wie weggewischt. Er versuchte zu verarbeiten, was er gehört hatte. Es gelang nicht. Die Vorstellungen schoben sich übereinander wie die Farben eines Kaleidoskops: Cala d'Or, Engels Yacht, das Haus ... Und nun einer, der Bernhard Hampel hieß und sicher irgendwo in Berlin wohnte.

Und dieses Gespenst hier, dieses klapprige Gestell von Ludwig Kiefer wollte ...?

Er fühlte nun die Kühle, die aus den dunklen Schatten der Tannen herüberkam und sie beide umfing. So still war es. Sie saßen an ihrem Tisch wie auf einer Insel. »... im selben Boot«, hatte Dieter Reissner gesagt? – Dieter war tot, sie beide lebten noch ... Und dann verstand er. Einfach darauf zu warten, bis es vorüber ist, sich zu ergeben, alles für unvermeidlich und unabänderbar zu halten, während ein Engel, während ein korrupter Lump wie dieser Hampel ...

»Würdest du mir dabei helfen, Rio?«

Er nickte. Die Bewegung kam ganz spontan, wie aus einem inneren Zwang heraus.

»Ich habe es mir erhofft, Rio ...«

Kiefers Hand kroch herüber und streichelte seine Hand.

»Es muß sein«, flüsterte er. »Glaub mir. Es wird das Signal, das alles ändert. Und wir brauchen das Signal. Nicht nur wir, auch die anderen. Doch es gibt eine große Schwierigkeit ...«

»Welche?«

»Der synchrone Ablauf. Die Gleichzeitigkeit. Schon wegen der Wirkung auf die Medien wäre es am besten, wenn es am gleichen Tag und nur mit wenigen Stunden Unterschied geschehen könnte. Ich habe da einige Vorstellungen ... Nun, ich werde jetzt in die Klinik gehen und darüber nachdenken. Ich finde die Lösung, glaube mir ...«

Er nahm einen Zettel und schrieb eine Telefonnummer auf. »Hier, das ist die Nummer des Krankenhauses. Vielleicht kannst du mich dort mal anrufen ...«

Der schwere Geländewagen war von der Straße abgebogen und nahm den ersten der Hügel, die in sanften Wellen zum Berg hochführten, verschwand jetzt, kam wieder zum Vorschein, diesmal eine Staubwolke hinter sich herziehend, die langsam in dem hohen Zypressenspalier verwehte, das den Eingang der »Can Rosada« bildete.

Irena ließ ihr Magazin sinken und legte die Hand an die Stirn, um die Augen vor dem Licht zu schützen. Madalena, die wie jeden Samstag vom Verwalterhaus herübergekommen war, um mit ihr den Verlauf des Abends zu besprechen, war aufgestanden.

»Da kommen sie!«

»Wer kommt?«

»Na, mein Alter auf jeden Fall. Dein Vater hat ihn zum Flughafen geschickt. Wen er da abholen sollte, müßtest du doch wissen, oder?«

»Vielleicht müßte ich. Aber es interessiert mich nicht.« Sie versenkte sich wieder in ihren Artikel. Das Magazin nannte sich »Prima«, was sie las, war der Gesellschaftsteil. Es ging darum, ob der spanische Kronprinz nun eine Freundin hatte oder nicht.

Mühsam kämpfte sie sich durch die gewundenen spanischen Sätze. Wenn das so weiterging und sie sich selbst mit einer Madalena auf Deutsch unterhielt, würde sie noch Spanisch-Nachhilfestunden nehmen müssen, da konnte Thomas toben, wie er wollte. Schließlich, auch in Palma, auf der ›Deutschen Schule‹, wo sie mit Ausnahme der Wochenenden ihre Tage verbrachte, war es das gleiche: Alle sprachen deutsch mit ihr. Manchmal, wenn sie das Heimweh packte und die Frage: Was hast du eigentlich hier zu suchen? sie zu überwältigen drohte, half nicht einmal mehr der Vergleich zwischen dem verregneten Odenwald und der Sonne Mallorcas weiter. Himmelherrgott, wie sehr hatte sie sich auf ihren Vater gefreut, wie hatte sie davon geträumt, mit ihm auf der ›Pirata‹ an den Buchten vorbeizubrausen, unter braungebrannten, lustigen, unkomplizierten Typen zu leben, neue Leute und keine Langweiler kennenzulernen! Das führt ja doch zu nichts. Soll Thomas doch in seinem Luxusschuppen seine Bumspartys abziehen, mit seinen komischen Weibern seine miesen Typen empfangen – ihr hatte er wenigstens, wenn sie hier war, das Gästehaus überlassen. Aber im Grunde verbrachte sie, wie gehabt, ihre Tage im Internat ...

»Das ist ein Deutscher«, sagte Madalena. »Da mach' ich jede Wette.«

»Na und? Außerdem: Woher willst du das wissen?«

»So, wie der geht ...«

Nun stand auch Irena auf.

Der Wagen hatte auf dem unteren Parkplatz angehalten. Juan, Madalenas Vater und Verwalter von ›Can Rosada‹, reichte dem Neuankömmling einen Koffer. Irena konnte nur den Rücken des Mannes sehen, der da die flachen Stufen zur Terrasse hochstieg, bolzengerade, als habe er einen Besen verschluckt. Dazu bei dieser Hitze ein blauer Blazer? Madalena hatte recht, so was brachte nur ein Deutscher.

»Komischer Vogel«, kommentierte Madalena.

Nun war er stehengeblieben. Die Hand auf die Steinbalustrade gelegt, die die Treppe einsäumte, drehte er sich ein wenig, um den Ausblick zu begutachten. Und der lohnte sich: Olivengärten, kleine Dörfer, unten die weißen Häuser von Cala d'Or; dann das Meer, kobaltblau, soweit man sehen konnte ...

»Den kenn' ich.«

»Ein Freund vom Chef?« Madalena nannte Thomas »el jefe«, so wie alle hier, und das war er wohl auch. Zumindest ließ er keine Gelegenheit aus, es zu zeigen. Aber Freund? Ob Thomas überhaupt Freunde hatte? Er tat so, aber Irena bezweifelte es schon lange.

»Kein Freund. Einer seiner Leibsklaven, Madalena.«

»Was ist das?«

»Der Mann ist Arzt und leitet eine pharmazeutische Fabrik.«

»Wo?«

»In einem Scheißkaff namens Bernhagen. Ich kann nur hoffen, daß du's nie kennenlernst.«

»Und was ist ein Leibsklave?«

»Ach, laß mal«, winkte Irena ab, »das würdest du doch nicht verstehen ...«

Ja, sie machte es geschickt, mit Gefühl, nichts war zu spüren von Ungeduld oder Tölpelhaftigkeit. Ein Händchen wie Seide, auf und ab, auf ... Engel spürte, wie sich die Muskeln an seinem Becken spannten und schloß die Augen. Eigentlich wollte er Kitty in der nächsten Woche vor die Tür setzen. Die drei Wochen waren vorbei, und drei Wochen waren nun wirklich das Maximum, das er einem Weib auf ›Can Rosado‹ zubilligen konnte. Aber dieses Biest – oh –, er hatte Mühe, ein Stöhnen zu unterdrücken.

Und da hörte sie auf.

»Bist du wahnsinnig?« Er stieß es zwischen zusammengepreßten Zähnen hervor.

»Aber Thomas. Da kommt doch jemand ...«

Auch er hatte den Wagen gehört. Hochstett ... »Na und? Los schon. Weiter!«

Und sie machte weiter, rasch, so gut, daß sich das Gefühl in ihm aufblähte wie ein roter heißer Ballon und seine Spannungen sich in einem dumpfen, tiefen Laut entluden.

Er seufzte erleichtert, gut, okay, tätschelte Kittys blonden Kopf, warf die Beine über die Lederliege, ging ins Bad, nahm eine Dusche, zog sich den kurzen weißen Kimono an und ging hinaus auf die Terrasse.

Hochstett ...

Da stand er. Kummerfalten in der käsigen Haut, dünnes Grinsen, dazu dieser unmögliche Blazer, so wie immer. Aber da war irgendwas in diesem Grinsen, das Engel nicht gefiel.

»Da bist du ja. Wie war der Flug, Jochen?«

»Geht so.«

»Gab's was zu essen in der Maschine?«

»Ja.«

»Einen Drink?«

»Danke. Lieber ein Glas Mineralwasser.«

Mineralwasser. Was sonst! Auch das war typisch. Er kannte ihn, und daher wußte er auch, daß Hochstett bei diesem Besuch irgendwas auf der Pfanne hatte. Himmelherrgott noch mal, wieso hatte er einen Hochstett am Hals? Wieso war er damals nicht auf Muschke eingegangen, als der ihm sechs Millionen für den Laden bot und auch noch alle Verbindlichkeiten ablösen wollte? Hättest du's bloß getan, dann wärst du jetzt einen Haufen Sorgen und auch diesen verfluchten Erbsenzähler von Hochstett los ...

»Mineralwasser gibt's nicht. Nicht jetzt. Nicht für dich, Jochen. Na, los schon. Was wir brauchen, sind schließlich gute Nerven. – Kitty, besorg uns was zu trinken. Wein, Jochen? – Bier, Whisky, Cognac?«

»Bier.«

Sie ging. Er beobachtete, wie ihr Hochstett unter gesenkten Lidern nachschielte. Einen solchen Bikinihintern bekam der nie zu Gesicht. Man könnte sie eventuell auf ihn ansetzen. Auch ein verklemmter Typ hat seine schwachen Stellen ...

Engel lächelte Kitty entgegen, als sie mit dem Tablett zurückkam. »Geh an den Pool. Oder sieh mal nach, was Irena macht. Mein Freund Jochen hat furchtbar wichtige Dinge mit mir zu bereden. Und wie ich ihn kenne, will er da alleine sein.«

Sie verschwand. Engel ließ das Eis in seinem Glas klingeln.

»Also. Was war denn so dringend? Und was konnte man nicht am Telefon besprechen?«

»Alles ist dringend, Thomas. Und nichts läßt sich mehr am Telefon besprechen.«

Engel spielte weiter mit seinem Glas. »Wieso kommst du dann hierher?«

»Wie bitte?«

Engels Oberkörper schnellte nach vorn. So hart stellte er das Glas auf, daß der Whisky hochschlug. »Hör zu! Nicht nur du, auch Dr. Schröder hat mich angerufen. Für ihn befindet sich die Sache noch im Stadium der Voruntersuchung. Er müßte es wissen. Er ist schließlich Anwalt ... Sie können uns nicht an den Karren, Jochen, sie haben keine Beweise. Sie haben nichts als einen Verdacht.« Er verzog das Gesicht: »Und jetzt zu dir: In einer solchen Situation gehörst du auf die Brücke. Aber was machst du? Läßt den ganzen Krempel fallen, fliegst hierher, zu mir. Das ist schon kein Leichtsinn mehr, so was nenne ich bodenlose Dummheit.«

»Hör mal ...«

»Nein, du hörst. Was willst du eigentlich für eine miese Suppe anrühren? Was ist denn, wenn sie zum Beispiel das Telefon überwachen? Vielleicht haben sie jemanden auf dich angesetzt?« Er sah sich um, blickte die Treppe hinab, als könne er hinter den Zypressen einen Schatten entdecken. »In einer solchen Situation gibt es doch nichts, als Ruhe zu bewahren und seiner Arbeit nachzugehen, so wie sonst. Business as usual ... Keine Nerven zeigen. Keine Nervosität. Denn darauf warten die doch nur. Aber du ...?«

Engel blickte wieder in sein Glas und verzog den breiten Mund, als habe er in seinem Whisky eine Fliege entdeckt.

»Ja«, hörte er Hochstett sagen, »ich bin hier.«

Überrascht sah er auf. »Seh' ich. Und du bist auch noch richtig stolz darauf, was? Vielleicht erfahre ich endlich auch, warum.«

Hochstett sah zum Himmel: »Du hast recht gehabt, Thomas. Ich steh' nicht mehr auf der Brücke. Und ich will da auch nicht mehr hin. Ich werde nicht nur die Brücke, ich werde den ganzen Dampfer verlassen ...«

Engel war überrascht. Eine derartige Eröffnung lag natürlich immer im Bereich des Möglichen, aber daß Hochstett sie ohne jede taktische Einleitung auf den Tisch legte, einfach so? Er hatte leise und überraschend ruhig gesprochen, hatte sich also alles zuvor genau zurechtgelegt. Engel verschränkte die braunen Hände über der nackten Brust. Daumen und Zeigefinger spielten mit der schweren Goldkette, die von seinem Nacken hing.

»Sieh mal einer an!«

Schweigen. Über dem trockenen Hügelkamm zog ein Schwarm Tauben einen Kreis. Von irgendwo kam das leise

Tuckern eines Generators. Das Land, die Küste, das Meer, so viel Frieden ...

Hochstett wischte sich mit dem Handrücken den Schweiß von der Stirn.

»Warum ziehst du nicht deine dämliche Jacke aus?«

Hochstett stand auf, mit abwesendem Gesicht, und entledigte sich seines Blazers.

»Und jetzt die Krawatte ...«

Die weiche, väterliche, gönnerhafte Stimme – wie oft hatte er sie gehört, wie oft war er ihr gefolgt, ohne zu überlegen, ohne Zögern. Ja, das auch. Doch damit war's vorüber. Endgültig.

»Jetzt trinkst du dein Bier aus, Jochen, und dann sagst du mir in aller Ruhe ...«

»Was zu sagen war, habe ich bereits gesagt, Thomas. Ich werde meinen Entschluß nicht ändern.«

Engel stand auf. Unter seinen nackten Füßen spürte er die Tonkacheln, die die Wärme des Nachmittags aufgesogen hatten. Nachdenklich betrachtete er den zusammengedrückten, schmalbrüstigen Mann dort im Rattansessel; doch in rasender Geschwindigkeit meldete zur gleichen Zeit sein Gehirn Möglichkeiten, Folgerungen, Konsequenzen. Er kam zu keinem Schluß – außer dem einen: So lächerlich beeinflußbar Hochstett ihm manchmal erschienen war, eines war klar, daß es in ihm einen Kern von unbeugsamer, verbiesterter Entschlossenheit gab. Es konnte also schwierig werden. Verdammt schwierig ...

Er ging zum Tisch zurück und umfaßte die Lehne des Sessels, in dem Hochstett saß, mit beiden Händen. »Na schön, Jochen, lassen wir meine Meinung erst mal beiseite. Spielen wir durch, was du dir da vorgenommen hast. Wie stellst du dir das vor?«

Die Stimme von oben – suggestiv und ein bißchen amüsiert wie immer. Hochstetts Mund war trocken. Er hatte

Schwierigkeiten mit der Antwort. »Ich bring's dir auf eine einfache Formel, Thomas: Du zahlst mich aus – und ich bin weg.«

»So? Ich zahl' dich aus, und du bist weg? Und was zahl' ich aus?«

»Was du mir schuldest.«

»Aha. Bleiben wir beim zweiten Punkt. Du bist weg ... Was heißt das?«

»Das heißt, daß ich, sobald das Geld auf meinem Schweizer Konto liegt, nach Venezuela abfliege.«

»Venezuela? Aha! Klar doch! Dort hast du noch immer eine Basis. Dort sitzt unser alter Freund Alonso.« Die Ironie in Engels Stimme hielt an, doch dahinter kündigte sich etwas anderes an. »Schließlich hat der gute alte Alonso genug verdient. Jede Menge Kohle hat er durch unsere Hilfe gemacht. Mehr als alle anderen dieser Importeur-Banditen zusammengenommen. Und wer hat dafür gesorgt? Sag mal, wer?!«

Hochstett schwieg.

»Eine noch einfachere Frage, Jochen: ›Wer? Du – oder ich?‹«

Hochstett wollte die Füße aufsetzen, machte eine hilflose Bewegung – zu spät. Da war das Gefühl des Sturzes, ein Fallen ... dann der Schmerz! Eine harte, weiße Flamme von Schmerz, die aus dem Hinterkopf hochschlug und sich in einem metallischen, anschwellenden Dröhnen verlor. Die Welt wurde dunkel. Hochstett versuchte, sich zur Seite zu rollen, es gelang nicht. Er hat den Stuhl einfach umgekippt! Wie einen Hund hat er dich auf den Steinboden geschleudert! Das wußte er nun. Mein Kopf, oh, mein Kopf ...

Er wollte die Augen nicht aufschlagen. Er tat es dennoch und blickte an braunen, muskulösen, über ihm gegrätschten Beinen hoch, sah, daß Engel unter dem schwarzweißen Kimono nicht mal eine Unterhose trug. Da hing es nun, auf was Thomas so stolz war – und weiter oben war Engels Gesicht, sein bösartiges Grinsen, das Grinsen eines blonden, faunischen Dämons. Und als ob das alles nicht genügte, schob er ihm nun auch noch einen harten, hornigen, staubigen Fußballen gegen das Kinn und schob es zur Seite.

»Du oder ich, Jochen?«

Hochstett wimmerte.

»Weh getan? Ach nein?«

»Du ... du ...«

»Ja – ich! Meinst du, so was macht mir Spaß? Wie heißt das so schön: Wie du mir, so ich dir. Oder hast du erwartet, daß ich dir zu deinem phantastischen Konzept gratuliere?«

Mit einer raschen Bewegung stellte er den Sessel wieder auf die Beine, blickte zu Hochstett, riß ihn hoch und schob ihn hinein.

»Mein Kopf ...«

Tränen standen in Hochstetts Augen. So sehr er sich auch dagegen wehrte, er war nahe daran loszuheulen. »Bist du irre? Ich könnte eine Gehirnerschütterung ...«

»Quatsch, Gehirnerschütterung. Eine Beule hast du. Setz dich in den Schatten. Nein, geh ins Bad, steck deine Rübe unters Wasser. Und dann reden wir weiter. Wir sind noch nicht fertig, wir zwei ...«

Das Haar war klatschnaß und dunkel an den Schädel geklebt, als Hochstett zurückkam. Die Gesichtshaut war nun nicht mehr blaß, sie war gelblich, wie die Farbe vergilbten Papiers. Seine linke Hand preßte ein Handtuch gegen die Stelle am Hinterkopf, wo er auf der Terrasse aufgeprallt war.

Engel betrachtete ihn mit liebevoller Teilnahme: »Nun, was macht die Gehirnerschütterung?«

Hochstett starrte ihn nur an.

»Willst du dich nicht setzen?«

Hochstett blieb stehen. Unter Engels Lächeln verstrichen

Sekunden. Dann begann er doch zu sprechen. Er sprach so leise, daß Engel Mühe hatte, ihn zu verstehen – Mühe, ja, aber er verstand, denn alles, was der schmale Mann mit dem nassen Hemdkragen vor ihm sagte, alarmierte seine Nerven. Was da gerade geschehen sei, sagte Hochstett, erscheine ihm jetzt wie die logische Konsequenz einer langen Entwicklung. Er müsse Engel dankbar dafür sein. Denn nun sei ihm alles bis ins letzte Detail klargeworden. Klarheit sei schließlich nichts anderes als die Voraussetzung von Erkenntnis. Und dazu gehöre zum Beispiel auch, daß jeder weitere Versuch, die Situation, in der sie sich alle befänden, schönzureden, Selbstmord gleichkäme. Er aber, Hochstett, habe lange genug den Kopf hingehalten, so lange, daß er die Beulen gar nicht mehr spüre. Er sei an Beulen gewöhnt, jawohl, aber das sei jetzt vorüber ...

»Endgültig vorüber, Thomas.«

Thomas Engel spielte mit seiner Goldkette. Die farblose Helle in seinen Augen war um eine Nuance dunkler geworden.

»Das war also das Prinzipielle, Jochen«, sagte er ruhig. »Jetzt hätt' ich's gerne etwas präziser.«

»Gut. Mal ganz präzis, Thomas ... Du schuldest mir eins Komma zwei Millionen. Nicht D-Mark – Dollars. Das ist der zwölfprozentige Gewinnanteil, der mir vertraglich zugesprochen ist. Von ihm habe ich die letzten viereinhalb Jahre keinen Pfennig gesehen. In diesen viereinhalb Jahren aber habe ich für ein lächerliches Geschäftsführergehalt den ganzen illegalen Wahnsinn gedeckt, den du ausgeheckt hast. Von meinem Gewinn sind sogar die Schmiergelder abgeflossen, mit denen du so großzügig die Klinik- und Institutsfritzen bedient hast, damit sie uns die Ware abnehmen. Du selbst aber hast jeden Pfennig aus der Firma herausgepumpt ...«

»Und weiter?« Engel polierte jetzt seine Kette mit dem Kimonoärmel. »Immer schön sachlich: eins Komma zwei

Millionen Dollar also? – Da kommt doch noch etwas, wenn ich das richtig sehe?«

»Du siehst es völlig richtig. Ich werde auf das Geld nicht lange warten. Es muß bis zum siebzehnten, und zwar zum siebzehnten dieses Monats, auf meinem Konto sein.«

»Also in der nächsten Woche?«

»In der nächsten Woche, Thomas.«

»Sonst ...?«

Hochstett schwieg.

Die Tauben waren zum Haus zurückgekehrt. Sie strichen flach über das Verwaltungsgebäude von »Can Rosada« und erzeugten dabei ein schwirrendes, knatterndes Rauschen.

»Du bist verrückt.« Engel hatte die Kette losgelassen. Er sagte die drei Wörter im kurzen Ton einer Feststellung.

»Das kannst du sehen, wie du willst, Thomas ...«

»Und wie willst du mich dazu bringen, auf deine Verrücktheiten einzugehen, statt dich zum Psychiater oder sonstwohin zu schicken?«

»Das kann ich dir sagen. Und es wird dir auch helfen zu überlegen, ob es das Richtige ist, wenn du mit mir so verfährst wie mit den anderen ... Dies, Thomas, als ein kleiner Hinweis: Ich habe alles, was in der Firma gelaufen ist, schriftlich niedergelegt. Ich wiederhole: alles. Auch, wie Lars Boder, wie Jürgen Cenitza und wie die arme kleine Reichenbach dran glauben mußten, nur weil du es für angebracht hieltest, ihnen für immer den Mund zu stopfen ... Selbst was dein Haus-Irrer, dieser René, mit dem Mädchen des Journalisten anstellte, der uns auf die Pelle rückte, steht da drin. Noch ist alles versiegelt. Falls ich aber nicht mehr auftauche oder auch nur anrufe, geht das Material zur Staatsanwaltschaft. Ein paar Morde, garniert mit den sehr eigenwilligen Geschäftspraktiken des Thomas Engel. Alles aufgezeichnet und bewiesen.«

»Unsere Geschäftspraktiken, Jochen.«

Hochstett zuckte mit den Schultern und sagte: »Nicht unsere Morde.«

Engel erhob sich und ging zur Balustrade. Er legte beide Hände flach auf den Stein, blickte lange über das Land und das Meer, als müsse von dort eine Antwort kommen.

Dann drehte er sich um. »Schach dem König, was, Jochen?«

»Nenn es, wie du willst«, erwiderte Hochstett mit schmalem Mund ...

Der Scheck steckte in Jochen Hochstetts Brieftasche. Es war ein Scheck der Banco Bilbao Vizcaya, ein weißer, schmaler Streifen Papier, auf dem die Summe »sechzig Millionen Peseten« stand. Dies waren zwar noch lange nicht die eins Komma zwei Millionen Dollar, die er verlangt hatte, es war viel weniger – und viel mehr ...

Wie immer auch zuvor seine Pläne ausgesehen hatten, vor Thomas Engels eindringlichem Blick, vor seinem: »Sei doch vernünftig, Jochen. Was bringt dir das, dich nach Südamerika abzusetzen? Hier lebst du doch viel besser«, waren sie geschmolzen wie Butter an der Sonne.

Und Engel gab sich bei Gott alle Mühe, die Seriosität seines Vorschlages zu untermauern. Sogar die Bankauszüge vom Vortag hatte er Hochstett gezeigt, um seine Solvenz zu beweisen, beachtliche Bankauszüge, alles was recht ist. Und nach langen, hitzigen Diskussionen standen sie schließlich in Engels Büro in Cala d'Or. Auch da war eine Menge zu bestaunen: nicht nur das große Modell des neuen Golfplatzes »Son Pajol« mit den Residenzen für mehr als tausend Personen (Golfer, die sich solche Residenzen leisten konnten, wohnten teuer), es gab auch handfeste Unterlagen: Betreiberkosten, Wasserverbrauch, Bauaufwand, Rendite, zu erzielender Gewinn der Golfanlage, Verkaufserlöse aus dem Wohnkomplex ...

»Und jetzt, Jochen, vergleich mal! Bilanzen hast du schließlich bei mir zu lesen gelernt. Bernhagen oder Cala d'Or? Das ist deine Alternative. Denn du kannst auch hier dabei sein. Und wieder mit zwölf Prozent ... Nur, daß ich sie dieses Mal auszahlen kann, daß ich nicht wieder in Schwierigkeiten gerate wie bei diesem bescheuerten Plasmaladen. Einst war das eine gute Idee, Anfang der achtziger Jahre. Aber jetzt? Reden wir nicht davon. Sagen wir so: Hier handelt es sich um grünes Gras, das sich vergolden läßt. Bernhagen, das war ein mistiger Blutsumpf, tief und grundlos. Und warum? Weil er nur mit schrägen Ganoven, korrupten Figuren oder amoklaufenden Kranken zu tun hatte. Aber hier, Jochen, hier habe ich solvente Leute und eine Insel, die wirklich ein Paradies darstellt – und einen Boom, der eigentlich erst jetzt so recht anfängt ...«

Das Angebot konnte einer von Engels brutalen Tricks sein. Er brauchte doch nur an die arme Reichenbach, an Boder oder Cenitza zu denken ... Vielleicht war es sogar ein Verzweiflungstrick, weil ihm auf die Schnelle nichts anderes eingefallen war. Aber kam man Thomas hart, wurde er realistisch. Er wußte genau, daß seine, Hochstetts, Position unangreifbar war. Engel hatte nicht ihn – er hatte Engel am Boden. Und deshalb sah die Welt entschieden anders aus. Auch wenn seine Beule noch schmerzte.

»Gut, Jochen, was meinst du? Fangen wir nochmals von vorn an. Jetzt haben wir ja wieder gleichgezogen.«

Nach dem »Gleichziehen« kamen die angenehmen Seiten des Lebens: Ein leichtes Essen, eine ausgedehnte Siesta, dann die Fahrt runter nach Cala d'Or, Badezeug kaufen. Der Laden war wirklich todschick, und die Verkäuferin war eine dieser spanischen Göttinnen: unwahrscheinliche Augen, unwahrscheinliche Haare und ein unwahrscheinliches Lächeln.

Und weil Jochen Hochstett dieses Lächeln so sehr beeindruckte und er sich in seinem Outfit ohnehin etwas deplaziert fühlte, kaufte er sich gleich eine weiße Leinenhose, Bootsschuhe und ein blaues T-Shirt. Die Ferienuniform ... Dann bestiegen sie die »Pirata II«.

Und da war wieder eine Göttin: Kitty.

Dieser Blick ... Und dieser unglaubliche Körper ... Die Taille, die Hüften, der kleine grüne Stoffetzen, den sie trug ... Also, der war ja nun wirklich so winzig, daß sie darauf verzichten könnte ...

Hochstett fühlte, wie seine Ohren zu glühen begannen. Er trug eine Sonnenbrille. Vielleicht merkte sie, daß er sie beobachtete, denn wieso stellte sie sich in Positur, reckte die Brüste? Die waren nun wirklich zum Vorzeigen!

Was sagt man in einer solchen Situation?

Hochstett fiel nichts ein. Nichts außer der Frage, ob Kitty eine von Thomas' »Hostessen« sei. Die hatte er sich früher reihenweise aus den besten Etablissements Frankfurts besorgt, um sie an Kunden, Ärzte oder irgendwelche Betonköpfe von Beamten zu vermitteln.

Schon war sie wieder verschwunden.

Hochstett griff nach der Flasche Sonnenmilch, verteilte ein paar Tropfen auf der Hand und rieb sich die Stirn ein. Er lag jetzt allein in einem der Liegestühle am Heck. Und er genoß es; er genoß die Möwen, genoß das sanfte Schaukeln, genoß, daß seine Kopfschmerzen verschwunden waren, genoß alles.

Vereinzelte Kiefern hielten sich auf rostroten Felsen. Die Stürme hatten sie geduckt und gespalten, aber sie klammerten sich fest. Und das Meer – hier in der Stille der Bucht wirkte es fast schwarzblau. Das große weiße Boot zerschnitt seine Oberfläche, die ölig schimmerte wie Atlasseide.

Lieber Gott: Was für ein Tag! Was hatte er da alles reingepackt. Jetzt – jetzt war alles zu einem guten Ende gebracht ...

Da war sie wieder: Kitty, die blonde Polynesierin. Die

langen Schenkel, der flache Bauch, der steile Busen, der Hintern – lückenlos zu bestaunen, denn was trug sie schon? Nichts als dieses lächerliche Band, an der der gleichfalls lächerliche, grüne Stoffstreifen zwischen ihren Beinen verschwand.

Die Krönung, dachte Hochstett und fühlte, wie sein Herz zu klopfen begann: Die Krönung des Tages!

Sie hielt ihm ein Tablett mit Gläsern hin.

»Wie ist das, Jochen? Ein bißchen was für den Durst, ja? Das Zeug schmeckt nicht nur prima, es bringt auch in Form.«

»In Form zu was?« grinste Hochstett und kam sich verrucht vor.

»Für all das, was du vorhast, Jochen ...«

Was er trank, schmeckte wie Champagner mit einer Spur Bitternis – Campari vielleicht ...

»Danke.«

Doch sie war schon wieder verschwunden. Weiß der Teufel, was sie da drinnen in ihren Luxuskabinen trieben. Der Bootsmann jedenfalls ließ jetzt den Anker fallen.

Hochstett streckte sich, fühlte sich tatsächlich besser, fühlte sich in Form, so was von in Form – und vor allem fühlte er sich frei und siegreich.

Eine Berührung, zart wie ein Hauch. Fingerkuppen, die über seinen Nacken, an den Delta-Muskeln vorbei bis zur Schulter spazierten ...

Hochstett sah hoch, an braunglänzenden, unglaublich aufregenden Wölbungen vorbei, sah dunkle Augen, blonde Locken. Die hat sie gefärbt ... Er klammerte sich an den Gedanken.

»Tut das gut? Nicht mehr so müde?«

Sein Mund wurde trocken.

»Was macht Thomas?« hörte er sich fragen.

Das Rasseln der Ankerkette zerschlug die Frage.

Aber da war wieder ihr Lächeln. Und ihr Blick, der langsam zu seiner Badehose glitt: »Na, was seh ich? Was regt sich denn da?« Sie sagte es im reinsten Frankfurter Tonfall. »Da wird ja einer ganz putzmunter ...«

Engel hatte es bereits auf »Can Rosada« versucht. Dann noch einmal in einer Telefonzelle, als Hochstett in Cala d'Or Klamotten kaufte. Es war immer das gleiche gewesen: »Der Anschluß befindet sich zur Zeit außerhalb der Reichweite«, beschied ihn die abgehackte Frauenstimme des Automaten.

Außerhalb der Reichweite?

Was hieß das? Wahrscheinlich, daß René irgendwo mit dem Jeep in der Gegend rumgurkte, sich einen Joint reinzog oder sich nüchtern oder besoffen in eine der Höhlen verkrochen hatte, die er in der Nähe seiner Finca in Son Massia in den Bergwald gegraben hatte. Um dort herumzuspinnen. Was sonst? Renés Höhlenspielchen reichten vom Karatetraining bis zu Pornoaufnahmen oder Herumballern mit seiner Waffensammlung. Manchmal schleppte er auch irgendwelche unbedarften Touristinnen in die Höhle ab ... Sollte er! Aber Herrgott noch mal, wenn man den Arsch brauchte, war er nicht da!

Engel versuchte es wieder.

»Ja?«

»Da hab' ich dich ja endlich!«

»Okay, Boß, da hast du mich. Und?«

»Paß auf, René: Ich bekam heute Besuch. Und mit dem Besuch auch ein paar Probleme.«

Stille. – Dann: »Was für mich?«

»Na schön, Probleme sind nun mal dazu da, daß man sie löst, oder? Deshalb erst mal rein theoretisch ... Die Ausgangslage: ein Büro. Im Büro ein Panzerschrank. Und im Panzerschrank ein paar Papiere, die besser nicht unter die Leute kommen. Was würdest du in einem solchen Fall tun?«

René stieß sein schreckliches Kichern hervor. Vielleicht waren es auch bloß die atmosphärischen Störgeräusche der Satellitenverbindung.

»Die Papiere? Brauchst du die?«

»Nein.«

»Na, dann ist es doch ziemlich einfach. Eine Hafthohlladung ...«

»Was ist das?«

»Eine Hafthohlladung ist ein nach außen hochverdämmter Sprengstoff.« Selbst derartige Auskünfte brachte René Honolka, als erzähle er irgend etwas ungemein Komisches. »Der Detonationskegel, also all seine Kraft und seine Hitze, konzentrieren sich bei der Explosion auf einen einzigen Punkt. Das macht dann ein ganz wunderschönes ›Peng‹. Und damit hat sich's auch schon. Damit kannst du nicht nur einen Panzerschrank, sondern sogar einen Tiger-Panzer knacken. Und was aus dem wird, was da drinsteckt, ob Papierchen oder Leutchen, kannst du dir auch vorstellen. Saft oder Asche ...«

Saft oder Asche! Nun lächelte auch Engel.

»Und wo steht der Panzerschrank, Boß?«

»Im Hessischen. In dem Kaff, in dem du schon mal warst. Bernhagen.«

»O nein!« stöhnte Honolka.

»Keine Sorge, René, die Sache ist nicht aktuell. Noch nicht ...«

»Muß ja ein interessanter Besuch sein!«

Engel überlegte. »Für den müssen wir uns auch noch was einfallen lassen«, sagte er dann. »Aber zuerst käme der Schrank ...«

Er legte auf, verließ die Eignerkabine, um durch den Mittelgang in den Salon zu gehen. Am Eingang blieb er stehen. Durch die Hecktür konnte er das Sonnendeck beobachten. Und Kitty, die sich weit über Hochstett beugte und ihre

Wunderhände spazieren führte ... Wirklich eine Wucht, das Mädchen! Ein Naturtalent ...

Der Sommer nahm an Kraft zu. Sonnige Tage wechselten mit von sintflutartigem Regen begleiteten Unwettern, die wie riesige graue Walzen über die Stadt rollten.

Vera versuchte aufgeregt, ihre Topfpflanzen im Garten zu bergen, Rio half und befestigte auch eine vom Sturm weggerissene Markise. Doch selbst der Regen und der Sturm hatten für ihn etwas merkwürdig Unreales. Was er tat, tat er, als sei er nicht daran beteiligt. Und ähnlich verhielt es sich auch mit der Erinnerung an den Nachmittag in der düsteren, tannenumstandenen Villa in Steinebach: Das Haus, die Terrasse, der Mann im Liegestuhl, Akten, Fotografien – für ihn war es wie eine Szene aus einem Theaterstück.

Mit Kiefers Worten allerdings war es anders: sie blieben. Sie geisterten durch seine Nächte, wenn er den Schlaf nicht fand, begleiteten ihn auf seinen ruhelosen Spaziergängen durch den Englischen Garten, übertönten selbst Veras Stimme: ES MUSS SEIN, RIO. ES WIRD DAS SIGNAL, DAS ALLES ÄNDERT ... WIRST DU MIR HELFEN?

Rio ertappte sich dabei, wie er mit Stablampe und Handspiegel in Gaumen und Rachen nach verdächtigen Rötungen fahndete. Und das Brennen in der Blase? Er starrte in die Toilettenschüssel, um die Farbe des Urins einzuschätzen ...

»Hysterie«, kommentierte Vera, und wahrscheinlich hatte sie recht. »Du machst dich völlig unnötig selbst fertig. Komm doch endlich runter von diesem Trip.«

Als ob das so einfach wäre ...

Als ob man Ludwig Kiefers Totenkopfschädel, die dunklen, krankhaften Hautwölbungen an der Stirn, die schuppige Reptilienhaut seiner Ekzem-Hände so leicht vergessen könnte ...

Eines Morgens rief Olsen an: »Wann kommst du endlich hoch aus deinem Loch? Oder gefällt's dir so gut da unten?«

»Ja. Es gefällt mir, Ewald. Ich hab' mich da unten eingerichtet.«

Auch Bruno Arend kam vorbei, sah ihn an und schüttelte den Kopf. Paul Novotny ließ überhaupt nichts mehr von sich hören.

»Geh endlich zu Dr. Herzog«, sagte Vera. Und manchmal hatte sie Tränen in den Augen oder fuchtelte mit den Fäusten vor seiner Nase herum. »Laß dir von ihm sagen, daß du zufrieden, ja, dankbar dafür sein kannst, daß dir nichts fehlt!«

Aber Rio ging nicht. Mit Schaudern dachte er daran, daß sich Vera nach jener Liebe am Nachmittag selbst untersuchen lassen mußte ...

Als er dann tatsächlich Dr. Herzog aufsuchen wollte, fühlte er sich zu schwach. Er wartete, bis Vera das Haus zum Einkaufen verließ, dann schaltete er ein paar Takte des ARD-Morgenfernsehens ein, doch die Bilder wie die Stimmen blieben für ihn so fremd, so unbegreiflich, als betrachte er eine Sendung in einer ausländischen Sprache.

»Es ist nun mal so, daß dir diese Schweine nicht nur das Leben nehmen, Rio«, sagte Ludwig Kiefer, als er ihn endlich doch im Krankenhaus besuchte und sie in der Klinikcafeteria zusammensaßen, »sie zerstören dir auch noch die paar Jahre, die dir bleiben. Sie verurteilen dich zum Tode – und dann machen sie einen Bittsteller aus dir ... Wir haben einen Hämophilen auf der Station. Für sechzigtausend Mark hat er sich abfinden lassen. Du mußt dir vorstellen, was sechzigtausend Mark sind ... Die kannst du in einem halben Jahr verbrauchen, wenn du krank bist. Und dann? Ausgesteuert. Mitglied irgendeiner Notgemeinschaft ... Das ist alles. Und die in Bonn bilden Ausschüsse, spenden ein paar Mark und sehen zu ...«

Wie lange würde Olsen durchdrücken können, daß er sein Gehalt noch bekam? So, wie Rio den Verleger kannte, würde er ihm in einem halben Jahr kündigen ... Eine Tragödie, lieber Olsen, ich weiß, ich weiß. Tut mir ja auch sehr leid um Rio. Aber schließlich – sind wir hier für alle Tragödien zuständig?

So würde es sein.

Und noch in einem anderen Punkt hatte Ludwig Kiefer recht: »Ehe sie dich umbringen, nehmen sie dir auch noch deine Identität.«

Es wurde ein ziemlich sonderbarer Krankenhausbesuch. Um sie herum saßen Patienten in Hausmänteln mit ihren Angehörigen. Sie aßen Kuchen, unterhielten sich leise, lachten oder machten kummervolle Gesichter.

Und vor ihm Ludwig Kiefer mit seinen »Mordplänen«. Die Baskenmütze, die gab es noch, aber sonst hatte der ehemalige Polizist sich sehr verändert. Er trug einen elegant geschnittenen, elfenbeinfarbenen leichten Popelinanzug, dazu ein rosenholzfarbenes Hemd, und den Hals verbarg ein zum Hemd passender tabakbrauner Seidenschal.

Doch nicht der Aufzug, das Gesicht war es, das sich verwandelt hatte. Es sah aus, als habe irgendein Maskenkünstler den Kriminalrat für diesen Auftritt vorbereitet. Aber die Haut war nicht überschminkt worden, die Ekzeme waren fast vollständig abgeheilt und die Wangen wirkten straffer, die spitzen Wangenknochen waren verschwunden ...

»Die haben Sie hier ja wieder prima hingekriegt, Ludwig.«

»Ja, die Therapie hat gewaltig angeschlagen. Eine ›Phasenverbesserung‹ nennen sie das. Hilft nicht auf Dauer, aber auf Zeit ist sie geeignet zur Hebung des ›subjektiven Befindens‹ und des allgemeinen Status. Und das, Rio, das muß ich nützen. Und zwar bis ins Letzte. Hast du über das Projekt nachgedacht?«

»Das Projekt« – so nannte er tatsächlich den Attentatsplan, den Mord an zwei Männern ...

»Falls du aus irgendwelchen Gründen – seien sie nun ethisch, moralisch oder persönlich – die Sache nochmals überdenken willst, Rio, respektiere ich das. Das kannst du mir glauben. Nur bitte, tu es bald ... Ich muß handeln. Und falls du mir tatsächlich helfen willst – ich habe da einige logistische Probleme ...«

Logistische Probleme? Was er so hochtrabend ankündigte, war die Frage, wie Ludwig Kiefer es schaffen sollte, in möglichst kurzem und daher »pressewirksamem« Abstand seine zwei Opfer zu erschießen.

»Sieh mal, es ist so: Ich war zwar schon auf Mallorca, das ist aber gut zehn oder fünfzehn Jahre her. Ich war damals in Begleitung einer Freundin, einer entzückenden Frau, die es leider inzwischen auch nicht mehr gibt. Aber das heißt ja nicht, daß ich mich auf der Insel auskenne. Und da beginnt das Problem. Ich muß Erkenntnisse sammeln. Ich kann schließlich nicht zu meinen spanischen Guardia-Civil-Freunden gehen und sagen: Zeigt mir das alles mal, ich will den Engel jetzt umlegen ... Ich brauche also einige Tage.«

Er sprach leise und völlig ruhig, so, als schildere er den Plan eines Wochenendausflugs. »Wie ich das mit meinen Kraftreserven durchstehen soll, ist mir nicht klar.«

Rio nickte und trank seinen Tee. Aber die Hand, die nach den Zigaretten griff, war nicht sicher. Er mußte die Feuerzeugflamme zweimal aufspringen lassen.

»Und es kommt noch etwas dazu, Rio: Daß ich es schaffe, daran habe ich keine Zweifel. Aber wie komme ich von der Insel runter, wenn es passiert ist? Sie haben einen einzigen Flugplatz dort. Und den können sie leicht sperren. Und dasselbe gilt auch für den Hafen. Ich sitze also gewissermaßen in der Falle ...«

Wieder nickte Rio, er versuchte sich alles vorzustellen.

Am Nebentisch zerrte ein kleines, etwa vierjähriges Mädchen an der Stuhllehne seiner Mutter. Das Mädchen heulte los, und der dicke Mann im Hausmantel eines Patienten schüttelte bekümmert den Kopf.

Ludwig Kiefer aber sagte: »In Berlin habe ich es einfacher. Deshalb habe ich mich entschlossen, zuerst diese Berliner Geschichte zu erledigen.«

Die »Berliner Geschichte« ...

»Ich besitze noch meinen alten Dienstausweis – Hampel ist schließlich selbst Beamter. Ich möchte mal sehen, ob der nicht einen Kriminalrat des BKA bei sich empfängt. Und Berlin, nun, das kenne ich ... Von Berlin aus komme ich auch leicht nach Mallorca. Da gibt's ja jede Menge Flieger.«

Rio rührte in seiner Tasse. Und Ludwig Kiefer betrachtete ihn wieder mit einem seiner langen, nachdenklichen Blicke. »Ich will jetzt nicht mehr wiederholen, was das Projekt für mich bedeutet und was für uns alle auf dem Spiel steht. Ich will dich nur fragen: Bist du immer noch dabei?«

»Ja«, sagte Rio. Er sagte es, ohne zu überlegen.

»Wirklich?«

»Wirklich.« Er hielt Kiefers forschenden Blicken stand und hatte dabei das Gefühl, als dringe ihm dieser Blick ins Gehirn, als könne er ihm durch das Labyrinth, nein, das Chaos seiner Gedanken folgen ...

Wieder kam dieses flaue Gefühl im Magen zurück. Rio kämpfte es nieder. Er überwand sich, griff nach Kiefers Hand und streichelte sie. »Wenn's daran liegt ...«

»Es liegt daran, mein Junge. Sieh mal, es ist einfach ein Prinzip: Man sollte sich im Vorfeld nicht zu sehr aus der Deckung wagen. Deshalb wäre ich froh, wenn du ...«

»Ich mach' das schon«, lächelte Rio. »Ich hab' ja viele Freunde. Auch in Reisebüros. Ich besorge Ihnen das Tikket ...«

Erneut dieser Blick. Und dann hatte Kiefer in die Jacke

seiner Tasche gegriffen und ein Scheckbuch hervorgeholt. Doch Rio war zu müde gewesen, um zu protestieren. Er hatte das Scheckbuch genommen, zugeklappt und dem Alten wieder in sein Jackett gesteckt ...

Gegen zehn Uhr überzog sich der Himmel wieder mit dunklen Gewitterwolken. Vera war in die Stadt gefahren, nervös und ungeduldig hatte sie etwas von »dringenden Besorgungen« erzählt. Nein, dies war kein guter Vormittag. Die alte innere Unruhe hatte Rio wieder gepackt. Und er hatte noch immer nicht das Mittel, damit fertigzuwerden. Er ging in den Garten, um das Frühstücksgeschirr abzuräumen, nahm eine Dusche und setzte sich schließlich in den Sessel neben dem Telefon. Als er Ludwig Kiefers Nummer wählte, vertippte er sich gleich zweimal. Dann endlich – eine Frauenstimme. Irma Kiefer ...

»Ach, Sie sind das, Herr Martin! Wie komisch, gerade haben wir von Ihnen gesprochen. Es muß doch wohl so etwas geben wie Telepathie.«

»Wieso? Ist Ihr Bruder denn in Steinebach?«

»Ja. Und ob der hier ist! Sie haben ihn aus der Klinik davongejagt. Sie werden's gleich merken – *Ludwig*!«

»Was ist los?« Irma Kiefer hatte recht: Die Stimme, die antwortete, klang kräftig, gespannt, geradezu energiegeladen. Und dann: »Wie geht's denn so, Rio?«

»Wie? – Anscheinend nicht so gut wie Ihnen.«

»Das könnte sein.« Er lachte. »Wenigstens heute. Warum bist du nicht noch mal in die Klinik gekommen?«

Rio nestelte an der Telefonschnur. Weil ich keine Lust hatte. Oder ehrlicher: weil es die verdammte Angst war ... Sollte er das sagen? Er entschied sich: »Weil ich Kliniken hasse.«

»Verstehe. Wie ist das, hast du die Flugunterlagen?«

»Ja. Hören Sie, Ludwig ...«

»Ich höre gerne. Aber wieso kommst du nicht auf einen

Sprung raus zu uns? Am Telefon bespreche ich solche Details nur ungern.«

»Meine Frau«, hätte Rio einwenden können, aber das war ein Argument, das ein Ludwig Kiefer nicht gelten ließ. Er wußte es.

»Gut. In einer Stunde bin ich bei Ihnen.«

Er schaffte es in fünfundvierzig Minuten. Als er geparkt hatte und die Tür öffnete, sah er den Kriminalrat. Eine Gartenschere in der Hand, kam er zwischen seinen Rosen hervor. Die dunklen Augen unter dem Rand der Baskenmütze lächelten. Und diesmal war es nicht nur die Gesichtsfarbe, die sich verbessert hatte, diesmal schien der ganze Mann verwandelt. Er wirkte größer, jünger, hatte zugenommen – die Ärzte schienen ein kleines Wunder an ihm vollbracht zu haben.

Das große Haus lag still. Es wehte kein Essensgeruch aus der Küche. Irma Kiefer war wohl klargeworden, daß sie ihre Mühe an den falschen Gast verschwendete.

Sie passierten schweigend den Eingang mit dem bleigefaßten Jugendstilfenster. Eine Lilie zeichnete einen fünfmarkstückgroßen grünen Fleck auf Kiefers Kinn. Er war stehengeblieben.

»Ich will dir was zeigen. Hast du Erfahrung mit Waffen?«

»Sie meinen – mit Gewehren?«

»Pistolen, Revolvern, Handfeuerwaffen.«

Erfahrung mit Handfeuerwaffen? Hatte er zweieinhalb Jahre Zivildienst im Altenheim abgerissen, Schwerkranke gewaschen und Nachttöpfe geleert, um eine solche Frage gestellt zu bekommen? Bruno Arend hatte einmal eine Pistole aus irgendeinem algerischen Souk mitgebracht und war mächtig stolz darauf: »Komm, Rio! Gehen wir im Steinbruch mit der Wumme ballern!« Rio hatte sich geweigert. Er wollte nicht in Steinbrüchen ballern.

»Nicht mal mit einem Luftgewehr.«

Ludwig Kiefer lächelte. »Komm!«

Er stieß eine Tür auf. Sie führte zu einer Treppe, einer ziemlich steilen Treppe. Der dumpfe Geruch abgestandener Luft wehte herauf. Kiefer schaltete das Licht an, und vor ihnen lag ein quadratischer Raum. In den Wänden befanden sich Einbauschränke, der Boden war mit einem Sisalteppich bedeckt. Die schmiedeeisernen Wandleuchten und der Grobverputz gab allem die bekannte »rustikale Note«.

»Mein Hobbyraum.« Es sollte ironisch klingen, doch Kiefers Gesicht wirkte ernst und konzentriert.

Er öffnete einen der Schränke, zog eine Schublade heraus und entnahm ihr zwei Pistolen. Eine legte er in Rios Hand: »Das hier ist eine H&K-9-mm, eine ›Heckler und Koch‹. Das Beste vom Besten, wird behauptet. Und hier hab' ich eine Walter-PK-7.65, meine alte Dienstpistole. Gegen ›Heckler und Koch‹ ein Fossil. Ich halte sie trotzdem für besser ausgewogen. Aber vielleicht bilde ich mir das ein, ich mag sie einfach. Weißt du, mit Waffen ist das so: Wer mit ihnen umgeht, entwickelt mit der Zeit so etwas wie ein erotisches Verhältnis zu ihnen. Man kann den Kopf schütteln, man kann es verneinen, aber es bleibt die Wahrheit.«

Kiefer öffnete eine weitere Tür, und nun, als auch hier das Licht zweier Neonlampen aufflammte, sah Rio, daß sie in einem Schießstand waren. Ein Hobbykeller? O ja! Und was für einer!

Er spürte, wie sein Mund trocken wurde. Die Seilzüge schimmerten, die länglichen Formen dort, das waren wohl umgeklappte Scheiben ...

»Nimm mal.« Ludwig Kiefer reichte ihm einen Stahlbügel mit zwei aufgesetzten Plastikschalen und stülpte sich selbst, ohne seine Mütze abzunehmen, so ein Ding über den Kopf. »Das knallt nämlich ganz schön.«

Er sah ihn an. »Was wir hier tun, Rio, ist natürlich nichts

als Spielerei. Oder nennen wir es mal ›technisches Training‹. Die Wirklichkeit sieht anders aus ... Ich zeig dir jetzt, wie diese Waffe gehalten wird. So.«

Beine breitsetzen, das Gelenk der Schußhand mit der anderen Hand stabilisieren – Rio hatte es hundertmal im Fernsehen oder bei Polizeiübungen gesehen. Er versuchte es. Und als sich seine Finger um den Pistolengriff schlossen, war ihm die Waffe nicht mehr so fremd wie zuvor. Es war, als ströme eine gewisse Kraft von ihr aus. Ein erotisches Verhältnis? Vielleicht ...

Kiefer korrigierte seinen Ellenbogen. Und lächelte wieder. »Jetzt paß auf.« Halb zu ihm stehend, seine Augen noch auf Rios Gesicht gerichtet, betätigte er einen Schalter. Und nun verlief alles gleichzeitig: das metallische Klacken, als die Scheibe dort am Ende des Raumes hochklappte, Kiefers fließende, blitzschnelle Seitwärtsbewegung, das Hochreißen beider Arme, die Stichflamme aus der Pistolenmündung, die von den Plastikschalen des Gehörschutzes gedämpfte Explosion ...

Dies war das eine. Das andere war die Scheibe dort: Engel! Kein Zweifel: Thomas Engel. Auf die Scheibe war dasselbe Foto geklebt, das ihn damals, bei seinem ersten Besuch vor vier Wochen, beeindruckt hatte. Nur, daß es ihm jetzt als Schießstand-Vergrößerung in Schwarzweiß präsentiert wurde ...

Engel starrte ihn an. Die Brauen ein flacher Strich über der Nasenwurzel In den hellen Augen der Ausdruck gedankenverlorener Sorge, an den Rio sich so oft erinnert hatte. Zum ersten Mal fühlte er etwas wie Triumph. Ein Schießstand? Gab es einen besseren Platz für dieses Schwein?

»Getroffen haben Sie ihn nicht«, wandte er sich an Kiefer.

»Nein? Sieh mal genauer hin.«

Rio beugte sich nach vorne. Tatsächlich: Genau über der

Nase, in der Mitte des dunklen, flachen Strichs der Brauen, saß die Schußöffnung.

»Hervorragend!«

»Ja, ein guter Schuß. Außerdem ...«

Ludwig Kiefer ließ den Rest des Satzes unbeendet. Er legte die Waffe auf ein Holzbord.

»So, jetzt du. Und zieh nicht sofort durch ... Laß dir Zeit zum Zielen.«

Rio nahm die Waffe hoch in Schußhaltung. Er wußte, wer ihn erwartete: ein fetter Frühpensionär. Ein Mann namens Hampel, pardon, Regierungsdirektor Bernhard Hampel. Und er schien in Kiefer größere Emotion auszulösen als Engel. Engel war Engel, ein Geschäftemacher und Schwein ... Aber Hampel ...

Da kippte er hoch! Aufrechtstellung. Graue Anzugsschultern, Krawatte – das Gesicht. Und was für ein Gesicht! Hohe, fliehende Stirn. Gepolsterte Wangen. Randlose Brille. Schmaler, indifferenter Mund ...

Rio ließ sich keine Zeit.

Er schoß.

Die Kugel durchschlug die Fotografie auf der Scheibe etwas oberhalb der Krawatte.

»Gar nicht so übel«, murmelte Kiefer. »Ganz beachtlich für das erste Mal ...«

»Hören S'! Wollen S' denn wirklich hier sitzen bleib'n?«

»Wie bitte?« – Rio sah auf, schaute in ein strenges Kellnerinnengesicht, das ihn über einen Stapel verfleckter Tischtücher hinweg anstarrte.

Dunkle, fast schwarze Wolken schoben sich über die drei kümmerlichen Tannen, die im Garten des Cafés standen. Der Wetterumschlag mußte blitzartig erfolgt sein. Als er auf der Rückfahrt von Steinebach hier einkehrte, war der Himmel noch ganz blau und sauber gewesen.

Die wenigen Gäste drängten sich die Stufen zum Lokaleingang hoch.

»Ich kann Ihnen den Kaffee und den Obstler drinnen servieren. Hier werden S' doch naß.«

»In Ordnung. Ich komme sofort.«

Böen zerrten an den Blättern der Büsche. Die Spitzen der Tannen bogen sich. Er blieb sitzen.

»Wir müssen da noch weiterüben«, hatte der Kriminalrat zum Abschied gesagt. »Dein erster Schuß heute – na ja, Anfängerglück. Die nächste Serie lag ja nicht so gut im Ziel. Doch Talent hast du. Und darauf kommt es an. Das zu trainieren, ist wichtig. Was ich plane, ist Mord. Und ein Mord ist kein Kinderspiel. Falls du mitmachst, kann eine Situation eintreten, in der ein einziger Schuß genügen muß. Und der muß im Ziel sein.«

FALLS DU MITMACHST ...

Mordkomplott – Mordwetter ...

Seine erste Kugel hatte die Krawatte auf Hampels Fotografie zerschlagen. Was lag darunter? Speiseröhre, Knorpel, Halsschlagadern. Dahinter das Rückgrat. Nicht sehr appetitlich. Vielleicht ein schneller, aber kein schöner Tod. Doch der Tod war es, der zählte. Schüsse aus einer »Heckler und Koch«, Kaliber 9 mm, Schüsse ins Herz, in den Kopf, durch die Krawatte in den Hals, wohin auch immer. »Was ich plane, ist Mord.«

Er plant ... Aber du?

Bin ich soweit?

Neunundfünfzig Jahre alt war Bernhard Hampel. Vermutlich das Alter, um sich auch ohne Druck in den vorzeitigen Ruhestand versetzen zu lassen. Er aber ging nicht freiwillig. Der Minister wollte das so. Und was der Staatsanwalt, der sich auch mit ihm beschäftigte, von ihm wollte, war noch nicht heraus ...

Vor dem Garten, draußen auf der Straße, begannen die

Leute zu rennen. Rio spürte den körnigen Anprall der Sandpartikel, die der Sturm ihm ins Gesicht schleuderte. Es war wie tausend kleine Stiche. Er schloß die Augen.

»IST AUCH NUR EIN EINZIGER BISHER VERDONNERT WORDEN? DABEI IST HAMPEL DER SCHLIMMSTE. ENGEL IST NICHTS ALS EIN LUMP. HAMPEL, RIO, HAMPEL VERKÖRPERT DAS SYSTEM, VERSTEHST DU?«

Welches System meint er? dachte Rio. Auch Ludwig Kiefer hat es schließlich verkörpert. Er war sogar stolz darauf. Er sah sich auf der Seite des Rechts. Und wieder meinte Rio, seine Stimme zu hören: »Das Schlimmste an allem, Rio, ist die menschliche Ignoranz, die nichts wahrnehmen will. Die erst macht die Hampels möglich ...«

Der erste Blitz flammte auf. Er ließ den First des Gasthofes bläulich aufleuchten. Der Sturm tobte weiter. Doch kein Tropfen fiel.

Engel ... Hochstett ... Hampel ... Und dazu noch viele unbekannte, ungezählte andere. Ein Beispiel geben? Wie hatte Hampel in einem der Briefe geschrieben, die ihm der Kriminalrat draußen in Steinebach vorgelegt hatte: »*... und gehe ich davon aus, daß das unsachliche, vor allem aber unqualifizierte Medienspektakel, das interessierte Kreise wie die Aids- und Hämophilenorganisationen, aber auch noch andere zur Zeit anstrengen, von handfesten politischen Interessen getragen wird. Doch wie die Erfahrung der letzten Jahre zeigt, wird es auch bald wieder abklingen. Schließlich muß festgestellt werden, daß bei dem hohen Standard der Sicherheitsvorkehrungen der betroffenen Firmen eine Kontaminierung nicht zu erwarten war ...*«

Nicht zu erwarten ... Aber die Sicherheitsvorkehrungen waren den »betroffenen Firmen« ein wenig zu teuer geworden. Und sie hatten ja Hampel, den Superstar im Abwiegeln ...

»*Und so bleibe ich, verehrter Herr Doktor, im Gedenken an unsere interessanten und fruchtbaren Gespräche und die unver-*

geßlichen Tage, die ich in Ihrem Feriensitz verbringen durfte – Ihr ergebener Bernhard Hampel.«

Und gleich anschließend das PS:

»Seien Sie versichert, daß Ihre Sorgen und Wünsche auch in Zukunft bei mir volles Gehör und Rückendeckung finden werden ...«

So lief das. Und jetzt regnete es.

Rio stand auf und schüttelte sich, aber er spürte die Tropfen nicht.

Beschwerden aus der Aids-Hilfe, Beschwerden der Kliniken, Beschwerden der Hämophilenverbände, Beschwerden der Presse – das sowieso, denn auch dort schottete Hampel ab – doch für die Firmenleitungen nie ein böses Wort. Wie auch? Bei ihnen war der Biologe Hampel freier wissenschaftlicher Mitarbeiter. Und ein Ticket für eine kleine Reise zu einem unvergeßlich schönen Feriensitz fiel auch ab ...

Ein Mann namens Hampel ...

»Sie sind ja ganz naß. Was ist jetzt mit Ihrem Kaffee?«

Rio stand in der Gaststube.

»Hier.« Er gab der Kellnerin einen Zehnmarkschein und stürmte hinaus ...

Der Himmel – Schiefer! Über den Fernsehantennen das Geäder der Blitze. Autos, die nur noch im Schritt fuhren, Passanten, die sich in Hauseingänge geflüchtet hatten.

Rio zwängte den Porsche durch eine Toreinfahrt. Sekunden später verließ er den Wagen, rannte mit eingezogenem Kopf an ein paar Abfallkübeln vorbei und stellte zu seiner Erleichterung fest, daß er die Haustür aufdrücken konnte.

Drinnen war es dunkel. Es roch nach Nässe und Bohnerwachs.

»Ursula Bühler.« Hier stand es!

Als er die Klingel drückte, hatte er kaum Hoffnung, die

junge Frau anzutreffen. Und doch, er vernahm Schritte, ein Hüsteln, die Tür öffnete sich – und da stand sie.

»Erinnern Sie sich noch an mich, Frau Bühler?«

»Herr Martin! Und ob! – Kommen Sie rein.«

Sie trug einen grünen Bademantel und einen blauen Frotteeturban auf dem Kopf. Die Haut glänzte frischgecremt.

»Entschuldigen Sie schon, aber ich komme gerade aus dem Bad.«

»Ich muß mich entschuldigen, Frau Bühler. Ich dachte ...«

Er verstummte. Er wußte nicht mehr, was er gedacht hatte, aber er sah: Sie hatte sich verändert. Die Frau, der Gang, die Augen ... Die Brauen waren rasiert, die Hände manikürt, und das Gesicht, es wirkte verjüngt, nein, befreit.

Da wußte er es! Doch er stellte die Frage trotzdem: »Angela ... ist sie ...?«

»Ja.« Sie nickte. »Vor drei Wochen.«

Die Augen, die frisch umrandeten, füllten sich mit Tränen.

»Entschuldigen Sie, Herr Martin ...« Sie tupfte mit den Fingerspitzen die Tränen fort, aber das machte es noch schlimmer: Ein schwarzer Strich zog sich über ihre Nase. »Wollen Sie nicht reinkommen?«

Er hätte ihr so gerne die Hand auf die Schulter gelegt oder sie an sich gezogen, ja, einfach irgend etwas getan, denn was gab es schon zu sagen? Doch er wagte es nicht. Er folgte ihr in das Zimmer, das er schon kannte. An der Wand über dem Sofa hingen Kinderzeichnungen. Eine Sonne über einem kleinen Haus. Ein Baum stand daneben. Dieselbe lachende Sonne über einem blauen See, auf dem Enten schwammen ...

»Hat Angela das gemalt?«

Sie nickte nur.

Die Tür zum Nebenraum war weit geöffnet. Dort hatte er Angela zum letzten Mal gesehen. Dort hatte ihr Bett gestanden. Nun waren die Wände frisch gestrichen, und in der Luft hing noch immer der Geruch der Farbe.

Sie hatte seinen Blick bemerkt: »Wissen Sie, Herr Martin, man wundert sich selbst, daß alles einfach weitergeht. Nichts stürzt ein, nichts steht still. Man räumt die Wohnung aus, und dann wird frisch gestrichen ...«

Ihre Stimme zitterte.

»Vielleicht ist das auch ganz gut so. Das muß so sein. In diesem Fall muß das einfach sein – verstehen Sie, was ich meine?«

»Ich glaube ja, Frau Bühler.«

»Herrgott, was hat sie denn getan? Angela ... Sie war so unglaublich lieb, das kann man gar niemandem erzählen! Und so geduldig ... Nur eines hat sie nie verstanden: warum es den anderen Kindern gutging, warum sie nicht mitspielen durfte, wieso sie sie auslachten – während es für sie nur die Schmerzen gab, diese schrecklichen, langen Schmerzen ... Und die Schwäche ... Das war wohl das Schwerste. Darunter hat sie am meisten gelitten.«

Nun griff er doch nach ihrer Hand und hielt sie fest. Er spürte, wie sich die Finger wieder öffneten.

»Aber, Herr Martin, es war Zeit, daß alles ein Ende nahm, glauben Sie mir ... Wissen Sie, auch ich hätte es nicht mehr lange durchstehen können. Es war ja nicht nur das Kind im Bett, das Hilflos-zuschauen-Müssen, wie die kleine Maus richtig zusammenschmolz, es war auch das andere: das Finanzielle. Das gehörte doch auch dazu. Auch wenn sich der Verband alle Mühe gab, was konnte er schon helfen? Ich hatte doch keine Basis! Ich mußte einen Halbtagsjob annehmen. Und wenn ich dann noch Zeit hatte, zwischen Arbeit und Pflege, konnte ich bei den Behörden rumrennen. Ich war ja nicht mal die leibliche Mutter ... Doch statt mich zu unterstützen, schmissen die mir nur Prügel in den Weg. Sogar an den Minister habe ich geschrieben. Meinen Sie, ich hätte eine Antwort erhalten? Nichts. Gar nichts ...«

Sie zitterte. Nun konnte sie auch das Schluchzen nicht mehr verhindern. Sie nahm ihr Taschentuch und tupfte entschlossen das Gesicht sauber, ohne zu bemerken, daß es zu einer Maske aus feuchter Haut und schwarzen Streifen geworden war.

»Das Schlimmste ist die menschliche Ignoranz ...« Er hörte es sich sagen, und dabei wurde ihm klar, daß er Ludwig Kiefer zitierte. »Und diese Ignoranz«, setzte er hinzu, »ist wie eine Verschwörung.«

Das war es! Und Kiefer wollte eine andere Verschwörung dagegensetzen!

Es war kurz nach fünf, als er die Gartentür des Hauses aufstieß. Der Regen hatte aufgehört, überall lagen abgebrochene Zweige und Blätter, die der Sturm von den Bäumen und Büschen gerissen hatte. Vera war im Anbau dabei, die Waschmaschine auszuräumen. Sie tat es mit übertriebener Konzentration. Sie mußte ihn gehört haben – aber nein, sie sah nicht auf.

»Hallo, Vera.«

Noch immer keine Reaktion. Er erkannte, daß sie die grauschwarze Seidenkombination trug, die sie zu besonderen Gelegenheiten anzog.

Endlich drehte sie den Kopf: »Auch mal wieder da?«

»Richtig. Auch mal wieder.«

»Wir treffen uns in letzter Zeit ja ziemlich selten.«

»Meinst du?«

»Ja, das meine ich. Und an mir liegt's nicht.«

Sie war böse. Gut. Aber er kannte sie: In diesem Stadium würde sie sich rasch beruhigen.

»Ich habe dich angerufen«, log er. »Aber da ging ja niemand an den Apparat.«

»Das muß am Vormittag gewesen sein. Da war ich allerdings weg.«

Er griff zum Korb, um dem Vorwurf ihrer Augen auszuweichen. Sie kam ihm zuvor. »Laß das.«

»Darf man wissen, wo du warst, Vera? Ich meine, so schick, wie du dich gemacht hast ...«

»Man darf. Ich war bei Dr. Herzog.«

»Schon wieder?« stöhnte er.

»Du eingebildeter Kerl mit deinem Mittelpunktswahn! Nicht deinetwegen war ich beim Arzt. Diesmal ging's um mich ... War ja auch mal nötig, oder?«

»Fühlst du dich nicht gut?«

»Ich fühl' mich sogar bestens. Wirklich, ich fühl' mich so gut wie nie.«

Sie brachte diese Mitteilung mit merkwürdigem Ernst hervor. Auf ihrer Stirn entstanden die beiden Kerben, die stets etwas sehr Aufregendes oder unendlich Wichtiges ankündigten.

»Bitte, Vera, nun rück schon raus damit.«

»Ja, ich rücke raus damit.« Sie bewegte sich nicht, sie sah ihn an, aber dann erschien endlich das Lächeln, auf das er gewartet hatte. Sie sagte: »Du, Rio, wir bekommen ein Kind ...«

Vielleicht – Rio Martin dachte es später oft genug –, vielleicht lag es daran, daß ich Ursula Bühler besucht habe, daß sie mir die Fotos zeigte, diese Fotografien des winzigen, greisenhaft zusammengeschrumpften Gesichtchens eines Kindes namens Angela ... Vielleicht lag es sogar daran, daß ich mir von Ursula Bühler diese Beerdigungsmitteilung zustecken ließ – ein schmaler Papierstreifen nur, auf der Vorderseite Angelas Fotografie, eine Angela, die noch gesund und rund wirkte und in die Kamera lächelte wie die Sonne auf ihren Bildern. Auf der Rückseite stand ein Gebet: »Herr, gib ihr die ewige Ruhe, und das ewige Licht leuchte ihr ...«

Vielleicht war es das? Vielleicht seine Ängste, seine Alpträume, in die er sich mehr und mehr verstrickt fühlte. Vielleicht waren es auch die Gespenster, die ihn Nacht um Nacht heimsuchten, die Angstgespenster, das ewige: Und wenn Vera sich angesteckt hat, was dann?! ... Wer hat Schuld? Wer hat Aids? Wer schleppt die Killerviren in sich herum und trägt somit die Verantwortung? ... Du doch, du verdammter Idiot!

Und jetzt ...

Und jetzt, jetzt – jetzt?!

Und jetzt sagt sie: Rio, wir bekommen ein Kind ...

Er rannte durch den Park.

Die Sohlen seiner weißen Laufschuhe verursachten ein hartes, knappes Geräusch. Es war ihm, als müsse er weiterlaufen, ewig so weiterlaufen, bis ans Ende der Welt ...

Und er war nicht länger allein. Dieter Reissner, der Schatten, nein, der Begleiter, hatte sich wieder eingefunden ...

»Begleiter, Rio? Begleiter ist passé ... Partner sind wir ...«

Partner? dachte Rio. Verflucht seist du!

»Lauf, los! Renn schneller! Dem Wahnsinn läufst du nicht davon ...«

»Das brauchst du mir nicht zu sagen.«

Aber er lief schneller. Und er war froh um das Hämmern des Pulses, das Stechen in den Lungen; er drehte den Kopf nicht, wenn Passanten ihm nachfluchten, sah stur geradeaus, hechtete über abgebrochene Äste, durch Schmutzlachen.

»Siehst du, Rio, siehst du ... Nun weißt du, wie es ist ...« Er wußte nicht, unter welchen Stichworten Psychologen derartige Stimmen und Einbildungen abhaken: »Hysterisch bedingte Visionen«? Vielleicht »Schizophrenie« ... Sollten sie. Er war wahnsinnig. Stimmte doch? Und ob er es war! Aber noch immer nicht wahnsinnig genug, einem Reissner recht zu geben.

Während ihm die Luft wegblieb und sein Herz aussetzte, schrie er: »Ja – jetzt weiß ich's! Aber ich bring' nicht meine

Familie um wie du. Da greif' ich mir schon andere. Die, die umgelegt gehören, die, die Schuld haben ...«

Es war eine Telefonzelle wie jede andere. Sie stand an einem der Parkausgänge, leuchtete gelb vor sich hin und gab ihm eigentlich nur eine einzige Frage auf: Wie er überhaupt in diese Gegend geraten war?

Die Kappen seiner Schuhe waren mit Dreck verschmiert, und an den Dreck hatten sich Blätter geheftet. Auch die Aufschläge der Hosen waren naß. Der Regen hatte überall im Park große Lachen und ganze Teppiche abgerissenen Laubes hinterlassen. Und er, er hatte es noch nicht einmal bemerkt. Sein Herz pumpte, und er hatte sich unter dem Gürtel den obersten Knopf der Hose geöffnet, um besser Luft zu bekommen. Getrabt, gerannt, Schweiß abgesondert – eine Reise durch das Land des Selbstmitleids, die letzte Reise ...

Die Zelle roch nach abgestandenem, bitterem Zigarettenrauch. Am Boden lag eine Papiertüte mit trockenen Brötchen. Eines war herausgekugelt. Jemand hatte wohl Enten füttern wollen und es dann aufgegeben. Die Hälfte der Telefonbuchseiten waren herausgerissen.

Aber er brauchte ja auch kein Telefonbuch. Diese Nummer wußte er auswendig.

»Kiefer.«

»Ich bin's, Ludwig.«

»Na, hat dich das Gewitter noch erwischt?«

»Wie bitte? – Ach so ... Ja, auch. – Hör zu, Ludwig, ich habe über alles nochmals nachgedacht.«

Vielleicht hätte er die folgende Pause nicht machen dürfen. Es kam auch keine Antwort. Aber er konnte die Spannung spüren – Ludwigs angsterfüllte Erwartung, daß er jetzt absage, daß er mit einem einzigen Satz den Plan zunichte machen könnte.

»Ludwig – du hast dir da zuviel vorgenommen.«

»Das glaube ich nicht, Rio.«

»Doch. Allein schaffst du das nicht. Nicht beide.«

»Es ist zu schaffen, o doch! Bei einer ordentlichen Vorbereitung ...«

»Auch dann nicht«, widersprach er.

»Und? Was heißt das?«

Und wieder die Pause. Nun wurde sie lastend. Auch für Rio. Noch konnte er abspringen ... Noch immer ... Aber hatte er deshalb Ludwig angerufen? Dann war auch das vorbei. Und es war ihm, als habe eines dieser alten Zugsignale seiner Spielzeuganlage aus der Kindheit den Blecharm hochgehoben, um Grün zu zeigen, um den Weg freizugeben ...

»Hör zu, Ludwig. Ich hab' das alles genau durchgedacht. Ich übernehme Berlin. Ich meine, du sprichst spanisch, du kennst dich ein bißchen auf Mallorca aus und hast dort auch Kontakte. Das trifft auf mich alles nicht zu.«

»Und was heißt das – ›Ich übernehme Berlin‹?«

»Alles, Ludwig. Alles, von A bis Z. Wir brauchen darüber gar nicht zu diskutieren. Mir geht es wie dir: Ich will, nein, ich muß das hinter mich bringen.«

»Und ... und du hast wirklich darüber nachgedacht?«

»Ja, Ludwig, glaub mir. Und noch etwas: Es muß schnell passieren, hörst du, so schnell als irgend möglich ...«

Rio stieg am Freitag der darauffolgenden Woche in Berlin aus dem Intercity. Eine verwunderte Vera hatte ihn in München am Bahnhof verabschiedet; daß Rio den Zug nahm statt eines Flugzeugs, konnte sie kaum fassen. Er aber hatte ihr etwas von »vorverlegten Terminen« vorgeflunkert, denn den wahren Grund konnte er ihr nicht nennen: die strikte Waffenkontrolle auf den Flugplätzen.

Eine strahlende Vera winkte ihm nach. Wie sollte sie auch nicht? Rio war endlich vernünftig geworden, nahm die Zügel wieder auf, wollte sogar eine Art Kulturreportage, einen

Bericht über die Berliner Theaterszene schreiben – und zu allem hatte er sich sogar noch am Vormittag zu Dr. Jan Herzog schleppen lassen.

»Alles bestens, wie immer, Rio. Eine kleine Blutabnahme vielleicht noch? Weißt doch ...« – Herzogs Leukozyten! Er zählte sie, die Wächter des Immunsystems, wie ein Förster seine Hirsche. Und Vera stand immer an seiner Seite, mit diesem aufmerksamen Blick, ihrem allzeit bereiten Nicken.

»Das kapierst du doch, Rio, nicht?«

Und ob er kapierte! In ihrem Gesicht, ihren Augen sah er sich wie in einer Art Spiegel. Ein- oder zweimal war er nahe dran gewesen durchzudrehen, aber das war vorüber, nun spielte er die Rolle, die ihm Vera auf den Leib geschrieben hatte; er spielte sie zur Zufriedenheit, alles klappte hervorragend. Vera hatte einfach die Uhr zurückgedreht, und schon war er wieder da, ein bißchen zerstreuter vielleicht als früher, aber alles in allem der gute alte Rio ...

Er betrat den Bahnhofsvorplatz, Taxis fuhren vor, spuckten Rauchwolken; Frauen mit bunten Kopftüchern schleppten Koffer; zwei Gruppen dunkelhaariger Menschen stürmten aufeinander zu, fielen sich küssend und schreiend in die Arme – Türken! Es war ein wahres Volksfest.

Rio sah dies alles, ohne die Bilder wirklich in sich aufzunehmen. Er fühlte sich trotz der langen Fahrt noch nicht einmal müde. Eine überreizte, gläserne Aufmerksamkeit durchdrang ihn; was er sah, sah er, als analysiere er einen Film. Seine neue Rolle hatte begonnen: die Rolle des beobachtenden, gesichtslosen Attentäters, des Mannes, der zuschlägt, um sich dann ins Nichts aufzulösen.

Er griff in die Tasche seiner Jacke, holte die Sonnenbrille hervor und setzte sie auf. Und dann zog er aus dem Jeanshemd das Notizblatt hervor, auf das ihm Ludwig Kiefer den Namen der Pension geschrieben hatte: »Pension Carola« ...

»Das liegt in der Windscheidstraße, Rio. Das ist nicht allzu weit weg vom Max-Kroner-Platz. Dort wohnt er.«

»Hampel?«

»Ja. Und noch etwas, Rio, ein ziemlich wichtiges Detail: Nimm möglichst öffentliche Verkehrsmittel und meide die Taxis. Taxifahrer haben oft ein unglaublich gutes Personengedächtnis ...«

Nun zwängte er sich zwischen Taxis hindurch. Sie kamen, fuhren an; Reisende, U-Bahn-Fahrer kamen ihm entgegen, junge Mädchen in Sommerfetzen rannten an ihm vorbei, kamen sich ungemein wichtig vor. Da war eine Blonde, die ihn anlachte. Und er mit seinem alten »Pilotbag« in der Hand, unbeholfen und verwirrt. Ja, zum ersten Mal fühlte er sich fremd in Berlin, aber auch auf irgendeine Weise gelöst von allem. Vorbei die Zeiten der Edelpension »Tauentzien« oder gar des »Kempinski«, wo er sonst logierte. Vorbei – für alle Zeiten ...

»Verzeihung, könnten Sie mir vielleicht sagen, wie ich zur Windscheidstraße komme?«

»Windscheidstraße?« Es war eine ältere Dame, die ihn mit glasblauem, scharfem Blick aus vielen Fältchen heraus musterte. »Windscheidstraße, ach ja ... Haben Sie ein Auto?«

Er schüttelte den Kopf.

»Na, nehmen Sie den Bus. Ist nicht allzu weit. Das heißt, Sie könnten auch die U-Bahn ... Aber vielleicht ist der Bus doch günstiger.« Sie erklärte mit soviel Wärme und Temperament, als sei er ein verlorengegangener Pfadfinder. Ihre Anteilnahme tat Rio gut, aber er drehte sich ziemlich hastig und unhöflich um, um rasch weiterzugehen. Verdammter Mist: Da steckt der neue Stadtplan von Berlin in deinem Koffer. Wieso hast du ihn nicht herausgenommen, statt alte Frauen anzulabern? Lern dazu, Mensch! Du mußt lernen! – Und rasch.

Es war ein sehr großes, von der Zeit braun eingefärbtes Haus aus der Gründerzeit mit aufwendig dekorierten Fensterfassungen aus Sandstein. Das Schild »Pension Carola« stand neben der Klingelleiste.

Er drückte. Die Gegensprechanlage knackte. Dann ertönte der Summer. Die Halle, die zum Treppenhaus führte, war mit einer messingverzierten Glaswand abgetrennt. Das Glitzern bildete einen überraschenden Gegensatz zu dem schäbigen Eindruck, den das Haus von außen machte.

Unter einer hohen geöffneten Tür stand ein Mann. Er hatte etwa Rios Größe. Er trug einen dunkelblauen Pullover und eine dunkelblaue Hose. Eigentlich sah er aus wie ein in die Jahre gekommener Student. In die schwarzen Haare mischten sich bereits graue Strähnen. Durch seine randlose Brille musterte er Rio mit wachsamer Freundlichkeit.

»Kann ich Ihnen helfen?«

»Ich hätte gerne ein Zimmer.«

»Sie haben vorbestellt?«

Rio nickte.

»Der Name, bitte?«

»Wohlmann«, sagte er. »Günter Wohlmann.«

»Ah – hier ...«

Ludwig Kiefer hatte gute Arbeit geleistet. Doch nun wurde es kritisch ... »Ich melde dich im ›Carola‹ an. Ich hätte dir natürlich auch einen Paß besorgen können, Rio. Wäre nicht einmal so schwierig gewesen. Aber so auf die Schnelle? Das ›Carola‹ ist ein ganz spezieller Laden, so speziell, daß sie auf Ausweispapieren nicht unbedingt bestehen. Du mußt nur einen kleinen Trick anwenden ...«

Rio wandte den Trick an und betete die Formel herunter, die Kiefer ihm mitgegeben hatte: »Ach ja«, sagte er, »falls Sie den Ausweis brauchen – er steckt noch in meinem Aktenkoffer im Schließfach.«

Der Mann lächelte, lächelte ohne mit der Wimper zu zukken. »Wir haben Zimmer Nummer zwölf für Sie bereit, Herr Wohlmann. Ein sehr ruhiges Zimmer. Es geht zum Hof.«

Und es war wirklich ein sehr ruhiges Zimmer! Durch das breite, von goldenen Vorhängen eingefaßte Fenster erblickte Rio nichts als eine graue Betonwand. Sie war mit einem grünlackierten Spalier geschmückt, an dem auch tatsächlich ein paar halbverhungerte Gewächse wuchsen – aber sie blieb Beton. Ruhig war es auch. Ruhig wie auf einer Insel. Ruhig wie im Gefängnis ...

Rio schloß das Fenster und zog die Goldvorhänge vor, setzte den Pilotenkoffer auf die kleine, hübsche Nachbildung eines antiken Sekretärs, warf sich aufs Bett und verschränkte die Hände unterm Kopf.

Nachdenken? Erübrigte sich. Wieso noch überlegen? Die Koordinaten sind vorgegeben – der Rest verläuft nach Plan.

Nur die Erinnerung an Veras strahlendes Abschiedsgesicht abzuwehren, war nicht so einfach ... Doch dies ist nicht die Zeit für Gefühle, ich weiß, Herr Kriminalrat: Wir befinden uns in der »Phase Rot«.

Als Ludwig Kiefer letzte Woche mit seinen Zeichnungen herausrückte, die er auch noch »Charts« nannte, hatte Rio alle Mühe gehabt, ernst zu bleiben: Zielperson, Umfeld, Lebensgewohnheiten, Charakteristiken – das ging ja alles noch. Aber »Phasenablauf«?

»Ist gar nicht so albern, wie du glaubst, Rio. Denk es durch. Versuche es zu verinnerlichen.«

Phase Rot: erkunden und Erkenntnisse sammeln. Bei größtmöglicher innerer Entspannung Ablauf, Probleme und mögliche Alternativen ins Gedächtnis rufen ...

Das Papier, das die großartigen Merksätze festgehalten hatte, existierte nicht mehr, Kiefer hatte es verbrannt. Doch die Sätze waren Rio tatsächlich haften geblieben. Wort um Wort. Er hatte sie »verinnerlicht«.

Entspannen ... Wie entspannt ein ... – das Wort MÖRDER hatte er in seinem Bewußtsein gelöscht, um es durch ATTENTÄTER zu ersetzen. Wie entspannten sich die Leute der

RAF? ... Der Attentäter hat Hunger. Und was für einen Hunger er hat!

Er erhob sich, zog den Vorhang um einen Spalt auf und warf einen raschen Blick hinaus. Auch das würde ihm wohl zur Gewohnheit werden. Es gab nichts zu sehen.

Er ging an den Sekretär, stellte das Zählschloß seines Pilotenkoffers ein und öffnete. Zuerst nahm er die Stadtkarte heraus. Er entfaltete sie und suchte im Straßenverzeichnis den Max-Kroner-Platz. – Hier: »4-C-D«.

»4-C-D« war tatsächlich nicht weit von der Windscheidstraße entfernt. Nach dem Plan zu urteilen, mußte der Platz an einem Park liegen ...

Wieder griff Rio in den Koffer. Er holte die »Heckler und Koch« heraus. Sie schien ihm leichter zu sein als damals, als er sie zum erstenmal in die Hand genommen hatte. Das dunkle Metall des Laufs glänzte im Schein der Lampe. Die geriffelten Griffschalen fühlten sich fremd und trotzdem vertraut an. Er öffnete die Sperre und ließ das Magazin herausgleiten.

»Ein Schuß, Rio! Ein Schuß, das wäre zwar ideal – aber bringt nichts. Du mußt schon nachschießen.«

»Nachschießen«? Er kannte das flaue Gefühl, das solche Worte mit sich brachten, er wußte, daß er damit fertig werden würde ... Aber jetzt, in diesem Pensionszimmer, vor sich die Waffe und die Karte, war es etwas anderes ...

Noch einmal öffnete er den Koffer. Von dem Dokument, das er nun hervorholte, hatte er Ludwig nicht erzählt: Es war ein kleiner Papierstreifen. Auf der einen Seite stand ein Gebet, auf der anderen Seite sah man die Fotografie eines lächelnden Kindes ...

Er betrachtete das Bild sehr lange. Er versuchte dabei, nicht an Vera und an das andere Kind zu denken, das in ihrem Leib heranwuchs.

Dann nahm er das Feuerzeug, zündete das Papier an und

hielt die Flamme unter das Gebet. Das Feuer fraß sich durch die Zeile: »Herr, gib ihr die ewige Ruhe ...« Er drehte den Streifen. Nun überzog das Flämmchen Angelas Gesicht mit seinem lichten Schein, ehe es es verbrannte.

Entspannen, Ludwig? – Wie?

Draußen war es Nacht geworden. Die Scheinwerfer der Autos glitten vorüber. Die Motoren klangen gedämpft. Niemand schien es eilig zu haben. Irgendwo hinter Rio hing das metallisch hämmernde Geräusch eines Zugs in der Luft. Kam wohl vom Charlottenburger Bahnhof ...

Er hätte den lächelnden Brillentypen nach einem Restaurant fragen können, doch er hatte es unterlassen. Er wußte den Mann, er wußte die ganze Pension nicht so richtig einzuordnen. Außerdem lief der Fernseher, als er den Schlüssel abgab. Auf dem Schirm wurde ein Fußballspiel gezeigt ...

Im Gehen faßte Rio unter seine Jacke, an die rechte Seite. Die Pistole im Pensionszimmer zu lassen kam nicht in Frage. Und so hatte er sie einfach, wie Mike Douglas in »Die Straßen von San Francisco«, hinter den Gürtel gesteckt. Das jedoch erwies sich als extrem unbequem. Einmal scheuerte das Ding am Hüftknochen, dann wieder hinderte es ihn beim Laufen. Das Ding – wie nannte Bruno es? Ach, ja: Wumme ... Die Wumme klemmte so fremdartig und unangenehm an seinem Körper wie die Prothese bei einem Frischamputierten.

»Ristorante« las er jetzt. In schönstem Rosa.

Er trat ein. Der Laden war brechend voll. Auch hier lief der Fernseher. Es waren die Bayern, die gegen Borussia Dortmund spielten. Fußballfans schien es wenige zu geben, all die jungen Leute, die die Köpfe über ihren Pizzas zusammensteckten, waren viel zu sehr mit sich selbst beschäftigt.

Der Kellner brachte ihn zu einem winzigen Tisch in der hintersten Ecke. Rio bestellte Saltimbocca und eine halbe

Flasche Bardolino. Der Wein kam zuerst, und er war froh darum, denn er fühlte, wie unter seiner Wirkung die Kräfte zurückkehrten – und mit den Kräften Ordnung in seine Gedanken.

Zehn Uhr dreißig. Natürlich war er knochenmüde, aber was änderte das schon? Bis zum Max-Kroner-Platz war es ja nicht weit. Das Haus würde er auch in der Dunkelheit finden.

»Erkenntnisse sammeln«, nannte Ludwig das, gut, und die erste Erkenntnis würde die Antwort auf die Frage sein, ob an Hampels Wohnung überhaupt ranzukommen war.

Er aß ziemlich hastig, trank den Wein, fühlte, wie ihm Wärme in den Kopf stieg. Er winkte dem Kellner, zahlte und schob sich aus dem Lokal.

Im Vorraum hing ein schmaler, hoher Spiegel. Er sah sich darin, mit blassem Gesicht und zusammengezogenen Augenbrauen, ein ziemlich bescheuert wirkender Typ. Aber die »H&K« unter der Jacke war nicht zu erkennen, auch nicht, wenn er sich bewegte. Und Mike Douglas war er sowieso nicht ...

Es war tatsächlich nicht weit. Er war nach links abgebogen. Am Ende der Lichtschneise, die die Straße bildete, wartete die Dunkelheit wie schwarze, auslaufende Tinte.

Durch dieses Dunkel schwammen Lichter: Autos ... Die Straße war still.

Eine Viertelstunde ging er, dann erkannte er, daß seine Vermutung richtig war: Der Park! – Es war der Park, den er auf der Karte gesehen hatte. Auf der Karte stellte er sich als kleine Grünfläche mit einer wurmartigen blauen Form dar. Es mußte also auch einen See geben ...

Rio hielt sich jetzt rechts. An den dunklen, hohen Flächen der Häuserfronten leuchteten Lichtvierecke. Die Baumsilhouetten auf der anderen Seite grenzten sich scharf ab. Und hoch über allem hing eine gelbe Mondsichel.

Rio kam an eine Baustellensperre, zögerte und nahm dann die Parkseite.

Der Max-Kroner-Platz mußte sich weiter oben befinden. Auf der Karte war er eine fast viereckige, kleine Ausbuchtung.

Hinter den Stämmen verlief ein Parkweg. Zwischen den Buschschatten glitzerte es. Wasser? Tatsächlich, der See ... Auf dem Weg dorthin hörte er knirschende Schritte. Es bewegten sich rote Zigarettenpünktchen, man hörte Stimmen, leises Lachen. Liebespärchen.

Na gut, wieso sollten die Leute nicht knutschen oder noch spazierengehen, falls es ihnen Spaß machte? »Erkenntnisse sammeln«, »Phase Rot« – okay, Ludwig! Und was wird am Max-Kroner-Platz sein? Weißt du: Früher hatte ich Reissner bei solchen Spaziergängen dabei. Jetzt kommst noch du auch mit ... Was für ein Trio wir doch sind!

Er ging jetzt langsamer.

Er hatte erkannt, daß die gleichmäßige Kantenlinie der Dachfirste gebrochen war. Dort vorne zeigte sich mehr Nachthimmel, zeigten sich mehr Sterne zwischen den Gebäuden: der Platz!

Zur selben Sekunde, als er das Wort »der Platz« dachte, strich seine Hand über die Pistole, es geschah ganz selbstverständlich, war so unwillkürlich wie ein Reflex, und lächerlich war die Geste vermutlich auch. Aber die Berührung mit dem »Ding« hatte trotzdem etwas ungemein Beruhigendes.

Dann blieb er stehen.

Auf der Parkseite herrschte Halteverbot, dort drüben aber standen die Autos in Zweierreihen – ein richtiges Blechgedränge war das! Und das ganze Erdgeschoß des großen Wohnblocks war strahlendhell erleuchtet.

Aus den offenstehenden Fenstern schickten die Lautsprecherboxen das dumpfe Wummern ihrer Bässe herüber. Rock ... Jetzt auch noch Elvis? Oldtimer ... Und jede Menge

Leute. Selbst auf der langen Parterreterrasse standen sie. Nicht auffallen, ich weiß doch, Ludwig ... Dich nie in der Tatzone von anderen beobachten lassen – aber sicher!

Er überlegte, ob er tiefer in den Park eintauchen sollte, schaffte es gerade bis hinter den ersten Stamm, um dann wie gebannt wieder stehenzubleiben.

Eine Party? Klar doch! Wieso auch nicht? Eine Party junger Leute dazu ... Drei kamen gerade über die Straße gerannt. Das Mädchen zwischen ihnen schaukelte ziemlich unsicher, kicherte, bückte sich jetzt und zog sich mitten auf der Fahrbahn seine hochhackigen Sandaletten aus.

Ein heranrollendes Auto blinkte mit der Lichthupe. Das Mädchen war wirklich jung, neunzehn, höchstens zwanzig, und mit seinen kurzen Haaren und den breiten Wangenknochen erinnerte es ihn an Vera – eine jüngere Ausgabe, eine kleine Schwester. Doch Vera hätte das genauso gebracht: sich beschwipst auf der Fahrbahn die Sandaletten von den Füßen zu ziehen ...

»Hilde, na, los schon! Hast du das wieder gesehen? Ist das nicht typisch ...«

»Ich will baden!« schrie Hilde. »Ich will baden!«

Keine zehn Meter von ihm entfernt rannte sie durchs Laub.

»Tu's doch! Immer rin in die Dreckbrühe, druff auf die Enten!«

»Tu ich ... Tu ich ...«

Der Block, in dem die Party lief und aus dem die jungen Leute kamen, war ein Eckhaus – das letzte vor dem Platz.

Und der Max-Kroner-Platz war noch kleiner, als Rio ihn nach dem Blick auf die Karte geschätzt hatte. Der Häuserblock verlief mit seinen Terrassen auch um die rechte Seite. Die Front- und die linke Seite rahmten jeweils drei Gartengrundstücke ein, aus denen sich die Silhouetten von Ein- oder Zweifamilienhäusern erhoben.

Zehn – bisher war das nur eine Zahl gewesen. Aber nun?

Rio strich über das Wildleder seiner Jacke. Wie bei manchen seiner Reportagen hatte er im Pilotenkoffer ein Glas mitgenommen: ein für seine winzige Größe beachtlich nachtstarkes OperngIas. Er sah sich um. Niemand. Dann hob er das Glas hoch – doch die Zahlen über den Haustüren waren nicht zu erkennen.

Er steckte das Glas in die Tasche zurück und ging weiter durch das Laub, ein etwas zerstreut wirkender Spaziergänger beim Gang durch einen unbekannten Park in einer ihm unbekannten Gegend Berlins. Aber das brachte ihn nicht weiter.

Er setzte seine Sonnenbrille auf. Eine Mann mit Sonnenbrille bei Nacht im Park? Na gut, das konnte verdächtig wirken, aber gab es schließlich nicht genug Vögel, die Sonnenbrillen bei Nacht für originell hielten? Oder andere, die Schwierigkeiten mit den Augen hatten?

Etwa in halber Höhe des Platzes standen zwei dieser Laternennachbildungen aus der Gründerzeit. Hübsch, gemütlich, dekorativ – und Gott sei Dank nicht sehr weitreichend.

Rio ging zurück zu dem Eckhaus. Autos fuhren an, ein Motorrad preschte näher, zwei Typen sprangen ab, Gelächter, und der Mann am Plattenspieler hatte sich inzwischen für Michael Jackson entschieden.

Rio stellte den Kragen der Jacke hoch und ging auf die beiden jungen Leute zu, die gerade von der Maschine gestiegen waren. Lachend klemmten sie ihre Schutzhelme unter die Arme. Er nickte ihnen kurz zu, fühlte sich auf eine gewisse Weise befreit; die alte Spannung hatte ihn wieder erfaßt, der Reporterkitzel, der bewirkt, daß sich die Schwierigkeiten dieser Welt viel einfacher präsentieren, als sie die übrigen Zeitgenossen wahrnehmen.

Nun um die Ecke. Einer der Wagen der Party-Bande, ein Uralt-Spider mit klapperndem Auspuff, machte sich gerade auf die Parkplatzsuche. Das Mädchen am Steuer winkte ihm zu. Rio stand auf dem Platz, hatte nun den letzten der Hauseingänge des Wohnblocks erreicht. Nummer acht stand da! Herrgott noch mal, dann mußte doch? ...

Dort! Der zweistöckige Klinkerbau eines Einfamilienhauses! Aus weißverfugten Backsteinen war auch die Umfassungsmauer. Auf der Umfassungsmauer wiederum zog sich ein niederer, rohrgefaßter Drahtzaun hin. Die Gartenpforte war ebenfalls weiß. Ein kurzer Plattenweg. Die Haustür machte sich in einer prächtigen Steinumrahmung wichtig. Und darüber stand es, ziemlich klein allerdings: »10«.

Er überlegte, blitzschnell und klar: Umdrehen! Schnell rüber in den Park! Bloß weg hier ...

Und blieb doch stehen – weil er gar nicht anders konnte, weil da etwas war, das ihn zwang, stehenzubleiben; weil sich in dieser unglaublichen, wie in einem miesen Film inszenierten Sekunde die Tür öffnete.

Und da stand jemand. Stand im Schatten des Vordaches ...

Rio drehte sich um und brauchte alle Beherrschung, die Bewegung nicht gehetzt oder erschreckt erscheinen zu lassen.

Es waren ja nicht mehr als zehn Meter, die sie trennten ...

Die Souterrainfenster des Wohnblocks waren durch Stahlgitter gesichert, die sich etwa dreißig Zentimeter kastenförmig auf den Gehweg schoben.

Rio setzte, mit dem Rücken zum Platz, den rechten Fuß auf eines der Gitter. Er nahm die Sonnenbrille ab. Er wollte, nein, er mußte besser sehen ...

Er trug das Gesicht nicht nur im Gedächtnis, es hatte sich in sein Bewußtsein eingeprägt, als kenne er es seit Jahren: Ein solides, wenn auch vom Fett aufgedunsenes Rechteck; ein Gesicht, zu dem ein entsprechend stabiler, schwerknochiger Körper paßte. Ein deutsches Beamtengesicht. Ein deutscher Leib dazu. In Nordrhein-Westfalen oder in der Hannoverschen Gegend, wo Rio selbst herkam, waren nicht nur die Ämter, da waren auch die Stammtische mit Hampels bestückt.

Denn es war Hampel!

Wer sonst sollte es sein?

Im Abdrehen noch hatte er es gelesen, in Messing geprägt: »Bernhard Hampel«.

Und da kam er – doch nicht allein. An einer Leine zerrte irgendein langhaariges, braunglänzendes kleines Vieh. Wie heißt die Sorte noch? ... Richtig, Cocker, Cockerspaniel. Unverheiratet – nein, geschieden war Hampel. Wieso also sollte Herrchen nicht sein Hundchen Gassi führen?

Nein, es war nicht so, wie er es erwartet hatte: Jagdfieber? Was ist das? – Beute, Objekt, Zielperson ... Da hast du sie! Aber das Jagdfieber? Ist es in etwa das Gefühl, wie wenn man sich heißen Kaffee mit Cognac hinter die Binde kippt? – Hier ging es um Haß. Und Haß kann wirken wie ein Aufputschmittel. Ludwig Kiefer hatte selbst dafür seinen Spruch: »Den Haß zu personalisieren, ihm als Ziel einen Menschen zu geben, der das Schlechte verkörpert – das gehörte zu allen Zeiten zu den Waffen der Revolution. Die Geschichte beweist es ...«

Ludwig war ein gewaltiger Theoretiker. Jetzt half er nicht weiter.

Es war anders. Auch der Mann war anders. Er war jetzt vielleicht sechs oder acht Meter zur Platzmitte gegangen, blieb stehen, starrte kopfschüttelnd zu dem lustigen Partyvölkchen hinüber, machte noch drei Schritte, blieb wieder stehen, starrte dem Spider entgegen, der mit röhrendem Motor zurückkam und genau um ihn eine Kurve drehte. Das Mädchen, das auf dem Verdeck saß, brüllte ihm etwas zu. Der Hund kläffte, und Hampel hob die Faust. Und da war er nun, direkt erfaßt vom Lichtkreis der ersten Lampe – vier Meter von Rio entfernt.

Ein käsig-fettes, weißes Gesicht. Eine funkelnde Brille. Nur der Körper schien ihm weggeschmolzen zu sein. Das war kein quadratischer Schädel auf einem mächtigen Unterbau – abfallende Schultern waren es, ein Bauch, dünne Beine in Jeans. Tatsächlich, er trug Jeans!

Aber das Aufschlußreichste war das Gesicht. Aufgedunsen wie ein Ballon, ein vor Empörung wie eine Falle aufklappender Mund, mieser, nein, gemeiner wirkend als auf der Fotokopie vom Schießstand. Und dazu noch Wirklichkeit ...

Vier, höchstens fünf Meter ... Es wäre so schnell vorbei. Es wäre so einfach. Auf eine Krawatte brauchst du nicht zu zielen, die trägt er gar nicht. Unter dem offenen Kragen seiner Trainingsjacke leuchtete ein Unterhemd.

Na also, dann ... Ja, dann, Herrgott noch mal, ziel doch! – Von wegen »Phase Rot«, von wegen »Erkenntnisse sammeln« ...

Jetzt hast du's, das Jagdgefühl. Los, hol die »H&K« raus, viel zu zielen gibt's doch da nicht! – Zieh durch, Mensch ... zieh durch!

Aber er hatte nicht geschossen.

Dabei hätte ein einziger Schuß genügt. Versagt hatte er, jawohl. Nur eine einzige Patrone, und es wäre vorbei gewesen – die Schau zu Ende ...

Aber nein!

Rio wollte wieder zur Flasche greifen, die er mit aufs Zimmer genommen hatte. Er ließ sie stehen, stand vom Bett auf und ging zum Telefon.

Er stand vor dem kleinen Sekretär, spürte, wie der Schweiß ihm das Hemd an den Rücken klebte. Eine einzige Patrone? Und dann Jahre auf der Krankenstation eines Gefängnisses, bis es endlich vorbei ist? Er wußte doch, es fing auch bei ihm an: die ewigen Magenprobleme – dir wird ja schon übel von ein paar Schlucken Wein, die Dauerschlappheit ... »Sekundärinfektion« heißt so etwas, »opportunistische Keime« ...

Er tippte seine Münchner Nummer ein, preßte den Hörer ans Ohr und wartete mit angehaltenem Atem. Nichts. Das Freizeichen. Entweder Vera schlief wie ein Stein, oder sie war ausgegangen – und deshalb bekam Herr Wohlmann in der Pension »Carola« keine Antwort.

Gut, morgen würde er wieder Rio Martin sein, sie aus irgendeiner Redaktion anrufen, um sich von dort ein Berliner Alibi zurechtzuzementieren, so wie Ludwig sich das ausgedacht hatte.

Aber heute – heute hätte er sie gebraucht ...

Er fischte das Notizbuch aus der Brusttasche seiner Lederjacke und schlug die letzte Seite auf. Hier – »00-34-71« lautete die Vorwahl für Mallorca. »Ruf mich an, wenn du mich brauchst, Rio. Auch nachts. Ruf mich an, wenn du's für wichtig hältst.«

Es war nicht wichtig. Und in Ludwigs Augen hatte er sich auch völlig vernünftig verhalten. Wahnsinn wäre es gewesen, einfach loszuballern. So aber hatte er sich die »Zielperson«, den Regierungsdirektor Bernhard Hampel, mal angesehen und es dabei noch so gedeichselt, daß er von ihm nicht erkannt werden konnte. Alles okay demnach. Umwerfende Nachrichten jedenfalls hatte er nicht zu bieten.

Doch nach was es Rio verlangte, war eine Stimme. Er sah auf seine Uhr: Mitternacht war vorüber. Ludwig würde mit ziemlicher Sicherheit in seiner Pension sein. Um zehn Uhr war er in Frankfurt am Main mit der LH-Maschine gestartet und dann elf Uhr fünfundfünfzig, ziemlich genau um die Mittagszeit, in Palma de Mallorca gelandet ...

Heiß war es, verdammt heiß. In der Luft hing Öl- und Benzindunst, doch dahinter glaubte Ludwig Kiefer den Geruch des Meeres zu ahnen. Vorsichtig, sich am Geländer festhaltend, ging er die Rolltreppe hinab. Der verdammte Flug hatte ihn mitgenommen.

Die Flughafenhalle war groß genug, um zwei Fußballfelder aufzunehmen. Vor den Abfertigungsschaltern hatten sich lange Schlangen gebildet. Braungebrannte, hektisch durcheinander schreiende Urlauber, wo man hinsah. Er steuerte den Gepäckkarren mit seinem Koffer durch die Menge. An einem der Touristenshops blieb er stehen.

»*Por favor*, ich hätte gerne das hier ...«

»Das hier« war ein unmögliches, zerknautschtes, olivgrünes Touristenhütchen; »Mallorca« stand in blauer Schrift darauf. Er haßte es bereits, als er es in die Hand nahm. Mußte er wie ein Clown rumlaufen? Auf die Baskenmütze jedoch mußte er bei der Hitze verzichten, also blieb nichts anderes als das Hütchen.

In einer der Flughafentoiletten tauschte er die Mütze gegen den Hut. In seinen Eingeweiden rumorte es. Er warf zwei seiner blauen Pillen ein, trank aus der hohlen Hand übel schmeckendes Wasser nach und wartete. Die Peristaltik beruhigte sich.

Ludwig Kiefers nächster Besuch galt dem Schalter des Hertz-Autoverleihs.

»Haben Sie einen Wagen mit Klimaanlage?«

»Aber sicher, mein Herr.«

Er mietete einen Opel Vectra, ließ die Kreditkarte stecken, bezahlte in bar, nahm den Schlüssel in Empfang und setzte sich in den brandneuen Wagen.

Eine Stunde später bog Ludwig Kiefer in den Seitenweg ein, der über die Hügel hinauf zum »Can Rosada« führte. Zypressen, Olivenbäume, Terrassen, das große Haus – selbst die Landschaft war ihm vertraut.

Er stoppte den Vectra auf dem Parkplatz und stieg aus. Die Gebäude brüteten in der Sonne. Sie warfen harte schwarze Schatten. Es würde einfach sein. Er würde Engel nach einem der Chalets seiner Urbanisación fragen. »Wissen Sie, ich bin Pensionär und interessiere mich für eines dieser Chalets ...« Ja, einfach und notwendig. Denn dann würde er ihn sehen, Auge in Auge. Er hatte es sich genau überlegt: Nicht nur Engels Anblick, seine Visage, auch seine Stimme wollte er sich noch gönnen, ehe er ihn endgültig fertigmachte und dorthin schickte, wo er hingehörte.

Um die Ecke des Garagenbaus kam ein Mann. Er hielt eine Schaufel in der Hand und sah ihn an. Er war schwarzhaarig und sehnig.

»*Quiero hablar con Señor Engel*«, sagte Kiefer. »Ich möchte Herrn Engel sprechen.«

»Don Thomas ist nicht da.«

Er verspürte, wie der Schmerz ihm in den Bauch fuhr.

»Ist er ... ist er etwa nicht auf der Insel?«

»O doch, Señor«, lächelte das Mann. »Er ist mit der Yacht rausgefahren. Meist kommt er am Nachmittag zurück, so zwischen fünf und sechs. Natürlich kann's auch später werden. Genau läßt sich das bei ihm nie sagen ...«

Ein Fax nach Bernhagen hatte gereicht. Dort konnte Malzberg weiterbasteln, er aber – er genoß den dritten Nachmittag auf der Yacht: Sonne auf der Haut, blaues, klares Wasser, schwimmen, das Essen, die Mädchen, die Möwen dort am Himmel ...

Hochstett lag im Liegestuhl und lauschte dem Plätschern der Wellen. Das eigentlich Unglaubliche an diesem neuen Leben war, wie rasch man sich daran gewöhnte.

Er schloß die Augen. Lichtfäden drängten sich durch seine Lider, verschlangen sich zu winzigen rosafarbenen Knäueln – er war im Begriff einzuschlafen. Doch dann richtete er sich auf. Das Schluchzen eines Saxophons, nun ein Schlagzeug.

Gab Thomas, gaben seine Weiber denn nie Ruhe? Ging das schon wieder los?

Das Schlagzeug schlug den harten, sinnlichen Rhythmus eines Bossa Nova. Bossa Nova paßte vielleicht zu Engel, aber doch nicht in diesen Frieden! Diesmal ankerte die »Pirata II« vor einer mit Felsbrocken gesprenkelten Bucht. Kein Stückchen Sand, kein Mensch zu sehen. Nichts als steil abfallende Felsen – eine Art Fjord.

Hochstett erhob sich. Zum Schlafen kam er wohl nur in seiner Kajüte. Er trat durch die geöffnete Salontür und schob den weiß gestreiften Vorhang zur Seite, der den großen Raum von anderen Blicken abschirmte – und blieb stehen. Der Sonnenbrand auf seiner Stirn begann zu jucken. Er hatte die Augen weit offen. Und nun wurden auch seine Ohren heiß.

Ja, es war wie eine Art Schock.

Natürlich war er auf etwas Ähnliches gefaßt gewesen, und über Kitty wußte er auch Bescheid, seit Engel ihm ins Ohr geflüstert hatte: »Kitty? ... Bei mir ist das wie bei den Eskimos, Jochen – meine Frauen sind auch deine. Und eines kann ich dir garantieren: Die ist eins-a-HIV-geprüft. Also los, Junge!«

Los, Junge? Aber doch nicht am hellen Nachmittag!

Es herrschte Halbdunkel im Salon. Die Trompete sang, das Schlagzeug tobte. Der Tisch in der Sitzecke war hochgeklappt. Das Schwarz der breiten Ledercouch schimmerte matt im Licht der Messingwandleuchten – und auf der Couch ...

Kitty – und das andere Mädchen, das sie in Cala d'Or an Bord genommen hatten –, Cleo? Richtig ... Cleo war der pure, blutjunge Wahnsinn: Nicht älter als neunzehn. Was es an ihr an Haut, Kurven und Schlankheit zu bestaunen gab, wirkte wie frisch erschaffen. Dazu das dunkle, hüftlange Mahagonihaar, der indianische Gesichtsschnitt mit den schmalen Augen. »Frisch aus Venezuela, Jochen! Was für dich. Hab' ich einem pleitegegangenen Barbesitzer abgeknöpft ...«

Jetzt aber hatte Cleo die Augen geschlossen, ihr Mund stand offen, die Oberlippe war über die Zähne gezogen. Cleos Gesicht war nur noch eine Maske von Erregung und Hingabe.

Und über ihr hing Kitty; gerade strich sie dem Mädchen das T-Shirt hoch, die Hände umkreisten die Brust, spielten mit den steil aufgerichteten Brustwarzen, schoben sich unter das Elastikband des Slips. Er kannte die Hände, wußte, was sie auslösten, spürte es geradezu – und Cleo stöhnte, mußte ja stöhnen, aber das Schluchzen des Saxophons übertönte ihre Laute, steigerte sich, als Kittys blonder Kopf, Kittys heller Körper sich zwischen die weit geöffneten Schenkel schob ...

»Na, Jochen?«

Engel hing gemütlich im Sessel, hielt ein Sektglas in der Hand und hatte eine Videokamera auf dem Schoß. Die Flasche Moët et Chandon stand neben ihm auf dem Boden.

»Stark, was?!«

Hochstett nickte mit trockenem Mund. Stark? O Gott, sieh dir das an ...

Die Frauenkörper hatten sich wild und zuckend verschlungen, Rücken, Brüste, Schenkel, Hände, Haare – welche Glieder wem gehörten, das war kaum noch zu unterscheiden. Das Saxophon gab auf, die Musik verendete; Atmen, Stöhnen, Lustschreie erfüllten den Raum.

»Scharf!« sagte Engel. »Wirklich klasse, oder?«

»Ja«, flüsterte Hochstett. »Schon ... Aber die Tür ist doch offen, Thomas. Und wenn jetzt Tonio ...«

»Tonio?« Engel lachte und hob die Kamera ans Auge. »Willst du den Bootsmann dabeihaben? Trink, Mensch! Nimm ein Glas.«

Hochstett trank nicht. Er nahm auch kein Glas. Hochstett war zu verwirrt, er blieb nur stehen wie angewurzelt.

»Die Cleo fährt vielleicht ab, was? Wenn die losgeht, wird sie zur Tigerin. Nun sieh doch!«

Hochstetts Gesicht brannte.

Der Spot der Kamera flammte auf, löste die schweißglänzenden Körper aus dem Schatten, ließ kein Geheimnis im Dunkel, zeigte jedes Detail ...

»Nun sag, willst du Tonio dazu?«

»Was? – Wie?«

»Ein Dreier, Jochen?« Die Kamera verbarg Engels Gesicht. »Wär' auch was für dich. Du mußt üben, Mann ... Nun komm schon! Auf, der Laden ist offen. Hier bei Engel gibt's alles, was das Herz begehrt. Eins-a-Ware, Jochen, Aids-sicher, Junge, und für dich auch noch gratis.«

Und Hochstett streifte sich die Shorts von den Hüften ...

Siebzehn Uhr dreißig. Von der Terrasse der »Windrose« konnte man den Liegeplatz 124 sehen. Er war leer.

Der alte Mann im beigefarbenen Freizeitanzug mit dem kleinen, unmöglichen Touristenhütchen auf dem Kopf bestellte Kamillentee. Den dritten. Ein junger mallorquinischer Kellner brachte ihm das Glas.

»Hören Sie mal, Sie kennen sich doch aus am Hafen?«

»Warum?«

»Die Motoryacht, die dort vorne immer liegt ...«

»Die Motoryacht, die dort immer liegt? Señor, wie stellen Sie sich das vor? Da gibt's ein paar hundert Schiffe hier im Hafen.«

»Die von Nummer hundertvierundzwanzig.«

Der Junge zwang sich ein Lächeln ab. Was für eine Type! Hockte seit drei Stunden hier, bestellte sich einen Tee nach dem anderen, Kamillentee noch dazu, sah aufs Wasser und zählte Yachten.

»Die gehört einem Deutschen.«

»Ah so? Ein Deutscher?«

»Ja. Hier nennen sie ihn ›Don Thomas‹. Wohnt das ganze Jahr auf Mallorca und hat Geld wie Heu.« Der Junge grinste: »Mädchen übrigens auch.«

»Was Sie nicht sagen! Ich wollte Sie nämlich fragen, ob das vielleicht die Yacht ist, die dort gerade einläuft ...«

Der Kellner schützte die Augen mit der Hand vor den Strahlen der tiefstehenden Sonne. »Ja«, sagte er. »Richtig. Das ist sie. Das ist die ›Pirata II‹.«

»Stop, Toni. Beide Maschinen Stop. – Herrgott noch mal, bring sie nach Backbord rüber.«

Thomas Engel war müde, wütend und nervös. Vor allem aber – und das kam bei ihm sehr selten vor – wußte er nicht, wie er sich verhalten sollte.

Nochmal nahm er das Glas hoch, dabei war er sich absolut sicher: Das Mädchen dort auf der Terrasse neben den Andenkenständen, gleich an der Pizzeria »Bianco y Negro«, das Mädchen in den roten Shorts und dem weißen Hemd war – seine Tochter.

Jetzt hatte er sie wieder, und das Bild war glasklar. Kein Irrtum. Irena! Da stand sie und betrachtete unschlüssig eine Sonnenbrille. Zwei andere Brillen hatte sie in der linken Hand. An der Terrassenmauer aber, auf einem der beiden Mopeds, hockte Madalena, die Tochter des Verwalters von »Can Rosado«, Irenas Freundin.

Engel steckte das Fernglas wieder in die Halterung am Kartenbord. Dann rannte er den Niedergang hinab, zwängte sich durch den Gang zwischen den Kabinen und riß die Salontür auf.

Und alles war genau so, wie er es sich vorgestellt hatte: Kitty – splitternackt an der Bar, ein Champagnerglas in der Hand. Und drüben, auf der Lederbank, dieser Clown, dieser Vollidiot, den Kopf auf Cleos Brüsten, die Finger irgendwo sonst ... Gleich würden sie an Land sein, und der hatte noch nicht mal was davon gemerkt.

»Jochen!«

Er riß den Kopf hoch und glotzte. Herrgott noch mal, das beste wäre, den Hochstett hier und sofort im Hafenbecken zu versenken.

»Was ist denn, Thomas?«

»Los, zieh dich an! – Und du, Kitty, verschwinde in die Kabine. Du auch, Cleo. Los schon, Beeilung!«

»Aber ...«

»Nichts aber.« Engel las ein Bikiniunterteil vom Boden und pfefferte es Kitty ins Gesicht. »Mensch, ihr bumst hier rum – und draußen am Hafen wartet Irena. Hast du jetzt begriffen, ja?«

Sie nickte nur und rannte los.

Er ging wieder hoch auf die Brücke und sagte Tonio, er könne mit dem Landemanöver beginnen. Tonio nickte. Das Boot drehte sich im Hafen und glitt langsam rückwärts mit gedrosselten Motoren der Mole entgegen.

Engel sah, daß Irena ihm zuwinkte. Neben ihr hatte sich ein alter Mann aufgebaut, einer dieser typischen Touristen in ihren blödsinnigen Freizeitanzügen, ein grünes Hütchen trug er auch noch auf dem Kopf. Auch er hatte beide Hände auf die Terrassenbrüstung gestemmt und beobachtete, wie die »Pirata« sich zwischen den anderen Schiffen an Land schob.

»Thomas! – Papi!« Irenas helle Stimme übertönte das Geräusch des schäumenden Wassers.

Tonio schaltete die Motoren ab und sprang geschickt auf die Mole, um die Leinen festzumachen.

PIRATA II – NEW JERSEY.

Es stand in großen Messinglettern am Heck. New Jersey, dachte Kiefer, was sonst? Auch noch Steuern für einen derartigen Luxuskahn zu zahlen, kam für einen Thomas Engel wohl nicht in Frage. Und da war er nun, turnte über das Vorderdeck; blaue Bootsschuhe, blaue Shorts, nackter Oberkörper, helles Haar um den schmalen Kopf und braungebrannt, dunkler als auf all den Fotos, die Ludwig Kiefer von ihm gesehen hatte.

Ja, da war Thomas Engel!

Und hier, dieses junge Mädchen? Schon von seinem Tisch auf der Terrasse aus hatte er sie beobachtet, als sie an den Verkaufsständen Sonnenbrillen probierte, Badeanzüge hochhielt, ihrer Freundin irgendwelche Dinge zurief, die sich junge Mädchen nun mal so zurufen.

Dann hatte sie, wie er, beide Hände auf der Mauer gehabt. Und schließlich, als die Yacht näherkam, hatte sie wie wild gewunken, so daß ihr blonder Pferdeschwanz hochflog.

THOMAS – PAPI ...

Was in Ludwig Kiefer in dieser Sekunde ablief, darüber konnte er sich auch in den folgenden Stunden keine Rechenschaft ablegen. Wie in einem Brennglas bündelten sich in ihm Energie und Überlegung. Das Resultat warf alles über den Haufen, was er in wochenlangen Gedanken für diesen Augenblick ausgebrütet und geplant hatte.

Aber es war die Chance! – Die Idee ...

Eine Chance, wie sie vielleicht nie wiederkam. Das Mädchen tat ihm leid, gut, aber sie würde es überstehen. Dazu war sie bereits erwachsen genug. Und außerdem: Sie war die Tochter eines Mannes, der anderen, genauso Unschuldigen, nicht nur unendliches Leid, sondern den Tod gebracht hatte. Auch das mußte sie lernen ...

Der Hafen Porto Colom liegt zehn Kilometer östlich von Cala d'Or, ein Naturhafen, ein gewaltiges Felsbecken, das von Kiefern und kleinen, meist zweistöckigen Häusern umstanden ist. Fischerboote tuckerten am Leuchtturm vorbei, auf den Molen trockneten Netze, und Kinder und Hunde sahen zu, wie die Netze geflickt oder die Boote frisch gestrichen wurden.

Zehn Kilometer, dachte Ludwig Kiefer, als er den Wagen an den vertäuten Schiffen vorbeigleiten ließ. Zehn Kilometer – und zwanzig Jahre. Hier herrscht noch eine andere Zeit. Ja, es scheint alles noch genauso wie damals.

Er parkte den Vectra im Schatten einer mächtigen Pinie. Auf dem breiten Bürgersteig vor dem Hostal standen Tische. An den Tischen saßen alte Männer und lasen Zeitungen. Ab und zu war auch ein Tourist zu sehen, doch nur ganz selten.

Kiefer trat in die Kühle des Gebäudes. Niemand war zu sehen. Stille und Schatten. Selbst der Geruch nach Wachs, alten Möbeln und Reinigungsmitteln rief die Vergangenheit hervor. Er sah sich mit Anna auf den Keramikkacheln stehen, und sie blickte sich um wie ein Kind: »Hier, Ludwig?« – »Wenn du meinst, Anna ...« – »O ja, hier! Es ist wie eines dieser Hotels aus meiner Jugend, als ich mit meinen Eltern nach Frankreich fuhr ...«

Und es war noch immer dasselbe Hotel – wie aus Annas Jugend. Eine freundliche, schwarzgekleidete, dicke Frau erschien: »Oh, Sie sind der Gast aus Deutschland?«

Er bekam, wie er es telefonisch gewünscht hatte, das Zimmer vier im ersten Stock. Das Bett war neu. Und ein modernes Bad hatten sie inzwischen auch eingebaut. Er zog die Vorhänge zurück: Da lag der Hafen, unten standen die Tische mit den alten Männern daran ...

Die Fenster der Neubauten auf den Hügeln am anderen Ufer funkelten herüber. Draußen auf der Reede lagen einige beachtliche Schiffe. Der Abend senkte sich über die Hügel und die Bergkette im Norden – ein Abend wie grüne Seide. Ludwig Kiefer stand lange und lächelte.

Dann endlich drehte er sich um, schob die Hände in die

Taschen und befühlte, wie jeden Tag um diese Zeit, durch den dünnen Stoff die Leistendrüsen. Unter Streßeinwirkung pflegten sie sich zu bedrohlich schmerzhaften, harten kleinen Kugeln zu verdicken. Doch nun – ja, sie waren kleiner geworden. Es ging ihm gar nicht so übel. Magen und Darm verhielten sich ruhig, und gehustet hatte er seit seiner Ankunft auf Mallorca nicht ein einziges Mal.

Er nahm den Koffer, öffnete den Deckel und nahm den Karton mit Einwegspritzen heraus. Er wählte sorgsam und mit Bedacht eine der Spritzen, setzte sich aufs Bett, band sich mit der Staubinde die Vene ab, stach ein und sah zu, wie der Kolben langsam das Blut, sein Blut, diese rotschwärzliche Flüssigkeit, in den Spritzenbehälter saugte ...

Damit hatte er das getan, was er sich eine halbe Stunde zuvor, dort am Liegeplatz 124 des Yachthafens von Cala d'Or, neben dem aufgeregten Mädchen, das »Thomas!« rief, vorgenommen hatte ...

Es war zehn Uhr. Vera schleppte den Plastiksack mit Zement vor die Haustür. Wenn Hubert kam, konnte er gleich anfangen. Falls er kam ... Aber er war nun mal Student, wahrscheinlich würde er sie wieder versetzen.

Sie ging in die Küche zurück, um ihre Frühstückstasse abzuwaschen. Das Telefon läutete. – Rio! Na endlich ...

Doch es war nicht Rio. Es war Paul Novotny.

»Ist Rio da?«

»Nein. Er ist weggefahren.«

»Ach ja? Und wohin?«

»Nach Berlin.«

Schweigen. Es war ein sonderbares Schweigen, und sie konnte ganz deutlich Pauls Atem vernehmen. Danach zu urteilen, schien er ziemlich nervös zu sein.

»Berlin?« sagte er schließlich und wiederholte das Wort so langsam, als habe er es nie gehört.

»Ja.«

»Und was ist das für eine Reportage?«

Sie lachte. »Jetzt hör mal, Paul! Was ist das für eine Art 'ne Frage zu stellen? Ich hock' doch nicht bei dir in deinem Präsidium. Ich bin ganz brav in meiner Küche beim Abwasch.«

»Entschuldige ... entschuldige, Vera, aber es ist wirklich wichtig.«

»Was das für 'ne Reportage ist?«

»Wichtig ist, daß ich mich möglichst sofort mit Rio in Verbindung setzen kann. Deshalb habe ich gefragt, was er für eine Reportage vorhat.«

»Irgendwas mit der Theaterszene. Das ist das Thema, soviel ich verstanden habe.«

»Aber da hat er doch bestimmt gewisse Schwerpunkte – ich meine, vielleicht sitzt er jetzt irgendwo in einem Theater oder bei irgendeinem Menschen, den er interviewt, und wir könnten ihn erreichen.«

»Wie soll ich das denn wissen, Paul?«

»Vielleicht sollte man mal die Redaktion anrufen?«

»Ich bin mir sicher, das wissen noch nicht mal die. Rio verteilt doch dort keine Fahrpläne!«

»Sein Hotel?«

»Wenn er nach Berlin fährt, nimmt er immer den Schlüssel für ein Appartement mit, das einem Freund gehört. Das steht meist leer. Da gibt's kein Telefon.«

»Oh, Scheiße«, stöhnte Novotny.

Wieder dieses Schweigen. Und nochmals der Atem. Was war denn nur, um Himmels willen, mit Paul Novotny los?

»Hör mal, Paul, was ist denn so brandeilig? Was soll denn das alles?«

»Das ist nicht so einfach zu erklären. Eine andere Frage: Du hast ihm doch sicher beim Kofferpacken geholfen?«

»Ein bißchen.«

»Hatte er vielleicht eine Waffe dabei?«

»Eine Waffe?!« fragte sie konsterniert.

Es klingelte an der Haustür, heftig und ungeduldig. Sie riß den Kopf hoch. Hubert? – Hubert soll warten ... Eine Waffe?

»Was hast du gesagt? Ob er eine Waffe dabeihat? Wieso? Er hat nie Waffen besessen, Paul. Was soll das alles? – Hör mal, ich wäre dir wirklich dankbar, wenn du mir erklären könntest, warum du so komische Sprüche abziehst und dich so sonderbar aufführst ... Ja, du bist irgendwie sonderbar. Nervös bist du, Paul. Gib's doch zu!«

»Gut«, sagte er, »ich bin nervös.«

»Und warum?«

Schweigen. – Dann: »Paß auf, Vera, ich komme bei dir vorbei. Ich fahre gleich los, ja? Bleib zu Hause. Warte auf mich. Versprichst du mir das?«

»Aber natürlich. Wieso denn nicht?« Sie legte den Hörer auf und betrachtete ihn kopfschüttelnd.

Es klingelte wieder ...

Es dauerte keine zwanzig Minuten, dann sah Vera den großen blauen Polizei-BMW vor der Gartenpforte halten. Hubert hatte sich zum Glück inzwischen seinen Zementsack geschnappt und war hinters Haus gewandert, um dort die frostgeschädigten Fliesen auszuwechseln.

Sie sah auf die Armbanduhr: Keine zwanzig Minuten hatte Paul Novotny gebraucht. Wie hatte er das geschafft? Er mußte die ganze Strecke mit Blaulicht und Sirene zurückgelegt haben.

»Paul! Grüß dich.« Sie öffnete die Tür. Er sah sie an, versuchte ein Lächeln, das gründlich mißlang, und schüttelte ihr flüchtig die Hand. Dann stürmte er durch die geöffnete Tür den Gang entlang ins Wohnzimmer, sah sich um, steckte die Hände in die Taschen und begann auf und ab zu tigern.

»Er hat also keine Waffe dabeigehabt?«

»Waffe, Waffe – Himmelherrgott noch mal, jetzt reicht's. Was verstehst du denn unter Waffe?«

»Eine Pistole natürlich.«

»Was soll denn Rio in Berlin mit einer Pistole? Könntest du mir das freundlicherweise mal verraten?«

Novotny zog sich einen Stuhl heran, setzte sich und deutete auf die Lederbank: »Bitte setz dich, Vera.« Sie saß ihm gegenüber. Sie sahen sich an. Es war wohl der Blick, den er aufsetzte, wenn er bei seiner Arbeit irgendwelchen Witwen mitteilen mußte, daß es leider zu seiner Pflicht gehöre, sie vom Ableben ... und so weiter, und so weiter ...

Aber dann erkannte sie, daß hinter dieser Anteilnahme etwas anderes lauerte: Angst. Jawohl, Angst ...

»Den Namen Kiefer hat er dir gegenüber nie erwähnt?«

»Kiefer?«

»Nein.«

»Ludwig Kiefer. Oder Ludwig? Hast du das nicht mal bei ihm gehört, am Telefon oder so?«

Sie schüttelte nur den Kopf. Und nun war sie es, die die Angst spürte, spürte, wie sie in ihr hochkroch, spürte, wie sie nach ihrer Kehle faßte ...

»Vielleicht könnte ich in seinem Büro unter seinen Sachen irgendeinen Hinweis finden?« Novotny sagte es wohl mehr zu sich selbst. Seine Augen hatten sich halb geschlossen.

»Wer ist dieser Kiefer?« fragte Vera.

»Ludwig Kiefer? Ein alter Freund von mir. – Vera, was ich dir jetzt sage, mußt du für dich behalten. Bitte.«

Sie nickte.

»Kiefer ist ein alter Freund – und Polizist wie ich. Pensionierter Polizist. Kriminalrat. Ich habe Rio mit ihm zusammengebracht.«

»Und wieso?«

»Weil Kiefer den Wunsch hatte, Rio kennenzulernen. Ich hätte es – verdammt noch mal – nicht tun sollen.«

»Und warum wollte Rio ...«

»Kiefer, Vera, hat Aids. Und er hat das verdammte Zeug aus derselben Quelle wie Rio.«

»Bio-Plasma?« flüsterte sie atemlos.

»Ja. Bio-Plasma. Und deshalb hat er begonnen, gegen die Firma Informationen zusammenzutragen. Und da Rio diese Artikel schrieb, hielt ich es für eine ganz gute Idee, daß Rio an diese Informationen rankam.«

»Und weiter, Paul?«

»Na gut ...« Er seufzte. »Kiefer hat eine Schwester, mit der er zusammen in einer Villa in Steinebach lebt. Steinebach am Wörthsee ...«

»Kenn' ich.«

»Auch den Ortsnamen hat er nie genannt?«

Sie schüttelte den Kopf.

»Irma, Kiefers Schwester, saß heute morgen bei mir im Büro. Sie war schon da, als ich ins Präsidium kam. Sie war sehr aufgeregt – und das verstehe ich auch. Ihr Bruder ist verschwunden ... Er hat ihr nichts hinterlassen als eine kurze Notiz: er sei auf einer Reise. Falls er nicht zurückkehre und sich auch sonst nicht melde, möge sie bei seinem Rechtsanwalt vorstellig werden, der ihr einen Brief übergeben würde, in dem er alles niedergelegt und erklärt habe.«

Veras Herz begann heftig zu hämmern. Sie hatte Mühe, die Hände ruhig im Schoß zu halten.

»Doch das ist leider noch nicht alles. Kiefers Schwester erzählte mir nämlich, daß Rio in den letzten drei Wochen mindestens viermal draußen in Steinebach in der Villa gewesen war.«

»Das hast doch du veranlaßt?«

»Schon. Aber nicht das, was sich dort abspielte. Rio kam, die beiden vertieften sich in Gespräche, das schien durchaus in Ordnung. Aber dann gingen sie in den Keller ... In diesem

Keller befindet sich ein Schießstand. Ich kenne ihn. Dort haben sie stundenlang geballert.«

»Aber Rio kann doch gar nicht schießen ...«

»Jetzt schon«, sagte Paul Novotny. »Der Alte hat's ihm beigebracht.«

»Und wieso, Paul?«

»Wieso? Irma war natürlich neugierig. Und so öffnete sie die Tür und schlich die Treppe hinab. Die beiden machten gerade Pause und unterhielten sich. Und nun kommt der Hammer: Sie unterhielten sich darüber, wie man Engel von Bio-Plasma umlegen könne, und dazu noch einen anderen Mann in Berlin. Über das Verfahren sprachen sie, über die Taktik gewissermaßen – und auch, wer das besorgen sollte ...«

Veras Mund war trocken. Berlin! – Sie dachte das Wort, sie wollte es schreien, aber sie bekam es nicht heraus.

»Und noch etwas ist passiert, das mir zu denken gibt, Vera: Ludwig Kiefer hatte sich ein Taxi bestellt. Und der Taxifahrer in Steinebach erzählte Irma Kiefer, er habe ihn zum Flughafen gebracht ... Meine Leute ermitteln dort bereits. Aber nach allem, was ich von ihnen bisher über Funk erfuhr, scheint Kiefer fürs Einchecken einen falschen Paß benutzt zu haben. Jedenfalls ist sein Name nirgends registriert ... Aber seine Sommersachen fehlen im Kleiderschrank. Das hat seine Schwester festgestellt. Und auf seinem Schreibtisch fand sie einen alten Mallorca-Reiseführer.«

»Und dort ...«, flüsterte Vera.

Novotny nickte. »Und dort auf der Insel lebt Engel ...«

Es blieb ihr ja nicht viel anderes übrig: Madalena war heute zu ihrer Tante nach Manacor gefahren. Und ewig nur zu lesen, Platten zu hören oder auf der Finca herumzuhängen und im Pool zu planschen war nicht ihr Fall, da war die »Pirata« trotzdem noch besser. Gegen Kitty, so aufgemotzt und bescheuert sie auch sein mochte, hatte Irena im Grunde nichts – aber dieser total verklemmte Langweiler von Hochstett? Das junge Mädchen war an diesem Morgen ziemlich sauer.

Als Thomas schließlich wie immer zu spät am Hafen ankam, waren weder Hochstett noch Kitty dabei. Nur Tonio, der ihm das Angelzeug nachtrug. Thomas selbst hatte seinen Aktenkoffer in der Hand, und das hieß wiederum, daß er sich für Stunden in die Kajüte klemmen würde, um dort dann mit der Satellitenverbindung in der Welt herumzutelefonieren und seine komischen Geschäfte zu machen. »So was ist absolut abhörsicher, Kleines ...«, hatte er ihr einmal anvertraut. Wieso er abhörsicher telefonieren mußte, interessierte Irena nicht. Sollte er ...

Thomas winkte. »Du, Irena, besorg uns doch noch eine Stange Zigaretten. Und nimm einen Karton Eis mit, damit du unterwegs nicht verhungerst.«

Irena nickte und schlenderte hinüber zum Supermarkt am Ende der Ladengalerie.

Thomas und Tonio waren bereits am Boot. Tonio ließ gerade die Gangway herab, als Irena auf den Parkplatz einbog, der zum Supermarkt gehörte. Nicht viel los um diese Zeit. Nur wenige Autos. Die Nächte waren lang in Cala d'Or, und Touristen wie Segler oder Yachtbesitzer krochen spät aus den Betten.

Vor dem Eingang des Supermarkts wuchsen drei Palmen. Sie waren von einem hübschen, aus Natursteinen erbauten, etwa ein Meter hohen Blumenrondell eingesäumt.

Irena ging langsamer und warf einen kurzen Blick auf die gelbleuchtenden Blüten.

Ein schwarzer langer Schatten fiel auf Steine und Blüten. Ein schwarzer, unangenehmer Schatten. Ehe sie den Kopf wenden konnte, fühlte sie einen harten, fast klauenhaften Griff am Oberarm. Und fast gleichzeitig einen schmerzhaften Druck neben der Wirbelsäule. Sie vergaß zu atmen. Sie war zu überrascht, um aufzuschreien ...

»Das im Rücken ist eine Pistole«, sagte eine leise Männerstimme. »Du brauchst trotzdem keine Angst zu haben. Und du brauchst auch nicht zu schreien ... Wenn du jetzt tust, was ich dir sage, passiert dir nichts – hörst du, gar nichts.«

Sie stand wie erstarrt.

»Hast du mich verstanden?«

»Ja«, flüsterte Irena.

»Dann komm jetzt. Siehst du den blauen Wagen dort gleich rechts am Parkplatzeingang?«

»Ja.«

»Da gehen wir hin. Ganz langsam, ganz brav, so wie alte Freunde ...«

Nun sah sie sein Gesicht. Und sie sah auch die Hand, die ihren Oberkörper umklammerte. Die Hand steckte in einem dünnen weißen Handschuh. Das Gesicht war mager und sehr alt. Es hatte spitze hohe Wangenknochen ...

Und da waren die Augen – die lächelten sogar, doch es war ein Lächeln, das trotz der in Irena kreisenden Panik keinen Zweifel zuließ: Der meint es ernst!

Sie gingen. »Ja, Kleine, so ist das gut ... Und nun mach mal die Tür auf.«

Ein kleiner Stadt-Citroën rollte heran.

Irena konnte die beiden Frauengesichter hinter der Scheibe erkennen: Spanierinnen, die eine jung, die andere alt. Die Junge saß am Steuer, drehte ihr nun das Gesicht zu. Ihr Mund klappte auf, die Augen wurden kreisrund. Sie hat kapiert! Sie muß die Pistole gesehen haben, denn die Reifen des Citroëns quietschten in einer Vollbremsung. Das Getriebe knirschte, als die Frau den Rückwärtsgang einzulegen versuchte. Dann beschrieb der kleine Wagen eine scharfe Kurve nach links, wieder protestierten die Gänge, doch nun schoß der Citroën die Hangstraße am Ende des Hafens hoch.

»Ganz ruhig.«

Auch der Alte hatte begriffen.

Trotz ihrer Aufregung war Irena verblüfft. Der Mann hatte Nerven ... Er schien keine Spur nervös.

»Einsteigen! Hier, von der Fahrerseite. Rutsch rüber.«

Sie gehorchte schweigend.

Die Tür klappte zu. Der Motor brummte auf. Sie spürte den Druck der Pistole nun an den Rippen. Dort drüben aber war Thomas, wickelte Tonio irgendwelche Leinen auf, so nah waren die beiden, sie brauchte nur loszuschreien ... Ihr Herz raste. Sie spürte, wie der Schweiß in ihren Achselhöhlen ausbrach. »Nein«, flüsterte sie, »nein ...«

»Ich sag doch, es wird bald vorbei sein.«

Thomas stand noch immer am Heck. Er hatte die Hände in die Hüften gestemmt und blickte suchend die Terrassen entlang.

»Er wartet auf dich, was?« sagte die leise Altmännerstimme neben ihr. »Na gut, dann fahren wir mal zu ihm rüber und sprechen mit ihm ...«

Er ließ den Wagen im Schrittempo rollen, wartete geduldig, bis ein Lieferwagen, der gerade Proviant an einem der Schiffe abgeladen hatte, aus der Parklücke fuhr, lenkte ein und stoppte direkt vor der Gangway der »Pirata II«.

Engel schien seine Tochter nicht gesehen zu haben. Suchend drehte er sich hin und her, rief dann Tonio etwas zu. Doch nun hob er den Arm. Er hatte Irena entdeckt. Sein Gesicht zeigte nichts als Verblüffung. Die rechte Hand in die Tasche gesteckt, kam er über die kleine Aluminiumtreppe, die die Yacht mit dem Zementband der Mole verband, auf den Vectra zu. Er stellte sich auf die Beifahrerseite, legte die linke Hand auf das Wagendach und riß die Tür auf. Sein Gesicht wurde hart.

»Irena, ja, Herrgott noch mal ... Was machst denn du da?«

Irena sagte nichts. Sie wandte nur den Kopf dem alten

Mann zu und starrte in das magere Gesicht, in dieses freundliche, nein, verrückte Lächeln.

»Herr Engel, ich habe Ihnen jetzt etwas zu sagen. Und ich bitte Sie, dabei ganz ruhig zu bleiben.«

Für eine so klapprige alte Type hatte er eine überaus kräftige Stimme. Doch was er nun sagte, ertrank im Röhren eines der Sunseeker-Rennboote, das gerade zur Hafenausfahrt kurvte.

»Thomas!« rief Irena erstickt. »Er ... er ...«

Engels Augen waren jetzt zu Schlitzen verengt: »Was soll das, verdammt noch mal? Wer sind Sie überhaupt? Ist irgendwas los?«

»Ja«, sagte Ludwig Kiefer. »Es ist was los.«

»Er hat eine Pistole, Thomas.«

»Er hat – was?«

»Das hier ...« Ludwig Kiefer hob kurz die »Walter« hoch und versenkte den kurzen Lauf dann wieder dort, wo er zuvor gewesen war: in den Falten von Irenas weitem Hemd.

Ein Lkw fuhr vorbei. Engels Lippen zitterten. »Sind Sie wahnsinnig geworden? – Sie ... Sie Schwein, Sie verdammtes!«

»Das bringt nichts, Herr Engel. Glauben Sie mir. Rumschreien hilft gar nicht weiter.«

Die Stimme des Kriminalrats behielt ihre unerschütterliche, fast abgehobene Sachlichkeit.

»Was wollen Sie von Irena?«

»Von ihr? Überhaupt nichts. Ich will etwas von Ihnen.«

»Geld?«

»Darüber werden wir noch sprechen. Später.«

»Später? Wieso später? – Und – wo?«

»Nur Ruhe, Herr Engel. Und hören Sie mir jetzt sehr gut zu. Ich werde kein Wort wiederholen, kein einziges. Wenn wir hier fertig sind, fahre ich weg. Und machen Sie hier bloß kein Theater. Ich müßte Ihrer Tochter sonst weh tun. Und das wollen Sie doch nicht. Haben Sie das verstanden?«

»Ja.«

»Gut. Dann passen Sie auf: An der Ostgrenze Ihres Grundstücks beginnt ein kleiner Hügel. Der Weg dorthin führt an einer Mauer mit Zypressen vorbei, Ihrer Mauer, Herr Engel. Drücke ich mich klar aus?«

»Ja.«

»Sie folgen diesem Weg hügelaufwärts. Die Kuppe ist mit Kiefern bestanden. Aber auf halber Höhe steht ein zusammengefallenes Gebäude, eine Hütte oder eine Art Stallruine – sehen Sie es vor sich?«

Engel nickte. Es blieb nichts anderes übrig als zu nicken. Dieses Schwein hier, dieser alte Sack hatte alle Karten. Sehen Sie es vor sich? ... Und ob er es vor sich sah! Er hatte den verdammten Grund, den ganzen Hügel hatte er kaufen wollen, aber der Bauer hatte ihn nur ausgelacht. »Hau ab nach Deutschland«, hatte er gesagt. »Dorthin, wo du herkommst.« Hätte er nur auf ihn gehört ... Oder wäre Irena wenigstens dort geblieben ...

Nie in seinem Leben hatte Thomas Engel sich so hilflos gefühlt – und so voller Zorn. Was jetzt, zum Teufel noch mal? Tonio rufen? Doch was konnte Tonio ausrichten?

»Und was ist mit der Hütte?« stieß er gepreßt hervor.

»Dort treffen wir uns, Herr Engel. Sagen wir, in zwanzig Minuten.«

»Wir ...«

»Irena ist auch dabei. Sie kommt mit. Irena ...« Er lächelte. »Ein hübscher Name übrigens.«

Engel preßte die Lippen fest zusammen.

»Und Sie kommen allein, Herr Engel ... Damit auch das klar ist. Ich fahre jetzt los. Es wäre völlig sinnlos, wenn Sie mir hinterherpreschen würden. Natürlich können Sie auch die Polizei benachrichtigen. Auch das ist sinnlos. Sinnlos und äußerst gefährlich, Herr Engel ...«

»Du heißt also Irena?« Kiefer nickte lächelnd vor sich hin. Er drehte sich zu ihr und sah sie an: »Ich bin übrigens Ludwig ...«

Sie fuhren über eine lange, gerade Straße. Rechts und links zogen sich Bruchsteinmauern hin. Dahinter sah man Mandelbäume und die silbergrauen Blätter von Oliven. Es wurde warm, sehr warm.

»Mach mal das Fenster zu, Irena.«

Er lenkte mit der linken Hand, die rechte hielt die Pistole. Ohne die Pistole loszulassen, betätigte er auch den Schalthebel.

»Siehst du den blauen Knopf dort? Das ist die Klimaanlage. Drück mal drauf ...«

Kühle durchfloß das Wageninnere. Ludwig Kiefer nickte zufrieden. Genau das, was er jetzt brauchte: einen kühlen Kopf.

Er hatte alles genau durchgeplant. Über das rote Land verstreut sah man einzelne Bauernhöfe; dort oben aber die Kirche gehörte bereits zu S'Horta, und von S'Horta bis zur Abzweigung, die zu Engels »Can Rosada« führte, waren es nur achthundert Meter. Natürlich, die beiden Frauen im Citroën konnten inzwischen die Polizei benachrichtigt haben, aber die nächste Streife war in Santanyi stationiert, und wenn sich zufällig ein Wagen hier in der Gegend aufhielt – ja nun ... Sie würden Glück haben, da war er sich sicher. Selbst wenn die Streife alarmiert war, sperrte sie erst die Hauptstraße nach Cala d'Or und nicht diese schmale Seitenverbindung ...

Der Vectra tauchte nun in den Schatten eines Dorfes.

Ludwig Kiefer beugte sich nach vorne: Nichts zu sehen. Kein Polizeiwagen, keine Straßensperre, nichts. Die Kollegen ließen sich Zeit ... Die Kollegen? – Gestern nacht hatte er noch daran gedacht, Pablo Vidal in Palma anzurufen, und es doch unterlassen. Warum sollte er den armen Pablo mit all dem belasten, was nun kommen würde – nein, kommen mußte ...

Vera hätte Harry Tentzien anrufen können, doch es hielt sie einfach nicht länger zu Hause: Stunde um Stunde neben dem Telefon zu sitzen, Stunde um Stunde darauf zu warten, daß es endlich klingelte, sich Gedanken zu machen, die möglichsten, verrücktesten Gedanken über das, was ihr Paul Novotny gesagt hatte ... unerträglich!

Sie fuhr los, quälte sich durch den Verkehr an der Münchner Freiheit und parkte den Wagen direkt vor dem großen alten Haus in der Herzogstraße. Es war ihr vollkommen egal, daß eine Politesse einen Häuserblock weiter unten dabei war, Strafzettel unter die Scheibenwischer zu klemmen.

Die Haustür war angelehnt. Harrys Atelier befand sich im Erdgeschoß. *»HT-Marketing Consultants«* stand hier. Was immer das sein mochte – es schien viel mit Plakaten und imponierenden graphischen Leistungskurven zu tun zu haben.

Vera brauchte nicht lange in dem lichtdurchflossenen Büro zu warten. Ein Gespräch mit den Sekretärinnen fiel in diesem Zustand ohnehin flach, und da war Harry auch schon: rotes Kraushaar, rote Kordhosen, schwarze Slipper, schwarzer Pulli – die Arme weit ausgebreitet.

»Vera, komm an mein Herz! Na, das ist vielleicht 'ne Überraschung ...« Seine Brauen schoben sich zusammen, und sein Gesichtsausdruck wurde wachsam. »Ist was? – Na, komm schon rein, Kleines.«

Er hielt ihr die Tür des Büros auf, und sie versank in einer der riesigen Stahl- und Lederburgen von Sesseln. »Ja, es ist was, Harry.«

»Mit Rio?«

Sie nickte. »Er ist in Berlin.«

»Weiß ich doch! Er hat ja die Schlüssel vom Appartement geholt. Und?«

Sie beugte sich nach vorne: »Harry, glaub mir, ich würde dir so gerne alles erklären, aber ich kann nicht. Wirklich nicht. Noch nicht. Doch es ist dringend. Das mußt du mir abnehmen. Es ist ... es ist schlimm ...«

»Hat es mit seiner Krankheit ...«

»Nein. Es hat nicht damit zu tun. Das heißt, bedingt vielleicht ...«

Sie spürte, wie die Hitze in ihre Schultern hochkroch und wie mit der Hitze wieder die Augen zu brennen begannen. Sie würde nicht losflennen, bei Gott nicht, aber ihre Hände zitterten so, daß sie sie um ihre Handtasche verkrampfte. »In gewissem Sinne schon, ja – aber auch das kann ich dir nicht erklären ...«

»Und was kann ich dabei tun?«

»Harry, ich muß ihn erwischen! Unbedingt. Ich muß mit ihm sprechen. Wieso hast du bloß in dieser blöden Bude kein Telefon?«

»Weil blöde Buden manchmal nur ohne Telefon zu ertragen sind ...«

Er setzte sich neben sie auf die Sessellehne, nahm ihre Hand und drückte sie. »Also?«

»Du hast doch so viele Freunde in Berlin, Harry ... Und vielleicht gibt's in dem Haus jemanden, den du kennst?«

»Den Hausmeister gibt es.« Er rieb sich die Nase. »Aber halt mal, Moment ... ich könnte ein Fax an Winfried schikken. Der ist Rechtsanwalt. Und er hat seine Praxis nur ein paar hundert Meter vom Appartement entfernt. Aber was soll er tun, wenn er Rio erwischt?«

»Was er tun soll? Er soll ihn in seine Kanzlei schleppen, lebendig oder tot. Und dann soll er sofort anrufen.«

»Und wenn Rio nicht im Appartement ist?«

»Wenn nicht – ja dann ... Ja, dann könnte er doch einen

Brief schreiben. Oder besser noch: Ich schreibe den Brief, und wir senden ihn gleichfalls durchs Fax.«

Vera sah zu Harry hoch. Hilflos dachte sie: Das ist nicht wahr! Bei Gott, das alles kann nicht wahr sein!

Und dann war es, als senke sich eine Sperre in ihr. Vielleicht, daß sich Kiefers Schwester verhört oder sonst irgendwie getäuscht hatte? Vielleicht waren ihre Ohren nicht die besten, vielleicht hatte sie einiges falsch verstanden? – Aber so ein Fax kann jeder lesen. Und deshalb konnte sie jetzt nicht schreiben: »Rio! Ich flehe Dich an: Werd nicht zum Mörder ...«

Mit zitternder Hand und in krakeligen, großen Buchstaben schrieb Vera:

RIO! WAS IMMER MIT DIR IST, WAS IMMER DU VORHAST – ICH BITTE DICH: DENK AN UNSER KIND! RUF MICH AN, SOFORT, WENN DU DIESE NACHRICHT ERHALTEN HAST, HEUTE NOCH, RIO.

WIR LIEBEN DICH – VERA

Bis zu der steinernen Umfassungsmauer, die Engels Grundstück umschloß, war Ludwig Kiefer im dritten Gang gefahren. Nun wurde es schwierig, denn nun begann einer dieser unmöglichen Bauernwege der Gegend: Löcher, wo man hinsah, und daneben wölbten sich große graubraune Steine wie Schildkrötenpanzer.

Trotz des Mahlens der Räder war das Bellen eines Hundes zu vernehmen ...

Die Kleine saß stumm neben ihm. Bisher konnte er aus den Augenwinkeln nur ihr Profil erkennen, nun wandte sie ihm das Gesicht zu und sah hinauf zu dem trotzigen, turmbewehrten Gebäude, das sich über seine Terrassen und Zypressen erhob.

Er folgte ihrem Blick und deutete mit der Pistole in dieselbe Richtung. »Da kommst du schon wieder rauf, Irena. Keine Sorge.«

Aber ohne deinen Vater ... Das dachte er, er konnte es ihr jedoch nicht sagen.

Er schaltete in den zweiten Gang. Der Weg umrundete den Hügel. Nun kam eine steile Schleife. Die Räder drehten durch. Es ging wieder hoch, so steil, daß sie bald das Dach von Engels Anwesen und das blaugläserne Rechteck des Pools ausmachen konnten.

Der Citroën zog nun eine große, hohe, weiße Staubwolke hinter sich her. Sie verhüllte den Blick zurück. Wieder waren sie auf der anderen Hügelseite, und nun erschien dort vorne vor einem hitzegrauen Himmel die Ruine, ein aus schweren Quadern gefügtes Geviert. Büsche wuchsen hier. Ginster, dachte Kiefer. Das ist doch Ginster?

Dort, wo einmal das Dach gewesen war, ragten von der Zeit und der Sonne schwarzverbrannte Balken in die Höhe, wie die Rippen eines verendeten Tieres.

Kiefer fuhr vorbei, wendete auf einem Stück hartem, gelbverbranntem Feld und parkte den Vectra mit dem Kühler in der Richtung, aus der sie gekommen waren.

»Bleib sitzen!« befahl er dem Mädchen mit einer kurzen Bewegung der Pistole. Sie schwieg, sah ihn nur aus ihren hellen Augen an. Trotz der Kühle, die im Wagen herrschte, klebte ihr das Haar an der Stirn. Sie tat ihm leid.

Er steckte die Pistole in den Hosenbund und stieg aus.

Die Hitze empfing ihn wie mit Fausthieben. Er holte tief Luft und spürte, wie ihm der Schweiß fast schlagartig ausbrach. Auch daran wirst du dich gewöhnen ... Der Mensch gewöhnt sich an alles, nicht wahr? Lange wird es ohnehin nicht mehr dauern. Ja, auch an den Gedanken, daß man bald, sehr bald, tot sein wird, kann man sich gewöhnen ...

Er fühlte seine Drüsen ab. Sie taten nicht besonders weh. Na also ...

Er sah sich um und versuchte sich zu orientieren. Von hier, von der Stelle, an der er stand, konnte er die Senke sehen, die sie gerade durchfahren hatten. Und weiter unten, dort, wo der Hang flacher ins Land ausschwang, waren die schwarzen Spitzen von den Zypressen zu erkennen, die auf Engels Besitz standen.

Er betrat die Ruine. Am Boden lag verwittertes Stroh, und die Mauern hielten noch die Erinnerung an den Geruch der Schafe oder Ziegen, die hier wohl einmal Zuflucht gefunden hatten. Aber in der Ecke gab es einen Kamin. Es hatten also auch Menschen hier gewohnt ...

Ein schwirrendes, flatterndes Geräusch ... Kiefer fuhr zusammen. Ein Vogel flog davon, hoch in den graublauen Himmel. Dort am First hatte er sein Nest.

Ludwig Kiefer lächelte: Lieber Gott, er kannte doch solche Hütten, kannte sie aus Zeiten, als es hier noch Bauern gegeben hatte, die ihre Herde über die Hügel trieben, als noch keine verrückt gewordenen Millionäre das Land aufkauften, um es von ihrer Umwelt abzusperren – kannte es aus dem einzigen glücklichen Jahr, als er mit Anna in dieser Gegend so viele schöne Wanderungen unternommen hatte ...

Anna ... meine Anna! – Warum konnte sie jetzt nicht bei ihm sein? Er brauchte sie doch so notwendig ... Warum hatte sie bei diesem verdammten Unfall ihr Leben verlieren müssen, warum mußte alles so kommen, wie es gekommen war? Warum – ja, warum wartete er nun auf seinen Mörder, um bei ihm selbst zum Mörder zu werden?

Er sah durch die Fensterhöhle hinüber zum Wagen.

Das Mädchen saß genauso, wie er es verlassen hatte, die Schultern hochgezogen, den Kopf geradeaus. Dabei konnte sie genausogut davonlaufen. Er wäre doch nie in der Lage, gegen sie Gewalt anzuwenden.

Aber das wußte sie ja nicht ...

Ludwig Kiefer strich über die Waffe.

Es war etwas wie Zärtlichkeit dabei – aber auch viel Resignation ...

»Rio! – Rio Mar-tiin!«

Die Stimme war hoch und sehr hell. Dazu besaß der hohe Trainingsraum ein Echo. Nein, zuordnen konnte er die Stimme niemandem, aber sie erweckte eines in Rio: eine prompte, panische Fluchtreaktion. Das hat dir noch gefehlt! Bloß keine Bekannten! Nur keine Leute, die sich jetzt um dich »kümmern« wollen, weil sie es gut meinen – wäre wirklich das letzte, was du noch brauchst!

Er stellte sich hinter eine der überlebensgroßen Figurinen-Kulissen, die von irgendeiner Aufführung stammten und in dem großen, lichterfüllten Ballettübungssaal als Dekoration herumstanden.

Es war Pause. Die Mädchen des Balletts hatten sich auf den Fußboden gesetzt, bunte Tupfer mit ihren Wollstrümpfen und Trikots. Die Tänzer standen in einer Gruppe vor den Spiegeln an der Übungsstange und lauschten der Taranowska, die ihnen mit weit aufgerissenen, anklagenden Augen ihre Fehler aufzählte. Er wollte die Ballettmeisterin später interviewen. Nun aber wußte er, das Interview würde ins Wasser fallen – denn wer da um die Gruppe herumsegelte, wie immer im Hosenanzug, wie immer mit Hut, den Kopf suchend nach vorne gestreckt, war niemand anderes als Ingrid Kolb – früher Rias, jetzt WDR. »Inge-Schnauze«, hatten sie Ingrid in der Rias-Redaktion genannt ...

Ausgerechnet! Rio drehte suchend den Kopf. Er entdeckte eine mennigefarben gestrichene Tür, lief darauf zu, hoffte, sich noch immer in Sichtdeckung zu befinden, riß die Tür auf – graue Zementstufen. Eine Sicherheitstreppe. Er schob die Tür zu, rannte hinab, blieb dann stehen und wußte nicht, ob er nun heulen oder lachen sollte. Ins Schwitzen jedenfalls war er ganz schön gekommen.

Und dann überlegte er, was Ludwig Kiefer zu diesem Abgang gesagt hätte. Gar nichts wahrscheinlich, dachte er. Ludwig hätte nur den Kopf geschüttelt.

Kiefer hatte den Motor nicht gehört, denn um die Klimakühle im Vectra aufrechtzuerhalten, hielt er alle Fenster geschlossen. Er sprach nun kein Wort mehr. Das Mädchen hatte die Hände verschlungen im Schoß liegen und sah geradeaus – sah wie er den Weg hinab. Sie stellte keine Fragen. Er schien für sie nicht zu existieren. Und eigentlich war das gut so.

Der Motor war nicht zu hören gewesen. Aber die helle Staubwolke, die über die Hügellinie zog, kündigte es an: ein Wagen.

»Was für ein Auto fährt dein Vater?«

»Meist einen Nissan«, antwortete sie leise. »Aber heute hat er den Seat genommen.«

Kiefer nickte und beugte sich nach vorn. Was dort unten um die Biegung kam, war nicht die grüne Schnauze eines Guardia-Civil-Jeeps, wie er in jäher Angst befürchtete, es war ein Personenwagen.

Erleichtert schloß er die Augen und lehnte sich zurück. Na also ...

Der Wagen kam schnell heran. Gnadenlos scheuchte der Fahrer ihn über Steine und Schlaglöcher. Es war ein Seat. Es war Engel!

Ludwig Kiefer seufzte. Dann griff er mit der linken Hand in die Tasche. Er holte eine Plastikfessel heraus.

»Gib mir deine Hände.«

Er brauchte ihr die Pistole nicht zu zeigen – Irena hielt ihm die Hände entgegen. Er sah, daß sie weinte. Nun war nichts mehr zu machen ... Zu spät. Alles zu spät ...

Er legte ihr die Plastikfessel um die Handgelenke, zog den Verschluß zu. Dann stieg er aus, ging um den Wagenkühler herum und öffnete die Beifahrertür.

»Nun die Beine.«

Seine Hand berührte die Knöchel, als er ihr die zweite Fessel anlegte. So zart ... Kinderknöchel. Sein Herz zog sich zusammen. Was ließ sich schon ändern ...

Mit den gefesselten Füßen wirkte sie noch hilfloser als zuvor. Tränen rannen über ihre Wangen, und sie konnte sie nicht einmal abwischen. Er nahm das Taschentuch und tupfte ihre Haut trocken.

»Es ist bald vorüber, Kleines. Ich verspreche es dir.«

Dann schob er ihre Füße in den Wagen zurück und nahm wieder hinter dem Steuerrad Platz.

Steine prasselten, als der Seat fünf Meter vor dem Kühler des Vectra stoppte. Die Tür flog auf. Engel stand da, die Unterarme abgewinkelt, die Hände geöffnet, als wolle er Kiefer an den Hals springen.

»Nun lassen wir das mal, Herr Engel. Ich sagte es Ihnen ja schon vorhin: Versuchen wir uns so vernünftig wie möglich zu verhalten. In dieser Situation ist das vielleicht nicht so einfach, das verstehe ich, aber schließlich ... wir sind erwachsene Männer.«

»Was ist mit Irena?«

»Das sehen Sie doch selbst, Herr Engel: Sie sitzt im Wagen. Wenn Sie hier eine Szene machen, ängstigen Sie sie nur noch mehr.«

»Ich mache keine Szene, Herrgott noch mal. Und was heißt denn ängstigen? Wer ängstigt hier wen? – Was wollen Sie? Ich hab' Sie das schon mal gefragt.«

»Das werden Sie gleich erfahren. Kommen Sie.«

»Wohin?«

»Da rüber. In die Hütte. Kommen Sie schon!«

Es war das erste Mal, daß er den Lauf der »Walter« auf Engel richtete, und es war eine kurze, entschlossene Bewegung. Die dunklen Augen unter dem grünen, zerknautschten Hütchen waren sehr schmal geworden.

Engel nickte und setzte sich in Bewegung. Ludwig Kiefer ließ ihn an sich vorbeigehen und folgte ihm.

»Gehen Sie ruhig rein, Engel«, forderte er. »Bloß keine Angst. Da drinnen gibt's nichts als ein paar Brennesseln.«

Wieder machte die »Walter« eine kurze, herrische Bewegung.

Engel warf ihm einen haßerfüllten Blick zu und trat durch die steinerne Umfassung, Kiefer aber blieb stehen. Er fühlte Schwäche in sich aufsteigen, vernahm in den Ohren einen feinen, sich rasch verstärkenden singenden Ton. Doch die Vorstellung, schlapp zu machen, ausgerechnet jetzt, ausgerechnet in der Situation, die er so lange vor sich gesehen hatte, erfüllte ihn mit einem tiefen, kalten Haß – und der gab ihm Kraft zurück.

Die Eingangsschwelle bestand aus einem einzigen großen Steinblock. Kiefer ließ sich darauf nieder. Engel stand in der Mitte des Raums. Er hatte die Beine gegrätscht, als wolle er losschlagen – aber in dem hellen, wäßrigen Blick stand nichts als Furcht.

»Los, zurück! An die Wand, Herr Engel!«

»Was wollen Sie? – Sagen Sie es endlich!«

Kiefer lächelte – und hatte den Finger am Abzug.

»Sie können sich hinsetzen, wenn Ihnen das lieber ist.«

Stumm schüttelte Engel den Kopf.

»Mir tut das gut, das Sitzen. Und Sie umzulegen, wie Sie das verdienen, schaffe ich auch im Sitzen noch hundertmal. Aber mit Ihnen noch zu reden, das ist wirklich verdammt anstrengend.«

»Wer ... wer sind Sie?«

»Tut das was zur Sache? Ich glaube nicht. Nein, überhaupt nicht ... Aber bitte: Ich bin nur einer von denen, die dran glauben müssen, damit Sie sich einen schicken Wohnsitz auf Mallorca leisten können, die Yacht auch – diese tolle Yacht – und diese ganz tollen Freundinnen natürlich dazu. Oder das Internat für Ihre Tochter – was weiß ich, was Sie so für Wünsche haben.«

»Hören Sie«, sagte Engel, und zum ersten Mal war ein Schwanken in seiner Stimme, »ist doch alles Blödsinn, was Sie hier anstellen. Alt genug sind Sie ja schließlich, um das zu wissen. Die Polizei ist gleich hier.«

»Ja, nun«, lächelte der Kriminalrat, »die Polizei ...«

»Falls Sie Geld brauchen ... Das läßt sich sicher ...«

»Da Sie von der Polizei reden, Engel ... wissen Sie, ich war mal Polizist. In diesem Beruf trifft man auf eine Menge Typen, bei denen man sich fragt, ob sich die ganze Mühe eigentlich lohnt. Rechtsstaat, na schön, eine wunderbare Sache, aber besser wäre es manchmal, man machte gleich ein Ende. Und deshalb ...«

Er hustete. Die Übelkeit sandte aus dem Magen unangenehmen Geschmack in seinen Mund. Ruhig, Alter! Du brauchst noch Kraft, ziemlich viel Kraft brauchst du noch, um das hier zu Ende zu bringen.

»Sie sind ja wahnsinnig«, flüsterte Engel.

»Das könnte vielleicht der Wahrheit nahekommen. Vielleicht bin ich wahnsinnig ... Nur: Sie sind es, der mich wahnsinnig gemacht hat. Deshalb mal eine Frage, die Frage eines Verrückten: Was kostet Ihre Yacht monatlich an Unterhalt?«

Engel schwieg.

Die Pistole kam hoch. Wie hypnotisiert starrte Engel auf das schwarze Auge der Mündung. Sie war gegen seinen Magen richtete.

»Ich hab' Sie was gefragt.«

»Was weiß ich?« stotterte er. »Ein paar tausend Mark vermutlich.«

»Und was hat es gekostet, Ihr Schloß dort drüben hochzuziehen? Wieviele Millionen?«

»Einige«, erwiderte Engel widerstrebend.

»Na, sehen Sie ... Und wieviel Geld haben Sie damals eingespart, als Sie anordneten, daß nur noch jede achte Packung auf HIV getestet werden darf? Jede achte eine Stichprobe, Engel? Hat die Einsparung denn soviel Geld gebracht?«

Nun wurden Engels Augen groß. Seine Hände preßten sich gegen die Steine hinter ihm, als suche er Halt. »Woher wissen Sie ...«

»Oh, ich weiß vieles. Ich könnte Ihnen sogar helfen, sich ein bißchen zu erinnern: Pro Test haben Sie neun Mark fünfzig eingespart. Sie haben doch schließlich dieses phantastisch verbesserte Methylenblau-Desaktivierungsverfahren entwickeln lassen – verbessert, weil es damit das billigste am Markt wurde. Stimmt's?«

Engels Unterkiefer bewegte sich. Es sah aus, als begänne er verzweifelt zu kauen.

»Eine korrekte Virenabtötung durch Überhitzung war Ihnen ja wohl zu kostspielig, denn durch Hitze kann man bis zu achtzig Prozent des Rohmaterials verlieren. So was wird teuer.«

»Sie ... Sie haben doch keine Ahnung! Selbst das Rote Kreuz hat die Methode eingeführt.«

»Ach ja? Selbst das liebe Rote Kreuz? Natürlich ... Nur – die Verfahrenstechnik, die die haben, ist schon ein bißchen aufwendiger, nicht wahr? Aber mag ja sein, daß ich mich täusche ...«

Der Schweiß lief Ludwig Kiefer nun in Bächen unter seinem grünen Hut hervor. Er spürte es und wußte, daß auch Engel es beobachtete. Doch die Hand, die die Pistole hielt, war noch immer ruhig – sehr ruhig.

»Wir wollen uns doch nicht um ein paar Mark streiten, Engel. Deshalb sind wir ja nicht hier ... Sie haben ja auch schwierige Zeiten mitgemacht, ich weiß ... Ewig der Ärger ... Nicht mal das Bundesgesundheitsamt, wo man doch seine Freunde wie Herrn Hampel sitzen hat, wollte mehr so richtig mitspielen. Früher, ja, das waren Zeiten! Da konnte man aus jedem mexikanischen Gefängnis, jedem US-Puff-Viertel die Rohware importieren, Leute, die Blut und Leute, die Kohle brauchen, gibt's schließlich überall ... Man konnte panschen, das Zeug mit Etiketten versehen, die wieder überkleben, man konnte es hinschicken, wohin man wollte ... Aber plötzlich starben die Hämophilen weg, dann die ersten Frischoperierten, sogar Schadenersatzforderungen gab's, Prozesse.«

Er konnte den nächsten Hustenanfall unterdrücken. War gar nicht so schwierig. Er konnte sogar lächeln. Es war kein gutes Lächeln.

»Der Hämophilenbund wurde munter. Und die im BGA, nicht wahr, die Herren Professoren und Beamten des Bundesgesundheitsamtes verlangten jetzt plötzlich die Inaktivierung von Aids- und Hepatitis-Viren. Aber sterilisieren? Das wurde teuer, sehr teuer ... Und Lizenzen mußte man auch noch kaufen, oder selber Verfahren entwickeln.

Immense Kosten entstanden, jawohl, euer ganzes feines Hersteller-Kartell fing an zu jaulen, eine Klage nach der anderen habt ihr gegen den BGA-Beschluß losgelassen – Sie natürlich immer ganz vorn –, so daß die in Berlin dann auch gleich wieder den Schwanz einzogen und bis 1986 warteten. Und das, obwohl schon drei Jahre zuvor einwandfrei nachgewiesen worden war, daß virenverseuchtes Plasma den Empfängern den Tod brachte. Aber schließlich: Versorgungsengpässe mußten vermieden werden. Und wie sagt das DRK so schön: Wir müssen uns den Gesetzen des Wettbewerbs stellen ...«

»Sie haben doch keine Ahnung ... Keine Ahnung haben Sie!«

»Sie hören jetzt zu!« Diesmal schnellte der Pistolenlauf hoch wie eine zornige Schlange. Engel schloß entsetzt die Augen. Kiefers Stimme war jetzt heiser. Er versuchte den Husten zu unterdrücken, er sprach weiter, konnte es noch immer, aber was er sagte, kam wie in kurzen, konvulsiven Attacken: »... also habt ihr schließlich alle sterilisiert. Hitze oder Kälte, Methode Horrowitz, ist ja egal, jeder nach seinem Patent und seinem Gusto ... Aber sonderbar: Ob Bluter oder Frischoperierte, die Leute starben immer noch. Gott sei Dank starben sie meist so schnell, daß sie ihre Schadenersatzprozesse noch nicht mal unter Dach und Fach bekommen konnten. Es krepierten also noch immer Menschen, trotz der ganzen feinen HIV-Inaktivierungstechniken. Und warum? Was meinen Sie?«

Engel schwieg. Er starrte nur. Graue Flecken schoben sich über seine gebräunte Gesichtshaut.

»Keine Antwort, Engel? – Na schön, dann geb' ich sie Ihnen: Weil es Sie gab, Engel! Und ein paar andere noch dazu. Euch wurden selbst die Billigmethoden noch zu teuer. Aber außerdem sagten Sie sich: Was braucht man eigentlich jedes Präparat zu testen? So was treibt doch nur die Kosten in die Höhe ... Stichproben tun's ja auch. Oder man macht sich's ganz einfach und schüttet das Zeug im großen Bottich zusammen und nimmt da mal 'ne Probe. Und falls einem – sagen wir mal Firmeninternen – das nicht paßt, gibt's ja auch Methoden, ihm das Maul zu stopfen. Wie im Fall Cenitza. Oder bei der kleinen Laborantin ...«

»Das ist nicht wahr! Sie spinnen doch ...«

Kiefer nickte. Er gönnte sich eine Pause. Es war eine sehr lange Pause. Er behielt Engel genau unter Kontrolle – einen Engel, der immer wieder die Augen aufriß, dessen rechte Hand sich in wilden, hektischen Bewegungen ins Haar grub, der nun leise zu stöhnen begann.

»Die Bilanzen, nicht wahr, Engel, die Bilanzen. Da nahm

man alles in Kauf ... Was ist denn eigentlich aus Lars Boder geworden? Das war auch so ein Deklarierungskünstler. Und was ist mit den Oberärzten, die Ihnen Ihre versaute Ware trotzdem abkauften? Und Institute gab's schließlich auch immer. Und wenn's mal nicht klappte, dann erfolgte eine kleine Einladung hierher nach Mallorca. So was half. Oder ein Kuvert mit ein paar zehntausend Mark unter eine Zeitung gelegt. Und auch im BGA hatte man ja so viele schützende Hände, so viele verständnisvolle Seelen! Denn man verkaufte ja nur Virus-inaktiviertes Frischplasma; und wenn so ein Virus mal verrückt spielte und sich nicht entdecken lassen wollte ...«

Er konnte den Reiz nicht zurückhalten, nicht dieses Gefühl, als kreisten Eisenspäne in seinen Bronchien; er mußte husten, und er hustete so stark, daß es seinen Körper wie in einem Anfall zurückwarf. Und während er noch darum kämpfte, Herr über Reflexe und Muskeln zu werden, geschah, was er befürchtet hatte ...

Engel!

Engel, der nichts war als ein Schatten ... Engel jetzt über ihm, Engel, der nach ihm trat und nicht traf, nun draußen war, rannte.

Der Kriminalrat rollte seinen schmerzenden Körper zur Seite, hob den Arm, umfaßte sein Gelenk mit der anderen Hand, zielte, schoß. Schoß wieder ...

»Halt!«

Wie er den Schrei hervorbrachte – er wußte es nicht. Aber es mußte ein Schrei gewesen sein, denn Engel blieb stehen und, tatsächlich, er hob beide Hände.

Ludwig Kiefer schob sich an der Mauer hoch.

Er zitterte.

Doch dann beruhigte sich das Zittern wieder, und auch seine Gedanken gewannen an Schärfe zurück. Gott sei Dank ...

Er mußte doch durchhalten. Es war ja noch nicht zu Ende ...

Der Mann mit den gekreuzten Schlüsseln am Revers nickte und griff zum Telefon. Dann legte er den Hörer zur Seite und sah Rio bedeutungsvoll an: »Tut mir leid, aber der Herr Tannert vom Feuilleton ist im Moment nicht im Hause. Wenn Sie wünschen, kann ich Sie ja mit seiner Sekretärin verbinden ...«

»Bitte.«

Er sprach ins Telefon. Graue Haarbüschel wuchsen aus den großen Ohren. Nun sah er wieder zu Rio auf, doch es war ein anderer Blick als zuvor. Dazu schirmte er die Sprechmuschel mit der Hand ab.

Rio wurde unruhig.

Endlich schien der Portier fertig. Er erhob sich. »Herr Martin, nicht wahr? Rio Martin ...«

»Ja.«

»Wie ich bereits sagte, Herr Martin: Herr Tannert mußte leider dringend weg. Und Frau Wegner, das ist Herrn Tannerts Sekretärin, läßt Sie bitten, sich doch einen Augenblick zu gedulden. Am besten, Sie fahren gleich in die Feuilleton-Redaktion hoch. Frau Wegner sagte, zwei Herren hätten nach Ihnen gefragt und wollten Sie dringend sprechen ...«

Zwei Herren? Und wollten ihn dringend sprechen? – Es war nicht nur ein unangenehmes Gefühl, es waren ein Dutzend Alarmglocken, die sich in Rio meldeten.

»Ah so? Ja, dann ...«

Rückwärts gehend bewegte er sich vom Empfang weg. Der Zeitungsportier kam aus seinem Glasverschlag heraus.

»Bitte, Herr Martin, wenn Sie sich nach rechts bemühen wollen ... gleich dort ist der Lift, Herr Martin!«

»O ja, kenn ich schon ...« Nun begann Rio zu laufen – nicht zum Lift, dem Ausgang entgegen. In dieser Sekunde sah er vor der hellen Glasfront des Eingangs zwei Uniformen. Und sah den Streifenwagen, der halb auf dem Bürgersteig parkte, sah jetzt die Streifenbeamten in Uniform durch die Schwingtür kommen.

Ruhig. Ruhe, ganz langsam ... Er benötigte alle Beherrschung, um seinem Schritt einen nachlässig schlendernden Gang zu verleihen und dem Gesicht ein freundlichzerstreutes Lächeln.

Vorbei. Nun durch die Tür. Das Polizeiauto draußen war leer.

Er drehte den Kopf und konnte durch die Scheibe erkennen, wie der Empfangsmensch gestikulierend auf die Beamten einsprach. Und da begannen sie auch schon zu rennen.

Auch Rio hetzte los, hatte bereits das Ende des Gebäudes erreicht, das Schild eines Tabakgeschäfts, sah Zeitungen – machte eine rasche Rechtswendung, trat ein und zog die Tür hinter sich zu.

An der Kasse waren drei Männer dabei, Lottoscheine auszufüllen. Sie lachten und machten Witze mit der Verkäuferin. Rechts gab es eine Vitrine mit Pfeifenutensilien und Pfeifen. Links aber, Gott sei Dank, erhob sich ein Ständer mit Postkarten und dahinter zwei Standregale, alle vollgefüllt mit Taschenbüchern.

Er zwängte sich zwischen Postkarten und Bücher.

Die Tür flog auf. Einer der Beamten kam hereingestürmt. Rio konnte nur die weiße Mütze erkennen. Der Mann rief kurz: »Entschuldigung«, und war wieder draußen.

»Kann ich Ihnen helfen?« sagte die dicke Frau an der Kasse.

Rios Blick fiel auf einen Reiseführer. Was stand da? – Nein! ... *»Mallorca – Insel der Träume«* war der Titel.

Engel hatte anscheinend den Gedanken an Flucht aufgegeben. Er stand ganz still da, die Beine gespreizt und noch immer die Arme ergeben zum Himmel erhoben.

Ludwig Kiefer fühlte, wie der Sauerstoff in seine Lungen zurückkehrte, wie das unkontrollierte Zittern aus seinen Beinen wich. Die letzten Schritte machte er ganz ruhig.

»Gut so, Engel. Und bewegen Sie sich nicht. Bleiben Sie so stehen.«

Er holte tief Luft, um sein Herz zu beruhigen. Dann warf er einen Blick hinüber zu seinem Wagen. Er konnte nur die helle Schulter des Mädchens erkennen, die Nackenstütze verbarg ihren Kopf. Um so besser. So würde sie nicht mitbekommen, was geschah ...

Doch dann machte er eine andere Wahrnehmung: Er vernahm das tiefe Dröhnen eines schweren Motors, hörte, wie es anstieg, als er in einen niederen Gang geschaltet wurde, und dann bog dort unten die bullige Schnauze eines Geländewagens der Guardia Civil um den Hügelvorsprung.

Der Wagen näherte sich rasch. Schon vermochte Kiefer das Wappen der spanischen Elite-Polizei auf dem weißen Querstreifen zu erkennen. Die Zeit verkürzte sich rasend, es war, als schnelle sie wie ein losgelassenes Gummiband zusammen. Er versuchte seinen Geist zu konzentrieren, die letzten Kraftreserven, die sein erschöpfter, schwankender Körper noch aufbieten konnte, in dem einen, einzigen Gedanken zusammenzufassen: Du kannst es ... Du schaffst es ...

»Sehen Sie's denn nicht?!« Engel schrie nicht, er schluchzte. »Da kommt die Polizei ...« Er hatte die Arme fallengelassen, und in sein Schluchzen mischten sich Jubel und Erlösung.

»Richtig. Da kommt sie. Und Sie nehmen die Arme sofort wieder hoch. Sonst schieß ich Ihnen in die Kniekehle.«

»Sie haben ja den Verstand verloren. Sie können doch nicht ...«

»O doch, ich kann!«

Kiefer hielt die »Walter« jetzt am Lauf, machte noch einen Schritt, hatte graublondes, dunkelverschwitztes Haar vor sich, hörte Engel schon wieder brüllen – und schlug zu. Schädelbasis. Und genau gezielt ...

Engels Körper sackte wie vom Blitz getroffen auf den steinigen braunen Boden. Der Mann rührte sich nicht mehr, schrie auch nicht mehr – aber er würde zu sich kommen. Bald sogar. Sehr bald ...

Ludwig Kiefer griff in die linke Innentasche seiner Jacke und zog ein schmales Plastiketui heraus. Er öffnete es. Seine Hände zitterten nicht länger. Er nahm die Spritze. Das Blut – sein Blut leuchtete in der Sonne wie ein Rubin, heller, soviel heller als damals im dunklen Zimmer des Hostals von Porto Colom, als er die Spritze aufgezogen hatte. Er kniete sich neben den Bewußtlosen, nahm den linken, schlaffen Arm, setzte die Spritze an und stach zu ...

Na also! Jetzt hast du zurück, was ich von dir bekommen habe ... Das war alles, was er dachte. Er fühlte weder Bedauern noch Triumph dabei. Die Arbeit war getan ... Damit hatte es sich. Was jetzt noch kam – im Grunde war es nebensächlich ...

Er drehte sich langsam um.

Der Wagen befand sich noch immer in Fahrt, aber zwei der Männer in den olivgrünen Uniformen waren bereits abgesprungen, rannten neben ihm her, überholten ihn, hielten auf Kiefer zu, brachten ihre MPs in Gefechtsbereitschaft.

Guardia Civiles! – Prächtige Jungs, das! Profis. Militärisch gedrillte Profis, eine der besten Polizeitruppen der Welt. Sieh dir das an ...

»Alto! – Manos arriba! ... Tirase la arma!«

Aber er würde die Waffe nicht wegwerfen. Das brachte nichts mehr. Er ging einige Schritte nach rechts, um den bewußtlosen Engel aus der Gefahrenzone der Salven zu bringen, dann hob er die »Walter« ...

Ludwig Kiefer feuerte nur einen einzigen Schuß aus der Pistole.

Die Kugel schlug weit vor den beiden Beamten in den Sand. Er spürte den ersten Schlag an der rechten Schulter. Es war, als habe ihn jemand mit dem Stock getroffen. Tat nicht weh – und war auch nicht wichtig. Nichts mehr war wichtig ... Der zweite Schlag traf ihn in die Brust und warf ihn zu Boden. Auch er schmerzte nicht ... Warum auch? Nichts schmerzte mehr ...

Der Hang, die beiden Guardias dort, ihr Wagen, der Himmel mit seinen Wolken – alles begann sich zu drehen, alles wurde farbig und bunt, alles rotierte wie ein Kinderkarussell. Und irgendwo – irgendwo ganz ferne spielte Musik ...

Im Raum herrschte Halbdunkel.

Nur das bläuliche Licht des Leuchttischs dort an der Wand warf Schatten. Es waren die Schatten von drei Männern. Der Dicke stand ganz rechts.

Veras Schultern verkrampften sich. Es war ihr so verdammt peinlich, einfach hier einzudringen, aber was blieb ihr denn schon übrig?

»Ewald ...« Sie brachte den Namen kaum heraus.

Olsen drehte sich um.

»Du?«

Sie vermochte nur zu nicken.

Er grunzte irgend etwas, und es klang nicht sehr erfreut. Dann sagte er: »Herzburg! Machen Sie mal weiter. Wir nehmen die Fotoserie zwei. Okay?«

»Alles klar, Chef.«

Dann kam Olsen auf sie zu: »Gehen wir raus hier, ja?«

Er klang verdrossen, aber er nahm ihre Hand dabei, und der Druck war freundlich und warm.

Draußen auf dem Gang lehnte er sich gegen die Türverkleidung und sah Vera an. »Also – was ist so wichtig? Und wichtig muß es ja sein. Was gibt's denn Neues?«

»Nichts«, sagte sie mit einem schwachen, kläglichen Lächeln. »Das ist ja das Fürchterliche. Es blieb mir gar nichts anderes übrig, als zu dir zu laufen, Ewald. Jetzt muß du helfen. Bitte!«

»Warst du beim Funk?«

»Natürlich war ich dort! Ich hab' auch mit Niethammer von der Nachrichtenredaktion des Bayerischen Rundfunks gesprochen. Aber alle, die da rumlaufen, sagen mir dasselbe: Auf Verdacht geht nichts. Ohne handfeste Unterlagen können sie nicht Appelle senden wie: ›Rio, laß die Finger davon ... Komm bitte zurück ...‹ Das einzige, was sie machen könnten, sagen sie, sei einen Aufruf in den Nachrichten zu bringen, er solle sich sofort aus dringenden familiären Gründen zu Hause melden ... Aber wird er das tun, Ewald?«

Sie starrte ihn wie beschwörend an und war nun den Tränen nahe. »Wird er das tun, wenn er mich bis jetzt nicht mal angerufen hat? Warum tat er das nicht? Warum nicht, Ewald?!«

Sie zitterte.

Er legte den Arm um ihre Schultern und strich ihr beruhigend über das Haar. »Ich weiß es doch auch nicht, Vera ... Aber was kann ich tun?«

»Einen Artikel schreiben. Irgend etwas, das ihn erreicht, verstehst du? Etwas, das ihn wachrüttelt – oder auch nur wach macht. Ewald, er hat doch immer so großen Wert auf deine Meinung gelegt ... Und nicht nur das, er hat dich verehrt, wirklich, glaub mir: Für Rio warst du so eine Art Vaterersatz, und das ging manchmal bis zur blinden Vergötterung ...«

»Davon hab' ich nie was gemerkt«, erwiderte Olsen trokken. »Aber einen Artikel ...? Etwas über die Frage, wer da strafen darf und wer nicht. Vielleicht sollte man es zumindest probieren. Obwohl – ich weiß nicht ...«

»Bitte, Ewald, tu das!«

»... ich weiß nicht, ob man ihn damit umstimmen kann. Wenn es wahr ist, was dir Novotny erzählt hat ... Wenn sich einer derartig verrennt – und ein Einzelgänger war Rio immer ...«

»Aber versuchen kannst du's doch?«

»Ja, das kann ich. Und das verspreche ich dir auch. Aber was sagt Novotny?«

»Auch der unternimmt alles, was überhaupt möglich ist. Ich glaube, er hat die halbe Berliner Polizei auf Rio angesetzt. Nur – sie haben ihn noch immer nicht gefunden.«

Ku-Damm, Kleiststraße, der Bahnhof, Großmarkt, das Museum am »Checkpoint-Charly«, dem einstigen Tor zum verblichenen Reich des Bösen; dann hohe Bretterwände, das Lärmen der Niethämmer und Baumaschinen, Fußgängerstege, die über Betonabgründe führen ...

HIER ENTSTEHT DAS AMERICAN-BUSINESS-CENTER. Es entsteht für über eine Milliarde Mark, hatte er irgendwo gelesen. Und Benetton ist natürlich auch dabei, und dort drüben, riesenhoch und wandfüllend, wirbt die »Neue Zeit«, die »führende Tageszeitung der Union«.

Er war gelaufen, gelaufen, gelaufen, hatte unzählige Gesichter gesehen. Aber das Gefühl, in den falschen Film geraten zu sein, hatte ihn nie verlassen. Nun konnte er nicht mehr. Nun schmerzten seine Füße, die Beine zitterten. An einer Kebab-Bude bestellte er ein Stück Fleisch, aber der Geruch nach Knoblauch, heißem Öl und Ketchup ließ prompt seinen Magen rebellieren.

Was jetzt? Himmelherrgott noch mal! Sein Kopf memorierte immer denselben Vers: Die Bullen ... Wer hat dir die auf den Hals gejagt? Und immer fiel ihm nur die eine Antwort ein: Paul Nowotny. Paul ahnte oder wußte, wieso er nach Berlin gefahren war. Vielleicht wußte er alles? Wie er zu der Information gekommen war, darüber zu spekulieren blieb nutzlos. Kiefer war Pauls Freund, und vielleicht hatte Ludwig ihm eine Andeutung gemacht, vielleicht einen Brief hinterlassen. Oder er hatte – sentimental, wie er nun einmal war – seiner Schwester mehr anvertraut, als gut war. Es zählte ja nicht. Wichtig blieb nur eines: Die Polizei sucht dich!

Das war noch nicht einmal alles.

Die »Heckler & Koch«, die Pistole, seine »Wumme« – sie lag in der Pension Carola unter der Matratze!

An einem Ruinengrundstück direkt über der Spree kauerte er sich auf ein paar Trümmern nieder, sah den Anglern zu und versuchte sich zu beruhigen. Brennesseln wuchsen. Die Angler hatten keine Sorgen – und alle Zeit der Welt.

Es war verdammt schwül. Der Durst dörrte seinen Gaumen aus. Der Fluß war grau, der Himmel war es auch, eine graue dünne Fransendecke, die dort silbern aufschimmerte, wo sich die Sonne durchkämpfte.

Sein Kopf schmerzte.

Er ging weiter.

Verdammt noch mal, die Pistole ... Natürlich hast du da einen Fehler gemacht, aber du kannst doch nicht mit einem Stück Eisen am Bauch in der Gegend herumrennen, mit einer »Neun Millimeter« im Gürtel Redaktionen und Ballettinszenierungen besuchen! Wie denn?

Aber es lief immer auf die gleiche Fragestellung hinaus: Was war mit der Pension »Carola« los? Dort, hatte Ludwig gesagt, könne er sich absolut sicher fühlen. »Ist wie eine Art Freizone, Rio. Dort will keiner was von dir. Da mach dir mal keine Sorgen ...«

Er kramte nach seinen Zigaretten. Ein Feuerzeug klickte neben ihm auf. Er sah in ein abgemagertes Gesicht mit dunklen Augenringen. Trotz der Schwüle hatte der Junkie den Kragen seiner Windjacke hochgestellt, als friere er.

»Danke ...«

»Gibst du mir auch eine ...«

Rio nahm sich zwei Zigaretten, steckte sie in die Brusttasche seines Hemdes und gab dem Mann die ganze Packung. Der sah ihn nur an, nickte und steckte die Zigaretten ein. »Aus dem Westen, was?«

»Ja. Und jetzt, sei mir nicht böse – jetzt möchte ich allein sein.«

Der Junkie nickte wieder. Nicht älter als fünfundzwanzig – und hat das Gesicht eines alten Mannes! Nur die Augen ... Wie hatte Ludwig gesagt? »An den Augen siehst du noch, daß sie jung sind. Jung und verzweifelt. Und daß sie kämpfen wollen.«

Rio steckte die Hand in die Hosentasche und zog das Wechselgeld heraus, das er auf den Zwanzigmarkschein an der Kebab-Bude herausbekommen hatte.

»Hier.«

Wieder das Nicken. Und wieder der Blick. »Danke – danke, Bruder ...«

Dann drehte er sich um und trottete davon. Rio sah ihm nach. Der Junge hatte die Schultern hochgezogen, turnte unsicher zwischen den Mauerresten und verschwand im Schatten. Bruder? – Ja. – O ja ... Bruder im bösen Blut, Blutsbruder ...

Er ging weiter. Sein Blick fiel auf die Stadtkarte der S-Bahn-Station. »Thiel-Allee«, las er ...

Es dauerte keine zehn Minuten, dann war er dort. Und es war alles so, wie er es immer vor sich gesehen hatte: Der große nüchterne Zweckbau. Der schwarze Bundesadler auf goldeloxiertem Grund am Eingang. BUNDESGESUNDHEITSAMT – BGA ...

Und da waren sie, die, die es so furchtbar wichtig hatten, die in ihren schwarzen Dienstlimousinen vorfuhren und dann, die Krawatte trotz der Hitze eng um den Hals geknotet, ihren Aufgaben zustrebten. Da waren hinter den spiegelnden Scheiben die Gummibäume und die Köpfe der Sekretärinnen. Und dort saßen sie nun wohl, konferierten, machten sich wichtig, diktierten ...

Dort hinter diesen Scheiben hatten sie zugesehen, gelächelt, dementiert, abgewiegelt ohne Ende, ihren Freunden aus der Industrie recht gegeben ... lange, über Jahre – so lange, bis es zu spät und nichts mehr zu retten war.

Was half da eine Pistole? Was machte er sich um sein Matratzen-Versteck im »Carola« Sorgen? Im Grunde war das, was er brauchte, eine Sprengladung. Ja, eine Bombe!

Er stand und starrte. Sein Rücken, der Nacken, sein ganzer Körper verspannte sich. Die Hände zogen sich zusammen. Der alte eisige Haß, er war zurückgekehrt.

Und das war gut so ...

Es war kurz nach neun, als Rio in die Windscheidstraße einbog.

Er blieb stehen.

Aus der Dämmerung leuchtete die kleine, diskret verschlungene Neonschrift »Carola«. Hinter den Fenstern der Erdgeschoßräume brannte wie immer Licht. Im zweiten Stock, wo auch er sein Zimmer hatte, war nur ein einziges Fenster erhellt.

Er ging noch einige Meter und verbarg sich hinter dem hohen grauen Rechteck eines Telefonschaltkastens. Dort blieb er fünf, zehn Minuten ... Nichts, keine Verdächtigen, die in irgendeinem geparkten Wagen Zigaretten rauchten. Niemand, der am Eingang herumlungerte. Ab und zu ein Wagen. Aber der glitt die Fahrbahn entlang und verschwand ...

Er überquerte die Straße. Das »Carola«, eine Art »Freizone«? Die Stasi hatte ihre »konspirativen Wohnungen« und »Objekte« gehabt, Berlin wimmelte zu allen Zeiten von Geheimdienstleuten, es gab Residenzen für Kontaktmänner,

V-Leute, Ganoven, die aus dem Verkehr gezogen werden mußten, verdeckte Ermittler. Es gab alles – aber daß er sich ausgerechnet an einem solchen Ort sicher fühlen konnte, war schon ziemlich exotisch ...

Doch nun war es ohnehin zu spät.

Sein Herz beruhigte sich. Die Hände in den Taschen, in sich eine tiefe Gleichgültigkeit, ging Rio auf die Haustür zu.

Der Summer – die Tür öffnete sich.

Er betrat die Eingangshalle und sah sich um. Keine Fußspitzen, die hinter den langen Fensterportieren hervorsahen. Und der Krauskopf saß wie immer hinter der Theke und las. Diesmal war es keine Zeitung, sondern ein Buch. Und auch der Fernsehapparat lief wie jeden Abend. Die Nachrichten. RTL.

Rio nahm den Schlüssel im Empfang, nickte nur dankend auf das freundliche: »Gute Nacht, Herr Wohlmann. Ich wünsche wohl zu ruhen.«

»Ich geh wahrscheinlich noch mal aus.«

»Ja dann ...«, sagte der Krauskopf und versenkte sich wieder in sein Buch.

Rio schloß sein Zimmer auf und lief an das Bett, steckte hastig die Hand unter die Matratze. Seine Fingerspitzen berührten Metall. Da lag sie, und soweit er sich erinnern konnte, lag sie genau an demselben Fleck, an dem er sie hinterlassen hatte. Er zog die Pistole hervor und ließ das Magazin herausgleiten. Es war schon eine Art Manie geworden, die Patronen zu zählen und ihre schimmernden Geschoßspitzen zu betrachten.

Er legte die »H&K« auf den Sekretär, öffnete seinen Koffer und holte aus dem Waschbeutel die beiden Ersatzmagazine. Er legte sie neben die Waffe, ging ins Bad, zog sich aus, stellte die Dusche an und fühlte, wie die peitschenden Wasserstrahlen Müdigkeit und Erschöpfung fortschlugen. Dann putzte er sich mit Hingabe die Zähne, ehe er sich neue Wäsche, die gebügelte Hose und ein neues Hemd anzog.

Er schob die »H&K« in den Gürtel, und der Druck am Hüftknochen schien ihm nun schon beinahe vertraut.

Phase Grün. So grün wie die grüne Wiese ...

Es war zwanzig vor zehn.

Am Ende der langen stillen Straße bewegten sich die Lichter der Fahrzeuge, die den Park umrundeten. Alles wie gehabt. Nur daß es heute wärmer, nein, schwüler war als das letzte Mal. Der Fußweg durch den Park ... Nicht mehr so viele Spaziergänger und Liebespaare – na Gott sei Dank. Auch der große Mietsblock lag ruhig. Und im Erdgeschoß, wo damals die Party stattgefunden hatte, waren die Jalousien heruntergelassen.

Es war nun völlig dunkel. Die beiden Laternen rechts und links des Max-Kramer-Platzes leuchteten und verteilten ihren stumpfen Milchglasschein auf die Autodächer.

Und dort, Hampels Haus ... die Nummer zehn ...

Rio lehnte sich gegen den Stamm einer alten Buche. Er kannte den Baum, selbst sein Geruch schien ihm vertraut. Etwa zehn Schritte vom Weg und von der Straße entfernt schob er sich in die Höhe. Ein großer Busch, der weiter unten am Wegrand wuchs, schützte ihn einigermaßen vor den Blicken neugieriger Spaziergänger. Und dazu gab es noch die Wolkendecke, die in dieser Nacht den Mond verhüllte.

Er sah auf seine Uhr: Punkt zehn! In den drei vergangenen Nächten war er so gestanden. Immer hatte er dasselbe beobachtet. Beamte, vor allem Regierungsdirektoren und auch ihre verfetteten Cocker sind pünktlich. Jedesmal um diese Zeit hatte sich drüben die Tür geöffnet.

Fünf Minuten nach zehn war es nun.

Über der Nummer zehn flammte das Eingangslicht auf.

Rios Herz begann zu hämmern. Seine Hand tastete nach der »H&K«. Ruhe jetzt, verdammt noch mal. Nur ruhig. Ihn kommen lassen. Er würde gleich oben an der Straße den kleinen Weg nehmen, der weiter vorne hangabwärts zum See führt. Und den Hund würde er wieder hinter sich herziehen. Der Cocker war ohnehin zu alt, als daß er noch irgend etwas mitbekam. An der Uferpromenade kam er dann von der Leine, während Herrchen es sich auf einer Bank mit seiner Zigarre bequem machte.

»Jetzt komm schon. Geh doch, Lola.«

Der Schatten tauchte oben auf der Straße auf. Dann verschwanden Hampel und Hund im Wald. Rio war jetzt so nahe, daß er Hampels Schritte und das Hecheln des Cockers hören konnte.

Laß ihn! Laß ihn seinen Weg gehen. Seinen letzten.

Rio stieß sich von dem Buchenstamm ab. Weiter unten, als er den Sandbelag des Spazierweges unter den Sohlen fühlte, blieb er stehen: Nirgends Stimmen, Schatten auf den Bänken, keine Zigaretten, die glühten, niemand – ideal.

Er lief nun. Lief bis zur Abzweigung. Hier gab es eine kleine Treppe. Er ging die Treppe hinab, auf Zehenspitzen. Den Atem angespannt, versuchte er mit den leichten Gummisohlen seiner Tennisschuhe jedes Knirschen zu vermeiden, die Schwärze der Schatten zerfloß im Grau des Sees.

Er blieb wieder stehen, zog die »H&K« aus dem Gürtel, spannte den Verschluß und öffnete die Sicherheitssperre.

Es ist soweit, Ludwig ... Du wirst es schon bald hinter dir haben, na schön. Aber jetzt hol ich auf, jetzt zieh ich gleich, denn diesmal, Ludwig – diesmal klappt es! Du wirst sehen ...

Am Seeufer hellte die Wasserfläche das Dunkel ringsum ein wenig auf, soviel zumindest, daß die Umrisse von Büschen und die Stämme der Bäume sich deutlich abzeichneten.

Er war nur noch wenige Meter vom Ufer entfernt, doch er befand sich noch immer auf dem schmalen Abwärtspfad. Er rannte nicht mehr. Er war stehengeblieben.

Es war das Hundebellen, das ihn alarmierte. Kein normales Kläffen, eher kreischende, spitze Laute, wie in höchster Angst. Nun ein Jaulen. Es brach ab.

Hampels Köter. Hatte Lola einen Tritt von ihm bekommen? Eigentlich unvorstellbar ...

Rio hatte das Seeufer erreicht und lauschte wieder. Nun war es nicht mehr Hundegebell und Gejaule – nein, dies war ein Mensch! Nur ein Mensch in höchster Angst konnte dieses kranke, erstickte Stöhnen ausstoßen ... Laut und so qualvoll klang es, als müsse der Mann dort ersticken, als ringe er mit dem Tod. Hampel?! ... Hampel, der aus irgendwelchen Gründen krepierte, einen Infarkt oder weiß der Teufel was bekommen hatte?

Rio lief los. Und sah ... Hampel rang vielleicht mit dem Tod, aber den brachten ihm zwei Männer. Ja, zwei mußten das sein, die dort auf ihn, der am Boden lag, einschlugen, ihn fertigmachen wollten. In der Stille ein Durcheinander von ersticktem Fluchen, Stöhnen, Schreien.

Einer der beiden, das sah Rio nun deutlich, hatte das Knie auf Hampels Kehle, doch Hampel schlug noch immer mit den Beinen, verschmolz mit ihren Schatten ...

Der andere aber sprang jetzt auf, kam ihm entgegen, nahm, die Arme halb erhoben, so etwas wie eine Karatestellung ein.

Rio nahm die »H&K« hoch.

»Hilfe!« schrie es. »Hilfe!«

Der Schrei erstickte.

Der Mann vor ihm war schlank und groß gebaut. Er zögerte. Dann drehte er den Kopf: »Pit! – Da iss eener, Pit! Hau bloß ab! Der hat 'ne Kanone!« – und rannte.

In Rio waren Hilflosigkeit und eine Art leeres Staunen. Er

wartete, bis das Getrappel der Flüchtenden auf dem Weg verklungen war. Dann kniete er sich neben Hampel.

Der schwere Mann regte sich nicht. Er stöhnte auch nicht länger. Nur sein heftiger Atem war zu hören.

Widerstrebend drückte Rio die Fingerspitzen gegen die Schläfen. Hier war der Puls – schnell und unregelmäßig, die Haut war schweißig und kühl.

Rasch zog er seine Hand zurück. »Hampel ...«

Er regte sich nicht, bewegte nicht einmal den Kopf. Doch jetzt, ja, er öffnete die Lippen: »Ja?«

Rio sicherte die Pistole und steckte sie in den Gürtel zurück.

»Haben Sie Schmerzen? Haben Sie sich irgendwas gebrochen?«

»Glaube ... glaube nicht ... Mir ist nur schlecht.«

»Kann ich mir denken.«

Sein Atem wurde ruhiger. »O Gott ... Die kamen einfach aus dem Gebüsch. Einer schnappte sich gleich meine Brieftasche. Aber das reichte ... reichte denen nicht ...«

Etwas rührte sich an Rios Knie. Seine Hand fühlte über Fell. Nun kam ein leises, jämmerliches, schluchzendes Fiepen.

»Lola?« flüsterte Hampel.

Der Gedanke an seinen Hund schien ihm Kraft einzuflößen. Er stützte sich auf, stöhnte. In dem wenigen Licht war nun das Gesicht zu erkennen. Ohne die Brille wirkte es wie heller, auslaufender Teig.

»Meine Brille ...«

»Sie haben sicher noch 'ne zweite. Sehen wir zu, daß Sie nach Hause kommen.«

»Ja. Vielleicht kommen die Kerle zurück ...«

»Glaube ich kaum. Aber besser ist es.«

»Ja. Auch wegen Lola.«

»Was sonst«, knurrte Rio und wußte nicht, ob er jetzt laut

lachen sollte. Aber ihn so abzuknallen? Ging doch nicht. Am besten, er lief auch davon ...

Er war schwer. Und ob er schwer war! Es kam Rio so vor, als schleppe er einen Sack nassen Zement den Hang hoch, einen stöhnenden, keuchenden Sack. Den Arm hatte Hampel um Rios Schultern gelegt, mit seinem ganzen Gewicht hing er an ihm, und Rio – er zog ihn den Weg hoch, auch ihm begann die Luft auszugehen, bei Gott: Sie waren das Paar des Jahrhunderts.

Dann aber war es doch geschafft. Stumm und nach Luft ringend standen sie auf dem Platz. »Diese Dreckslumpen«, flüsterte Hampel schließlich, »diese verdammten Gangster.«

Dann aber ging eine sonderbare Verwandlung mit ihm vor. Das Atmen fiel ihm noch immer schwer, er drehte sich, und das Licht der Laterne lag auf dem fleischigen brillenlosen Gesicht. »Vielen Dank ... Wirklich. Vielen Dank ...« Dabei griff er nach seiner Krawatte. Rio hatte sie ihm unten am Weg noch gelockert, nun schob er den Knoten hoch. Angesichts der Nachbarn schien er Wert auf einen ordentlichen Sitz zu legen, auch die Schultern strafften sich – er wuchs buchstäblich um Zentimeter.

»Komm, Lola.«

Lola jedoch war bereits vorausgewatschelt. Sie schleppte ihre Leine hinter sich her, strebte glücklich dem Haus Nummer zehn entgegen.

Hampel war stehengeblieben. Die Straßenlampen erfaßten sein Gesicht. Eine Dreckspur zog sich über die Stirn. Sand klebte am Kinn. Der Hals war gerötet, die Ärmel der Leinenjacke zerrissen.

»Diese dreckigen miesen Banditen ... Es ist unglaublich! Es ist nicht zu fassen! Das Ende ist das doch ... Die Apokalypse. Wo sind wir denn? In Berlin oder in der Bronx? Es ist ...«

Er schüttelte den Kopf und sonderte zwischen den geschwollenen Lippen einen stöhnenden Protestlaut aus und legte dann Rio feierlich die Hand auf die Schulter.

»Und Sie. Sie kamen im letzten Moment. Der liebe Gott muß Sie geschickt haben. Endlich kann ich Ihnen danken. Übrigens, mein Name ist Hampel.«

Rio nickte. Und da der Dicke auch jetzt auf einer Vorstellung bestand, sagte er zögernd: »Wohlmann.«

»Herr Wohlmann? Nun kann ich dem Mann, der mir das Leben rettete, endlich ins Auge blicken. Meinen tiefempfundenen Dank, Herr Wohlmann ... Wenn es Sie hier gerade nicht gegeben hätte ... nicht auszudenken ist das ... Überhaupt nicht auszudenken ...«

Rio wischte sich den Schweiß von der Stirn.

»Ist schon gut ...«

»Ist schon gut, sagen Sie. Nichts ist gut. Nichts ... Überhaupt nichts. Sie haben es doch gerade selbst erlebt: dieser Staat, die Gesellschaft, die so etwas toleriert ... Zum Untergang ist sie verurteilt. Kaum geht man aus dem Haus, wird man schon überfallen. Wo ist denn meine Lola ...«

»Drüben. Vor der Gartentür.«

»Ich darf Sie doch bitten mitzukommen. Wir können doch ein solches Erlebnis nicht einfach so ... hm ... abklingen lassen. Ein Glas Wein vielleicht. Oder einen Whisky. Wir hätten das doch beide nun verdient. Finden Sie nicht?«

Rio nickte. »Beide verdient?« Ein Faß Whisky hatte er verdient. Ein ganzes Faß, und das allein für sich.

Von Sekunde zu Sekunde erschien ihm die Situation absurder, verrückter – nein, gespenstischer.

Hampel stieß die schmiedeeiserne Gartentür auf.

»Bitte, kommen Sie doch, Herr ... Herr ...«

»Wohlmann«, wiederholte Rio geduldig.

»Wohlmann ... Natürlich ... Ich bitte um Verzeihung. Wissen Sie, ich bin einfach zu aufgeregt. Und das, das kann man ja doch verstehen, nicht wahr.«

Hampels Wohnungseinrichtung war so, wie Rio es erwartet hatte, nur der Modigliani-Druck eines Frauenakts neben dem gemauerten Eckkamin überraschte ihn. Sonst: siebziger Jahre und blauer Plüsch. Ein Bücherregal, daneben die Hausbar, und in der Ecke Lolas Körbchen. Sie hatte sich bereits darin zusammengekringelt. Zwischen ihren Hängeohren sandte sie Rio einen langen, insistierenden, melancholischen Blick. Sie mochte alt, fett und blöd sein – aber sie war nett.

Rio setzte sich. Wenn in seinem Leben jemals Sentimentalität fehl am Platze gewesen war, dann jetzt.

Er lehnte sich in seinem blauen Sessel zurück und zündete eine Zigarette an.

»Mit Eis – ohne?« fragte Hampel von der Hausbar her.

»Ohne.«

»Mach ich auch immer. Ist besser für den Magen. Ich hab' da 'nen schönen alten Scotch, wissen Sie, das Getränk für die besonderen Gelegenheiten. Na dann ...«

Er hatte zwei Gläser in den Händen und blinzelte bedeutungsvoll. Die Farbe der Augen war von fahlem Grau. Man sah, daß er kurzsichtig war. Der Blick wirkte seltsam hilflos und nackt. Rio fürchtete bereits, daß er jetzt rüberkäme, um mit ihm anzustoßen; aber er kippte den Whisky mit einem Schwung weg, gab Rio das andere Glas, setzte sich ihm gegenüber, kreuzte die dicken, fleischigen Finger über dem Bauch, zog die Schublade des Rauchtischs auf, entnahm ihr eine neue Brille und sah Rio nun direkt an.

»Das waren Ossis«, verkündete er. »Das waren mit Sicherheit Ossis.«

»Die vom Weg da unten?«

»Ja, was denn sonst, Herr Wohlmann?«

Rio zuckte mit den Schultern und trank einen langen Schluck. Der Whisky war tatsächlich Klasse. Und er half.

»Ich weiß nicht, wie Sie politisch stehen, Herr Wohlmann, ich will Sie auch gar nicht fragen, geht mich ja nichts an, nicht wahr?« Hampel hielt sein Taschentuch in der Hand und tupfte die Stirn damit ab, betrachtete schaudernd das Ergebnis und schüttelte den Kopf. »Eigentlich müßte ich ja ins Bad ... Ich sehe fürchterlich aus!«

»Es geht«, sagte Rio.

»Ja, Ossi-Banditen! – Wenn die Wiedervereinigung, über deren Sinn man wirklich geteilter Meinung sein kann, irgendeine katastrophale Auswirkung gehabt hat, dann in dieser Stadt ... Drogentäter, Junkies, die für eine Spritze alles zu tun bereit sind – und als ob das nicht reichte, müssen auch noch die Ostzonenkriminellen dazukommen. Und die sind die gefährlichsten. Die sind trainiert. Und wissen Sie, von wem?«

Rio schüttelte den Kopf.

»Von der Russenmafia, Herr Wohlmann. Haben Sie doch sicher auch schon gehört. Das, zum Beispiel, waren trainierte Täter – nicht so ein Müll von Drogenabhängigen. Die haben ja keine Kraft. Von denen hat ja jeder zweite bereits das Virus, nicht wahr ... Aber Kerle wie die eben, die verstehen ihr Geschäft. Ich bin ja kein Leichtgewicht, aber wie die mich ansprangen – ruckzuck ging das, unglaublich ...«

Nun fixierte sich der Blick auf Rio und spiegelte nichts als die reine, uneingeschränkte Bewunderung.

»Aber Sie, Herr Wohlmann ... Sie sind ja nun auch nicht gerade – nehmen Sie mir das nicht übel –, ein Athlet sind Sie ja nun auch nicht. Wie haben Sie's denn geschafft, diese Schweine in die Flucht zu schlagen?«

»Wie? – Eine gute Frage.«

Rio griff unter seine Jacke, zog die »H&K« heraus und legte sie auf den Tisch. Hampels Kinn sackte herunter.

»Eine Pistole ... Eine »Neun-Millimeter«, nicht wahr?«

»Ja.«

»Aber wieso? Sind Sie Beamter?«

»Wie Sie?« Rio schüttelte den Kopf.

»Ich meine, Polizist?«

»Auch nicht.«

Hampel nickte ehrfürchtig. »Ich verstehe ... Sie haben einen Waffenschein. Es ist ja heutzutage tatsächlich so – wir haben es ja gerade erlebt –, daß man nur noch bewaffnet spazierengehen kann.«

»Ich habe keinen Waffenschein. Und ich gehe auch nicht abends spazieren. Dies heute war ein besonderer Spaziergang, Herr Regierungsdirektor.«

»Woher wissen Sie denn, Herr Wohlmann, daß ich Regierungsdirektor bin?«

»Das weiß ich eben, Herr Hampel. Und heute hatte ich nur einen einzigen Grund, am Abend im Park spazierenzugehen. Wollen Sie ihn wissen?«

»Ich bitte darum. Was war das für ein Grund?«

»Sie zu erschießen, Herr Hampel.«

Kleine – Kleines ... Hab keine Angst, er kommt wieder zur Vernunft, im letzten Augenblick – wie immer. Ich kenne ihn doch! So war es jedesmal. Und so wird es auch jetzt wieder sein ...

Vera lag auf der Couch, sie lag auf der Seite und hatte eines von Rios Jeanshemden und ein Kissen im Arm.

Das Telefon stand in Reichweite auf dem niederen Tisch. Vera hatte sich durch die verschiedensten TV-Programme durchgezappt, ohne auch nur eine Andeutung dessen aufgenommen zu haben, was gesendet worden war. Nun sprach sie wieder mit dem Kind, ihrem Kind – »unserem« Kind.

»Was wünschen Sie sich denn, Frau Martin?« hatte Jan

Herzog gefragt, als er ihr das Ergebnis des Schwangerschaftstests mitteilte ... »Was wünschen Sie sich?« – Sie war viel zu verwirrt gewesen. Mein Gott, alles, was in ihrem Leben wichtig war, schien sich auf wenige verrückte Tage zu verdichten. Die Zeit war zum Brennglas geworden.

Was?

Ein Mädchen würde es werden, was sonst? Noch war es wohl nichts als ein kleines Zellhäufchen, doch, und davon war Vera überzeugt, verfügte es bereits über Leben – und damit über eine Seele. Und diese Seele würde vielleicht verstehen, diese Seele konnte vielleicht auf irgendeine unerklärliche Weise auch Rio erreichen ...

Er ist in Berlin, Kleines ... Und er ist nur wegen seines elenden Gerechtigkeitsfimmels dorthin gefahren. Dieser elende Gerechtigkeitstick hat ihm schon soviel Ärger eingebracht. Aber er kann nun mal nicht anders ...

Die Tränen kamen wieder. Sie kamen viel zu oft. Auch die elende Heulerei mußte sie in den Griff bekommen – so vieles war in den Griff zu bekommen!

Das Telefon.

Rio! – Mein Gott, Rio! Endlich ... Wer sonst würde denn jetzt, um die Zeit, kurz vor Mitternacht, noch anrufen?

Es war nicht Rio. Es war der Arzt. Es war Jan Herzog.

»Frau Martin? Es tut mir leid, daß ich Sie noch so spät anrufen muß ...«

Herzogs Stimme klang nicht, als würde er irgend etwas bereuen. Kräftig klang sie, kräftig und bestimmt.

»Sie stören doch nicht, Doktor.«

»Wissen Sie, Frau Martin, es ist ... ich meine, ich rufe deshalb zu dieser Stunde an, weil ich erst jetzt nach Hause gekommen bin und die Post durchsehen konnte.«

»Ja?« Ihr Herz schlug schneller.

»Wir haben doch, ehe Ihr Mann nach Berlin fuhr, diesen Test ... Übrigens, ist er zurück?«

»Nein. Noch nicht.«

»Dann kann ich's ja auch Ihnen sagen.«

Sie starrte auf irgendeinen Punkt an der Wand. Es war einer der arabischen Dolche, die Rio aus Tunesien mitgebracht hatte. Der Dolch verschwamm, ihr Atem setzte aus.

»Bitte«, flüsterte Vera.

»Ich ... ich habe eine gute Nachricht, Frau Martin.«

»Der Test? Ist er ... ist er ...«

»Ja, er fiel negativ aus.«

»Himmel, o du lieber Himmel ...« Sie ließ sich auf die Couch zurücksinken, umklammerte dabei den Hörer mit beiden Händen, als brauche sie etwas zum Festhalten, um in dieser heißen Woge von Glück nicht ertrinken zu müssen. »Ich ... ich weiß gar nicht ... oh, ist das nicht wunderbar?«

»Das ist es wohl. Sie haben das Resultat noch cross-getestet. Zuerst mit dem Elisa-, dann mit dem Abbott-Test. Es blieb jedesmal das gleiche. Es widerlegte den ersten Test. Rio ist Aids-frei. Leider kommt eben manchmal so ein Irrtum ...«

Er erzählte ihr irgend etwas von häufig auftretenden Fehlerquellen bei Testverfahren, sie lauschte, aber ihr Gehirn nahm die Worte nicht auf. In ihr war nichts als ein stilles, glückliches Kreisen.

Dann raffte sie sich zusammen.

»Oh, Doktor«, flüsterte Vera, »Jan! Mensch, Dr. Herzog! – Am liebsten wäre ich jetzt bei Ihnen und würde Sie abküssen!«

Der Hund seufzte in seinem Körbchen.

Irgendwo mußte es eine Uhr geben – vorher hatte er sie nicht gehört, doch nun vernahm er das feine Klicken des Quarzwerks. Draußen umrundete ein Moped den Platz. Es klang, als knattere es über dem Tisch, auf dem die Pistole lag.

Hampel starrte wie hypnotisiert auf die »H&K«. Ihr Lauf schimmerte matt.

»Sie ... Sie wollten mich ...«

»Ja. Ich wollte Sie schon im Park erschießen.«

Er fingerte wieder an seinem Krawattenknopf, riß ihn auf, öffnete das Hemd. Die große Schwellung an seiner rechten Halsseite hatte sich inzwischen dunkel verfärbt, die geschlossenen Lippen blubberten Laute, ein Speichelfaden zog sich vom rechten Mundwinkel zum Kinn. Der Blick aber hing noch immer wie fasziniert an der Waffe.

»Aber ... das ist doch ...«

Er faßte nach der Herzseite, die Hand verkrampfte sich in dem schmutzigen Stoff des Hemdes. Dabei flüsterte er: »Warum? – Sie ... Sie kennen mich doch gar nicht.«

»O doch.«

»Woher?«

»Aus meinen Alpträumen, Herr Hampel. Ich träume sehr oft von Ihnen. Oder aus meinem Aids-Test, das auch. Sie sehen, ich bin kein Fixer, kein Junkie. Ich bin auch nicht homosexuell. Ich wurde nur einmal wegen einer ganz harmlosen Geschichte operiert ...«

Rio nahm einen Schluck aus dem Glas, dann setzte er den Zeigefinger seitlich an den Pistolengriff und schob ihn ein wenig zur Seite. Die Waffe drehte sich – die Laufmündung wanderte in die Richtung des dicken, schnaufenden Mannes.

»Das ... das ist sicher sehr schrecklich. Aber was, um Himmels willen, habe denn ich damit zu hin?«

»Viel. Sehr viel sogar, Herr Hampel.«

Wieder schob Rios Zeigefinger die Waffe ein wenig zur Seite. Nun deutete die Mündung direkt auf Hampels Bauch. Er starrte wie das vom hypnotischen Blick der Schlange gebannte Kaninchen darauf.

Rio lächelte: »Ich will gerne versuchen, das zu erklären.

Viel braucht es ja nicht. Sie wissen schließlich selbst am besten, wieso Sie von Ihrem Minister geschaßt worden sind ...«

Hampel schwieg. Er zog ein Taschentuch aus der Hose und tupfte sich die Mundwinkel ab. Seine neue Brille war ihm auf die Nase gerutscht. Und dahinter – die Augen. Nichts enthielten sie als Angst und Vorwurf.

»Sie können sich an gar nichts erinnern, Herr Regierungsdirektor? Ist es das, was Ihnen so viel Schwierigkeiten macht?«

Die Stille hielt an. Hampel schwieg beharrlich weiter.

»Ja, ja, das Gedächtnis«, sagte Rio. »Aber versuchen Sie's doch mal ... Nehmen wir zum Beispiel als Stichtag den 1. Oktober '85. Damals stand ja schon zwei Jahre fest, daß Plasma und Plasmaprodukte die Weiterverbreitung von Aids in andere Bevölkerungsgruppen besorgen – vor allem unter den Hämophilen, den ärmsten aller Opfer ...«

»Damit habe ich doch nichts zu tun! Ich war doch nichts als ...«

»Natürlich, nichts als ein kleiner Beamter – wollen Sie das vielleicht sagen? Sie waren ein hoher Beamter, Hampel. Das zu Nummer eins. Aber selbst als kleiner Beamter sind Sie immer Verantwortungsträger, so wenigstens steht es in den Dienstverträgen, so heißt es bei den Versammlungen.«

Hampel schloß ergeben die Augen.

»Aber das ist ein anderes Thema. Davon reden wir vielleicht noch ... Bleiben wir mal bei '85: Selbst die Pharmaindustrie hat damals vor den Gefahren, die in unsterilisierten Plasmaprodukten lauern, gewarnt. Aber da gab's ja diese großartige Lobby, dieses Kartell von Geschäftemachern, zweifelhaften Existenzen, Bankrotteuren – das sage nicht ich, das schreibt die Presse. Na ja, und als ihr euch dann im BGA durchgerungen habt, Ende '85, endlich festzulegen, daß die Produktsterilisierung zur Pflicht gemacht wird, da ging's gleich rund. Und wer war der erste, der sich voll Verständnis der Klagen des Blutkartells annahm? Doch ein gewisser Regierungsdirektor Bernhard Hampel – stimmt's?«

Hampel hielt die Lider geschlossen. Auf seiner Stirn glänzten feine Schweißperlen. Sonst war er nichts als eine Masse stummen Fleischs und Fetts. Gut, die Masse atmete, der Bauch bewegte sich in heftigem Auf und Ab; die dünnen weißen Haare waren ihm auch ziemlich durcheinander geraten, als er hektisch die Finger durchschob. Auch die Schmutzstreifen und das geronnene Blut an seinem Kinn gab es noch ...

Rio betrachtete ihn mit wachsendem Ekel.

»Aufwachen, Hampel! Sie wollten doch wissen, warum ich Sie nachher erschießen werde. Oder wollen wir's gleich hinter uns bringen?«

Der Regierungsdirektor fuhr hoch. Seine Augen waren nichts als zwei kreisrunde Öffnungen in einem kantigen, schweißigen, blassen Gesicht.

Entsetzen stand darin.

»Da sind wir ja nun wieder«, sagte Rio und gab der Pistole einen Schubs. »Bernhard Hampel, der operative Kopf all dieser Abwehrschlachten. Und gut plaziert im BGA. Nicht der Maulwurf, eher schon die Spinne im Netz ... Könnte man es nicht so definieren?«

»Sie – Sie irren sich ...«

»Das tun alle, die was herausfinden und kritisieren. Das ist seit ewigen Zeiten so ... Aber nochmals zum Thema, sonst verlier' ich den Faden: Sie waren ja nun wirklich Ihr Geld wert, Hampel. Mein Gott, für die paar Beraterverträge, die eine oder andere Vergnügungsreise – zum Beispiel nach ›Can Rosada‹ auf Mallorca –, was haben Sie sich da ins Zeug gelegt! In Ihren Klausurtagungen, in den Memos, in den ›Aufklärungsgesprächen‹, den Symposien der ›Betroffenen-

Kreise‹ – ›Gefahrenquote eins zu einer Million‹, war die Devise, nicht wahr? Alles andere nichts als maßlose, durch die Sensationshascherei der Presse gekennzeichnete Übertreibung. Und, wie hieß das so schön in einem Ihrer Rundschreiben: ›In dieser Panikmache sehe ich nichts anderes als einen Ausdruck des unersättlichen Erwerbstriebs unverantwortlicher Medien ...‹ Fein gesagt! So sahen Sie's halt. Die Perspektive Hampel ...«

»Das lief vollkommen anders. Und wenn Sie schon von Entscheidungen reden ... Entscheidungsträger war doch nicht ich, das war der Präsident.«

»Und Sie sein kleiner goldener Mann im Ohr, stimmt's? – Natürlich, der Herr Präsident, wer sonst? Nicht Ihre Kompetenz, die der anderen. So läuft's immer. Und Ihr Herr Präsident, der war nun mal meistens etwas schwer zu haben. Der schwirrte rum ... Ob Genf, Paris, London, die USA oder Ferner Osten, er war halt immer auf Reisen. Wie nanntet ihr ihn im BGA so schön? ›Mister Überall‹ ... Aber eigentlich war's auch ganz praktisch, stimmt's? Mit einem ›Überall‹ im Kreuz kann man sich so ziemlich alles leisten.«

Hampels dicke Finger kneteten hilflos den Hosenstoff an seinen Knien. Rio betrachtete ihn wieder. Er fühlte nun keinen Haß mehr – und auch die erste, fast sadistische Lust, endlich das zu sagen, was er monatelang in sich herumgetragen hatte, der Wunsch, es auch noch dort anzubringen, wo es hingehörte, war verklungen. Er fühlte nur noch Widerwillen – auch gegen sich, gegen die Tatsache, daß er hier saß, bei dem hilflosen Versuch, durch all dieses Fett in ein Gehirn durchzudringen, das ihn ohnehin nicht verstand, weil ihm längst jede menschliche Regung, jeder Funken von dem, was überall als ›Moral‹ beschworen wird, abhanden gekommen war.

Schlußakt! dachte Rio, während er die bläulichen, krampfhaft geschlossenen Lider Hampels betrachtete. Früher, dachte er, als du mit deinen Interviews versucht hast, hartleibige Ganoven zu knacken, war's auch nicht einfach. Der aber hier, der schlägt alles! Trotzdem, knack ihn. Jawohl: Schlußakt. Finale! Laß die Puppen nochmals tanzen ...

»Haben Sie ein bißchen Phantasie, Hampel? Ich meine, außer der Phantasie, die es braucht, um bei Ihren Industriefreunden ein Gutachterhonorar oder einen Beratervertrag herauszukitzeln ...«

»Sie behandeln mich wie einen Lumpen ... Von was reden Sie eigentlich?«

»Reden wir zum Beispiel vom Thema Verantwortung, Hampel. Stellen Sie sich mal vor, Sie würden in einer dieser wunderschönen Talk-Shows sitzen, und der Moderator würde ankündigen: Und hier, meine Damen und Herren, unser Überraschungsgast – Herr Regierungsdirektor Hampel vom Bundesgesundheitsamt! Er wird Ihnen nun seine Sicht der Dinge darstellen. Sie werden dabei erfahren, wie sich die Sache mit den Aids-verseuchten Plasmaprodukten, die so viel Unheil über uns gebracht haben, in Wirklichkeit verhielt. Er wird Ihnen mitteilen, daß er zu Unrecht entlassen wurde, daß er ferner die Sache von Anfang an voll im Griff hatte, daß man ihn – wie auch die anderen leitenden Herren – aus persönlichen Gründen plattgemacht hat, er in Wirklichkeit aber immer ein aufrechter Kämpfer für eine sachdienliche Kontrolle gewesen ist. Deshalb, meine Damen und Herren, das Thema ›Verantwortung‹ ...«

Rio nahm die Pistole. Er legte sie auf die Knie. Fest umschloß seine Hand den Griff. Der Mann dort drüben, keine zwei Meter von ihm entfernt, schien in seinem Sessel zu schrumpfen. Die Perlen auf seiner Stirn wurden zu Schweißbächen, die rechts und links seiner Wangen niederrannen.

»Das Thema lautet Moral und Verantwortung, Herr Hampel. Sie haben das Wort.«

»Sie ... Sie sind ein ... ein ... Sie bedrohen mich hier, und dann ...«

»Ja, und dann verlange ich etwas ... Wir können das Thema auch variieren. Sprechen wir von verantwortungsbewußter Kontrolle. Wie heißt der schöne Terminus: ›Aufsichtspflicht des Staates‹ ... Und lassen wir dabei die Aufsichtspflicht über Frittenbuden, Wirtshäuser und Pharmaklitschen beiseite. Reden wir doch mal von der Kontrolle über den Beamtenapparat. Über Typen wie Sie! Das müßte Ihnen doch gefallen. Haben Sie nicht auch geschworen, treu zu dienen und das Böse abzuwenden?«

»Sie haben ... Es gibt ...«

»Es gibt keine solche Kontrolle, stimmt's? Sonst säßen Sie ja längst im Knast, statt hier Ihre Lola spazierenzuführen ... Nicht nur Sie, Hunderte, Tausende Ihrer Sorte! Nun gut, man geht halt etwas vorzeitig in Pension – aber ein Verfahren, und sei es nur ein Disziplinarverfahren, ist doch nicht drin. Ich bitte Sie!«

Rio griff zum Glas und trank es leer. Dann nahm er die »H&K« und zog den Verschluß zurück. Das metallische Knacken ließ Hampel zusammenfahren, er schob die Fersen vor, sein Körper erstarrte, und diese Starre wurde durch ein konvulsives Zittern abgelöst, das all seine Glieder erfaßte.

Rio sah es sich an.

»Nein ...« Ein Schluchzen. »Bitte! Bitte nicht ...«

Rio hob den Arm und zielte. Wie nannte Ludwig Kiefer das? »Maßnehmen« ... Maßnehmen geht noch. Aber der Rest ... Nein, ganz kann ich nicht deinen Wünschen entsprechen, Ludwig. Schließlich ist da noch ein Kind ... Und soll das einmal sagen: Mein Alter, das war ein Mörder?

»Lassen Sie mich! Was hab' ich Ihnen denn getan?« schrie Hampel.

»Was Sie mir getan haben? – Reden wir nicht davon.« Rios Stimme war nun leise und eiskalt: »Nehmen wir die anderen. Nehmen wir die viertausend Bluter, von denen schon vor 1988 die Hälfte infiziert war. Oder reden wir von dem halben Tausend Hämophilen, die inzwischen gestorben sind. Reden wir von den Frischoperierten, die das Teufelsplasma bekamen ... Nein, reden wir nicht mehr von Schuld und Verantwortung. Wo Ihre Schuld liegt, das wissen wir beide. Und wo Ihr Verantwortungsgefühl ist? Nun, da ist nichts zu entdecken – nichts als ein dunkles, übelriechendes Loch!«

Hampel machte den hilflosen Versuch, sich aus dem Sessel hochzuschieben.

»Sitzenbleiben! Es ist gleich vorbei, Hampel. Ein Loch, ein Abgrund ... Leider nicht nur Ihrer, Hampel. Es ist der Abgrund, in den ich gefallen bin. Das, Herr Regierungsdirektor, wollte ich Ihnen klarmachen. Und jetzt ist Schluß!«

Er zielte in Hampels Gesicht, dann auf Hampels Herz – und zog den Abzug durch.

Ein metallisches Klicken.

Hampel schrie auf.

Stille.

Hampel war zusammengesackt. Seine Lider zitterten, öffneten sich halb.

»Sehen Sie, Herr Hampel, so ist das ...« Rio grinste. »Vielleicht hätte ich Ihnen sagen sollen, daß ich die Patronen vorher aus dem Rahmen genommen habe. Dann hätten Sie wahrscheinlich nicht in die Hose gemacht ... Nun, Sie können sie ja zur Reinigung bringen.«

Er warf einen Blick auf den großen dunklen Fleck zwischen Hampels Beinen, stand auf – und verschwand in der Nacht ...

Diesmal waren sie da. Sie warteten auf ihn. Daß er es sofort erkannte, dafür sorgten sie selbst. Einer lehnte an der Mauer der »Carola«-Einfahrt, der andere saß im Wagen, hatte auch noch die Innenbeleuchtung eingeschaltet und war dabei, irgendeiner Zentrale irgend etwas ins Telefon zu erzählen.

Rio löste sich von der Hausecke und lief das kurze Stück zurück zum Park – ein Schatten unter Schatten.

Es dauerte nicht länger als vier Minuten, dann glitt ein freies Taxi heran. Er hob die Hand, der Wagen stoppte, der Fahrer öffnete die Fronttür.

»Stuttgarter Straße«, sagte Rio. »Die Nummer kann ich Ihnen nicht sagen, aber ich zeige Ihnen das Haus ...«

Er hatte Laszlos Adresse vergessen – wie auch nicht, nach so langer Zeit? Aber den alten Jugendstilkasten gab es noch, und als Rio ausgestiegen war, erkannte er, daß das Haus ganz schön aufgemotzt worden war: neuer Fassadenanstrich, neue Fenstereinfassungen, neue schmiedeeiserne Lampen ... Und Laszlo, das war das Wichtigste, gab's gleichfalls noch!

Hier stand es: LASZLO NÄGELE.

Laszlo würde ihm weiterhelfen, Laszlo half allen weiter, auf die er Wert legte – ein Laszlo, der Nägele hieß, aus Stuttgart stammte, in Berlin in der Stuttgarter Straße wohnte, weil ihm irgendwann mal das Pflaster der Spätzle-Metropole zu heiß geworden war.

Er selbst öffnete Rio die Tür, noch magerer, noch grauer als damals. Doch es waren dieselben schwarzen, schnellen Vogelaugen.

»Ich fall um! – Du?!«

»Ja, ich.«

»Mensch, Mensch, Mensch – komm bloß rein!«

Laszlo trug einen schwarzweißen Kimono. Auch da hatte sich wohl nichts geändert. Jedesmal, wenn er von seinen strapaziösen Hehlergeschäften in die Wohnung zurückkehrte, ließ er, wo er gerade stand, die Klamotten fallen, um den Kimono überzuziehen. Die Wohnung aber? ... Bereits im Gang grüßte Rio eine überdimensionale Pop-Tomate aus Plastik, die Wände des Wohnzimmers waren bunt wie der Regenbogen und keines der Möbel dort drinnen höher als zwanzig Zentimeter.

»Hallo!«

Rio drehte sich um: Die Blondine vom Dienst, selbst sie hatte Laszlo beibehalten ...

»Das ist Evi. Und wer das ist, Baby, glaubst du nicht. Das ist Rio! Weißt du, der Starjournalist, von dem ich dir erzählt habe; der, der mich damals aus dem Knast herausgehauen hat.«

Darauf bekam Rio Küsse auf beide Wangen.

»Und jetzt zisch ab und besorg uns was zum Schlucken.«

Laszlo sah ihn an. Dann sagte er: »Und?«

»Kannst du mich für eine oder zwei Nächte beherbergen?«

»Was für eine blöde Frage. Aber was ist los?«

»Die Bullen.«

»Hinter dir sind die her? Mach doch keine Witze!«

»Ich mach' keine Witze«, sagte Rio. »Ich erzähl's dir morgen.«

Die Blonde brachte ein Tablett mit einer Flasche Whisky und zwei Gläsern.

Rio schüttelte nur den Kopf. Er sah Hampels Wohnung, sah den Dicken an der Bar stehen. Niemals mehr im Leben würde er einen Tropfen Whisky anrühren. Jetzt wollte er nur eines: schlafen, schlafen – und Vera anrufen ... Dazu allerdings mußte er in besserer Verfassung sein. Also morgen ... Gleich morgen früh ...

Nach einem totenähnlichen Schlaf wurde Rio durch ein merkwürdiges, aber angenehmes Geräusch geweckt.

Es dauerte lange, bis er das melodische Auf und Ab als das Gurren zweier Tauben ausmachen konnte, die draußen auf dem Fensterbrett vor seinem Zimmer ihre Spiele trieben. Es dauerte noch länger, bis ihm klar wurde, um welches Zimmer es sich handelte – und wie er hineingeraten war.

Er stand auf, zog den Morgenmantel an, der dort, sorgsam über eine Stuhllehne gefaltet, auf ihn wartete, und ging durch die riesige Altbauwohnung.

Niemand.

Die Wohnung war leer.

In der Küche lag ein Zettel auf dem Tisch: *»Bis Mittag, Alter …«* In der Kaffeemaschine gab es heißen Kaffee, auf dem Tisch stand ein Frühstück mit frischen Brötchen.

Rio lächelte dankbar. Er strich sich ein Brötchen und aß mit Heißhunger. Der Kaffee begann zu wirken. Er stand auf und schaltete das kleine Fernsehgerät auf dem Küchenbord an.

Nachrichten. Die Tagesschau: Bosnien, Weltwirtschaftsgipfel, Streik in der Autoindustrie … Und dann?! … Was sagte der Sprecher da?

»Wie wir bereits in unseren gestrigen Spätnachrichten meldeten, hat auf der Insel Mallorca ein deutscher Urlauber den durch den Aids-Skandal in Verruf geratenen deutschen Pharma-Unternehmer Thomas Engel mit einer Aids-verseuchten Spritze angegriffen und verletzt. Bei dem Täter handelt es sich um den siebenundsechzigjährigen Ludwig Kiefer, einem pensionierten höheren Polizeibeamten.
Obwohl die Motive der Tat noch im Unklaren liegen, wird angenommen, dass es sich um einen persönlichen Racheakt handelt.
Kiefer kam bei einem Schusswechsel mit der spanischen Polizei ums Leben. Zuvor jedoch soll er den spanischen Behörden Informationen gegeben haben, die zur Verhaftung zweier deutscher Staatsan-

GEHÖRIGER, DES GESCHÄFTSFÜHRERS DER FIRMA ›BIO-PHARMA‹, JOCHEN HOCHSTETT, UND DES BERUFSLOSEN, POLIZEIGESUCHTEN RENÉ HONOLKA GEFÜHRT HABEN.«

Rio schaltete ab.

Er ging zum Tisch, sackte dort auf dem Stuhl zusammen. Er sah sich in der fremden Küche um – und dachte nur Veras Namen. Er mußte ihre Stimme hören, wissen, erfahren, daß es sie gab ...

Mein Gott! Ludwig! Ludwig, das verstehst du sicher ... Ludwig, sieh doch, ich hab' eine Frau, und die ist doch schwanger ...

Er ging in den großen, lichten bunten Raum, in dem das Telefon stand, und wählte seine Münchner Nummer. Vera war sofort am Apparat.

»Ich bin's«, sagte er. Schweigen. Dann vernahm er ein unterdrücktes, fassungsloses Schluchzen. »Vera, Kleines«, flüsterte er. »Weißt du, gerade habe ich im Fernsehen gesehen, daß ...«

Er sprach nicht weiter. Ihm fiel ein, daß Vera Ludwig ja gar nicht kannte.

»Vera«, flüsterte er hilflos, »es ist so viel passiert ... Und ich habe Probleme.«

»Du? Nein ... nicht mehr.«

»Probleme mit der Polizei.«

»O lieber Gott, na gut! Jetzt, wo du dich endlich gemeldet hast, Rio, ist auch das bald vorbei. Rio, du hast doch nicht irgendwelchen Blödsinn gemacht?«

»Nein – ich meine, was heißt schon Blödsinn?«

»Nichts Schlimmes?«

»Nein.«

»Rio – o Rio, ich muß dir was sagen. Sitzt du? Hast du was zu trinken in der Nähe? Rio, es ist so unglaublich ... Rio, ich bin so glücklich ...«

»So? – Dann sag's endlich.«

Und sie sagte es ihm.

Er holte tief Luft, sein Arm wischte durch die Luft, riß eine Vase von einem niedrigen Plexiglastisch. Die Vase lag auf dem Boden, Wasser lief heraus, er merkte es nicht einmal.

»O Gott, Vera! – Nein!! – Du, ich muß dich sofort sehen!«

»Na sicher.«

»Aber die Polizei ...«

»Das hast du jetzt schon mal gesagt. Ich ruf Paul an, dann hat sich das. Du brauchst dir keine Sorgen mehr zu machen. Die haben dich gesucht, weil sie dich für verrückt hielten. Aber jetzt lassen sie dich in Frieden. Fahr zum Flughafen, hörst du, Rio? Fahr sofort ... Fahr zum Flughafen und nimm die nächste Maschine. Wir warten auf dich, hörst du? Wir holen dich ab. Wir haben solche Sehnsucht nach dir.«

»Wir? Wer – wir?«

»Deine Tochter und ich, du hirnrissiger Idiot!« sagte Vera und lachte.

Er aber preßte den Hörer ans Ohr, lauschte diesem glücklichen Lachen und wünschte sich, es würde nie ein Ende nehmen ...

Kalt ist der Winter, kalt und schwarz:
Denn die Pest geht um in Oxford

1349, Oxfordshire: Die gesamte Bevölkerung des kleinen Dorfes Nether Ditchford wird von der Pest ausgerottet. Der Ort verschwindet von den Landkarten.

Oxford, heute: Der junge Student Daniel Warren und die Journalistin Therry Moon geraten in ein Netz dunkler Intrigen, als sie eine Firma überprüfen, die Millionen in ein Bauprojekt gesteckt hat. Seltsame Todesfälle ereignen sich und werden vertuscht – auch von den Behörden. Und dann wird ein Mann mit ungewöhnlichen Symptomen ins Hospital eingeliefert. Er war an Ausgrabungen in der Nähe von Oxford beteiligt, Ausgrabungen, die auf die Ruinen eines Dorfes gestoßen sind: Nether Ditchford ...

ISBN 3-404-14972-6

BASTEI LÜBBE

»Sagen Sie alle Termine ab und lesen Sie METEOR!«

The Washington Post

Als die NASA mithilfe modernster Satelliten-Technologie in der Arktis eine sensationelle Entdeckung macht, wittert die angeschlagene Raumfahrtbehörde Morgenluft. Tief im Eis verborgen liegt ein Meteorit von ungewöhnlicher Größe, der zudem eine außerirdische Lebensform zu bergen scheint. Rachel Sexton, Mitarbeiterin des Geheimdienstes, reist im Auftrag des Präsidenten zum Fundort des Meteoriten. Doch es gibt eine Macht im Hintergrund, die den spektakulären Fund für ihre eigenen Zwecke nutzen will – und die bereit ist, dafür zu töten ...

ISBN 3-404-15055-4

Sie ist schön, sie ist mutig, und sie hat einen tollkühnen Plan: Felicity Clairet, genannt »die Leopardin«, britische Agentin im besetzten Frankreich. Um ihr Ziel zu erreichen, muss sie ein Team zusammenstellen, das nur aus Frauen besteht. Dabei kann sie nicht wählerisch sein. Denn für ihr Vorhaben bleiben ihr genau zehn Tage Zeit. Und der Feind ist der Leopardin bereits auf der Spur.

Der neue historische Thriller aus den entscheidenden Tagen des 20. Jahrhunderts vom Autor der Weltbestseller DIE NADEL und DIE SÄULEN DER ERDE.

ISBN 3-404-15132-1

BASTEI
LÜBBE